CATALOGUE OF
CHINA MARINE MICROBIAL
COLLECTIONS

中国海洋微生物菌种目录

邵宗泽　主编

化学工业出版社
·北京·

图书在版编目（CIP）数据

中国海洋微生物菌种目录/邵宗泽主编 . —北京：
化学工业出版社，2010.6
ISBN 978-7-122-08147-6

Ⅰ．中⋯　Ⅱ．邵⋯　Ⅲ．海洋微生物-菌种-目录-中国
Ⅳ．Q939-63

中国版本图书馆 CIP 数据核字（2010）第 058659 号

责任编辑：傅四周　　　　　　　　　　装帧设计：刘丽华
责任校对：宋　玮

出版发行：化学工业出版社（北京市东城区青年湖南街 13 号　邮政编码 100011）
印　　刷：北京永鑫印刷有限责任公司
装　　订：三河市前程装订厂
787mm×1092mm　1/16　印张 29　字数 1024 千字　2010 年 7 月北京第 1 版第 1 次印刷

购书咨询：010-64518888（传真：010-64519686）　售后服务：010-64518899
网　　址：http://www.cip.com.cn
凡购买本书，如有缺损质量问题，本社销售中心负责调换。

定　　价：148.00 元

序

  海洋覆盖地球面积的 2/3，生态系统庞大，生物多样性丰富。在即将完成的全球海洋生物普查（Census of Marine Life，CoML）中，大量海洋生物新物种被发现，仅部分海域的表层海水中的海洋微生物多样性和新颖性就令人吃惊。海洋生物遗传资源越来越受到国际社会和学术界的关注，特别是深海极端环境中的生物基因资源。从 2004 年起，联合国"国家管辖以外海域的海洋生物多样性工作组"会议，每两年召开一次，商讨公海与国际海底生物多样性保护及遗传资源知识产权等问题。

  我国的海洋微生物资源采集、保藏与开发利用，近年来也得到了重视。国家科技部、国家海洋局以及中国大洋协会等对近海、深远海与极地微生物调查都给予了大力支持，建立了海洋微生物菌种中心，资源数量和质量都得到了显著提升；同时，也推动了海洋微生物系统分类学的发展和人才队伍建设。

  随着深海调查装备的改进以及研究的深入，相信会有更多的海洋微生物菌种被发现与培养。另外，随着基因组测序手段的改进，环境微生物基因资源的获得也将变得容易。相信小小的海洋微生物必将会发挥巨大的作用。希望能抓住发展契机，发展成国际上有影响力的海洋微生物资源中心。更希望海洋微生物能为我国的基础研究和资源开发提供有力支撑。

中国工程院院士

2010 年 4 月

编写人员

主　　编：邵宗泽

副 主 编：李光玉

编写人员：（以姓氏笔画为序）

王丽萍　　刘秀片　　孙风芹　　李光玉

杜雅萍　　汪保江　　邵宗泽　　罗　洁

骆祝华　　董纯明　　赖其良

前　言

　　海洋微生物物种新颖、资源丰富。本目录收入的海洋菌种多数是近年来分离得到的，共9756 株。其中，细菌 319 个属、1128 个种、8378 株；酵母 32 个属、114 个种、1065 株；丝状真菌，61 个属、115 个种、313 株。根据来源地分，大洋微生物 3600 余株、极地微生物1000 余株、近海微生物 4800 余株、引进及鉴定的模式菌株 220 株，另有 2000 多株暂时未选入目录。在此，对参与中国海洋微生物资源共享平台建设的各单位科研人员与研究生表示衷心感谢！

　　本目录由保藏中心工作人员历时一年编纂而成。在编写过程中，我们再次将所有细菌的16S rRNA 序列在模式菌数据库中进行比对分析，并根据同源性的高低与理化特征，对菌名进行了修订。此外，还对大量拉丁种名进行了中文译名的翻译。翻译期间，得到了军事医学科学院杨瑞馥研究员和武汉大学陶天申教授的热情帮助，我们根据两位专家主编的新版《细菌名称双解及分类词典》对本目录进行了核定。在此，深表谢忱。

　　海洋细菌新种资源比较多，但资源库中经过多相系统分类来定名的相对较少。库中的细菌鉴定以分子生物学鉴定为主，真菌鉴定则兼顾形态学特征。还有不少菌株需进一步的生理生化分析与功能用途评估。菌种定名和资源评估将是一项长期的工作，希望资源使用者能在使用过程中使之不断完善。

　　需要说明的是，受篇幅所限，本书不再编入"菌株编号索引"，需查阅相关信息的读者可登录 www. mccc. org. cn 或 www. escience. gov. cn 网站。

　　由于编者水平有限，加之时间仓促，定有不少错误及不当之处，敬请读者不吝赐教。

邵宗泽

2010 年 2 月 26 日

于厦门

目　　录

中国海洋微生物菌种保藏管理中心简介　………………………………… Ⅰ

使用说明　…………………………………………………………………… Ⅱ

生物资源保藏机构名称及缩写　…………………………………………… Ⅲ

科研单位简称、全称对照　………………………………………………… Ⅳ

细菌　…………………………………………………………………………… 1

酵母　……………………………………………………………………… 412

丝状真菌　………………………………………………………………… 441

菌种共享使用申请流程　………………………………………………… 453

致谢　……………………………………………………………………… 454

中国海洋微生物菌种保藏管理中心简介

中国海洋微生物菌种保藏管理中心成立于 2004 年，挂靠于国家海洋局第三海洋研究所，是专业从事海洋微生物资源保藏管理的公益性机构，负责我国海洋微生物菌种资源的收集、保藏与共享。该中心依托于国家海洋局海洋生物遗传资源重点实验室，实验室与菌种中心一起构成了一个具有研发能力的海洋微生物资源中心。

海洋微生物资源新颖独特，潜力巨大。入库的海洋微生物菌株主要分离自大洋深海、南北极以及近海各种环境，多样性极高，新资源非常丰富。目前共整理各类海洋微生物资源合 12000 余株。海洋微生物平台是由国家海洋局第三海洋研究所牵头，由国家海洋局第一海洋研究所、中国极地科学研究中心、中国海洋大学、厦门大学、青岛科技大学、中山大学、山东大学、华侨大学、香港科技大学等多家单位 16 个课题组共同完成。

中国海洋微生物菌种保藏管理中心建立了菌种信息数据库。每个菌株有来源信息、分类学信息、生理生化特征、菌落与显微图像，以及分离地、生境与用途描述等共 50 多个条目。

在信息共享方面，本中心架设了独立服务器以支持资源信息库以及对外服务网站（www. mccc. org. cn）。用户可网上检索资源并递交申请。菌种信息同时上传到中国科技资源共享网（www. escience. gov. cn），与国内其他 8 家保藏中心的菌种信息整合。用户可以对菌种资源进行一键式检索 9 家中心的资源。

在菌种保藏方面，主要采用液氮超低温冻结法、真空冷冻干燥法和 −80℃冰箱冻结法三种方法保藏。本中心除了常用仪器外，还有菌种鉴定专用的 Biolog 细菌自动鉴定系统、GC-Midi 脂肪酸分析仪，以及高温高压模拟培养与保藏系统等。

在资源共享方面，目前以合作研究和公益性共享为主，同时有资源交换性共享以及交易性共享等多种方式。作为专业的资源中心，它将为科研、医药、工业、农业、环保等多个行业提供海洋微生物资源支撑。

中心联系方式如下：

地　　址：厦门市大学路 178 号

邮政编码：361005

电　　话：0592-2195177

传　　真：0592-2195177

电子信箱：mccc5177@163.com

使 用 说 明

本目录分成细菌、酵母、丝状真菌等三部分。各部分的菌种名称按照菌种学名顺序编排（A～Z），同一个种下的不同菌株按照保藏中心的菌株编号排列。菌株的描述，举例说明如下：

Alcanivorax dieselolei   Liu and Shao 2005   **柴油食烷菌**   模式菌株 Alcanivorax dieselolei
    (1)   **(2)**   **(3)**

B-5（T）   AY683537   MCCC 1A00001 ←海洋三所 B-5。 ＝DSM 16502 ＝CGMCC 1.3690。
  (4)   **(5)**   **(6)**   **(7)**   **(8)**   **(8)**

分离源：渤海湾胜利油田黄河码头近海表层海水。   模式菌株，降解直链烷烃 C6～C32。
                 (9)   **(10)**

培养基 0472，   28℃。
 (11)   **(12)**

(1) 菌种学名，由属名和种加词组成。对于暂时不能确定分类地位的，用属名＋sp. 表示，这类词一律排在该属名下的最后。

(2) 定名人与命名时间：仅适用于模式菌株。

(3) 中文名称。

(4) 模式菌株编号：仅适用于模式菌株。

(5) GenBank 登录号：16S rRNA 序列（细菌）。

(6) 菌株保藏编号。

(7) 菌种来源。

(8) 该菌株在其他保藏机构的编号。

(9) 该菌株的分离地与生境。

(10) 该菌株的主要特征或应用潜力。

(11) 培养基编号，可从本中心网站 www.mccc.org.cn 查找具体配方。

(12) 建议培养温度。

其他需要说明的问题：

(1) 各层海水的深度划分如下：表层指海平面以下 0～5m；上层指海平面以下 5～100m；下层指海平面以下 100～1000m；深层海水指海平面以下 1000m 以下。

(2) 本目录中，*Aureobasidium pullulans* 暂时划归到酵母类。

生物资源保藏机构名称及缩写

ACAM The Australian Collection of Antarctic Microorganisms，Cooperative Research Center for the Antarctic and Southern Ocean Environment，University of Tasmania

ACCC 中国农业微生物菌种保藏管理中心（Agricultural Culture Collection of China），中国农业科学院农业资源与农业区划研究所，北京

ACM Australian Collection of Microorganisms，Department of Microbiology，University of Queensland，Australia

AS 见 CGMCC，中国科学院微生物研究所（Institute of Microbiology，Chinese Academy of Science，China）

ATCC American Type Culture Collection，USA

BCRC Bioresource Collection and Research Center，Food Industry Research and Development Institute，Taiwan（中国）

CAIM Collection of Aquatic Important Microorganisms

CBMAI Brasileira de Microrganismos de Ambiente e Industria，Brazilian

CCM Czech Collection of Microorganisms，Masaryk University，Czech Republic

CCRC 见 BCRC

CCTCC 中国典型培养物保藏中心（China Center for Type Culture Collection），武汉大学，武汉

CCTM Centre de Collection de Type Microbien，Institut de Microbiologie Universite de Lausanne，Institut de Microbiologie Universite de Lausanne，Switzerland

CCUG Culture Collection，Department of Clinical Bacteriology，University of Göteborg，Sweden

CDC Center for Disease Control，United States Public Health Service，USA

CECT Coleccion Espanola de Cultivos Tipo，Univeridad de Valencia，Spain

CGMCC 中国普通微生物菌种保藏管理中心（China General Microbiological Culture Collection Center），中国科学院微生物研究所，北京

CIP Collection de L′Institut Pasteur of Institut Pasteur，France

DSM Deutsche Sammlung von Mikroorganismen und Zellkulturen Gmbh，Germany

GIFU Gifu University Culture Collection（GIFU），Department of Microbiology，Gifu University School of Medicine，Japan

HAMBI HAMBI Culture Collection，Department of Applied Chemistry and Microbiology，University of Helsinki，Finland

IAM IAM Culture collection，Institute of Molecular and Cellular Biosciences，The University of Tokyo，Japan

IEGM Institute of Ecology and Genetics of Microorganisms，Urals Branch，Russian Academy of Sciences，Russia

IFO Institute for Fermentation，Osaka，Japan

IMET see DSMZ now（formerly National Collection of Microorganisms of the German Democratic Republic，Jena）

科研单位简称、全称对照

海洋三所	国家海洋局第三海洋研究所
海洋一所	国家海洋局第一海洋研究所
极地中心	中国极地科学研究中心
中国海大	中国海洋大学
青岛科大	青岛科技大学
中科院南海所	中国科学院南海海洋研究所

细　菌

Achromobacter piechaudii (Kiredjian *et al*. 1986) Yabuuchi *et al*. 1998 皮氏无色杆菌

模式菌株 *Achromobacter piechaudii* ATCC 43552(T) AB010841

MCCC 1G00172 　←青岛科大 SB291 上-2。分离源：中国江苏北部上层海水。与模式菌株相似性为 99.696％。培养基 0471,25～28℃。

Achromobacter ruhlandii (Packer and Vishniac 1955) Yabuuchi *et al*. 1998 拉氏无色杆菌

模式菌株 *Achromobacter ruhlandii* ATCC 15749(T) AB010840

MCCC 1A00189 　←海洋三所 M-4。分离源：厦门油码头含油污水。与模式菌株相似性为 98.775％。培养基 0033,28℃。

Achromobacter spanius Coenye *et al*. 2003 少见无色杆菌

模式菌株 *Achromobacter spanius* LMG 5911(T) AY170848

MCCC 1A01003 　←海洋三所 NAP-3。分离源：太平洋深海沉积物。与模式菌株相似性为 99.93％。培养基 0471,25℃。

MCCC 1A03366 　←海洋三所 94P32-10。分离源：东太平洋深海沉积物表层。嗜碱菌。与模式菌株 LMG 5911(T) AY170848 相似性为 99％。培养基 0012,37℃。

MCCC 1A03900 　←海洋三所 315-5。分离源：印度洋表层海水。与模式菌株相似性为 99.102％。培养基 0471,25℃。

MCCC 1A04201 　←海洋三所 NH55I。分离源：南沙泻湖珊瑚沙。与模式菌株相似性为 99.9％(775/776)。培养基 0821,25℃。

MCCC 1A04517 　←海洋三所 T30AD。分离源：西南太平洋热液区硫化物。与模式菌株相似性为 100％。培养基 0821,28℃。

MCCC 1A04541 　←海洋三所 T33B11。分离源：西南太平洋褐黑色沉积物上覆水。与模式菌株相似性为 99.865％(775/776)。培养基 0821,28℃。

MCCC 1A04659 　←海洋三所 T45B3。分离源：西南太平洋深海沉积物。与模式菌株相似性为 99.864％ (775/776)。培养基 0821,28℃。

MCCC 1A04737 　←海洋三所 C39AM。分离源：西南太平洋表层海水。与模式菌株相似性为 100％(793/ 793)。培养基 0821,25℃。

Achromobacter xylosoxidans Yabuuchi and Yano 1981 氧化木糖无色杆菌

模式菌株 *Achromobacter xylosoxidans* subsp. *xylosoxidans* DSM 10346(T) Y14908

MCCC 1A01351 　←海洋三所 10-D-5。分离源：厦门近岸表层海水。与模式菌株相似性为 99.852％。培养基 0472,28℃。

MCCC 1A01397 　←海洋三所 S75-3-七。分离源：印度洋表层海水。苯系物降解菌。与模式菌株相似性为 99.161％。培养基 0471,25℃。

MCCC 1A01483 　←海洋三所 A-14-4。分离源：印度洋表层海水。分离自石油降解菌群。与模式菌株相似性 为 99.329％。培养基 0333,26℃。

MCCC 1A02277 　←海洋三所 S3-9。分离源：大西洋表层海水。分离自石油降解菌群。与模式菌株相似性为 98.933％。培养基 0745,28℃。

MCCC 1A02280 　←海洋三所 S3-14-1。分离源：大西洋表层海水。分离自石油降解菌群。与模式菌株相似性 为 99.39％。培养基 0745,28℃。

MCCC 1A04708 　←海洋三所 C26B6。分离源：西南太平洋表层海水。分离自石油降解菌群。与模式菌株相似性为 99.185%。培养基 0821,25℃。

MCCC 1A04971　←海洋三所 C22AS。分离源:西南太平洋表层海水。分离自石油降解菌群。与模式菌株相似性为 99.16%。培养基 0821,25℃。

MCCC 1A04973　←海洋三所 C23AD。分离源:西南太平洋表层海水。分离自石油降解菌群。与模式菌株相似性为 99.223%。培养基 0821,25℃。

MCCC 1A05221　←海洋三所 C41B12。分离源:西南太平洋表层海水。分离自石油降解菌群。与模式菌株相似性为 99.256%。培养基 0821,25℃。

MCCC 1A05233　←海洋三所 C42B3。分离源:西南太平洋表层海水。分离自石油降解菌群。与模式菌株相似性为 99.226%。培养基 0821,25℃。

Achromobacter sp. Yabuuchi and Yano 1981 emend. Yabuuchi *et al*. 1998 无色杆菌

MCCC 1A04524　←海洋三所 T30B5。分离源:西南太平洋热液区硫化物。分离自石油降解菌群。与模式菌株 *A. xylosoxidans* subsp. *xylosoxidans* DSM 10346(T) Y14908 相似性为 99.23%。培养基 0821,28℃。

Acidithiobacillus sp. Kelly and Wood 2000 嗜酸硫杆菌

MCCC 1A03465　←海洋三所 A. F. 1。分离源:广东高峰黄铁矿。生物浸矿,代谢氧化亚铁、硫。与模式菌株 *A. ferrooxidans* ATCC 23270(T) AJ278718 相似性为 97.831%。培养基 0826,30℃。

Acinetobacter baumannii Bouvet and Grimont 1986 鲍氏不动杆菌

模式菌株 *Acinetobacter baumannii* DSM 30007(T) X81660

MCCC 1A00282　←JCM 6841。=JCM 6841 = ATCC 19606 = CCUG 19096 = CIP 70. 34 = DSM 30007 = IAM 12088 = KCTC 2508 = LMG 1041 = LMG 10545 = NCIMB 12457 = NCTC 12156。模式菌株。培养基 0033,28℃。

MCCC 1A00945　←海洋三所 B2。分离源:厦门污水处理厂离心间活性污泥。苯系物降解菌。与模式菌株相似性为 99.587%。培养基 0472,18~37℃。

MCCC 1A00947　←海洋三所 J6。分离源:厦门污水处理厂离心间活性污泥。甲苯降解菌。与模式菌株相似性为 99.861%。培养基 0033,18~37℃。

Acinetobacter beijerinckii Nemec et al. 2009 拜氏不动杆菌

模式菌株 *Acinetobacter beijerinckii* 58a(T) AJ626712

MCCC 1A00187　←海洋三所 CS3。分离源:厦门近海表层海水。产生表面活性剂;烷烃降解菌。与模式菌株相似性为 100%。培养基 0033,28℃。

Acinetobacter calcoaceticus (Beijerinck 1911)Baumann et al. 1968 乙酸钙不动杆菌

模式菌株 *Acinetobacter calcoaceticus* DSM 30006(T) X81661

MCCC 1A00284　←JCM 6842。=ATCC 23055 = CCUG 12804 = CECT 441 = CIP 81. 8 = DSM 30006 = IAM 12087 = IFO 13718 = KCTC 2357 = LMG 1046 = LMG 10511 = NBRC 13718 = NCIMB 10694 = JCM 6842。模式菌株。培养基 0033,28℃。

MCCC 1A01710　←CGMCC 1. 2004。= CGMCC 1. 2004 = PCM 2234 = ATCC 17902(该菌曾为 *Neisseria winogradskyi* 的模式菌株,现被归为 *A. calcoaceticus*)。培养基 0217,30~37℃。

MCCC 1A03351　←海洋三所 100N11-2。分离源:东太平洋深海沉积物表层。降解苯酚。与模式菌株相似性为 99%。培养基 0471,37℃。

Acinetobacter gerneri Carr et al. 2003 格尔纳不动杆菌

模式菌株 *Acinetobacter gerneri* 9A01(T) AF509829

MCCC 1A00944　←海洋三所 B1。分离源:厦门污水处理厂活性污泥。苯降解菌(可耐受 5%苯)。与模式菌株相似性为 98.393%。培养基 0472,28℃。

Acinetobacter johnsonii Bouvet and Grimont 1986 **约氏不动杆菌**

模式菌株 *Acinetobacter johnsonii* DSM 6963(T) X81663

MCCC 1A00054 ←海洋三所 HC11-7。分离源：厦门近海黄翅鱼肠道内容物。与模式菌株相似性为 99.884%。培养基 0033,28℃。

MCCC 1A01312 ←海洋三所 B8-4。分离源：印度洋深海热液口盲虾头部。抗二价钴、二价铅和二价锰。与模式菌株相似性为 100%。培养基 0745,18～28℃。

MCCC 1A01872 ←海洋三所 SS-2。分离源：南海沉积物。与模式菌株相似性为 99.382%。培养基 0471,20℃。

MCCC 1A03359 ←海洋三所 72H20-2。分离源：大西洋深海沉积物表层。降解苯酚。与模式菌株相似性为 99%。培养基 0471,37℃。

MCCC 1B00727 ←海洋一所 CJJH3。分离源：山东日照表层海水。与模式菌株相似性为 100%。培养基 0471,20～25℃。

MCCC 1B00730 ←海洋一所 CJJH11。分离源：山东日照表层海水。与模式菌株相似性为 99.641%。培养基 0471,20～25℃。

MCCC 1B00806 ←海洋一所 HTYW7。分离源：山东宁德霞浦暗纹东方鲀胃部。与模式菌株相似性为 99.609%。培养基 0471,20～25℃。

MCCC 1B00812 ←海洋一所 HTYC19。分离源：山东宁德霞浦暗纹东方鲀胃部。与模式菌株相似性为 100%。培养基 0471,20～25℃。

MCCC 1B01154 ←海洋一所 CTDJ1。分离源：大西洋表层水样。与模式菌株相似性为 99.644%。培养基 0471,25℃。

Acinetobacter lwoffii (Audureau 1940) Brisou and Prévot 1954 emend. Bouvet and Grimont 1986 **鲁氏不动杆菌**

模式菌株 *Acinetobacter lwoffii* DSM 2403(T) X81665

MCCC 1A01711 ←CGMCC 1.2005。=CGMCC 1.2005 = ATCC 15309 = DSM 2403 = NCTC 5866。模式菌株。培养基 0033,28℃。

MCCC 1A01951 ←海洋三所 4(An9)。分离源：南极 Aderley 岛附近沉积物。与模式菌株相似性为 98.972%。培养基 0033,15～20℃。

MCCC 1A06029 ←海洋三所 D-HS-5-7。分离源：北极圈内某化石沟饮水湖边表层沉积物。分离自原油富集菌群。与模式菌株相似性为 100%。培养基 0472,28℃。

MCCC 1B00570 ←海洋一所 DJLY52-2。分离源：江苏盐城射阳表层海水。与模式菌株相似性为 100%。培养基 0471,20～25℃。

MCCC 1B00720 ←海洋一所 DJJH35。分离源：山东日照底层海水。与模式菌株相似性为 100%。培养基 0471,20～25℃。

MCCC 1B00802 ←海洋一所 HTYW2。分离源：山东宁德霞浦暗纹东方鲀胃部。与模式菌株相似性为 100%。培养基 0471,20～25℃。

MCCC 1B00814 ←海洋一所 HTYC22。分离源：山东宁德霞浦暗纹东方鲀胃部。与模式菌株相似性为 100%。培养基 0471,20～25℃。

Acinetobacter radioresistens Nishimura *et al.* 1988 **抗辐射不动杆菌**

模式菌株 *Acinetobacter radioresistens* DSM 6976(T) X81666

MCCC 1A00283 ←JCM 9326。=JCM 9326 = ATCC 43998 = CIP 103788 = DSM 6976 = IAM 13186 = LMG 10613 = NCIMB 12753。模式菌株。培养基 0033,28℃。

MCCC 1A02798 ←海洋三所 IJ4。分离源：黄海上层海水。分离自石油降解菌群。与模式菌株相似性为 99.88%。培养基 0471,25℃。

Acinetobacter ursingii Nemec *et al.* 2001 **邬氏不动杆菌**

模式菌株 *Acinetobacter ursingii* LUH 3792(T) AJ275038

MCCC 1A04543　←海洋三所 T33G。分离源:西南太平洋褐黑色沉积物上覆水。分离自石油降解菌群。与模式菌株相似性为100%(735/735)。培养基0821,28℃。

MCCC 1B00615　←海洋一所 DJQD16。分离源:青岛胶南表层海水。与模式菌株相似性为100%。培养基0471,20~25℃。

Acinetobacter venetianus Di Cello *et al.* 1997 威尼斯不动杆菌
模式菌株 *Acinetobacter venetianus* ATCC 31012(T) AJ295007

MCCC 1A00105　←海洋三所 OY-1。分离源:厦门近海表层海水。石油烃降解菌。与模式菌株相似性为100%。培养基0472,28℃。

MCCC 1A00277　←海洋三所 PN32。分离源:厦门近海排污口泥样。产表面活性物质。与模式菌株相似性为100%。培养基0472,28℃。

MCCC 1A00294　←海洋三所 Wp02421。分离源:太平洋深海沉积物。产表面活性物质。与模式菌株相似性为100%。培养基0033,28℃。

MCCC 1A00335　←海洋三所 SI-15。分离源:印度洋表层海水鲨鱼肠道内容物。与模式菌株相似性为100%。培养基0033,28℃。

MCCC 1A01223　←海洋三所 CR51-18。分离源:印度洋深海底层水样。分离自石油降解菌群。与模式菌株相似性为100%。培养基0471,25℃。

MCCC 1A01352　←海洋三所 1-D-2。分离源:厦门近岸表层海水。与模式菌株相似性为100%。培养基0472,28℃。

MCCC 1A01429　←海洋三所 S28(2)。分离源:印度洋表层海水。分离自石油降解菌群。与模式菌株相似性为100%。培养基0745,26℃。

MCCC 1A02115　←海洋三所 S29-2。分离源:印度洋表层海水。石油烃降解菌,产表面活性物质。与模式菌株相似性为100%。培养基0745,26℃。

MCCC 1A02202　←海洋三所 H2B。分离源:厦门近海表层海水。石油烃降解菌。与模式菌株相似性为99.08%。培养基0821,25℃。

MCCC 1A02460　←海洋三所 302-PWB-OH1。分离源:南沙近海岛礁附近上层海水。分离自石油降解菌群。与模式菌株相似性为100%。培养基0472,25℃。

MCCC 1A02461　←海洋三所 mj01-PW12-OH10。分离源:南沙近海岛礁附近上层海水。分离自石油降解菌群。与模式菌株相似性为100%。培养基0472,25℃。

MCCC 1A02462　←海洋三所 mj01-PW12-OH7。分离源:南沙近海岛礁附近上层海水。分离自石油降解菌群。与模式菌株相似性为100%。培养基0472,25℃。

MCCC 1A02463　←海洋三所 mj01-PW12-OH8。分离源:南沙近海岛礁附近上层海水。分离自石油降解菌群。与模式菌株相似性为100%(1443/1445)。培养基0472,25℃。

MCCC 1A03133　←海洋三所 46-2。分离源:印度洋表层海水。分离自石油降解菌群。与模式菌株相似性为99%(823/824)。培养基0821,25℃。

MCCC 1A03136　←海洋三所 46-6。分离源:印度洋表层海水。分离自石油降解菌群。与模式菌株相似性为99%(823/824)。培养基0821,25℃。

MCCC 1A03909　←海洋三所 318-4。分离源:印度洋表层海水。分离自石油降解菌群。与模式菌株相似性为100%。培养基0471,25℃。

MCCC 1A03915　←海洋三所 321-1。分离源:印度洋表层海水。分离自石油降解菌群。与模式菌株相似性为100%。培养基0471,25℃。

MCCC 1A03960　←海洋三所 322-1。分离源:印度洋表层海水。分离自石油降解菌群。与模式菌株相似性为100%。培养基0471,25℃。

MCCC 1A04276　←海洋三所 T10B3。分离源:西南太平洋上层海水。分离自石油降解菌群。与模式菌株相似性为100%(792/792)。培养基0821,28℃。

MCCC 1A04743　←海洋三所 C40B1。分离源:印度洋表层海水。分离自石油降解菌群。与模式菌株相似性为100%(813/813)。培养基0821,25℃。

MCCC 1A04985　←海洋三所 C25AR。分离源:西南太平洋表层海水。分离自石油降解菌群。与模式菌株相似性为 100%(797/797)。培养基 0821,25℃。

Acinetobacter sp. Brisou and Prevot 1954 不动杆菌

MCCC 1A00049 　←海洋三所 HC11-2。分离源:厦门海水养殖场黄翅鱼肠道内容物。与模式菌株 *A. haemolyticus* DSM 6962(T) X81662 相似性为 97.451%。培养基 0033,28℃。

MCCC 1A00128 　←海洋三所 BM-8。分离源:厦门海水养殖场比目鱼肠道内容物。与模式菌株 *A. baumannii* DSM 30007(T) X81660 相似性为 96.537%。培养基 0472,28℃。

MCCC 1A00203 　←海洋三所 BMe-3。分离源:厦门海水养殖场比目鱼肠道内容物。与模式菌株 *A. bouvetii* 4B02(T) AF509827 相似性为 96.903%。培养基 0472,28℃。

MCCC 1A01952 　←海洋三所 5(An17)。分离源:南极 Aderley 岛附近沉积物。与模式菌株 *A. haemolyticus* DSM 6962(T) X81662 相似性为 98.148%。培养基 0033,15℃。

MCCC 1A02191 　←海洋三所 B1E。分离源:厦门近海表层海水。分离自石油降解菌群。与模式菌株 *A. venetianus* ATCC 31012(T) AJ295007 相似性为 100%。培养基 0821,25℃。

MCCC 1A03135 　←海洋三所 46-5。分离源:印度洋表层海水。分离自石油降解菌群。与模式菌株 *A. baumannii* DSM 30007(T) X81660 的相似性为 97.984%。培养基 0821,25℃。

MCCC 1A05657 　←海洋三所 NH32B。分离源:南沙深灰色沉积物。与模式菌株 *A. radioresistens* DSM 6976 (T) X81666 相似性为 98.049%。培养基 0821,25℃。

MCCC 1B00377 　←海洋一所 HZBN4。分离源:山东日照表层沉积物。与模式菌株 *A. junii* LMG 998 AM410704 相似性为 98.113%。培养基 0471,20~25℃。

MCCC 1B00729 　←海洋一所 CJJH9。分离源:山东日照表层海水。与模式菌株 *A. johnsonii* DSM 6963 X81663 相似性为 99.748%。培养基 0471,20~25℃。

MCCC 1B0081 　←海洋一所 HTYC28。分离源:山东宁德霞浦暗纹东方鲀胃部。与模式菌株 *A. lwoffii* NCTC 05866 X74894 相似性为 97.356%。培养基 0471,20~25℃。

MCCC 1C01006 　←极地中心 P11-13-4。分离源:北冰洋深层沉积物。产脂肪酶。与模式菌株 *A. haemolyticus* DSM 6962 X81662 相似性为 99.657%。培养基 0471,5℃。

MCCC 1C01120 　←极地中心 XH7。分离源:南极长城站潮间带海沙。与模式菌株 *A. johnsonii* DSM 6963 X81663 相似性为 96.719%。培养基 0471,5℃。

Actinocorallia libanotica (Meyer 1981)Zhang *et al*. 2001 黎巴嫩珊瑚状放线菌

模式菌株 *Actinocorallia libanotica* IFO 14095(T) U49007

MCCC 1A01565 　←海洋三所 409。分离源:福建省漳州云霄县近海红树林土壤。与模式菌株相似性为 99%。培养基 0012,28℃。

Actinomadura maheshkhaliensis Ara *et al*. 2007 孟加拉马杜拉放线菌

模式菌株 *Actinomadura maheshkhaliensis* 13-12-50(T) AB331731

MCCC 1A01549 　←海洋三所 13-33。分离源:福建省漳州云霄县近海红树林土壤。与模式菌株相似性为 98%。培养基 0012,28℃。

MCCC 1A01662 　←海洋三所 7-11。分离源:福建省漳州云霄县近海红树林土壤。与模式菌株相似性为 98%。培养基 0012,28℃。

MCCC 1A01698 　←海洋三所 7-13。分离源:福建省漳州云霄县近海红树林土壤。与模式菌株相似性为 98%。培养基 0012,28℃。

MCCC 1A02701 　←海洋三所 7-9。分离源:福建省漳州云霄县近海红树林土壤。与模式菌株相似性为 98%。培养基 0012,28℃。

MCCC 1A03372 　←海洋三所 298。分离源:福建省漳州云霄县近海红树林土壤。与模式菌株相似性为 98%。培养基 0012,28℃。

Actinomadura meyerae Quintana *et al*. 2004 迈氏马杜拉放线菌

模式菌株 *Actinomadura meyerae* A288(T) AY273787

MCCC 1A01541　←海洋三所 7-302。分离源:福建省漳州云霄县近海红树林土壤。与模式菌株相似性为 98%。培养基 0012,28℃。

MCCC 1A03325　←海洋三所 I43-1。分离源:印度洋深海沉积物表层。与模式菌株相似性为 98%。培养基 0012,28℃。

Actinotalea sp. Yi *et al.* 2007 肌纤杆菌

MCCC 1A05853　←海洋三所 BMJ01-B1-24。分离源:南沙土黄色泥质。分离自石油降解菌群。与模式菌株 *Actinotalea fermentans* DSM 3133(T) X83805 相似性为 98.624%。培养基 0821,25℃。

Advenella incenata Coenye *et al.* 2005 斋戒小陌生菌

模式菌株 *Advenella incenata* Coenye R-16599(T) AY569458

MCCC 1A00471　←海洋三所 Cr12。分离源:东太平洋硅质黏土沉积物。抗六价铬。与模式菌株相似性为 99.708%。培养基 0472,28℃。

MCCC 1A01407　←海洋三所 N25。分离源:南海深海沉积物。分离自石油降解菌群。与模式菌相似性为 99.708%。培养基 0745,26℃。

MCCC 1A02302　←海洋三所 S9-18。分离源:大西洋表层海水。与模式菌株相似性为 99.708%。培养基 0745,28℃。

MCCC 1A02308　←海洋三所 S10-7。分离源:大西洋表层海水。与模式菌株相似性为 99.708%(698/700)。培养基 0745,28℃。

Advenella sp. Coenye *et al.* 2005 小陌生菌

MCCC 1A02430　←海洋三所 S14-8。分离源:大西洋表层海水。与模式菌株 *A. incenata* Coenye R-16599(T) AY569458 相似性为 96.423%。培养基 0745,28℃。

Aequorivita antarctica Coenye *et al.* 2005 南极栖海面菌

模式菌株 *Aequorivita antarctica* SW49(T) AY027802

MCCC 1C00808　←极地中心 ZS1-6。分离源:南极表层沉积物。与模式菌株相似性为 98.031%。培养基 0471,15℃。

MCCC 1C00838　←极地中心 ZS2-16。分离源:南极表层沉积物。与模式菌株相似性为 99.437%。培养基 0471,15℃。

Aequorivita lipolytica Bowman and Nichols 2002 解脂栖海面菌

模式菌株 *Aequorivita lipolytica* Y10-2(T) AY027805

MCCC 1A02274　←海洋三所 S3-4。分离源:加勒比海表层海水。与模式菌株相似性为 98.632%。培养基 0745,28℃。

Aerococcus urinaeequi (Garvie 1988) Felis *et al.* 2005 马脲气球菌

模式菌株 *Aerococcus urinaeequi* IFO 12173(T) D87677

MCCC 1A01353　←海洋三所 10-C-2。分离源:厦门近岸表层海水。与模式菌株相似性为 100%。培养基 0472,28℃。

MCCC 1A02144　←海洋三所 N3ZF-8。分离源:南海深海沉积物。分离自石油降解菌群。与模式菌株相似性为 99.833%。培养基 0745,26℃。

MCCC 1B00665　←海洋一所 DJJH24。分离源:山东日照底层海水。与模式菌株相似性为 100%。培养基 0471,20～25℃。

Aerococcus viridans Williams *et al.* 1953 绿色气球菌

模式菌株 *Aerococcus viridans* ATCC 11563(T) M58797

MCCC 1A03752　←海洋三所 DSD-PW4-OH13。分离源:南沙近海海水底层。分离自石油降解菌群。与模式菌株相似性为 99.932%。培养基 0472,25℃。

Aerococcus sp. Williams *et al*. 1953 气球菌

MCCC 1B00731 ←海洋一所 CJJH13。分离源:山东日照表层海水。与模式菌株 *A. urinaeequi* IFO 12173 D87677 相似性为 99.869%。培养基 0471,20~25℃。

Aeromicrobium marinum Bruns *et al*. 2003 海洋气微菌

模式菌株 *Aeromicrobium marinum* T2(T) AY166703

MCCC 1C00761 ←极地中心 ZS1-19。分离源:南极表层沉积物。与模式菌株相似性为 98.229%。培养基 0471,15℃。

Aeromicrobium panaciterrae Cui *et al*. 2007 参土气微菌

模式菌株 *Aeromicrobium panaciterrae* Gsoil 161(T) AB245387

MCCC 1C00996 ←极地中心 ZS3-11。分离源:南极海洋沉积物。与模式菌株相似性为 98.639%。培养基 0471,15℃。

Aeromicrobium ponti Lee and Lee 2008 海气微菌

模式菌株 *Aeromicrobium ponti* HSW-1 AM778683

MCCC 1B00541 ←海洋一所 DJHH52。分离源:烟台海阳表层海水。与模式菌株相似性为 99.766%。培养基 0471,20~25℃。

MCCC 1B00545 ←海洋一所 DJHH57。分离源:烟台海阳表层海水。与模式菌株相似性为 99.641%。培养基 0471,20~25℃。

Aeromonas bivalvium Miñana-Galbis *et al*. 2007 双壳气单胞菌

模式菌株 *Aeromonas bivalvium* 868E(T) DQ504429

MCCC 1A02126 ←海洋三所 CH2。分离源:厦门黄翅鱼鱼鳃。与模式菌株相似性为 99.875%。培养基 0033,25℃。

MCCC 1A02249 ←海洋三所 ST3。分离源:厦门黄翅鱼鱼胃。与模式菌株相似性为 99.874%。培养基 0033,25℃。

Aeromonas hydrophila (Chester 1901) Stanier 1943 嗜水气单胞菌

模式菌株 *Aeromonas hydrophila* subsp. *hydrophila* ATCC 7966(T) X74677

MCCC 1A00007 ←海洋三所 HYC-9。分离源:厦门轮渡码头捕捞的野生鲻鱼肠道内容物。与模式菌株 *A. hydrophila* subsp. *ranae* LMG 19707(T) AJ508766 相似性为 99.876%。培养基 0033,28℃。

MCCC 1A00032 ←海洋三所 BMf-4。分离源:厦门海水养殖比目鱼肠道内容物。与模式菌株相似性为 99.885%。培养基 0033,28℃。

MCCC 1A00179 ←海洋三所 HC11e-3。分离源:厦门海水养殖黄翅鱼肠道内容物。与模式菌株相似性为 100%。培养基 0033,28℃。

MCCC 1A00190 ←海洋三所 HC21e-1。分离源:厦门海水养殖黄翅鱼肠道内容物。与模式菌株相似性为 99.538%。培养基 0033,28℃。

MCCC 1A00191 ←海洋三所 HC21e-2。分离源:厦门海水养殖黄翅鱼肠道内容物。与模式菌株相似性为 99.19%。培养基 0033,28℃。

Aeromonas veronii Hickman-Brenner *et al*. 1988 维氏气单胞菌

模式菌株 *Aeromonas veronii* ATCC 35624(T) X60414

MCCC 1A00180 ←海洋三所 HC11f-1。分离源:厦门海水养殖场黄翅鱼肠道。与模式菌株相似性为 99.076%。培养基 0033,28℃。

MCCC 1A02228　←海洋三所 ST7。分离源:厦门黄翅鱼胃。与模式菌株相似性为 99.497%。培养基 0033,25℃。

MCCC 1A02245　←海洋三所 IN9。分离源:厦门黄翅鱼肠道内容物。与模式菌株相似性为 99.874%。培养基 0033,25℃。

Aeromonas sp. Stanier 1943 气单胞菌

MCCC 1A00130　←海洋三所 BM-1。分离源:厦门海水养殖比目鱼肠道内容物。与模式菌株 *A. media* ATCC 33907(T) X74679 相似性为 99.876%。培养基 0033,28℃。

MCCC 1A00170　←海洋三所 HYCe-2。分离源:厦门近海野生鲻鱼肠道内容物。与模式菌株 *A. molluscorum* 848(T) AY532690 相似性为 99.876%。培养基 0033,28℃。

MCCC 1A00175　←海洋三所 HYCf-4。分离源:厦门近海野生鲻鱼肠道内容物。与模式菌株 *A. media* ATCC 33907(T) X74679 相似性为 99.876%。培养基 0033,28℃。

MCCC 1A00177　←海洋三所 HYge-2。分离源:厦门近海野生鲻鱼肠道内容物。与模式菌株 *A. salmonicida* subsp. *salmonicida* ACC 33658(T) X74681 相似性为 100%。培养基 0033,28℃。

Aestuariibacter halophilus Yi *et al*. 2004 嗜盐潮间带杆菌
模式菌株 *Aestuariibacter halophilus* JC2043(T) AY207503

MCCC 1A03427　←海洋三所 M01-12-10。分离源:南沙上层海水。与模式菌株相似性为 99.197%(775/781)。培养基 1001,25℃。

MCCC 1A04383　←海洋三所 T16AH。分离源:西南太平洋土灰色沉积物。分离自石油降解菌群。与模式菌株相似性为 98.952%(787/795)。培养基 0821,28℃。

MCCC 1A05899　←海洋三所 T20AC。分离源:西南太平洋土灰色沉积物。分离自石油降解菌群。与模式菌株相似性为 98.96%(792/802)。培养基 0821,25℃。

Aestuariibacter sp. Yi *et al*. 2004 潮间带杆菌

MCCC 1A03525　←海洋三所 MJ02-6D。分离源:南沙上层海水。与模式菌株 *A. halophilus* JC2043(T) AY207503 相似性为 95.969%(771/803)。培养基 1001,25℃。

Agarivorans sp. Kurahashi and Yokota 2004 食琼脂菌

MCCC 1A02505　←海洋三所 LQ48。分离源:厦门市近海浒苔。准模式菌株,产琼脂酶。与模式菌株 *A. albus* MKT 106(T) AB076561 同源性为 96%。培养基 0471,30~37℃。

Agrobacterium radiobacter (Beijerinck and van Delden 1902) Conn 1942 放射形土壤杆菌
模式菌株 *Rhizobium radiobacter* ATCC 19358(T) AJ389904

MCCC 1G00180　←青岛科大 HH209 下-2-1。分离源:中国黄海下层海水。与模式菌株相似性为 99.278%。培养基 0471,25~28℃。

Agrococcus baldri Lamala *et al*. 2002 光神农球菌
模式菌株 *Agrococcus baldri* IAM 15147(T) AB279548

MCCC 1A05973　←海洋三所 399C1-1。分离源:日本海沉积物表层。与模式菌株相似性为 99%。培养基 1003,28℃。

MCCC 1B00800　←海洋一所 CJNY55。分离源:江苏盐城射阳表层沉积物。与模式菌株相似性为 99.764%。培养基 0471,20~25℃。

Agrococcus jejuensis Lee 2008 耶纳土壤球菌
模式菌株 *Agrococcus jejuensis* SSW1-48 AM396260

MCCC 1B00481　←海洋一所 HZBC70。分离源:山东日照上层海水。与模式菌株相似性为 98.999%。培养基 0471,20~25℃。

***Agrococcus* sp.** Groth *et al*. 1996 **土壤球菌**

MCCC 1A04193 ←海洋三所 NH53R1。分离源:南沙灰色细泥。与模式菌株 *A. jejuensis* SSW1-48(T)
AM396260 相似性为 99.46%。培养基 0821,25℃。

***Agromyces* sp.** Gledhill and Casida 1969 emend. Zgurskaya *et al*. 1992 **壤霉菌**

MCCC 1A01089 ←海洋三所 SM17.8。分离源:印度洋深海沉积物。分离自石油降解菌群。与模式菌株
A. aurantiacus YIM 21741(T) AF389342 相似性为 98.137%。培养基 0471,25℃。

MCCC 1F01013 ←厦门大学 B8。分离源:福建省漳州近海红树林表层沉积物。与模式菌株 *A. ulmi* XIL01
(T) AY427830 相似性为 97%(1453/1497)。培养基 0471,25℃。

Albidovulum inexpectatum Albuquerque *et al*. 2003 **意外小白卵状菌**

模式菌株 *Albidovulum inexpectatum* FRR-10(T) AF465835

MCCC 1A05553 ←海洋三所 d60-1。分离源:厦门近海表层水样。与模式菌株的同源性 99.645%。培养基
0471,60℃。

Alcaligenes aquatilis Van Trappen *et al*. 2005 **水生产碱菌**

模式菌株 *Alcaligenes aquatilis* LMG 22996(T) AJ937889

MCCC 1A00067 ←海洋三所 A4-A。分离源:太平洋深海沉积物。以硝酸根作为电子受体分离。与模式菌
株相似性为 100%。培养基 0033,28℃。

MCCC 1A00086 ←海洋三所 B8-2。分离源:厦门污水处理厂排污口活性污泥。以硝酸根作电子受体分离。
与模式菌株相似性为 100%。培养基 0472,28℃。

MCCC 1A00087 ←海洋三所 B9-1。分离源:厦门污水处理厂排污口活性污泥。以硝酸根作电子受体分离。
与模式菌株相似性为 99.908%。培养基 0472,28℃。

MCCC 1A00088 ←海洋三所 A10-2。分离源:厦门活性污泥。以硝酸根作电子受体分离。与模式菌株相似
性为 99.411%。培养基 0472,28℃。

MCCC 1A02645 ←海洋三所 GCS2-1。与模式菌株相似性为 99.586%(721/724)。培养基 0471,25℃。

MCCC 1B00898 ←海洋一所 HTTC3。分离源:青岛浮山湾浒苔漂浮区。藻类共生菌。与模式菌株相似性
为 99.723%。培养基 0471,20~25℃。

Alcaligenes faecalis Castellani and Chalmers 1919 emend. Rehfuss and Urban 2005 **粪产碱菌**

模式菌株 *Alcaligenes faecalis* subsp. *faecalis* ATCC 8750(T) M22508

MCCC 1A00063 ←海洋三所 A2-A。分离源:太平洋深海沉积物。以硝酸根作为电子受体分离。与模式菌
株相似性为 99.516%。培养基 0033,28℃。

MCCC 1A00065 ←海洋三所 A3-A。分离源:太平洋深海沉积物。以硝酸根作为电子受体分离。与模式菌
株相似性为 99.736%。培养基 0033,28℃。

MCCC 1A00068 ←海洋三所 A6-A。分离源:西太平洋深海沉积物。以硝酸根作为电子受体分离。与模式
菌株相似性为 99.377%。培养基 0033,28℃。

MCCC 1A00081 ←海洋三所 A3-1。分离源:太平洋深海沉积物。以硝酸根作为电子受体分离。与模式菌株
相似性为 99.308%。培养基 0472,28℃。

MCCC 1A00082 ←海洋三所 A6-1。分离源:太平洋深海沉积物。以硝酸根作为电子受体分离。与模式菌株
相似性为 99.736%。培养基 0472,28℃。

MCCC 1A00083 ←海洋三所 A6-2。分离源:西太平洋深海沉积物。以硝酸根作为电子受体分离。与模式菌
株相似性为 99.688%。培养基 0472,28℃。

MCCC 1A00425 ←海洋三所 Co14。分离源:东太平洋硅质黏土沉积物。抗二价钴。与模式菌株相似性为
99.787%。培养基 0472,28℃。

MCCC 1A02780 ←海洋三所 F15B-8。分离源:北海沉积物。分离自石油降解菌群。与模式菌株相似性为 99.665%。培养基 0472,28℃。

MCCC 1A03361 ←海洋三所 83H30-1。分离源:大西洋深海沉积物表层。嗜碱。与模式菌株相似性为 99%。培养基 0471,37℃。

MCCC 1A00085 ←海洋三所 B8-1。分离源:厦门污水处理厂排污口活性污泥。以硝酸根作为电子受体分离。与模式菌株 A. faecalis subsp. parafaecalis G(T) AJ242986 相似性为 99.717%。培养基 0472,28℃。

MCCC 1A00254 ←海洋三所 HYCe-4。分离源:厦门轮渡码头捕捞的野生鲻鱼肠道内容物。与模式菌株 A. faecalis subsp. parafaecalis G(T) AJ242986 相似性为 99.716%。培养基 0033,28℃。

MCCC 1A05601 ←海洋三所 X-10♯-B89。分离源:厦门高崎淡化厂海水。与模式菌株 A. faecalis subsp. parafaecalis G(T) AJ242986 相似性为 98.768%。培养基 0471,28℃。

MCCC 1B00698 ←海洋一所 DJWH46-2。分离源:威海乳山底层海水。与模式菌株 A. faecalis subsp. parafaecalis G AJ242986 相似性为 99.738%。培养基 0471,20~25℃。

MCCC 1A00958 ←海洋三所 GCS-AE-36。分离源:北京首钢污水处理厂。潜在的苯酚降解菌。与模式菌株 A. faecalis subsp. faecalis IAM12369(T) D88008 相似性为 99.181%。培养基 0033,28℃。

Alcaligenes sp. Castellani and Chalmers 1919 产碱菌

MCCC 1E00641 ←中国海大 C8。分离源:海南近海表层海水。与模式菌株 Alcaligenes aquatilis LMG22996 (T) AJ937889 相似性 99.808%。培养基 0471,16℃。

Alcanivorax balearicus Rivas *et al.* 2007 巴利阿里群岛食烷菌

MCCC 1A02620 ←LMG 22508。原始号 MACL04。=MACL 04 =LMG 22508 =CECT 5683T。分离源:西班牙海岛上的地下盐湖水。模式菌株,烷烃生物降解。培养基 0471,25℃。

Alcanivorax borkumensis Yakimov *et al.* 1998 泊库岛食烷菌

模式菌株 Alcanivorax borkumensis Sk2(T) Y12579

MCCC 1A01031 ←DSM 11573。原始号 SK2。=ATCC 700651 =CIP 105606 =DSM 11573。分离源:德国北海海底沉积物。模式菌株,烷烃生物降解。培养基 0471,25℃。

MCCC 1A00103 ←海洋三所 AS-5。分离源:厦门近海表层海水。石油烷烃降解菌。与模式菌株相似性为 99.527%。培养基 0472,28℃。

MCCC 1A00380 ←海洋三所 R7-1。分离源:印度洋深海底层水样。石油烷烃降解菌。与模式菌株相似性为 99.864%。培养基 0471,25℃。

MCCC 1A00953 ←海洋三所 SR93-16B。分离源:印度洋深海底层水样。石油烷烃降解菌。与模式菌株相似性为 99.864%。培养基 0471,25℃。

MCCC 1A00954 ←海洋三所 RC95-35。分离源:印度洋深海底层水样。石油烷烃降解菌。与模式菌株相似性为 99.864%。培养基 0471,25℃。

MCCC 1A00955 ←海洋三所 R6-31。分离源:印度洋深海底层水样。石油烷烃降解菌。与模式菌株相似性为 99.864%。培养基 0471,25℃。

MCCC 1A00956 ←海洋三所 SR93-1。分离源:印度洋深海底层水样。石油烷烃降解菌。与模式菌株相似性为 99.864%。培养基 0471,25℃。

MCCC 1A00957 ←海洋三所 RC911-30。分离源:印度洋深海底层水样。石油烷烃降解菌。与模式菌株相似性为 99.864%。培养基 0471,25℃。

MCCC 1A01114 ←海洋三所 MA17G。分离源:印度洋深海沉积物。石油烷烃降解菌。与模式菌株相似性为 99.864%。培养基 0471,25℃。

MCCC 1A01131 ←海洋三所 MB13E。分离源:印度洋深海沉积物。石油烷烃降解菌。与模式菌株相似性为 99.864%。培养基 0471,25℃。

MCCC 1A01182 ←海洋三所 MARC4COD。分离源:大西洋深海沉积物。石油烷烃降解菌。与模式菌株相似性为 99.864％。培养基 0471,28℃。

MCCC 1A01183　←海洋三所 MARC2COR。分离源:大西洋深海沉积物。石油烷烃降解菌。培养基 0471,28℃。

MCCC 1A01233　←海洋三所 RC911-24。分离源:印度洋深海底层水样。石油烷烃降解菌。与模式菌株相似性为 99.296％。培养基 0471,25℃。

MCCC 1A01294　←海洋三所 S29-5。分离源:印度洋表层海水。石油烷烃降解菌。与模式菌株相似性为 100％。培养基 0745,26℃。

MCCC 1A01295　←海洋三所 S29-4。分离源:印度洋表层海水。石油烷烃降解菌。与模式菌株相似性为 100％。培养基 0745,26℃。

MCCC 1A01297　←海洋三所 S28-4。分离源:印度洋表层海水。石油烷烃降解菌。与模式菌株相似性为 100％。培养基 0745,26℃。

MCCC 1A01299　←海洋三所 S27-12。分离源:印度洋表层海水。石油烷烃降解菌。与模式菌株相似性为 100％。培养基 0745,26℃。

MCCC 1A01323　←海洋三所 S27-1-5B。分离源:印度洋表层海水。石油烷烃降解菌。与模式菌株相似性为 98.932％。培养基 0471,25℃。

MCCC 1A01422　←海洋三所 S25(1)。分离源:印度洋表层海水。石油烷烃降解菌。与模式菌株相似性为 99.854％。培养基 0745,26℃。

MCCC 1A01425　←海洋三所 S25(12)。分离源:印度洋南非近海表层海水。模式菌株,石油烷烃降解菌。培养基 0745,26℃。

MCCC 1A01441　←海洋三所 S32-8。分离源:印度洋表层海水。石油烷烃降解菌。与模式菌株相似性为 100％。培养基 0745,26℃。

MCCC 1A01443　←海洋三所 S32-5。分离源:印度洋表层海水。石油烷烃降解菌。与模式菌株相似性为 100％。培养基 0745,26℃。

MCCC 1A02074　←海洋三所 TG4-3。分离源:印度洋深海沉积物。石油烷烃降解菌。与模式菌株相似性为 99.864％。培养基 0471,25℃。

MCCC 1A02112　←海洋三所 S31-5。分离源:印度洋表层海水。石油烷烃降解菌。与模式菌株相似性为 100％。培养基 0745,26℃。

MCCC 1A02114　←海洋三所 S29-3。分离源:印度洋表层海水。石油烷烃降解菌。与模式菌株相似性为 100％。培养基 0745,26℃。

MCCC 1A02120　←海洋三所 S27-4。分离源:印度洋表层海水。石油烷烃降解菌,产表面活性物质。与模式菌株相似性为 100％。培养基 0745,26℃。

MCCC 1A02121　←海洋三所 S27-1。分离源:印度洋表层海水。石油烷烃降解菌。与模式菌株相似性为 100％。培养基 0745,26℃。

MCCC 1A02140　←海洋三所 S31-9。分离源:印度洋表层海水。石油烷烃降解菌。与模式菌株相似性为 100％。培养基 0745,26℃。

MCCC 1A02145　←海洋三所 44-5。分离源:印度洋表层海水。石油烷烃降解菌。与模式菌株相似性为 100％。培养基 0821,25℃。

MCCC 1A02153　←海洋三所 S30-4。分离源:印度洋表层海水。石油烷烃降解菌。与模式菌株相似性为 100％。培养基 0745,26℃。

MCCC 1A02159　←海洋三所 S30-2。分离源:印度洋表层海水。石油烷烃降解菌。与模式菌株相似性为 100％。培养基 0745,26℃。

MCCC 1A02169　←海洋三所 S23-3。分离源:印度洋表层海水。石油烷烃降解菌。与模式菌株相似性为 99.161％。培养基 0745,26℃。

MCCC 1A02170　←海洋三所 S27-6。分离源:印度洋表层海水。石油烷烃降解菌。与模式菌株相似性为 100％。培养基 0745,26℃。

MCCC 1A02177　←海洋三所 S26-4。分离源:印度洋表层海水。石油烷烃降解菌。与模式菌株相似性为 100％。培养基 0745,26℃。

MCCC 1A02257　←海洋三所 S1-9。分离源:加勒比海表层海水。石油烷烃降解菌。与模式菌株相似性为

100%。培养基 0745,28℃。

MCCC 1A02265 ←海洋三所 S2-4。分离源:加勒比海表层海水。石油烷烃降解菌。与模式菌株相似性为 100%。培养基 0745,28℃。

MCCC 1A02275 ←海洋三所 S3-5。分离源:加勒比海表层海水。石油烷烃降解菌。与模式菌株相似性为 99.848%。培养基 0745,28℃。

MCCC 1A02328 ←海洋三所 S15-8。分离源:大西洋表层海水。石油烷烃降解菌。与模式菌株相似性为 100%。培养基 0745,28℃。

MCCC 1A02346 ←海洋三所 S17-15。分离源:大西洋表层海水。石油烷烃降解菌。与模式菌株相似性为 100%。培养基 0745,28℃。

MCCC 1A02352 ←海洋三所 S10-17。分离源:大西洋表层海水。石油烷烃降解菌。与模式菌株相似性为 99.544%。培养基 0745,28℃。

MCCC 1A02401 ←海洋三所 S12-4。分离源:大西洋表层海水。石油烷烃降解菌。与模式菌株相似性为 100%。培养基 0745,28℃。

MCCC 1A02755 ←海洋三所 IB7。分离源:黄海上层海水。石油烷烃降解菌。与模式菌株相似性为 99.875%。培养基 0821,25℃。

MCCC 1A02930 ←海洋三所 JI1。分离源:东海上层海水。石油烷烃降解菌。与模式菌株相似性为 99.749%。培养基 0821,25℃。

MCCC 1A03161 ←海洋三所 52-4。分离源:印度洋表层海水。石油烷烃降解菌。与模式菌株的相似性为 100%(832/832)。培养基 0821,25℃。

MCCC 1A03163 ←海洋三所 52-7。分离源:印度洋表层海水。石油烷烃降解菌。与模式菌株的相似性为 100%(832/832)。培养基 0821,25℃。

MCCC 1A03426 ←海洋三所 M01-12-16。分离源:南沙上层海水。石油烷烃降解菌。与模式菌株相似性为 100%。培养基 1001,25℃。

MCCC 1A03904 ←海洋三所 316-7。分离源:印度洋表层海水。石油烷烃降解菌。与模式菌株相似性为 99.594%。培养基 0471,25℃。

MCCC 1A04234 ←海洋三所 pTVG9-4。分离源:太平洋热液区深海沉积物。石油烷烃降解菌。与模式菌株 相似性为 100%。培养基 0471,25℃。

MCCC 1A04272 ←海洋三所 T3AA。分离源:西南太平洋土灰色沉积物。石油烷烃降解菌。与模式菌株相 似性为 100%(766/766)。培养基 0821,28℃。

MCCC 1A04279 ←海洋三所 T4B2。分离源:西南太平洋土黄色沉积物。石油烷烃降解菌。与模式菌株相 似性为 100%(778/778)。培养基 0821,28℃。

MCCC 1A04286 ←海洋三所 T5A。分离源:西南太平洋土灰色沉积物上覆水。石油烷烃降解菌。与模式菌 株相似性为 100%(735/735)。培养基 0821,28℃。

MCCC 1A04301 ←海洋三所 T6B1。分离源:西南太平洋土灰色沉积物。石油烷烃降解菌。与模式菌株相 似性为 100%(814/814)。培养基 0821,28℃。

MCCC 1A04334 ←海洋三所 T10AA。分离源:西南太平洋土灰色沉积物。石油烷烃降解菌。与模式菌株相 似性为 100%(747/747)。培养基 0821,28℃。

MCCC 1A04363 ←海洋三所 T14AA。分离源:西南太平洋土灰色沉积物上覆水。石油烷烃降解菌。与模式 菌株相似性为 100%。培养基 0821,28℃。

MCCC 1A04372 ←海洋三所 T15AA。分离源:西南太平洋土灰色沉积物。石油烷烃降解菌。与模式菌株相 似性为 100%(747/747)。培养基 0821,28℃。

MCCC 1A04396 ←海洋三所 T16B8。分离源:西南太平洋土灰色沉积物。石油烷烃降解菌。与模式菌株相 似性为 100%(747/747)。培养基 0821,28℃。

MCCC 1A04427 ←海洋三所 T19AG。分离源:西南太平洋土灰色沉积物上覆水。石油烷烃降解菌。与模式 菌株相似性为 100%(814/814)。培养基 0821,28℃。

MCCC 1A04436 ←海洋三所 T20B1。分离源:西南太平洋土灰色沉积物。石油烷烃降解菌。与模式菌株相 似性为 100%(778/778)。培养基 0821,28℃。

MCCC 1A04453 ←海洋三所 T23AA。分离源:西南太平洋热液区沉积物。石油烷烃降解菌。与模式菌株相似性为 100%(779/779)。培养基 0821,28℃。

MCCC 1A04459　←海洋三所 T24AB。分离源:西南太平洋热液区沉积物。石油烷烃降解菌。与模式菌株相似性为 100%(788/788)。培养基 0821,28℃。

MCCC 1A04479　←海洋三所 T25AP。分离源:西南太平洋热液区沉积物。石油烷烃降解菌。与模式菌株相似性为 100%(788/788)。培养基 0821,28℃。

MCCC 1A04510　←海洋三所 T29B6。分离源:西南太平洋热液区沉积物。石油烷烃降解菌。与模式菌株相似性为 100%(788/788)。培养基 0821,28℃。

MCCC 1A04523　←海洋三所 T30AN。分离源:西南太平洋热液区硫化物。石油烷烃降解菌。与模式菌株相似性为 100%。培养基 0821,28℃。

MCCC 1A04657　←海洋三所 T45AI。分离源:西南太平洋土黄色沉积物上覆水。石油烷烃降解菌。与模式菌株相似性为 100%(747/747)。培养基 0821,28℃。

MCCC 1A04675　←海洋三所 C15AU。分离源:西南太平洋深层海水。石油烷烃降解菌。与模式菌株相似性为 99.87%(802/803)。培养基 0821,25℃。

MCCC 1A04683　←海洋三所 C18F2。分离源:西南太平洋表层海水。石油烷烃降解菌。与模式菌株相似性为 100%(747/747)。培养基 0821,25℃。

MCCC 1A04730　←海洋三所 C37AP。分离源:印度洋表层海水。石油烷烃降解菌。与模式菌株相似性为 100%(747/747)。培养基 0821,25℃。

MCCC 1A04763　←海洋三所 C46B6。分离源:西南太平洋上层海水。石油烷烃降解菌。与模式菌株相似性为 99.866%。培养基 0821,25℃。

MCCC 1A04826　←海洋三所 C66B1。分离源:西南太平洋深层海水。石油烷烃降解菌。与模式菌株相似性为 100%(779/779)。培养基 0821,25℃。

MCCC 1A04831　←海洋三所 C68AE。分离源:西南太平洋深层海水。石油烷烃降解菌。与模式菌株相似性为 98.79%(770/778)。培养基 0821,25℃。

MCCC 1A04877　←海洋三所 C79AA。分离源:西南太平洋深层海水。石油烷烃降解菌。与模式菌株相似性为 100%(814/814)。培养基 0821,25℃。

MCCC 1A04999　←海洋三所 C2AA。分离源:西南太平洋下层海水。石油烷烃降解菌。与模式菌株相似性为 100%(814/814)。培养基 0821,25℃。

MCCC 1A05034　←海洋三所 L52-1-22A。分离源:南海表层海水。石油烷烃降解菌。与模式菌株相似性为 99.878%。培养基 0471,25℃。

MCCC 1A05040　←海洋三所 L52-1-31A。分离源:南海表层海水。石油烷烃降解菌。与模式菌株相似性为 99.878%。培养基 0471,25℃。

MCCC 1A05055　←海洋三所 L52-1-9A。分离源:南海表层海水。石油烷烃降解菌。与模式菌株相似性为 99.878%。培养基 0471,25℃。

MCCC 1A05056　←海洋三所 L52-1-9B。分离源:南海表层海水。石油烷烃降解菌。与模式菌株相似性为 99.878%。培养基 0471,25℃。

MCCC 1A05086　←海洋三所 L53-1-16。分离源:南海表层海水。石油烷烃降解菌。与模式菌株相似性为 99.878%。培养基 0471,25℃。

MCCC 1A05100　←海洋三所 L53-1-41。分离源:南海表层海水。石油烷烃降解菌。与模式菌株相似性为 99.878%。培养基 0471,25℃。

MCCC 1A05107　←海洋三所 L53-1-9。分离源:南海表层海水。石油烷烃降解菌。与模式菌株相似性为 99.878%。培养基 0471,25℃。

MCCC 1A05135　←海洋三所 L53-10-59。分离源:南海深层海水。石油烷烃降解菌。与模式菌株相似性为 99.878%。培养基 0471,25℃。

MCCC 1A05258　←海洋三所 C49B4。分离源:西南太平洋下层海水。石油烷烃降解菌。与模式菌株相似性为 100%(747/747)。培养基 0821,25℃。

MCCC 1A05283　←海洋三所 C56B10。分离源:西南太平洋深层海水。石油烷烃降解菌。与模式菌株相似性为 100%(747/747)。培养基 0821,25℃。

MCCC 1A05299　←海洋三所 C66AG。分离源:西南太平洋深层海水。石油烷烃降解菌。与模式菌株相似性为 99.38%。培养基 0821,28℃。

MCCC 1A05351　←海洋三所 C73B8。分离源:西南太平洋深层海水。石油烷烃降解菌。与模式菌株相似性
为 100%(778/778)。培养基 0821,25℃。

MCCC 1A05503　←海洋三所 BN-8。分离源:南海海水。石油烷烃降解菌。与模式菌株相似性为 98.856%
(778/787)。培养基 0821,28℃。

MCCC 1A05528　←海洋三所 F6-14。分离源:南海海水。石油烷烃降解菌。与模式菌株相似性为 99.868%
(765/766)。培养基 0821,28℃。

MCCC 1A05544　←海洋三所 H7-12。分离源:南海海水。石油烷烃降解菌。与模式菌株相似性为 99.864%
(765/766)。培养基 0821,28℃。

MCCC 1A05700　←海洋三所 NH57A。分离源:南沙美济礁泻湖珊瑚沙颗粒。石油烷烃降解菌。与模式菌
株相似性为 99.869%(795/796)。培养基 0821,25℃。

MCCC 1A05715　←海洋三所 NH57W。分离源:南沙美济礁泻湖珊瑚沙颗粒。石油烷烃降解菌。与模式菌
株相似性为 99.85%(795/796)。培养基 0821,25℃。

MCCC 1A05732　←海洋三所 NH60P。分离源:南沙美济礁周围海水。石油烷烃降解菌。与模式菌株相似性
为 99.869%(795/796)。培养基 0821,25℃。

MCCC 1B00624　←海洋一所 CJJK52。分离源:江苏南通启东表层海水。与模式菌株相似性为 100%。培养
基 0471,20~25℃。

MCCC 1B00642　←海洋一所 DJNY31。分离源:江苏南通如东表层沉积物。与模式菌株相似性为 100%培养
基 0471,20~25℃。

MCCC 1A04086　←海洋三所 C29AD。分离源:印度洋表层海水。石油烷烃降解菌。与模式菌株相似性为
100%。培养基 0821,25℃。

MCCC 1A05541　←海洋三所 H1-5B。分离源:南海海水。石油烷烃降解菌。与模式菌株相似性为 100%。
培养基 0821,28℃。

Alcanivorax dieselolei Liu and Shao 2005 柴油食烷菌

模式菌株 *Alcanivorax dieselolei* B-5(T) AY683537

MCCC 1A00001　←海洋三所 B-5。=DSM 16502=CGMCC 1.3690。分离源:渤海湾胜利油田黄河码头近海
表层海水。模式菌株,降解直链烷烃 C6~C32。培养基 0472,28℃。

MCCC 1A00246　←海洋三所 Ck13-4。分离源:大西洋深海底层海水。石油烷烃降解菌。与模式菌株相似性
为 99.716%。培养基 0745,18~28℃。

MCCC 1A00275　←海洋三所 NO1A。分离源:太平洋深海海底沉积物。石油烷烃降解菌。与模式菌株相似
性为 99.658%。培养基 0472,28℃。

MCCC 1A00476　←海洋三所 MC8C。分离源:大西洋深海底层海水。石油烷烃降解菌。与模式菌株相似性
为 99.864%。培养基 0471,25℃。

MCCC 1A00831　←海洋三所 B-1084。分离源:东太平洋水体底层。石油烷烃降解菌。与模式菌株相似性为
99.854%。培养基 0471,4℃。

MCCC 1A00858　←海洋三所 B-3025。分离源:东太平洋水体底层。石油烷烃降解菌。与模式菌株相似性为
96.495%。培养基 0471,4℃。

MCCC 1A00959　←海洋三所 PR56-2。分离源:印度洋深海底层水样。石油烷烃降解菌。与模式菌株相似性
为 99.864%。培养基 0471,25℃。

MCCC 1A00960　←海洋三所 CIC4N-18。分离源:印度洋深海底层水样。石油烷烃降解菌。与模式菌株相似
性为 99.864%。培养基 0471,25℃。

MCCC 1A00961　←海洋三所 2CR51-5。分离源:印度洋深海底层水样。石油烷烃降解菌。与模式菌株相似
性为 99.864%。培养基 0471,25℃。

MCCC 1A00962　←海洋三所 2PR53-5。分离源:印度洋深海底层水样。石油烷烃降解菌。与模式菌株相似
性为 99.864%。培养基 0471,25℃。

MCCC 1A00963　←海洋三所 RC95-3。分离源:印度洋深海底层水样。石油烷烃降解菌。与模式菌株相似性
为 99.864%。培养基 0471,25℃。

MCCC 1A00964 ←海洋三所 CR57-6。分离源:印度洋深海底层水样。石油烷烃降解菌。与模式菌株相似性为 99.864%。培养基 0471,25℃。

MCCC 1A00965 ←海洋三所 2CR56-6。分离源:印度洋深海底层水样。石油烷烃降解菌。与模式菌株相似性为 99.864%。培养基 0471,25℃。

MCCC 1A00966 ←海洋三所 CR57-3。分离源:印度洋深海底层水样。石油烷烃降解菌。与模式菌株相似性为 99.864%。培养基 0471,25℃。

MCCC 1A00967 ←海洋三所 NIC13P-8。分离源:印度洋深海底层水样。石油烷烃降解菌。与模式菌株相似性为 99.864%。培养基 0471,25℃。

MCCC 1A00968 ←海洋三所 2PR54-20。分离源:印度洋深海底层水样。石油烷烃降解菌。与模式菌株相似性为 99.864%。培养基 0471,25℃。

MCCC 1A00969 ←海洋三所 PR53-4。分离源:印度洋深海底层水样。石油烷烃降解菌。与模式菌株相似性为 99.864%。培养基 0471,25℃。

MCCC 1A00970 ←海洋三所 SR93-15。分离源:印度洋深海底层水样。石油烷烃降解菌。与模式菌株相似性为 99.864%。培养基 0471,25℃。

MCCC 1A00971 ←海洋三所 2PR57-4。分离源:印度洋深海底层水样。石油烷烃降解菌。与模式菌株相似性为 99.864%。培养基 0471,25℃。

MCCC 1A01007 ←海洋三所 CTD99-14。分离源:印度洋深海底层水样。石油烷烃降解菌。与模式菌株相似性为 99.864%。培养基 0471,25℃。

MCCC 1A01046 ←海洋三所 MB6B。分离源:大西洋洋中脊深海底层水样。石油烷烃降解菌。与模式菌株相似性为 99.864%。培养基 0471,25℃。

MCCC 1A01100 ←海洋三所 PF14F。分离源:印度洋深海底层水样。石油烷烃降解菌。与模式菌株相似性为 99.864%。培养基 0471,25℃。

MCCC 1A01108 ←海洋三所 PF17F。分离源:印度洋深海底层水样。石油烷烃降解菌。与模式菌株相似性为 99.864%。培养基 0471,25℃。

MCCC 1A01128 ←海洋三所 PD8D。分离源:印度洋深海底层水样。石油烷烃降解菌。与模式菌株相似性为 99.864%。培养基 0471,25℃。

MCCC 1A01129 ←海洋三所 PE14B。分离源:印度洋深海底层水样。石油烷烃降解菌。与模式菌株相似性为 99.864%。培养基 0471,25℃。

MCCC 1A01147 ←海洋三所 MARMC2M。分离源:大西洋深海沉积物。石油烷烃降解菌。与模式菌株相似性为 99.762%。培养基 0471,28℃。

MCCC 1A01174 ←海洋三所 MARMC3C。分离源:大西洋深海沉积物。石油烷烃降解菌。与模式菌株相似性为 99.639%。培养基 0471,28℃。

MCCC 1A01176 ←海洋三所 39。分离源:印度洋深海热液口沉积物。石油烷烃降解菌。与模式菌株相似性为 99.682%。培养基 0472,25℃。

MCCC 1A01184 ←海洋三所 80。分离源:印度洋深海热液口沉积物。石油烷烃降解菌。与模式菌株相似性为 99.685%。培养基 0471,25℃。

MCCC 1A01193 ←海洋三所 42-1。分离源:印度洋表层海水。石油烷烃降解菌。与模式菌株相似性为 99.621%(820/824)。培养基 0821,25℃。

MCCC 1A01206 ←海洋三所 MARC2COS。分离源:大西洋深海沉积物。石油烷烃降解菌。与模式菌株相似性为 99.753%。培养基 0471,26℃。

MCCC 1A01216 ←海洋三所 PR52-3。分离源:印度洋深海底层水样。石油烷烃降解菌。与模式菌株相似性为 99.627%。培养基 0471,25℃。

MCCC 1A01237 ←海洋三所 2CR51-2。分离源:印度洋深海底层水样。石油烷烃降解菌。与模式菌株相似性为 99.632%。培养基 0471,25℃。

MCCC 1A01272 ←海洋三所 43-1。分离源:印度洋表层海水。石油烷烃降解菌。与模式菌株相似性为 99.749%(828/831)。培养基 0821,25℃。

MCCC 1A01290 ←海洋三所 S30-10-1。分离源:印度洋表层海水。石油烷烃降解菌。与模式菌株相似性为 99.71%。培养基 0745,26℃。

MCCC 1A01317　←海洋三所 S24-2-A。分离源:印度洋表层海水。石油烷烃降解菌。与模式菌株相似性为99.814%。培养基 0471,25℃。

MCCC 1A01327　←海洋三所 S29-1-7。分离源:印度洋表层海水。石油烷烃降解菌。与模式菌株相似性为99.255%。培养基 0471,25℃。

MCCC 1A01359　←海洋三所 6-D-6。分离源:厦门近岸表层海水。石油烷烃降解菌。与模式菌株相似性为99.389%。培养基 0472,28℃。

MCCC 1A01360　←海洋三所 6-D-1。分离源:厦门近岸表层海水。石油烷烃降解菌。与模式菌株相似性为99.549%。培养基 0472,28℃。

MCCC 1A01361　←海洋三所 3-C-3。分离源:厦门近岸表层海水。石油烷烃降解菌。与模式菌株相似性为99.695%。培养基 0472,28℃。

MCCC 1A01380　←海洋三所 S70-2-1 小。分离源:印度洋表层海水。石油烷烃降解菌。与模式菌株相似性为99.497%。培养基 0471,25℃。

MCCC 1A01419　←海洋三所 S32-10。分离源:印度洋表层海水。石油烷烃降解菌。与模式菌株相似性为99.708%。培养基 0745,26℃。

MCCC 1A01435　←海洋三所 MARC4COA14。分离源:大西洋深海沉积物。石油烷烃降解菌。与模式菌株相似性为99.757%。培养基 0471,25℃。

MCCC 1A01439　←海洋三所 S32-7。分离源:印度洋表层海水。石油烷烃降解菌。与模式菌株相似性为99.562%。培养基 0745,26℃。

MCCC 1A01442　←海洋三所 S32-6。分离源:印度洋表层海水。石油烷烃降解菌,产表面活性物质。与模式菌株相似性为99.565%。培养基 0745,26℃。

MCCC 1A01451　←海洋三所 A-1-1。分离源:印度洋表层海水。石油烷烃降解菌,产表面活性物质。与模式菌株相似性为99.602%。培养基 0745,26℃。

MCCC 1A01452　←海洋三所 A-5-2。分离源:印度洋表层海水。石油烷烃降解菌。与模式菌株相似性为99.593%。培养基 0745,26℃。

MCCC 1A01456　←海洋三所 7-D-1。分离源:厦门近岸表层海水。石油烷烃降解菌。与模式菌株相似性为99.708%。培养基 0472,26℃。

MCCC 1A01458　←海洋三所 A-3-1。分离源:印度洋表层海水。石油烷烃降解菌,产表面活性物质。与模式菌株相似性为99.58%。培养基 0333,26℃。

MCCC 1A01471　←海洋三所 I-C-2。分离源:厦门滩涂泥样。石油烷烃降解菌。与模式菌株相似性为99.122%。培养基 0472,26℃。

MCCC 1A02075　←海洋三所 PC123-1。分离源:印度洋深海底层水样。石油烷烃降解菌。与模式菌株相似性为99.864%。培养基 0471,25℃。

MCCC 1A02076　←海洋三所 PC139-12。分离源:印度洋深海底层水样。石油烷烃降解菌。与模式菌株相似性为99.864%。培养基 0471,25℃。

MCCC 1A02077　←海洋三所 PC125-3。分离源:印度洋深海底层水样。石油烷烃降解菌。与模式菌株相似性为99.864%。培养基 0471,25℃。

MCCC 1A02078　←海洋三所 PC93-10。分离源:印度洋深海底层水样。石油烷烃降解菌。与模式菌株相似性为99.864%。培养基 0471,25℃。

MCCC 1A02105　←海洋三所 S25-8。分离源:印度洋表层海水。石油烷烃降解菌。与模式菌株相似性为99.714%。培养基 0745,26℃。

MCCC 1A02108　←海洋三所 S24-10。分离源:印度洋表层海水。石油烷烃降解菌,产表面活性物质。与模式菌株相似性为99.672%。培养基 0745,26℃。

MCCC 1A02109　←海洋三所 S32-11。分离源:印度洋表层海水。石油烷烃降解菌,产表面活性物质。与模式菌株相似性为99.699%。培养基 0745,26℃。

MCCC 1A02111　←海洋三所 S31-10。分离源:印度洋表层海水。石油烷烃降解菌,产表面活性物质。与模式菌株相似性为99.708%。培养基 0745,26℃。

MCCC 1A02113　←海洋三所 S30-1。分离源:印度洋表层海水。石油烃类降解菌。与模式菌株相似性为99.726%。培养基 0745,26℃。

MCCC 1A02133 ←海洋三所 44-1。分离源:印度洋表层海水。石油烷烃降解菌。与模式菌株相似性为 99.749%。培养基 0821,25℃。

MCCC 1A02135 ←海洋三所 S24-1。分离源:印度洋表层海水。石油烷烃降解菌。与模式菌株相似性为 99.721%。培养基 0745,26℃。

MCCC 1A02147 ←海洋三所 S25-6。分离源:印度洋表层海水。石油烷烃降解菌,产表面活性物质。与模式 菌株相似性为 99.692%。培养基 0745,26℃。

MCCC 1A02152 ←海洋三所 S31-3。分离源:印度洋表层海水。石油烷烃降解菌。与模式菌株相似性为 99.722%。培养基 0745,26℃。

MCCC 1A02156 ←海洋三所 45-3。分离源:印度洋表层海水。石油烷烃降解菌。与模式菌株相似性为 99.621%。培养基 0821,25℃。

MCCC 1A02203 ←海洋三所 H3A。分离源:厦门近海表层海水。石油烷烃降解菌。与模式菌株相似性为 99.885%。培养基 0821,25℃。

MCCC 1A02289 ←海洋三所 S8-11。分离源:大西洋表层海水。石油烷烃降解菌。与模式菌株相似性为 99.696%。培养基 0745,28℃。

MCCC 1A02294 ←海洋三所 S9-7。分离源:大西洋表层海水。石油烷烃降解菌。与模式菌株相似性为 99.698%。培养基 0745,28℃。

MCCC 1A02303 ←海洋三所 S10-1。分离源:大西洋表层海水。石油烷烃降解菌。与模式菌株相似性为 99.859%。培养基 0745,28℃。

MCCC 1A02309 ←海洋三所 S10-8。分离源:大西洋表层海水。石油烷烃降解菌。与模式菌株相似性为 99.696%。培养基 0745,28℃。

MCCC 1A02319 ←海洋三所 S11-6。分离源:大西洋表层海水。石油烷烃降解菌。与模式菌株相似性为 99.696%。培养基 0745,28℃。

MCCC 1A02333 ←海洋三所 S15-16。分离源:大西洋表层海水。石油烷烃降解菌。与模式菌株相似性为 99.696%。培养基 0745,28℃。

MCCC 1A02367 ←海洋三所 S4-11。分离源:大西洋表层海水。石油烷烃降解菌。与模式菌株相似性为 99.716%。培养基 0745,28℃。

MCCC 1A02372 ←海洋三所 S5-1。分离源:大西洋表层海水。石油烷烃降解菌。与模式菌株相似性为 99.021%。培养基 0745,28℃。

MCCC 1A02378 ←海洋三所 S6-1。分离源:大西洋表层海水。石油烷烃降解菌。与模式菌株相似性为 99.7%。培养基 0745,28℃。

MCCC 1A02388 ←海洋三所 S7-1。分离源:大西洋表层海水。石油烷烃降解菌。与模式菌株相似性为 99.684%。培养基 0745,28℃。

MCCC 1A02400 ←海洋三所 S12-2。分离源:大西洋表层海水。石油烷烃降解菌。与模式菌株相似性为 99.697%。培养基 0745,28℃。

MCCC 1A02406 ←海洋三所 S13-13。分离源:大西洋表层海水。石油烷烃降解菌。与模式菌株相似性为 99.695%。培养基 0745,28℃。

MCCC 1A02420 ←海洋三所 S14-14。分离源:大西洋表层海水。石油烷烃降解菌。与模式菌株相似性为 99.705%。培养基 0745,28℃。

MCCC 1A02434 ←海洋三所 S16-2。分离源:大西洋表层海水。石油烷烃降解菌。与模式菌株相似性为 99.704%。培养基 0745,28℃。

MCCC 1A02439 ←海洋三所 S18-20。分离源:大西洋表层海水。石油烷烃降解菌。与模式菌株相似性为 99.569%。培养基 0745,28℃。

MCCC 1A02650 ←海洋三所 LMC2-16。分离源:太平洋深海热液区沉积物。石油烷烃降解菌。与模式菌株 相似性为 99.793%。培养基 0471,28℃。

MCCC 1A02777 ←海洋三所 IG3。分离源:黄海表层海水。石油烷烃降解菌。与模式菌株相似性为 99.748%。培养基 0472,25℃。

MCCC 1A02799 ←海洋三所 F1Mire-4。分离源:北海沉积物。石油烷烃降解菌。与模式菌株相似性为 99.781%。培养基 0472,28℃。

MCCC 1A02819 ←海洋三所 IM12。分离源:黄海上层海水。石油烷烃降解菌。与模式菌株相似性为
99.748％。培养基 0472,25℃。

MCCC 1A02922 ←海洋三所 JG4。分离源:黄海上层海水。石油烷烃降解菌。与模式菌株相似性为
99.748％。培养基 0472,25℃。

MCCC 1A02927 ←海洋三所 JH4。分离源:东海表层海水。石油烷烃降解菌。与模式菌株相似性为
99.748％。培养基 0821,25℃。

MCCC 1A03020 ←海洋三所 Q6。分离源:大西洋洋中脊深海沉积物(表层下 2.5m)。石油烷烃降解菌。与
模式菌株相似性为 99.748％。培养基 0821,25℃。

MCCC 1A03050 ←海洋三所 AS-I2-9。分离源:印度洋深海沉积物。抗五价砷,石油烷烃降解菌。与模式菌
株相似性为 99.574％。培养基 0745,18～28℃。

MCCC 1A03141 ←海洋三所 47-3。分离源:印度洋表层海水。石油烷烃降解菌。与模式菌株的相似性为
99.747％(814/817)。培养基 0821,25℃。

MCCC 1A03145 ←海洋三所 49-4。分离源:印度洋表层海水。石油烷烃降解菌。与模式菌株的相似性为
99.752％(828/831)。培养基 0821,25℃。

MCCC 1A03159 ←海洋三所 52-3。分离源:印度洋表层海水。石油烷烃降解菌。与模式菌株的相似性为
99.627％(885/889)。培养基 0821,25℃。

MCCC 1A03160 ←海洋三所 52-3A。分离源:印度洋表层海水。石油烷烃降解菌。与模式菌株的相似性为
99.627％(880/884)。培养基 0821,25℃。

MCCC 1A03184 ←海洋三所 tf-18。分离源:大西洋深海海水。石油烷烃降解菌。与模式菌株相似性为
99.621％。培养基 0002,28℃。

MCCC 1A03186 ←海洋三所 tf-24。分离源:大西洋洋中脊深海沉积物。石油烷烃降解菌。与模式菌株相似
性为 99.495％。培养基 0002,28℃。

MCCC 1A03926 ←海洋三所 330-1。分离源:印度洋表层海水。石油烷烃降解菌。与模式菌株相似性为
99.738％。培养基 0471,25℃。

MCCC 1A03928 ←海洋三所 331-1。分离源:印度洋表层海水。石油烷烃降解菌。与模式菌株相似性为
99.073％。培养基 0471,25℃。

MCCC 1A03940 ←海洋三所 408-2。分离源:印度洋表层海水。石油烷烃降解菌。与模式菌株相似性为
99.738％。培养基 0471,25℃。

MCCC 1A03952 ←海洋三所 510-1。分离源:印度洋表层海水。石油烷烃降解菌。与模式菌株相似性为
99.073％。培养基 0471,25℃。

MCCC 1A03958 ←海洋三所 318-7。分离源:印度洋表层海水。石油烷烃降解菌。与模式菌株相似性为
99.593％。培养基 0471,25℃。

MCCC 1A04214 ←海洋三所 OMC2(05)-2。分离源:太平洋深海热液区沉积物。石油烷烃降解菌。与模式
菌株相似性为 99.739％。培养基 0471,25℃。

MCCC 1A04228 ←海洋三所 pTVG2-2。分离源:太平洋深海热液区沉积物。石油烷烃降解菌。与模式菌株
相似性为 99.739％。培养基 0471,25℃。

MCCC 1A04263 ←海洋三所 T2AA。分离源:西南太平洋土黄色沉积物。石油烷烃降解菌。与模式菌株相
似性为 99.734％(784/787)。培养基 0821,28℃。

MCCC 1A04287 ←海洋三所 T5AF。分离源:西南太平洋土灰色沉积物上覆水。石油烷烃降解菌。与模式
菌株相似性为 99.738％(810/813)。培养基 0821,28℃。

MCCC 1A04366 ←海洋三所 T14AD。分离源:西南太平洋土灰色沉积物上覆水。石油烷烃降解菌。与模式
菌株相似性为 99.719％(744/747)。培养基 0821,28℃。

MCCC 1A04402 ←海洋三所 T17B4。分离源:西南太平洋土灰色沉积物。石油烷烃降解菌。与模式菌株相
似性为 99.73％(774/777)。培养基 0821,28℃。

MCCC 1A04411 ←海洋三所 T18AA。分离源:西南太平洋土黄色沉积物上覆水。石油烷烃降解菌。与模式
菌株相似性为 99.73％(774/777)。培养基 0821,28℃。

MCCC 1A04428 ←海洋三所 T19AL。分离源:西南太平洋土灰色沉积物上覆水。石油烷烃降解菌。与模式
菌株相似性为 99.732％(778/781)。培养基 0821,28℃。

MCCC 1A04511 　←海洋三所 T29B8。分离源:西南太平洋热液区沉积物。石油烷烃降解菌。与模式菌株相似性为 99.73%(774/777)。培养基 0821,28℃。

MCCC 1A04545 　←海洋三所 T34AB。分离源:西南太平洋土黄色沉积物上覆水。石油烷烃降解菌。与模式菌株相似性为 99.738%。培养基 0821,28℃。

MCCC 1A04594 　←海洋三所 T40B1。分离源:西南太平洋深海沉积物上覆水。石油烷烃降解菌。与模式菌株相似性为 99.732%(779/782)。培养基 0821,28℃。

MCCC 1A04639 　←海洋三所 T44AC。分离源:西南太平洋土黄色沉积物。石油烷烃降解菌。与模式菌株相似性为 99.73%(774/777)。培养基 0821,28℃。

MCCC 1A04692 　←海洋三所 C20AB。分离源:印度洋表层海水。石油烷烃降解菌。与模式菌株相似性为 99.73%(774/777)。培养基 0821,25℃。

MCCC 1A04711 　←海洋三所 C2AB。分离源:西南太平洋下层海水。石油烷烃降解菌。与模式菌株相似性为 99.72%(744/747)。培养基 0821,25℃。

MCCC 1A04753 　←海洋三所 C44B2。分离源:西南太平洋上层海水。石油烷烃降解菌。与模式菌株相似性为 99.732%(779/782)。培养基 0821,25℃。

MCCC 1A04767 　←海洋三所 C4AB。分离源:西南太平洋深层海水。石油烷烃降解菌。与模式菌株相似性为 99.73%(774/777)。培养基 0821,25℃。

MCCC 1A04911 　←海洋三所 C9AA。分离源:西南太平洋上层海水。石油烷烃降解菌。与模式菌株相似性为 99.743%(810/813)。培养基 0821,25℃。

MCCC 1A04957 　←海洋三所 C1AA。分离源:西南太平洋上层海水。石油烷烃降解菌。与模式菌株相似性为 99.73%(774/777)。培养基 0821,25℃。

MCCC 1A05423 　←海洋三所 Er13。分离源:南海海水。石油烷烃降解菌。与模式菌株相似性为 99.588%(762/765)。培养基 0471,28℃。

MCCC 1A05470 　←海洋三所 A7-2。分离源:南海海水。石油烷烃降解菌。与模式菌株相似性为 99.726%(762/764)。培养基 0821,28℃。

MCCC 1A05471 　←海洋三所 A9-1。分离源:南海海水。石油烷烃降解菌。与模式菌株相似性为 99.726%(761/764)。培养基 0821,28℃。

MCCC 1A05496 　←海洋三所 B15-2。分离源:南海海水。石油烷烃降解菌。与模式菌株相似性为 99.726%(761/764)。培养基 0821,28℃。

MCCC 1A05500 　←海洋三所 B18-1。分离源:南海海水。石油烷烃降解菌。与模式菌株相似性为 98.999%。培养基 0821,28℃。

MCCC 1A05624 　←海洋三所 19-B1-39。分离源:南海深海沉积物。石油烷烃降解菌。与模式菌株相似性为 99.641%。培养基 0471,28℃。

MCCC 1A05729 　←海洋三所 NH60B。分离源:南沙美济礁周围混合海水。石油烷烃降解菌。与模式菌株相似性为 99.737%(793/796)。培养基 0821,25℃。

MCCC 1A05843 　←海洋三所 B302-B1-1。分离源:南沙浅黄色泥质。石油烷烃降解菌。与模式菌株相似性为 99.733%(780/783)。培养基 0821,25℃。

MCCC 1A05874 　←海洋三所 BX-B1-16。分离源:南沙潟湖珊瑚沙颗粒。石油烷烃降解菌。与模式菌株相似性为 99.343%(791/796)。培养基 0821,25℃。

MCCC 1B00578 　←海洋一所 DJCJ39。分离源:江苏南通如东底层海水。石油烷烃降解菌。与模式菌株相似性为 99.762%。培养基 0471,20～25℃。

MCCC 1A05661 　←海洋三所 C15AG。分离源:西南太平洋深层海水。石油烷烃降解菌。与模式菌株相似性为 99.729%。

Alcanivorax hongdengensis Wu *et al*. 2009 红灯食烷菌

模式菌株 *Alcanivorax hongdengensis* A-11-3(T) EU438901

MCCC 1A01496 　←海洋三所 A-11-3。=CGMCC 1.7084T =LMG 24624T。分离源:印度洋马六甲海峡表层海水。模式菌株,可降解 C8～C36 烷烃,产表面活性物质。培养基 0333,26℃。

Alcanivorax jadensis Fernández-Martínez *et al.* 2003 亚德食烷菌

模式菌株 *Alcanivorax jadensis* T9(T) AJ001150

MCCC 1A01030 ←DSM 12178。原始号 T9。= ATCC 700854 = CECT 5356 = DSM 12178。分离源:德国潮间带。模式菌株,烷烃生物降解。培养基 0471,25℃。

MCCC 1A00972 ←海洋三所 R6-35。分离源:印度洋深海底层水样。石油烷烃降解菌。与模式菌株相似性为 99.247%。培养基 0471,25℃。

MCCC 1A00973 ←海洋三所 2CR54-10。分离源:印度洋深海底层水样。石油烷烃降解菌。与模式菌株相似性为 99.247%。培养基 0471,25℃。

MCCC 1A01461 ←海洋三所 A-22-7。分离源:印度洋表层海水。石油烷烃降解菌。与模式菌株相似性为 99.433%。培养基 0472,26℃。

MCCC 1A01470 ←海洋三所 MARC2CO8。分离源:大西洋深海沉积物。石油烷烃降解菌。与模式菌株相似性为 99.156%。培养基 0471,26℃。

MCCC 1A02295 ←海洋三所 S9-8。分离源:大西洋表层海水。石油烷烃降解菌。与模式菌株相似性为 99.544%。培养基 0745,28℃。

MCCC 1A02363 ←海洋三所 S4-4。分离源:大西洋表层海水。石油烷烃降解菌。与模式菌株相似性为 98.684%。培养基 0745,28℃。

MCCC 1A02769 ←海洋三所 ID18。分离源:黄海上层海水。石油烷烃降解菌。与模式菌株相似性为 99.121%。培养基 0472,25℃。

MCCC 1A02869 ←海洋三所 IV7。分离源:黄海上层海水。石油烷烃降解菌。与模式菌株相似性为 99.121%。培养基 0472,25℃。

MCCC 1A02940 ←海洋三所 JK7。分离源:黄海上层海水。石油烷烃降解菌。与模式菌株相似性为 99.121%。培养基 0472,25℃。

MCCC 1A02943 ←海洋三所 JK12。分离源:东海上层海水。石油烷烃降解菌。与模式菌株相似性为 99.119%。培养基 0821,25℃。

MCCC 1A03087 ←海洋三所 MN-M1-1。分离源:大西洋深海热液区沉积物。抗二价锰,降解石油烷烃。与模式菌株相似性为 99.361%。培养基 0745,18~28℃。

MCCC 1A03091 ←海洋三所 AS-M6-5。分离源:大西洋热液区土黄色沉积物。抗五价砷,降解石油烷烃。与模式菌株相似性为 99.007%。培养基 0745,18~28℃。

MCCC 1A03174 ←海洋三所 tf-17。分离源:大西洋深海沉积物上覆水。石油烷烃降解菌。与模式菌株的相似性为 98.879%。培养基 0002,28℃。

MCCC 1A03202 ←海洋三所 PC3。分离源:印度洋深海水样。石油烷烃降解菌。与模式菌株相似性为 99.208%。培养基 0821,28℃。

MCCC 1A03421 ←海洋三所 M01-10C。分离源:南沙上层海水。石油烷烃降解菌。与模式菌株相似性为 99.042%。培养基 1001,25℃。

MCCC 1A03447 ←海洋三所 M01-12-2。分离源:南沙上层海水。石油烷烃降解菌。与模式菌株相似性为 98.887%。培养基 1001,25℃。

MCCC 1A03448 ←海洋三所 M01-12-4。分离源:南沙上层海水。石油烷烃降解菌。与模式菌株相似性为 98.932%。培养基 1001,25℃。

MCCC 1A03518 ←海洋三所 C50B5。分离源:西南太平洋下层海水。石油烷烃降解菌。与模式菌株相似性为 99.333%。培养基 0821,25℃。

MCCC 1A03522 ←海洋三所 MJ01-12-9。分离源:南沙上层海水。石油烷烃降解菌。与模式菌株相似性为 98.932%。培养基 0821,25℃。

MCCC 1A03814 ←海洋三所 19III-S24 LBOX4 b。分离源:西南印度洋洋中脊热液区。石油烷烃降解菌。与模式菌株相似性为 99.061%。培养基 0471,4~20℃。

MCCC 1A03933 ←海洋三所 405-1。分离源:印度洋表层海水。石油烷烃降解菌。与模式菌株相似性为 99.157%。培养基 0471,25℃。

MCCC 1A04112 ←海洋三所 NH28C。分离源:南沙土黄色泥质。石油烷烃降解菌。与模式菌株相似性为 99.429%。培养基 0821,25℃。

MCCC 1A04142　←海洋三所 NH38N。分离源:南沙褐色沙质。石油烷烃降解菌。与模式菌株相似性为 99.101%。培养基 0821,25℃。

MCCC 1A04364　←海洋三所 T14B。分离源:西南太平洋海底沉积物上覆水。石油烷烃降解菌。与模式菌株相似性为 99.469%。培养基 0821,28℃。

MCCC 1A04365　←海洋三所 T14H。分离源:西南太平洋海底沉积物上覆水。石油烷烃降解菌。与模式菌株相似性为 99.429%。培养基 0821,28℃。

MCCC 1A04373　←海洋三所 T15C。分离源:西南太平洋土灰色沉积物。石油烷烃降解菌。与模式菌株相似性为 99.866%。培养基 0821,28℃。

MCCC 1A04395　←海洋三所 T16E。分离源:西南太平洋土灰色沉积物。石油烷烃降解菌。与模式菌株相似性为 99.857%。培养基 0821,28℃。

MCCC 1A04413　←海洋三所 T18B。分离源:西南太平洋海底沉积物上覆水。石油烷烃降解菌。与模式菌株相似性为 99.098%(806/814)。培养基 0821,28℃。

MCCC 1A04414　←海洋三所 T18N。分离源:西南太平洋海底沉积物上覆水。石油烷烃降解菌。与模式菌株相似性为 99.478%。培养基 0821,28℃。

MCCC 1A04437　←海洋三所 T20C。分离源:西南太平洋土灰色沉积物。石油烷烃降解菌。与模式菌株相似性为 99.869%。培养基 0821,28℃。

MCCC 1A04452　←海洋三所 T23AC。分离源:西南太平洋热液区沉积物。石油烷烃降解菌。与模式菌株相似性为 99.466%。培养基 0821,28℃。

MCCC 1A04496　←海洋三所 T28AG。分离源:西南太平洋热液区沉积物。石油烷烃降解菌。与模式菌株相似性为 99.084%(790/798)。培养基 0821,28℃。

MCCC 1A04636　←海洋三所 T44A1。分离源:西南太平洋土黄色沉积物。石油烷烃降解菌。与模式菌株相似性为 99.462%。培养基 0821,28℃。

MCCC 1A04637　←海洋三所 T44C1。分离源:西南太平洋土黄色沉积物。石油烷烃降解菌。与模式菌株相似性为 99.001%。培养基 0821,28℃。

MCCC 1A04754　←海洋三所 C45B7。分离源:西南太平洋上层海水。石油烷烃降解菌。与模式菌株相似性为 99.064%。培养基 0821,25℃。

MCCC 1A04760　←海洋三所 C46AJ。分离源:西南太平洋上层海水。石油烷烃降解菌。与模式菌株相似性为 99.058%(770/778)。培养基 0821,25℃。

MCCC 1A04771　←海洋三所 C6AH。分离源:西南太平洋下层海水。石油烷烃降解菌。与模式菌株相似性为 99.093%。培养基 0821,25℃。

MCCC 1A04875　←海洋三所 C78AG。分离源:西南太平洋深层海水。石油烷烃降解菌。与模式菌株相似性为 99.058%。培养基 0821,25℃。

MCCC 1A04886　←海洋三所 C80AB。分离源:西南太平洋深层海水。石油烷烃降解菌。与模式菌株相似性为 99.07%。培养基 0821,25℃。

MCCC 1A05006　←海洋三所 L51-1-4。分离源:南海表层海水。石油烷烃降解菌。与模式菌株相似性为 99.157%(857/866)。培养基 0471,25℃。

MCCC 1A05012　←海洋三所 L51-1-5。分离源:南海表层海水。石油烷烃降解菌。与模式菌株相似性为 99.157%(857/866)。培养基 0471,25℃。

MCCC 1A05027　←海洋三所 L52-1-1。分离源:南海表层海水。石油烷烃降解菌。与模式菌株相似性为 99.886%(856/861)。培养基 0471,25℃。

MCCC 1A05039　←海洋三所 L52-1-30B。分离源:南海表层海水。石油烷烃降解菌。与模式菌株相似性为 99.157%(857/866)。培养基 0471,25℃。

MCCC 1A05043　←海洋三所 L52-1-38C。分离源:南海表层海水。石油烷烃降解菌。与模式菌株相似性为 99.157%(857/866)。培养基 0471,25℃。

MCCC 1A05065　←海洋三所 L52-11-25B。分离源:南海深层海水。石油烷烃降解菌。与模式菌株相似性为 99.19%。培养基 0471,25℃。

MCCC 1A05082　←海洋三所 L53-1-13。分离源:南海表层海水。石油烷烃降解菌。与模式菌株相似性为 99.19%。培养基 0471,25℃。

MCCC 1A05083 　←海洋三所 L53-1-14A。分离源:南海表层海水。石油烷烃降解菌。与模式菌株相似性为 99.535%。培养基 0471,25℃。

MCCC 1A05084 　←海洋三所 L53-1-14B。分离源:南海表层海水。石油烷烃降解菌。与模式菌株相似性为 99.535%。培养基 0471,25℃。

MCCC 1A05113 　←海洋三所 L53-10-17。分离源:南海深层海水。石油烷烃降解菌。与模式菌株相似性为 99.19%。培养基 0471,25℃。

MCCC 1A05115 　←海洋三所 L53-10-23。分离源:南海深层海水。石油烷烃降解菌。与模式菌株相似性为 99.19%。培养基 0471,25℃。

MCCC 1A05123 　←海洋三所 L53-10-39。分离源:南海深层海水。石油烷烃降解菌。与模式菌株相似性为 99.19%。培养基 0471,25℃。

MCCC 1A05155 　←海洋三所 L54-1-8。分离源:南海表层海水。石油烷烃降解菌。与模式菌株相似性为 99.19%。培养基 0471,25℃。

MCCC 1A05236 　←海洋三所 C50B11。分离源:西南太平洋下层海水。石油烷烃降解菌。与模式菌株相似性 为 99.08%。培养基 0821,25℃。

MCCC 1A05278 　←海洋三所 C53B6。分离源:西南太平洋深层海水。石油烷烃降解菌。与模式菌株相似性 为 99.058%。培养基 0821,25℃。

MCCC 1A05292 　←海洋三所 C62B8。分离源:西南太平洋下层海水。石油烷烃降解菌。与模式菌株相似性 为 99.081%。培养基 0821,25℃。

MCCC 1A05293 　←海洋三所 C63B5。分离源:西南太平洋深层海水。石油烷烃降解菌。与模式菌株相似性 为 99.081%。培养基 0821,25℃。

MCCC 1A05294 　←海洋三所 C59AH。分离源:西南太平洋深层海水。石油烷烃降解菌。与模式菌株相似性 为 99.083%。培养基 0821,25℃。

MCCC 1A05319 　←海洋三所 C64B11。分离源:西南太平洋深层海水。石油烷烃降解菌。与模式菌株相似性 为 99.064%。培养基 0821,25℃。

MCCC 1A05334 　←海洋三所 C69AE。分离源:西南太平洋下层海水。石油烷烃降解菌。与模式菌株相似性 为 99.085%。培养基 0821,25℃。

MCCC 1A05337 　←海洋三所 C67B16。分离源:西南太平洋深层海水。石油烷烃降解菌。与模式菌株相似性 为 99.08%。培养基 0821,25℃。

MCCC 1A05384 　←海洋三所 C81B6。分离源:西南太平洋深层海水。石油烷烃降解菌。与模式菌株相似性 为 99.07%(780/788)。培养基 0821,25℃。

MCCC 1A05388 　←海洋三所 C82AI。分离源:西南太平洋深层海水。石油烷烃降解菌。与模式菌株相似性 为 99.07%(780/788)。培养基 0821,25℃。

MCCC 1A05405 　←海洋三所 C86B10。分离源:西南太平洋深层海水。石油烷烃降解菌。与模式菌株相似性 为 99.07%(780/788)。培养基 0821,25℃。

MCCC 1A05508 　←海洋三所 C1-12。分离源:南海海水。石油烷烃降解菌。与模式菌株相似性为 98.811% (758/766)。培养基 0821,28℃。

MCCC 1A05859 　←海洋三所 BMJ02-B1-8。分离源:南沙土黄色沉积物。石油烷烃降解菌。与模式菌株相似 性为 99.065%(776/784)。培养基 0821,25℃。

MCCC 1A05891 　←海洋三所 GM03-8K。分离源:南沙上层海水。石油烷烃降解菌。与模式菌株相似性为 99.081%。培养基 0821,25℃。

MCCC 1B01159 　←海洋一所 TVGB17。分离源:大西洋深海沉积物。石油烷烃降解菌。与模式菌株相似性 为 98.793%。培养基 0471,25℃。

MCCC 1C00268 　←极地中心 BSs20190。分离源:北冰洋表层沉积物。烃类生物降解。与模式菌株相似性为 99.329%。培养基 0471,15℃。

Alcanivorax venustensis Fernández-Martínez *et al*. 2003 优雅食烷菌

模式菌株 *Alcanivorax venustensis* ISO4(T) AF328762

MCCC 1A01032 　←DSM 13974。原始号 ISO4。=CECT 5388=DSM 13974。分离源:地中海 5m 深处海水。

模式菌株,烷烃生物降解。培养基 0471,25℃。

MCCC 1A00234　←海洋三所 AS13-6。分离源:印度洋热液口深海沉积物。抗五价砷,降解烷烃。与模式菌株相似性为 99.575%。培养基 0745,18～28℃。

MCCC 1A00291　←海洋三所 521-1。分离源:西太平洋暖池区深海沉积物。石油烷烃降解菌。与模式菌株相似性 98.22%。培养基 0471,28℃。

MCCC 1A00382　←海洋三所 R8-12。分离源:印度洋深海底层水样。石油烷烃降解菌。与模式菌株相似性为 98.134%。培养基 0471,25℃。

MCCC 1A00915　←海洋三所 B-1146。分离源:东太平洋海水。石油烷烃降解菌。与模式菌株相似性为 94.076%。培养基 0471,4℃。

MCCC 1A00974　←海洋三所 2CR55-3。分离源:印度洋深海底层水样。石油烷烃降解菌。与模式菌株相似性为 99.11%。培养基 0471,25℃。

MCCC 1A00975　←海洋三所 RC95-19。分离源:印度洋深海底层水样。石油烷烃降解菌。与模式菌株相似性为 99.11%。培养基 0471,25℃。

MCCC 1A00976　←海洋三所 2CR52-7。分离源:印度洋深海底层水样。石油烷烃降解菌。与模式菌株相似性为 98.134%。培养基 0471,25℃。

MCCC 1A00977　←海洋三所 RC139-22。分离源:印度洋深海底层水样。石油烷烃降解菌。与模式菌株相似性为 98.694%。培养基 0471,25℃。

MCCC 1A00978　←海洋三所 2CR57-8。分离源:印度洋深海底层水样。石油烷烃降解菌。与模式菌株相似性为 98.812%。培养基 0471,25℃。

MCCC 1A00979　←海洋三所 2CR54-4。分离源:印度洋深海底层水样。石油烷烃降解菌。与模式菌株相似性为 98.383%。培养基 0471,25℃。

MCCC 1A00980　←海洋三所 R8-6。分离源:印度洋深海底层水样。石油烷烃降解菌。与模式菌株相似性为 98.383%。培养基 0471,25℃。

MCCC 1A00981　←海洋三所 CR52-12。分离源:印度洋深海底层水样。石油烷烃降解菌。与模式菌株相似性为 98.383%。培养基 0471,25℃。

MCCC 1A00982　←海洋三所 2PR511-6。分离源:印度洋深海底层水样。石油烷烃降解菌。与模式菌株相似性为 98.383%。培养基 0471,25℃。

MCCC 1A00983　←海洋三所 RC911-13。分离源:印度洋深海底层水样。石油烷烃降解菌。与模式菌株相似性为 98.383%。培养基 0471,25℃。

MCCC 1A00984　←海洋三所 2PR57-5。分离源:西南印度洋中脊深海底层水样。石油烷烃降解菌。与模式菌株相似性为 99.458%。培养基 0471,25℃。

MCCC 1A00985　←海洋三所 2PR55-11。分离源:印度洋深海底层水样。石油烷烃降解菌。与模式菌株相似性为 99.896%。培养基 0471,25℃。

MCCC 1A00986　←海洋三所 PR54-11。分离源:印度洋深海底层水样。石油烷烃降解菌。与模式菌株相似性为 99.896%。培养基 0471,25℃。

MCCC 1A00987　←海洋三所 RC121-3。分离源:印度洋深海底层水样。石油烷烃降解菌。与模式菌株相似性为 99.896%。培养基 0471,25℃。

MCCC 1A00988　←海洋三所 RC123-1。分离源:印度洋深海底层水样。石油烷烃降解菌。与模式菌株相似性为 99.896%。培养基 0471,25℃。

MCCC 1A00989　←海洋三所 RC123-15。分离源:印度洋深海底层水样。石油烷烃降解菌。与模式菌株相似性为 99.896%。培养基 0471,25℃。

MCCC 1A00990　←海洋三所 RC125-7。分离源:印度洋深海底层水样。石油烷烃降解菌。与模式菌株相似性为 99.896%。培养基 0471,25℃。

MCCC 1A00991　←海洋三所 RC125-9。分离源:印度洋深海底层水样。石油烷烃降解菌。与模式菌株相似性为 99.896%。培养基 0471,25℃。

MCCC 1A01008　←海洋三所 R8-11。分离源:西南印度洋中脊深海底层水样。石油烷烃降解菌。与模式菌株相似性为 99.896%。培养基 0471,25℃。

MCCC 1A01010　←海洋三所 RC99-A3。分离源:印度洋深海底层水样。石油烷烃降解菌。与模式菌株相似性为 99.11%。培养基 0471,25℃。

MCCC 1A01036 ←海洋三所 R7-3。分离源:印度洋深海底层水样。石油烷烃降解菌。与模式菌株相似性为 99.11%。培养基 0471,25℃。

MCCC 1A01037 ←海洋三所 W7-9。分离源:太平洋深海沉积物。石油烷烃降解菌。与模式菌株相似性为 100%。培养基 0471,25℃。

MCCC 1A01054 ←海洋三所 MARC2PPNS。分离源:大西洋深海沉积物。石油烷烃降解菌。与模式菌株相似性为 99.882%。培养基 0471,28℃。

MCCC 1A01096 ←海洋三所 MARC4CO3。分离源:大西洋深海沉积物。石油烷烃降解菌。与模式菌株相似性为 100%。培养基 0822,26℃。

MCCC 1A01104 ←海洋三所 MC6C。分离源:大西洋深海底层海水。石油烷烃降解菌。与模式菌株相似性为 99.322%。培养基 0471,25℃。

MCCC 1A01133 ←海洋三所 PF15F。分离源:印度洋深海底层水样。石油烷烃降解菌。与模式菌株相似性为 99.322%。培养基 0471,25℃。

MCCC 1A01143 ←海洋三所 MARC2PPN2。分离源:大西洋深海沉积物。石油烷烃降解菌。与模式菌株相似性为 99.02%。培养基 0822,26℃。

MCCC 1A01149 ←海洋三所 MARC2PPN5。分离源:大西洋深海沉积物。石油烷烃降解菌。与模式菌株相似性为 100%。培养基 0822,28℃。

MCCC 1A01150 ←海洋三所 MARC4COR。分离源:大西洋深海沉积物。石油烷烃降解菌。与模式菌株相似性为 98.087%。培养基 0471,28℃。

MCCC 1A01155 ←海洋三所 MARC2PPNJ。分离源:大西洋深海沉积物。石油烷烃降解菌。与模式菌株相似性为 100%。培养基 0471,28℃。

MCCC 1A01179 ←海洋三所 MARC4COC。分离源:大西洋深海沉积物。石油烷烃降解菌。与模式菌株相似性为 99.728%。培养基 0471,28℃。

MCCC 1A01187 ←海洋三所 MARC2COG。分离源:大西洋深海沉积物。石油烷烃降解菌。与模式菌株相似性为 98.054%。培养基 0471,28℃。

MCCC 1A01189 ←海洋三所 MARC2COP。分离源:大西洋深海沉积物。石油烷烃降解菌。与模式菌株相似性为 98.439%。培养基 0471,28℃。

MCCC 1A01190 ←海洋三所 MARC4COQ。分离源:大西洋深海沉积物。石油烷烃降解菌。与模式菌株相似性为 99.183%。培养基 0471,28℃。

MCCC 1A01205 ←海洋三所 12-4。分离源:印度洋深海沉积物。石油烷烃降解菌。与模式菌株相似性为 99.85%。培养基 0745,25℃。

MCCC 1A01207 ←海洋三所 MARC4COP。分离源:大西洋深海沉积物。石油烷烃降解菌。与模式菌株相似性为 100%。培养基 0471,28℃。

MCCC 1A01215 ←海洋三所 PR51-8。分离源:印度洋深海底层水样。石油烷烃降解菌。与模式菌株相似性为 99.883%。培养基 0471,25℃。

MCCC 1A01218 ←海洋三所 NIC13P-7。分离源:印度洋深海底层水样。石油烷烃降解菌。与模式菌株相似性为 98.463%。培养基 0471,25℃。

MCCC 1A01219 ←海洋三所 2PR54-12。分离源:印度洋深海底层水样。石油烷烃降解菌。与模式菌株相似性为 98.582%。培养基 0471,25℃。

MCCC 1A01220 ←海洋三所 CR54-11。分离源:印度洋深海底层水样。石油烷烃降解菌。与模式菌株相似性为 98.134%。培养基 0471,25℃。

MCCC 1A01236 ←海洋三所 SR-20.5C。分离源:印度洋深海底层水样。石油烷烃降解菌。与模式菌株相似性为 99.257%。培养基 0471,25℃。

MCCC 1A01238 ←海洋三所 RC99-20。分离源:印度洋深海底层水样。石油烷烃降解菌。与模式菌株相似性为 99.527%。培养基 0471,25℃。

MCCC 1A01391 ←海洋三所 S73-2-9。分离源:印度洋表层海水。石油烷烃降解菌。与模式菌株相似性为 100%。培养基 0471,25℃。

MCCC 1A01417 ←海洋三所 S31-2。分离源:印度洋表层海水。石油烷烃降解菌。与模式菌株相似性为

98.688%。培养基 0745,26℃。

MCCC 1A01436　←海洋三所 MARC2COT。分离源:大西洋深海沉积物。石油烷烃降解菌。与模式菌株相似性为 100%。培养基 0471,26℃。

MCCC 1A01437　←海洋三所 S25-9。分离源:印度洋表层海水。石油烷烃降解菌。与模式菌株相似性为 98.542%。培养基 0745,26℃。

MCCC 1A01438　←海洋三所 S24-6。分离源:印度洋表层海水。石油烷烃降解菌。与模式菌株相似性为 98.688%。培养基 0745,26℃。

MCCC 1A01465　←海洋三所 MARMC2J。分离源:大西洋深海沉积物。石油烷烃降解菌。与模式菌株相似性为 98.707%。培养基 0471,26℃。

MCCC 1A01469　←海洋三所 A-7-2。分离源:印度洋表层海水。石油烷烃降解菌。与模式菌株相似性为 98.431%。培养基 0333,26℃。

MCCC 1A01498　←海洋三所 A-21-7。分离源:印度洋表层海水。石油烷烃降解菌。与模式菌株相似性为 100%。培养基 0333,26℃。

MCCC 1A02079　←海洋三所 PMC1-14。分离源:大西洋深海底层海水。石油烷烃降解菌。与模式菌株相似性为 100%。培养基 0471,25℃。

MCCC 1A02080　←海洋三所 PMC1-12。分离源:大西洋深海底层海水。石油烷烃降解菌。与模式菌株相似性为 99.324%。培养基 0471,25℃。

MCCC 1A02081　←海洋三所 MC2-11。分离源:大西洋深海底层海水。石油烷烃降解菌。与模式菌株相似性为 99.322%。培养基 0471,25℃。

MCCC 1A02118　←海洋三所 S24-9。分离源:印度洋表层海水。石油烷烃降解菌。与模式菌株相似性为 98.688%。培养基 0745,26℃。

MCCC 1A02119　←海洋三所 S28-5。分离源:印度洋表层海水。石油烷烃降解菌。与模式菌株相似性为 98.797%。培养基 0745,26℃。

MCCC 1A02124　←海洋三所 S24-4。分离源:印度洋表层海水。石油烷烃降解菌。与模式菌株相似性为 100%。培养基 0745,26℃。

MCCC 1A02168　←海洋三所 S24-2。分离源:印度洋表层海水。石油烷烃降解菌。与模式菌株相似性为 99.85%。培养基 0745,26℃。

MCCC 1A02185　←海洋三所 12B。分离源:厦门潮间带浅水贝类。石油烷烃降解菌。与模式菌株相似性为 98.62%。培养基 0472,25℃。

MCCC 1A02256　←海洋三所 S1-8。分离源:加勒比海表层海水。石油烷烃降解菌。与模式菌株相似性为 98.015%。培养基 0745,28℃。

MCCC 1A02258　←海洋三所 S9-12。分离源:大西洋表层海水。石油烷烃降解菌。与模式菌株相似性为 100%。培养基 0821,28℃。

MCCC 1A02285　←海洋三所 S8-5。分离源:大西洋表层海水。石油烷烃降解菌。与模式菌株相似性为 97.869%。培养基 0745,28℃。

MCCC 1A02298　←海洋三所 S9-11。分离源:大西洋表层海水。石油烷烃降解菌。与模式菌株相似性为 98.168%。培养基 0745,28℃。

MCCC 1A02300　←海洋三所 S9-14。分离源:大西洋表层海水。石油烷烃降解菌。与模式菌株相似性为 98.782%。培养基 0745,28℃。

MCCC 1A02341　←海洋三所 S17-8。分离源:大西洋表层海水。石油烷烃降解菌。与模式菌株相似性为 98.168%。培养基 0745,28℃。

MCCC 1A02342　←海洋三所 S17-9。分离源:大西洋表层海水。石油烷烃降解菌。与模式菌株相似性为 98.784%。培养基 0745,28℃。

MCCC 1A02375　←海洋三所 S5-8。分离源:大西洋表层海水。石油烷烃降解菌。与模式菌株相似性为 98.773%。培养基 0745,28℃。

MCCC 1A02386　←海洋三所 S6-7。分离源:大西洋表层海水。石油烷烃降解菌。与模式菌株相似性为 98.716%。培养基 0745,28℃。

MCCC 1A02394　←海洋三所 S7-5。分离源:大西洋表层海水。石油烷烃降解菌。与模式菌株相似性为

98.611%。培养基0745,28℃。

MCCC 1A02423 ←海洋三所 S14-19。分离源:大西洋表层海水。石油烷烃降解菌。与模式菌株相似性为99.877%。培养基0745,28℃。

MCCC 1A02436 ←海洋三所 S16-5。分离源:大西洋表层海水。石油烷烃降解菌。与模式菌株相似性为98.634%。培养基0745,28℃。

MCCC 1A02444 ←海洋三所 S18-5。分离源:大西洋表层海水。石油烷烃降解菌。与模式菌株相似性为97.932%。培养基0745,28℃。

MCCC 1A02446 ←海洋三所 S19-10。分离源:大西洋表层海水。石油烷烃降解菌。与模式菌株相似性为99.354%。培养基0745,28℃。

MCCC 1A02464 ←海洋三所 mj01-PW1-OH10。分离源:南沙近海岛礁附近下层海水。石油烷烃降解菌。与模式菌株相似性为98.311%(906/923)。培养基0472,25℃。

MCCC 1A02465 ←海洋三所 Q5-PW1-OH1。分离源:南沙近海岛礁附近下层海水。石油烷烃降解菌。与模式菌株相似性为98.403%(836/853)。培养基0472,25℃。

MCCC 1A02658 ←海洋三所 LTVG2-3。分离源:太平洋深海热液区沉积物。石油烷烃降解菌。与模式菌株相似性为98.549%。培养基0471,28℃。

MCCC 1A02770 ←海洋三所 IE2。分离源:黄海上层海水。石油烷烃降解菌。与模式菌株相似性为98.111%。培养基0821,25℃。

MCCC 1A02796 ←海洋三所 IJ2。分离源:黄海上层海水。石油烷烃降解菌。与模式菌株相似性为98.111%。培养基0472,25℃。

MCCC 1A02804 ←海洋三所 IK4。分离源:黄海上层海水。石油烷烃降解菌。与模式菌株相似性为98.111%。培养基0472,25℃。

MCCC 1A02818 ←海洋三所 IM11。分离源:黄海上层海水。石油烷烃降解菌。与模式菌株相似性为98.111%。培养基0472,25℃。

MCCC 1A02974 ←海洋三所 D11。分离源:大西洋洋中脊深海沉积物。石油烷烃降解菌。与模式菌株相似性为100%。培养基0821,25℃。

MCCC 1A02997 ←海洋三所 J3。分离源:大西洋洋中脊沉积物上覆水。石油烷烃降解菌。与模式菌株相似性为99.246%。培养基0821,25℃。

MCCC 1A03073 ←海洋三所 AS-I3-8。分离源:印度洋西南中脊深海沉积物。抗五价砷,石油烷烃降解菌。与模式菌株相似性为99.858%。培养基0745,18~28℃。

MCCC 1A03084 ←海洋三所 AS-M1-5。分离源:大西洋深海热液区沉积物。抗五价砷,石油烷烃降解菌。与模式菌株相似性为100%。培养基0745,18~28℃。

MCCC 1A03092 ←海洋三所 AS-M6-6。分离源:大西洋热液区土黄色沉积物。抗五价砷,石油烷烃降解菌。与模式菌株相似性为99.858%。培养基0745,18~28℃。

MCCC 1A03098 ←海洋三所 AS-M6-23。分离源:大西洋热液区土黄色沉积物。抗五价砷,石油烷烃降解菌。与模式菌株相似性为100%。培养基0745,18~28℃。

MCCC 1A03130 ←海洋三所 45-4。分离源:印度洋表层海水。石油烷烃降解菌。与模式菌株的相似性为100%(889/889)。培养基0821,25℃。

MCCC 1A03132 ←海洋三所 46-1。分离源:印度洋表层海水。石油烷烃降解菌。与模式菌株相似性为98.866%。培养基0821,25℃。

MCCC 1A03140 ←海洋三所 47-2。分离源:印度洋表层海水。石油烷烃降解菌。与模式菌株的相似性为100%(828/828)。培养基0821,25℃。

MCCC 1A03142 ←海洋三所 47-4。分离源:印度洋表层海水。石油烷烃降解菌。与模式菌株的相似性为98.637%(816/828)。培养基0821,25℃。

MCCC 1A03150 ←海洋三所 50-4。分离源:印度洋表层海水。石油烷烃降解菌。与模式菌株的相似性为98.635%。培养基0821,25℃。

MCCC 1A03162 ←海洋三所 52-6。分离源:印度洋表层海水。石油烷烃降解菌。与模式菌株的相似性为98.635%(876/889)。培养基0821,25℃。

MCCC 1A03199 ←海洋三所 3PC139-9。分离源:印度洋深海水样。石油烷烃降解菌。与模式菌株相似性为

99.607%。培养基 0821,28℃。

MCCC 1A03200 ←海洋三所 3PC139-7。分离源:印度洋深海水样。石油烷烃降解菌。与模式菌株相似性为 98.601%。培养基 0821,28℃。

MCCC 1A03205 ←海洋三所 PC24。分离源:印度洋深海水样。石油烷烃降解菌。与模式菌株的相似性为 100%。培养基 0821,28℃。

MCCC 1A03436 ←海洋三所 M03-6C。分离源:南沙上层海水。石油烷烃降解菌。与模式菌株相似性为 99.867%。培养基 1001,25℃。

MCCC 1A03924 ←海洋三所 326-2。分离源:印度洋表层海水。石油烷烃降解菌。与模式菌株相似性为 98.773%。培养基 0471,25℃。

MCCC 1A03930 ←海洋三所 331-6。分离源:印度洋表层海水。石油烷烃降解菌。与模式菌株相似性为 98.689%。培养基 0471,25℃。

MCCC 1A03932 ←海洋三所 404-2。分离源:印度洋表层海水。石油烷烃降解菌。与模式菌株相似性为 99.884%。培养基 0471,25℃。

MCCC 1A03934 ←海洋三所 405-2。分离源:印度洋表层海水。石油烷烃降解菌。与模式菌株相似性为 98.758%。培养基 0471,25℃。

MCCC 1A03935 ←海洋三所 406-1。分离源:印度洋表层海水。石油烷烃降解菌。与模式菌株相似性为 98.168%。培养基 0471,25℃。

MCCC 1A03939 ←海洋三所 408-1。分离源:印度洋表层海水。石油烷烃降解菌。与模式菌株相似性为 99.215%。培养基 0471,25℃。

MCCC 1A03941 ←海洋三所 408-4。分离源:印度洋表层海水。石油烷烃降解菌。与模式菌株相似性为 100%。培养基 0471,25℃。

MCCC 1A03943 ←海洋三所 411-1。分离源:印度洋表层海水。石油烷烃降解菌。与模式菌株相似性为 99.191%。培养基 0471,25℃。

MCCC 1A03946 ←海洋三所 412-4。分离源:印度洋表层海水。石油烷烃降解菌。与模式菌株相似性为 99.215%。培养基 0471,25℃。

MCCC 1A03951 ←海洋三所 429-5。分离源:印度洋表层海水。石油烷烃降解菌。与模式菌株相似性为 98.784%。培养基 0471,25℃。

MCCC 1A03956 ←海洋三所 510-8。分离源:印度洋表层海水。石油烷烃降解菌。与模式菌株相似性为 100%。培养基 0471,25℃。

MCCC 1A03968 ←海洋三所 407-11。分离源:印度洋表层海水。石油烷烃降解菌。与模式菌株相似性为 98.881%。培养基 0471,25℃。

MCCC 1A04051 ←海洋三所 NH9H。分离源:南沙深褐色沙质。石油烷烃降解菌。与模式菌株相似性为 100%(747/747)。培养基 0821,25℃。

MCCC 1A04065 ←海洋三所 NH15B。分离源:南沙灰黑色泥质。石油烷烃降解菌。与模式菌株相似性为 99.179%。培养基 0821,25℃。

MCCC 1A04094 ←海洋三所 NH23M。分离源:南沙黄褐色沙质。石油烷烃降解菌。与模式菌株相似性为 99.183%。培养基 0821,25℃。

MCCC 1A04113 ←海洋三所 NH28H。分离源:南沙土黄色泥质。石油烷烃降解菌。与模式菌株相似性为 99.183%。培养基 0821,25℃。

MCCC 1A04205 ←海洋三所 NH56G。分离源:南沙浅黄色泥质。石油烷烃降解菌。与模式菌株相似性为 100%(778/778)。培养基 0821,25℃。

MCCC 1A04218 ←海洋三所 OMC2(510)-3。分离源:太平洋深海热液区沉积物。石油烷烃降解菌。与模式菌株相似性为 99.218%。培养基 0471,25℃。

MCCC 1A04222 ←海洋三所 OMC2(1015)-2。分离源:太平洋深海热液区沉积物。石油烷烃降解菌。与模式菌株相似性为 99.609%。培养基 0471,25℃。

MCCC 1A04237 ←海洋三所 pMC2(05)-3。分离源:太平洋深海热液区沉积物。石油烷烃降解菌。与模式菌株相似性为 98.696%。培养基 0471,25℃。

MCCC 1A04248 ←海洋三所 LMC2-8。分离源:太平洋深海热液区沉积物。石油烷烃降解菌。与模式菌株相似性为 100%。培养基 0471,28℃。

MCCC 1A04256　←海洋三所 T1A。分离源:西南太平洋褐黑色深海沉积物。石油烷烃降解菌。与模式菌株相似性为 100%(787/787)。培养基 0821,28℃。

MCCC 1A04264　←海洋三所 T2B5。分离源:西南太平洋土黄色沉积物。石油烷烃降解菌。与模式菌株相似性为 98.789%(772/784)。培养基 0821,28℃。

MCCC 1A04288　←海洋三所 T5AS。分离源:西南太平洋土灰色沉积物上覆水。石油烷烃降解菌。与模式菌株相似性为 100%(788/788)。培养基 0821,28℃。

MCCC 1A04289　←海洋三所 T5AC。分离源:西南太平洋土灰色沉积物上覆水。烷烃生物降解。与模式菌株相似性为 99.217%(792/797)。培养基 0821,28℃。

MCCC 1A04335　←海洋三所 T10B。分离源:西南太平洋土灰色沉积物。石油烷烃降解菌。与模式菌株相似性为 100%(788/788)。培养基 0821,28℃。

MCCC 1A04346　←海洋三所 T11AE。分离源:西南太平洋土灰色沉积物。石油烷烃降解菌。与模式菌株相似性为 100%(798/798)。培养基 0821,28℃。

MCCC 1A04357　←海洋三所 T13B5。分离源:西南太平洋土灰色沉积物。石油烷烃降解菌。与模式菌株相似性为 100%(783/783)。培养基 0821,28℃。

MCCC 1A04397　←海洋三所 T16B4。分离源:西南太平洋土灰色沉积物。石油烷烃降解菌。与模式菌株相似性为 100%(778/778)。培养基 0821,28℃。

MCCC 1A04412　←海洋三所 T18AQ。分离源:西南太平洋土黄色沉积物上覆水。石油烷烃降解菌。与模式菌株相似性为 100%(778/778)。培养基 0821,28℃。

MCCC 1A04438　←海洋三所 T20B8。分离源:西南太平洋土灰色沉积物。石油烷烃降解菌。与模式菌株相似性为 98.526%(502/508)。培养基 0821,28℃。

MCCC 1A04454　←海洋三所 T23AK。分离源:西南太平洋热液区沉积物。石油烷烃降解菌。与模式菌株相似性为 100%(783/783)。培养基 0821,28℃。

MCCC 1A04460　←海洋三所 T24B9。分离源:西南太平洋热液区沉积物。石油烷烃降解菌。与模式菌株相似性为 98.141%(774/789)。培养基 0821,28℃。

MCCC 1A04461　←海洋三所 T24B18。分离源:西南太平洋热液区沉积物。石油烷烃降解菌。与模式菌株相似性为 98.52%(767/779)。培养基 0821,28℃。

MCCC 1A04497　←海洋三所 T29AQ。分离源:西南太平洋热液区沉积物。石油烷烃降解菌。与模式菌株相似性为 100%(788/788)。培养基 0821,28℃。

MCCC 1A04521　←海洋三所 T30B6。分离源:西南太平洋热液区硫化物。石油烷烃降解菌。与模式菌株相似性为 100%(788/788)。培养基 0821,28℃。

MCCC 1A04569　←海洋三所 T37AC。分离源:西南太平洋褐黑色沉积物上覆水。石油烷烃降解菌。与模式菌株相似性为 98.52%(767/779)。培养基 0821,28℃。

MCCC 1A04587　←海洋三所 T38AL2。分离源:西南太平洋深海沉积物。石油烷烃降解菌。与模式菌株相似性为 100%(783/783)。培养基 0821,28℃。

MCCC 1A04595　←海洋三所 T40B4。分离源:西南太平洋深海沉积物上覆水。石油烷烃降解菌。与模式菌株相似性为 100%(783/783)。培养基 0821,28℃。

MCCC 1A04603　←海洋三所 T41AF。分离源:西南太平洋土黄色沉积物上覆水。石油烷烃降解菌。与模式菌株相似性为 98.939%(782/790)。培养基 0821,28℃。

MCCC 1A04609　←海洋三所 T42AD。分离源:西南太平洋热液区沉积物。石油烷烃降解菌。与模式菌株相似性为 100%(787/787)。培养基 0821,28℃。

MCCC 1A04626　←海洋三所 T43AO。分离源:西南太平洋土黄色沉积物。石油烷烃降解菌。与模式菌株相似性为 100%(798/798)。培养基 0821,28℃。

MCCC 1A04627　←海洋三所 T43B1。分离源:西南太平洋土黄色沉积物。石油烷烃降解菌。与模式菌株相似性为 98.539%(777/789)。培养基 0821,28℃。

MCCC 1A04654　←海洋三所 T45AL。分离源:西南太平洋土黄色沉积物上覆水。石油烷烃降解菌。与模式菌株相似性为 100%(778/778)。培养基 0821,28℃。

MCCC 1A04655　←海洋三所 T45A。分离源:西南太平洋土黄色沉积物上覆水。石油烷烃降解菌。与模式菌株相似性为 98.925％(772/780)。培养基 0821,28℃。

MCCC 1A04656 ←海洋三所 T45B4。分离源:西南太平洋土黄色沉积物上覆水。石油烷烃降解菌。与模式菌株相似性为 98.52％。培养基 0821,28℃。

MCCC 1A04661 ←海洋三所 C10AA。分离源:西南太平洋上层海水。石油烷烃降解菌。与模式菌株相似性为 100％(778/778)。培养基 0821,25℃。

MCCC 1A04662 ←海洋三所 C10AL。分离源:西南太平洋上层海水。石油烷烃降解菌。与模式菌株相似性为 98.925％(772/780)。培养基 0821,25℃。

MCCC 1A04667 ←海洋三所 C11AA。分离源:西南太平洋深层海水。石油烷烃降解菌。与模式菌株相似性为 100％(747/747)。培养基 0821,25℃。

MCCC 1A04674 ←海洋三所 C15AA。分离源:西南太平洋深层海水。石油烷烃降解菌。与模式菌株相似性为 100％(747/747)。培养基 0821,25℃。

MCCC 1A04676 ←海洋三所 C16AA。分离源:西南太平洋深层海水。石油烷烃降解菌。与模式菌株相似性为 100％(798/798)。培养基 0821,25℃。

MCCC 1A04685 ←海洋三所 C18AI。分离源:西南太平洋表层海水。石油烷烃降解菌。与模式菌株相似性为 98.52％(767/779)。培养基 0821,25℃。

MCCC 1A04688 ←海洋三所 C1AB。分离源:西南太平洋上层海水。石油烷烃降解菌。与模式菌株相似性为 100％(778/778)。培养基 0821,25℃。

MCCC 1A04690 ←海洋三所 C1B1。分离源:西南太平洋上层海水。石油烷烃降解菌。与模式菌株相似性为 98.52％(767/779)。培养基 0821,25℃。

MCCC 1A04694 ←海洋三所 C22AO。分离源:西南太平洋表层海水。石油烷烃降解菌。与模式菌株相似性为 98.588％(803/815)。培养基 0821,25℃。

MCCC 1A04697 ←海洋三所 C24AB。分离源:印度洋表层海水。石油烷烃降解菌。与模式菌株相似性为 98.322％(734/748)。培养基 0821,25℃。

MCCC 1A04698 ←海洋三所 C24AE。分离源:印度洋表层海水。石油烷烃降解菌。与模式菌株相似性为 98.741％(739/748)。培养基 0821,25℃。

MCCC 1A04705 ←海洋三所 C25AE。分离源:西南太平洋表层海水。石油烷烃降解菌。与模式菌株相似性为 98.52％(767/779)。培养基 0821,25℃。

MCCC 1A04714 ←海洋三所 C31AC。分离源:印度洋表层海水。石油烷烃降解菌。与模式菌株相似性为 98.253％(766/779)。培养基 0821,25℃。

MCCC 1A04715 ←海洋三所 C31AF。分离源:印度洋表层海水。石油烷烃降解菌。与模式菌株相似性为 98.556％(803/815)。培养基 0821,25℃。

MCCC 1A04718 ←海洋三所 C32AG。分离源:印度洋表层海水。石油烷烃降解菌。与模式菌株相似性为 100％(778/778)。培养基 0821,25℃。

MCCC 1A04723 ←海洋三所 C36AB。分离源:西南太平洋表层海水。石油烷烃降解菌。与模式菌株相似性为 98.522％(772/784)。培养基 0821,25℃。

MCCC 1A04725 ←海洋三所 C36AJ。分离源:西南太平洋表层海水。石油烷烃降解菌。与模式菌株相似性为 98.253％(766/779)。培养基 0821,25℃。

MCCC 1A04726 ←海洋三所 C37AA。分离源:印度洋表层海水。石油烷烃降解菌。与模式菌株相似性为 100％(798/798)。培养基 0821,25℃。

MCCC 1A04734 ←海洋三所 C39AA。分离源:西南太平洋表层海水。石油烷烃降解菌。与模式菌株相似性为 98.264％(771/784)。培养基 0821,25℃。

MCCC 1A04746 ←海洋三所 C41B2。分离源:西南太平洋表层海水。石油烷烃降解菌。与模式菌株相似性为 98.333％(802/815)。培养基 0821,25℃。

MCCC 1A04751 ←海洋三所 C44Ab。分离源:西南太平洋上层海水。石油烷烃降解菌。与模式菌株相似性为 100％(787/787)。培养基 0821,25℃。

MCCC 1A04757 ←海洋三所 C46AA。分离源:西南太平洋上层海水。石油烷烃降解菌。与模式菌株相似性为 100％(778/778)。培养基 0821,25℃。

MCCC 1A04759 ←海洋三所 C46AE。分离源:西南太平洋上层海水。石油烷烃降解菌。与模式菌株相似性为 98.529%(772/784)。培养基 0821,25℃。

MCCC 1A04766 ←海洋三所 C49AD。分离源:西南太平洋下层海水。石油烷烃降解菌。与模式菌株相似性为 100%(778/778)。培养基 0821,25℃。

MCCC 1A04768 ←海洋三所 C50AA。分离源:西南太平洋下层海水。石油烷烃降解菌。与模式菌株相似性为 100%(798/798)。培养基 0821,25℃。

MCCC 1A04772 ←海洋三所 C6AL。分离源:西南太平洋下层海水。石油烷烃降解菌。与模式菌株相似性为 100%(807/807)。培养基 0821,25℃。

MCCC 1A04778 ←海洋三所 C52AE。分离源:西南太平洋下层海水。石油烷烃降解菌。与模式菌株相似性为 100%(778/778)。培养基 0821,25℃。

MCCC 1A04782 ←海洋三所 C53AD。分离源:西南太平洋深层海水。石油烷烃降解菌。与模式菌株相似性为 98.878%。培养基 0821,25℃。

MCCC 1A04785 ←海洋三所 C54AA。分离源:西南太平洋深层海水。石油烷烃降解菌。与模式菌株相似性为 100%(778/778)。培养基 0821,25℃。

MCCC 1A04790 ←海洋三所 C55AA。分离源:西南太平洋深层海水。石油烷烃降解菌。与模式菌株相似性为 100%(747/747)。培养基 0821,25℃。

MCCC 1A04797 ←海洋三所 C56AH。分离源:西南太平洋深层海水。石油烷烃降解菌。与模式菌株相似性为 100%(783/783)。培养基 0821,25℃。

MCCC 1A04804 ←海洋三所 C18AD1。分离源:西南太平洋表层海水。石油烷烃降解菌。与模式菌株相似性为 98.318%(795/808)。培养基 0821,25℃。

MCCC 1A04805 ←海洋三所 C58AG。分离源:西南太平洋深层海水。石油烷烃降解菌。与模式菌株相似性为 98.925%(772/780)。培养基 0821,25℃。

MCCC 1A04809 ←海洋三所 C60AA。分离源:西南太平洋深层海水。石油烷烃降解菌。与模式菌株相似性为 98.925%(772/780)。培养基 0821,25℃。

MCCC 1A04812 ←海洋三所 C63AA。分离源:西南太平洋深层海水。石油烷烃降解菌。与模式菌株相似性为 100%(778/778)。培养基 0821,25℃。

MCCC 1A04819 ←海洋三所 C64AB。分离源:西南太平洋深层海水。石油烷烃降解菌。与模式菌株相似性为 100%(762/762)。培养基 0821,25℃。

MCCC 1A04822 ←海洋三所 C65AD。分离源:西南太平洋深层海水。石油烷烃降解菌。与模式菌株相似性为 100%(762/762)。培养基 0821,25℃。

MCCC 1A04823 ←海洋三所 C66AB。分离源:西南太平洋深层海水。石油烷烃降解菌。与模式菌株相似性为 100%(798/798)。培养基 0821,25℃。

MCCC 1A04827 ←海洋三所 C67AA。分离源:西南太平洋深层海水。石油烷烃降解菌。与模式菌株相似性为 100%(783/783)。培养基 0821,25℃。

MCCC 1A04836 ←海洋三所 C68B9。分离源:西南太平洋深层海水。石油烷烃降解菌。与模式菌株相似性为 100%(783/783)。培养基 0821,25℃。

MCCC 1A04841 ←海洋三所 C70AC。分离源:西南太平洋深层海水。石油烷烃降解菌。与模式菌株相似性为 100%(783/783)。培养基 0821,25℃。

MCCC 1A04844 ←海洋三所 C71AA。分离源:西南太平洋深层海水。石油烷烃降解菌。与模式菌株相似性为 100%(778/778)。培养基 0821,25℃。

MCCC 1A04851 ←海洋三所 C72AF。分离源:西南太平洋深层海水。石油烷烃降解菌。与模式菌株相似性为 100%(798/798)。培养基 0821,25℃。

MCCC 1A04853 ←海洋三所 C73AB。分离源:西南太平洋深层海水。石油烷烃降解菌。与模式菌株相似性为 100%(778/778)。培养基 0821,25℃。

MCCC 1A04854 ←海洋三所 C74AA-YT。分离源:西南太平洋深层海水。石油烷烃降解菌。与模式菌株相似性为 100%(798/798)。培养基 0821,25℃。

MCCC 1A04858 ←海洋三所 C75AA。分离源:西南太平洋深层海水。石油烷烃降解菌。与模式菌株相似性为 100%(778/778)。培养基 0821,25℃。

MCCC 1A04861 ←海洋三所 C76AA。分离源:西南太平洋深层海水。石油烷烃降解菌。与模式菌株相似性为 100％(788/788)。培养基 0821,25℃。

MCCC 1A04865　←海洋三所 C77AA。分离源:西南太平洋深层海水。石油烷烃降解菌。与模式菌株相似性
　　　　　　　　为 100％(778/778)。培养基 0821,25℃。

MCCC 1A04874　←海洋三所 C78AA。分离源:西南太平洋深层海水。石油烷烃降解菌。与模式菌株相似性
　　　　　　　　为 100％(778/778)。培养基 0821,25℃。

MCCC 1A04879　←海洋三所 C79AF。分离源:西南太平洋深层海水。石油烷烃降解菌。与模式菌株相似性
　　　　　　　　为 100％(787/787)。培养基 0821,25℃。

MCCC 1A04885　←海洋三所 C80A。分离源:西南太平洋深层海水。石油烷烃降解菌。与模式菌株相似性
　　　　　　　　为 100％(788/788)。培养基 0821,25℃。

MCCC 1A04890　←海洋三所 C81AA。分离源:西南太平洋深层海水。石油烷烃降解菌。与模式菌株相似性
　　　　　　　　为 100％(788/788)。培养基 0821,25℃。

MCCC 1A04894　←海洋三所 C82AA。分离源:西南太平洋深层海水。石油烷烃降解菌。与模式菌株相似性
　　　　　　　　为 100％(787/787)。培养基 0821,25℃。

MCCC 1A04897　←海洋三所 C83AA。分离源:西南太平洋深层海水。石油烷烃降解菌。与模式菌株相似性
　　　　　　　　为 100％(778/778)。培养基 0821,25℃。

MCCC 1A04901　←海洋三所 C85AA。分离源:西南太平洋深层海水。石油烷烃降解菌。与模式菌株相似性
　　　　　　　　为 100％(798/798)。培养基 0821,25℃。

MCCC 1A04903　←海洋三所 C86AA。分离源:西南太平洋深层海水。石油烷烃降解菌。与模式菌株相似性
　　　　　　　　为 100％(788/788)。培养基 0821,25℃。

MCCC 1A04908　←海洋三所 C8AA。分离源:西南太平洋下层海水。石油烷烃降解菌。与模式菌株相似性
　　　　　　　　为 100％(778/778)。培养基 0821,25℃。

MCCC 1A04914　←海洋三所 C11AB。分离源:西南太平洋深层海水。石油烷烃降解菌。与模式菌株相似性
　　　　　　　　为 98.588％(803/815)。培养基 0821,25℃。

MCCC 1A04920　←海洋三所 C13AB。分离源:西南太平洋上层海水。石油烷烃降解菌。与模式菌株相似性
　　　　　　　　为 98.703％。培养基 0821,25℃。

MCCC 1A04969　←海洋三所 C22AK。分离源:西南太平洋表层海水。石油烷烃降解菌。与模式菌株相似性
　　　　　　　　为 98.385％(766/779)。培养基 0821,25℃。

MCCC 1A04970　←海洋三所 C22AL。分离源:西南太平洋表层海水。石油烷烃降解菌。与模式菌株相似性
　　　　　　　　为 100％(778/778)。培养基 0821,25℃。

MCCC 1A04986　←海洋三所 C25AU。分离源:西南太平洋表层海水。石油烷烃降解菌。与模式菌株相似性
　　　　　　　　为 98.427％(786/799)。培养基 0821,25℃。

MCCC 1A04997　←海洋三所 C29AA。分离源:印度洋表层海水。石油烷烃降解菌。与模式菌株相似性为
　　　　　　　　98.007％(787/803)。培养基 0821,25℃。

MCCC 1A05010　←海洋三所 L51-1-46。分离源:南海表层海水。石油烷烃降解菌。与模式菌株相似性为
　　　　　　　　100％。培养基 0471,25℃。

MCCC 1A05016　←海洋三所 L51-10-17。分离源:南海深层海水。石油烷烃降解菌。与模式菌株相似性为
　　　　　　　　100％。培养基 0471,25℃。

MCCC 1A05018　←海洋三所 L51-10-19。分离源:南海深层海水。石油烷烃降解菌。与模式菌株相似性为
　　　　　　　　100％。培养基 0471,25℃。

MCCC 1A05048　←海洋三所 L52-1-43B。分离源:南海表层海水。石油烷烃降解菌。与模式菌株相似性为
　　　　　　　　100％。培养基 0471,25℃。

MCCC 1A05057　←海洋三所 L52-11-1。分离源:南海深层海水。石油烷烃降解菌。与模式菌株相似性为
　　　　　　　　100％。培养基 0471,25℃。

MCCC 1A05061　←海洋三所 L52-11-19。分离源:南海深层海水。石油烷烃降解菌。与模式菌株相似性为
　　　　　　　　100％。培养基 0471,25℃。

MCCC 1A05067　←海洋三所 L52-11-28。分离源:南海深层海水。石油烷烃降解菌。与模式菌株相似性为
　　　　　　　　100％。培养基 0471,25℃。

MCCC 1A05073　←海洋三所 L52-11-45B。分离源:南海深层海水。石油烷烃降解菌。与模式菌株相似性为

100％。培养基 0471,25℃。

MCCC 1A05078 ←海洋三所 L52-11-53。分离源:南海深层海水。石油烷烃降解菌。与模式菌株相似性为100％。培养基 0471,25℃。

MCCC 1A05079 ←海洋三所 L52-11-6。分离源:南海深层海水。石油烷烃降解菌。与模式菌株相似性为100％。培养基 0471,25℃。

MCCC 1A05108 ←海洋三所 L53-10-1。分离源:南海深层海水。石油烷烃降解菌。与模式菌株相似性为100％。培养基 0471,25℃。

MCCC 1A05109 ←海洋三所 L53-10-10。分离源:南海深层海水。石油烷烃降解菌。与模式菌株相似性为100％。培养基 0471,25℃。

MCCC 1A05111 ←海洋三所 L53-10-12。分离源:南海深层海水。石油烷烃降解菌。与模式菌株相似性为100％。培养基 0471,25℃。

MCCC 1A05112 ←海洋三所 L53-10-15。分离源:南海深层海水。石油烷烃降解菌。与模式菌株相似性为100％。培养基 0471,25℃。

MCCC 1A05127 ←海洋三所 L53-10-43B。分离源:南海深层海水。石油烷烃降解菌。与模式菌株相似性为99.279％。培养基 0471,25℃。

MCCC 1A05136 ←海洋三所 L53-10-60。分离源:南海深层海水。石油烷烃降解菌。与模式菌株相似性为100％。培养基 0471,25℃。

MCCC 1A05140 ←海洋三所 L53-10-9。分离源:南海深层海水。石油烷烃降解菌。与模式菌株相似性为100％。培养基 0471,25℃。

MCCC 1A05145 ←海洋三所 L54-1-4。分离源:南海表层海水。石油烷烃降解菌。与模式菌株相似性为100％。培养基 0471,25℃。

MCCC 1A05154 ←海洋三所 L54-1-7。分离源:南海表层海水。石油烷烃降解菌。与模式菌株相似性为100％。培养基 0471,25℃。

MCCC 1A05158 ←海洋三所 L54-11-12。分离源:南海深层海水。石油烷烃降解菌。与模式菌株相似性为100％。培养基 0471,25℃。

MCCC 1A05181 ←海洋三所 C32AC。分离源:印度洋表层海水。石油烷烃降解菌。与模式菌株相似性为98.52％(767/779)。培养基 0821,25℃。

MCCC 1A05189 ←海洋三所 C34AI。分离源:印度洋表层海水。石油烷烃降解菌。与模式菌株相似性为98.558％(787/799)。培养基 0821,25℃。

MCCC 1A05208 ←海洋三所 C39AC。分离源:西南太平洋表层海水。石油烷烃降解菌。与模式菌株相似性为98.522％(772/784)。培养基 0821,25℃。

MCCC 1A05213 ←海洋三所 C48AA。分离源:西南太平洋上层海水。石油烷烃降解菌。与模式菌株相似性为99.256％(801/809)。培养基 0821,25℃。

MCCC 1A05218 ←海洋三所 C41AD。分离源:西南太平洋表层海水。石油烷烃降解菌。与模式菌株相似性为98.52％(767/779)。培养基 0821,25℃。

MCCC 1A05226 ←海洋三所 C41B5。分离源:西南太平洋表层海水。石油烷烃降解菌。与模式菌株相似性为98.458％(800/816)。培养基 0821,25℃。

MCCC 1A05243 ←海洋三所 C45B5。分离源:西南太平洋上层海水。石油烷烃降解菌。与模式菌株相似性为98.789％(768/780)。培养基 0821,25℃。

MCCC 1A05273 ←海洋三所 C52AJ。分离源:西南太平洋下层海水。石油烷烃降解菌。与模式菌株相似性为99.228％。培养基 0821,25℃。

MCCC 1A05275 ←海洋三所 C53AA。分离源:西南太平洋深层海水。石油烷烃降解菌。与模式菌株相似性为100％(747/747)。培养基 0821,25℃。

MCCC 1A05282 ←海洋三所 C55B2。分离源:西南太平洋深层海水。石油烷烃降解菌。与模式菌株相似性为98.652％(766/779)。培养基 0821,25℃。

MCCC 1A05302 ←海洋三所 C60AL。分离源:西南太平洋深层海水。石油烷烃降解菌。与模式菌株相似性为100％(798/798)。培养基 0821,25℃。

MCCC 1A05304 ←海洋三所 C61B2。分离源:西南太平洋深层海水。石油烷烃降解菌。与模式菌株相似性为 99.233%。培养基 0821,25℃。

MCCC 1A05305　←海洋三所 C61B3。分离源:西南太平洋深层海水。石油烷烃降解菌。与模式菌株相似性为 100%(783/783)。培养基 0821,25℃。

MCCC 1A05307　←海洋三所 C62B3。分离源:西南太平洋下层海水。石油烷烃降解菌。与模式菌株相似性为 100%(783/783)。培养基 0821,25℃。

MCCC 1A05331　←海洋三所 C69AA。分离源:西南太平洋下层海水。石油烷烃降解菌。与模式菌株相似性为 100%(798/798)。培养基 0821,25℃。

MCCC 1A05362　←海洋三所 C77AG。分离源:西南太平洋深层海水。石油烷烃降解菌。与模式菌株相似性为 98.985%(780/788)。培养基 0821,25℃。

MCCC 1A05375　←海洋三所 C80AJ。分离源:西南太平洋深层海水。石油烷烃降解菌。与模式菌株相似性为 99.192%。培养基 0821,25℃。

MCCC 1A05395　←海洋三所 C84AA。分离源:西南太平洋深层海水。石油烷烃降解菌。与模式菌株相似性为 100%。培养基 0821,25℃。

MCCC 1A05406　←海洋三所 C86B3。分离源:西南太平洋深层海水。石油烷烃降解菌。与模式菌株相似性为 99.197%。培养基 0821,25℃。

MCCC 1A05455　←海洋三所 w1-2。分离源:南海海水。石油烷烃降解菌。与模式菌株相似性为 100%(766/766)。培养基 0821,28℃。

MCCC 1A05461　←海洋三所 w7-4。分离源:南海海水。石油烷烃降解菌。与模式菌株相似性为 99.863%(765/766)。培养基 0821,28℃。

MCCC 1A05527　←海洋三所 F6-12。分离源:南海海水。石油烷烃降解菌。与模式菌株相似性为 100%(766/766)。培养基 0821,28℃。

MCCC 1A05530　←海洋三所 G1-1。分离源:南海海水。石油烷烃降解菌。与模式菌株相似性为 100%(766/766)。培养基 0821,28℃。

MCCC 1A05654　←海洋三所 NH31A。分离源:南沙黄褐色沙质。石油烷烃降解菌。与模式菌株相似性为 100%(798/798)。培养基 0821,25℃。

MCCC 1A05697　←海洋三所 NH55V-2。分离源:南沙泻湖珊瑚沙。石油烷烃降解菌。降解烷烃。培养基 0821,25℃。

MCCC 1A05749　←海洋三所 NH62K。分离源:南沙土黄色泥质。石油烷烃降解菌。与模式菌株相似性为 98.932%(778/786)。培养基 0821,25℃。

MCCC 1A05768　←海洋三所 NH67B。分离源:南沙黄色泥质。石油烷烃降解菌。与模式菌株相似性为 100%(797/797)。培养基 0821,25℃。

MCCC 1A06025　←海洋三所 T5AL。分离源:西南太平洋土灰色沉积物上覆水。石油烷烃降解菌。与模式菌株相似性为 98.015%(792/808)。培养基 0821,25℃。

MCCC 1B01166　←海洋一所 TVGB30。分离源:大西洋深海泥样。石油烷烃降解菌。与模式菌株相似性为 99.646%。培养基 0471,25℃。

Alcanivorax sp. Yakimov _et al_. 1998 emend. Fernández-Martínez _et al_. 2003 **食烷菌**

MCCC 1A00474　←海洋三所 W11-5。分离源:太平洋深海沉积物。石油烷烃降解菌。与模式菌株 _A. venustensis_ ISO4(T) AF328762 相似性为 95.833%。培养基 0471,25℃。

MCCC 1A01116　←海洋三所 MD8A。分离源:印度洋深海沉积物。石油烷烃降解菌。与模式菌株 _A. dieselolei_ B-5(T) AY683537 相似性为 96.594%。培养基 0471,25℃。

MCCC 1A01217　←海洋三所 RC92-8。分离源:印度洋深海底层水样。石油烷烃降解菌。与模式菌株 _A. venustensis_ ISO4(T) AF328762 相似性为 97.886%。培养基 0471,25℃。

MCCC 1A01228　←海洋三所 RC139-15。分离源:印度洋深海底层水样。石油烷烃降解菌。与模式菌株 _A. dieselolei_ B-5(T) AY683537 相似性为 93.612%。培养基 0471,25℃。

MCCC 1A01276　←海洋三所 TG4-1。分离源:印度洋深海沉积物。石油烷烃降解菌。与模式菌株 _A. dieselolei_ B-5(T) AY683537 相似性为 96.587%。培养基 0471,25℃。

MCCC 1A01329　←海洋三所 S29-1-9。分离源:印度洋表层海水。石油烷烃降解菌。与模式菌株

A. *dieselolei* B-5(T) AY683537 相似性为 98.507%。培养基 0471,25℃。

MCCC 1A01332 ←海洋三所 S30-2-6。分离源：印度洋表层海水。石油烷烃降解菌。与模式菌株 A. *venustensis* ISO4(T) AF328762 相似性为 97.148%。培养基 0471,25℃。

MCCC 1A01362 ←海洋三所 7-C-1。分离源：厦门近岸表层海水。石油烷烃降解菌。与模式菌株 A. *venustensis* ISO4(T) AF328762 相似性为 98.03%。培养基 0472,28℃。

MCCC 1A01382 ←海洋三所 S71-1-4。分离源：印度洋表层海水。石油烷烃降解菌。与模式菌株 A. *dieselolei* B-5(T) AY683537 相似性为 97.57%。培养基 0471,25℃。

MCCC 1A01455 ←海洋三所 B-14-9。分离源：印度洋表层海水。石油烷烃降解菌。与模式菌株 A. *jadensis* T9(T) AJ001150 相似性为 98.077%。培养基 0333,26℃。

MCCC 1A01457 ←海洋三所 C-13-3。分离源：印度洋表层海水。石油烷烃降解菌。与模式菌株 A. *jadensis* T9(T) AJ001150 相似性为 97.376%。培养基 0745,26℃。

MCCC 1A01459 ←海洋三所 D-13-1。分离源：印度洋表层海水。石油烷烃降解菌。与模式菌株 A. *jadensis* T9(T) AJ001150 相似性为 97.215%。培养基 0333,26℃。

MCCC 1A01477 ←海洋三所 B-6-3。分离源：印度洋表层海水。石油烷烃降解菌。与模式菌株 A. *venustensis* ISO4(T) AF328762 相似性为 98.003%。培养基 0333,26℃。

MCCC 1A01478 ←海洋三所 7-C-7。分离源：厦门近岸表层海水。石油烷烃降解菌。与模式菌株 A. *venustensis* ISO4(T) AF328762 相似性为 94.95%(1411/1486)。培养基 0472,26℃。

MCCC 1A01490 ←海洋三所 63。分离源：印度洋深海热液口沉积物。石油烷烃降解菌。与模式菌株 A. *jadensis* T9(T) AJ001150 相似性为 98.428%。培养基 0471,25℃。

MCCC 1A02266 ←海洋三所 S2-5。分离源：加勒比海表层海水。石油烷烃降解菌。与模式菌株 A. *jadensis* T9(T) AJ001150 相似性为 98.48%。培养基 0745,28℃。

MCCC 1A02270 ←海洋三所 S2-11。分离源：加勒比海表层海水。石油烷烃降解菌。与模式菌株 A. *jadensis* T9(T) AJ001150 相似性为 98.021%。培养基 0745,28℃。

MCCC 1A02329 ←海洋三所 S15-9。分离源：大西洋表层海水。石油烷烃降解菌。与模式菌株 A. *jadensis* T9(T) AJ001150 相似性为 98.174%。培养基 0745,28℃。

MCCC 1A02347 ←海洋三所 S17-16。分离源：大西洋表层海水。石油烷烃降解菌。与模式菌株 A. *jadensis* T9(T) AJ001150 相似性为 98.326%。培养基 0745,28℃。

MCCC 1A02354 ←海洋三所 S11-15。分离源：大西洋表层海水。石油烷烃降解菌。与模式菌株 A. *venustensis* ISO4(T) AF328762 相似性为 97.985%。培养基 0745,28℃。

MCCC 1A02366 ←海洋三所 S4-10。分离源：大西洋表层海水。石油烷烃降解菌。与模式菌株 A. *venustensis* ISO4(T) AF328762 相似性为 97.974%。培养基 0745,28℃。

MCCC 1A02376 ←海洋三所 S5-10。分离源：大西洋表层海水。石油烷烃降解菌。与模式菌株 A. *venustensis* ISO4(T) AF328762 相似性为 97.843%。培养基 0745,28℃。

MCCC 1A02424 ←海洋三所 S14-2。分离源：大西洋表层海水。石油烷烃降解菌。与模式菌株 A. *jadensis* T9(T) AJ001150 相似性为 98.382%。培养基 0745,28℃。

MCCC 1A02456 ←海洋三所 S20-3。分离源：大西洋表层海水。石油烷烃降解菌。与模式菌株 A. *jadensis* T9(T) AJ001150 相似性为 98.085%。培养基 0745,28℃。

MCCC 1A02812 ←海洋三所 IL4。分离源：黄海表层海水。石油烷烃降解菌。与模式菌株 A. *jadensis* T9(T) AJ001150 相似性为 98.113%。培养基 0472,25℃。

MCCC 1A02829 ←海洋三所 IN4。分离源：黄海上层海水。石油烷烃降解菌。与模式菌株 A. *venustensis* ISO4(T) AF328762 相似性为 97.99%(814/832)。培养基 0472,25℃。

MCCC 1A02839 ←海洋三所 IP1。分离源：黄海上层海水。石油烷烃降解菌。与模式菌株 A. *venustensis* ISO4(T) AF328762 相似性为 97.99%。培养基 0821,25℃。

MCCC 1A02847 ←海洋三所 IQ5。分离源：黄海上层海水。石油烷烃降解菌。与模式菌株 A. *venustensis* ISO4(T) AF328762 相似性为 97.99%。培养基 0472,25℃。

MCCC 1A02853 ←海洋三所 IS9。分离源：黄海上层海水。石油烷烃降解菌。与模式菌株 A. *venustensis* ISO4(T) AF328762 相似性为 97.99%。培养基 0472,25℃。

MCCC 1A02861 ←海洋三所 IU7。分离源：黄海上层海水。石油烷烃降解菌。与模式菌株 A. *borkumensis*

Sk2(T) Y12579 相似性为 97.987%。培养基 0821,25℃。

MCCC 1A02879 ←海洋三所 IX3。分离源:黄海上层海水。石油烷烃降解菌。与模式菌株 *A. venustensis* ISO4(T) AF328762 相似性为 97.99%。培养基 0472,25℃。

MCCC 1A02888 ←海洋三所 IZ3。分离源:黄海上层海水。石油烷烃降解菌。与模式菌株 *A. venustensis* ISO4(T) AF328762 相似性为 97.99%。培养基 0472,25℃。

MCCC 1A02893 ←海洋三所 JA5。分离源:黄海上层海水。石油烷烃降解菌。与模式菌株 *A. venustensis* ISO4(T) AF328762 相似性为 97.951%(800/818)。培养基 0472,25℃。

MCCC 1A02894 ←海洋三所 JA6。分离源:黄海上层海水。石油烷烃降解菌。与模式菌株 *A. venustensis* ISO4(T) AF328762 相似性为 97.99%。培养基 0821,25℃。

MCCC 1A02905 ←海洋三所 JD1。分离源:黄海上层海水。石油烷烃降解菌。与模式菌株 *A. venustensis* ISO4(T) AF328762 相似性为 97.99%。培养基 0821,25℃。

MCCC 1A02950 ←海洋三所 JL8。分离源:东海上层海水。石油烷烃降解菌。与模式菌株 *A. venustensis* ISO4(T) AF328762 相似性为 97.99%。培养基 0821,25℃。

MCCC 1A02964 ←海洋三所 JO1。分离源:黄海上层海水。石油烷烃降解菌。与模式菌株 *A. venustensis* ISO4(T) AF328762 相似性为 97.99%。培养基 0821,25℃。

MCCC 1A02967 ←海洋三所 JP5。分离源:黄海上层海水。石油烷烃降解菌。与模式菌株 *A. borkumensis* Sk2(T) Y12579 相似性为 98.365%。培养基 0472,25℃。

MCCC 1A03155 ←海洋三所 51-4。分离源:印度洋表层海水。石油烷烃降解菌。与模式菌株 *A. jadensis* T9 (T) AJ001150 相似性为 97.607%。培养基 0821,25℃。

MCCC 1A03156 ←海洋三所 51-7。分离源:印度洋表层海水。石油烷烃降解菌。与模式菌株 *A. jadensis* T9 (T) AJ001150 相似性为 96.717%。培养基 0821,25℃。

MCCC 1A03165 ←海洋三所 80-3。分离源:印度洋表层海水。石油烷烃降解菌。与模式菌株 *A. venustensis* ISO4(T) AF328762 相似性为 97.99%。培养基 0821,25℃。

MCCC 1A03903 ← 海洋三所 316-3。分离源:印度洋表层海水。石油烷烃降解菌。与模式菌株 *A. venustensis* ISO4(T) AF328762 相似性为 97.976%。培养基 0471,25℃。

MCCC 1A03906 ← 海洋三所 317-2。分离源:印度洋表层海水。石油烷烃降解菌。与模式菌株 *A. venustensis* ISO4(T) AF328762 相似性为 97.841%。培养基 0471,25℃。

MCCC 1A03911 ← 海洋三所 319-4。分离源:印度洋表层海水。石油烷烃降解菌。与模式菌株 *A. venustensis* ISO4(T) AF328762 相似性为 97.664%。培养基 0471,25℃。

MCCC 1A03920 ← 海洋三所 322-7。分离源:印度洋表层海水。石油烷烃降解菌。与模式菌株 *A. venustensis* ISO4(T) AF328762 相似性为 97.471%。培养基 0471,25℃。

MCCC 1A03922 ← 海洋三所 324-3。分离源:印度洋表层海水。石油烷烃降解菌。与模式菌株 *A. venustensis* ISO4(T) AF328762 相似性为 98.037%。培养基 0471,25℃。

MCCC 1A03923 ← 海洋三所 324-6。分离源:印度洋表层海水。石油烷烃降解菌。与模式菌株 *A. venustensis* ISO4(T) AF328762 相似性为 97.191%。培养基 0471,25℃。

MCCC 1A03937 ← 海洋三所 407-1。分离源:印度洋表层海水。石油烷烃降解菌。与模式菌株 *A. borkumensis* Sk2(T) Y12579 相似性为 97.952%。培养基 0821,25℃。

MCCC 1A03947 ← 海洋三所 428-1。分离源:印度洋表层海水。石油烷烃降解菌。与模式菌株 *A. venustensis* ISO4(T) AF328762 相似性为 97.844%。培养基 0471,25℃。

MCCC 1A03991 ←海洋三所 328-6。分离源:印度洋表层海水。石油烷烃降解菌。与模式菌株 *A. dieselolei* B-5(T) AY683537 相似性为 96.889%。培养基 0471,25℃。

MCCC 1A03992 ←海洋三所 330-12。分离源:印度洋表层海水。石油烷烃降解菌。与模式菌株 *A. jadensis* T9(T) AJ001150 相似性为 97.008%。培养基 0471,25℃。

MCCC 1A04204 ← 海洋三所 NH56A。分离源:南沙浅黄色泥质。石油烷烃降解菌。与模式菌株 *A. venustensis* ISO4(T) AF328762 相似性为 98.047%(790/806)。培养基 0821,25℃。

MCCC 1A04522 ←海洋三所 T30B15。分离源:西南太平洋热液区硫化物。石油烷烃降解菌。与模式菌株 *A. dieselolei* B-5(T) AY683537 相似性为 97.587%(765/786)。培养基 0821,28℃。

MCCC 1A04528 ←海洋三所 T31B4。分离源:西南太平洋热液区沉积物。石油烷烃降解菌。与模式菌株

A. venustensis ISO4(T) AF328762 相似性为 97.692%(799/817)。培养基 0821,28℃。

MCCC 1A04666 ←海洋三所 C10B1。分离源:西南太平洋上层海水。石油烷烃降解菌。与模式菌株 A. venustensis ISO4(T) AF328762 相似性为 97.835%(764/780)。培养基 0821,25℃。

MCCC 1A04672 ←海洋三所 C14AA。分离源:西南太平洋表层海水。石油烷烃降解菌。与模式菌株 A. dieselolei B-5(T) AY683537 相似性为 98.113%。培养基 0821,25℃。

MCCC 1A04687 ←海洋三所 C19B1。分离源:西南太平洋表层海水。石油烷烃降解菌。与模式菌株 A. dieselolei B-5(T) AY683537 相似性为 98.356%。培养基 0821,25℃。

MCCC 1A04691 ←海洋三所 C1B3。分离源:西南太平洋上层海水。石油烷烃降解菌。与模式菌株 A. venustensis ISO4(T) AF328762 相似性为 97.946%(800/816)。培养基 0821,25℃。

MCCC 1A04693 ←海洋三所 C22AW。分离源:西南太平洋表层海水。石油烷烃降解菌。与模式菌株 A. venustensis ISO4(T) AF328762 相似性为 97.849%(764/780)。培养基 0821,25℃。

MCCC 1A04702 ←海洋三所 C24AC。分离源:印度洋表层海水。石油烷烃降解菌。与模式菌株 A. venustensis ISO4(T) AF328762 相似性为 97.906%(733/748)。培养基 0821,25℃。

MCCC 1A04709 ←海洋三所 C27AC。分离源:西南太平洋表层海水。石油烷烃降解菌。与模式菌株 A. dieselolei B-5(T) AY683537 相似性为 98.126%(770/785)。培养基 0821,25℃。

MCCC 1A04710 ←海洋三所 C28AG。分离源:印度洋表层海水。石油烷烃降解菌。与模式菌株 A. venustensis ISO4(T) AF328762 相似性为 97.849%(764/780)。培养基 0821,25℃。

MCCC 1A04717 ←海洋三所 C31AO。分离源:印度洋表层海水。石油烷烃降解菌。与模式菌株 A. venustensis ISO4(T) AF328762 相似性为 97.902%(733/748)。培养基 0821,25℃。

MCCC 1A04721 ←海洋三所 C34AB。分离源:印度洋表层海水。石油烷烃降解菌。与模式菌株 A. venustensis ISO4(T) AF328762 相似性为 97.849%(764/780)。培养基 0821,25℃。

MCCC 1A04724 ←海洋三所 C36AF。分离源:西南太平洋表层海水。石油烷烃降解菌。与模式菌株 A. venustensis ISO4(T) AF328762 相似性为 97.864%(770/786)。培养基 0821,25℃。

MCCC 1A04740 ←海洋三所 C40B5。分离源:印度洋表层海水。石油烷烃降解菌。与模式菌株 A. venustensis ISO4(T) AF328762 相似性为 97.689%(798/816)。培养基 0821,25℃。

MCCC 1A04747 ←海洋三所 C42AB1。分离源:西南太平洋表层海水。石油烷烃降解菌。与模式菌株 A. dieselolei B-5(T) AY683537 相似性为 98.126%(770/785)。培养基 0821,25℃。

MCCC 1A04750 ←海洋三所 C43AA。分离源:西南太平洋表层海水。石油烷烃降解菌。与模式菌株 A. dieselolei B-5(T) AY683537 相似性为 97.59%(768/787)。培养基 0821,25℃。

MCCC 1A04838 ←海洋三所 C6B1。分离源:西南太平洋下层海水。石油烷烃降解菌。与模式菌株 A. venustensis ISO4(T) AF328762 相似性为 97.849%(764/780)。培养基 0821,25℃。

MCCC 1A04950 ←海洋三所 C18B4。分离源:西南太平洋表层海水。石油烷烃降解菌。与模式菌株 A. dieselolei B-5(T) AY683537 相似性为 98.356%。培养基 0821,25℃。

MCCC 1A04990 ←海洋三所 C26B3。分离源:西南太平洋表层海水。石油烷烃降解菌。与模式菌株 A. dieselolei B-5(T) AY683537 相似性为 98.257%(770/785)。培养基 0821,25℃。

MCCC 1A05011 ←海洋三所 L51-1-48。分离源:南海表层海水。石油烷烃降解菌。与模式菌株 A. dieselolei B-5(T) AY683537 相似性为 94.061%(807/859)。培养基 0471,25℃。

MCCC 1A05063 ←海洋三所 L52-11-24。分离源:南海深层海水。石油烷烃降解菌。与模式菌株 A. jadensis T9(T) AJ001150 相似性为 97.549%(830/852)。培养基 0471,25℃。

MCCC 1A05110 ←海洋三所 L53-10-11A。分离源:南海深层海水。石油烷烃降解菌。与模式菌株 A. borkumensis Sk2(T) Y12579 相似性为 96.633%。培养基 0471,25℃。

MCCC 1A05179 ←海洋三所 C31AN。分离源:印度洋表层海水。石油烷烃降解菌。与模式菌株 A. venustensis ISO4(T) AF328762 相似性为 97.597%(768/786)。培养基 0821,25℃。

MCCC 1A05180 ←海洋三所 C32AA。分离源:印度洋表层海水。石油烷烃降解菌。与模式菌株 A. venustensis ISO4(T) AF328762 相似性为 97.864%(770/786)。培养基 0821,25℃。

MCCC 1A05184 ←海洋三所 C33B。分离源:印度洋表层海水。石油烷烃降解菌。与模式菌株 A. venustensis ISO4(T) AF328762 相似性为 97.849%(764/780)。培养基 0821,25℃。

MCCC 1A05192 ←海洋三所 C35AF。分离源:西南太平洋表层海水。石油烷烃降解菌。与模式菌株

A. *dieselolei* B-5(T) AY683537 相似性为 98.126%(770/785)。培养基 0821,25℃。

MCCC 1A05200 ← 海洋三所 C37AH。分离源:印度洋表层海水。石油烷烃降解菌。与模式菌株 A. *venustensis* ISO4(T) AF328762 相似性为 97.581%(763/781)。培养基 0821,25℃。

MCCC 1A05205 ← 海洋三所 C38AB。分离源:西南太平洋表层海水。石油烷烃降解菌。与模式菌株 A. *dieselolei* B-5(T) AY683537 相似性为 98.126%(770/785)。培养基 0821,25℃。

MCCC 1A05212 ← 海洋三所 C39B8。分离源:西南太平洋表层海水。石油烷烃降解菌。与模式菌株 A. *venustensis* ISO4(T) AF328762 相似性为 97.949%(800/816)。培养基 0821,25℃。

MCCC 1A05629 ← 海洋三所 19-m-6。分离源:南海深海沉积物。石油烷烃降解菌。与模式菌株 A. *borkumensis* Sk2(T) Y12579 相似性为 97.812%。培养基 0471,28℃。

MCCC 1A05637 ← 海洋三所 29-m-2。分离源:南海深海沉积物。石油烷烃降解菌。与模式菌株 A. *dieselolei* B-5(T) AY683537 相似性为 98.7%。培养基 0471,28℃。

MCCC 1A05705 ← 海洋三所 NH57E。分离源:南沙泻湖珊瑚沙颗粒。石油烷烃降解菌。与模式菌株 A. *borkumensis* Sk2(T) Y12579 相似性为 98.26%(769/784)。培养基 0821,25℃。

MCCC 1A05865 ← 海洋三所 BMJOUTWF-10。分离源:南沙美济礁周围海水。石油烷烃降解菌。与模式菌株 A. *venustensis* ISO4(T) AF328762 相似性为 97.51%(782/800)。培养基 0821,25℃。

MCCC 1A05866 ← 海洋三所 BMJOUTWF-13。分离源:南沙美济礁周围海水。石油烷烃降解菌。与模式菌株 A. *venustensis* ISO4(T) AF328762 相似性为 97.772%(782/800)。培养基 0821,25℃。

MCCC 1A05890 ← 海洋三所 GM03-8J。分离源:南沙上层海水。石油烷烃降解菌。与模式菌株 A. *venustensis* ISO4(T) AF328762 相似性为 97.903%(783/799)。培养基 0821,25℃。

Algoriphagus antarcticus van Trappen *et al*. 2004 南极噬冷菌
模式菌株 *Algoriphagus antarcticus* LMG 21980(T) AJ577141

MCCC 1C00745 ← 极地中心 ZS2-8。分离源:南极表层沉积物。与模式菌株相似性为 99.113%。培养基 0471,15℃。

MCCC 1C00815 ← 极地中心 ZS1-2。分离源:南极表层沉积物。与模式菌株相似性为 100%。培养基 0471,15℃。

MCCC 1C00998 ← 极地中心 ZS1-1。分离源:南极海洋沉积物。与模式菌株相似性为 100%。培养基 0471,15℃。

Algoriphagus aquimarinus Nedashkovskaya *et al*. 2004 海水噬冷菌
模式菌株 *Algoriphagus aquimarinus* LMG 21971(T) AJ575264

MCCC 1C00739 ← 极地中心 ZS4-16。分离源:南极表层沉积物。与模式菌株相似性为 99.659%。培养基 0471,15℃。

MCCC 1C00807 ← 极地中心 KS6-3。分离源:北极表层沉积物。与模式菌株相似性为 99.659%。培养基 0471,15℃。

MCCC 1C00940 ← 极地中心 KS6-6。分离源:北极海洋沉积物。与模式菌株相似性为 99.659%。培养基 0471,15℃。

MCCC 1C00943 ← 极地中心 BCw053。分离源:北冰洋无冰区表层海水。与模式菌株相似性为 99.659%。培养基 0471,15℃。

Algoriphagus halophilus(Yi and Chun 2004)Nedashkovskaya 2004 喜盐噬冷菌
模式菌株 *Algoriphagus halophilus* IMSNU 14013(T) AY264839

MCCC 1A04202 ← 海洋三所 NH55O。分离源:南沙泻湖珊瑚沙。与模式菌株相似性为 100%(795/795)。培养基 0821,25℃。

MCCC 1F01072 ← 厦门大学 Y13。分离源:福建省漳州近海红树林表层沉积物。与模式菌株相似性为 99.860%(1425/1427)。培养基 0471,25℃。

Algoriphagus ornithinivorans(Yi and Chun 2004)Nedshkovskaya *et al*. 2007 食鸟氨酸噬冷菌
模式菌株 *Algoriphagus ornithinivorans* IMSNU 14014(T) AY264840

MCCC 1A02208　←海洋三所 L1K。分离源：厦门轮渡码头表层海水。分离自石油降解菌群。与模式菌株相似性为 98.946%。培养基 0821,25℃。

MCCC 1A02910　←海洋三所 F48-12。分离源：近海沉积物。分离自石油降解菌群。与模式菌株相似性为 98.873%。培养基 0472,28℃。

MCCC 1A03097　←海洋三所 CK-M6-17。分离源：大西洋热液区土黄色沉积物。与模式菌株相似性为 99.291%。培养基 0745,18～28℃。

Algoriphagus ratkowskyi Bowman *et al*. 2003 拉氏噬冷菌
模式菌株 *Algoriphagus ratkowskyi* LMG 21435(T) AJ608641

MCCC 1C00796　←极地中心 ZS3-16。分离源：南极表层沉积物。与模式菌株相似性为 99.512%。培养基 0471,15℃。

Algoriphagus **sp.** Bowman *et al*. 2003 emend. Nedashkovskaya *et al*. 2004 emend. Nedashkovskaya *et al*. 2007 噬冷菌

MCCC 1A01074　←海洋三所 SA11。分离源：印度洋深海底层水样。分离自石油降解菌群。与模式菌株 *A. ornithinivorans* IMSNU 14014(T) AY264840 相似性为 97.889%。培养基 0471,25℃。

MCCC 1C00756　←极地中心 ZS3-3。分离源：南极表层沉积物。与模式菌株 *Algoriphagus antarcticus* LMG 21980(T) AJ577141 相似性为 96.516%。培养基 0471,15℃。

Aliivibrio **sp.** Urbanczyk *et al*. 2007 另类弧菌

MCCC 1B00568　←海洋一所 DJLY63-2。分离源：江苏盐城射阳表层海水。与模式菌株 *A. fischeri* ATCC 7744(T) X74702 相似性为 98.748%。培养基 0471,20～25℃。

Altererythrobacter epoxidivorans Kwon *et al*. 2007 食环氧化物交替赤细菌
模式菌株 *Altererythrobacter epoxidivorans* JCS350(T) DQ304436

MCCC 1A04421　←海洋三所 T19B5。分离源：西南太平洋土灰色沉积物上覆水。分离自石油降解菌群。与模式菌株相似性为 98.047%(741/756)。培养基 0821,28℃。

Altererythrobacter marinus Lai *et al*. 2009 海洋交替赤细菌

MCCC 1A01070　←海洋三所 R6-5。=LMG 24629T =CCTCC AB 208229T。分离源：印度洋深海底层水样。分离自石油降解菌群。模式菌株。培养基 0471,25℃。

Altererythrobacter **sp.** Kwon *et al*. 2007 交替赤细菌

MCCC 1A00343　←海洋三所 R8-1。分离源：印度洋深海底层水样。分离自石油降解菌群。与模式菌株 *A. luteolus* SW-109(T) AY739662 相似性为 96.688%。培养基 0471,25℃。

MCCC 1A02063　←海洋三所 CR54-12。分离源：印度洋深海底层水样。分离自石油降解菌群。与模式菌株 *A. epoxidivorans* JCS350(T) DQ304436 相似性为 95.76%。培养基 0471,25℃。

MCCC 1A02315　←海洋三所 S11-2。分离源：大西洋表层海水。与模式菌株 *A. epoxidivorans* JCS350(T) DQ304436 相似性为 97.717%。培养基 0745,28℃。

MCCC 1A02334　←海洋三所 S17-1。分离源：大西洋表层海水。与模式菌株 *A. epoxidivorans* JCS350(T) DQ304436 相似性为 97.561%。培养基 0745,28℃。

MCCC 1A02416　←海洋三所 S14-1。分离源：大西洋表层海水。与模式菌株 *A. epoxidivorans* JCS350(T) DQ304436 相似性为 97.717%。培养基 0745,28℃。

MCCC 1A02459　←海洋三所 S20-9。分离源：大西洋表层海水。与模式菌株 *A. indicus* MSSRF26(T) DQ399262 相似性为 95.658%。培养基 0745,28℃。

MCCC 1A04633　←海洋三所 T44AI。分离源：西南太平洋土黄色沉积物。分离自石油、多环芳烃降解菌群。与模式菌株 *A. epoxidivorans* JCS350(T) DQ304436 相似性为 96.936%(735/758)。培养基 0821,28℃。

MCCC 1A05364 ←海洋三所 C78AC。分离源:西南太平洋深层海水。分离自多环芳烃降解菌群。与模式菌株 A. epoxidivorans JCS350(T) DQ304436 相似性为 96.896%。培养基 0821,25℃。

MCCC 1A05720 ←海洋三所 NH58F。分离源:南沙浅黄色泥质。分离自石油降解菌群。与模式菌株 A. epoxidivorans JCS350（T） DQ304436 相似性为 96.579%（734/760）。培养基 0821,25℃。

MCCC 1A06056 ←海洋三所 D-2Q-5-8。分离源:北极圈内某近人类活动区土样。分离自原油富集菌群。与模式菌株 A. epoxidivorans JCS350（T） DQ304436 相似性为 96.121%。培养基 0472,28℃。

MCCC 1B01145 ←海洋一所 CTDB1。分离源:大西洋表层水样。与模式菌株 A. epoxidivorans JCS350(T) DQ304436 相似性为 95.448%。培养基 0471,25℃。

Alteromonas addita Ivanova *et al*. 2005 添加交替单胞菌
模式菌株 *Alteromonas addita* R10SW13 AY682202

MCCC 1A02663 ←LMG 22532。原始号 R10SW13。=KMM 3600 =KCTC 12195 =LMG 22532。分离源:太平洋日本海表层海水。模式菌株,可降解淀粉和 Tween 80,轻微降解明胶和琼脂。培养基 0471,25℃。

MCCC 1B00759 ←海洋一所 QJHH15。分离源:烟台海阳次表层海水。与模式菌株相似性为 99.507%。培养基 0471,20～25℃。

MCCC 1G00156 ←青岛科大 HH190 下-2。分离源:中国黄海下层海水。与模式菌株相似性为 99.300%。培养基 0471,25～28℃。

Alteromonas fuliginea Romanenko *et al*. 1995 闪烁交替单胞菌
模式菌株 *Alteromonas fuliginea* CIP 105339(T) AF529062

MCCC 1C00262 ←极地中心 BSi20674。分离源:北冰洋海冰卤液。产 β-半乳糖苷酶。与模式菌株相似性为 99.572%。培养基 0471,15℃。

Alteromonas genovensis Vandecandelaere *et al*. 2008 热那亚交替单胞菌
模式菌株 *Alteromonas genovensis* LMG 24078(T) AM885866

MCCC 1A02665 ←LMG 24078。原始号 LMG 24078。=LMG 24078 =CCUG 55340。分离源:意大利热那亚电镀板海水生物膜。模式菌株。培养基 0471,25℃。

MCCC 1C00961 ←极地中心 BCw006。分离源:北冰洋无冰区表层海水。与模式菌株相似性为 99.524%。培养基 0471,15℃。

MCCC 1G00153 ←青岛科大 HH189 上-1。分离源:中国黄海上层海水。与模式菌株相似性为 99.024%。培养基 0471,28℃。

Alteromonas hispanica Martinez-Checa *et al*. 2005 西班牙交替单胞菌

MCCC 1A02664 ←LMG 22958。原始号 F-32。=CECT 7067=LMG 22958。分离源:西班牙高盐水样。模式菌株。培养基 0471,30℃。

Alteromonas litorea Yoon *et al*. 2004 岸滨交替单胞菌
模式菌株 Alteromonas litorea TF-22(T) AY428573

MCCC 1A02661 ←LMG 23846。原始号 TF-22。=KCCM 41775 =JCM 12188 =LMG 23846。分离源:韩国黄海潮间带沉积物。模式菌株。培养基 0471,30℃。

MCCC 1A02190 ←海洋三所 B1D。分离源:厦门近海表层海水。分离自石油降解菌群。与模式菌株相似性为 98.845%。培养基 0821,25℃。

Alteromonas macleodii Baumann *et al*. 1972 emend. Yi *et al*. 2004 emend. Vandecandelaere *et al*. 2008 麦氏交替单胞菌
模式菌株 *Alteromonas macleodii* DSM 6062(T) Y18228

MCCC 1A02659 ←LMG 2843。=DSM 6062 = LMG 2843 = ATCC 27126。模式菌株。分离源:地中海海水。产胞外淀粉酶、明胶酶及脂酶。培养基 0471,30℃。

MCCC 1A00323 ←海洋三所 MCT5。分离源:大西洋深海底层海水。分离自石油降解菌群。与模式菌株相似性为 99.661%。培养基 0471,25℃。

MCCC 1A01084 ←海洋三所 R6-29。分离源:印度洋深海底层水样。分离自石油降解菌群。与模式菌株相似性为 99.727%。培养基 0471,25℃。

MCCC 1A02046 ←海洋三所 CIC4N-1。分离源:印度洋深海底层水样。分离自多环芳烃降解菌群。与模式菌株相似性为 99.592%。培养基 0471,25℃。

MCCC 1A03444 ←海洋三所 M01-10E。分离源:南沙下层海水。与模式菌株相似性为 99.726%(762/763)。培养基 1001,25℃。

MCCC 1A04487 ←海洋三所 C82B3。分离源:西南太平洋深层海水。分离自石油降解菌群。与模式菌株相似性为 99.74%(802/804)。培养基 0821,25℃。

MCCC 1A05262 ←海洋三所 C58B6。分离源:西南太平洋深层海水。分离自石油降解菌群。与模式菌株相似性为 99.481%(802/804)。培养基 0821,25℃。

MCCC 1B00308 ←海洋一所 SDBC9。分离源:威海荣成上层海水。与模式菌株相似性为 99.828%。培养基 0471,28℃。

MCCC 1B00328 ←海洋一所 NJSS2。分离源:江苏南通上层海水。与模式菌株相似性为 99.292%。培养基 0471,28℃。

MCCC 1B00337 ←海洋一所 NJSS35。分离源:江苏南通上层海水。与模式菌株相似性为 99.508%。培养基 0471,28℃。

MCCC 1B00338 ←海洋一所 NJSS36。分离源:江苏南通上层海水。与模式菌株相似性为 99.716%。培养基 0471,28℃。

MCCC 1B00361 ←海洋一所 NJSX33。分离源:江苏南通底层海水。与模式菌株相似性为 99.575%。培养基 0471,28℃。

MCCC 1B00363 ←海洋一所 NJSX35。分离源:江苏南通底层海水。与模式菌株相似性为 99.29%。培养基 0471,28℃。

MCCC 1B00368 ←海洋一所 NJSX41。分离源:江苏南通底层海水。与模式菌株相似性为 99.504%。培养基 0471,28℃。

Alteromonas marina Yoon *et al*. 2003 海洋交替单胞菌

模式菌株 *Alteromonas marina* SW-47(T) AF529060

MCCC 1A02660 ←LMG 22057。原始号 SW-47。=KCCM 41638 =JCM 11804 =LMG 22057。模式菌株。分离源:韩国东海海水。培养基 0471,30℃。

MCCC 1A02195 ←海洋三所 B1L。分离源:厦门近海表层海水。分离自石油降解菌群。与模式菌株相似性为 99.653%。培养基 0821,25℃。

MCCC 1A03449 ←海洋三所 M02-1C。分离源:南沙深层海水。与模式菌株相似性为 99.465%。培养基 1001,25℃。

MCCC 1A03510 ←海洋三所 M01-12K。分离源:南沙上层海水。与模式菌株相似性为 99.451%(761/763)。培养基 1001,25℃。

MCCC 1A04319 ←海洋三所 C80B6。分离源:西南太平洋深层海水。分离自多环芳烃(PHA)降解菌群。与模式菌株相似性为 99.74%(802/803)。培养基 0821,25℃。

MCCC 1A05385 ←海洋三所 C81B9。分离源:西南太平洋深层海水。分离自多环芳烃降解菌群。与模式菌株相似性为 99.485%(809/811)。培养基 0821,25℃。

MCCC 1A05411 ←海洋三所 C70B8。分离源:西南太平洋深层海水。分离自石油降解菌群。与模式菌株相似性为 99.61%(802/803)。培养基 0821,25℃。

MCCC 1A05825 ←海洋三所 mj02-8j。分离源:南沙上层海水。与模式菌株相似性为 99.588%(760/763)。培养基 0821,25℃。

MCCC 1G00185 ←青岛科大 qdht06。分离源:青岛表层海水。与模式菌株相似性为 99.431%。培养基

0471,25～28℃。

MCCC 1G00191　←青岛科大 qdht15。分离源:青岛表层海水。与模式菌株相似性为99.217%。培养基 0471,25～28℃。

MCCC 1G00195　←青岛科大 qdht19。分离源:青岛表层海水。与模式菌株相似性为99.146%。培养基 0471,25～28℃。

Alteromonas simiduii Chiu *et al*. 2007 **交替单胞菌**

MCCC 1A02630　←台湾大学海洋研究所 AS1。=BCRC 17572T =JCM 13896T。分离源:中国台湾台南河 口水样。模式菌株,抗二价汞。培养基 0223,30℃。

Alteromonas stellipolaris Van Trappen *et al*. 2004 **极星交替单胞菌**

模式菌株 *Alteromonas stellipolaris* LMG 21861(T) AJ295715

MCCC 1A02662　←LMG 21861T。原始号 ANT 69a。=LMG 21861T =DSM 15691T。模式菌株。分离源: 南极海水。培养基 0471,20℃。

MCCC 1B00745　←海洋一所 CJHH16。分离源:烟台海阳底层海水。与模式菌株相似性为99.627%。培 养基 0471,20～25℃。

MCCC 1C00981　←极地中心 BCw156。分离源:北冰洋无冰区表层海水。与模式菌株相似性为99.728%。 培养基 0471,15℃。

MCCC 1G00115　←青岛科大 HH198 下-2。分离源:中国黄海下层海水。与模式菌株相似性为99.357%。 培养基 0471,25～28℃。

MCCC 1G00166　←青岛科大 SB265 表-2。分离源:江苏北部表层海水。与模式菌株相似性为99.433%。培 养基 0471,25～28℃。

Alteromonas tagae Chiu *et al*. 2007 **察格氏交替单胞菌**

MCCC 1A02631　←台湾大学海洋研究所 AT1。=BCRC 17571T =JCM 13895T。模式菌株。分离源:中国 台湾台南河口河水。培养基 0223,30℃。

Alteromonas **sp.** Baumann *et al*. 1972 emend. Van Trappen *et al*. 2004 **交替单胞菌**

MCCC 1A00515　←海洋三所 3064。分离源:东太平洋棕褐色硅质软泥,富多金属结核。与模式菌株 *A. macleodii* DSM 6062(T) Y18228 相似度为99.66%。培养基 0471,4～20℃。

MCCC 1A02149　←海洋三所 S27-2。分离源:印度洋表层海水。分离自石油降解菌群。与模式菌株 *A. marina* SW-47(T) AF529060 相似性为96.24%。培养基 0745,26℃。

MCCC 1B00307　←海洋一所 SDBC8。分离源:威海荣成上层海水。与模式菌株 *A. marina* SW-47 AF529060 相似性为99.833%。培养基 0471,28℃。

MCCC 1B00310　←海洋一所 SDBC16。分离源:威海荣成上层海水。与模式菌株 *A. hispanica* F-32 AY926460 相似性为98.684%。培养基 0471,28℃。

MCCC 1B00311　←海洋一所 SDDC2。分离源:威海荣成表层沉积物。与模式菌株 *A. marina* SW-47 AF529060 相似性为99.828%。培养基 0471,28℃。

MCCC 1B00329　←海洋一所 NJSS3。分离源:江苏南通上层海水。与模式菌株 *A. macleodii* DSM 6062 Y18228 相似性为98.733%。培养基 0471,28℃。

MCCC 1B00330　←海洋一所 NJSS5。分离源:江苏南通上层海水。与模式菌株 *A. marina* SW-47 AF529060 相似性为98.254%。培养基 0471,28℃。

MCCC 1B00331　←海洋一所 NJSS10。分离源:江苏南通上层海水。与模式菌株 *A. macleodii* DSM 6062 Y18228 相似性为98.3%。培养基 0471,28℃。

MCCC 1B00332　←海洋一所 NJSS12。分离源:江苏南通上层海水。与模式菌株 *A. simiduii* BCRC 17572 DQ836766 相似性为96.895%。培养基 0471,28℃。

MCCC 1B00333　←海洋一所 NJSS15。分离源:江苏南通上层海水。与模式菌株 *A. simiduii* BCRC 17572 DQ836766 相似性为96.609%。培养基 0471,28℃。

MCCC 1B00334 ←海洋一所 NJSS16。分离源：江苏南通上层海水。与模式菌株 *A. simiduii* BCRC 17572 DQ836766 相似性为 96.046%。培养基 0471,28℃。

MCCC 1B00336 ←海洋一所 NJSS33。分离源：江苏南通上层海水。与模式菌株 *A. macleodii* DSM 6062 Y18228 相似性为 98.538%。培养基 0471,28℃。

MCCC 1B00340 ←海洋一所 NJSS39。分离源：江苏南通上层海水。与模式菌株 *A. simiduii* BCRC 17572 DQ836766 相似性为 95.183%。培养基 0471,28℃。

MCCC 1B00341 ←海洋一所 NJSS41。分离源：江苏南通上层海水。与模式菌株 *A. macleodii* DSM 6062 Y18228 相似性为 99.158%。培养基 0471,28℃。

MCCC 1B00352 ←海洋一所 NJSX16。分离源：江苏南通底层海水。与模式菌株 *A. macleodii* DSM 6062 Y18228 相似性为 98.879%。培养基 0471,28℃。

MCCC 1B00354 ←海洋一所 NJSX18。分离源：江苏南通底层海水。与模式菌株 *A. macleodii* DSM 6062 Y18228 相似性为 99.506%。培养基 0471,28℃。

MCCC 1B00355 ←海洋一所 NJSX19。分离源：江苏南通底层海水。与模式菌株 *A. simiduii* BCRC 17572 DQ836766 相似性为 95.083%。培养基 0471,28℃。

MCCC 1B00357 ←海洋一所 NJSX24。分离源：江苏南通底层海水。与模式菌株 *A. macleodii* DSM 6062 Y18228 相似性为 98.666%。培养基 0471,28℃。

MCCC 1B00358 ←海洋一所 NJSX25。分离源：江苏南通底层海水。与模式菌株 *A. simiduii* BCRC 17572 DQ836766 相似性为 97.264%。培养基 0471,28℃。

MCCC 1B00359 ←海洋一所 NJSX26。分离源：江苏南通底层海水。与模式菌株 *A. macleodii* DSM 6062 Y18228 相似性为 98.3%。培养基 0471,28℃。

MCCC 1B00360 ←海洋一所 NJSX31。分离源：江苏南通底层海水。与模式菌株 *A. macleodii* DSM 6062 Y18228 相似性为 99.504%。培养基 0471,28℃。

MCCC 1B00362 ←海洋一所 NJSX34。分离源：江苏南通底层海水。与模式菌株 *A. simiduii* BCRC 17572 DQ836766 相似性为 96.976%。培养基 0471,28℃。

MCCC 1B00364 ←海洋一所 NJSX37。分离源：江苏南通底层海水。与模式菌株 *A. macleodii* DSM 6062 Y18228 相似性为 99.082%。培养基 0471,28℃。

MCCC 1B00365 ←海洋一所 NJSX38。分离源：江苏南通底层海水。与模式菌株 *A. marina* SW-47 AF529060 相似性为 97.84%。培养基 0471,28℃。

MCCC 1B00366 ←海洋一所 NJSX39。分离源：江苏南通底层海水。与模式菌株 *A. marina* SW-47 AF529060 相似性为 98.6%。培养基 0471,28℃。

MCCC 1B00367 ←海洋一所 NJSX40。分离源：江苏南通底层海水。与模式菌株 *A. macleodii* DSM 6062 Y18228 相似性为 98.517%。培养基 0471,28℃。

MCCC 1B00369 ←海洋一所 NJSX50。分离源：江苏南通底层海水。与模式菌株 *A. macleodii* DSM 6062 Y18228 相似性为 99.417%。培养基 0471,28℃。

MCCC 1B00370 ←海洋一所 NJSX51。分离源：江苏南通底层海水。与模式菌株 *A. macleodii* DSM 6062 Y18228 相似性为 98.806%。培养基 0471,28℃。

MCCC 1B00371 ←海洋一所 NJSX54。分离源：江苏南通底层海水。与模式菌株 *A. simiduii* BCRC 17572 DQ836766 相似性为 96.974%。培养基 0471,28℃。

MCCC 1B00372 ←海洋一所 NJSX55。分离源：江苏南通底层海水。与模式菌株 *A. macleodii* DSM 6062 Y18228 相似性为 98.526%。培养基 0471,28℃。

MCCC 1B00736 ←海洋一所 CJHH1。分离源：烟台海阳表层海水。与模式菌株 *A. addita* R10SW13 AY682202 相似性为 99.36%。培养基 0471,20～25℃。

MCCC 1B00746 ←海洋一所 CJHH17。分离源：烟台海阳底层海水。与模式菌株 *A. addita* R10SW13 AY682202 相似性为 98.974%。培养基 0471,20～25℃。

MCCC 1B00797 ←海洋一所 CJNY36。分离源：江苏盐城射阳表层沉积物。与模式菌株 *A. addita* R10SW13 (T) AY682202 相似性为 99.298%。培养基 0471,20～25℃。

MCCC 1F01101 ←厦门大学 DH12。分离源：中国东海近海海水表层。具有杀死塔玛亚历山大藻活性。与模式菌株 *A. addita* R10SW13 (T) AY682202 相似性为 99%（1454/1463）。培养基

0471,25℃。

MCCC 1F01103　←厦门大学 DH46。分离源:中国东海近海海水表层。具有杀死塔玛亚历山大藻活性。与模式菌株 *A. addita* R10SW13(T) AY682202 相似性为 99.795%(1457/1463)。培养基 0471,25℃。

MCCC 1F01118　←厦门大学 DHY28。分离源:中国东海近海表层水样。具有杀死塔玛亚历山大藻活性。与模式菌株 *A. genoviensis* LMG 24078(T) AM887686 相似性为 99%(768/769)。培养基 0471,25℃。

MCCC 1F01121　←厦门大学 DHY31。分离源:中国东海近海表层水样。具有杀死塔玛亚历山大藻活性。与模式菌株 *A. macleodii* DSM 6062(T) Y18228 相似性为 98.638%　(1448/1468)。培养基 0471,25℃。

MCCC 1F01127　←厦门大学 DHY20。分离源:中国东海近海表层水样。具有杀死塔玛亚历山大藻活性。与模式菌株 *A. addita* R10SW13(T) AY682202 相似性为 99%(792/794)。培养基 0471,25℃。

MCCC 1F01148　←厦门大学 SCSWA26。分离源:南海深层海水。产蛋白酶。与模式菌株 *A. litorea* TF-22(T) AY428573 相似性为 99.018%(1411/1425)。培养基 0471,25℃。

MCCC 1F01149　←厦门大学 SCSWA27。分离源:南海深层海水。与模式菌株 *A. macleodii* DSM 6062(T) Y18228 相似性为 98.986%(1464/1479)。培养基 0471,25℃。

MCCC 1F01155　←厦门大学 SCSWC10。分离源:南海上层海水。产蛋白酶。与模式菌株 *A. hispanica* F-32(T) AY926460 相似性为 98.71%(1454/1473)。培养基 0471,25℃。

MCCC 1F01157　←厦门大学 SCSWC23。分离源:南海表层海水。与模式菌株 *A. litorea* TF-22(T) AY428573 相似性为 98.487%(1432/1454)。培养基 0471,25℃。

MCCC 1F01158　←厦门大学 SCSWC25。分离源:南海表层海水。与模式菌株 *A. litorea* TF-22(T) AY428573 相似性为 98.624%(1434/1454)。培养基 0471,25℃。

Aminobacter aminovorans Urakami *et al*. 1992 emend. Kämpfer *et al*. 2002 嗜氨基氨基杆菌

MCCC 1A03294　←DSM 10368。原始号 VKM B-2058。=DSM10368 =ATCC 23314。模式菌株。培养基 0471,25℃。

Amorphus **sp.** Zeevi Ben Yosef *et al*. 2008 不定形杆菌

MCCC 1A03206　←海洋三所 3PC97-1。分离源:印度洋深海水样。分离自多环芳烃降解菌群。与模式菌株 *A. coralli* RS. Sph. 026(T) DQ097300 相似性为 93.408%。培养基 0471,28℃。

MCCC 1A03207　←海洋三所 3PC139-8。分离源:印度洋深海水样。分离自多环芳烃降解菌群。与模式菌株 *A. coralli* RS. Sph. 026(T) DQ097300 相似性为 96.552%。培养基 0471,28℃。

Amphritea **sp.** Gärtner *et al*. 2008 海仙女菌

MCCC 1F01088　←厦门大学 SCSWE24。分离源:南海中层海水。与模式菌株 *A. japonica* JAMM 1866(T) AB330881 相似性为 92.055%(1344/1460),可能新属,暂定此属。培养基 0471,25℃。

Aneurinibacillus thermoaerophilus (Meier-Stauffer *et al*. 1996) Heyndrickx *et al*. 1997 嗜热嗜气解硫胺杆菌

模式菌株 *Aneurinibacillus thermoaerophilus* DSM 10154(T) X94196

MCCC 1A02575　←海洋三所 TQ3。分离源:福建省厦门滨海温泉沉积物。与模式菌株相似性为 99.793%。培养基 0823,55℃。

Antarctobacter **sp.** Labrenz *et al*. 1998 南极杆菌

MCCC 1A01244　←海洋三所 2PR57-11。分离源:印度洋深海底层水样。分离自多环芳烃降解菌群。与模式菌株 *A. heliothermus* EL-219(T) Y11552 相似性为 97.376%。培养基 0471,25℃。

Aquamicrobium **sp.** Bambauer *et al*. 1998 水微菌

MCCC 1A02175　←海洋三所 S26-5。分离源:印度洋表层海水。分离自石油降解菌群。与模式菌株

A. defluvii DSM 11603(T) Y15403 相似性为 94.178%。培养基 0745,26℃。

Arcobacter sp. Vandamme *et al*. 1991 弓形菌

MCCC 1C00273　←极地中心 BSs20195。分离源:北冰洋表层沉积物。与模式菌株 *A. nitrofigilis* CCUG 15893(T) L14627 相似性为 95.58%。培养基 0471,15℃。

Arenibacter echinorum Ivanova *et al*. 2001 emend. Nedashkovskaya *et al*. 2006 海胆栖砂杆菌

模式菌株 *Arenibacter echinorum* KMM 6032(T) EF536748

MCCC 1C00794　←极地中心 ZS5-33。分离源:南极海冰。与模式菌株相似性为 98.393%。培养基 0471,15℃。

MCCC 1C00800　←极地中心 ZS5-25。分离源:南极海冰。与模式菌株相似性为 98.393%。培养基 0471,15℃。

MCCC 1C00852　←极地中心 S3001。分离源:白令海表层沉积物。与模式菌株相似性为 98.463%。培养基 0471,15℃。

MCCC 1C00872　←极地中心 ZS2-17。分离源:南极表层沉积物。与模式菌株相似性为 98.393%。培养基 0471,15℃。

MCCC 1C00911　←极地中心 ZS3-15。分离源:南极表层沉积物。与模式菌株相似性为 98.393%。培养基 0471,15℃。

Arenibacter latericius Ivanova *et al*. 2001 emend. Nedashkovskaya *et al*. 2006 砖色栖砂杆菌

模式菌株 *Arenibacter latericius* KMM 426(T) AF052742

MCCC 1G00030　←青岛科大 HH175-NF106。分离源:中国黄海海底沉积物。与模式菌株的 16S 序列相似性为 98.952%。培养基 0471,28℃。

Arenibacter nanhaiticus Wang *et al*. 2009 南海栖砂杆菌

MCCC 1A04137　←海洋三所 NH36A。=LMG 24842T =CCTCC AB 208315T。分离源:南沙灰色沙质。模式菌株。培养基 0471,25℃。

Arenibacter palladensis Nedashkovskaya *et al*. 2006 帕拉达湾栖砂杆菌

模式菌株 *Arenibacter palladensis* LMG 21972(T) AJ575643

MCCC 1C00263　←极地中心 BSs20185。分离源:北冰洋表层沉积物。与模式菌株相似性为 99.454%。培养基 0471,15℃。

Arenibacter troitsensis Nedashkovskaya *et al*. 2003 托洛莎湾栖砂杆菌

模式菌株 *Arenibacter troitsensis* KMM 3674(T) AB080771

MCCC 1A03068　←海洋三所 CK-I3-22。分离源:印度洋深海沉积物。与模式菌株相似性为 100%。培养基 0745,18～28℃。

Arenibacter sp. Ivanova *et al*. 2001 emend. Nedashkovskaya *et al*. 2006 栖砂杆菌

MCCC 1A05682　←海洋三所 NH44N。分离源:南沙灰色沙质。与模式菌株 *A. echinorum* KMM 6032(T) EF536748 相似性为 97.597%。培养基 0821,25℃。

MCCC 1B01156　←海洋一所 TVGB10。分离源:大西洋深海泥样。与模式菌株 *A. palladensis* LMG 21972(T) AJ575643 相似性为 99.334%。培养基 0471,25℃。

Arthrobacter ardleyensis Chen *et al*. 2005 阿德雷岛节杆菌

模式菌株 *Arthrobacter ardleyensis* An25(T) AJ551163

MCCC 1A01724　←海洋三所 10(6-zx)。分离源:西太平洋深海沉积物。与模式菌株相似性为 100%。培养基 0471,20～25℃。

MCCC 1A01953　←海洋三所 11（An4）。分离源：南极 Aderley 岛附近沉积物。与模式菌株相似性为99.798％。培养基 0033，15～20℃。

MCCC 1A01954　←海洋三所 12（An25）。分离源：南极 Aderley 岛附近沉积物。与模式菌株相似性为100％。培养基 0033，15～20℃。

Arthrobacter arilaitensis Irlinger *et al*. 2005 阿氏节杆菌
模式菌株 *Arthrobacter arilaitensis* CIP 108037（T）AJ609628

MCCC 1A00899　←海洋三所 B-1048。分离源：西太平洋暖池区沉积物深层。与模式菌株相似性为96.207％。培养基 0471，4℃。

MCCC 1A00906　←海洋三所 B-1046。分离源：西太平洋暖池区沉积物深层。与模式菌株相似性为99.722％。培养基 0471，4℃。

MCCC 1B00765　←海洋一所 QJHH22。分离源：烟台海阳次表层海水。与模式菌株相似性为99.782％。培养基 0471，20～25℃。

Arthrobacter bergerei Irlinger *et al*. 2005 贝热尔氏节杆菌
模式菌株 *Arthrobacter bergerei* CIP 108036（T）AJ609630

MCCC 1A00354　←海洋三所 SPg-8。分离源：印度洋表层海水梭鱼肠道内容物。分离自多环芳烃降解菌群。与模式菌株相似性为99.597％。培养基 0033，28℃。

MCCC 1A01956　←海洋三所 14（An29）。分离源：南极 Aderley 岛附近沉积物。与模式菌株相似性为99.928％。培养基 0033，15～20℃。

MCCC 1B00222　←海洋一所 YACS23。分离源：青岛上层海水。与模式菌株相似性为100％。培养基 0471，20～25℃。

MCCC 1B00223　←海洋一所 YACS24。分离源：青岛上层海水。与模式菌株相似性为100％。培养基 0471，20～25℃。

Arthrobacter chlorophenolicus Westerberg *et al*. 2000 氯酚节杆菌
MCCC 1A01707　←JCM 12360。=JCM 12360＝ATCC 700700＝CIP 107037＝DSM 12829＝KCTC 9906。模式菌株。分离源：美国科罗拉多州柯林斯堡土壤。培养基 0033，28℃。

Arthrobacter humicola Kageyama *et al*. 2008 居土节杆菌
模式菌株 *Arthrobacter humicola* KV-653（T）AB279890

MCCC 1A06030　←海洋三所 D-1-3-11。分离源：北极圈内某机场附近土样。分离自原油富集菌群。与模式菌株相似性为99.500％。培养基 0472，28℃。

MCCC 1A06031　←海洋三所 N-1-1-1。分离源：北极圈内某淡水湖边表面沉积物。与模式菌株相似性为100％。培养基 0472，28℃。

Arthrobacter kerguelensis Gupta *et al*. 2004 凯尔盖朗群岛节杆菌
模式菌株 *Arthrobacter kerguelensis* KGN15（T）AJ606062

MCCC 1A00131　←海洋三所 BM-2。分离源：厦门海水养殖比目鱼肠道内容物。与模式菌株相似性为99.501％。培养基 0033，28℃。

Arthrobacter oryzae Kageyama *et al*. 2008 水稻节杆菌
模式菌株 *Arthrobacter oryzae* KV-651（T）AB279889

MCCC 1A04536　←海洋三所 T33AJ。分离源：西南太平洋褐黑色沉积物上覆水。分离自石油降解菌群。与模式菌株相似性为99.06％。培养基 0821，28℃。

MCCC 1C00697　←极地中心 BSi20313。分离源：北冰洋海冰。与模式菌株相似性为99.862％。培养基 0471，15℃。

Arthrobacter oxydans Sguros 1954 氧化节杆菌

模式菌株 *Arthrobacter oxydans* DSM 20119(T) X83408

MCCC 1A01708 ←JCM 2521。=JCM 2521 =AS 1.1925 =ATCC 14358 =BCRC 11573 =CCUG 17757 = CIP 107005 =DSM 20119 =HAMBI 1857 =IAM 14589 =IFO 12138 =IMET 10684 = KCTC3383 =LMG3816 =NBRC12138 =NCIMB 9333 =NRIC 0154 =VKM Ac-1114。 分离源:日本近海土壤。模式菌株。培养基 0033,25～30℃。

MCCC 1A00498 ←海洋三所 Cu19。分离源:东太平洋硅质黏土沉积物。抗二价铜。与模式菌株相似性为 99.723%。培养基 0472,28℃。

Arthrobacter polychromogenes Schippers-Lammertse *et al.* 1963 多色节杆菌

MCCC 1A01709 ←JCM 2523。=JCM 2523 =ATCC 15216 =BCRC 12114 =CIP 106989 =DSM 20136 = IAM 14590 =IFO 15512 =KCTC 3384 =LMG 16679 =LMG 3821 =NBRC 15512 = NCIMB 10267 =NRIC 0155 =VKM Ac-1955。模式菌株。培养基 0033,25～30℃。

Arthrobacter protophormiae (Lysenko 1959)Stackebrandt *et al.* 1984 原玻璃蝇节杆菌

模式菌株 *Arthrobacter protophormiae* DSM 20168 X80745

MCCC 1A01712 ←CGMCC 1.1921。=CGMCC 1.1921 =JCM 1973 =ATCC 19271 =DSM 20168 =IFO 12128 =CCRC 12118。模式菌株。培养基 0033,30℃。

MCCC 1B00516 ←海洋一所 DJHH13。分离源:威海荣成底层海水。与模式菌株相似性为 100%。培养基 0471,20～25℃。

Arthrobacter ramosus Jensen 1960 分枝节杆菌

模式菌株 *Arthrobacter ramosus* DSM 20546 X80742

MCCC 1B00491 ←海洋一所 HZDC6。分离源:山东日照深层海水。与模式菌株相似性为 100%。培养基 0471,20～25℃。

Arthrobacter soli Roh *et al.* 2008 土节杆菌

模式菌株 *Arthrobacter soli* SYB2(T) EF660748

MCCC 1A02926 ←海洋三所 JH2。分离源:东海表层海水。分离自石油降解菌群。与模式菌株相似性为 100%。培养基 0472,25℃。

Arthrobacter subterraneus Chang *et al.* 2008 地下节杆菌

模式菌株 *Arthrobacter subterraneus* CH7(T) DQ097525

MCCC 1A05932 ←海洋三所 0709C8-5。分离源:印度洋深海沉积物表层。与模式菌株相似性为 99%。培养基 1003,28℃。

MCCC 1A05949 ←海洋三所 0712C9-1。分离源:印度洋深海沉积物表层。与模式菌株相似性为 99%。培养基 1003,28℃。

MCCC 1A05950 ←海洋三所 0712P4-1。分离源:印度洋深海沉积物表层。与模式菌株相似性为 99%。培养基 1003,28℃。

MCCC 1A05955 ←海洋三所 0713C4-1。分离源:印度洋深海沉积物表层。与模式菌株相似性为 99%。培养基 1003,28℃。

Arthrobacter sulfonivorans Borodina *et al.* 2002 食砜节杆菌

模式菌株 *Arthrobacter sulfonivorans* ALL(T) AF235091

MCCC 1A06040 ←海洋三所 N-1-3-4。分离源:北极圈内某机场附近土样。与模式菌株相似性为 99.528%。培养基 0472,28℃。

MCCC 1B00235 ←海洋一所 YACS36。分离源:青岛近海上层海水。与模式菌株相似性为 100%。培养基 0471,20～25℃。

Arthrobacter sulfureus Stackebrandt *et al.* 1984 硫黄色节杆菌

模式菌株 *Arthrobacter sulfureus* DSM 20167 X83409

MCCC 1B00214	←海洋一所 YACS14。分离源:青岛近海上层海水。与模式菌株相似性为100%。培养基 0471,20~25℃。
MCCC 1B00232	←海洋一所 YACS33。分离源:青岛近海上层海水。与模式菌株相似性为100%。培养基 0471,20~25℃。

Arthrobacter tecti Heyrman *et al.* 2005 天花板节杆菌

模式菌株 *Arthrobacter tecti* LMG 22282(T) AJ639829

MCCC 1A02983	←海洋三所 E5。分离源:大西洋洋中脊深海沉积物。与模式菌株相似性为99.871%。培养基 0471,25℃。

Arthrobacter tumbae Heyrman *et al.* 2005 坟墓节杆菌

模式菌株 *Arthrobacter tumbae* LMG 19501(T) AJ315069

MCCC 1A01466	←海洋三所 D-8-4。分离源:印度洋表层海水。分离自石油降解菌群。与模式菌株相似性为100%。培养基 0333,26℃。
MCCC 1A05951	←海洋三所 0712C5-2。分离源:印度洋深海沉积物表层。与模式菌株相似性为99%。培养基 1003,28℃。

Arthrobacter sp. Conn and Dimmick 1947 emend. Koch *et al.* 1995 节杆菌

MCCC 1A00344	←海洋三所 SI-1。分离源:印度洋表层海水鲨鱼肠道内容物。与模式菌株 *A. sanguinis* CCUG 46407(T) EU086805 相似性为97.876%。培养基 0033,28℃。
MCCC 1A00516	←海洋三所 3065。分离源:东太平洋棕褐色硅质软泥,富多金属结核。与模式菌株 *A. oryzae* KV-651(T) AB279889 相似性为99.242%。培养基 0471,4~20℃。
MCCC 1A00518	←海洋三所 3066。分离源:东太平洋棕褐色硅质软泥,富多金属结核。与模式菌株 *A. oryzae* KV-651(T) AB279889 相似性为99.104%。培养基 0471,4~20℃。
MCCC 1A00520	←海洋三所 3068。分离源:东太平洋棕褐色硅质软泥,富多金属结核。与模式菌株 *A. oryzae* KV-651(T) AB279889 相似性为98.968%。培养基 0471,4~20℃。
MCCC 1A00552	←海洋三所 8076。分离源:西太平洋深海沉积物。与模式菌株 *A. oryzae* KV-651(T) AB279889 相似性为99.035%。培养基 0471,4~20℃。
MCCC 1A00616	←海洋三所 4027。分离源:东太平洋深海沉积物。与模式菌株 *A. oryzae* KV-651(T) AB279889 相似性为99.725%。培养基 0471,4~20℃。
MCCC 1A00658	←海洋三所 7201。分离源:西太平洋深海沉积物。与模式菌株 *A. oryzae* KV-651(T) AB279889 相似性为99.034%。培养基 0471,4~20℃。
MCCC 1A00661	←海洋三所 7204。分离源:西太平洋深海沉积物。与模式菌株 *A. sulfureus* DSM 20167 (T) X83409 相似性为98.841%。培养基 0471,4~20℃。
MCCC 1A00684	←海洋三所 7318。分离源:西太平洋深海沉积物。与模式菌株 *A. stackebrandtii* CCM 2783 (T) AJ640198 相似性为98.435%。培养基 0471,4~20℃。
MCCC 1A00738	←海洋三所 4033。分离源:东太平洋深海沉积物。与模式菌株 *A. gangotriensis* Lz1y(T) AJ606061 相似性为97.968%。培养基 0471,4~20℃。
MCCC 1A00739	←海洋三所 4034。分离源:东太平洋深海沉积物。与模式菌株 *A. gangotriensis* Lz1y(T) AJ606061 相似性为97.209%。培养基 0471,4~20℃。
MCCC 1A00743	←海洋三所 8086。分离源:西太平洋深海沉积物。与模式菌株 *A. sulfureus* DSM 20167 (T) X83409 相似性为98.568%。培养基 0471,4~20℃。
MCCC 1A00750	←海洋三所 4045。分离源:东太平洋深海沉积物。与模式菌株 *A. gangotriensis* Lz1y(T) AJ606061 相似性为98.607%。培养基 0471,4~20℃。
MCCC 1A00765	←海洋三所 4089。分离源:东太平洋棕褐色硅质软泥。与模式菌株 *A. oryzae* KV-651(T) AB279889 相似性为98.896%。培养基 0471,4~20℃。

MCCC 1A00770 ←海洋三所 4076。分离源：东太平洋棕褐色硅质软泥。与模式菌株 *A. pascens* DSM 20545 (T) X80740 相似性为 97.875%。培养基 0471,4～20℃。

MCCC 1A00790 ←海洋三所 4013。分离源：东太平洋棕褐色硅质软泥。与模式菌株 *A. oryzae* KV-651(T) AB279889 相似性为 99.035%。培养基 0471,4～20℃。

MCCC 1A00795 ←海洋三所 4022。分离源：东太平洋棕褐色硅质软泥。与模式菌株 *A. gangotriensis* Lz1y (T) AJ606061 相似性为 99.096%。培养基 0471,4～20℃。

MCCC 1A00796 ←海洋三所 4023。分离源：东太平洋棕褐色硅质软泥。与模式菌株 *A. gangotriensis* Lz1y (T) AJ606061 相似性为 99.089%。培养基 0471,4～20℃。

MCCC 1A01725 ←海洋三所 15(141zx)。分离源：南极土壤。与模式菌株 *A. oxydans* DSM 20119(T) X83408 相似性为 99.458%。培养基 0033,20～25℃。

MCCC 1A01770 ←海洋三所 13zhy。分离源：东太平洋多金属结核区深海沉积物。与模式菌株 *A. scleromae* YH-2001(T) AF330692 相似性为 98.94%。培养基 0473,15～25℃。

MCCC 1A01771 ←海洋三所 Z63(K16)zhy。分离源：东太平洋多金属结核区深海沉积物。与模式菌株 *A. scleromae* YH-2001(T) AF330692 相似性为 99.016%。培养基 0473,15～25℃。

MCCC 1A01772 ←海洋三所 20zhy。分离源：东太平洋多金属结核区深海硅质黏土沉积物。与模式菌株 *A. scleromae* YH-2001(T) AF330692 相似性为 98.931%。培养基 0473,15～25℃。

MCCC 1A01915 ←海洋三所 GP-3。分离源：南极土壤。与模式菌株 *A. scleromae* YH-2001(T) AF330692 相似性为 98.213%。培养基 0033,20～25℃。

MCCC 1A01920 ←海洋三所 NJ-29。分离源：南极土壤。与模式菌株 *A. oxydans* DSM 20119(T) X83408 相似性为 99.322%。培养基 0033,20～25℃。

MCCC 1A01928 ←海洋三所 NJ-30。分离源：南极土壤。与模式菌株 *A. oxydans* DSM 20119(T) X83408 相似性为 99.116%。培养基 0033,20～25℃。

MCCC 1A01930 ←海洋三所 NJ-37。分离源：南极土壤。与模式菌株 *A. oxydans* DSM 20119(T) X83408 相似性为 99.39%。培养基 0033,20℃。

MCCC 1A01933 ←海洋三所 NJ-43。分离源：南极土壤。与模式菌株 *A. stackebrandtii* CCM 2783(T) 相似性为 98.25%。培养基 0033,20～25℃。

MCCC 1A01955 ←海洋三所 13(An24)。分离源：南极 Aderley 岛附近沉积物。与模式菌株 *A. bergerei* CIP 108036(T) AJ609630 相似性为 95.007%。培养基 0033,15℃。

MCCC 1A01958 ←海洋三所 19(An16)。分离源：南极 Aderley 岛附近沉积物。与模式菌株 *A. scleromae* YH-2001(T) AF330692 相似性为 99.223%。培养基 0033,15～20℃。

MCCC 1A01960 ←海洋三所 29(An10)。分离源：南极 Aderley 岛附近沉积物。与模式菌株 *A. gangotriensis* Lz1y(T) AJ606061 相似性为 98.553%。培养基 0033,15～20℃。

MCCC 1A01961 ←海洋三所 31(An32)。分离源：南极 Aderley 岛附近沉积物。与模式菌株 *A. scleromae* YH-2001(T) AF330692 相似性为 99.15%。培养基 0033,15～20℃。

MCCC 1A01962 ←海洋三所 32(An34)。分离源：南极 Aderley 岛附近沉积物。与模式菌株 *A. scleromae* YH-2001(T) AF330692 相似性为 99.081%。培养基 0033,15～20℃。

MCCC 1A03328 ←海洋三所 94H40-1。分离源：东太平洋深海沉积物表层。与模式菌株 *A. pascens* DSM 20545(T) 相似性为 99%。培养基 0471,28℃。

MCCC 1A03961 ←海洋三所 322-11。分离源：印度洋表层海水。分离自石油降解菌群。与模式菌株 *A. crystallopoietes* DSM 20117(T) X80738 相似性为 97.507%。培养基 0471,25℃。

MCCC 1A05419 ←海洋三所 NB-C11。分离源：南海海水。分离自石油降解菌群。与模式菌株 *A. mysorens* LMG 16219(T) AJ639831 相似性为 99.894%。培养基 0471,28℃。

MCCC 1A06032 ←海洋三所 D-HS-5-3。分离源：北极圈内某化石沟饮水湖边表层沉积物。分离自原油富集菌群。与模式菌株 *A. sulfonivorans* ALL(T) AF235091 相似性为 99.395%。培养基 0472,28℃。

MCCC 1A06033 ←海洋三所 N-1-1-2。分离源：北极圈内某淡水湖边表面沉积物。与模式菌株 *A. sulfonivorans* ALL(T) AF235091 相似性为 99.395%。培养基 0472,28℃。

MCCC 1A06034 ←海洋三所 N-S-1-12。分离源：北极圈内化石沟土样。与模式菌株 *A. sulfonivorans* ALL

（T）AF235091 相似性为 99.395%。培养基 0472,28℃。

MCCC 1A06035　←海洋三所 D-1-1-3。分离源:北极圈内某淡水湖边表面沉积物。分离自原油富集菌群。与模式菌株 A. sulfonivorans ALL(T) AF235091 相似性为 99.41%。培养基 0472,28℃。

MCCC 1A06036　←海洋三所 D-S-1-4。分离源:北极圈内某化石沟土样。分离自原油富集菌群。与模式菌株 A. sulfonivorans ALL(T) AF235091 相似性为 98.153%。培养基 0472,28℃。

MCCC 1A06037　← 海洋三所 N-2Q-5-A4。分离源:北极圈内某近人类活动区土样。与模式菌株 A. sulfonivorans ALL(T) AF235091 相似性为 98.111%。培养基 0472,28℃。

MCCC 1A06038　← 海洋三所 N-1-1-6。分离源:北极圈内某淡水湖边表面沉积物。与模式菌株 A. sulfonivorans ALL(T) AF235091 相似性为 99.283%。培养基 0472,28℃。

MCCC 1A06039　←海洋三所 N-1-2-1。分离源:北极圈内某淡水湖边地表下 10cm 沉积物。与模式菌株 A. sulfonivorans ALL(T) AF235091 相似性为 98.447%。培养基 0472,28℃。

MCCC 1A06041　←海洋三所 N-S-1-14。分离源:北极圈内某化石沟土样。与模式菌株 A. sulfonivorans ALL(T) AF235091 相似性为 99.292%。培养基 0472,28℃。

MCCC 1B00537　←海洋一所 NJDN3。分离源:盐城底层海水。与模式菌株 A. arilaitensis CIP 108037(T) AJ609628 相似性为 99.426%。培养基 0471,20~25℃。

MCCC 1B00600　←海洋一所 DJWH1。分离源:江苏盐城滨海表层海水。与模式菌株 A. sulfureus DSM 20167 X83409 相似性为 99.5%。培养基 0471,20~25℃。

MCCC 1B00901　←海洋一所 QDHT4。分离源:青岛浮山湾浒苔漂浮区。藻类共生菌。与模式菌株 A. arilaitensis CIP 108037(T) AJ609628 相似性为 98.291%。培养基 0471,20~25℃。

MCCC 1C01133　← 极地中心 L-2。分离源:南极企鹅岛潮间海沙。与模式菌株 A. gangotriensis Lz1y AJ606061 相似性为 98.44%。培养基 0471,5℃。

Aurantimonas coralicida Denner *et al*. 2003 杀珊瑚橙色单胞菌

模式菌株 *Aurantimonas coralicida* WP1(T) AY065627

MCCC 1A02978　←海洋三所 E1。分离源:大西洋洋中脊深海沉积物。与模式菌株相似性为 100%。培养基 0471,25℃。

MCCC 1A04144　←海洋三所 NH38L。分离源:南沙褐色沙质。与模式菌株相似性为 100%。培养基 0821,25℃。

MCCC 1A05098　←海洋三所 L53-1-39。分离源:南海表层海水。与模式菌株相似性为 99.652%。培养基 0471,25℃。

MCCC 1A05153　←海洋三所 L54-1-6。分离源:南海表层海水。与模式菌株相似性为 99.652%。培养基 0471,25℃。

MCCC 1A05734　←海洋三所 NH60W。分离源:南沙美济礁周围混合海水。分离自石油降解菌群。与模式菌株相似性为 100%(755/755)。培养基 0821,25℃。

MCCC 1A05822　←海洋三所 1GM01-1H。分离源:南沙下层海水。与模式菌株相似性为 100%(769/769)。培养基 0471,25℃。

MCCC 1A05868　←海洋三所 BMJOUTWF-15。分离源:南沙美济礁周围混合海水。分离自石油降解菌群。与模式菌株相似性为 98.361%(758/771)。培养基 0821,25℃。

Aurantimonas **sp.** Denner *et al*. 2003 橙色单胞菌

MCCC 1A01098　←海洋三所 K25。分离源:印度洋深海底层水样。分离自石油降解菌群。与模式菌株 A. coralicida WP1(T) AY065627 相似性为 96.644%。培养基 0471,25℃。

MCCC 1A01196　←海洋三所 PMC1-2。分离源:大西洋深海底层海水。分离自多环芳烃降解菌群。与模式菌株 A. coralicida WP1(T) AY065627 相似性为 97.842%。培养基 0471,25℃。

MCCC 1A02066　←海洋三所 CIC1013S-15。分离源:印度洋深海底层水样。分离自多环芳烃降解菌群。与模式菌株 A. coralicida WP1(T) AY065627 相似性为 96.644%。培养基 0471,25℃。

MCCC 1A02778　←海洋三所 IG4。分离源:黄海表层海水。分离自石油降解菌群。与模式菌株 A. coralicida WP1(T) AY065627 相似性为 97.778%。培养基 0472,25℃。

MCCC 1A02814　←海洋三所 IL7。分离源:黄海表层海水。分离自石油降解菌群。与模式菌株 *A. coralicida* WP1(T) AY065627 相似性为 97.778%。培养基 0472,25℃。

MCCC 1A02884　←海洋三所 IY3。分离源:黄海表层海水。分离自石油降解菌群。与模式菌株 *A. coralicida* WP1(T) AY065627 相似性为 97.513%。培养基 0472,25℃。

MCCC 1A02920　← 海洋三所 JG1。分离源:黄海上层海水。分离自石油降解菌群。与模式菌株 *A. coralicida* WP1(T) AY065627 相似性为 97.513%。培养基 0472,25℃。

MCCC 1A05454　←海洋三所 B14-12。分离源:南海海水。分离自石油降解菌群。与模式菌株 *A. coralicida* WP1(T) AY065627 相似性为 97.282%。培养基 0821,28℃。

MCCC 1A06042　←海洋三所 D-2Q-5-11。分离源:北极圈内某近人类活动区土样。分离自原油富集菌群。与模式菌株 *A. frigidaquae* CW5(T) EF373540 相似性为 97.396%。培养基 0472,28℃。

Avibacterium sp. Blackall *et al*. 2005 鸟杆菌

MCCC 1A00292　←海洋三所 HYC-1。分离源:厦门野生鲻鱼肠道内容物。与模式菌株 *A. avium* CCUG 12833(T) AY362916 相似性为 93.574%。培养基 0033,28℃。

Azospirillum sp. Tarrand *et al*. 1979 emend. Falk *et al*. 1985 固氮螺菌

MCCC 1A03210　←海洋三所 PC15。分离源:印度洋深海水样。分离自多环芳烃降解菌群。与模式菌株 *A. picis* IMMIB Tar-3(T) AM922283 相似性为 91.17%。可能为新属,暂定此属。培养基 0471,28℃。

Bacillus aeolius Gugliandolo *et al*. 2003　风神岛热液芽胞杆菌

模式菌株 *Bacillus aeolius* 4-1(T) AJ504797

MCCC 1A02582　←海洋三所 AnS1。分离源:福建省厦门滨海温泉沉积物。与模式菌株相似性为 99.192%。培养基 0823,55℃。

Bacillus akibai Nogi *et al*. 2005 秋叶芽胞杆菌

模式菌株 *Bacillus akibai* 1139(T) AB043858

MCCC 1B00344　←海洋一所 NJSS54。分离源:江苏南通上层海水。与模式菌株相似性为 99.888%。培养基 0471,28℃。

MCCC 1B00394　←海洋一所 HZBN35。分离源:山东日照表层沉积物。与模式菌株相似性为 99.895%。培养基 0471,20～25℃。

MCCC 1B00825　←海洋一所 QJJH30。分离源:山东日照表层海水。与模式菌株相似性为 99.868%。培养基 0471,20～25℃。

Bacillus algicola Ivanova *et al*. 2004 居藻芽胞杆菌

模式菌株 *Bacillus algicola* KMM 3737(T) AY228462

MCCC 1A00238　←海洋三所 Cr15。分离源:东太平洋硅质黏土沉积物。抗六价铬。与模式菌株相似性为 100%。培养基 0472,28℃。

MCCC 1A00250　←海洋三所 Cr13。分离源:太平洋深海沉积物。抗六价铬。与模式菌株相似性为 100%。培养基 0472,28℃。

MCCC 1A00251　← 海洋三所 Cr16。分离源:太平洋深海沉积物。抗六价铬。与模式菌株相似性为 99.483%。培养基 0472,28℃。

MCCC 1A00253　←海洋三所 Cr31。分离源:太平洋深海沉积物。抗六价铬。与模式菌株相似性为 100%。培养基 0472,28℃。

MCCC 1A00258　← 海洋三所 Cr17。分离源:太平洋深海沉积物。抗六价铬。与模式菌株相似性为 99.836%。培养基 0472,28℃。

MCCC 1A00259　←海洋三所 Cr24。分离源:太平洋深海沉积物。抗六价铬。与模式菌株相似性为 100%。培养基 0472,28℃。

MCCC 1A00264　←海洋三所 Cr32。分离源:太平洋深海沉积物。抗六价铬。与模式菌株相似性为 100%。培养基 0472,28℃。

MCCC 1A00391　←海洋三所 Mn68。分离源:东太平洋硅质黏土沉积物。抗二价锰。与模式菌株相似性为 100%。培养基 0472,28℃。

MCCC 1A00436　←海洋三所 Co27。分离源:东太平洋硅质黏土沉积物。抗二价钴。与模式菌株相似性为 100%。培养基 0472,28℃。

MCCC 1A00441　←海洋三所 Co60。分离源:东太平洋硅质黏土沉积物。抗二价钴。与模式菌株相似性为 99.868%。培养基 0472,28℃。

MCCC 1A00442　←海洋三所 Co36。分离源:东太平洋硅质黏土沉积物。抗二价钴。与模式菌株相似性为 100%。培养基 0472,28℃。

MCCC 1A00446　←海洋三所 Ni13。分离源:东太平洋硅质黏土沉积物。抗二价镍。与模式菌株相似性为 99.475%。培养基 0472,28℃。

MCCC 1A05981　←海洋三所 401K3-2。分离源:日本海沉积物表层。与模式菌株相似性为 99%。培养基 1003,28℃。

MCCC 1A05983　←海洋三所 401C5-3。分离源:日本海沉积物表层。与模式菌株相似性为 99%。培养基 1003,28℃。

MCCC 1A05984　←海洋三所 401C7-3。分离源:日本海深海冷泉沉积物。与模式菌株相似性为 99%。培养基 1003,28℃。

MCCC 1F01172　←厦门大学 SCSS01。分离源:南海表层沉积物。产淀粉酶、蛋白酶、脂酶。与模式菌株 *Bacillus algicola* KMM 3737(T) AY228462 相似性为 99.603%(1504/1510)。培养基 0471,25℃。

Bacillus altitudinis Shivaji *et al.* 2006 高空芽胞杆菌

模式菌株 *Bacillus altitudinis* 41KF2b(T) AJ831842

MCCC 1A03678　←海洋三所 X-71By253。分离源:福建福清潮间带沉积物。抗部分细菌。与模式菌株相似性为 99.79%。培养基 0471,28℃。

MCCC 1A03721　←海洋三所 X-80B22。分离源:厦门表层沉积物。抗部分细菌。培养基 0471,28℃。

MCCC 1G00053　←青岛科大 HH169-NF105。分离源:中国黄海表层沉积物。与模式菌株的 16S 序列相似性为 99.656%。培养基 0471,25～28℃。

MCCC 1G00054　←青岛科大 HH175-NF103-2。分离源:中国黄海表层沉积物。与模式菌株的 16S 序列相似性为 99.518%。培养基 0471,25～28℃。

MCCC 1G00055　←青岛科大 HH175-NF104。分离源:中国黄海表层沉积物。与模式菌株的 16S 序列相似性为 99.519%。培养基 0471,25～28℃。

MCCC 1G00066　←青岛科大 HH108-NF102。分离源:中国黄海表层沉积物。与模式菌株的 16S 序列相似性为 99.518%。培养基 0471,25～28℃。

MCCC 1G00067　←青岛科大 HH108-NF103。分离源:中国黄海表层沉积物。与模式菌株的 16S 序列相似性为 99.449%。培养基 0471,25～28℃。

MCCC 1G00069　←青岛科大 HH143-NF103。分离源:中国黄海表层沉积物。与模式菌株的 16S 序列相似性为 99.656%。培养基 0471,25～28℃。

Bacillus aquimaris Yoon *et al.* 2003 海水芽胞杆菌

模式菌株 *Bacillus aquimaris* TF-12(T) AF483625

MCCC 1A00036　←海洋三所 YY-4。分离源:厦门养鱼池底泥。以硝酸根作为电子受体分离。与模式菌株相似性为 99.346%。培养基 0033,28℃。

MCCC 1A00037　←海洋三所 YY-6。分离源:厦门养鱼池底泥。以硝酸根作为电子受体分离。与模式菌株相似性为 99.346%。培养基 0033,28℃。

MCCC 1A00039　←海洋三所 YY-9。分离源:厦门养鱼池底泥。以硝酸根作为电子受体分离。与模式菌株相似性为 99.537%。培养基 0033,28℃。

MCCC 1A00041　←海洋三所 YY-11。分离源:福建省厦门思明区养鱼池底泥。以硝酸根作为电子受体分离。与模式菌株相似性为 99.421%。培养基 0033,26℃。

MCCC 1A00043　←海洋三所 YY-14。分离源:厦门养鱼池底泥。以硝酸根作为电子受体分离。与模式菌株相似性为 99.073%。培养基 0033,28℃。

MCCC 1A00413　←海洋三所 NHCd5-3。分离源:南海海底沉积物。抗六价铬。与模式菌株相似性为 99.863%。培养基 0472,28℃。

MCCC 1A00415　←海洋三所 NHCd5-1。分离源:南海海底沉积物。抗二价镉。与模式菌株相似性为 99.6%。培养基 0472,28℃。

MCCC 1A00839　←海洋三所 B-2004。分离源:西太平洋暖池区沉积物深层。与模式菌株相似性为 99.507%。培养基 0471,4℃。

MCCC 1A00917　←海洋三所 B-2007。分离源:西太平洋暖池区沉积物深层。与模式菌株相似性为 99.372%。培养基 0471,4℃。

MCCC 1A02131　←海洋三所 N3FT-3。分离源:南海深海沉积物。十六烷降解菌。与模式菌株相似性为 99.861%。培养基 0745,26℃。

MCCC 1A03428　←海洋三所 8WB4。分离源:南沙表层海水。与模式菌株相似性为 99.601%。培养基 0471,25℃。

MCCC 1A03661　←海洋三所 X-26By231。分离源:福建福清潮间带沉积物。抗部分细菌。培养基 0471,28℃。

MCCC 1A06082　←海洋三所 S0808-7-1-2-1。分离源:西南太平洋深海黄褐色沉积物。培养基 0471,20℃。

MCCC 1A06085　←海洋三所 S0808-7-1-2-2。分离源:西南太平洋深海黄褐色沉积物。培养基 0471,20℃。

MCCC 1A06094　←海洋三所 BD7-2-GC-10-3。分离源:西南太平洋深海棕褐色沉积物。培养基 0471,20℃。

MCCC 1A06095　←海洋三所 S0808-7-1-4-3。分离源:西南太平洋深海黄褐色沉积物。培养基 0471,20℃。

MCCC 1B00388　←海洋一所 HZBN21。分离源:山东日照表层沉积物。与模式菌株相似性为 99.896%。培养基 0471,20~25℃。

MCCC 1B00428　←海洋一所 HZBN118。分离源:山东日照表层沉积物。与模式菌株相似性为 99.9%。培养基 0471,20~25℃。

MCCC 1B00440　←海洋一所 HZBN143。分离源:山东日照表层沉积物。与模式菌株相似性为 99.698%。培养基 0471,20~25℃。

MCCC 1B00635　←海洋一所 DJNY2。分离源:江苏南通如东表层沉积物。与模式菌株相似性为 99.885%。培养基 0471,20~25℃。

MCCC 1B00638　←海洋一所 DJNY18。分离源:江苏南通如东表层沉积物。与模式菌株相似性为 99.885%。培养基 0471,20~25℃。

MCCC 1B00639　←海洋一所 DJNY25。分离源:江苏南通如东表层沉积物。与模式菌株相似性为 99.628%。培养基 0471,20~25℃。

MCCC 1B00645　←海洋一所 DJNY39。分离源:江苏南通如东表层沉积物。与模式菌株相似性为 100%。培养基 0471,20~25℃。

MCCC 1B00652　←海洋一所 DJNY65。分离源:江苏南通海安表层沉积物。与模式菌株相似性为 99.859%。培养基 0471,20~25℃。

MCCC 1B00773　←海洋一所 QJGY16。分离源:江苏连云港近海次底层海水。与模式菌株相似性为 99.624%。培养基 0471,20~25℃。

MCCC 1B00783　←海洋一所 CJNY10。分离源:江苏盐城射阳表层沉积物。与模式菌株相似性为 99.612%。培养基 0471,20~25℃。

MCCC 1B01020　←海洋一所 QNSJ2。分离源:江苏南通海底泥沙。与模式菌株相似性为 99.879%。培养基 0471,28℃。

MCCC 1B01021　←海洋一所 QNSJ3。分离源:江苏南通海底泥沙。与模式菌株相似性为 99.879%。培养基 0471,28℃。

MCCC 1B01022　←海洋一所 QNSJ5。分离源:江苏南通海底泥沙。与模式菌株相似性为 99.879%。培养基 0471,28℃。

MCCC 1B01023　←海洋一所 QNSJ7。分离源:江苏南通海底泥沙。与模式菌株相似性为 99.637%。培养基 0471,28℃。

MCCC 1B01026　←海洋一所 QNSJ15。分离源:江苏南通海底泥沙。与模式菌株相似性为 99.637%。培养基 0471,28℃。

MCCC 1B01027　←海洋一所 QNSJ17。分离源:江苏南通海底泥沙。与模式菌株相似性为 99.637%。培养基 0471,28℃。

MCCC 1B01028　←海洋一所 QNSJ18。分离源:江苏南通海底泥沙。与模式菌株相似性为 99.879%。培养基 0471,28℃。

MCCC 1B01031　←海洋一所 QNSJ25。分离源:江苏南通海底泥沙。与模式菌株相似性为 99.758%。培养基 0471,28℃。

MCCC 1B01032　←海洋一所 QNSJ34。分离源:江苏南通海底泥沙。与模式菌株相似性为 99.758%。培养基 0471,28℃。

MCCC 1B01033　←海洋一所 QNSJ38。分离源:江苏南通海底泥沙。与模式菌株相似性为 99.62%。培养基 0471,28℃。

MCCC 1B01034　←海洋一所 QNSJ40。分离源:江苏南通海底泥沙。与模式菌株相似性为 99.523%。培养基 0471,28℃。

MCCC 1B01035　←海洋一所 QNSJ53。分离源:江苏南通海底泥沙。与模式菌株相似性为 99.637%。培养基 0471,28℃。

MCCC 1B01062　←海洋一所 QNSW10。分离源:江苏盐城海底泥沙。与模式菌株相似性为 99.879%。培养基 0471,28℃。

MCCC 1B01064　←海洋一所 QNSW13。分离源:江苏盐城海底泥沙。与模式菌株相似性为 99.879%。培养基 0471,28℃。

MCCC 1B01068　←海洋一所 QNSW21。分离源:江苏盐城海底泥沙。与模式菌株相似性为 99.516%。培养基 0471,28℃。

MCCC 1B01069　←海洋一所 QNSW22。分离源:江苏盐城海底泥沙。与模式菌株相似性为 99.516%。培养基 0471,28℃。

MCCC 1B01073　←海洋一所 QNSW38。分离源:江苏盐城海底泥沙。与模式菌株相似性为 99.515%。培养基 0471,28℃。

MCCC 1B01078　←海洋一所 QNSW53。分离源:江苏盐城海底泥沙。与模式菌株相似性为 99.636%。培养基 0471,28℃。

MCCC 1G00063　←青岛科大 DH271-NF101。分离源:中国东海表层沉积物。与模式菌株的16S序列相似性为 98.624%。培养基 0471,25~28℃。

Bacillus atrophaeus Nakamura 1989 深褐芽胞杆菌

模式菌株 *Bacillus atrophaeus* JCM 9070 AB021181

MCCC 1B00534　←海洋一所 DJHH93。分离源:江苏盐城底层海水。与模式菌株相似性为 99.683%。培养基 0471,20~25℃。

Bacillus badius Batchelor 1919 栗褐芽胞杆菌

模式菌株 *Bacillus badius* ATCC 14574 X77790

MCCC 1B00686　←海洋一所 DJLY70。分离源:江苏盐城射阳底层海水。与模式菌株相似性为 98.326%。培养基 0471,20~25℃。

Bacillus barbaricus Täubel *et al*. 2003 奇异芽胞杆菌

模式菌株 *Bacillus barbaricus* V2-BIII-A2(T) AJ422145

MCCC 1A02466　←海洋三所 DSD-PW4-OH17A。分离源:南沙底层海水。分离自石油降解菌群。与模式菌株相似性为 99.887%(912/916)。培养基 0472,25℃。

MCCC 1A04037　←海洋三所 NH8B。分离源:南沙海域灰白色泥质。与模式菌株相似性为 100%。培养基

0821,25℃。

MCCC 1A04151 ←海洋三所 NH39G。分离源:南沙土黄色泥质。与模式菌株相似性为 99.74%(788/791)。培养基 0821,25℃。

MCCC 1A04185 ←海洋三所 NH53Q1。分离源:南沙灰色细泥。与模式菌株相似性为 100%。培养基 0821, 25℃。

MCCC 1A04565 ←海洋三所 NH21P。分离源:南沙表层沉积物。与模式菌株相似性为 99.605%(791/796)。培养基 0821,25℃。

MCCC 1A05678 ←海洋三所 NH3M_2。分离源:南沙黄褐色沙质沉积物。与模式菌株相似性为 99.74%(799/804)。培养基 0821,25℃。

MCCC 1B00296 ←海洋一所 YACN8。分离源:青岛近海沉积物。与模式菌株相似性为 100%。培养基 0471,20～25℃。

MCCC 1B00580 ←海洋一所 DJCJ54。分离源:江苏南通如东表层海水。与模式菌株相似性为 99.599%。培养基 0471,20～25℃。

MCCC 1B01057 ←海洋一所 QNSW4。分离源:江苏盐城海底泥沙。与模式菌株相似性为 99.756%。培养基 0471,28℃。

MCCC 1B01102 ←海洋一所 QNSW5。分离源:江苏盐城海底泥沙。与模式菌株相似性为 98.565%。培养基 0471,28℃。

MCCC 1B01184 ←海洋一所 BLDJ 14。分离源:浙江宁波码头表层沉积物。与模式菌株相似性为 98.533%。培养基 0471,25℃。

MCCC 1B01187 ←海洋一所 BLDJ 19。分离源:浙江宁波码头表层沉积物。与模式菌株相似性为 99.879%。培养基 0471,25℃。

MCCC 1F01173 ←厦门大学 SCSS02。分离源:南海表层沉积物。产淀粉酶、蛋白酶。与模式菌株相似性为 99.648%(1416/1421)。培养基 0471,25℃。

Bacillus benzoevorans Pichinoty *et al*. 1987 食苯芽胞杆菌
模式菌株 *Bacillus benzoevorans* DSM 5391(T) D78311

MCCC 1A04027 ←海洋三所 NH7L1。分离源:南沙海域灰白色沉积物。与模式菌株相似性为 98.545%。培养基 0821,25℃。

MCCC 1A04041 ←海洋三所 NH8J1。分离源:南沙灰白色泥质。与模式菌株相似性为 98.148%(778/792)。培养基 0821,25℃。

Bacillus cellulosilyticus Nogi *et al*. 2005 解纤维芽胞杆菌
模式菌株 *Bacillus cellulosilyticus* N-4(T) AB043852

MCCC 1A02101 ←海洋三所 S23-5。分离源:印度洋表层海水。石油烃降解菌。与模式菌株相似性为 98.192%。培养基 0745,26℃。

Bacillus cereus Frankland and Frankland 1887 蜡样芽胞杆菌
模式菌株 *Bacillus cereus* IAM 12605(T) D16266

MCCC 1A00005 ←海洋三所 HYC-7。分离源:厦门野生鲻鱼肠道内容物。与模式菌株相似性为 100%。培养基 0033,28℃。

MCCC 1A00017 ←海洋三所 HYG-03。分离源:厦门野生鲻鱼肠道内容物。与模式菌株相似性为 100%。培养基 0033,28℃。

MCCC 1A00026 ←海洋三所 BM-7。分离源:厦门海水养殖场捕捞的比目鱼肠道内容物。与模式菌株相似性为 100%。培养基 0033,28℃。

MCCC 1A00042 ←海洋三所 YY-12。分离源:福建省厦门思明区养鱼池底泥。以硝酸根作为电子受体分离。与模式菌株相似性为 99.630%。培养基 0033,26℃。

MCCC 1A00122 ←海洋三所 YY-5。分离源:厦门养鱼池底泥。以硝酸根作为电子受体分离。与模式菌株相似性为 100%。培养基 0033,26℃。

MCCC 1A00143 ←海洋三所 B-1。分离源:中国渤海湾表层海水。烷烃降解菌。与模式菌株相似性为99.83%。培养基 0033,28℃。

MCCC 1A00235 ←海洋三所 Cr1。分离源:东太平洋硅质黏土沉积物。抗六价铬。与模式菌株相似性为99.869%(764/765)。培养基 0472,28℃。

MCCC 1A00239 ←海洋三所 Cr29。分离源:东太平洋硅质黏土沉积物。抗六价铬。与模式菌株相似性为99.516%(658/659)。培养基 0472,28℃。

MCCC 1A00248 ←海洋三所 Cr10。分离源:太平洋深海沉积物。抗六价铬。与模式菌株相似性为99.869%(760/761)。培养基 0472,28℃。

MCCC 1A00252 ←海洋三所 Cr19。分离源:太平洋深海沉积物。抗六价铬。培养基 0472,28℃。

MCCC 1A00262 ←海洋三所 Cr27。分离源:太平洋深海沉积物。抗六价铬。与模式菌株相似性为99.607%。培养基 0472,28℃。

MCCC 1A00265 ←海洋三所 Cr34。分离源:太平洋深海沉积物。抗六价铬。与模式菌株相似性为99.516%。培养基 0472,28℃。

MCCC 1A00267 ←海洋三所 Cr36。分离源:太平洋硅质黏土。抗六价铬。与模式菌株相似性为99.869%。培养基 0472,28℃。

MCCC 1A00274 ←海洋三所 Cr50。分离源:太平洋深海沉积物。抗六价铬。与模式菌株相似性为99.845%。培养基 0472,28℃。

MCCC 1A00279 ←海洋三所 GS1。分离源:厦门花圃表层土。产表面活性物质。与模式菌株相似性为100%。培养基 0472,28℃。

MCCC 1A00298 ←海洋三所 FW11。分离源:太平洋深海沉积物。分离自柴油富集菌群。与模式菌株相似性为99.931%。培养基 0033,28℃。

MCCC 1A00300 ←海洋三所 FN34。分离源:南海沉积物。产磷脂类表面活性剂。与模式菌株相似性为100%。培养基 0033,28℃。

MCCC 1A00359 ←海洋三所 TD41。分离源:太平洋深海沉积物。产表面活性物质。与模式菌株相似性为100%。培养基 0033,28℃。

MCCC 1A00360 ←海洋三所 T23。分离源:太平洋深海沉积物。分离自柴油富集菌群。培养基 0033,28℃。

MCCC 1A00361 ←海洋三所 FN31。分离源:南海沉积物。分离自柴油富集菌群。与模式菌株相似性为100%。培养基 0033,28℃。

MCCC 1A00365 ←海洋三所 TD42。分离源:太平洋深海沉积物。分离自柴油富集菌群。与模式菌株相似性为97.358%。培养基 0033,28℃。

MCCC 1A00394 ←海洋三所 Mn2。分离源:东太平洋硅质黏土沉积物。抗二价锰。与模式菌株相似性为99.737%(798/800)。培养基 0472,28℃。

MCCC 1A00395 ←海洋三所 Mn5。分离源:东太平洋硅质黏土沉积物。抗二价锰。与模式菌株相似性为99.868%。培养基 0472,28℃。

MCCC 1A00418 ←海洋三所 Co33。分离源:东太平洋硅质黏土沉积物。抗二价钴。与模式菌株相似性为100%。培养基 0472,28℃。

MCCC 1A00419 ←海洋三所 Co29。分离源:东太平洋硅质黏土沉积物。抗二价钴。与模式菌株相似性为99.873%(821/822)。培养基 0472,28℃。

MCCC 1A00430 ←海洋三所 Co92。分离源:东太平洋硅质黏土沉积物。抗二价钴。与模式菌株相似性为99.873%。培养基 0472,28℃。

MCCC 1A00431 ←海洋三所 Co82。分离源:东太平洋硅质黏土沉积物。抗二价钴。与模式菌株相似性为99.606%。培养基 0472,28℃。

MCCC 1A00460 ←海洋三所 Pb17。分离源:东太平洋硅质黏土沉积物。抗二价铅。与模式菌株相似性为99.868%。培养基 0472,28℃。

MCCC 1A00495 ←海洋三所 Cu31。分离源:东太平洋硅质黏土沉积物。抗二价铜。与模式菌株相似性为100%。培养基 0472,28℃。

MCCC 1A01056 ←海洋三所 P14-1。分离源:印度洋深海底层水样。分离自多环芳烃降解菌群。与模式菌株相似性为98.980%。培养基 0471,25℃。

MCCC 1A01400 ← 海洋三所 110。分离源:印度洋深海热液口沉积物。分离自环己酮降解菌群。与模式菌株相似性为 100%。培养基 0472,25℃。

MCCC 1A01404 ← 海洋三所 N31。分离源:南海深海沉积物。分离自石油降解菌群。与模式菌株相似性为 100%。培养基 0745,26℃。

MCCC 1A01406 ← 海洋三所 N24。分离源:南海深海沉积物。分离自石油降解菌群。与模式菌株相似性为 99.867%。培养基 0745,26℃。

MCCC 1A01412 ← 海洋三所 L19。分离源:南海深海沉积物。分离自石油降解菌群。与模式菌株相似性为 99.865%。培养基 0745,26℃。

MCCC 1A01414 ← 海洋三所 L27。分离源:南海深海沉积物。分离自石油降解菌群。与模式菌株相似性为 99.866%。培养基 0745,26℃。

MCCC 1A01874 ← 海洋三所 A8S3。分离源:西太平洋深海沉积物。与模式菌株相似性为 99.865%。培养基 0471,30℃。

MCCC 1A02143 ← 海洋三所 N35-10-4。分离源:南海深海沉积物。十六烷降解菌。与模式菌株相似性为 99.647%。培养基 0745,26℃。

MCCC 1A02146 ← 海洋三所 N35-10-2。分离源:南海深海沉积物。十六烷降解菌。与模式菌株相似性为 100%。培养基 0745,26℃。

MCCC 1A02161 ← 海洋三所 N1ZF-2。分离源:南海深海沉积物。分离自石油降解菌群。与模式菌株相似性为 99.863%。培养基 0745,26℃。

MCCC 1A02356 ← 海洋三所 GCS2-7。与模式菌株相似性为 100%(783/783)。培养基 0471,25℃。

MCCC 1A02359 ← 海洋三所 GCSI-9。与模式菌株相似性为 100%(783/783)。培养基 0471,25℃。

MCCC 1A03187 ← 海洋三所 EJB8。分离源:太平洋深海沉积物。二甲苯降解菌。与模式菌株的相似性为 99.327%。培养基 0472,18℃。

MCCC 1A03507 ← 海洋三所 11.17-9-50。分离源:青岛。硫酸盐还原。与模式菌株相似性为 100%(840/840)。培养基 0471,25℃。

MCCC 1A03659 ← 海洋三所 X-28By214。分离源:福建晋江安海潮间带沉积物。抗部分细菌。与模式菌株相似性为 99.731%。培养基 0471,28℃。

MCCC 1A03662 ← 海洋三所 X-64BY143(A)。分离源:福建漳州东山潮间带泥。抗部分细菌。与模式菌株相似性为 99.650%。培养基 0471,28℃。

MCCC 1A03675 ← 海洋三所 X-14B65(B)。分离源:福建漳州龙海红树林小蟹内脏。抗部分细菌。培养基 0471,28℃。

MCCC 1A03676 ← 海洋三所 X-15B76(B)。分离源:福建漳州龙海红树林滨螺。抗部分细菌。培养基 1002,28℃。

MCCC 1A03679 ← 海洋三所 X-8B300。分离源:福建漳州东山潮间带泥。抗部分细菌。与模式菌株 *B. cereus* IAM 12605(T)(D16266)相似性为 99.929%。培养基 0471,28℃。

MCCC 1A03712 ← 海洋三所 X-63(1)By187(B)。分离源:中国黄海表层沉积物。抗部分细菌。与模式菌株相似性为 99.654%。培养基 0471,28℃。

MCCC 1A03718 ← 海洋三所 X-85B75。分离源:福建漳州龙海红树林滨螺。抗部分细菌。与模式菌株相似性为 99.647%。培养基 0011,28℃。

MCCC 1A03719 ← 海洋三所 X-89B232。分离源:海南三亚珊瑚。抗部分细菌。与模式菌株相似性为 99.648%。培养基 0471,28℃。

MCCC 1A03720 ← 海洋三所 X-98B314(B)。分离源:中国黄海表层沉积物。抗部分细菌。与模式菌株相似性为 99.506%。培养基 0471,28℃。

MCCC 1A04040 ← 海洋三所 NH8H。分离源:南沙灰白色泥质。与模式菌株相似性为 100%(736/736)。培养基 0821,25℃。

MCCC 1A04098 ← 海洋三所 NH24A2。分离源:南沙灰色泥质。与模式菌株相似性为 100%(736/736)。培养基 0821,25℃。

MCCC 1A05551 ← 海洋三所 me-2。分离源:印度洋西南洋中脊深海底层水样。与模式菌株相似性为 99.664%。培养基 0471,42℃。

MCCC 1A05554　←海洋三所 me-5。分离源:印度洋西南洋中脊深海底层水样。与模式菌株相似性为 99.663%。培养基 0471,42℃。

MCCC 1A05556　←海洋三所 me-9。分离源:印度洋西南洋中脊深海底层水样。与模式菌株相似性为 99.731%。培养基 0471,42℃。

MCCC 1A05557　←海洋三所 me-10。分离源:印度洋西南洋中脊深海底层水样。与模式菌株相似性为 99.596%。培养基 0471,42℃。

MCCC 1A05613　←海洋三所 X-51♯-B14。分离源:厦门潮间带泥样。与模式菌株相似性为 99.722%。培养基 0471,28℃。

MCCC 1A05691　←海洋三所 NH53O1。分离源:南沙海底灰色细泥。与模式菌株相似性为 100%(796/796)。培养基 0821,25℃。

MCCC 1A05942　←海洋三所 0711P9-1。分离源:印度洋深海沉积物表层。与模式菌株相似性为 98.721%。培养基 1003,28℃。

MCCC 1B00318　←海洋一所 NJSN6。分离源:江苏南通表层沉积物。与模式菌株相似性为 99.843%。培养基 0471,28℃。

MCCC 1B00761　←海洋一所 QJHH17。分离源:烟台海阳次表层海水。与模式菌株相似性为 100%。培养基 0471,20~25℃。

MCCC 1B00771　←海洋一所 QJGY14。分离源:江苏连云港近海次底层海水。与模式菌株相似性为 99.843%。培养基 0471,20~25℃。

MCCC 1B00793　←海洋一所 CJNY30。分离源:江苏盐城射阳海底泥沙。与模式菌株相似性为 99.843%。培养基 0471,20~25℃。

MCCC 1B00804　←海洋一所 HTYW4。分离源:山东宁德霞浦暗纹东方鲀胃部。与模式菌株相似性为 100%。培养基 0471,20~25℃。

MCCC 1B00816　←海洋一所 HTYC24。分离源:山东宁德霞浦暗纹东方鲀胃部。与模式菌株相似性为 100%。培养基 0471,20~25℃。

Bacillus cibi Yoon *et al.* 2005 食物芽胞杆菌

模式菌株 *Bacillus cibi* JG-30(T) AY550276

MCCC 1A00034　←海洋三所 YY-2。分离源:厦门养鱼池底泥。以硝酸根为电子受体分离。与模式菌株相似性为 99.769%。培养基 0033,28℃。

MCCC 1A00113　←海洋三所 HYG-13。分离源:厦门野生鲻鱼肠道内容物。与模式菌株相似性为 99.216%。培养基 0033,28℃。

MCCC 1A05646　←海洋三所 NH24S。分离源:南沙海底灰色泥样。与模式菌株相似性为 99.869%(797/799)。培养基 0821,25℃。

MCCC 1B00444　←海洋一所 HZBN156。分离源:山东日照表层沉积物。与模式菌株相似性为 100%。培养基 0471,20~25℃。

MCCC 1B00787　←海洋一所 CJNY17。分离源:江苏盐城射阳表层沉积物。与模式菌株相似性为 100%。培养基 0471,20~25℃。

Bacillus circulans Jordan 1890 环状芽胞杆菌

MCCC 1A03263　←DSM 11。=ATCC 24 =ATCC 4513 =ATCC 9140 =CCM 2048 =BCRC(formerly CCRC)10605 =CCUG 7416 =CIP 52.75 =DSM 11 =HAMBI 1911 =IAM 12462 =IFO(now NBRC)13626 =JCM 2504 =LMG 6926 =LMG 13261 =NCCB 75011 =NCIMB 9374(formerly NCDO 1775) =NCTC 2610 =NRRL B-378 =NRRL B-380 =VKM B-1242。模式菌株。培养基 0471,25℃。

Bacillus clausii Nielsen *et al.* 1995 克劳氏芽胞杆菌

模式菌株 *Bacillus clausii* DSM 8716(T) X76440

MCCC 1B00454　←海洋一所 HZBC6。分离源:山东日照上层海水。与模式菌株相似性为 99.091%。培养基 0471,20～25℃。

MCCC 1B00462　←海洋一所 HZBC26。分离源:山东日照上层海水。与模式菌株相似性为 99.785％。培养
基 0471,20～25℃。

MCCC 1B01173　←海洋一所 BLCJ 7。分离源:浙江宁波码头表层沉积物。与模式菌株相似性为 99.761％。
培养基 0471,25℃。

Bacillus cohnii Spanka and Fritze 1993 科氏芽胞杆菌

模式菌株 *Bacillus cohnii* DSM 6307(T) X76437

MCCC 1B00423　←海洋一所 HZBN102。分离源:山东日照表层沉积物。与模式菌株相似性为 99.902％。
培养基 0471,20～25℃。

MCCC 1B00434　←海洋一所 HZBN131。分离源:山东日照表层沉积物。与模式菌株相似性为 99.776％。
培养基 0471,20～25℃。

MCCC 1B00530　←海洋一所 DJHH35。分离源:盐城次表层海水。与模式菌株相似性为 100％。培养基
0471,20～25℃。

Bacillus decolorationis Heyrman *et al.* 2003 脱色芽胞杆菌

模式菌株 *Bacillus decolorationis* LMG 19507(T) AJ315075

MCCC 1A04020　←海洋三所 NH11D。分离源:南沙海域表层沉积物。与模式菌株相似性为 99.254％。培
养基 0821,25℃。

MCCC 1A04103　←海洋三所 NH24J。分离源:南沙海域灰色泥质。与模式菌株相似性为 99.144％。培养基
0821,25℃。

MCCC 1A05791　←海洋三所 NH8F1。分离源:南沙海域灰白色泥质。与模式菌株相似性为 99.09％(796/
803)。培养基 0821,25℃。

Bacillus endophyticus Reva *et al.* 2002 植物内芽胞杆菌

模式菌株 *Bacillus endophyticus* 2DT(T) AF295302

MCCC 1A04147　←海洋三所 NH39C。分离源:南沙海域土黄色泥质。与模式菌株相似性为 99.86％。培养
基 0821,25℃。

Bacillus firmus Bredemann and Werner 1933 坚强芽胞杆菌

模式菌株 *Bacillus firmus* NCIMB 9366(T) X60616

MCCC 1A00038　←海洋三所 YY-8。分离源:厦门养鱼池底泥。以硝酸根作为电子受体分离。与模式菌株
相似性为 99.621％。培养基 0033,28℃。

MCCC 1A00157　←海洋三所 Cu43。分离源:东太平洋深海沉积物。抗二价铜。与模式菌株相似性为
99.423％。培养基 0472,28℃。

MCCC 1A00243　←海洋三所 Cr22。分离源:东太平洋深海沉积物。抗六价铬。与模式菌株相似性为
99.581％。培养基 0472,28℃。

MCCC 1A00263　←海洋三所 Cr45。分离源:太平洋深海沉积物。抗六价铬。与模式菌株相似性为
99.655％。培养基 0472,28℃。

MCCC 1A00396　←海洋三所 Mn60。分离源:东太平洋硅质黏土沉积物。抗二价锰。与模式菌株相似性为
99.603％。培养基 0472,28℃。

MCCC 1A00462　←海洋三所 Pb19。分离源:东太平洋硅质黏土沉积物。抗二价铅。与模式菌株相似性为
99.603％。培养基 0472,28℃。

MCCC 1A00486　←海洋三所 Cr58。分离源:东太平洋硅质黏土沉积物。抗六价铬。与模式菌株相似性为
99.572％。培养基 0472,28℃。

MCCC 1A00488　←海洋三所 Cr63。分离源:东太平洋硅质黏土沉积物。抗六价铬。与模式菌株相似性为
100％。培养基 0472,28℃。

MCCC 1A00489　←海洋三所 Cr59。分离源:东太平洋深海沉积物。抗六价铬。与模式菌株相似性为 100％。

培养基 0472,28℃。

MCCC 1A00490　←海洋三所 Cr55。分离源:东太平洋深海沉积物。抗六价铬。与模式菌株相似性为99.525%。培养基 0472,28℃。

MCCC 1A00491　←海洋三所 Cr70。分离源:东太平洋硅质黏土沉积物。抗六价铬。与模式菌株相似性为98.41%。培养基 0472,28℃。

MCCC 1A00494　←海洋三所 Cu41。分离源:东太平洋硅质黏土沉积物。抗二价铜。与模式菌株相似性为99.596%。培养基 0472,28℃。

MCCC 1A00496　←海洋三所 Cu14。分离源:东太平洋硅质黏土沉积物。抗二价铜。与模式菌株相似性为99.134%。培养基 0472,28℃。

MCCC 1A02519　←海洋三所 HSf3。分离源:福建省厦门温泉出水口。与模式菌株相似性为99.875%。培养基 0002,37℃。

MCCC 1A02924　←海洋三所 JG7。分离源:黄海上层海水。分离自石油降解菌群。与模式菌株相似性为99.747%。培养基 0472,25℃。

MCCC 1A03401　←海洋三所 FF2-1。分离源:珊瑚岛礁附近鱼肠道内容物。与模式菌株相似性为99.577%。培养基 0821,25℃。

MCCC 1A03653　←海洋三所 X-42By114(B)。分离源:中国东海表层沉积物。抗部分细菌。与模式菌株相似性为99.345%。培养基 0471,28℃。

MCCC 1A04042　←海洋三所 NH8K。分离源:南沙灰白色泥质。与模式菌株相似性为99.472%(795/797)。培养基 0821,25℃。

MCCC 1A04077　←海洋三所 NH21G。分离源:南沙灰色细泥。与模式菌株相似性为98.417%(779/791)。培养基 0821,25℃。

MCCC 1A04101　←海洋三所 NH24F。分离源:南沙灰色泥质。与模式菌株相似性为99.427%。培养基 0821,25℃。

MCCC 1A05690　←海洋三所 NH53G1。分离源:南沙灰色细泥。与模式菌株相似性为99.607%。培养基 0821,25℃。

MCCC 1A05785　←海洋三所 NH7D1_1。分离源:南沙灰白色泥质沉积物。与模式菌株相似性为98.957%。培养基 0821,25℃。

MCCC 1A05882　←海洋三所 FF1-6。分离源:西南太平洋鱼肠道内容物。与模式菌株相似性为99.348%。培养基 0821,25℃。

MCCC 1A06081　←海洋三所 GSG-1-5-7-2。分离源:西南太平洋深海黄白色沉积物。培养基 0471,20℃。

MCCC 1A06083　←海洋三所 GSG-1-13-1-1-1。分离源:西南太平洋深海沉积物。培养基 0471,20℃。

MCCC 1A06093　←海洋三所 S0808-4-3-1-1。分离源:西南太平洋深海红褐色硫化物及金属软泥。培养基 0471,20℃。

MCCC 1A06107　←海洋三所 GSG-1-13-5-2。分离源:西南太平洋黑色硫化物及金属软泥。培养基 0471,20℃。

MCCC 1B00581　←海洋一所 DJCJ56。分离源:江苏南通如东表层海水。与模式菌株相似性为99.483%。培养基 0471,20~25℃。

MCCC 1B00776　←海洋一所 QJGY21。分离源:江苏连云港近海次底层海水。与模式菌株相似性为99.73%。培养基 0471,20~25℃。

MCCC 1B00789　←海洋一所 CJNY21。分离源:江苏盐城射阳表层沉积物。与模式菌株相似性为99.456%。培养基 0471,20~25℃。

MCCC 1B01056　←海洋一所 QNSW3。分离源:江苏盐城海底泥沙。与模式菌株相似性为99.76%。培养基 0471,28℃。

MCCC 1B01179　←海洋一所 BLDJ 9。分离源:浙江宁波码头表层沉积物。与模式菌株相似性为99.757%。培养基 0471,25℃。

MCCC 1C00182　←极地中心 BCw064。分离源:北冰洋无冰区海水。与模式菌株相似性为99.716%。培养基 0471,20℃。

MCCC 1C00277　←极地中心 S26-2。分离源:北冰洋表层沉积物。与模式菌株相似性为99.719%。培养基

0471,15℃。

MCCC 1C00455 ←极地中心 BSi20511。分离源:北冰洋海冰。与模式菌株相似性为 99.719%。培养基 0471,15℃。

MCCC 1C00885 ←极地中心 BR029。分离源:白令海无冰区表层海水。与模式菌株相似性为 99.578%。培养基 0471,15℃。

MCCC 1C00887 ←极地中心 BR024。分离源:白令海无冰区表层海水。与模式菌株相似性为 99.577%。培养基 0471,15℃。

MCCC 1C00889 ←极地中心 BR021。分离源:白令海无冰区表层海水。与模式菌株相似性为 99.718%。培养基 0471,15℃。

MCCC 1C00919 ←极地中心 BR028。分离源:白令海无冰区表层海水。与模式菌株相似性为 99.648%。培养基 0471,15℃。

MCCC 1F01176 ←厦门大学 SCSS05。分离源:南海表层沉积物。产淀粉酶。与模式菌株相似性为 99.084%(1406/1419)。培养基 0471,25℃。

MCCC 1F01190 ←厦门大学 Fa2-2。分离源:深圳塔玛亚历山大藻培养液。与模式菌株相似性为 99.711%(1379/1383)。培养基 0471,25℃。

MCCC 1F01195 ←厦门大学 FZ1-1。分离源:深圳塔玛亚历山大藻培养液。与模式菌株相似性为 98.872%(1403/1419)。培养基 0471,25℃。

MCCC 1A04194 ←海洋三所 NH55A。分离源:南沙海域泻湖珊瑚沙。与模式菌株相似性为 99.475%。培养基 0821,25℃。

Bacillus flexus (ex Batchelor 1919) Priest *et al*. 1989 弯曲芽胞杆菌

模式菌株 *Bacillus flexus* IFO 15715(T) AB021185

MCCC 1A00848 ←海洋三所 B-2036。分离源:西太平洋暖池区沉积物深层。与模式菌株相似性为 99.653%。培养基 0471,4℃。

MCCC 1A03665 ←海洋三所 X-57By104(B)。分离源:中国东海表层沉积物。抗部分细菌。与模式菌株相似性为 98.823%。培养基 0471,28℃。

MCCC 1A03666 ←海洋三所 X-41By107(B)。分离源:中国东海表层沉积物。抗部分细菌。与模式菌株相似性为 99.441%。培养基 0471,28℃。

MCCC 1A03671 ←海洋三所 X-43By119(B)。分离源:中国东海表层沉积物。抗部分细菌。与模式菌株相似性为 99.303%。培养基 0471,28℃。

MCCC 1A03672 ←海洋三所 X-49By146(B)。分离源:福建漳州东山潮间带底泥。抗部分细菌。与模式菌株相似性为 99.51%。培养基 0471,28℃。

MCCC 1A03686 ←海洋三所 X-19BY103(B)。分离源:中国东海表层沉积物。抗部分细菌。培养基 0471,28℃。

MCCC 1A03687 ←海洋三所 X-20B320(B)。分离源:福建石狮海水表层水母。抗部分细菌。培养基 0471,28℃。

MCCC 1A03691 ←海洋三所 X-5By222(A)。分离源:福建晋江安海潮间带沉积物。抗部分细菌。与模式菌株相似性为 99.93%。培养基 0471,28℃。

MCCC 1A03692 ←海洋三所 X-32By251。分离源:福建福清潮间带沉积物。抗部分细菌。培养基 0471,28℃。

MCCC 1A03693 ←海洋三所 X-33By102(A)。分离源:中国东海表层沉积物。抗部分细菌。培养基 0471,28℃。

MCCC 1A03694 ←海洋三所 X-46By116(A)。分离源:中国东海表层沉积物。抗部分细菌。与模式菌株相似性为 99.719%。培养基 0471,28℃。

MCCC 1A03695 ←海洋三所 X-50By119(A)。分离源:中国东海表层沉积物。抗部分细菌。培养基 0471,28℃。

MCCC 1A03711 ←海洋三所 X-104By202(B)。分离源:中国黄海表层沉积物。抗部分细菌。与模式菌株相似性为 99.93%。培养基 0471,28℃。

MCCC 1C00274	←极地中心 P27-25。分离源:北冰洋表层沉积物。与模式菌株相似性为 99.867%。培养基 0471,15℃。
MCCC 1C00510	←极地中心 BSi20565。分离源:北冰洋海冰。与模式菌株相似性为 100%。培养基 0471,15℃。
MCCC 1F01137	←厦门大学 SCSWA02。分离源:南海近海上层海水。与模式菌株相似性为 99.865% (1464/1485)。培养基 0471,25℃。
MCCC 1F01179	←厦门大学 SCSS09。分离源:南海表层沉积物。产淀粉酶、蛋白酶、脂酶。与模式菌株相似性为 99.934%(1506/1507)。培养基 0471,25℃。

Bacillus foraminis Tiago *et al.* 2006 小孔芽胞杆菌

模式菌株 *Bacillus foraminis* CV53(T) AJ717382

| MCCC 1A04054 | ←海洋三所 NH11I。分离源:南沙海域浅黄色泥质。与模式菌株相似性为 98.688%(726/737)。培养基 0821,25℃。 |

Bacillus gibsonii Nielsen *et al.* 1995 吉氏芽胞杆菌

模式菌株 *Bacillus gibsonii* DSM 8722(T) X76446

| MCCC 1B00562 | ←海洋一所 DJHH41。分离源:盐城底层海水。与模式菌株相似性为 100%。培养基 0471,20~25℃。 |
| MCCC 1F01067 | ←厦门大学 Y8。分离源:福建漳州近海红树林泥。与模式菌株相似性为 99.857%(1393/1395)。培养基 0471,25℃。 |

Bacillus halmapalus Nielsen *et al.* 1995 盐敏芽胞杆菌

模式菌株 *Bacillus halmapalus* DSM 8723(T) X76447

MCCC 1A05605	←海洋三所 X-59♯-B296。分离源:福建漳州东山潮间带底泥。与模式菌株相似性为 98.166%。培养基 0471,28℃。
MCCC 1B00390	←海洋一所 HZBN25。分离源:山东日照表层沉积物。与模式菌株相似性为 99.582%。培养基 0471,20~25℃。
MCCC 1B00411	←海洋一所 HZBN66。分离源:山东日照表层沉积物。与模式菌株相似性为 99.687%。培养基 0471,20~25℃。
MCCC 1B00421	←海洋一所 HZBN88。分离源:山东日照表层沉积物。与模式菌株相似性为 99.603%。培养基 0471,20~25℃。
MCCC 1B00584	←海洋一所 DJCJ78。分离源:江苏南通如东底层海水。与模式菌株相似性为 99.614%。培养基 0471,20~25℃。
MCCC 1B01058	←海洋一所 QNSW6。分离源:江苏盐城海底泥沙。与模式菌株相似性为 99.515%。培养基 0471,28℃。

Bacillus halodurans (ex Boyer 1973) Nielsen *et al.* 1995 耐盐芽胞杆菌

模式菌株 *Bacillus halodurans* ATCC 27557(T) AB021187

| MCCC 1B00241 | ←海洋一所 YACS42。分离源:青岛上层海水。与模式菌株相似性为 99.63%。培养基 0471,20~25℃。 |

Bacillus horikoshii Nielsen *et al.* 1995 堀越氏芽胞杆菌

模式菌株 *Bacillus horikoshii* DSM 8719(T) X76443

MCCC 1B00339	←海洋一所 NJSS38。分离源:江苏南通上层海水。与模式菌株相似性为 99.582%。培养基 0471,28℃。
MCCC 1B00409	←海洋一所 HZBN63。分离源:山东日照表层沉积物。与模式菌株相似性为 99.582%。培养基 0471,20~25℃。
MCCC 1B00446	←海洋一所 HZBN160。分离源:山东日照表层沉积物。与模式菌株相似性为 99.9%。培

养基 0471,20～25℃。

MCCC 1B01076　←海洋一所 QNSW73。分离源:江苏盐城海底泥沙。与模式菌株相似性为 99.879%。培养基 0471,28℃。

MCCC 1B01103　←海洋一所 QNSW33。分离源:江苏盐城海底泥沙。与模式菌株相似性为 99.048%。培养基 0471,28℃。

MCCC 1F01031　←厦门大学 F13。分离源:福建省漳州近海红树林表层沉积物。与模式菌株相似性为 99.457%(1466/1474)。培养基 0471,25℃。

Bacillus humi Heyrman *et al.* 2005 土芽胞杆菌

模式菌株 *Bacillus humi* LMG 22167(T) AJ627210

MCCC 1A02849　←海洋三所 IR5。分离源:黄海表层海水。分离自石油降解菌群。与模式菌株相似性为 99.247%(827/833)。培养基 0472,25℃。

MCCC 1B00774　←海洋一所 QJGY18。分离源:江苏连云港近海次底层海水。与模式菌株相似性为 98.431%。培养基 0471,20～25℃。

MCCC 1B00827　←海洋一所 QJJH42。分离源:山东日照表层海水。与模式菌株相似性为 98.609%。培养基 0471,20～25℃。

Bacillus hwajinpoensis Yoon *et al.* 2004 花津浦芽胞杆菌

模式菌株 *Bacillus hwajinpoensis* SW-72(T) AF541966

MCCC 1A00021　←海洋三所 HYg-7。分离源:厦门野生鲻鱼肠道内容物。与模式菌株相似性为 99.752%。培养基 0033,28℃。

MCCC 1A05610　←海洋三所 X-55#-B58。分离源:厦门附着蓝藻。与模式菌株相似性为 99.508%。培养基 0471,28℃。

MCCC 1B00291　←海洋一所 YACN3。分离源:青岛近海沉积物。与模式菌株相似性为 100%。培养基 0471,20～25℃。

MCCC 1B01019　←海洋一所 QNSJ1。分离源:江苏南通海底泥沙。与模式菌株相似性为 99.878%。培养基 0471,28℃。

MCCC 1B01178　←海洋一所 BLDJ 8。分离源:浙江宁波码头表层沉积物。与模式菌株相似性为 99.512%。培养基 0471,25℃。

MCCC 1F01014　←厦门大学 B9。分离源:福建省漳州近海红树林表层沉积物。与模式菌株相似性为 99.464%(1485/1493)。培养基 0471,25℃。

MCCC 1F01183　←厦门大学 SCSS17。分离源:南海表层沉积物。产蛋白酶。与模式菌株相似性为 99.061%(1477/1491)。培养基 0471,25℃。

Bacillus idriensis Ko *et al.* 2006 病研所芽胞杆菌

模式菌株 *Bacillus idriensis* SMC 4352-2(T) AY904033

MCCC 1A04047　←海洋三所 NH8M。分离源:南沙灰白色泥质。与模式菌株相似性为 100%(737/737)。培养基 0821,25℃。

MCCC 1A04190　←海洋三所 NH19F。分离源:南沙表层沉积物。与模式菌株相似性为 100%(807/807)。培养基 0821,25℃。

MCCC 1A04280　←海洋三所 NH20E。分离源:南沙表层沉积物。与模式菌株相似性为 98.448%(774/786)。培养基 0821,25℃。

MCCC 1A04640　←海洋三所 NH24G。分离源:南沙表层沉积物。与模式菌株相似性为 100%(807/807)。培养基 0821,25℃。

Bacillus indicus Suresh *et al.* 2004 印度芽胞杆菌

模式菌株 *Bacillus indicus* Sd/3(T) AJ583158

MCCC 1A04605　←海洋三所 NH21V。分离源:南沙海域表层沉积物。与模式菌株相似性为 100%(784/

785)。培养基 0821,25℃。

MCCC 1B01077　　←海洋一所 QNSW52。分离源:江苏盐城海底泥沙。与模式菌株相似性为 100%。培养基 0471,28℃。

Bacillus infantis Ko *et al.* 2006 婴儿芽胞杆菌

模式菌株 *Bacillus infantis* SMC 4352-1(T) AY904032

MCCC 1B00295　　←海洋一所 YACN7。分离源:青岛近海沉积物。与模式菌株相似性为 99.63%。培养基 0471,20~25℃。

Bacillus jeotgali Yoon *et al.* 2001 腌海鲜芽胞杆菌

模式菌株 *Bacillus jeotgali* YKJ-10(T) AF221061

MCCC 1B00420　　←海洋一所 HZBN87。分离源:山东日照表层沉积物。与模式菌株相似性为 99.901%。培养基 0471,20~25℃。

MCCC 1C00181　　←极地中心 BCw063。分离源:北冰洋无冰区海水。与模式菌株相似性为 99.253%。培养基 0471,20℃。

Bacillus koreensis Lim *et al.* 2006 韩国芽胞杆菌

模式菌株 *Bacillus koreensis* BR030(T) AY667496

MCCC 1A02511　　←海洋三所 HS5。分离源:福建省厦门温泉出水口。与模式菌株相似性为 99.543%。培养基 0823,37℃。

Bacillus kribbensis Lim *et al.* 2007 韩研所芽胞杆菌

模式菌株 *Bacillus kribbensis* BT080(T) DQ280367

MCCC 1A04055　　←海洋三所 NH11J。分离源:南沙海域浅黄色泥质。与模式菌株相似性为 99.869%。培养基 0821,25℃。

Bacillus licheniformis (Weigmann 1898)Chester 1901 地衣芽胞杆菌

模式菌株 *Bacillus licheniformis* ATCC 14580(T) CP000002

MCCC 1A00111　　←海洋三所 HYC-19。分离源:厦门野生鲻鱼肠道内容物。与模式菌株相似性为 99.508%。培养基 0033,28℃。

MCCC 1A02510　　←海洋三所 DY17。分离源:东太平洋热液区深海沉积物。与模式菌株相似性为 99.797%。培养基 0471,55℃。

MCCC 1A02513　　←海洋三所 DY65。分离源:印度洋热液区深海沉积物。与模式菌株相似性为 99.524%。培养基 0471,55℃。

MCCC 1A02515　　←海洋三所 DY69。分离源:大洋热液区深海沉积物。与模式菌株相似性为 99.593%。培养基 0471,55℃。

MCCC 1A02517　　←海洋三所 DY113。分离源:印度洋热液区深海沉积物。与模式菌株相似性为 99.884%。培养基 0471,55℃。

MCCC 1A02527　　←海洋三所 DY92。分离源:印度洋热液区深海沉积物。与模式菌株相似性为 99.524%。培养基 0823,37℃。

MCCC 1A02531　　←海洋三所 DY116。分离源:印度洋热液区深海沉积物。与模式菌株相似性为 99.729%。培养基 0823,55℃。

MCCC 1A02534　　←海洋三所 DY23。分离源:东太平洋热液区深海沉积物。与模式菌株相似性为 99.661%。培养基 0823,55℃。

MCCC 1A02537　　←海洋三所 DY76。分离源:大西洋热液区沉积物。与模式菌株相似性为 99.458%。培养基 0823,55℃。

MCCC 1A02539　　←海洋三所 DY78a。分离源:印度洋热液区深海节肢动物。与模式菌株相似性为 99.526%。培养基 0823,55℃。

MCCC 1A02540　←海洋三所 DY78b。分离源:印度洋热液区深海节肢动物。与模式菌株相似性为99.729%。培养基0823,55℃。

MCCC 1A02547　←海洋三所 DY13。分离源:东太平洋热液区深海沉积物。与模式菌株相似性为99.866%。培养基0823,37℃。

MCCC 1A02562　←海洋三所 DY94。分离源:大西洋热液区沉积物。与模式菌株相似性为99.868%。培养基0823,37℃。

MCCC 1A02569　←海洋三所 DY110。分离源:印度洋热液区深海沉积物。与模式菌株相似性为99.708%。培养基0823,55℃。

MCCC 1A02580　←海洋三所 S4。分离源:东太平洋热液区深海沉积物。与模式菌株相似性为99.661%。培养基0823,55℃。

MCCC 1A03122　←海洋三所 A020。分离源:东海上层海水。可能降解甘露聚糖。与模式菌株的相似性为99.873%。培养基0471,25℃。

MCCC 1A03654　←海洋三所 X-72By138(A)。分离源:福建石狮潮间带表层沉积物。抗部分细菌。与模式菌株相似性为99.581%。培养基0471,28℃。

MCCC 1A03655　←海洋三所 X-73By137(B)。分离源:福建石狮潮间带表层沉积物。抗部分细菌。与模式菌株相似性为99.011%。培养基0471,28℃。

MCCC 1A03706　←海洋三所 X-68By157。分离源:福建漳州东山潮间带底泥。抗部分细菌。与模式菌株相似性为99.506%。培养基0471,28℃。

MCCC 1A04044　←海洋三所 NH8O。分离源:南沙海域灰白色泥质。与模式菌株相似性为99.739%。培养基0821,25℃。

MCCC 1A04134　←海洋三所 NH10D。分离源:南沙深海沉积物。与模式菌株相似性为99.889%。培养基0821,25℃。

MCCC 1A04148　←海洋三所 NH39Q。分离源:南沙海域土黄色泥质。与模式菌株相似性为99.86%。培养基0821,25℃。

MCCC 1A04299　←海洋三所 T5N。分离源:西南太平洋土灰色沉积物上覆水。分离自石油降解菌群。与模式菌株相似性为99.715%。培养基0821,28℃。

MCCC 1A05684　←海洋三所 NH3W。分离源:南沙海域表层沉积物。与模式菌株相似性为99.54%。培养基0821,25℃。

MCCC 1B00566　←海洋一所 DJLY25。分离源:江苏盐城射阳表层海水。与模式菌株相似性为99.872%。培养基0471,20-25℃。

MCCC 1B00632　←海洋一所 DJQF10。分离源:青岛沙子口表层海水。与模式菌株相似性为99.879%。培养基0471,20-25℃。

MCCC 1B01188　←海洋一所 BLDJ 21。分离源:浙江宁波码头表层沉积物。与模式菌株相似性为99.526%。培养基0471,25℃。

Bacillus litoralis Yoon and Oh 2005 海滨芽胞杆菌

模式菌株 *Bacillus litoralis* SW-211(T) AY608605

MCCC 1A02408　←海洋三所 S13-18。分离源:大西洋表层海水。与模式菌株相似性为98.333%。培养基0745,28℃。

MCCC 1A04538　←海洋三所 NH21M1。分离源:南沙海域表层沉积物。与模式菌株相似性为98.27%(659/670)。培养基0821,25℃。

MCCC 1A04596　←海洋三所 NH21T_2。分离源:南沙海域表层沉积物。与模式菌株相似性为99.868%(792/793)。培养基0821,25℃。

MCCC 1B00350　←海洋一所 NJSS68。分离源:江苏南通上层海水。与模式菌株相似性为100%。培养基0471,28℃。

MCCC 1B00395　←海洋一所 HZBN38。分离源:山东日照表层沉积物。与模式菌株相似性为100%。培养基0471,20～25℃。

MCCC 1B00422　←海洋一所 HZBN98。分离源:山东日照表层沉积物。与模式菌株相似性为100%。培养基 0471,20～25℃。

MCCC 1B00438　←海洋一所 HZBN136。分离源:山东日照表层沉积物。与模式菌株相似性为 100%。培养
　　　　　　　　基 0471,20～25℃。

MCCC 1B00576　←海洋一所 DJCJ23。分离源:江苏南通启东底层海水。与模式菌株相似性为 98.929%。
　　　　　　　　培养基 0471,20～25℃。

MCCC 1B00582　←海洋一所 DJCJ58。分离源:江苏南通如东表层海水。与模式菌株相似性为 98.333%。
　　　　　　　　培养基 0471,20～25℃。

Bacillus macauensis Zhang *et al.* 2006 澳门芽胞杆菌

模式菌株 *Bacillus macauensis* ZFHKF-1(T) AY373018

MCCC 1A00410　←海洋三所 1Mn-2。分离源:南海深海沉积物。抗二价锰。与模式菌株相似性为
　　　　　　　　99.293%。培养基 0472,28℃。

MCCC 1A04012　←海洋三所 NH3F。分离源:南沙海域黄褐色沙质沉积物。与模式菌株相似性为 99.232%
　　　　　　　　(809/815)。培养基 0821,25℃。

MCCC 1A04028　←海洋三所 NH7B。分离源:南沙海域灰白色泥质沉积物。与模式菌株相似性为 99.08%
　　　　　　　　(790/797)。培养基 0821,25℃。

MCCC 1A04030　←海洋三所 NH11F。分离源:南沙海域表层沉积物。与模式菌株相似性为 99.209%(778/
　　　　　　　　783)。培养基 0821,25℃。

MCCC 1A04036　←海洋三所 NH8A。分离源:南沙海域灰白色泥质。与模式菌株相似性为 99.08%(790/
　　　　　　　　797)。培养基 0821,25℃。

MCCC 1A04080　←海洋三所 NH21M。分离源:南沙海域灰色细泥。与模式菌株相似性为 99.343%(778/
　　　　　　　　783)。培养基 0821,25℃。

MCCC 1A04084　←海洋三所 NH21A1。分离源:南沙海域灰色细泥。与模式菌株相似性为 98.59%(804/
　　　　　　　　815)。培养基 0821,25℃。

MCCC 1A05683　←海洋三所 NH3R。分离源:南沙海域表层沉积物。与模式菌株相似性为 99.286%。培养
　　　　　　　　基 0821,25℃。

MCCC 1A05686　←海洋三所 NH6d。分离源:南沙海域表层沉积物。与模式菌株相似性为 99.342%。培养
　　　　　　　　基 0821,25℃。

MCCC 1A05721　←海洋三所 NH5B。分离源:南沙海域浅灰色泥质沉积物。与模式菌株相似性为 99.351%
　　　　　　　　(778/783)。培养基 0821,25℃。

MCCC 1A05783　←海洋三所 NH7B1。分离源:南沙海域灰白色泥质沉积物。与模式菌株相似性为
　　　　　　　　98.283%(782/793)。培养基 0821,25℃。

MCCC 1A05788　←海洋三所 NH7O1。分离源:南沙海域灰白色泥质沉积物。与模式菌株相似性为
　　　　　　　　99.339%(787/792)。培养基 0821,25℃。

MCCC 1B01190　←海洋一所 BLDJ 23。分离源:浙江宁波码头表层沉积物。与模式菌株相似性为
　　　　　　　　99.171%。培养基 0471,25℃。

Bacillus marisflavi Yoon *et al.* 2003 黄海芽胞杆菌

模式菌株 *Bacillus marisflavi* TF-11(T) AF483624

MCCC 1A00025　←海洋三所 HYg-12。分离源:厦门野生鲻鱼肠道内容物。与模式菌株相似性为 99.346%。
　　　　　　　　培养基 0033,28℃。

MCCC 1A00260　←海洋三所 Hyg-1。分离源:厦门野生鲻鱼肠道内容物。与模式菌株相似性为 99.823%。
　　　　　　　　培养基 0033,28℃。

MCCC 1A00414　←海洋三所 NHCd5-2。分离源:南海海底沉积物。抗六价铬。与模式菌株相似性为
　　　　　　　　99.465%。培养基 0472,28℃。

MCCC 1A01401　←海洋三所 N4。分离源:南海深海沉积物。分离自石油降解菌群。与模式菌株相似性为
　　　　　　　　99.417%。培养基 0745,26℃。

MCCC 1A02163　←海洋三所 N3FT-5。分离源:南海深海沉积物。分离自石油降解菌群。与模式菌株相似

性为100%。培养基0745,26℃。

MCCC 1A02179 ←海洋三所 N1TF-1。分离源:南海深海沉积物。十六烷降解菌,产表面活性物质。与模式菌株相似性为99.861%。培养基0745,26℃。

MCCC 1A02180 ←海洋三所 N1TF-5。分离源:南海深海沉积物。分离自石油降解菌群。与模式菌株相似性为99.853%。培养基0745,26℃。

MCCC 1A02181 ←海洋三所 N35-10-8。分离源:南海深海沉积物。十六烷降解菌。与模式菌株相似性为100%。培养基0745,26℃。

MCCC 1A02183 ←海洋三所 N3ZF-4。分离源:南海深海沉积物。十六烷降解菌。与模式菌株相似性为99.857%。培养基0745,26℃。

MCCC 1A02211 ←海洋三所 L1O。分离源:厦门轮渡码头近海表层海水。石油烃降解菌。与模式菌株相似性为100%。培养基0821,25℃。

MCCC 1A02982 ←海洋三所 E4。分离源:大西洋洋中脊深海沉积物。与模式菌株相似性为99.875%。培养基0471,25℃。

MCCC 1A03168 ←海洋三所 FF1-2A。分离源:西南太平洋珊瑚岛礁附近鱼肠道内容物。与模式菌株的相似性为99.588%(752/753)。培养基0821,25℃。

MCCC 1A03516 ←海洋三所 FF1-8B。分离源:西南太平洋鱼肠道内容物。与模式菌株相似性为99.866%(778/779)。培养基0821,25℃。

MCCC 1A03698 ←海洋三所 X-6B297。分离源:福建漳州东山潮间带泥。抗部分细菌。与模式菌株相似性为99.648%。培养基0471,28℃。

MCCC 1A03699 ←海洋三所 X-25B272(B)。分离源:福建漳州东山潮间带泥。抗部分细菌。与模式菌株相似性为99.719%。培养基0471,28℃。

MCCC 1A03700 ←海洋三所 X-48By113(A)。分离源:中国东海表层沉积物。抗部分细菌。与模式菌株相似性为99.716%。培养基0471,28℃。

MCCC 1A03701 ←海洋三所 X-58By113(B)。分离源:中国东海表层沉积物。抗部分细菌。与模式菌株相似性为99.509%。培养基0471,28℃。

MCCC 1A03715 ←海洋三所 X-96B309(A)。分离源:中国黄海表层沉积物。抗部分细菌。与模式菌株相似性为99.862%。培养基0471,28℃。

MCCC 1A03725 ←海洋三所 X-86B210(A)。分离源:中国东海表层沉积物。抗部分细菌。与模式菌株相似性为99.717%。培养基0471,28℃。

MCCC 1A03726 ←海洋三所 X-91B272(A)。分离源:福建漳州东山潮间带底泥。抗部分细菌。与模式菌株相似性为99.93%。培养基0471,28℃。

MCCC 1A03727 ←海洋三所 X-94B287。分离源:福建漳州东山潮间带底泥。抗部分细菌。与模式菌株相似性为99.93%。培养基0471,28℃。

MCCC 1A03728 ←海洋三所 X-99B318(A)。分离源:福建石狮海水表层水母。抗部分细菌。与模式菌株相似性为99.93%。培养基0471,28℃。

MCCC 1A03871 ←海洋三所 24#。分离源:南海珠江入海口富营养区表层沉积物。与模式菌株相似性为99.464%。培养基0471,20～30℃。

MCCC 1A04053 ←海洋三所 NH11C。分离源:南沙海域浅黄色泥质。与模式菌株相似性为100%(798/798)。培养基0821,25℃。

MCCC 1A04196 ←海洋三所 NH55R。分离源:南沙美集礁泻湖珊瑚沙。与模式菌株相似性为99.872%(814/815)。培养基0821,25℃。

MCCC 1A04613 ←海洋三所 NH21Y。分离源:南沙海域表层沉积物。与模式菌株相似性为99.847%(687/688)。培养基0821,25℃。

MCCC 1A05883 ←海洋三所 FF2-5。分离源:西南太平洋珊瑚岛礁附近鱼肠道内容物。与模式菌株相似性为100%(783/783)。培养基0821,25℃。

MCCC 1B00258 ←海洋一所 JZHS15。分离源:青岛胶州上层海水。与模式菌株相似性为99.815%。培养基0471,28℃。

MCCC 1B00269 ←海洋一所 JZHS27。分离源:青岛胶州上层海水。与模式菌株相似性为100%。培养基

0471,28℃。

MCCC 1B00775 ←海洋一所 QJGY19。分离源:江苏连云港近海次底层海水。与模式菌株相似性为100%。培养基 0471,20~25℃。

MCCC 1B00786 ←海洋一所 CJNY14。分离源:江苏盐城射阳表层沉积物。与模式菌株相似性为100%。培养基 0471,20~25℃。

MCCC 1B01029 ←海洋一所 QNSJ19。分离源:江苏南通海底泥沙。与模式菌株相似性为99.758%。培养基 0471,28℃。

MCCC 1B01065 ←海洋一所 QNSW19-1。分离源:江苏盐城海底泥沙。与模式菌株相似性为99.879%。培养基 0471,28℃。

MCCC 1B01067 ←海洋一所 QNSW20。分离源:江苏盐城海底泥沙。与模式菌株相似性为99.395%。培养基 0471,28℃。

MCCC 1B01171 ←海洋一所 BLCJ 2。分离源:浙江宁波码头表层沉积物。与模式菌株相似性为100%。培养基 0471,25℃。

MCCC 1G00025 ←青岛科大 HH164-NF101。分离源:中国黄海海底沉积物。与模式菌株的16S序列相似性为99.036%。培养基 0471,28℃。

MCCC 1G00056 ←青岛科大 HH179-NF103。分离源:中国黄海表层沉积物。与模式菌株的16S序列相似性为99.311%。培养基 0471,25~28℃。

MCCC 1G00060 ←青岛科大 HH231-NF102。分离源:中国黄海表层沉积物。与模式菌株的16S序列相似性为99.725%。培养基 0471,25~28℃。

MCCC 1G00062 ←青岛科大 SB267-NF103。分离源:中国东海表层沉积物。与模式菌株的16S序列相似性为99.518%。培养基 0471,25~28℃。

MCCC 1G00065 ←青岛科大 HH099-NF102。分离源:中国黄海表层沉积物。与模式菌株的16S序列相似性为99.725%。培养基 0471,25~28℃。

MCCC 1G00068 ←青岛科大 HH126-NF101-1。分离源:中国黄海表层沉积物。与模式菌株的16S序列相似性为99.451%。培养基 0471,25~28℃。

Bacillus massiliensis Glazunova *et al*. 2006 马塞芽胞杆菌

模式菌株 *Bacillus massiliensis* 4400831(T) AY677116

MCCC 1A00013 ←海洋三所 HYC-25。分离源:厦门野生鲻鱼肠道内容物。与模式菌株相似性为99.215%。培养基 0033,28℃。

Bacillus megaterium de Bary 1884 巨大芽胞杆菌

模式菌株 *Bacillus megaterium* IAM 13418(T) D16273

MCCC 1A03704 ←海洋三所 X-62B161(A)。分离源:福建漳州龙海红树林滨螺。与模式菌株相似性为99.441%。培养基 0471,28℃。

MCCC 1A03850 ←海洋三所 9♯。分离源:南海珠江入海口富营养区表层沉积物。与模式菌株相似性为99.596%。培养基 0471,20~30℃。

MCCC 1A05587 ←海洋三所 RA-10。分离源:太平洋黑褐色块状物。与模式菌株相似性为99.394%。培养基 0471,30℃。

MCCC 1A05938 ←海洋三所 0711P6-2。分离源:印度洋深海沉积物表层。与模式菌株相似性为99%。培养基 1003,28℃。

MCCC 1A05941 ←海洋三所 0711P7-1。分离源:印度洋深海沉积物表层。与模式菌株相似性为99%。培养基 1003,28℃。

MCCC 1B00255 ←海洋一所 JZHS12。分离源:青岛胶州上层海水。与模式菌株相似性为99.63%。培养基 0471,28℃。

MCCC 1B00263 ←海洋一所 JZHS21。分离源:青岛胶州上层海水。与模式菌株相似性为100%。培养基 0471,28℃。

MCCC 1B00351 ←海洋一所 NJSX1。分离源:江苏南通底层海水。与模式菌株相似性为99.86%。培养基

0471,28℃。

MCCC 1B00376 ←海洋一所 NJSZ3。分离源:江苏南通底层海水。与模式菌株相似性为99.573%。培养基 0471,15～20℃。

MCCC 1B00498 ←海洋一所 HZDC17。分离源:山东日照深层海水。与模式菌株相似性为100%。培养基 0471,20～25℃。

MCCC 1B00559 ←海洋一所 DJHH9。分离源:威海荣成底层海水。与模式菌株相似性为99.734%。培养基 0471,20～25℃。

MCCC 1B00675 ←海洋一所 DJWH49。分离源:威海乳山底层海水。与模式菌株相似性为100%。培养基 0471,20～25℃。

MCCC 1B00965 ←海洋一所 HDC35。分离源:福建宁德河豚养殖场河豚肠道内容物。与模式菌株相似性为 100%。培养基 0471,20～25℃。

MCCC 1B01043 ←海洋一所 QJHW13。分离源:江苏盐城近海表层海水。与模式菌株相似性为100%。培养基 0471,28℃。

MCCC 1B01048 ←海洋一所 QJWW 113。分离源:威海近海表层海水。与模式菌株相似性为100%。培养基 0471,28℃。

MCCC 1B01172 ←海洋一所 BLCJ 3。分离源:浙江宁波码头表层沉积物。与模式菌株相似性为100%。培养基 0471,25℃。

MCCC 1F01015 ←厦门大学 B10。分离源:福建省漳州近海红树林表层沉积物。与模式菌株相似性为 99.731%(1481/1485)。培养基 0471,25℃。

MCCC 1F01043 ←厦门大学 M10。分离源:福建省漳州近海红树林表层沉积物。与模式菌株相似性为 99.259%(1473/1484)。培养基 0471,25℃。

MCCC 1F01110 ←厦门大学 SP80。分离源:中国东海近海表层海水。产淀粉酶。与模式菌株相似性为 99%(1479/1486)。培养基 0471,25℃。

Bacillus mojavensis Roberts *et al*. 1994 emend. Wang *et al*. 2007 莫哈韦芽胞杆菌
模式菌株 *Bacillus mojavensis* IFO 15718(T) AB021191

MCCC 1A00327 ←海洋三所 JB7。分离源:太平洋深海沉积物。甲苯降解菌。与模式菌株为100%。培养基 0472,18℃。

MCCC 1A00397 ←海洋三所 Mn26。分离源:东太平洋硅质黏土沉积物。抗二价锰。与模式菌株为100%。 培养基 0472,28℃。

MCCC 1A00437 ←海洋三所 Co28。分离源:东太平洋硅质黏土沉积物。抗二价钴。与模式菌株为 99.607%。培养基 0472,28℃。

MCCC 1A00450 ←海洋三所 Ni36。分离源:东太平洋硅质黏土沉积物。抗二价镍。与模式菌株相似性为 99.932%。培养基 0472,28℃。

MCCC 1A00485 ←海洋三所 Cr72。分离源:东太平洋深海沉积物。抗六价铬。与模式菌株相似性为100%。 培养基 0472,28℃。

MCCC 1A01320 ←海洋三所 S25-5-1。分离源:印度洋表层海水。苯系物降解菌。与模式菌株相似性为 100%。培养基 0471,25℃。

MCCC 1A05416 ←海洋三所 A1-13。分离源:南海海水。分离自石油降解菌群。与模式菌株相似性为 99.875%(799/800)。培养基 0821,28℃。

Bacillus mycoides Flügge 1886 蕈状芽胞杆菌
模式菌株 *Bacillus mycoides* ATCC 6462(T) AF155956

MCCC 1A00447 ←海洋三所 Ni2。分离源:东太平洋硅质黏土沉积物。抗二价镍。与模式菌株相似性为 100%(620/620)。培养基 0472,28℃。

Bacillus nealsonii Venkateswaran *et al*. 2003 尼氏芽胞杆菌
模式菌株 *Bacillus nealsonii* FO-92(T) AF234863

MCCC 1A04085 ←海洋三所 NH21B1。分离源:南沙海域灰色细泥。与模式菌株相似性为 99.74%。培养基 0821,25℃。

MCCC 1A04188 ←海洋三所 NH53-P2。分离源:南沙海域灰色细泥。与模式菌株相似性为 99.738%(794/796)。培养基 0821,25℃。

MCCC 1A04298 ←海洋三所 T5I。分离源:西南太平洋土灰色沉积物上覆水。分离自石油降解菌群。与模式菌株相似性为 99.573%。培养基 0821,28℃。

MCCC 1A05699 ←海洋三所 NH56K。分离源:南沙海域浅黄色泥质。与模式菌株相似性为 99.481%。培养基 0821,25℃。

MCCC 1F01193 ←厦门大学 FDZ1-21。分离源:深圳塔玛亚历山大藻培养液。与模式菌株相似性为 99.752%(1207/1210)。培养基 0471,25℃。

Bacillus niabensis Kwon *et al.* 2007 农研所芽胞杆菌

模式菌株 *Bacillus niabensis* 4T19(T) AY998119

MCCC 1A02287 ←海洋三所 S8-8。分离源:大西洋表层海水。与模式菌株相似性为 99.392%。培养基 0745,28℃。

MCCC 1B00721 ←海洋一所 CJBH3。分离源:威海荣成表层海水。与模式菌株相似性为 99.068%。培养基 0471,20~25℃。

MCCC 1B00737 ←海洋一所 CJHH2。分离源:烟台海阳表层海水。与模式菌株相似性为 98.021%。培养基 0471,20~25℃。

Bacillus niacini Nagel and Andreesen 1991 烟酸芽胞杆菌

模式菌株 *Bacillus niacini* IFO 15566(T) AB021194

MCCC 1A03270 ←DSM 2923。=IFO 15566 =NBRC 15566 =DSM 2923。模式菌株。培养基 0471,28℃。

MCCC 1A03360 ←海洋三所 102C2-6。分离源:东太平洋深海沉积物表层。与模式菌株相似性为 99%。培养基 0471,28℃。

MCCC 1A04018 ←海洋三所 NH5G。分离源:南沙海域浅灰色泥质沉积物。与模式菌株相似性为 99.738%。培养基 0821,25℃。

MCCC 1A04081 ←海洋三所 NH21E1。分离源:南沙海域灰色细泥。与模式菌株相似性为 99.867%。培养基 0821,25℃。

MCCC 1A04490 ←海洋三所 NH21D。分离源:南沙海域表层沉积物。分离自石油降解菌群。与模式菌株相似性为 99.869%。培养基 0821,25℃。

Bacillus odysseyi La Duc *et al.* 2004 奥德赛芽胞杆菌

模式菌株 *Bacillus odysseyi* 34hs-1(T) AF526913

MCCC 1A04026 ←海洋三所 NH7M1。分离源:南海灰白色泥质沉积物。与模式菌株相似性为 99.214%。培养基 0821,25℃。

MCCC 1A04530 ←海洋三所 NH21G1。分离源:南沙海域表层沉积物。与模式菌株相似性为 99.214%。培养基 0821,25℃。

MCCC 1A05723 ←海洋三所 NH5F。分离源:南沙海域浅灰色泥质沉积物。与模式菌株相似性为 99.87%(806/807)。培养基 0821,25℃。

Bacillus okhensis Nowlan *et al.* 2006 奥哈芽胞杆菌

模式菌株 *Bacillus okhensis* Kh10-101(T) DQ026060

MCCC 1G00160 ←青岛科大 HH220 上-1。分离源:中国黄海下层海水。与模式菌株相似性为 99.307%。培养基 0471,25~28℃。

Bacillus oshimensis Yumoto *et al.* 2005 大岛芽胞杆菌

模式菌株 *Bacillus oshimensis* K11(T) AB188090

MCCC 1A02396　←海洋三所 S7-9-2。分离源：大西洋表层海水。与模式菌株相似性为 99.559%。培养基 0745,28℃。

MCCC 1A02442　←海洋三所 S18-18。分离源：大西洋表层海水。与模式菌株相似性为 98.86%。培养基 0745,28℃。

Bacillus pocheonensis Ten *et al.* 2007 抱川芽胞杆菌

模式菌株 *Bacillus pocheonensis* Gsoil 420(T) AB245377

MCCC 1A02822　←海洋三所 IM18。分离源：黄海上层海水。分离自石油降解菌群。与模式菌株相似性为 98.611%(810/827)。培养基 0472,25℃。

MCCC 1A02826　←海洋三所 IM25。分离源：黄海上层海水。分离自石油降解菌群。与模式菌株相似性为 98.492%(818/832)。培养基 0472,25℃。

Bacillus pseudofirmus Nielsen *et al.* 1995 假坚强芽胞杆菌

模式菌株 *Bacillus pseudofirmus* DSM 8715(T) X76439

MCCC 1A03355　←海洋三所 102C2-1。分离源：东太平洋深海沉积物表层。与模式菌株相似性为 99%。培养基 0471,28℃。

MCCC 1A05928　←海洋三所 0707S5-1。分离源：印度洋深海沉积物表层。与模式菌株相似性为 99%。培养基 1003,28℃。

Bacillus pumilus Meyer and Gottheil 1901 短小芽胞杆菌

模式菌株 *Bacillus pumilus* DSM 27(T) AY456263

MCCC 1A03658　←海洋三所 X-2B66。分离源：福建漳州龙海红树林小蟹内脏。抗部分细菌。培养基 0471,28℃。

MCCC 1A03702　←海洋三所 X-84B59。分离源：福建漳州龙海红树林根。抗部分细菌。培养基 0471,28℃。

MCCC 1A05787　←海洋三所 NH7I_1。分离源：南沙海域灰白色泥质沉积物。与模式菌株相似性为 99.868%(788/789)。培养基 0821,25℃。

Bacillus safensis Satomi *et al.* 2006 沙福芽胞杆菌

模式菌株 *Bacillus safensis* FO-036b(T) AF234854

MCCC 1A00023　←海洋三所 HYg-9。分离源：厦门野生鲻鱼肠道内容物。与模式菌株相似性为 100%。培养基 0033,28℃。

MCCC 1A00439　←海洋三所 Co21。分离源：东太平洋硅质黏土沉积物。抗二价钴。与模式菌株相似性为 99.869%。培养基 0472,28℃。

MCCC 1A01720　←海洋三所 39(AW2-wp)。分离源：东太平洋深海硅质黏土沉积物。与模式菌株相似性为 99.93%。培养基 0471,20～25℃。

MCCC 1A03657　←海洋三所 X-61B301。分离源：福建漳州东山潮间带泥。抗部分细菌。与模式菌株相似性为 99.507%。培养基 0471,28℃。

MCCC 1A04526　←海洋三所 NH21E_2。分离源：南沙海域表层沉积物。与模式菌株相似性为 100%。培养基 0821,25℃。

MCCC 1A05679　←海洋三所 NH6C。分离源：南沙海域表层沉积物。与模式菌株为 100%。培养基 0821,25℃。

MCCC 1A05840　←海洋三所 B204-B1-5。分离源：南沙海域浅黄色泥质。分离自石油降解菌群。与模式菌株相似性为 100%。培养基 0821,25℃。

MCCC 1A05860　←海洋三所 BMJ03-B1-22。分离源：南沙海域黄色泥质。分离自石油降解菌群。与模式菌株相似性为 99.868%。培养基 0821,25℃。

MCCC 1B00213　←海洋一所 YACS13。分离源：青岛上层海水。与模式菌株相似性为 100%。培养基 0471,20～25℃。

MCCC 1B00301　←海洋一所 YACN14。分离源：青岛近海沉积物。与模式菌株相似性为 100%。培养基

0471,20～25℃。

MCCC 1B00673　←海洋一所 DJWH42。分离源:威海乳山次表层海水。与模式菌株相似性为100%。培养基 0471,20～25℃。

MCCC 1B01038　←海洋一所 QJHW03。分离源:江苏盐城近海表层海水。与模式菌株 *B. safensis* FO-036b(T) AF234854 相似性为100%。培养基 0471,28℃。

MCCC 1F01180　←厦门大学 SCSS10。分离源:南海表层沉积物。与模式菌株相似性为100%(1434/1434)。培养基 0471,25℃。

Bacillus selenatarsenatis Yamamura *et al.* 2007 硒砷芽胞杆菌
模式菌株 *Bacillus selenatarsenatis* SF-1(T) AB262082

MCCC 1B00389　←海洋一所 HZBN22。分离源:山东日照表层沉积物。与模式菌株相似性为99.897%。培养基 0471,20～25℃。

MCCC 1B00549　←海洋一所 DJHH72。分离源:烟台海阳次表层海水。与模式菌株相似性为100%。培养基 0471,20～25℃。

MCCC 1B00558　←海洋一所 HZBN43。分离源:山东日照表层沉积物。与模式菌株相似性为100%。培养基 0471,20～25℃。

MCCC 1B01059　←海洋一所 QNSW7。分离源:江苏盐城海底泥沙。与模式菌株相似性为99.758%。培养基 0471,28℃。

MCCC 1B01074　←海洋一所 QNSW41。分离源:江苏盐城海底泥沙。与模式菌株相似性为99.879%。培养基 0471,28℃。

MCCC 1B01075　←海洋一所 QNSW44。分离源:江苏盐城海底泥沙。与模式菌株相似性为99.879%。培养基 0471,28℃。

MCCC 1B01080　←海洋一所 QNSW58。分离源:江苏盐城海底泥沙。与模式菌株相似性为99.878%。培养基 0471,28℃。

Bacillus shackletonii Logan *et al.* 2004 沙氏芽胞杆菌
模式菌株 *Bacillus shackletonii* LMG 18435(T) AJ250318

MCCC 1A04075　←海洋三所 NH20B。分离源:南沙海域土黄色泥质。与模式菌株相似性为98.862%。培养基 0821,25℃。

MCCC 1A04176　←海洋三所 NH19B。分离源:南沙海域表层沉积物。与模式菌株相似性为98.836%。培养基 0821,25℃。

Bacillus silvestris Rheims *et al.* 1999 森林芽胞杆菌
模式菌株 *Bacillus silvestris* HR3-23(T) AJ006086

MCCC 1A02794　←海洋三所 II22。分离源:中国近海上层海水。分离自石油降解菌群。与模式菌株相似性为100%(830/830)。培养基 0472,25℃。

Bacillus simplex Priest *et al.* 1989 emend. Heyrman *et al.* 2005 简单芽胞杆菌
模式菌株 *Bacillus simplex* NBRC 15720(T) AB363738

MCCC 1A00393　←海洋三所 Mn53。分离源:东太平洋硅质黏土沉积物。抗二价锰。与模式菌株相似性为100%(689/689)。培养基 0472,28℃。

MCCC 1A01871　←海洋三所 SS-1。分离源:南海沉积物。与模式菌株相似性为99.796%。培养基 0471,20℃。

MCCC 1C00276　←极地中心 S11-10。分离源:北冰洋表层沉积物。与模式菌株相似性为99.729%。培养基 0471,15℃。

Bacillus sonorensis Palmisano *et al.* 2001 索诺拉沙漠芽胞杆菌
模式菌株 *Bacillus sonorensis* NRRL B-23154(T) AF302118

MCCC 1A02218　←海洋三所 37-2-2-1。分离源:厦门近海表层海水。降解二苯并噻吩。与模式菌株相似性为 100%。培养基 0472,28~50℃。

MCCC 1A02553　←海洋三所 DY68。分离源:印度洋热液区深海沉积物。与模式菌株相似性为 100%。培养基 0823,55℃。

MCCC 1A02579　←海洋三所 S3。分离源:东太平洋热液区深海沉积物。与模式菌株相似性为 99.359%。培养基 0823,55℃。

MCCC 1A02587　←海洋三所 S5。分离源:东太平洋热液区深海沉积物。与模式菌株相似性为 99.29%。培养基 0823,55℃。

Bacillus sporothermodurans Petterson *et al.* 1996 耐热芽胞杆菌

模式菌株 *Bacillus sporothermodurans* M215(T) U49079

MCCC 1A05725　←海洋三所 NH5J。分离源:南沙海域浅灰色泥质沉积物。与模式菌株相似性为 98.705%。培养基 0821,25℃。

Bacillus stratosphericus Shivaji *et al.* 2006 同温层芽胞杆菌

模式菌株 *Bacillus stratosphericus* 41KF2a(T) AJ831841

MCCC 1B00229　←海洋一所 YACS30。分离源:青岛上层海水。与模式菌株相似性为 100%。培养基 0471,20~25℃。

MCCC 1B00247　←海洋一所 HZDC53。分离源:山东日照深层海水。与模式菌株相似性为 100%。培养基 0471,20~25℃。

MCCC 1B00254　←海洋一所 JZHS11。分离源:青岛胶州上层海水。与模式菌株相似性为 100%。培养基 0471,28℃。

MCCC 1B00270　←海洋一所 JZHS28。分离源:青岛胶州上层海水。与模式菌株相似性为 100%。培养基 0471,28℃。

MCCC 1B00271　←海洋一所 JZHS29。分离源:青岛胶州上层海水。与模式菌株相似性为 100%。培养基 0471,28℃。

MCCC 1B00375　←海洋一所 NJSZ2。分离源:江苏南通底层海水。与模式菌株相似性为 100%。培养基 0471,15~20℃。

MCCC 1B00479　←海洋一所 QJJN 64。分离源:青岛胶南近海次表层海水。与模式菌株相似性为 99.853%。培养基 0471,20~25℃。

MCCC 1B00544　←海洋一所 DJHH56。分离源:烟台海阳表层海水。与模式菌株相似性为 99.882%。培养基 0471,20~25℃。

MCCC 1B00553　←海洋一所 DJHH77。分离源:烟台海阳底层海水。与模式菌株相似性为 100%。培养基 0471,20~25℃。

MCCC 1B00563　←海洋一所 DJHH52-1。分离源:烟台海阳表层海水。与模式菌株相似性为 100%。培养基 0471,20~25℃。

MCCC 1B00598　←海洋一所 DJCJ40。分离源:江苏南通如东底层海水。与模式菌株相似性为 100%。培养基 0471,20~25℃。

MCCC 1B00603　←海洋一所 DJWH5。分离源:江苏盐城滨海表层海水。与模式菌株相似性为 100%。培养基 0471,20~25℃。

MCCC 1B00738　←海洋一所 CJHH6。分离源:烟台海阳次表层海水。与模式菌株相似性为 100%。培养基 0471,20~25℃。

MCCC 1B00762　←海洋一所 QJHH18。分离源:烟台海阳次表层海水。与模式菌株相似性为 100%。培养基 0471,20~25℃。

MCCC 1B01066　←海洋一所 QNSW19-2。分离源:江苏盐城海底泥沙。与模式菌株相似性为 100%。培养基 0471,28℃。

MCCC 1B01175　←海洋一所 BLDJ 2。分离源:浙江宁波码头表层沉积物。与模式菌株相似性为 99.512%。培养基 0471,25℃。

Bacillus subterraneus Kanso *et al.* 2002 地下芽胞杆菌

模式菌株 *Bacillus subterraneus* COOI3B(T) AY672638

MCCC 1A05722 ←海洋三所 NH5C。分离源:南沙海域浅灰色泥质沉积物。与模式菌株相似性为 99.749%。培养基 0821,25℃。

Bacillus subtilis (Ehrenberg 1835) Cohn 1872 枯草芽胞杆菌

模式菌株 *Bacillus subtilis* subsp. *subtilis* NBRC 13719(T) AB271744

MCCC 1A00016 ←海洋三所 HYg-2。分离源:厦门野生鲻鱼肠道内容物。与模式菌株相似性为 100%。培养基 0033,28℃。

MCCC 1A00019 ←海洋三所 HYg-5。分离源:厦门野生鲻鱼肠道内容物。与模式菌株相似性为 100%。培养基 0033,28℃。

MCCC 1A00140 ←海洋三所 M-1。分离源:厦门表层污水。石油、柴油等烷烃类物质降解菌。与模式菌株相似性为 99.587%。培养基 0033,28℃。

MCCC 1A00142 ←海洋三所 B-6。分离源:中国渤海湾有石油污染历史的表层海水。石油、柴油等烷烃类物质降解菌。与模式菌株相似性为 99.518%。培养基 0033,28℃。

MCCC 1A00206 ←海洋三所 B-2。分离源:中国渤海湾有石油污染历史的表层海水。石油、柴油等烷烃类物质降解菌。与模式菌株 *B. subtilis* NRRL B-23049(T) AF074970 相似性为 99.496%。培养基 0033,28℃。

MCCC 1A00328 ←海洋三所 LB1。分离源:厦门近海表层海水。降解苯、甲苯、乙苯和对二甲苯。与模式菌株 *B. subtilis* subsp. *spizizenii* NRRL B-23049(T) AF074970 相似性为 99.632%。培养基 0472,28℃。

MCCC 1A02469 ←海洋三所 mj01-PW1-OH24。分离源:南沙近海岛礁附近下层海水。分离自石油降解菌群。与模式菌株相似性为 100%。培养基 0472,25℃。

MCCC 1A03189 ←海洋三所 JB5。分离源:太平洋深海沉积物。降解苯和甲苯。与模式菌株 *B. subtilis* NRRL B-23049(T) AF074970 相似性为 99.708%。培养基 0472,18℃。

MCCC 1A03684 ←海洋三所 X-47By140。分离源:福建石狮海水表层水母。抗部分细菌。培养基 0471,28℃。

MCCC 1A03872 ←海洋三所 23#。分离源:南海珠江入海口富营养区表层沉积物。与模式菌株相似性为 99.932%。培养基 0471,20~30℃。

MCCC 1A04045 ←海洋三所 NH8R。分离源:南沙灰白色泥质。与模式菌株相似性为 100%(773/773)。培养基 0821,25℃。

MCCC 1A05680 ←海洋三所 NH3T。分离源:南沙黄褐色沙质沉积物。与模式菌株相似性为 100%(708/708)。培养基 0821,25℃。

MCCC 1A05726 ←海洋三所 NH45O。分离源:南沙表层沉积物。与模式菌株相似性为 100%。培养基 0821,25℃。

MCCC 1A05947 ←海洋三所 0712C9-4。分离源:印度洋深海沉积物表层。与模式菌株 *B. subtilis* subsp. *spizizenii* NRRL B-23049(T) AF074970 相似性为 99%。培养基 1003,28℃。

Bacillus thioparans Pérez-Ibarra *et al.* 2007 产硫芽胞杆菌

模式菌株 *Bacillus thioparans* BMP-1(T) DQ371431

MCCC 1A02397 ←海洋三所 S7-18。分离源:大西洋表层海水。与模式菌株相似性为 100%。培养基 0745,28℃。

MCCC 1A04187 ←海洋三所 NH53M1。分离源:南沙海域灰色细泥。与模式菌株相似性为 99.476%。培养基 0821,25℃。

MCCC 1A04195 ←海洋三所 NH55L。分离源:南沙海域泻湖珊瑚沙。与模式菌株相似性为 99.872%。培养基 0821,25℃。

MCCC 1A04643 ←海洋三所 NH24Q。分离源:南沙海域表层沉积物。与模式菌株相似性为 99.868%。培养基 0821,25℃。

Bacillus vietnamensis Noguchi *et al.* 2004 越南芽胞杆菌

模式菌株 *Bacillus vietnamensis* 15-1(T) AB099708

MCCC 1A00027 ←海洋三所 BM-9。分离源:厦门海水养殖场比目鱼肠道内容物。与模式菌株相似性为99.869%。培养基 0033,28℃。

MCCC 1A00033 ←海洋三所 YY-1。分离源:厦门养鱼池底泥。以硝酸根作为电子受体分离。与模式菌株相似性为99.607%。培养基 0033,28℃。

MCCC 1A00035 ←海洋三所 YY-3。分离源:厦门养鱼池底泥。以硝酸根作为电子受体分离。与模式菌株相似性为99.738%。培养基 0033,28℃。

MCCC 1A00421 ←海洋三所 02Co-2。分离源:太平洋深海沉积物。抗二价钴。与模式菌株相似性为99.733%(784/786)。培养基 0472,28℃。

MCCC 1A01145 ←海洋三所 4。分离源:印度洋深海热液口沉积物。分离自环己酮降解菌群。与模式菌株相似性为99.843%。培养基 0472,25℃。

MCCC 1A03429 ←海洋三所 8WB8。分离源:南沙海域表层海水。与模式菌株相似性为100%。培养基 0471,25℃。

MCCC 1B00256 ←海洋一所 JZHS13。分离源:青岛胶州上层海水。与模式菌株相似性为100%。培养基 0471,28℃。

MCCC 1B00784 ←海洋一所 CJNY12。分离源:江苏盐城射阳表层沉积物。与模式菌株相似性为99.625%。培养基 0471,20～25℃。

MCCC 1B01070 ←海洋一所 QNSW29。分离源:江苏盐城海底泥沙。与模式菌株相似性为99.523%。培养基 0471,28℃。

MCCC 1B01176 ←海洋一所 BLDJ 4。分离源:浙江宁波码头表层沉积物。与模式菌株相似性为99.757%。培养基 0471,25℃。

Bacillus sp. Cohn 1872 芽胞杆菌

MCCC 1A00006 ←海洋三所 HYC-8。分离源:厦门野生鲻鱼肠道内容物。与模式菌株 *B. megaterium* IAM 13418(T) D16273 相似性为99.876%。培养基 0033,28℃。

MCCC 1A00008 ←海洋三所 HYC-10。分离源:厦门野生鲻鱼肠道内容物。与模式菌株 *B. stratosphericus* 41KF2a(T) AJ831841 相似性为99.875%。培养基 0033,28℃。

MCCC 1A00009 ←海洋三所 HYC-12。分离源:厦门野生鲻鱼肠道内容物。与模式菌株 *B. stratosphericus* 41KF2a(T) AJ831841 相似性为99.869%。培养基 0033,28℃。

MCCC 1A00011 ←海洋三所 HYC-21。分离源:厦门轮渡码头捕捞的野生鲻鱼肠道内容物。与模式菌株 *B. stratosphericus* 41KF2a(T) AJ831841 相似性为99.751%。培养基 0033,28℃。

MCCC 1A00015 ←海洋三所 HYC-29。分离源:厦门轮渡码头捕捞的野生鲻鱼肠道内容物。与模式菌株 *B. barbaricus* V2-BIII-A2(T) AJ422145 相似性为97.318%。培养基 0033,28℃。

MCCC 1A00018 ←海洋三所 HYg-4。分离源:厦门野生鲻鱼肠道内容物。与模式菌株 *B. vallismortis* DSM 11031(T) AB021198 相似性为99.751%。培养基 0033,28℃。

MCCC 1A00020 ←海洋三所 HYg-6。分离源:厦门野生鲻鱼肠道内容物。与模式菌株 *B. megaterium* IAM 13418(T) D16273 相似性为99.751%。培养基 0033,28℃。

MCCC 1A00024 ←海洋三所 HYg-10。分离源:厦门野生鲻鱼肠道内容物。与模式菌株 *B. stratosphericus* 41KF2a(T) AJ831841 相似性为100%。培养基 0033,28℃。

MCCC 1A00050 ←海洋三所 HC11-3。分离源:厦门海水养殖场捕捞的黄翅鱼肠道内容物。与模式菌株 *B. stratosphericus* 41KF2a(T) AJ831841 相似性为100%。培养基 0033,28℃。

MCCC 1A00058 ←海洋三所 HC21-3。分离源:厦门海水养殖场捕捞的黄翅鱼肠道内容物。与模式菌株 *B. stratosphericus* 41KF2a(T) AJ831841 相似性为99.638%。培养基 0033,28℃。

MCCC 1A00112 ←海洋三所 HC21-A。分离源:厦门海水养殖场捕捞的黄翅鱼肠道内容物。与模式菌株 *B. stratosphericus* 41KF2a(T) AJ831841 相似性为99.878%。培养基 0033,26℃。

MCCC 1A00114 ←海洋三所 HYG-16。分离源:厦门思明区近海轮渡码头野生鲻鱼肠道内容物。与模式菌株 *B. stratosphericus* 41KF2a(T) AJ831841 相似性为100%。培养基 0033,28℃。

MCCC 1A00115 ←海洋三所 HYG-17。分离源:厦门近海表层海水。与模式菌株 *B. stratosphericus* 41KF2a (T) AJ831841 相似性为 99.751%。培养基 0033,28℃。

MCCC 1A00116 ←海洋三所 HYG-19。分离源:厦门轮渡码头捕捞的野生鲻鱼肠道内容物。与模式菌株 *B. massiliensis* 4400831(T) AY677116 相似性为 98.132%。培养基 0033,28℃。

MCCC 1A00117 ←海洋三所 HYG-21。分离源:厦门轮渡码头捕捞的野生鲻鱼肠道内容物。与模式菌株 *B. massiliensis* 4400831(T) AY677116 相似性为 97.103%。培养基 0033,28℃。

MCCC 1A00118 ←海洋三所 HYG-22。分离源:厦门近海表层海水。与模式菌株 *B. stratosphericus* 41KF2a (T) AJ831841 相似性为 99.627%。培养基 0033,28℃。

MCCC 1A00156 ←海洋三所 Cu39。分离源:东太平洋硅质黏土沉积物。抗二价铜。与模式菌株 *B. stratosphericus* 41KF2a(T) AJ831841 相似性为 99.773%。培养基 0472,28℃。

MCCC 1A00211 ←海洋三所 Cr41。分离源:东太平洋硅质黏土沉积物。抗六价铬。与模式菌株相似性为 100%(600/600)。培养基 0472,28℃。

MCCC 1A00242 ←海洋三所 Cr20。分离源:东太平洋硅质黏土沉积物。抗六价铬。与模式菌株 *B. stratosphericus* 41KF2a(T) AJ831841 相似性为 99.833%。培养基 0472,28℃。

MCCC 1A00249 ←海洋三所 Cr30。分离源:太平洋深海沉积物。抗六价铬。与模式菌株 *B. stratosphericus* 41KF2a(T) AJ831841 相似性为 100%。培养基 0472,28℃。

MCCC 1A00266 ←海洋三所 Cr35。分离源:太平洋深海沉积物。抗六价铬。与模式菌株 *B. weihenstephanensis* WSBC 10204(T) Z84578 相似性为 100%。培养基 0472,28℃。

MCCC 1A00268 ←海洋三所 Cr38。分离源:太平洋深海沉积物。抗六价铬。与模式菌株 *B. weihenstephanensis* WSBC 10204(T) Z84578 相似性为 100%。培养基 0472,28℃。

MCCC 1A00272 ←海洋三所 Cr42。分离源:东太平洋硅质黏土沉积物。抗六价铬。与模式菌株相似性为 100%(597/597)。培养基 0472,28℃。

MCCC 1A00273 ←海洋三所 Cr47。分离源:太平洋深海沉积物。抗六价铬。与模式菌株 *B. stratosphericus* 41KF2a(T) AJ831841 相似性为 99.168%。培养基 0472,28℃。

MCCC 1A00325 ←海洋三所 MA16F。分离源:大西洋深海底层海水。分离自石油降解菌群。与模式菌株 *B. aquimaris* TF-12(T) AF483625 相似性为 98.165%。培养基 0471,25℃。

MCCC 1A00374 ←海洋三所 R3-1。分离源:印度洋深海底层水样。分离自石油降解菌群。与模式菌株 *B. stratosphericus* 41KF2a(T) AJ831841 相似性为 99.932%。培养基 0471,25℃。

MCCC 1A00399 ←海洋三所 Mn62。分离源:东太平洋硅质黏土沉积物。抗二价锰。与模式菌株 *B. stratosphericus* 41KF2a(T) AJ831841 相似性为 99.605%。培养基 0472,28℃。

MCCC 1A00400 ←海洋三所 Mn48。分离源:太平洋硅质黏土。抗二价锰。与模式菌株 *B. stratosphericus* 41KF2a(T) AJ831841 相似性为 99.848%。培养基 0472,28℃。

MCCC 1A00401 ←海洋三所 Mn12。分离源:东太平洋硅质黏土沉积物。抗二价锰。与模式菌株 *B. stratosphericus* 41KF2a(T) AJ831841 相似性为 99.868%。培养基 0472,28℃。

MCCC 1A00402 ←海洋三所 Mn54。分离源:太平洋硅质黏土。抗二价锰。与模式菌株 *B. stratosphericus* 41KF2a(T) AJ831841 相似性为 99.476%。培养基 0472,28℃。

MCCC 1A00403 ←海洋三所 Mn50。分离源:太平洋硅质黏土。抗二价锰。与模式菌株 *B. stratosphericus* 41KF2a(T) AJ831841 相似性为 99.208%。培养基 0472,28℃。

MCCC 1A00412 ←海洋三所 NHCd5-4。分离源:南海海底沉积物。抗二价镉。与模式菌株 *B. stratosphericus* 41KF2a(T) AJ831841 相似性为 99.866%。培养基 0472,28℃。

MCCC 1A00420 ←海洋三所 02Co-3。分离源:西太平洋暖池区深海沉积物。抗二价钴。与模式菌株 *B. stratosphericus* 41KF2a(T) AJ831841 相似性为 99.664%。培养基 0472,28℃。

MCCC 1A00432 ←海洋三所 Co15。分离源:东太平洋硅质黏土沉积物。抗二价钴。与模式菌株 *B. weihenstephanensis* WSBC 10204(T) Z84578 相似性为 100%。培养基 0472,28℃。

MCCC 1A00433 ←海洋三所 Co88。分离源:东太平洋硅质黏土沉积物。抗二价钴。与模式菌株 *B. megaterium* IAM 13418(T) D16273 相似性为 99.573%(805/807)。培养基 0472,28℃。

MCCC 1A00434 ←海洋三所 Co23。分离源:东太平洋硅质黏土沉积物。抗二价钴。与模式菌株相似性为 100%。培养基 0472,28℃。

MCCC 1A00435 ←海洋三所 Co22。分离源:东太平洋硅质黏土沉积物。抗二价钴。与模式菌株相似性为 100%。培养基 0472,28℃。

MCCC 1A00438 ←海洋三所 Co25。分离源:东太平洋硅质黏土沉积物。抗二价钴。与模式菌株 *B. stratosphericus* 41KF2a(T) AJ831841 相似性为 99.736%。培养基 0472,28℃。

MCCC 1A00440 ←海洋三所 Co11。分离源:东太平洋硅质黏土沉积物。抗二价钴。与模式菌株 *B. stratosphericus* 41KF2a(T) AJ831841 相似性为 99.215%。培养基 0472,28℃。

MCCC 1A00448 ←海洋三所 Ni27。分离源:东太平洋硅质黏土沉积物。抗二价镍。与模式菌株 *B. stratosphericus* 41KF2a(T) AJ831841 相似性为 99.605%。培养基 0472,28℃。

MCCC 1A00449 ←海洋三所 Ni4。分离源:东太平洋硅质黏土沉积物。抗二价镍。与模式菌株 *B. stratosphericus* 41KF2a(T) AJ831841 相似性为 99.606%。培养基 0472,28℃。

MCCC 1A00463 ←海洋三所 Pb67。分离源:东太平洋硅质黏土沉积物。抗二价铅。与模式菌株 *B. megaterium* IAM 13418(T) D16273 相似性为 99.211%(805/807)。培养基 0472,28℃。

MCCC 1A00464 ←海洋三所 Pb52。分离源:东太平洋硅质黏土沉积物。抗二价铅。与模式菌株 *B. megaterium* IAM 13418(T) D16273 相似性为 99.746%(805/807)。培养基 0472,28℃。

MCCC 1A00466 ←海洋三所 Pb29。分离源:东太平洋硅质黏土沉积物。抗二价铅。与模式菌株 *B. stratosphericus* 41KF2a(T) AJ831841 相似性为 99.605%。培养基 0472,28℃。

MCCC 1A00467 ←海洋三所 Pb34。分离源:东太平洋硅质黏土沉积物。抗二价铅。与模式菌株 *B. stratosphericus* 41KF2a(T) AJ831841 相似性为 99.605%。培养基 0472,28℃。

MCCC 1A00468 ←海洋三所 Pb71。分离源:东太平洋硅质黏土沉积物。抗二价铅。与模式菌株 *B. stratosphericus* 41KF2a(T) AJ831841 相似性为 99.474%。培养基 0472,28℃。

MCCC 1A00482 ←海洋三所 Cr61。分离源:东太平洋硅质黏土沉积物。抗六价铬。与模式菌株 *B. stratosphericus* 41KF2a(T) AJ831841 相似性为 100%。培养基 0472,28℃。

MCCC 1A00484 ←海洋三所 Cr75。分离源:东太平洋硅质黏土沉积物。抗六价铬。与模式菌株 *B. stratosphericus* 41KF2a(T) AJ831841 相似性为 100%。培养基 0472,28℃。

MCCC 1A00577 ←海洋三所 3026。分离源:东太平洋深海沉积物。与模式菌株 *B. cereus* IAM 12605(T) D16266 相似度为 99.458%。培养基 0471,4~20℃。

MCCC 1A00594 ←海洋三所 4048。分离源:东太平洋棕褐色硅质软泥。与模式菌株 *B. cereus* IAM 12605(T) D16266 相似度为 99.323%。培养基 0471,4~20℃。

MCCC 1A00732 ←海洋三所 4049。分离源:东太平洋棕褐色硅质软泥。与模式菌株 *B. anthracis* ATCC 14578(T) AB190217 相似度为 94.371%。培养基 0471,4~20℃。

MCCC 1A00782 ←海洋三所 4012。分离源:东太平洋深海沉积物。与模式菌株 *B. safensis* FO-036b(T) AF234854 相似度为 99.719%。培养基 0471,4~20℃。

MCCC 1A00794 ←海洋三所 4021。分离源:东太平洋棕褐色硅质软泥。与模式菌株 *B. hwajinpoensis* SW-72(T) AF541966 相似度为 99.596%。培养基 0471,4~20℃。

MCCC 1A00841 ←海洋三所 B-2012。分离源:西太平洋暖池区沉积物深层。与模式菌株 *B. thuringiensis* IAM 12077(T)(D16281)相似性为 99.497%。培养基 0471,4℃。

MCCC 1A00843 ←海洋三所 B-2016。分离源:西太平洋暖池区沉积物深层。与模式菌株 *B. vietnamensis* 15-1(T)(AB099708)相似性为 99.054%。培养基 0471,4℃。

MCCC 1A00894 ←海洋三所 B-5161。分离源:东太平洋深海沉积物。与模式菌株 *B. vietnamensis* 15-1(T)(AB099708)相似性为 96.392%。培养基 0471,4℃。

MCCC 1A00896 ←海洋三所 B-2019。分离源:西太平洋暖池区沉积物深层。与模式菌株 *B. aquimaris* TF-12(T)(AF483625)相似性为 99.488%。培养基 0471,20℃。

MCCC 1A00922 ←海洋三所 B-3011。分离源:东太平洋水体底层。与模式菌株 *B. amyloliquefaciens* ATCC 23350(X60605)相似性为 99.554%。培养基 0471,4℃。

MCCC 1A01044 ←海洋三所 PA1A。分离源:印度洋深海底层水样。分离自多环芳烃降解菌群。与模式菌株 *B. stratosphericus* 41KF2a(T) AJ831841 相似性为 99.932%。培养基 0472,25℃。

MCCC 1A01364 ←海洋三所 8-C-1。分离源:厦门近岸表层海水。与模式菌株 *B. stratosphericus* 41KF2a(T) AJ831841 相似性为 100%。培养基 0472,28℃。

MCCC 1A01381 ← 海洋三所 S70-5-12。分离源:印度洋表层海水。苯系物降解菌。与模式菌株 *B. stratosphericus* 41KF2a(T) AJ831841 相似性为 100%。培养基 0471,25℃。

MCCC 1A01415 ←海洋三所 L29。分离源:南海深海沉积物。分离自石油降解菌群。与模式菌株 *B. fortis* R-6514(T) AY443038 相似性为 97.981%。培养基 0745,26℃。

MCCC 1A01865 ←海洋三所 EP15。分离源:东太平洋深海沉积物。与模式菌株 *B. vietnamensis* 15-1(T) AB099708 相似性为 99.492%。培养基 0471,20℃。

MCCC 1A01914 ← 海洋三所 NJ-82。分离源:南极土壤。与模式菌株 *B. stratosphericus* 41KF2a(T) AJ831841 相似性为 99.868%。培养基 0033,20~25℃。

MCCC 1A01917 ← 海洋三所 NJ-9。分离源:南极土壤。与模式菌株 *B. stratosphericus* 41KF2a(T) AJ831841 相似性为 99.801%。培养基 0033,20~25℃。

MCCC 1A02129 ←海洋三所 N35-10-9。分离源:南海深海沉积物。十六烷降解菌。与模式菌株 *B. infernus* TH-23(T) U20385 相似性为 96.839%。培养基 0745,26℃。

MCCC 1A02220 ←海洋三所 DBT-1。分离源:南海沉积物。降解二苯并噻吩。与模式菌株 *B. stratosphericus* 41KF2a(T) AJ831841 相似性为 97.34%。培养基 0472,28℃。

MCCC 1A02226 ←海洋三所 2-1。分离源:印度洋深海热液口沉积物。降解二苯并噻吩。与模式菌株 *B. vallismortis* DSM 11031(T) AB021198 相似性为 100%。培养基 0472,50℃。

MCCC 1A02227 ←海洋三所 7-3-1。分离源:印度洋深海热液口沉积物。降解二苯并噻吩。与模式菌株 *B. stratosphericus* 41KF2a(T) AJ831841 相似性为 100%。培养基 0472,50℃。

MCCC 1A02380 ←海洋三所 S6-12。分离源:大西洋表层海水。与模式菌株 *B. megaterium* IAM 13418(T) D16273 相似性为 100%。培养基 0745,28℃。

MCCC 1A02395 ←海洋三所 S7-8。分离源:大西洋表层海水。与模式菌株 *B. megaterium* IAM 13418(T) D16273 相似性为 99.836%。培养基 0745,28℃。

MCCC 1A02399 ←海洋三所 S12-11。分离源:大西洋表层海水。与模式菌株 *B. megaterium* IAM 13418(T) D16273 相似性为 100%。培养基 0745,28℃。

MCCC 1A02429 ←海洋三所 S14-7。分离源:大西洋表层海水。与模式菌株 *B. megaterium* IAM 13418(T) D16273 相似性为 100%。培养基 0745,28℃。

MCCC 1A02438 ←海洋三所 S16-12-2。分离源:大西洋表层海水。与模式菌株 *B. megaterium* IAM 13418 (T) D16273 相似性为 100%。培养基 0745,28℃。

MCCC 1A02441 ←海洋三所 S18-13。分离源:大西洋表层海水。与模式菌株 *B. megaterium* IAM 13418(T) D16273 相似性为 100%。培养基 0745,28℃。

MCCC 1A02467 ←海洋三所 DSD-PW4-OH8。分离源:南沙海域近海海水底层。分离自石油降解菌群。与模式菌株 *B. stratosphericus* 41KF2a(T) AJ831841 相似性为 99.767%。培养基 0472,25℃。

MCCC 1A02468 ←海洋三所 mj01-PW1-OH23。分离源:南沙海域近海岛礁附近下层海水。分离自石油降解菌群。与模式菌株 *B. stratosphericus* 41KF2a(T) AJ831841 相似性为 100%。培养基 0472,25℃。

MCCC 1A02512 ←海洋三所 HSf4。分离源:福建省厦门温泉出水口。与模式菌株 *B. aerius* 24K(T) AJ831843 相似性为 100%。培养基 0471,37℃。

MCCC 1A02541 ←海洋三所 DY7。分离源:东太平洋热液区深海沉积物。与模式菌株 *B. aerius* 24K(T) AJ831843 相似性为 99.865%。培养基 0823,55℃。

MCCC 1A02568 ←海洋三所 DY109。分离源:深海热液区深海沉积物。产高温酶。与模式菌株 *B. aerius* 24K(T) AJ831843 相似性为 99.866%。培养基 0823,55℃。

MCCC 1A02595 ←海洋三所 S6。分离源:东太平洋热液区深海沉积物。与模式菌株 *B. aerius* 24K(T) AJ831843 相似性为 100%。培养基 0823,55℃。

MCCC 1A02775 ← 海洋三所 IF1。分离源:黄海上层海水。分离自石油降解菌群。与模式菌株 *B. stratosphericus* 41KF2a(T) AJ831841 相似性为 99.874%。培养基 0471,25℃。

MCCC 1A02792 ← 海洋三所 II15。分离源：黄海上层海水。分离自石油降解菌群。与模式菌株 *B. megaterium* IAM 13418(T) D16273 相似性为 100%(832/832)。培养基 0472,25℃。

MCCC 1A02851 ← 海洋三所 IR10。分离源：黄海表层海水。分离自石油降解菌群。与模式菌株 *B. vallismortis* DSM 11031(T) AB021198 相似性为 99.874%。培养基 0472,25℃。

MCCC 1A02945 ← 海洋三所 JK14。分离源：东海上层海水。分离自石油降解菌群。与模式菌株 *B. stratosphericus* 41KF2a(T) AJ831841 相似性为 99.874%。培养基 0472,25℃。

MCCC 1A03121 ← 海洋三所 A019。分离源：东海上层海水。可能降解甘露聚糖。与模式菌株 *B. stratosphericus* 41KF2a(T) AJ831841 相似性为 100%。培养基 0471,25℃。

MCCC 1A03126 ← 海洋三所 A025。分离源：黄海上层海水。可能降解甘露聚糖。与模式菌株 *B. stratosphericus* 41KF2a(T) AJ831841 相似性为 99.871%。培养基 0471,25℃。

MCCC 1A03127 ← 海洋三所 A026。分离源：东海上层海水。可能降解纤维素。与模式菌株 *B. vallismortis* DSM 11031(T) AB021198 相似性为 100%。培养基 0471,25℃。

MCCC 1A03402 ← 海洋三所 FF2-3。分离源：西南太平洋珊瑚岛礁附近鱼肠道内容物。与模式菌株 *B. megaterium* IAM 13418（T）D16273 相似性为 99.721%（750/752）。培养基 0821,25℃。

MCCC 1A03515 ← 海洋三所 FF1-5B1。分离源：西南太平洋鱼肠道内容物。与模式菌株 *B. megaterium* IAM 13418(T) D16273 相似性为 100%(783/783)。培养基 0821,25℃。

MCCC 1A03548 ← 海洋三所 NH65J。分离源：南沙海域表层沉积物。分离自石油降解菌群。与模式菌株 *B. badius* ATCC 14574(T) X77790 相似性为 98.016%。培养基 0821,25℃。

MCCC 1A03647 ← 海洋三所 X-1B65(A)。分离源：福建漳州龙海红树林小蟹内脏。抗部分细菌。培养基 0471,28℃。

MCCC 1A03649 ← 海洋三所 X-22B351(C)。分离源：福建晋江安海潮间带沉积物。抗部分细菌。培养基 0471,28℃。

MCCC 1A03651 ← 海洋三所 X-37By215。分离源：福建晋江安海潮间带沉积物。抗部分细菌。与模式菌株 *B. flexus* IFO 15715(T) AB021185 相似性为 99.298%。培养基 0471,28℃。

MCCC 1A03660 ← 海洋三所 X-29B285。分离源：福建漳州东山潮间带泥。与模式菌株 *B. anthracis* ATCC 14578(T) AB190217 相似性为 99.770%。培养基 0471,28℃。

MCCC 1A03664 ← 海洋三所 X-44By134(B)。分离源：福建泉州万安潮间带沉积物。抗部分细菌。与模式菌株 *B. firmus* NCIMB 9366(T) X60616 相似性为 96.623%。培养基 0471,28℃。

MCCC 1A03669 ← 海洋三所 X-44By134(B)。分离源：福建泉州万安潮间带沉积物。抗部分细菌。与模式菌株 *B. firmus* NCIMB 9366(T) X60616 相似性为 96.623%。培养基 0471,28℃。

MCCC 1A03670 ← 海洋三所 X-56By137(A)。分离源：福建石狮潮间带表层沉积物。抗部分细菌。与模式菌株 *B. firmus* NCIMB 9366(T) X60616 相似性为 96.884%。培养基 0471,28℃。

MCCC 1A03673 ← 海洋三所 X-11By188。分离源：中国黄海表层沉积物。抗部分细菌。与模式菌株 *B. pocheonensis* Gsoil 420(T) AB245377 相似性为 96.573%。培养基 0471,28℃。

MCCC 1A03680 ← 海洋三所 X-38By190。分离源：中国黄海表层沉积物。抗部分细菌。与模式菌株 *B. anthracis* ATCC 14578(T) AB190217 相似性为 99.847%。培养基 0471,28℃。

MCCC 1A03681 ← 海洋三所 X-35By102(B)。分离源：中国东海表层沉积物。抗部分细菌。与模式菌株 *B. horikoshii* DSM 8719(T) X76443 相似性为 99.496%。培养基 0471,28℃。

MCCC 1A03683 ← 海洋三所 X-65By213。分离源：福建晋江安海潮间带沉积物。抗部分细菌。与模式菌株 *B. cereus* IAM 12605(T) D16266 相似性为 99.86%。培养基 0471,28℃。

MCCC 1A03685 ← 海洋三所 X-39By186。分离源：中国黄海表层沉积物。抗部分细菌。培养基 0471,28℃。

MCCC 1A03688 ← 海洋三所 X-7By167。分离源：中国黄海表层沉积物。抗部分细菌。与模式菌株 *B. megaterium* IAM 13418(T) D16273 相似性为 99.578%。培养基 0471,28℃。

MCCC 1A03696 ← 海洋三所 X-17By150。分离源：福建漳州东山潮间带泥。抗部分细菌。与模式菌株 *B. marisflavi* TF-11(T) AF483624 相似性为 99.861%。培养基 0471,28℃。

MCCC 1A03713 ← 海洋三所 X-79B16（A）。分离源：厦门潮间带泥。抗部分细菌。与模式菌株 *B. megaterium* IAM 13418(T) D16273 相似性为 99.448%。培养基 0471,28℃。

MCCC 1A03714 ← 海洋三所 X-81B23。分离源：厦门表层沉积物。抗部分细菌。与模式菌株 *B. stratosphericus* 41KF2a(T) AJ831841 相似性为 99.931%。培养基 0471,28℃。

MCCC 1A03716 ←海洋三所 X-88B222。分离源：中国东海表层沉积物。抗部分细菌。与模式菌株 *B. safensis* FO-036b(T) AF234854 相似性为 99.788%。培养基 0471,28℃。

MCCC 1A03717 ←海洋三所 X-97B313。分离源：中国黄海表层沉积物。抗部分细菌。与模式菌株 *B. safensis* FO-036b(T) AF234854 相似性为 99.929%。培养基 0471,28℃。

MCCC 1A03722 ← 海洋三所 X-82B27。分离源：厦门表层沉积物。抗部分细菌。与模式菌株 *B. stratosphericus* 41KF2a(T) AJ831841 相似性为 99.506%。培养基 0011,28℃。

MCCC 1A03723 ←海洋三所 X-83B36。分离源：福建漳州龙海红树林区泥。抗部分细菌。与模式菌株 *B. stratosphericus* 41KF2a(T) AJ831841 相似性为 99.506%。培养基 0471,28℃。

MCCC 1A03724 ←海洋三所 X-95B303。分离源：福建漳州东山潮间带底泥。抗部分细菌。与模式菌株 *B. stratosphericus* 41KF2a(T) AJ831841 相似性为 99.575%。培养基 0471,28℃。

MCCC 1A03873 ← 海洋三所 19#。分离源：南海珠江入海口富营养区表层沉积物。与模式菌株 *B. stratosphericus* 41KF2a(T) AJ831841 相似性为 99.603%。培养基 0471,20～30℃。

MCCC 1A03876 ← 海洋三所 14#。分离源：南海珠江入海口富营养区表层沉积物。与模式菌株 *B. stratosphericus* 41KF2a(T) AJ831841 相似性为 99.801%。培养基 0471,20～30℃。

MCCC 1A04013 ←海洋三所 NH3S-2。分离源：南沙海域黄褐色沙质沉积物。与模式菌株 *B. megaterium* IAM 13418(T) D16273 相似性为 99.6%(805/807)。培养基 0821,25℃。

MCCC 1A04017 ←海洋三所 NH5A。分离源：南沙海域浅灰色泥质沉积物。与模式菌株 *B. megaterium* IAM 13418(T) D16273 相似性为 99.735%(805/807)。培养基 0821,25℃。

MCCC 1A04035 ←海洋三所 C16B11。分离源：西南太平洋深层海水。分离自石油降解菌群。与模式菌株 *B. stratosphericus* 41KF2a(T) AJ831841 相似性为 99.778%。培养基 0821,25℃。

MCCC 1A04038 ←海洋三所 NH8V-1。分离源：南沙海域灰白色泥质。与模式菌株 *B. megaterium* IAM 13418(T) D16273 相似性为 100%(737/737)。培养基 0821,25℃。

MCCC 1A04039 ←海洋三所 NH8N1-2。分离源：南沙海域灰白色泥质。与模式菌株 *B. megaterium* IAM 13418(T) D16273 相似性为 99.731%(805/807)。培养基 0821,25℃。

MCCC 1A04043 ←海洋三所 NH8W。分离源：南沙海域灰白色泥质。与模式菌株 *B. jeotgali* YKJ-10(T) AF221061 相似性为 99.738%(794/797)。培养基 0821,25℃。

MCCC 1A04046 ← 海洋三所 NH8D1。分离源：南沙海域灰白色泥质。与模式菌株 *B. stratosphericus* 41KF2a(T) AJ831841 相似性为 100%。培养基 0821,25℃。

MCCC 1A04061 ←海洋三所 NH13B_1。分离源：南沙海域表层沉积物。与模式菌株 *B. megaterium* IAM 13418(T) D16273 相似性为 100%(798/798)。培养基 0821,25℃。

MCCC 1A04073 ← 海洋三所 NH18E1。分离源：南沙海域浅黄色泥质。与模式菌株 *B. stratosphericus* 41KF2a(T) AJ831841 相似性为 100%。培养基 0821,25℃。

MCCC 1A04078 ←海洋三所 NH21S1。分离源：南沙海域表层沉积物。与模式菌株 *B. macauensis* ZFHKF-1 (T) AY373018 相似性为 98.488%。培养基 0821,25℃。

MCCC 1A04083 ←海洋三所 C26AE。分离源：西南太平洋表层海水。分离自石油降解菌群。与模式菌株 *B. thuringiensis* IAM 12077(T) D16281 相似性为 100%。培养基 0821,25℃。

MCCC 1A04102 ←海洋三所 NH24K。分离源：南沙海域灰色泥质。与模式菌株 *B. jeotgali* YKJ-10(T) AF221061 相似性为 99.858%(794/797)。培养基 0821,25℃。

MCCC 1A04152 ←海洋三所 NH39N。分离源：南沙海域土黄色泥质。与模式菌株 *B. decolorationis* LMG 19507(T) AJ315075 相似性为 94.915%。培养基 0821,25℃。

MCCC 1A04173 ←海洋三所 NH47E。分离源：南沙海域浅黄色泥质。与模式菌株 *B. jeotgali* YKJ-10(T) AF221061 相似性为 99.858%(794/797)。培养基 0821,25℃。

MCCC 1A04179 ←海洋三所 NH53A1。分离源：南沙海域灰色细泥。与模式菌株 *B. vallismortis* DSM 11031(T) AB021198 相似性为 99.869%。培养基 0821,25℃。

MCCC 1A04180 ←海洋三所 NH19C。分离源：南沙海域表层沉积物。与模式菌株 *B. shackletonii* LMG 18435(T) AJ250318 相似性为 98.189%。培养基 0821,25℃。

MCCC 1A04208 ←海洋三所 NH20A_1。分离源:南沙海域表层沉积物。与模式菌株 *B. megaterium* IAM 13418(T) D16273 相似性为 99.605%。培养基 0821,25℃。

MCCC 1A04527 ←海洋三所 NH21F。分离源:南沙海域表层沉积物。与模式菌株 *B. pocheonensis* Gsoil 420 (T) AB245377 相似性为 98.165%(779/797)。培养基 0821,25℃。

MCCC 1A04532 ←海洋三所 NH21H。分离源:南沙海域表层沉积物。与模式菌株 *B. badius* ATCC 14574 (T) X77790 相似性为 97.233%(761/784)。培养基 0821,25℃。

MCCC 1A04534 ←海洋三所 NH21W-2。分离源:南沙海域表层沉积物。与模式菌株 *B. megaterium* IAM 13418(T) D16273 相似性为 99.885%。培养基 0821,25℃。

MCCC 1A04568 ←海洋三所 NH21R_2。分离源:南沙海域表层沉积物。与模式菌株 *B. stratosphericus* 41KF2a(T) AJ831841 相似性为 100%。培养基 0821,25℃。

MCCC 1A04602 ←海洋三所 NH21U。分离源:南沙海域表层沉积物。与模式菌株 *B. asahii* MA001(T) AB109209 相似性为 98.158%(773/788)。培养基 0821,25℃。

MCCC 1A04608 ←海洋三所 NH21X。分离源:南沙海域表层沉积物。与模式菌株 *B. simplex* NBRC 15720 (T) AB363738 相似性为 100%。培养基 0821,25℃。

MCCC 1A04634 ←海洋三所 NH24C。分离源:南沙海域表层沉积物。与模式菌株 *B. vallismortis* DSM 11031(T) AB021198 相似性为 99.738%(796/798)。培养基 0821,25℃。

MCCC 1A04638 ←海洋三所 NH24ET。分离源:南沙海域表层沉积物。与模式菌株 *B. stratosphericus* 41KF2a(T) AJ831841 相似性为 100%。培养基 0821,25℃。

MCCC 1A05024 ←海洋三所 L51-10-41Ab。分离源:南海深层海水。与模式菌株 *B. pocheonensis* Gsoil 420 (T) AB245377 相似性为 97.688%。培养基 0471,25℃。

MCCC 1A05025 ←海洋三所 L51-10-5。分离源:南海深层海水。与模式菌株 *B. muralis* LMG 20238(T) AJ628748 相似性为 98.317%。培养基 0471,25℃。

MCCC 1A05427 ←海洋三所 NH65B。分离源:南沙海域深海沉积物。分离自石油降解菌群。与模式菌株 *B. stratosphericus* 41KF2a(T) AJ831841 相似性为 100%。培养基 0821,25℃。

MCCC 1A05555 ←海洋三所 me-6。分离源:印度洋西南中脊深海底层水样。与模式菌株 *B. megaterium* IAM 13418(T) D16273 相似性为 99.731%;菌落较大,灰白色菌落,湿润,椭圆形,中央隆起,边缘整齐。培养基 0471,42℃。

MCCC 1A05559 ←海洋三所 me-12。分离源:印度洋西南洋中脊深海底层水样。与模式菌株 *B. safensis* FO-036b(T) AF234854 相似性为 99.442%。培养基 0471,42℃。

MCCC 1A05586 ←海洋三所 RA-24。分离源:太平洋黑褐色块状物。与模式菌株 *B. pocheonensis* Gsoil 420 (T) AB245377 相似性为 97.453%。培养基 0471,30℃。

MCCC 1A05607 ←海洋三所 X-9#-B247。分离源:海南三亚毛肋马尾藻琼枝。与模式菌株 *B. shackletonii* LMG 18435(T) AJ250318 相似性为 96.512%。培养基 0471,28℃。

MCCC 1A05608 ←海洋三所 X-31#-B20。分离源:厦门潮间带泥。与模式菌株 *B. niabensis* 4T19(T) AY998119 相似性为 98.241%。培养基 0471,28℃。

MCCC 1A05609 ←海洋三所 X-53#-B54。分离源:厦门附着蓝藻。与模式菌株 *B. hwajinpoensis* SW-72(T) AF541966 相似性为 99.372%。培养基 0471,28℃。

MCCC 1A05611 ←海洋三所 X-12#-B311。分离源:中国黄海表层沉积物。与模式菌株 *B. indicus* Sd/3(T) AJ583158 相似性为 99.930%。培养基 0471,28℃。

MCCC 1A05612 ←海洋三所 X-92#-B278。分离源:福建漳州东山潮间带底泥。与模式菌株 *B. indicus* Sd/3 (T) AJ583158 相似性为 97.713%。培养基 0471,28℃。

MCCC 1A05652 ←海洋三所 NH2D。分离源:南沙海域黄色泥质沉积物。与模式菌株 *B. carboniphilus* JCM 9731(T) AB021182 相似性为 97.453%(763/783)。培养基 0821,25℃。

MCCC 1A05675 ←海洋三所 NH11B。分离源:南沙海域表层沉积物。与模式菌株 *B. thuringiensis* IAM 12077(T) D16281 相似性为 99.54%。培养基 0821,25℃。

MCCC 1A05685 ←海洋三所 NH47F。分离源:南沙海域浅黄色泥质。与模式菌株 *B. shackletonii* LMG 18435(T) AJ250318 相似性为 97.744%(780/798)。培养基 0821,25℃。

MCCC 1A05688 ←海洋三所 NH45F。分离源:南沙海域表层沉积物。与模式菌株 *B. thuringiensis* IAM

12077(T) D16281 相似性为 100%。培养基 0821,25℃。

MCCC 1A05689　←海洋三所 NH7K。分离源:南沙海域表层沉积物。与模式菌株 *B. thuringiensis* IAM 12077(T) D16281 相似性为 100%。培养基 0821,25℃。

MCCC 1A05781　←海洋三所 NH6E_2-2T。分离源:南沙海域灰黑色细泥状沉积物。与模式菌株 *B. stratosphericus* 41KF2a(T) AJ831841 相似性为 100%。培养基 0821,25℃。

MCCC 1A05789　←海洋三所 NH7U。分离源:南沙海域灰白色泥质沉积物。与模式菌株 *B. vallismortis* DSM 11031(T) AB021198 相似性为 100%。培养基 0821,25℃。

MCCC 1A05790　←海洋三所 NH8F。分离源:南沙海域灰白色泥质。与模式菌株 *B. cibi* JG-30(T) AY550276 相似性为 97.925%(790/806)。培养基 0821,25℃。

MCCC 1A05794　←海洋三所 NH8N。分离源:南沙海域灰白色泥质。与模式菌株 *B. stratosphericus* 41KF2a(T) AJ831841 相似性为 100%。培养基 0821,25℃。

MCCC 1A05796　←海洋三所 NH8Y。分离源:南海灰白色泥质。与模式菌株 *B. asahii* MA001(T) AB109209 相似性为 98.411%(776/789)。培养基 0821,25℃。

MCCC 1A05881　←海洋三所 FF1-5B。分离源:西南太平洋鱼肠道内容物。与模式菌株 *B. megaterium* IAM 13418(T) D16273 相似性为 99.741%(805/807)。培养基 0821,25℃。

MCCC 1A06086　←海洋三所 DY-2-GC-5。分离源:西南太平洋深海黄褐色沉积物。培养基 0471,20℃。

MCCC 1A06088　←海洋三所 S0807-4-2-1。分离源:西南太平洋深海土黄色夹黑色沉积物。培养基 0471,20℃。

MCCC 1A06089　←海洋三所 S0808-7-1-4-4。分离源:西南太平洋深海红棕色沉积物。培养基 0471,20℃。

MCCC 1A06091　←海洋一所 GSG-1-13-4-1。分离源:西南太平洋深海黄白色沉积物。培养基 0471,20℃。

MCCC 1A06092　←海洋三所 S0808-5-3-3-1。分离源:西南太平洋深海黄白色沉积物。培养基 0471,20℃。

MCCC 1A06110　←海洋三所 S0807-4-3-1-1。分离源:西南太平洋黑褐色块状物。培养基 0471,20℃。

MCCC 1A06116　←海洋三所 S0807-6-3-1。分离源:西南太平洋深海热液区黑褐色块状物。培养基 0471,20℃。

MCCC 1A06119　←海洋三所 S0808-4-5-1。分离源:西南太平洋黑褐色块状物。培养基 0471,20℃。

MCCC 1A06123　←海洋三所 GSG-1-13-2-2。分离源:西南太平洋火山玻璃(黑褐色块状物)。培养基 0471,20℃。

MCCC 1A06124　←海洋三所 S0807-6-5。分离源:西南太平洋黑褐色块状物。培养基 0471,20℃。

MCCC 1A06126　←海洋三所 GSG-1-13-3-1。分离源:西南太平洋火山玻璃(黑褐色块状物)。培养基 0471,20℃。

MCCC 1A06128　←海洋三所 DY3-2-GC-23-4-1。分离源:西南太平洋黄褐色沉积物。培养基 0471,20℃。

MCCC 1A06129　←海洋三所 S0807-1-1-2。分离源:西南太平洋黑褐色块状物。培养基 0471,20℃。

MCCC 1A06130　←海洋三所 GSG-1-57-5-1。分离源:西南太平洋黑色硫化物及金属软泥。培养基 0471,20℃。

MCCC 1B00205　←海洋一所 YACS4。分离源:青岛上层海水。与模式菌株 *B. thuringiensis* IAM 12077(T) D16281 相似性为 99.815%。培养基 0471,20~25℃。

MCCC 1B00215　←海洋一所 YACS15。分离源:青岛上层海水。与模式菌株 *B. thuringiensis* IAM 12077(T) D16281 相似性为 100%。培养基 0471,20~25℃。

MCCC 1B00225　←海洋一所 YACS26。分离源:青岛上层海水。与模式菌株 *B. thuringiensis* IAM 12077(T) D16281 相似性为 100%。培养基 0471,20~25℃。

MCCC 1B00242　←海洋一所 HZDC52。分离源:山东日照深层海水。与模式菌株 *B. cohnii* DSM 6307(T) X76437 相似性为 98.483%。培养基 0471,20~25℃。

MCCC 1B00266　←海洋一所 JZHS24。分离源:青岛胶州上层海水。与模式菌株 *B. thuringiensis* IAM 12077(T) D16281 相似性为 100%。培养基 0471,28℃。

MCCC 1B00297　←海洋一所 YACN9。分离源:青岛近海沉积物。与模式菌株 *B. thuringiensis* IAM 12077(T) D16281 相似性为 100%。培养基 0471,20~25℃。

MCCC 1B00298　←海洋一所 YACN10。分离源:青岛近海沉积物。与模式菌株 *B. jeotgali* YKJ-10(T) AF221061 相似性为 99.815%。培养基 0471,20~25℃。

MCCC 1B00319 ←海洋一所 NJSN23。分离源:江苏南通表层沉积物。与模式菌株 *B. barbaricus* V2-BIII-A2 (T) AJ422145 相似性为 97.676%。培养基 0471,28℃。

MCCC 1B00322 ←海洋一所 NJSN34。分离源:江苏南通表层沉积物。与模式菌株 *B. safensis* FO-036b(T) AF234854 相似性为 97.418%。培养基 0471,28℃。

MCCC 1B00342 ←海洋一所 NJSS47。分离源:江苏南通上层海水。与模式菌株 *B. safensis* FO-036b(T) AF234854 相似性为 98.88%。培养基 0471,28℃。

MCCC 1B00343 ←海洋一所 NJSS53。分离源:江苏南通上层海水。与模式菌株 *B. stratosphericus* 41KF2a (T) AJ831841 相似性为 99.298%。培养基 0471,28℃。

MCCC 1B00345 ←海洋一所 NJSS57。分离源:江苏南通上层海水。与模式菌株 *B. altitudinis* 41KF2b(T) AJ831842 相似性为 99.026%。培养基 0471,28℃。

MCCC 1B00346 ←海洋一所 NJSS59。分离源:江苏南通上层海水。与模式菌株 *B. safensis* FO-036b(T) AF234854 相似性为 98.466%。培养基 0471,28℃。

MCCC 1B00347 ←海洋一所 NJSS62。分离源:江苏南通上层海水。与模式菌株 *B. aquimaris* TF-12(T) AF483625 相似性为 99.241%。培养基 0471,28℃。

MCCC 1B00348 ←海洋一所 NJSS63。分离源:江苏南通上层海水。与模式菌株 *B. safensis* FO-036b(T) AF234854 相似性为 97.834%。培养基 0471,28℃。

MCCC 1B00349 ←海洋一所 NJSS67。分离源:江苏南通上层海水。与模式菌株 *B. stratosphericus* 41KF2a (T) AJ831841 相似性为 99.231%。培养基 0471,28℃。

MCCC 1B00356 ←海洋一所 NJSX20。分离源:江苏南通底层海水。与模式菌株 *B. safensis* FO-036b(T) AF234854 相似性为 98.954%。培养基 0471,28℃。

MCCC 1B00374 ←海洋一所 NJSZ1。分离源:江苏南通底层海水。与模式菌株 *B. cibi* JG-30(T) AY550276 相似性为 97.723%。培养基 0471,15～20℃。

MCCC 1B00391 ←海洋一所 HZBN28。分离源:山东日照表层沉积物。与模式菌株 *B. halmapalus* DSM 8723(T) X76447 相似性为 98.443%。培养基 0471,20～25℃。

MCCC 1B00392 ←海洋一所 HZBN31。分离源:山东日照表层沉积物。与模式菌株 *B. pocheonensis* Gsoil 420(T) AB245377 相似性为 98.263%。培养基 0471,20～25℃。

MCCC 1B00393 ←海洋一所 HZBN32。分离源:山东日照表层沉积物。与模式菌株 *B. drentensis* LMG 21831(T) AJ542506 相似性为 97.909%。培养基 0471,20～25℃。

MCCC 1B00397 ←海洋一所 HZBN42。分离源:山东日照表层沉积物。与模式菌株 *B. pocheonensis* Gsoil 420(T) AB245377 相似性为 98.278%。培养基 0471,20～25℃。

MCCC 1B00399 ←海洋一所 HZBN47。分离源:山东日照表层沉积物。与模式菌株 *B. vireti* LMG 21834 (T) AJ542509 相似性为 98.084%。培养基 0471,20～25℃。

MCCC 1B00400 ←海洋一所 HZBN50。分离源:山东日照表层沉积物。与模式菌株 *B. pocheonensis* Gsoil 420(T) AB245377 相似性为 99.043%。培养基 0471,20～25℃。

MCCC 1B00406 ←海洋一所 HZBN56。分离源:山东日照表层沉积物。与模式菌株 *B. akibai* 1139 AB043858 相似性为 98.087%。培养基 0471,20～25℃。

MCCC 1B00408 ←海洋一所 HZBN59。分离源:山东日照表层沉积物。与模式菌株 *B. foraminis* CV53(T) AJ717382 相似性为 98.485%。培养基 0471,20～25℃。

MCCC 1B00413 ←海洋一所 HZBN70。分离源:山东日照表层沉积物。与模式菌株 *B. halmapalus* DSM(T) 8723 X76447 相似性为 98.333%。培养基 0471,20～25℃。

MCCC 1B00415 ←海洋一所 HZBN78。分离源:山东日照表层沉积物。与模式菌株 *B. pocheonensis* Gsoil 420(T) AB245377 相似性为 98.08%。培养基 0471,20～25℃。

MCCC 1B00431 ←海洋一所 QJJN 29。分离源:青岛胶南近海表层海水。与模式菌株 *B. humi* LMG 22167 (T) AJ627210 相似性为 98.9%。培养基 0471,20～25℃。

MCCC 1B00432 ←海洋一所 HZBN126。分离源:山东日照表层沉积物。与模式菌株 *B. selenatarsenatis* SF-1(T) AB262082 相似性为 98.923%。培养基 0471,20～25℃。

MCCC 1B00433 ←海洋一所 HZBN130。分离源:山东日照表层沉积物。与模式菌株 *B. aquimaris* TF-12 (T) AF483625 相似性为 99.241%。培养基 0471,20～25℃。

MCCC 1B00449 ←海洋一所 HZBN165。分离源:山东日照表层沉积物。与模式菌株 *B. firmus* NCIMB 9366(T) X60616 相似性为 97.785%。培养基 0471,20～25℃。

MCCC 1B00494 ←海洋一所 HZDC11。分离源:山东日照深层海水。与模式菌株 *B. anthracis* ATCC 14578 (T) AB190217 相似性为 99.844%。培养基 0471,20～25℃。

MCCC 1B00524 ←海洋一所 DJHH26。分离源:威海荣成底层海水。与模式菌株 *B. licheniformis* ATCC 14580(T) CP000002 相似性为 99.054%。培养基 0471,20～25℃。

MCCC 1B00620 ←海洋一所 CJJK16。分离源:江苏南通启东表层海水。与模式菌株 *B. stratosphericus* 41KF2a(T) AJ831841 相似性为 99.667%。培养基 0471,20～25℃。

MCCC 1B00633 ←海洋一所 DJQF13。分离源:青岛沙子口表层海水。与模式菌株 *B. thuringiensis* IAM 12077(T) D16281 相似性为 100%。培养基 0471,20～25℃。

MCCC 1B00644 ←海洋一所 DJNY36。分离源:江苏南通如东表层沉积物。与模式菌株 *B. marisflavi* TF-11(T) AF483624 相似性为 99.579%。培养基 0471,20～25℃。

MCCC 1B00648 ←海洋一所 DJNY42。分离源:江苏南通如东表层沉积物。与模式菌株 *B. jeotgali* YKJ-10 (T) AF221061 相似性为 99.3%。培养基 0471,20～25℃。

MCCC 1B00656 ←海洋一所 DJJH2。分离源:山东日照上层海水。与模式菌株 *B. stratosphericus* 41KF2a (T) AJ831841 相似性为 100%。培养基 0471,20～25℃。

MCCC 1B00669 ←海洋一所 DJQD15。分离源:青岛胶南表层海水。与模式菌株 *B. stratosphericus* 41KF2a (T) AJ831841 相似性为 99.885%。培养基 0471,20～25℃。

MCCC 1B00702 ←海洋一所 CJJK1。分离源:江苏南通启东表层海水。与模式菌株 *B. stratosphericus* 41KF2a(T) AJ831841 相似性为 100%。培养基 0471,20～25℃。

MCCC 1B00705 ←海洋一所 CJJK54。分离源:江苏南通启东表层海水。与模式菌株 *B. subtilis* subsp. *subtilis* NBRC 13719(T) AB271744 相似性为 100%。培养基 0471,20～25℃。

MCCC 1B00716 ←海洋一所 DJJH10。分离源:山东日照表层海水。与模式菌株 *B. stratosphericus* 41KF2a (T) AJ831841 相似性为 100%。培养基 0471,20～25℃。

MCCC 1B00719 ←海洋一所 DJJH26。分离源:山东日照底层海水。与模式菌株 *B. arsenicus* Con a/3(T) AJ606700 相似性为 100%。培养基 0471,20～25℃。

MCCC 1B00723 ←海洋一所 CJBH14。分离源:威海荣成底层海水。与模式菌株 *B. safensis* FO-036b(T) AF234854 相似性为 99.885%。培养基 0471,20～25℃。

MCCC 1B00753 ←海洋一所 QJHH6。分离源:烟台海阳表层海水。与模式菌株 *B. stratosphericus* 41KF2a (T) AJ831841 相似性为 99.864%。培养基 0471,20～25℃。

MCCC 1B00764 ←海洋一所 QJHH21。分离源:烟台海阳次表层海水。与模式菌株 *B. gibsonii* DSM 8722 (T) X76446 相似性为 99.885%。培养基 0471,20～25℃。

MCCC 1B00772 ←海洋一所 QJGY15。分离源:江苏连云港近海次底层海水。与模式菌株 *B. badius* ATCC 14574(T) X77790 相似性为 97.297%。培养基 0471,20～25℃。

MCCC 1B00777 ←海洋一所 CJNY1。分离源:江苏盐城射阳海底泥沙。与模式菌株 *B. herbersteinensis* D-15a(T) AJ781029 相似性为 97.143%。培养基 0471,20～25℃。

MCCC 1B00780 ←海洋一所 CJNY6。分离源:江苏盐城射阳表层沉积物。与模式菌株 *B. muralis* LMG 20238(T) AJ628748 相似性为 96.667%。培养基 0471,20～25℃。

MCCC 1B00782 ←海洋一所 CJNY9。分离源:江苏盐城射阳表层沉积物。与模式菌株 *B. aquimaris* TF-12 (T) AF483625 相似性为 99.368%。培养基 0471,20～25℃。

MCCC 1B00788 ←海洋一所 CJNY18。分离源:江苏盐城射阳表层沉积物。与模式菌株 *B. megaterium* IAM 13418(T) D16273 相似性为 98.148%。培养基 0471,20～25℃。

MCCC 1B00791 ←海洋一所 CJNY27。分离源:江苏盐城射阳表层沉积物。与模式菌株 *B. megaterium* IAM 13418(T) D16273 相似性为 99.858%。培养基 0471,20～25℃。

MCCC 1B00794 ←海洋一所 CJNY31。分离源:江苏盐城射阳海底泥沙。与模式菌株 *B. vireti* LMG 21834 (T) AJ542509 相似性为 96.907%。培养基 0471,20～25℃。

MCCC 1B00801 ←海洋一所 CJNY56。分离源:江苏盐城射阳表层沉积物。与模式菌株 *B. soli* LMG 21838 (T) AJ542513 相似性为 98.662%。培养基 0471,20～25℃。

MCCC 1B00828　←海洋一所 QJJH55。分离源：山东日照表层海水。与模式菌株 *B. niabensis* 4T19（T）AY998119 相似性为 98.182%。培养基 0471，20～25℃。

MCCC 1B00956　←海洋一所 HDC18。分离源：福建宁德河豚养殖场河豚肠道内容物。与模式菌株 *B. megaterium* IAM 13418（T）D16273 相似性为 95.793%。培养基 0471，20～25℃。

MCCC 1B01025　←海洋一所 QNSJ11。分离源：江苏南通海底泥沙。与模式菌株 *B. aquimaris* TF-12（T）AF483625 相似性为 99.287%。培养基 0471，28℃。

MCCC 1B01030　←海洋一所 QNSJ23。分离源：江苏南通海底泥沙。与模式菌株 *B. marisflavi* TF-11（T）AF483624 相似性为 97.03%。培养基 0471，28℃。

MCCC 1B01036　←海洋一所 QNSJ58。分离源：江苏南通海底泥沙。与模式菌株 *B. aquimaris* TF-12（T）AF483625 相似性为 99.395%。培养基 0471，28℃。

MCCC 1B01055　←海洋一所 QNSW24。分离源：江苏盐城海底泥沙。与模式菌株 *B. selenatarsenatis* SF-1（T）AB262082 相似性为 98.788%。培养基 0471，28℃。

MCCC 1B01061　←海洋一所 QNSW9。分离源：江苏盐城海底泥沙。与模式菌株 *B. jeotgali* YKJ-10（T）AF221061 相似性为 99.636%。培养基 0471，28℃。

MCCC 1B01072　←海洋一所 QNSW34。分离源：江苏盐城海底泥沙。与模式菌株 *B. jeotgali* YKJ-10（T）AF221061 相似性为 99.879%。培养基 0471，28℃。

MCCC 1B01079　←海洋一所 QNSW55。分离源：江苏盐城海底泥沙。与模式菌株 *B. marisflavi* TF-11（T）AF483624 相似性为 99.394%。培养基 0471，28℃。

MCCC 1B01081　←海洋一所 QNSW59。分离源：江苏盐城海底泥沙。与模式菌株 *B. marisflavi* TF-11（T）AF483624 相似性为 99.274%。培养基 0471，28℃。

MCCC 1B01082　←海洋一所 QNSW63。分离源：江苏盐城海底泥沙。与模式菌株 *B. aquimaris* TF-12（T）AF483625 相似性为 98.426%。培养基 0471，28℃。

MCCC 1B01098　←海洋一所 QJNY94。分离源：山东日照海底泥沙。与模式菌株 *B. stratosphericus* 41KF2a（T）AJ831841 相似性为 99.881%。培养基 0471，28℃。

MCCC 1B01177　←海洋一所 BLDJ7。分离源：浙江宁波码头表层沉积物。与模式菌株 *B. stratosphericus* 41KF2a（T）AJ831841 相似性为 99.299%。培养基 0471，25℃。

MCCC 1B01180　←海洋一所 BLDJ10。分离源：浙江宁波码头表层沉积物。与模式菌株 *B. megaterium* IAM 13418（T）D16273 相似性为 99.640%。培养基 0471，25℃。

MCCC 1B01181　←海洋一所 BLDJ11。分离源：浙江宁波码头表层沉积物。与模式菌株 *B. anthracis* ATCC 14578（T）D16273 相似性为 98.533%。培养基 0471，25℃。

MCCC 1B01182　←海洋一所 BLDJ12。分离源：浙江宁波码头表层沉积物。与模式菌株 *B. megaterium* IAM 13418（T）D16273 相似性为 97.826%。培养基 0471，25℃。

MCCC 1B01183　←海洋一所 BLDJ13。分离源：浙江宁波码头表层沉积物。与模式菌株 *B. stratosphericus* 41KF2a（T）AJ831841 相似性为 99.389%。培养基 0471，25℃。

MCCC 1B01186　←海洋一所 BLDJ16。分离源：浙江宁波码头表层沉积物。与模式菌株 *B. thuringiensis* IAM 12077（T）D16281 相似性为 99.755%。培养基 0471，25℃。

MCCC 1B01192　←海洋一所 BLDJ3-2。分离源：浙江宁波码头表层沉积物。与模式菌株 *B. marisflavi* TF-11（T）AF483624 相似性为 98.231%。培养基 0471，25℃。

MCCC 1C00901　←极地中心 BR035。分离源：白令海无冰区表层海水。与模式菌株 *B. benzoevorans* DSM 5391（T）D78311 相似性为 96.838%。培养基 0471，15℃。

MCCC 1C00918　←极地中心 BR030。分离源：白令海无冰区表层海水。与模式菌株 *B. benzoevorans* DSM 5391（T）D78311 相似性为 96.767%。培养基 0471，15℃。

MCCC 1C00957　←极地中心 BR011。分离源：白令海无冰区表层海水。与模式菌株 *B. firmus* NCIMB 9366（T）X60616 相似性为 96.688%。培养基 0471，15℃。

MCCC 1F01041　←厦门大学 M8。分离源：福建省漳州近海红树林表层沉积物。与模式菌株 *B. badius* ATCC 14574（T）X77790 相似性为 95.815%（1305/1362）。培养基 0471，25℃。

MCCC 1F01128　←厦门大学 I1-30。分离源：深圳塔玛亚历山大藻培养液。与模式菌株 *B. aquimaris* strain TCCC11050（T）EU231635 相似性为 98%（829/843）。培养基 0471，25℃。

MCCC 1F01130 ←厦门大学 I1-12。分离源:深圳塔玛亚历山大藻培养液。与模式菌株 *B. vietnamensis strain* 15-1(T) AB099708 相似性为 97.436%(988/1014)。培养基 0471,25℃。

MCCC 1F01175 ←厦门大学 SCSS04。分离源:南海表层沉积物。与模式菌株 *B. licheniformis* ATCC 14580 (T) CP000002 相似性为 99.468%(1496/1504)。培养基 0471,25℃。

MCCC 1F01177 ←厦门大学 SCSS06。分离源:南海表层沉积物。产淀粉酶、蛋白酶。与模式菌株 *B. cibi* JG-30(T) AY550276 相似性为 99.797%(1476/1479)。培养基 0471,25℃。

Balneola sp. Urios *et al.* 2006 班犹尔斯菌

MCCC 1B00991 ←海洋一所 YCSA29。分离源:青岛即墨饱和盐度盐田盐渍土。与模式菌株 *B. vulgaris* 13IX/A01/164 AY576749 相似性为 91.07%。可能的新属,暂定此属。培养基 0471,20~25℃。

Bizionia paragorgiae Nedashkovskaya *et al.* 2005 柳珊瑚比齐奥氏菌

模式菌株 *Bizionia paragorgiae* KMM 6029(T) AY651070

MCCC 1A04092 ←海洋三所 NH23B。分离源:南沙海域黄褐色沙质。与模式菌株相似性为 100%。培养基 0821,25℃。

Bizionia saleffrena Bowman and Nichols 2005 盐厚生比齐奥氏菌

模式菌株 *Bizionia saleffrena* HFD(T) AY694005

MCCC 1C00727 ←极地中心 NF1-25。分离源:南极表层沉积物。与模式菌株相似性为 99.37%。培养基 0471,15℃。

MCCC 1C00833 ←极地中心 NF1-21。分离源:南极表层沉积物。与模式菌株相似性为 99.440%。培养基 0471,15℃。

Blastococcus aggregatus Ahrens and Moll 1970 emend. Urzi *et al.* 2004 成团芽球菌

模式菌株 *Blastococcus aggregatus* ATCC 25902(T) L40614

MCCC 1A05934 ←海洋三所 0709C1-3。分离源:印度洋深海沉积物表层。与模式菌株相似性为 99%。培养基 1003,28℃。

Blastomonas natatoria Sly and Cahill 1997 emend. Hiraishi *et al.* 2000 泳池芽单胞菌

MCCC 1A03257 ←DSM 3183。原始号 EY 4220。=DSM 3183 =UQM 2507 =ACM 2507 =ATCC 35951 =CIP 106842 =HAMBI 2081 =IFO(now NBRC)15649 =JCM 10396 =JCM 12333 =LMG 17322 =NCIMB 12085。模式菌株。培养基 0471,25℃。

Bordetella petrii von Wintzingerode *et al.* 2001 彼得里鲍特氏菌

模式菌株 *Bordetella petrii* DSM 12804(T) AJ249861

MCCC 1A01277 ←海洋三所 PTG4-17。分离源:印度洋深海沉积物。分离自多环芳烃降解菌群。与模式菌株相似性为 98.149%。培养基 0471,25℃。

MCCC 1A02252 ←海洋三所 S1-3。分离源:加勒比海表层海水。与模式菌株相似性为 99.085%。培养基 0745,28℃。

MCCC 1A02407 ←海洋三所 S13-16。分离源:大西洋表层海水。与模式菌株相似性为 99.081%。培养基 0745,28℃。

Bowmanella denitrificans Jean *et al.* 2006 脱氮鲍曼氏菌

MCCC 1A00162 ←台湾大学海洋研究所 BD1(T)。=BCRC 17491(T) =JCM 13378(T)。模式菌株。分离源:中国台湾安平港表层海水。培养基 0471,30~35℃。

Bowmanella pacifica Lai *et al.* 2009 太平洋鲍曼氏菌

MCCC 1A01018 ←海洋三所 W3-3A。=CGMCC 1.7086T =LMG 24568T。模式菌株。分离源:太平洋深

海沉积物。分离自多环芳烃芘富集菌群。培养基 0471,25℃。

Brachybacterium faecium Collins *et al*.1988 粪短状杆菌

模式菌株 *Brachybacterium faecium* DSM 4810(T) X83810

MCCC 1A03407 ←海洋三所 FF2-13。分离源:西南太平洋珊瑚岛礁鱼肠道内容物。与模式菌株的相似性为 98.609%(732/743)。培养基 0821,25℃。

Brachybacterium muris Buczolits *et al*.2003 小鼠小短杆菌

模式菌株 *Brachybacterium muris* C3H-21(T) AJ537574

MCCC 1A00014 ←海洋三所 HYC-28。分离源:厦门野生鲻鱼肠道内容物。与模式菌株相似性为 99.736%。 培养基 0033,28℃。

MCCC 1B00474 ←海洋一所 HZBC61。分离源:山东日照上层海水。与模式菌株相似性为 100%。培养基 0471,20~25℃。

Brachybacterium nesterenkovii Gvozdyak *et al*.1992 涅氏小短杆菌

模式菌株 *Brachybacterium nesterenkovii* DSM 9573(T) X91033

MCCC 1A00045 ←海洋三所 YY-17。分离源:厦门养鱼池底泥。以硝酸根作为电子受体分离。与模式菌株 相似性为 100%。培养基 0033,26℃。

Brachybacterium paraconglomeratum Takeuchi *et al*.1995 副凝聚小短杆菌

模式菌株 *Brachybacterium paraconglomeratum* LMG 19861(T) AJ415377

MCCC 1A00210 ←海洋三所 RC99-A2。分离源:印度洋深海底层水样。分离自石油降解菌群。与模式菌株 相似性为 100%。培养基 0471,25℃。

MCCC 1A00270 ←海洋三所 Cr39。分离源:太平洋深海沉积物。抗六价铬。培养基 0472,28℃。

MCCC 1A00271 ←海洋三所 Cr40。分离源:东太平洋硅质黏土沉积物。抗六价铬。与模式菌株相似性为 99.679%(648/650)。培养基 0472,28℃。

MCCC 1A00386 ←海洋三所 Mn32。分离源:东太平洋硅质黏土沉积物。抗二价锰。与模式菌株相似性为 100%(800/800)。培养基 0472,28℃。

MCCC 1A00455 ←海洋三所 Pb64。分离源:东太平洋深海沉积物。抗二价铅。与模式菌株相似性为 99.87%(799/800)。培养基 0472,28℃。

MCCC 1A00456 ←海洋三所 Pb10。分离源:东太平洋硅质黏土沉积物。抗二价铅。与模式菌株相似性为 100%。培养基 0472,28℃。

MCCC 1A00458 ←海洋三所 Pb4。分离源:东太平洋硅质黏土沉积物。抗二价铅。与模式菌株相似性为 100%(801/801)。培养基 0472,26℃。

MCCC 1A00472 ←海洋三所 Cr48。分离源:东太平洋硅质黏土沉积物。抗六价铬。与模式菌株相似性为 99.499%(438/439)。培养基 0472,28℃。

MCCC 1A00500 ←海洋三所 Cu1。分离源:东太平洋硅质黏土沉积物。抗二价铜。与模式菌株相似性为 100%(660/660)。培养基 0472,28℃。

MCCC 1A00889 ←海洋三所 B-1116。分离源:东太平洋沉积物深层。与模式菌株相似性为 99.857%。培养 基 0471,4℃。

MCCC 1A00927 ←海洋三所 B-4021。分离源:东太平洋沉积物表层。与模式菌株相似性为 99.562%。培养 基 0471,4℃。

MCCC 1A00931 ←海洋三所 B-4051。分离源:东太平洋沉积物表层。与模式菌株相似性为 99.56%。培养 基 0471,4℃。

MCCC 1A01304 ←海洋三所 D8-2。分离源:印度洋深海热液口盲虾的头部。抗重金属(二价铜、二价钴、二 价铅、二价锰、五价砷)。与模式菌株相似性为 100%。培养基 0745,18~28℃。

MCCC 1A01910 ←海洋三所 NJ-74。分离源:南极土壤。与模式菌株相似性为 99.248%。培养基 0033,20~25℃。

MCCC 1A02361　←海洋三所 S4-2。分离源：大西洋表层海水。与模式菌株相似性为 99.873%。培养基 0745，28℃。

MCCC 1A02419　←海洋三所 S14-12。分离源：大西洋表层海水。与模式菌株相似性为 99.865%。培养基 0745，28℃。

MCCC 1A02445　←海洋三所 S18-8。分离源：大西洋表层海水。与模式菌株相似性为 99.874%。培养基 0745，28℃。

MCCC 1A03315　←海洋三所 I20-9。分离源：印度洋深海沉积物表层。与模式菌株相似性为 99%。培养基 0012，28℃。

MCCC 1A03316　←海洋三所 I20-12。分离源：印度洋深海沉积物表层。与模式菌株相似性为 99%。培养基 0012，28℃。

MCCC 1A03385　←海洋三所 102C2-4。分离源：东太平洋深海沉积物表层。与模式菌株相似性为 99%。培养基 0471，28℃。

MCCC 1A03408　←海洋三所 FF2-9。分离源：西南太平洋珊瑚岛礁鱼肠道内容物。与模式菌株的相似性为 100%(743/743)。培养基 0821，25℃。

MCCC 1A05673　←海洋三所 NH64M。分离源：南沙海域上层海水。分离自石油降解菌群。与模式菌株相似性为 99.767%。培养基 0821，25℃。

MCCC 1A05774　←海洋三所 NH67J。分离源：南沙海域黄色泥质。分离自石油降解菌群。与模式菌株相似性为 99.865%(773/774)。培养基 0821，25℃。

MCCC 1A05884　←海洋三所 FF2-7。分离源：西南太平洋珊瑚岛礁附近鱼肠道内容物。与模式菌株相似性为 100%(785/785)。培养基 0821，25℃。

MCCC 1B00240　←海洋一所 YACS41。分离源：青岛上层海水。与模式菌株相似性为 99.628%。培养基 0471，20～25℃。

MCCC 1B00477　←海洋一所 HZBC65。分离源：山东日照上层海水。与模式菌株相似性为 99.777%。培养基 0471，20～25℃。

MCCC 1B00513　←海洋一所 DJHH8。分离源：威海荣成近表层海水。与模式菌株相似性为 98.469%。培养基 0471，20～25℃。

MCCC 1B00752　←海洋一所 QJHH4。分离源：烟台海阳表层海水。与模式菌株相似性为 100%。培养基 0471，20～25℃。

MCCC 1B00955　←海洋一所 HDC13。分离源：福建宁德河豚养殖场河豚肠道内容物。与模式菌株相似性为 100%。培养基 0471，20～25℃。

MCCC 1B00982　←海洋一所 YXWBB10。分离源：青岛即墨 70% 盐度盐田表层海水。与模式菌株相似性为 99.878%。培养基 0471，20～25℃。

Brachybacterium rhamnosum Takeuchi *et al.* 1995 鼠李糖小短杆菌

模式菌株 *Brachybacterium rhamnosum* LMG 19848(T) AJ415376

MCCC 1A05479　←海洋三所 A20-1。分离源：南海海水。分离自石油降解菌群。与模式菌株相似性为 99.859%(743/744)。培养基 0471，28℃。

Brachybacterium sp. Collins *et al.* 1988 小短杆菌

MCCC 1A00454　← 海洋三所 Pb16。分离源：东太平洋深海沉积物。抗二价铅。与模式菌株 *B. paraconglomeratum* LMG 19861(T) AJ415377 相似性为 97.647%(861/877)。培养基 0472，28℃。

MCCC 1A05070　←海洋三所 L52-11-39。分离源：南海深层海水。与模式菌株 *B. paraconglomeratum* LMG 19861(T) AJ415377 相似性为 98.767%。培养基 0471，25℃。

MCCC 1B00684　←海洋一所 DJLY33-2。分离源：江苏盐城射阳表层海水。与模式菌株 *B. paraconglomeratum* LMG 19861(T) AJ415377 相似性为 98.519%。培养基 0471，20～25℃。

MCCC 1B01042　←海洋一所 QJHW12。分离源：江苏盐城近海表层海水。与模式菌株 *B. paraconglomeratum* LMG 19861(T) AJ415377 相似性为 98.477%(776/788)。培养基 0471，28℃。

MCCC 1F01136　←厦门大学 O5。分离源：深圳塔玛亚历山大藻培养液。与模式菌株 *B. fresconis strain* LMG 20333(T) AJ415379 相似性为 99%(795/799)。培养基 0471,25℃。

Brevibacillus thermoruber (Manachini *et al.* 1985) Shida *et al.* 1996 热红色短芽胞杆菌

模式菌株 *Brevibacillus thermoruber* DSM 7064(T) Z26921

MCCC 1A02588　←海洋三所 QSL1。分离源：福建省厦门滨海温泉沉积物。与模式菌株相似性为 99.521%。培养基 0823,55℃。

MCCC 1A02598　←海洋三所 TQ12。分离源：福建省厦门滨海温泉沉积物。与模式菌株相似性为 99.732%。培养基 0823,55℃。

Brevibacterium album Tang *et al.* 2008 白色短杆菌

模式菌株 *Brevibacterium album* YIM 90718(T) EF158852

MCCC 1A06043　←海洋三所 N-1-1-4。分离源：北极圈内某淡水湖边地表下 5 cm 沉积物。与模式菌株相似性为 98.391%。培养基 0472,28℃。

Brevibacterium aurantiacum Gavrish *et al.* 2005 橙色短杆菌

模式菌株 *Brevibacterium aurantiacum* NCDO 739(T) X76566

MCCC 1A01861　←海洋三所 EP11。分离源：东太平洋深海沉积物。与模式菌株相似性为 99.039%。培养基 0471,20℃。

MCCC 1A05434　←海洋三所 Er29。分离源：南海海水。分离自石油降解菌群。与模式菌株相似性为 99.297%(741/745)。培养基 0471,28℃。

Brevibacterium casei Collins *et al.* 1983 乳酪短杆菌

模式菌株 *Brevibacterium casei* NCDO 2048(T) X76564

MCCC 1A00355　←海洋三所 DI-4。分离源：印度洋剑鱼。与模式菌株相似性为 99.631%。培养基 0033,28℃。

MCCC 1A01162　←海洋三所 65。分离源：印度洋热液口沉积物。分离自环己酮降解菌群。与模式菌株相似性为 99.378%。培养基 0472,25℃。

MCCC 1A01163　←海洋三所 93.1。分离源：印度洋热液口沉积物。分离自环己酮降解菌群。与模式菌株相似性为 98.268%。培养基 0471,25℃。

MCCC 1A01242　←海洋三所 CR52-10。分离源：印度洋深海底层水样。分离自石油降解菌群。与模式菌株相似性为 99.653%。培养基 0471,25℃。

MCCC 1A01342　←海洋三所 S66-3-C。分离源：印度洋表层海水。苯系物降解菌。与模式菌株相似性为 99.497%。培养基 0471,25℃。

MCCC 1A02216　←海洋三所 37-3-2。分离源：厦门近海表层海水。降解二苯并噻吩。与模式菌株相似性为 99.286%。培养基 0472,28℃。

MCCC 1A02276　←海洋三所 S3-6。分离源：加勒比海表层海水。与模式菌株相似性为 99.543%。培养基 0745,28℃。

MCCC 1A03488　←海洋三所 YB154。分离源：厦门深海底层水样。与模式菌株相似性为 99.515%。培养基 0471,80℃。

MCCC 1A04546　←海洋三所 T34B1。分离源：西南太平洋土黄色沉积物上覆水。分离自石油降解菌群。与模式菌株相似性为 99.04%。培养基 0821,28℃。

MCCC 1A04776　←海洋三所 C52AB。分离源：西南太平洋下层海水。分离自石油降解菌群。与模式菌株相似性为 99.566%。培养基 0821,25℃。

MCCC 1A04791　←海洋三所 C55AB。分离源：西南太平洋深层海水。分离自石油降解菌群。与模式菌株相似性为 99.555%。培养基 0821,25℃。

MCCC 1A04798　←海洋三所 C56B1。分离源：西南太平洋深层海水。分离自石油降解菌群。与模式菌株相似性为 99.566%。培养基 0821,25℃。

MCCC 1A05277　←海洋三所 C53B4。分离源:西南太平洋深层海水。分离自石油降解菌群。与模式菌株相似性为 99.586%。培养基 0821,25℃。

MCCC 1A05389　←海洋三所 C82AJ。分离源:西南太平洋深层海水。分离自石油、多环芳烃降解菌群。与模式菌株相似性为 99.474%(794/797)。培养基 0821,25℃。

MCCC 1A05974　←海洋三所 399S4-2。分离源:日本海沉积物表层。与模式菌株相似性为 99%。培养基 1003,28℃。

MCCC 1F01087　←厦门大学 BS01。分离源:厦门表层海水。具有杀死塔玛亚历山大藻的活性。与模式菌株相似性为 99.376%(1433/1442)。培养基 0471,25℃。

Brevibacterium frigoritolerans Delaporte and Sasson 1967 耐寒短杆菌

模式菌株 *Brevibacterium frigoritolerans* DSM 8801(T) AM747813

MCCC 1A03703　←海洋三所 X-60By130(A)。分离源:福建泉州万安潮间带沉积物。抗部分细菌。与模式菌株相似性为 99.647%。培养基 0471,28℃。

Brevibacterium halotolerans Delaporte and Sasson 1967 耐盐短杆菌

模式菌株 *Brevibacterium halotolerans* LMG 21660(T) AJ620368

MCCC 1A05944　←海洋三所 0711P9-4。分离源:印度洋深海沉积物表层。与模式菌株相似性为 100%。培养基 1003,28℃。

Brevibacterium permense Gavrish *et al.* 2005 彼尔姆短杆菌

模式菌株 *Brevibacterium permense* VKM Ac-2280(T) AY243343

MCCC 1A00124　←海洋三所 SW-6。分离源:厦门轮渡码头近海表层海水。分离自石油降解菌群。与模式菌株相似性为 99%(739/741)。培养基 0472,28℃。

MCCC 1A00151　←海洋三所 Cu8。分离源:东太平洋硅质黏土沉积物。抗二价铜。与模式菌株相似性为 99.868%。培养基 0472,28℃。

MCCC 1A00237　←海洋三所 Cr33。分离源:东太平洋硅质黏土沉积物。抗六价铬。与模式菌株相似性为 99.858%。培养基 0472,28℃。

MCCC 1A00255　←海洋三所 HYC-15B。分离源:厦门野生鲻鱼肠道内容物。与模式菌株相似性为 99.876%。培养基 0033,28℃。

MCCC 1A00390　←海洋三所 Mn59。分离源:东太平洋硅质黏土沉积物。抗二价锰。与模式菌株相似性为 99.871%。培养基 0472,28℃。

MCCC 1A00426　←海洋三所 Co7。分离源:东太平洋硅质黏土沉积物。抗二价钴。与模式菌株相似性为 99.869%(99%)。培养基 0472,28℃。

MCCC 1A00453　←海洋三所 Pb42。分离源:东太平洋硅质黏土沉积物。抗二价铅。与模式菌株相似性为 99.869%。培养基 0472,28℃。

MCCC 1A01316　←海洋三所 S24-1-4。分离源:印度洋表层海水。苯系物降解菌。与模式菌株相似性为 99.497%。培养基 0471,25℃。

MCCC 1A01405　←海洋三所 N17。分离源:南海深海沉积物。分离自石油降解菌群。与模式菌株相似性为 99.865%。培养基 0745,26℃。

MCCC 1A01408　←海洋三所 N23。分离源:南海深海沉积物。分离自石油降解菌群。与模式菌株相似性为 99.732%。培养基 0745,26℃。

MCCC 1A02259　←海洋三所 S1-12。分离源:加勒比海表层海水。与模式菌株相似性为 99.695%。培养基 0745,28℃。

MCCC 1A02357　←海洋三所 GCS2-9。与模式菌株相似性为 99.738%。培养基 0471,25℃。

MCCC 1A02925　←海洋三所 JH1。分离源:东海表层海水。分离自石油降解菌群。与模式菌株相似性为 99.871%。培养基 0472,25℃。

MCCC 1A04212　←海洋三所 OTVG9-1。分离源:太平洋深海热液区沉积物。分离自多环芳烃降解菌群。与模式菌株相似性为 99.869%。培养基 0471,25℃。

MCCC 1A04341　←海洋三所 T10B1。分离源：西南太平洋深海沉积物。分离自石油降解菌群。与模式菌株相似性为 99.868%。培养基 0821,28℃。

MCCC 1A04370　←海洋三所 T14AG。分离源：西南太平洋深海沉积物上覆水。分离自石油降解菌群。与模式菌株相似性为 99.855%。培养基 0821,28℃。

MCCC 1A04419　←海洋三所 T18B4。分离源：西南太平洋深海沉积物上覆水。分离自石油降解菌群。与模式菌株相似性为 99.862%。培养基 0821,28℃。

MCCC 1A04537　←海洋三所 T33AM。分离源：西南太平洋深海沉积物上覆水。分离自石油降解菌群。与模式菌株相似性为 99.866%。培养基 0821,28℃。

MCCC 1A04680　←海洋三所 C17AA2。分离源：西南太平洋上层海水。分离自石油降解菌群。与模式菌株相似性为 99.862%。培养基 0821,25℃。

MCCC 1A04806　←海洋三所 C18AH。分离源：西南太平洋表层海水。分离自石油降解菌群。与模式菌株相似性为 99.867%。培养基 0821,25℃。

MCCC 1A05116　←海洋三所 L53-10-25C。分离源：南海深层海水。与模式菌株相似性为 99.652%（893/897）。培养基 0471,25℃。

MCCC 1A05443　←海洋三所 Er43。分离源：南海海水。分离自石油降解菌群。与模式菌株相似性为 99.859%。培养基 0471,28℃。

MCCC 1A05897　←海洋三所 T19B2。分离源：西南太平洋深海沉积物上覆水。分离自石油降解菌群。与模式菌株相似性为 99.867%（785/786）。培养基 0821,25℃。

MCCC 1A06044　←海洋三所 D-1-1-1B。分离源：北极圈内某淡水湖边地表下 5cm 沉积物。分离自原油富集菌群。与模式菌株相似性为 99.882%。培养基 0472,28℃。

Brevibacterium sanguinis Wauters *et al*. 2004 血红短杆菌

模式菌株 *Brevibacterium sanguinis* CF63(T) AJ564859

MCCC 1A02271　←海洋三所 S3-1。分离源：加勒比海表层海水。与模式菌株相似性为 100%。培养基 0745,28℃。

Brevibacterium stationis（ZoBell and Upham 1944）Breed 1953 停滞短杆菌

模式菌株 *Brevibacterium stationis* LMG 21670 AJ620367

MCCC 1A00853　←海洋三所 B-3006。分离源：东太平洋深层海水。与模式菌株相似性为 99.928%。培养基 0471,4℃。

MCCC 1A00939　←海洋三所 B-5131。分离源：中太平洋沉积物深层沉积物。与模式菌株相似性为 99.927%。培养基 0471,4℃。

MCCC 1B01127　←海洋一所 YCWA63-1。分离源：青岛即墨饱和盐度盐田表层海水。与模式菌株相似性为 99.387%。培养基 0471,20～25℃。

Brevibacterium sp. Breed 1953 短杆菌

MCCC 1A00411　←海洋三所 NHCd5-5。分离源：南海海底沉积物。抗二价镉。与模式菌株 *B. celere* KMM 3637(T) AY228463 相似性为 99.724%。培养基 0472,28℃。

MCCC 1A00829　←海洋三所 B-1082。分离源：东太平洋上覆水。与模式菌株 *B. antiquum* VKM Ac-2118 AY243344 相似性为 98.857%。培养基 0471,4℃。

MCCC 1A00893　←海洋三所 B-1148。分离源：东太平洋沉积物深层。与模式菌株 *B. casei* NCDO 2048(T) X76564 相似性为 95.114%。培养基 0471,4℃。

MCCC 1A01144　←海洋三所 3。分离源：印度洋深海热液口沉积物。分离自环己酮降解菌群。与模式菌株 *B. celere* KMM 3637(T) AY228463 相似性为 99.69%。培养基 0472,25℃。

MCCC 1A01161　←海洋三所 21。分离源：印度洋深海热液口沉积物。分离自环己酮降解菌群。与模式菌株 *B. casei* NCDO 2048(T) X76564 相似性为 96.689%。培养基 0472,25℃。

MCCC 1A01186　←海洋三所 58。分离源：印度洋深海热液口沉积物。分离自环己酮降解菌群。与模式菌株 *B. ravenspurgense* CCUG 56047(T) EU086793 相似性为 94.836%。培养基 0471,25℃。

MCCC 1A01326　←海洋三所 S29-1-2。分离源:印度洋表层海水。苯系物降解菌。与模式菌株 *B. picturae* LMG 22061(T) AJ620364 相似性为 98.51%。培养基 0471,25℃。

MCCC 1A01409　←海洋三所 N40。分离源:南海深海沉积物。分离自石油降解菌群。与模式菌株 *B. celere* KMM 3637(T) AY228463 相似性为 99.324%。培养基 0745,26℃。

MCCC 1A02215　←海洋三所 37-1-1。分离源:厦门近海表层海水。降解二苯并噻吩。与模式菌株 *B. celere* KMM 3637(T) AY228463 相似性为 99.861%。培养基 0472,28℃。

MCCC 1A03710　←海洋三所 X-87B210(B)。分离源:东海表层沉积物。抗部分细菌。与模式菌株 *B. halotolerans* LMG 21660(T) AJ620368 相似性为 99.436%。培养基 0471,28℃。

MCCC 1A04007　←海洋三所 C86AP。分离源:西南太平洋深层海水。分离自石油、多环芳烃富集菌群。与模式菌株 *B. casei* NCDO 2048(T) X76564 相似性为 99.418%。培养基 0821,25℃。

MCCC 1A04653　←海洋三所 C41B3。分离源:西南太平洋表层海水。分离自石油降解菌群。与模式菌株 *B. permense* VKM Ac-2280(T) AY243343 相似性为 99.208%。培养基 0821,25℃。

MCCC 1A04775　←海洋三所 C16B1。分离源:西南太平洋深层海水。分离自石油降解菌群。与模式菌株 *B. picturae* LMG 22061(T) AJ620364 相似性为 97.09%(772/795)。培养基 0821,25℃。

MCCC 1A04869　←海洋三所 C77AE。分离源:西南太平洋深层海水。分离自石油、多环芳烃降解菌群。与模式菌株 *B. celere* KMM 3637(T) AY228463 相似性为 99.864%。培养基 0821,25℃。

MCCC 1A04998　←海洋三所 C40B9。分离源:印度洋表层海水。分离自石油降解菌群。与模式菌株 *B. oceani* BBH7(T) AM158906 相似性为 95.219%(751/787)。培养基 0821,25℃。

MCCC 1A05196　←海洋三所 C46B1。分离源:西南太平洋上层海水。分离自石油降解菌群。与模式菌株 *B. aurantiacum* NCDO 739(T) X76566 相似性为 97.739%。培养基 0821,25℃。

MCCC 1A05415　←海洋三所 Er44。分离源:南海海水。分离自石油降解菌群。与模式菌株 *Brevibacterium permense* VKM Ac-2280(T) AY243343 相似性为 99.059%(737/744)。培养基 0471,28℃。

Brevundimonas diminuta (Leifson and Hugh 1954) Segers *et al*. 1994 **缺陷短波单胞菌**

模式菌株 *Brevundimonas diminuta* LMG 2089(T) AJ227778

MCCC 1A00051　←海洋三所 HC11-4。分离源:厦门海水养殖场捕捞的黄翅鱼肠道内容物。与模式菌株相似性为 99.192%。培养基 0033,28℃。

MCCC 1A00281　←海洋三所 BM-10H。分离源:厦门海水养殖场捕捞的比目鱼肠道内容物。与模式菌株相似性为 99.876%。培养基 0033,28℃。

MCCC 1A01273　←海洋三所 PMC1-4。分离源:大西洋深海底层海水。分离自多环芳烃降解菌群。与模式菌株相似性为 99.857%。培养基 0471,25℃。

MCCC 1B00572　←海洋一所 DJCJ3。分离源:江苏南通启东表层海水。与模式菌株相似性为 99.872%。培养基 0471,20～25℃。

Brevundimonas intermedia (Poindexter 1964) Abraham *et al*. 1999 **中间短波单胞菌**

模式菌株 *Brevundimonas intermedia* ATCC 15262(T) AJ227786

MCCC 1A01773　←海洋三所 Z66(K4)zhy。分离源:东太平洋多金属结核区深海沉积物。与模式菌株相似性为 99.786%。培养基 0471,15～25℃。

Brevundimonas vesicularis (Busing *et al*. 1953) Segers *et al*. 1994 **泡囊短波单胞菌**

模式菌株 *Brevundimonas vesicularis* LMG 2350(T) AJ227780

MCCC 1A00052　←海洋三所 HC11-5。分离源:厦门海水养殖黄翅鱼肠道内容物。与模式菌株相似性为 99.307%。培养基 0033,28℃。

Brevundimonas sp. Segers *et al*. 1994 emend. Abraham *et al*. 1999 **短波单胞菌**

MCCC 1A02437　←海洋三所 S16-9。分离源:大西洋表层海水。与模式菌株 *B. terrae* KSL-145(T) DQ335215 相似性为 98.827%。培养基 0745,28℃。

Brochothrix thermosphacta (McLean and Sulzbacher 1953) Sneath and Jones 1976 **热杀索丝菌**
模式菌株 *Brochothrix thermosphacta* DSMZ 20171(T) AY543023
MCCC 1A01916　←海洋三所 NJ-25。分离源:南极土壤。与模式菌株相似性为 99.718%。培养基 0033,20～25℃。

***Brucella* sp.** (Meyer and Shaw 1920) Verger *et al.* 1985 **布鲁氏杆菌**
MCCC 1A02251　←海洋三所 S1-2。分离源:加勒比海表层海水。与模式菌株 *B. pinnipedialis* BCCN 94-73
　　　　　　　　(T) AM15898 相似性为 98.933%。培养基 0745,28℃。
MCCC 1A02267　←海洋三所 S2-6。分离源:加勒比海表层海水。与模式菌株 *B. pinnipedialis* BCCN 94-73
　　　　　　　　(T) AM15898 相似性为 98.933%。培养基 0821,28℃。
MCCC 1A02759　←海洋三所 F15B-3。分离源:北海沉积物。分离自石油降解菌群。与模式菌株
　　　　　　　　B. pinnipedialis BCCN 94-73(T) AM15898 相似性为 98.891%。培养基 0472,28℃。

Burkholderia cepacia (Palleroni and Holmes 1981) Yabuuchi *et al.* 1993 **洋葱伯克霍尔德氏菌**
模式菌株 *Burkholderia seminalis* R-24196(T) AM747631
MCCC 1A03472　←海洋三所 YB90。分离源:厦门上层温泉水。与模式菌株相似性为 99.799%。培养基
　　　　　　　　0471,75℃。

Carnobacterium funditum Franzmann *et al.* 1993 **湖底肉杆菌**
模式菌株 *Carnobacterium funditum* pf3(T) S86170
MCCC 1A01905　←海洋三所 NJ-46。分离源:南极土壤。与模式菌株相似性为 99.604%。培养基 0033,20～30℃。

Carnobacterium viridans Holley *et al.* 2002 **产绿色肉杆菌**
模式菌株 *Carnobacterium viridans* MPL-11(T) AF425608
MCCC 1A00136　←海洋三所 XYB-W2B。分离源:南海海底比目鱼肠道内容物。与模式菌株相似性为
　　　　　　　　99.752%。培养基 0033,28℃。

***Carnobacterium* sp.** Collins *et al.* 1987 **肉杆菌**
MCCC 1A00653　←海洋三所 7196。分离源:西太平洋深海沉积物。与模式菌株 *C. inhibens* K1(T) Z73313
　　　　　　　　相似性为 95.146%。培养基 0471,4～20℃。
MCCC 1A00730　←海洋三所 8090。分离源:西太平洋深海沉积物。与模式菌株 *C. inhibens* K1(T) Z73313
　　　　　　　　相似性为 98.995%。培养基 0471,4～20℃。

Castellaniella caeni Liu *et al.* 2008 **淤泥卡斯特兰尼氏菌**
模式菌株 *Castellaniella caeni* Ho-11(T) AB166879
MCCC 1A01479　←海洋三所 II-D-2。分离源:厦门滩涂泥样。与模式菌株相似性为 98.705%。培养基
　　　　　　　　0472,26℃。
MCCC 1A02261　←海洋三所 S1-13-2。分离源:加勒比海表层海水。与模式菌株相似性为 98.478%。培养
　　　　　　　　基 0745,28℃。

Castellaniella denitrificans Kämpfer *et al.* 2006 **反硝化卡斯特兰尼氏菌**
模式菌株 *Castellaniella denitrificans* NKNTAU(T) U82826
MCCC 1A01357　←海洋三所 II-C-7。分离源:厦门滩涂泥样。与模式菌株相似性为 99.245%。培养基
　　　　　　　　0472,28℃。
MCCC 1A03137　←海洋三所 46-7(1)。分离源:印度洋表层海水。分离自石油降解菌群。与模式菌株的相
　　　　　　　　似性为 99.379%(824/829)。培养基 0821,25℃。

***Castellaniella* sp.** Kämpfer *et al.* 2006 **卡斯特兰尼氏菌**
MCCC 1A02260　←海洋三所 S1-13-1。分离源:加勒比海表层海水。与模式菌株 *C. caeni* Ho-11(T)

AB166879 相似性为 98.779％。培养基 0745,28℃。

Cellulomonas hominis Funke *et al.* 1996 人纤维单胞菌
模式菌株 *Cellulomonas hominis* DMMZ CE40(T) X82598

MCCC 1A02166 ←海洋三所 N35-10-1。分离源:南海深海沉积物。十六烷降解菌。与模式菌株相似性为99.858％。培养基 0745,26℃。

MCCC 1A03917 ←海洋三所 322-10。分离源:印度洋表层海水。分离自石油降解菌群。与模式菌株相似性为 98.613％。培养基 0471,25℃。

MCCC 1A05441 ←海洋三所 Er39。分离源:南海海水。分离自石油降解菌群。与模式菌株相似性为99.435％(738/743)。培养基 0471,28℃。

MCCC 1A05933 ←海洋三所 0709P1-4。分离源:印度洋深海表层沉积物。与模式菌株相似性为 99％。培养基 1003,28℃。

Cellulophaga lytica (Lewin 1969)Johansen *et al.* 1999 溶解噬纤维菌
模式菌株 *Cellulophaga lytica* ATCC 23178(T) D12666

MCCC 1A01130 ←海洋三所 AL10。分离源:青岛近海海藻。与模式菌株相似性为 98.84％(801/810)。培养基 0472,25℃。

Cellulosimicrobium funkei Brown *et al.* 2006 芬克纤维微菌
模式菌株 *Cellulosimicrobium funkei* ATCC BAA-886(T) AY501364

MCCC 1A03319 ←海洋三所 I20-1。分离源:印度洋深海沉积物表层。与模式菌株相似性为 99％。培养基 0012,28℃。

MCCC 1A05929 ←海洋三所 0707K4-3。分离源:印度洋深海沉积物表层。与模式菌株相似性为 99％。培养基 1003,28℃。

Chlorobium **sp.** Nadson 1906 emend. Imhoff 2003 绿菌
MCCC 1I00033 ←华侨大学 sy9。分离源:波罗的海近海深层沉积物。硫代谢。与模式菌株 *Chlorobium phaeovibrioides* 2631(T) Y08105 相似性为 99.312％。培养基 1004,25～35℃。

Chromohalobacter israelensis (Huval *et al.*)Arahal *et al.* 2001 以色列色盐杆菌
MCCC 1A02666 ←LMG 19546。原始号 Ba1。=ATCC 43985 =CECT 5287 =CCM 4920 =CIP 106853 =DSM 6768 =LMG 19546 =NCIMB 13766。分离源:死海。模式菌株。培养基 0471,30℃。

Chromohalobacter marismortui (ex Elazari-Volcani 1940)Ventosa *et al.* 1989 死海色盐杆菌
MCCC 1A02667 ←LMG 3935。原始号 CCM 3518。=ATCC 17056 =DSM 6770 =JCM 21220 =LMG 3935 =NBRC 103155。分离源:死海。模式菌株。培养基 0471,30℃。

Chromohalobacter salexigens Arahal *et al.* 2001 需盐色盐杆菌
模式菌株 *Chromohalobacter salexigens* DSM 3043(T) CP000285

MCCC 1A01115 ←海洋三所 MA1A。分离源:大西洋深海底层海水。分离自石油降解菌群。与模式菌株相似性为 100％。培养基 0471,25℃。

MCCC 1A01285 ←海洋三所 13-5。分离源:印度洋深海热液口沉积物。抗重金属(可能为二价铜、二价钴、二价锰、二价铅、二价镉等)。与模式菌株相似性为 100％。培养基 0745,25℃。

MCCC 1A02055 ←海洋三所 NIC13P-6。分离源:印度洋深海底层水样。分离自多环芳烃降解菌群。与模式菌株相似性为 100％。培养基 0471,25℃。

MCCC 1A02360 ←海洋三所 S4-1。分离源:大西洋表层海水。与模式菌株相似性为 99.856％。培养基 0475,28℃。

MCCC 1A02390 ←海洋三所 S7-12。分离源：大西洋表层海水。与模式菌株相似性为 100%。培养基 0745,28℃。

MCCC 1A03195 ←海洋三所 3PC139-6。分离源：印度洋深海水样。分离自多环芳烃降解菌群。与模式菌株 的相似性为 100%。培养基 0471,28℃。

MCCC 1A04227 ←海洋三所 pTVG2-1。分离源：太平洋深海热液区沉积物。分离自多环芳烃降解菌群。与 模式菌株相似性为 100%。培养基 0471,25℃。

MCCC 1A04553 ←海洋三所 T35B10。分离源：西南太平洋土黄色沉积物。分离自石油降解菌群。与模式 菌株相似性为 99.73%(774/776)。培养基 0821,28℃。

MCCC 1A04742 ←海洋三所 C40AF1。分离源：印度洋表层海水。分离自石油降解菌群。与模式菌株相似 性为 99.86%(746/748)。培养基 0821,25℃。

MCCC 1A05435 ←海洋三所 Er30。分离源：南海海水。分离自石油降解菌群。与模式菌株相似性为 100% (763/763)。培养基 0471,28℃。

MCCC 1A05442 ←海洋三所 Er41。分离源：南海海水。分离自石油降解菌群。与模式菌株相似性为 100% (763/763)。培养基 0471,28℃。

MCCC 1A05448 ←海洋三所 Er58。分离源：南海海水。分离自石油降解菌群。与模式菌株相似性为 99.448%(759/765)。培养基 0471,28℃。

MCCC 1A05451 ←海洋三所 Er48。分离源：南海海水。分离自石油降解菌群。与模式菌株相似性为 100% (763/763)。培养基 0471,28℃。

MCCC 1A05549 ←海洋三所 NB-C2。分离源：南海海水。分离自石油降解菌群。与模式菌株相似性为 100%(790/790)。培养基 0471,28℃。

MCCC 1A05588 ←海洋三所 AA-27。分离源：太平洋黑褐色块状物。与模式菌株相似性为 99.729%。培养 基 0471,30℃。

MCCC 1A05916 ←海洋三所 T43AM。分离源：西南太平洋土黄色沉积物。分离自石油、多环芳烃降解菌 群。与模式菌株相似性为 100%(804/804)。培养基 0821,25℃。

***Chromohalobacter* sp.** Ventosa *et al*.1989 emend. Arahal *et al*.2001 **色盐杆菌**

MCCC 1A02651 ←海洋三所 MC2up-L7。分离源：太平洋深海热液区沉积物。分离自多环芳烃降解菌群。 与模式菌株 *C. salarius* CG 4.1(T) AJ427626 相似性为 95.439%。培养基 0471,28℃。

MCCC 1A02652 ←海洋三所 LMC2-5。分离源：太平洋深海热液区沉积物。分离自多环芳烃降解菌群。与模 式菌株 *C. israelensis* ATCC 43985(T) AJ295144 相似性为 96.294%。培养基 0471,28℃。

MCCC 1A05421 ←海洋三所 Er7。分离源：南海海水。分离自石油降解菌群。与模式菌株 *C. salexigens* DSM 3043(T) CP000285 相似性为 99.469%(750/754)。培养基 0471,28℃。

MCCC 1A05453 ←海洋三所 NB-C3。分离源：南海海水。分离自石油降解菌群。与模式菌株 *C. salexigens* DSM 3043(T) CP000285 相似性为 100%(761/761)。培养基 0471,28℃。

MCCC 1B00830 ←海洋一所 YCWA3。分离源：青岛即墨饱和盐度盐田表层海水。与模式菌株 *C. canadensis* ATCC 43984(T) AJ295143 相似性为 94.624%。培养基 0471,20~25℃。

MCCC 1B00833 ←海洋一所 YCWA7。分离源：青岛即墨饱和盐度盐田表层海水。与模式菌株 *C. canadensis* ATCC 43984(T) AJ295143 相似性为 95.574%。培养基 0471,20~25℃。

MCCC 1B00837 ←海洋一所 YCWA11。分离源：青岛即墨饱和盐度盐田表层海水。与模式菌株 *C. salexigens* DSM 3043(T) CP000285 相似性为 99.881%。培养基 0471,20~25℃。

MCCC 1B00841 ←海洋一所 YCWA20。分离源：青岛即墨饱和盐度盐田表层海水。与模式菌株 *C. salexigens* DSM 3043(T) CP000285 相似性为 94.743%。培养基 0471,20~25℃。

MCCC 1B00843 ←海洋一所 YCWA25。分离源：青岛即墨饱和盐度盐田。与模式菌株 *C. salexigens* DSM 3043(T) CP000285 相似性为 95.107%。培养基 0471,20~25℃。

MCCC 1B00934 ←海洋一所 YCSA56。分离源：青岛即墨饱和盐度盐田盐渍土。与模式菌株 *C. canadensis* ATCC 43984(T) AJ295143 相似性为 95.221%。培养基 0471,20~25℃。

MCCC 1B00984 ←海洋一所 YXWBB16。分离源：青岛即墨 70%盐度盐田表层海水。与模式菌株 *C. canadensis* ATCC 43984(T) AJ295143 相似性为 95.585%。培养基 0471,20~25℃。

MCCC 1B01000 ←海洋一所 YCSA53。分离源:青岛即墨饱和盐度盐田盐渍土。与模式菌株 *C. salexigens* DSM 3043 CP000285 相似性为 95.084%。培养基 0471,20~25℃。

Chryseobacterium indoltheticum Vandamme *et al.* 1994 产吲哚金黄杆菌

模式菌株 *Chryseobacterium indoltheticum* ATCC 27950(T) M58774

MCCC 1A00132 ←海洋三所 BM-4。分离源:厦门海水养殖场比目鱼肠道内容物。与模式菌株相似性为 99.363%。培养基 0033,28℃。

Chryseobacterium **sp.** Vandamme *et al.* 1994 金黄杆菌

MCCC 1A02229 ←海洋三所 ST9。分离源:厦门黄翅鱼鱼胃。与模式菌株 *C. haifense* H38(T) EF204450 相似性为 98.079%。培养基 0033,25℃。

MCCC 1A02235 ←海洋三所 CH18。分离源:厦门黄翅鱼鱼鳃。与模式菌株 *C. haifense* H38(T) EF204450 相似性为 98.079%。培养基 0033,25℃。

MCCC 1A02240 ←海洋三所 CH5。分离源:厦门黄翅鱼鱼鳃。与模式菌株 *C. haifense* H38(T) EF204450 相似性为 98.079%。培养基 0033,25℃。

Citreicella thiooxidans Sorokin *et al.* 2006 硫氧化柠檬胞菌

模式菌株 *Citreicella thiooxidans* CHLG 1(T) AY639887

MCCC 1A00212 ←海洋三所 Mf4。分离源:厦门近海养殖鳗鱼肠道内容物。与模式菌株相似性为 98.929%。培养基 0033,28℃。

MCCC 1A00217 ←海洋三所 MF4。分离源:厦门近海海水养殖场鳗鱼肠道内容物。与模式菌株相似性为 98.929%。培养基 0033,28℃。

MCCC 1A00905 ←海洋三所 B-1039。分离源:西太平洋暖池区沉积物深层。与模式菌株相似性为 97.374%。培养基 0471,4℃。

MCCC 1A00940 ←海洋三所 B-5052。分离源:东太平洋海藻。与模式菌株相似性为 99.847%。培养基 0471,4℃。

MCCC 1A01240 ←海洋三所 2PR57-8。分离源:印度洋深海底层水样。分离自多环芳烃降解菌群。与模式菌株相似性为 99.853%。培养基 0471,25℃。

MCCC 1A01243 ←海洋三所 RD92-17。分离源:印度洋深海底层水样。分离自石油降解菌群。与模式菌株相似性为 99.706%。培养基 0471,25℃。

MCCC 1A02023 ←海洋三所 CR51-11。分离源:印度洋深海底层水样。分离自石油降解菌群。与模式菌株相似性为 99.853%。培养基 0471,25℃。

MCCC 1A04463 ←海洋三所 T24AM。分离源:西南太平洋热液区沉积物。分离自石油降解菌群。与模式菌株相似性为 99.725%。培养基 0821,28℃。

MCCC 1A04960 ←海洋三所 C1B7。分离源:西南太平洋上层海水。分离自石油降解菌群。与模式菌株相似性为 99.734%。培养基 0821,25℃。

MCCC 1A05649 ←海洋三所 C51B4。分离源:西南太平洋上层海水。分离自石油降解菌群。与模式菌株 *Citreicella thiooxidans* CHLG 1(T) AY639887 相似性为 99.75%。培养基 0821,25℃。

MCCC 1F01006 ←厦门大学 B1。分离源:福建省漳州近海红树林表层沉积物。与模式菌株相似性为 99.854%(1366/1368)。培养基 0471,30℃。

MCCC 1F01054 ←厦门大学 P8。分离源:福建漳州近海红树林泥。与模式菌株相似性为 99.562%(1363/1369)。培养基 0471,25℃。

MCCC 1F01063 ←厦门大学 Y4。分离源:福建省漳州近海红树林表层沉积物。与模式菌株相似性为 99.854%(1367/1369)。培养基 0471,25℃。

MCCC 1G00014 ←青岛科大 HH150-NF103。分离源:中国黄海海底沉积物。与模式菌株的 16S 序列相似性为 99.342%。培养基 0471,28℃。

MCCC 1G00015 ←青岛科大 HH150-NF104。分离源:中国黄海海底沉积物。与模式菌株的 16S 序列相似性为 99.486%。培养基 0471,28℃。

Citreicella sp. Sorokin *et al.* 2006 柠檬胞菌

MCCC 1A01454 ←海洋三所 I-C-3。分离源：厦门滩涂泥样。与模式菌株 *C. thiooxidans* CHLG 1（T）AY639887 相似性为 98.355%。培养基 0472,26℃。

MCCC 1A03060 ←海洋三所 CK-I3-6。分离源：印度洋深海沉积物。与模式菌株 *C. thiooxidans* CHLG 1（T）AY639887 相似性为 98.148%。培养基 0745,18～28℃。

MCCC 1A03064 ←海洋三所 CK-I3-10。分离源：印度洋深海沉积物。与模式菌株 *C. thiooxidans* CHLG 1（T）AY639887 相似性为 98.291%。培养基 0745,18～28℃。

Citreimonas sp. Choi and Cho 2006 柠檬单胞菌

MCCC 1F01085 ←厦门大学 AR2-3。分离源：塔玛亚历山大藻培养液。与模式菌株 *C. salinaria* CL-SP20（T）AY962295 相似性为 95.568%（1337/1399）。培养基 0471,25℃。

Citricoccus alkalitolerans Li *et al.* 2005 耐碱柠檬球菌

模式菌株 *Citricoccus alkalitolerans* YIM 70010（T）AY376164

MCCC 1A00280 ←海洋三所 02Cr10-3。分离源：西太平洋暖池区深海沉积物。抗六价铬。与模式菌株相似性为 98.907%（759/768）。培养基 0472,28℃。

MCCC 1A00417 ←海洋三所 02Cr-4。分离源：西太平洋暖池区深海沉积物。抗六价铬。与模式菌株相似性为 98.9%（759/768）。培养基 0472,28℃。

MCCC 1A00834 ←海洋三所 B-1136。分离源：西太平洋暖池区沉积物深层。与模式菌株相似性为 99.194%。培养基 0471,4℃。

MCCC 1A00898 ←海洋三所 B-5151。分离源：西太平洋暖池区沉积物深层。与模式菌株相似性为 99.727%。培养基 0471,4℃。

MCCC 1A00904 ←海洋三所 B-1035。分离源：西太平洋暖池区沉积物表层。与模式菌株相似性为 99.727%。培养基 0471,4℃。

MCCC 1C00524 ←极地中心 BSs20065。分离源：北冰洋表层沉积物。与模式菌株相似性为 99.121%。培养基 0471,15℃。

Citricoccus sp. Altenburger *et al.* 2002 柠檬球菌

MCCC 1A00109 ←海洋三所 HYC-16。分离源：厦门轮渡码头捕捞的野生鲻鱼肠道内容物。与模式菌株 *C. alkalitolerans* YIM 70010（T）AY376164 相似性为 98.002%。培养基 0033,28℃。

MCCC 1A00670 ←海洋三所 3056。分离源：东太平洋深海沉积物。与模式菌株 *C. alkalitolerans* YIM 70010（T）AY376164 相似度为 99.319%。培养基 0471,4～20℃。

MCCC 1A00802 ←海洋三所 B-2001。分离源：西太平洋暖池区沉积物深层。与模式菌株 *C. alkalitolerans* YIM 70010（T）AY376164 相似性为 99.132%。培养基 0471,4℃。

MCCC 1A00832 ←海洋三所 B-2033。分离源：西太平洋暖池区沉积物深层。与模式菌株 *C. alkalitolerans* YIM 70010（T）AY376164 相似性为 98.318%。培养基 0471,4℃。

MCCC 1A00840 ←海洋三所 B-2009。分离源：西太平洋暖池区沉积物深层。与模式菌株 *C. alkalitolerans* YIM 70010（T）AY376164 相似性为 96.601%。培养基 0471,4℃。

MCCC 1A00860 ←海洋三所 B-1008。分离源：西太平洋暖池区沉积物深层。与模式菌株 *C. alkalitolerans* YIM 70010（T）AY376164 相似性为 94.829%。培养基 0471,4℃。

MCCC 1A01202 ←海洋三所 CN-1。分离源：太平洋深海沉积物。降解氰化物,抗六价铬。与模式菌株 *C. alkalitolerans* YIM 70010（T）AY376164 相似性为 98.892%。培养基 0472,18～40℃。

MCCC 1A05600 ←海洋三所 X-4♯-B306。分离源：中国黄海表层沉积物。与模式菌株 *C. alkalitolerans* YIM 70010（T）AY376164 相似性为 99.354%。培养基 0471,28℃。

Citrobacter freundii (Braak 1928) Werkman and Gillen 1932 弗氏柠檬酸杆菌

模式菌株 *Citrobacter freundii* DSM 30039（T）AJ233408

MCCC 1A00198 ←海洋三所 M2e。分离源：厦门海水养殖鳗鱼肠道内容物。与模式菌株相似性为

99.768％。培养基 0033,28℃。

MCCC 1A00201　←海洋三所 ME3。分离源:厦门近海海水养殖鳗鱼肠道内容物。与模式菌株相似性为
　　　　　　　　99.768％。培养基 0033,28℃。

MCCC 1A00218　←海洋三所 M2f。分离源:厦门海水养殖鳗鱼肠道内容物。与模式菌株相似性为
　　　　　　　　99.768％。培养基 0033,28℃。

Citrobacter murliniae Brenner *et al.* 2000 啮齿类柠檬酸杆菌

模式菌株 *Citrobacter murliniae* CDC 2970-59(T)

MCCC 1B01195　←海洋一所 HTGB。分离源:福建宁德暗纹东方鲀肝脏。与模式菌株相似性为 99.762％。
　　　　　　　　培养基 0471,25℃。

Citrobacter sp. Werkman and Gillen 1932 柠檬酸杆菌

MCCC 1A00173　←海洋三所 HYCf-2。分离源:厦门野生鲻鱼肠道内容物。与模式菌株 *C. werkmanii* CDC
　　　　　　　　0876-58(T) AF025373 相似性为 99.752％。培养基 0033,28℃。

MCCC 1B01196　←海洋一所 HTGC。分离源:福建宁德暗纹东方鲀肝脏。与模式菌株 *C. werkmanii* CDC
　　　　　　　　0876-58(T) AF025373 相似性为 99.524％。培养基 0471,25℃。

Cobetia marina (Cobet *et al.* 1970) Arahal *et al.* 2002 海科贝特氏菌

模式菌株 *Cobetia marina* DSM 4741(T) AJ306890

MCCC 1A03251　←DSM 4741。＝ATCC 25374 ＝CCUG 49558 ＝CCUG 49558 ＝CECT 4278 ＝CIP 104765 ＝
　　　　　　　　DSM 4741 ＝LMG 2217 ＝NBRC 102605 ＝NCIMB 1877。模式菌株。培养基 0471,25℃。

MCCC 1A00342　←海洋三所 V3a。分离源:西太平洋暖池区深海沉积物。产絮凝物质(胞外多糖)。与模式
　　　　　　　　菌株相似性为 98.134％(558/569)。培养基 0472,18℃。

MCCC 1A00811　←海洋三所 B-1040。分离源:西太平洋暖池区沉积物深层。与模式菌株相似性为
　　　　　　　　99.438％。培养基 0471,4℃。

MCCC 1A00812　←海洋三所 B-1042。分离源:西太平洋暖池区沉积物深层。与模式菌株相似性为
　　　　　　　　99.213％。培养基 0471,4℃。

MCCC 1A00813　←海洋三所 B-1043。分离源:西太平洋暖池区沉积物深层。与模式菌株相似性为
　　　　　　　　99.433％。培养基 0471,4℃。

MCCC 1A00815　←海洋三所 B-1045。分离源:西太平洋暖池区沉积物深层。与模式菌株相似性为
　　　　　　　　99.418％。培养基 0471,4℃。

MCCC 1A00908　←海洋三所 B-1069。分离源:西太平洋暖池区沉积物深层。与模式菌株相似性为
　　　　　　　　99.146％。培养基 0471,4℃。

MCCC 1A02098　←海洋三所 AL8。分离源:青岛近海海藻。与模式菌株相似性为 99.749％。培养基
　　　　　　　　0472,25℃。

MCCC 1A02848　←海洋三所 IR2。分离源:黄海表层海水。分离自石油降解菌群。与模式菌株相似性为
　　　　　　　　99.749％。培养基 0472,25℃。

MCCC 1A02883　←海洋三所 IY1。分离源:黄海上层海水。分离自石油降解菌群。与模式菌株相似性为
　　　　　　　　100％。培养基 0472,25℃。

MCCC 1A02885　←海洋三所 IY4。分离源:黄海表层海水。分离自石油降解菌群。与模式菌株相似性为
　　　　　　　　99.749％。培养基 0472,25℃。

MCCC 1A02914　←海洋三所 JE12。分离源:黄海表层海水。分离自石油降解菌群。与模式菌株相似性为
　　　　　　　　100％。培养基 0472,25℃。

MCCC 1A02934　←海洋三所 JI10。分离源:东海上层海水。分离自石油降解菌群。与模式菌株相似性为
　　　　　　　　99.748％。培养基 0472,25℃。

MCCC 1A02968　←海洋三所 JP7。分离源:黄海上层海水。分离自石油降解菌群。与模式菌株相似性为
　　　　　　　　100％。培养基 0412,25℃。

MCCC 1A03517　←海洋三所 NH10A。分离源:南沙深海沉积物。与模式菌株相似性为 99.741％(781/

783）。培养基 0821,25℃。

MCCC 1A03537　←海洋三所 SHW1a。分离源:南沙珊瑚礁石。分离自十六烷富集菌群。与模式菌株相似性为 99.733%（781/783）。培养基 0821,25℃。

MCCC 1A04005　←海洋三所 NH1G。分离源:南沙泻湖珊瑚沙。与模式菌株相似性为 99.606%。培养基 0821,25℃。

MCCC 1A04110　←海洋三所 NH28J。分离源:南沙海域土黄色泥质。与模式菌株相似性为 99.714%。培养基 0821,25℃。

MCCC 1A04156　←海洋三所 NH41E。分离源:南沙海域深灰色细泥。与模式菌株相似性为 99.719%。培养基 0821,25℃。

MCCC 1A04168　←海洋三所 NH18A。分离源:南沙海域表层沉积物。与模式菌株相似性为 99.741%（781/783）。培养基 0821,25℃。

MCCC 1A04174　←海洋三所 NH50C。分离源:南沙海域灰黑色泥质。与模式菌株相似性为 99.743%。培养基 0821,25℃。

MCCC 1A04225　←海洋三所 OMC2(1015)-4。分离源:太平洋深海热液区沉积物。分离自多环芳烃降解菌群。与模式菌株相似性为 99.74%。培养基 0471,25℃。

MCCC 1A04322　←海洋三所 T8B9。分离源:西南太平洋土灰色沉积物上覆水。分离自石油降解菌群。与模式菌株相似性为 99.726%。培养基 0821,28℃。

MCCC 1A04345　←海洋三所 T11B5。分离源:西南太平洋深海沉积物。分离自石油降解菌群。与模式菌株相似性为 99.726%。培养基 0821,28℃。

MCCC 1A04555　←海洋三所 T35B5。分离源:西南太平洋劳盆地深海沉积物。分离自石油降解菌群。与模式菌株相似性为 99.731%。培养基 0821,28℃。

MCCC 1A04586　←海洋三所 T38AP。分离源:西南太平洋深海沉积物。分离自石油、多环芳烃降解菌群。与模式菌株相似性为 99.731%。培养基 0821,28℃。

MCCC 1A04867　←海洋三所 C77AC。分离源:西南太平洋深层海水。分离自石油、多环芳烃降解菌群。与模式菌株相似性为 99.734%。培养基 0821,25℃。

MCCC 1A05335　←海洋三所 C66B8。分离源:西南太平洋深层海水。分离自石油降解菌群。与模式菌株相似性为 99.741%（781/783）。培养基 0821,25℃。

MCCC 1A05622　←海洋三所 19-B1-33。分离源:南海深海沉积物。分离自混合烷烃富集菌群。与模式菌株相似性为 99.75%。培养基 0471,28℃。

MCCC 1A05687　←海洋三所 NH52I。分离源:南沙海域黑褐色沙质沉积物。与模式菌株相似性为 99.741%。培养基 0821,25℃。

MCCC 1A05799　←海洋三所 SH-8。分离源:南沙美集礁珊瑚礁石。与模式菌株相似性为 100%（782/782）。培养基 0821,25℃。

MCCC 1A05801　←海洋三所 SHMH。分离源:南沙美集礁珊瑚礁石。分离自石油降解菌群。与模式菌株相似性为 100%（796/796）。培养基 0821,25℃。

MCCC 1A05813　←海洋三所 SHY9E。分离源:南沙美集礁珊瑚礁石。分离自石油降解菌群。与模式菌株相似性为 99.869%。培养基 0821,25℃。

MCCC 1A05875　←海洋三所 BX-B1-20。分离源:南沙泻湖珊瑚沙颗粒。分离自石油降解菌群。与模式菌株相似性为 100%（796/796）。培养基 0821,25℃。

MCCC 1B00234　←海洋一所 YACS35。分离源:青岛上层海水。与模式菌株相似性为 100%。培养基 0471,20～25℃。

MCCC 1B00813　←海洋一所 HTYC21。分离源:山东宁德霞浦暗纹东方鲀胃部。与模式菌株相似性为 99.029%。培养基 0471,20～25℃。

MCCC 1B00905　←海洋一所 QDHT26。分离源:青岛浮山湾浒苔漂浮区。藻类共生菌。与模式菌株相似性为 99.165%。培养基 0471,20～25℃。

MCCC 1F01113　←厦门大学 DHQ19。分离源:中国东海近海表层海水。具有杀死塔玛亚历山大藻的活性。与模式菌株相似性为 98.673%（1115/1130）。培养基 0471,25℃。

MCCC 1F01146　←厦门大学 SCSWA22。分离源:南海深层海水。与模式菌株相似性为 99.201%（1489/

1501)。培养基 0471,25℃。

MCCC 1G00040　←青岛科大 HH231-NF101。分离源:中国黄海海底沉积物。与模式菌株的 16S 序列相似性为 99.24%。培养基 0471,28℃。

MCCC 1G00075　←青岛科大 HH209-3。分离源:中国黄海海底沉积物。与模式菌株的相似性为 98.475%。培养基 0471,25~28℃。

MCCC 1G00107　←青岛科大 DH253 上-2。分离源:中国东海上层海水。与模式菌株相似性为 99.027%。培养基 0471,25~28℃。

MCCC 1G00188　←青岛科大 qdht10。分离源:青岛表层海水。与模式菌株相似性为 98.755%。培养基 0471,25~28℃。

MCCC 1G00194　←青岛科大 qdht18。分离源:青岛表层海水。与模式菌株相似性为 99.507%。培养基 0471,25~28℃。

Colwellia aestuarii Jung *et al*. 2006 河口科尔韦尔氏菌

模式菌株 Colwellia aestuarii SMK-10(T) DQ055844

MCCC 1C00615　←极地中心 BSw20195。分离源:北冰洋无冰区上层海水。与模式菌株相似性为 99.528%。培养基 0471,15℃。

MCCC 1C00644　←极地中心 BSw20188。分离源:北冰洋无冰区上层海水。与模式菌株相似性为 98.518%。培养基 0471,15℃。

MCCC 1C00670　←极地中心 BSs20121。分离源:北冰洋表层沉积物。与模式菌株相似性为 99.596%。培养基 0471,15℃。

MCCC 1C00684　←极地中心 BSw20087。分离源:北冰洋无冰区深层海水。与模式菌株相似性为 99.589%。培养基 0471,15℃。

MCCC 1C00954　←极地中心 BCw036。分离源:北冰洋无冰区表层海水。与模式菌株相似性为 97.574%。培养基 0471,15℃。

MCCC 1C00983　←极地中心 BCw110。分离源:北冰洋无冰区表层海水。与模式菌株相似性为 97.574%。培养基 0471,15℃。

MCCC 1C01000　←极地中心 BCw098。分离源:北冰洋无冰区表层海水。与模式菌株相似性为 97.978%。培养基 0471,15℃。

Colwellia hornerae Bowman *et al*. 1998 荷氏科尔韦尔氏菌

模式菌株 Colwellia hornerae ACAM 607(T) U85847

MCCC 1C00414　←极地中心 BSi20399。分离源:北冰洋海冰。与模式菌株相似性为 97.942%。培养基 0471,15℃。

MCCC 1C00421　←极地中心 BSw20412。分离源:北冰洋冰区海水。与模式菌株相似性为 98.51%。培养基 0471,15℃。

MCCC 1C00422　←极地中心 BSw20419。分离源:北冰洋冰区海水。与模式菌株相似性为 98.368%。培养基 0471,15℃。

MCCC 1C00575　←极地中心 BSs20010。分离源:北冰洋表层沉积物。与模式菌株相似性为 98.297%。培养基 0471,15℃。

MCCC 1C00604　←极地中心 BSs20017。分离源:北冰洋深海沉积物。与模式菌株相似性为 98.226%。培养基 0471,15℃。

MCCC 1C00660　←极地中心 BSs20018。分离源:北冰洋表层沉积物。与模式菌株相似性为 98.297%。培养基 0471,15℃。

MCCC 1C00671　←极地中心 BSs20151。分离源:北冰洋深层沉积物。与模式菌株相似性为 98.294%。培养基 0471,15℃。

MCCC 1C00687　←极地中心 BSs20008。分离源:北冰洋表层沉积物。与模式菌株相似性为 98.295%。培养基 0471,15℃。

MCCC 1C00738　←极地中心 ZS3-28。分离源:南极表层沉积物。与模式菌株相似性为 98.652%。培养基

0471,15℃。

MCCC 1C00830　←极地中心 K3B-6。分离源:北极无冰区表层海水。与模式菌株相似性为 98.439%。培养基 0471,15℃。

Colwellia maris Yumoto *et al.* 1998 海科尔韦尔氏菌
模式菌株 *Colwellia maris* ABE-1(T) AB002630

MCCC 1C00721　←极地中心 NF3-29。分离源:南极无冰区表层海水。与模式菌株相似性为 99.866%。培养基 0471,15℃。

Colwellia piezophila Nogi *et al.* 2004 嗜压科尔韦尔氏菌
模式菌株 *Colwellia piezophila* Y223G(T) AB094412

MCCC 1C00776　←极地中心 NF1-20。分离源:南极表层沉积物。与模式菌株相似性为 98.438%。培养基 0471,15℃。

Colwellia polaris Zhang *et al.* 2008 北极科尔韦尔氏菌
模式菌株 *Colwellia polaris* 537(T) DQ007434

MCCC 1C00015　←极地中心 BSi20537。=CGMCC 1.6132 =JCM 13952 =537。分离源:北冰洋海冰。模式菌株,产脂酶、淀粉酶、蛋白酶、明胶酶。培养基 0471,10℃。

MCCC 1C00235　←极地中心 BSi20527。分离源:北冰洋海冰。产蛋白酶。与模式菌株相似性为 99.929%。培养基 0471,15℃。

MCCC 1C00516　←极地中心 BSs20120。分离源:北冰洋表层沉积物。与模式菌株相似性为 97.801%。培养基 0471,15℃。

MCCC 1C00531　←极地中心 BSw20072。分离源:北冰洋无冰区上层海水。与模式菌株相似性为 99.6%。培养基 0471,15℃。

MCCC 1C00566　←极地中心 BSw20066。分离源:北冰洋无冰区深层海水。与模式菌株相似性为 99.4%。培养基 0471,15℃。

MCCC 1C00599　←极地中心 BSs20123。分离源:北冰洋表层沉积物。与模式菌株相似性为 99.6%。培养基 0471,15℃。

MCCC 1C00689　←极地中心 BSs20127。分离源:北冰洋深层沉积物。与模式菌株相似性为 99.863%。培养基 0471,15℃。

MCCC 1C00693　←极地中心 BSs20126。分离源:北冰洋深层沉积物。与模式菌株相似性为 99.657%。培养基 0471,15℃。

Colwellia psychrerythraea Deming *et al.* 1988 冷红科尔韦尔氏菌
模式菌株 *Colwellia psychrerythraea* ACAM 550(T) AF001375

MCCC 1C00420　←极地中心 BSi20435。分离源:北冰洋海冰。与模式菌株相似性为 98.468%。培养基 0471,15℃。

MCCC 1C00788　←极地中心 NF1-19。分离源:南极表层沉积物。与模式菌株相似性为 98.534%。培养基 0471,15℃。

Colwellia rossensis Bowman *et al.* 1998 罗斯海科尔韦尔氏菌
模式菌株 *Colwellia. rossensis* ACAM 608(T) U14581

MCCC 1C00839　←极地中心 ZS4-15。分离源:南极表层沉积物。与模式菌株相似性为 98.837%。培养基 0471,15℃。

Colwellia **sp.** Deming *et al.* 1988 科尔韦尔氏菌
MCCC 1C00991　←极地中心 BCw111。分离源:北冰洋无冰区表层海水。与模式菌株 *C. aestuarii* SMK-10 (T) DQ055844 相似性为 93.176%。培养基 0471,15℃。

MCCC 1C01013　←极地中心 S11-B-1。分离源:北冰洋深层沉积物。抗二价锰。与模式菌株 *C. aestuarii* SMK-10(T) DQ055844 相似性为 99.73%。培养基 0471,5℃。

MCCC 1C01079　←极地中心 P5。分离源:北冰洋表层沉积物。与模式菌株 *C. aestuarii* SMK-10(T) DQ055844 相似性为 99.662%。培养基 0471,5℃。

MCCC 1C01080　←极地中心 P28。分离源:北冰洋深层沉积物。与模式菌株 *C. aestuarii* SMK-10(T) DQ055844 相似性为 99.73%。培养基 0471,5℃。

Comamonas denitrificans Gumaelius *et al.* 2001 脱氮丛毛单胞菌
模式菌株 *Comamonas denitrificans* 123(T) AF233877

MCCC 1A02232　←海洋三所 CH13。分离源:厦门黄翅鱼鱼鳃。与模式菌株相似性为 100%。培养基 0033,25℃。

Comamonas testosterone (Marcus and Talalay 1956) Tamaoka *et al.* 1987 睾丸酮丛毛单胞菌
模式菌株 *Comamonas testosteroni* ATCC 11996(T) M11224

MCCC 1A04025　←海洋三所 NH11G。分离源:南沙海域表层沉积物。与模式菌株相似性为 99.737%。培养基 0821,25℃。

MCCC 1A04140　←海洋三所 NH16J。分离源:南沙海域表层沉积物。与模式菌株相似性为 99.737%。培养基 0821,25℃。

MCCC 1A04632　←海洋三所 NH23T。分离源:南沙海域表层沉积物。与模式菌株相似性为 99.737%。培养基 0821,25℃。

MCCC 1A05658　←海洋三所 NH35M-1。分离源:南沙海域黄褐色沙质沉积物。与模式菌株相似性为 99.74%。培养基 0821,25℃。

MCCC 1A05672　←海洋三所 NH3A-B931。分离源:南沙海域黄褐色沙质沉积物。与模式菌株相似性为 99.737%(793/795)。培养基 0821,25℃。

MCCC 1A05765　←海洋三所 NH47L。分离源:南沙海域表层沉积物。与模式菌株相似性为 99.762%。培养基 0821,25℃。

MCCC 1A05793　←海洋三所 NH8IL。分离源:南沙海域灰白色泥质沉积物。与模式菌株相似性为 99.737%(793/795)。培养基 0821,25℃。

MCCC 1A06028　←海洋三所 T7AC。分离源:西南太平洋土灰色深海沉积物。分离自石油降解菌群。与模式菌株相似性为 99.74%。培养基 0821,25℃。

Corynebacterium amycolatum Collins *et al.* 1988 无枝菌酸棒杆菌
模式菌株 *Corynebacterium amycolatum* CIP 103452(T) X82057

MCCC 1B00700　←海洋一所 DJQD25。分离源:青岛胶南表层海水。与模式菌株相似性为 100%。培养基 0471,20~25℃。

Corynebacterium hoagie (Morse 1912) Eberson 1918 霍氏棒杆菌
模式菌株 *Corynebacterium hoagii* ATCC 7005

MCCC 1F01066　←厦门大学 Y7。分离源:福建漳州近海红树林泥。与模式菌株相似性为 99.847%(1301/1303)。培养基 0471,25℃。

Corynebacterium marinum Lehmann and Neumann 1896 海棒状杆菌
MCCC 1H00016　←山东大学威海分校←Heriot-Watt University←BCCM/LMG。原始号 D7015。= CGMCC 1.6998=NRRL B-24779。分离源:青岛近海海洋沉积物。模式菌株。培养基 0471,30℃。

Corynebacterium mucifaciens Funke *et al.* 1997 产黏棒杆菌
模式菌株 *Corynebacterium mucifaciens* DMMZ 2278 Y11200

MCCC 1B00741　←海洋一所 CJHH9。分离源:烟台海阳次底层海水。与模式菌株相似性为 100%。培养基

0471,20～25℃。

Corynebacterium terpenotabidum Takeuchi *et al*. 1999 解萜烯棒杆菌
模式菌株 *Corynebacterium terpenotabidum* IFO 14764（T）AB004730

MCCC 1A04211 ←海洋三所 OTVG9。分离源：太平洋深海热液区沉积物。分离自多环芳烃降解菌群。与模式菌株相似性为 96.447％。培养基 0471,25℃。

Corynebacterium variabile（Müller 1961）Collins 1987 变异棒杆菌
模式菌株 *Corynebacterium variabile* DSM 20132（T）AJ222815

MCCC 1A00029 ←海洋三所 BM-13。分离源：厦门海水养殖场比目鱼肠道内容物。与模式菌株相似性为 99.738％。培养基 0033,28℃。

MCCC 1A00345 ←海洋三所 SI-3B。分离源：印度洋表层海水鲨鱼肠道内容物。与模式菌株相似性为 100％。培养基 0033,28℃。

MCCC 1A01366 ←海洋三所 3-C-4。分离源：厦门近岸表层海水。与模式菌株相似性为 97.293％。培养基 0472,28℃。

Cryobacterium psychrophilum（ex Inoue and Komagata 1976）Suzuki *et al*. 1997 喜冷冷杆菌
模式菌株 *Cryobacterium psychrophilum* DSM 4854（T）AJ544063

MCCC 1C00914 ←极地中心 ZS4-14。分离源：南极海洋沉积物。与模式菌株相似性为 99.264％。培养基 0471,15℃。

Cryobacterium psychrotolerans Zhang *et al*. 2007 耐冷冷杆菌
模式菌株 *Cryobacterium psychrotolerans* 0549（T）DQ515963

MCCC 1C00915 ←极地中心 ZS1-15。分离源：南大洋沉积物。与模式菌株相似性为 99.285％。培养基 0471,15℃。

Cupriavidus metallidurans Vandamme and Coenye 2004 耐重金属喜铜菌
模式菌株 *Cupriavidus metallidurans* CH34（T）Y10824

MCCC 1A04082 ←海洋三所 NH21H1。分离源：南沙海域表层沉积物。与模式菌株相似性为 99.612％。培养基 0821,25℃。

MCCC 1A04601 ←海洋三所 NH3C。分离源：南沙海域表层沉积物。与模式菌株相似性为 99.686％。培养基 0821,25℃。

MCCC 1A05413 ←海洋三所 C73B1。分离源：西南太平洋深层海水。分离自石油降解菌群。与模式菌株相似性为 99.604％。培养基 0821,28℃。

Curtobacterium citreum Yamada and Komagata 1972 柠檬色短小杆菌
模式菌株 *Curtobacterium citreum* DSM 20528（T）X77436

MCCC 1A01903 ←海洋三所 NJ-10。分离源：南极土壤。与模式菌株相似性为 99.522％。培养基 0033,20～30℃。

Curtobacterium sp. Yamada and Komagata 1972 短小杆菌

MCCC 1A05255 ←海洋三所 12-WB-A。分离源：南海表层海水。与模式菌株 *C. luteum* DSM 20542（T）X77437 相似性为 100％。培养基 0821,25℃。

Cyclobacterium marinum（Raj 1976）Raj and Maloy 1990 海环杆菌
模式菌株 *Cyclobacterium marinum* LMG 13164（T）AJ575266

MCCC 1A01267 ←海洋三所 RC95-22。分离源：印度洋深海底层水样。多环芳烃降解菌。与模式菌株相似性为 100％。培养基 0471,25℃。

MCCC 1A03066 ←海洋三所 CK-I3-17。分离源：印度洋深海沉积物。与模式菌株相似性为 100％。培养基

0745,18～28℃。

MCCC 1A04128	←海洋三所 NH35F。分离源:南沙海域黄褐色沙质表层沉积物。与模式菌株相似性为100%(736/736)。培养基 0821,25℃。
MCCC 1A05035	←海洋三所 L52-1-23B。分离源:南海表层海水。与模式菌株相似性为99.542%。培养基 0471,25℃。
MCCC 1A05064	←海洋三所 L52-11-25A。分离源:南海深层海水。与模式菌株相似性为100%。培养基 0471,25℃。
MCCC 1A05693	←海洋三所 NH55G。分离源:南沙美集礁泻湖珊瑚沙。与模式菌株相似性为100%。培养基 0821,25℃。

Cycloclasticus pugetii Dyksterhouse *et al.* 1995 皮氏解环菌

模式菌株 *Cycloclasticus pugetii* PS-1(T) U12624

MCCC 1A01040 　←海洋三所 P1。分离源:西太平洋深海沉积物。多环芳烃降解菌。与模式菌株相似性为99.931%。培养基 0471,28℃。

Delftia tsuruhatensis Shigematsu *et al.* 2003 鹤羽田戴尔福特菌

模式菌株 *Delftia tsuruhatensis* T7(T) AB075017

MCCC 1A03852 　←海洋三所 5♯。分离源:南海珠江入海口富营养区表层沉积物。与模式菌株相似性为99.931%。培养基 0471,20～30℃。

Demequina sp. Yi *et al.* 2007 甲基萘醌脱甲基菌

MCCC 1A01396 　←海洋三所 S74-2-C。分离源:印度洋表层海水。苯系物降解菌。与模式菌株 *D. lutea* KAR82(T) EF451710 相似性为97.311%。培养基 0471,25℃。

MCCC 1A02317 　←海洋三所 S11-4。分离源:大西洋表层海水。与模式菌株 *D. lutea* KAR82(T) EF451710 相似性为97.416%。培养基 0745,28℃。

MCCC 1A02335 　←海洋三所 S17-2。分离源:大西洋表层海水。与模式菌株 *D. lutea* KAR82(T) EF451710 相似性为97.416%。培养基 0745,28℃。

MCCC 1A02842 　←海洋三所 IP5。分离源:黄海上层海水。分离自石油降解菌群。与模式菌株 *D. aestuarii* JC2054(T) DQ010160 相似性为97.804%。培养基 0472,25℃。

MCCC 1A02867 　←海洋三所 IV2。分离源:黄海上层海水。分离自石油降解菌群。与模式菌株 *D. aestuarii* JC2054(T) DQ010160 相似性为97.804%(892/810)。培养基 0472,25℃。

MCCC 1A02937 　←海洋三所 JK4。分离源:东海上层海水。分离自石油降解菌群。与模式菌株 *D. aestuarii* JC2054(T) DQ010160 相似性为97.804%(892/810)。培养基 0472,25℃。

MCCC 1A02952 　←海洋三所 JL10。分离源:东海上层海水。分离自石油降解菌群。与模式菌株 *D. aestuarii* JC2054(T) DQ010160 相似性为97.804%(892/810)。培养基 0472,25℃。

MCCC 1A04472 　←海洋三所 T24B6。分离源:西南太平洋热液区沉积物。分离自石油降解菌群。与模式菌株 *D. lutea* KAR82 EF451710 相似性为97.778%。培养基 0821,28℃。

MCCC 1A05446 　←海洋三所 Er55。分离源:南海海水。分离自石油降解菌群。与模式菌株 *D. aestuarii* JC2054(T) DQ010160 相似性为97.439%(723/742)。培养基 0471,28℃。

MCCC 1F01029 　←厦门大学 F11。分离源:福建省漳州近海红树林表层沉积物。与模式菌株 *D. aestuarii* JC2054(T) DQ010160 相似性为95.406%(1350/1415)。培养基 0471,25℃。

Dermacoccus sp. Stackebrandt *et al.* 1995 皮生球菌

MCCC 1C00515 　←极地中心 BSi20643。分离源:北冰洋海冰。与模式菌株 *D. barathri* MT2.1(T) AY894328 相似性为96.304%。培养基 0471,15℃。

Desemzia incerta (Steinhaus 1941) Stackebrandt *et al.* 1999 未定德库菌

模式菌株 *Desemzia incerta* DSM 20581(T) Y14650

MCCC 1A03413 ←海洋三所 Sh4。分离源:南沙美集礁珊瑚礁石。与模式菌株相似性为 99.726%。培养基 0821,25℃。

MCCC 1A05007 ←海洋三所 L51-1-41B。分离源:南海表层海水。与模式菌株相似性为 100%。培养基 0471,25℃。

MCCC 1A05798 ←海洋三所 SH7。分离源:南沙美集礁珊瑚礁石。与模式菌株相似性为 100%(794/794)。培养基 0821,25℃。

MCCC 1A05802 ←海洋三所 SHW1L。分离源:南沙美集礁珊瑚礁石。分离自十六烷富集菌群。与模式菌株相似性为 100%。培养基 0821,25℃。

MCCC 1B00662 ←海洋一所 DJJH16。分离源:山东日照上层海水。与模式菌株相似性为 100%。培养基 0471,20~25℃。

Devosia subaequoris Lee 2007 海底戴沃斯氏菌
模式菌株 *Devosia subaequoris* HST3-14(T) AM293857

MCCC 1A05147 ←海洋三所 L54-1-44B。分离源:南海表层海水。与模式菌株相似性为 98.1%(860/876)。培养基 0471,25℃。

Dietzia cercidiphylli Li *et al.* 2008 连香树迪茨氏菌
模式菌株 *Dietzia cercidiphylli* YIM 65002(T) EU375846

MCCC 1B00414 ←海洋一所 HZBN76。分离源:山东日照表层沉积物。与模式菌株相似性为 100%。培养基 0471,20~25℃。

Dietzia maris (Nesterenko *et al.* 1982)Rainey *et al.* 1995 海迪茨氏菌
模式菌株 *Dietzia maris* DSM 43672(T) X79290

MCCC 1A00160 ←海洋三所 AS13-3。分离源:印度洋深海热液口沉积物。抗五价砷。与模式菌株相似性为 99.858%。培养基 0745,18~28℃。

MCCC 1A00230 ←海洋三所 AS13-5。分离源:印度洋深海热液口沉积物。抗五价砷。与模式菌株相似性为 100%。培养基 0745,18~28℃。

MCCC 1A02128 ←海洋三所 N3ZF-15″。分离源:南海深海沉积物。十六烷降解菌。与模式菌株相似性为 100%。培养基 0745,26℃。

MCCC 1A02165 ←海洋三所 N3ZF-1。分离源:南海深海沉积物。十六烷降解菌,产表面活性物质。与模式菌株相似性为 100%。培养基 0745,26℃。

MCCC 1A02470 ←海洋三所 mj02-PW6-OH8。分离源:南沙近海岛礁附近上层海水。分离自石油降解菌群。与模式菌株相似性为 100%。培养基 0472,25℃。

MCCC 1A02504 ←海洋三所 DY5。分离源:东太平洋热液区深海沉积物。与模式菌株相似性为 99.723%。培养基 0471,55℃。

MCCC 1A02509 ←海洋三所 DY4。分离源:东太平洋热液区深海沉积物。与模式菌株相似性为 99.515%。培养基 0471,55℃。

MCCC 1A03330 ←海洋三所 100N42-1。分离源:东太平洋深海沉积物表层。与模式菌株相似性为 99%。培养基 0471,28℃。

MCCC 1A03331 ←海洋三所 87H20-1。分离源:大西洋深海沉积物表层。与模式菌株相似性为 99%。培养基 0012,28℃。

MCCC 1A03540 ←海洋三所 SHW9p。分离源:南沙海域珊瑚礁石。分离自十六烷富集菌群。与模式菌株相似性为 100%(775/775)。培养基 0821,25℃。

MCCC 1A04010 ←海洋三所 NH64F1。分离源:南沙海域上层海水。分离自石油降解菌群。与模式菌株相似性为 100%。培养基 0821,25℃。

MCCC 1A04186 ←海洋三所 T40B10。分离源:西南太平洋沉积物上覆水。分离自石油、多环芳烃富集菌群。与模式菌株相似性为 99.778%。培养基 0821,25℃。

MCCC 1A04405 ←海洋三所 T17AG2。分离源:西南太平洋土灰色沉积物。分离自石油降解菌群。与模式菌株相似性为 99.861％。培养基 0821,28℃。

MCCC 1A04471 ←海洋三所 T24AF。分离源:西南太平洋热液区沉积物。分离自石油降解菌群。与模式菌株相似性为 100％(776/776)。培养基 0821,28℃。

MCCC 1A04550 ←海洋三所 T35AM。分离源:西南太平洋土黄色沉积物。分离自石油降解菌群。与模式菌株相似性为 100％(777/777)。培养基 0821,28℃。

MCCC 1A04607 ←海洋三所 T41AE。分离源:西南太平洋深海沉积物上覆水。分离自石油降解菌群。与模式菌株相似性为 100％(777/777)。培养基 0821,28℃。

MCCC 1A04631 ←海洋三所 T44AL。分离源:西南太平洋土黄色沉积物。分离自石油、多环芳烃降解菌群。与模式菌株相似性为 98.197％。培养基 0821,28℃。

MCCC 1A04932 ←海洋三所 C24B24。分离源:印度洋表层海水。分离自石油降解菌群。与模式菌株相似性为 100％。培养基 0821,25℃。

MCCC 1A04939 ←海洋三所 C17AC。分离源:西南太平洋上层海水。分离自石油降解菌群。与模式菌株相似性为 100％(725/725)。培养基 0821,25℃。

MCCC 1A05795 ←海洋三所 T9D-2。分离源:西南太平洋土灰色深海沉积物。分离自石油降解菌群。与模式菌株相似性为 99.672％。培养基 0821,25℃。

MCCC 1A05872 ←海洋三所 BX-B1-11。分离源:南沙美集礁泻湖珊瑚沙颗粒。分离自石油降解菌群。与模式菌株相似性为 100％(775/775)。培养基 0821,25℃。

MCCC 1A05898 ←海洋三所 T1AI。分离源:西南太平洋褐黑色沉积物。分离自石油降解菌群。与模式菌株相似性为 99.863％。培养基 0821,25℃。

MCCC 1A05937 ←海洋三所 0710K4-2。分离源:印度洋深海沉积物表层。与模式菌株相似性为 99％。培养基 1003,28℃。

MCCC 1A05939 ←海洋三所 0711C1-6。分离源:印度洋深海沉积物表层。与模式菌株相似性为 99％。培养基 1003,28℃。

MCCC 1A05972 ←海洋三所 0714C6-5。分离源:印度洋深海沉积物表层。与模式菌株相似性为 99％。培养基 1003,28℃。

Dietzia sp. Rainey *et al.* 1995 迪茨氏菌

MCCC 1A02958 ←海洋三所 JM2。分离源:青岛湾表层海水。分离自石油降解菌群。与模式菌株 *D. lutea* YIM 80766(T) EU821598 相似性为 98.06％。培养基 0472,25℃。

MCCC 1A03079 ←海洋三所 MN-I3-5。分离源:印度洋深海沉积物。抗五价砷。与模式菌株 *D. cercidiphylli* YIM 65002(T) EU375846 相似性为 99.858％。培养基 0745,18~28℃。

MCCC 1B00475 ←海洋一所 HZBC62。分离源:山东日照上层海水。与模式菌株 *D. schimae* YIM 65001 EU375845 相似性为 98.546％。培养基 0471,20~25℃。

Donghicola eburneus Yoon *et al.* 2007 象牙白栖东海菌

模式菌株 *Donghicola eburneus* SW-277(T) DQ667965

MCCC 1A02193 ←海洋三所 B1I。分离源:厦门近海表层海水。石油烃降解菌。与模式菌株相似性为 99.737％(792/795)。培养基 0821,25℃。

Donghicola xiamenensis Tan *et al.* 2009 厦门栖东海菌

MCCC 1A00107 ←海洋三所 Y-2。=LMG 24574=CGMCC 1.7081。分离源:厦门近海表层海水。模式菌株,分离自石油降解菌群。培养基 0472,28℃。

Dyella sp. Xie and Yokota 2005 戴氏菌

MCCC 1A02176 ←海洋三所 S26-9。分离源:印度洋表层海水。分离自石油降解菌群。与模式菌株 *D. yeojuensis* R2A16-10(T) DQ181549 相似性为 96.956％。培养基 0745,26℃。

MCCC 1A03972 ←海洋三所 315-6。分离源:印度洋表层海水。分离自石油降解菌群。与模式菌株 *D. ginsengisoli* Gsoil 3046(T) AB245367 相似性为 95.291％。培养基 0471,25℃。

MCCC 1A04695 ◀海洋三所 C23AA。分离源：西南太平洋表层海水。分离自石油降解菌群。与模式菌株 *D. yeojuensis* R2A16-10（T）DQ181549 相似性为 97.308%（757/779）。培养基 0821,25℃。

MCCC 1A04808 ◀海洋三所 C18B3。分离源：西南太平洋表层海水。分离自石油降解菌群。与模式菌株 *D. yeojuensis* R2A16-10（T）DQ181549 相似性为 97.117%（776/798）。培养基 0821,25℃。

MCCC 1A04918 ◀海洋三所 C19AA。分离源：西南太平洋表层海水。分离自石油降解菌群。与模式菌株 *D. yeojuensis* R2A16-10（T）DQ181549 相似性为 97.117%（776/798）。培养基 0821,25℃。

MCCC 1A04988 ◀海洋三所 C26AF。分离源：西南太平洋表层海水。分离自石油降解菌群。与模式菌株 *D. yeojuensis* R2A16-10（T）DQ181549 相似性为 97.063%（762/784）。培养基 0821,25℃。

MCCC 1A05190 ◀海洋三所 C42AA1。分离源：西南太平洋表层海水。分离自石油降解菌群。与模式菌株 *D. yeojuensis* R2A16-10（T）DQ181549 相似性为 97.283%（786/808）。培养基 0821,25℃。

MCCC 1A05191 ◀海洋三所 C35AE。分离源：西南太平洋表层海水。分离自石油降解菌群。与模式菌株 *D. yeojuensis* R2A16-10（T）DQ181549 相似性为 97.177%（757/779）。培养基 0821,25℃。

MCCC 1A05194 ◀海洋三所 C43AB。分离源：西南太平洋表层海水。分离自石油降解菌群。与模式菌株 *D. yeojuensis* R2A16-10（T）DQ181549 相似性为 97.117%（776/798）。培养基 0821,25℃。

MCCC 1A05207 ◀海洋三所 C38AF。分离源：西南太平洋表层海水。分离自石油降解菌群。与模式菌株 *D. yeojuensis* R2A16-10（T）DQ181549 相似性为 97.185%（726/748）。培养基 0821,25℃。

MCCC 1A05225 ◀海洋三所 C41B4。分离源：西南太平洋表层海水。分离自石油降解菌群。与模式菌株 *D. yeojuensis* R2A16-10（T）DQ181549 相似性为 96.697%（679/701）。培养基 0821,25℃。

Echinicola vietnamensis Nedashkovskaya *et al*. 2007 越南海胆菌

模式菌株 *Echinicola vietnamensis* KMM 6221(T) AM406795

MCCC 1A01418 ◀海洋三所 S24(7)。分离源：印度洋表层海水。十六烷降解菌，产表面活性物质。与模式菌株相似性为 100%。培养基 0745,26℃。

Ectothiorhodospira shaposhnikovii Cherni *et al*. 1969 沙氏外硫红螺菌

模式菌株 *Ectothiorhodospira shaposhnikovii* DSM 243(T) M59151

MCCC 1I00008 ◀华侨大学 17。分离源：东风盐场表层泥水。与模式菌株相似性为 99.173%。培养基 1004,25～35℃。

MCCC 1I00009 ◀华侨大学 17G。分离源：东风盐场表层泥水。与模式菌株相似性为 99.378%。培养基 1004,25～35℃。

MCCC 1I00010 ◀华侨大学 18。分离源：东风盐场表层泥水。与模式菌株相似性为 99.378%。培养基 1004,25～35℃。

Ectothiorhodospira **sp.** Pelsh 1936 外硫红螺菌

MCCC 1I00001 ◀华侨大学 1001。分离源：东风盐场表层泥水。与模式菌株 *E. shaposhnikovii* DSM 243 （T）M59151 相似性为 99.956%。培养基 1004,25～35℃。

MCCC 1I00035 ◀华侨大学 1004。分离源：东风盐场表层泥水。与模式菌株 *E. shaposhnikovii* DSM 243 （T）M59151 相似性为 99.422%。培养基 1004,25～35℃。

MCCC 1I00036 ◀华侨大学 1006。分离源：东风盐场表层泥水。与模式菌株 *E. shaposhnikovii* DSM 243

（T）M59151 相似性为 99.034%。培养基 1004,25～35℃。

Elizabethkingia miricola（Li *et al*. 2004）Kim *et al*. 2005 和平空间站伊金氏菌
模式菌株 *Elizabethkingia miricola* GTC862(T) AB071953

MCCC 1A02167 ←海洋三所 N1TF-2。分离源:南海深海沉积物。十六烷降解菌,产表面活性物质。与模式菌株相似性为 98.922%。培养基 0745,26℃。

Enterobacter cancerogenus（Urosevic 1966）Dickey and Zumoff 1988 生癌肠杆菌
模式菌株 *Enterobacter cancerogenus* LMG 2693(T) Z96078

MCCC 1A00139 ←海洋三所 XYAW-4。分离源:南海海底比目鱼肠道内容物。与模式菌株相似性为 99.587%。培养基 0033,28℃。

MCCC 1E00654 ←中国海大 C49。分离源:海南近海表层海水。与模式菌株相似性 99%。培养基 0471,16℃。

Enterobacter cloacae（Jordan 1890）Hormaeche and Edwards 1960 阴沟肠杆菌
模式菌株 *Enterobacter cloacae* subsp. *dissolvens* LMG 2683(T) Z96079

MCCC 1A00119 ←海洋三所 SW-1。分离源:厦门近海表层海水。分离自多环芳烃降解菌群。与模式菌株相似性为 99.075%。培养基 0472,28℃。

Enterobacter hormaechei O'Hara *et al*. 1990 霍氏肠杆菌
模式菌株 *Enterobacter hormaechei* CIP 103441(T) AJ508302

MCCC 1A01926 ←海洋三所 NJ-64。分离源:南极土壤。与模式菌株相似性为 99.338%。培养基 0033,20～25℃。

MCCC 1A02214 ←海洋三所 3-28-1。分离源:印度洋深海热液口沉积物。降解二苯并噻吩。与模式菌株相似性为 99.875%。培养基 0472,28℃。

MCCC 1E00644 ←中国海大 C18。分离源:海南近海表层海水。与模式菌株 *Enterobacter hormaechei* subsp. *steigerwaltii* EN-562(T) 相似性 99%。培养基 0471,16℃。

MCCC 1E00645 ←中国海大 C20。分离源:海南近海表层海水。与模式菌株 *Enterobacter hormaechei* subsp. *steigerwalt* EN-562(T) 相似性 99.552%。培养基 0471,16℃。

Enterobacter ludwigii Hoffmann *et al*. 2005 路氏肠杆菌
模式菌株 *Enterobacter ludwigii* DSM 16688(T) AJ853891

MCCC 1A03123 ←海洋三所 A021。分离源:厦门滩涂泥样。可能降解甘露聚糖。与模式菌株的相似性为 100%(810/810)。培养基 0471,25℃。

Enterobacter **sp.** Hormaeche and Edwards 1960 肠杆菌

MCCC 1A01854 ←海洋三所 NJ-68。分离源:南极土壤。与模式菌株 *E. cancerogenus* LMG 2693(T) Z96078 相似性为 98.575%。培养基 0033,20～25℃。

MCCC 1E00639 ←中国海大 C5。分离源:海南近海表层海水。与模式菌株 *E. ludwigii* DSM 16688(T) AJ853891 相似性 97.58%。培养基 0471,16℃。

MCCC 1F01007 ←厦门大学 B2。分离源:福建省漳州近海红树林表层沉积物。与模式菌株 *E. ludwigii* DSM 16688(T) AJ853891 相似性 99.257%(1470/1481)。培养基 0471,30℃。

Enterococcus casseliflavus（ex Vaughn *et al*. 1979）Collins *et al*. 1984 铅黄肠球菌
模式菌株 *Enterococcus casseliflavus* CECT969(T) AJ420804

MCCC 1A00074 ←海洋三所 A11-C。分离源:福建泉州近海表层海水。以硝酸根作为电子受体分离。与模式菌株相似性为 99.876%。培养基 0033,26℃。

Enterococcus gallinarum（Bridge and Sneath 1982）Collins *et al*. 1984 鹑鸡肠球菌
模式菌株 *Enterococcus gallinarum* CECT970(T) AJ420805

MCCC 1A02217　←海洋三所 S54-4-3-2。分离源:印度洋表层海水。降解二苯并噻吩。与模式菌株相似性为 100%。培养基 0472,28℃。

Enterovibrio coralii Thompson *et al.* 2005 珊瑚肠弧菌

模式菌株 *Enterovibrio coralii* LMG 22228(T) AJ842343

MCCC 1A03231　←海洋三所 SCB-5。分离源:厦门近海养殖赤点石斑鱼肠道内容物。与模式菌株相似性为 99.849%。培养基 0033,28℃。

MCCC 1B00958　←海洋一所 HDC23。分离源:福建宁德河豚养殖场河豚肠道内容物。与模式菌株相似性为 98.201%。培养基 0471,20～25℃。

Enterovibrio **sp.** Thompson *et al.* 2002 emend. Pascual *et al.* 2009 肠弧菌

MCCC 1B00963　←海洋一所 HDC30。分离源:福建宁德河豚养殖场河豚肠道内容物。与模式菌株 *E. coralii* LMG 22228(T) AJ842343 相似性为 96.643%。培养基 0471,20～25℃。

MCCC 1B00964　←海洋一所 HDC31。分离源:福建宁德河豚养殖场河豚肠道内容物。与模式菌株 *E. coralii* LMG 22228(T) AJ842343 相似性为 97.122%。培养基 0471,20～25℃。

Erythrobacter aquimaris Yoon *et al.* 2004 海水赤杆菌

模式菌株 *Erythrobacter aquimaris* SW-110(T) AY461441

MCCC 1A01200　←海洋三所 MARC4COA11。分离源:大西洋深海沉积物。分离自多环芳烃降解菌群。与模式菌株相似性为 98.994%。培养基 0471,28℃。

MCCC 1A02262　←海洋三所 S2-1。分离源:加勒比海表层海水。与模式菌株相似性为 99.085%。培养基 0745,28℃。

MCCC 1B00636　←海洋一所 DJNY8。分离源:江苏南通如东表层沉积物。与模式菌株相似性为 99.429%。培养基 0471,20～25℃。

MCCC 1B00882　←海洋一所 YCSD40。分离源:青岛即墨盐田旁排水沟。与模式菌株相似性为 100%。培养基 0471,20～25℃。

MCCC 1B01107　←海洋一所 YCSD1。分离源:青岛即墨盐田旁排水沟。与模式菌株相似性为 99.508%。培养基 0471,20～25℃。

MCCC 1B01110　←海洋一所 YCSD24。分离源:青岛即墨盐田旁排水沟。与模式菌株相似性为 99.877%。培养基 0471,20～25℃。

Erythrobacter citreus Denner *et al.* 2002 柠檬色赤杆菌

模式菌株 *Erythrobacter citreus* RE35F/1(T) AF118020

MCCC 1A01029　←海洋三所 W4-3C。分离源:太平洋深海沉积物。分离自多环芳烃芘富集菌群。与模式菌株相似性为 99.498%。培养基 0471,25℃。

MCCC 1A01053　←海洋三所 SL12。分离源:印度洋深海底层水样。分离自石油降解菌群。与模式菌株相似性为 99.222%。培养基 0471,25℃。

MCCC 1A01071　←海洋三所 SM21.11。分离源:印度洋西南洋中脊深海底层水样。分离自石油降解菌群。与模式菌株相似性为 99.433%。培养基 0471,25℃。

MCCC 1A01076　←海洋三所 L2-1。分离源:印度洋深海底层水样。分离自石油降解菌群。与模式菌株相似性为 99.433%。培养基 0471,25℃。

MCCC 1A01265　←海洋三所 CIC4N-12。分离源:印度洋深海底层水样。分离自多环芳烃降解菌群。与模式菌株相似性为 98.936%。培养基 0471,25℃。

MCCC 1A01350　←海洋三所 S68-4-A。分离源:印度洋表层海水。苯系物降解菌。与模式菌株相似性为 98.696%。培养基 0471,25℃。

MCCC 1A01476　←海洋三所 D-9-5。分离源:印度洋表层海水。分离自石油降解菌群。与模式菌株相似性为 98.605%。培养基 0333,26℃。

MCCC 1A02162　←海洋三所 N3ZF-2。分离源:南海深海沉积物。十六烷降解菌。与模式菌株相似性为

99.583%。培养基0745,26℃。

MCCC 1A02316 ←海洋三所 S11-3。分离源:大西洋表层海水。与模式菌株相似性为99.544%。培养基0745,28℃。

MCCC 1A02326 ←海洋三所 S15-6。分离源:大西洋表层海水。与模式菌株相似性为99.697%。培养基0745,28℃。

MCCC 1A02425 ←海洋三所 S14-20。分离源:大西洋表层海水。与模式菌株相似性为99.848%。培养基0745,28℃。

MCCC 1A02790 ←海洋三所 II9。分离源:黄海上层海水。分离自石油降解菌群。与模式菌株相似性为98.573%。培养基0472,25℃。

MCCC 1A02810 ←海洋三所 F28-2。分离源:北海沉积物。分离自石油降解菌群。与模式菌株相似性为99.709%。培养基0472,28℃。

MCCC 1A02827 ←海洋三所 IN1。分离源:黄海上层海水。分离自石油降解菌群。与模式菌株相似性为98.573%。培养基0472,25℃。

MCCC 1A02834 ←海洋三所 F36-4。分离源:近海沉积物。分离自石油降解菌群。与模式菌株相似性为99.769%。培养基0472,28℃。

MCCC 1A02858 ←海洋三所 IU2。分离源:黄海上层海水。分离自石油降解菌群。与模式菌株相似性为98.703%(796/806)。培养基0472,25℃。

MCCC 1A02881 ←海洋三所 IX7。分离源:黄海上层海水。分离自石油降解菌群。与模式菌株相似性为98.573%。培养基0472,25℃。

MCCC 1A02965 ←海洋三所 JO3。分离源:黄海上层海水。分离自石油降解菌群。与模式菌株相似性为98.573%。培养基0472,25℃。

MCCC 1A02969 ←海洋三所 A5。分离源:大西洋洋中脊深海沉积物 。与模式菌株相似性为99.481%。培养基0821,25℃。

MCCC 1A02972 ←海洋三所 B5。分离源:大西洋洋中脊深海沉积物。与模式菌株相似性为99.481%(802/806)。培养基0472,25℃。

MCCC 1A03175 ←海洋三所 tf-20。分离源:大西洋洋中脊深海沉积物。与模式菌株相似性为99.479%。培养基0002,28℃。

MCCC 1A03176 ←海洋三所 tf-13。分离源:大西洋表层海水。与模式菌株相似性为99.479%。培养基0002,28℃。

MCCC 1A03182 ←海洋三所 tf-19。分离源:大西洋表层海水。与模式菌株相似性为99.479%。培养基0002,28℃。

MCCC 1A03404 ←海洋三所 FF2-8。分离源:西南太平洋斐济近海珊瑚岛礁鱼肠道内容物。与模式菌株的相似性为98.718%(717/726)。培养基0821,25℃。

MCCC 1A03431 ←海洋三所 M01-1D。分离源:南沙海域下层海水。与模式菌株相似性为99.307%。培养基1001,25℃。

MCCC 1A03949 ←海洋三所 429-2。分离源:印度洋表层海水。分离自石油降解菌群。与模式菌株相似性为99.337%。培养基0471,25℃。

MCCC 1A03998 ←海洋三所 404-4。分离源:印度洋表层海水。分离自石油降解菌群。与模式菌株相似性为99.403%。培养基0471,25℃。

MCCC 1A04308 ←海洋三所 T6B3。分离源:西南太平洋土灰色深海沉积物。分离自石油降解菌群。与模式菌株相似性为98.673%(703/713)。培养基0821,28℃。

MCCC 1A04312 ←海洋三所 T7AB。分离源:西南太平洋土灰色沉积物。分离自石油降解菌群。与模式菌株相似性为99.451%(758/762)。培养基0821,28℃。

MCCC 1A04329 ←海洋三所 T9AC。分离源:西南太平洋土灰色沉积物。分离自石油降解菌群。与模式菌株相似性为99.469%。培养基0821,28℃。

MCCC 1A04330 ←海洋三所 T10AB。分离源:西南太平洋土灰色沉积物。分离自石油降解菌群。与模式菌株相似性为99.433%。培养基0821,28℃。

MCCC 1A04347 ←海洋三所 T11B4。分离源:西南太平洋土灰色沉积物。分离自石油降解菌群。与模式菌株相似性为 99.442％。培养基 0821,28℃。

MCCC 1A04351 ←海洋三所 T13B3。分离源:西南太平洋土灰色沉积物。分离自石油降解菌群。与模式菌株相似性为 99.442％。培养基 0821,28℃。

MCCC 1A04377 ←海洋三所 T15F。分离源:西南太平洋土灰色沉积物。分离自石油降解菌群。与模式菌株相似性为 99.862％(756/757)。培养基 0821,28℃。

MCCC 1A04384 ←海洋三所 T16B。分离源:西南太平洋土灰色沉积物。分离自石油降解菌群。与模式菌株相似性为 99.852％。培养基 0821,28℃。

MCCC 1A04403 ←海洋三所 T17AD。分离源:西南太平洋土灰色沉积物。分离自石油降解菌群。与模式菌株相似性为 99.442％。培养基 0821,28℃。

MCCC 1A04417 ←海洋三所 T18H。分离源:西南太平洋土黄色沉积物上覆水。分离自石油降解菌群。与模式菌株相似性为 100％(765/765)。培养基 0821,28℃。

MCCC 1A04449 ←海洋三所 T20K。分离源:西南太平洋土灰色沉积物。分离自石油降解菌群。与模式菌株相似性为 100％(765/765)。培养基 0821,28℃。

MCCC 1A04457 ←海洋三所 T23B8。分离源:西南太平洋热液区沉积物。分离自石油降解菌群。与模式菌株相似性为 98.603％。培养基 0821,28℃。

MCCC 1A04466 ←海洋三所 T24AG。分离源:西南太平洋热液区沉积物。分离自石油降解菌群。与模式菌株相似性为 99.459％。培养基 0821,28℃。

MCCC 1A04491 ←海洋三所 T28AD。分离源:西南太平洋热液区沉积物。分离自石油降解菌群。与模式菌株相似性为 99.458％。培养基 0821,28℃。

MCCC 1A04506 ←海洋三所 T29AO。分离源:西南太平洋热液区沉积物。分离自石油降解菌群。与模式菌株相似性为 99.451％。培养基 0821,28℃。

MCCC 1A04513 ←海洋三所 T30AJ。分离源:西南太平洋热液区硫化物。分离自石油降解菌群。与模式菌株相似性为 99.447％。培养基 0821,28℃。

MCCC 1A04540 ←海洋三所 T33AF。分离源:西南太平洋褐黑色沉积物上覆水。分离自石油降解菌群。与模式菌株相似性为 99.459％。培养基 0821,28℃。

MCCC 1A04574 ←海洋三所 NH21T_1。分离源:南沙表层沉积物。与模式菌株相似性为 99.864％。培养基 0821,25℃。

MCCC 1A04576 ←海洋三所 T38AG。分离源:西南太平洋深海沉积物。分离自石油、多环芳烃降解菌群。与模式菌株相似性为 99.459％。培养基 0821,28℃。

MCCC 1A04577 ←海洋三所 T38AL1。分离源:西南太平洋深海沉积物。分离自石油、多环芳烃降解菌群。与模式菌株相似性为 99.862％(756/757)。培养基 0821,28℃。

MCCC 1A04592 ←海洋三所 T39AC1。分离源:西南太平洋深海沉积物。分离自石油、多环芳烃降解菌群。与模式菌株相似性为 99.865％(756/757)。培养基 0821,28℃。

MCCC 1A04600 ←海洋三所 T40B26。分离源:西南太平洋深海沉积物上覆水。分离自石油、多环芳烃降解菌群。与模式菌株相似性为 99.447％。培养基 0821,28℃。

MCCC 1A04646 ←海洋三所 T45AN。分离源:西南太平洋土黄色沉积物上覆水。分离自石油、多环芳烃降解菌群。与模式菌株相似性为 99.861％(756/757)。培养基 0821,28℃。

MCCC 1A04671 ←海洋三所 C13B5(2)。分离源:西南太平洋上层海水。分离自石油降解菌群。与模式菌株相似性为 99.442％。培养基 0821,25℃。

MCCC 1A04689 ←海洋三所 C1AD。分离源:西南太平洋上层海水。分离自石油降解菌群。与模式菌株相似性为 99.442％。培养基 0821,25℃。

MCCC 1A04729 ←海洋三所 C37AM。分离源:印度洋表层海水。分离自石油降解菌群。与模式菌株相似性为 98.487％。培养基 0821,25℃。

MCCC 1A04758 ←海洋三所 C46AB。分离源:西南太平洋上层海水。分离自石油降解菌群。与模式菌株相似性为 98.541％。培养基 0821,25℃。

MCCC 1A04787 ←海洋三所 C54B10。分离源:西南太平洋深层海水。分离自石油降解菌群。与模式菌株相似性为 98.466％。培养基 0471,25℃。

MCCC 1A04793 ←海洋三所 C55AD。分离源:西南太平洋深层海水。分离自石油降解菌群。与模式菌株相似性为 99.458%。培养基 0821,25℃。

MCCC 1A04794 ←海洋三所 C56AB。分离源:西南太平洋深层海水。分离自石油降解菌群。与模式菌株相似性为 98.549%(713/723)。培养基 0821,25℃。

MCCC 1A04818 ←海洋三所 C64AA。分离源:西南太平洋深层海水。分离自石油降解菌群。与模式菌株相似性为 98.442%。培养基 0821,25℃。

MCCC 1A04835 ←海洋三所 C68B4。分离源:西南太平洋深层海水。分离自石油降解菌群。与模式菌株相似性为 98.479%。培养基 0471,25℃。

MCCC 1A04902 ←海洋三所 C85AC。分离源:西南太平洋深层海水。分离自石油、多环芳烃降解菌群。与模式菌株相似性为 99.451%。培养基 0821,25℃。

MCCC 1A04904 ←海洋三所 C86AC。分离源:西南太平洋深层海水。分离自石油、多环芳烃降解菌群。与模式菌株相似性为 98.489%。培养基 0821,25℃。

MCCC 1A04905 ←海洋三所 C86AL。分离源:西南太平洋深层海水。分离自石油、多环芳烃降解菌群。与模式菌株相似性为 99.451%。培养基 0821,25℃。

MCCC 1A04924 ←海洋三所 C13B3。分离源:西南太平洋上层海水。分离自石油降解菌群。与模式菌株相似性为 98.541%。培养基 0821,25℃。

MCCC 1A04937 ←海洋三所 C16AK。分离源:西南太平洋深层海水。分离自石油降解菌群。与模式菌株相似性为 98.527%(770/781)。培养基 0821,25℃。

MCCC 1A05021 ←海洋三所 L51-10-35A。分离源:南海深层海水。与模式菌株相似性为 99.523%。培养基 0471,25℃。

MCCC 1A05029 ←海洋三所 L52-1-13B。分离源:南海表层海水。与模式菌株相似性为 99.523%。培养基 0471,25℃。

MCCC 1A05093 ←海洋三所 L53-1-32。分离源:南海表层海水。与模式菌株相似性为 99.523%。培养基 0471,25℃。

MCCC 1A05126 ←海洋三所 L53-10-42B。分离源:南海深层海水。与模式菌株相似性为 99.523%。培养基 0471,25℃。

MCCC 1A05138 ←海洋三所 L53-10-63A。分离源:南海深层海水。与模式菌株相似性为 98.975%。培养基 0471,25℃。

MCCC 1A05219 ←海洋三所 C49AB。分离源:西南太平洋下层海水。分离自石油降解菌群。与模式菌株相似性为 98.499%(756/767)。培养基 0821,25℃。

MCCC 1A05220 ←海洋三所 C50AM。分离源:西南太平洋下层海水。分离自石油降解菌群。与模式菌株相似性为 99.465%。培养基 0821,25℃。

MCCC 1A05237 ←海洋三所 C50B13。分离源:西南太平洋下层海水。分离自石油降解菌群。与模式菌株相似性为 98.527%。培养基 0821,25℃。

MCCC 1A05242 ←海洋三所 C45AW。分离源:西南太平洋上层海水。分离自石油降解菌群。与模式菌株相似性为 98.479%。培养基 0821,25℃。

MCCC 1A05251 ←海洋三所 C56B26。分离源:西南太平洋深层海水。分离自石油降解菌群。与模式菌株相似性为 99.465%。培养基 0821,25℃。

MCCC 1A05253 ←海洋三所 C49AE。分离源:西南太平洋下层海水。分离自石油降解菌群。与模式菌株相似性为 99.566%。培养基 0821,25℃。

MCCC 1A05271 ←海洋三所 C51B15。分离源:西南太平洋上层海水。分离自石油降解菌群。与模式菌株相似性为 99.447%。培养基 0821,25℃。

MCCC 1A05272 ←海洋三所 C52AA。分离源:西南太平洋下层海水。分离自石油降解菌群。与模式菌株相似性为 98.549%(713/723)。培养基 0821,25℃。

MCCC 1A05281 ←海洋三所 C55AG。分离源:西南太平洋深层海水。分离自石油降解菌群。与模式菌株相似性为 98.466%。培养基 0821,25℃。

MCCC 1A05295 ←海洋三所 C65AG。分离源:西南太平洋深层海水。分离自石油降解菌群。与模式菌株相似性为 99.465%。培养基 0821,25℃。

MCCC 1A05297 ←海洋三所 C5AG。分离源:西南太平洋上层海水。分离自石油降解菌群。与模式菌株相似性为 98.537%。培养基 0821,25℃。

MCCC 1A05300 ←海洋三所 C60AD。分离源：西南太平洋深层海水。分离自石油降解菌群。与模式菌株相似性为 98.466%。培养基 0821,25℃。

MCCC 1A05303 ←海洋三所 C61B13。分离源：西南太平洋深层海水。分离自石油降解菌群。与模式菌株相似性为 98.479%。培养基 0821,25℃。

MCCC 1A05318 ←海洋三所 C64Al。分离源：西南太平洋深层海水。分离自石油降解菌群。与模式菌株相似性为 99.433%。培养基 0831,25℃。

MCCC 1A05322 ←海洋三所 C65AA。分离源：西南太平洋深层海水。分离自石油降解菌群。与模式菌株相似性为 98.442%。培养基 0821,25℃。

MCCC 1A05327 ←海洋三所 C66B10。分离源：西南太平洋深层海水。分离自石油降解菌群。与模式菌株相似性为 98.479%。培养基 0821,25℃。

MCCC 1A05332 ←海洋三所 C69AB。分离源：西南太平洋下层海水。分离自石油降解菌群。与模式菌株相似性为 98.514%。培养基 0821,25℃。

MCCC 1A05336 ←海洋三所 C67AD。分离源：西南太平洋深层海水。分离自石油降解菌群。与模式菌株相似性为 100%(765/765)。培养基 0821,25℃。

MCCC 1A05343 ←海洋三所 C70B15。分离源：西南太平洋深层海水。分离自石油降解菌群。与模式菌株相似性为 98.489%。培养基 0821,25℃。

MCCC 1A05353 ←海洋三所 C74AL-YT。分离源：西南太平洋深层海水。分离自石油、多环芳烃降解菌群。与模式菌株相似性为 98.466%。培养基 0821,25℃。

MCCC 1A05358 ←海洋三所 C75B8。分离源：西南太平洋深层海水。分离自石油、多环芳烃降解菌群。与模式菌株相似性为 98.489%。培养基 0821,25℃。

MCCC 1A05377 ←海洋三所 C80AQ。分离源：西南太平洋深层海水。分离自石油、多环芳烃降解菌群。与模式菌株相似性为 100%(765/765)。培养基 0821,25℃。

MCCC 1A05390 ←海洋三所 C82AK。分离源：西南太平洋深层海水。分离自石油、多环芳烃降解菌群。与模式菌株相似性为 98.541%。培养基 0821,25℃。

MCCC 1A05394 ←海洋三所 C83AH。分离源：西南太平洋深层海水。分离自石油、多环芳烃降解菌群。与模式菌株相似性为 98.514%。培养基 0821,25℃。

MCCC 1A05397 ←海洋三所 C84B16。分离源：西南太平洋深层海水。分离自石油、多环芳烃降解菌群。与模式菌株相似性为 99.451%。培养基 0821,25℃。

MCCC 1A05818 ←海洋三所 1GM01-1C。分离源：南沙海域下层海水。与模式菌株相似性为 99.729%。培养基 0471,25℃。

MCCC 1A05824 ←海洋三所 1GM01-1O1。分离源：南沙海域下层海水。与模式菌株相似性为 98.507%。培养基 0471,25℃。

MCCC 1A05861 ←海洋三所 BMJ03-B1-7。分离源：南沙海域黄色沉积物。分离自石油降解菌群。与模式菌株相似性为 99.321%。培养基 0821,25℃。

MCCC 1A05885 ←海洋三所 GM03-8A。分离源：南沙海域上层海水。与模式菌株相似性为 98.505%。培养基 0821,25℃。

MCCC 1A05913 ←海洋三所 T3B。分离源：西南太平洋土灰色沉积物。分离自石油降解菌群。与模式菌株相似性为 99.866%(756/757)。培养基 0821,25℃。

MCCC 1B00703 ←海洋一所 CJJK41。分离源：江苏南通启东表层海水。与模式菌株相似性为 99.521%。培养基 0471,20~25℃。

MCCC 1B01162 ←海洋一所 TVGB25。分离源：大西洋深海泥样。与模式菌株相似性为 99.926%。培养基 0471,25℃。

Erythrobacter flavus Yoon *et al.* 2003 黄赤杆菌

模式菌株 *Erythrobacter flavus* SW-46(T) AF500004

MCCC 1A00278 ←JCM 11808。原始号 SW-46。=JCM 11808 =KCCM 41642。分离源：韩国近海海滩表层海水。模式菌株。培养基 0471,28℃。

MCCC 1A00297 ←海洋三所 DI-5。分离源:印度洋表层海水剑鱼。与模式菌株相似性为 99.73%。培养基 0033,28℃。

MCCC 1A01120 ←海洋三所 PD1A。分离源:印度洋深海底层水样。分离自多环芳烃降解菌群。与模式菌株相似性为 99.641%。培养基 0471,25℃。

MCCC 1A01266 ←海洋三所 RC99-12。分离源:印度洋深海底层水样。分离自石油降解菌群。与模式菌株相似性为 99.929%。培养基 0471,25℃。

MCCC 1A01395 ←海洋三所 S74-2-2。分离源:印度洋表层海水。苯系物降解菌。与模式菌株相似性为 99.5%。培养基 0471,25℃。

MCCC 1A01433 ←海洋三所 S30(9)。分离源:印度洋表层海水。分离自石油降解菌群。与模式菌株相似性为 99.732%。培养基 0745,26℃。

MCCC 1A01482 ←海洋三所 D-11-7。分离源:印度洋表层海水。分离自石油降解菌群。与模式菌株相似性为 99.732%。培养基 0333,26℃。

MCCC 1A02065 ←海洋三所 2PR56-3。分离源:印度洋深海底层水样。分离自多环芳烃降解菌群。与模式菌株相似性为 99.641%。培养基 0471,25℃。

MCCC 1A02292 ←海洋三所 S9-5。分离源:大西洋表层海水。与模式菌株相似性为 99.848%。培养基 0745,28℃。

MCCC 1A02314 ←海洋三所 S11-1。分离源:大西洋表层海水。与模式菌株相似性为 99.848%。培养基 0745,28℃。

MCCC 1A02321 ←海洋三所 S15-1。分离源:大西洋表层海水。与模式菌株相似性为 99.85%。培养基 0745,28℃。

MCCC 1A03420 ←海洋三所 M02-12G2。分离源:南沙海域表层海水。与模式菌株相似性为 99.289%(735/740)。培养基 1001,25℃。

MCCC 1A03450 ←海洋三所 M02-6F。分离源:南沙海域上层海水。与模式菌株相似性为 99.861%。培养基 1001,25℃。

MCCC 1A05001 ←海洋三所 L51-1-19。分离源:南海表层海水。与模式菌株相似性为 99.889%。培养基 0471,25℃。

MCCC 1A05014 ←海洋三所 L51-1-6。分离源:南海表层海水。与模式菌株相似性为 99.889%。培养基 0471,25℃。

MCCC 1A05036 ←海洋三所 L52-1-28A。分离源:南海表层海水。与模式菌株相似性为 99.889%。培养基 0471,25℃。

MCCC 1A05062 ←海洋三所 L52-11-23。分离源:南海深层海水。与模式菌株相似性为 99.889%。培养基 0471,25℃。

MCCC 1A05075 ←海洋三所 L52-11-48。分离源:南海深层海水。与模式菌株相似性为 99.889%。培养基 0471,25℃。

MCCC 1A05097 ←海洋三所 L53-1-37A。分离源:南海表层海水。与模式菌株相似性为 99.889%。培养基 0471,25℃。

MCCC 1A05130 ←海洋三所 L53-10-45C。分离源:南海深层海水。与模式菌株相似性为 99.889%。培养基 0471,25℃。

MCCC 1A05171 ←海洋三所 L54-11-8。分离源:南海深层海水。与模式菌株相似性为 99.889%。培养基 0471,25℃。

MCCC 1A05636 ←海洋三所 29-B3-18。分离源:南海深海沉积物。分离自混合烷烃富集菌群。与模式菌株相似性为 99.886%。培养基 0471,28℃。

MCCC 1A05702 ←海洋三所 NH57B1。分离源:南沙泻湖珊瑚沙颗粒。分离自石油降解菌群。与模式菌株相似性为 99.591%。培养基 0821,25℃。

MCCC 1A05847 ←海洋三所 BMJ01-B1-11。分离源:南沙土黄色泥质。分离自石油降解菌群。与模式菌株相似性为 99.585%(755/758)。培养基 0821,25℃。

MCCC 1B00274 ←海洋一所 JZHS33。分离源:青岛胶州上层海水。与模式菌株相似性为 100%。培养基 0471,28℃。

Erythrobacter vulgaris Ivanova *et al.* 2006 普通赤杆菌

模式菌株 *Erythrobacter vulgaris* 022 2-10(T) AY706935

MCCC 1A01188 ←海洋三所 61。分离源:印度洋深海热液口沉积物。分离自环己酮降解菌群。与模式菌株相似性为 100%。培养基 0471,25℃。

MCCC 1A01306 ←海洋三所 E1-4。分离源:印度洋深海沉积物玄武岩表层。抗二价钴(1.5mmol/L)或二价铅(2mmol/L)或二价锰(30mmol/L)。与模式菌株相似性为 100%。培养基 0745,25℃。

MCCC 1A02064 ←海洋三所 2CR55-6。分离源:印度洋深海底层水样。分离自石油降解菌群。与模式菌株相似性为 100%。培养基 0471,25℃。

MCCC 1A03009 ←海洋三所 N2。分离源:大西洋洋中脊深海热液区红色沉积物。与模式菌株相似性为 99.87%。培养基 0471,25℃。

MCCC 1A03095 ←海洋三所 CK-M6-13-2。分离源:大西洋热液区土黄色沉积物。与模式菌株相似性为 99.858%。培养基 0745,18~28℃。

MCCC 1A03367 ←海洋三所 *84P32-2。分离源:大西洋深海沉积物表层。与模式菌株相似性为 99%。培养基 0471,37℃。

MCCC 1A05706 ←海洋三所 NH57E1。分离源:南沙美集礁泻湖珊瑚沙颗粒。分离自石油降解菌群。与模式菌株相似性为 99.32%。培养基 0821,25℃。

MCCC 1B01164 ←海洋一所 TVGB29。分离源:大西洋深海泥样。与模式菌株相似性为 99.781%。培养基 0471,25℃。

MCCC 1B01168 ←海洋一所 TVGB5。分离源:大西洋深海泥样。与模式菌株相似性为 99.780%。培养基 0471,25℃。

Erythrobacter sp. Shiba and Simidu 1982 赤杆菌

MCCC 1A00127 ←海洋三所 GY-2。分离源:厦门近海表层海水。分离自石油降解菌群。与模式菌株 *E. flavus* SW-46(T) AF500004 相似性为 93.807%。培养基 0472,28℃。

MCCC 1A01001 ←海洋三所 CTD99-A16。分离源:印度洋深海底层水样。分离自石油降解菌群。与模式菌株 *E. citreus* RE35F/1(T) AF118020 相似性为 96.296%。培养基 0471,25℃。

MCCC 1A01088 ←海洋三所 J6-1。分离源:印度洋深海底层水样。分离自多环芳烃降解菌群。与模式菌株 *E. citreus* RE35F/1(T) AF118020 相似性为 97.309%。培养基 0471,25℃。

MCCC 1A02320 ←海洋三所 S11-13。分离源:大西洋表层海水。与模式菌株 *E. citreus* RE35F/1(T) AF118020 相似性为 98.176%。培养基 0745,28℃。

MCCC 1A03439 ←海洋三所 M03-6F。分离源:南沙上层海水。与模式菌株 *E. citreus* RE35F/1(T) AF118020 相似性为 95.915%(676/700)。培养基 1001,25℃。

MCCC 1A04226 ←海洋三所 OMC2(1015)-6-1。分离源:太平洋深海热液区沉积物。分离自多环芳烃降解菌群。与模式菌株 *E. citreus* RE35F/1(T) AF118020 相似性为 96.219%。培养基 0471,25℃。

MCCC 1A04294 ←海洋三所 T5B10。分离源:西南太平洋深海沉积物上覆水。分离自石油降解菌群。与模式菌株 *E. gaetbuli* SW-161(T) AY562220 相似性为 98.464%。培养基 0821,28℃。

MCCC 1A05009 ←海洋三所 L51-1-45。分离源:南海表层海水。与模式菌株 *E. citreus* RE35F/1(T) AF118020 相似性为 97.928%。培养基 0471,25℃。

MCCC 1A05168 ←海洋三所 L54-11-40A。分离源:南海深层海水。与模式菌株 *E. citreus* RE35F/1(T) AF118020 相似性为 97.831%。培养基 0471,25℃。

MCCC 1A05308 ←海洋三所 C62B4。分离源:西南太平洋下层海水。分离自石油降解菌群。与模式菌株 *E. citreus* RE35F/1(T) AF118020 相似性为 97.483%(731/749)。培养基 0821,25℃。

MCCC 1B00883 ←海洋一所 YCSD66。分离源:青岛即墨盐田旁排水沟。与模式菌株 *E. vulgaris* 022 2-10(T) AY706935 相似性为 99.386%。培养基 0471,20~25℃。

MCCC 1B00922 ←海洋一所 YCSA33-1。分离源:青岛即墨饱和盐度盐田盐渍土。与模式菌株 *E. vulgaris* 022 2-10(T) AY706935 相似性为 99.258%。培养基 0471,20~25℃。

MCCC 1B00935 ←海洋一所 YCSA57。分离源:青岛即墨饱和盐度盐田盐渍土。与模式菌株 *E. seohaensis*

SW-135(T) AY562219 相似性为 96.543％。培养基 0471,20～25℃。

MCCC 1B00936　←海洋一所 YCSA59。分离源:青岛即墨饱和盐度盐田盐渍土。与模式菌株 *E. citreus*
RE35F/1(T) AF118020 相似性为 97.157％。培养基 0471,20～25℃。

MCCC 1B00995　←海洋一所 YCSA41-1。分离源:青岛即墨饱和盐度盐田盐渍土。与模式菌株 *E. vulgaris*
022 2-10(T) AY706935 相似性为 99.754％。培养基 0471,20～25℃。

Exiguobacterium aestuarii Kim *et al.* 2005 潮间带微小杆菌

模式菌株 *Exiguobacterium aestuarii* TF-16(T) AY594264

MCCC 1B00203　←海洋一所 YACS2。分离源:青岛上层海水。与模式菌株相似性为 100％。培养基 0471,
20～25℃。

MCCC 1G00181　←青岛科大 qdht01。分离源:青岛表层海水。与模式菌株相似性为 97.145％。培养基
0471,25～28℃。

Exiguobacterium indicum Chaturvedi and Shivaji 2006 印度微小杆菌

模式菌株 *Exiguobacterium indicum* HHS31(T) AJ846291

MCCC 1B00807　←海洋一所 HTYW10。分离源:山东宁德霞浦暗纹东方鲀胃部。与模式菌株相似性为
99.696％。培养基 0471,20～25℃。

Exiguobacterium mexicanum López-Cortés *et al.* 2006 墨西哥微小杆菌

模式菌株 *Exiguobacterium mexicanum* 8N(T) AM072764

MCCC 1A01853　←海洋三所 EP03。分离源:东太平洋深海沉积物。与模式菌株相似性为 99.787％。培养
基 0471,20℃。

MCCC 1A03708　←海洋三所 X-103By159(B)。分离源:福建漳州东山潮间带底泥。抗部分细菌。与模式菌
株相似性为 99.414％。培养基 0471,28℃。

MCCC 1B00209　←海洋一所 YACS8。分离源:青岛上层海水。与模式菌株相似性为 100％。培养基 0471,
20～25℃。

Exiguobacterium oxidotolerans Yumoto *et al.* 2004 耐氧化微小杆菌

模式菌株 *Exiguobacterium oxidotolerans* T-2-2(T) AB105164

MCCC 1A03117　←海洋三所 A011。分离源:厦门滩涂泥样。可能降解木聚糖。与模式菌株的相似性为
100％。培养基 0471,25℃。

Exiguobacterium profundum Crapart *et al.* 2007 深海微小杆菌

模式菌株 *Exiguobacterium profundum* 10C(T) AY818050

MCCC 1A00330　←海洋三所 LJ8。分离源:厦门近海表层海水。甲苯、乙苯及对二甲苯降解菌。与模式菌株
相似性为 99.93％。培养基 0472,28℃。

MCCC 1A01866　←海洋三所 EP16。分离源:东太平洋深海沉积物。与模式菌株相似性为 99.597％。培养
基 0471,20℃。

MCCC 1A02186　←海洋三所 13B。分离源:厦门潮间带浅水贝类。与模式菌株相似性为 99.867％。培养基
0471,25℃。

MCCC 1A04006　←海洋三所 NH1I。分离源:南沙美集礁泻湖珊瑚沙。与模式菌株相似性为 99.738％。培
养基 0821,25℃。

Exiguobacterium sp. Collins *et al.* 1984 微小杆菌

MCCC 1A00445　←海洋三所 Ni5。分离源:东太平洋深海硅质黏土沉积物。抗二价镍。与模式菌株 *E. mexicanum*
8N(T) AM072764 相似性为 100％。培养基 0472,28℃。

MCCC 1A02393　←海洋三所 S7-20。分离源:大西洋表层海水。与模式菌株 *E. mexicanum* 8N(T)
AM072764 相似性为 99.387％。培养基 0745,28℃。

MCCC 1B00380　←海洋一所 HZBN8。分离源：山东日照表层沉积物。与模式菌株 E. aestuarii TF-16 AY594264 相似性为 99.847%。培养基 0471,20~25℃。

MCCC 1B00382　←海洋一所 HZBN10。分离源：山东日照表层沉积物。与模式菌株 E. aestuarii TF-16 AY594264 相似性为 99.635%。培养基 0471,20~25℃。

MCCC 1B00680　←海洋一所 DJLY16。分离源：江苏盐城射阳表层海水。与模式菌株 E. mexicanum 8N AM072764 相似性为 99.869%。培养基 0471,20~25℃。

MCCC 1B00769　←海洋一所 QJGY2。分离源：江苏连云港近海表层海水。与模式菌株 E. mexicanum 8N AM072764 相似性为 99.872%。培养基 0471,20~25℃。

MCCC 1B00937　←海洋一所 YCSA61。分离源：青岛即墨饱和盐度盐田盐渍土。与模式菌株 E. mexicanum 8N(T) AM072764 相似性为 98.452%。培养基 0471,20~25℃。

MCCC 1B00945　←海洋一所 YCSA80。分离源：青岛即墨饱和盐度盐田盐渍土。与模式菌株 E. mexicanum 8N(T) AM072764 相似性为 99.165%。培养基 0471,20~25℃。

MCCC 1B00954　←海洋一所 HDC10。分离源：福建宁德河豚养殖场河豚肠道内容物。与模式菌株 E. mexicanum 8N(T) AM072764 相似性为 99.881%。培养基 0471,20~25℃。

Flavimonas oryzihabitans (Kodama *et al.* 1985) Holmes *et al.* 1987 栖稻黄色单胞菌

模式菌株 *Flavimonas oryzihabitans* IAM 1568 D84004

MCCC 1C01100　←极地中心 XH5。分离源：南极长城站潮间带海沙。与模式菌株相似性为 99.343%。培养基 0471,5℃。

Flavobacterium cheniae Qu *et al.* 2008 陈氏黄杆菌

模式菌株 *Flavobacterium cheniae* NJ-26(T) EF407880

MCCC 1A02233　←海洋三所 CH14。分离源：厦门黄翅鱼鱼鳃。与模式菌株相似性为 98.593%。培养基 0033,25℃。

Flavobacterium degerlachei Van Trappen *et al.* 2004 哲拉什黄杆菌

模式菌株 *Flavobacterium degerlachei* LMG 21915(T) AJ557886

MCCC 1C00269　←极地中心 BSs20191。分离源：北冰洋表层沉积物。与模式菌株相似性为 99.175%。培养基 0471,15℃。

MCCC 1C00725　←极地中心 NF2-1。分离源：南极表层沉积物。与模式菌株相似性为 98.834%。培养基 0471,15℃。

MCCC 1C01058　←极地中心 AC17。分离源：南极长城站潮间带海沙。产脂酶。与模式菌株相似性为 96.849%。培养基 0471,5℃。

MCCC 1C01064　←极地中心 Q5。分离源：南极企鹅岛潮间带海沙。产脂酶。与模式菌株相似性为 98.351%。培养基 0471,5℃。

MCCC 1C01065　←极地中心 Q9。分离源：南极企鹅岛潮间带海沙。产脂酶。与模式菌株相似性为 99.117%。培养基 0471,5℃。

Flavobacterium gelidilacus Van Trappen *et al.* 2003 冰湖黄杆菌

MCCC 1A03293　←DSM 5343。＝LMG 21477。分离源：南极湖泊里的微生物群。模式菌株。培养基 0471,25℃。

Flavobacterium hydatis Bernardet *et al.* 1996 水栖黄杆菌

模式菌株 *Flavobacterium hydatis* DSM 2063(T) AM230487

MCCC 1C00835　←极地中心 PR4-11。分离源:北极植物根际。与模式菌株相似性为 98.665%。培养基 0266,15℃。

***Flavobacterium oceanosedimentum* Carty and Litchfield 1978 海泥黄杆菌**

模式菌株 *Flavobacterium oceanosedimentum* ATCC 31317(T) EF592577

MCCC 1A03430　←海洋三所 8WB1。分离源:南沙表层海水。与模式菌株相似性为 100%。培养基 0471,25℃。

***Flavobacterium pectinovorum* (Reichenbach 1989)Bernardet *et al*. 1996 噬果胶黄杆菌**

模式菌株 *Flavobacterium pectinovorum* DSM 6368(T) AM230490

MCCC 1C00836　←极地中心 PR6-5。分离源:北极植物根际。与模式菌株相似性为 98.914%。培养基 0266,15℃。

***Flavobacterium* sp. Bergey *et al*. 1923 emend. Bernardet *et al*. 1996 黄杆菌**

MCCC 1A00129　←海洋三所 fpc2(W6-14)。分离源:西太平洋暖池区深海沉积物。分离自多环芳烃芘富集菌群。与模式菌株 *F. terrae* R2A1-13(T) EF117329 相似性为 93.746%。培养基 0472,25℃。

MCCC 1A00549　←海洋三所 8053。分离源:西太平洋灰白色有孔虫软泥。与模式菌株 *F. anhuiense* D3(T) EU046269 相似性为 98.2%。培养基 0471,4～20℃。

MCCC 1A00589　←海洋三所 3038。分离源:东太平洋深海沉积物。与模式菌株 *F. segetis* AT1048(T) AY581115 相似性为 99.928%。培养基 0471,4～20℃。

MCCC 1A00600　←海洋三所 3049。分离源:东太平洋深海沉积物。与模式菌株 *F. columnare* IFO 15943(T) AB078047 相似性为 99.517%。培养基 0471,4～20℃。

MCCC 1A00603　←海洋三所 3052。分离源:东太平洋深海沉积物。与模式菌株 *F. columnare* IFO 15943(T) AB078047 相似性为 99.448%。培养基 0471,4～20℃。

MCCC 1A01027　←海洋三所 W6-14。分离源:太平洋深海沉积物。分离自多环芳烃芘富集菌群。与模式菌株 *F. terrae* R2A1-13(T) EF117329 相似性为 93.71%。培养基 0471,25℃。

MCCC 1A01367　←海洋三所 1-C-1。分离源:厦门近岸表层海水。与模式菌株 *F. terrae* R2A1-13(T) EF117329 相似性为 94.667%,为可能的新属。培养基 0472,28℃。

MCCC 1A02103　←海洋三所 S27-10。分离源:印度洋表层海水。分离自石油降解菌群。与模式菌株 *F. cucumis* R2A45-3(T) EF126993 相似性为 95.414%。培养基 0745,26℃。

MCCC 1A02877　←海洋三所 F44-8。分离源:近海沉积物。与模式菌株 *F. terrae* R2A1-13(T) EF117329 相似性为 94.862%。培养基 0472,28℃。

MCCC 1A03024　←海洋三所 FLA-1。分离源:西太平洋暖池区深海底层泥样。分离自石油降解菌群。与模式菌株 *F. terrae* R2A1-13(T) EF117329 相似性为 94.602%(471/815)。培养基 0472,25℃。

MCCC 1A04076　←海洋三所 C18AN。分离源:西南太平洋表层海水。分离自石油降解菌群。与模式菌株 *F. terrae* R2A1-13(T) EF117329 相似性为 95.101%。培养基 0821,25℃。

MCCC 1A04183　←海洋三所 C34AK。分离源:印度洋表层海水。分离自石油降解菌群。与模式菌株 *F. cucumis* R2A45-3(T) EF126993 相似性为 93.623%。培养基 0821,25℃。

MCCC 1A04930　←海洋三所 C24B15。分离源:印度洋表层海水。分离自石油降解菌群。与模式菌株 *F. cucumis* R2A45-3(T) EF126993 相似性为 95.383%。培养基 0821,25℃。

MCCC 1C01103　←极地中心 Q3。分离源:南极企鹅岛潮间带海沙。与模式菌株 *F. degerlachei* LMG 21915 AJ557886 相似性为 98.117%。培养基 0471,5℃。

MCCC 1C01111　←极地中心 Q2。分离源:南极企鹅岛潮间带海沙。与模式菌株 *F. degerlachei* LMG 21915 AJ557886 相似性为 99.369%。培养基 0471,5℃。

***Frigoribacterium mesophilum* Dastager *et al*. 2008 嗜中温寒冷杆菌**

模式菌株 *Frigoribacterium mesophilum* MSL-08(T) EF466126

MCCC 1A06045　←海洋三所 N-HS-5-4。分离源:北极圈内某化石沟饮水湖沉积物土样。与模式菌株相似性为 98.063%。培养基 0472,28℃。

Gaetbulibacter **sp.** Jung *et al*. 2005 emend. Yang and Cho 2008

MCCC 1F01046　←厦门大学 M13。分离源:福建省漳州近海红树林表层沉积物。与模式菌株 *G. saemanku-mensis* SMK-122(T) EU156066 相似性为 95.196%(1387/1457)。培养基 0471,25℃。

Galbibacter **sp.** Khan *et al*. 2007 黄菌

MCCC 1A03044　←海洋三所 ck-I2-15。分离源:印度洋深海沉积物。与模式菌株 *G. mesophilus* Mok-17(T) AB255367 相似性为 94.302%。培养基 0745,18~28℃。

Gallaecimonas pentaromativorans Rodríguez-blanco *et al*. 2010 食五环芳烃加利西亚单胞菌

MCCC 1A01355　←海洋三所 3-C-2。分离源:厦门近岸表层海水。与模式菌株 *G. pentaromativorans* CEE_131(T) 相似性为 99.20%(1368/1379)。培养基 0472,28℃。

MCCC 1A01356　←海洋三所 9-C-4。分离源:厦门滩涂水样。与模式菌株 *G. pentaromativorans* CEE_131(T) FM955223 相似性为 99.62%(1374/1379)。培养基 0472,28℃。

Gallaecimonas **sp.** Rodríguez-blanco *et al*. 2010 加利西亚单胞菌

MCCC 1A01354　←海洋三所 3-C-1。分离源:福建厦门市和平码头近岸表层海水。与模式菌株 *G. pentaromativorans* CEE_131(T) FM955223 相似性为 96.95%(1335/1377)。培养基 0472,28℃。

Geobacillus kaustophilus (Priest *et al*. 1989) Nazina *et al*. 2001 嗜热地芽胞杆菌

模式菌株 *Geobacillus kaustophilus* NCIMB 8547(T) X60618

MCCC 1A02570　←海洋三所 DY115。分离源:深海热液区深海沉积物。与模式菌株相似性为 99.593%。培养基 0823,55℃。

MCCC 1A02596　←海洋三所 WH105。分离源:福建省厦门滨海温泉沉积物。与模式菌株相似性为 99.568%。培养基 0823,55℃。

MCCC 1A05584　←海洋三所 RA-4。分离源:太平洋深海沉积物。与模式菌株相似性为 99.507%。培养基 0471,55℃。

Geobacillus pallidus (Scholz *et al*. 1988) Banat *et al*. 2004 苍白地芽胞杆菌

模式菌株 *Geobacillus pallidus* DSM 3670(T) Z26930

MCCC 1A02224　←海洋三所 DBT-601。分离源:南海沉积物。降解二苯并噻吩。与模式菌株相似性为 99.616%。培养基 0472,60℃。

MCCC 1A02225　←海洋三所 DBT-602。分离源:南海沉积物。降解二苯并噻吩。与模式菌株相似性为 99.308%。培养基 0472,60℃。

MCCC 1A02552　←海洋三所 DY67。分离源:大西洋热液区沉积物。与模式菌株相似性为 100%。培养基 0823,55℃。

MCCC 1A02554　←海洋三所 DY70。分离源:印度洋热液区深海沉积物。与模式菌株相似性为 99.522%。培养基 0823,55℃。

MCCC 1A02555　←海洋三所 DY74。分离源:印度洋热液区深海沉积物。与模式菌株相似性为 99.522%。培养基 0823,55℃。

MCCC 1A02571　←海洋三所 An12。分离源:福建省厦门滨海温泉沉积物。与模式菌株相似性为 99.732%。培养基 0823,55℃。

MCCC 1A02597　←海洋三所 DY104。分离源:印度洋热液区深海沉积物。与模式菌株相似性为 100%。培养基 0823,55℃。

Geobacillus stearothermophilus (Donk 1920) Nazina *et al*. 2001 嗜热脂肪地芽胞杆菌

模式菌株 *Geobacillus stearothermophilus* NBRC 12550(T) AB271757

MCCC 1A02561   ←海洋三所 B2。分离源:福建省厦门滨海温泉沉积物。与模式菌株相似性为99.732%。培养基0823,55℃。

MCCC 1A02572   ←海洋三所 Q6。分离源:福建省厦门滨海温泉沉积物。与模式菌株相似性为99.044%。培养基0823,55℃。

MCCC 1A02573   ←海洋三所 S1。分离源:东太平洋热液区深海沉积物。与模式菌株相似性为99.113%。培养基0823,55℃。

MCCC 1A03475   ←海洋三所 MM-24。分离源:大西洋洋中脊深海表层海水。与模式菌株相似性为99.191%;耐高温,菌落大小中等。培养基0471,70℃。

MCCC 1A03478   ←海洋三所 IR-20。分离源:印度洋西南中脊深海底层水样。与模式菌株相似性为99.191%。培养基0471,70℃。

MCCC 1A03479   ←海洋三所 MT-4。分离源:大西洋热液区沉积物。与模式菌株相似性为99.191%。培养基0471,70℃。

MCCC 1A03480   ←海洋三所 MB-17。分离源:大西洋热液区沉积物。与模式菌株相似性为99.394%。培养基0471,65℃。

MCCC 1A03481   ←海洋三所 IR-25。分离源:印度洋西南中脊深层海底水样。与模式菌株相似性为99.124%。培养基0471,65℃。

MCCC 1A03483   ←海洋三所 MT-22。分离源:大西洋热液区沉积物。与模式菌株相似性为99.527%。培养基0471,65℃。

MCCC 1A03484   ←海洋三所 IT-8。分离源:印度洋热液区深海沉积物。与模式菌株相似性为98.786%。培养基0471,70℃。

MCCC 1A03493   ←海洋三所 MB-5。分离源:大西洋热液区沉积物。与模式菌株相似性为79.317%。培养基0471,70℃。

MCCC 1A03494   ←海洋三所 MT-1。分离源:大西洋热液区沉积物。与模式菌株相似性为98.854%。培养基0471,70℃。

MCCC 1A03733   ←海洋三所 Q9。分离源:福建省厦门滨海温泉。与模式菌株相似性为99.044%。培养基0823,55℃。

MCCC 1A05561   ←海洋三所 mt-2。分离源:大西洋热液区沉积物。与模式菌株相似性为99.057%。培养基0471,70℃。

MCCC 1A05562   ←海洋三所 mt-3。分离源:大西洋热液区沉积物。与模式菌株相似性为99.461%。培养基0471,70℃。

MCCC 1A05563   ←海洋三所 mt-5。分离源:大西洋热液区沉积物。与模式菌株相似性为98.854%。培养基0471,70℃。

MCCC 1A05564   ←海洋三所 mt-6。分离源:大西洋热液区沉积物。与模式菌株相似性为99.394%。培养基0471,70℃。

MCCC 1A05565   ←海洋三所 mt-7。分离源:大西洋热液区沉积物。与模式菌株相似性为99.663%。培养基0471,70℃。

MCCC 1A05567   ←海洋三所 mt-10。分离源:大西洋热液区沉积物。与模式菌株相似性为99.528%。培养基0471,70℃。

MCCC 1A05568   ←海洋三所 mt-11。分离源:大西洋热液区沉积物。与模式菌株相似性为99.191%。培养基0471,70℃。

MCCC 1A05572   ←海洋三所 mt-18。分离源:大西洋热液区沉积物。与模式菌株相似性为99.527%。培养基0471,70℃。

MCCC 1A05573   ←海洋三所 mt-23。分离源:大西洋热液区沉积物。与模式菌株相似性为99.461%。培养基0471,70℃。

MCCC 1A05575   ←海洋三所 mm-1。分离源:大西洋热液区沉积物。培养基0471,70℃。

MCCC 1A05576   ←海洋三所 mm-7。分离源:大西洋热液区沉积物。与模式菌株相似性为99.528%。培养基0471,70℃。

MCCC 1A05580   ←海洋三所 mm-19。分离源:大西洋热液区沉积物。与模式菌株相似性为99.394%。培养基 0471,70℃。

MCCC 1A05582 ←海洋三所 RA-1。分离源:太平洋黑褐色块状物。与模式菌株相似性为 99.394%。培养
基 0471,55℃。

MCCC 1A05583 ←海洋三所 RA-18。分离源:太平洋黑褐色块状物。与模式菌株相似性为 99.528%。培养
基 0471,55℃。

MCCC 1A05581 ←海洋三所 mm-22。分离源:大西洋热液区沉积物。与模式菌株相似性为 99.461%。培养
基 0471,70℃。

Geobacillus subterraneus Nazina *et al*. 2001 地下地芽胞杆菌

模式菌株 *Geobacillus subterraneus* 34(T) AF276306

MCCC 1A02574 ←海洋三所 Q8。分离源:福建省厦门滨海温泉沉积物。与模式菌株相似性为 99.658%。
培养基 0823,55℃。

MCCC 1A02590 ←海洋三所 F。分离源:福建省厦门滨海温泉沉积物。与模式菌株相似性为 99.728%。培
养基 0823,55℃。

MCCC 1A05585 ←海洋三所 RA-11。分离源:太平洋土灰色沉积物。与模式菌株相似性为 99.599%。培养
基 0471,55℃。

Geobacillus tepidamans Schäffer *et al*. 2004 喜温地芽胞杆菌

模式菌株 *Geobacillus tepidamans* GS5-97(T) AY563003

MCCC 1A02518 ←海洋三所 DY114。分离源:印度洋热液区深海沉积物。与模式菌株相似性为 99.859%。
培养基 0471,55℃。

MCCC 1A02524 ←海洋三所 DY22。分离源:东太平洋热液区深海沉积物。与模式菌株相似性为 99.654%。
培养基 0823,55℃。

MCCC 1A02525 ←海洋三所 DY21。分离源:东太平洋热液区深海沉积物。与模式菌株相似性为 99.723%。
培养基 0823,55℃。

MCCC 1A02526 ←海洋三所 DY24。分离源:东太平洋热液区深海沉积物。与模式菌株相似性为 99.931%。
培养基 0823,55℃。

MCCC 1A02542 ←海洋三所 DY16。分离源:东太平洋热液区深海沉积物。与模式菌株相似性为 99.931%。
培养基 0823,55℃。

MCCC 1A02543 ←海洋三所 DY29。分离源:东太平洋热液区深海沉积物。与模式菌株相似性为 99.585%。
培养基 0823,55℃。

MCCC 1A02544 ←海洋三所 DY31。分离源:东太平洋热液区深海沉积物。与模式菌株相似性为 99.862%。
培养基 0823,55℃。

MCCC 1A02589 ←海洋三所 DY20。分离源:东太平洋热液区深海沉积物。与模式菌株相似性为 99.858%。
培养基 0823,55℃。

MCCC 1A02591 ←海洋三所 S7。分离源:东太平洋热液区深海沉积物。与模式菌株相似性为 98.377%。培
养基 0823,55℃。

Geobacillus thermoleovorans (Zarilla and Perry 1988)Nazina *et al*. 2001 喜热噬油芽胞杆菌

模式菌株 *Geobacillus thermoleovorans* BGSC 96A1(T) AY608936

MCCC 1A02577 ←海洋三所 Q3。分离源:福建省厦门滨海温泉沉积物。与模式菌株相似性为 99.865%。
培养基 0823,55℃。

MCCC 1A03461 ←海洋三所 HS1。分离源:厦门上层温泉水。与模式菌株相似性为 99.67%;菌落大小中
等。培养基 0471,70℃。

MCCC 1A03482 ←海洋三所 IT-12。分离源:印度洋热液区深海沉积物。与模式菌株相似性为 99.807%。
培养基 0471,70℃。

MCCC 1A03495 ←海洋三所 MT-12。分离源:大西洋热液区沉积物。与模式菌株相似性为 99.872%。培养
基 0471,70℃。

MCCC 1A05570　←海洋三所 mt-16。分离源：大西洋热液区沉积物。与模式菌株相似性为 99.872%。培养
基 0471,70℃。

Geobacillus toebii Sung *et al.* 2002 堆肥地芽胞杆菌
模式菌株 *Geobacillus toebii* BK-1(T) AF326278
MCCC 1A03451　←海洋三所 MC-12。分离源：大西洋热液区沉积物。与模式菌株相似性为 98.93%。培养
基 0471,70℃。
MCCC 1A03452　←海洋三所 MB-1。分离源：大西洋热液区沉积物。与模式菌株相似性为 100%。培养基
0471,70℃。
MCCC 1A03454　←海洋三所 MC-14。分离源：大西洋热液区沉积物。与模式菌株相似性为 99.332%。培养
基 0471,65℃。
MCCC 1A03456　←海洋三所 MC-9。分离源：大西洋热液区沉积物。与模式菌株相似性为 99.667%。培养
基 0471,70℃。

Geobacillus **sp.** Nazina *et al.* 2001 地芽胞杆菌
MCCC 1A02551　←海洋三所 XM。分离源：福建省厦门滨海温泉沉积物。与模式菌株 *G. thermoleovorans*
BGSC 96A1(T) AY608936 相似性为 98.508%。培养基 0823,55℃。
MCCC 1A03455　←海洋三所 MC-22。分离源：大西洋热液区沉积物。与模式菌株 *G. thermoleovorans* BGSC
96A1(T) AY608936 相似性为 98.965%。培养基 0471,70℃。
MCCC 1A03485　←海洋三所 MT-13。分离源：大西洋热液区沉积物。与模式菌株 *G. thermoleovorans* BGSC
96A1(T) AY608936 相似性为 98.836%。培养基 0471,70℃。
MCCC 1A05566　←海洋三所 mt-8。分离源：大西洋热液区沉积物。与模式菌株 *G. vulcani* 3S-1(T)
AJ293805 相似性为 98.505%。培养基 0471,70℃。
MCCC 1A05571　←海洋三所 mt-17。分离源：大西洋热液区沉积物。与模式菌株 *G. stearothermophilus*
NBRC 12550(T) AB271757 相似性为 99.258%。培养基 0471,70℃。
MCCC 1A05574　←海洋三所 mt-24。分离源：大西洋热液区沉积物。与模式菌株 *G. subterraneus* 34(T)
AF276306 相似性为 98.929%。培养基 0471,70℃。

Geodermatophilus obscurus Luedemann 1968 昏暗地嗜皮菌
模式菌株 *Geodermatophilus obscurus* ATCC 25078(T) L40620
MCCC 1A05930　←海洋三所 0708S6-1。分离源：印度洋深海沉积物表层。与模式菌株相似性为 99%。培养
基 1003,28℃。

Geodermatophilus **sp.** Luedemann 1968 地嗜皮菌
MCCC 1A03390　←海洋三所 102S3-1。分离源：东太平洋深海沉积物表层。与模式菌株 *G. obscurus* ATCC
25078(T) L40620 相似性为 99%。培养基 0471,28℃。

Georgenia muralis Altenburger *et al.* 2002 墙壁圣格奥尔根菌
模式菌株 *Georgenia muralis* 1A-C(T) X94155
MCCC 1A05755　←海洋三所 NH63M。分离源：南沙浅黄色泥质。分离自石油降解菌群。与模式菌株相似
性为 99.871%(773/774)。培养基 0821,25℃。

Gillisia hiemivivida Bowman and Nichols 2005 喜冷吉莱氏菌
模式菌株 *Gillisia hiemivivida* IC154(T) AY694006
MCCC 1C00892　←极地中心 ZS4-6。分离源：南极表层沉积物。与模式菌株相似性为 98.977%。培养基
0471,15℃。

Gillisia **sp.** Van Trappen *et al.* 2004 吉莱氏菌
MCCC 1C00820　←极地中心 ZS3-9。分离源：南极表层沉积物。与模式菌株 *G. hiemivivida* IC154(T)

AY694006 相似性为 96.418%。培养基 0471,15℃。

Glaciecola chathamensis Matsuyama *et al*. 2006 查塔姆海隆居冰菌

模式菌株 *Glaciecola chathamensis* S18K6(T) AB247623

MCCC 1A04241 ←海洋三所 LTVG9-9。分离源:太平洋深海热液区沉积物。分离自多环芳烃降解菌群。与模式菌株相似性为 99.793%。培养基 0471,28℃。

MCCC 1G00042 ←青岛科大 HH234-NF103。分离源:中国黄海海底沉积物。与模式菌株的 16S 序列相似性为 99.38%。培养基 0471,28℃。

MCCC 1G00050 ←青岛科大 SB267-NF102。分离源:中国东海海底沉积物。与模式菌株的 16S 序列相似性为 99.375%。培养基 0471,28℃。

Glaciecola psychrophila Zhang *et al*. 2006 嗜冷居冰菌

模式菌株 *Glaciecola psychrophila* 170(T) DQ007436

MCCC 1C00590 ←极地中心 BSs20135。分离源:北冰洋深层沉积物。与模式菌株相似性为 97.456%。培养基 0471,15℃。

MCCC 1C00726 ←极地中心 NF1-37。分离源:南极表层沉积物。与模式菌株相似性为 99.199%。培养基 0471,15℃。

MCCC 1C00750 ←极地中心 ZS2-27。分离源:南极表层沉积物。与模式菌株相似性为 97.39%。培养基 0471,15℃。

MCCC 1C00924 ←极地中心 NF1-8。分离源:南极海洋沉积物。与模式菌株相似性为 98.932%。培养基 0471,15℃。

Gordonia terrae (Tsukamura 1971)Stackebrandt *et al*. 1989 土地戈登氏菌

模式菌株 *Gordonia terrae* DSM 43249(T) X79286

MCCC 1A02417 ←海洋三所 S14-10。分离源:大西洋表层海水。能够降解 C10~C36 直链烷烃,产表面活性剂。与模式菌株相似性为 99.846%。培养基 0745,28℃。

MCCC 1A03332 ←海洋三所 15H41-1。分离源:东太平洋深海沉积物表层。与模式菌株相似性为 99%。培养基 0471,28℃。

MCCC 1A05977 ←海洋三所 399P5-1。分离源:日本海沉积物表层。与模式菌株相似性为 99%。培养基 1003,28℃。

MCCC 1F01080 ←厦门大学 PG2S02。分离源:广东省饶平棕囊藻培养液。棕囊藻藻际细菌。与模式菌株相似性为 99.59%(1459/1465)。培养基 0471,25℃。

Gordonia sp. (ex Tsukamura)Stackebrandt *et al*. 1989 戈登氏菌

MCCC 1A03645 ←海洋三所 X-75B76(A)。分离源:福建漳州龙海红树林滨螺。抗部分细菌。与模式菌株 *G. terrae* DSM 43249(T) X79286 相似性为 99.856%。培养基 1002,28℃。

Gracilibacillus quinghaiensis Cui *et al*. 2009 青海纤细芽胞杆菌

模式菌株 *Gracilibacillus quinghaiensis* YIM-C229(T) EU135723

MCCC 1A05719 ←海洋三所 NH58D。分离源:南沙浅黄色泥质。分离自石油降解菌群。与模式菌株相似性为 99.079%。培养基 0821,25℃。

Gracilibacillus sp. Wainoe *et al*. 1999 纤细芽胞杆菌

MCCC 1B00239 ←海洋一所 YACS40。分离源:青岛上层海水。与模式菌株 *G. dipsosauri* DD1(T) X82436 相似性为 98.113%。培养基 0471,20~25℃。

Gramella sp. Nedashkovskaya *et al*. 2005 革兰氏菌

MCCC 1A04155 ←海洋三所 5GM03-1f。分离源:南沙深层海水。潜在的寡营养菌。与模式菌株

G. echinicola KMM 6050(T) 相似性为 96.782%。培养基 0821,25℃。

Granulosicoccus antarcticus Lee *et al*. 2008 南极颗粒球菌

模式菌株 *Granulosicoccus antarcticus* IMCC3135(T) EF495228

MCCC 1C00908　←极地中心 ZS4-22。分离源:南极表层沉积物。与模式菌株相似性为 99.122%。培养基 0471,15℃。

Granulosicoccus **sp.** Lee *et al*. 2008 颗粒球菌

MCCC 1A02269　←海洋三所 S2-10。分离源:加勒比海表层海水。与模式菌株 G. antarcticus IMCC3135(T) EF495228 相似性为 89.555%。培养基 0745,28℃。

Grimontia hollisae Thompson *et al*. 2003 霍氏格里蒙特氏菌(原:霍氏弧菌)

MCCC 1H00085　←山东大学威海分校←LMG 17719T。原始号 75-80。＝ATCC 33564T ＝LMG 17719T ＝ DSM 15132T。分离源:美国马里兰州安妮阿伦德尔医学中心医院。模式菌株。培养基 0471,28℃。

Halobacillus kuroshimensis Hua *et al*. 2007 黑岛喜盐芽胞杆菌

模式菌株 *Halobacillus kuroshimensis* IS-Hb7 AB195680

MCCC 1B00795　←海洋一所 CJNY33。分离源:江苏盐城射阳表层沉积物。与模式菌株相似性为 99.601%。培养基 0471,20~25℃。

Halobacillus litoralis Spring *et al*. 1996 海滨喜盐芽胞杆菌

模式菌株 *Halobacillus litoralis* SL-4(T)

MCCC 1B01174　←海洋一所 BLCJ 8。分离源:浙江宁波码头表层沉积物。与模式菌株相似性为 100%。培养基 0471,25℃。

Halobacillus locisalis Yoon *et al*. 2004 盐地喜盐芽胞杆菌

模式菌株 *Halobacillus locisalis* MSS-155(T) AY190534

MCCC 1F01182　←厦门大学 SCSS14。分离源:南海表层沉积物。产淀粉酶、蛋白酶。与模式菌株相似性为 98%(1481/1508)。培养基 0471,25℃。

Halobacillus mangrovi Soto-Ramírez *et al*. 2008 红树喜盐芽胞杆菌

模式菌株 *Halobacillus mangrovi* MS10(T) DQ888316

MCCC 1A04641　←海洋三所 NH24H。分离源:南沙表层沉积物。与模式菌株相似性为 99.868%。培养基 0821,25℃。

Halobacillus trueperi Spring *et al*. 1996 楚氏喜盐芽胞杆菌

模式菌株 *Halobacillus trueperi* DSM 10404(T) AJ310149

MCCC 1A04023　←海洋三所 NH7T。分离源:南沙灰白色泥质沉积物。与模式菌株相似性为 99.715% (734/736)。培养基 0821,25℃。

MCCC 1A04149　←海洋三所 NH39J。分离源:南沙土黄色泥质。与模式菌株相似性为 99.429%(731/735)。培养基 0821,25℃。

MCCC 1A05604　←海洋三所 X-52#-B55。分离源:厦门海水表层蓝藻。与模式菌株相似性为 99.792%。培养基 0471,28℃。

Halobacillus yeomjeoni Yoon *et al*. 2005 站前喜盐芽胞杆菌

模式菌株 *Halobacillus yeomjeoni* MSS-402(T) AY881246

MCCC 1A02154　←海洋三所 S25-14。分离源:印度洋表层海水。分离自石油降解菌群。与模式菌株相似性为 99.722%。培养基 0745,26℃。

MCCC 1A04034　←海洋三所 NH8C1。分离源:南沙灰白色泥质。与模式菌株相似性为 100%。培养基 0821,25℃。

MCCC 1A04104　←海洋三所 NH24N。分离源:南沙灰色泥质。与模式菌株相似性为 99.716%(734/736)。培养基 0821,25℃。

MCCC 1A05724　←海洋三所 NH5I。分离源:南沙浅灰色泥质沉积物。与模式菌株相似性为 99.604%(734/736)。培养基 0821,25℃。

MCCC 1B00302　←海洋一所 YACN15。分离源:青岛近海沉积物。与模式菌株相似性为 100%。培养基 0471,20~25℃。

MCCC 1B01132　←海洋一所 YCSC3。分离源:青岛即墨 7%盐度盐田盐渍土。与模式菌株相似性为 99.46%。培养基 0471,20~25℃。

Halobacillus **sp.** Spring *et al.* 1996 emend. Yoon *et al.* 2007 喜盐芽胞杆菌

MCCC 1A03870　←海洋三所 27♯。分离源:南海珠江入海口富营养区表层沉积物。与模式菌株 *H. dabanensis* D-8(T) AY351395 相似性为 99.04%。培养基 0471,20~30℃。

MCCC 1A05602　←海洋三所 X-30♯-B24。分离源:厦门表层沉积物。与模式菌株 *H. dabanensis* D-8(T) AY351395 相似性为 99.240%。培养基 0471,28℃。

MCCC 1A05603　←海洋三所 X-13♯-B298。分离源:福建漳州东山潮间带底泥。与模式菌株 *H. dabanensis* D-8(T) AY351395 相似性为 99.242%。培养基 0471,28℃。

MCCC 1B00204　←海洋一所 YACS3。分离源:青岛上层海水。与模式菌株 *H. yeomjeoni* MSS-402(T) AY881246 相似性为 99.259%。培养基 0471,20~25℃。

MCCC 1B00211　←海洋一所 YACS11。分离源:青岛上层海水。与模式菌株 *H. yeomjeoni* MSS-402(T) AY881246 相似性为 99.63%。培养基 0471,20~25℃。

MCCC 1B00212　←海洋一所 YACS12。分离源:青岛上层海水。与模式菌株 *H. yeomjeoni* MSS-402(T) AY881246 相似性为 99.63%。培养基 0471,20~25℃。

MCCC 1B00218　←海洋一所 YACS19。分离源:青岛上层海水。与模式菌株 *H. yeomjeoni* MSS-402(T) AY881246 相似性为 98.519%。培养基 0471,20~25℃。

MCCC 1B00228　←海洋一所 YACS29。分离源:青岛上层海水。与模式菌株 *H. yeomjeoni* MSS-402(T) AY881246 相似性为 99.444%。培养基 0471,20~25℃。

MCCC 1B00236　←海洋一所 YACS37。分离源:青岛上层海水。与模式菌株 *H. yeomjeoni* MSS-402(T) AY881246 相似性为 99.63%。培养基 0471,20~25℃。

MCCC 1B00779　←海洋一所 CJNY5。分离源:江苏盐城射阳海底泥沙。与模式菌株 *H. trueperi* DSM 10404 (T) AJ310149 相似性为 99.458%。培养基 0471,20~25℃。

MCCC 1B01191　←海洋一所 BLDJ 3-1。分离源:浙江宁波码头表层沉积物。与模式菌株 *H. yeomjeoni* MSS-402(T) AY881246 相似性为 98.936%。培养基 0471,25℃。

MCCC 1F01181　←厦门大学 SCSS13。分离源:南海表层沉积物。产淀粉酶、蛋白酶。与模式菌株 *H. locisalis* MSS-155(T) AY190534 相似性为 98.406%(1482/1506)。培养基 0471,25℃。

Halomonas alkaliphila Romano *et al.* 2007 嗜碱盐单胞菌
模式菌株 *Halomonas alkaliphila* 18bAG(T) AJ640133

MCCC 1B00890　←海洋一所 LA5-2。分离源:青岛亚历山大藻培养液。藻类共生菌。与模式菌株相似性为 99.642%。培养基 0471,20~25℃。

MCCC 1G00007　←青岛科大 HH108-NF101。分离源:中国黄海海底沉积物。与模式菌株相似性为 99.036%。培养基 0471,28℃。

Halomonas aquamarina (ZoBell and Upham 1944)Dobson and Franzmann 1996 海水盐单胞菌
模式菌株 *Halomonas aquamarina* DSM 30161(T) AJ306888

MCCC 1A00296　←海洋三所 FW31。分离源:太平洋深海沉积物。分离自柴油富集菌群。与模式菌株相似性为 99.583％。培养基 0033,28℃。

MCCC 1A01252 　←海洋三所 PR52-7。分离源:印度洋深海底层水样。分离自多环芳烃降解菌群。与模式菌株相似性为 99.59％。培养基 0471,25℃。

MCCC 1A01982 　←海洋三所 wp5-wp。分离源:西太平洋深海沉积物。嗜碱,可降解 Tween 20。与模式菌株相似性为 99.659％。培养基 0471,20℃。

MCCC 1A01983 　←海洋三所 Ws24-wp。分离源:东太平洋深海沉积物。嗜碱,嗜盐,可降解 Tween 20。与模式菌株相似性为 99.38％。培养基 0471,20℃。

MCCC 1A01984 　←海洋三所 Ws26-wp。分离源:东太平洋深海沉积物。与模式菌株相似性为 99.656％。培养基 0471,20℃。

MCCC 1A01986 　←海洋三所 Ws30-wp。分离源:东太平洋海底沉积物。嗜碱,可降解 Tween 20。与模式菌株相似性为 99.582％。培养基 0471,20℃。

MCCC 1C00938 　←极地中心 BR072。分离源:白令海无冰区表层海水。与模式菌株相似性为 99.732％。培养基 0471,15℃。

Halomonas axialensis Kaye *et al*. 2004 轴向海山盐单胞菌

模式菌株 *Halomonas axialensis* Althf1(T) AF212206

MCCC 1A00912 　←海洋三所 B-1092。分离源:东太平洋水体底层。与模式菌株相似性为 AF212206％。培养基 0471,4℃。

MCCC 1A01735 　←海洋三所 69(20zx)。分离源:西太平洋暖池区深海沉积物。与模式菌株相似性为 99.513％。培养基 0471,20～25℃。

MCCC 1A01755 　←海洋三所 WP02-1-81。分离源:西太平洋深海沉积物。耐受甲醇。与模式菌株相似性为 99.513％。培养基 0033,15～20℃。

MCCC 1A01893 　←海洋三所 EP34。分离源:东太平洋深海沉积物。与模式菌株相似性为 99.513％。培养基 0471,20℃。

MCCC 1A01988 　←海洋三所 Mp3-wp。分离源:中太平洋海底沉积物表层。与模式菌株相似性为 99.722％。培养基 0471,20℃。

MCCC 1A01991 　←海洋三所 Ws16-wp。分离源:东太平洋深海沉积物。与模式菌株相似性为 99.652％。培养基 0471,20℃。

MCCC 1A01992 　←海洋三所 Ws25-wp。分离源:东太平洋海底沉积物。与模式菌株相似性为 99.513％。培养基 0471,20℃。

MCCC 1A02546 　←海洋三所 DY37b。分离源:大西洋热液区沉积物。与模式菌株相似性为 99.86％。培养基 0823,37℃。

MCCC 1A03807 　←海洋三所 19III-S12-TVG6-1 a。分离源:西南印度洋洋中脊热液区。与模式菌株相似性为 99.652％。培养基 0471,4～20℃。

MCCC 1A03838 　←海洋三所 19-4 TVMC8 22～24cm。分离源:西南太平洋劳盆地热液区钙质软泥。与模式菌株相似性为 99.791％。培养基 0471,20℃。

MCCC 1A05589 　←海洋三所 AA-9。分离源:太平洋土灰色深海沉积物。与模式菌株相似性为 99.652％。培养基 0471,30℃。

MCCC 1A05591 　←海洋三所 AA-30。分离源:太平洋土灰色深海沉积物。与模式菌株相似性为 99.861％。培养基 0471,30℃。

MCCC 1C00966 　←极地中心 BCw078。分离源:北冰洋无冰区表层海水。与模式菌株相似性为 99.861％。培养基 0471,15℃。

MCCC 1G00100 　←青岛科大 HH177 上-2。分离源:中国黄海上层海水。与模式菌株相似性为 99.721％。培养基 0471,25～28℃。

Halomonas boliviensis Quillaguamán *et al*. 2004 玻利维亚盐单胞菌

模式菌株 *Halomonas boliviensis* LC1(T) AY245449

MCCC 1A00821 　←海洋三所 B-1055。分离源:西太平洋暖池区深层沉积物。与模式菌株相似性为

98.872%。培养基 0471,4℃。

MCCC 1A03039 ←海洋三所 ck-I2-8。分离源:印度洋深海沉积物。与模式菌株相似性为 99.716%。培养基 0745,18~28℃。

MCCC 1A03040 ←海洋三所 ck-I2-9。分离源:印度洋深海沉积物。与模式菌株相似性为 99.716%。培养基 0745,18~28℃。

MCCC 1A03111 ←海洋三所 A001。分离源:东海上层海水。可能降解木聚糖。与模式菌株相似性为 99.485%。培养基 0471,25℃。

MCCC 1A03124 ←海洋三所 A022。分离源:黄海表层海水。可能降解纤维素。与模式菌株的相似性为 100%。培养基 0471,25℃。

MCCC 1A03128 ←海洋三所 A027。分离源:大西洋洋中脊沉积物。可能降解纤维素。与模式菌株的相似性为 100%。培养基 0471,25℃。

MCCC 1A03129 ←海洋三所 A028。分离源:大西洋洋中脊沉积物。可能降解纤维素。与模式菌株的相似性为 99.873%。培养基 0471,25℃。

MCCC 1A03169 ←海洋三所 tf-10。分离源:大西洋深海沉积物。与模式菌株相似性为 100%。培养基 0002,28℃。

MCCC 1A03171 ←海洋三所 tf-1。分离源:大西洋洋中脊深海沉积物。与模式菌株相似性为 100%。培养基 0002,28℃。

MCCC 1A04161 ←海洋三所 NH44M。分离源:南沙海域灰色沙质沉积物。与模式菌株相似性为 99.859%。培养基 0821,25℃。

MCCC 1A04499 ←海洋三所 T29AW。分离源:西南太平洋热液区沉积物。分离自石油降解菌群。与模式菌株相似性为 100%(813/813)。培养基 0821,28℃。

MCCC 1A05325 ←海洋三所 C66AF。分离源:西南太平洋深层海水。分离自石油降解菌群。与模式菌株相似性为 99.477%(795/799)。培养基 0821,25℃。

MCCC 1G00003 ←青岛科大 HH082-NF101-1。分离源:中国黄海海底沉积物。与模式菌株相似性为 98.611%。培养基 0471,28℃。

MCCC 1G00017 ←青岛科大 HH153-NF101。分离源:中国黄海海底沉积物。与模式菌株的 16S 序列相似性为 98.464%。培养基 0471,28℃。

MCCC 1G00032 ←青岛科大 HH181-NF102。分离源:中国黄海海底沉积物。与模式菌株的 16S 序列相似性为 98.819%。培养基 0471,28℃。

MCCC 1G00044 ←青岛科大 QD214-NF103。分离源:青岛近海岸海底沉积物。与模式菌株的 16S 序列相似性为 98.747%。培养基 0471,28℃。

MCCC 1G00052 ←青岛科大 HH150-NF102。分离源:中国黄海表层沉积物。与模式菌株的 16S 序列相似性为 98.74%。培养基 0471,25~28℃。

MCCC 1G00059 ←青岛科大 HH203-NF103。分离源:中国黄海表层沉积物。与模式菌株相似性为 98.744%。培养基 0471,25~28℃。

MCCC 1G00071 ←青岛科大 QD254-3。分离源:青岛近海沉积物。与模式菌株的 16S 序列相似性为 98.538%。培养基 0471,25~28℃。

Halomonas campaniensis Romano *et al.* 2005 坎帕尼亚盐单胞菌

MCCC 1A03273 ←DSM 15293。原始号 5AG。=ATCC BAA-966 =DSM 15293。分离源:意大利矿池中的藻丛间的水样。模式菌株。培养基 0471,25℃。

Halomonas cerina González-Domenech *et al.* 2008 黄蜡色盐单胞菌

模式菌株 *Halomonas cerina* SP4(T) EF613112

MCCC 1B00917 ←海洋一所 YCSA16。分离源:青岛即墨饱和盐度盐田盐渍土。与模式菌株相似性为 99.403%。培养基 0471,20~25℃。

Halomonas daqingensis Wu *et al.* 2008 大庆盐单胞菌

模式菌株 *Halomonas daqingensis* DQD2-30(T) EF121854

MCCC 1A05776　←海洋三所 NH67N。分离源:南沙海域黄色沉积物。分离自石油降解菌群。与模式菌株相似性为 99.08%。培养基 0821,25℃。

Halomonas denitrificans Kim *et al.* 2007 反硝化盐单胞菌

模式菌株 *Halomonas denitrificans* M29(T) AM229317

MCCC 1B01024　←海洋一所 QNSJ9。分离源:江苏南通海底泥沙。与模式菌株相似性为 100%。培养基 0471,28℃。

Halomonas desiderata Berendes *et al.* 1997 期望盐单胞菌

模式菌株 *Halomonas desiderata* FB2(T) X92417

MCCC 1A05748　←海洋三所 NH62J。分离源:南沙海域黄色沉积物。分离自石油降解菌群。与模式菌株相似性为 99.598%(778/782)。培养基 0821,25℃。

MCCC 1A05775　←海洋三所 NH67M。分离源:南沙海域黄色沉积物。分离自石油降解菌群。与模式菌株相似性为 99.736%(792/795)。培养基 0821,25℃。

Halomonas elongata Vreeland *et al.* 1980 伸长盐单胞菌

MCCC 1A01717　←ATCC 33173。=DSM 2581＝ATCC 33173＝IAM 14166。分离源:荷兰博内尔岛(Bonaire)海岛上的晒盐厂。模式菌株。培养基 0471,20～30℃。

Halomonas gomseomensis Kim *et al.* 2007 熊岛盐单胞菌

模式菌株 *Halomonas gomseomensis* M12(T) AM229314

MCCC 1B00840　←海洋一所 YCWA19。分离源:青岛即墨饱和盐度盐田表层海水。与模式菌株相似性为 99.523%。培养基 0471,20～25℃。

Halomonas gudaonensis Wang *et al.* 2007 孤岛盐单胞菌

模式菌株 *Halomonas gudaonensis* SL014B-69(T) DQ421808

MCCC 1B00866　←海洋一所 YCSD7。分离源:青岛即墨盐田旁排水沟。与模式菌株相似性为 98.141%。不分解淀粉,利用葡萄糖、蔗糖、麦芽糖、半乳糖、果糖,不产酸。培养基 0471,20～25℃。

Halomonas hydrothermalis Kaye *et al.* 2004 热水管盐单胞菌

模式菌株 *Halomonas hydrothermalis* Slthf2(T) AF212218

MCCC 1A01499　←海洋三所 9B。分离源:厦门潮间带浅水贝类。与模式菌株相似性为 100%。培养基 0472,25℃。

MCCC 1B00267　←海洋一所 JZHS25。分离源:青岛胶州上层海水。与模式菌株相似性为 100%。培养基 0471,28℃。

MCCC 1G00073　←青岛科大 SB290-2。分离源:江苏北部海底沉积物。与模式菌株相似性为 99.929%。培养基 0471,25～28℃。

Halomonas lutea Wang *et al.* 2008 橙色盐单胞菌

模式菌株 *Halomonas lutea* YIM91125(T) EF674852

MCCC 1A04243　←海洋三所 pMC2(510)-5。分离源:太平洋热液区深海沉积物。分离自多环芳烃降解菌群。与模式菌株相似性为 98.695%。培养基 0471,25℃。

MCCC 1A04552　←海洋三所 T35AH。分离源:西南太平洋土黄色沉积物。分离自石油降解菌群。与模式菌株相似性为 98.586%。培养基 0821,28℃。

MCCC 1B00852　←海洋一所 YCWA49。分离源:青岛即墨饱和盐度盐田表层海水。与模式菌株相似性为 98.568%。培养基 0471,20～25℃。

Halomonas magadiensis Duckworth *et al.* 2000 马加迪湖盐单胞菌

模式菌株 *Halomonas magadiensis* 21M1(T) X92150

MCCC 1A00565　←海洋三所 3014。分离源：东太平洋深海沉积物。与模式菌株相似性为 98.629%。培养基 0471,4~20℃。

Halomonas marisflavi Yoon *et al*. 2001 黄海盐单胞菌
模式菌株 *Halomonas marisflavi* SW32 AF251143

MCCC 1B00817　←海洋一所 HTYC25。分离源：山东宁德霞浦暗纹东方鲀胃部。与模式菌株相似性为 100%。培养基 0471,20~25℃。

MCCC 1B01128　←海洋一所 YCWA64。分离源：青岛即墨饱和盐度盐田表层海水。与模式菌株相似性为 99.403%。培养基 0471,20~25℃。

Halomonas meridiana James *et al*. 1990 南方盐单胞菌
模式菌 *Halomonas meridiana* DSM 5425(T) AJ306891

MCCC 1A00809　←海洋三所 B-1031。分离源：西太平洋暖池区表层沉积物。与模式菌株相似性为 99.574%。培养基 0471,4℃。

MCCC 1A00852　←海洋三所 B-3005。分离源：东太平洋底层水体。与模式菌株相似性为 98.565%。培养基 0471,4℃。

MCCC 1A00859　←海洋三所 B-3027。分离源：东太平洋底层水体。与模式菌株相似性为 99.561%。培养基 0471,4℃。

MCCC 1A00876　←海洋三所 B-3064。分离源：东太平洋底层水体。与模式菌株相似性为 98.099%。培养基 0471,4℃。

MCCC 1A00902　←海洋三所 B-1022。分离源：西太平洋暖池区深海沉积物。与模式菌株相似性为 99.362%。培养基 0471,4℃。

MCCC 1A01989　←海洋三所 Mp13-wp。分离源：中太平洋海底表层沉积物。与模式菌株相似性为 99.504%。培养基 0471,20℃。

MCCC 1A01990　←海洋三所 Es4-wp。分离源：东太平洋海底沉积物。与模式菌株相似性为 99.105%。培养基 0471,20℃。

MCCC 1A03354　←海洋三所 35N41-4。分离源：大西洋深海表层沉积物。与模式菌株相似性为 99%。培养基 0471,37℃。

MCCC 1A04107　←海洋三所 NH28R。分离源：南沙土黄色泥质。与模式菌株 100%（746/746）。培养基 0821,25℃。

MCCC 1B00314　←海洋一所 SDDC20。分离源：威海荣成表层沉积物。与模式菌株相似性为 100%。培养基 0471,28℃。

MCCC 1B00418　←海洋一所 QJJN 21。分离源：青岛胶南近海表层海水。与模式菌株相似性为 100%。培养基 0471,20~25℃。

MCCC 1B00453　←海洋一所 HZBC5。分离源：山东日照上层海水。与模式菌株相似性为 100%。培养基 0471,20~25℃。

MCCC 1B00469　←海洋一所 HZBC47。分离源：山东日照上层海水。与模式菌株相似性为 99.844%。培养基 0471,20~25℃。

MCCC 1B00478　←海洋一所 HZBC66。分离源：山东日照上层海水。与模式菌株相似性为 100%。培养基 0471,20~25℃。

MCCC 1B00497　←海洋一所 HZDC16。分离源：山东日照深层海水。与模式菌株相似性为 99.896%。培养基 0471,20~25℃。

MCCC 1B00499　←海洋一所 HZDC18。分离源：山东日照深层海水。与模式菌株相似性为 99.901%。培养基 0471,20~25℃。

MCCC 1B00619　←海洋一所 CJJK9。分离源：江苏南通启东表层海水。与模式菌株相似性为 100%。培养基 0471,20~25℃。

MCCC 1B00821　←海洋一所 QJJH7。分离源：山东日照表层海水。与模式菌株相似性为 100%。培养基 0471,20~25℃。

MCCC 1B01001 ←海洋一所 QJWW05。分离源:江苏南通近海表层海水。与模式菌株相似性为 99.881%。培养基 0471,28℃。

MCCC 1B01002 ←海洋一所 QJWW11。分离源:江苏南通近海表层海水。与模式菌株相似性为 100%。培养基 0471,28℃。

MCCC 1B01004 ←海洋一所 QJWW29。分离源:江苏南通近海表层海水。与模式菌株相似性为 99.881%。培养基 0471,28℃。

MCCC 1B01007 ←海洋一所 QJWW51。分离源:江苏南通近海表层海水。与模式菌株相似性为 100%。培养基 0471,28℃。

MCCC 1B01008 ←海洋一所 QJWW52。分离源:江苏南通近海表层海水。与模式菌株相似性为 99.881%。培养基 0471,28℃。

MCCC 1B01009 ←海洋一所 QJWW53。分离源:江苏南通近海表层海水。与模式菌株相似性为 100%。培养基 0471,28℃。

MCCC 1B01010 ←海洋一所 QJWW54。分离源:江苏南通近海表层海水。与模式菌株相似性为 100%。培养基 0471,28℃。

MCCC 1B01011 ←海洋一所 QJWW55。分离源:江苏南通近海表层海水。与模式菌株相似性为 100%。培养基 0471,28℃。

MCCC 1B01012 ←海洋一所 QJWW56。分离源:江苏南通近海表层海水。与模式菌株相似性为 99.761%。培养基 0471,28℃。

MCCC 1B01013 ←海洋一所 QJWW58。分离源:江苏南通近海表层海水。与模式菌株相似性为 99.761%。培养基 0471,28℃。

MCCC 1B01014 ←海洋一所 QJWW60。分离源:江苏南通近海表层海水。与模式菌株相似性为 100%。培养基 0471,28℃。

MCCC 1B01015 ←海洋一所 QJWW65。分离源:江苏南通近海表层海水。与模式菌株相似性为 99.881%。培养基 0471,28℃。

MCCC 1B01016 ←海洋一所 QJWW67。分离源:江苏南通近海表层海水。与模式菌株相似性为 99.762%。培养基 0471,28℃。

MCCC 1B01017 ←海洋一所 QJWW68。分离源:江苏南通近海表层海水。与模式菌株相似性为 99.523%。培养基 0471,28℃。

MCCC 1B01018 ←海洋一所 QJWW70。分离源:江苏南通近海表层海水。与模式菌株相似性为 99.881%。培养基 0471,28℃。

MCCC 1B01040 ←海洋一所 QJHW06。分离源:江苏盐城近海表层海水。与模式菌株相似性为 99.876%。培养基 0471,28℃。

MCCC 1B01051 ←海洋一所 QJWJ1。分离源:江苏南通近海表层海水。与模式菌株相似性为 100%。培养基 0471,28℃。

MCCC 1B01052 ←海洋一所 QJWJ6。分离源:江苏南通近海表层海水。与模式菌株相似性为 99.881%。培养基 0471,28℃。

MCCC 1C00809 ←极地中心 BR055。分离源:白令海表层海水。与模式菌株相似性为 99.866%。培养基 0471,15℃。

MCCC 1C00822 ←极地中心 BR088。分离源:白令海无冰区表层海水。与模式菌株相似性为 99.733%。培养基 0471,15℃。

MCCC 1C00910 ←极地中心 K1B-11。分离源:北极无冰区表层海水。与模式菌株相似性为 98.463%。培养基 0471,15℃。

MCCC 1C00932 ←极地中心 BCw166。分离源:北冰洋无冰区表层海水。与模式菌株相似性为 99.933%。培养基 0471,15℃。

MCCC 1C00939 ←极地中心 BCw165。分离源:北冰洋无冰区表层海水。与模式菌株相似性为 99.666%。培养基 0471,15℃。

Halomonas neptunia Kaye _et al._ 2004 海神盐单胞菌

模式菌株 _Halomonas neptunia_ Eplume1(T) AF212202

MCCC 1A02653 ←海洋三所 LMC2-13。分离源:太平洋深海热液区沉积物。分离自多环芳烃降解菌群。与模式菌株相似性为 99.689%。培养基 0471,28℃。

MCCC 1A03170 ←海洋三所 tf-11。分离源:大西洋褐色沉积物。与模式菌株相似性为 99.243%。培养基 0002,28℃。

MCCC 1A03172 ←海洋三所 tf-7。分离源:大西洋深海沉积物。与模式菌株相似性为 99.495%。培养基 0002,28℃。

MCCC 1A03358 ←海洋三所 6N30-2。分离源:印度洋深海沉积物表层。与模式菌株相似性为 99%。培养基 0471,37℃。

MCCC 1A03534 ←海洋三所 SHMi。分离源:南沙珊瑚礁石。与模式菌株相似性为 99.599%(782/786)。培养基 0821,25℃。

MCCC 1A03861 ←海洋三所 P41。分离源:西南太平洋沉积物表层。与模式菌株相似性为 99.793%。培养基 0471,20℃。

MCCC 1A03954 ←海洋三所 510-5。分离源:印度洋表层海水。分离自石油降解菌群。与模式菌株相似性为 98.726%。培养基 0471,25℃。

MCCC 1A04229 ←海洋三所 pTVG2-3。分离源:太平洋热液区深海沉积物。分离自多环芳烃降解菌群。与模式菌株相似性为 99.609%。培养基 0471,25℃。

MCCC 1A04233 ←海洋三所 pTVG9-3。分离源:太平洋热液区深海沉积物。分离自多环芳烃降解菌群。与模式菌株相似性为 99.609%。培养基 0471,25℃。

MCCC 1A04368 ←海洋三所 T14L。分离源:西南太平洋土灰色沉积物上覆水。分离自石油降解菌群。与模式菌株相似性为 99.595%。培养基 0821,28℃。

MCCC 1A04407 ←海洋三所 T18AD。分离源:西南太平洋土黄色沉积物上覆水。分离自石油降解菌群。与模式菌株相似性为 99.607%。培养基 0821,28℃。

MCCC 1A04455 ←海洋三所 T23AF。分离源:西南太平洋热液区沉积物。分离自石油降解菌群。与模式菌株相似性为 99.598%。培养基 0821,28℃。

MCCC 1A05808 ←海洋三所 SHW9L。分离源:南沙珊瑚礁石。分离自十六烷富集菌群。与模式菌株相似性为 99.604%。培养基 0821,25℃。

MCCC 1C00203 ←极地中心 BSi20336。分离源:北冰洋海冰。与模式菌株相似性为 99.361%。培养基 0471,15℃。

MCCC 1C00340 ←极地中心 BSi20564。分离源:北冰洋海冰。与模式菌株相似性为 99.449%。培养基 0471,15℃。

MCCC 1C00341 ←极地中心 BSi20632。分离源:北冰洋海冰。与模式菌株相似性为 99.518%。培养基 0471,15℃。

MCCC 1C00385 ←极地中心 BSi20433。分离源:北冰洋海冰。与模式菌株相似性为 99.518%。培养基 0471,15℃。

MCCC 1C00393 ←极地中心 BSi20636。分离源:北冰洋海冰。产酯酶、淀粉酶。与模式菌株相似性为 99.449%。培养基 0471,15℃。

MCCC 1C00399 ←极地中心 BSi20466。分离源:北冰洋海冰。与模式菌株相似性为 99.38%。培养基 0471,15℃。

MCCC 1C00452 ←极地中心 BSi20362。分离源:北冰洋海冰。与模式菌株相似性为 99.38%。培养基 0471,15℃。

MCCC 1C00453 ←极地中心 BSi20384。分离源:北冰洋海冰。与模式菌株相似性为 99.449%。培养基 0471,15℃。

MCCC 1C00465 ←极地中心 BSi20609。分离源:北冰洋海冰。与模式菌株相似性为 99.311%。培养基 0471,15℃。

MCCC 1C00482 ←极地中心 BSi20371。分离源:北冰洋海冰。与模式菌株相似性为 99.449%。培养基 0471,15℃。

MCCC 1C00485 ←极地中心 BSi20392。分离源:北冰洋海冰。与模式菌株相似性为 99.449%。培养基 0471,15℃。

MCCC 1C00928 ←极地中心 K2d-1。分离源:北极无冰区表层海水。与模式菌株相似性为 99.449%。培养基 0471,15℃。

MCCC 1C00941 ←极地中心 BCw077。分离源:北冰洋无冰区表层海水。与模式菌株相似性为 99.105%。培养基 0471,15℃。

MCCC 1C00944 ←极地中心 BCw150。分离源:北冰洋无冰区表层海水。与模式菌株相似性为 99.105%。培养基 0471,15℃。

MCCC 1G00010 ←青岛科大 HH137-NF103。分离源:中国黄海海底沉积物。与模式菌株的 16S 序列相似性为 98.33%。培养基 0471,28℃。

MCCC 1G00012 ←青岛科大 HH144-NF101。分离源:中国黄海海底沉积物。与模式菌株的 16S 序列相似性为 98.333%。培养基 0471,28℃。

MCCC 1G00013 ←青岛科大 HH145-NF101。分离源:中国黄海海底沉积物。与模式菌株的 16S 序列相似性为 98.68%。培养基 0471,28℃。

MCCC 1G00023 ←青岛科大 HH155-NF103。分离源:中国黄海海底沉积物。与模式菌株的 16S 序列相似性为 98.824%。培养基 0471,28℃。

MCCC 1G00031 ←青岛科大 HH179-NF101。分离源:中国黄海海底沉积物。与模式菌株的 16S 序列相似性为 98.894%。培养基 0471,28℃。

MCCC 1G00033 ←青岛科大 HH181-NF103。分离源:中国黄海海底沉积物。与模式菌株的 16S 序列相似性为 98.398%。培养基 0471,28℃。

MCCC 1G00049 ←青岛科大 SB267-NF101。分离源:中国东海海底沉积物。与模式菌株的 16S 序列相似性为 98.539%。培养基 0471,28℃。

MCCC 1G00057 ←青岛科大 HH180-NF103。分离源:中国黄海表层沉积物。与模式菌株的 16S 序列相似性为 98.469%。培养基 0471,25~28℃。

MCCC 1G00058 ←青岛科大 HH181-NF101。分离源:中国黄海表层沉积物。与模式菌株的 16S 序列相似性为 98.458%。培养基 0471,25~28℃。

MCCC 1G00061 ←青岛科大 HH234-NF104。分离源:中国黄海表层沉积物。与模式菌株的 16S 序列相似性为 98.393%。培养基 0471,25~28℃。

MCCC 1G00094 ←青岛科大 HH234 上-2。分离源:中国黄海上层海水。与模式菌株相似性为 98.743%。培养基 0471,25~28℃。

MCCC 1G00131 ←青岛科大 HH234 下-3。分离源:中国黄海下层海水。与模式菌株相似性为 98.603%。培养基 0471,25~28℃。

MCCC 1G00137 ←青岛科大 HH168 上-2。分离源:中国黄海上层海水。与模式菌株相似性为 98.741%。培养基 0471,25~28℃。

Halomonas salaria Kim *et al.* 2007 盐渍盐单胞菌

模式菌株 *Halomonas salaria* M27(T) AM229316

MCCC 1A00159 ←海洋三所 AS13-2。分离源:印度洋深海热液口沉积物。抗五价砷。与模式菌株相似性为 98.379%。培养基 0745,18~28℃。

MCCC 1A00240 ←海洋三所 Mn13-3。分离源:印度洋深海铁锈色沉积物。抗五价砷。与模式菌株相似性为 99.858%。培养基 0745,18~28℃。

MCCC 1A00333 ←海洋三所 HKB-13。分离源:印度洋海葵肠内物。与模式菌株相似性为 99.346%。培养基 0033,28℃。

MCCC 1A00341 ←海洋三所 HKB-10。分离源:印度洋深海沉积物表面。与模式菌株相似性为 99.738%。培养基 0033,28℃。

MCCC 1A00838 ←海洋三所 B-1191。分离源:东太平洋水体底层。培养基 0471,4℃。

MCCC 1A00854 ←海洋三所 B-3016。分离源:东太平洋水体底层。与模式菌株相似性为 99.787%。培养基 0471,4℃。

MCCC 1A01012 ←海洋三所 W7-7。分离源:太平洋深海沉积物。分离自多环芳烃芘富集菌群。与模式菌株相似性为 99.309%。培养基 0471,25℃。

MCCC 1A01014 　←海洋三所 2MN-1。分离源:太平洋深海底层泥样。分离自多环芳烃芘富集菌群。与模式菌株相似性为 99.862%。培养基 0471,25℃。

MCCC 1A01019 　←海洋三所 W1-1。分离源:太平洋深海沉积物。分离自多环芳烃芘富集菌群。与模式菌株相似性为 100%。培养基 0471,25℃。

MCCC 1A01258 　←海洋三所 RD92-12。分离源:印度洋深海底层水样。分离自石油降解菌群。与模式菌株相似性为 99.932%。培养基 0471,25℃。

MCCC 1A01262 　←海洋三所 RC95-29。分离源:印度洋深海底层水样。分离自石油降解菌群。与模式菌株相似性为 98.903%。培养基 0471,25℃。

MCCC 1A01280 　←海洋三所 PC92-5。分离源:印度洋深海底层水样。分离自多环芳烃降解菌群。与模式菌株相似性为 98.503%。培养基 0471,25℃。

MCCC 1A01302 　←海洋三所 C8-1。分离源:印度洋深海热液口附近虾的头部。抗二价钴(1.5mmol/L)或二价铅(2mmol/L)或二价锰(30mmol/L)。培养基 0745,18~28℃。

MCCC 1A01339 　←海洋三所 S66-1-4。分离源:印度洋表层海水。苯系物降解菌。与模式菌株相似性为 99.628%。培养基 0471,25℃。

MCCC 1A02026 　←海洋三所 RC911-2。分离源:印度洋深海底层水样。分离自石油降解菌群。与模式菌株相似性为 99.387%。培养基 0471,25℃。

MCCC 1A02027 　←海洋三所 CIC52P-6。分离源:印度洋深海底层水样。分离自多环芳烃降解菌群。与模式菌株相似性为 99.387%。培养基 0471,25℃。

MCCC 1A02028 　←海洋三所 RD92-18。分离源:印度洋深海底层水样。分离自石油降解菌群。与模式菌株相似性为 99.387%。培养基 0471,25℃。

MCCC 1A02029 　←海洋三所 RC99-10。分离源:印度洋深海底层水样。分离自石油降解菌群。与模式菌株相似性为 99.387%。培养基 0471,25℃。

MCCC 1A02048 　←海洋三所 RD92-7。分离源:印度洋深海底层水样。分离自石油降解菌群。与模式菌株相似性为 98.513%。培养基 0471,25℃。

MCCC 1A02369 　←海洋三所 S4-13。分离源:大西洋表层海水。与模式菌株相似性为 99.854%。培养基 0745,28℃。

MCCC 1A02373 　←海洋三所 S5-12。分离源:大西洋表层海水。与模式菌株相似性为 99.431%。培养基 0745,28℃。

MCCC 1A02382 　←海洋三所 S6-2。分离源:大西洋表层海水。与模式菌株相似性为 99.433%。培养基 0745,28℃。

MCCC 1A02392 　←海洋三所 S7-19。分离源:大西洋表层海水。与模式菌株相似性为 99.668%。培养基 0745,28℃。

MCCC 1A02404 　←海洋三所 S12-8。分离源:大西洋表层海水。与模式菌株相似性为 99.293%。培养基 0745,28℃。

MCCC 1A02413 　←海洋三所 S13-9-2。分离源:大西洋表层海水。与模式菌株相似性为 99.847%。培养基 0745,28℃。

MCCC 1A02422 　←海洋三所 S14-16。分离源:大西洋表层海水。与模式菌株相似性为 99.846%。培养基 0745,28℃。

MCCC 1A02471 　←海洋三所 mj01-PW12-OH12。分离源:南沙近海岛礁附近上层海水。分离自石油降解菌群。与模式菌株相似性为 98.733%(894/908)。培养基 0472,25℃。

MCCC 1A02472 　←海洋三所 mj01-PW12-OH15。分离源:南沙近海岛礁附近上层海水。分离自石油降解菌群。与模式菌株相似性为 98.679%(859/871)。培养基 0472,25℃。

MCCC 1A02654 　←海洋三所 LMC2-15。分离源:西太平洋深海热液区沉积物。分离自多环芳烃降解菌群。与模式菌株相似性为 99.793%。培养基 0471,28℃。

MCCC 1A02954 　←海洋三所 JL16。分离源:东海上层海水。分离自石油降解菌群。与模式菌株相似性为 99.874%。培养基 0472,25℃。

MCCC 1A02955 　←海洋三所 JL19。分离源:东海上层海水。分离自石油降解菌群。与模式菌株相似性为 99.623%(828/831)。培养基 0472,25℃。

MCCC 1A03080 ←海洋三所 MN-I3-7。分离源:印度洋深海沉积物。抗五价砷。与模式菌株相似性为 100％。培养基 0745,18～28℃。

MCCC 1A03194 ←海洋三所 3PC97-3。分离源:印度洋深海水样。分离自多环芳烃降解菌群。与模式菌株相似性为 99.027％。培养基 0471,28℃。

MCCC 1A03196 ←海洋三所 3PC97-4。分离源:印度洋深海水样。分离自多环芳烃降解菌群。与模式菌株相似性为 99.923％。培养基 0471,28℃。

MCCC 1A03907 ←海洋三所 318-1。分离源:印度洋表层海水。分离自石油降解菌群。与模式菌株相似性为 99.045％。培养基 0471,25℃。

MCCC 1A04247 ←海洋三所 PMC2(1015)-3。分离源:太平洋热液区深海沉积物。分离自多环芳烃降解菌群。与模式菌株相似性为 99.87％。培养基 0471,25℃。

MCCC 1A04258 ←海洋三所 T1I。分离源:西南太平洋褐黑色深海沉积物。分离自石油降解菌群。与模式菌株相似性为 99.443％。培养基 0821,28℃。

MCCC 1A04266 ←海洋三所 T2B7。分离源:西南太平洋土黄色沉积物。分离自石油降解菌群。与模式菌株相似性为 99.721％(749/751)。培养基 0821,28℃。

MCCC 1A04307 ←海洋三所 T6AB。分离源:西南太平洋土灰色沉积物。分离自石油降解菌群。与模式菌株相似性为 99.607％。培养基 0821,28℃。

MCCC 1A04321 ←海洋三所 T8B7。分离源:西南太平洋土灰色沉积物上覆水。分离自石油降解菌群。与模式菌株相似性为 99.3％。培养基 0821,28℃。

MCCC 1A04367 ←海洋三所 T14B3。分离源:西南太平洋土灰色沉积物上覆水。分离自石油降解菌群。与模式菌株相似性为 99.304％。培养基 0821,28℃。

MCCC 1A04430 ←海洋三所 T19B11。分离源:西南太平洋土灰色沉积物上覆水。分离自石油降解菌群。与模式菌株相似性为 99.58％。培养基 0821,28℃。

MCCC 1A04442 ←海洋三所 T20B2。分离源:西南太平洋土灰色沉积物。分离自石油降解菌群。与模式菌株相似性为 99.719％。培养基 0821,28℃。

MCCC 1A04477 ←海洋三所 T24B20。分离源:西南太平洋热液区沉积物。分离自石油降解菌群。与模式菌株相似性为 99.719％。培养基 0821,28℃。

MCCC 1A04488 ←海洋三所 T26D。分离源:西南太平洋热液区沉积物。分离自石油降解菌群。与模式菌株相似性为 99.719％。培养基 0821,28℃。

MCCC 1A04495 ←海洋三所 T28B16。分离源:西南太平洋热液区沉积物。分离自石油降解菌群。与模式菌株相似性为 99.719％。培养基 0821,28℃。

MCCC 1A04500 ←海洋三所 T29B9。分离源:西南太平洋热液区沉积物。分离自石油降解菌群。与模式菌株相似性为 99.304％。培养基 0821,28℃。

MCCC 1A04535 ←海洋三所 C3AI。分离源:西南太平洋下层海水。分离自石油降解菌群。与模式菌株相似性为 99.75％。培养基 0821,25℃。

MCCC 1A04554 ←海洋三所 T35B2。分离源:西南太平洋土黄色沉积物。分离自石油降解菌群。与模式菌株相似性为 99.719％。培养基 0821,28℃。

MCCC 1A04570 ←海洋三所 T37B9。分离源:西南太平洋褐黑色沉积物上覆水。分离自石油、多环芳烃降解菌群。与模式菌株相似性为 99.602％。培养基 0821,28℃。

MCCC 1A04584 ←海洋三所 T38B3。分离源:西南太平洋深海沉积物。分离自石油、多环芳烃降解菌群。与模式菌株相似性为 99.602％。培养基 0821,28℃。

MCCC 1A04597 ←海洋三所 T40B7。分离源:西南太平洋深海沉积物上覆水。分离自石油、多环芳烃降解菌群。与模式菌株相似性为 99.582％。培养基 0821,28℃。

MCCC 1A04604 ←海洋三所 T41B2。分离源:西南太平洋土黄色沉积物上覆水。分离自石油、多环芳烃降解菌群。与模式菌株相似性为 99.336％(782/787)。培养基 0821,28℃。

MCCC 1A04658 ←海洋三所 T45AH。分离源:西南太平洋土黄色沉积物上覆水。分离自石油、多环芳烃降解菌群。与模式菌株相似性为 99.58％。培养基 0821,28℃。

MCCC 1A04677 ←海洋三所 C16AL。分离源:西南太平洋深层海水。分离自石油降解菌群。与模式菌株相似性为 99.72％。培养基 0821,25℃。

MCCC 1A04679 ←海洋三所 C17AD。分离源:西南太平洋上层海水。分离自石油降解菌群。与模式菌株相似性为 99.72%。培养基 0821,25℃。

MCCC 1A04700 ←海洋三所 C24B23。分离源:印度洋表层海水。分离自石油降解菌群。与模式菌株相似性为 99.721%。培养基 0821,25℃。

MCCC 1A04815 ←海洋三所 C63B2。分离源:西南太平洋深层海水。分离自石油降解菌群。与模式菌株相似性为 99.721%。培养基 0821,25℃。

MCCC 1A04839 ←海洋三所 C6B4。分离源:西南太平洋下层海水。分离自石油降解菌群。与模式菌株相似性为 99.579%。培养基 0821,25℃。

MCCC 1A04847 ←海洋三所 C71AE。分离源:西南太平洋深层海水。分离自石油、多环芳烃降解菌群。与模式菌株相似性为 99.579%。培养基 0821,25℃。

MCCC 1A04849 ←海洋三所 C72AA。分离源:西南太平洋深层海水。分离自石油、多环芳烃降解菌群。与模式菌株相似性为 99.739%。培养基 0821,25℃。

MCCC 1A04852 ←海洋三所 C72B3。分离源:西南太平洋深层海水。分离自石油、多环芳烃降解菌群。与模式菌株相似性为 99.602%。培养基 0821,25℃。

MCCC 1A04864 ←海洋三所 C76B1。分离源:西南太平洋深层海水。分离自石油、多环芳烃降解菌群。与模式菌株相似性为 99.72%。培养基 0821,25℃。

MCCC 1A04870 ←海洋三所 C77B13。分离源:西南太平洋深层海水。分离自石油、多环芳烃降解菌群。与模式菌株相似性为 99.72%。培养基 0821,25℃。

MCCC 1A04880 ←海洋三所 C79AH。分离源:西南太平洋深层海水。分离自石油、多环芳烃降解菌群。与模式菌株相似性为 99.443%。培养基 0821,25℃。

MCCC 1A04887 ←海洋三所 C80AD。分离源:西南太平洋深层海水。分离自石油、多环芳烃降解菌群。与模式菌株相似性为 99.443%。培养基 0821,25℃。

MCCC 1A04892 ←海洋三所 C81AF。分离源:西南太平洋深层海水。分离自石油、多环芳烃降解菌群。与模式菌株相似性为 99.602%。培养基 0821,25℃。

MCCC 1A04941 ←海洋三所 C17B4。分离源:西南太平洋上层海水。分离自石油降解菌群。与模式菌株相似性为 99.443%。培养基 0821,25℃。

MCCC 1A04946 ←海洋三所 C18AG。分离源:西南太平洋表层海水。分离自石油降解菌群。与模式菌株相似性为 99.72%。培养基 0821,25℃。

MCCC 1A04964 ←海洋三所 C20B5。分离源:印度洋表层海水。分离自石油降解菌群。与模式菌株相似性为 99.72%。培养基 0821,25℃。

MCCC 1A05199 ←海洋三所 C37AG。分离源:印度洋表层海水。分离自石油降解菌群。与模式菌株相似性为 99.476%。培养基 0821,25℃。

MCCC 1A05296 ←海洋三所 C5AD。分离源:西南太平洋上层海水。分离自石油降解菌群。与模式菌株相似性为 99.443%。培养基 0821,25℃。

MCCC 1A05310 ←海洋三所 C63B10。分离源:西南太平洋深层海水。分离自石油降解菌群。与模式菌株相似性为 99.465%(778/782)。培养基 0821,25℃。

MCCC 1A05590 ←海洋三所 AA-29。分离源:太平洋土灰色沉积物。分离自石油降解菌群。与模式菌株相似性为 99.263%。培养基 0471,30℃。

MCCC 1A05862 ←海洋三所 BMJIN-FW-1。分离源:南沙美济礁内部混合水样。分离自石油降解菌群。与模式菌株相似性为 99.606%(794/796)。培养基 0821,25℃。

MCCC 1A05871 ←海洋三所 BMJOUTWF-4。分离源:南沙美济礁周围混合海水。分离自石油降解菌群。与模式菌株相似性为 99.606%(794/796)。培养基 0821,25℃。

MCCC 1A05908 ←海洋三所 T28F_2。分离源:西南太平洋热液区沉积物。分离自石油降解菌群。与模式菌株相似性为 99.481%。培养基 0821,25℃。

Halomonas shengliensis Wang _et al._ 2007 胜利油田盐单胞菌

模式菌株 _Halomonas shengliensis_ SL014B-85(T) EF121853

MCCC 1A06027 ←海洋三所 T6K。分离源:西南太平洋土灰色沉积物。分离自石油降解菌群。与模式菌株相似性为 99.87%(802/804)。培养基 0821,25℃。

MCCC 1B01115 　←海洋一所 YCSD49。分离源:青岛即墨盐田旁排水沟。与模式菌株相似性为 98.917%。培养基 0471,20~25℃。

Halomonas sulfidaeris Kaye *et al.* 2004 硫化物矿盐单胞菌

模式菌株 *Halomonas sulfidaeris* ATCC BAA-803(T) AF212204

MCCC 1A01301 　←海洋三所 F8-4。分离源:印度洋深海热液口附近虾的头部。抗重金属。与模式菌株相似性为 100%。培养基 0745,18~28℃。

MCCC 1A03019 　←海洋三所 P9。分离源:大西洋洋中脊深海沉积物。与模式菌株相似性为 99.497%。培养基 0821,25℃。

MCCC 1A03100 　←海洋三所 MN-M6-13。分离源:大西洋热液区土黄色沉积物。抗五价砷。与模式菌株相似性为 99.432%。培养基 0745,18~28℃。

MCCC 1A03812 　←海洋三所 19-4 TVG12-1b。分离源:西南太平洋深黑色块状沉积物。与模式菌株相似性为 99.3%。培养基 0471,4~20℃。

MCCC 1A03857 　←海洋三所 P56。分离源:日本近海沉积物。与模式菌株相似性为 99.79%。培养基 0471,20℃。

MCCC 1A04049 　←海洋三所 NH9C。分离源:南沙深褐色沙泥质。与模式菌株相似性为 99.869%(745/746)。培养基 0821,25℃。

MCCC 1A04166 　←海洋三所 NH45M。分离源:南沙黄褐色沙质。与模式菌株相似性为 100%。培养基 0821,25℃。

MCCC 1C00394 　←极地中心 BSi20424。分离源:北冰洋海冰。与模式菌株相似性为 99.86%。培养基 0471,15℃。

MCCC 1C00583 　←极地中心 BSs20076。分离源:北冰洋表层沉积物。与模式菌株相似性为 99.65%。培养基 0471,15℃。

MCCC 1C00608 　←极地中心 BSs20075。分离源:北冰洋表层沉积物。与模式菌株相似性为 99.16%。培养基 0471,15℃。

MCCC 1F01143 　←厦门大学 SCSWA15。分离源:南海近海中层海水。与模式菌株相似性为 99.580%(1423/1429)。培养基 0471,25℃。

Halomonas variabilis (Fendrich 1989)Dobson and Franzmann 1996 变异盐单胞菌

模式菌株 *Halomonas variabilis* DSM 3051(T) AJ306893

MCCC 1A04408 　←海洋三所 T18AK。分离源:西南太平洋土黄色沉积物上覆水。分离自石油降解菌群。与模式菌株相似性为 99.216%(791/797)。培养基 0821,28℃。

MCCC 1G00001 　←青岛科大 HH082-NF101。分离源:中国黄海海底沉积物。与模式菌株相似性为 98.334%。培养基 0471,28℃。

MCCC 1G00064 　←青岛科大 HH083-NF102。分离源:中国黄海表层沉积物。与模式菌株的 16S 序列相似性为 98.398%。培养基 0471,25~28℃。

Halomonas ventosae Martínez-Cánovas *et al.* 2004 樊氏盐单胞菌

模式菌株 *Halomonas ventosae* Al12(T) AY268080

MCCC 1A03274 　←DSM 15911。原始号 Al12。=CECT 5797 =DSM 15911。分离源:西班牙盐渍土。模式菌株。培养基 0471,25℃。

MCCC 1A01011 　←海洋三所 BIP-7。分离源:太平洋深海沉积物。分离自多环芳烃芘富集菌群。与模式菌株相似性为 98.537%。培养基 0471,25℃。

MCCC 1A01016 　←海洋三所 W1-4。分离源:太平洋深海沉积物。分离自多环芳烃芘富集菌群。与模式菌株相似性为 98.537%。培养基 0471,25℃。

MCCC 1B00876 　←海洋一所 YCSD26。分离源:青岛即墨盐田旁排水沟。与模式菌株相似性为 99.881%。培养基 0471,20~25℃。

MCCC 1B00919 ←海洋一所 YCSA24。分离源:青岛即墨饱和盐度盐田盐渍土。与模式菌株相似性为 98.566%。培养基 0471,20~25℃。

MCCC 1B01130 ←海洋一所 YCSC1。分离源:青岛即墨 7% 盐度盐田盐渍土。与模式菌株相似性为 99.893%。培养基 0471,20~25℃。

MCCC 1B01142 ←海洋一所 YCSC25。分离源:青岛即墨 7% 盐度盐田盐渍土。与模式菌株相似性为 98.129%。培养基 0471,20~25℃。

Halomonas venusta (Baumann *et al*. 1972)Dobson and Franzmann 1996 **美丽盐单胞菌**

模式菌株 *Halomonas venusta* DSM 4743(T) AJ306894

MCCC 1A00492 ←海洋三所 NHCu5。分离源:南海深海沉积物。抗二价铜。与模式菌株相似性为 99.866%。培养基 0472,28℃。

MCCC 1A03411 ←海洋三所 Sh2。分离源:南沙珊瑚岛礁。与模式菌株相似性为 99.863%。培养基 0821,25℃。

MCCC 1A03529 ←海洋三所 SHMn。分离源:南沙珊瑚礁石。与模式菌株相似性为 100%(786/786)。培养基 0821,25℃。

MCCC 1A03539 ←海洋三所 SHW1d。分离源:南沙珊瑚礁石。分离自十六烷富集菌群。与模式菌株相似性为 100%(786/786)。培养基 0821,25℃。

MCCC 1A03550 ←海洋三所 SHY1h。分离源:南沙珊瑚礁石。分离自石油降解菌群。与模式菌株相似性为 100%(786/786)。培养基 0821,25℃。

MCCC 1A05752 ←海洋三所 NH63F。分离源:南沙浅黄色泥质。分离自石油降解菌群。与模式菌株相似性为 100%(796/796)。培养基 0821,25℃。

MCCC 1B00651 ←海洋一所 DJNY64。分离源:江苏南通海安表层沉积物。与模式菌株相似性为 100%。培养基 0471,20~25℃。

MCCC 1B00653 ←海洋一所 DJNY66。分离源:江苏南通海安表层沉积物。与模式菌株相似性为 100%。培养基 0471,20~25℃。

Halomonas **sp.** Vreeland *et al*. 1980 emend. Dobson and Franzmann 1996 **盐单胞菌**

MCCC 1A00358 ←海洋三所 TD43。分离源:太平洋深海沉积物。产脂肽类生物表面活性剂,用于生产表面活性剂。与模式菌株 *H. meridiana* DSM 5425(T) AJ306891 相似性为 99.669%。培养基 0033,28℃。

MCCC 1A00369 ←海洋三所 HKB-11。分离源:印度洋海葵腔肠物。与模式菌株 *H. meridiana* DSM 5425(T) AJ306891 相似性为 100%。培养基 0033,28℃。

MCCC 1A00416 ←海洋三所 02Cd5-1。分离源:西太平洋暖池区深海沉积物。抗二价镉。与模式菌株 *H. meridiana* DSM 5425(T) AJ306891 相似性为 99.867%。培养基 0472,28℃。

MCCC 1A00451 ←海洋三所 Pb69。分离源:东太平洋硅质黏土沉积物。抗二价铅。与模式菌株 *H. meridiana* DSM 5425(T) AJ306891 相似性为 99.657%。培养基 0472,28℃。

MCCC 1A00470 ←海洋三所 02Cr10-1。分离源:西太平洋暖池区硅质黏土。抗六价铬。与模式菌株 *H. meridiana* DSM 5425(T) AJ306891 相似性为 99.866%。培养基 0472,28℃。

MCCC 1A00479 ←海洋三所 MCT9。分离源:大西洋深海底层海水。分离自多环芳烃降解菌群。与模式菌株 *H. meridiana* DSM 5425(T) AJ306891 相似性为 100%。培养基 0471,25℃。

MCCC 1A00505 ←海洋三所 1005。分离源:东太平洋深海沉积物。与模式菌株 *H. venusta* DSM 4743(T) AJ306894 相似性为 95.932%。培养基 0471,4~20℃。

MCCC 1A00513 ←海洋三所 1013。分离源:东太平洋深海沉积物。与模式菌株 *H. meridiana* DSM 5425(T) AJ306891 相似性为 98.216%。培养基 0471,4~20℃。

MCCC 1A00521 ←海洋三所 1021。分离源:东太平洋深海沉积物。与模式菌株 *H. meridiana* DSM 5425(T) AJ306891 相似性为 98.216%。培养基 0471,4~20℃。

MCCC 1A00525 ←海洋三所 8059。分离源:西太平洋深海沉积物。与模式菌株 *H. meridiana* DSM 5425(T) AJ306891 相似性为 95.062%。培养基 0471,4~20℃。

MCCC 1A00533 ←海洋三所 2006。分离源:东太平洋深海沉积物。与模式菌株 *H. aquamarina* DSM 30161 (T) AJ306888 相似性为 95.9%。培养基 0471,4～20℃。

MCCC 1A00543 ←海洋三所 8068。分离源:西太平洋深海沉积物。与模式菌株 *H. axialensis* Althf1(T) AF212206 相似性为 98.527%。培养基 0471,4～20℃。

MCCC 1A00544 ←海洋三所 8047。分离源:西太平洋深海沉积物。与模式菌株 *H. axialensis* Althf1(T) AF212206 相似性为 99.44%。培养基 0471,4～20℃。

MCCC 1A00570 ←海洋三所 3019。分离源:东太平洋深海沉积物。与模式菌株 *H. campaniensis* 5AG(T) AJ515365 相似性为 99.931%。培养基 0471,4～20℃。

MCCC 1A00572 ←海洋三所 3021。分离源:东太平洋深海沉积物。与模式菌株 *H. neptunia* Eplume1(T) AF212202 相似性为 98.669%。培养基 0471,4～20℃。

MCCC 1A00578 ←海洋三所 3027。分离源:东太平洋深海沉积物。与模式菌株 *H. axialensis* Althf1(T) AF212206 相似性为 99.09%。培养基 0471,4～20℃。

MCCC 1A00579 ←海洋三所 3028。分离源:东太平洋深海沉积物。与模式菌株 *H. aquamarina* DSM 30161 (T) AJ306888 相似性为 99.248%。培养基 0471,4～20℃。

MCCC 1A00582 ←海洋三所 3031。分离源:东太平洋深海沉积物。与模式菌株 *H. axialensis* Althf1(T) AF212206 相似性为 99.651%。培养基 0471,4～20℃。

MCCC 1A00615 ←海洋三所 7012。分离源:西太平洋深海沉积物。与模式菌株 *H. venusta* DSM 4743(T) AJ306894 相似性为 99.529%。培养基 0471,4～20℃。

MCCC 1A00617 ←海洋三所 7014。分离源:西太平洋深海沉积物。与模式菌株 *H. alkaliphila* 18bAG(T) AJ640133 相似性为 99.66%。培养基 0471,4～20℃。

MCCC 1A00621 ←海洋三所 7018。分离源:西太平洋深海沉积物。与模式菌株 *H. meridiana* DSM 5425(T) AJ306891 相似性为 99.05%。培养基 0471,4～20℃。

MCCC 1A00692 ←海洋三所 4052。分离源:东太平洋深海沉积物。与模式菌株 *H. hydrothermalis* Slthf2 (T) AF212218 相似性为 99.499%。培养基 0471,4～20℃。

MCCC 1A00740 ←海洋三所 3002。分离源:东太平洋深海沉积物。与模式菌株 *H. axialensis* Althf1(T) AF212206 相似性为 99.3%。培养基 0471,4～20℃。

MCCC 1A00810 ←海洋三所 B-1037。分离源:西太平洋暖池区沉积物深层。与模式菌株 *H. meridiana* DSM 5425(T) AJ306891 相似性为 93.56%。培养基 0471,4℃。

MCCC 1A00819 ←海洋三所 B-1052。分离源:西太平洋暖池区沉积物深层。与模式菌株 *H. salaria* M27 AM229316 相似性为 99.089%。培养基 0471,4℃。

MCCC 1A00820 ←海洋三所 B-1053。分离源:西太平洋暖池区沉积物深层。与模式菌株 *H. boliviensis* LC1 (T) AY245449 相似性为 99.140%。培养基 0471,4℃。

MCCC 1A00825 ←海洋三所 B-1060。分离源:西太平洋暖池区沉积物深层。与模式菌株 *H. axialensis* Althf1(T) AF212206 相似性为 99.284%。培养基 0471,4℃。

MCCC 1A00826 ←海洋三所 B-1061。分离源:西太平洋暖池区沉积物深层。与模式菌株 *H. meridiana* DSM 5425(T) AJ306891 相似性为 97.642%。培养基 0471,4℃。

MCCC 1A00827 ←海洋三所 B-1063。分离源:西太平洋暖池区沉积物深层。与模式菌株 *H. aquamarina* DSM 30161 AJ306888 相似性为 99.791%。培养基 0471,4℃。

MCCC 1A00828 ←海洋三所 B-1064。分离源:西太平洋暖池区沉积物深层。与模式菌株 *H. salaria* M27 (T) AM229316 相似性为 99.145%。培养基 0471,4℃。

MCCC 1A00830 ←海洋三所 B-1083。分离源:东太平洋水体底层。与模式菌株 *H. meridiana* DSM 5425(T) AJ306891 相似性为 98.870%。培养基 0471,4℃。

MCCC 1A00837 ←海洋三所 B-1190。分离源:东太平洋水体底层。与模式菌株 *H. meridiana* DSM 5425(T) AJ306891 相似性为 98.870%。培养基 0471,4℃。

MCCC 1A00844 ←海洋三所 B-2021。分离源:西太平洋暖池区沉积物深层。与模式菌株 *H. meridiana* DSM 5425(T) AJ306891 相似性为 93.669%。培养基 0471,4℃。

MCCC 1A00845 ←海洋三所 B-2024。分离源:西太平洋暖池区沉积物深层。与模式菌株 *H. axialensis* Althf1(T) AF212206 相似性为 99.374%。培养基 0471,4℃。

MCCC 1A00846 ←海洋三所 B-2025。分离源:西太平洋暖池区沉积物深层。与模式菌株 *H. meridiana* DSM 5425(T) AJ306891 相似性为 99.793%。培养基 0471,4℃。

MCCC 1A00849 ←海洋三所 B-2041。分离源:东太平洋水体底层。与模式菌株 *H. salaria* M27(T) AM229316 相似性为 99.04%。培养基 0471,4℃。

MCCC 1A00850 ←海洋三所 B-2049。分离源:东太平洋水体底层。与模式菌株 *H. meridiana* DSM 5425(T) AJ306891 相似性为 97.477%。培养基 0471,4℃。

MCCC 1A00855 ←海洋三所 B-3017。分离源:东太平洋水体底层。与模式菌株 *H. axialensis* Althf1(T) AF212206 相似性为 98.999%。培养基 0471,4℃。

MCCC 1A00856 ←海洋三所 B-3020。分离源:东太平洋水体底层。与模式菌株 *H. salaria* M27(T) AM229316 相似性为 96.137%。培养基 0471,4℃。

MCCC 1A00857 ←海洋三所 B-3024。分离源:东太平洋水体底层。与模式菌株 *H. salaria* M27(T) AM229316 相似性为 98.088%。培养基 0471,4℃。

MCCC 1A00862 ←海洋三所 B-3031。分离源:东太平洋水体底层。与模式菌株 *H. salaria* M27(T) AM229316 相似性为 96.37%。培养基 0471,4℃。

MCCC 1A00865 ←海洋三所 B-3039。分离源:东太平洋水体底层。与模式菌株 *H. salaria* M27(T) AM229316 相似性为 98.2768%。培养基 0471,4℃。

MCCC 1A00867 ←海洋三所 B-3043。分离源:东太平洋水体底层。与模式菌株 *H. salaria* M27(T) AM229316 相似性为 97.814%。培养基 0471,4℃。

MCCC 1A00868 ←海洋三所 B-3044。分离源:东太平洋水体底层。与模式菌株 *H. salaria* M27(T) AM229316 相似性为 98.234%。培养基 0471,4℃。

MCCC 1A00869 ←海洋三所 B-3045。分离源:东太平洋水体底层。与模式菌株 *H. salaria* M27(T) AM229316 相似性为 97.89%。培养基 0471,4℃。

MCCC 1A00871 ←海洋三所 B-3047。分离源:东太平洋水体底层。与模式菌株 *H. meridiana* DSM 5425(T) AJ306891 相似性为 99.078%。培养基 0471,4℃。

MCCC 1A00872 ←海洋三所 B-3049。分离源:东太平洋水体表层。与模式菌株 *H. meridiana* DSM 5425(T) AJ306891 相似性为 93.101%。培养基 0471,4℃。

MCCC 1A00873 ←海洋三所 B-3054。分离源:东太平洋水体底层。与模式菌株 *H. salaria* M27(T) AM229316 相似性为 98.357%。培养基 0471,4℃。

MCCC 1A00882. ←海洋三所 B-3111。分离源:东太平洋沉积物表层。与模式菌株 *H. meridiana* DSM 5425 (T) AJ306891 相似性为 99.142%。培养基 0471,4℃。

MCCC 1A00883 ←海洋三所 B-3141。分离源:东太平洋沉积物表层。与模式菌株 *H. meridiana* DSM 5425 (T) AJ306891 相似性为 99.787%。培养基 0471,4℃。

MCCC 1A00907 ←海洋三所 B-1059。分离源:西太平洋暖池区沉积物深层。与模式菌株 *H. salaria* M27 (T) AM229316 相似性为 99.500%。培养基 0471,4℃。

MCCC 1A00909 ←海洋三所 B-1085。分离源:东太平洋沉积物表层。与模式菌株 *H. salaria* M27(T) AM229316 相似性为 99.786%。培养基 0471,4℃。

MCCC 1A00913 ←海洋三所 B-1142。分离源:东太平洋沉积物深层。与模式菌株 *H. meridiana* DSM 5425 (T) AJ306891 相似性为 99.597%。培养基 0471,4℃。

MCCC 1A00914 ←海洋三所 B-1144。分离源:东太平洋海水。与模式菌株 *H. salaria* M27(T) AM229316 相似性为 98.375%。培养基 0471,4℃。

MCCC 1A00916 ←海洋三所 B-1212。分离源:西太平洋暖池区沉积物深层。与模式菌株 *H. salaria* M27 (T) AM229316 相似性为 99.092%。培养基 0471,4℃。

MCCC 1A00919 ←海洋三所 B-2046。分离源:东太平洋水体底层。与模式菌株 *H. salaria* M27(T) AM229316 相似性为 98.362%。培养基 0471,4℃。

MCCC 1A00920 ←海洋三所 B-2047。分离源:东太平洋水体底层。与模式菌株 *H. salaria* M27(T) AM229316 相似性为 98.113%。培养基 0471,4℃。

MCCC 1A00923 ←海洋三所 B-3012。分离源:东太平洋水体底层。与模式菌株 *H. salaria* M27(T) AM229316 相似性为 98.805%。培养基 0471,4℃。

MCCC 1A00924 ←海洋三所 B-3048。分离源:东太平洋水体底层。与模式菌株 *H. axialensis* Althf1(T) AF212206 相似性为 99.374%。培养基 0471,4℃。

MCCC 1A00926 ←海洋三所 B-4011。分离源:东太平洋水体底层。与模式菌株 *H. salaria* M27(T) AM229316 相似性为 98.436%。培养基 0471,4℃。

MCCC 1A00929 ←海洋三所 B-4023。分离源:东太平洋沉积物表层。与模式菌株 *H. salaria* M27(T) AM229316 相似性为 99.431%。培养基 0471,4℃。

MCCC 1A00930 ←海洋三所 B-4032。分离源:东太平洋沉积物表层。与模式菌株 *H. salaria* M27(T) AM229316 相似性为 99.717%。培养基 0471,4℃。

MCCC 1A00932 ←海洋三所 B-4061。分离源:东太平洋沉积物表层。与模式菌株 *H. salaria* M27(T) AM229316 相似性为 99.929%。培养基 0471,4℃。

MCCC 1A00933 ←海洋三所 B-4081。分离源:东太平洋沉积物表层。与模式菌株 *H. salaria* M27(T) AM229316 相似性为 99.929%。培养基 0471,4℃。

MCCC 1A00935 ←海洋三所 B-4161。分离源:东太平洋沉积物深层。与模式菌株 *H. meridiana* DSM 5425 (T) AJ306891 相似性为 99.287%。培养基 0471,4℃。

MCCC 1A00936 ←海洋三所 B-4171。分离源:东太平洋沉积物深层。与模式菌株 *H. meridiana* DSM 5425 (T) AJ306891 相似性为 99.289%。培养基 0471,4℃。

MCCC 1A00938 ←海洋三所 B-4211。分离源:东太平洋沉积物深层。与模式菌株 *H. meridiana* DSM 5425 (T) AJ306891 相似性为 99.929%。培养基 0471,4℃。

MCCC 1A00951 ←海洋三所 NIC13P-11。分离源:印度洋深海底层水样。分离自多环芳烃降解菌群。与模式菌株 *H. meridiana* DSM 5425(T) AJ306891 相似性为 100%。培养基 0471,25℃。

MCCC 1A01078 ←海洋三所 MARC2COB。分离源:大西洋深海沉积物。分离自多环芳烃降解菌群。与模式菌株 *H. meridiana* DSM 5425(T) AJ306891 相似性为 100%。培养基 0471,25℃。

MCCC 1A01111 ←海洋三所 MCT1。分离源:大西洋深海底层海水。分离自石油降解菌群。与模式菌株 *H. meridiana* DSM 5425(T) AJ306891 相似性为 100%。培养基 0471,25℃。

MCCC 1A01137 ←海洋三所 MARMC3A。分离源:大西洋深海沉积物。分离自多环芳烃降解菌群。与模式菌株 *H. meridiana* DSM 5425(T) AJ306891 相似性为 100%。培养基 0471,28℃。

MCCC 1A01152 ←海洋三所 MARC2CO14。分离源:大西洋深海沉积物。分离自多环芳烃降解菌群。与模式菌株 *H. meridiana* DSM 5425(T) AJ306891 相似性为 100%。培养基 0471,26℃。

MCCC 1A01170 ←海洋三所 MARC4COB。分离源:大西洋深海沉积物。分离自多环芳烃降解菌群。与模式菌株 *H. meridiana* DSM 5425(T) AJ306891 相似性为 99.726%。培养基 0471,28℃。

MCCC 1A01310 ←海洋三所 1-9。分离源:印度洋深海沉积物玄武岩表层。抗重金属。与模式菌株 *H. meridiana* DSM 5425(T) AJ306891 相似性为 100%。培养基 0745,18~28℃。

MCCC 1A01410 ←海洋三所 L21。分离源:南海深海沉积物。分离自石油降解菌群。与模式菌株 *H. meridiana* DSM 5425(T) AJ306891 相似性为 100%。培养基 0745,26℃。

MCCC 1A01480 ←海洋三所 B-3-1。分离源:印度洋表层海水。分离自石油降解菌群。与模式菌株 *H. korlensis* XK1(T) EU085033 相似性为 95.979%。培养基 0333,26℃。

MCCC 1A01756 ←海洋三所 WP02-1-58。分离源:西太平洋暖池区深海沉积物。与模式菌株 *H. axialensis* Althf1(T) AF212206 相似性为 99.444%。培养基 0033,15~20℃。

MCCC 1A01863 ←海洋三所 EP13。分离源:东太平洋深海沉积物。与模式菌株 *H. axialensis* Althf1(T) AF212206 相似性为 99.374%。培养基 0471,20℃。

MCCC 1A01892 ←海洋三所 EP33。分离源:东太平洋深海沉积物。与模式菌株 *H. axialensis* Althf1(T) AF212206 相似性为 98.748%。培养基 0471,20℃。

MCCC 1A01894 ←海洋三所 EP35。分离源:东太平洋深海沉积物。与模式菌株 *H. axialensis* Althf1(T) AF212206 相似性为 99.166%。培养基 0471,20℃。

MCCC 1A02044 ←海洋三所 2PR53-1。分离源:印度洋深海底层水样。分离自多环芳烃降解菌群。与模式菌株 *H. meridiana* DSM 5425(T) AJ306891 相似性为 100%。培养基 0471,25℃。

MCCC 1A02045 ←海洋三所 PR51-10。分离源:印度洋深海底层水样。分离自多环芳烃降解菌群。与模式菌株 *H. meridiana* DSM 5425(T) AJ306891 相似性为 100%。培养基 0471,25℃。

MCCC 1A02137 ←海洋三所 N1ZF-3。分离源：南海深海沉积物。十六烷降解菌，产表面活性物质。与模式菌株 *H. meridiana* DSM 5425(T) AJ306891 相似性为 100%。培养基 0745,26℃。

MCCC 1A02142 ←海洋三所 N115-20-2。分离源：南海深海沉积物。十六烷降解菌，产表面活性物质。与模式菌株 *H. meridiana* DSM 5425(T) AJ306891 相似性为 100%。培养基 0745,26℃。

MCCC 1A02272 ←海洋三所 S3-2。分离源：加勒比海表层海水。与模式菌株 *H. salaria* M27(T) AM229316 相似性为 97.713%。培养基 0745,28℃。

MCCC 1A02449 ←海洋三所 S19-15。分离源：大西洋表层海水。与模式菌株 *H. salaria* M27(T) AM229316 相似性为 97.784%。培养基 0745,28℃。

MCCC 1A02457 ←海洋三所 S20-5。分离源：大西洋表层海水。与模式菌株 *H. salaria* M27(T) AM229316 相似性为 95.984%。培养基 0745,28℃。

MCCC 1A02578 ←海洋三所 ACT37-8。分离源：印度洋热液区深海环节动物。与模式菌株 *H. meridiana* DSM 5425(T) AJ306891 相似性为 99.725%。培养基 0823,37℃。

MCCC 1A02593 ←海洋三所 DY36。分离源：大西洋热液区沉积物。与模式菌株 *H. meridiana* DSM 5425(T) AJ306891 相似性为 100%。培养基 0823,37℃。

MCCC 1A02809 ←海洋三所 F1Root-5。分离源：北海树根。分离自石油降解菌群。与模式菌株 *H. salaria* M27(T) AM229316 相似性为 97.409%。培养基 0472,28℃。

MCCC 1A02951 ←海洋三所 FBHJetty-1。分离源：海水。分离自石油降解菌群。与模式菌株 *H. salaria* M27(T) AM229316 相似性为 97.09%。培养基 0472,28℃。

MCCC 1A02990 ←海洋三所 H10。分离源：大西洋洋中脊深海沉积物。与模式菌株 *H. meridiana* DSM 5425(T) AJ306891 相似性为 99.874%。培养基 0821,25℃。

MCCC 1A03014 ←海洋三所 P12。分离源：大西洋洋中脊深海沉积物。与模式菌株 *H. meridiana* DSM 5425(T) AJ306891 相似性为 100%。培养基 0821,25℃。

MCCC 1A03018 ←海洋三所 P11。分离源：大西洋洋中脊深海沉积物。与模式菌株 *H. meridiana* DSM 5425(T) AJ306891 相似性为 100%(831/831)。培养基 0821,25℃。

MCCC 1A03021 ←海洋三所 Q9。分离源：大西洋洋中脊深海沉积物。与模式菌株 *H. meridiana* DSM 5425(T) AJ306891 相似性为 100%(830/831)。培养基 0472,25℃。

MCCC 1A03022 ←海洋三所 R2。分离源：大西洋洋中脊深海沉积物。与模式菌株 *H. meridiana* DSM 5425(T) AJ306891 相似性为 100%(830/831)。培养基 0472,25℃。

MCCC 1A03028 ←海洋三所 CK-I1-7。分离源：印度洋深海沉积物玄武岩表层。与模式菌株 *H. meridiana* DSM 5425(T) AJ306891 相似性为 100%。培养基 0745,18~28℃。

MCCC 1A03032 ←海洋三所 AS-I1-5。分离源：印度洋深海沉积物玄武岩表层。抗五价砷。与模式菌株 *H. meridiana* DSM 5425(T) AJ306891 相似性为 100%。培养基 0745,18~28℃。

MCCC 1A03036 ←海洋三所 ck-I2-4。分离源：印度洋深海沉积物。与模式菌株 *H. meridiana* DSM 5425(T) AJ306891 相似性为 100%。培养基 0745,18~28℃。

MCCC 1A03072 ←海洋三所 AS-I3-4。分离源：印度洋深海沉积物。抗五价砷。与模式菌株 *H. meridiana* DSM 5425(T) AJ306891 相似性为 100%。培养基 0745,18~28℃。

MCCC 1A03077 ←海洋三所 AS-I3-12。分离源：印度洋深海沉积物。抗五价砷。与模式菌株 *H. meridiana* DSM 5425(T) AJ306891 相似性为 100%。培养基 0745,18~28℃。

MCCC 1A03083 ←海洋三所 AS-M1-1。分离源：大西洋深海热液区沉积物。抗五价砷。与模式菌株 *H. meridiana* DSM 5425(T) AJ306891 相似性为 100%。培养基 0745,18~28℃。

MCCC 1A03086 ←海洋三所 CK-M1-17。分离源：大西洋深海热液区沉积物。与模式菌株 *H. meridiana* DSM 5425(T) AJ306891 相似性为 99.716%。培养基 0745,18~28℃。

MCCC 1A03099 ←海洋三所 MN-M6-1。分离源：大西洋热液区土黄色沉积物。抗五价砷。与模式菌株 *H. meridiana* DSM 5425(T) AJ306891 相似性为 99.858%。培养基 0745,18~28℃。

MCCC 1A03101 ←海洋三所 AS-I7-2。分离源：印度洋洋中脊热液区沉积物。抗五价砷。与模式菌株 *H. meridiana* DSM 5425(T) AJ306891 相似性为 100%。培养基 0745,18~28℃。

MCCC 1A03102 ←海洋三所 AS-I7-3。分离源：印度洋洋中脊热液区沉积物。抗五价砷。与模式菌株 *H. meridiana* DSM 5425(T) AJ306891 相似性为 100%。培养基 0745,18~28℃。

MCCC 1A03181 ←海洋三所 tf-6。分离源:大西洋洋中脊深海沉积物。与模式菌株 *H. meridiana* DSM 5425 (T) AJ306891 相似性为 99.874%。培养基 0002,28℃。

MCCC 1A03415 ←海洋三所 Sh6。分离源:南沙珊瑚礁。与模式菌株 *H. meridiana* DSM 5425(T) AJ306891 相似性为 99.311%。培养基 0821,25℃。

MCCC 1A03535 ←海洋三所 SHMc。分离源:南沙珊瑚礁。与模式菌株 *H. meridiana* DSM 5425(T) AJ306891 相似性为 99.599%。培养基 0821,25℃。

MCCC 1A03542 ←海洋三所 SHW1b。分离源:南沙珊瑚礁。分离自十六烷富集菌群。与模式菌株 *H. meridiana* DSM 5425(T) AJ306891 相似性为 99.599%。培养基 0821,25℃。

MCCC 1A03808 ←海洋三所 19-4 TVG9-1。分离源:西南太平洋沉积物表层。与模式菌株 *H. neptunia* Eplume1(T) AF212202 相似性为 99.242%。培养基 0471,4～20℃。

MCCC 1A03815 ←海洋三所 XFP40。分离源:西太平洋暖池区沉积物深层。与模式菌株 *H. neptunia* Eplume1(T) AF212202 相似性为 99.036%。培养基 0471,20～30℃。

MCCC 1A03860 ←海洋三所 P42。分离源:印度洋深海沉积物。与模式菌株 *H. variabilis* DSM 3051(T) AJ306893 相似性为 98.861%。培养基 0471,20℃。

MCCC 1A03884 ←海洋三所 P35。分离源:西南太平洋劳盆地沉积物表层。与模式菌株 *H. neptunia* Eplume1(T) AF212202 相似性为 99.38%。培养基 0471,20～30℃。

MCCC 1A03910 ←海洋三所 318-8。分离源:印度洋表层海水。分离自石油降解菌群。与模式菌株 *H. meridiana* DSM 5425(T) AJ306891 相似性为 97.941%。培养基 0471,25℃。

MCCC 1A03931 ←海洋三所 404-1。分离源:印度洋表层海水。分离自石油降解菌群。与模式菌株 *H. meridiana* DSM 5425(T) AJ306891 相似性为 99.117%。培养基 0471,25℃。

MCCC 1A03938 ←海洋三所 407-5。分离源:印度洋表层海水。分离自石油降解菌群。与模式菌株 *H. meridiana* DSM 5425(T) AJ306891 相似性为 100%。培养基 0471,25℃。

MCCC 1A04004 ←海洋三所 NH1C。分离源:南沙美济礁泻湖珊瑚沙。与模式菌株 *H. meridiana* DSM 5425(T) AJ306891 相似性为 99.592%。培养基 0821,25℃。

MCCC 1A04014 ←海洋三所 NH10B。分离源:南沙深海沉积物。与模式菌株 *H. meridiana* DSM 5425(T) AJ306891 相似性为 100%。培养基 0821,25℃。

MCCC 1A04048 ←海洋三所 NH9E。分离源:南沙深褐色沙泥。与模式菌株 *H. meridiana* DSM 5425(T) AJ306891 相似性为 99.869%。培养基 0821,25℃。

MCCC 1A04066 ←海洋三所 NH15C。分离源:南沙灰黑色沉积物。与模式菌株 *H. meridiana* DSM 5425 (T) AJ306891 相似性为 99.857%。培养基 0821,25℃。

MCCC 1A04067 ←海洋三所 NH15P。分离源:南沙灰黑色沉积物。与模式菌株 *H. meridiana* DSM 5425 (T) AJ306891 相似性为 100%(734/734)。培养基 0821,25℃。

MCCC 1A04105 ←海洋三所 NH26A。分离源:南沙灰黑色细泥。与模式菌株 *H. meridiana* DSM 5425(T) AJ306891 相似性为 99.143%(728/734)。培养基 0821,25℃。

MCCC 1A04106 ←海洋三所 NH26B。分离源:南沙灰黑色细泥。与模式菌株 *H. meridiana* DSM 5425(T) AJ306891 相似性为 100%(734/734)。培养基 0821,25℃。

MCCC 1A04108 ←海洋三所 NH28K。分离源:南沙土黄色泥质。与模式菌株 *H. meridiana* DSM 5425(T) AJ306891 相似性为 99.714%。培养基 0821,25℃。

MCCC 1A04109 ←海洋三所 NH28F。分离源:南沙土黄色沉积物。与模式菌株 *H. meridiana* DSM 5425 (T) AJ306891 相似性为 99.857%。培养基 0821,25℃。

MCCC 1A04114 ←海洋三所 NH29C。分离源:南沙灰褐色沉积物。与模式菌株 *H. meridiana* DSM 5425 (T) AJ306891 相似性为 99.86%。培养基 0821,25℃。

MCCC 1A04115 ←海洋三所 NH29D。分离源:南沙灰褐色沉积物。与模式菌株 *H. meridiana* DSM 5425 (T) AJ306891 相似性为 100%(769/769)。培养基 0821,25℃。

MCCC 1A04117 ←海洋三所 NH31D。分离源:南沙黄褐色沉积物。与模式菌株 *H. meridiana* DSM 5425 (T) AJ306891 相似性为 100%(746/746)。培养基 0821,25℃。

MCCC 1A04119 ←海洋三所 NH33D。分离源:南沙深灰色细泥。与模式菌株 *H. meridiana* DSM 5425(T) AJ306891 相似性为 99.86%。培养基 0821,25℃。

MCCC 1A04121 ←海洋三所 NH35A。分离源:南沙黄褐色沙质。与模式菌株 *H. meridiana* DSM 5425(T) AJ306891 相似性为 99.86%(745/746)。培养基 0821,25℃。

MCCC 1A04141 ←海洋三所 NH38E。分离源:南沙褐色沙质。与模式菌株 *H. meridiana* DSM 5425(T) AJ306891 相似性为 99.015%。培养基 0821,25℃。

MCCC 1A04167 ←海洋三所 NH45K。分离源:南沙黄褐色沙质。与模式菌株 *H. meridiana* DSM 5425(T) AJ306891 相似性为 99.86%(745/746)。培养基 0821,25℃。

MCCC 1A04209 ←海洋三所 NH56D。分离源:南沙浅黄色泥质。与模式菌株 *H. meridiana* DSM 5425(T) AJ306891 相似性为 99.426%。培养基 0821,25℃。

MCCC 1A04217 ←海洋三所 OMC2(510)-2。分离源:太平洋深海热液区沉积物。分离自多环芳烃降解菌群。与模式菌株 *H. salaria* M27(T) AM229316 相似性为 99.739%。培养基 0471,25℃。

MCCC 1A04244 ←海洋三所 pMC2(510)-6。分离源:太平洋热液区深海沉积物。分离自多环芳烃降解菌群。与模式菌株 *H. salaria* M27(T) AM229316 相似性为 97.255%。培养基 0471,25℃。

MCCC 1A04257 ←海洋三所 T1G。分离源:西南太平洋褐黑色深海沉积物。分离自石油降解菌群。与模式菌株 *H. meridiana* DSM 5425(T) AJ306891 相似性为 100%。培养基 0821,28℃。

MCCC 1A04265 ←海洋三所 T2A。分离源:西南太平洋土黄色沉积物。分离自石油降解菌群。与模式菌株 *H. meridiana* DSM 5425(T) AJ306891 相似性为 100%。培养基 0821,28℃。

MCCC 1A04328 ←海洋三所 T9AJ。分离源:西南太平洋土灰色沉积物。分离自石油降解菌群。与模式菌株 *H. meridiana* DSM 5425(T) AJ306891 相似性为 100%。培养基 0821,28℃。

MCCC 1A04336 ←海洋三所 T10K。分离源:西南太平洋土灰色沉积物。分离自石油降解菌群。与模式菌株 *H. meridiana* DSM 5425(T) AJ306891 相似性为 100%。培养基 0821,28℃。

MCCC 1A04344 ←海洋三所 T11AG。分离源:西南太平洋土灰色沉积物。分离自石油降解菌群。与模式菌株 *H. meridiana* DSM 5425(T) AJ306891 相似性为 100%。培养基 0821,28℃。

MCCC 1A04429 ←海洋三所 T19B8。分离源:西南太平洋土灰色沉积物上覆水。分离自石油降解菌群。与模式菌株 *H. desiderata* FB2(T) X92417 相似性为 96.361%。培养基 0821,28℃。

MCCC 1A04450 ←海洋三所 T22E。分离源:西南太平洋热液区沉积物。分离自石油降解菌群。与模式菌株 *H. meridiana* DSM 5425(T) AJ306891 相似性为 100%。培养基 0821,28℃。

MCCC 1A04478 ←海洋三所 T24B13。分离源:西南太平洋热液区沉积物。分离自石油降解菌群。与模式菌株 *H. desiderata* FB2(T) X92417 相似性为 96.361%。培养基 0821,28℃。

MCCC 1A04585 ←海洋三所 T38F。分离源:西南太平洋深海沉积物。分离自石油、多环芳烃降解菌群。与模式菌株 *H. meridiana* DSM 5425(T) AJ306891 相似性为 100%。培养基 0821,28℃。

MCCC 1A04598 ←海洋三所 T40B20。分离源:西南太平洋深海沉积物上覆水。分离自石油、多环芳烃降解菌群。与模式菌株 *H. korlensis* XK1(T) EU085033 相似性为 95.908%(750/782)。培养基 0821,28℃。

MCCC 1A04628 ←海洋三所 T43B11。分离源:西南太平洋土黄色沉积物。分离自石油、多环芳烃降解菌群。与模式菌株 *H. meridiana* DSM 5425(T) AJ306891 相似性为 100%。培养基 0821,28℃。

MCCC 1A04784 ←海洋三所 C53AG。分离源:西南太平洋深层海水。分离自石油降解菌群。与模式菌株 *H. meridiana* DSM 5425(T) AJ306891 相似性为 100%。培养基 0821,25℃。

MCCC 1A04799 ←海洋三所 C56B5。分离源:西南太平洋深层海水。分离自石油降解菌群。与模式菌株 *H. meridiana* DSM 5425(T) AJ306891 相似性为 99.863%。培养基 0821,25℃。

MCCC 1A04817 ←海洋三所 C63B8。分离源:西南太平洋深层海水。分离自石油降解菌群。与模式菌株 *H. meridiana* DSM 5425(T) AJ306891 相似性为 100%。培养基 0821,25℃。

MCCC 1A04863 ←海洋三所 C76AF。分离源:西南太平洋深层海水。分离自石油、多环芳烃降解菌群。与模式菌株 *H. meridiana* DSM 5425(T) AJ306891 相似性为 100%。培养基 0821,25℃。

MCCC 1A04871 ←海洋三所 C77B4。分离源:西南太平洋深层海水。分离自石油、多环芳烃降解菌群。与模式菌株 *H. meridiana* DSM 5425(T) AJ306891 相似性为 100%。培养基 0821,25℃。

MCCC 1A05033 ←海洋三所 L52-1-19。分离源:南海表层海水。与模式菌株 *H. meridiana* DSM 5425(T) AJ306891 相似性为 100%。培养基 0471,25℃。

MCCC 1A05092 ←海洋三所 L53-1-27。分离源:南海表层海水。与模式菌株 *H. meridiana* DSM 5425(T)

AJ306891 相似性为 100%。培养基 0471,25℃。

MCCC 1A05095　←海洋三所 L53-1-35。分离源：南海表层海水。与模式菌株 *H. meridiana* DSM 5425(T) AJ306891 相似性为 99.636%。培养基 0471,25℃。

MCCC 1A05261　←海洋三所 C49B9。分离源：西南太平洋下层海水。分离自石油降解菌群。与模式菌株 *H. meridiana* DSM 5425(T) AJ306891 相似性为 100%。培养基 0821,25℃。

MCCC 1A05287　←海洋三所 C57AM。分离源：西南太平洋深层海水。分离自石油降解菌群。与模式菌株 *H. meridiana* DSM 5425(T) AJ306891 相似性为 100%。培养基 0821,25℃。

MCCC 1A05316　←海洋三所 C64AE。分离源：西南太平洋深层海水。分离自石油降解菌群。与模式菌株 *H. meridiana* DSM 5425(T) AJ306891 相似性为 99.863%。培养基 0821,25℃。

MCCC 1A05346　←海洋三所 C71B11。分离源：西南太平洋深层海水。分离自石油、多环芳烃降解菌群。与模式菌株 *H. meridiana* DSM 5425(T) AJ306891 相似性为 100%。培养基 0821,25℃。

MCCC 1A05357　←海洋三所 C75B2。分离源：西南太平洋深层海水。分离自石油、多环芳烃降解菌群。与模式菌株 *H. meridiana* DSM 5425(T) AJ306891 相似性为 100%。培养基 0821,25℃。

MCCC 1A05368　←海洋三所 C78B8。分离源：西南太平洋深层海水。分离自石油、多环芳烃降解菌群。与模式菌株 *H. meridiana* DSM 5425(T) AJ306891 相似性为 100%。培养基 0821,25℃。

MCCC 1A05383　←海洋三所 C81B4。分离源：西南太平洋深层海水。分离自石油、多环芳烃降解菌群。与模式菌株 *H. meridiana* DSM 5425(T) AJ306891 相似性为 100%。培养基 0821,25℃。

MCCC 1A05592　←海洋三所 AA-1。分离源：太平洋土灰色沉积物。与模式菌株 *H. boliviensis* LC1(T) AY245449 相似性为 98.82%。培养基 0471,30℃。

MCCC 1A05634　←海洋三所 29-B3-6。分离源：南海深海沉积物。分离自混合烷烃富集菌群。与模式菌株 *H. meridiana* DSM 5425(T) AJ306891 相似性为 99.432%。培养基 0471,28℃。

MCCC 1A05665　←海洋三所 NH38C1。分离源：南沙褐色沙质。与模式菌株 *H. meridiana* DSM 5425(T) AJ306891 相似性为 99.599%。培养基 0821,25℃。

MCCC 1A05667　←海洋三所 NH38H。分离源：南沙褐色沙质。与模式菌株 *H. meridiana* DSM 5425(T) AJ306891 相似性为 99.077%。培养基 0821,25℃。

MCCC 1A05681　←海洋三所 NH3V。分离源：南沙黄褐色沙质沉积物。与模式菌株 *H. meridiana* DSM 5425(T) AJ306891 相似性为 99.869%。培养基 0821,25℃。

MCCC 1A05769　←海洋三所 NH67E。分离源：南沙黄色泥质。分离自石油降解菌群。与模式菌株 *H. meridiana* DSM 5425(T) AJ306891 相似性为 100%。培养基 0821,25℃。

MCCC 1A05779　←海洋三所 NH6A。分离源：南沙灰黑色细泥状沉积物。与模式菌株 *H. denitrificans* M29 (T) AM229317 相似性为 98.568%。培养基 0821,25℃。

MCCC 1A05809　←海洋三所 SHY1A。分离源：南沙珊瑚礁石。分离自石油降解菌群。与模式菌株 *H. meridiana* DSM 5425(T) AJ306891 相似性为 99.599%。培养基 0821,25℃。

MCCC 1A05812　←海洋三所 SHY9D。分离源：南沙珊瑚礁石。分离自石油降解菌群。与模式菌株 *H. cupida* DSM 4740(T) L42615 相似性为 93.512%(747/799)。培养基 0821,25℃。

MCCC 1A05845　←海洋三所 B302-B1-5。分离源：南沙浅黄色泥质。分离自石油降解菌群。与模式菌株 *H. denitrificans* M29(T) AM229317 相似性为 98.262%。培养基 0821,25℃。

MCCC 1A05846　←海洋三所 B302-B1-6。分离源：南沙浅黄色泥质。分离自石油降解菌群。与模式菌株 *H. meridiana* DSM 5425(T) AJ306891 相似性为 100%。培养基 0821,25℃。

MCCC 1A05849　←海洋三所 BMJ01-B1-15。分离源：南沙土黄色泥质。分离自石油降解菌群。与模式菌株 *H. meridiana* DSM 5425(T) AJ306891 相似性为 100%。培养基 0821,25℃。

MCCC 1A05855　←海洋三所 BMJ02-B1-2。分离源：南沙土黄色泥质。分离自石油降解菌群。与模式菌株 *H. meridiana* DSM 5425(T) AJ306891 相似性为 99.332%。培养基 0821,25℃。

MCCC 1A05904　←海洋三所 T24B5。分离源：西南太平洋劳盆地热液区沉积物。分离自石油降解菌群。与模式菌株 *H. lutea* YIM91125(T) EF674852 相似性为 96.745%。培养基 0821,25℃。

MCCC 1A05914　←海洋三所 T3M。分离源：西南太平洋土灰色沉积物。分离自石油降解菌群。与模式菌株 *H. meridiana* DSM 5425(T) AJ306891 相似性为 100%。培养基 0821,25℃。

MCCC 1B00216　←海洋一所 YACS16。分离源：青岛上层海水。与模式菌株 *H. meridiana* DSM 5425(T)

AJ306891 相似性为 99.629%。培养基 0471,20～25℃。

MCCC 1B00451　←海洋一所 HZBC3。分离源:山东日照上层海水。与模式菌株 *H. meridiana* DSM 5425 (T) AJ306891 相似性为 99.422%。培养基 0471,20～25℃。

MCCC 1B00456　←海洋一所 HZBC9。分离源:山东日照上层海水。与模式菌株 *H. meridiana* DSM 5425 (T) AJ306891 相似性为 98.446%。培养基 0471,20～25℃。

MCCC 1B00608　←海洋一所 DJWH20。分离源:江苏盐城滨海底层海水。与模式菌株 *Halomonas zhan-jiangensis* JSM 078169(T) 相似性为 94.358%。培养基 0471,20～25℃。

MCCC 1B00726　←海洋一所 CJJH2。分离源:山东日照表层海水。与模式菌株 *H. meridiana* DSM 5425(T) AJ306891 相似性为 100%。培养基 0471,20～25℃。

MCCC 1B00728　←海洋一所 CJJH4。分离源:山东日照表层海水。与模式菌株 *H. meridiana* DSM 5425(T) AJ306891 相似性为 99.883%。培养基 0471,20～25℃。

MCCC 1B00809　←海洋一所 HTYW14。分离源:山东宁德霞浦暗纹东方鲀胃部。与模式菌株 *H. maris-flavi* SW32(T) AF251143 相似性为 99.38%。培养基 0471,20～25℃。

MCCC 1B00829　←海洋一所 YCWA1。分离源:青岛即墨饱和盐度盐田表层海水。与模式菌株 *H. maris-flavi* SW32(T) AF251143 相似性为 98.686%。培养基 0471,20～25℃。

MCCC 1B00835　←海洋一所 YCWA9。分离源:青岛即墨饱和盐度盐田表层海水。与模式菌株 *H. maris-flavi* SW32(T) AF251143 相似性为 95.858%。培养基 0471,20～25℃。

MCCC 1B00839　←海洋一所 YCWA16。分离源:青岛即墨饱和盐度盐田表层海水。与模式菌株 *H. maris-flavi* SW32(T) AF251143 相似性为 99.284%。培养基 0471,20～25℃。

MCCC 1B00845　←海洋一所 YCWA31。分离源:青岛即墨饱和盐度盐田表层海水。与模式菌株 *H. maris-flavi* SW32(T) AF251143 相似性为 98.885%。培养基 0471,20～25℃。

MCCC 1B00854　←海洋一所 YCWA56。分离源:青岛即墨饱和盐度盐田表层海水。与模式菌株 *H. maris-flavi* SW32(T) AF251143 相似性为 98.568%。培养基 0471,20～25℃。

MCCC 1B00887　←海洋一所 YCSD80。分离源:青岛即墨盐田旁排水沟。与模式菌株 *H. ventosae* Al12(T) AY268080 相似性为 98.566%。培养基 0471,20～25℃。

MCCC 1B00910　←海洋一所 YCSA2。分离源:青岛即墨饱和盐度盐田盐渍土。与模式菌株 *H. ventosae* Al12(T) AY268080 相似性为 97.017%。培养基 0471,20～25℃。

MCCC 1B00915　←海洋一所 YCSA14。分离源:青岛即墨饱和盐度盐田盐渍土。与模式菌株 *H. ventosae* Al12(T) AY268080 相似性为 97.212%。培养基 0471,20～25℃。

MCCC 1B00920　←海洋一所 YCSA28。分离源:青岛即墨饱和盐度盐田盐渍土。与模式菌株 *H. ventosae* Al12(T) AY268080 相似性为 96.535%。培养基 0471,20～25℃。

MCCC 1B00921　←海洋一所 YCSA31。分离源:青岛即墨饱和盐度盐田盐渍土。与模式菌株 *H. sulfidaeris* ATCC BAA-803(T) AF212204 相似性为 97.73%。培养基 0471,20～25℃。

MCCC 1B00926　←海洋一所 YCSA39。分离源:青岛即墨饱和盐度盐田盐渍土。与模式菌株 *H. ventosae* Al12(T) AY268080 相似性为 97.255%。培养基 0471,20～25℃。

MCCC 1B00930　←海洋一所 YCSA51。分离源:青岛即墨饱和盐度盐田盐渍土。与模式菌株 *H. gomseo-mensis* M12(T) AM229314 相似性为 98.927%。培养基 0471,20～25℃。

MCCC 1B00932　←海洋一所 YCSA53。分离源:青岛即墨饱和盐度盐田盐渍土。与模式菌株 *H. ventosae* Al12(T) AY268080 相似性为 98.566%。培养基 0471,20～25℃。

MCCC 1B00947　←海洋一所 YCSA82。分离源:青岛即墨饱和盐度盐田盐渍土。与模式菌株 *H. ventosae* Al12(T) AY268080 相似性为 97.608%。培养基 0471,20～25℃。

MCCC 1B00994　←海洋一所 YCWA44。分离源:青岛即墨饱和盐度盐田盐渍土。与模式菌株 *H. marisflavi* SW32(T) AF251143 相似性为 98.443%。培养基 0471,20～25℃。

MCCC 1B01089　←海洋一所 QJNY84。分离源:山东日照海底泥沙。与模式菌株 *H. denitrificans* M29(T) AM229317 相似性为 99.165%。培养基 0471,28℃。

MCCC 1B01106　←海洋一所 YCSA85。分离源:青岛即墨饱和盐度盐田盐渍土。与模式菌株 *H. ventosae* Al12(T) AY268080 相似性为 95.823%。培养基 0471,20～25℃。

MCCC 1B01125　←海洋一所 YCWA18。分离源:青岛即墨饱和盐度盐田表层海水。与模式菌株 *H.*

avicenniae MW2a(T) DQ888315 相似性为 94.611%。培养基 0471,20~25℃。

MCCC 1B01135 ←海洋一所 YCSC9。分离源:青岛即墨 7% 盐度盐田盐渍土。与模式菌株 *H. ventosae* Al12 (T) AY268080 相似性为 97.592%。培养基 0471,20~25℃。

MCCC 1B01139 ←海洋一所 YCSC18。分离源:青岛即墨 7% 盐度盐田盐渍土。与模式菌株 *H. shengliensis* SL014B-85(T) EF121853 相似性为 97.497%。培养基 0471,20~25℃。

MCCC 1B01141 ←海洋一所 YCSC23。分离源:青岛即墨 7% 盐度盐田盐渍土。与模式菌株 *H. ventosae* Al12(T) AY268080 相似性为 98.062%。培养基 0471,20~25℃。

MCCC 1B01143 ←海洋一所 YCSC26。分离源:青岛即墨 7% 盐度盐田盐渍土。与模式菌株 *H. ventosae* Al12(T) AY268080 相似性为 97.518%。培养基 0471,20~25℃。

MCCC 1B01163 ←海洋一所 TVGB26。分离源:大西洋深海泥样。与模式菌株 *H. neptunia* Eplume1(T) AF212202 相似性为 99.076%。培养基 0471,25℃。

MCCC 1C01037 ←极地中心 P24。分离源:北冰洋深层沉积物。产脂酶。与模式菌株 *H. sulfidaeris* ATCC BAA-803(T) AF212204 相似性为 99.58%。培养基 0471,5℃。

MCCC 1C01038 ←极地中心 P15。分离源:北冰洋深层沉积物。产脂酶。与模式菌株 *H. sulfidaeris* ATCC BAA-803(T) AF212204 相似性为 99.44%。培养基 0471,5℃。

MCCC 1F01106 ←厦门大学 DH74。分离源:中国东海近海表层海水。具有杀死塔玛亚历山大藻的活性。与模式菌株 *H. meridiana* DSM 5425(T) AJ306891 相似性为 100%(719/719)。培养基 0471,25℃。

MCCC 1F01107 ←厦门大学 DH77。分离源:中国东海近海表层海水。具有杀死塔玛亚历山大藻的活性。与模式菌株 *H. meridiana* DSM 5425(T) AJ306891 相似性为 99%(1478/1493)。培养基 0471,25℃。

MCCC 1F01152 ←厦门大学 SCSWB19。分离源:南海深层海水。与模式菌株 *H. meridiana* DSM 5425(T) AJ306891 相似性为 99.866%(1491/1493)。培养基 0471,25℃。

MCCC 1F01156 ←厦门大学 SCSWC12。分离源:南海深层海水。与模式菌株 *H. meridiana* DSM 5425(T) AJ306891 相似性为 99.799%(1490/1493)。培养基 0471,25℃。

MCCC 1F01170 ←厦门大学 SCSWE12。分离源:南海中层海水。与模式菌株 *H. axialensis* Althf1(T) AF212206 相似性为 99.166%(1426/1438)。培养基 0471,25℃。

Halorhodospira sp. Imhoff and Süling 1997 emend. Hirschler-Réa *et al.* 2003 **需盐红螺菌**

MCCC 1I00037 ←华侨大学 E5。分离源:潍坊盐度梯度海水。与模式菌株 *H. halophila* DSM 244(T) M26630 相似性为 97.973%。培养基 1004,25~35℃。

MCCC 1I00038 ←华侨大学 E10。分离源:潍坊盐度梯度海水。与模式菌株 *H. halophila* DSM 244(T) M26630 相似性为 97.669%。培养基 1004,25~35℃。

Hoeflea alexandrii Palacios *et al.* 2006 **沟鞭藻赫夫勒氏菌**

模式菌株 *Hoeflea alexandrii* AM1V30(T) AJ786600

MCCC 1A05047 ←海洋三所 L52-1-42。分离源:南海表层海水。与模式菌株相似性为 99.758%。培养基 0471,25℃。

MCCC 1A05051 ←海洋三所 L52-1-52。分离源:南海表层海水。与模式菌株相似性为 99.758%。培养基 0471,25℃。

MCCC 1A05094 ←海洋三所 L53-1-34Aa。分离源:南海表层海水。与模式菌株相似性为 99.879%。培养基 0471,25℃。

Hoeflea sp. Peix *et al.* 2005 **赫夫勒氏菌**

MCCC 1A00104 ←海洋三所 AY-2。分离源:厦门近海表层海水。分离自石油降解菌群。与模式菌株 *H. alexandrii* AM1V30(T) AJ786600 相似性为 96.7%(1401/1449)。培养基 0472,28℃。

MCCC 1A02976 ←海洋三所 D10。分离源:大西洋洋中脊深海沉积物。与模式菌株 *H. alexandrii* AM1V30

（T）AJ786600 相似性为 97.542%（788/808）。培养基 0471,25℃。

MCCC 1A02979　←海洋三所 E16。分离源：大西洋洋中脊深海沉积物 。与模式菌株 *H. alexandrii* AM1V30（T）AJ786600 相似性为 97.542%（788/808）。培养基 0821,25℃。

MCCC 1A02984　←海洋三所 E9。分离源：大西洋洋中脊深海沉积物 。与模式菌株 *H. alexandrii* AM1V30（T）AJ786600 相似性为 97.542%（786/808）。培养基 0471,25℃。

MCCC 1A02985　←海洋三所 F1。分离源：大西洋洋中脊深海沉积物 。与模式菌株 *H. alexandrii* AM1V30（T）AJ786600 相似性为 97.542%（788/808）。培养基 0471,25℃。

MCCC 1A02988　←海洋三所 G2。分离源：大西洋洋中脊深海沉积物 。与模式菌株 *H. alexandrii* AM1V30（T）AJ786600 相似性为 97.542%（788/808）。培养基 0471,25℃。

MCCC 1A02989　←海洋三所 G4A。分离源：大西洋洋中脊深海沉积物 。与模式菌株 *H. alexandrii* AM1V30（T）AJ786600 相似性为 97.542%。培养基 0471,25℃。

MCCC 1A04088　←海洋三所 6GM03-1F。分离源：南沙上层海水。与模式菌株 *H. alexandrii* AM1V30（T）AJ786600 相似性为 98.317%。培养基 0471,25℃。

MCCC 1A05515　←海洋三所 E6-11。分离源：大西洋洋中脊近海海水。分离自石油降解菌群。与模式菌株 *H. alexandrii* AM1V30（T）AJ786600 相似性为 98.444%（732/744）。培养基 0471,28℃。

Hymenobacter sp. Hirsch *et al*. 1999 emend. Buczolits *et al*. 2006 薄层杆菌

MCCC 1C00378　←极地中心 BSw20462。分离源：北冰洋冰区海水。与模式菌株 *H. chitinivorans* Txc1（T）Y18837 相似性为 96.13%。培养基 0471,15℃。

Hyphomonas jannaschiana Weiner *et al*. 1985 詹氏生丝单胞菌

模式菌株 *Hyphomonas jannaschiana* ATCC 33883（T）AJ227814

MCCC 1A04387　←海洋三所 T16B2。分离源：西南太平洋土灰色沉积物。分离自石油降解菌群。与模式菌株相似性为 98.75%。培养基 0821,28℃。

MCCC 1A04464　←海洋三所 T24B3。分离源：西南太平洋热液区沉积物。分离自石油降解菌群。与模式菌株相似性为 98.632%（755/765）。培养基 0821,28℃。

MCCC 1A04485　←海洋三所 C82AG。分离源：西南太平洋深层海水。分离自石油降解菌群。与模式菌株相似性为 98.667%。培养基 0821,25℃。

MCCC 1A04665　←海洋三所 C10AG。分离源：西南太平洋上层海水。分离自石油降解菌群。与模式菌株相似性为 98.75%。培养基 0821,25℃。

MCCC 1A04777　←海洋三所 C52AD。分离源：西南太平洋下层海水。分离自石油降解菌群。与模式菌株相似性为 98.696%。培养基 0821,25℃。

MCCC 1A04802　←海洋三所 C57AH。分离源：西南太平洋深层海水。分离自石油降解菌群。与模式菌株相似性为 98.696%。培养基 0821,25℃。

MCCC 1A04830　←海洋三所 C68AA。分离源：西南太平洋深层海水。分离自石油降解菌群。与模式菌株相似性为 98.699%。培养基 0821,25℃。

MCCC 1A04837　←海洋三所 C6AD。分离源：西南太平洋下层海水。分离自石油降解菌群。与模式菌株相似性为 98.679%。培养基 0821,25℃。

MCCC 1A04859　←海洋三所 C75AE。分离源：西南太平洋深层海水。分离自石油、多环芳烃降解菌群。与模式菌株相似性为 98.652%（764/774）。培养基 0821,25℃。

MCCC 1A04862　←海洋三所 C76AD。分离源：西南太平洋深层海水。分离自石油、多环芳烃降解菌群。与模式菌株相似性为 98.652%。培养基 0821,25℃。

MCCC 1A04889　←海洋三所 C80AR。分离源：西南太平洋深层海水。分离自石油、多环芳烃降解菌群。与模式菌株相似性为 98.699%。培养基 0821,25℃。

MCCC 1A04910　←海洋三所 C8AD。分离源：西南太平洋下层海水。分离自石油降解菌群。与模式菌株相似性为 98.699%。培养基 0821,25℃。

MCCC 1A04936　←海洋三所 C16AH。分离源：西南太平洋深层海水。分离自石油降解菌群。与模式菌株相似性为 98.649%。培养基 0821,25℃。

MCCC 1A05132　←海洋三所 L53-10-48B。分离源:南海深层海水。与模式菌株相似性为 99.887%。培养基 0471,25℃。

MCCC 1A05285　←海洋三所 C61B20。分离源:西南太平洋深层海水。分离自石油降解菌群。与模式菌株相似性为 98.667%。培养基 0821,25℃。

MCCC 1A05324　←海洋三所 C65AK。分离源:西南太平洋深层海水。分离自石油降解菌群。与模式菌株相似性为 98.789%。培养基 0821,25℃。

MCCC 1A05344　←海洋三所 C70B2。分离源:西南太平洋深层海水。分离自石油降解菌群。与模式菌株相似性为 98.699%。培养基 0821,25℃。

MCCC 1A05381　←海洋三所 C81AK。分离源:西南太平洋深层海水。分离自石油、多环芳烃降解菌群。与模式菌株相似性为 98.632%。培养基 0821,25℃。

MCCC 1A05398　←海洋三所 C84B2。分离源:西南太平洋深层海水。分离自石油、多环芳烃降解菌群。与模式菌株相似性为 98.632%(755/765)。培养基 0821,25℃。

MCCC 1A05404　←海洋三所 C86AW。分离源:西南太平洋深层海水。分离自石油、多环芳烃降解菌群。与模式菌株相似性为 98.632%。培养基 0821,25℃。

MCCC 1A05653　←海洋三所 GM-8P。分离源:南沙上层海水。潜在的寡营养菌。与模式菌株相似性为 100%。培养基 0821,25℃。

MCCC 1A06024　←海洋三所 T5AM。分离源:西南太平洋土灰色沉积物上覆水。分离自石油降解菌群。与模式菌株相似性为 98.661%。培养基 0821,25℃。

Hyphomonas johnsonii Weiner *et al*. 2000 约氏生丝单胞菌

模式菌株 *Hyphomonas johnsonii* MHS-2(T) AF082791

MCCC 1A05031　←海洋三所 L52-1-17。分离源:南海表层海水。与模式菌株相似性为 98.81%。培养基 0471,25℃。

MCCC 1A05042　←海洋三所 L52-1-34。分离源:南海表层海水。与模式菌株相似性为 98.81%。培养基 0471,25℃。

MCCC 1A05080　←海洋三所 L53-1-11。分离源:南海表层海水。与模式菌株相似性为 98.81%。培养基 0471,25℃。

MCCC 1A05089　←海洋三所 L53-1-23。分离源:南海表层海水。与模式菌株相似性为 98.81%。培养基 0471,25℃。

MCCC 1A05099　←海洋三所 L53-1-40。分离源:南海表层海水。与模式菌株相似性为 98.81%。培养基 0471,25℃。

MCCC 1A05819　←海洋三所 1GM01-1C1。分离源:南沙下层海水。与模式菌株相似性为 765/774 (98.782%)。培养基 0471,25℃。

Hyphomonas sp. (ex Pongratz 1957)Moore *et al*. 1984 emend. Weiner *et al*. 2000 生丝单胞菌

MCCC 1A00102　←海洋三所 AS-3。分离源:厦门近海表层海水。分离自石油降解菌群。与模式菌株 *H. oceanitis* SCH-89(T) AF082797 相似性为 98.509%。培养基 0472,28℃。

MCCC 1F01198　←厦门大学 Ffp3-2。分离源:深圳塔玛亚历山大藻培养液。与模式菌株 *H. johnsonii* MHS-2(T) AF082791 相似性为 98.155%(1277/1301)。培养基 0471,25℃。

Idiomarina abyssalis Ivanova *et al*. 2000 深海海源菌

模式菌株 *Idiomarina abyssalis* KMM 227(T) AF052740

MCCC 1A04440　←海洋三所 T20F。分离源:西南太平洋土灰色沉积物。分离自石油降解菌群。与模式菌株相似性为 100%。培养基 0821,28℃。

MCCC 1A05129　←海洋三所 L53-10-45B。分离源:南海深层海水。与模式菌株相似性为 100%。培养基 0471,25℃。

MCCC 1A05161　←海洋三所 L54-11-16。分离源:南海深层海水。与模式菌株相似性为 99.766%。培养基

0471,25℃。

MCCC 1F01111　←厦门大学 SP96。分离源:中国东海近海表层海水。具有杀死塔玛亚历山大藻的活性。与模式菌株相似性为 99.795%(1462/1465)。培养基 0471,25℃。

Idiomarina baltica Brettar *et al*. 2003 波罗的海海源菌

模式菌株 *Idiomarina baltica* OS145(T) AJ440214

MCCC 1A03272　←DSM 15154。原始号 OS145。=DSM 15154 =LMG 21691。分离源:波罗的海上层海水。模式菌株。培养基 0471,25℃。

MCCC 1A00233　←海洋三所 4B-B。分离源:厦门潮间带浅水贝类。与模式菌株相似性为 99%(826/831)。培养基 0472,25℃。

MCCC 1A00366　←海洋三所 RC99-A5。分离源:印度洋深海底层水样。分离自石油降解菌群。与模式菌株相似性为 99.655%。培养基 0471,25℃。

MCCC 1A01194　←海洋三所 42-3。分离源:印度洋表层海水。分离自石油降解菌群。与模式菌株相似性为 99.874%。培养基 0471,25℃。

MCCC 1A01251　←海洋三所 R7-9。分离源:印度洋深海底层水样。分离自石油降解菌群。与模式菌株相似性为 99.655%。培养基 0471,25℃。

MCCC 1A01311　←海洋三所 B8-3。分离源:印度洋深海热液口盲虾的头部。抗二价铜、二价钴和二价铅。与模式菌株相似性为 99.858%。培养基 0471,18~28℃。

MCCC 1A02410　←海洋三所 S13-22。分离源:大西洋表层海水。与模式菌株相似性为 99.877%。培养基 0745,28℃。

MCCC 1A02946　←海洋三所 JL2。分离源:东海上层海水。分离自石油降解菌群。与模式菌株相似性为 99.874%。培养基 0472,25℃。

MCCC 1A03152　←海洋三所 51-1。分离源:印度洋表层海水。分离自石油降解菌群。与模式菌株相似性为 100%。培养基 0821,25℃。

MCCC 1A04220　←海洋三所 OMC2(510)-6。分离源:太平洋深海热液区沉积物。分离自多环芳烃降解菌群。与模式菌株相似性为 100%。培养基 0471,25℃。

MCCC 1A04245　←海洋三所 pMC2(510)-7。分离源:太平洋热液区深海沉积物。分离自多环芳烃降解菌群。与模式菌株相似性为 99.87%。培养基 0471,25℃。

MCCC 1A04281　←海洋三所 T4B9。分离源:西南太平洋土黄色沉积物。分离自石油降解菌群。与模式菌株相似性为 99.869%。培养基 0821,28℃。

MCCC 1A04441　←海洋三所 T20B11。分离源:西南太平洋土灰色沉积物。分离自石油降解菌群。与模式菌株相似性为 100%(776/776)。培养基 0821,28℃。

MCCC 1A04482　←海洋三所 T25B6。分离源:西南太平洋热液区沉积物。分离自石油降解菌群。与模式菌株相似性为 99.869%。培养基 0821,28℃。

MCCC 1A04813　←海洋三所 C63AB。分离源:西南太平洋深层海水。分离自石油降解菌群。与模式菌株相似性为 99.869%。培养基 0821,25℃。

MCCC 1A04824　←海洋三所 C66AC。分离源:西南太平洋深层海水。分离自石油降解菌群。与模式菌株相似性为 99.866%(780/781)。培养基 0821,25℃。

MCCC 1A04832　←海洋三所 C68B1。分离源:西南太平洋深层海水。分离自石油降解菌群。与模式菌株相似性为 99.866%(780/781)。培养基 0821,25℃。

MCCC 1A04881　←海洋三所 C79AL。分离源:西南太平洋深层海水。分离自石油、多环芳烃降解菌群。与模式菌株相似性为 99.869%。培养基 0821,25℃。

MCCC 1A05340　←海洋三所 C6B13。分离源:西南太平洋下层海水。分离自石油降解菌群。与模式菌株相似性为 100%。培养基 0821,25℃。

MCCC 1A05376　←海洋三所 C80AL。分离源:西南太平洋深层海水。分离自石油、多环芳烃降解菌群。与模式菌株相似性为 99.596%(773/776)。培养基 0821,25℃。

MCCC 1A05387　←海洋三所 C82AH。分离源:西南太平洋深层海水。分离自石油、多环芳烃降解菌群。与模式菌株相似性为 99.869%。培养基 0821,25℃。

MCCC 1A05452	←海洋三所 Er49。分离源：南海海水。分离自石油降解菌群。与模式菌株相似性为 99.863%。培养基 0471,28℃。
MCCC 1A05505	←海洋三所 C1-2。分离源：南海海水。石油烷烃降解菌。与模式菌株相似性为 99.868%。培养基 0471,28℃。
MCCC 1B01120	←海洋一所 YCSD64。分离源：青岛即墨盐田旁排水沟。与模式菌株相似性为 98.853%。培养基 0471,20~25℃。

Idiomarina fontislapidosi Martínez-Cánovas *et al.* 2004 盐田海源菌

模式菌株 *Idiomarina fontislapidosi* F23(T) AY526861

MCCC 1A03286	←DSMZ 16139T。原始号 F23。=CECT 5859 =LMG 22169。分离源：西班牙盐田。模式菌株。培养基 0471,25℃。
MCCC 1B00834	←海洋一所 YCWA8。分离源：青岛即墨饱和盐度盐田表层海水。与模式菌株相似性为 99.881%。培养基 0471,20~25℃。
MCCC 1B00857	←海洋一所 YCWA67。分离源：青岛即墨饱和盐度盐田表层海水。与模式菌株相似性为 99.285%。培养基 0471,20~25℃。

Idiomarina homiensis Kwon *et al.* 2006 霍米海角海源菌

模式菌株 *Pseudidiomarina homiensis* PO-M2(T) DQ342238

| MCCC 1A05815 | ←海洋三所 SHY9H。分离源：南沙珊瑚礁石。分离自石油降解菌群。与模式菌株相似性为 98.187%(783/798)。培养基 0821,25℃。 |

Idiomarina loihiensis Donachie *et al.* 2003 热液海源菌

MCCC 1A03300	←DSM 15497。原始号 L2-TR。=L2-TR =ATCC BAA-735 =DSM 15497。分离源：太平洋热液口水样。模式菌株。培养基 0471,25℃。
MCCC 1A01247	←海洋三所 RD92-10。分离源：印度洋深海底层水样。分离自石油降解菌群。与模式菌株 *I. loihiensis* L2-TR(T) AF288370 相似性为 100%。培养基 0471,25℃。
MCCC 1A01250	←海洋三所 R6-3。分离源：印度洋深海底层水样。分离自石油降解菌群。与模式菌株 *I. loihiensis* L2-TR(T) AF288370 相似性为 99.859%。培养基 0471,25℃。
MCCC 1A03025	←海洋三所 CK-I1-1。分离源：印度洋深海沉积物玄武岩表层。与模式菌株 *I. loihiensis* L2-TR(T) AF288370 相似性为 99.857%。培养基 0745,18~28℃。
MCCC 1A03105	←海洋三所 CK-I7-12。分离源：印度洋洋中脊热液区沉积物。与模式菌株 *I. loihiensis* L2-TR(T) AF288370 相似性为 100%。培养基 0745,18~28℃。
MCCC 1A03106	←海洋三所 CK-I7-13。分离源：印度洋洋中脊热液区沉积物。与模式菌株 *I. loihiensis* L2-TR(T) AF288370 相似性为 99.858%。培养基 0745,18~28℃。
MCCC 1A04003	←海洋三所 NH1E。分离源：南沙泻湖珊瑚沙。与模式菌株 *I. loihiensis* L2-TR(T) AF288370 相似性为 99.216%(791/796)。培养基 0821,25℃。
MCCC 1A04160	←海洋三所 NH44K。分离源：南沙灰色沙质。与模式菌株 *I. loihiensis* L2-TR(T) AF288370 相似性为 100%(746/746)。培养基 0821,25℃。
MCCC 1A04269	←海洋三所 T2AM。分离源：西南太平洋土黄色沉积物。分离自石油降解菌群。与模式菌株 *I. loihiensis* L2-TR(T) AF288370 相似性为 100%(813/813)。培养基 0821,28℃。
MCCC 1A04473	←海洋三所 T24AA。分离源：西南太平洋热液区沉积物。分离自石油降解菌群。与模式菌株 *I. loihiensis* L2-TR(T) AF288370 相似性为 100%(797/797)。培养基 0821,28℃。
MCCC 1A04494	←海洋三所 T28B7。分离源：西南太平洋热液区沉积物。分离自石油降解菌群。与模式菌株 *I. loihiensis* L2-TR(T) AF288370 相似性为 100%(750/750)。培养基 0821,28℃。
MCCC 1A04498	←海洋三所 T29B5。分离源：西南太平洋热液区沉积物。分离自石油降解菌群。与模式菌株 *I. loihiensis* L2-TR(T) AF288370 相似性为 99.743%。培养基 0821,28℃。
MCCC 1A04621	←海洋三所 T43B。分离源：西南太平洋土黄色沉积物。分离自石油、多环芳烃降解菌群。与模式菌株 *I. loihiensis* L2-TR(T) AF288370 相似性为 100%(750/750)。培养基

0821,28℃。

MCCC 1A04635　←海洋三所 T44G1。分离源:西南太平洋土黄色沉积物。分离自石油、多环芳烃降解菌群。与模式菌株 I. loihiensis L2-TR(T) AF288370 相似性为 99.865%(776/777)。培养基 0821,28℃。

MCCC 1A04872　←海洋三所 C77B5。分离源:西南太平洋深层海水。分离自石油、多环芳烃降解菌群。与模式菌株相似性 I. loihiensis L2-TR(T) AF288370 为 99.872%。培养基 0821,25℃。

MCCC 1A05175　←海洋三所 C31Aj1。分离源:印度洋表层海水。与模式菌株 I. loihiensis L2-TR(T) AF288370 相似性为 99.762%。培养基 0821,25℃。

MCCC 1A05367　←海洋三所 C78B2。分离源:西南太平洋深层海水。分离自石油、多环芳烃降解菌群。与模式菌株 I. loihiensis L2-TR(T) AF288370 相似性为 99.734%(785/787)。培养基 0821,25℃。

MCCC 1A05433　←海洋三所 Er26。分离源:南海珊瑚礁石。分离自石油降解菌群。与模式菌株 I. loihiensis L2-TR(T) AF288370 相似性为 99.589%。培养基 0471,28℃。

MCCC 1A05659　←海洋三所 C30B4。分离源:印度洋表层海水。分离自石油降解菌群。与模式菌株 I. loihiensis L2-TR(T) AF288370 相似性为 99.762%。培养基 0821,25℃。

MCCC 1A05915　←海洋三所 T41AB。分离源:西南太平洋土黄色沉积物上覆水。分离自石油、多环芳烃降解菌群。与模式菌株 I. loihiensis L2-TR(T) AF288370 相似性为 100%(805/805)。培养基 0821,25℃。

MCCC 1F01126　←厦门大学 DHY11。分离源:中国东海近海表层水样。具有杀死塔玛亚历山大藻的活性。与模式菌株 I. loihiensis L2-TR(T) 相似性为 99.855%(688/689)。培养基 0471,25℃。

MCCC 1F01133　←厦门大学 O2-7。分离源:深圳塔玛亚历山大藻培养液。与模式菌株 I. loihiensis En6(T) 相似性为 98.646%(1020/1034)。培养基 0471,25℃。

Idiomarina ramblicola Martínez-Cánovas *et al*. 2004 沙地海源菌
模式菌株 *Idiomarina ramblicola* R22(T) AY526862

MCCC 1A03252　←DSM 16140T。原始号 R22。=DSM 16140T =CECT 5858 =LMG 22170。分离源:西班牙河道盐水。模式菌株。培养基 0471,25℃。

MCCC 1A03410　←海洋三所 Sh1。分离源:南沙珊瑚岛礁。与模式菌株的相似性为 99.459%(760/764)。培养基 0821,25℃。

MCCC 1A03414　←海洋三所 Sh5。分离源:南沙珊瑚礁石。与模式菌株的相似性为 99.604%(779/782)。培养基 0821,25℃。

MCCC 1A03533　←海洋三所 SHMb。分离源:南沙珊瑚礁石。与模式菌株相似性为 99.599%。培养基 0821,25℃。

MCCC 1A03541　←海洋三所 SHW9o。分离源:南沙珊瑚礁石。分离自十六烷富集菌群。与模式菌株相似性为 99.599%(784/787)。培养基 0821,25℃。

MCCC 1A05810　←海洋三所 SHY1B。分离源:南沙珊瑚礁石。分离自石油降解菌群。与模式菌株相似性为 99.599%(779/782)。培养基 0821,25℃。

MCCC 1B00855　←海洋一所 YCWA57。分离源:青岛即墨饱和盐度盐田表层海水。与模式菌株相似性为 98.808%。培养基 0471,20~25℃。

Idiomarina salinarum Yoon *et al*. 2007 盐场海源菌
模式菌株 *Idiomarina salinarum* ISL-52(T) EF486355

MCCC 1B00913　←海洋一所 YCSA9。分离源:青岛即墨饱和盐度盐田盐渍土。与模式菌株相似性为 98.331%。培养基 0471,20~25℃。

Idiomarina seosinensis Choi and Cho 2005 瑞山海源菌
模式菌株 *Idiomarina seosinensis* CL-SP19(T) AY635468

MCCC 1A01253　←海洋三所 PR51-20(CIC51P-1)。分离源:印度洋深海底层水样。分离自多环芳烃降解菌群。与模式菌株相似性为98.341%。培养基0471,25℃。

MCCC 1A02344　←海洋三所 S17-13。分离源:大西洋表层海水。与模式菌株相似性为98.786%。培养基0745,28℃。

MCCC 1A04199　←海洋三所 NH55T。分离源:南沙泻湖珊瑚沙。与模式菌株相似性为98.709%。培养基0821,25℃。

MCCC 1A04254　←海洋三所 T1AE。分离源:西南太平洋褐黑色深海沉积物。分离自石油降解菌群。与模式菌株相似性为98.797%(772/782)。培养基0821,28℃。

MCCC 1A04270　←海洋三所 T2B。分离源:西南太平洋土黄色沉积物。分离自石油降解菌群。与模式菌株相似性为99.327%(772/777)。培养基0821,28℃。

MCCC 1A04556　←海洋三所 T35AB。分离源:西南太平洋土黄色沉积物。分离自石油降解菌群。与模式菌株相似性为98.525%(768/780)。培养基0821,28℃。

MCCC 1A04557　←海洋三所 T35AK。分离源:西南太平洋土黄色沉积物。分离自石油降解菌群。与模式菌株相似性为98.797%(773/782)。培养基0821,28℃。

MCCC 1A04578　←海洋三所 T38AB。分离源:西南太平洋深海沉积物。分离自石油、多环芳烃降解菌群。与模式菌株相似性为98.693%。培养基0821,28℃。

MCCC 1A04579　←海洋三所 T38AI。分离源:西南太平洋深海沉积物。分离自石油、多环芳烃降解菌群。与模式菌株相似性为99.216%。培养基0821,28℃。

MCCC 1A04620　←海洋三所 T43AE。分离源:西南太平洋土黄色沉积物。分离自石油、多环芳烃降解菌群。与模式菌株相似性为99.23%。培养基0821,28℃。

MCCC 1A05032　←海洋三所 L52-1-18。分离源:南海表层海水。与模式菌株相似性为99.389%。培养基0471,25℃。

MCCC 1A05088　←海洋三所 L53-1-20。分离源:南海表层海水。与模式菌株相似性为99.389%。培养基0471,25℃。

MCCC 1A05737　←海洋三所 NH61E。分离源:南沙土黄色泥质。分离自石油降解菌群。与模式菌株相似性为99.866%(793/796)。培养基0821,25℃。

MCCC 1A05738　←海洋三所 NH61J。分离源:南沙土黄色泥质。分离自石油降解菌群。与模式菌株相似性为99.606%(793/796)。培养基0821,25℃。

MCCC 1A05739　←海洋三所 NH61N。分离源:南沙土黄色泥质。分离自石油降解菌群。与模式菌株相似性为99.598%(793/796)。培养基0821,25℃。

MCCC 1A05854　←海洋三所 BMJ01-B1-7。分离源:南沙土黄色泥质。分离自石油降解菌群。与模式菌株相似性为99.466%(779/783)。培养基0821,25℃。

MCCC 1A05858　←海洋三所 BMJ02-B1-6。分离源:南沙土黄色泥质。分离自石油降解菌群。与模式菌株相似性为98.798%(774/783)。培养基0821,25℃。

MCCC 1B00856　←海洋一所 YCWA62。分离源:青岛即墨饱和盐度盐田表层海水。与模式菌株相似性为98.808%。培养基0471,20~25℃。

MCCC 1B00865　←海洋一所 YCSD6。分离源:青岛即墨盐田旁排水沟。与模式菌株相似性为99.876%。培养基0471,20~25℃。

MCCC 1B00867　←海洋一所 YCSD9。分离源:青岛即墨盐田旁排水沟。与模式菌株相似性为99.881%。培养基0471,20~25℃。

MCCC 1B00884　←海洋一所 YCSD73。分离源:青岛即墨盐田旁排水沟。与模式菌株相似性为98.21%。培养基0471,20~25℃。

Idiomarina zobellii Ivanova *et al.* 2000 左贝尔海源菌

模式菌株 *Idiomarina zobellii* KMM 231(T) AF052741

MCCC 1A02616　←DSM 15924。分离源:太平洋深海水样。模式菌株。培养基0471,25℃。

MCCC 1A00329　←海洋三所 MB22J。分离源:大西洋深海底层海水。分离自石油降解菌群。与模式菌株相似性为99.38%。培养基0471,25℃。

MCCC 1A01246　←海洋三所 PR53-5。分离源:印度洋深海底层水样。分离自多环芳烃降解菌群。与模式菌株相似性为98.757%。培养基0471,25℃。

MCCC 1A01248　←海洋三所 CC17B。分离源:印度洋深海底层水样。分离自多环芳烃降解菌群。与模式菌株相似性为99.239%。培养基0471,25℃。

MCCC 1A02024　←海洋三所 RC95-14。分离源:印度洋深海底层水样。分离自石油降解菌群。与模式菌株相似性为98.759%。培养基0471,25℃。

MCCC 1A02529　←海洋三所 DY87。分离源:大西洋洋中脊深海沉积物。与模式菌株相似性为99.27%。培养基0823,37℃。

MCCC 1A02563　←海洋三所 DY89。分离源:大西洋洋中脊深海沉积物。与模式菌株相似性为99.124%。培养基0823,37℃。

MCCC 1A03043　←海洋三所 ck-I2-14。分离源:西南印度洋洋中脊深海沉积物。与模式菌株相似性为99.004%。培养基0745,18~28℃。

MCCC 1A04581　←海洋三所 T38B12。分离源:西南太平洋深海沉积物。分离自石油、多环芳烃降解菌群。与模式菌株相似性为99.06%。培养基0821,28℃。

MCCC 1B00993　←海洋一所 YCWA43。分离源:青岛即墨饱和盐度盐田盐渍土。与模式菌株相似性为98.563%。培养基0471,20~25℃。

Idiomarina sp. Ivanova *et al.* 2000 海源菌

MCCC 1A00473　←海洋三所 MA21I。分离源:印度洋深海沉积物。分离自多环芳烃降解菌群。与模式菌株 *I. baltica* OS145(T) AJ440214 相似性为98.418%。培养基0471,25℃。

MCCC 1A00814　←海洋三所 B-3041。分离源:东太平洋水体底层。与模式菌株 *I. fontislapidosi* F23(T) AY526861 相似性为98.173%。培养基0471,20℃。

MCCC 1A00875　←海洋三所 B-3057。分离源:东太平洋水体底层。与模式菌株 *I. fontislapidosi* F23(T) AY526861 相似性为98.099%。培养基0471,20℃。

MCCC 1A01204　←海洋三所 72。分离源:印度洋深海热液口沉积物。分离自环己酮降解菌群。与模式菌株 *I. fontislapidosi* F23(T) AY526861 相似性为99.844%。培养基0471,25℃。

MCCC 1A02049　←海洋三所 2PR51-17。分离源:印度洋深海底层水样。分离自多环芳烃降解菌群。与模式菌株 *I. baltica* OS145(T) AJ440214 相似性为98.551%。培养基0471,25℃。

MCCC 1A02082　←海洋三所 PC121-3。分离源:印度洋深海底层水样。分离自多环芳烃降解菌群。与模式菌株 *I. baltica* OS145(T) AJ440214 相似性为98.551%。培养基0471,25℃。

MCCC 1A02362　←海洋三所 S4-3。分离源:大西洋表层海水。与模式菌株 *I. fontislapidosi* F23(T) AY526861 相似性为100%。培养基0745,28℃。

MCCC 1A02383　←海洋三所 S6-3。分离源:大西洋表层海水。与模式菌株 *I. fontislapidosi* F23(T) AY526861 相似性为99.294%。培养基0745,28℃。

MCCC 1A02391　←海洋三所 S7-13。分离源:大西洋表层海水。与模式菌株 *I. fontislapidosi* F23(T) AY526861 相似性为99.29%。培养基0745,28℃。

MCCC 1A02473　←海洋三所 8-PW8-OH15。分离源:南沙近海海水表层。分离自石油降解菌群。与模式菌株 *I. fontislapidosi* F23(T) AY526861 相似性为100%。培养基0472,25℃。

MCCC 1A03955　←海洋三所 510-6。分离源:印度洋表层海水。分离自石油降解菌群。与模式菌株 *I. baltica* OS145(T) AJ440214 相似性为96.617%。培养基0471,25℃。

MCCC 1A04580　←海洋三所 T38AK。分离源:西南太平洋深海沉积物。分离自石油、多环芳烃降解菌群。与模式菌株 *I. zobellii* KMM 231(T) AF052741 相似性为98.533%。培养基0821,28℃。

MCCC 1A04619　←海洋三所 T43AP。分离源:西南太平洋深海沉积物。分离自石油、多环芳烃降解菌群。与模式菌株 *I. zobellii* KMM 231(T) AF052741 相似性为98.533%。培养基0821,28℃。

MCCC 1A04925　←海洋三所 C13B6。分离源:西南太平洋上层海水。分离自石油降解菌群。与模式菌株 *I. fontislapidosi* F23(T) AY526861 相似性为100%。培养基0821,25℃。

MCCC 1A05635　←海洋三所 29-B3-12。分离源:南海深海沉积物。分离自混合烷烃富集菌群。与模式菌株相似性 *I. seosinensis* CL-SP19(T) AY635468 为98.068%。培养基0471,28℃。

MCCC 1B00262　←海洋一所 JZHS19。分离源:青岛胶州上层海水。与模式菌株 *I. zobellii* KMM 231(T)

AF052741 相似性为 99.071%。培养基 0471,28℃。

MCCC 1B00416　←海洋一所 QJJN 19。分离源:青岛胶南表层海水。与模式菌株 I. seosinensis CL-SP19(T) AY635468 相似性为 99.175%。培养基 0471,20～25℃。

MCCC 1B00831　←海洋一所 YCWA4。分离源:青岛即墨饱和盐度盐田表层海水。与模式菌株 I. fontis-lapidosi F23(T) AY526861 相似性为 98.449%。培养基 0471,20～25℃。

MCCC 1B00836　←海洋一所 YCWA10。分离源:青岛即墨饱和盐度盐田表层海水。与模式菌株 I. loihiensis L2-TR(T) AF288370 相似性为 98.687%。培养基 0471,20～25℃。

MCCC 1B00847　←海洋一所 YCWA34。分离源:青岛即墨饱和盐度盐田表层海水。与模式菌株 I. loihiensis L2-TR(T) AF288370 相似性为 99.404%。培养基 0471,20～25℃。

MCCC 1B00848　←海洋一所 YCWA35。分离源:青岛即墨饱和盐度盐田表层海水。与模式菌株 I. zobellii KMM 231(T) AF052741 相似性为 98.325%。培养基 0471,20～25℃。

MCCC 1B00849　←海洋一所 YCWA39。分离源:青岛即墨饱和盐度盐田表层海水。与模式菌株 I. zobellii KMM 231(T) AF052741 相似性为 97.605%。培养基 0471,20～25℃。

MCCC 1B00863　←海洋一所 YCSD3。分离源:青岛即墨盐田旁排水沟。与模式菌株 I. salinarum ISL-52(T) EF486355 相似性为 94.826%。培养基 0471,20～25℃。

MCCC 1B00872　←海洋一所 YCSD17。分离源:青岛即墨盐田旁排水沟。与模式菌株 I. salinarum ISL-52(T) EF486355 相似性为 96.429%。培养基 0471,20～25℃。

MCCC 1B00880　←海洋一所 YCSD36。分离源:青岛即墨盐田旁排水沟。与模式菌株 I. zobellii KMM 231(T) AF052741 相似性为 98.804%。培养基 0471,20～25℃。

MCCC 1B00909　←海洋一所 YCSA1。分离源:青岛即墨饱和盐度盐田盐渍土。与模式菌株 I. loihiensis L2-TR(T) AF288370 相似性为 98.929%。培养基 0471,20～25℃。

MCCC 1B00912　←海洋一所 YCSA4。分离源:青岛即墨饱和盐度盐田盐渍土。与模式菌株 I. salinarum ISL-52(T) EF486355 相似性为 96.424%。培养基 0471,20～25℃。

MCCC 1B00933　←海洋一所 YCSA55。分离源:青岛即墨饱和盐度盐田盐渍土。与模式菌株 I. salinarum ISL-52(T) EF486355 相似性为 96.42%。培养基 0471,20～25℃。

MCCC 1B00989　←海洋一所 YXWBB43。分离源:青岛即墨 70% 盐度盐田表层海水。与模式菌株 I. salinarum ISL-52(T) EF486355 相似性为 97.976%。培养基 0471,20～25℃。

MCCC 1B00998　←海洋一所 YCWA51-1。分离源:青岛即墨饱和盐度盐田盐渍土。与模式菌株 I. ramblicola R22(T) AY526862 相似性为 99.281%。培养基 0471,20～25℃。

MCCC 1B01123　←海洋一所 YCSD81。分离源:青岛即墨盐田旁排水沟。与模式菌株 I. baltica OS145(T) AJ440214 相似性为 98.18%。培养基 0471,20～25℃。

MCCC 1B01126　←海洋一所 YCWA50。分离源:青岛即墨饱和盐度盐田表层海水。与模式菌株 I. seosinensis CL-SP19(T) AY635468 相似性为 97.611%。培养基 0471,20～25℃。

Isoptericola dokdonensis Yoon *et al.* 2006 独岛白蚁菌
模式菌株 *Isoptericola dokdonensis* DS-3(T) DQ387860

MCCC 1A03329　←海洋三所 I43-2。分离源:印度洋深海沉积物表层。与模式菌株相似性为 99%。培养基 0471,28℃。

Janibacter anophelis Kampfer *et al.* 2006 按蚊两面神菌
模式菌株 *Janibacter anophelis* CCUG 49715(T) AY837752

MCCC 1A05943　←海洋三所 0711C1-1。分离源:印度洋深海沉积物表层。与模式菌株相似性为 99%。培养基 1003,28℃。

MCCC 1B00763　←海洋一所 QJHH20。分离源:烟台海阳次表层海水。与模式菌株相似性为 99.871%。培养基 0471,20～25℃。

Janibacter limosus Martin *et al.* 1997 泥两面神菌
模式菌株 *Janibacter limosus* DSM 11140(T) Y08539

MCCC 1A05926　←海洋三所 0705C10-1。分离源:印度洋深海沉积物表层。与模式菌株相似性为 99%。培养基 1003,28℃。

Janibacter melonis Yoon *et al.* 2004 瓜两面神菌

模式菌株 *Janibacter melonis* CM2104(T) AY522568

MCCC 1A00892　←海洋三所 B-1141。分离源:东太平洋沉积物深层。与模式菌株相似性为 98.783%。培养基 0471,4℃。

MCCC 1A05240　←海洋三所 19-WB-D。分离源:南沙表层海水。与模式菌株相似性为 99.535%。培养基 0821,25℃。

MCCC 1A05940　←海洋三所 0711C1-5。分离源:印度洋深海沉积物表层。与模式菌株相似性为 99%。培养基 1003,28℃。

MCCC 1C00508　←极地中心 BSi20546。分离源:北冰洋海冰。与模式菌株相似性为 99.455%。培养基 0471,15℃。

MCCC 1F01129　←厦门大学 Y3-6。分离源:深圳塔玛亚历山大藻培养液。与模式菌株相似性为 99.464% (742/746)。培养基 0471,25℃。

Janibacter terrae Yoon *et al.* 2000 emend. Lang *et al.* 2003 土地两面神菌

模式菌株 *Janibacter terrae* CS12(T) AF176948

MCCC 1A05921　←海洋三所 0704P10-1。分离源:印度洋深海沉积物表层。与模式菌株相似性为 99%。培养基 1003,28℃。

Janibacter **sp.** Martin *et al.* 1997 两面神菌

MCCC 1A00348　←海洋三所 SI-7。分离源:印度洋表层海水鲨鱼肠道内容物。与模式菌株 *J. terrae* CS12(T) AF176948 相似性为 97.962%。培养基 0033,28℃。

MCCC 1A05873　←海洋三所 BX-B1-13。分离源:南沙泻湖珊瑚沙颗粒。分离自石油降解菌群。与模式菌株 *J. anophelis* CCUG 49715(T) AY837752 相似性为 99.865%。培养基 0821,25℃。

MCCC 1A05867　←海洋三所 BMJOUTWF-14。分离源:南沙美济礁周围混合海水。分离自石油降解菌群。与模式菌株 *J. melonis* CM2104(T) AY522568 相似性为 100% (540/540)。培养基 0821,25℃。

Jannaschia helgolandensis Wagner-Döbler *et al.* 2003 黑格兰岛简纳西氏菌

MCCC 1A03296　←DSM 14858。原始号 Hel 10。=DSM 14858＝NCIMB 13941。分离源:德国北海表层海水。模式菌株。培养基 0471,25℃。

Jannaschia rubra Macián *et al.* 2005 红色简纳西氏菌

MCCC 1A03295　←DSM 16279。原始号 4SM3。=CECT 5088＝DSM 16279。分离源:西班牙海水。模式菌株。培养基 0471,25℃。

Jannaschia seosinensis Choi *et al.* 2006 西信简纳西氏菌

模式菌株 *Jannaschia seosinensis* CL-SP26(T) AY906862

MCCC 1B00986　←海洋一所 YXWBB22。分离源:青岛即墨盐田表层海水。与模式菌株相似性为 100%。培养基 0471,20～25℃。

Janthinobacterium lividum (Eisenberg 1891)De Ley *et al.* 1978 深蓝紫色杆菌

模式菌株 *Janthinobacterium lividum* DSM 1522(T) Y08846

MCCC 1A01965　←海洋三所 95(An8)。分离源:南极 Aderley 岛附近附近沉积物。与模式菌株相似性为 99.728%。培养基 0033,15～20℃。

MCCC 1C00834　←极地中心 PR1-9。分离源:北极植物根际。与模式菌株相似性为 99.251%。培养

0266,15℃。

Jeotgalicoccus halotolerans Yoon *et al*. 2003 耐盐腌海鲜球菌

模式菌株 *Jeotgalicoccus halotolerans* YKJ-101(T) AY028925

MCCC 1F01083 　←厦门大学 ATDH01S02。分离源:塔玛亚历山大藻培养液。与模式菌株相似性为
98.455%(1466/1489)。培养基 0471,25℃。

Jeotgalicoccus sp. Yoon *et al*. 2003 腌海鲜球菌

MCCC 1B00463 　←海洋一所 HZBC28。分离源:山东日照上层海水。与模式菌株 *J. halotolerans* YKJ-101
AY028925 相似性为 97.799%。培养基 0471,20～25℃。

Joostella marina Quan *et al*. 2008 海苏特氏菌

模式菌株 *Joostella marina* En5(T) EF660761

MCCC 1A01464 　←海洋三所 I-C-5。分离源:厦门滩涂泥样。与模式菌株相似性为 92.548%。培养基
0472,26℃。

MCCC 1A02906 　←海洋三所 JD5。分离源:黄海上层海水。分离自石油降解菌群。与模式菌株相似性为
99.872%(819/820)。培养基 0472,25℃。

MCCC 1A04232 　←海洋三所 pTVG9-2。分离源:太平洋热液区深海沉积物。分离自多环芳烃降解菌群。与
模式菌株相似性为 100%。培养基 0471,25℃。

MCCC 1A04470 　←海洋三所 T24B25。分离源:西南太平洋热液区沉积物。分离自石油降解菌群。与模式菌
株相似性为 100%(766/766)。培养基 0821,28℃。

MCCC 1A05444 　←海洋三所 Er50。分离源:南海海水。分离自石油降解菌群。与模式菌株相似性为
95.904%(711/743)。培养基 0471,28℃。

MCCC 1A05664 　←海洋三所 NH38B1。分离源:南沙褐色沙质。与模式菌株相似性为 100%。培养基
0821,25℃。

Kangiella aquimarina Yoon *et al*. 2004 海水康氏菌

模式菌株 *Kangiella aquimarina* SW-154(T) AY520561

MCCC 1A03047 　←海洋三所 AS-I2-3。分离源:印度洋深海沉积物。抗五价砷。与模式菌株相似性为
99.859%。培养基 0745,18～28℃。

Kangiella sp. Yoon *et al*. 2004 康氏菌

MCCC 1G00174 　←青岛科大 HH223-3。分离源:黄海海底沉积物。与模式菌株 *K. koreensis* SW-125(T)
AY520560 相似性为 96.17%。培养基 0471,25～28℃。

Klebsiella pneumoniae (Schroeter 1886)Trevisan 1887 肺炎克雷氏伯杆菌

模式菌株 *Klebsiella pneumoniae* subsp. *ozaenae* ATCC 11296(T) Y17654

MCCC 1A03501 　←海洋三所 SRB-11-0。分离源:青岛底表水。硫酸盐还原。与模式菌株相似性为 99.879%。
培养基 0471,25℃。

Klebsiella sp. Trevisan 1885 emend. Carter *et al*. 1999 emend. Drancourt *et al*. 2001 克雷伯氏菌

MCCC 1A00121 　←海洋三所 SW-2。分离源:厦门轮渡码头近海表层海水。分离自石油降解菌群。与模式菌
株 *K. pneumoniae* subsp. *ozaenae* ATCC 11296(T) Y17654 相似性为 99.529%。培养基
0472,28℃。

MCCC 1A02640 　←中国科学院南海所 A138。分离源:广东佛山某水产市场贝类。与模式菌株 *K. variicola*
F2R9(T) AJ783916 相似性为 98.888%。培养基 TCBS,30℃。

MCCC 1B01063 　←海洋一所 QNSW12。分离源:江苏盐城海底泥沙。与模式菌株 *K. granulomatis* KH 22
(T) AF010251 相似性为 74.235%。培养基 0471,28℃。

Kluyvera georgiana Müller *et al.* 1996 佐治亚克吕沃尔氏菌

模式菌株 *Kluyvera georgiana* ATCC 51603(T) AF047186

MCCC 1A00171 ←海洋三所 HYCe-3。分离源：厦门野生鲻鱼肠道内容物。与模式菌株相似性为 100%。培养基 0033,28℃。

Knoellia subterranean Dastager *et al.* 2008 地下诺尔氏菌

模式菌株 *Knoellia subterranea* DSM 12332(T) AJ294413

MCCC 1A06046 ←海洋三所 D-2Q-5-7。分离源：北极圈内某近人类活动区土样。分离自原油富集菌群。与模式菌株相似性为 99.173%。培养基 0472,28℃。

Kocuria carniphila Groth *et al.* 2002 嗜肉考克氏菌

模式菌株 *Kocuria carniphila* CCM 132(T) AJ622907

MCCC 1A01775 ←海洋三所 Z21(10)zhy。分离源：东太平洋多金属结核区深海沉积物。与模式菌株相似性为 99.058%。培养基 0473,15～25℃。

Kocuria kristinae Tvrzová *et al.* 2005 克氏考克氏菌

模式菌株 *Kocuria kristinae* DSM 20032(T) X80749

MCCC 1A04931 ←海洋三所 C24B22。分离源：印度洋表层海水。分离自石油降解菌群。与模式菌株相似性为 100%(772/772)。培养基 0821,25℃。

Kocuria marina Kim *et al.* 2004 海水考克氏菌

模式菌株 *Kocuria marina* KMM 3905(T) AY211385

MCCC 1A02870 ←海洋三所 IV10。分离源：黄海上层海水。分离自石油降解菌群。与模式菌株相似性为 99.615%。培养基 0472,25℃。

Kocuria palustris Kovács *et al.* 1999 沼泽考克氏菌

模式菌株 *Kocuria palustris* DSM 11925(T) Y16263

MCCC 1A00030 ←海洋三所 BM-20。分离源：厦门海水养殖场捕捞的比目鱼肠道内容物。与模式菌株相似性为 100%。培养基 0033,26℃。

MCCC 1A00422 ←海洋三所 02Co-1。分离源：西太平洋暖池区深海沉积物。抗二价钴。与模式菌株相似性为 99.864%(767/767)。培养基 0472,28℃。

MCCC 1A02282 ←海洋三所 S8-2。分离源：大西洋表层海水。与模式菌株相似性为 100%。培养基 0745,28℃。

MCCC 1A02325 ←海洋三所 S15-4。分离源：大西洋表层海水。分离自石油降解菌群。与模式菌株相似性为 100%。培养基 0745,28℃。

MCCC 1A02415 ←海洋三所 S13-4-2。分离源：大西洋表层海水。与模式菌株相似性为 99.868%。培养基 0745,28℃。

MCCC 1A03392 ←海洋三所 102H5-3。分离源：东太平洋深海沉积物表层。与模式菌株相似性为 99%。培养基 0471,28℃。

MCCC 1A03398 ←海洋三所 102S4-1。分离源：东太平洋深海沉积物表层。与模式菌株相似性为 99%。培养基 0471,28℃。

MCCC 1A05045 ←海洋三所 L52-1-40Aa。分离源：南海表层海水。与模式菌株相似性为 100%。培养基 0471,25℃。

MCCC 1A05946 ←海洋三所 0712C1-3。分离源：印度洋深海沉积物表层。与模式菌株相似性为 99%。培养基 1003,28℃。

MCCC 1A05967 ←海洋三所 0714S7-1。分离源：印度洋深海沉积物表层。与模式菌株相似性为 99%。培养基 1003,28℃。

MCCC 1B00699 ←海洋一所 DJQD4。分离源：青岛胶南表层海水。与模式菌株相似性为 100%。培养基

　　　　　　　　　　0471,20～25℃。

MCCC 1B01049　←海洋一所 QJWW 149。分离源:威海近海表层海水。与模式菌株相似性为 99.878%。培
　　　　　　　　　　养基 0471,28℃。

Kocuria polaris Reddy *et al.* 2003 极地考克氏菌

模式菌株 *Kocuria polaris* CMS 76or(T) AJ278868

MCCC 1B01150　←海洋一所 CTDE1。分离源:大西洋表层水样。与模式菌株相似性为 99.714%。培养基
　　　　　　　　　　0471,25℃。

Kocuria rhizophila Kovács *et al.* 1999 喜根考克氏菌

模式菌株 *Kocuria rhizophila* DSM 11926(T) Y16264

MCCC 1A05971　←海洋三所 0714S7-2。分离源:印度洋深海沉积物表层。与模式菌株相似性为 99%。培养
　　　　　　　　　　基 1003,28℃。

Kocuria rosea (Flügge 1886)Stackebrandt *et al.* 1995 玫瑰色考克氏菌

模式菌株 *Kocuria rosea* DSM 20447(T) X87756

MCCC 1A00387　←海洋三所 Mn22。分离源:东太平洋硅质黏土沉积物。抗二价锰。与模式菌株相似性为
　　　　　　　　　　99.868%。培养基 0472,28℃。

MCCC 1A00499　←海洋三所 Cu10。分离源:东太平洋硅质黏土沉积物。抗二价铜。与模式菌株相似性为
　　　　　　　　　　99.293%。培养基 0472,28℃。

MCCC 1A01344　←海洋三所 S67-2-13。分离源:印度洋表层海水。苯系物降解菌。与模式菌株相似性为
　　　　　　　　　　99.832%。培养基 0471,25℃。

MCCC 1A01774　←海洋三所 Z45(29)zhy。分离源:东太平洋多金属结核区深海沉积物。与模式菌株相似性
　　　　　　　　　　为 99.662%。培养基 0473,15～25℃。

MCCC 1A01776　←海洋三所 29 原 1zhy。分离源:东太平洋多金属结核区深海沉积物。与模式菌株相似性
　　　　　　　　　　为 99.797%。培养基 0473,15～25℃。

MCCC 1A03119　←海洋三所 A014。分离源:厦门滩涂泥样。可能降解木聚糖。与模式菌株相似性为
　　　　　　　　　　99.219%。培养基 0471,25℃。

MCCC 1C00909　←极地中心 ZS2-6。分离源:南极表层沉积物。与模式菌株相似性为 99.865%。培养基
　　　　　　　　　　0471,15℃。

Kocuria turfanensis Zhou *et al.* 2008 吐鲁番考克氏菌

模式菌株 *Kocuria turfanensis* HO-9042(T) DQ531634

MCCC 1A02941　←海洋三所 JK9。分离源:东海上层海水。分离自石油降解菌群。与模式菌株相似性为
　　　　　　　　　　99.871%。培养基 0472,25℃。

Kocuria sp. Stackebrandt *et al.* 1995 考克氏菌

MCCC 1A05606　←海洋三所 X-77♯-B254。分离源:海南三亚大东海马尾藻。与模式菌株 *K. palustris* DSM
　　　　　　　　　　11925(T) Y16263 相似性为 99.928%。培养基 0471,28℃。

MCCC 1B00679　←海洋一所 DJLY15。分离源:江苏盐城射阳表层海水。与模式菌株 *K. rosea* DSM 20447
　　　　　　　　　　(T) X87756 相似性为 99.341%。培养基 0471,20～25℃。

MCCC 1B00758　←海洋一所 QJHH14。分离源:烟台海阳表层海水。与模式菌株 *K. rosea* DSM 20447(T)
　　　　　　　　　　X87756 相似性为 99.753%。培养基 0471,20～25℃。

MCCC 1B00973　←海洋一所 HDC59。分离源:福建宁德河豚养殖场河豚肠道内容物。与模式菌株
　　　　　　　　　　K. turfanensis HO-9042(T) DQ531634 相似性为 99.391%。培养基 0471,20～25℃。

Kordiimonas gwangyangensis Kwon *et al.* 2005 广阳湾科迪单胞菌

模式菌株 *Kordiimonas gwangyangensis* GW14-5(T) AY682384

MCCC 1A00996 ←海洋三所 SM12.6。分离源:印度洋深海底层水样。分离自石油降解菌群。与模式菌株相似性为 99.93%。培养基 0471,25℃。

MCCC 1A01254 ←海洋三所 RC139-17。分离源:印度洋深海底层水样。分离自石油降解菌群。与模式菌株相似性为 99.93%。培养基 0471,25℃。

MCCC 1A02453 ←海洋三所 S20-13。分离源:大西洋表层海水。与模式菌株相似性为 100%。培养基 0745,28℃。

MCCC 1F01036 ←厦门大学 M3。分离源:福建省漳州近海红树林表层沉积物。与模式菌株相似性为 99.304%(1427/1437)。培养基 0471,25℃。

Kytococcus sedentarius (ZoBell and Upham 1944)Stackebrandt *et al.* 1995 坐皮肤球菌
模式菌株 *Kytococcus sedentarius* DSM 20547(T) X87755

MCCC 1A03388 ←海洋三所 102S10-1。分离源:东太平洋深海沉积物表层。与模式菌株相似性为 99%。培养基 0471,28℃。

Kytococcus sp. Stackebrandt *et al.* 1995 皮肤球菌

MCCC 1B00687 ←海洋一所 DJLY71。分离源:江苏盐城射阳底层海水。与模式菌株 *K. schroeteri* DSM 13884(T) AJ297722 相似性为 98.828%。培养基 0471,20~25℃。

MCCC 1B00710 ←海洋一所 DJQM72。分离源:青岛沙子口表层海水。与模式菌株 *K. schroeteri* DSM 13884(T) AJ297722 相似性为 98.805%。培养基 0471,20~25℃。

Labrenzia aggregata (Uchino *et al.* 1999)Biebl *et al.* 2007 聚团拉布伦茨氏菌
模式菌株 *Labrenzia aggregata* IAM 12614(T) D88520

MCCC 1A00368 ←海洋三所 R7-15。分离源:印度洋深海底层水样。分离自石油降解菌群。与模式菌株相似性为 99.713%。培养基 0471,25℃。

MCCC 1A00373 ←海洋三所 CTD99-A19。分离源:印度洋深海底层水样。分离自石油降解菌群。与模式菌株相似性为 99.713%。培养基 0471,25℃。

MCCC 1A01026 ←海洋三所 W11-2A。分离源:太平洋深海沉积物。分离自多环芳烃芘富集菌群。与模式菌株相似性为 98.611%。培养基 0471,25℃。

MCCC 1A01028 ←海洋三所 W6-16。分离源:太平洋深海沉积物。分离自多环芳烃芘富集菌群。与模式菌株相似性为 99.495%。培养基 0471,25℃。

MCCC 1A01231 ←海洋三所 2CR53-5。分离源:印度洋深海底层水样。分离自石油降解菌群。与模式菌株相似性为 99.265%。培养基 0471,25℃。

MCCC 1A02020 ←海洋三所 2PR52-5。分离源:印度洋深海底层水样。分离自多环芳烃降解菌群。与模式菌株相似性为 100%。培养基 0471,25℃。

MCCC 1A02021 ←海洋三所 2PR58-2。分离源:印度洋深海底层水样。分离自多环芳烃降解菌群。与模式菌株相似性为 100%。培养基 0471,25℃。

MCCC 1A02022 ←海洋三所 CR57-5。分离源:印度洋深海底层水样。分离自石油降解菌群。与模式菌株相似性为 100%。培养基 0471,25℃。

MCCC 1A02206 ←海洋三所 L1I。分离源:厦门轮渡码头有油污染历史的近海表层海水。分离自石油降解菌群。与模式菌株相似性为 100%。培养基 0821,25℃。

MCCC 1A02492 ←海洋三所 DSD-PW4-OH12A。分离源:南沙近海海水底层。分离自石油降解菌群。与模式菌株相似性为 100%。培养基 0472,25℃。

MCCC 1A02493 ←海洋三所 DSD-PW4-OH12B。分离源:南沙近海海水底层。分离自石油降解菌群。与模式菌株相似性为 100%。培养基 0472,25℃。

MCCC 1A02495 ←海洋三所 DSD-PW4-OH21。分离源:南沙近海海水底层。分离自石油降解菌群。与模式菌株相似性为 99.77%。培养基 0472,25℃。

MCCC 1A02496 ←海洋三所 DSD-PW4-OH7。分离源:南沙近海海水底层。分离自石油降解菌群。与模式菌株相似性为 100%。培养基 0472,25℃。

MCCC 1A02788　←海洋三所 II4。分离源:黄海上层海水。分离自石油降解菌群。与模式菌株相似性为100%。培养基0472,25℃。

MCCC 1A02833　←海洋三所 IO3。分离源:黄海上层海水。分离自石油降解菌群。与模式菌株相似性为99.739%。培养基0472,25℃。

MCCC 1A02882　←海洋三所 IX10。分离源:黄海上层海水。分离自石油降解菌群。与模式菌株相似性为99.739%。培养基0472,25℃。

MCCC 1A02895　←海洋三所 JA8。分离源:黄海上层海水。分离自石油降解菌群。与模式菌株相似性为99.739%。培养基0472,25℃。

MCCC 1A02953　←海洋三所 JL13。分离源:东海上层海水。分离自石油降解菌群。与模式菌株相似性为99.739%。培养基0472,25℃。

MCCC 1A04133　←海洋三所 T19K。分离源:西南太平洋土灰色沉积物上覆水。分离自石油降解菌群。与模式菌株相似性为99.641%。培养基0821,25℃。

MCCC 1A04386　←海洋三所 T16AR。分离源:西南太平洋土灰色沉积物。分离自石油降解菌群。与模式菌株相似性为100%(766/766)。培养基0821,28℃。

MCCC 1A04404　←海洋三所 T17AS。分离源:西南太平洋土灰色沉积物。分离自石油降解菌群。与模式菌株相似性为100%。培养基0821,28℃。

MCCC 1F01010　←厦门大学 B5。分离源:福建省漳州近海红树林表层沉积物。与模式菌株相似性为99.929%(1403/1404)。培养基0471,25℃。

MCCC 1F01040　←厦门大学 M7。分离源:福建省漳州近海红树林表层沉积物。与模式菌株相似性为99.928%(1394/1395)。培养基0471,25℃。

MCCC 1F01050　←厦门大学 P4。分离源:福建漳州近海红树林泥。与模式菌株相似性为98.219%(1379/1404)。培养基0471,25℃。

MCCC 1F01196　←厦门大学 Af1-6。分离源:深圳塔玛亚历山大藻培养液。与模式菌株相似性为100%(1404/1404)。培养基0471,25℃。

MCCC 1G00037　←青岛科大 HH203-NF101。分离源:中国黄海海底沉积物。与模式菌株的16S序列相似性为99.569%。培养基0471,28℃。

MCCC 1G00046　←青岛科大 DH271-NF102。分离源:中国东海海底沉积物。与模式菌株的16S序列相似性为99.638%。培养基0471,28℃。

Labrenzia alba（Pujalte *et al*.2006）Biebl *et al*.2007 白色拉布伦茨氏菌
模式菌株 *Labrenzia alba* CECT 5094(T) AJ878875

MCCC 1A03264　←DSM 18320。原始号 5OM6。=DSM 18320 =CECT 5095 =CIP 108402。分离源:西班牙牡蛎内容物。模式菌株。培养基0471,25℃。

MCCC 1A05852　←海洋三所 BMJ01-B1-23。分离源:南沙土黄色泥质。分离自石油降解菌群。与模式菌株相似性为99.721%。培养基0821,25℃。

Labrenzia marina（Kim *et al*.2006）Biebl *et al*.2007 海洋拉布伦茨氏菌

MCCC 1A03279　←DSM 17023。原始号 mano 18。=DSM 17023 =KCTC 12288。分离源:韩国近海 Dae-Chun 海滨潮间带。模式菌株。培养基0471,25℃。

Labrenzia **sp.** Biebl *et al*.2007 拉布伦茨氏菌

MCCC 1A01201　←海洋三所 MARC2CON。分离源:大西洋深海沉积物。分离自多环芳烃降解菌群。与模式菌株 *L. aggregata* IAM 12614(T) D88520 相似性为93.225%。培养基0471,28℃。

MCCC 1F01048　←厦门大学 P2。分离源:福建漳州近海红树林泥。与模式菌株 *L. aggregata* IAM 12614(T) D88520 相似性为99.003%(1390/1404)。培养基0471,25℃。

Lactococcus garvieae（Collins *et al*.1984）Schleifer *et al*.1986 格氏乳球菌
模式菌株 *Lactococcus garvieae* ATCC 49156(T) L32813

MCCC 1A00061 ←海洋三所 HC11f-3。分离源：厦门海水养殖黄翅鱼肠道内容物。与模式菌株相似性为100％。培养基 0033,28℃。

Leclercia adecarboxylata (Leclerc 1962) Tamura *et al*. 1987 非脱羧勒克氏菌

模式菌株 *Leclercia adecarboxylata* GTC 1267(T) AB273740

MCCC 1A00066 ←海洋三所 E3-A。分离源：太平洋深海沉积物。以硝酸根作为电子受体分离。与模式菌株相似性为 99.72％。培养基 0033,28℃。

Leeuwenhoekiella blandensis Pinhassi *et al*. 2006 布朗达湾列文虎克菌

模式菌株 *Leeuwenhoekiella blandensis* MED217(T) DQ294291

MCCC 1A04393 ←海洋三所 T16B5。分离源：西南太平洋土灰色沉积物。分离自石油降解菌群。与模式菌株相似性为 100％(770/770)。培养基 0821,28℃。

MCCC 1A04796 ←海洋三所 C56AG。分离源：西南太平洋深层海水。分离自石油降解菌群。与模式菌株相似性为 99.716％。培养基 0821,25℃。

MCCC 1A04893 ←海洋三所 C81AP。分离源：西南太平洋深层海水。分离自石油、多环芳烃降解菌群。与模式菌株相似性为 100％(770/770)。培养基 0471,25℃。

Leifsonia rubra Reddy *et al*. 2003 微红雷夫松氏细菌

模式菌株 *Leifsonia rubra* CMS 76r(T) AJ438585

MCCC 1C00729 ←极地中心 ZS5-26。分离源：南极海冰。与模式菌株相似性为 98.79％。培养基 0471,15℃。

MCCC 1C00746 ←极地中心 ZS5-30。分离源：南极海冰。与模式菌株相似性为 99.462％。培养基 0471,15℃。

MCCC 1C00752 ←极地中心 ZS3-10-1。分离源：南极表层沉积物。与模式菌株相似性为 98.857％。培养基 0471,15℃。

MCCC 1C00758 ←极地中心 ZS5-15。分离源：南极海冰。与模式菌株相似性为 99.462％。培养基 0471,15℃。

MCCC 1C00760 ←极地中心 ZS2-1。分离源：南极表层沉积物。与模式菌株相似性为 99.395％。培养基 0471,15℃。

MCCC 1C00985 ←极地中心 ZS5-27。分离源：南极海冰。与模式菌株相似性为 99.267％。培养基 0471,15℃。

Leifsonia sp. Evtushenko *et al*. 2000 emend. Reddy *et al*. 2008 emend. Dastager *et al*. 2009 雷夫松氏细菌

MCCC 1A05842 ←海洋三所 B301-B1-9。分离源：南沙浅黄色泥质。分离自石油降解菌群。与模式菌株 *L. xyli* subsp. *cynodontis* JCM 9733(T) AB016985 相似性为 99.166％。培养基 0821,25℃。

MCCC 1A05851 ←海洋三所 BMJ01-B1-22。分离源：南沙土黄色泥质。分离自石油降解菌群。与模式菌株 *L. xyli* subsp. *cynodontis* JCM 9733(T) AB016985 相似性为 99.177％。培养基 0821,25℃。

Leisingera nanhaiensis Sun *et al*. 2009 南海雷辛格氏菌

MCCC 1A04178 ←海洋三所 NH52F。=LMG 24841T =CCTCC AB 208316T。分离源：南沙黑褐色沙质。模式菌株。培养基 0821,25℃。

Leisingera sp. Schaefer *et al*. 2002 emend. Martens *et al*. 2006 emend. Vandecandelaere *et al*. 2008 雷辛格氏菌

MCCC 1A02763 ←海洋三所 IC7。分离源：黄海底表海水。分离自石油降解菌群。与模式菌株 *L. aquimarina* CCUG(T) AM900415 相似性为 98.042％。培养基 0821,25℃。

Leucobacter luti Morais *et al*. 2006 淤泥亮杆菌

模式菌株 *Leucobacter luti* RF6(T) AM072819

MCCC 1A02238　　←海洋三所 CH3。分离源：厦门黄翅鱼鱼鳃。与模式菌株相似性为 98.842%。培养基 0033,25℃。

Leucobacter sp. Takeuchi *et al*. 1996 亮杆菌

MCCC 1A01371　　←海洋三所 5-C-1。分离源：厦门近岸表层海水。与模式菌株 *L. chromiireducens* sub-sp. *solipictus* TAN 31504(T) DQ845457 相似性为 97.981%。培养基 0472,28℃。

Limnobacter thiooxidans Spring *et al*. 2001 硫氧化湖沉积杆菌

模式菌株 *Limnobacter thiooxidans* CS-K2(T) AJ289885

MCCC 1A02971　　←海洋三所 B2。分离源：大西洋洋中脊深海沉积物。与模式菌株相似性为 99.873%。培养基 0821,25℃。

MCCC 1A02987　　←海洋三所 G4B。分离源：大西洋洋中脊深海沉积物。与模式菌株相似性为 99.873%。培养基 0821,25℃。

MCCC 1A03090　　←海洋三所 MN-M1-5。分离源：大西洋深海热液区沉积物。抗五价砷。与模式菌株相似性为 97.641%。培养基 0745,18～28℃。

MCCC 1A05022　　←海洋三所 L51-10-38。分离源：南海深层海水。与模式菌株相似性为 99.882%。培养基 0471,25℃。

MCCC 1A05077　　←海洋三所 L52-11-51。分离源：南海深层海水。与模式菌株相似性为 99.882%。培养基 0471,25℃。

MCCC 1A05137　　←海洋三所 L53-10-62A。分离源：南海深层海水。与模式菌株相似性为 99.882%。培养基 0471,25℃。

MCCC 1A05157　　←海洋三所 L54-11-10。分离源：南海深层海水。与模式菌株相似性为 97.258%(777/798)。培养基 0471,25℃。

MCCC 1F01012　　←厦门大学 B7。分离源：福建省漳州近海红树林表层沉积物。与模式菌株相似性为 99.236%(1428/1439)。培养基 0471,25℃。

MCCC 1F01021　　←厦门大学 F3。分离源：福建漳州近海红树林泥。与模式菌株相似性为 99.602%(1000/1004)。培养基 0471,25℃。

MCCC 1F01047　　←厦门大学 P1。分离源：福建漳州近海红树林泥。与模式菌株相似性为 99.664%(1483/1488)。培养基 0471,25℃。

MCCC 1F01061　　←厦门大学 Y2。分离源：福建漳州近海红树林泥。与模式菌株相似性为 99.597%(1482/1488)。培养基 0471,25℃。

Listonella anguillarum MacDonell and Colwell 1986 鳗利斯顿氏菌（原：鳗弧菌）

MCCC 1H00003　　←山东大学威海分校←Heriot-Watt University←ATCC 19264T。＝LMG 4437T＝ATCC 19264T＝CCTM 2283T。分离源：大西洋鳕。模式菌株。培养基 0471,25℃。

MCCC 1H00004　　←山东大学威海分校←Heriot-Watt University←ATCC 43305。分离源：虹鳟鱼。区分鳗利斯顿氏菌的不同血清型。培养基 0471,25℃。

MCCC 1H00005　　←山东大学威海分校←Heriot-Watt University←ATCC 43306。分离源：大西洋鳕。用于鳗利斯顿氏菌的分类；鱼类病原菌。培养基 0471,25℃。

MCCC 1H00006　　←山东大学威海分校←Heriot-Watt University←ATCC 43307。分离源：虹鳟鱼。用于鳗利斯顿氏菌的分类(不同血清型)；鱼类病原菌。培养基 0471,25℃。

MCCC 1H00007　　←山东大学威海分校←Heriot-Watt University←ATCC 43308。分离源：大西洋鳕。用于鳗利斯顿氏菌的分类(不同血清型)；鱼类病原菌。培养基 0471,25℃。

MCCC 1H00008　　←山东大学威海分校←Heriot-Watt University←ATCC 43309。分离源：大西洋鳕。用于鳗利斯顿氏菌的分类；鱼类病原菌。培养基 0471,25℃。

MCCC 1H00009　　←山东大学威海分校←Heriot-Watt University←ATCC 43310。分离源：大西洋鳕。用于鳗利斯顿氏菌的分类；鱼类病原菌。培养基 0471,25℃。

MCCC 1H00010　　←山东大学威海分校←Heriot-Watt University←ATCC 43311。分离源：欧洲鳗鲡。用于鳗利

　　　　　　　　　　斯顿氏菌的分类;鱼类病原菌。培养基 0471,25℃。

MCCC 1H00011　　←山东大学威海分校←Heriot-Watt University←ATCC 43312。分离源:大西洋鳕。用于鳗利
　　　　　　　　　　斯顿氏菌的分类;鱼类病原菌。培养基 0471,25℃。

MCCC 1H00012　　←山东大学威海分校←Heriot-Watt University←ATCC 43313。分离源:大西洋鳕。用于鳗利
　　　　　　　　　　斯顿氏菌的分类;鱼类病原菌。培养基 0471,25℃。

MCCC 1H00013　　←山东大学威海分校←Heriot-Watt University←ATCC 43314。分离源:大西洋鳕。用于鳗利
　　　　　　　　　　斯顿氏菌的分类;鱼类病原菌。培养基 0471,25℃。

Listonella pelagia (Baumann *et al.* 1971)MacDonell and Colwell 1986 海利斯顿氏菌

MCCC 1H00027　　←山东大学威海分校←Heriot-Watt University←ATCC 25916T。＝LMG 3897T＝ATCC
　　　　　　　　　　25916T。分离源:海水。模式菌株。培养基 0471,26℃。

MCCC 1H00079　　←山东大学威海分校←Heriot-Watt University←ATCC 33781。原始号 96。分离源:美国夏威
　　　　　　　　　　夷欧胡岛水样/海水。可作为海利斯顿氏菌分类的参考菌株。培养基 0471,30℃。

MCCC 1H00080　　←山东大学威海分校←Heriot-Watt University←ATCC 33783。原始号 101。分离源:美国夏
　　　　　　　　　　威夷欧胡岛水样/海水。可作为海利斯顿氏菌分类的参考菌株。培养基 0471,30℃。

Loktanella hongkongensis Lau *et al.* 2004 香港洛克氏菌

模式菌株 *Loktanella hongkongensis* UST950701-009P(T) AY600300

MCCC 1A01313　　←海洋三所 C1-2。分离源:印度洋深海沉积物玄武岩表层。抗二价铅。与模式菌株相似性为
　　　　　　　　　　98.75%。培养基 0745,18～28℃。

MCCC 1A01314　　←海洋三所 G1-5。分离源:印度洋深海沉积物玄武岩表层。抗重金属。与模式菌株相似性为
　　　　　　　　　　99.516%。培养基 0745,18～28℃。

Loktanella maricola Yoon *et al.* 2007 居海洛克氏菌

模式菌株 *Loktanella maricola* DSW-18(T) EF202613

MCCC 1C00812　　←极地中心 K4B-4。分离源:北极无冰区表层海水。与模式菌株相似性为 98.082%。培养基
　　　　　　　　　　0471,15℃。

Loktanella rosea Ivanova *et al.* 2005 浅玫瑰色洛克氏菌

模式菌株 *Loktanella rosea* Fg36(T) AY682199

MCCC 1C00791　　←极地中心 ZS2-13。分离源:南极表层沉积物。与模式菌株相似性为 98.569%。培养基
　　　　　　　　　　0471,15℃。

Loktanella salsilacus Van Trappen *et al.* 2004 盐湖洛克氏菌

模式菌株 *Loktanella salsilacus* LMG 21507(T) AJ440997

MCCC 1C00716　　←极地中心 NF3-28。分离源:南极无冰区表层海水。与模式菌株相似性为 100%。培养基
　　　　　　　　　　0471,15℃。

MCCC 1C00722　　←极地中心 NF3-27。分离源:南极无冰区表层海水。与模式菌株相似性为 99.929%。培养
　　　　　　　　　　基 0471,15℃。

MCCC 1C00873　　←极地中心 ZS1-30。分离源:南极表层沉积物。与模式菌株相似性为 100.000%。培养基
　　　　　　　　　　0471,15℃。

MCCC 1C00926　　←极地中心 KS6-4。分离源:北极海洋沉积物。与模式菌株相似性为 98.934%。培养基
　　　　　　　　　　0471,15℃。

MCCC 1C01062　　←极地中心 C12。分离源:南极长城站潮间海沙。产脂酶。与模式菌株相似性为 100%。培
　　　　　　　　　　养基 0471,5℃。

Loktanella vestfoldensis Van Trappen *et al.* 2004 福尔山洛克氏菌

模式菌株 *Loktanella vestfoldensis* LMG 22003 AJ582226

MCCC 1F01197　←厦门大学 Ffp2-4。分离源:深圳塔玛亚历山大藻培养液。与模式菌株相似性为 99.625%(1329/1334)。培养基 0471,25℃。

Loktanella **sp.** Van Trappen *et al*. 2004 洛克氏菌

MCCC 1C00755　←极地中心 ZS6-12。分离源:南极无冰区表层海水。与模式菌株 *L. agnita* R10SW5(T) AY682198 相似性为 96.275%。培养基 0471,15℃。

Luteimonas mephitis Finkmann *et al*. 2000 怪味藤黄色单胞菌

模式菌株 *Luteimonas mephitis* B1953/27.1(T) AJ012228

MCCC 1A02264　←海洋三所 S2-3。分离源:加勒比海表层海水。与模式菌株相似性为 98.93%。培养基 0745,28℃。

MCCC 1A02279　←海洋三所 S3-13。分离源:加勒比海表层海水。分离自石油降解菌群。与模式菌株相似性为 98.93%。培养基 0745,28℃。

Lysinibacillus boronitolerans Ahmed *et al*. 2007 耐硼赖氨酸芽胞杆菌

模式菌株 *Lysinibacillus boronitolerans* T-10a(T) AB199591

MCCC 1A00022　←海洋三所 HYg-8。分离源:厦门轮渡附近野生鲻鱼肠道内容物。与模式菌株相似性为 99.254%。培养基 0033,28℃。

MCCC 1A00392　←海洋三所 Mn44。分离源:东太平洋硅质黏土沉积物。抗二价锰。与模式菌株相似性为 99.372%。培养基 0472,28℃。

MCCC 1A00404　←海洋三所 Mn42。分离源:太平洋硅质黏土。抗二价锰。与模式菌株相似性为 99.365%。培养基 0472,28℃。

MCCC 1A00405　←海洋三所 Mn51。分离源:东太平洋硅质黏土沉积物。抗二价锰。与模式菌株相似性为 99.342%。培养基 0472,28℃。

MCCC 1A02313　←海洋三所 GCS1-11。与模式菌株相似性为 99.236%(779/785)。培养基 0471,25℃。

MCCC 1A05650　←海洋三所 NH2B。分离源:南沙黄色泥质沉积物。与模式菌株相似性为 99.352%(802/807)。培养基 0821,25℃。

MCCC 1A05692　←海洋三所 NH53S1。分离源:南沙灰色细泥。与模式菌株相似性为 99.213%(778/784)。培养基 0821,25℃。

MCCC 1B00778　←海洋一所 CJNY2。分离源:江苏盐城射阳海底泥沙。与模式菌株相似性为 99.342%。培养基 0471,20～25℃。

Lysinibacillus fusiformis (Priest *et al*. 1989)Ahmed *et al*. 2007 纺锤形赖氨酸芽胞杆菌

模式菌株 *Lysinibacillus fusiformis* NBRC 15717(T) AB271743

MCCC 1A00010　←海洋三所 HYC-20。分离源:厦门野生鲻鱼肠道内容物。与模式菌株相似性为 99.607%。培养基 0033,28℃。

MCCC 1A00178　←海洋三所 HYge-3。分离源:厦门野生鲻鱼肠道内容物。与模式菌株相似性为 99.869%。培养基 0033,28℃。

MCCC 1A00236　←海洋三所 AS13-8。分离源:印度洋深海热液口沉积物。抗五价砷。与模式菌株相似性为 99.858%。培养基 0745,18～28℃。

MCCC 1A00324　←海洋三所 EJB5。分离源:太平洋深海沉积物。降解苯、甲苯及其他苯系物。与模式菌株相似性为 99.79%。培养基 0472,18℃。

MCCC 1A00429　←海洋三所 Co26。分离源:东太平洋硅质黏土沉积物。抗二价钴。与模式菌株相似性为 99.343%。培养基 0472,28℃。

MCCC 1A00459　←海洋三所 Pb57。分离源:东太平洋硅质黏土沉积物。抗二价铅。与模式菌株相似性为 99.342%。培养基 0472,28℃。

MCCC 1A00481　←海洋三所 Cr49。分离源:东太平洋硅质黏土沉积物。抗六价铬。与模式菌株相似性为 100%(580/580)。培养基 0472,28℃。

MCCC 1A02212 ←海洋三所 7-28。分离源：印度洋深海热液口沉积物。降解二苯并噻吩。与模式菌株相似性为 99.789%。培养基 0472,28℃。

MCCC 1A02358 ←海洋三所 GCSI-17。与模式菌株相似性为 100%(784/784)。培养基 0471,25℃。

MCCC 1A02957 ←海洋三所 FBHJetty-3。分离源：海水。分离自石油降解菌群。与模式菌株相似性为 99.634%。培养基 0472,28℃。

MCCC 1A03190 ←海洋三所 EJB1。分离源：太平洋深海沉积物。降解苯、甲苯、二甲苯。与模式菌株相似性为 99.457%。培养基 0472,18℃。

MCCC 1A03875 ←海洋三所 16♯。分离源：南海珠江入海口富营养区表层沉积物。与模式菌株相似性为 99.729%。培养基 0471,20~30℃。

MCCC 1A04079 ←海洋三所 NH21F1。分离源：南沙灰色细泥。与模式菌株相似性为 99.869%(796/797)。培养基 0821,25℃。

MCCC 1A04089 ←海洋三所 NH21C。分离源：南沙灰色细泥。与模式菌株相似性为 99.607%。培养基 0821,25℃。

MCCC 1A04184 ←海洋三所 NH19E。分离源：南沙表层沉积物。与模式菌株相似性为 99.611%。培养基 0821,25℃。

MCCC 1B00790 ←海洋一所 CJNY22。分离源：江苏盐城射阳表层沉积物。与模式菌株相似性为 99.866%。培养基 0471,20~25℃。

Lysinibacillus sp. Ahmed *et al*. 2007 赖氨酸芽胞杆菌

MCCC 1B00326 ←海洋一所 NJSN49。分离源：江苏南通表层沉积物。与模式菌株 L. sphaericus NCDO 1767 (T) X60639 相似性为 94.391%。培养基 0471,28℃。

MCCC 1B00903 ←海洋一所 QDHT16-1。分离源：青岛浮山湾浒苔漂浮区。藻类共生菌。与模式菌株 L. sphaericus NCDO 1767(T) X60639 相似性为 96.273%。培养基 0471,20~25℃。

Lysobacter sp. Christensen and Cook 1978 emend. Park *et al*. 2008 溶杆菌

MCCC 1A00674 ←海洋三所 3070。分离源：东太平洋深海沉积物。与模式菌株 L. concretionis Ko07(T) AB161359 相似性为 98.091%。培养基 0471,4~20℃。

MCCC 1A02828 ←海洋三所 F34-9。分离源：近海沉积物。分离自石油降解菌群。与模式菌株 L. daejeonensis GH1-9(T) DQ191178 相似性为 97.622%。培养基 0472,28℃。

MCCC 1A02880 ←海洋三所 F44-9。分离源：近海沉积物。分离自石油降解菌群。与模式菌株 L. concretionis Ko07(T) AB161359 相似性为 97.531%。培养基 0472,28℃。

Macrococcus caseolyticus (Schleifer *et al*. 1982)Kloos *et al*. 1998 解酪蛋白巨大球菌

模式菌株 Macrococcus caseolyticus ATCC 13548(T) Y15711

MCCC 1A02242 ←海洋三所 CH8。分离源：厦门黄翅鱼鱼鳃。与模式菌株相似性为 99.872%。培养基 0033,25℃。

Maribacter arcticus Cho *et al*. 2008 北极栖海杆菌

模式菌株 Maribacter arcticus KOPRI 20941(T) AY771762

MCCC 1C00267 ←极地中心 BSs20189。分离源：北冰洋表层沉积物。与模式菌株相似性为 99.728%。培养基 0471,15℃。

MCCC 1C01066 ←极地中心 W1。分离源：南极长城站潮间带海沙。与模式菌株相似性为 98.327%。培养基 0471,5℃。

Maribacter sp. Nedashkovskaya *et al*. 2004 emend. Barbeyron *et al*. 2008 栖海杆菌

MCCC 1C00907 ←极地中心 ZS1-8。分离源：南极表层沉积物。与模式菌株 M. dokdonensis DSW-8(T) AY960749 相似性为 93.279%。培养基 0471,15℃。

Maribaculum marinum Lai et 2009 海洋海棒状菌

模式菌株 *Maribaculum marinum* P38(T) EU819081

MCCC 1A01086 ←海洋三所 PD5B。=LMG 24711T =CCTCC AB 208227T。分离源:印度洋深海底层水样。模式菌株,分离自多环芳烃降解菌群。培养基 0471,25℃。

MCCC 1A01121 ←海洋三所 MC2A。分离源:大西洋深海底层海水。分离自石油降解菌群。与模式菌株相似性为 98.65%。培养基 0471,25℃。

MCCC 1A03208 ←海洋三所 PC21。分离源:印度洋深海水样。分离自多环芳烃降解菌群。与模式菌株相似性为 100%。培养基 0471,28℃。

MCCC 1A03425 ←海洋三所 M02-8F。分离源:南沙上层海水。与模式菌株相似性为 98.65%。培养基 1001,25℃。

MCCC 1A04100 ←海洋三所 MJ03-6X。分离源:南沙上层海水。与模式菌株相似性为 98.65%。培养基 0821,25℃。

MCCC 1A04315 ←海洋三所 C77B11。分离源:西南太平洋深层海水。分离自石油、多环芳烃富集菌群。与模式菌株相似性为 98.65%。培养基 0821,25℃。

MCCC 1A05052 ←海洋三所 L52-1-55A。分离源:南海表层海水。与模式菌株相似性为 97.97%。培养基 0471,25℃。

MCCC 1A05101 ←海洋三所 L53-1-45。分离源:南海表层海水。与模式菌株相似性为 97.97%。培养基 0471,25℃。

MCCC 1A05134 ←海洋三所 L53-10-54。分离源:南海深层海水。与模式菌株相似性为 97.99%。培养基 0471,25℃。

Maricaulis sp. Abraham *et al*. 1999 海茎状菌

MCCC 1A00357 ←海洋三所 CTD99-A8。分离源:印度洋深海底层水样。分离自石油降解菌群。与模式菌株 *M. virginensis* VC5(T) AJ301667 相似性为 100%。培养基 0471,25℃。

MCCC 1A00997 ←海洋三所 2PR51-3。分离源:印度洋深海底层水样。分离自多环芳烃降解菌群。与模式菌株 *M. virginensis* VC5(T) AJ301667 相似性为 100%。培养基 0471,25℃。

MCCC 1A00998 ←海洋三所 2PR51-8。分离源:印度洋深海底层水样。分离自多环芳烃降解菌群。与模式菌株 *M. virginensis* VC5(T) AJ301667 相似性为 100%。培养基 0471,25℃。

MCCC 1A00999 ←海洋三所 2PR511-14。分离源:印度洋深海底层水样。分离自多环芳烃降解菌群。与模式菌株 *M. virginensis* VC5(T) AJ301667 相似性为 100%。培养基 0471,25℃。

MCCC 1A01000 ←海洋三所 2PR54-6。分离源:印度洋深海底层水样。分离自多环芳烃降解菌群。与模式菌株 *M. virginensis* VC5(T) AJ301667 相似性为 100%。培养基 0471,25℃。

MCCC 1A01126 ←海洋三所 PB13C。分离源:印度洋深海底层水样。分离自多环芳烃降解菌群。与模式菌株 *M. virginensis* VC5(T) AJ301667 相似性为 100%。培养基 0471,25℃。

MCCC 1A01178 ←海洋三所 MARC4COM。分离源:大西洋深海沉积物。分离自多环芳烃降解菌群。与模式菌株 *M. virginensis* VC5(T) AJ301667 相似性为 99.781%。培养基 0471,28℃。

MCCC 1A02297 ←海洋三所 S9-10。分离源:大西洋表层海水。与模式菌株 *M. virginensis* VC5(T) AJ301667 相似性为 100%。培养基 0745,28℃。

MCCC 1A03192 ←海洋三所 PC2。分离源:印度洋深海水样。分离自多环芳烃降解菌群。与模式菌株相似性为 100%。培养基 0471,28℃。

MCCC 1A03193 ←海洋三所 PC25。分离源:印度洋深海水样。分离自多环芳烃降解菌群。与模式菌株 *M. virginensis* VC5(T) AJ301667 相似性为 100%。培养基 0471,28℃。

MCCC 1A04909 ←海洋三所 C8AC。分离源:西南太平洋下层海水。分离自石油降解菌群。与模式菌株 *M. virginensis* VC5(T) AJ301667 相似性为 100%。培养基 0821,25℃。

MCCC 1A05103 ←海洋三所 L53-1-5。分离源:南海表层海水。与模式菌株 *M. maris* ATCC 15268(T) AJ227802 相似性为 93.245%(806/863)。培养基 0471,25℃。

MCCC 1A05131 ←海洋三所 L53-10-48A。分离源:南海深层海水。与模式菌株 *M. virginensis* VC5(T) AJ301667 相似性为 100%(860/860)。培养基 0471,25℃。

MCCC 1A05148 ←海洋三所 L54-1-46。分离源:南海表层海水。与模式菌株 *M. virginensis* VC5(T) AJ301667 相似性为 100%(860/860)。培养基 0471,25℃。

MCCC 1A05830 ←海洋三所 3GM02-1A。分离源:南沙深层海水。与模式菌株 *M. virginensis* VC5(T) AJ301667 相似性为 100%。培养基 0471,25℃。

MCCC 1A05887 ←海洋三所 GM03-8C。分离源:南沙上层海水。与模式菌株 *M. virginensis* VC5(T) AJ301667 相似性为 100%(774/774)。培养基 0821,25℃。

MCCC 1B00942 ←海洋一所 YCSA69。分离源:青岛即墨饱和盐度盐田盐渍土。与模式菌株 *M. maris* ATCC 15268(T) AJ227802 相似性为 93.612%。培养基 0471,20~25℃。

Marichromatium sp. Imhoff *et al*. 1998 海洋着色菌

MCCC 1I00002 ←华侨大学 283-1。分离源:东风盐场深层海水。与模式菌株 *M. gracile* DSM 203(T) X93473 相似性为 99.724%。培养基 1004,25~35℃。

MCCC 1I00003 ←华侨大学 L55。分离源:东风盐场深层海水。与模式菌株 *M. gracile* DSM 203(T) X93473 相似性为 99.724%。培养基 1004,25~35℃。

MCCC 1I00022 ←华侨大学 275-26R。分离源:东风盐场深层海水。与模式菌株 *M. gracile* DSM 203(T) X93473 相似性为 100%。培养基 1004,25~35℃。

MCCC 1I00023 ←华侨大学 27528。分离源:东风盐场深层海水。与模式菌株 *M. gracile* DSM 203(T) X93473 相似性为 100%。培养基 1004,25~35℃。

MCCC 1I00024 ←华侨大学 A29-5。分离源:东风盐场深层海水。与模式菌株 *M. gracile* DSM 203(T) X93473 相似性为 99.724%。培养基 1004,25~40℃。

MCCC 1I00025 ←华侨大学 09261-374。分离源:东风盐场深层海水。与模式菌株 *M. gracile* DSM 203(T) X93473 相似性为 99.724%。培养基 1004,25~35℃。

MCCC 1I00029 ←华侨大学 28。分离源:青岛近海深层海水。硫代谢。与模式菌株 *M. gracile* DSM 203(T) X93473 相似性为 100%。培养基 1004,25~35℃。

MCCC 1I00111 ←华侨大学 65。分离源:福建泉州红树林退潮后静水区。硫代谢。与模式菌株 *M. purpuratum* BN5500(T) AF001580 相似性为 88.025%。培养基 1004,25~35℃。

MCCC 1I00112 ←华侨大学 66。分离源:福建泉州红树林退潮后静水区。硫代谢。与模式菌株 *M. gracile* DSM 203(T) X93473 相似性为 98.723%。培养基 1004,25~35℃。

Marinibacillus campisalis Yoon *et al*. 2004 盐场海芽胞杆菌

模式菌株 *Marinibacillus campisalis* SF-57 AY190535

MCCC 1F01034 ←厦门大学 M1。分离源:福建漳州近海红树林泥。与模式菌株相似性为 98.854%(1466/1483)。培养基 0471,25℃。

MCCC 1F01068 ←厦门大学 Y9。分离源:福建漳州近海红树林泥。与模式菌株相似性为 98.989%(1468/1483)。培养基 0471,25℃。

Marinibacillus marinus (Rüger and Richter 1979)Yoon *et al*. 2001 海海芽胞杆菌

模式菌株 *Marinibacillus marinus* DSM 1297(T) AJ237708

MCCC 1F01178 ←厦门大学 SCSS08。分离源:南海表层沉积物。与模式菌株相似性为 99.6%(1495/1501)。培养基 0471,25℃。

Marinibacillus sp. Yoon *et al*. 2001 emend. Yoon *et al*. 2004 海芽胞杆菌

MCCC 1A04019 ←海洋三所 NH5L。分离源:南沙浅灰色泥质沉积物。与模式菌株 *M. marinus* DSM 1297(T) AJ237708 相似性为 100%(784/784)。培养基 0821,25℃。

MCCC 1A04024 ←海洋三所 NH7A。分离源:南沙灰白色泥质沉积物。与模式菌株 *M. marinus* DSM 1297(T) AJ237708 相似性为 100%(784/784)。培养基 0821,25℃。

MCCC 1A04031 ←海洋三所 NH8L1。分离源:南沙灰白色泥质沉积物。与模式菌株 *M. marinus* DSM 1297(T) AJ237708 模式菌株 *M. marinus* DSM 1297(T) AJ237708 相似性为 99.607%(794/797)。培

养基 0821,25℃。

MCCC 1A04064 　←海洋三所 NH13K。分离源:南沙黄色泥质。与模式菌株 *M. marinus* DSM 1297(T)
AJ237708 相似性为 100%(784/784)。培养基 0821,25℃。

MCCC 1A04070 　←海洋三所 NH15O。分离源:南沙灰黑色泥质。与模式菌株 *M. marinus* DSM 1297(T)
AJ237708 相似性为 100%(736/736)。培养基 0821,25℃。

MCCC 1A04071 　←海洋三所 NH16A。分离源:南沙褐色泥质。与模式菌株 *M. marinus* DSM 1297(T)
AJ237708 相似性为 100%(736/736)。培养基 0821,25℃。

MCCC 1A04074 　←海洋三所 NH19G。分离源:南沙浅黄色泥质。与模式菌株 *M. marinus* DSM 1297(T)
AJ237708 相似性为 99.869%。培养基 0821,25℃。

MCCC 1A04091 　←海洋三所 NH23F。分离源:南沙黄褐色沙质。与模式菌株 *M. marinus* DSM 1297(T)
AJ237708 相似性为 100%。培养基 0821,25℃。

MCCC 1A04150 　←海洋三所 NH39L。分离源:南沙土黄色泥质。与模式菌株 *M. marinus* DSM 1297(T)
AJ237708 相似性为 100%。培养基 0821,25℃。

MCCC 1A04171 　←海洋三所 NH47A。分离源:南沙浅黄色泥质。与模式菌株 *M. marinus* DSM 1297(T)
AJ237708 相似性为 100%(766/766)。培养基 0821,25℃。

MCCC 1A04172 　←海洋三所 NH47D。分离源:南沙浅黄色泥质。与模式菌株 *M. marinus* DSM 1297(T)
AJ237708 相似性为 99.59%(763/766)。培养基 0821,25℃。

MCCC 1A04181 　←海洋三所 NH53F。分离源:南沙灰色细泥。与模式菌株 *M. marinus* DSM 1297(T)
AJ237708 相似性为 99.869%。培养基 0821,25℃。

MCCC 1A05762 　←海洋三所 NH66A。分离源:南沙土黄色泥质。分离自石油降解菌群。与模式菌株
M. marinus DSM 1297(T) AJ237708 相似性为 100%。培养基 0821,25℃。

MCCC 1A05764 　←海洋三所 NH66D。分离源:南沙土黄色泥质。分离自石油降解菌群。与模式菌株
M. marinus DSM 1297(T) AJ237708 相似性为 99.869%(795/796)。培养基 0821,25℃。

MCCC 1B00410 　←海洋一所 HZBN65。分离源:山东日照表层沉积物。与模式菌株 *M. campisalis* SF-57(T)
AY190535 相似性为 99.109%。培养基 0471,20～25℃。

MCCC 1B00441 　←海洋一所 HZBN148。分离源:山东日照表层沉积物。与模式菌株 *M. campisalis* SF-57(T)
AY190535 相似性为 99.229%。培养基 0471,20～25℃。

MCCC 1B01189 　←海洋一所 BLDJ 22。分离源:浙江宁波码头表层沉积物。与模式菌株 *M. campisalis* SF-57
(T) 相似性为 97.041%。培养基 0471,25℃。

Marinimicrobium agarilyticum Lim *et al.* 2006 解琼脂海微菌

模式菌株 *Marinimicrobium agarilyticum* M18(T) AY839870

MCCC 1B00992 　←海洋一所 YCSA41。分离源:青岛即墨饱和盐度盐田盐渍土。与模式菌株相似性为
98.295%。培养基 0471,20～25℃。

Marinobacter algicola Green *et al.* 2006 栖藻海杆菌

模式菌株 *Marinobacter algicola* DG893(T) AY258110

MCCC 1A03261 　←DSM 16394。原始号 DG893。=DSM 16394 =NCIMB 14009。分离源:英国实验室培养的
病贝。模式菌株。培养基 0471,25℃。

MCCC 1A01102 　←海洋三所 MB21J。分离源:印度洋深海沉积物。分离自石油降解菌群。与模式菌株相似性
为 99.59%。培养基 0471,25℃。

MCCC 1A01110 　←海洋三所 MB9C。分离源:大西洋深海底层海水。分离自石油降解菌群。与模式菌株相似
性为 99.794%。培养基 0471,25℃。

MCCC 1A01283 　←海洋三所 2-3。分离源:印度洋深海沉积物。与模式菌株相似性为 99.277%。培养基 0745,
18～28℃。

MCCC 1A03442 　←海洋三所 M02-8B。分离源:南沙上层海水。与模式菌株相似性为 99.589%。培养基
1001,25℃。

MCCC 1A03512 　←海洋三所 M03-1B。分离源:南沙深层海水。与模式菌株相似性为 99.064%(775/782)。培

养基 1001,25℃。

MCCC 1A04132　←海洋三所 NH36C。分离源:南沙灰色沙质。与模式菌株相似性为 99.719%。培养基 0821,25℃。

MCCC 1A04207　←海洋三所 NH56H。分离源:南沙浅黄色泥质。与模式菌株相似性为 99.106%(775/782)。培养基 0821,25℃。

MCCC 1A04612　←海洋三所 T42E。分离源:西南太平洋热液区沉积物。分离自石油、多环芳烃降解菌群。与模式菌株相似性为 99.73%(773/775)。培养基 0821,28℃。

MCCC 1A05015　←海洋三所 L51-10-14。分离源:南海深层海水。与模式菌株相似性为 99.757%。培养基 0471,25℃。

MCCC 1A05030　←海洋三所 L52-1-14。分离源:南海表层海水。与模式菌株相似性为 99.752%。培养基 0471,25℃。

MCCC 1A05087　←海洋三所 L53-1-2。分离源:南海表层海水。与模式菌株相似性为 99.757%。培养基 0471,25℃。

MCCC 1A05122　←海洋三所 L53-10-35A。分离源:南海深层海水。与模式菌株相似性为 99.757%。培养基 0471,25℃。

MCCC 1A05159　←海洋三所 L54-11-13。分离源:南海深层海水。与模式菌株相似性为 99.757%。培养基 0471,25℃。

MCCC 1A05166　←海洋三所 L54-11-32。分离源:南海深层海水。与模式菌株相似性为 99.152%。培养基 0471,25℃。

MCCC 1A05169　←海洋三所 L54-11-46。分离源:南海深层海水。与模式菌株相似性为 99.152%。培养基 0471,25℃。

MCCC 1A05828　←海洋三所 2GM01-1d。分离源:南沙下层海水。与模式菌株相似性为 99.738%。培养基 0471,25℃。

MCCC 1B00419　←海洋一所 QJJN 25。分离源:青岛胶南近海表层海水。与模式菌株相似性为 99.616%。培养基 0471,20~25℃。

MCCC 1B00590　←海洋一所 CJJK7。分离源:江苏南通启东表层海水。与模式菌株相似性为 99.615%。培养基 0471,20~25℃。

MCCC 1B00592　←海洋一所 CJJK20。分离源:江苏南通启东表层海水。与模式菌株相似性为 99.487%。培养基 0471,20~25℃。

MCCC 1B00597　←海洋一所 DJCJ21。分离源:江苏南通启东表层海水。与模式菌株相似性为 98.669%。培养基 0471,20~25℃。

MCCC 1B00610　←海洋一所 DJWH24。分离源:江苏盐城滨海底层海水。与模式菌株相似性为 99.741%。培养基 0471,20~25℃。

MCCC 1B00611　←海洋一所 DJWH46。分离源:威海乳山底层海水。与模式菌株相似性为 99.74%。培养基 0471,20~25℃。

MCCC 1B00616　←海洋一所 DJQD18。分离源:青岛胶南表层海水。与模式菌株相似性为 99.448%。培养基 0471,20~25℃。

MCCC 1B00622　←海洋一所 CJJK30。分离源:江苏南通启东表层海水。与模式菌株相似性为 99.574%。培养基 0471,20~25℃。

MCCC 1B00623　←海洋一所 CJJK49。分离源:江苏南通启东底层海水。与模式菌株相似性为 99.755%。培养基 0471,20~25℃。

MCCC 1B00667　←海洋一所 DJJH30。分离源:山东日照表层海水。与模式菌株相似性为 99.414%。培养基 0471,20~25℃。

MCCC 1B00824　←海洋一所 QJJH17。分离源:山东日照表层海水。与模式菌株相似性为 99.748%。培养基 0471,20~25℃。

MCCC 1B00874　←海洋一所 YCSD22。分离源:青岛即墨盐田旁排水沟。与模式菌株相似性为 99.403%。培养基 0471,20~25℃。

MCCC 1B01005　←海洋一所 QJWW46。分离源:江苏南通近海表层海水。与模式菌株相似性为 99.523%。培养基 0471,28℃。

MCCC 1B01006 　←海洋一所 QJWW48。分离源:江苏南通近海表层海水。与模式菌株相似性为 99.522%。培养基 0471,28℃。

MCCC 1B01045 　←海洋一所 QJHW20。分离源:江苏盐城近海表层海水。与模式菌株相似性为 99.628%。培养基 0471,28℃。

MCCC 1B01054 　←海洋一所 QJWJ41。分离源:江苏南通近海表层海水。与模式菌株相似性为 99.045%。培养基 0471,28℃。

MCCC 1B01131 　←海洋一所 YCSC2。分离源:青岛即墨 7%盐度盐田盐渍土。与模式菌株相似性为 98.71%。培养基 0471,20~25℃。

MCCC 1C00279 　←极地中心 ASs2011。分离源:北冰洋表层沉积物。与模式菌株相似性为 99.192%。培养基 0471,15℃。

MCCC 1C00280 　←极地中心 ASs2019。分离源:北冰洋表层沉积物。与模式菌株相似性为 99.663%。培养基 0471,15℃。

MCCC 1C00281 　←极地中心 ASs2020。分离源:北冰洋表层沉积物。与模式菌株相似性为 99.259%。培养基 0471,15℃。

MCCC 1F01074 　←厦门大学 SCSWB27。分离源:南海中层海水。与模式菌株相似性为 99.394%(1475/1484)。培养基 0471,25℃。

MCCC 1F01076 　←厦门大学 SCSWC22。分离源:南海中层海水。与模式菌株相似性为 99.731%(1481/1485)。培养基 0471,25℃。

MCCC 1F01138 　←厦门大学 SCSWA04。分离源:南海近海上层海水。与模式菌株相似性为 99.663%(1480/1485)。培养基 0471,25℃。

MCCC 1F01147 　←厦门大学 SCSWA24。分离源:南海深层海水。与模式菌株相似性为 99.663%(1478/1483)。培养基 0471,25℃。

MCCC 1F01163 　←厦门大学 SCSWD16。分离源:南海表层海水。产淀粉酶、脂酶。与模式菌株相似性为 99.461%(1477/1485)。培养基 0471,25℃。

MCCC 1F01200 　←厦门大学 SCSWA29。分离源:南海表层海水。与模式菌株相似性为 99.596%(1479/1485)。培养基 0471,25℃。

MCCC 1G00168 　←青岛科大 SB272 上-2。分离源:江苏北部上层海水。与模式菌株相似性为 99.168%。培养基 0471,25~28℃。

Marinobacter aquaeolei Nguyen *et al*. 1999 水油海杆菌

MCCC 1A03254 　←DSM 11845。原始号 VT8。＝ATCC 700491＝DSM 11845。分离源:越南某油井内混合物。模式菌株。培养基 0471,25℃。

Marinobacter bryozoorum Romanenko *et al*. 2005 苔藓虫海杆菌

模式菌株 *Marinobacter bryozoorum* 50-11 KMM 3840(T) AJ609271

MCCC 1A03280 　←DSM 15401。原始号 50-11。＝DSM 15401＝KMM 3840。分离源:白令海捕捞到的苔藓虫类。模式菌株。培养基 0471,25℃。

MCCC 1A04198 　←海洋三所 NH55C。分离源:南沙泻湖珊瑚沙。与模式菌株相似性为 98.074%。培养基 0821,25℃。

MCCC 1A04252 　←海洋三所 T1B。分离源:西南太平洋褐黑色深海沉积物。分离自石油降解菌群。与模式菌株相似性为 99.23%。培养基 0821,28℃。

MCCC 1A04642 　←海洋三所 T44D1。分离源:西南太平洋土黄色沉积物。分离自石油、多环芳烃降解菌群。与模式菌株相似性为 98.518%(765/777)。培养基 0821,28℃。

MCCC 1A05669 　←海洋三所 NH38S。分离源:南沙褐色沙质。与模式菌株相似性为 98.545%(780/792)。培养基 0821,25℃。

MCCC 1A05777 　←海洋三所 NH67P。分离源:南沙黄色泥质。分离自石油降解菌群。与模式菌株相似性为 98.947%。培养基 0821,25℃。

MCCC 1F01174　←厦门大学 SCSS03。分离源:南海表层沉积物。与模式菌株相似性为 98.323%(1466/1491)。
　　　　　　　　培养基 0471,25℃。

Marinobacter daepoensis Yoon *et al*. 2004 济州岛海杆菌

MCCC 1A03299　←DSM 16072。原始号 SW-156。=DSM 16072 =KCTC 12184。分离源:黄海表层海水。模
　　　　　　　　式菌株。培养基 0471,25℃。

Marinobacter excellens Gorshkova *et al*. 2003 异常海杆菌

模式菌株 *Marinobacter excellens* KMM 3809(T) AY180101

MCCC 1A01160　←海洋三所 MARC2PPNP。分离源:大西洋深海沉积物。分离自石油降解菌群。与模式菌株
　　　　　　　　相似性为 99.412%。培养基 0471,28℃。

MCCC 1A03065　←海洋三所 CK-I3-15。分离源:印度洋深海沉积物。与模式菌株相似性为 100%。培养基
　　　　　　　　0745,18~28℃。

MCCC 1A03511　←海洋三所 M01-12-7。分离源:南沙上层海水。与模式菌株相似性为 99.332%(781/786)。
　　　　　　　　培养基 1001,25℃。

MCCC 1A04015　←海洋三所 NH3Q。分离源:南沙黄褐色沙质沉积物。与模式菌株相似性为 98.422%(719/
　　　　　　　　731)。培养基 0821,25℃。

MCCC 1A05059　←海洋三所 L52-11-18A。分离源:南海深层海水。与模式菌株相似性为 99.395%。培养基
　　　　　　　　0471,25℃。

MCCC 1A05060　←海洋三所 L52-11-18B。分离源:南海深层海水。与模式菌株相似性为 99.395%。培养基
　　　　　　　　0471,25℃。

MCCC 1A05069　←海洋三所 L52-11-38A。分离源:南海深层海水。与模式菌株相似性为 99.4%(844/851)。
　　　　　　　　培养基 0471,25℃。

MCCC 1A05072　←海洋三所 L52-11-41。分离源:南海深层海水。与模式菌株相似性为 99.395%。培养基
　　　　　　　　0471,25℃。

MCCC 1A05630　←海洋三所 29-B3-1。分离源:南海深海沉积物。分离自混合烷烃富集菌群。与模式菌株相
　　　　　　　　似性为 99.084%。培养基 0471,28℃。

MCCC 1A05671　←海洋三所 NH3A。分离源:南沙黄褐色沙质沉积物。与模式菌株相似性为 99.273%。培养
　　　　　　　　基 0821,25℃。

Marinobacter flavimaris Yoon *et al*. 2004 黄海海杆菌

模式菌株 *Marinobacter flavimaris* SW-145(T) AY517632

MCCC 1A03282　←DSM 16070。原始号 SW-145。=DSM 16070 =KCTC 12185。分离源:黄海表层海水。模式
　　　　　　　　菌株。培养基 0471,25℃。

MCCC 1A00379　←海洋三所 R8-9。分离源:印度洋深海底层水样。分离自石油降解菌群。与模式菌株相似性
　　　　　　　　为 98.833%。培养基 0471,25℃。

MCCC 1A00878　←海洋三所 B-3081。分离源:东太平洋沉积物深层。与模式菌株相似性为 99.457%。培养基
　　　　　　　　0471,4℃。

MCCC 1A01042　←海洋三所 PCD-6。分离源:印度洋深海底层水样。分离自石油降解菌群。与模式菌株相似
　　　　　　　　性为 99%。培养基 0471,25℃。

MCCC 1A01113　←海洋三所 MA22I。分离源:大西洋深海底层海水。分离自石油降解菌群。与模式菌株相似
　　　　　　　　性为 98.901%。培养基 0471,25℃。

MCCC 1A01123　←海洋三所 PA14F。分离源:印度洋深海底层水样。分离自石油降解菌群。与模式菌株相似
　　　　　　　　性为 98.894%。培养基 0471,25℃。

MCCC 1A01307　←海洋三所 3-7。分离源:印度洋深海沉积物。与模式菌株相似性为 100%。培养基 0745,
　　　　　　　　18~28℃。

MCCC 1A01999　←海洋三所 Es7-wp。分离源:东太平洋海底沉积物。与模式菌株相似性为 100%。培养基
　　　　　　　　0471,20℃。

MCCC 1A02061　←海洋三所 2PR54-4。分离源:印度洋深海底层水样。分离自多环芳烃降解菌群。与模式菌株相似性为 98.894%。培养基 0471,25℃。

MCCC 1A02062　←海洋三所 NIC13P-1。分离源:印度洋深海底层水样。分离自石油降解菌群。与模式菌株相似性为 98.894%。培养基 0471,25℃。

MCCC 1A02117　←海洋三所 S27-8。分离源:印度洋表层海水。分离自石油降解菌群。与模式菌株相似性为 100%。培养基 0745,26℃。

MCCC 1A02532　←海洋三所 DY97。分离源:大西洋 MAR-TVG1 站点热液区深海沉积物。与模式菌株相似性为 99.239%。培养基 0823,37℃。

MCCC 1A02558　←海洋三所 DY81b。分离源:深海热液区深海沉积物。与模式菌株相似性为 99.597%。培养基 0823,37℃。

MCCC 1A02992　←海洋三所 H4B。分离源:大西洋洋中脊深海沉积物。与模式菌株相似性为 100%。培养基 0472,25℃。

MCCC 1A02999　←海洋三所 J5。分离源:大西洋洋中脊沉积物上覆水。与模式菌株相似性为 100%。培养基 0471,25℃。

MCCC 1A03012　←海洋三所 O8A。分离源:大西洋洋中脊深海热液区红色沉积物。与模式菌株相似性为 99.749%。培养基 0821,25℃。

MCCC 1A03016　←海洋三所 P4A。分离源:大西洋洋中脊深海热液区土黄色沉积物。与模式菌株相似性为 100%(830/830)。培养基 0471,25℃。

MCCC 1A03023　←海洋三所 L5。分离源:大西洋洋中脊深海沉积物。与模式菌株相似性为 99.874%。培养基 0471,25℃。

MCCC 1A03089　←海洋三所 MN-M1-4-1。分离源:大西洋深海热液区沉积物。抗二价锰。与模式菌株相似性为 99.858%。培养基 0745,18～28℃。

MCCC 1A03109　←海洋三所 MN-I7-9。分离源:印度洋深海热液区沉积物。抗二价锰。与模式菌株相似性为 99.433%。培养基 0745,18～28℃。

MCCC 1A03191　←海洋三所 tf-23。分离源:大西洋洋中脊深海沉积物。与模式菌株相似性为 99.874%。培养基 0002,28℃。

MCCC 1A03416　←海洋三所 M03-12E。分离源:南沙表层海水。与模式菌株相似性为 99.864%。培养基 1001,25℃。

MCCC 1A03894　←海洋三所 P78。分离源:西南太平洋劳盆地沉积物表层。与模式菌株相似性为 99.73%。培养基 0471,20～30℃。

MCCC 1A04057　←海洋三所 NH11H1。分离源:南沙浅黄色泥质。与模式菌株相似性为 99.737%(794/795)。培养基 0821,25℃。

MCCC 1A04283　←海洋三所 T4G。分离源:西南太平洋土黄色沉积物。分离自石油降解菌群。与模式菌株相似性为 99.857%。培养基 0821,28℃。

MCCC 1A04325　←海洋三所 T9E。分离源:西南太平洋土灰色沉积物。分离自石油降解菌群。与模式菌株相似性为 100%(776/776)。培养基 0821,28℃。

MCCC 1A04354　←海洋三所 T13E。分离源:西南太平洋土灰色沉积物。分离自石油降解菌群。与模式菌株相似性为 100%。培养基 0821,28℃。

MCCC 1A04376　←海洋三所 T15H。分离源:西南太平洋土灰色沉积物。分离自石油降解菌群。与模式菌株相似性为 100%(776/776)。培养基 0821,28℃。

MCCC 1A04381　←海洋三所 T16D。分离源:西南太平洋土灰色沉积物。分离自石油降解菌群。与模式菌株相似性为 100%(776/776)。培养基 0821,28℃。

MCCC 1A04399　←海洋三所 T17AK。分离源:西南太平洋土灰色沉积物。分离自石油降解菌群。与模式菌株相似性为 100%(781/781)。培养基 0821,28℃。

MCCC 1A04435　←海洋三所 T19N。分离源:西南太平洋土灰色沉积物上覆水。分离自石油降解菌群。与模式菌株相似性为 100%。培养基 0821,28℃。

MCCC 1A04444　←海洋三所 T20D。分离源:西南太平洋土灰色沉积物。分离自石油降解菌群。与模式菌株相似性为 98.571%(726/736)。培养基 0821,28℃。

MCCC 1A04451 ←海洋三所 T22AA。分离源:西南太平洋热液区沉积物。分离自石油降解菌群。与模式菌株相似性为 100%(796/796)。培养基 0821,28℃。

MCCC 1A04486 ←海洋三所 T26C。分离源:西南太平洋热液区沉积物。分离自石油降解菌群。与模式菌株相似性为 98.922%(769/777)。培养基 0821,28℃。

MCCC 1A04504 ←海洋三所 T29AP。分离源:西南太平洋热液区沉积物。分离自石油降解菌群。与模式菌株相似性为 100%(786/786)。培养基 0821,28℃。

MCCC 1A04625 ←海洋三所 T43AS。分离源:西南太平洋土黄色沉积物。分离自石油、多环芳烃降解菌群。与模式菌株相似性为 100%(796/796)。培养基 0821,28℃。

MCCC 1A04650 ←海洋三所 T45D。分离源:西南太平洋土黄色沉积物上覆水。分离自石油、多环芳烃降解菌群。与模式菌株相似性为 100%(776/776)。培养基 0821,28℃。

MCCC 1A04848 ←海洋三所 C71AF。分离源:西南太平洋深层海水。分离自石油、多环芳烃降解菌群。与模式菌株相似性为 100%(776/776)。培养基 0821,25℃。

MCCC 1A05004 ←海洋三所 L51-1-30。分离源:南海表层海水。与模式菌株相似性为 99.519%。培养基 0471,25℃。

MCCC 1A05119 ←海洋三所 L53-10-3。分离源:南海深层海水。与模式菌株相似性为 99.519%。培养基 0471,25℃。

MCCC 1A05141 ←海洋三所 L54-1-2。分离源:南海表层海水。与模式菌株相似性为 99.519%。培养基 0471,25℃。

MCCC 1A05142 ←海洋三所 L54-1-26A。分离源:南海表层海水。与模式菌株相似性为 98.727%。培养基 0471,25℃。

MCCC 1A05146 ←海洋三所 L54-1-41B。分离源:南海表层海水。与模式菌株相似性为 98.148%(666/678)。培养基 0471,25℃。

MCCC 1A05248 ←海洋三所 C47AF。分离源:西南太平洋上层海水。分离自石油降解菌群。与模式菌株相似性为 100%(811/811)。培养基 0821,25℃。

MCCC 1A05321 ←海洋三所 C64B9。分离源:西南太平洋深层海水。分离自石油降解菌群。与模式菌株相似性为 100%(781/781)。培养基 0821,25℃。

MCCC 1A05359 ←海洋三所 C76AJ。分离源:西南太平洋深层海水。分离自石油、多环芳烃降解菌群。与模式菌株相似性为 100%(786/786)。培养基 0821,25℃。

MCCC 1A05363 ←海洋三所 C77B21。分离源:西南太平洋深层海水。分离自石油、多环芳烃降解菌群。与模式菌株相似性为 100%(776/776)。培养基 0821,25℃。

MCCC 1A05365 ←海洋三所 C78AH。分离源:西南太平洋深层海水。分离自石油、多环芳烃降解菌群。与模式菌株相似性为 100%(786/786)。培养基 0821,25℃。

MCCC 1A05399 ←海洋三所 C86AD。分离源:西南太平洋深层海水。分离自石油、多环芳烃降解菌群。与模式菌株相似性为 100%(786/786)。培养基 0821,25℃。

MCCC 1A05487 ←海洋三所 B5-6。分离源:南海海水。分离自石油降解菌群。与模式菌株相似性为 99.588%(760/764)。培养基 0821,28℃。

MCCC 1A05902 ←海洋三所 T20L_1。分离源:西南太平洋土灰色沉积物。分离自石油降解菌群。与模式菌株相似性为 100%(804/804)。培养基 0821,25℃。

MCCC 1B00437 ←海洋一所 QJJN 40。分离源:青岛胶南近海表层海水。与模式菌株相似性为 99.869%。培养基 0471,20~25℃。

MCCC 1B00591 ←海洋一所 CJJK11。分离源:江苏南通启东表层海水。与模式菌株相似性为 100%。培养基 0471,20~25℃。

MCCC 1B00748 ←海洋一所 CJHH25。分离源:烟台海阳底层海水。与模式菌株相似性为 98.775%。培养基 0471,20~25℃。

MCCC 1B00832 ←海洋一所 YCWA 6。分离源:青岛即墨饱和盐度盐田表层海水。与模式菌株相似性为 98.726%。培养基 0471,20~25℃。

MCCC 1B00853 ←海洋一所 YCWA 51。分离源:青岛即墨饱和盐度盐田表层海水。与模式菌株相似性为 99.164%。培养基 0471,20~25℃。

MCCC 1B00878	←海洋一所 YCSD28。分离源:青岛即墨盐田旁排水沟。与模式菌株相似性为 99.881%。培养基 0471,20~25℃。
MCCC 1B00908	←海洋一所 DY57-1。分离源:山东东营上层海水。与模式菌株相似性为 100%。培养基 0471,20~25℃。
MCCC 1B00914	←海洋一所 YCSA12。分离源:青岛即墨饱和盐度盐田盐渍土。与模式菌株相似性为 99.522%。培养基 0471,20~25℃。
MCCC 1B01041	←海洋一所 QJHW08。分离源:江苏盐城近海表层海水。与模式菌株相似性为 99.25%。培养基 0471,28℃。
MCCC 1B01047	←海洋一所 QJWW107。分离源:江苏盐城近海表层海水。与模式菌株相似性为 99.881%。培养基 0471,28℃。
MCCC 1B01158	←海洋一所 TVGB13。分离源:大西洋深海泥样。与模式菌株相似性为 99.008%。培养基 0471,25℃。
MCCC 1F01154	←厦门大学 SCSWC09。分离源:南海中层海水。产蛋白酶。与模式菌株 *M. flavimaris* SW-145(T) AY517632 相似性为 99.797%(1478/1481)。培养基 0471,25℃。
MCCC 1A00880	←海洋三所 B-3092。分离源:东太平洋沉积物深层。与模式菌株相似性为 99.142%。培养基 0471,4℃。

Marinobacter gudaonensis Gu *et al.* 2007 孤岛海杆菌

模式菌株 *Marinobacter gudaonensis* SL014B61A(T) DQ414419

MCCC 1A01049	←海洋三所 MA20I。分离源:印度洋深海沉积物。分离自石油降解菌群。与模式菌株相似性为 99.455%。培养基 0471,25℃。
MCCC 1A02002	←海洋三所 NIC1013S-3。分离源:印度洋深海底层水样。分离自石油降解菌群。与模式菌株相似性为 99.456%。培养基 0471,25℃。
MCCC 1A04651	←海洋三所 T45G。分离源:西南太平洋土黄色沉积物上覆水。分离自石油、多环芳烃降解菌群。与模式菌株相似性为 99.865%(775/776)。培养基 0821,28℃。
MCCC 1A05058	←海洋三所 L52-11-17。分离源:南海深层海水。与模式菌株相似性为 99.875%。培养基 0471,25℃。
MCCC 1A05071	←海洋三所 L52-11-4。分离源:南海深层海水。与模式菌株相似性为 99.875%。培养基 0471,25℃。
MCCC 1A05125	←海洋三所 L53-10-42A。分离源:南海深层海水。与模式菌株相似性为 98.929%。培养基 0471,25℃。

Marinobacter guineae Montes *et al.* 2008 吉氏海杆菌

模式菌株 *Marinobacter guineae* M3B(T) AM503093

MCCC 1A02764	←海洋三所 F15B-5。分离源:北海沉积物。分离自石油降解菌群。与模式菌株相似性为 98.058%。培养基 0472,28℃。
MCCC 1A02986	←海洋三所 F2。分离源:大西洋洋中脊深海沉积物。与模式菌株相似性为 99.121%。培养基 0471,25℃。
MCCC 1A03179	←海洋三所 tf-5。分离源:大西洋洋中脊深海沉积物。与模式菌株相似性为 99.117%。培养基 0002,28℃。
MCCC 1A03180	←海洋三所 tf-22。分离源:大西洋洋中脊深海沉积物。与模式菌株相似性为 99.117%。培养基 0002,28℃。
MCCC 1A03424	←海洋三所 M03-12F。分离源:南沙表层海水。与模式菌株相似性为 99.723%。培养基 1001,25℃。
MCCC 1A04016	←海洋三所 NH4A。分离源:南沙浅黄色泥质。与模式菌株相似性为 99.606%。培养基 0821,25℃。
MCCC 1A04481	←海洋三所 T25AO。分离源:西南太平洋热液区沉积物。分离自石油降解菌群。与模式菌株相似性为 99.057%。培养基 0821,28℃。

MCCC 1A04493 ←海洋三所 T28AB。分离源:西南太平洋热液区沉积物。分离自石油降解菌群。与模式菌株相似性为 99.069%。培养基 0821,28℃。

MCCC 1A04502 ←海洋三所 T29AH。分离源:西南太平洋热液区沉积物。分离自石油降解菌群。与模式菌株相似性为 99.144%。培养基 0821,28℃。

MCCC 1A04503 ←海洋三所 T29AL。分离源:西南太平洋热液区沉积物。分离自石油降解菌群。与模式菌株相似性为 98.953%。培养基 0821,28℃。

MCCC 1A04644 ←海洋三所 T44AJ。分离源:西南太平洋土黄色沉积物。分离自石油、多环芳烃降解菌群。与模式菌株相似性为 99.069%。培养基 0821,28℃。

MCCC 1A05114 ←海洋三所 L53-10-19。分离源:南海深层海水。与模式菌株相似性为 99.636%。培养基 0471,25℃。

MCCC 1A05124 ←海洋三所 L53-10-4。分离源:南海深层海水。与模式菌株相似性为 99.636%。培养基 0471,25℃。

MCCC 1A05239 ←海洋三所 C52B4。分离源:西南太平洋下层海水。分离自石油降解菌群。与模式菌株相似性为 98.962%。培养基 0821,25℃。

MCCC 1A05627 ←海洋三所 19-B1-56。分离源:南海深海沉积物。分离自混合烷烃富集菌群。与模式菌株相似性为 99.526%。培养基 0471,28℃。

MCCC 1A05811 ←海洋三所 SHY9A。分离源:南沙珊瑚礁石。分离自石油降解菌群。与模式菌株相似性为 99.606%。培养基 0821,25℃。

MCCC 1B00664 ←海洋一所 DJJH23。分离源:山东日照底层海水。与模式菌株相似性为 99.532%。培养基 0471,20～25℃。

MCCC 1B00735 ←海洋一所 CJJH25。分离源:山东日照表层海水。与模式菌株相似性为 98.459%。培养基 0471,20～25℃。

MCCC 1C00264 ←极地中心 BSs20186。分离源:北冰洋表层沉积物。与模式菌株相似性为 99.661%。培养基 0471,15℃。

MCCC 1C01009 ←极地中心 P11-20-3。分离源:北冰洋深层沉积物。产脂酶。与模式菌株相似性为 99.594%。培养基 0471,5℃。

MCCC 1C01033 ←极地中心 S16-5-2。分离源:北冰洋表层沉积物。抗二价锰。与模式菌株相似性为 99.593%。培养基 0471,5℃。

MCCC 1C01039 ←极地中心 S16-2-1。分离源:北冰洋表层沉积物。抗二价锰。与模式菌株相似性为 99.594%。培养基 0471,5℃。

Marinobacter hydrocarbonoclasticus Gauthier *et al.* 1992 除烃海杆菌

模式菌株 *Marinobacter hydrocarbonoclasticus* MBIC1303(T) AB019148

MCCC 1A03297 ←DSM 8798。原始号 SP. 17。＝ATCC 49840 ＝CIP 103578 ＝DSM 8798。分离源:法国靠近一炼油厂的近岸海水。模式菌株。培养基 0471,25℃。

MCCC 1A00091 ←海洋三所 A11-2。分离源:福建泉州近海表层海水。以硝酸根作为电子受体分离。与模式菌株相似性为 100%。培养基 0472,28℃。

MCCC 1A00377 ←海洋三所 CTD99-A13。分离源:印度洋深海底层水样。分离自石油降解菌群。与模式菌株相似性为 99.728%。培养基 0471,25℃。

MCCC 1A00877 ←海洋三所 B-3065。分离源:东太平洋水体底层。与模式菌株相似性为 99.361%。培养基 0471,4℃。

MCCC 1A00890 ←海洋三所 B-1124。分离源:东太平洋沉积物深层。与模式菌株相似性为 99.505%。培养基 0471,4℃。

MCCC 1A01047 ←海洋三所 MA5A。分离源:大西洋深海底层海水。分离自石油降解菌群。与模式菌株相似性为 99.729%。培养基 0471,25℃。

MCCC 1A01050 ←海洋三所 MA2A。分离源:印度洋深海沉积物。分离自石油降解菌群。与模式菌株相似性为 99.932%。培养基 0471,25℃。

MCCC 1A01156 ←海洋三所 MARC4C0F。分离源:大西洋深海沉积物。分离自石油降解菌群。与模式菌株相似性为 100%。培养基 0471,28℃。

MCCC 1A01158 ←海洋三所 9。分离源:印度洋深海热液口沉积物。分离自石油、多环芳烃降解菌群。与模式菌株相似性为 100%。培养基 0472,25℃。

MCCC 1A01159 ←海洋三所 20.1。分离源:印度洋深海热液口沉积物。分离自石油、多环芳烃降解菌群。与模式菌株相似性为 99.869%。培养基 0472,25℃。

MCCC 1A01214 ←海洋三所 CIC4N-7。分离源:印度洋深海底层水样。分离自多环芳烃降解菌群。与模式菌株相似性为 99.721%。培养基 0471,25℃。

MCCC 1A01256 ←海洋三所 2CR54-6。分离源:印度洋深海底层水样。分离自石油降解菌群。与模式菌株相似性为 99.864%。培养基 0471,25℃。

MCCC 1A01336 ←海洋三所 S71-1-3。分离源:印度洋表层海水。分离自苯系物富集菌群。与模式菌株相似性为 99.442%。培养基 0471,25℃。

MCCC 1A01341 ←海洋三所 S66-1-8。分离源:印度洋表层海水。分离自苯系物富集菌群。与模式菌株相似性为 100%。培养基 0471,25℃。

MCCC 1A01345 ←海洋三所 S67-2-17。分离源:印度洋表层海水。分离自苯系物富集菌群。与模式菌株相似性为 99.814%。培养基 0471,25℃。

MCCC 1A01348 ←海洋三所 S67-4-K。分离源:印度洋表层海水。分离自苯系物富集菌群。与模式菌株相似性为 99.441%。培养基 0471,25℃。

MCCC 1A01383 ←海洋三所 S72-1-B。分离源:印度洋表层海水。分离自苯系物富集菌群。与模式菌株相似性为 99.665%。培养基 0471,25℃。

MCCC 1A01384 ←海洋三所 S72-1-C2。分离源:印度洋表层海水。分离自苯系物富集菌群。与模式菌株相似性为 100%。培养基 0471,25℃。

MCCC 1A01434 ←海洋三所 S31(8)。分离源:印度洋表层海水。分离自石油降解菌群。与模式菌株相似性为 99.732%。培养基 0745,26℃。

MCCC 1A02001 ←海洋三所 CIC4N-13。分离源:印度洋深海底层水样。分离自多环芳烃降解菌群。与模式菌株相似性为 99.931%。培养基 0471,25℃。

MCCC 1A02056 ←海洋三所 CIC51P-6。分离源:印度洋深海底层水样。分离自多环芳烃降解菌群。与模式菌株相似性为 99.931%。培养基 0471,25℃。

MCCC 1A02057 ←海洋三所 CIC4N-5。分离源:印度洋深海底层水样。分离自多环芳烃降解菌群。与模式菌株相似性为 99.728%。培养基 0471,25℃。

MCCC 1A02207 ←海洋三所 L1J。分离源:厦门轮渡码头有油污染历史的近海表层海水。石油烃降解菌。与模式菌株相似性为 99.757%。培养基 0821,25℃。

MCCC 1A02337 ←海洋三所 S17-4。分离源:大西洋表层海水。与模式菌株相似性为 99.544%。培养基 0745,28℃。

MCCC 1A02474 ←海洋三所 302-PW12-OH12B。分离源:南沙近海岛礁附近上层海水。分离自石油降解菌群。与模式菌株相似性为 99.887%。培养基 0472,25℃。

MCCC 1A02506 ←海洋三所 DY10。分离源:大西洋 MAR-TVG1 站点热液区深海沉积物。与模式菌株相似性为 99.872%。培养基 0471,37℃。

MCCC 1A02528 ←海洋三所 DY10B。分离源:大西洋 MAR-TVG1 站点热液区深海沉积物。与模式菌株相似性为 99.659%。培养基 0823,37℃。

MCCC 1A02533 ←海洋三所 DY38。分离源:大西洋热液区沉积物。与模式菌株相似性为 99.591%。培养基 0823,37℃。

MCCC 1A02545 ←海洋三所 DY37a。分离源:大西洋热液区沉积物。与模式菌株相似性为 99.653%。培养基 0823,37℃。

MCCC 1A02583 ←海洋三所 DY95。分离源:大西洋热液区沉积物。与模式菌株相似性为 100%。培养基 0823,37℃。

MCCC 1A03441 ←海洋三所 M01-6B。分离源:南沙上层海水。与模式菌株相似性为 99.733%。培养基 1001,25℃。

MCCC 1A03520 ←海洋三所 MJ01-12-12。分离源:南沙上层海水。与模式菌株相似性为 100%。培养基 0821,

25℃。

MCCC 1A04111 ←海洋三所 NH28A。分离源:南沙土黄色泥质。与模式菌株相似性为 99.857%。培养基 0821,25℃。

MCCC 1A04251 ←海洋三所 T1AA。分离源:西南太平洋褐黑色深海沉积物。分离自石油降解菌群。与模式菌株相似性为 100%(777/777)。培养基 0821,28℃。

MCCC 1A04273 ←海洋三所 T3J。分离源:西南太平洋土灰色沉积物。分离自石油降解菌群。与模式菌株相似性为 100%。培养基 0821,28℃。

MCCC 1A04282 ←海洋三所 T35B12。分离源:西南太平洋土黄色沉积物。分离自石油降解菌群。与模式菌株相似性为 99.869%。培养基 0821,28℃。

MCCC 1A04306 ←海洋三所 T6B。分离源:西南太平洋土灰色沉积物。分离自石油降解菌群。与模式菌株相似性为 99.857%。培养基 0821,28℃。

MCCC 1A04324 ←海洋三所 T9H。分离源:西南太平洋土灰色沉积物。分离自石油降解菌群。与模式菌株相似性为 99.857%。培养基 0821,28℃。

MCCC 1A04342 ←海洋三所 T11AA。分离源:西南太平洋土灰色沉积物。分离自石油降解菌群。与模式菌株相似性为 99.869%。培养基 0821,28℃。

MCCC 1A04352 ←海洋三所 T13AA。分离源:西南太平洋土灰色沉积物。分离自石油降解菌群。与模式菌株相似性为 100%。培养基 0821,28℃。

MCCC 1A04375 ←海洋三所 T15M。分离源:西南太平洋土灰色沉积物。分离自石油降解菌群。与模式菌株相似性为 100%(777/777)。培养基 0821,28℃。

MCCC 1A04380 ←海洋三所 T16AJ。分离源:西南太平洋土灰色沉积物。分离自石油降解菌群。与模式菌株相似性为 100%。培养基 0821,28℃。

MCCC 1A04398 ←海洋三所 T17B。分离源:西南太平洋土灰色沉积物。分离自石油降解菌群。与模式菌株相似性为 100%(777/777)。培养基 0821,28℃。

MCCC 1A04475 ←海洋三所 T24AC。分离源:西南太平洋热液区沉积物。分离自石油降解菌群。与模式菌株相似性为 100%。培养基 0821,28℃。

MCCC 1A04558 ←海洋三所 T35AI。分离源:西南太平洋劳盆地深海沉积物。分离自石油降解菌群。与模式菌株相似性为 99.866%。培养基 0821,28℃。

MCCC 1A04652 ←海洋三所 T45I。分离源:西南太平洋土黄色沉积物上覆水。分离自石油、多环芳烃降解菌群。与模式菌株相似性为 99.865%。培养基 0821,28℃。

MCCC 1A04681 ←海洋三所 C17B6。分离源:西南太平洋上层海水。分离自石油降解菌群。与模式菌株相似性为 99.865%。培养基 0821,25℃。

MCCC 1A04762 ←海洋三所 C46B4。分离源:西南太平洋上层海水。分离自石油降解菌群。与模式菌株相似性为 99.866%(781/782)。培养基 0821,25℃。

MCCC 1A04800 ←海洋三所 C56B7。分离源:西南太平洋深层海水。分离自石油降解菌群。与模式菌株相似性为 99.865%。培养基 0821,25℃。

MCCC 1A04820 ←海洋三所 C64B1。分离源:西南太平洋深层海水。分离自石油降解菌群。与模式菌株相似性为 99.866%。培养基 0821,25℃。

MCCC 1A04821 ←海洋三所 C65AC。分离源:西南太平洋深层海水。分离自石油降解菌群。与模式菌株相似性为 100%(777/777)。培养基 0821,25℃。

MCCC 1A04873 ←海洋三所 C77B9。分离源:西南太平洋深层海水。分离自石油、多环芳烃降解菌群。与模式菌株相似性为 99.734%。培养基 0821,25℃。

MCCC 1A04961 ←海洋三所 C1B9。分离源:西南太平洋上层海水。分离自石油降解菌群。与模式菌株相似性为 99.864%。培养基 0821,25℃。

MCCC 1A05244 ←海洋三所 C46B11。分离源:西南太平洋上层海水。分离自石油降解菌群。与模式菌株相似性为 99.407%。培养基 0821,25℃。

MCCC 1A05250 ←海洋三所 C47AP。分离源:西南太平洋上层海水。分离自石油降解菌群。与模式菌株相似性为 100%(767/768)。培养基 0821,25℃。

MCCC 1A05252 ←海洋三所 C49AC。分离源:西南太平洋下层海水。分离自石油降解菌群。与模式菌株相似性为 99.865％。培养基 0821,25℃。

MCCC 1A05259 ← 海洋三所 C56B35。分离源:西南太平洋深层海水。分离自石油降解菌群。与模式菌株相似性为 100％(806/806)。培养基 0821,25℃。

MCCC 1A05265 ← 海洋三所 C50AJ。分离源:西南太平洋下层海水。分离自石油降解菌群。与模式菌株相似性为 99.866％。培养基 0821,25℃。

MCCC 1A05306 ← 海洋三所 C61B9。分离源:西南太平洋深层海水。分离自石油降解菌群。与模式菌株相似性为 99.866％。培养基 0821,25℃。

MCCC 1A05338 ← 海洋三所 C6AG。分离源:西南太平洋下层海水。分离自石油降解菌群。与模式菌株相似性为 99.865％。培养基 0821,25℃。

MCCC 1A05356 ← 海洋三所 C75B11。分离源:西南太平洋深层海水。分离自石油、多环芳烃降解菌群。与模式菌株相似性为 100％。培养基 0821,25℃。

MCCC 1A05403 ← 海洋三所 C86AU。分离源:西南太平洋深层海水。分离自石油、多环芳烃降解菌群。与模式菌株相似性为 99.734％。培养基 0821,25℃。

MCCC 1A05409 ← 海洋三所 C8AF。分离源:西南太平洋下层海水。分离自石油降解菌群。与模式菌株相似性为 100％。培养基 0821,25℃。

MCCC 1A05422 ← 海洋三所 Er12。分离源:南海海水。分离自石油降解菌群。与模式菌株相似性为 99.863％(763/764)。培养基 0471,28℃。

MCCC 1A05432 ← 海洋三所 Er25。分离源:南海海水。分离自石油降解菌群。与模式菌株相似性为 99.589％(761/764)。培养基 0471,28℃。

MCCC 1A05475 ← 海洋三所 A17-4。分离源:南海海水。分离自石油降解菌群。与模式菌株相似性为 100％(765/765)。培养基 0471,28℃。

MCCC 1A05597 ← 海洋三所 AA-14。分离源:太平洋。培养基 0471,30℃。

MCCC 1A05620 ← 海洋三所 19-B1-17。分离源:南海深海沉积物。分离自混合烷烃富集菌群。与模式菌株相似性为 100％。培养基 0471,28℃。

MCCC 1A05638 ← 海洋三所 29-m-8。分离源:南海深海沉积物。分离自混合烷烃富集菌群。与模式菌株相似性为 99.899％。培养基 0471,28℃。

MCCC 1A05735 ← 海洋三所 NH61A。分离源:南沙土黄色泥质。分离自石油降解菌群。与模式菌株相似性为 99.869％。培养基 0821,25℃。

MCCC 1A05747 ← 海洋三所 NH62I。分离源:南沙土黄色泥质。分离自石油降解菌群。与模式菌株相似性为 100％(795/795)。培养基 0821,25℃。

MCCC 1A05773 ← 海洋三所 NH67I。分离源:南沙黄色泥质。分离自石油降解菌群。与模式菌株相似性为 99.869％。培养基 0821,25℃。

MCCC 1B00484 ← 海洋一所 HZBC74。分离源:山东日照上层海水。与模式菌株相似性为 99.222％。培养基 0471,20～25℃。

MCCC 1B00486 ← 海洋一所 HZBC77。分离源:山东日照上层海水。与模式菌株相似性为 99.672％。培养基 0471,20～25℃。

MCCC 1B01136 ← 海洋一所 YCSC10。分离源:青岛即墨 7％盐度盐田盐渍土。与模式菌株相似性为 99.897％。培养基 0471,20～25℃。

Marinobacter koreensis Kim *et al.* 2006 韩国海杆菌

模式菌株 *Marinobacter koreensis* DD-M3(T) DQ325514

MCCC 1A01333 ← 海洋三所 S30-2-C。分离源:印度洋表层海水。分离自苯系物富集菌群。与模式菌株相似性为 99.832％。培养基 0471,25℃。

MCCC 1A01493 ← 海洋三所 B-1-1。分离源:印度洋表层海水。分离自石油降解菌群。与模式菌株相似性为 100％。培养基 0333,26℃。

MCCC 1A03912 ← 海洋三所 320-5。分离源:印度洋表层海水。分离自石油降解菌群。与模式菌株相似性为 100％。培养基 0471,25℃。

MCCC 1A03965 ← 海洋三所 331-8。分离源:印度洋表层海水。分离自石油降解菌群。与模式菌株相似性为

100%。培养基 0471,25℃。

MCCC 1A03966　←海洋三所 405-3。分离源:印度洋表层海水。分离自石油降解菌群。与模式菌株相似性为
100%(909/909)。培养基 0471,25℃。

MCCC 1A03975　←海洋三所 318-10。分离源:印度洋表层海水。分离自石油降解菌群。与模式菌株相似性为
100%。培养基 0471,25℃。

MCCC 1A03977　←海洋三所 319-1。分离源:印度洋表层海水。分离自石油降解菌群。与模式菌株相似性为
100%。培养基 0471,25℃。

MCCC 1A03984　←海洋三所 321-3。分离源:印度洋表层海水。分离自石油降解菌群。与模式菌株相似性为
98.639%。培养基 0471,25℃。

MCCC 1A03993　←海洋三所 330-13。分离源:印度洋表层海水。分离自石油降解菌群。与模式菌株相似性为
98.968%。培养基 0471,25℃。

MCCC 1A04410　←海洋三所 T18B6。分离源:西南太平洋土黄色沉积物上覆水。分离自石油降解菌群。与模
式菌株相似性为 100%(776/776)。培养基 0821,28℃。

MCCC 1A04949　←海洋三所 C32AL。分离源:印度洋表层海水。分离自石油降解菌群。与模式菌株相似性为
100%(805/805)。培养基 0821,25℃。

MCCC 1A05198　←海洋三所 C36AI。分离源:西南太平洋表层海水。分离自石油降解菌群。与模式菌株相似
性为 100%(776/776)。培养基 0821,25℃。

MCCC 1A05203　←海洋三所 C37AU。分离源:印度洋表层海水。分离自石油降解菌群。与模式菌株相似性为
100%(746/746)。培养基 0821,25℃。

Marinobacter lipolyticus Martin *et al*. 2003 解脂海杆菌

模式菌株 *Marinobacter lipolyticus* SM19(T) AY147906

MCCC 1A03253　←DSM 15157。原始号 SM19。=CCM 7048 =CIP 107627 =DSM 15157 =NCIMB 13907。分
离源:西班牙南部一盐田。模式菌株。培养基 0471,25℃。

MCCC 1A01424　←海洋三所 S25(7)。分离源:印度洋表层海水。分离自石油降解菌群。与模式菌株相似性为
98.464%。培养基 0745,26℃。

MCCC 1A01426　←海洋三所 S25(13)。分离源:印度洋表层海水。分离自石油降解菌群。与模式菌株相似性
为 98.184%。培养基 0745,26℃。

MCCC 1A01494　←海洋三所 B-11-6。分离源:印度洋表层海水。分离自石油降解菌群。与模式菌株相似性为
98.45%。培养基 0333,26℃。

MCCC 1A02122　←海洋三所 S25-5。分离源:印度洋表层海水。分离自石油降解菌群。与模式菌株相似性为
98.236%。培养基 0745,26℃。

MCCC 1A02151　←海洋三所 S25-10。分离源:印度洋表层海水。分离自石油降解菌群。与模式菌株相似性为
98.271%。培养基 0745,26℃。

MCCC 1A02155　←海洋三所 S24-8。分离源:印度洋表层海水。分离自石油降解菌群。与模式菌株相似性为
98.187%。培养基 0745,26℃。

MCCC 1A02157　←海洋三所 S25-11。分离源:印度洋表层海水。分离自石油降解菌群。与模式菌株相似性为
98.286%。培养基 0745,26℃。

MCCC 1A03530　←海洋三所 SHMe。分离源:南沙珊瑚礁石。与模式菌株相似性 795/795(100%)。培养基
0821,25℃。

MCCC 1A03957　←海洋三所 318-5。分离源:印度洋表层海水。分离自石油降解菌群。与模式菌株相似性为
98.21%。培养基 0471,25℃。

MCCC 1A04297　←海洋三所 C73B2。分离源:西南太平洋深层海水。分离自石油、多环芳烃富集菌群。与模式
菌株相似性为 98.57%(791/807)。培养基 0821,25℃。

MCCC 1A04369　←海洋三所 T14B6。分离源:西南太平洋土灰色沉积物上覆水。分离自石油降解菌群。与模
式菌株相似性为 98.566%(788/803)。培养基 0821,28℃。

MCCC 1A04474　←海洋三所 T24B2。分离源:西南太平洋热液区沉积物。分离自石油降解菌群。与模式菌株
相似性为 98.596%(736/745)。培养基 0821,28℃。

MCCC 1A04518　←海洋三所 T30AB。分离源:西南太平洋热液区硫化物。分离自石油降解菌群。与模式菌株相似性为 98.596%(736/745)。培养基 0821,28℃。

MCCC 1A04519　←海洋三所 T30B7。分离源:西南太平洋热液区硫化物。分离自石油降解菌群。与模式菌株相似性为 98.455%(735/745)。培养基 0821,28℃。

MCCC 1A04525　←海洋三所 T31AA。分离源:西南太平洋热液区沉积物。分离自石油降解菌群。与模式菌株相似性为 98.455%(735/745)。培养基 0821,28℃。

MCCC 1A04544　←海洋三所 T34AA。分离源:西南太平洋土黄色沉积物上覆水。分离自石油降解菌群。与模式菌株相似性为 98.556%。培养基 0821,28℃。

MCCC 1A04701　←海洋三所 C24AL。分离源:印度洋表层海水。分离自石油降解菌群。与模式菌株相似性为 98.596%(736/745)。培养基 0821,25℃。

MCCC 1A04712　←海洋三所 C2AE。分离源:西南太平洋下层海水。分离自石油降解菌群。与模式菌株相似性为 98.739%。培养基 0821,25℃。

MCCC 1A04736　←海洋三所 C39B4。分离源:西南太平洋表层海水。分离自石油降解菌群。与模式菌株相似性为 98.049%。培养基 0821,25℃。

MCCC 1A04942　←海洋三所 C18AB。分离源:西南太平洋表层海水。分离自石油降解菌群。与模式菌株相似性为 98.455%(736/745)。培养基 0821,25℃。

MCCC 1A04958　←海洋三所 C1B2。分离源:西南太平洋上层海水。分离自石油降解菌群。与模式菌株相似性为 98.456%。培养基 0821,25℃。

MCCC 1A04981　←海洋三所 C25AB。分离源:西南太平洋表层海水。分离自石油降解菌群。与模式菌株相似性为 98.553%。培养基 0821,25℃。

MCCC 1A04996　←海洋三所 C28AH。分离源:印度洋表层海水。分离自石油降解菌群。与模式菌株相似性为 98.739%。培养基 0821,25℃。

MCCC 1A05176　←海洋三所 C31AD。分离源:印度洋表层海水。分离自石油降解菌群。与模式菌株相似性为 98.739%。培养基 0821,25℃。

MCCC 1A05183　←海洋三所 C32AK。分离源:印度洋表层海水。分离自石油降解菌群。与模式菌株相似性为 98.257%。培养基 0821,25℃。

MCCC 1A05186　←海洋三所 C34AD。分离源:印度洋表层海水。分离自石油降解菌群。与模式菌株相似性为 98.415%。培养基 0821,25℃。

MCCC 1A05227　←海洋三所 C41B7。分离源:西南太平洋表层海水。分离自石油降解菌群。与模式菌株相似性为 98.047%。培养基 0821,25℃。

MCCC 1A05361　←海洋三所 C76B7。分离源:西南太平洋深层海水。分离自石油、多环芳烃降解菌群。与模式菌株相似性为 98.936%(780/788)。培养基 0821,25℃。

MCCC 1A05804　←海洋三所 SHW9A。分离源:南沙珊瑚礁石。分离自十六烷富集菌群。与模式菌株相似性为 100%(795/795)。培养基 0821,25℃。

MCCC 1A05806　←海洋三所 SHW9G。分离源:南沙珊瑚礁石。分离自十六烷富集菌群。与模式菌株相似性为 100%(795/795)。培养基 0821,25℃。

MCCC 1A05816　←海洋三所 SHY9I。分离源:南沙珊瑚礁石。分离自石油降解菌群。与模式菌株相似性为 99.606%(793/796)。培养基 0821,25℃。

Marinobacter litoralis Yoon *et al.* 2003 海滨海杆菌

模式菌株 *Marinobacter litoralis* SW-45(T) AF479689

MCCC 1A04162　←海洋三所 NH44D。分离源:南沙灰色沙质。与模式菌株相似性为 99.86%(744/746)。培养基 0821,25℃。

Marinobacter lutaoensis Shieh *et al.* 2003 绿岛海杆菌

模式菌株 *Marinobacter lutaoensis* JCM 11179(T) AF288157

MCCC 1A02507　←海洋三所 DY111。分离源:印度洋热液区深海沉积物。与模式菌株相似性为 99.876%。培养基 0471,55℃。

MCCC 1A02514　　←海洋三所 DY66。分离源：印度洋深海热液区深海腔肠动物。与模式菌株相似性为99.866%。培养基0471,55℃。

MCCC 1A02516　　←海洋三所 DY73。分离源：印度洋深海热液区深海腔肠动物。与模式菌株相似性为99.876%。培养基0471,55℃。

MCCC 1A02520　　←海洋三所 DY86。分离源：大洋热液区深海沉积物。与模式菌株相似性为99.863%。培养基0823,37℃。

Marinobacter maritimus Shivaji *et al*. 2005 近海生海杆菌

模式菌株 *Marinobacter maritimus* CK47(T) AJ704395

MCCC 1A00340　　←海洋三所 SI-13。分离源：印度洋表层海水鲨鱼肠道内容物。与模式菌株相似性为99.08%。培养基0033,28℃。

MCCC 1A04131　　←海洋三所 NH36B。分离源：南沙灰色沙质。与模式菌株相似性为98.917%(765/777)。培养基0821,25℃。

MCCC 1A04163　　←海洋三所 NH44E。分离源：南沙灰色沙质。与模式菌株相似性为99.719%。培养基0821,25℃。

MCCC 1B00650　　←海洋一所 DJNY61。分离源：江苏南通如东表层沉积物。与模式菌株相似性为98.333%。培养基0471,20～25℃。

MCCC 1C00748　　←极地中心 ZS3-32。分离源：南极表层沉积物。与模式菌株相似性为98.721%。培养基0471,15℃。

MCCC 1C00749　　←极地中心 ZS2-30。分离源：南极表层沉积物。与模式菌株相似性为98.249%。培养基0471,15℃。

MCCC 1C00798　　←极地中心 ZS2-25。分离源：南极表层沉积物。与模式菌株相似性为98.249%。培养基0471,15℃。

MCCC 1C00837　　←极地中心 ZS1-16。分离源：南极表层沉积物。与模式菌株相似性为98.182%。培养基0471,15℃。

MCCC 1C00879　　←极地中心 ZS1-26。分离源：南极表层沉积物。与模式菌株相似性为98.249%。培养基0471,15℃。

MCCC 1C00958　　←极地中心 ZS1-11。分离源：南极海洋沉积物。与模式菌株相似性为98.249%。培养基0471,15℃。

Marinobacter mobilis Huo *et al*. 2008 运动海杆菌

模式菌株 *Marinobacter mobilis* CN46(T) EU293412

MCCC 1A02196　　←海洋三所 B1M。分离源：厦门近海表层海水。石油烃降解菌。与模式菌株相似性为99.878%。培养基0821,25℃。

Marinobacter psychrophilus Zhang *et al*. 2008 嗜冷海杆菌

模式菌株 *Marinobacter psychrophilus* 20041(T) DQ060402

MCCC 1C00043　　←极地中心 BSi20041。=CGMCC 1.6499 =JCM 14643 =20041。分离源：北冰洋海冰。模式菌株。培养基0471,15℃。

MCCC 1C00517　　←极地中心 BSs20148。分离源：北冰洋深层沉积物。与模式菌株相似性为99.535%。培养基0471,15℃。

MCCC 1C00602　　←极地中心 BSs20002。分离源：北冰洋表层沉积物。与模式菌株相似性为99.535%。培养基0471,15℃。

MCCC 1C00709　　←极地中心 NF2-4。分离源：南极表层沉积物。与模式菌株相似性为99.003%。培养基0471,15℃。

MCCC 1C00714　　←极地中心 NF1-41。分离源：南极表层沉积物。与模式菌株相似性为99.003%。培养基0471,15℃。

MCCC 1C00740　　←极地中心 ZS3-10。分离源：南极表层沉积物。与模式菌株相似性为99.003%。培养基

0471,15℃。

MCCC 1C00747 ←极地中心 ZS2-34。分离源:南极表层沉积物。与模式菌株相似性为 99.003%。培养基 0471,15℃。

MCCC 1C00754 ←极地中心 ZS2-32。分离源:南极表层沉积物。与模式菌株相似性为 99.003%。培养基 0471,15℃。

MCCC 1C00779 ←极地中心 NF1-22。分离源:南极表层沉积物。与模式菌株相似性为 99.003%。培养基 0471,15℃。

MCCC 1C00789 ←极地中心 NF2-2。分离源:南极表层沉积物。与模式菌株相似性为 98.937%。培养基 0471,15℃。

MCCC 1C00793 ←极地中心 ZS2-7。分离源:南极表层沉积物。与模式菌株相似性为 99.003%。培养基 0471,15℃。

MCCC 1C00816 ←极地中心 ZS1-23。分离源:南极表层沉积物。与模式菌株相似性为 99.136%。培养基 0471,15℃。

MCCC 1C00817 ←极地中心 ZS2-5。分离源:南极表层沉积物。与模式菌株相似性为 98.738%。培养基 0471,15℃。

MCCC 1C00856 ←极地中心 ZS2006。分离源:南极表层沉积物。与模式菌株相似性为 99.268%。培养基 0471,15℃。

MCCC 1C00904 ←极地中心 NF1-7。分离源:南极表层沉积物。与模式菌株相似性为 98.937%。培养基 0471,15℃。

MCCC 1C00971 ←极地中心 ZS1-18。分离源:南极海洋沉积物。与模式菌株相似性为 99.203%。培养基 0471,15℃。

MCCC 1C00992 ←极地中心 ZS1-21。分离源:南极海洋沉积物。与模式菌株相似性为 99.136%。培养基 0471,15℃。

MCCC 1C00997 ←极地中心 ZS2-4。分离源:南极海洋沉积物。与模式菌株相似性为 99.003%。培养基 0471,15℃。

Marinobacter salsuginis Antunes *et al.* 2007 油田水海杆菌

模式菌株 *Marinobacter salsuginis* SD-14B(T) EF028328

MCCC 1A01055 ←海洋三所 O1.6。分离源:印度洋深海底层水样。分离自石油降解菌群。与模式菌株相似性为 100%。培养基 0471,25℃。

MCCC 1A01075 ←海洋三所 MARC2COK。分离源:大西洋深海沉积物。分离自石油降解菌群。与模式菌株相似性为 100%。培养基 0471,28℃。

MCCC 1A01124 ←海洋三所 PA16G。分离源:印度洋深海底层水样。分离自石油降解菌群。与模式菌株相似性为 99.931%。培养基 0471,25℃。

MCCC 1A01125 ←海洋三所 PA9D。分离源:印度洋深海底层水样。分离自石油降解菌群。与模式菌株相似性为 99.931%。培养基 0471,25℃。

MCCC 1A01135 ←海洋三所 MARC4COA3。分离源:大西洋深海沉积物。分离自石油降解菌群。与模式菌株相似性为 100%。培养基 0822,26℃。

MCCC 1A01142 ←海洋三所 MARC2CO2。分离源:大西洋深海沉积物。分离自石油降解菌群。与模式菌株相似性为 100%。培养基 0822,28℃。

MCCC 1A01203 ←海洋三所 MARC4COS。分离源:大西洋洋中脊深海沉积物。分离自多环芳烃降解菌群。与模式菌株相似性为 99.877%。培养基 0471,28℃。

MCCC 1A01268 ←海洋三所 PC139-9。分离源:印度洋深海底层水样。分离自多环芳烃降解菌群。与模式菌株相似性为 99.931%。培养基 0471,25℃。

MCCC 1A02025 ←海洋三所 RC139-19。分离源:印度洋深海底层水样。分离自石油降解菌群。与模式菌株相似性为 99.931%。培养基 0471,25℃。

MCCC 1A02053 ←海洋三所 CIC1013S-13。分离源:印度洋深海底层水样。分离自多环芳烃降解菌群。与模式菌株相似性为 99.931%。培养基 0471,25℃。

MCCC 1A02054　←海洋三所 2PR57-9。分离源:印度洋深海底层水样。分离自多环芳烃降解菌群。与模式菌株相似性为 99.931%。培养基 0471,25℃。

MCCC 1A03443　←海洋三所 M02-8D。分离源:南沙上层海水。与模式菌株相似性为 764/764(100%)。培养基 1001,25℃。

MCCC 1F01037　←厦门大学 M4。分离源:福建漳州近海红树林泥。与模式菌株相似性为 99.864%(1467/1469)。培养基 0471,25℃。

MCCC 1F01073　←厦门大学 SCSWB23。分离源:南海水样/深层海水。与模式菌株相似性为 99.387%(1458/1467)。培养基 0471,25℃。

MCCC 1F01153　←厦门大学 SCSWB21。分离源:南海深层海水。与模式菌株相似性为 99.731%(1483/1487)。培养基 0471,25℃。

Marinobacter sediminum Romanenko *et al.* 2005 沉积物海杆菌

MCCC 1A03275　←DSM 15400。原始号 R65。=DSM 15400 =KMM 3657。分离源:日本海沿岸近海沉积物。模式菌株。培养基 0471,25℃。

Marinobacter segnicrescens Guo *et al.* 2007 慢生海杆菌

模式菌株 *Marinobacter segnicrescens* SS011B1-4(T) EF157832

MCCC 1A01064　←海洋三所 SK1-1。分离源:大西洋深海底层海水。分离自石油降解菌群。与模式菌株相似性为 99.7%。培养基 0471,25℃。

MCCC 1A01134　←海洋三所 MARC2C0C。分离源:大西洋深海沉积物。分离自石油降解菌群。与模式菌株相似性为 100%。培养基 0471,28℃。

MCCC 1A01177　←海洋三所 MARC4COV。分离源:大西洋深海沉积物。分离自石油降解菌群。与模式菌株相似性为 99.928%。培养基 0471,28℃。

MCCC 1A01210　←海洋三所 MARC4COA6。分离源:大西洋深海沉积物。分离自石油降解菌群。与模式菌株相似性为 99.878%。培养基 0471,28℃。

MCCC 1A01278　←海洋三所 MC2-21。分离源:大西洋深海底层海水。分离自石油降解菌群。与模式菌株相似性为 100%。培养基 0471,25℃。

MCCC 1A01281　←海洋三所 13-11。分离源:印度洋深海热液口沉积物。抗重金属(可能为二价铜、二价钴、二价锰、二价铅、二价镉等)。与模式菌株相似性为 99.278%。培养基 0745,18~28℃。

MCCC 1A02171　←海洋三所 S27-7。分离源:印度洋表层海水。石油烃降解菌,产表面活性物质。与模式菌株相似性为 100%。培养基 0745,26℃。

MCCC 1A02998　←海洋三所 J4。分离源:大西洋洋中脊深海沉积物。与模式菌株相似性为 99.372%。培养基 0821,25℃。

MCCC 1A03545　←海洋三所 SHW9b。分离源:南沙珊瑚礁石。分离自十六烷富集菌群。与模式菌株相似性为 99.466%。培养基 0821,25℃。

MCCC 1A04533　←海洋三所 T32B1。分离源:西南太平洋热液区沉积物。分离自石油降解菌群。与模式菌株相似性为 99.18%。培养基 0821,28℃。

MCCC 1A04623　←海洋三所 T43AR。分离源:西南太平洋土黄色沉积物。分离自石油、多环芳烃降解菌群。与模式菌株相似性为 100%(797/797)。培养基 0821,28℃。

MCCC 1A04624　←海洋三所 T43AT。分离源:西南太平洋土黄色沉积物。分离自石油、多环芳烃降解菌群。与模式菌株相似性为 99.216%。培养基 0821,28℃。

MCCC 1A04649　←海洋三所 T45C。分离源:西南太平洋土黄色沉积物上覆水。分离自石油、多环芳烃降解菌群。与模式菌株相似性为 98.52%。培养基 0821,28℃。

MCCC 1A04940　←海洋三所 C17B12。分离源:西南太平洋上层海水。分离自石油降解菌群。与模式菌株相似性为 99.23%。培养基 0821,25℃。

MCCC 1A05317　←海洋三所 C64AF。分离源:西南太平洋深层海水。分离自石油降解菌群。与模式菌株相似性为 100%。培养基 0821,25℃。

MCCC 1A05771　←海洋三所 NH67G。分离源:南沙黄色泥质。分离自石油降解菌群。与模式菌株相似性为

99.737％。培养基 0821,25℃。

Marinobacter vinifirmus Liebgott *et al.* 2006 **强酒海杆菌**

模式菌株 *Marinobacter vinifirmus* FB1(T) DQ235263

MCCC 1A00477 ←海洋三所 MCT6。分离源:印度洋深海沉积物。分离自石油降解菌群。与模式菌株相似性为 99.66％。培养基 0471,25℃。

MCCC 1A01043 ←海洋三所 PA18G。分离源:印度洋深海底层水样。分离自石油降解菌群。与模式菌株相似性为 99.796％。培养基 0471,25℃。

MCCC 1A01069 ←海洋三所 MARC2PE。分离源:大西洋深海沉积物。分离自石油降解菌群。与模式菌株相似性为 99.765％。培养基 0471,28℃。

MCCC 1A01284 ←海洋三所 1-1。分离源:印度洋深海沉积物玄武岩表层。与模式菌株相似性为 99.703％。培养基 0471,18～28℃。

MCCC 1A01286 ←海洋三所 82。分离源:印度洋深海热液口沉积物。分离自石油、多环芳烃降解菌群。与模式菌株相似性为 99.224％。培养基 0471,25℃。

MCCC 1A01386 ←海洋三所 S72-3-G。分离源:印度洋表层海水。分离自苯系物富集菌群。与模式菌株相似性为 99.814％。培养基 0471,25℃。

MCCC 1A02521 ←海洋三所 DY85。分离源:大西洋 MAR-TVG1 站点热液区深海沉积物。与模式菌株相似性为 99.591％。培养基 0823,37℃。

MCCC 1A02530 ←海洋三所 DY83。分离源:大西洋 MAR-TVG1 站热液区深海沉积物。碱性酶。与模式菌株相似性为 99.125％。培养基 0823,37℃。

MCCC 1A02996 ←海洋三所 J2。分离源:大西洋洋中脊沉积物上覆水。与模式菌株相似性为 99.749％(829/831)。培养基 0821,25℃。

MCCC 1A03001 ←海洋三所 K2A2。分离源:大西洋洋中脊深海 2.5m 灰色沉积物。与模式菌株相似性为 99.498％。培养基 0472,25℃。

MCCC 1A03002 ←海洋三所 K2B3。分离源:大西洋洋中脊深海 2.5m 灰色沉积物。与模式菌株相似性为 99.498％(827/831)。培养基 0472,25℃。

MCCC 1A03029 ←海洋三所 CK-I1-10。分离源:印度洋深海沉积物玄武岩表层。与模式菌株相似性为 99.571％。培养基 0745,18～28℃。

MCCC 1A03033 ←海洋三所 MN-I1-6。分离源:印度洋深海沉积物玄武岩表层。抗二价锰。与模式菌株相似性为 99.571％。培养基 0745,18～28℃。

MCCC 1A03071 ←海洋三所 AS-I3-3。分离源:印度洋深海沉积物。抗五价砷。与模式菌株相似性为 99.575％。培养基 0745,18～28℃。

MCCC 1A03104 ←海洋三所 AS-I7-11。分离源:印度洋洋中脊热液区沉积物。抗五价砷。与模式菌株相似性为 99.575％。培养基 0745,18～28℃。

MCCC 1A03527 ←海洋三所 T14G。分离源:西南太平洋深海沉积物。分离自石油降解菌群。与模式菌株相似性为 99.738％(794/797)。培养基 0821,25℃。

MCCC 1A03549 ←海洋三所 SHY1c。分离源:南沙珊瑚礁石。分离自石油降解菌群。与模式菌株相似性为 99.722％(780/783)。培养基 0821,25℃。

MCCC 1A04021 ←海洋三所 NH6E2-3。分离源:南沙灰黑色细泥状沉积物。与模式菌株相似性为 99.191％。培养基 0821,25℃。

MCCC 1A04050 ←海洋三所 NH9F。分离源:南沙深褐色沙质。与模式菌株相似性为 99.606％(793/796)。培养基 0821,25℃。

MCCC 1A04116 ←海洋三所 NH31B。分离源:南沙黄褐色沙质。与模式菌株相似性为 99.72％(747/749)。培养基 0821,25℃。

MCCC 1A04250 ←海洋三所 T1AB。分离源:西南太平洋褐黑色深海沉积物。分离自石油降解菌群。与模式菌株相似性为 99.73％(774/777)。培养基 0821,28℃。

MCCC 1A04267 ←海洋三所 T2AE。分离源:西南太平洋土黄色沉积物。分离自石油降解菌群。与模式菌株相似性为 99.739％(795/797)。培养基 0821,28℃。

MCCC 1A04318　←海洋三所 C80AF。分离源：西南太平洋深层海水。分离自石油、多环芳烃富集菌群。与模式菌株相似性为 99.741%（804/806）。培养基 0821,25℃。

MCCC 1A04337　←海洋三所 T10AF。分离源：西南太平洋土灰色沉积物。分离自石油降解菌群。与模式菌株相似性为 99.739%（795/797）。培养基 0821,28℃。

MCCC 1A04338　←海洋三所 T10J。分离源：西南太平洋土灰色沉积物。分离自石油降解菌群。与模式菌株相似性为 99.192%（771/777）。培养基 0821,28℃。

MCCC 1A04343　←海洋三所 T11AC。分离源：西南太平洋土灰色沉积物。分离自石油降解菌群。与模式菌株相似性为 99.72%。培养基 0821,28℃。

MCCC 1A04353　←海洋三所 T13B6。分离源：西南太平洋土灰色沉积物。分离自石油降解菌群。与模式菌株相似性为 99.722%（751/753）。培养基 0821,28℃。

MCCC 1A04476　←海洋三所 T24AJ。分离源：西南太平洋热液区沉积物。分离自石油降解菌群。与模式菌株相似性为 99.602%（784/787）。培养基 0821,28℃。

MCCC 1A04480　←海洋三所 C82AF。分离源：西南太平洋深层海水。分离自石油降解菌群。与模式菌株相似性为 99.741%（804/806）。培养基 0821,25℃。

MCCC 1A04489　←海洋三所 T27AA。分离源：西南太平洋热液区沉积物。分离自石油降解菌群。与模式菌株相似性为 99.739%（795/797）。培养基 0821,28℃。

MCCC 1A04559　←海洋三所 T35AG。分离源：西南太平洋劳盆地深海沉积物。分离自石油降解菌群。与模式菌株相似性为 99.722%（751/753）。培养基 0821,28℃。

MCCC 1A04588　←海洋三所 T38AC。分离源：西南太平洋深海沉积物。分离自石油、多环芳烃降解菌群。与模式菌株相似性为 99.721%（784/787）。培养基 0821,28℃。

MCCC 1A05312　←海洋三所 C63B24。分离源：西南太平洋深层海水。分离自石油降解菌群。与模式菌株相似性为 99.722%（751/753）。培养基 0821,25℃。

MCCC 1A05329　←海洋三所 C67B8。分离源：西南太平洋深层海水。分离自石油降解菌群。与模式菌株相似性为 99.722%（751/753）。培养基 0821,25℃。

MCCC 1A05378　←海洋三所 C81AE。分离源：西南太平洋深层海水。分离自石油、多环芳烃降解菌群。与模式菌株相似性为 99.602%（784/787）。培养基 0821,25℃。

MCCC 1A05402　←海洋三所 C86AQ。分离源：西南太平洋深层海水。分离自石油、多环芳烃降解菌群。与模式菌株相似性为 99.721%（784/787）。培养基 0821,25℃。

MCCC 1A05708　←海洋三所 NH57I。分离源：南沙泻湖珊瑚沙颗粒。分离自石油降解菌群。与模式菌株相似性为 99.599%（780/783）。培养基 0821,25℃。

MCCC 1A05800　←海洋三所 SHMD。分离源：南沙珊瑚礁石。与模式菌株相似性为 99.606%（793/796）。培养基 0821,25℃。

MCCC 1B00259　←海洋一所 JZHS16。分离源：青岛胶州上层海水。与模式菌株相似性为 99.815%。培养基 0471,28℃。

MCCC 1B00272　←海洋一所 JZHS31。分离源：青岛胶州上层海水。与模式菌株相似性为 99.815%。培养基 0471,28℃。

MCCC 1B00621　←海洋一所 CJJK24。分离源：江苏南通启东表层海水。与模式菌株相似性为 99.714%。培养基 0471,20~25℃。

MCCC 1C00265　←极地中心 BSs20187。分离源：北冰洋表层沉积物。与模式菌株相似性为 97.537%。培养基 0471,15℃。

MCCC 1F01168　←厦门大学 SCSWE03。分离源：南海深层海水。与模式菌株相似性为 99.734%（1498/1502）。培养基 0471,25℃。

Marinobacter sp. Gauthier *et al*. 1992 海杆菌

MCCC 1A00092　←海洋三所 F11-1。分离源：福建泉州近海表层海水。以硝酸根作为电子受体分离。与模式菌株 *M. hydrocarbonoclasticus* MBIC1303（T）AB019148 相似性为 96.898%。培养基 0472,28℃。

MCCC 1A00523　←海洋三所 3071。分离源：东太平洋棕褐色硅质软泥，富多金属结核。与模式菌株

M. hydrocarbonoclasticus MBIC1303(T) AB019148 相似性为 98%。培养基 0471,4～20℃。

MCCC 1A00607　←海洋三所 R2。分离源:南极普里兹湾深海沉积物。具低温蛋白酶活性。培养基 0471,4～20℃。

MCCC 1A00746　←海洋三所 4057。分离源:东太平洋棕褐色硅质软泥。与模式菌株 *M. hydrocarbonoclasticus* MBIC1303(T) AB019148 相似性为 98.696%。培养基 0471,4～20℃。

MCCC 1A00879　←海洋三所 B-3091。分离源:东太平洋沉积物深层。与模式菌株 *M. hydrocarbonoclasticus* MBIC1303(T) AB019148 模式菌株相似性为 99.201%。培养基 0471,4℃。

MCCC 1A01048　←海洋三所 MA10C。分离源:大西洋深海底层海水。分离自石油降解菌群。与模式菌株 *M. hydrocarbonoclasticus* MBIC1303（T） AB019148 相似性为 98.302%。培养基 0471,25℃。

MCCC 1A01322　←海洋三所 S27-1-4。分离源:开普敦表层海水。苯系物降解菌。与模式菌株 *M. hydrocarbonoclasticus* MBIC1303(T) AB019148 相似性为 97.579%。培养基 0471,25℃。

MCCC 1A01349　←海洋三所 S68-2-3。分离源:印度洋表层海水。苯系物降解菌。与模式菌株 *M. hydrocarbonoclasticus* MBIC1303(T) AB019148 相似性为 97.157%。培养基 0471,25℃。

MCCC 1A01398　←海洋三所 85.1。分离源:印度洋深海热液口沉积物。分离自石油、多环芳烃降解菌群。与模式菌株 *M. excellens* KMM 3809（T） AY180101 相似性为 96.98%。培养基 0472,25℃。

MCCC 1A02058　←海洋三所 2PR58-7。分离源:印度洋深海底层水样。分离自多环芳烃降解菌群。与模式菌株 *M. hydrocarbonoclasticus* MBIC1303（T） AB019148 相似性为 98.163%。培养基 0471,25℃。

MCCC 1A02172　←海洋三所 S26-1。分离源:印度洋表层海水。分离自石油降解菌群。与模式菌株 *M. litoralis* SW-45(T) AF479689 相似性为 97.848%。培养基 0745,26℃。

MCCC 1A02787　←海洋三所 F1Mire-1。分离源:北海沉积物。分离自石油降解菌群。与模式菌株 *M. segnicrescens* SS011B1-4(T) EF157832 相似性为 98.018%。培养基 0472,28℃。

MCCC 1A02902　←海洋三所 F48-1。分离源:近海沉积物。分离自石油降解菌群。与模式菌株 *M. segnicrescens* SS011B1-4(T) EF157832 相似性为 97.378%。培养基 0472,28℃。

MCCC 1A03921　←海洋三所 324-2。分离源:印度洋表层海水。分离自石油降解菌群。与模式菌株 *M. lipolyticus* SM19(T) AY147906 相似性为 93.23%。培养基 0471,25℃。

MCCC 1A03929　←海洋三所 331-4。分离源:印度洋表层海水。分离自石油降解菌群。与模式菌株 *M. lipolyticus* SM19(T) AY147906 相似性为 97.489%。培养基 0471,25℃。

MCCC 1A03963　←海洋三所 326-4。分离源:印度洋表层海水。分离自石油降解菌群。与模式菌株 *M. lipolyticus* SM19(T) AY147906 相似性为 97.736%。培养基 0471,25℃。

MCCC 1A03970　←海洋三所 429-3。分离源:印度洋表层海水。分离自石油降解菌群。与模式菌株 *M. lipolyticus* SM19(T) AY147906 相似性为 97.216%。培养基 0471,25℃。

MCCC 1A04560　←海洋三所 T35AC。分离源:西南太平洋土黄色沉积物。分离自石油降解菌群。与模式菌株 *M. koreensis* DD-M3(T) DQ325514 相似性为 97.701%(716/732)。培养基 0821,28℃。

MCCC 1A05450　←海洋三所 Er47。分离源:南海海水。分离自石油降解菌群。与模式菌株 *M. guineae* M3B (T) AM503093 相似性为 96.461%(736/763)。培养基 0471,28℃。

MCCC 1A05598　←海洋三所 AA-11。分离源:太平洋土灰色沉积物。与模式菌株 *M. hydrocarbonoclasticus* MBIC1303(T) AB019148 相似性为 98.246%。培养基 0471,30℃。

MCCC 1B00450　←海洋一所 HZBC2。分离源:山东日照上层海水。与模式菌株 *M. hydrocarbonoclasticus* MBIC1303(T) AB019148 相似性为 96.343%。培养基 0471,20～25℃。

MCCC 1B00842　←海洋一所 YCWA23。分离源:青岛即墨饱和盐度盐田。与模式菌株 *M. salsuginis* SD-14B (T) EF028328 相似性为 97.129%。培养基 0471,20～25℃。

MCCC 1B00844　←海洋一所 YCWA26。分离源:青岛即墨饱和盐度盐田。与模式菌株 *M. bryozoorum* 50-11 ＝KMM 3840(T) AJ609271 相似性为 96.774%。培养基 0471,20～25℃。

MCCC 1B00850　←海洋一所 YCWA41。分离源:青岛即墨饱和盐度盐田表层海水。与模式菌株 *M. bryozoorum* 50-11＝KMM 3840(T) AJ609271 相似性为 98.206%。培养基 0471,20～25℃。

MCCC 1B00851　←海洋一所 YCWA42。分离源:青岛即墨饱和盐度盐田表层海水。与模式菌株 *M. bryozoorum* 50-11＝KMM 3840(T) AJ609271 相似性为 97.255%。培养基 0471,20～25℃。

MCCC 1B00864　←海洋一所 YCSD4。分离源:青岛即墨盐田旁排水沟。与模式菌株 *M. bryozoorum* 50-11 KMM 3840(T) AJ609271 相似性为 98.807%。培养基 0471,20～25℃。

MCCC 1B00868　←海洋一所 YCSD10。分离源:青岛即墨盐田旁排水沟。与模式菌株 *M. guineae* M3B(T) AM503093 相似性为 96.902%。培养基 0471,20～25℃。

MCCC 1B00869　←海洋一所 YCSD11。分离源:青岛即墨盐田旁排水沟。与模式菌株 *M. hydrocarbonoclasticus* MBIC1303(T) AB019148 相似性为 97.525%。培养基 0471,20～25℃。

MCCC 1B00871　←海洋一所 YCSD16。分离源:青岛即墨盐田旁排水沟。与模式菌株 *M. guineae* M3B(T) AM503093 相似性为 97.013%。培养基 0471,20～25℃。

MCCC 1B00873　←海洋一所 YCSD20。分离源:青岛即墨盐田旁排水沟。与模式菌株 *M. hydrocarbonoclasticus* MBIC1303(T) AB019148 相似性为 97.976%。培养基 0471,20～25℃。

MCCC 1B00877　←海洋一所 YCSD27。分离源:青岛即墨盐田旁排水沟。与模式菌株 *M. bryozoorum* 50-11 KMM 3840(T) AJ609271 相似性为 98.565%。培养基 0471,20～25℃。

MCCC 1B00879　←海洋一所 YCSD30。分离源:青岛即墨盐田旁排水沟。与模式菌株 *M. guineae* M3B(T) AM503093 相似性为 96.835%。培养基 0471,20～25℃。

MCCC 1B00911　←海洋一所 YCSA3。分离源:青岛即墨饱和盐度盐田盐渍土。与模式菌株 *M. bryozoorum* 50-11 KMM 3840(T) AJ609271 相似性为 96.659%。培养基 0471,20～25℃。

MCCC 1B00916　←海洋一所 YCSA15。分离源:青岛即墨饱和盐度盐田盐渍土。与模式菌株 *M. bryozoorum* 50-11 KMM 3840(T) AJ609271 相似性为 98.443%。培养基 0471,20～25℃。

MCCC 1B00918　←海洋一所 YCSA18。分离源:青岛即墨饱和盐度盐田盐渍土。与模式菌株 *M. salsuginis* SD-14B(T) EF028328 相似性为 98.079%。培养基 0471,20～25℃。

MCCC 1B00923　←海洋一所 YCSA34。分离源:青岛即墨饱和盐度盐田盐渍土。与模式菌株 *M. algicola* DG893(T) AY258110 相似性为 97.252%。培养基 0471,20～25℃。

MCCC 1B00924　←海洋一所 YCSA35。分离源:青岛即墨饱和盐度盐田盐渍土。与模式菌株 *M. flavimaris* SW-145(T) AY517632 相似性为 97.733%。培养基 0471,20～25℃。

MCCC 1B00925　←海洋一所 YCSA36。分离源:青岛即墨饱和盐度盐田盐渍土。与模式菌株 *M. bryozoorum* 50-11 KMM 3840(T) AJ609271 相似性为 95.813%。培养基 0471,20～25℃。

MCCC 1B00927　←海洋一所 YCSA40。分离源:青岛即墨饱和盐度盐田盐渍土。与模式菌株 *M. bryozoorum* 50-11 KMM 3840(T) AJ609271 相似性为 95.341%。培养基 0471,20～25℃。

MCCC 1B00928　←海洋一所 YCSA44。分离源:青岛即墨饱和盐度盐田盐渍土。与模式菌株 *M. flavimaris* SW-145(T) AY517632 相似性为 98.327%。培养基 0471,20～25℃。

MCCC 1B00931　←海洋一所 YCSA52。分离源:青岛即墨饱和盐度盐田盐渍土。与模式菌株 *M. flavimaris* SW-145(T) AY517632 相似性为 98.088%。培养基 0471,20～25℃。

MCCC 1B00939　←海洋一所 YCSA64。分离源:青岛即墨饱和盐度盐田盐渍土。与模式菌株 *M. algicola* DG893(T) AY258110 相似性为 97.852%。培养基 0471,20～25℃。

MCCC 1B00941　←海洋一所 YCSA68。分离源:青岛即墨饱和盐度盐田盐渍土。与模式菌株 *M. guineae* M3B(T) AM503093 相似性为 96.886%。培养基 0471,20～25℃。

MCCC 1B00943　←海洋一所 YCSA72。分离源:青岛即墨饱和盐度盐田盐渍土。与模式菌株 *M. algicola* DG893(T) AY258110 相似性为 99.163%。培养基 0471,20～25℃。

MCCC 1B00944　←海洋一所 YCSA74-1。分离源:青岛即墨饱和盐度盐田盐渍土。与模式菌株 *M. bryozoorum* 50-11 KMM 3840(T) AJ609271 相似性为 99.042%。培养基 0471,20～25℃。

MCCC 1B00948　←海洋一所 YCSA86。分离源:青岛即墨饱和盐度盐田盐渍土。与模式菌株 *M. guineae* M3B(T) AM503093 相似性为 97.013%。培养基 0471,20～25℃。

MCCC 1B00979　←海洋一所 YXWBB1。分离源:青岛即墨 70%盐度盐田表层海水。与模式菌株 *M. gudaonensis* SL014B61A(T) DQ414419 相似性为 94.046%。培养基 0471,20～25℃。

MCCC 1B00988　←海洋一所 YXWBB25。分离源:青岛即墨 70%盐度盐田表层海水。与模式菌株 *M. bryozoorum* 50-11 KMM 3840(T) AJ609271 相似性为 96.535%。培养基 0471,20～25℃。

MCCC 1B00990　←海洋一所 YCSA7。分离源:青岛即墨饱和盐度盐田盐渍土。与模式菌株 M. guineae M3B AM503093 相似性为 97.658%。培养基 0471,20～25℃。

MCCC 1B00996　←海洋一所 YCSA45-1。分离源:青岛即墨饱和盐度盐田盐渍土。与模式菌株 M. bryozoorum 50-11 KMM 3840 AJ609271 相似性为 98.086%。培养基 0471,20～25℃。

MCCC 1B00999　←海洋一所 YCSA52。分离源:青岛即墨饱和盐度盐田盐渍土。与模式菌株 M. bryozoorum 50-11 KMM 3840(T) AJ609271 相似性为 97.971%。培养基 0471,20～25℃。

MCCC 1B01003　←海洋一所 QJWW18。分离源:江苏南通近海表层海水。与模式菌株 M. vinifirmus FB1 (T) DQ235263 相似性为 98.091%。培养基 0471,28℃。

MCCC 1B01053　←海洋一所 QJWJ22。分离源:江苏南通近海表层海水。与模式菌株 M. algicola DG893 (T) AY258110 相似性为 98.449%。培养基 0471,28℃。

MCCC 1B01097　←海洋一所 QJNY93。分离源:山东日照海底泥沙。与模式菌株 M. guineae M3B(T) AM503093 相似性为 99.284%。培养基 0471,28℃。

MCCC 1B01105　←海洋一所 YCSA83。分离源:青岛即墨饱和盐度盐田盐渍土。与模式菌株 M. bryozoorum 50-11 KMM 3840(T) AJ609271 相似性为 95.803%。培养基 0471,20～25℃。

MCCC 1B01113　←海洋一所 YCSD45。分离源:青岛即墨盐田旁排水沟。与模式菌株 M. hydrocarbonoclasticus MBIC1303(T) AB019148 相似性为 96.988%。培养基 0471,20～25℃。

MCCC 1B01114　←海洋一所 YCSD48。分离源:青岛即墨盐田旁排水沟。与模式菌株 M. hydrocarbonoclasticus MBIC1303(T) AB019148 相似性为 97.523%。培养基 0471,20～25℃。

MCCC 1B01116　←海洋一所 YCSD57。分离源:青岛即墨盐田旁排水沟。与模式菌株 M. gudaonensis SL014B61A(T) DQ414419 相似性为 97.011%。培养基 0471,20～25℃。

MCCC 1B01117　←海洋一所 YCSD58。分离源:青岛即墨盐田旁排水沟。与模式菌株 M. hydrocarbonoclasticus MBIC1303(T) AB019148 相似性为 97.592%。培养基 0471,20～25℃。

MCCC 1B01122　←海洋一所 YCSD73-1。分离源:青岛即墨盐田旁排水沟。与模式菌株 M. bryozoorum 50-11 KMM 3840(T) AJ609271 相似性为 97.57%。培养基 0471,20～25℃。

MCCC 1B01129　←海洋一所 YXWBB15。分离源:青岛即墨70%盐度盐田表层海水。与模式菌株 M. guineae M3B(T) AM503093 相似性为 96.894%。培养基 0471,20～25℃。

MCCC 1B01167　←海洋一所 TVGB4。分离源:大西洋深海泥样。与模式菌株 M. hydrocarbonoclasticus MBIC1303(T) AB019148 相似性为 97.530%。培养基 0471,25℃。

MCCC 1F01053　←厦门大学 P7。分离源:福建漳州近海红树林泥。与模式菌株 M. daepoensis SW-156(T) AY517633 相似性为 96.589%(1416/1466)。培养基 0471,25℃。

MCCC 1F01058　←厦门大学 P12。分离源:福建漳州近海红树林泥。与模式菌株 M. daepoensis SW-156(T) AY517633 相似性为 96.589%(1416/1466)。培养基 0471,25℃。

MCCC 1F01102　←厦门大学 DH21。分离源:中国东海近海海水表层。产脂酶(TW80)。与模式菌株 M. algicola DG893(T) AY258110 相似性为 99.265%(675/680)。培养基 0471,25℃。

MCCC 1F01135　←厦门大学 Y3。分离源:深圳塔玛亚历山大藻培养液。与模式菌株 M. goseongensis En6 (T) EF660754 相似性为 98.750%(711/720)。培养基 0471,25℃。

MCCC 1F01142　←厦门大学 SCSWA13。分离源:南海近海中层海水。产淀粉酶、脂酶。与模式菌株 M. algicola DG893(T) AY258110 相似性为 99.259%(1474/1485)。培养基 0471,25℃。

Marinobacterium halophilum Chang et al. 2007 **嗜盐海细菌**

模式菌株 Marinobacterium halophilum Mano11 AY563030

MCCC 1B00535　←海洋一所 NJDN1。分离源:盐城底层海水。与模式菌株相似性为 99.859%。培养基 0471,20～25℃。

Marinobacterium stanieri (Baumann et al. 1983)Satomi et al. 2002 **斯氏海细菌**

模式菌株 Marinobacterium stanieri ATCC 27130(T) AB021367

MCCC 1A02198　←海洋三所 H1B。分离源:厦门近海表层海水。分离自石油降解菌群。与模式菌株相似性为 99.496%。培养基 0821,25℃。

Marinobacterium sp. González *et al*.1997 海细菌

MCCC 1A02200 ←海洋三所 H1J。分离源:厦门近海表层海水。分离自石油降解菌群。与模式菌株 *M. litorale* IMCC1877(T) DQ917760 相似性为 95.658%。培养基 0821,25℃。

MCCC 1A02201 ←海洋三所 H1L。分离源:厦门近海表层海水。分离自石油降解菌群。与模式菌株 *M. litorale* IMCC1877(T) DQ917760 相似性为 95.785%。培养基 0821,25℃。

MCCC 1B00962 ←海洋一所 HDC29。分离源:福建宁德河豚养殖场河豚肠道内容物。与模式菌株 *M. stanieri* ATCC 27130(T) AB021367 相似性为 97.971%。培养基 0471,20~25℃。

MCCC 1B01112 ←海洋一所 YCSD44。分离源:青岛即墨盐田旁排水沟。与模式菌株 *M. litorale* IMCC1877 (T) DQ917760 相似性为 95.878%。培养基 0471,20~25℃。

Marinococcus sp. Hao *et al*.1985 海球菌

MCCC 1B00980 ←海洋一所 YXWBB6。分离源:青岛即墨 70%盐度盐田表层海水。与模式菌株 *M. halophilus* DSM 20408(T) X90835 相似性为 98.807%。培养基 0471,20~25℃。

MCCC 1B00983 ←海洋一所 YXWBB13。分离源:青岛即墨 70%盐度盐田表层海水。与模式菌株 *M. halophilus* DSM 20408(T) X90835 相似性为 99.881%。培养基 0471,20~25℃。

Marinomonas arctica Zhang *et al*.2008 北极海单胞菌

模式菌株 *Marinomonas arctica* 328(T) DQ492749

MCCC 1C00123 ←极地中心 BSi20328。=CGMCC 1.6498 =JCM 14976 =328。分离源:北冰洋海冰。模式菌株。培养基 0471,20℃。

MCCC 1C00205 ←极地中心 BSi20345。分离源:北冰洋海冰。与模式菌株相似性为 99.454%。培养基 0471,15℃。

MCCC 1C00206 ←极地中心 BSi20347。分离源:北冰洋海冰。与模式菌株相似性为 99.257%。培养基 0471,15℃。

MCCC 1C00207 ←极地中心 BSi20348。分离源:北冰洋海冰。与模式菌株相似性为 99.628%。培养基 0471,15℃。

MCCC 1C00208 ←极地中心 BSi20354。分离源:北冰洋海冰。与模式菌株相似性为 99.386%。培养基 0471,15℃。

MCCC 1C00209 ←极地中心 BSi20358。分离源:北冰洋海冰。与模式菌株相似性为 99.851%。培养基 0471,15℃。

MCCC 1C00210 ←极地中心 BSi20372。分离源:北冰洋海冰。与模式菌株相似性为 99.108%。培养基 0471,15℃。

MCCC 1C00211 ←极地中心 BSi20382。分离源:北冰洋海冰。与模式菌株相似性为 98.976%。培养基 0471,15℃。

MCCC 1C00212 ←极地中心 BSi20385。分离源:北冰洋海冰。与模式菌株相似性为 99.795%。培养基 0471,15℃。

MCCC 1C00213 ←极地中心 BSi20388。分离源:北冰洋海冰。与模式菌株相似性为 99.795%。培养基 0471,15℃。

MCCC 1C00214 ←极地中心 BSi20389。分离源:北冰洋海冰。与模式菌株相似性为 99.795%。培养基 0471,15℃。

MCCC 1C00215 ←极地中心 BSi20402。分离源:北冰洋海冰。与模式菌株相似性为 99.851%。培养基 0471,15℃。

MCCC 1C00217 ←极地中心 BSi20412。分离源:北冰洋海冰。产 β-半乳糖苷酶。与模式菌株相似性为 99.59%。培养基 0471,15℃。

MCCC 1C00218 ←极地中心 BSi20413。分离源:北冰洋海冰。与模式菌株相似性为 99.851%。培养基 0471,15℃。

MCCC 1C00219 ←极地中心 BSi20414。分离源:北冰洋海冰。产 β-半乳糖苷酶。与模式菌株相似性为 99.59%。培养基 0471,15℃。

MCCC 1C00227　←极地中心 BSi20461。分离源:北冰洋海冰。产 β-半乳糖苷酶。与模式菌株相似性为 99.727%。培养基 0471,15℃。

MCCC 1C00228　←极地中心 BSi20469。分离源:北冰洋海冰。与模式菌株相似性为 99.851%。培养基 0471,15℃。

MCCC 1C00233　←极地中心 BSi20525。分离源:北冰洋海冰。产 β-半乳糖苷酶。与模式菌株相似性为 99.859%。培养基 0471,15℃。

MCCC 1C00240　←极地中心 BSi20535。分离源:北冰洋海冰。产 β-半乳糖苷酶。与模式菌株相似性为 99.571%。培养基 0471,15℃。

MCCC 1C00247　←极地中心 BSi20567。分离源:北冰洋海冰。产 β-半乳糖苷酶。与模式菌株相似性为 99.317%。培养基 0471,15℃。

MCCC 1C00284　←极地中心 BSi20481。分离源:北冰洋海冰。产 β-半乳糖苷酶。与模式菌株相似性为 99.59%。培养基 0471,15℃。

MCCC 1C00287　←极地中心 BSi20470。分离源:北冰洋海冰。产 β-半乳糖苷酶。与模式菌株相似性为 99.795%。培养基 0471,15℃。

MCCC 1C00300　←极地中心 BSi20547。分离源:北冰洋海冰。产蛋白酶、β-半乳糖苷酶。与模式菌株相似性为 99.59%。培养基 0471,15℃。

MCCC 1C00354　←极地中心 BSi20383。分离源:北冰洋海冰。与模式菌株相似性为 99.522%。培养基 0471,15℃。

MCCC 1C00371　←极地中心 BSi20579。分离源:北冰洋海冰。与模式菌株相似性为 99.727%。培养基 0471,15℃。

MCCC 1C00383　←极地中心 BSi20342。分离源:北冰洋海冰。与模式菌株相似性为 99.795%。培养基 0471,15℃。

MCCC 1C00401　←极地中心 BSi20487。分离源:北冰洋海冰。产淀粉酶。与模式菌株相似性为 99.317%。培养基 0471,15℃。

MCCC 1C00417　←极地中心 BSi20373。分离源:北冰洋海冰。与模式菌株相似性为 99.727%。培养基 0471,15℃。

MCCC 1C00451　←极地中心 BSi20356。分离源:北冰洋海冰。与模式菌株相似性为 99.863%。培养基 0471,15℃。

MCCC 1C00473　←极地中心 BSi20375。分离源:北冰洋海冰。与模式菌株相似性为 99.863%。培养基 0471,15℃。

MCCC 1C00481　←极地中心 BSi20367。分离源:北冰洋海冰。与模式菌株相似性为 99.932%。培养基 0471,15℃。

MCCC 1C00483　←极地中心 BSi20376。分离源:北冰洋海冰。与模式菌株相似性为 99.659%。培养基 0471,15℃。

Marinomonas communis (Baumann *et al.* 1972) van Landschoot and De Ley 1984 普遍海单胞菌
模式菌株 *Marinomonas communis* LMG 2864(T) DQ01152

MCCC 1A02192　←海洋三所 B1G。分离源:厦门近海表层海水。分离自石油降解菌群。与模式菌株相似性为 98.981%。培养基 0821,25℃。

MCCC 1A02779　←海洋三所 IG8。分离源:黄海表层海水。分离自石油降解菌群。与模式菌株相似性为 99.622%。培养基 0472,25℃。

Marinomonas polaris Gupta *et al.* 2006 极地海单胞菌
模式菌株 *Marinomonas polaris* CK13(T) AJ833000

MCCC 1C00250　←极地中心 BSi20584。分离源:北冰洋海冰。产 β-半乳糖苷酶。与模式菌株相似性为 99.656%。培养基 0471,15℃。

Marinomonas pontica Ivanova *et al.* 2005 黑海海单胞菌
模式菌株 *Marinomonas pontica* 46-16(T) AY539835

MCCC 1A03440 ←海洋三所 M01-12D。分离源:南沙上层海水。与模式菌株相似性为 98.901%。培养基 1001,25℃。

Marinomonas primoryensis Romanenko *et al*. 2003 普利莫耶卤地海单胞菌

模式菌株 *Marinomonas primoryensis* KMM 3633(T) AB074193

MCCC 1C00223 ←极地中心 BSi20443。分离源:北冰洋海冰。产 β-半乳糖苷酶。与模式菌株相似性为 99.15%。培养基 0471,15℃。

MCCC 1C00232 ←极地中心 BSi20524。分离源:北冰洋海冰。产 β-半乳糖苷酶。与模式菌株相似性为 99.929%。培养基 0471,15℃。

MCCC 1C00278 ←极地中心 ACT3。分离源:北冰洋表层沉积物。与模式菌株相似性为 99.858%。培养基 0471,15℃。

MCCC 1C00282 ←极地中心 ASs2029。分离源:北冰洋表层沉积物。与模式菌株相似性为 99.858%。培养基 0471,15℃。

MCCC 1C00283 ←极地中心 ASs2031。分离源:北冰洋表层沉积物。与模式菌株相似性为 99.717%。培养基 0471,15℃。

MCCC 1C00289 ←极地中心 BSi20513。分离源:北冰洋海冰。产 β-半乳糖苷酶。与模式菌株相似性为 99.858%。培养基 0471,15℃。

MCCC 1C00295 ←极地中心 BSi20583。分离源:北冰洋海冰。产 β-半乳糖苷酶。与模式菌株相似性为 99.787%。培养基 0471,15℃。

MCCC 1C00298 ←极地中心 ASs2032。分离源:北冰洋表层沉积物。与模式菌株相似性为 99.504%。培养基 0471,15℃。

MCCC 1C00299 ←极地中心 ACT1。分离源:北冰洋表层沉积物。与模式菌株相似性为 99.716%。培养基 0471,15℃。

MCCC 1C00355 ←极地中心 BSi20504。分离源:北冰洋海冰。与模式菌株相似性为 99.291%。培养基 0471,15℃。

MCCC 1C00356 ←极地中心 BSi20536。分离源:北冰洋海冰。与模式菌株相似性为 99.15%。培养基 0471,15℃。

MCCC 1C00373 ←极地中心 BSi20599。分离源:北冰洋海冰。与模式菌株相似性为 99.717%。培养基 0471,15℃。

MCCC 1C00389 ←极地中心 BSi20494。分离源:北冰洋海冰。与模式菌株相似性为 99.787%。培养基 0471,15℃。

MCCC 1C00392 ←极地中心 BSi20591。分离源:北冰洋海冰。与模式菌株相似性为 99.858%。培养基 0471,15℃。

MCCC 1C00397 ←极地中心 BSi20499。分离源:北冰洋海冰。与模式菌株相似性为 99.858%。培养基 0471,15℃。

MCCC 1C00416 ←极地中心 BSi20346。分离源:北冰洋海冰。与模式菌株相似性为 99.858%。培养基 0471,15℃。

MCCC 1C00418 ←极地中心 BSi20503。分离源:北冰洋海冰。与模式菌株相似性为 99.858%。培养基 0471,15℃。

MCCC 1C00454 ←极地中心 BSi20448。分离源:北冰洋海冰。与模式菌株相似性为 99.15%。培养基 0471,15℃。

MCCC 1C00460 ←极地中心 BSi20353。分离源:北冰洋海冰。与模式菌株相似性为 99.787%。培养基 0471,15℃。

MCCC 1C00470 ←极地中心 BSi20508。分离源:北冰洋海冰。与模式菌株相似性为 99.858%。培养基 0471,15℃。

MCCC 1C00586 ←极地中心 BSs20040。分离源:北冰洋表层沉积物。与模式菌株相似性为 99.787%。培养基 0471,15℃。

MCCC 1C00705 ←极地中心 NF3-21。分离源:南极无冰区表层海水。与模式菌株相似性为 99.929%。培养基 0471,15℃。

MCCC 1C00717 ←极地中心 NF3-7。分离源:南极无冰区表层海水。与模式菌株相似性为 99.787%。培养
基 0471,15℃。

MCCC 1C00720 ←极地中心 NF3-30。分离源:南极无冰区表层海水。与模式菌株相似性为 99.787%。培
养基 0471,15℃。

MCCC 1C00723 ←极地中心 NF4-2。分离源:南极海冰。与模式菌株相似性为 99.787%。培养基
0471,15℃。

MCCC 1C00766 ←极地中心 NF3-6。分离源:南极无冰区表层海水。与模式菌株相似性为 99.85%。培养
基 0471,15℃。

MCCC 1C00768 ←极地中心 NF3-5。分离源:南极无冰区表层海水。与模式菌株相似性为 99.858%。培养
基 0471,15℃。

MCCC 1C00770 ←极地中心 NF3-9。分离源:南极无冰区表层海水。与模式菌株相似性为 99.858%。培养
基 0471,15℃。

MCCC 1C00771 ←极地中心 NF3-16。分离源:南极无冰区表层海水。与模式菌株相似性为 99.858%。培
养基 0471,15℃。

MCCC 1C00787 ←极地中心 NF4-23。分离源:南极海冰。与模式菌株相似性为 99.22%。培养基 0471,15℃。

MCCC 1C00802 ←极地中心 NF4-21。分离源:南极海冰。与模式菌株相似性为 99.717%。培养基
0471,15℃。

MCCC 1C00963 ←极地中心 ZS5-4。分离源:南极海冰。与模式菌株相似性为 98.937%。培养基 0471,15℃。

MCCC 1C00968 ←极地中心 NF1-36。分离源:南极海洋沉积物。与模式菌株相似性为 99.780%。培养基
0471,15℃。

MCCC 1C01001 ←极地中心 S11-5-3。分离源:北冰洋表层沉积物。抗二价锰。与模式菌株相似性为
99.079%。培养基 0471,5℃。

MCCC 1C01007 ←极地中心 S11-5-1。分离源:北冰洋表层沉积物。抗二价锰。与模式菌株相似性为
99.646%。培养基 0471,5℃。

Marinomonas sp. van Landschoot and De Ley 1984 **海单胞菌**

MCCC 1A00613 ←海洋三所 7010。分离源:西太平洋深海沉积物。与模式菌株 _M. primoryensis_ KMM 3633
(T) AB074193 相似性为 95.481%。培养基 0471,4~20℃。

MCCC 1A00768 ←海洋三所 4067。分离源:东太平洋棕褐色硅质软泥。与模式菌株 _M. pontica_ 46-16(T)
AY539835 相似性为 93.392%。培养基 0471,4~20℃。

MCCC 1A00769 ←海洋三所 4075。分离源:东太平洋深海沉积物。与模式菌株 _M. arctica_ 328(T)
DQ492749 相似性为 98.968%。培养基 0471,4~20℃。

MCCC 1C01014 ←极地中心 S11-5-2。分离源:北冰洋表层沉积物。抗二价锰。与模式菌株 _M. primoryensis_
KMM 3633(T) AB074193 相似性为 99.717%。培养基 0471,5℃。

Marinovum sp. Martens _et al._ 2006 **海卵菌**

MCCC 1F01027 ←厦门大学 F9。分离源:福建省漳州近海红树林表层沉积物。与模式菌株 _M. algicola_
ATCC 51440(T) X78315 相似性为 96.884%(1306/1348)。培养基 0471,25℃。

Marispirillum indicum Lai _et al._ 2009 **印度洋海洋螺菌**

MCCC 1A01235 ←海洋三所 RC139-2。=LMG 24627 =CCTCC AB 208225 =B142。分离源:印度洋深海
底层水样。分离自石油降解菌群。模式菌株。培养基 0471,25℃。

Maritimibacter sp. Lee _et al._ 2007 **海棍状菌**

MCCC 1A00384 ←海洋三所 CTD99-A21。分离源:印度洋深海底层水样。分离自石油降解菌群。与模式菌
株 _M. alkaliphilus_ HTCC2654(T) DQ915443 相似性为 95.824%。培养基 0471,25℃。

Martelella mediterranea Rivas *et al*. 2005 地中海马特尔氏菌

模式菌株 *Martelella mediterranea* MACL11(T) AY649762

MCCC 1A01153 ←LMG 22193T。原始号 MACL11。=LMG 22193T =CECT 5861T。分离源:西班牙地下盐湖。模式菌株。培养基 0471,25℃。

MCCC 1A01180 ←海洋三所 MARC4COH。分离源:大西洋深海沉积物。分离自多环芳烃降解菌群。与模式菌株相似性为 99.715%。培养基 0471,28℃。

MCCC 1A01191 ←海洋三所 MARC4CON。分离源:大西洋深海沉积物。分离自多环芳烃降解菌群。与模式菌株相似性为 99.715%。培养基 0471,28℃。

MCCC 1A01221 ←海洋三所 2CR55-12。分离源:印度洋深海底层水样。分离自石油降解菌群。与模式菌株相似性为 99.213%。培养基 0471,25℃。

MCCC 1A01222 ←海洋三所 2PR55-7。分离源:印度洋深海底层水样。分离自多环芳烃降解菌群。与模式菌株相似性为 99.716%。培养基 0471,25℃。

MCCC 1A01229 ←海洋三所 SR93-8。分离源:印度洋深海底层水样。分离自石油降解菌群。与模式菌株相似性为 99.652%。培养基 0471,25℃。

MCCC 1A01234 ←海洋三所 2PR511-4。分离源:印度洋深海底层水样。分离自多环芳烃降解菌群。与模式菌株相似性为 99.059%。培养基 0471,25℃。

MCCC 1A01289 ←海洋三所 S30-11。分离源:印度洋表层海水。分离自石油降解菌群。与模式菌株相似性为 98.584%。培养基 0745,26℃。

MCCC 1A01291 ←海洋三所 S30-7。分离源:印度洋表层海水。分离自石油降解菌群。与模式菌株相似性为 99.577%。培养基 0745,26℃。

MCCC 1A01292 ←海洋三所 S30-7-1。分离源:印度洋表层海水。分离自石油降解菌群。与模式菌株相似性为 99.71%。培养基 0745,26℃。

MCCC 1A01293 ←海洋三所 S29-7。分离源:印度洋表层海水。分离自石油降解菌群。与模式菌株相似性为 99.729%。培养基 0745,26℃。

MCCC 1A01319 ←海洋三所 S25-3-4。分离源:印度洋表层海水。苯系物降解菌。与模式菌株相似性为 100%。培养基 0471,25℃。

MCCC 1A01343 ←海洋三所 S67-2-11。分离源:印度洋表层海水。苯系物降解菌。与模式菌株相似性为 98.883%。培养基 0471,25℃。

MCCC 1A01388 ←海洋三所 S73-2-5。分离源:印度洋表层海水。苯系物降解菌。与模式菌株相似性为 98.51%。培养基 0471,25℃。

MCCC 1A01420 ←海洋三所 S24(11)。分离源:印度洋表层海水。分离自石油降解菌群。与模式菌株相似性为 99.854%。培养基 0745,26℃。

MCCC 1A01445 ←海洋三所 S32-3。分离源:印度洋表层海水。分离自石油降解菌群。与模式菌株相似性为 99.688%。培养基 0745,26℃。

MCCC 1A01447 ←海洋三所 S31-11。分离源:印度洋表层海水。分离自石油降解菌群。与模式菌株相似性为 99.851%。培养基 0745,26℃。

MCCC 1A01485 ←海洋三所 A-10-2。分离源:印度洋表层海水。石油烃降解菌。与模式菌株相似性为 99.738%。培养基 0333,26℃。

MCCC 1A02003 ←海洋三所 RC139-9。分离源:印度洋深海底层水样。分离自石油降解菌群。与模式菌株相似性为 99.098%。培养基 0471,25℃。

MCCC 1A02004 ←海洋三所 RC911-11。分离源:印度洋深海底层水样。分离自石油降解菌群。与模式菌株相似性为 99.098%。培养基 0471,25℃。

MCCC 1A02005 ←海洋三所 RC95-13。分离源:印度洋深海底层水样。分离自石油降解菌群。与模式菌株相似性为 99.098%。培养基 0471,25℃。

MCCC 1A02006 ←海洋三所 PR51-21。分离源:印度洋深海底层水样。分离自多环芳烃降解菌群。与模式菌株相似性为 99.098%。培养基 0471,25℃。

MCCC 1A02007 ←海洋三所 RC95-7。分离源:印度洋西南洋中脊深海底层水样。分离自石油降解菌群。与模式菌株相似性为 99.098%。培养基 0471,25℃。

MCCC 1A02008 　←海洋三所 2CR52-11。分离源:印度洋深海底层水样。分离自石油降解菌群。与模式菌株相似性为 99.098%。培养基 0471,25℃。

MCCC 1A02009 　←海洋三所 2PR51-2。分离源:印度洋深海底层水样。分离自多环芳烃降解菌群。与模式菌株相似性为 99.098%。培养基 0471,25℃。

MCCC 1A02010 　←海洋三所 RC95-11。分离源:印度洋深海底层水样。分离自石油降解菌群。与模式菌株相似性为 99.098%。培养基 0471,25℃。

MCCC 1A02106 　←海洋三所 S25-3。分离源:印度洋表层海水。分离自石油降解菌群。与模式菌株相似性为 99.701%。培养基 0745,26℃。

MCCC 1A02107 　←海洋三所 S24-12。分离源:印度洋表层海水。分离自石油降解菌群。与模式菌株相似性为 98.479%。培养基 0745,26℃。

MCCC 1A02296 　←海洋三所 S9-9。分离源:大西洋表层海水。与模式菌株相似性为 99.239%。培养基 0745,28℃。

MCCC 1A02299 　←海洋三所 s10-10。分离源:大西洋表层海水。分离自石油降解菌群。与模式菌株相似性为 99.087%。培养基 0745,28℃。

MCCC 1A02331 　←海洋三所 S15-12。分离源:大西洋表层海水。与模式菌株相似性为 99.391%。培养基 0745,28℃。

MCCC 1A02339 　←海洋三所 S17-6。分离源:大西洋表层海水。与模式菌株相似性为 99.239%。培养基 0745,28℃。

MCCC 1A02368 　←海洋三所 S4-17。分离源:大西洋表层海水。与模式菌株相似性为 98.132%。培养基 0745,28℃。

MCCC 1A02374 　←海洋三所 S5-7。分离源:大西洋表层海水。与模式菌株相似性为 98.256%。培养基 0745,28℃。

MCCC 1A02379 　←海洋三所 S6-10。分离源:大西洋表层海水。与模式菌株相似性为 99.111%。培养基 0745,28℃。

MCCC 1A02384 　←海洋三所 S6-4。分离源:大西洋表层海水。与模式菌株相似性为 99.548%。培养基 0745,28℃。

MCCC 1A02403 　←海洋三所 S12-7。分离源:大西洋表层海水。与模式菌株相似性为 98.721%。培养基 0745,28℃。

MCCC 1A02431 　←海洋三所 S16-10。分离源:大西洋表层海水。与模式菌株相似性为 99.729%。培养基 0745,28℃。

MCCC 1A02455 　←海洋三所 S20-2。分离源:大西洋表层海水。与模式菌株相似性为 99.098%。培养基 0745,28℃。

MCCC 1A02458 　←海洋三所 S20-8。分离源:大西洋表层海水。与模式菌株相似性为 99.485%。培养基 0745,28℃。

MCCC 1A02806 　←海洋三所 IK7。分离源:黄海上层海水。分离自石油降解菌群。与模式菌株相似性为 100%。培养基 0821,25℃。

MCCC 1A02816 　←海洋三所 IM5。分离源:黄海上层海水。分离自石油降解菌群。与模式菌株相似性为 99.738%。培养基 0472,25℃。

MCCC 1A02831 　←海洋三所 IO1。分离源:黄海上层海水。分离自石油降解菌群。与模式菌株相似性为 99.608%(798/801)。培养基 0472,25℃。

MCCC 1A02864 　←海洋三所 IU12。分离源:黄海上层海水。分离自石油降解菌群。与模式菌株相似性为 99.608%。培养基 0472,25℃。

MCCC 1A02890 　←海洋三所 IZ5。分离源:黄海上层海水。分离自石油降解菌群。与模式菌株相似性为 100%(801/801)。培养基 0472,25℃。

MCCC 1A02900 　←海洋三所 JC2。分离源:黄海上层海水。分离自石油降解菌群。与模式菌株相似性为 99.869%(800/801)。培养基 0821,25℃。

MCCC 1A02901 　←海洋三所 JC4。分离源:黄海上层海水。分离自石油降解菌群。与模式菌株相似性为 99.608%(798/801)。培养基 0821,25℃。

MCCC 1A02928 　←海洋三所 JH6。分离源：东海表层海水。分离自石油降解菌群。与模式菌株相似性为 98.824%（793/801）。培养基 0472,25℃。

MCCC 1A03061 　←海洋三所 CK-I3-7。分离源：印度洋深海沉积物。与模式菌株相似性为 100%。培养基 0745,18～28℃。

MCCC 1A03913 　←海洋三所 320-7。分离源：印度洋表层海水。分离自石油降解菌群。与模式菌株相似性为 99.017%。培养基 0471,25℃。

MCCC 1A03918 　←海洋三所 322-5。分离源：印度洋表层海水。分离自石油降解菌群。与模式菌株相似性为 99.157%。培养基 0471,25℃。

MCCC 1A03925 　←海洋三所 326-8。分离源：印度洋表层海水。分离自石油降解菌群。与模式菌株相似性为 98.28%。培养基 0471,25℃。

MCCC 1A04033 　←海洋三所 NH60D。分离源：南沙表层混合水样。分离自石油降解菌群。与模式菌株相似性为 100%。培养基 0821,25℃。

MCCC 1A04261 　←海洋三所 T2B11。分离源：西南太平洋土黄色沉积物。分离自石油降解菌群。与模式菌株相似性为 99.85%。培养基 0821,28℃。

MCCC 1A04416 　←海洋三所 T18B9。分离源：西南太平洋土黄色沉积物上覆水。分离自石油降解菌群。与模式菌株相似性为 100%（704/704）。培养基 0821,28℃。

MCCC 1A04424 　←海洋三所 T19B9。分离源：西南太平洋土灰色沉积物上覆水。分离自石油降解菌群。与模式菌株相似性为 100%（704/704）。培养基 0821,28℃。

MCCC 1A04465 　←海洋三所 T24B8。分离源：西南太平洋热液区沉积物。分离自石油降解菌群。与模式菌株相似性为 99.447%（753/757）。培养基 0821,28℃。

MCCC 1A04515 　←海洋三所 T30B12。分离源：西南太平洋热液区硫化物。分离自石油降解菌群。与模式菌株相似性为 99.862%（756/757）。培养基 0821,28℃。

MCCC 1A04716 　←海洋三所 C31AG。分离源：印度洋表层海水。分离自石油降解菌群。与模式菌株相似性为 100%。培养基 0821,25℃。

MCCC 1A04923 　←海洋三所 C19AG。分离源：西南太平洋表层海水。分离自石油降解菌群。与模式菌株相似性为 99.596%（773/776）。培养基 0821,25℃。

MCCC 1A04928 　←海洋三所 C14B4。分离源：西南太平洋表层海水。分离自石油降解菌群。与模式菌株相似性为 99.599%（780/783）。培养基 0821,25℃。

MCCC 1A04968 　←海洋三所 C22AI。分离源：西南太平洋表层海水。分离自石油降解菌群。与模式菌株相似性为 99.854%。培养基 0821,25℃。

MCCC 1A04980 　←海洋三所 C24B9。分离源：印度洋表层海水。分离自石油降解菌群。与模式菌株相似性为 99.582%（749/752）。培养基 0821,25℃。

MCCC 1A04983 　←海洋三所 C25AG。分离源：西南太平洋表层海水。分离自石油降解菌群。与模式菌株相似性为 99.59%。培养基 0821,25℃。

MCCC 1A05187 　←海洋三所 C34AE。分离源：印度洋表层海水。分离自石油降解菌群。与模式菌株相似性为 99.59%。培养基 0821,25℃。

MCCC 1A05201 　←海洋三所 C37AN。分离源：印度洋表层海水。分离自石油降解菌群。与模式菌株相似性为 100%。培养基 0821,25℃。

MCCC 1A05222 　←海洋三所 C41B13。分离源：西南太平洋表层海水。分离自石油降解菌群。与模式菌株相似性为 99.599%（780/783）。培养基 0821,25℃。

MCCC 1A05229 　←海洋三所 C41B9。分离源：西南太平洋表层海水。分离自石油降解菌群。与模式菌株相似性为 99.733%（781/783）。培养基 0821,25℃。

MCCC 1A05231 　←海洋三所 C42AD1。分离源：西南太平洋表层海水。分离自石油降解菌群。与模式菌株相似性为 100%（783/783）。培养基 0821,25℃。

MCCC 1A05438 　←海洋三所 Er34。分离源：南海海水。分离自石油降解菌群。与模式菌株相似性为 100%（733/733）。培养基 0471,28℃。

MCCC 1A05703 　←海洋三所 NH57C。分离源：南沙泻湖珊瑚沙颗粒。分离自石油降解菌群。与模式菌株相似性为 99.026%（746/753）。培养基 0821,25℃。

MCCC 1A05710　←海洋三所 NH57L1。分离源:南沙泻湖珊瑚沙颗粒。分离自石油降解菌群。与模式菌株相似性为 100%(753/753)。培养基 0821,25℃。

MCCC 1A05711　←海洋三所 NH57O。分离源:南沙泻湖珊瑚沙颗粒。分离自石油降解菌群。与模式菌株相似性为 99.026%(748/755)。培养基 0821,25℃。

MCCC 1A05727　←海洋三所 NH60A。分离源:南沙美济礁周围混合海水。分离自石油降解菌群。与模式菌株相似性为 98.887%(757/767)。培养基 0821,25℃。

MCCC 1A05834　←海洋三所 3GM02-1o。分离源:南沙深层海水。与模式菌株相似性为 99.589%(764/767)。培养基 0471,25℃。

MCCC 1A05907　←海洋三所 T25B8。分离源:西南太平洋黑褐色沉积物。分离自石油降解菌群。与模式菌株相似性为 98.916%(767/776)。培养基 0821,25℃。

MCCC 1B00273　←海洋一所 JZHS32。分离源:青岛胶州上层海水。与模式菌株相似性为 99.278%。培养基 0471,28℃。

Massilia timonae La Scola *et al*. 2000 emend. Lindquist *et al*. 2003 **蒂莫内马赛菌**

MCCC 1A03352　←海洋三所 100P50-1。分离源:东太平洋深海沉积物表层。与模式菌株 *Massilia timonae* UR/MT95(T) U54470 相似性为 99%。培养基 0471,37℃。

Melitea sp. Urios *et al*. 2008 **海仙子菌**

MCCC 1C00880　←极地中心 ZS5-23。分离源:南极海冰。与模式菌株 *M. salexigens* 5IX/A01/131(T) AY576729 相似性为 93.129%。培养基 0471,15℃。

Meridianimaribacter flavus Wang *et al*. 2009 **黄色南沙海杆菌**

模式菌株 *Meridianimaribacter flavus* NH57N(T) FJ360684

MCCC 1A03544　←海洋三所 NH57N。=CCTCC AB 208318T。分离源:南沙珊瑚沙。分离自石油降解菌群。模式菌株。培养基 0821,25℃。

MCCC 1A02254　←海洋三所 S1-5。分离源:加勒比海表层海水。与模式菌株相似性为 100%。培养基 0745,28℃。

MCCC 1A04358　←海洋三所 T13AH。分离源:西南太平洋土灰色沉积物。分离自石油降解菌群。与模式菌株相似性为 100%。培养基 0821,28℃。

MCCC 1A04392　←海洋三所 T16AL。分离源:西南太平洋土灰色沉积物。分离自石油降解菌群。与模式菌株相似性为 100%。培养基 0821,28℃。

Mesoflavibacter zeaxanthinifaciens Asker *et al*. 2008 **产玉米素中温黄杆菌**

MCCC 1A01060　←海洋三所 R5-3。分离源:印度洋深海底层水样。分离自石油降解菌群。与模式菌株 *Mesoflavibacter zeaxanthinifaciens* TD-ZX30(T) AB265181 相似性为 99.228%。培养基 0471,25℃。

MCCC 1A03825　←海洋三所 XFP61。分离源:西南太平洋沉积物。与模式菌株 *Mesonia alga*e KMM 3909(T) AF536383 相似性为 99.79%。培养基 0471,20~30℃。

Mesoflavibacter sp. Asker *et al*. 2008 **中温黄杆菌**

MCCC 1A01062　←海洋三所 SR-4.2A。分离源:印度洋深海底层水样。分离自石油降解菌群。与模式菌株 *M. zeaxanthinifaciens* TD-ZX30(T) AB265181 相似性为 98.947%。培养基 0471,25℃。

MCCC 1A04629　←海洋三所 T43AV。分离源:西南太平洋土黄色沉积物。分离自石油、多环芳烃降解菌群。与模式菌株 *M. zeaxanthinifaciens* TD-ZX30(T) AB265181 相似性为 98.92%。培养基 0821,28℃。

Mesonia mobilis Nedashkovskaya *et al*. 2006 **运动海研站菌**

模式菌株 *Mesonia mobilis* KMM 6059(T) DQ367409

MCCC 1A05350 ←海洋三所 C73AF。分离源：西南太平洋深层海水。分离自石油、多环芳烃降解菌群。与模式菌株相似性为 99.455%（764/768）。培养基 0821,25℃。

Mesonia sp. Nedashkovskaya *et al*. 2003 emend. Nedashovskaya *et al*. 2006 海研站菌

MCCC 1A01093 ←海洋三所 K7。分离源：印度洋深海底层水样。分离自多环芳烃降解菌群。与模式菌株 *M. mobilis* KMM 6059(T) DQ367409 相似性为 93.535%。培养基 0471,25℃。

Mesorhizobium sp. Jarvis *et al*. 1997 中慢根瘤菌

MCCC 1A01224 ←海洋三所 CIC1013S-22。分离源：印度洋深海底层水样。分离自多环芳烃降解菌群。与模式菌株 *M. thiogangeticum* SJT(T) AJ864462 相似性为 97.441%。培养基 0471,25℃。

MCCC 1A02340 ←海洋三所 S17-7。分离源：大西洋表层海水。与模式菌株 *M. thiogangeticum* SJT(T) AJ864462 相似性为 97.104%。培养基 0745,28℃。

MCCC 1A03057 ←海洋三所 MN-I2-10-2。分离源：印度洋深海热液区沉积物。抗五价砷、二价锰。与模式菌株 *M. tarimense* CCBAU 83306(T) EF035058 相似性为 95.319%。培养基 0745,18~28℃。

MCCC 1A03074 ←海洋三所 AS-I3-9。分离源：印度洋深海沉积物。抗五价砷。与模式菌株 *M. tarimense* CCBAU 83306(T) EF035058 相似性为 95.448%。培养基 0745,18~28℃。

MCCC 1A03075 ←海洋三所 AS-I3-10。分离源：印度洋深海沉积物。抗五价砷。与模式菌株 *M. tarimense* CCBAU 83306(T) EF035058 相似性为 95.306%。培养基 0745,18~28℃。

MCCC 1A04956 ←海洋三所 C19B7。分离源：西南太平洋表层海水。分离自石油降解菌群。与模式菌株 *M. tarimense* CCBAU 83306(T) EF035058 相似性为 94.783%。培养基 0821,25℃。

MCCC 1A05289 ←海洋三所 C58B3。分离源：西南太平洋深层海水。分离自石油降解菌群。与模式菌株 *M. tarimense* CCBAU 83306(T) EF035058 相似性为 95.284%（721/758）。培养基 0821,25℃。

Methylophaga marina Janvier *et al*. 1985 海噬甲基菌

模式菌株 *Methylophaga marina* DSM 5689(T) X95459

MCCC 1A02414 ←海洋三所 S13-4-1。分离源：大西洋表层海水。与模式菌株相似性为 98.259%。培养基 0745,28℃。

Microbacterium aerolatum Zlamala *et al*. 2002 气生微杆菌

模式菌株 *Microbacterium aerolatum* V-73(T) AJ309929

MCCC 1A00053 ←海洋三所 HC11-6。分离源：厦门海水养殖场捕捞的黄翅鱼肠道内容物。与模式菌株相似性为 99.419%。培养基 0033,28℃。

MCCC 1A00244 ←海洋三所 HYC-15A。分离源：厦门野生鲻鱼肠道内容物。与模式菌株相似性为 99.622%。培养基 0033,28℃。

MCCC 1A00347 ←海洋三所 SI-5。分离源：印度洋表层海水鲨鱼肠道内容物。与模式菌株相似性为 99.323%。培养基 0033,28℃。

MCCC 1A00801 ←海洋三所 B-1001。分离源：西太平洋暖池区沉积物表层。与模式菌株相似性为 99.776%。培养基 0471,4℃。

MCCC 1A00900 ←海洋三所 B-1011。分离源：西太平洋暖池区沉积物深层。与模式菌株相似性为 99.926%。培养基 0471,4℃。

MCCC 1A03333 ←海洋三所 84N32-2。分离源：大西洋深海沉积物表层。与模式菌株相似性为 98%。培养基 0471,28℃。

MCCC 1A03389 ←海洋三所 102C2-8。分离源：东太平洋深海沉积物表层。与模式菌株相似性为 98%。培养基 0471,28℃。

MCCC 1A04699 ←海洋三所 C24AF。分离源：印度洋表层海水。分离自石油降解菌群。与模式菌株相似性为 100%（790/790）。培养基 0821,25℃。

MCCC 1A05425　←海洋三所 Er11。分离源:南海海水。分离自石油降解菌群。与模式菌株相似性为 100%（744/744）。培养基 0471,28℃。

Microbacterium aquimaris Kim *et al.* 2008 海水微杆菌
模式菌株 *Microbacterium aquimaris* JS54-2(T) AM778449

MCCC 1A00056　←海洋三所 HC11-11。分离源:厦门海水养殖场捕捞的黄翅鱼肠道内容物。与模式菌株相似性为 98.737%。培养基 0033,28℃。

MCCC 1A02348　←海洋三所 S1-11。分离源:加勒比海表层海水。与模式菌株相似性为 99.697%。培养基 0745,28℃。

MCCC 1A02349　←海洋三所 S3-10。分离源:加勒比海表层海水。与模式菌株相似性为 99.697%。培养基 0745,28℃。

MCCC 1A04203　←海洋三所 NH55U。分离源:南沙泻湖珊瑚沙。与模式菌株相似性为 98.675%（703/713）。培养基 0821,25℃。

MCCC 1A05712　←海洋三所 NH57P。分离源:南沙泻湖珊瑚沙颗粒。分离自石油降解菌群。与模式菌株相似性为 100%（779/779）。培养基 0821,25℃。

MCCC 1A05870　←海洋三所 BMJOUTWF-2。分离源:南沙美济礁周围混合海水。分离自石油降解菌群。与模式菌株相似性为 99.597%（777/779）。培养基 0821,25℃。

MCCC 1G00183　←青岛科大 qdht03。分离源:青岛表层海水。与模式菌株相似性为 99.858%。培养基 0471,25～28℃。

Microbacterium esteraromaticum (Omelianski 1923) Takeuchi and Hatano 1998 酯香微杆菌
模式菌株 *Microbacterium esteraromaticum* DSM 8609(T) Y17231

MCCC 1A00044　←海洋三所 YY-15。分离源:厦门养鱼池底泥。以硝酸根作为电子受体分离。与模式菌株相似性为 99.625%。培养基 0033,26℃。

MCCC 1A01164　←海洋三所 22。分离源:印度洋深海热液口沉积物。分离自环己酮降解菌群。与模式菌株相似性为 99.689%。培养基 0472,25℃。

MCCC 1A01165　←海洋三所 24。分离源:印度洋深海热液口沉积物。分离自环己酮降解菌群。与模式菌株相似性为 99.38%。培养基 0472,25℃。

MCCC 1A01325　←海洋三所 S29-1-15。分离源:印度洋表层海水。苯系物降解菌。与模式菌株相似性为 99.832%。培养基 0471,25℃。

MCCC 1A02250　←海洋三所 S1-1。分离源:加勒比海表层海水。与模式菌株相似性为 99.849%。培养基 0745,28℃。

MCCC 1A02783　←海洋三所 IG12。分离源:黄海表层海水。分离自石油降解菌群。与模式菌株相似性为 99.871%（810/812）。培养基 0472,25℃。

MCCC 1A02817　←海洋三所 F30-1。分离源:北海沉积物。分离自石油降解菌群。与模式菌株相似性为 99.786%。培养基 0472,28℃。

MCCC 1A03034　←海洋三所 ck-I2-1。分离源:印度洋深海沉积物。与模式菌株相似性为 99.857%。培养基 0745,18～28℃。

MCCC 1A03037　←海洋三所 ck-I2-5。分离源:印度洋深海沉积物。与模式菌株相似性为 99.857%。培养基 0745,18～28℃。

MCCC 1A03038　←海洋三所 ck-I2-6-1。分离源:印度洋深海沉积物。与模式菌株相似性为 100%。培养基 0745,18～28℃。

MCCC 1A03059　←海洋三所 CK-I3-3。分离源:印度洋深海沉积物。与模式菌株相似性为 100%。培养基 0745,18～28℃。

MCCC 1A04213　←海洋三所 OMC2(05)-1。分离源:太平洋深海热液区沉积物。分离自多环芳烃降解菌群。与模式菌株相似性为 99.739%。培养基 0471,25℃。

MCCC 1A04551　←海洋三所 T35B3。分离源:西南太平洋土黄色沉积物。分离自石油降解菌群。与模式菌株相似性为 99.72%。培养基 0821,28℃。

MCCC 1A04599 ←海洋三所 T40B21。分离源:西南太平洋深海沉积物上覆水。分离自石油、多环芳烃降解菌群。与模式菌株相似性为 100％(763/763)。培养基 0821,28℃。

MCCC 1A04803 ←海洋三所 C17B2。分离源:西南太平洋上层海水。分离自石油降解菌群。与模式菌株相似性为 99.734％(784/786)。培养基 0821,25℃。

MCCC 1A05910 ←海洋三所 T33B4。分离源:西南太平洋褐黑色沉积物上覆水。分离自石油降解菌群。与模式菌株相似性为 99.734％(784/786)。培养基 0821,25℃。

MCCC 1A06048 ←海洋三所 D-HS-5-1。分离源:北极圈内某化石沟饮水湖沉积物土样。分离自原油富集菌群。与模式菌株相似性为 99.882％。培养基 0472,28℃。

MCCC 1B00436 ←海洋一所 QJJN 33。分离源:青岛胶南表层海水。与模式菌株相似性为 99.647％。培养基 0471,20～25℃。

MCCC 1B00760 ←海洋一所 QJHH16。分离源:烟台海阳次表层海水。与模式菌株相似性为 99.614％。培养基 0471,20～25℃。

MCCC 1F01189 ←厦门大学 AZ3-3。分离源:深圳塔玛亚历山大藻培养液。与模式菌株相似性为 99.725％(1453/1457)。培养基 0471,25℃。

MCCC 1G00187 ←青岛科大 qdht09。分离源:青岛表层海水。与模式菌株相似性为 99.087％。培养基 0471,25～28℃。

Microbacterium flavescens (Lochhead 1958)Takeuchi and Hatano 1998 浅黄微杆菌
模式菌株 *Microbacterium flavescens* IFO 15039(T) AB004716

MCCC 1A05920 ←海洋三所 0701P1-2。分离源:印度洋深海沉积物表层。与模式菌株相似性为 99％。培养基 1003,28℃。

MCCC 1A05956 ←海洋三所 0713P5-2。分离源:印度洋深海沉积物。与模式菌株相似性为 99％。培养基 1003,28℃。

MCCC 1A05988 ←海洋三所 401P5-1。分离源:日本海沉积物表层。与模式菌株相似性为 99％。培养基 1003,28℃。

MCCC 1A05989 ←海洋三所 401P7-2。分离源:日本海沉积物表层。与模式菌株相似性为 99％。培养基 1003,28℃。

Microbacterium fluvii Kageyama *et al.* 2008 河流微杆菌
模式菌株 *Microbacterium fluvii* YSL3-15(T) AB286028

MCCC 1A01463 ←海洋三所 D-20-5。分离源:印度洋表层海水。分离自石油降解菌群。与模式菌株相似性为 99.728％。培养基 0333,26℃。

MCCC 1A02194 ←海洋三所 B1J。分离源:厦门近海表层海水。分离自石油降解菌群。与模式菌株相似性为 99.74％。培养基 0821,25℃。

MCCC 1A04340 ←海洋三所 T10AH。分离源:西南太平洋土灰色沉积物。分离自石油降解菌群。与模式菌株相似性为 99.719％。培养基 0821,28℃。

Microbacterium hominis Takeuchi and Hatano 1998 人微杆菌
模式菌株 *Microbacterium hominis* IFO 15708(T) AB004727

MCCC 1A00337 ←海洋三所 SI-10。分离源:印度洋表层海水鲨鱼肠道内容物。与模式菌株相似性为 99.314％。培养基 0033,28℃。

Microbacterium imperiale (Steinhaus 1941)Collins *et al.* 1983 蛾微杆菌
模式菌株 *Microbacterium imperiale* DSM 20530(T) X77442

MCCC 1A03320 ←海洋三所 23P30-1。分离源:印度洋深海沉积物表层。与模式菌株 *Microbacterium imperiale* DSM 20530(T) X77442 相似性为 99％。培养基 0012,28℃。

Microbacterium invictum Ivone *et al.* 2009 无敌微杆菌
模式菌株 *Microbacterium invictum* DC-200(T) AM949677

MCCC 1A05019　←海洋三所 L51-10-25B。分离源:南海深层海水。与模式菌株相似性为 99.879%。培养基 0471,25℃。

Microbacterium koreense Lee *et al.* 2006 韩国微杆菌
模式菌株 *Microbacterium koreense* JS53-2(T) AY962574

MCCC 1A03262　←DSM 18332。原始号 JS53-2。= DSM 18332 = CCUG 50754 = CIP 108696 = KCTC 19074。分离源:韩国近海表层海水。模式菌株。培养基 0471,25℃。

Microbacterium liquefaciens (Collins *et al.* 1983) Takeuchi and Hatano 1998 液化微杆菌
模式菌株 *Microbacterium liquefaciens* DSM 20638(T) X77444

MCCC 1A05962　←海洋三所 0714P1-2。分离源:印度洋深海沉积物表层。与模式菌株相似性为 99%。培养基 1003,28℃。

Microbacterium maritypicum (ZoBell and Upham 1944) Takeuchi and Hatano 1998 海征微杆菌
模式菌株 *Microbacterium maritypicum* DSM 12512(T) AJ853910

MCCC 1A01873　←海洋三所 Cr1。分离源:东太平洋深海沉积物。与模式菌株相似性为 99.86%。培养基 0471,20℃。

MCCC 1A01891　←海洋三所 EP32。分离源:东太平洋深海沉积物。与模式菌株相似性为 99.93%。培养基 0471,20℃。

Microbacterium oleivorans Schippers *et al.* 2005 食石油微杆菌
模式菌株 *Microbacterium oleivorans* DSM 16091(T) AJ698725

MCCC 1A00167　←海洋三所 Cu27。分离源:东太平洋硅质黏土沉积物。抗二价铜。与模式菌株相似性为 99.84%(658/660)。培养基 0472,28℃。

Microbacterium oxydans (Chatelain and Second 1966) Schumann *et al.* 1999 氧化微杆菌
模式菌株 *Microbacterium oxydans* DSM 20578(T) Y17227

MCCC 1A00942　←海洋三所 B-1132。分离源:西太平洋沉积物深层。培养基 0471,4℃。

MCCC 1A01067　←海洋三所 SL7.2-2。分离源:印度洋深海底层水样。分离自石油降解菌群。与模式菌株相似性为 99.657%。培养基 0471,25℃。

MCCC 1A01211　←海洋三所 RC95-30。分离源:印度洋深海底层水样。分离自石油降解菌群。与模式菌株相似性为 99.656%。培养基 0471,25℃。

MCCC 1A01890　←海洋三所 EP31。分离源:东太平洋深海沉积物。与模式菌株相似性为 99.863%。培养基 0471,20℃。

MCCC 1A02475　←海洋三所 302-PWB-OH2。分离源:南沙近海岛礁附近上层海水。分离自石油降解菌群。与模式菌株相似性为 99.765%(884/889)。培养基 0472,25℃。

MCCC 1A02476　←海洋三所 302-PWB-OH3。分离源:南沙近海岛礁附近上层海水。分离自石油降解菌群。与模式菌株相似性为 99.762%(873/878)。培养基 0472,25℃。

MCCC 1A02477　←海洋三所 302-PWB-OH7。分离源:南沙近海岛礁附近上层海水。分离自石油降解菌群。与模式菌株相似性为 99.775%(920/926)。培养基 0472,25℃。

MCCC 1A02855　←海洋三所 F42-1。分离源:近海沉积物。分离自石油降解菌群。与模式菌株相似性为 100%。培养基 0472,28℃。

MCCC 1A03902　←海洋三所 316-2。分离源:印度洋表层海水。分离自石油降解菌群。与模式菌株相似性为 98.59%。培养基 0471,25℃。

MCCC 1A05953　←海洋三所 0713P3-2。分离源:印度洋深海沉积物。与模式菌株相似性为 99%。培养基 1003,28℃。

MCCC 1A05961　←海洋三所 0714P1-1。分离源:印度洋深海沉积物表层。与模式菌株相似性为 99%。培养基 1003,28℃。

Microbacterium paraoxydans Laffineur *et al.* 2003 类似氧化微杆菌
模式菌株 *Microbacterium paraoxydans* CF36(T) AJ491806

MCCC 1A01491 ←海洋三所 48。分离源：印度洋深海热液口沉积物。分离自环己酮降解菌群。与模式菌株相似性为 100%。培养基 0472,25℃。

MCCC 1A02301 ←海洋三所 GCS1-10。与模式菌株相似性为 100%(764/764)。培养基 0471,25℃。

MCCC 1A05924 ←海洋三所 0704C10-1。分离源：印度洋深海沉积物表层。与模式菌株相似性为 99%。培养基 1003,28℃。

MCCC 1A05931 ←海洋三所 0709P9-1。分离源：印度洋深海沉积物表层。与模式菌株相似性为 99%。培养基 1003,28℃。

MCCC 1A05935 ←海洋三所 0710P1-6。分离源：印度洋深海沉积物表层。与模式菌株相似性为 99%。培养基 1003,28℃。

MCCC 1A05945 ←海洋三所 0711K6-1。分离源：印度洋深海沉积物表层。与模式菌株相似性为 99%。培养基 1003,28℃。

MCCC 1A05987 ←海洋三所 401P9-2。分离源：日本海沉积物表层。与模式菌株相似性为 99%。培养基 1003,28℃。

MCCC 1A05990 ←海洋三所 401P1-3。分离源：日本海沉积物表层。与模式菌株相似性为 99%。培养基 1003,28℃。

Microbacterium phyllosphaerae Behrendt *et al.* 2001 叶球形微杆菌
模式菌株 *Microbacterium phyllosphaerae* DSM 13468(T) AJ277840

MCCC 1B00202 ←海洋一所 YACS1。分离源：青岛上层海水。与模式菌株相似性为 100%。培养基 0471,20～25℃。

MCCC 1B00210 ←海洋一所 YACS10。分离源：青岛上层海水。与模式菌株相似性为 100%。培养基 0471,20～25℃。

MCCC 1B00226 ←海洋一所 YACS27。分离源：青岛上层海水。与模式菌株相似性为 100%。培养基 0471,20～25℃。

MCCC 1B00237 ←海洋一所 YACS38。分离源：青岛上层海水。与模式菌株相似性为 100%。培养基 0471,20～25℃。

MCCC 1B00588 ←海洋一所 DJWH22。分离源：江苏盐城滨海表层海水。与模式菌株相似性为 100%。培养基 0471,20～25℃。

Microbacterium profundi Wu *et al.* 2008 深海微杆菌
模式菌株 *Microbacterium profundi* Shh49(T) EF623999

MCCC 1A01751 ←海洋三所 99(106jlj)。分离源：西太平洋深海沉积物。与模式菌株相似性为 98.722%。培养基 0033,15～20℃。

MCCC 1A01760 ←海洋三所 297(II29jlj)。分离源：西太平洋暖池区深海沉积物。可能降解甲醇。与模式菌株相似性为 99.848%。培养基 0033,15～20℃。

MCCC 1A01763 ←海洋三所 294(38jlj)。分离源：西太平洋暖池区深海沉积物。可能降解甲醇。与模式菌株相似性为 99.731%。培养基 0033,15～20℃。

Microbacterium resistens (Funke *et al.* 1998)Behrendt *et al.* 2001 抵抗微杆菌
模式菌株 *Microbacterium resistens* DMMZ 1710(T) Y14699

MCCC 1A01185 ←海洋三所 56。分离源：印度洋深海热液口沉积物。分离自环己酮降解菌群。与模式菌株相似性为 99.685%。培养基 0471,25℃。

MCCC 1A02138 ←海洋三所 N3FT-6。分离源：南海深海沉积物。十六烷降解菌。与模式菌株相似性为 98.986%。培养基 0745,26℃。

MCCC 1A02164 ←海洋三所 N35-10-5。分离源：南海深海沉积物。十六烷降解菌,产表面活性物质。与模式菌株相似性为 98.842%。培养基 0745,26℃。

MCCC 1A03334　←海洋三所 35N43-1。分离源:大西洋深海沉积物表层。与模式菌株相似性为 99%。培养基 0471,28℃。

Microbacterium schleiferi（Yokota *et al*. 1993）Takeuchi and Hatano 1998 **施氏微杆菌**
模式菌株 *Microbacterium schleiferi* IFO 15075（T）AB004723

MCCC 1A01005　←海洋三所 R8-16。分离源:印度洋深海底层水样。分离自石油降解菌群。与模式菌株相似性为 99.645%。培养基 0471,25℃。

MCCC 1A01271　←海洋三所 PC92-4。分离源:印度洋深海底层水样。分离自多环芳烃降解菌群。与模式菌株相似性为 99.716%。培养基 0471,25℃。

MCCC 1A02067　←海洋三所 2PR54-18。分离源:印度洋深海底层水样。分离自多环芳烃降解菌群。与模式菌株相似性为 99.717%。培养基 0471,25℃。

MCCC 1A02068　←海洋三所 CR54-13。分离源:印度洋深海底层水样。分离自石油降解菌群。与模式菌株相似性为 99.717%。培养基 0471,25℃。

MCCC 1A02305　←海洋三所 S10-4。分离源:大西洋表层海水。与模式菌株相似性为 99.694%。培养基 0745,28℃。

MCCC 1A02377　←海洋三所 S5-13。分离源:大西洋表层海水。与模式菌株相似性为 99.732%。培养基 0745,28℃。

MCCC 1A02381　←海洋三所 S6-13。分离源:大西洋表层海水。与模式菌株相似性为 99.702%。培养基 0745,28℃。

MCCC 1A02389　←海洋三所 S7-17。分离源:大西洋表层海水。与模式菌株相似性为 99.402%。培养基 0745,28℃。

MCCC 1A02478　←海洋三所 mj01-PW1-OH21。分离源:南沙近海岛礁附近下层海水。分离自石油降解菌群。与模式菌株相似性为 99.543%。培养基 0472,25℃。

MCCC 1A02648　←海洋三所 GCS2-4。与模式菌株相似性为 99.761%。培养基 0471,25℃。

MCCC 1A02836　←海洋三所 IO9。分离源:黄海上层海水。分离自石油降解菌群。与模式菌株相似性为 99.741%。培养基 0472,25℃。

MCCC 1A02956　←海洋三所 JL24。分离源:东海上层海水。分离自石油降解菌群。与模式菌株相似性为 99.741%。培养基 0472,25℃。

MCCC 1A04589　←海洋三所 T38AE。分离源:西南太平洋深海沉积物。分离自石油、多环芳烃降解菌群。与模式菌株相似性为 99.73%。培养基 0821,28℃。

MCCC 1A04622　←海洋三所 1GM01-11。分离源:南沙下层海水。潜在的寡营养菌。与模式菌株相似性为 99.764%。培养基 0471,25℃。

MCCC 1A04741　←海洋三所 C40AF。分离源:印度洋表层海水。分离自石油降解菌群。与模式菌株相似性为 99.722%。培养基 0821,25℃。

MCCC 1A04765　←海洋三所 C49AK。分离源:西南太平洋下层海水。分离自石油降解菌群。与模式菌株相似性为 99.711%。培养基 0821,25℃。

MCCC 1A04792　←海洋三所 C55AC。分离源:西南太平洋深层海水。分离自石油降解菌群。与模式菌株相似性为 99.729%。培养基 0821,25℃。

MCCC 1A04795　←海洋三所 C56AD。分离源:西南太平洋深层海水。分离自石油降解菌群。与模式菌株相似性为 99.709%。培养基 0821,25℃。

MCCC 1A04978　←海洋三所 C24B16。分离源:印度洋表层海水。分离自石油降解菌群。与模式菌株相似性为 99.724%。培养基 0821,25℃。

MCCC 1A05074　←海洋三所 L52-11-47A。分离源:南海深层海水。与模式菌株相似性为 99.763%。培养基 0471,25℃。

MCCC 1A05206　←海洋三所 C38AE。分离源:西南太平洋表层海水。分离自石油降解菌群。与模式菌株相似性为 99.741%。培养基 0821,25℃。

MCCC 1A05274　←海洋三所 C52B12。分离源:西南太平洋下层海水。分离自石油降解菌群。与模式菌株相似性为 99.736%。培养基 0821,25℃。

MCCC 1A05371　←海洋三所 C7AD。分离源:西南太平洋表层海水。分离自石油降解菌群。与模式菌株相似性为 99.732%(777/779)。培养基 0821,25℃。

MCCC 1A05373　←海洋三所 C7B3。分离源:西南太平洋表层海水。分离自石油降解菌群。与模式菌株相似性为 99.711%(721/723)。培养基 0821,25℃。

MCCC 1A05414　←海洋三所 7-1。分离源:南海海水。分离自石油降解菌群。与模式菌株相似性为 99.717%(739/741)。培养基 0471,28℃。

MCCC 1A05440　←海洋三所 Er37。分离源:南海海水。分离自石油降解菌群。与模式菌株相似性为 99.717%(739/741)。培养基 0471,28℃。

MCCC 1A05876　←海洋三所 BX-B1-24。分离源:南沙泻湖珊瑚沙颗粒。分离自石油降解菌群。与模式菌株相似性为 99.593%。培养基 0821,25℃。

MCCC 1A05888　←海洋三所 GM03-8E。分离源:南沙上层海水。与模式菌株相似性为 98.509%。培养基 0821,25℃。

Microbacterium testaceum (Komagata and Iizuka 1964) Takeuchi and Hatano 1998 砖红色微杆菌

模式菌株 *Microbacterium testaceum* DSM 20166(T) X77445

MCCC 1A01488　←海洋三所 I-C-6。分离源:厦门滩涂泥样。与模式菌株相似性为 99.282%。培养基 0472,26℃。

MCCC 1A02802　←海洋三所 IJ12。分离源:黄海上层海水。分离自石油降解菌群。与模式菌株相似性为 99.614%。培养基 0472,25℃。

MCCC 1A05925　←海洋三所 0704C9-2。分离源:印度洋深海沉积物表层。与模式菌株相似性为 98%。培养基 1003,28℃。

MCCC 1A06050　←海洋三所 D-1-3-1。分离源:北极圈内某机场附近土样。分离自原油富集菌群。与模式菌株相似性为 99.758%。培养基 0472,28℃。

Microbacterium trichotecenolyticum (Yokota *et al*. 1993) Takeuchi and Hatano 1998 解单端孢菌素微杆菌

模式菌株 *Microbacterium trichothecenolyticum* IFO 15077(T) AB004722

MCCC 1A05975　←海洋三所 399P5-3。分离源:日本海沉积物表层。与模式菌株相似性为 99%。培养基 1003,28℃。

MCCC 1A05976　←海洋三所 399S5-5。分离源:日本海沉积物表层。与模式菌株相似性为 99%。培养基 1003,28℃。

Microbacterium xylanilyticum Kim *et al*. 2005 解木聚糖微杆菌

模式菌株 *Microbacterium xylanilyticum* S3-E(T) AJ853908

MCCC 1A04993　←海洋三所 C27B7。分离源:西南太平洋表层海水。分离自石油降解菌群。与模式菌株相似性为 99.135%。培养基 0821,25℃。

Microbacterium **sp.** Orla-Jensen 1919 emend. Takeuchi and Hatano 1998 微杆菌

MCCC 1A00055　←海洋三所 HC11-8。分离源:厦门海水养殖场捕捞的黄翅鱼肠道内容物。与模式菌株 *M. schleiferi* IFO 15075(T) AB004723 相似性为 98.026%。培养基 0033,28℃。

MCCC 1A00108　←海洋三所 HYC-15。分离源:厦门野生鲻鱼肠道内容物。与模式菌株 *M. paraoxydans* CF36(T) AJ491806 相似性为 99.149%。培养基 0033,26℃。

MCCC 1A00334　←海洋三所 SI-14。分离源:印度洋表层海水鲨鱼肠道内容物。与模式菌株 *M. phyllosphaerae* DSM 13468(T) AJ277840 相似性为 98.808%。培养基 0033,28℃。

MCCC 1A00469　←海洋三所 02Cr10-2。分离源:西太平洋暖池区硅质黏土。抗六价铬。与模式菌株 *M. phyllosphaerae* DSM 13468(T) AJ277840 相似性为 99.728%。培养基 0472,28℃。

MCCC 1A00842　←海洋三所 B-2013。分离源:西太平洋暖池区沉积物深层。与模式菌株 *M. paraoxydans* CF36(T) AJ491806 相似性为 99.782%。培养基 0471,4℃。

MCCC 1A00847 ←海洋三所 B-2032。分离源:西太平洋暖池区沉积物深层。与模式菌株 *M. paraoxydans* CF36(T) AJ491806 相似性为 99.713%。培养基 0471,4℃。

MCCC 1A00903 ←海洋三所 B-2026。分离源:西太平洋暖池区沉积物深层。与模式菌株 *M. maritypicum* DSM 12512(T) AJ853910 相似性为 98.072%。培养基 0471,4℃。

MCCC 1A00918 ←海洋三所 B-2027。分离源:西太平洋暖池区沉积物深层。与模式菌株 *M. paraoxydans* CF36(T) AJ491806 相似性为 97.197%。培养基 0471,4℃。

MCCC 1A01087 ←海洋三所 SM10.2。分离源:印度洋深海沉积物。分离自石油降解菌群。与模式菌株 *M. halotolerans* YIM 70130(T) AY376165 相似性为 95.258%。培养基 0471,25℃。

MCCC 1A01097 ←海洋三所 13。分离源:印度洋深海热液口沉积物。分离自环己酮降解菌群。与模式菌株 *M. paraoxydans* CF36(T) AJ491806 相似性为 98.915%。培养基 0472,25℃。

MCCC 1A01138 ←海洋三所 25。分离源:印度洋深海热液口沉积物。分离自环己酮降解菌群。与模式菌株 *M. paraoxydans* CF36(T) AJ491806 相似性为 98.911%。培养基 0472,25℃。

MCCC 1A01139 ←海洋三所 47。分离源:印度洋深海热液口沉积物。分离自环己酮降解菌群。与模式菌株 *M. paraoxydans* CF36(T) AJ491806 相似性为 100%。培养基 0472,25℃。

MCCC 1A01372 ←海洋三所 2-C-3。分离源:厦门近岸表层海水。与模式菌株 *M. phyllosphaerae* DSM 13468(T) AJ277840 相似性为 98.949%。培养基 0472,28℃。

MCCC 1A01389 ←海洋三所 S73-2-15。分离源:印度洋表层海水。苯系物降解菌。与模式菌株 *M. paraoxydans* CF36(T) AJ491806 相似性为 99.329%。培养基 0471,25℃。

MCCC 1A02174 ←海洋三所 S26-3。分离源:印度洋表层海水。分离自石油降解菌群。与模式菌株 *M. phyllosphaerae* DSM 13468(T) AJ277840 相似性为 99.853%。培养基 0745,26℃。

MCCC 1A02288 ←海洋三所 S8-10。分离源:大西洋表层海水。与模式菌株 *M. phyllosphaerae* DSM 13468(T) AJ277840 相似性为 100%。培养基 0745,28℃。

MCCC 1A02306 ←海洋三所 S10-5。分离源:大西洋表层海水。与模式菌株 *M. phyllosphaerae* DSM 13468(T) AJ277840 相似性为 100%。培养基 0745,28℃。

MCCC 1A02322 ←海洋三所 S15-2。分离源:大西洋表层海水。与模式菌株 *M. paraoxydans* CF36(T) AJ491806 相似性为 100%。培养基 0745,28℃。

MCCC 1A02771 ←海洋三所 IE4。分离源:黄海上层海水。分离自石油降解菌群。与模式菌株 *M. phyllosphaerae* DSM 13468(T) AJ277840 相似性为 100%。培养基 0472,25℃。

MCCC 1A02841 ←海洋三所 IP3。分离源:黄海上层海水。分离自石油降解菌群。与模式菌株 *M. phyllosphaerae* DSM 13468(T) AJ277840 相似性为 100%。培养基 0472,25℃。

MCCC 1A02860 ←海洋三所 IU5。分离源:黄海上层海水。分离自石油降解菌群。与模式菌株 *M. phyllosphaerae* DSM 13468(T) AJ277840 相似性为 100%。培养基 0472,25℃。

MCCC 1A02891 ←海洋三所 IZ6。分离源:黄海上层海水。分离自石油降解菌群。与模式菌株 *M. phyllosphaerae* DSM 13468(T) AJ277840 相似性为 100%。培养基 0472,25℃。

MCCC 1A02938 ←海洋三所 JK5。分离源:东海上层海水。分离自石油降解菌群。与模式菌株 *M. phyllosphaerae* DSM 13468(T) AJ277840 相似性为 100%。培养基 0472,25℃。

MCCC 1A03035 ←海洋三所 ck-I2-2。分离源:印度洋深海沉积物。与模式菌株 *M. paraoxydans* CF36(T) AJ491806 相似性为 100%。培养基 0745,18~28℃。

MCCC 1A03046 ←海洋三所 AS-I2-2。分离源:印度洋深海沉积物。抗五价砷。与模式菌株 *M. paraoxydans* CF36(T) AJ491806 相似性为 100%。培养基 0745,18~28℃。

MCCC 1A03055 ←海洋三所 Mn-I2-5。分离源:印度洋深海热液区沉积物。抗五价砷。与模式菌株 *M. phyllosphaerae* DSM 13468(T) AJ277840 相似性为 100%。培养基 0745,18~28℃。

MCCC 1A03056 ←海洋三所 Mn-I2-6-2。分离源:印度洋深海热液区沉积物。抗五价砷。与模式菌株 *M. phyllosphaerae* DSM 13468(T) AJ277840 相似性为 100%。培养基 0745,18~28℃。

MCCC 1A03062 ←海洋三所 CK-I3-8。分离源:印度洋深海沉积物。与模式菌株 *M. paraoxydans* CF36(T) AJ491806 相似性为 100%。培养基 0745,18~28℃。

MCCC 1A03063 ←海洋三所 CK-I3-9。分离源:印度洋深海沉积物。与模式菌株 *M. phyllosphaerae* DSM 13468(T) AJ277840 相似性为 100%。培养基 0745,18~28℃。

MCCC 1A03069　←海洋三所 AS-I3-1。分离源:印度洋深海沉积物。抗五价砷、二价锰。与模式菌株 *M. paraoxydans* CF36(T) AJ491806 相似性为 100%。培养基 0745,18~28℃。

MCCC 1A03076　←海洋三所 AS-I3-11。分离源:印度洋深海沉积物。抗五价砷。与模式菌株 *M. paraoxydans* CF36(T) AJ491806 相似性为 100%。培养基 0745,18~28℃。

MCCC 1A03082　←海洋三所 MN-I3-13。分离源:印度洋深海沉积物。抗五价砷。与模式菌株 *M. phyllosphaerae* DSM 13468(T) AJ277840 相似性为 100%。培养基 0745,18~28℃。

MCCC 1A03432　←海洋三所 8WB5。分离源:南沙表层海水。与模式菌株 *M. phyllosphaerae* DSM 13468 (T) AJ277840 相似性为 100%。培养基 0471,25℃。

MCCC 1A03916　←海洋三所 322-10。分离源:印度洋表层海水。分离自石油降解菌群。与模式菌株 *M. insulae* DS-66(T) EU239498 相似性为 98.939%。培养基 0471,25℃。

MCCC 1A04571　←海洋三所 T37AB。分离源:西南太平洋褐黑色沉积物上覆水。分离自石油、多环芳烃降解菌群。与模式菌株 *M. phyllosphaerae* DSM 13468(T) AJ277840 相似性为 100%。培养基 0821,28℃。

MCCC 1A04572　←海洋三所 T37B2。分离源:西南太平洋褐黑色沉积物上覆水。分离自石油、多环芳烃降解菌群。与模式菌株 *M. phyllosphaerae* strain DSM 13468 16S 相似性为 100%(763/763)。培养基 0821,28℃。

MCCC 1A04706　←海洋三所 C25AQ。分离源:西南太平洋表层海水。分离自石油降解菌群。与模式菌株 *M. phyllosphaerae* DSM 13468(T) AJ277840 相似性为 100%。培养基 0821,25℃。

MCCC 1A04707　←海洋三所 C26AC。分离源:西南太平洋表层海水。分离自石油降解菌群。与模式菌株 *M. phyllosphaerae* DSM 13468(T) AJ277840 相似性为 100%。培养基 0821,25℃。

MCCC 1A04727　←海洋三所 C37AC。分离源:印度洋表层海水。分离自石油降解菌群。与模式菌株 *M. phyllosphaerae* DSM 13468(T) AJ277840 相似性为 100%。培养基 0821,25℃。

MCCC 1A04917　←海洋三所 C11AF。分离源:西南太平洋深层海水。分离自石油降解菌群。与模式菌株 *M. phyllosphaerae* DSM 13468(T) AJ277840 相似性为 100%。培养基 0821,25℃。

MCCC 1A04943　←海洋三所 C18AD。分离源:西南太平洋表层海水。分离自石油降解菌群。与模式菌株 *M. phyllosphaerae* DSM 13468(T) AJ277840 相似性为 100%。培养基 0821,25℃。

MCCC 1A04962　←海洋三所 C20B2。分离源:印度洋表层海水。分离自石油降解菌群。与模式菌株 *M. phyllosphaerae* DSM 13468(T) AJ277840 相似性为 100%。培养基 0821,25℃。

MCCC 1A04974　←海洋三所 C23AE。分离源:西南太平洋表层海水。分离自石油降解菌群。与模式菌株 *M. phyllosphaerae* DSM 13468(T) AJ277840 相似性为 100%。培养基 0821,25℃。

MCCC 1A04979　←海洋三所 C24B8。分离源:印度洋表层海水。分离自石油降解菌群。与模式菌株 *M. phyllosphaerae* DSM 13468(T) AJ277840 相似性为 100%。培养基 0821,25℃。

MCCC 1A04995　←海洋三所 C28AB。分离源:印度洋表层海水。分离自石油降解菌群。与模式菌株 *M. phyllosphaerae* DSM 13468(T) AJ277840 相似性为 100%。培养基 0821,25℃。

MCCC 1A05005　←海洋三所 L51-1-31。分离源:南海表层海水。与模式菌株 *M. phyllosphaerae* DSM 13468 (T) AJ277840 相似性为 100%。培养基 0471,25℃。

MCCC 1A05185　←海洋三所 C34AC。分离源:印度洋表层海水。分离自石油降解菌群。与模式菌株 *M. phyllosphaerae* DSM 13468(T) AJ277840 相似性为 100%。培养基 0821,25℃。

MCCC 1A05193　←海洋三所 C35B3。分离源:西南太平洋表层海水。分离自石油降解菌群。与模式菌株 *M. phyllosphaerae* DSM 13468(T) AJ277840 相似性为 100%。培养基 0821,25℃。

MCCC 1A05211　←海洋三所 C39B7。分离源:西南太平洋表层海水。分离自石油降解菌群。与模式菌株 *M. phyllosphaerae* DSM 13468(T) AJ277840 相似性为 100%。培养基 0821,25℃。

MCCC 1A05223　←海洋三所 C41B15。分离源:西南太平洋表层海水。分离自石油降解菌群。与模式菌株 *M. phyllosphaerae* DSM 13468(T) AJ277840 相似性为 100%。培养基 0821,25℃。

MCCC 1A05230　←海洋三所 C42AC1。分离源:西南太平洋表层海水。分离自石油降解菌群。与模式菌株 *M. phyllosphaerae* DSM 13468(T) AJ277840 相似性为 100%。培养基 0821,25℃。

MCCC 1A05279　←海洋三所 C53B7。分离源:西南太平洋深层海水。分离自石油降解菌群。与模式菌株 *M. schleiferi* IFO 15075(T) AB004723 相似性为 99.736%。培养基 0821,25℃。

MCCC 1A05426　←海洋三所 Er14。分离源:南海海水。分离自石油降解菌群。与模式菌株 *M. phyllosphaerae* DSM 13468(T) AJ277840 相似性为 99.859%。培养基 0471,28℃。

MCCC 1A05445　←海洋三所 Er54。分离源:南海海水。分离自石油降解菌群。与模式菌株 *M. schleiferi* IFO 15075(T) AB004723 相似性为 99.459%(736/740)。培养基 0471,28℃。

MCCC 1A05733　←海洋三所 NH60U。分离源:南沙美济礁周围混合海水。分离自石油降解菌群。与模式菌株 *M. phyllosphaerae* DSM 13468（T） AJ277840 相似性为 99.865%。培养基 0821,25℃。

MCCC 1A05864　←海洋三所 BMJOUTWF-1。分离源:南沙美济礁周围混合海水。分离自石油降解菌群。与模式菌株 *M. phyllosphaerae* DSM 13468(T) AJ277840 相似性为 99.865%。培养基 0821,25℃。

MCCC 1A05877　←海洋三所 BX-B1-25。分离源:南沙泻湖珊瑚沙颗粒。分离自石油降解菌群。与模式菌株 *M. paraoxydans* CF36(T) AJ491806 相似性为 100%(777/777)。培养基 0821,25℃。

MCCC 1A05878　←海洋三所 BX-B1-26。分离源:南沙泻湖珊瑚沙颗粒。分离自石油降解菌群。与模式菌株 *M. phyllosphaerae* DSM 13468(T) AJ277840 相似性为 99.865%。培养基 0821,25℃。

MCCC 1A05880　←海洋三所 BX-B1-5。分离源:南沙泻湖珊瑚沙颗粒。分离自石油降解菌群。与模式菌株 *M. phyllosphaerae* DSM 13468(T) AJ277840 相似性为 99.865%。培养基 0821,25℃。

MCCC 1A05886　←海洋三所 GM03-8B。分离源:南沙上层海水。与模式菌株 *M. pumilum* KV-488(T) AB234027 相似性为 99.461%。培养基 0821,25℃。

MCCC 1A05911　←海洋三所 T33B5。分离源:西南太平洋褐黑色沉积物上覆水。分离自石油降解菌群。与模式菌株 *M. paraoxydans* CF36(T) AJ491806 相似性为 100%。培养基 0821,25℃。

MCCC 1A06049　←海洋三所 D-1-2-2。分离源:北极圈内某淡水湖边地表下 10cm 沉积物。分离自原油富集菌群。与模式菌株 *M. phyllosphaerae* DSM 13468(T) AJ277840 相似性为 100%。培养基 0472,28℃。

MCCC 1B00708　←海洋一所 DJSD19。分离源:青岛沙子口表层海水。与模式菌株 *M. phyllosphaerae* DSM 13468(T) AJ277840 相似性为 99.878%。培养基 0471,20～25℃。

MCCC 1B01152　←海洋一所 CTDE4。分离源:大西洋表层水样。与模式菌株 *M. hominis* IFO 15708(T) AB004727 相似性为 97.585%。培养基 0471,25℃。

MCCC 1C01137　←极地中心 M-4。分离源:南极长城站潮间带海沙。与模式菌株 *M. phyllosphaerae* DSM 13468(T) AJ277840 相似性为 99.553%。培养基 0471,5℃。

Microbulbifer agarilyticus Miyazaki *et al*. 2008 解琼脂微泡菌

模式菌株 *Microbulbifer agarilyticus* JAMB A3(T) AB158515

MCCC 1B01170　←海洋一所 BLCJ1。分离源:浙江宁波码头表层沉积物。与模式菌株相似性为 100%。培养基 0471,25℃。

Microbulbifer hydrolyticus González *et al*. 1997 水解微泡菌

模式菌株 *Microbulbifer hydrolyticus* DSM 11525(T) AJ608704

MCCC 1A02856　←海洋三所 F42-3。分离源:近海沉积物。分离自石油降解菌群。与模式菌株相似性为 98.652%。培养基 0472,28℃。

Microbulbifer sp. González *et al*. 1997 emend. Tang *et al*. 2008 微泡菌

MCCC 1A02862　←海洋三所 F44-10。分离源:近海沉积物。分离自石油降解菌群。与模式菌株 *M. hydrolyticus* DSM 11525(T) AJ608704 相似性为 98.07%。培养基 0472,28℃。

MCCC 1A02932　←海洋三所 F48-7。分离源:近海沉积物。分离自石油降解菌群。与模式菌株 *M. salipaludis* SM-1(T) AF479688 相似性为 98.056%。培养基 0472,28℃。

MCCC 1A04154　←海洋三所 NH39F-1。分离源:南沙土黄色泥质。与模式菌株 *M. maritimus* TF-17(T) AY377986 相似性为 97.946%。培养基 0821,25℃。

MCCC 1F01071　←厦门大学 Y12。分离源:福建省漳州近海红树林表层沉积物。与模式菌株 *M. hydrolyti-*

cus DSM 11525(T) AJ608704 相似性为 99.395%(1478/1487)。培养基 0471,25℃。

Micrococcus antarcticus Liu *et al.* 2000 南极微球菌

模式菌株 *Micrococcus antarcticus* T2(T) AJ005932

MCCC 1A01157　←CGMCC AS 1.2372。原始号 T2。分离源:南极长城站附近土壤。模式菌株。培养基 0471,25℃。

MCCC 1A01334　←海洋三所 S30-4-D。分离源:印度洋表层海水。苯系物降解菌。与模式菌株相似性为 99.665%。培养基 0471,25℃。

MCCC 1A04125　←海洋三所 NH64I。分离源:南沙上层海水。分离自石油降解菌群。与模式菌株相似性为 99.643%。培养基 0821,25℃。

MCCC 1B00533　←海洋一所 DJHH42。分离源:盐城次表层海水。与模式菌株相似性为 99.635%。培养基 0471,20~25℃。

MCCC 1B00631　←海洋一所 DJQF8。分离源:青岛沙子口表层海水。与模式菌株相似性为 99.642%。培养基 0471,20~25℃。

MCCC 1B00750　←海洋一所 QJHH2。分离源:烟台海阳表层海水。与模式菌株相似性为 99.627%。培养基 0471,20~25℃。

MCCC 1B00755　←海洋一所 QJHH8。分离源:烟台海阳表层海水。与模式菌株相似性为 99.502%。培养基 0471,20~25℃。

Micrococcus flavus Liu *et al.* 2007 黄微球菌

模式菌株 *Micrococcus flavus* LW4(T) DQ491453

MCCC 1A00257　←CGMCC 1.5361。原始号 LW4。=CGMCC 1.5361 =JCM 14000。分离源:北京废水反应器中的活性污泥。模式菌株。培养基 0471,25℃。

MCCC 1A05982　←海洋三所 401K9-2。分离源:日本海沉积物表层。与模式菌株相似性为 99%。培养基 1003,28℃。

MCCC 1B00528　←海洋一所 DJHH33。分离源:盐城上层海水。与模式菌株相似性为 99.382%。培养基 0471,20~25℃。

Micrococcus luteus (Schroeter 1872)Cohn 1872(Approved Lists 1980)emend. Wieser *et al.* 2002 藤黄微球菌

模式菌株 *Micrococcus luteus* DSM 20030(T) AJ536198

MCCC 1A02612　←DSM 20030。=ATCC 4698 =CCM 169 =CCUG 5858 =CIP A270 =DSM 20030 =HAMBI 26 =HAMBI 1399 =IEGM 391 =IFO(now NBRC)3333 =JCM 1464 =LMG 4050 =NCCB 78001 =NCTC 2665 =NRRL B-287 =VKM B-1314。模式菌株。培养基 0471,25℃。

MCCC 1A00376　←海洋三所 RC99-A6。分离源:印度洋深海底层水样。分离自石油降解菌群。与模式菌株相似性为 99.705%。培养基 0471,25℃。

MCCC 1A01025　←海洋三所 W5-11。分离源:太平洋深海沉积物。分离自多环芳烃芘富集菌群。与模式菌株相似性为 99.652%。培养基 0471,25℃。

MCCC 1A01059　←海洋三所 K3。分离源:印度洋深海底层水样。分离自石油降解菌群。与模式菌株相似性为 99.644%。培养基 0471,25℃。

MCCC 1A01063　←海洋三所 K2。分离源:印度洋深海底层水样。分离自多环芳烃降解菌群。与模式菌株相似性为 99.361%。培养基 0471,25℃。

MCCC 1A01066　←海洋三所 K4。分离源:印度洋深海底层水样。分离自多环芳烃降解菌群。与模式菌株相似性为 99.361%。培养基 0471,25℃。

MCCC 1A01077　←海洋三所 SL7.1。分离源:印度洋深海底层水样。分离自石油降解菌群。与模式菌株相似性为 98%。培养基 0471,25℃。

MCCC 1A01083　←海洋三所 SL1.2。分离源:印度洋深海底层水样。分离自石油降解菌群。与模式菌株相似性为 99.573%。培养基 0471,25℃。

MCCC 1A02239　←海洋三所 CH4。分离源:厦门黄翅鱼鱼鳃。与模式菌株相似性为 99.486%。培养基 0033,25℃。

MCCC 1A03298　←DSM 14235。=DSM 14235 =CCM 4960。参考菌株。培养基 0471,25℃。

MCCC 1A03317　←海洋三所 100H42-1。分离源:东太平洋深海沉积物表层。与模式菌株相似性为 99%。培养基 0012,28℃。

MCCC 1A03336　←海洋三所 102H52-1。分离源:东太平洋深海沉积物表层。与模式菌株相似性为 99%。培养基 0471,28℃。

MCCC 1A03387　←海洋三所 102K2-2。分离源:东太平洋深海沉积物表层。与模式菌株相似性为 99%。培养基 0471,28℃。

MCCC 1A03395　←海洋三所 102K2-1。分离源:东太平洋深海沉积物表层。与模式菌株相似性为 99%。培养基 0471,28℃。

MCCC 1A03396　←海洋三所 102S2-2。分离源:东太平洋深海沉积物表层。与模式菌株相似性为 99%。培养基 0471,28℃。

MCCC 1A03399　←海洋三所 102S5-1。分离源:东太平洋深海沉积物表层。与模式菌株相似性为 99%。培养基 0471,28℃。

MCCC 1A03927　←海洋三所 330-7。分离源:印度洋表层海水。分离自石油降解菌群。与模式菌株相似性为 99.775%。培养基 0471,25℃。

MCCC 1A03936　←海洋三所 406-6。分离源:印度洋表层海水。分离自石油降解菌群。与模式菌株相似性为 99.731%。培养基 0471,25℃。

MCCC 1A04032　←海洋三所 NH8B1。分离源:南沙灰白色泥质。与模式菌株相似性为 99.706%(714/716)。培养基 0821,25℃。

MCCC 1A04072　←海洋三所 NH16G。分离源:南沙褐色泥质。与模式菌株相似性为 99.705%(713/715)。培养基 0821,25℃。

MCCC 1A04146　←海洋三所 NH39E。分离源:南沙土黄色泥质。与模式菌株相似性为 99.711%(726/728)。培养基 0821,25℃。

MCCC 1A04394　←海洋三所 T16AM。分离源:西南太平洋土灰色沉积物。分离自石油降解菌群。与模式菌株相似性为 99.732%(777/779)。培养基 0821,28℃。

MCCC 1A05003　←海洋三所 L51-1-27。分离源:南海表层海水。与模式菌株相似性为 99.769%。培养基 0471,25℃。

MCCC 1A05038　←海洋三所 L52-1-29C。分离源:南海表层海水。与模式菌株相似性为 99.769%。培养基 0471,25℃。

MCCC 1A05648　←海洋三所 NH28B_1。分离源:南沙土黄色泥质。与模式菌株相似性为 99.459%(769/773)。培养基 0821,25℃。

MCCC 1A05905　←海洋三所 T25AC。分离源:西南太平洋黑褐色沉积物。分离自石油降解菌群。与模式菌株相似性为 99.734%(784/786)。培养基 0821,25℃。

MCCC 1A05922　←海洋三所 0704P10-2。分离源:印度洋深海沉积物表层。与模式菌株相似性为 99%。培养基 1003,28℃。

MCCC 1A05979　←海洋三所 401K5-2。分离源:日本海深海冷泉沉积物。与模式菌株相似性为 99%。培养基 1003,28℃。

MCCC 1A05986　←海洋三所 401K9-1。分离源:日本海沉积物表层。与模式菌株相似性为 99%。培养基 1003,28℃。

MCCC 1B00480　←海洋一所 HZBC68。分离源:山东日照上层海水。与模式菌株相似性为 99.474%。培养基 0471,20~25℃。

MCCC 1B00487　←海洋一所 HZBC78。分离源:山东日照上层海水。与模式菌株相似性为 99.579%。培养基 0471,20~25℃。

MCCC 1B00663　←海洋一所 DJJH20。分离源:山东日照底层海水。与模式菌株相似性为 99.652%。培养基 0471,20~25℃。

MCCC 1B00666 ←海洋一所 DJJH29。分离源:山东日照底层海水。与模式菌株相似性为 99.589%。培养基 0471,20~25℃。

MCCC 1B00670 ←海洋一所 DJQD29。分离源:青岛胶南底层海水。与模式菌株相似性为 99.769%。培养基 0471,20~25℃。

MCCC 1B00678 ←海洋一所 DJLY14。分离源:江苏盐城射阳表层海水。与模式菌株相似性为 99.526%。培养基 0471,20~25℃。

MCCC 1B00732 ←海洋一所 CJJH15。分离源:山东日照表层海水。与模式菌株相似性为 99.752%。培养基 0471,20~25℃。

MCCC 1B00740 ←海洋一所 CJHH8。分离源:烟台海阳次底层海水。与模式菌株相似性为 99.635%。培养基 0471,20~25℃。

MCCC 1B00981 ←海洋一所 YXWBB7。分离源:青岛即墨 70%盐度盐田表层海水。与模式菌株相似性为 99.513%。培养基 0471,20~25℃。

MCCC 1B01037 ←海洋一所 QJHW11。分离源:江苏盐城近海表层海水。与模式菌株相似性为 99.122%。培养基 0471,28℃。

MCCC 1B01044 ←海洋一所 QJHW15。分离源:江苏盐城近海表层海水。与模式菌株相似性为 98.946%。培养基 0471,28℃。

MCCC 1B01050 ←海洋一所 QJWW 172。分离源:威海近海表层海水。与模式菌株相似性为 99.878%。培养基 0471,28℃。

MCCC 1A03335 ←海洋三所 66H20-1。分离源:大西洋深海沉积物表层。与模式菌株相似性为 99%。培养基 0012,28℃。

Micrococcus lylae Kloos *et al*. 1974 emend. Wieser *et al*. 2002 里拉微球菌

模式菌株 *Micrococcus lylae* DSM 20315(T) X80750

MCCC 1A02621 ←CGMCC 1.2300。=ATCC 17566 =DSM 20315 =CGMCC 1.2300。分离源:德国人的皮肤表面。模式菌株。培养基 0471,25℃。

MCCC 1A03400 ←海洋三所 102H5-2。分离源:东太平洋深海沉积物表层。与模式菌株相似性为 98%。培养基 0471,28℃。

MCCC 1B00593 ←海洋一所 CJJK22。分离源:江苏南通启东表层海水。与模式菌株相似性为 99.444%。培养基 0471,20~25℃。

MCCC 1B00659 ←海洋一所 DJJH12。分离源:山东日照上层海水。与模式菌株相似性为 99.883%。培养基 0471,20~25℃。

MCCC 1B00714 ←海洋一所 DJQE29-1。分离源:青岛沙子口表层海水。与模式菌株相似性为 99.531%。培养基 0471,20~25℃。

Micrococcus antarcticus Liu *et al*. 2000 南极微球菌

MCCC 1A01157 ←CGMCC AS 1.2372。原始号 T2。分离源:南极长城站附近土壤。模式菌株。培养基 0471,25℃。

Micrococcus sp. Cohn 1872 emend. Stackebrandt *et al*. 1995 emend. Wieser *et al*. 2002 微球菌

MCCC 1A00764 ←海洋三所 8097。分离源:西太平洋深海沉积物。与模式菌株 *M. luteus* DSM 20030(T) AJ536198 相似度为 98.425%。培养基 0471,4~20℃。

MCCC 1A01197 ←海洋三所 68。分离源:印度洋深海热液口沉积物。分离自环己酮降解菌群。与模式菌株 *M. luteus* DSM 20030(T) AJ536198 相似性为 97.599%。培养基 0471,25℃。

MCCC 1A02502 ←海洋三所 WR3。分离源:厦门温泉出水口。与模式菌株 *M. flavus* LW4(T) DQ491453 相似性为 98.923%。培养基 0823,37℃。

MCCC 1A03386 ←海洋三所 102H2-2。分离源:东太平洋深海沉积物表层。与模式菌株 *M. luteus* DSM(T) 20030 AJ536198 相似性为 99%。培养基 0471,28℃。

MCCC 1A03393 ←海洋三所 102H8-1。分离源:东太平洋深海沉积物表层。与模式菌株 *M. luteus* DSM

20030(T) AJ536198 相似性为 99%。培养基 0471,28℃。

MCCC 1A03394 ←海洋三所 102H8-2。分离源:东太平洋深海沉积物表层。与模式菌株 *M. luteus* DSM
20030(T) AJ536198 相似性为 99%。培养基 0471,28℃。

MCCC 1A03397 ←海洋三所 102S2-3。分离源:东太平洋深海沉积物表层。与模式菌株 *M. luteus* DSM
20030(T) AJ536198 相似性为 99%。培养基 0471,28℃。

MCCC 1A05647 ←海洋三所 C43AH。分离源:西南太平洋表层海水。分离自石油降解菌群。与模式菌株
M. luteus DSM 20030(T) AJ536198 相似性为 99.247%。培养基 0821,25℃。

MCCC 1A05761 ←海洋三所 NH45P。分离源:南沙表层沉积物。与模式菌株 *M. luteus* DSM 20030(T)
AJ536198 相似性为 99.643%。培养基 0821,25℃。

MCCC 1A05792 ←海洋三所 T19J。分离源:西南太平洋土灰色沉积物上覆水。分离自石油降解菌群。与模
式菌株 *M. luteus* DSM 20030(T) AJ536198 相似性为 99.57%。培养基 0821,25℃。

MCCC 1A05900 ←海洋三所 T20J。分离源:西南太平洋土灰色沉积物。分离自石油降解菌群。与模式菌株
M. luteus DSM 20030(T) AJ536198 相似性为 99.643%。培养基 0821,25℃。

MCCC 1B00493 ←海洋一所 HZDC9。分离源:山东日照深层海水。与模式菌株 *M. luteus* DSM 20030(T)
AJ536198 相似性为 99.479%。培养基 0471,20~25℃。

MCCC 1B00757 ←海洋一所 QJHH13。分离源:烟台海阳表层海水。与模式菌株 *M. antarcticus* T2(T)
AJ005932 相似性为 98.137%。培养基 0471,20~25℃。

MCCC 1B01146 ←海洋一所 CTDB2。分离源:大西洋表层水样。潜在新种。与模式菌株 *M. luteus* DSM
20030(T) AJ536198 相似性为 97.82%。培养基 0471,25℃。

MCCC 1B01149 ←海洋一所 CTBD1。分离源:大西洋表层水样。与模式菌株 *M. lylae* DSM 20315(T)
X80750 相似性为 99.038%。培养基 0471,25℃。

Micromonospora aurantiaca Sveshnikova *et al.* 1969 桔橙小单胞菌
模式菌株 *Micromonospora aurantiaca* DSM 43813(T) X92604

MCCC 1A01540 ←海洋三所 7-4。分离源:福建省漳州云霄县近海红树林土壤。与模式菌株相似性为 99%。
培养基 0012,28℃。

MCCC 1A01567 ←海洋三所 395。分离源:福建省漳州云霄县近海红树林土壤。与模式菌株相似性为 99%。
培养基 0012,28℃。

MCCC 1A03318 ←海洋三所 2H42-4。分离源:印度洋深海沉积物表层。与模式菌株相似性为 99%。培养
基 0012,28℃。

Micromonospora chaiyaphumensis Jongrungruangchok *et al.* 2008 猜也蓬府小单胞菌
模式菌株 *Micromonospora chaiyaphumensis* MC5-1(T) AB196710

MCCC 1A01699 ←海洋三所 386。分离源:福建省漳州云霄县近海红树林土壤。与模式菌株相似性为 99%。
培养基 0012,28℃。

MCCC 1A02725 ←海洋三所 392。分离源:福建省漳州云霄县近海红树林土壤。与模式菌株相似性为 99%。
培养基 0012,28℃。

MCCC 1A03384 ←海洋三所 312。分离源:福建省漳州云霄县近海红树林土壤。与模式菌株相似性为 99%。
培养基 0012,28℃。

Micromonospora chalcea (Foulerton 1905)Orskov 1923 青铜小单胞菌
模式菌株 Micromonospora chalcea DSM 43026(T) X92594

MCCC 1A01526 ←海洋三所 z86。分离源:福建省漳州云霄县近海红树林土壤。与模式菌株相似性为 99%。
培养基 0012,28℃。

MCCC 1A01548 ←海洋三所 13-34。分离源:福建省漳州云霄县近海红树林土壤。与模式菌株的相似性为
99%。培养基 0012,28℃。

MCCC 1A01563 ←海洋三所 356。分离源:福建省漳州云霄县近海红树林土壤。与模式菌株的相似性为
99%。培养基 0012,28℃。

MCCC 1A01574 ←海洋三所 zxy17(H)。分离源:福建省漳州云霄县近海红树林土壤。与模式菌株的相似性为99%。培养基0012,28℃。

MCCC 1A05985 ←海洋三所 401C4-1。分离源:日本海沉积物表层。与模式菌株的相似性为99%。培养基1003,28℃。

Micromonospora chokoriensis Ara and Kudo 2007 柯奈尼亚小单胞菌
模式菌株 *Micromonospora chokoriensis* 2-19(6)AB241454

MCCC 1A01542 ←海洋三所 7-12。分离源:福建省漳州云霄县近海红树林土壤。与模式菌株相似性为99%。培养基0012,28℃。

Micromonospora echinospora Luedemann and Brodsky 1964 emend. Kasai *et al.* 2000 棘胞小单胞菌
模式菌株 *Micromonospora echinospora* ATCC 15837(T) U58532

MCCC 1A01700 ←海洋三所 zc8。分离源:福建省漳州云霄县近海红树林土壤。与模式菌株相似性为98%。培养基0012,28℃。

Micromonospora endolithica Luedemann and Brodsky 1964 emend. Kasai *et al.* 2000 棘胞小单胞菌
模式菌株 *Micromonospora echinospora* ATCC 15837(T) U58532

MCCC 1A03326 ←海洋三所 100N42-3。分离源:东太平洋深海沉积物表层。与模式菌株相似性为98%。培养基0012,28℃。

MCCC 1A03327 ←海洋三所 w.z.3。分离源:东太平洋深海沉积物表层。与模式菌株相似性为98%。培养基0012,28℃。

Micromonospora krabiensis Jongrungruangchok *et al.* 2008 甲米府小单胞菌
模式菌株 *Micromonospora krabiensis* MA-2(T) AB196716

MCCC 1A02731 ←海洋三所 5-412。分离源:福建省漳州云霄县近海红树林土壤。与模式菌株相似性为98%。培养基0012,28℃。

Micromonospora matsumotoense (Asano *et al.* 1989) Lee *et al.* 2000 松本小单胞菌
模式菌株 *Micromonospora matsumotoense* IMSNU 22003(T) AF152109

MCCC 1A03383 ←海洋三所 xb99。分离源:福建省漳州云霄县近海红树林土壤。与模式菌株相似性为98%。培养基0012,28℃。

Micromonospora nigra (Weinstein *et al.* 1968) Kasai *et al.* 2000 黑色小单胞菌
模式菌株 *Micromonospora nigra* DSM 43818(T) X92609

MCCC 1A05978 ←海洋三所 399K7-1。分离源:日本海深海冷泉沉积物。与模式菌株的相似性为98%。培养基1003,28℃。

Micromonospora olivasterospora Kawamoto *et al.* 1983 橄榄星胞小单胞菌
模式菌株 *Micromonospora olivasterospora* DSM 43868(T) X92613

MCCC 1A01676 ←海洋三所 1-420。分离源:福建省漳州云霄县近海红树林土壤。与模式菌株的相似性为98%。培养基0012,28℃。

Micromonospora siamensis Thawai *et al.* 2006 暹罗小单胞菌
模式菌株 *Micromonospora siamensis* TT2-4(T) AB193565

MCCC 1A01664 ←海洋三所 7-5。分离源:福建省漳州云霄县近海红树林土壤。与模式菌株相似性为99%。培养基0012,28℃。

MCCC 1A01671 ←海洋三所 5-15。分离源:福建省漳州云霄县近海红树林土壤。与模式菌株相似性为99%。培养基0012,28℃。

Modestobacter versicolor Reddy *et al*. 2007 变色朴素杆菌

MCCC 1A02623　←DSM 16678。原始号 CP153-2。＝ATCC BAA-1040 ＝DSM 16678。分离源：美国科罗拉
多高原表层土。模式菌株。培养基 0277,28℃。

Modicisalibacter tunisiensis Ben Ali Gam *et al*. 2007 突尼斯中等嗜盐杆菌

模式菌株 *Modicisalibacter tunisiensis* LIT2(T) DQ641495

MCCC 1A03914　←海洋三所 320-9。分离源：印度洋表层海水。分离自石油降解菌群。与模式菌株相似性为
99.054％。培养基 0471,25℃。

MCCC 1A04686　←海洋三所 C18B7。分离源：西南太平洋表层海水。分离自石油降解菌群。与模式菌株相
似性为 99.86％(745/746)。培养基 0821,25℃。

Moraxella osloensis Bovre and Henriksen 1967 奥斯陆莫拉氏菌

模式菌株 *Moraxella osloensis* clone AerLab-37(T) EU499677

MCCC 1A00040　←海洋三所 YY-10。分离源：厦门养鱼池底泥。以硝酸根作为电子受体分离。与模式菌株
相似性为 99.538％。培养基 0033,28℃。

Moritella yayanosii Nogi and Kato 1999 雅氏莫拉氏菌

模式菌株 *Moritella yayanosii* DB21MT-5(T) AB008797

MCCC 1C00832　←极地中心 NF1-18。分离源：南极表层沉积物。与模式菌株相似性为 97.981％。培养基
0471,15℃。

Muricauda aquimarina Yoon *et al*. 2005 海水鼠尾菌

模式菌株 *Muricauda aquimarina* SW-63(T) AY445075

MCCC 1A01052　←海洋三所 SL1.3。分离源：印度洋深海底层水样。分离自石油降解菌群。与模式菌株相
似性为 98.776％。培养基 0471,25℃。

MCCC 1A01117　←海洋三所 MB16F。分离源：大西洋深海底层海水。分离自石油降解菌群。与模式菌株相
似性为 98.9％。培养基 0471,25℃。

MCCC 1A02852　←海洋三所 F36-8。分离源：近海沉积物。分离自石油降解菌群。与模式菌株相似性为
99.281％。培养基 0472,28℃。

MCCC 1A04323　←海洋三所 T8AN。分离源：西南太平洋土灰色沉积物上覆水。分离自石油降解菌群。与
模式菌株相似性为 99.05％(764/771)。培养基 0821,28℃。

MCCC 1A04390　←海洋三所 T16AD。分离源：西南太平洋土灰色沉积物。分离自石油降解菌群。与模式菌
株相似性为 99.072％。培养基 0821,28℃。

MCCC 1A04406　←海洋三所 T17AA。分离源：西南太平洋土灰色沉积物。分离自石油降解菌群。与模式菌
株相似性为 99.05％。培养基 0821,28℃。

MCCC 1A04458　←海洋三所 T23AE。分离源：西南太平洋热液区沉积物。分离自石油降解菌群。与模式菌
株相似性为 99.05％(764/771)。培养基 0821,28℃。

MCCC 1A04509　←海洋三所 T29B3。分离源：西南太平洋热液区沉积物。分离自石油降解菌群。与模式菌
株相似性为 99.089％。培养基 0821,28℃。

MCCC 1A04630　←海洋三所 T43AW。分离源：西南太平洋土黄色沉积物。分离自石油、多环芳烃降解菌
群。与模式菌株相似性为 99.072％。培养基 0821,28℃。

MCCC 1A04781　←海洋三所 C52B6。分离源：西南太平洋下层海水。分离自石油降解菌群。与模式菌株相
似性为 99.044％。培养基 0821,25℃。

MCCC 1A04788　←海洋三所 C54B3。分离源：西南太平洋深层海水。分离自石油降解菌群。与模式菌株相
似性为 99.044％。培养基 0821,25℃。

MCCC 1A04840　←海洋三所 C70AB。分离源：西南太平洋深层海水。分离自石油降解菌群。与模式菌株相
似性为 99.05％。培养基 0821,25℃。

MCCC 1A04912　←海洋三所 C10AI。分离源：西南太平洋上层海水。分离自石油降解菌群。与模式菌株相

似性为 99.044％。培养基 0821,25℃。

MCCC 1A04952 ←海洋三所 C34AE1。分离源:印度洋表层海水。分离自石油降解菌群。与模式菌株相似性为 99.06％(772/779)。培养基 0821,28℃。

MCCC 1A05174 ←海洋三所 C2AI。分离源:西南太平洋下层海水。分离自石油降解菌群。与模式菌株相似性为 99.089％。培养基 0821,25℃。

MCCC 1A05245 ←海洋三所 C46B9。分离源:西南太平洋上层海水。分离自石油降解菌群。与模式菌株相似性为 99.004％。培养基 0821,25℃。

MCCC 1A05264 ←海洋三所 C50AF。分离源:西南太平洋下层海水。分离自石油降解菌群。与模式菌株相似性为 99.001％。培养基 0821,25℃。

MCCC 1A05269 ←海洋三所 C51AG。分离源:西南太平洋上层海水。分离自石油降解菌群。与模式菌株相似性为 99.069％。培养基 0821,25℃。

MCCC 1A05280 ←海洋三所 C53B8。分离源:西南太平洋深层海水。分离自石油降解菌群。与模式菌株相似性为 99.044％。培养基 0821,25℃。

MCCC 1A05374 ←海洋三所 C80AH。分离源:西南太平洋深层海水。分离自石油、多环芳烃降解菌群。与模式菌株相似性为 99.089％。培养基 0821,25℃。

MCCC 1A05386 ←海洋三所 C82AE。分离源:西南太平洋深层海水。分离自石油、多环芳烃降解菌群。与模式菌株相似性为 99.057％。培养基 0821,25℃。

MCCC 1A05713 ←海洋三所 NH57Q。分离源:南沙潟湖珊瑚沙颗粒。分离自石油降解菌群。与模式菌株相似性为 99.067％。培养基 0821,25℃。

MCCC 1A05758 ←海洋三所 NH64J1。分离源:南沙上层海水。分离自石油降解菌群。与模式菌株相似性为 99.067％。培养基 0821,25℃。

MCCC 1F01081 ←厦门大学 AMTW01S01。分离源:中国东海微小亚历山大藻培养液。与模式菌株相似性为 97.137％(1425/1467)。培养基 0471,25℃。

Muricauda lutimaris Yoon *et al*. 2008 海泥鼠尾菌
模式菌株 *Muricauda lutimaris* SMK-108(T) EU156065

MCCC 1A01212 ←海洋三所 2CR53-10。分离源:印度洋深海海底层水样。分离自石油降解菌群。与模式菌株相似性为 98.996％。培养基 0471,25℃。

MCCC 1A02088 ←海洋三所 MC2-28。分离源:大西洋深海海底层海水。分离自石油降解菌群。与模式菌株相似性为 98.414％。培养基 0471,25℃。

MCCC 1A02876 ←海洋三所 F44-6。分离源:近海沉积物。与模式菌株相似性为 98.913％。培养基 0472,28℃。

MCCC 1A04391 ←海洋三所 T16AN。分离源:西南太平洋土灰色沉积物。分离自石油降解菌群。与模式菌株相似性为 98.922％(768/776)。培养基 0821,28℃。

MCCC 1A04669 ←海洋三所 C1AE。分离源:西南太平洋上层海水。分离自石油降解菌群。与模式菌株相似性为 100％。培养基 0821,25℃。

MCCC 1A04728 ←海洋三所 C37AI。分离源:印度洋表层海水。分离自石油降解菌群。与模式菌株相似性为 99.601％(782/785)。培养基 0821,25℃。

MCCC 1A04938 ←海洋三所 C16B2。分离源:西南太平洋深层海水。分离自石油降解菌群。与模式菌株相似性为 99.573％(731/734)。培养基 0821,25℃。

MCCC 1A05770 ←海洋三所 NH67F。分离源:南沙黄色泥质。分离自石油降解菌群。与模式菌株相似性为 99.067％(777/785)。培养基 0821,25℃。

Muricauda ruestringensis Bruns *et al*. 2001 威廉港鼠尾菌
模式菌株 *Muricauda ruestringensis* B1(T) AF218782

MCCC 1A03260 ←DSM 13258。原始号 B1。＝DSM 13258 ＝LMG 19739。分离源:德国海水和底泥混合物。模式菌株。培养基 0471,25℃。

MCCC 1A04271 ←海洋三所 T2AL。分离源:西南太平洋土黄色沉积物。分离自石油降解菌群。与模式菌株相似性为 99.325％(770/775)。培养基 0821,28℃。

MCCC 1A04484 ←海洋三所 T25B4。分离源:西南太平洋热液区沉积物。分离自石油降解菌群。与模式菌株相似性为 99.457％(766/771)。培养基 0821,28℃。

MCCC 1A05408 ←海洋三所 C8AE。分离源:西南太平洋下层海水。分离自石油降解菌群。与模式菌株相似性为 99.316％。培养基 0821,25℃。

MCCC 1A05704 ←海洋三所 NH57D。分离源:南沙泻湖珊瑚沙颗粒。分离自石油降解菌群。与模式菌株相似性为 98.912％。培养基 0821,25℃。

MCCC 1A05919 ←海洋三所 T45AB。分离源:西南太平洋土黄色沉积物上覆水。分离自石油、多环芳烃降解菌群。与模式菌株相似性为 98.798％。培养基 0821,25℃。

Muricauda **sp.** Bruns *et al.* 2001 emend. Yoon *et al.* 2005 鼠尾菌

MCCC 1A01038 ←海洋三所 R7-6。分离源:印度洋深海底层水样。分离自石油降解菌群。与模式菌株 *M. lutimaris* SMK-108(T) EU156065 相似性为 98.415％。培养基 0471,25℃。

MCCC 1A01213 ←海洋三所 R5-17。分离源:印度洋深海底层水样。分离自石油降解菌群。与模式菌株 *M. lutimaris* SMK-108(T) EU156065 相似性为 98.414％。培养基 0471,25℃。

MCCC 1A01492 ←海洋三所 D-12-8。分离源:印度洋表层海水。分离自石油降解菌群。与模式菌株 *M. aquimarina* SW-63(T) AY445075 相似性为 98.429％。培养基 0333,26℃。

MCCC 1A02323 ←海洋三所 S15-3。分离源:大西洋表层海水。与模式菌株 *M. aquimarina* SW-63(T) AY445075 相似性为 96.813％。培养基 0745,28℃。

MCCC 1A02402 ←海洋三所 S12-6。分离源:大西洋表层海水。与模式菌株 *M. aquimarina* SW-63(T) AY445075 相似性为 97.86％。培养基 0745,28℃。

MCCC 1A03198 ←海洋三所 PC38。分离源:印度洋深海底层水样自多环芳烃降解菌群。与模式菌株 *M. aquimarina* SW-63(T) AY445075 相似性为 96.327％。培养基 0471,28℃。

MCCC 1A04420 ←海洋三所 T18AG。分离源:西南太平洋土黄色沉积物上覆水。分离自石油降解菌群。与模式菌株 *M. lutimaris* SMK-108(T) EU156065 相似性为 98.269％。培养基 0821,28℃。

MCCC 1A05345 ←海洋三所 C15AR。分离源:西南太平洋深层海水。分离自石油降解菌群。与模式菌株 *M. aquimarina* SW-63(T) AY445075 相似性为 99.146％。培养基 0821,25℃。

MCCC 1A05716 ←海洋三所 NH57X。分离源:南沙泻湖珊瑚沙颗粒。分离自石油降解菌群。与模式菌株 *M. lutimaris* SMK-108(T) EU156065 相似性为 98.131％(768/784)。培养基 0821,25℃。

MCCC 1A05832 ←海洋三所 3GM02-1k。分离源:南沙深层海水。与模式菌株 *M. flavescens* SW-62(T) AY445073 相似性为 97.150％(768/790)。培养基 0471,25℃。

MCCC 1A06020 ←海洋三所 T45AC。分离源:西南太平洋土黄色沉积物上覆水。分离自石油、多环芳烃降解菌群。与模式菌株 *M. lutimaris* SMK-108(T) EU156065 相似性为 98.151％。培养基 0821,25℃。

MCCC 1F01009 ←厦门大学 B4。分离源:福建漳州近海红树林泥。与模式菌株 *M. aquimarina* SW-63(T) AY445075 相似性为 96.864％(1421/1467)。培养基 0471,25℃。

MCCC 1F01064 ←厦门大学 Y5。分离源:福建漳州近海红树林泥。与模式菌株 *M. lutimaris* SMK-108(T) EU156065 相似性为 97.883％(1433/1464)。培养基 0471,25℃。

MCCC 1F01082 ←厦门大学 ATDH01S01。分离源:塔玛亚历山大藻培养液。与模式菌株 *M. aquimarina* SW-63(T) AY445075 相似性为 97.001％(1423/1467)。培养基 0471,25℃。

Mycobacterium neoaurum Tsukamura 1972 新金色分枝杆菌

模式菌株 *Mycobacterium neoaurum* ATCC 25795(T) AF480593

MCCC 1A03391 ←海洋三所 102S2-1。分离源:东太平洋深海沉积物表层。与模式菌株相似性为 99％。培养基 0471,28℃。

Mycobacterium poriferae Padgitt and Moshier 1987 海绵分枝杆菌

模式菌株 *Mycobacterium poriferae* ATCC 35087(T) AF480589

MCCC 1A01394　←海洋三所 S73-4-K。分离源:印度洋表层海水。苯系物降解菌。与模式菌株相似性为 99.865%。培养基 0471,26℃。

Mycobacterium psychrotolerans Trujillo *et al.* 2004 耐冷分枝杆菌
模式菌株 *Mycobacterium psychrotolerans* WA101(T) AJ534886

MCCC 1A01315　←海洋三所 S24-1-2。分离源:印度洋表层海水。苯系物降解菌。与模式菌株相似性为 100%。培养基 0471,25℃。

MCCC 1A04926　←海洋三所 C20AM。分离源:印度洋表层海水。分离自石油降解菌群。与模式菌株相似性 为 99.73%(773/777)。培养基 0821,25℃。

MCCC 1A05651　←海洋三所 GM-8T。分离源:南沙上层海水的寡营养菌。与模式菌株相似性为 99.747%。 培养基 0821,25℃。

Mycobacterium tokaiense (*ex* Tsukamura *et al.* 1973)Tsukamura 1981 东海分枝杆菌
模式菌株 *Mycobacterium tokaiense* ATCC 27282(T) AF480590

MCCC 1F01003　←厦门大学 S8。分离源:福建省厦门近海沉积物表层。与模式菌株的相似性为 100% (1401/1401)。培养基 0471,30℃。

Mycoplana bullata Gray and Thornton 1928 emend. Urakami *et al.* 1990 泡状枝面菌
模式菌株 *Mycoplana bullata* IAM 13153(T) D12785

MCCC 1C00898　←极地中心 ZS1-12。分离源:南极表层沉积物。与模式菌株相似性为 98.930%。培养基 0471,15℃。

Mycoplana **sp.** Gray and Thornton 1928 emend. Urakami *et al.* 1990 枝面菌

MCCC 1A01440　←海洋三所 S32-9。分离源:印度洋表层海水。分离自石油降解菌群。与模式菌株 *M. ramosa* IAM 13949(T) D13944 相似性为 94.792%。培养基 0745,26℃。

MCCC 1A02426　←海洋三所 S14-3。分离源:大西洋表层海水。与模式菌株 *M. ramosa* IAM 13949(T) D13944 相似性为 94.907%。培养基 0745,28℃。

MCCC 1A02433　←海洋三所 S16-15。分离源:大西洋表层海水。与模式菌株 *M. ramosa* IAM 13949(T) D13944 相似性为 94.387%。培养基 0745,28℃。

MCCC 1A02805　←海洋三所 F1Mire-7。分离源:北海沉积物。分离自石油降解菌群。与模式菌株 *M. ramosa* IAM 13949(T) D13944 相似性为 94.761%。培养基 0472,28℃。

MCCC 1A02981　←海洋三所 E3。分离源:大西洋洋中脊深海沉积物。与模式菌株 *M. ramosa* IAM 13949 (T) D13944 相似性为 96.736%(776/802)。培养基 0471,25℃。

MCCC 1A03532　←海洋三所 C18AF-黄。分离源:西南太平洋表层海水。分离自石油降解菌群。与模式菌株 *M. ramosa* IAM 13949(T) D13944 相似性为 93.784%(739/775)。培养基 0821,25℃。

MCCC 1A03950　←海洋三所 429-4。分离源:印度洋表层海水。分离自石油降解菌群。与模式菌株 *M. ramosa* IAM 13949(T) D13944 相似性为 96.232%。培养基 0471,25℃。

MCCC 1A04483　←海洋三所 T25B10。分离源:西南太平洋热液区沉积物。分离自石油降解菌群。与模式菌 株 *M. ramosa* IAM 13949(T) D13944 相似性为 95.119%。培养基 0821,28℃。

MCCC 1A04514　←海洋三所 T30B11。分离源:西南太平洋热液区硫化物。分离自石油降解菌群。与模式菌 株 *M. ramosa* IAM 13949(T) D13944 相似性为 95.152%。培养基 0821,28℃。

MCCC 1A04744　←海洋三所 C41B14。分离源:西南太平洋表层海水。分离自石油降解菌群。与模式菌株 *M. ramosa* IAM 13949(T) D13944 相似性为 95.194%(747/783)。培养基 0821,25℃。

MCCC 1A04945　←海洋三所 C18AF1。分离源:西南太平洋表层海水。分离自石油降解菌群。与模式菌株 *M. ramosa* IAM 13949(T) D13944 相似性为 94.911%。培养基 0821,25℃。

MCCC 1A05177　←海洋三所 C31AK。分离源:印度洋表层海水。分离自石油降解菌群。与模式菌株 *M. ramosa* IAM 13949(T) D13944 相似性为 95.077%。培养基 0821,25℃。

MCCC 1A05182　←海洋三所 C32AJ。分离源:印度洋表层海水。分离自石油降解菌群。与模式菌株 *M.*

ramosa IAM 13949(T) D13944 相似性为 95.077％。培养基 0821,25℃。

MCCC 1A05209 ←海洋三所 C39AI。分离源:西南太平洋表层海水。分离自石油降解菌群。与模式菌株 *M. ramosa* IAM 13949(T) D13944 相似性为 95.119％。培养基 0821,25℃。

MCCC 1A05372 ←海洋三所 C7AE。分离源:西南太平洋表层海水。分离自石油降解菌群。与模式菌株 *M. ramosa* IAM 13949(T) D13944 相似性为 94.857％。培养基 0821,25℃。

Myroides pelagicus Yoon *et al*. 2006 海类香味菌
模式菌株 *Myroides pelagicus* SM1 AB176662

MCCC 1B00502 ←海洋一所 HZDC26-1。分离源:山东日照深层海水。与模式菌株相似性为 100％。培养基 0471,20～25℃。

Myroides sp. Vancanneyt *et al*. 1996 类香味菌

MCCC 1B00316 ←海洋一所 SDDC32。分离源:威海荣成表层沉积物。与模式菌株 *M. odoratimimus* CCUG 39352(T) AJ854059 相似性为 93.216％。可能为新属,暂定此属。培养基 0471,28℃。

Naxibacter haematophilus Kämpfer *et al*. 2008 嗜血纳西杆菌
模式菌株 *Naxibacter haematophilus* CCUG 38318(T) AM774589

MCCC 1A03350 ←海洋三所 100N11-1。分离源:东太平洋深海沉积物表层。与模式菌株相似性为 99％。培养基 0471,28℃。

Neptunomonas japonica Miyazaki *et al*. 2008 日本海神单胞菌
模式菌株 *Neptunomonas japonica* JAMM 0745(T) AB288092

MCCC 1C00811 ←极地中心 NF4-29。分离源:南极海冰。与模式菌株相似性为 97.130％。培养基 0471,15℃。

Nesterenkonia jeotgali Yoon *et al*. 2006 腌海鲜涅斯捷连科氏菌
模式菌株 *Nesterenkonia jeotgali* JG-241(T) AY928901

MCCC 1A05401 ←海洋三所 C86AJ。分离源:西南太平洋深层海水。分离自石油、多环芳烃降解菌群。与模式菌株相似性为 100％(768/768)。培养基 0821,25℃。

Nesterenkonia lacusekhoensis Collins *et al*. 2002 艾霍湖涅斯捷连科氏菌
模式菌株 *Nesterenkonia lacusekhoensis* IFAM EL-30(T) AJ290397

MCCC 1A03519 ←海洋三所 C85AG。分离源:西南太平洋深层海水。分离自石油、多环芳烃富集菌群。与模式菌株相似性为 100％(786/786)。培养基 0821,25℃。

Nesterenkonia sp. Stackebrandt *et al*. 1995 emend. Collins *et al*. 2002 emend. Li *et al*. 2005 涅斯捷连科氏菌

MCCC 1B00683 ←海洋一所 DJLY32。分离源:江苏盐城射阳表层海水。与模式菌株 N.*a jeotgali* JG-241(T) AY928901 相似性为 99.403％。培养基 0471,20～25℃。

Nitratireductor aquibiodomus Labbé *et al*. 2004 生态馆水硝酸盐还原菌
模式菌株 *Nitratireductor aquibiodomus* NL21(T) AF534573

MCCC 1A01023 ←海洋三所 W6-20。分离源:太平洋深海沉积物。分离自多环芳烃芘富集菌群。与模式菌株相似性为 98.78％。培养基 0471,25℃。

MCCC 1A01058 ←海洋三所 SI4-2。分离源:印度洋深海底层水样。分离自石油降解菌群。与模式菌株相似性为 99.509％。培养基 0471,25℃。

MCCC 1A01118 ←海洋三所 PB2A。分离源:印度洋深海底层水样。分离自多环芳烃降解菌群。与模式菌株相似性为 99.788％。培养基 0471,25℃。

MCCC 1A01119 ←海洋三所 PB5A。分离源:印度洋深海底层水样。分离自多环芳烃降解菌群。与模式菌株相似性为 99.788%。培养基 0471,25℃。

MCCC 1A01168 ←海洋三所 36。分离源:印度洋深海热液口沉积物。分离自环己酮降解菌群。与模式菌株相似性为 98.899%。培养基 0472,25℃。

MCCC 1A01169 ←海洋三所 46。分离源:印度洋深海热液口沉积物。分离自环己酮降解菌群。与模式菌株相似性为 100%。培养基 0472,25℃。

MCCC 1A01468 ←海洋三所 II-C-3。分离源:厦门滩涂泥样。与模式菌株相似性为 98.273%。培养基 0472,26℃。

MCCC 1A02012 ←海洋三所 RC125-19。分离源:印度洋深海底层水样。分离自石油降解菌群。与模式菌株相似性为 99.789%。培养基 0471,25℃。

MCCC 1A02047 ←海洋三所 PR511-7。分离源:印度洋深海底层水样。分离自多环芳烃降解菌群。与模式菌株相似性为 99.789%。培养基 0471,25℃。

MCCC 1A02752 ←海洋三所 IA4。分离源:黄海上层海水。分离自石油降解菌群。与模式菌株相似性为 98.698%(796/808)。培养基 0472,25℃。

MCCC 1A02791 ←海洋三所 II12。分离源:黄海上层海水。分离自石油降解菌群。与模式菌株相似性为 99.74%(805/808)。培养基 0472,25℃。

MCCC 1A02811 ←海洋三所 IL2。分离源:黄海表层海水。分离自石油降解菌群。与模式菌株相似性为 98.568%(795/808)。培养基 0472,25℃。

MCCC 1A02903 ←海洋三所 JC11。分离源:黄海海水。分离自石油降解菌群。与模式菌株相似性为 99.611%(805/808)。培养基 0472,25℃。

MCCC 1A02908 ←海洋三所 JD7。分离源:黄海上层海水。分离自石油降解菌群。与模式菌株相似性为 99.611%(805/808)。培养基 0472,25℃。

MCCC 1A02918 ←海洋三所 JF5。分离源:黄海上层海水。分离自石油降解菌群。与模式菌株相似性为 99.612%(805/808)。培养基 0472,25℃。

MCCC 1A02939 ←海洋三所 JK6。分离源:东海上层海水。分离自石油降解菌群。与模式菌株相似性为 99.612%(805/808)。培养基 0472,25℃。

MCCC 1A03197 ←海洋三所 3PC123-2。分离源:印度洋深海水样。分离自多环芳烃降解菌群。与模式菌株相似性为 99.749%。培养基 0471,28℃。

MCCC 1A04349 ←海洋三所 T13AD。分离源:西南太平洋土灰色沉积物。分离自石油降解菌群。与模式菌株相似性为 98.261%(712/724)。培养基 0821,28℃。

MCCC 1A04916 ←海洋三所 C11AE。分离源:西南太平洋深层海水。分离自石油降解菌群。与模式菌株相似性为 99.602%(784/787)。培养基 0821,25℃。

MCCC 1A04935 ←海洋三所 C16AF。分离源:西南太平洋深层海水。分离自石油降解菌群。与模式菌株相似性为 99.594%(770/773)。培养基 0821,25℃。

MCCC 1A05214 ←海洋三所 C3AH。分离源:西南太平洋下层海水。分离自石油降解菌群。与模式菌株相似性为 99.582%(749/752)。培养基 0821,25℃。

MCCC 1A05247 ←海洋三所 C56B2。分离源:西南太平洋深层海水。分离自石油降解菌群。与模式菌株相似性为 99.465%。培养基 0821,25℃。

MCCC 1A05341 ←海洋三所 C6B15。分离源:西南太平洋下层海水。分离自石油降解菌群。与模式菌株相似性为 99.442%(749/752)。培养基 0821,25℃。

MCCC 1A05521 ←海洋三所 E11-6。分离源:南海海水。分离自石油降解菌群。与模式菌株相似性为 99.576%(739/742)。培养基 0471,28℃。

MCCC 1A05537 ←海洋三所 G11-6。分离源:南海海水。分离自石油降解菌群。与模式菌株相似性为 98.363%(730/742)。培养基 0471,28℃。

MCCC 1A05835 ←海洋三所 3GM02-1p。分离源:南沙深层海水。与模式菌株相似性为 98.509%(762/774)。培养基 0471,25℃。

MCCC 1A05838 ←海洋三所 T16B3。分离源:西南太平洋土灰色沉积物。分离自石油降解菌群。与模式菌株相似性为 99.598%(779/782)。培养基 0821,25℃。

MCCC 1A05839	←海洋三所 5GM03-1K。分离源:南沙深层海水。与模式菌株相似性为 99.594%(771/774)。培养基 0471,25℃。
MCCC 1A05894	←海洋三所 GM03-8N。分离源:南沙上层海水。与模式菌株相似性为 98.505%(760/772)。培养基 0821,25℃。
MCCC 1B00891	←海洋一所 LA5-3。分离源:青岛亚历山大藻培养液。藻类共生菌。与模式菌株相似性为 98.284%。培养基 0471,20~25℃。
MCCC 1G00085	←青岛科大 QD256-2。分离源:青岛海底沉积物。与模式菌株的 16S 序列相似性为 97.044%。培养基 0471,25~28℃。

Nitratireductor sp. Labbé *et al*. 2004 硝酸盐还原菌

MCCC 1A01015	←海洋三所 pht-2。分离源:太平洋深海沉积物。分离自多环芳烃芘富集菌群。与模式菌株 *N. aquibiodomus* NL21(T) AF534573 相似性为 97.416%。培养基 0471,25℃。
MCCC 1A01021	←海洋三所 pht-1。分离源:太平洋深海沉积物。分离自多环芳烃芘富集菌群。与模式菌株 *N. aquibiodomus* NL21(T) AF534573 相似性为 97.419%。培养基 0471,25℃。
MCCC 1A01022	←海洋三所 W11-4。分离源:太平洋深海沉积物。分离自多环芳烃芘富集菌群。与模式菌株 *N. aquibiodomus* NL21(T) AF534573 相似性为 97.416%。培养基 0471,25℃。
MCCC 1A01024	←海洋三所 pht-3B。分离源:太平洋深海沉积物。分离自多环芳烃芘富集菌群。与模式菌株 *N. aquibiodomus* NL21(T) AF534573 相似性为 97.416%。培养基 0471,25℃。
MCCC 1A01260	←海洋三所 RC92-7。分离源:印度洋深海底层水样。分离自石油降解菌群。与模式菌株 *N. basaltis* J3(T) EU143347 相似性为 96.48%。培养基 0471,25℃。
MCCC 1A01338	←海洋三所 S32-2-4。分离源:印度洋表层海水。苯系物降解菌。与模式菌株 *N. aquibiodomus* NL21(T) AF534573 相似性为 97.952%。培养基 0471,25℃。
MCCC 1B01134	←海洋一所 YCSC5。分离源:青岛即墨 7%盐度盐田盐渍土。与模式菌株 *N. aquibiodomus* NL21(T) AF534573 相似性为 97.829%。培养基 0471,20~25℃。

Nitrospina sp. Watson and Waterbury 1971 硝化刺菌

| MCCC 1A00556 | ←海洋三所 3005。分离源:东太平洋深海沉积物。与模式菌株 *N. gracilis* Nb-211(T) L35504 相似性为 99.93%。培养基 0471,4~20℃。 |

Nocardioides basaltis Kim *et al*. 2009 玄武岩类诺卡氏菌

模式菌株 *Nocardioides basaltis* J112(T) EU143365

MCCC 1A05936	←海洋三所 0710P1-2。分离源:印度洋深海沉积物表层。与模式菌株相似性为 99%。培养基 1003,28℃。
MCCC 1A05948	←海洋三所 0712P8-4。分离源:印度洋深海沉积物表层。与模式菌株相似性为 99%。培养基 1003,28℃。
MCCC 1A05952	←海洋三所 0712P4-3。分离源:印度洋深海沉积物。与模式菌株相似性为 99%。培养基 1003,28℃。
MCCC 1A05954	←海洋三所 0713C8-1。分离源:印度洋深海沉积物表层。与模式菌株相似性为 99%。培养基 1003,28℃。
MCCC 1A05964	←海洋三所 0714C4-3。分离源:印度洋深海沉积物表层。与模式菌株相似性为 99%。培养基 1003,28℃。
MCCC 1A05968	←海洋三所 0714C4-6。分离源:印度洋深海沉积物表层。与模式菌株相似性为 99%。培养基 1003,28℃。
MCCC 1A05970	←海洋三所 0714C4-4。分离源:印度洋深海沉积物表层。与模式菌株相似性为 99%。培养基 1003,28℃。

Nocardioides furvisabuli Lee 2007 黑沙类诺卡氏菌

模式菌株 *Nocardioides furvisabuli* SBS-26(T) DQ411542

MCCC 1A06051	←海洋三所 D-1-2-5。分离源:北极圈内某淡水湖边地表下 10cm 沉积物。分离自原油富集菌群。与模式菌株相似性为 98.91%。培养基 0472,28℃。
MCCC 1A06052	←海洋三所 N-1-1-7。分离源:北极圈内某淡水湖边地表下 5cm 沉积物。与模式菌株相似性为 99.282%。培养基 0472,28℃。
MCCC 1A06053	←海洋三所 N-1-2-7。分离源:北极圈内某淡水湖边地表下 10cm 沉积物。与模式菌株相似性为 99.054%。培养基 0472,28℃。
MCCC 1A06054	←海洋三所 N-HS-5-1。分离源:北极圈内某化石沟饮水湖沉积物土样。与模式菌株相似性为 99.173%。培养基 0472,28℃。

Nocardioides marinus Choi *et al.* 2007 海类诺卡氏菌

模式菌株 *Nocardioides marinus* CL-DD14(T) DQ401093

MCCC 1A05750	←海洋三所 4GM02-1B。分离源:南沙深层海水。潜在的寡营养菌。与模式菌株相似性为 100%。培养基 0471,25℃。
MCCC 1A05827	←海洋三所 2GM01-1a。分离源:南沙下层海水。与模式菌株相似性为 99.188%(767/773)。培养基 0471,25℃。
MCCC 1A05836	←海洋三所 4GM02-1N。分离源:南沙深层海水。与模式菌株相似性为 100%。培养基 0471,25℃。

Nocardioides salarius Kim *et al.* 2008 盐水类诺卡氏菌

模式菌株 *Nocardioides salarius* CL-Z59(T) DQ401092

MCCC 1A05958	←海洋三所 0713P7-1。分离源:印度洋深海沉积物表层。与模式菌株相似性为 99%。培养基 1003,28℃。

Nocardioides sp. Prauser 1976 类诺卡氏菌

MCCC 1A04000	←海洋三所 1GM01-1A。分离源:南沙深层海水。与模式菌株 *N. marinus* CL-DD14(T) DQ401093 相似性为 99.089%。培养基 0471,25℃。

Nocardiopsis alba Grund and Kroppenstedt 1990 白拟诺卡氏菌

模式菌株 *Nocardiopsis alba* DSM 43377(T) X97883

MCCC 1A03564	←海洋三所 F131A-403。分离源:福建泉州万安潮间带沉积物。抗部分细菌。与模式菌株相似性为 99.793%。培养基 0471,28℃。
MCCC 1A03579	←海洋三所 F:106A254。分离源:福建石狮潮间带表层沉积物。抗部分细菌。与模式菌株相似性为 99.930%。培养基 0471,28℃。
MCCC 1A03650	←海洋三所 F:163A321。分离源:福建泉州万安潮间带沉积物。抗部分细菌。与模式菌株相似性为 99.792%。培养基 1002,28℃。

Nocardiopsis dassonvillei (Brocq-Rousseau 1904)Meyer 1976 达氏拟诺卡氏菌

模式菌株 *Nocardiopsis dassonvillei* subsp. *albirubida* DSM 40465(T) X97882

MCCC 1A00475	←海洋三所 Cr23。分离源:东太平洋硅质黏土沉积物。抗六价铬。与模式菌株相似性为 99.735%。培养基 0472,28℃。
MCCC 1A01777	←海洋三所 33zhy。分离源:东太平洋多金属结核区深海沉积物。与模式菌株相似性为 99.658%。培养基 0473,15~25℃。
MCCC 1A01506	←海洋三所 87H32-3。分离源:大西洋深海沉积物表层。与模式菌株相似性为 99%。培养基 0012,28℃。
MCCC 1A02729	←海洋三所 3-410。分离源:福建省漳州云霄县近海红树林土壤。与模式菌株相似性为 99%。培养基 0012,28℃。
MCCC 1A03324	←海洋三所 94N10-1。分离源:东太平洋深海沉积物表层。与模式菌株相似性为 99%。培养基 0012,28℃。

MCCC 1A03337　←海洋三所 23H41-1。分离源:印度洋深海沉积物表层。与模式菌株相似性为 99％。培养基 0012,28℃。

Nocardiopsis prasina (Miyashita *et al.* 1984) Yassin *et al.* 1997 **葱绿拟诺卡氏菌**

模式菌株 *Nocardiopsis prasina* DSM 43845(T) X97884

MCCC 1A03592　←海洋三所 F:57A-108。分离源:厦门鱼排附着生物。抗部分细菌。与模式菌株相似性为 99.584％。培养基 0011,28℃。

Nocardiopsis salina Li *et al.* 2004 emend. Li *et al.* 2006 **盐拟诺卡氏菌**

模式菌株 *Nocardiopsis salina* YIM 90010(T) AY373031

MCCC 1A05784　←海洋三所 NH7C。分离源:南沙灰白色泥质沉积物。与模式菌株相似性为 100％(754/754)。培养基 0821,25℃。

MCCC 1A05923　←海洋三所 0704K6-1。分离源:印度洋深海沉积物表层。与模式菌株相似性为 99％。培养基 1003,28℃。

***Nocardiopsis* sp.** (Brocq-Rousseau 1904) Meyer 1976 **拟诺卡氏菌**

MCCC 1A00608　←海洋三所 7326。分离源:西太平洋深海沉积物。低温脂肪酶活性。与模式菌株 *N. dassonvillei* subsp. *albirubida* DSM 40465(T) X97882 相似性为 99.587％。培养基 0471,4~20℃。

MCCC 1A00666　←海洋三所 7209。分离源:西太平洋深海沉积物。与模式菌株 *N. dassonvillei* subsp. *albirubida* DSM 40465(T) X97882 相似性为 99.587％。培养基 0471,4~20℃。

MCCC 1A01670　←海洋三所 zs3。分离源:福建省漳州云霄县近海红树林土壤。与模式菌株 *N. dassonvillei* subsp. *albirubida* DSM 40465(T) X97882 相似性为 99％。培养基 0012,28℃。

MCCC 1A01778　←海洋三所 22zhy。分离源:东太平洋多金属结核区深海沉积物。与模式菌株 *N. synnemataformans* IMMIB D-1215(T) Y13593 相似性为 99.553％。培养基 0473,15~25℃。

MCCC 1A03323　←海洋三所 40P51-1。分离源:大西洋深海沉积物表层。与模式菌株 *N. synnemataformans* IMMIB D-1215(T) Y13593 相似性为 99％。培养基 0012,28℃。

MCCC 1A03557　←海洋三所 F:134A386。分离源:福建泉州万安潮间带沉积物。抗部分细菌。与模式菌株 *N. prasina* DSM 43845(T) X97884 相似性为 99.791％。培养基 0471,28℃。

MCCC 1A03589　←海洋三所 F:83A348。分离源:福建泉州万安潮间带沉积物。抗部分细菌。与模式菌株 *N. ganjiahuensis* HBUM 20038(T) AY336513 相似性为 99.579％。培养基 1002,28℃。

MCCC 1A03590　←海洋三所 F:88A326。分离源:福建泉州万安潮间带沉积物。抗部分细菌。与模式菌株 *N. dassonvillei* subsp. *dassonvillei* DSM 43111(T) X97886 相似性为 99.584％。培养基 1002,28℃。

MCCC 1A03591　←海洋三所 F:45A88。分离源:厦门浮宫红树林中潮区。抗部分细菌。与模式菌株 *N. prasina* DSM 43845(T) X97884 相似性为 99.375％。培养基 1002,28℃。

MCCC 1A03674　←海洋三所 F:58A107(2)。分离源:福建漳州龙海红树林中潮区。抗部分细菌。与模式菌株 *N. prasina* DSM 43845(T) X97884 相似性为 99.515％。培养基 0471,28℃。

MCCC 1A03747　←海洋三所 F:70A6。分离源:厦门大学白城底泥。抗部分细菌。与模式菌株 *N. dassonvillei* subsp. *dassonvillei* DSM 43111(T) X97886 相似性为 99.373％。培养基 0011,28℃。

Novosphingobium aromaticivorans Takeuchi *et al.* 2001 **食芳烃新鞘氨醇菌**

MCCC 1A03289　←DSM 12444。原始号 F199。= ATCC 700278 = CIP 105152 = DSMZ 12444 = HAMBI 2257 = IFO(now NBRC)16084 = SMCC F199 = F199。分离源:美国南卡罗来纳州萨凡纳河某钻孔的白垩纪地层。模式菌株。培养基 DSM464,25℃。

Novosphingobium capsulatum (Leifson 1962) Takeuchi *et al.* 2001 荚膜新鞘氨醇菌

MCCC 1A03291 ←DSM 30196。原始号 VKM B-1564。＝ATCC 14666 ＝CCUG 17697 ＝CCUG 31202 ＝ CIP 82.103 ＝DSM 30196 ＝GIFU 11526 ＝HAMBI 103 ＝IFO(now NBRC)12533 ＝ JCM 7508 ＝JCM 7452 ＝LMG 2830。模式菌株。培养基 0471,25℃。

Novosphingobium hassiacum Kämpfer *et al.* 2002 黑森新鞘氨醇菌

MCCC 1A03268 ←DSM 14552。原始号 W-51。＝CIP 107176 ＝DSM 14552。分离源:奥地利一废水曝气塘 中的废水。模式菌株。培养基 0821,25℃。

Novosphingobium indicum Yuan *et al.* 2009 印度洋新鞘氨醇菌

模式菌株 *Novosphingobium indicum* H25(T) EF549586

MCCC 1A01080 ←海洋三所 K13。＝LMG 24713T ＝CGMCC 1.6784T。分离源:印度洋深海底层水样。模 式菌株,能够降解石油、柴油等烃类物质。培养基 0471,25℃。

MCCC 1A01094 ←海洋三所 PR511-2。分离源:印度洋深海底层水样。多环芳烃降解菌。与模式菌株相似 性为 98.801％。培养基 0471,25℃。

MCCC 1A01474 ←海洋三所 C-11-3。分离源:印度洋表层海水。多环芳烃降解菌。与模式菌株相似性为 98.222％。培养基 0333,26℃。

MCCC 1A01475 ←海洋三所 D-3-1。分离源:印度洋表层海水。多环芳烃降解菌。与模式菌株相似性为 99.413％。培养基 0333,26℃。

MCCC 1A02110 ←海洋三所 S32-2。分离源:印度洋表层海水。多环芳烃降解菌。与模式菌株相似性为 100％。培养基 0745,26℃。

MCCC 1A02336 ←海洋三所 S17-3。分离源:大西洋表层海水。与模式菌株相似性为 100％。培养基 0745,28℃。

MCCC 1A02754 ←海洋三所 IB6。分离源:黄海上层海水。多环芳烃降解菌。与模式菌株相似性为 100％。 培养基 0821,25℃。

MCCC 1A03158 ←海洋三所 52-2。分离源:印度洋表层海水。多环芳烃降解菌。与模式菌株相似性为 100％。培养基 0821,25℃。

MCCC 1A03969 ←海洋三所 411-4。分离源:印度洋表层海水。多环芳烃降解菌。与模式菌株相似性为 98.309％。培养基 0471,25℃。

MCCC 1A03976 ←海洋三所 318-6。分离源:印度洋表层海水。多环芳烃降解菌。与模式菌株相似性为 99.356％。培养基 0471,25℃。

MCCC 1A03980 ←海洋三所 320-1。分离源:印度洋表层海水。多环芳烃降解菌。与模式菌株相似性为 99.024％。培养基 0471,25℃。

MCCC 1A03983 ←海洋三所 321-2。分离源:印度洋表层海水。多环芳烃降解菌。与模式菌株相似性为 99.458％。培养基 0471,25℃。

MCCC 1A03986 ←海洋三所 322-2。分离源:印度洋表层海水。多环芳烃降解菌。与模式菌株相似性为 99.024％。培养基 0471,25℃。

MCCC 1A03994 ←海洋三所 330-2。分离源:印度洋表层海水。多环芳烃降解菌。与模式菌株相似性为 99.54％。培养基 0471,25℃。

MCCC 1A03997 ←海洋三所 331-3。分离源:印度洋表层海水。多环芳烃降解菌。与模式菌株相似性为 100％。培养基 0471,25℃。

MCCC 1A03999 ←海洋三所 405-5。分离源:印度洋表层海水。多环芳烃降解菌。与模式菌株相似性为 100％。培养基 0471,25℃。

MCCC 1A04175 ←海洋三所 C31AM。分离源:印度洋表层海水。多环芳烃降解菌。与模式菌株相似性为 100％。培养基 0821,25℃。

MCCC 1A04210 ←海洋三所 OTVG2-2。分离源:太平洋深海热液区沉积物。芳烃降解菌。与模式菌株相似 性为 100％。培养基 0471,25℃。

MCCC 1A04240 ←海洋三所 TVG9-Ⅰ。分离源:太平洋深海热液区沉积物。芳烃降解菌。与模式菌株相似性为100%。培养基0471,28℃。

MCCC 1A04285　←海洋三所 C36AD。分离源:西南太平洋表层海水。多环芳烃降解菌。与模式菌株相似性为 100%。培养基0821,25℃。

MCCC 1A04293　←海洋三所 T5AJ。分离源:西南太平洋土灰色沉积物上覆水。多环芳烃降解菌。与模式菌株相似性为100%。培养基0821,28℃。

MCCC 1A04361　←海洋三所 T14AF。分离源:西南太平洋土灰色沉积物上覆水。多环芳烃降解菌。与模式菌株相似性为99.421%。培养基0821,28℃。

MCCC 1A04446　←海洋三所 T20B3。分离源:西南太平洋土灰色沉积物。多环芳烃降解菌。与模式菌株相似性为100%。培养基0821,28℃。

MCCC 1A04456　←海洋三所 T23B3。分离源:西南太平洋热液区沉积物。多环芳烃降解菌。与模式菌株相似性为100%。培养基0821,28℃。

MCCC 1A04467　←海洋三所 T24B10。分离源:西南太平洋热液区沉积物。多环芳烃降解菌。与模式菌株相似性为100%。培养基0821,28℃。

MCCC 1A04505　←海洋三所 T29AK。分离源:西南太平洋热液区沉积物。多环芳烃降解菌。与模式菌株相似性为100%。培养基0821,28℃。

MCCC 1A04606　←海洋三所 T41B5。分离源:西南太平洋土黄色沉积物上覆水。多环芳烃降解菌。与模式菌株相似性为100%。培养基0821,28℃。

MCCC 1A04664　←海洋三所 C10AF。分离源:西南太平洋上层海水。多环芳烃降解菌。与模式菌株相似性为 100%。培养基0821,25℃。

MCCC 1A04919　←海洋三所 C11AI。分离源:西南太平洋深层海水。多环芳烃降解菌。与模式菌株相似性为 100%。培养基0821,25℃。

MCCC 1A04967　←海洋三所 C22AH。分离源:西南太平洋表层海水。多环芳烃降解菌。与模式菌株相似性为99.423%。培养基0821,25℃。

MCCC 1A05215　←海洋三所 C48AB。分离源:西南太平洋上层海水。多环芳烃降解菌。与模式菌株相似性为100%。培养基0821,25℃。

MCCC 1A05380　←海洋三所 C81AH。分离源:西南太平洋深层海水。多环芳烃降解菌。与模式菌株相似性为99.471%。培养基0821,25℃。

MCCC 1A05393　←海洋三所 C83AD。分离源:西南太平洋深层海水。多环芳烃降解菌。与模式菌株相似性为100%。培养基0821,25℃。

Novosphingobium lentum Tiirola *et al.* 2005 慢生新鞘氨醇菌

MCCC 1A02615　←DSM 13663。原始号 MT1。=CCUG 45847 =DSM 13663。分离源:芬兰一个处理含氯酚废水的处理器。模式菌株。培养基0471,25℃。

Novosphingobium mathurense Gupta *et al.* 2009 马图拉新鞘氨醇菌

模式菌株 *Novosphingobium mathurense* SM117(T) EF424403

MCCC 1A03144　←海洋三所 49-2。分离源:印度洋表层海水。多环芳烃降解菌。与模式菌株相似性为99.447%。培养基0821,25℃。

Novosphingobium pentaromativorans Sohn *et al.* 2004 食五环芳烃新鞘氨醇菌

模式菌株 *Novosphingobium pentaromativorans* US6-1(T) AF502400

MCCC 1A03259　←DSM 17173。原始号 US6-1。=DSM 17173 =CIP 108548 =JCM 12182 =KCTC 10454。分离源:德国 Ulsan 湾近海沉积物。模式菌株。培养基0471,25℃。

MCCC 1A00378　←海洋三所 RC99-5。分离源:印度洋深海底层水样。多环芳烃降解菌。与模式菌株相似性为100%。培养基0471,25℃。

MCCC 1A01068　←海洋三所 L4-5。分离源:印度洋深海底层水样。多环芳烃降解菌。与模式菌株相似性为98.516%。培养基0471,25℃。

MCCC 1A01430　←海洋三所 S28(6)。分离源:印度洋表层海水。多环芳烃降解菌。与模式菌株相似性为

100%。培养基 0745,26℃。

MCCC 1A02116 ←海洋三所 S28-3。分离源:印度洋表层海水。多环芳烃降解菌。与模式菌株相似性为 100%。培养基 0745,26℃。

MCCC 1A02150 ←海洋三所 45-2。分离源:印度洋表层海水。分离自石油降解菌群。与模式菌株相似性为 99.483%。培养基 0821,25℃。

MCCC 1A02158 ←海洋三所 S27-6′。分离源:印度洋表层海水。多环芳烃降解菌。与模式菌株相似性为 98.748%。培养基 0745,26℃。

MCCC 1A02182 ←海洋三所 S24-3。分离源:印度洋表层海水。多环芳烃降解菌。与模式菌株相似性为 98.712%。培养基 0745,26℃。

MCCC 1A02273 ←海洋三所 S3-3。分离源:加勒比海表层海水。与模式菌株相似性为 100%。培养基 0745, 28℃。

MCCC 1A02281 ←海洋三所 S8-1。分离源:大西洋表层海水。与模式菌株相似性为 100%。培养基 0745,28℃。

MCCC 1A02398 ←海洋三所 S12-1。分离源:大西洋表层海水。与模式菌株相似性为 99.417%。培养基 0745,28℃。

MCCC 1A03148 ←海洋三所 50-2。分离源:印度洋表层海水。分离自石油降解菌群。与模式菌株相似性为 99.353%(803/808)。培养基 0821,25℃。

MCCC 1A03153 ←海洋三所 51-2。分离源:印度洋表层海水。分离自石油降解菌群。与模式菌株相似性为 98.054%(791/807)。培养基 0821,25℃。

MCCC 1A03964 ←海洋三所 326-7A。分离源:印度洋表层海水。多环芳烃降解菌。与模式菌株相似性为 100%。培养基 0471,25℃。

MCCC 1A03971 ←海洋三所 315-1。分离源:印度洋表层海水。多环芳烃降解菌。与模式菌株相似性为 99.009%。培养基 0471,25℃。

MCCC 1A03973 ←海洋三所 317-1。分离源:印度洋表层海水。多环芳烃降解菌。与模式菌株相似性为 99.771%。培养基 0471,25℃。

MCCC 1A03978 ←海洋三所 319-2。分离源:印度洋表层海水。多环芳烃降解菌。与模式菌株相似性为 100%。培养基 0471,25℃。

MCCC 1A03981 ←海洋三所 320-3。分离源:印度洋表层海水。多环芳烃降解菌。与模式菌株相似性为 99.024%。培养基 0471,25℃。

MCCC 1A04447 ←海洋三所 T20B5。分离源:西南太平洋土灰色沉积物。分离自石油降解菌群。与模式菌株相似性为 99.166%。培养基 0821,28℃。

MCCC 1A04492 ←海洋三所 T28B3。分离源:西南太平洋热液区沉积物。分离自石油降解菌群。与模式菌株相似性为 99.166%。培养基 0821,28℃。

MCCC 1A04944 ←海洋三所 C18AE。分离源:西南太平洋表层海水。分离自石油降解菌群。与模式菌株相似性为 98.846%。培养基 0821,25℃。

MCCC 1F01020 ←厦门大学 F2。分离源:福建漳州近海红树林泥。与模式菌株相似性为 99.859%(1419/1421)。培养基 0471,25℃。

Novosphingobium rosa (Takeuchi *et al.* 1995) Takeuchi *et al.* 2001 玫瑰新鞘氨醇菌

MCCC 1A02614 ←DSM 7285。=ATCC 51837＝DSM 7285＝HAMBI 2068＝IFO(now NBRC)15208＝JCM 10276＝LMG 17328＝NCPPB 2661。模式菌株。培养基 0471,25℃。

Novosphingobium stygium (Balkwill *et al.* 1997) Takeuchi *et al.* 2001 冥河新鞘氨醇菌

MCCC 1A03285 ←DSM 12445。原始号 B0712。=ATCC 700280＝CIP 105154＝DSM 12445＝IFO(now NBRC)16085＝SMCC B0712＝B0712。分离源:大西洋靠近美国滨海平原近海沉积物。模式菌株。培养基 DSM464,25℃。

Novosphingobium subarcticum (Nohynek *et al.* 1996) Takeuchi *et al.* 2001 亚北极新鞘氨醇菌

MCCC 1A03278 ←DSM 10700。原始号 KF1。=CIP 105288＝DSM 10700＝HAMBI 2110＝IFO(now

NBRC)16058。模式菌株。培养基 0471,25℃。

Novosphingobium subterraneum（Balkwill *et al.* 1997）Takeuchi *et al.* 2001 **地下新鞘氨醇菌**

MCCC 1A03290 ←DSM 12447。原始号 B0478。＝ATCC 700279 ＝CIP 105153 ＝DSM 12447 ＝IFO(now NBRC)16086 ＝SMCC B0478。分离源：大西洋靠近美国滨海平原近海沉积物。模式菌株。培养基 0471,25℃。

Novosphingobium taihuense Liu *et al.* 2005 **太湖新鞘氨醇菌**

MCCC 1A02610 ←DSMZ 17507T。原始号 T3-B9。＝AS 1.3432 ＝JCM 12465。分离源：太湖沉积物。模式菌株。培养基 0471,25℃。

Novosphingobium **sp.** Takeuchi *et al.* 2001 **新鞘氨醇菌**

MCCC 1A00381 ←海洋三所 RC99-2。分离源：印度洋深海底层水样。多环芳烃降解菌。与模式菌株 *N. resinovorum* NCIMB 8767(T) EF029110 相似性为 94.894%。培养基 0471,25℃。

MCCC 1A00480 ←海洋三所 PC22D。分离源：印度洋深海底层水样。多环芳烃降解菌。与模式菌株 *N. pentaromativorans* US6-1(T) AF502400 相似性为 96.257%。培养基 0471,25℃。

MCCC 1A00487 ←海洋三所 PD2A。分离源：印度洋深海底层水样。多环芳烃降解菌。与模式菌株 *N. pentaromativorans* US6-1(T) AF502400 相似性为 97.761%。培养基 0471,25℃。

MCCC 1A01192 ←海洋三所 MARMC2D。分离源：大西洋深海沉积物。多环芳烃降解菌。与模式菌株 *N. pentaromativorans* US6-1(T) AF502400 相似性为 97.192%。培养基 0471,28℃。

MCCC 1A01195 ←海洋三所 PCD-13。分离源：印度洋深海底层水样。多环芳烃降解菌。与模式菌株 *N. pentaromativorans* US6-1(T) AF502400 相似性为 97.831%。培养基 0471,25℃。

MCCC 1A01208 ←海洋三所 C8-3。分离源：印度洋深海热液口附近虾的头部。抗二价铅。与模式菌株 *N. resinovorum* NCIMB 8767(T) EF029110 相似性为 94.779%。培养基 0745,18～28℃。

MCCC 1A01432 ←海洋三所 S30(8)。分离源：印度洋表层海水。多环芳烃降解菌。与模式菌株 *N. pentaromativorans* US6-1(T) AF502400 相似性为 97.181%。培养基 0745,26℃。

MCCC 1A01484 ←海洋三所 D-6-3。分离源：印度洋表层海水。多环芳烃降解菌。与模式菌株 *N. pentaromativorans* US6-1(T) AF502400 相似性为 97.204%。培养基 0745,26℃。

MCCC 1A02069 ←海洋三所 2PR53-4。分离源：印度洋西南洋中脊深海底层水样。多环芳烃降解菌。与模式菌株 *N. pentaromativorans* US6-1（T） AF502400 相似性为 97.809%。培养基 0471,25℃。

MCCC 1A03989 ←海洋三所 326-9。分离源：印度洋表层海水。多环芳烃降解菌。与模式菌株 *N. resinovorum* NCIMB 8767(T) EF029110 相似性为 95.528%。培养基 0471,25℃。

MCCC 1A04159 ←海洋三所 C29AN。分离源：印度洋表层海水。多环芳烃降解菌。与模式菌株 *N. resinovorum* NCIMB 8767(T) EF029110 相似性为 95.303%。培养基 0821,25℃。

MCCC 1A04223 ←海洋三所 LTVG2-1。分离源：太平洋深海热液区沉积物。芳烃降解菌。与模式菌株 *N. naphthalenivorans* TUT562(T) AB177883 相似性为 95.797%。培养基 0471,28℃。

MCCC 1A04242 ←海洋三所 LMC2-1。分离源：太平洋深海热液区沉积物。芳烃降解菌。与模式菌株 *N. indicum* H25(T) EF549586 相似性为 95.586%。培养基 0471,28℃。

MCCC 1A04262 ←海洋三所 T2B2。分离源：西南太平洋土黄色沉积物。多环芳烃降解菌。与模式菌株 *N. pentaromativorans* US6-1(T) AF502400 相似性为 96.949%(734/759)。培养基 0821,28℃。

MCCC 1A04292 ←海洋三所 T5AH。分离源：西南太平洋土灰色沉积物上覆水。多环芳烃降解菌。与模式菌株 *N. naphthalenivorans* TUT562(T) AB177883 相似性为 97.454%(724/742)。培养基 0821,28℃。

MCCC 1A04422 ←海洋三所 T19B1。分离源：西南太平洋土灰色沉积物上覆水。多环芳烃降解菌。与模式菌株 *N. panipatense* SM16(T) EF424402 相似性为 97.399%。培养基 0821,28℃。

MCCC 1A04448 ←海洋三所 T20B9。分离源：西南太平洋土灰色沉积物。多环芳烃降解菌。与模式菌株

N. pentaromativorans US6-1（T）AF502400 相似性为 97.19％（624/643）。培养基 0821,28℃。

MCCC 1A04615　←海洋三所 T43AD。分离源:西南太平洋土黄色沉积物。多环芳烃降解菌。与模式菌株 *N. pentaromativorans* US6-1(T) AF502400 相似性为 97.086％(767/790)。培养基 0821, 28℃。

MCCC 1A04616　←海洋三所 T43AF。分离源:西南太平洋土黄色沉积物。多环芳烃降解菌。与模式菌株 *N. indicum* H25(T) EF549586 相似性为 96.296％。培养基 0821,28℃。

MCCC 1A04713　←海洋三所 C31AV。分离源:印度洋表层海水。多环芳烃降解菌。与模式菌株 *N. resinovorum* NCIMB 8767(T) EF029110 相似性为 95.665％。培养基 0821,25℃。

MCCC 1A04732　←海洋三所 C38AC。分离源:西南太平洋表层海水。多环芳烃降解菌。与模式菌株 *N. resinovorum* NCIMB 8767(T) EF029110 相似性为 95.665％。培养基 0821,25℃。

MCCC 1A04855　←海洋三所 C74AR。分离源:西南太平洋深层海水。多环芳烃降解菌。与模式菌株 *N. pentaromativorans* US6-1（T）AF502400 相似性为 96.845％（742/767）。培养基 0821,25℃。

MCCC 1A04955　←海洋三所 C19B6。分离源:西南太平洋表层海水。多环芳烃降解菌。与模式菌株 *N. resinovorum* NCIMB 8767(T) EF029110 相似性为 95.382％。培养基 0821,25℃。

MCCC 1A04965　←海洋三所 C22AA。分离源:西南太平洋表层海水。多环芳烃降解菌。与模式菌株 *N. resinovorum* NCIMB 8767(T) EF029110 相似性为 95.382％。培养基 0821,25℃。

MCCC 1A04992　←海洋三所 C27B6。分离源:西南太平洋表层海水。多环芳烃降解菌。与模式菌株 *N. resinovorum* NCIMB 8767(T) EF029110 相似性为 95.382％。培养基 0821,25℃。

MCCC 1A04994　←海洋三所 C28AA。分离源:印度洋表层海水。多环芳烃降解菌。与模式菌株 *N. resinovorum* NCIMB 8767(T) EF029110 相似性为 95.382％。培养基 0821,25℃。

MCCC 1A05172　←海洋三所 C2AC。分离源:西南太平洋下层海水。多环芳烃降解菌。与模式菌株 *N. pentaromativorans* US6-1(T) AF502400 相似性为 97.086％(770/793)。培养基 0821,25℃。

MCCC 1A05210　←海洋三所 C39B10。分离源:西南太平洋表层海水。多环芳烃降解菌。与模式菌株 *N. resinovorum* NCIMB 8767（T）EF029110 相似性为 96.096％（678/704）。培养基 0821,25℃。

MCCC 1F01028　←厦门大学 F10。分离源:福建省漳州近海红树林表层沉积物。与模式菌株 *N. naphthalenivorans* TUT562(T) AB/77883 相似性为 95.862％(1390/1450)。培养基 0471,25℃。

MCCC 1F01049　←厦门大学 P3。分离源:福建漳州近海红树林泥。与模式菌株 *N. naphthalenivorans* TUT562(T) AB/77883 相似性为 95.787％(1387/1448)。培养基 0471,25℃。

Oceanibaculum indicum Lai *et al.* 2009 印度洋大洋杆菌

模式菌株 *Oceanibaculum indicum* P24(T) EU656113

MCCC 1A02083　←海洋三所 PC92-11。=LMG 24626 =CCTCC AB 208226 =P24。分离源:印度洋深海底层水样。模式菌株,分离自多环芳烃降解菌群。培养基 0471,25℃。

MCCC 1A00483　←海洋三所 PC7A。分离源:印度洋深海底层水样。分离自多环芳烃降解菌群。与模式菌株相似性为 100％。培养基 0471,25℃。

MCCC 1A00992　←海洋三所 PR52-34。分离源:印度洋深海底层水样。分离自多环芳烃降解菌群。与模式菌株相似性为 100％。培养基 0471,25℃。

MCCC 1A00993　←海洋三所 PR53-9。分离源:印度洋深海底层水样。分离自多环芳烃降解菌群。与模式菌株相似性为 100％。培养基 0471,25℃。

MCCC 1A00994　←海洋三所 2CR53-9。分离源:印度洋深海底层水样。分离自石油降解菌群。与模式菌株相似性为 100％。培养基 0471,25℃。

MCCC 1A00995　←海洋三所 RC911-17。分离源:印度洋深海底层水样。分离自石油降解菌群。与模式菌株相似性为 100％。培养基 0471,25℃。

MCCC 1A01141　←海洋三所 MARC2PPNF。分离源:大西洋深海沉积物。分离自多环芳烃降解菌群。与模式菌株相似性为 100％。培养基 0822,28℃。

MCCC 1A01181　←海洋三所 MARMC2P。分离源:大西洋深海沉积物。分离自多环芳烃降解菌群。与模式菌株相似性为 100%。培养基 0822,28℃。

MCCC 1A02084　←海洋三所 PC99-6。分离源:印度洋深海底层水样。分离自多环芳烃降解菌群。与模式菌株相似性为 100%。培养基 0471,25℃。

MCCC 1A02085　←海洋三所 PC911-14。分离源:印度洋深海底层水样。分离自多环芳烃降解菌群。与模式菌株相似性为 100%。培养基 0471,25℃。

MCCC 1A02086　←海洋三所 PC139-10。分离源:印度洋深海底层水样。分离自多环芳烃降解菌群。与模式菌株相似性为 100%。培养基 0471,25℃。

MCCC 1A02087　←海洋三所 PMC1-1。分离源:大西洋深海底层海水。分离自多环芳烃降解菌群。与模式菌株相似性为 100%。培养基 0471,25℃。

MCCC 1A02991　←海洋三所 H11。分离源:大西洋洋中脊深海沉积物 。与模式菌株相似性为 100%。培养基 0471,25℃。

Oceanibaculum pacificum Dong *et al.* 2009 太平洋大洋杆菌

MCCC 1A02656　←海洋三所 LMC2up-L3。=LMG 24859T =CCTCC AB 209059T。分离源:太平洋深海热液区沉积物。分离自多环芳烃降解菌群。模式菌株。培养基 0471,28℃。

Oceanibaculum sp. Lai *et al.* 2009 大洋杆菌

MCCC 1A05150　←海洋三所 L54-1-50。分离源:南海表层海水。与模式菌株 O. *indicum* P24(T) EU656113 相似性为 98.18%。培养基 0471,25℃。

MCCC 1A05522　←海洋三所 E11-17。分离源:南海海水。分离自石油降解菌群。与模式菌株 O. *indicum* P24(T) EU656113 相似性为 98.18%。培养基 0471,28℃。

Oceanicaulis alexandrii Strömpl *et al.* 2003 亚历山大海洋柄菌

模式菌株 *Oceanicaulis alexandrii* C116-18(T) AJ309862

MCCC 1A05895　←海洋三所 GM03-8Y。分离源:南沙上层海水。与模式菌株相似性为 98.916%。培养基 0821,25℃。

Oceanicola nanhaiensis Gu *et al.* 2007 南海海栖菌

模式菌株 *Oceanicola nanhaiensis* SS011B1-20(T) DQ414420

MCCC 1A00861　←海洋三所 B-3030。分离源:东太平洋水体底层。与模式菌株相似性为 99.401%。培养基 0471,4℃。

MCCC 1A01373　←海洋三所 2-C-2。分离源:厦门近岸表层海水。与模式菌株相似性为 98.931%。培养基 0472,28℃。

MCCC 1A01467　←海洋三所 C-2-1。分离源:印度洋表层海水。分离自石油降解菌群。与模式菌株相似性为 100%。培养基 0333,26℃。

MCCC 1A02278　←海洋三所 S3-11。分离源:加勒比海表层海水。与模式菌株相似性为 99.848%。培养基 0745,28℃。

MCCC 1A02293　←海洋三所 S9-6。分离源:大西洋表层海水。与模式菌株相似性为 99.848%。培养基 0745,28℃。

MCCC 1A02428　←海洋三所 S14-5。分离源:大西洋表层海水。与模式菌株相似性为 99.264%。培养基 0745,28℃。

MCCC 1A02830　←海洋三所 IN5。分离源:黄海上层海水。分离自石油降解菌群。与模式菌株相似性为 100%(804/804)。培养基 0472,25℃。

MCCC 1A03418　←海洋三所 M02-12B。分离源:南沙表层海水。与模式菌株相似性为 100%(741/741)。培养基 1001,25℃。

MCCC 1A03438　←海洋三所 M02-8H。分离源:南沙上层海水。与模式菌株相似性为 98.703%(720/733)。培养基 1001,25℃。

MCCC 1A03446 ←海洋三所 M03-12J。分离源:南沙表层海水。与模式菌株相似性为 100%(740/740)。培养基 1001,25℃。

MCCC 1A03753 ←海洋三所 mj02-PW6-OH7A。分离源:南沙近海岛礁附近上层海水。分离自石油降解菌群。与模式菌株相似性为 100%。培养基 0472,25℃。

MCCC 1A03754 ←海洋三所 8-PW8-OH1。分离源:南沙近海海水表层。分离自石油降解菌群。与模式菌株相似性为 99.857%(1420/1423)。培养基 0472,25℃。

MCCC 1A03755 ←海洋三所 8-PW8-OH2。分离源:南沙近海海水表层。分离自石油降解菌群。与模式菌株相似性为 100%(1406/1406)。培养基 0472,25℃。

MCCC 1A03756 ←海洋三所 mj02-PW8-OH1。分离源:南沙近海岛礁附近上层海水。分离自石油降解菌群。与模式菌株相似性为 100%(1411/1411)。培养基 0472,25℃。

MCCC 1A04670 ←海洋三所 C1AF。分离源:西南太平洋上层海水。分离自石油降解菌群。与模式菌株相似性为 100%(782/782)。培养基 0821,25℃。

MCCC 1A05621 ←海洋三所 19-B1-22。分离源:南海深海沉积物。分离自混合烷烃富集菌群。与模式菌株相似性为 100%。培养基 0471,28℃。

MCCC 1A05701 ←海洋三所 NH57B。分离源:南沙泻湖珊瑚沙颗粒。分离自石油降解菌群。与模式菌株相似性为 100%(772/772)。培养基 0821,25℃。

MCCC 1A05823 ←海洋三所 1GM01-1J1。分离源:南沙下层海水。与模式菌株相似性为 100%。培养基 0471,25℃。

MCCC 1A05892 ←海洋三所 GM03-8L。分离源:南沙上层海水。与模式菌株相似性为 100%(772/772)。培养基 0821,25℃。

Oceanicola pacificus Yuan *et al.* 2009 太平洋海栖菌

MCCC 1A01034 ←海洋三所 W11-2B。=CCTCC AB 208224T =LMG 24619T =MCCC 1A01034T。分离源:太平洋深海沉积物。分离自多环芳烃芘富集菌群。模式菌株。培养基 0471,25℃。

Oceanicola sp. Cho and Giovannoni 2004 海栖菌

MCCC 1A03644 ←海洋三所 X-69B-62。分离源:福建漳州龙海红树林枯叶。与模式菌株 O. marinus AZO-C (T) DQ822569 相似性为 97.237%。培养基 0471,28℃。

MCCC 1B00875 ←海洋一所 YCSD25。分离源:青岛即墨盐田旁排水沟。与模式菌株 O. batsensis HTCC2597(T) AY424898 相似性为 96.798%。培养基 0471,20~25℃。

Oceanimonas baumannii Brown *et al.* 2001 鲍氏大洋单胞菌

模式菌株 *Oceanimonas baumannii* GB6(T) AF168367

MCCC 1B00902 ←海洋一所 QDHT16。分离源:青岛浮山湾浒苔漂浮区。藻类共生菌。与模式菌株相似性为 99.523%。培养基 0471,20~25℃。

Oceanisphaera donghaensis Park *et al.* 2006 东海大洋球形菌

模式菌株 *Oceanisphaera donghaensis* BL1(T) DQ190441

MCCC 1A03116 ←海洋三所 A007。分离源:黄海上层海水。可能降解木聚糖。与模式菌株相似性为 98.965%(800/808)。培养基 0471,25℃。

Oceanobacillus iheyensis Lu *et al.* 2002 伊平屋桥大洋芽胞杆菌

模式菌株 *Oceanobacillus iheyensis* HTE831(T) BA000028

MCCC 1A04582 ←海洋三所 T38B23。分离源:西南太平洋沉积物。分离自石油、多环芳烃富集菌群。与模式菌株相似性为 99.425%。培养基 0821,28℃。

MCCC 1A06057 ←海洋三所 N-S-1-6。分离源:北极圈内某化石沟土样。与模式菌株相似性为 99.274%。培养基 0472,28℃。

MCCC 1C00917 ←极地中心 BR038。分离源:白令海无冰区表层海水。与模式菌株相似性为 99.411%。培养基 0471,15℃。

Oceanobacillus kapialis Tanasupawat 2009 虾酱大洋芽胞杆菌
模式菌株 *Oceanobacillus kapialis* SSK2-2(T) AB366005

MCCC 1A05676　←海洋三所 NH3J。分离源:南沙黄褐色沙质沉积物。与模式菌株相似性为 100%。培养基 0821,25℃。

Oceanobacillus oncorhynchi Yumoto *et al.* 2005 emend. Romano *et al.* 2006 小鳟鱼大洋芽胞杆菌
模式菌株 *Oceanobacillus oncorhynchi* subsp. *oncorhynchi* R-2(T) AB188089

MCCC 1A01411　←海洋三所 N33。分离源:南海深海沉积物。分离自石油降解菌群。与模式菌株相似性为 99.192%。培养基 0745,26℃。

Oceanobacillus picturae（Heyrman *et al.* 2003）Lee *et al.* 2006 墓画大洋芽胞杆菌
模式菌株 *Oceanobacillus picturae* LMG 19492(T) AJ315060

MCCC 1A00408　←海洋三所 EMn-2。分离源:东太平洋硅质黏土沉积物。抗二价锰。与模式菌株相似性为 100%。培养基 0472,28℃。

MCCC 1A00428　←海洋三所 Co40。分离源:东太平洋硅质黏土沉积物。抗二价钴。与模式菌株相似性为 99.737%。培养基 0472,28℃。

MCCC 1B00724　←海洋一所 CJBH24。分离源:威海荣成底层海水。与模式菌株相似性为 99.887%。培养基 0471,20~25℃。

MCCC 1B00766　←海洋一所 QJHH23。分离源:烟台海阳次表层海水。与模式菌株相似性为 100%。培养基 0471,20~25℃。

MCCC 1C01092　←极地中心 AW7。分离源:南极长城站西海岸湖间带海沙。与模式菌株相似性为 100%。培养基 0471,5℃。

MCCC 1C01116　←极地中心 ZZ14。分离源:南极长城站潮间带海沙。与模式菌株相似性为 100%。培养基 0471,5℃。

MCCC 1C01119　←极地中心 JX15。分离源:南极长城站潮间带海沙。与模式菌株相似性为 100%。培养基 0471,5℃。

MCCC 1C01122　←极地中心 CC9。分离源:南极长城站潮间带海沙。与模式菌株相似性为 100%。培养基 0471,5℃。

Oceanobacillus profundus Kim *et al.* 2007 深海大洋芽胞杆菌
模式菌株 *Oceanobacillus profundus* CL-MP28(T) DQ386635

MCCC 1C00514　←极地中心 BSi20641。分离源:北冰洋海冰。与模式菌株相似性为 99.926%。培养基 0471,15℃。

Oceanobacillus **sp.** Lu *et al.* 2002 emend. Lee *et al.* 2006 大洋芽胞杆菌

MCCC 1A02832　←海洋三所 F36-2。分离源:近海沉积物。分离自石油降解菌群。与模式菌株 *O. iheyensis* HTE831(T) BA000028 相似性为 96.795%。培养基 0472,28℃。

MCCC 1C01091　←极地中心 AC13。分离源:南极长城站潮间带海沙。与模式菌株 *O. picturae* LMG 19492(T) AJ315060 相似性为 100%。培养基 0471,5℃。

MCCC 1C01121　←极地中心 AC5。分离源:南极长城站潮间带海沙。与模式菌株 *O. picturae* LMG 19492(T) AJ315060 相似性为 100%。培养基 0471,5℃。

MCCC 1C01124　←极地中心 AW5。分离源:南极长城站西海岸湖间带海沙。与模式菌株 *O. picturae* LMG 19492(T) AJ315060 相似性为 99.858%。培养基 0471,5℃。

Oceanobacter **sp.** Satomi *et al.* 2002 大洋杆菌

MCCC 1A04433　←海洋三所 T19I-3。分离源:西南太平洋土灰色沉积物上覆水。分离自石油降解菌群。与

模式菌株 *O. kriegii* IFO 15467(T) AB006767 相似性为 95.983%。培养基 0821,28℃。

Ochrobactrum anthropi Holmes *et al.* 1988 人苍白杆菌
模式菌株 *Ochrobactrum anthropi* LMG 3331(T) AM114398

MCCC 1A01864　←海洋三所 EP14。分离源:东太平洋深海沉积物。与模式菌株相似性为 99.928%。培养基 0471,20℃。

Ochrobactrum cytisi Zurdo-Pineiro *et al.* 2007 金雀儿苍白杆菌
模式菌株 *Ochrobactrum cytisi* ESC1(T) AY776289

MCCC 1A01832　←海洋三所 43(25)(zhy)。分离源:东太平洋多金属结核区深海沉积物。与模式菌株相似性为 99.862%。培养基 0471,28℃。

MCCC 1A01839　←海洋三所 Z52(zhy)。分离源:东太平洋多金属结核区深海沉积物。与模式菌株相似性为 100%。培养基 0471,28℃。

MCCC 1A01843　←海洋三所 6(zhy)。分离源:东太平洋多金属结核区深海硅质黏土沉积物。与模式菌株相似性为 99.862%。培养基 0471,28℃。

Ochrobactrum oryzae Tripathi *et al.* 2006 水稻苍白杆菌
模式菌株 *Ochrobactrum oryzae* MTCC 4195(T) AM041247

MCCC 1F01004　←厦门大学 S83-2。分离源:福建省厦门近岸沉积物表层。与模式菌株的相似性为 99.077%(1396/1409)。培养基 0471,30℃。

Ochrobactrum pseudintermedium Teyssier *et al.* 2007 假中间苍白杆菌
模式菌株 *Ochrobactrum pseudintermedium* ADV31(T) DQ365921

MCCC 1A02931　←海洋三所 F48-6。分离源:近海沉积物。分离自石油降解菌群。与模式菌株相似性为 98.483%。培养基 0472,28℃。

Ochrobactrum sp. Holmes *et al.* 1988 苍白杆菌

MCCC 1A00126　←海洋三所 710-3。分离源:厦门轮渡码头近海表层海水。分离自石油降解菌群。与模式菌株 *O. tritici* SCII24(T) AJ242584 相似性为 100%。培养基 0472,28℃。

MCCC 1A00193　←海洋三所 HC11e-2。分离源:厦门海水养殖场捕捞的黄翅鱼肠道内容物。与模式菌株 *O. tritici* SCII24(T) AJ242584 相似性为 100%。培养基 0033,28℃。

MCCC 1A01374　←海洋三所 6-D-5。分离源:厦门近岸表层海水。与模式菌株 *O. tritici* SCII24(T) AJ242584 相似性为 100%。培养基 0472,28℃。

MCCC 1A02173　←海洋三所 S26-2。分离源:印度洋表层海水。分离自石油降解菌群。与模式菌株 *O. tritici* SCII24(T) AJ242584 相似性为 99.419%。培养基 0745,26℃。

MCCC 1A02178　←海洋三所 S26-10。分离源:印度洋表层海水。分离自石油降解菌群。与模式菌株 *O. tritici* SCII24(T) AJ242584 相似性为 100%。培养基 0745,26℃。

MCCC 1A02343　←海洋三所 GCS1-13。与模式菌株 *O. tritici* SCII24(T) AJ242584 相似性为 100%(756/756)。培养基 0471,25℃。

MCCC 1A02370　←海洋三所 S4-14。分离源:大西洋表层海水。与模式菌株 *O. grignonense* OgA9a(T) AJ242581 相似性为 97.965%。培养基 0745,28℃。

MCCC 1A02801　←海洋三所 IJ10。分离源:黄海上层海水。分离自石油降解菌群。与模式菌株 *O. tritici* SCII24(T) AJ242584 相似性为 98.736%。培养基 0472,25℃。

MCCC 1A03905　←海洋三所 316-9。分离源:印度洋表层海水。分离自石油降解菌群。与模式菌株 *O. tritici* SCII24(T) AJ242584 相似性为 99.355%。培养基 0471,25℃。

MCCC 1A05204　←海洋三所 C37AV。分离源:印度洋表层海水。分离自石油降解菌群。与模式菌株 *O. tritici* SCII24(T) AJ242584 相似性为 100%。培养基 0821,25℃。

Octadecabacter arcticus Gosink *et al.* 1998 北极十八杆菌
模式菌株 *Octadecabacter arcticus* 238(T) U73725

MCCC 1C00751 ←极地中心 ZS6-8。分离源:南极无冰区表层海水。与模式菌株相似性为 99.566%。培养基 0471,15℃。

MCCC 1C00757 ←极地中心 ZS6-9。分离源:南极无冰区表层海水。与模式菌株相似性为 99.566%。培养基 0471,15℃。

MCCC 1C00969 ←极地中心 ZS6-15。分离源:南极无冰区表层海水。与模式菌株相似性为 99.566%。培养基 0471,15℃。

MCCC 1C00984 ←极地中心 ZS6-13。分离源:南极无冰区表层海水。与模式菌株相似性为 99.494%。培养基 0471,15℃。

MCCC 1C00995 ←极地中心 ZS6-7。分离源:南极无冰区表层海水。与模式菌株相似性为 99.566%。培养基 0471,15℃。

Octadecabacter sp. Gosink *et al.* 1998 十八杆菌

MCCC 1C00724 ←极地中心 NF3-22。分离源:南极无冰区表层海水。与模式菌株 *O. antarcticus* 307(T) U14583 相似性为 95.242%。培养基 0471,15℃。

MCCC 1C00876 ←极地中心 KS9-8。分离源:北极表层沉积物。与模式菌株 *O. antarcticus* 307(T) U14583 相似性为 95.386%。培养基 0471,15℃。

Oerskovia sp. Prauser *et al.* 1970 emend. Stackebrandt *et al.* 2002 厄氏菌

MCCC 1A06058 ←海洋三所 D-HS-5-4。分离源:北极圈内某化石沟饮水湖沉积物土样。分离自原油富集菌群。与模式菌株 *O. turbata* NCIMB 10587(T) X79454 相似性为 100%。培养基 0472,28℃。

Oerskovia turbata Prauser *et al.* 1970 emend. Stackebrandt *et al.* 2002 骚动厄氏菌
模式菌株 *Oerskovia turbata* NCIMB 10587(T) X79454

MCCC 1F01017 ←厦门大学 B12。分离源:福建省漳州近海红树林表层沉积物。与模式菌株相似性为 99.729%(1474/1478)。培养基 0471,25℃。

MCCC 1F01057 ←厦门大学 P11。分离源:福建漳州近海红树林泥。与模式菌株相似性为 99.527%(1474/1481)。培养基 0471,25℃。

Oleispira sp. Yakimov *et al.* 2003 油螺旋菌

MCCC 1B00531 ←海洋一所 DJHH37。分离源:盐城次表层海水。与模式菌株 *O. antarctica* RB-8 AJ426420 相似性为 98.253%。培养基 0471,20~25℃。

Ornithinimicrobium kibberense Mayilraj *et al.* 2006 克伯村鸟氨酸微菌
模式菌株 *Ornithinimicrobium kibberense* K22-20(T) AY636111

MCCC 1A05447 ←海洋三所 Er56。分离源:南海海水。分离自石油降解菌群。与模式菌株相似性为 100%(743/743)。培养基 0471,28℃。

Paenibacillus agaridevorans Uetanabaro *et al.* 2003 食琼脂类芽胞杆菌
模式菌株 *Paenibacillus agaridevorans* DSM 1355(T) AJ345023

MCCC 1A04099 ←海洋三所 NH24A1。分离源:南沙灰色泥质。与模式菌株相似性为 99.049%(555/560)。培养基 0821,25℃。

Paenibacillus dendritiformis Tcherpakov *et al.* 1999 树形类芽胞杆菌
模式菌株 *Paenibacillus dendritiformis* CIP 105967(T) AY359885

MCCC 1A05670 ←海洋三所 NH39I。分离源:南沙土黄色泥质。与模式菌株相似性为 100%(803/803)。培养基 0821,25℃。

Paenibacillus lautus （Nakamura 1984）Heyndrickx _et al._ 1996 灿烂类芽胞杆菌

模式菌株 _Paenibacillus lautus_ NRRL NRS-666(T) D78473

MCCC 1A03874 ←海洋三所 17♯。分离源:南海珠江入海口富营养区表层沉积物。与模式菌株相似性为 99.229%。培养基 0471,20～30℃。

MCCC 1A04153 ←海洋三所 NH39O。分离源:南沙土黄色泥质。与模式菌株相似性为 99.577%（740/ 743）。培养基 0821,25℃。

Paenibacillus taichungensis Lee _et al._ 2008 台中类芽胞杆菌

模式菌株 _Paenibacillus taichungensis_ BCRC 17757(T)EU179327

MCCC 1A05763 ←海洋三所 NH66B。分离源:南沙土黄色泥质。分离自石油降解菌群。与模式菌株相似性 为 98.553%（783/794）。培养基 0821,25℃。

Paenibacillus sp. Ash _et al._ 1994 emend. Shida _et al._ 1997 类芽胞杆菌

MCCC 1A04165 ←海洋三所 NH16L。分离源:南沙表层沉积物。与模式菌株 _P. nanensis_ MX2-3（T） AB265206 相似性为 97.662%。培养基 0821,25℃。

MCCC 1B01185 ←海洋一所 BLDJ 15。分离源:浙江宁波码头表层沉积物。与模式菌株 _P. taichungensis_ BCRC 17757(T)EU179327 相似性为 97.826%。培养基 0471,25℃。

Pannonibacter phragmitetus Borsodi _et al._ 2003 栖植物潘隆尼亚碱湖杆菌

MCCC 1A03277 ←DSM 14782。原始号 C6/19。=DSM 14782 =NCAIM B02025。分离源:匈牙利碱湖中 腐烂的芦苇根茎。模式菌株。培养基 0471,25℃。

MCCC 1A03201 ←海洋三所 3PC97-2。分离源:印度洋深海水样。分离自多环芳烃降解菌群。与模式菌株 _P. phragmitetus_ C6/19(T)AJ400704 相似性为 93.825%。培养基 0471,28℃。

Pantoea agglomerans （Ewing and Fife 1972）Gavini _et al._ 1989 成团泛菌

模式菌株 _Pantoea agglomerans_ ATCC 27155(T)AF130953

MCCC 1B00606 ←海洋一所 DJWH12。分离源:江苏盐城滨海表层海水。与模式菌株相似性为 100%。培 养基 0471,20～25℃。

Pantoea ananatis （Serrano 1928）Mergaert _et al._ 1993 菠萝泛菌

模式菌株 _Pantoea ananatis_ ATCC 19321(T)U80209

MCCC 1F01131 ←厦门大学 I1-21。分离源:深圳塔玛亚历山大藻培养液。与模式菌株相似性为 98.427% （751/763）。培养基 0471,25℃。

Pantoea dispersa Gavini _et al._ 1989 分散泛菌

模式菌株 _Pantoea dispersa_ LMG 2603(T)DQ504305

MCCC 1A05656 ←海洋三所 NH32A。分离源:南沙深灰色泥质。与模式菌株相似性为 100%（792/792）。 培养基 0821,25℃。

Pantoea sp. Gavini _et al._ 1989 泛菌

MCCC 1B00206 ←海洋一所 YACS5。分离源:青岛上层海水。与模式菌株 _P. agglomerans_ ATCC 27155 (T)AF130953 相似性为 99.628%。培养基 0471,20～25℃。

MCCC 1C01077 ←极地中心 XH2。分离源:南极长城站潮间带海沙。与模式菌株 _P. vagans_ LMG 24199 (T)EF688012 相似性为 99.665%。培养基 0471,5℃。

Paracoccus homiensis Kim _et al._ 2006 虎尾岬副球菌

模式菌株 _Paracoccus homiensis_ DD-R11(T)DQ342239

MCCC 1A02874 ←海洋三所 IV26。分离源:黄海上层海水。分离自石油降解菌群。与模式菌株相似性为

99.348%(798/803)。培养基 0472,25℃。

MCCC 1A02917 ←海洋三所 JF2。分离源:黄海上层海水。分离自石油降解菌群。与模式菌株相似性为
99.348%(798/803)。培养基 0472,25℃。

MCCC 1B00407 ←海洋一所 QJJN 4。分离源:青岛胶南表层海水。与模式菌株相似性为 99.32%。培养基
0471,20～25℃。

Paracoccus marcusii Harker *et al*. 1998 马氏副球菌

模式菌株 *Paracoccus marcusii* DSM 11574(T)Y12703

MCCC 1A00388 ←海洋三所 Mn71。分离源:东太平洋深海沉积物。抗二价锰。与模式菌株相似性为
99.474%。培养基 0472,28℃。

MCCC 1A00389 ←海洋三所 Mn69。分离源:东太平洋硅质黏土沉积物。抗二价锰。与模式菌株相似性为
100%。培养基 0472,28℃。

MCCC 1A00398 ←海洋三所 Mn63。分离源:东太平洋硅质黏土沉积物。抗二价锰。与模式菌株相似性为
100%。培养基 0472,28℃。

MCCC 1A00409 ←海洋三所 1Mn-3。分离源:南海海底沉积物。抗二价锰。与模式菌株相似性为 100%。
培养基 0472,28℃。

MCCC 1A00452 ←海洋三所 Pb33。分离源:东太平洋硅质黏土沉积物。抗二价铅。与模式菌株相似性为
99.553%(1345/1350)。培养基 0472,28℃。

MCCC 1A00806 ←海洋三所 B-1017。分离源:西太平洋暖池区沉积物深层。与模式菌株相似性为
199.773%。培养基 0471,4℃。

MCCC 1A00807 ←海洋三所 B-1018。分离源:西太平洋暖池区沉积物深层。与模式菌株相似性为
199.925%。培养基 0471,4℃。

MCCC 1A00808 ←海洋三所 B-1020。分离源:西太平洋暖池区沉积物深层。与模式菌株相似性为
97.806%。培养基 0471,4℃。

MCCC 1A00887 ←海洋三所 B-1111。分离源:东太平洋沉积物深层。与模式菌株相似性为 99.324%。培养
基 0471,4℃。

MCCC 1C00271 ←极地中心 BSs20193。分离源:北冰洋表层沉积物。与模式菌株相似性为 99.715%。培养
基 0471,15℃。

MCCC 1C00497 ←极地中心 BSi20509。分离源:北冰洋海冰。与模式菌株相似性为 99.787%。培养基
0471,15℃。

Paracoccus seriniphilus Pukall *et al*. 2003 嗜丝氨酸副球菌

模式菌株 *Paracoccus seriniphilus* MBT-A4(T)AJ428275

MCCC 1A03419 ←海洋三所 M03-12D。分离源:南沙表层海水。与模式菌株相似性为 98.288%(725/737)。
培养基 1001,25℃。

MCCC 1A05730 ←海洋三所 NH60C。分离源:南沙美济礁周围混合海水。分离自石油降解菌群。与模式
菌株相似性为 98.365%。培养基 0821,25℃。

MCCC 1B00906 ←海洋一所 QDHT30。分离源:青岛浮山湾浒苔漂浮区。藻类共生菌。与模式菌株相似性
为 99.507%。培养基 0471,20～25℃。

MCCC 1C00824 ←极地中心 K1d-1。分离源:北极无冰区表层海水。与模式菌株相似性为 97.809%。培养
基 0471,15℃。

MCCC 1C00828 ←极地中心 K3B-1。分离源:北极无冰区表层海水。与模式菌株相似性为 97.739%。培养
基 0471,15℃。

MCCC 1C00894 ←极地中心 K3B-8。分离源:北极无冰区表层海水。与模式菌株相似性为 97.739%。培养
基 0471,15℃。

MCCC 1G00193 ←青岛科大 qdht17。分离源:青岛表层海水。与模式菌株相似性为 99.479%。培养基
0471,25～28℃。

***Paracoccus* sp.** Davis 1969 emend. Liu *et al.* 2008 **副球菌**

MCCC 1A00517 　←海洋三所 1017。分离源:东太平洋深海沉积物。与模式菌株 *P. marcusii* DSM 11574(T) Y12703 相似性为 94.433%。培养基 0471,4~20℃。

MCCC 1A00538 　←海洋三所 8066。分离源:西太平洋深海沉积物。与模式菌株 *P. marcusii* DSM 11574(T) Y12703 相似性为 93.996%。培养基 0471,4~20℃。

MCCC 1A00805 　←海洋三所 B-1015。分离源:西太平洋暖池区沉积物深层。与模式菌株 *P. marcusii* DSM 11574(T)Y12703 相似性为 100%。培养基 0471,4℃。

MCCC 1A01375 　←海洋三所 1-C-2。分离源:厦门近岸表层海水。与模式菌株 *P. aestuarii* B7(T)EF660757 相似性为 97.48%。培养基 0472,28℃。

MCCC 1A03707 　←海洋三所 X-74B61。分离源:福建漳州龙海红树林枯叶。抗部分细菌。与模式菌株 *P. seriniphilus* MBT-A4(T)AJ428275 相似性为 97.887%。培养基 0471,28℃。

MCCC 1A04947 　←海洋三所 C24B6。分离源:印度洋表层海水。分离自石油降解菌群。与模式菌株 *P. alkenifer* 901/1(T)Y13827 相似性为 97.17%(763/783)。培养基 0821,25℃。

MCCC 1A05328 　←海洋三所 C67B12。分离源:西南太平洋深层海水。分离自石油降解菌群。与模式菌株 *P. alkenifer* 901/1(T)Y13827 相似性为 97.211%(730/753)。培养基 0821,25℃。

MCCC 1A05782 　←海洋三所 NH53K1-2。分离源:南沙表层沉积物。与模式菌株 *P. zeaxanthinifaciens* ATCC 21588(T)AF461158 相似性为 98%。培养基 0821,25℃。

MCCC 1B00219 　←海洋一所 YACS20。分离源:青岛上层海水。与模式菌株 *P. zeaxanthinifaciens* ATCC 21588(T)AF461158 相似性为 98.889%。培养基 0471,20~25℃。

MCCC 1B00224 　←海洋一所 YACS25。分离源:青岛上层海水。与模式菌株 *P. zeaxanthinifaciens* ATCC 21588(T)AF461158 相似性为 98.889%。培养基 0471,20~25℃。

MCCC 1B00385 　←海洋一所 HZBN13。分离源:山东日照表层沉积物。与模式菌株 *P. seriniphilus* MBT-A4(T)AJ428275 相似性为 97.94%。培养基 0471,20~25℃。

MCCC 1B00403 　←海洋一所 HZBN53。分离源:山东日照表层沉积物。与模式菌株 *P. seriniphilus* MBT-A4(T)AJ428275 相似性为 98.179%。培养基 0471,20~25℃。

MCCC 1B00587 　←海洋一所 DJWH21。分离源:江苏盐城滨海表层海水。与模式菌株 *P. marcusii* DSM 11574(T)Y12703 相似性为 98.684%。培养基 0471,20~25℃。

MCCC 1C01118 　←极地中心 JX9。分离源:南极长城站潮间带海沙。与模式菌株 *P. marcusii* DSM 11574 (T)Y12703 相似性为 100%。培养基 0471,5℃。

Parvibaculum lavamentivorans Schleheck *et al.* 2004 **食清洁剂细小棒菌**

模式菌株 *Parvibaculum lavamentivorans* DS-1(T)AY387398

MCCC 1A03287 　←DSM 13023。原始号 DS-1。= DSM 13023 = NCIMB 13966。模式菌株。培养基 0821,25℃。

MCCC 1A04239 　←海洋三所 LTVG9-4。分离源:太平洋深海热液区沉积物。分离自多环芳烃降解菌群。与模式菌株相似性为 98.963%。培养基 0471,28℃。

MCCC 1A04922 　←海洋三所 C19AE。分离源:西南太平洋表层海水。分离自石油降解菌群。与模式菌株相似性为 98.643%(764/774)。培养基 0821,28℃。

***Parvibaculum* sp.** Schleheck *et al.* 2004 **细小棒菌**

MCCC 1A01132 　←海洋三所 PC17C。分离源:印度洋深海底层水样。分离自多环芳烃降解菌群。与模式菌株 *P. lavamentivorans* DS-1(T)AY387398 相似性为 96%。培养基 0471,25℃。

MCCC 1A01481 　←海洋三所 C-3-1。分离源:印度洋表层海水。分离自石油降解菌群。与模式菌株 *P. lavamentivorans* DS-1(T)AY387398 相似性为 95.946%。培养基 0333,26℃。

MCCC 1A02011 　←海洋三所 RC121-5。分离源:印度洋深海底层水样。分离自石油降解菌群。与模式菌株 *P. lavamentivorans* DS-1(T)AY387398 相似性为 96.009%。培养基 0471,25℃。

MCCC 1A02345 　←海洋三所 S17-14。分离源:大西洋表层海水。与模式菌株 *P. lavamentivorans* DS-1(T) AY387398 相似性为 95.897%。培养基 0745,28℃。

MCCC 1A02405　←海洋三所 S13-6。分离源:大西洋表层海水。与模式菌株 *P. lavamentivorans* DS-1(T) AY387398 相似性为 96.084%。培养基 0745,28℃。

MCCC 1A02412　←海洋三所 S13-5。分离源:大西洋表层海水。与模式菌株 *P. lavamentivorans* DS-1(T) AY387398 相似性为 95.76%。培养基 0745,28℃。

MCCC 1A02443　←海洋三所 S18-4。分离源:大西洋表层海水。与模式菌株 *P. lavamentivorans* DS-1(T) AY387398 相似性为 96.442%。培养基 0745,28℃。

MCCC 1A03146　←海洋三所 49-5。分离源:印度洋表层海水。分离自石油降解菌群。与模式菌株 *P. lavamentivorans* DS-1(T) AY387398 相似性为 96.245%(805/838)。培养基 0821,25℃。

MCCC 1A03151　←海洋三所 50-5。分离源:印度洋表层海水。分离自石油降解菌群。与模式菌株 *P. lavamentivorans* DS-1(T) AY387398 相似性为 96.009%(824/858)。培养基 0821,25℃。

MCCC 1A03211　←海洋三所 PC12。分离源:印度洋深海水样。分离自多环芳烃降解菌群。与模式菌株 *P. lavamentivorans* DS-1(T)AY387398 相似性为 95.717%。培养基 0471,28℃。

MCCC 1A03212　←海洋三所 3PC132-1。分离源:印度洋深海水样。分离自多环芳烃降解菌群。与模式菌株 *P. lavamentivorans* DS-1(T)AY387398 相似性为 95.652%。培养基 0471,28℃。

MCCC 1A03919　←海洋三所 322-6。分离源:印度洋表层海水。分离自石油降解菌群。与模式菌株 *P. lavamentivorans* DS-1(T)AY387398 相似性为 94.575%。培养基 0471,25℃。

MCCC 1A03959　←海洋三所 319-5。分离源:印度洋表层海水。分离自石油降解菌群。与模式菌株 *P. lavamentivorans* DS-1(T)AY387398 相似性为 95.799%。培养基 0471,25℃。

MCCC 1A03988　←海洋三所 326-1。分离源:印度洋表层海水。分离自石油降解菌群。与模式菌株 *P. lavamentivorans* DS-1(T)AY387398 相似性为 94.919%。培养基 0471,25℃。

MCCC 1A04719　←海洋三所 C32AN。分离源:印度洋表层海水。分离自石油降解菌群。与模式菌株 *P. lavamentivorans* DS-1(T) AY387398 相似性为 95.58%(729/761)。培养基 0821,25℃。

MCCC 1A04951　←海洋三所 C19AB。分离源:西南太平洋表层海水。分离自石油降解菌群。与模式菌株 *P. lavamentivorans* DS-1(T) AY387398 相似性为 96.552%(709/735)。培养基 0821,25℃。

MCCC 1A05102　←海洋三所 L53-1-49。分离源:南海表层海水。与模式菌株 *P. lavamentivorans* DS-1(T) AY387398 相似性为 93.778%(862/919)。培养基 0471,25℃。

Paucisalibacillus globulus Nunes *et al*. 2006 小球状少盐芽胞杆菌
模式菌株 *Paucisalibacillus globulus* B22(T)AM114102

MCCC 1A05677　←海洋三所 NH3K_1。分离源:南沙黄褐色沙质沉积物。与模式菌株相似性为 98.961%(798/805)。培养基 0821,25℃。

Pedobacter caeni Vanparys *et al*. 2005 污泥土地杆菌
模式菌株 *Pedobacter caeni* LMG 22862(T)AJ786798

MCCC 1C00977　←极地中心 PR3-7。分离源:北极植物根际。与模式菌株相似性为 99.399%。培养基 0266,15℃。

Pedobacter steynii Muurholm *et al*. 2007 斯氏土地杆菌
模式菌株 *Pedobacter steynii* WB2.3-45(T)AM491372

MCCC 1C00972　←极地中心 PR6-13。分离源:北极植物根际。与模式菌株相似性为 98.647%。培养基 0266,15℃。

Pelagibaca bermudensis Cho and Giovannoni 2006 百慕大公海橄榄菌
模式菌株 *Pelagibaca bermudensis* HTCC2601(T)DQ178660

MCCC 1A02781 ←海洋三所 IG10。分离源:黄海表层海水。分离自石油降解菌群。与模式菌株相似性为
       100%(804/804)。培养基 0472,25℃。

MCCC 1A03942 ←海洋三所 408-5。分离源:印度洋表层海水。分离自石油降解菌群。与模式菌株相似性
       为 98.876%。培养基 0471,25℃。

MCCC 1A05826 ←海洋三所 MJ03-8E。分离源:南沙上层海水。与模式菌株相似性为100%。培养基 0821,
       25℃。

MCCC 1F01024 ←厦门大学 F6。分离源:福建省漳州近海红树林表层沉积物。与模式菌株相似性为
       99.017%(1410/1424)。培养基 0471,25℃。

Pelagibaca sp. Cho and Giovannoni 2006 公海橄榄菌

MCCC 1A00375 ←海洋三所 R7-4。分离源:印度洋深海底层水样。分离自石油降解菌群。与模式菌株
       P. bermudensis HTCC2601(T)DQ178660 相似性为 97.86%。培养基 0471,25℃。

MCCC 1A01107 ←海洋三所 MC18H。分离源:印度洋深海沉积物。分离自多环芳烃降解菌群。与模式菌
       株 *P. bermudensis* HTCC2601(T)DQ178660 相似性为 97.86%。培养基 0471,25℃。

MCCC 1A02033 ←海洋三所 2PR54-5。分离源:印度洋深海底层水样。分离自多环芳烃降解菌群。与模式
       菌株 *P. bermudensis* HTCC2601(T)DQ178660 相似性为 97.857%。培养基 0471,25℃。

MCCC 1A02034 ←海洋三所 R4-7。分离源:印度洋深海底层水样。分离自石油降解菌群。与模式菌株
       P. bermudensis HTCC2601(T)DQ178660 相似性为 97.857%。培养基 0471,25℃。

MCCC 1A02035 ←海洋三所 CTD99-A20。分离源:印度洋深海底层水样。分离自石油降解菌群。与模式菌
       株 *P. bermudensis* HTCC2601(T)DQ178660 相似性为 97.857%。培养基 0471,25℃。

MCCC 1A02036 ←海洋三所 PR52-6。分离源:印度洋深海底层水样。分离自多环芳烃降解菌群。与模式菌
       株 *P. bermudensis* HTCC2601(T)DQ178660 相似性为 97.857%。培养基 0471,25℃。

MCCC 1A02037 ←海洋三所 PR55-4。分离源:印度洋深海底层水样。分离自多环芳烃降解菌群。与模式菌
       株 *P. bermudensis* HTCC2601(T)DQ178660 相似性为 97.857%。培养基 0471,25℃。

MCCC 1A02038 ←海洋三所 2PR53-3。分离源:印度洋深海底层水样。分离自多环芳烃降解菌群。与模式
       菌株 *P. bermudensis* HTCC2601(T)DQ178660 相似性为 97.857%。培养基 0471,25℃。

MCCC 1F01025 ←厦门大学 F7。分离源:福建省漳州近海红树林表层沉积物。与模式菌株 *P. bermudensis*
       HTCC2601(T)DQ178660 相似性为 96.629%(1376/1424)。培养基 0471,25℃。

MCCC 1F01055 ←厦门大学 P9。分离源:福建漳州近海红树林泥。与模式菌株 *P. bermudensis* HTCC2601
       (T)DQ178660 相似性为 96.98%(1381/1424)。培养基 0471,25℃。

Persicivirga sp. O'Sullivan *et al.* 2006 桃色杆状菌

MCCC 1C00784 ←极地中心 ZS1-13。分离源:南极表层沉积物。与模式菌株 *P. dokdonensis* DSW-6(T)
       DQ017065 相似性为 94.262%。培养基 0471,15℃。

Phaeobacter arcticus Zhang *et al.* 2008 北极褐色杆菌

模式菌株 *Phaeobacter arcticus* 20188(T)DQ514304

MCCC 1C00266 ←极地中心 BSs20188。=CGMCC 1.6500 =JCM 14644=20188。分离源:北冰洋表层沉
       积物。模式菌株。培养基 0471,15℃。

MCCC 1A04157 ←海洋三所 NH44C。分离源:南沙灰色沙质。与模式菌株相似性为 98.782%(765/778)。
       培养基 0821,25℃。

Phaeobacter daeponensis Yoon *et al.* 2007 emend. Vandecandelaere *et al.* 2008 济州岛褐色杆菌

模式菌株 *Phaeobacter daeponensis* TF-218(T)DQ981486

MCCC 1A02209 ←海洋三所 L1L。分离源:厦门轮渡码头有油污染历史的近海表层海水。分离自石油降解
       菌群。与模式菌株相似性为 100%。培养基 0821,25℃。

MCCC 1F01051 ←厦门大学 P5。分离源:福建漳州近海红树林泥。与模式菌株相似性为 99.431%(1497/
       1405)。培养基 0471,25℃。

Phaeobacter gallaeciensis (Ruiz-Ponte *et al.* 1998) Martens *et al.* 2006 **加利西亚褐色杆菌**

MCCC 1A03281　←DSM 17395。原始号 BS107。= ATCC 700781 = CIP 105210 = DSM 17395 = NBRC 16654。分离源:西班牙扇贝 (*Pecten maximus*) 养殖海水。模式菌株。培养基 0471,25℃。

Phaeobacter inhibens Martens *et al.* 2006 emend. Vandecandelaere *et al.* 2008 **约束褐色杆菌**

模式菌株 *Phaeobacter inhibens* T5(T) AY177712

MCCC 1A02197　←海洋三所 B2A。分离源:厦门近海表层海水。分离自石油降解菌群。与模式菌株相似性为 98.026%。培养基 0821,25℃。

***Phaeobacter* sp.** Martens *et al.* 2006 emend. Yoon *et al.* 2007 **褐色杆菌**

MCCC 1A02766　←海洋三所 ID1。分离源:黄海上层海水。分离自石油降解菌群。与模式菌株 *P. inhibens* T5(T) AY177712 相似性为 97.628%。培养基 0472,25℃。

MCCC 1A05151　←海洋三所 L54-1-51。分离源:南海表层海水。与模式菌株 *P. inhibens* T5(T) AY177712 相似性为 96.827%。培养基 0471,25℃。

MCCC 1B00637　←海洋一所 DJNY10。分离源:江苏南通如东表层沉积物。与模式菌株 *P. daeponensis* TF-218(T) DQ981486 相似性为 97.917%。培养基 0471,20~25℃。

MCCC 1B00889　←海洋一所 LA4-3。分离源:青岛亚历山大藻培养液。藻类共生菌。与模式菌株 *P. daeponensis* TF-218(T) DQ981486 相似性为 97.291%。培养基 0471,20~25℃。

MCCC 1C00854　←极地中心 ZS356。分离源:南极表层沉积物。与模式菌株 *P. inhibens* T5(T) AY177712 相似性为 95.812%。培养基 0471,15℃。

MCCC 1C01134　←极地中心 S16-5-3。分离源:北冰洋表层沉积物。与模式菌株 *P. arcticus* 20188(T) DQ514304 相似性为 98.596%。培养基 0471,5℃。

Phenylobacterium falsum Tiago *et al.* 2005 **假苯基杆菌**

模式菌株 *Phenylobacterium falsum* AC-49(T) AJ717391

MCCC 1A03000　←海洋三所 J7。分离源:大西洋洋中脊沉积物上覆水。与模式菌株相似性为 99.609%。培养基 0472,25℃。

Photobacterium damselae (Love *et al.* 1982) Smith *et al.* 1991 **美人鱼发光杆菌**

MCCC 1H00017　←山东大学威海分校←Heriot-Watt University←BCCM/LMG。原始号 LMG 7892T。= LMG 7892T = ATCC 33539T。分离源:鱼。模式菌株。培养基 0471,28℃。

MCCC 1A00150　←海洋三所 DYCA-3。分离源:南海表层海未知名海鱼。与模式菌株 *Photobacterium damselae* subsp. *piscicida* NCIMB 2058(T) X78105 相似性为 100%。培养基 0033,28℃。

MCCC 1A00223　←海洋三所 SCB-2。分离源:厦门近海海水养殖赤点石斑鱼肠道内容物。与模式菌株 *Photobacterium damselae* subsp. *damselae* ATCC 33539(T) AB032015 相似性为 100%。培养基 0033,28℃。

MCCC 1A00229　←海洋三所 SXA-1。分离源:厦门近海海水养殖赤点石斑鱼肠道内容物。与模式菌株 *Photobacterium damselae* subsp. *piscicida* NCIMB 2058(T) X78105 相似性为 100%。培养基 0033,28℃。

MCCC 1A02104　←海洋三所 IN1。分离源:厦门黄翅鱼鱼胃。与模式菌株 *Photobacterium damselae* subsp. *damselae* ATCC 33539(T) AB032015 相似性为 100%。培养基 0033,25℃。

MCCC 1A02248　←海洋三所 ST2。分离源:厦门黄翅鱼鱼胃。与模式菌株 *Photobacterium damselae* subsp. *damselae* ATCC 33539(T) AB032015 相似性为 100%。培养基 0033,25℃。

MCCC 1A02639　←海洋三所 A008。分离源:广东阳江表层海水。培养基 TCBS,30℃。

MCCC 1A03219　←海洋三所 SCB-7。分离源:厦门近海海水养殖赤点石斑鱼肠道内容物。与模式菌株 *Photobacterium damselae* subsp. *damselae* ATCC 33539(T) AB032015 相似性为 99.028%。培养基 0033,28℃。

MCCC 1A03222 ←海洋三所 SWAf-4。分离源:厦门近海海水养殖赤点石斑鱼肠道内容物。与模式菌株 *Photobacterium damselae* subsp. *damselae* ATCC 33539（T）AB032015 相似性为 99.659%。培养基0033,28℃。

MCCC 1A03223 ←海洋三所 SWB-5。分离源:厦门近海海水养殖赤点石斑鱼肠道内容物。与模式菌株 *Photobacterium damselae* subsp. *damselae* ATCC 33539(T)AB032015 的相似性为100%。培养基0033,28℃。

MCCC 1A03244 ←海洋三所 SXA-3。分离源:厦门近海海水养殖赤点石斑鱼肠道内容物。与模式菌株 *Photobacterium damselae* subsp. *damselae* ΛTCC 33539（T）AB032015 相似性为99.726%。培养基0033,28℃。

MCCC 1A03245 ←海洋三所 SCB-D。分离源:厦门近海海水养殖赤点石斑鱼肠道内容物。与模式菌株 *Photobacterium damselae* subsp. *damselae* ATCC 33539（T）AB032015 相似性为99.726%。培养基0033,28℃。

MCCC 1B00961 ←海洋一所 HDC28。分离源:福建宁德河豚养殖场河豚肠道内容物。与模式菌株 *Photobacterium damselae* subsp. *damselae* ATCC 33539(T)AB032015 相似性为99.761%。培养基0471,20~25℃。

Photobacterium frigidiphilum Seo *et al.* 2005 嗜冷发光杆菌

模式菌株 *Photobacterium frigidiphilum* SL13(T)AY538749

MCCC 1A03890 ←海洋三所 P65。分离源:西太平洋暖池区深海沉积物。与模式菌株相似性为99.734%。培养基0471,20~30℃。

MCCC 1C00959 ←极地中心 NF1-15。分离源:南极海洋沉积物。与模式菌株相似性为99.403%。培养基0471,15℃。

Photobacterium leiognathi Boisvert *et al.* 1967 鲹发光杆菌

MCCC 1A00149 ←海洋三所 DYCB-5。分离源:南海表层海未知名海鱼。与模式菌株 *Photobacterium leiognathi* ATCC 25521(T)D25309 相似性为99.495%。培养基0033,28℃。

MCCC 1A02100 ←海洋三所 ST12。分离源:厦门黄翅鱼鱼胃。发光细菌。与模式菌株 *Photobacterium leiognathi* ATCC 25521(T)D25309 相似性为99.62%。培养基0033,25℃。

MCCC 1A02243 ←海洋三所 IN2。分离源:厦门黄翅鱼肠道内容物。与模式菌株 *Photobacterium leiognathi* ATCC 25521(T)D25309 相似性为99.62%。培养基0033,25℃。

MCCC 1A03243 ←海洋三所 SCA-7。分离源:厦门近海海水养殖赤点石斑鱼肠道内容物。与模式菌株 *Photobacterium leiognathi* ATCC 25521(T)D25309 相似性为99.31%。培养基0033,28℃。

MCCC 1H00076 ←山东大学威海分校 DH123。分离源:中国东海海水。发光细菌。与 *Photobacterium leiognathi* ATCC 25587（T）AY455870 相似性为 96.62%（1172/1213）。培养基0471,28℃。

MCCC 1H00077 ←山东大学威海分校 DH162。分离源:中国东海海水。发光细菌。与 *Photobacterium leiognathi* ATCC 25587（T）AY455870 相似性为 97.70%（1105/1131）。培养基0471,28℃。

Photobacterium lipolyticum Yoon *et al.* 2005 解脂发光杆菌

模式菌株 *Photobacterium lipolyticum* M37(T)AY554009

MCCC 1B00522 ←海洋一所 DJHH23。分离源:威海荣成上层海水。与模式菌株相似性为99.602%。培养基0471,20~25℃。

Photobacterium lutimaris Jung *et al.* 2007 海泥发光杆菌

模式菌株 *Photobacterium lutimaris* DF-42(T)DQ534014

MCCC 1B01071 ←海洋一所 QNSW30。分离源:江苏盐城海底泥沙。与模式菌株相似性为99.523%。培养基0471,28℃。

MCCC 1B01091　←海洋－所 QJNY87。分离源:山东日照海底泥沙。与模式菌株相似性为 99.404%。培养基 0471,28℃。

Photobacterium mandapamensis Hendrie *et al*.1970 **曼达帕姆发光杆菌**

MCCC 1H00067　←山东大学威海分校 DH30。分离源:中国东海海水。发光细菌。与菌株 ATCC 27561 AY341441 相似性为 99.58%(1419/1425)。培养基 0471,28℃。

MCCC 1H00068　←山东大学威海分校 DH33。分离源:中国东海海水。发光细菌。与菌株 ATCC 27561 相似性为 99.51%(1424/1431)。培养基 0471,28℃。

MCCC 1H00069　←山东大学威海分校 DH55。分离源:中国东海海水。发光细菌。与菌株 ATCC 27561 相似性为 99.44%(1425/1433)。培养基 0471,28℃。

MCCC 1H00070　←山东大学威海分校 DH77。分离源:中国东海海水。发光细菌。与菌株 ATCC 33981 AY341442 相似性为 99.72%(1427/1431)。培养基 0471,28℃。

MCCC 1H00071　←山东大学威海分校 DH96。分离源:中国东海海水。发光细菌。与菌株 ATCC 33981 相似性为 99.58%(1422/1428)。培养基 0471,28℃。

MCCC 1H00072　←山东大学威海分校 DH119。分离源:中国东海海水。发光细菌。与菌株 ATCC 33981 相似性为 97.43%(1177/1208)。培养基 0471,28℃。

MCCC 1H00073　←山东大学威海分校 DH135。分离源:中国东海海水。发光细菌。与菌株 ATCC 33981 相似性为 97.54%(1189/1219)。培养基 0471,28℃。

MCCC 1H00074　←山东大学威海分校 DH159。分离源:中国东海海水。发光细菌。与菌株 ATCC 33981 相似性为 97.18%(1172/1206)。培养基 0471,28℃。

MCCC 1H00075　←山东大学威海分校 DH111。分离源:中国东海海水。发光细菌。与菌株 ATCC 33981 相似性为 96.56%(1150/1191)。培养基 0471,28℃。

Photobacterium rosenbergii Thompson *et al*.2005 **卢氏发光杆菌**

模式菌株 *Photobacterium rosenbergii* LMG 22223(T)AJ842344

MCCC 1B00521　←海洋一所 DJHH21。分离源:威海荣成上层海水。与模式菌株相似性为 99.467%。培养基 0471,20~25℃。

MCCC 1B00712　←海洋一所 DJQE18。分离源:青岛沙子口表层海水。与模式菌株相似性为 99.454%。培养基 0471,20~25℃。

MCCC 1B01060　←海洋一所 QNSW71。分离源:江苏盐城海底泥沙。与模式菌株相似性为 99.281%。培养基 0471,28℃。

MCCC 1B01086　←海洋一所 QJNY80。分离源:山东日照海底泥沙。与模式菌株相似性为 99.281%。培养基 0471,28℃。

Photobacterium **sp.** Beijerinck 1889 **发光杆菌**

MCCC 1B00476　←海洋一所 HZBC64。分离源:山东日照上层海水。与模式菌株 *P.angustum* ATCC 25915(T) D25307 相似性为 98.212%。培养基 0471,20~25℃。

MCCC 1B00626　←海洋一所 CJJK62。分离源:江苏南通启东底层海水。与模式菌株 *P.lutimaris* DF-42(T) DQ534014 相似性为 98.442%。培养基 0471,20~25℃。

MCCC 1B00655　←海洋一所 DJJH1。分离源:日照上层海水。与模式菌株 *P.lutimaris* DF-42(T)DQ534014 相似性为 98.902%。培养基 0471,20~25℃。

MCCC 1B00691　←海洋一所 DJCJ62。分离源:江苏南通如东表层海水。与模式菌株 *P.lutimaris* DF-42(T) DQ534014 相似性为 98.444%。培养基 0471,20~25℃。

MCCC 1B01083　←海洋一所 QJNY77。分离源:山东日照海底泥沙。与模式菌株 *P.lutimaris* DF-42(T) DQ534014 相似性为 99.166%。培养基 0471,28℃。

Phycicoccus dokdonensis Yoon *et al*.2008 **孤岛海草球菌**

模式菌株 *Phycicoccus dokdonensis* DS-8(T)EF555583

MCCC 1A06059　←海洋三所 N-S-1-13。分离源:北极圈内某化石沟土样。与模式菌株相似性为 99.516%。培养基 0472,28℃。

Phyllobacterium brassicacearum Mantelin *et al.* 2006 油菜叶瘤杆菌

MCCC 1A01379　←海洋三所 8-C-5。分离源:厦门近岸表层海水。与模式菌株 *P. brassicacearum* STM 196 (T)AY785319 相似性为 97.42%(1361/1397)。培养基 0472,28℃。

Phyllobacterium myrsinacearum Knösel 1984 emend. Mergaert *et al.* 2002 紫金牛叶瘤杆菌

MCCC 1A03269　←DSM 5892。原始号 LMG 2t2。=LMG 2t2 =ATCC 43590 =CCUG 34962 =DSM 5892 =JCM 20932。模式菌株。培养基 0471,25℃。

Piscibacillus salipiscarius Tanasupawat *et al.* 2007 咸鱼鱼芽胞杆菌

模式菌株 *Piscibacillus salipiscarius* RBU1-1(T)AB194046

MCCC 1A05992　←海洋三所 401C1-1。分离源:日本海沉积物表层。与模式菌株相似性为 99%。培养基 1003,28℃。

Planococcus antarcticus Reddy *et al.* 2002 南极动性球菌

模式菌株 *Planococcus antarcticus* CMS 26or(T)AJ314745

MCCC 1C00805　←极地中心 K1B-6。分离源:北极无冰区表层海水。与模式菌株相似性为 98.310%。培养基 0471,15℃。

Planococcus donghaensis Choi *et al.* 2007 东海动性球菌

模式菌株 *Planococcus donghaensis* JH 1(T)EF079063

MCCC 1A01860　←海洋三所 NJ-73。分离源:南极土壤。与模式菌株相似性为 99.586%。培养基 0033,20~25℃。

MCCC 1C01030　←极地中心 藻 A。分离源:南极长城湾上层海水。与模式菌株相似性为 98.934%。培养基 0471,5℃。

Planococcus maitriensis Alam *et al.* 2004 南极友善站动性球菌

模式菌株 *Planococcus maitriensis* S1(T)AJ544622

MCCC 1B00387　←海洋一所 HZBN16。分离源:山东日照表层沉积物。与模式菌株相似性为 99.873%。培养基 0471,20~25℃。

Planococcus maritimus Yoon *et al.* 2003 emend. Ivanova *et al.* 2006 近海动性球菌

模式菌株 *Planococcus maritimus* TF-9(T)AF500007

MCCC 1A03862　←海洋三所 P24b。分离源:日本海深海沉积物。与模式菌株 *Planococcus maritimus* TF-9 (T)AF500007 相似性为 99.397%。培养基 0471,20℃。

Planococcus rifietoensis Romano *et al.* 2003 莱比托泉动性球菌

模式菌株 *Planococcus rifietoensis* M8(T)AJ493659

MCCC 1A00497　←海洋三所 Cu6。分离源:东太平洋深海沉积物。抗二价铜。与模式菌株相似性为 99.392%(1496/1505)。培养基 0472,28℃。

MCCC 1A01779　←海洋三所 Z19-2(11)zhy。分离源:东太平洋多金属结核区深海沉积物。与模式菌株相似性为 99.801%。培养基 0471,15~25℃。

MCCC 1A05980　←海洋三所 401P1-1。分离源:日本海沉积物表层。与模式菌株相似性为 99%。培养基 1003,28℃。

MCCC 1B00439　←海洋一所 QJJN 41-1。分离源:青岛胶南近海次表层海水。与模式菌株相似性为 100%。培养基 0471,20~25℃。

MCCC 1B00625 　←海洋一所 CJJK53。分离源：江苏南通启东表层海水。与模式菌株相似性为 100%。培养基 0471,20～25℃。

Planococcus **sp.** Migula 1894 emend. Nakagawa *et al.* 1996 **动性球菌**

MCCC 1A00696 　←海洋三所 8024。分离源：西太平洋深海沉积物。与模式菌株 *P. rifietoensis* M8（T）AJ493659 相似性为 99.264%。培养基 0471,4～20℃。

MCCC 1A00711 　←海洋三所 4047。分离源：东太平洋深海沉积物。与模式菌株 *P. donghaensis* JH 1（T）EF079063 相似性为 97.696%。培养基 0471,4～20℃。

MCCC 1A00741 　←海洋三所 4036。分离源：东太平洋深海沉积物。与模式菌株 *P. donghaensis* JH 1（T）EF079063 相似性为 96.371%。培养基 0471,4～20℃。

MCCC 1A00749 　←海洋三所 4044。分离源：东太平洋深海沉积物。与模式菌株 *P. rifietoensis* M8（T）AJ493659 相似性为 98.791%。培养基 0471,4～20℃。

MCCC 1A02234 　←海洋三所 CH16。分离源：厦门黄翅鱼鱼鳃。与模式菌株 *P. rifietoensis* M8（T）AJ493659 相似性为 97.593%（811/831）。培养基 0033,25℃。

MCCC 1B00207 　←海洋一所 YACS6。分离源：青岛上层海水。与模式菌株 *P. maritimus* TF-9（T）AF500007 相似性为 99.815%。培养基 0471,20～25℃。

MCCC 1B00217 　←海洋一所 YACS17。分离源：青岛上层海水。与模式菌株 *P. rifietoensis* M8（T）AJ493659 相似性为 99.444%。培养基 0471,20～25℃。

MCCC 1B00275 　←海洋一所 JZHS34。分离源：青岛胶州上层海水。与模式菌株 *P. donghaensis* JH 1（T）EF079063 相似性为 99.444%。培养基 0471,28℃。

MCCC 1B00381 　←海洋一所 HZBN9。分离源：山东日照表层沉积物。与模式菌株 *P. rifietoensis* M8（T）AJ493659 相似性为 99.816%。培养基 0471,20～25℃。

MCCC 1B00405 　←海洋一所 HZBN55。分离源：日照表层沉积物。与模式菌株 *P. rifietoensis* M8（T）AJ493659 相似性为 99.869%。培养基 0471,20～25℃。

MCCC 1C01107 　←极地中心 B-2。分离源：南极长城站潮间带海沙。与模式菌株 *P. donghaensis* JH 1（T）EF079063 相似性为 99.328%。培养基 0471,5℃。

Planomicrobium chinense Dai *et al.* 2005 **中华动性微菌**

模式菌株 *Planomicrobium chinense* DX3-12（T）AJ697862

MCCC 1A00372 　←海洋三所 CTD99-A12。分离源：印度洋深海底层水样。分离自石油降解菌群。与模式菌株相似性为 100%。培养基 0471,25℃。

MCCC 1A05695 　←海洋三所 NH55Q。分离源：南沙潟湖珊瑚沙。与模式菌株相似性为 100%。培养基 0821,25℃。

MCCC 1B00220 　←海洋一所 YACS21。分离源：青岛上层海水。与模式菌株相似性为 100%。培养基 0471,20～25℃。

Planomicrobium koreense Yoon *et al.* 2001 **韩国动性微菌**

模式菌株 *Planomicrobium koreense* JG07（T）AF144750

MCCC 1A06060 　←海洋三所 D-HS-5-5。分离源：北极圈内某化石沟饮水湖沉积物土样。分离自原油富集菌群。与模式菌株相似性为 100%。培养基 0472,28℃。

Planomicrobium okeanokoites（ZoBell and Upham 1944）Yoon *et al.* 2001 **海床动性微菌**

模式菌株 *Planomicrobium okeanokoites* IFO 12536（T）D55729

MCCC 1A01870 　←海洋三所 ES-2。分离源：东太平洋深海沉积物。与模式菌株相似性为 99.659%。培养基 0471,20℃。

MCCC 1A01879 　←海洋三所 EP21。分离源：东太平洋深海沉积物。与模式菌株相似性为 99.795%。培养基 0471,20℃。

MCCC 1B00285 　←海洋一所 YAAJ14。分离源：青岛即墨仿刺参溃烂体表。与模式菌株相似性为

99.814%。培养基0471,28℃。

MCCC 1B00427　←海洋一所 HZBN112。分离源:山东日照表层沉积物。与模式菌株相似性为99.719%。培养基0471,20～25℃。

MCCC 1B00429　←海洋一所 HZBN120。分离源:山东日照表层沉积物。与模式菌株相似性为99.642%。培养基0471,20～25℃。

MCCC 1B00430　←海洋一所 HZBN122。分离源:山东日照表层沉积物。与模式菌株相似性为99.705%。培养基0471,20～25℃。

MCCC 1B00435　←海洋一所 HZBN133。分离源:山东日照表层沉积物。与模式菌株相似性为99.741%。培养基0471,20～25℃。

MCCC 1B00442　←海洋一所 HZBN154。分离源:山东日照表层沉积物。与模式菌株相似性为99.791%。培养基0471,20～25℃。

MCCC 1B00445　←海洋一所 HZBN157。分离源:山东日照表层沉积物。与模式菌株相似性为99.76%。培养基0471,20～25℃。

MCCC 1B00447　←海洋一所 HZBN161。分离源:山东日照表层沉积物。与模式菌株相似性为99.8%。培养基0471,20～25℃。

MCCC 1B00507　←海洋一所 HZDC55。分离源:山东日照深层海水。与模式菌株相似性为99.802%。培养基0471,20～25℃。

MCCC 1B00569　←海洋一所 DJLY52-1。分离源:江苏盐城射阳表层海水。与模式菌株相似性为99.761%。培养基0471,20～25℃。

MCCC 1B00756　←海洋一所 QJHH12。分离源:烟台海阳表层海水。与模式菌株相似性为99.744%。培养基0471,20～25℃。

Planomicrobium sp.　Yoon *et al.* 2001 动性微菌

MCCC 1A00671　←海洋三所 3057。分离源:东太平洋深海沉积物。与模式菌株 *P. okeanokoites* IFO 12536 (T)D55729 相似性为99.726%。培养基0471,4～20℃。

MCCC 1A00718　←海洋三所 4025。分离源:东太平洋棕褐色硅质软泥。与模式菌株 *P. okeanokoites* IFO 12536(T)D55729 相似性为99.314%。培养基0471,4～20℃。

MCCC 1A00748　←海洋三所 4043。分离源:东太平洋深海沉积物。与模式菌株 *P. okeanokoites* IFO 12536 (T)D55729 相似性为98.9%。培养基0471,4～20℃。

MCCC 1A00792　←海洋三所 4018。分离源:东太平洋棕褐色硅质软泥。与模式菌株 *P. koreense* JG07(T) AF144750 相似性为98.715%。培养基0471,4～20℃。

MCCC 1A00818　←海洋三所 B-1051。分离源:西太平洋暖池区沉积物深层。与模式菌株 *P. okeanokoites* IFO 12536(D55729)相似性为99.788%。培养基0471,4℃。

MCCC 1B00929　←海洋一所 YCSA46。分离源:青岛即墨饱和盐度盐田盐渍土。与模式菌株 *P. psychrophilum* CMS 53or(T) AJ314746 相似性为97.855%。培养基0471,20～25℃。

Plantibacter flavus Behrendt *et al.* 2002 黄色植物杆菌

模式菌株 *Plantibacter flavus* P 297/02(T)AJ310417

MCCC 1A01913　←海洋三所 NJ-81。分离源:南极土壤。与模式菌株相似性为99.933%。培养基0033,20℃。

Polaribacter butkevichii Nedashkovskaya *et al.* 2006 布氏极地杆菌

模式菌株 *Polaribacter butkevichii* KMM 3938(T)AY189722

MCCC 1C00715　←极地中心 NF3-11。分离源:南极无冰区表层海水。与模式菌株相似性为98.113%。培养基0471,15℃。

Polaribacter filamentus Gosink *et al.* 1998 丝状极地杆菌

模式菌株 *Polaribacter filamentus* 215(T)U73726

MCCC 1C00525 ← 极地中心 BSw20012。分离源:北冰洋无冰区上层海水。与模式菌株相似性为 99.652%。培养基 0471,15℃。

MCCC 1C00631 ← 极地中心 BSw20011。分离源:北冰洋无冰区上层海水。与模式菌株相似性为 99.513%。培养基 0471,15℃。

MCCC 1C00702 ← 极地中心 BSw20012b。分离源:北冰洋无冰区上层海水。与模式菌株相似性为 99.583%。培养基 0471,15℃。

Pontibacillus sp. Lim *et al*.2005 emend. Lim *et al*.2005 海芽胞杆菌

MCCC 1A04056 ← 海洋三所 NH11E。分离源:南沙浅黄色泥质。与模式菌株 *P. marinus* BH030004(T)AY603977 相似性为 96.855%。培养基 0471,25℃。

Ponticoccus litoralis Hwang and Cho 2008 海岸海洋球菌

模式菌株 *Ponticoccus litoralis* CL-GR66(T)EF211829

MCCC 1A05714 ← 海洋三所 NH57T。分离源:南沙泻湖珊瑚沙颗粒。分离自石油降解菌群。与模式菌株相似性为 100%。培养基 0821,25℃。

MCCC 1F01187 ← 厦门大学 ADR3-4。分离源:深圳塔玛亚历山大藻培养液。与模式菌株相似性为 98.865%(1308/1322)。培养基 0471,25℃。

MCCC 1F01188 ← 厦门大学 ADZ2-6。分离源:深圳塔玛亚历山大藻培养液。与模式菌株相似性为 98.821%(1341/1357)。培养基 0471,25℃。

Porphyrobacter sp. Fuerst *et al*.1993 产卟啉杆菌

MCCC 1A04224 ← 海洋三所 TVG2-Ⅱ。分离源:太平洋深海热液区沉积物。分离自多环芳烃降解菌群。与模式菌株 *P. dokdonensis* DSW-74(T)DQ011529 相似性为 95.957%。培养基 0471,28℃。

Propionibacterium acnes(Gilchrist 1900)Douglas and Gunter 1946 疣疱丙酸杆菌

模式菌株 *Propionibacterium acnes* ATCC 6919(T)AB042288

MCCC 1A01747 ← 海洋三所 215(113zx)。分离源:南极站沉积物。与模式菌株相似性为 99.933%。培养基 0033,20~25℃。

Prosthecochloris aestuarii Gorlenko 1970 emend. Imhoff 2003 江口突柄绿菌

模式菌株 *Prosthecochloris aestuarii* DSM 271(T)CP001108

MCCC 1I00034 ← 华侨大学 SY10。分离源:波罗的海近海深层沉积物。硫代谢。与模式菌株相似性为 99.588%。培养基 1004,25~35℃。

Proteus hauseri O′Hara *et al*.2000 豪氏变形菌

模式菌株 *Proteus hauseri* NCTC 4175(T)DQ885262

MCCC 1A00194 ← 海洋三所 M1e。分离源:厦门海水养殖场捕捞的鳗鱼肠道内容物。与模式菌株相似性为 98.96%。培养基 0033,28℃。

MCCC 1A00195 ← 海洋三所 MF1。分离源:厦门近海养殖场鳗鱼肠道内容物。与模式菌株相似性为 99.147%。培养基 0033,28℃。

MCCC 1A00199 ← 海洋三所 ME1。分离源:厦门近海养殖场鳗鱼肠道内容物。与模式菌株相似性为 99.186%。培养基 0033,28℃。

MCCC 1A00200 ← 海洋三所 ME2。分离源:厦门近海养殖场鳗鱼肠道内容物。与模式菌株相似性为 98.378%。培养基 0033,28℃。

MCCC 1A00215 ← 海洋三所 MF2。分离源:厦门近海养殖场鳗鱼肠道内容物。与模式菌株相似性为 98.378%。培养基 0033,28℃。

MCCC 1A00288 ← 海洋三所 Mf1。分离源:厦门近海养殖场鳗鱼肠道内容物。与模式菌株相似性为 98.918%。培养基 0033,28℃。

Proteus penneri O′Hara *et al.* 2000 彭氏变形菌

模式菌株 *Proteus penneri* NCTC 12737(T)DQ885258

MCCC 1B00501　←海洋一所 HZDC24。分离源：山东日照深层海水。与模式菌株相似性为 99.703％。培养基 0471,20～25℃。

MCCC 1B00505　←海洋一所 HZDC32。分离源：山东日照深层海水。与模式菌株相似性为 99.553％。培养基 0471,20～25℃。

MCCC 1B00506　←海洋一所 HZDC33。分离源：山东日照深层海水。与模式菌株相似性为 99.853％。培养基 0471,20～25℃。

Proteus sp. Hauser 1885 变形菌

MCCC 1A00031　←海洋三所 BMe-1。分离源：厦门海水养殖场捕捞的比目鱼肠道内容物。与模式菌株 *P. hauseri* NCTC 4175(T)DQ885262 相似性为 99.75％。培养基 0033,28℃。

MCCC 1B00317　←海洋一所 NJSN1。分离源：江苏南通表层沉积物。与模式菌株 *P. penneri* NCTC 12737 (T)DQ885258 相似性为 99.515％。培养基 0471,28℃。

MCCC 1B01140　←海洋一所 YCSC20。分离源：青岛即墨 7％盐度盐渍土。与模式菌株 *P. mirabilis* NCTC 11938(T)DQ885256 相似性为 97.643％。培养基 0471,20～25℃。

Providencia rettgeri (Hadley *et al.* 1918)Brenner *et al.* 1978 雷氏普罗威登斯菌

模式菌株 *Providencia rettgeri* DSM 4542(T)AM040492

MCCC 1A00202　←海洋三所 ME4。分离源：厦门近海养殖场鳗鱼肠道内容物。与模式菌株相似性为 99.102％。培养基 0033,28℃。

Providencia vermicola Somvanshi *et al.* 2006 居幼虫普罗威登斯菌

模式菌株 *Providencia vermicola* OP1(T)AM040495

MCCC 1B00472　←海洋一所 HZBC53。分离源：山东日照上层海水。与模式菌株相似性为 99.356％。培养基 0471,20～25℃。

Providencia sp. Ewing 1962 普罗威登斯菌

MCCC 1A00182　←海洋三所 BMf-1。分离源：厦门海水养殖场捕捞的比目鱼肠道内容物。与模式菌株 *P. rustigianii* DSM 4541(T)AM040489 相似性为 99.627％。培养基 0033,28℃。

MCCC 1A00185　←海洋三所 BMe-2。分离源：厦门海水养殖场捕捞的比目鱼肠道内容物。与模式菌株 *P. rustigianii* DSM 4541(T)AM040489 相似性为 99.876％。培养基 0033,28℃。

MCCC 1A00220　←海洋三所 Mf5。分离源：厦门近海养殖场鳗鱼肠道内容物。与模式菌株 *P. vermicola* OP1(T)AM040495 相似性为 99.756％。培养基 0033,28℃。

MCCC 1A03638　←海洋三所 X-3B282。分离源：福建漳州东山潮间带泥。培养基 0471,28℃。

MCCC 1B00500　←海洋一所 HZDC19。分离源：山东日照深层海水。与模式菌株 *P. vermicola* OP1(T) AM040495 相似性为 99.358％。培养基 0471,20～25℃。

Pseudaminobacter salicylatoxidans Kämpfer *et al.* 1999 氧化水杨酸盐假氨基杆菌

MCCC 1A03258　←DSM 6986。原始号 BN12。分离源：德国易北河河水。模式菌株。培养基 0471,25℃。

Pseudidiomarina homiensis(Kwon *et al.* 2006)Jean *et al.* 2009 霍末海角假海源菌

模式菌株 *Pseudidiomarina homiensis* PO-M2(T)DQ342238

MCCC 1A03166　←KACC 11514。原始号 PO-M2。＝DSM 17923＝KACC 11514。分离源：韩国近海海滨沙滩。模式菌株。培养基 0471,26℃。

MCCC 1A00478　←海洋三所 MB19I。分离源：印度洋深海沉积物。分离自石油降解菌群。与模式菌株相似性为 98.419％。培养基 0471,25℃。

MCCC 1A01099　←海洋三所 PA6C。分离源：印度洋深海底层水样。分离自多环芳烃降解菌群。与模式菌株相似性为 98.351%。培养基 0471,25℃。

MCCC 1A01127　←海洋三所 PA5B。分离源:印度洋深海底层水样。分离自多环芳烃降解菌群。与模式菌株相似性为 98.417%。培养基 0471,25℃。

MCCC 1A02050　←海洋三所 PR52-8。分离源:印度洋深海底层水样。分离自多环芳烃降解菌群。与模式菌株相似性为 98.425%。培养基 0471,25℃。

MCCC 1A05090　←海洋三所 L53-1-25。分离源:南海表层海水。与模式菌株相似性为 99.386%。培养基 0471,25℃。

MCCC 1A05160　←海洋三所 L54-11-14。分离源:南海深层海水。与模式菌株相似性为 99.386%。培养基 0471,25℃。

MCCC 1A05162　←海洋三所 L54-11-17。分离源:南海深层海水。与模式菌株相似性为 99.386%。培养基 0471,25℃。

MCCC 1A05167　←海洋三所 L54-11-36。分离源:南海深层海水。与模式菌株相似性为 99.386%。培养基 0471,25℃。

MCCC 1A05917　←海洋三所 T44AR。分离源:西南太平洋土黄色沉积物。分离自石油、多环芳烃降解菌群。与模式菌株相似性为 99.352%。培养基 0821,25℃。

Pseudidiomarina marina Jean *et al.* 2009 海假海源菌

模式菌株 *Pseudidiomarina marina* PIM1(T)EU423908

MCCC 1A02632　←台湾大学海洋研究所 PAH6。=BCRC 17749T =JCM 15083T。模式菌株。培养基 0471,30℃。

MCCC 1A02560　←海洋三所 DY84。分离源:大西洋热液区沉积物。与模式菌株相似性为 99.866%。培养基 0823,37℃。

MCCC 1A02994　←海洋三所 H4C。分离源:大西洋洋中脊深海沉积物。与模式菌株相似性为 100%。培养基 0472,25℃。

MCCC 1A03003　←海洋三所 L1。分离源:大西洋洋中脊深海沉积物。与模式菌株相似性为 100%。培养基 0471,25℃。

MCCC 1A03017　←海洋三所 P5B。分离源:大西洋洋中脊深海沉积物。与模式菌株相似性为 100%。培养基 0471,25℃。

MCCC 1A03041　←海洋三所 ck-I2-10。分离源:印度洋深海沉积物。与模式菌株相似性为 99.858%。培养基 0745,18~28℃。

MCCC 1A03045　←海洋三所 ck-I2-16。分离源:印度洋深海沉积物。与模式菌株相似性为 98.014%。培养基 0745,18~28℃。

MCCC 1A03058　←海洋三所 CK-I3-2。分离源:印度洋深海沉积物。与模式菌株相似性为 98.582%。培养基 0745,18~28℃。

MCCC 1A03096　←海洋三所 CK-M6-14。分离源:大西洋热液区深海沉积物。与模式菌株相似性为 100%。培养基 0745,18~28℃。

MCCC 1A03108　←海洋三所 MN-I7-2。分离源:印度洋深海热液深海区沉积物。抗五价砷。与模式菌株相似性为 98.582%。培养基 0745,18~28℃。

MCCC 1A03112　←海洋三所 A002。分离源:东海上层海水。可能降解木聚糖。与模式菌株相似性为 99.614%。培养基 0471,25℃。

MCCC 1A03526　←海洋三所 MJ02-12I。分离源:南沙表层海水。与模式菌株相似性为 99.2%。培养基 1001,25℃。

MCCC 1A03817　←海洋三所 XFP63。分离源:西南太平洋沉积物表层。与模式菌株相似性为 98.019%。培养基 0471,20~30℃。

MCCC 1A04062　←海洋三所 NH12D。分离源:南沙黄褐色沙质。与模式菌株相似性为 99.214%。培养基 0821,25℃。

MCCC 1A04068　←海洋三所 NH15H。分离源:南沙灰黑色泥质。与模式菌株相似性为 99.572%。培养基 0821,25℃。

MCCC 1A04253　←海洋三所 T1AD。分离源:西南太平洋褐黑色深海沉积物。分离自石油降解菌群。与模式菌株相似性为 99.328%。培养基 0821,28℃。

MCCC 1A05625　←海洋三所 19-B1-51。分离源:南海深海沉积物。分离自混合烷烃富集菌群。与模式菌株相似性为 99.491%。培养基 0471,28℃。

MCCC 1A05633　←海洋三所 29-B3-4。分离源:南海深海沉积物。分离自混合烷烃富集菌群。与模式菌株相似性为 98.976%。培养基 0471,28℃。

MCCC 1A05696　←海洋三所 NH55S。分离源:南沙泻湖珊瑚沙。与模式菌株相似性为 98.417%。培养基 0821,25℃。

MCCC 1A05746　←海洋三所 NH62H。分离源:南沙土黄色沉积物。分离自石油降解菌群。与模式菌株相似性为 99.332%。培养基 0821,25℃。

MCCC 1A05756　←海洋三所 NH63N。分离源:南沙浅黄色沉积物。分离自石油降解菌群。与模式菌株相似性为 99.344%。培养基 0821,25℃。

MCCC 1A05766　←海洋三所 NH67A。分离源:南沙黄色沉积物。分离自石油降解菌群。与模式菌株相似性为 99.344%。培养基 0821,25℃。

MCCC 1A05841　←海洋三所 NH63I。分离源:南沙深海沉积物。分离自石油降解菌群。与模式菌株相似性为 98.548%。培养基 0821,25℃。

MCCC 1A06022　←海洋三所 T4J。分离源:西南太平洋深海沉积物。分离自石油降解菌群。与模式菌株相似性为 99.223%。培养基 0821,25℃。

Pseudidiomarina sediminum Hu and Li 2007 沉积物假海源菌

模式菌株 *Pseudidiomarina sediminum* c121(T)EF212001

MCCC 1B00886　←海洋一所 YCSD79。分离源:青岛即墨盐田旁排水沟。与模式菌株相似性为 98.095%。培养基 0471,20～25℃。

MCCC 1B00899　←海洋一所 HTTC3-1。分离源:青岛浮山湾浒苔漂浮区。藻类共生菌。与模式菌株相似性为 99.167%。培养基 0471,20～25℃。

Pseudidiomarina tainanensis Jean *et al*. 2009 台南假海源菌

MCCC 1A02633　←台湾大学海洋研究所 PAH25。＝BCRC 17750T ＝JCM 15084T。模式菌株。培养基 0471,30℃。

Pseudidiomarina taiwanensis Jean *et al*. 2009 台湾假海源菌

MCCC 1A00163　←台湾大学海洋研究所 PIT1(T)。＝BCRC 17465(T)＝JCM 13360(T)。分离源:中国台湾安平港表层海水。模式菌株。培养基 0471,30～35℃。

MCCC 1A01073　←海洋三所 1。分离源:印度洋深海热液口沉积物。分离自环己酮降解菌群。与模式菌株相似性为 99.221%。培养基 0471,25℃。

Pseudidiomarina **sp.** Jean *et al*. 2006 假海源菌

MCCC 1A01146　←海洋三所 5.2。分离源:印度洋深海热液口沉积物。分离自环己酮降解菌群。与模式菌株 *P. tainanensis* PIN1(T)EU423907 相似性为 99.054%。培养基 0472,25℃。

MCCC 1A01257　←海洋三所 2PR54-15。分离源:印度洋深海底层水样。分离自多环芳烃降解菌群。与模式菌株 *P. salinarum* ISL-52(T)EF486355 相似性为 97.347%。培养基 0471,25℃。

MCCC 1A01370　←海洋三所 10-D-4。分离源:厦门近岸表层海水。与模式菌株 *P. taiwanensis* PIT1(T)DQ118948 相似性为 94.897%。培养基 0472,28℃。

MCCC 1A04120　←海洋三所 NH33K。分离源:南沙深灰色细泥。与模式菌株 *P. tainanensis* PIN1(T)EU423907 相似性为 98.458%。培养基 0821,25℃。

MCCC 1A04200　←海洋三所 NH55P。分离源:南沙泻湖珊瑚砂。与模式菌株 *P. tainanensis* PIN1(T)EU423907 相似性为 98.458%。培养基 0821,25℃。

MCCC 1A05626　←海洋三所 19-B1-52。分离源:南海深海沉积物。分离自混合烷烃富集菌群。与模式菌株

P. *marina* PIM1(T)EU423908 相似性为 97.625%。培养基 0471,28℃。

MCCC 1A05640 ←海洋三所 29-m-12。分离源:南海深海沉积物。分离自混合烷烃富集菌群。与模式菌株
P. *marina* PIM1(T)EU423908 相似性为 97.414%。培养基 0471,28℃。

MCCC 1A05741 ←海洋三所 NH62A。分离源:南沙土黄色泥质。分离自石油降解菌群。与模式菌株
P. *marina* PIM1(T)EU423908 相似性为 97.101%。培养基 0821,25℃。

MCCC 1A05742 ←海洋三所 NH62B。分离源:南沙土黄色泥质。分离自石油降解菌群。与模式菌株
P. *sediminum* c121(T)EF212001 相似性为 97.368%(774/795)。培养基 0821,25℃。

MCCC 1A05743 ←海洋三所 NH62C。分离源:南沙土黄色泥质。分离自石油降解菌群。与模式菌株
P. *marina* PIM1(T)EU423908 相似性为 97.233%。培养基 0821,25℃。

MCCC 1A05744 ←海洋三所 NH62D。分离源:南沙土黄色泥质。分离自石油降解菌群。与模式菌株
P. *sediminum* c121(T)EF212001 相似性为 97.769%(778/797)。培养基 0821,25℃。

MCCC 1A05745 ←海洋三所 NH62G。分离源:南沙土黄色泥质。分离自石油降解菌群。与模式菌株
P. *marina* PIM1(T)EU423908 相似性为 97.315%。培养基 0821,25℃。

MCCC 1A05772 ←海洋三所 NH67H。分离源:南沙黄色泥质。分离自石油降解菌群。与模式菌株
P. *marina* PIM1(T)EU423908 相似性为 96.583%。培养基 0821,25℃。

MCCC 1A05778 ←海洋三所 NH67U。分离源:南沙黄色泥质。分离自石油降解菌群。与模式菌株
P. *marina* PIM1(T)EU423908 相似性为 96.438%。培养基 0821,25℃。

MCCC 1A05805 ←海洋三所 SHW9D。分离源:南沙珊瑚礁石。分离自十六烷富集菌群。与模式菌株
P. *tainanensis* PIN1(T)EU423907 相似性为 98.034%。培养基 0821,25℃。

MCCC 1A05814 ←海洋三所 SHY9F。分离源:南沙珊瑚礁石。分离自石油降解菌群。与模式菌株
P. *tainanensis* PIN1(T)EU423907 相似性为 98.155%。培养基 0821,25℃。

MCCC 1A05856 ←海洋三所 BMJ02-B1-20。分离源:南沙土黄色泥质。分离自石油降解菌群。与模式菌株
P. *sediminum* c121(T)EF212001 相似性为 97.594%(762/784)。培养基 0821,25℃。

MCCC 1A05857 ←海洋三所 BMJ02-B1-27。分离源:南沙土黄色泥质。分离自石油降解菌群。与模式菌株
P. *sediminum* c121(T)EF212001 相似性为 96.556%(757/784)。培养基 0821,25℃。

MCCC 1F01125 ←厦门大学 DHQ16。分离源:中国东海近海表层水样。具有杀死塔玛亚历山大藻的活性。
与模式菌株 P. *homiensis* PO-M2(T)DQ342238 相似性为 96.641%(748/774),固暂定该
属。培养基 0471,25℃。

Pseudoalteromonas aliena Ivanova *et al.* 2004 别样假交替单胞菌

模式菌株 *Pseudoalteromonas aliena* KMM 3562(T)AY387858

MCCC 1C00171 ←极地中心 BSw20592。分离源:北冰洋冰区海冰。与模式菌株相似性为 100%。培养基
0471,20℃。

MCCC 1C00172 ←极地中心 BSw20600。分离源:北冰洋冰区海水。产几丁质酶。与模式菌株相似性为
99.931%。培养基 0471,20℃。

MCCC 1C00173 ←极地中心 BSw20653。分离源:北冰洋冰区海水。产几丁质酶。与模式菌株相似性为
99.931%。培养基 0471,20℃。

MCCC 1C00174 ←极地中心 BSw20698。分离源:北冰洋冰区海水。产几丁质酶。与模式菌株相似性为
100%。培养基 0471,20℃。

MCCC 1C00175 ←极地中心 BSw20700。分离源:北冰洋海冰。与模式菌株相似性为 99.728%。培养基
0471,20℃。

MCCC 1C00176 ←极地中心 BSw20590。分离源:北冰洋冰区海水。产几丁质酶。与模式菌株相似性为
99.931%。培养基 0471,20℃。

MCCC 1C00195 ←极地中心 BSw20589。分离源:北冰洋冰区海水。与模式菌株相似性为 100%。培养基
0471,20℃。

MCCC 1C00196 ←极地中心 BSw20590。分离源:北冰洋冰区海水。与模式菌株相似性为 99.931%。培养
基 0471,20℃。

MCCC 1C00221 ←极地中心 BSi20428。分离源:北冰洋海冰。产蛋白酶、淀粉酶。与模式菌株相似性为

100%。培养基 0471,15℃。

MCCC 1C00258 ←极地中心 BSi20652。分离源:北冰洋海冰卤液。产 β-半乳糖苷酶。与模式菌株相似性为 99.53%。培养基 0471,15℃。

MCCC 1C00302 ←极地中心 BSi20662。分离源:北冰洋海冰。产明胶酶。与模式菌株相似性为 99.586%。培养基 0471,15℃。

MCCC 1C00312 ←极地中心 BSi20677。分离源:北冰洋海冰。产明胶酶。与模式菌株相似性为 99.933%。培养基 0471,15℃。

MCCC 1C00313 ←极地中心 BSi20672。分离源:北冰洋海冰。产明胶酶。与模式菌株相似性为 99.933%。培养基 0471,15℃。

MCCC 1C00339 ←极地中心 BSi20671。分离源:北冰洋海冰。产明胶酶。与模式菌株相似性为 99.933%。培养基 0471,15℃。

MCCC 1C00407 ←极地中心 BSi20639。分离源:北冰洋海冰。产蛋白酶。与模式菌株相似性为 99.933%。培养基 0471,15℃。

MCCC 1C00408 ←极地中心 BSi20663。分离源:北冰洋海冰。与模式菌株相似性为 99.799%。培养基 0471,15℃。

MCCC 1C00425 ←极地中心 BSw20389。分离源:北冰洋冰区海水。与模式菌株相似性为 99.664%。培养基 0471,15℃。

MCCC 1C00431 ←极地中心 BSw20645。分离源:北冰洋冰区海水。与模式菌株相似性为 99.732%。培养基 0471,15℃。

MCCC 1C00432 ←极地中心 BSw20849。分离源:北冰洋冰区海水。与模式菌株相似性为 99.866%。培养基 0471,15℃。

MCCC 1C00437 ←极地中心 BSw20439。分离源:北冰洋冰区海水。与模式菌株相似性为 99.799%。培养基 0471,15℃。

MCCC 1C00439 ←极地中心 BSw20442。分离源:北冰洋冰区海水。与模式菌株相似性为 99.732%。培养基 0471,15℃。

MCCC 1C00440 ←极地中心 BSw20444。分离源:北冰洋冰区海水。与模式菌株相似性为 99.799%。培养基 0471,15℃。

MCCC 1C00443 ←极地中心 BSw20464。分离源:北冰洋冰区海水。与模式菌株相似性为 99.597%。培养基 0471,15℃。

MCCC 1C00447 ←极地中心 BSw20500。分离源:北冰洋冰区海水。与模式菌株相似性为 99.664%。培养基 0471,15℃。

MCCC 1C00448 ←极地中心 BSw20393。分离源:北冰洋冰区海水。与模式菌株相似性为 99.597%。培养基 0471,15℃。

MCCC 1C00476 ←极地中心 BSi20657。分离源:北冰洋海冰。与模式菌株相似性为 99.531%。培养基 0471,15℃。

MCCC 1C00489 ←极地中心 BSi20656。分离源:北冰洋海冰。与模式菌株相似性为 99.598%。培养基 0471,15℃。

MCCC 1C00492 ←极地中心 BSi20650。分离源:北冰洋海冰。与模式菌株相似性为 99.866%。培养基 0471,15℃。

MCCC 1C00581 ←极地中心 BSs20142。分离源:北冰洋深层沉积物。与模式菌株相似性为 99.732%。培养基 0471,15℃。

MCCC 1C00678 ←极地中心 BSs20130。分离源:北冰洋深层沉积物。与模式菌株相似性为 99.665%。培养基 0471,15℃。

MCCC 1C00965 ←极地中心 K5B-2。分离源:北极无冰区表层海水。与模式菌株相似性为 99.799%。培养基 0471,15℃。

MCCC 1C01004 ←极地中心 P2。分离源:北冰洋表层沉积物。产脂酶。与模式菌株相似性为 99.866%。培养基 0471,5℃。

Pseudoalteromonas arctica Al Khudary *et al*. 2008 北极假交替单胞菌

模式菌株 *Pseudoalteromonas arctica* A 37-1-2(T)DQ787199

MCCC 1B00283 ←海洋一所 YAAJ12。分离源:青岛即墨仿刺参溃烂体表。与模式菌株相似性为 100%。培养基 0471,28℃。

MCCC 1C00564 ←极地中心 BSw20180。分离源:北冰洋无冰区上层海水。与模式菌株相似性为 99.733%。培养基 0471,15℃。

MCCC 1C00691 ←极地中心 BSw20068。分离源:北冰洋无冰区深层海水。与模式菌株相似性为 99.726%。培养基 0471,15℃。

MCCC 1C01022 ←极地中心 藻 C。分离源:南极长城湾上层海水。与模式菌株相似性为 99.854%。培养基 0471,5℃。

MCCC 1C01053 ←极地中心 3-3-9-1。分离源:南极南大洋普里兹湾深层海水。与模式菌株相似性为 100%。培养基 0471,5℃。

Pseudoalteromonas atlantica (Akagawa-Matsushita *et al*. 1992)Gauthier *et al*. 1995 大西洋假交替单胞菌

模式菌株 *Pseudoalteromonas atlantica* IAM 12927(T)X82134

MCCC 1A03805 ←海洋三所 19-4 TVMC8 28-30cm。分离源:西南太平洋劳盆地热液区钙质软泥。与模式菌株相似性为 99.648%。培养基 0471,4~20℃。

MCCC 1A03821 ←海洋三所 XFP4。分离源:西南太平洋沉积物。与模式菌株相似性为 99.719%。培养基 0471,20~30℃。

MCCC 1A03845 ←海洋三所 19Ⅲ-S5-TVG3-2b。分离源:印度洋黄褐色沉积物。与模式菌株相似性为 99.648%。培养基 0471,20℃。

MCCC 1A03847 ←海洋三所 19Ⅲ-S24-LBOX4 a。分离源:印度洋黄褐色沉积物。与模式菌株相似性为 99.578%。培养基 0471,20℃。

MCCC 1A03866 ←海洋三所 P18。分离源:印度洋沉积物表层。与模式菌株相似性为 99.638%。培养基 0471,20℃。

MCCC 1A03867 ←海洋三所 P17。分离源:西南太平洋深海沉积物。与模式菌株相似性为 99.859%。培养基 0471,20℃。

MCCC 1A03886 ←海洋三所 P49。分离源:西南太平洋劳盆地沉积物表层。与模式菌株相似性为 99.789%。培养基 0471,20~30℃。

MCCC 1A03889 ←海洋三所 P52。分离源:西南太平洋劳盆地沉积物表层。与模式菌株相似性为 99.578%。培养基 0471,20~30℃。

MCCC 1C00251 ←极地中心 BSi20585。分离源:北冰洋海冰。产 β-半乳糖苷酶。与模式菌株相似性为 99.437%。培养基 0471,15℃。

MCCC 1C00296 ←极地中心 BSi20679。分离源:北冰洋海冰。产 β-半乳糖苷酶。与模式菌株相似性为 99.719%。培养基 0471,15℃。

MCCC 1C00297 ←极地中心 BSw20597。分离源:北冰洋海冰。产蛋白酶、几丁质酶。与模式菌株相似性为 99.648%。培养基 0471,15℃。

MCCC 1C00311 ←极地中心 BSi20506。分离源:北冰洋海冰。产蛋白酶、酯酶。与模式菌株相似性为 99.789%。培养基 0471,15℃。

MCCC 1C00358 ←极地中心 BSi20678。分离源:北冰洋海冰。与模式菌株相似性为 99.719%。培养基 0471,15℃。

MCCC 1C00362 ←极地中心 BSi20434。分离源:北冰洋海冰。产蛋白酶。与模式菌株相似性为 99.648%。培养基 0471,15℃。

MCCC 1C00381 ←极地中心 BSi20596。分离源:北冰洋海冰。产蛋白酶、酯酶、几丁质酶。与模式菌株相似性为 99.719%。培养基 0471,15℃。

MCCC 1C00428 ←极地中心 BSw20606。分离源:北冰洋冰区海水。与模式菌株相似性为 99.296%。培养基 0471,15℃。

MCCC 1C00469 ←极地中心 BSi20484。分离源:北冰洋海冰。产蛋白酶、明胶酶、脂酶。与模式菌株相似性为 99.507%。培养基 0471,15℃。

MCCC 1C00538 ←极地中心 BSw20018。分离源:北冰洋无冰区上层海水。与模式菌株相似性为 99.719%。培养基 0471,15℃。

MCCC 1C00539 ←极地中心 BSw20010。分离源:北冰洋无冰区上层海水。与模式菌株相似性为 99.789%。培养基 0471,15℃。

MCCC 1C00542 ←极地中心 BSw20067。分离源:北冰洋无冰区深层海水。与模式菌株相似性为 99.648%。培养基 0471,15℃。

MCCC 1C00543 ←极地中心 BSw20059。分离源:北冰洋无冰区上层海水。与模式菌株相似性为 99.719%。培养基 0471,15℃。

MCCC 1C00554 ←极地中心 BSw20197。分离源:北冰洋无冰区深层海水。与模式菌株相似性为 99.367%。培养基 0471,15℃。

MCCC 1C00558 ←极地中心 BSw20200。分离源:北冰洋无冰区上层海水。与模式菌株相似性为 99.789%。培养基 0471,15℃。

MCCC 1C00559 ←极地中心 BSw20090。分离源:北冰洋无冰区上层海水。与模式菌株相似性为 99.648%。培养基 0471,15℃。

MCCC 1C00589 ←极地中心 BSs20143。分离源:北冰洋深层沉积物。与模式菌株相似性为 99.789%。培养基 0471,15℃。

MCCC 1C00593 ←极地中心 BSs20049。分离源:北冰洋表层沉积物。与模式菌株相似性为 99.789%。培养基 0471,15℃。

MCCC 1C00598 ←极地中心 BSs20037。分离源:北冰洋表层沉积物。与模式菌株相似性为 99.437%。培养基 0471,15℃。

MCCC 1C00601 ←极地中心 BSs20035。分离源:北冰洋深层沉积物。与模式菌株相似性为 99.437%。培养基 0471,15℃。

MCCC 1C00614 ←极地中心 BSw20178。分离源:北冰洋无冰区上层海水。与模式菌株相似性为 99.507%。培养基 0471,15℃。

MCCC 1C00621 ←极地中心 BSw20189。分离源:北冰洋无冰区上层海水。与模式菌株相似性为 99.93%。培养基 0471,15℃。

MCCC 1C00630 ←极地中心 BSw20004。分离源:北冰洋无冰区上层海水。与模式菌株相似性为 99.648%。培养基 0471,15℃。

MCCC 1C00632 ←极地中心 BSw20076。分离源:北冰洋无冰区上层海水。与模式菌株相似性为 99.859%。培养基 0471,15℃。

MCCC 1C00648 ←极地中心 BSs20020。分离源:北冰洋表层沉积物。与模式菌株相似性为 99.719%。培养基 0471,15℃。

MCCC 1C00656 ←极地中心 BSs20136。分离源:北冰洋深层沉积物。与模式菌株相似性为 99.789%。培养基 0471,15℃。

MCCC 1C00672 ←极地中心 BSs20052。分离源:北冰洋表层沉积物。与模式菌株相似性为 99.578%。培养基 0471,15℃。

MCCC 1C00680 ←极地中心 BSs20066-1。分离源:北冰洋表层沉积物。与模式菌株相似性为 99.719%。培养基 0471,15℃。

MCCC 1C00695 ←极地中心 BCw135。分离源:北冰洋无冰区表层海水。与模式菌株相似性为 99.648%。培养基 0471,15℃。

MCCC 1C00930 ←极地中心 BCw071。分离源:北冰洋无冰区表层海水。与模式菌株相似性为 99.719%。培养基 0471,15℃。

MCCC 1C00935 ←极地中心 BCw149。分离源:北冰洋无冰区表层海水。与模式菌株相似性为 99.648%。培养基 0471,15℃。

MCCC 1C00950 ←极地中心 BCw059。分离源:北冰洋无冰区表层海水。与模式菌株相似性为 99.930%。培养基 0471,15℃。

MCCC 1C00955 ←极地中心 BCw033。分离源:北冰洋无冰区表层海水。与模式菌株相似性为 99.578%。培养基 0471,15℃。

MCCC 1C01024 ←极地中心 41-2。分离源:南极长城站油库底泥。产脂酶。与模式菌株相似性为 99.422%。培养基 0471,5℃。

MCCC 1G00077 ←青岛科大 HH225-1。分离源:中国黄海海底沉积物。与模式菌株相似性为 99.786%。培养基 0471,25~28℃。

MCCC 1G00087 ←青岛科大 HH190-2。分离源:中国黄海海底沉积物。与模式菌株的 16S 序列相似性为 99.643%。培养基 0471,25~28℃。

MCCC 1G00088 ←青岛科大 HH198-1。分离源:中国黄海海底沉积物。与模式菌株的 16S 序列相似性为 99.646%。培养基 0471,25~28℃。

MCCC 1G00089 ←青岛科大 SB265-1。分离源:江苏北部海底沉积物。与模式菌株的 16S 序列相似性为 99.714%。培养基 0471,25~28℃。

MCCC 1G00097 ←青岛科大 HH234 上-1。分离源:中国黄海上层海水。与模式菌株的 16S 序列相似性为 99.929%。培养基 0471,25~28℃。

MCCC 1G00102 ←青岛科大 HH190 下-1。分离源:中国黄海下层海水。与模式菌株相似性为 99.856%。培养基 0471,25~28℃。

MCCC 1G00105 ←青岛科大 HH155 上-1。分离源:中国黄海上层海水。与模式菌株相似性为 99.643%。培养基 0471,25~28℃。

MCCC 1G00106 ←青岛科大 SB290 下-1。分离源:江苏北部下层海水。与模式菌株相似性为 100%。培养基 0471,25~28℃。

MCCC 1G00109 ←青岛科大 HH216 下-1。分离源:中国黄海下层海水。与模式菌株相似性为 99.571%。培养基 0471,25~28℃。

MCCC 1G00110 ←青岛科大 HH216 下-2。分离源:中国黄海下层海水。与模式菌株相似性为 99.644%。培养基 0471,25~28℃。

MCCC 1G00111 ←青岛科大 SB291 上-1。分离源:江苏北部上层海水。与模式菌株相似性为 99.714%。培养基 0471,25~28℃。

MCCC 1G00112 ←青岛科大 QD254 上-1。分离源:青岛上层海水。与模式菌株相似性为 99.857%。培养基 0471,25~28℃。

MCCC 1G00119 ←青岛科大 HH188 下-1。分离源:中国黄海下层海水。与模式菌株相似性为 99.643%。培养基 0471,25~28℃。

MCCC 1G00123 ←青岛科大 HH168 上-1。分离源:中国黄海上层海水。与模式菌株相似性为 99.5%。培养基 0471,25~28℃。

MCCC 1G00124 ←青岛科大 HH216 上-1。分离源:中国黄海上层海水。与模式菌株相似性为 99.714%。培养基 0471,25~28℃。

MCCC 1G00128 ←青岛科大 SB265 表-1。分离源:江苏北部表层海水。与模式菌株 *Pseudoalteromonas atlantica* IAM 12927(T)X82134 相似性为 99.714%。培养基 0471,25~28℃。

MCCC 1G00129 ←青岛科大 HH162 下-1。分离源:中国黄海下层海水。与模式菌株相似性为 99.857%。培养基 0471,25~28℃。

MCCC 1G00136 ←青岛科大 HH198 上-2。分离源:中国黄海上层海水。与模式菌株相似性为 99.786%。培养基 0471,25~28℃。

MCCC 1G00146 ←青岛科大 HH216-2。分离源:中国黄海表层沉积物。与模式菌株相似性为 99.363%。培养基 0471,25~28℃。

MCCC 1G00165 ←青岛科大 QD254 下-1。分离源:青岛下层海水。与模式菌株相似性为 99.574%。培养基 0471,25~28℃。

MCCC 1G00167 ←青岛科大 SB272 上-1。分离源:江苏北部上层海水。与模式菌株相似性为 99.714%。培养基 0471,25~28℃。

MCCC 1G00170 ←青岛科大 SB282 下-1。分离源:江苏北部下层海水。与模式菌株相似性为 99.643%。培养基 0471,25~28℃。

Pseudoalteromonas byunsanensis Park *et al*. 2005 边山假交替单胞菌

模式菌株 *Pseudoalteromonas byunsanensis* FR1199(T)DQ011289

MCCC 1A01282 ←海洋三所 3-1。分离源：印度洋深海沉积物。抗重金属（主要有二价铜、二价钴、二价铅、二价锰、六价铬）。与模式菌株相似性为 99.118%。培养基 0745,18~28℃。

MCCC 1A01750 ←海洋三所 195(72zx)。分离源：西太平洋暖池区深海沉积物。与模式菌株相似性为 97.226%。培养基 0471,20~25℃。

MCCC 1A04192 ←海洋三所 NH1F。分离源：南沙珊瑚沙颗粒。与模式菌株相似性为 98.879%(774/783)。培养基 0821,25℃。

MCCC 1A04255 ←海洋三所 T1AH。分离源：西南太平洋褐黑色深海沉积物。分离自石油降解菌群。与模式菌株相似性为 98.645%。培养基 0821,28℃。

MCCC 1A04356 ←海洋三所 T13B。分离源：西南太平洋土灰色沉积物。分离自石油降解菌群。与模式菌株相似性为 98.246%。培养基 0821,28℃。

MCCC 1A04401 ←海洋三所 T17L。分离源：西南太平洋土灰色沉积物。分离自石油降解菌群。与模式菌株相似性为 98.246%。培养基 0821,28℃。

MCCC 1A05195 ←海洋三所 C44AE。分离源：西南太平洋上层海水。分离自石油降解菌群。与模式菌株相似性为 98.312%(793/806)。培养基 0821,25℃。

MCCC 1G00074 ←青岛科大 SB281-1。分离源：江苏北部海底沉积物。与模式菌株的 16S 序列相似性为 97.183%。培养基 0471,25~28℃。

MCCC 1G00083 ←青岛科大 HH223-1。分离源：中国黄海海底沉积物。与模式菌株的 16S 序列相似性为 97.038%。培养基 0471,25~28℃。

MCCC 1G00103 ←青岛科大 SB297 上-1。分离源：江苏北部上层海水。与模式菌株相似性为 97.246%。培养基 0471,25~28℃。

MCCC 1G00104 ←青岛科大 HH223 上-1。分离源：中国黄海上层海水。与模式菌株相似性为 97.246%。培养基 0471,25~28℃。

MCCC 1G00108 ←青岛科大 DH290 上-1。分离源：中国东海上层海水。与模式菌株相似性为 97.032%。培养基 0471,25~28℃。

MCCC 1G00120 ←青岛科大 QD254 下-2。分离源：青岛下层海水。与模式菌株相似性为 97.242%。培养基 0471,25~28℃。

MCCC 1G00121 ←青岛科大 SB282 上-1。分离源：江苏北部上层海水。与模式菌株相似性为 97.175%。培养基 0471,25~28℃。

MCCC 1G00122 ←青岛科大 HH209 上-1。分离源：中国黄海上层海水。与模式菌株相似性为 97.032%。培养基 0471,25~28℃。

MCCC 1G00125 ←青岛科大 HH234 下-1。分离源：中国黄海下层海水。与模式菌株相似性为 97.246%。培养基 0471,25~28℃。

MCCC 1G00135 ←青岛科大 HH225 上-1。分离源：中国黄海上层海水。与模式菌株相似性为 97.177%。培养基 0471,25~28℃。

MCCC 1G00175 ←青岛科大 HH190 上-1。分离源：中国黄海上层海水。与模式菌株相似性为 97.125%。培养基 0471,25~28℃。

Pseudoalteromonas carrageenovora (Akagawa-Matsushita *et al*. 1992)Gauthier *et al*. 1995 食鹿角菜假交替单胞菌

模式菌株 *Pseudoalteromonas carrageenovora* ATCC 12662(T)X82136

MCCC 1A03880 ←海洋三所 P31。分离源：西南太平洋劳盆地沉积物表层。与模式菌株相似性为 99.859%。培养基 0471,20~30℃。

MCCC 1C00324 ←极地中心 BSi20471。分离源：北冰洋海冰。产蛋白酶、酯酶。与模式菌株相似性为 99.859%。培养基 0471,15℃。

MCCC 1C00372 ←极地中心 BSi20581。分离源：北冰洋海冰。产蛋白酶、酯酶。与模式菌株相似性为 99.93%。培养基 0471,15℃。

MCCC 1C00533 ←极地中心 BSw20060。分离源:北冰洋无冰区上层海水。与模式菌株相似性为 99.93%。培养基 0471,15℃。

MCCC 1C00580 ←极地中心 BSs20138。分离源:北冰洋深层沉积物。与模式菌株相似性为 99.859%。培养基 0471,15℃。

MCCC 1C00628 ←极地中心 BSw20001。分离源:北冰洋无冰区上层海水。与模式菌株相似性为 100%。培养基 0471,15℃。

MCCC 1C00637 ←极地中心 BSw20007。分离源:北冰洋无冰区上层海水。与模式菌株相似性为 99.93%。培养基 0471,15℃。

MCCC 1G00078 ←青岛科大 DH253-1。分离源:中国东海海底沉积物。与模式菌株相似性为 98.784%。培养基 0471,25～28℃。

MCCC 1G00080 ←青岛科大 SB282-2。分离源:江苏北部海底沉积物。与模式菌株的 16S 序列相似性为 98.719%。培养基 0471,25～28℃。

Pseudoalteromonas distincta（Romanenko *et al.* 1995）Ivanova *et al.* 2000 识别假交替单胞菌

模式菌株 *Pseudoalteromonas distincta* ATCC 700518（T）AF043742

MCCC 1A03844 ←海洋三所 7K♯ 600 MBARI-MS b。与模式菌株相似性为 99.794%。培养基 0471,20℃。

MCCC 1C00286 ←极地中心 BSi20460。分离源:北冰洋海冰。产蛋白酶、淀粉酶、酯酶。与模式菌株相似性为 99.52%。培养基 0471,20℃。

MCCC 1C00410 ←极地中心 BSi20493。分离源:北冰洋海冰。与模式菌株相似性为 99.52%。培养基 0471,15℃。

MCCC 1C00466 ←极地中心 BSi20361。分离源:北冰洋海冰。产蛋白酶、明胶酶、脂酶。与模式菌株相似性为 99.588%。培养基 0471,15℃。

MCCC 1C00573 ←极地中心 BSs20003。分离源:北冰洋表层沉积物。与模式菌株相似性为 99.726%。培养基 0471,15℃。

MCCC 1C00659 ←极地中心 BSs20157。分离源:北冰洋深层沉积物。与模式菌株相似性为 99.794%。培养基 0471,15℃。

MCCC 1C00942 ←极地中心 BCw069。分离源:北冰洋无冰区表层海水。与模式菌株相似性为 99.726%。培养基 0471,15℃。

MCCC 1F01077 ←厦门大学 SCSWD13。分离源:南海中层海水。与模式菌株相似性为 99.726%（1454/1458）。培养基 0471,25℃。

Pseudoalteromonas elyakovii（Ivanova *et al.* 1997）Sawabe *et al.* 2000 叶氏假交替单胞菌

模式菌株 *Pseudoalteromonas elyakovii* KMM 162（T）AF082562

MCCC 1A02538 ←海洋三所 DY77。分离源:印度洋热液区深海沉积物。与模式菌株相似性为 99.653%。培养基 0823,55℃。

MCCC 1C00154 ←极地中心 BSi20310。分离源:北冰洋海冰。产脂酶、卵磷脂酶、蛋白酶、明胶酶。与模式菌株相似性为 99.657%。培养基 0471,20℃。

MCCC 1C00156 ←极地中心 BSi20318。分离源:北冰洋海冰。产蛋白酶。与模式菌株相似性为 99.725%。培养基 0471,20℃。

MCCC 1C00165 ←极地中心 BSi20405。分离源:北冰洋海冰。产蛋白酶、几丁质酶。与模式菌株相似性为 99.657%。培养基 0471,20℃。

MCCC 1C00167 ←极地中心 BSi20456。分离源:北冰洋海冰。产蛋白酶、几丁质酶。与模式菌株相似性为 99.657%。培养基 0471,20℃。

MCCC 1C00170 ←极地中心 BSi20613。分离源:北冰洋海冰。与模式菌株相似性为 99.725%。培养基 0471,20℃。

MCCC 1C00180 ←极地中心 BCw010。分离源:北冰洋无冰区海水。与模式菌株相似性为 99.725%。培养基 0471,20℃。

MCCC 1C00183 ←极地中心 BCw102。分离源:北冰洋无冰区海水。与模式菌株相似性为 99.657%。培养基 0471,20℃。

MCCC 1C00189 ←极地中心 BSi20323。分离源:北冰洋海冰。与模式菌株相似性为 99.657%。培养基 0471,20℃。

MCCC 1C00191 ←极地中心 BSi20552。分离源:北冰洋海冰。与模式菌株相似性为 99.657%。培养基 0471,20℃。

MCCC 1C00194 ←极地中心 BCBw003。分离源:北冰洋无冰区海水。产几丁质酶。与模式菌株相似性为 99.794%。培养基 0471,20℃。

MCCC 1C00200 ←极地中心 BSw20699。分离源:北冰洋冰区海水。与模式菌株相似性为 99.657%。培养基 0471,20℃。

MCCC 1C00222 ←极地中心 BSi20429。分离源:北冰洋海冰。产蛋白酶。与模式菌株相似性为 99.865%。培养基 0471,15℃。

MCCC 1C00242 ←极地中心 BSi20539。分离源:北冰洋海冰。产蛋白酶。与模式菌株相似性为 99.865%。培养基 0471,15℃。

MCCC 1C00260 ←极地中心 BSi20670。分离源:北冰洋海冰卤液。产淀粉酶。与模式菌株相似性为 100%。培养基 0471,15℃。

MCCC 1C00361 ←极地中心 BSi20420。分离源:北冰洋海冰。产蛋白酶、酯酶。与模式菌株相似性为 99.932%。培养基 0471,15℃。

MCCC 1C00395 ←极地中心 BSi20430。分离源:北冰洋海冰。产蛋白酶、酯酶。与模式菌株相似性为 99.932%。培养基 0471,15℃。

MCCC 1C00423 ←极地中心 BSw20310。分离源:北冰洋冰区海水。与模式菌株相似性为 99.729%。培养基 0471,15℃。

MCCC 1C00436 ←极地中心 BSw20438。分离源:北冰洋冰区海水。与模式菌株相似性为 99.459%。培养基 0471,15℃。

MCCC 1C00442 ←极地中心 BSw20448。分离源:北冰洋冰区海水。与模式菌株相似性为 99.594%。培养基 0471,15℃。

MCCC 1C00445 ←极地中心 BSw20491。分离源:北冰洋冰区海水。与模式菌株相似性为 99.662%。培养基 0471,15℃。

MCCC 1C00449 ←极地中心 BSw20607。分离源:北冰洋冰区海水。与模式菌株相似性为 99.932%。培养基 0471,15℃。

MCCC 1C00494 ←极地中心 BSi20421。分离源:北冰洋海冰。产蛋白酶、明胶酶、脂酶。与模式菌株相似性为 99.865%。培养基 0471,15℃。

MCCC 1C00523 ←极地中心 BSs20061。分离源:北冰洋表层沉积物。与模式菌株相似性为 99.865%。培养基 0471,15℃。

MCCC 1C00555 ←极地中心 BSw20098。分离源:北冰洋无冰区上层海水。与模式菌株相似性为 99.797%。培养基 0471,15℃。

MCCC 1C00557 ←极地中心 BSw20057y。分离源:北冰洋无冰区上层海水。与模式菌株相似性为 99.865%。培养基 0471,15℃。

MCCC 1C00560 ←极地中心 BSw20193。分离源:北冰洋无冰区上层海水。与模式菌株相似性为 99.865%。培养基 0471,15℃。

MCCC 1C00567 ←极地中心 BSs20077。分离源:北冰洋表层沉积物。与模式菌株相似性为 99.662%。培养基 0471,15℃。

MCCC 1C00568 ←极地中心 BSs20069。分离源:北冰洋表层沉积物。与模式菌株相似性为 99.797%。培养基 0471,15℃。

MCCC 1C00626 ←极地中心 BSw20182。分离源:北冰洋无冰区上层海水。与模式菌株相似性为 99.865%。培养基 0471,15℃。

MCCC 1C00634 ←极地中心 BSw20190。分离源:北冰洋无冰区上层海水。与模式菌株相似性为 99.865%。培养基 0471,15℃。

MCCC 1C00640 ←极地中心 BSw20191。分离源:北冰洋无冰区上层海水。与模式菌株相似性为 99.865%。

培养基 0471,15℃。

MCCC 1C00664 ←极地中心 BSs20131。分离源:北冰洋深层沉积物。与模式菌株相似性为 99.865%。培养
基 0471,15℃。

MCCC 1C00688 ←极地中心 BSw20062。分离源:北冰洋无冰区上层海水。与模式菌株相似性为 99.657%。
培养基 0471,15℃。

MCCC 1C00690 ←极地中心 BSw20073。分离源:北冰洋无冰区上层海水。与模式菌株相似性为 99.85%。
培养基 0471,15℃。

MCCC 1C00692 ←极地中心 BSw20057。分离源:北冰洋无冰区上层海水。与模式菌株相似性为 99.931%。
培养基 0471,15℃。

MCCC 1C00694 ←极地中心 BSs20072。分离源:北冰洋表层沉积物。与模式菌株相似性为 99.863%。培养
基 0471,15℃。

MCCC 1C00859 ←极地中心 BSw10087。分离源:南极无冰区表层海水。与模式菌株相似性为 99.865%。
培养基 0471,15℃。

MCCC 1C00860 ←极地中心 BSw20607。分离源:北冰洋无冰区表层海水。与模式菌株相似性为 99.932%。
培养基 0471,15℃。

MCCC 1C00893 ←极地中心 K2B-2。分离源:北极无冰区表层海水。与模式菌株相似性为 99.865%。培养
基 0471,15℃。

MCCC 1C00897 ←极地中心 BSw20045。分离源:北极无冰区表层海水。与模式菌株相似性为 99.865%。
培养基 0471,15℃。

MCCC 1C00974 ←极地中心 KS1-1。分离源:北极海洋沉积物。与模式菌株相似性为 99.730%。培养基
0471,15℃。

MCCC 1C01018 ←极地中心 2-7-9-1。分离源:南极南大洋普里兹湾底层海水。与模式菌株相似性为
99.782%。培养基 0471,5℃。

MCCC 1C01021 ←极地中心 7-9-5-1-1。分离源:南极南大洋普里兹湾深层海水。与模式菌株相似性为
99.856%。培养基 0471,5℃。

MCCC 1C01029 ←极地中心 2-7-9-3。分离源:南极南大洋普里兹湾底层海水。与模式菌株相似性为
99.42%。培养基 0471,5℃。

MCCC 1C01056 ←极地中心 6-11-5-1。分离源:南极南大洋普里兹湾深层海水。与模式菌株相似性为
100%。培养基 0471,5℃。

MCCC 1C00429 ←极地中心 BSw20395。分离源:北冰洋冰区海水。与模式菌株相似性为 99.865%。培养
基 0471,15℃。

Pseudoalteromonas espejiana (Chan *et al.* 1978) Gauthier *et al.* 1995 埃氏假交替单胞菌

模式菌株 *Pseudoalteromonas espejiana* NCIMB 2127(T)X82143

MCCC 1A03841 ←海洋三所 19-4 TVG 8-3 b。分离源:西南太平洋劳盆地热液区钙质软泥。与模式菌株相
似性为 99.645%。培养基 0471,20℃。

MCCC 1C00202 ←极地中心 BSi20325。分离源:北冰洋海冰。产蛋白酶。与模式菌株相似性为 98.994%。
培养基 0471,15℃。

MCCC 1C00409 ←极地中心 BSi20364。分离源:北冰洋海冰。与模式菌株相似性为 99.645%。培养基
0471,15℃。

MCCC 1C00529 ←极地中心 BSw20071。分离源:北冰洋无冰区上层海水。与模式菌株相似性为 99.787%。
培养基 0471,15℃。

MCCC 1C00532 ←极地中心 BSw20065。分离源:北冰洋无冰区深层海水。与模式菌株相似性为 99.787%。
培养基 0471,15℃。

MCCC 1C00643 ←极地中心 BSw20069。分离源:北冰洋无冰区深层海水。与模式菌株相似性为 99.716%。
培养基 0471,15℃。

MCCC 1C01028 ←极地中心 7-9-5-1-2。分离源:南极南大洋普里兹湾深层海水。与模式菌株相似性为
98.927%。培养基 0471,5℃。

MCCC 1G00098　←青岛科大 SB297 下-2。分离源:江苏北部下层海水。与模式菌株的 16S 序列相似性为 99.716%。培养基 0471,25～28℃。

MCCC 1G00101　←青岛科大 DH253 上-1。分离源:中国东海上层海水。与模式菌株相似性为 99.787%。培养基 0471,25～28℃。

MCCC 1G00113　←青岛科大 SB297 下-1。分离源:江苏北部下层海水。与模式菌株相似性为 99.787%。培养基 0471,25～28℃。

MCCC 1G00139　←青岛科大 HH162-1。分离源:中国黄海海底沉积物。与模式菌株相似性为 99.644%。培养基 0471,25～28℃。

MCCC 1G00141　←青岛科大 HH188-1。分离源:中国黄海海底沉积物。与模式菌株相似性为 99.644%。培养基 0471,25～28℃。

MCCC 1G00142　←青岛科大 HH190-1。分离源:中国黄海海底沉积物。与模式菌株相似性为 99.716%。培养基 0471,25～28℃。

MCCC 1G00150　←青岛科大 QD256-1。分离源:青岛海底沉积物。与模式菌株相似性为 99.218%。培养基 0471,25～28℃。

MCCC 1G00151　←青岛科大 HH168 下-1。分离源:中国黄海下层海水。与模式菌株相似性为 99.929%。培养基 0471,28℃。

MCCC 1G00152　←青岛科大 HH188 上-1。分离源:中国黄海上层海水。与模式菌株相似性为 99.573%。培养基 0471,25～28℃。

MCCC 1G00154　←青岛科大 HH189 下-1。分离源:中国黄海下层海水。与模式菌株相似性为 99.929%。培养基 0471,25～28℃。

MCCC 1G00157　←青岛科大 HH198 上-1。分离源:中国黄海上层海水。与模式菌株相似性为 99.858%。培养基 0471,25～28℃。

MCCC 1G00163　←青岛科大 HH234 下-2。分离源:中国黄海下层海水。与模式菌株相似性为 99.716%。培养基 0471,25～28℃。

MCCC 1G00164　←青岛科大 QD236 上-1。分离源:青岛上层海水。与模式菌株相似性为 99.644%。培养基 0471,25～28℃。

MCCC 1G00171　←青岛科大 SB282 下(B)-2。分离源:江苏北部下层海水。与模式菌株相似性为 99.644%。培养基 0471,25～28℃。

Pseudoalteromonas issachenkonii Ivanova *et al*. 2002 依氏假交替单胞菌

模式菌株 *Pseudoalteromonas issachenkonii* KMM 3549(T)AF316144

MCCC 1B00327　←海洋一所 NJSN50。分离源:江苏南通表层沉积物。与模式菌株相似性为 99.203%。培养基 0471,28℃。

MCCC 1C00157　←极地中心 BSi20319。分离源:北冰洋海冰。产蛋白酶。与模式菌株相似性为 99.713%。培养基 0471,20℃。

MCCC 1C00169　←极地中心 BSi20561。分离源:北冰洋海冰。与模式菌株相似性为 99.785%。培养基 0471,20℃。

MCCC 1C00187　←极地中心 BSi20309。分离源:北冰洋海冰。与模式菌株相似性为 99.713%。培养基 0471,20℃。

MCCC 1C00188　←极地中心 BSi20317。分离源:北冰洋海冰。与模式菌株相似性为 99.57%。培养基 0471,20℃。

MCCC 1C00199　←极地中心 BSi20316。分离源:北冰洋海冰区海水。与模式菌株相似性为 97.671%。培养基 0471,20℃。

MCCC 1C00246　←极地中心 BSi20545。分离源:北冰洋海冰。产蛋白酶、淀粉酶、酯酶。与模式菌株相似性为 99.434%。培养基 0471,15℃。

MCCC 1C00249　←极地中心 BSi20582。分离源:北冰洋海冰。产 β-半乳糖苷酶。与模式菌株相似性为 99.713%。培养基 0471,15℃。

MCCC 1C00318　←极地中心 BSi20589。分离源:北冰洋海冰。产酯酶。与模式菌株相似性为 99.575%。培养基 0471,15℃。

MCCC 1C00382　←极地中心 BSi20633。分离源:北冰洋海冰。产蛋白酶、酯酶、淀粉酶。与模式菌株相似性为 99.434%。培养基 0471,15℃。

MCCC 1C00388　←极地中心 BSi20477。分离源:北冰洋海冰。产蛋白酶、酯酶。与模式菌株相似性为 99.505%。培养基 0471,15℃。

MCCC 1C00427　←极地中心 BSw20394。分离源:北冰洋冰区海水。与模式菌株相似性为 99.434%。培养基 0471,15℃。

MCCC 1C00506　←极地中心 BSi20458。分离源:北冰洋海冰。产蛋白酶、明胶酶、淀粉酶、脂酶。与模式菌株相似性为 99.506%。培养基 0471,15℃。

MCCC 1C00550　←极地中心 BSw20099。分离源:北冰洋无冰区上层海水。与模式菌株相似性为 99.435%。培养基 0471,15℃。

MCCC 1C00596　←极地中心 BSs20055。分离源:北冰洋表层沉积物。与模式菌株相似性为 99.506%。培养基 0471,15℃。

MCCC 1C00605　←极地中心 BSs20021。分离源:北冰洋表层沉积物。与模式菌株相似性为 99.576%。培养基 0471,15℃。

MCCC 1C00635　←极地中心 BSw20079。分离源:北冰洋无冰区上层海水。与模式菌株相似性为 99.506%。培养基 0471,15℃。

MCCC 1C00960　←极地中心 BCw072。分离源:北冰洋无冰区表层海水。与模式菌株相似性为 99.506%。培养基 0471,15℃。

MCCC 1C00962　←极地中心 BCw002。分离源:北冰洋无冰区表层海水。与模式菌株相似性为 99.506%。培养基 0471,15℃。

MCCC 1C00988　←极地中心 BCw091。分离源:北冰洋无冰区表层海水。与模式菌株相似性为 99.435%。培养基 0471,15℃。

MCCC 1G00039　←青岛科大 HH205-NF102。分离源:中国黄海海底沉积物。与模式菌株的 16S 序列相似性为 98.775%。培养基 0471,28℃。

MCCC 1G00076　←青岛科大 HH209-2。分离源:中国黄海海底沉积物。与模式菌株的 16S 序列相似性为 99.205%。培养基 0471,25～28℃。

MCCC 1G00081　←青岛科大 QD254-2。分离源:青岛海底沉积物。与模式菌株的 16S 序列相似性为 99.276%。培养基 0471,25～28℃。

MCCC 1G00099　←青岛科大 HH168 下-2。分离源:中国黄海下层海水。与模式菌株的 16S 序列相似性为 100%。培养基 0471,25～28℃。

MCCC 1G00126　←青岛科大 HH220 下-1。分离源:中国黄海下层海水。与模式菌株相似性为 100%。培养基 0471,25～28℃。

MCCC 1G00127　←青岛科大 QD236 下-1。分离源:青岛下层海水。与模式菌株相似性为 99.562%。培养基 0471,25～28℃。

MCCC 1G00140　←青岛科大 HH177-1。分离源:中国黄海海底沉积物。与模式菌株相似性为 98.988%。培养基 0471,25～28℃。

MCCC 1G00147　←青岛科大 SB291-1。分离源:江苏北部海底沉积物。与模式菌株相似性为 99.277%。培养基 0471,25～28℃。

Pseudoalteromonas luteoviolacea (Gauthier 1982) Gauthier *et al.* 1995 藤黄紫假交替单胞菌

模式菌株 *Pseudoalteromonas luteoviolacea* NCIMB 1893(T) X82144

MCCC 1A02205　←海洋三所 L1H。分离源:厦门轮渡码头有油污染历史的近海表层海水。石油烃降解菌。与模式菌株相似性为 98.467%。培养基 0821,25℃。

Pseudoalteromonas marina Nam *et al.* 2007 海假交替单胞菌

模式菌株 *Pseudoalteromonas marina* Mano4(T) AY563031

MCCC 1B00518　←海洋一所 DJHH16-1。分离源:威海荣成上层海水。与模式菌株相似性为 100%。培养基 0471,20～25℃。

MCCC 1B00519 ←海洋一所 DJHH17。分离源:威海荣成上层海水。与模式菌株相似性为 99.52％。培养基 0471,20～25℃。

MCCC 1B00696 ←海洋一所 DJWH36。分离源:威海乳山底层海水。与模式菌株相似性为 99.777％。培养基 0471,20～25℃。

MCCC 1C00201 ←极地中心 BSi20308。分离源:北冰洋海冰。产淀粉酶。与模式菌株相似性为 99.562％。培养基 0471,15℃。

MCCC 1C00216 ←极地中心 BSi20406。分离源:北冰洋海冰。产蛋白酶。与模式菌株相似性为 99.562％。培养基 0471,15℃。

MCCC 1C00229 ←极地中心 BSi20480。分离源:北冰洋海冰。产淀粉酶。与模式菌株相似性为 99.634％。培养基 0471,15℃。

MCCC 1C00238 ←极地中心 BSi20533。分离源:北冰洋海冰。产蛋白酶、酯酶、淀粉酶。与模式菌株相似性为 98.886％。培养基 0471,15℃。

MCCC 1C00243 ←极地中心 BSi20541。分离源:北冰洋海冰。产蛋白酶。与模式菌株相似性为 99.853％。培养基 0471,15℃。

MCCC 1C00244 ←极地中心 BSi20543。分离源:北冰洋海冰。产蛋白酶、淀粉酶。与模式菌株相似性为 99.632％。培养基 0471,15℃。

MCCC 1C00248 ←极地中心 BSi20569。分离源:北冰洋海冰。产蛋白酶、淀粉酶、β-半乳糖苷酶。与模式菌株相似性为 99.562％。培养基 0471,15℃。

MCCC 1C00253 ←极地中心 BSi20590。分离源:北冰洋海冰。产淀粉酶、β-半乳糖苷酶。与模式菌株相似性为 99.708％。培养基 0471,15℃。

MCCC 1C00254 ←极地中心 BSi20594。分离源:北冰洋海冰。产淀粉酶。与模式菌株相似性为 99.562％。培养基 0471,15℃。

MCCC 1C00256 ←极地中心 BSi20629。分离源:北冰洋海冰。产淀粉酶。与模式菌株相似性为 99.781％。培养基 0471,15℃。

MCCC 1C00257 ←极地中心 BSi20651。分离源:北冰洋海冰卤液。产 β-半乳糖苷酶。与模式菌株相似性为 98.886％。培养基 0471,15℃。

MCCC 1C00259 ←极地中心 BSi20669。分离源:北冰洋海冰卤液。产淀粉酶。与模式菌株相似性为 99.853％。培养基 0471,15℃。

MCCC 1C00261 ←极地中心 BSi20673。分离源:北冰洋海冰卤液。产 β-半乳糖苷酶。与模式菌株相似性为 99.634％。培养基 0471,15℃。

MCCC 1C00288 ←极地中心 BSi20473。分离源:北冰洋海冰。产蛋白酶、淀粉酶、β-半乳糖苷酶。与模式菌株相似性为 99.562％。培养基 0471,15℃。

MCCC 1C00293 ←极地中心 BSi20570。分离源:北冰洋海冰。产 β-半乳糖苷酶。与模式菌株相似性为 99.854％。培养基 0471,15℃。

MCCC 1C00294 ←极地中心 BSi20580。分离源:北冰洋海冰。产 β-半乳糖苷酶。与模式菌株相似性为 99.854％。培养基 0471,15℃。

MCCC 1C00369 ←极地中心 BSi20540。分离源:北冰洋海冰。产蛋白酶、酯酶。与模式菌株相似性为 99.562％。培养基 0471,15℃。

MCCC 1C00376 ←极地中心 BSi20608。分离源:北冰洋海冰。产蛋白酶。与模式菌株相似性为 99.781％。培养基 0471,15℃。

MCCC 1C00384 ←极地中心 BSi20398。分离源:北冰洋海冰。产蛋白酶、酯酶、淀粉酶。与模式菌株相似性为 99.635％。培养基 0471,15℃。

MCCC 1C00412 ←极地中心 BSi20476。分离源:北冰洋海冰。与模式菌株相似性为 99.271％。培养基 0471,15℃。

MCCC 1C00413 ←极地中心 BSi20532。分离源:北冰洋海冰。与模式菌株相似性为 99.562％。培养基 0471,15℃。

MCCC 1C00430 ←极地中心 BSw20582。分离源:北冰洋冰区海水。与模式菌株相似性为 99.927％。培养基 0471,15℃。

MCCC 1C00433 ←极地中心 BSw20410。分离源:北冰洋冰区海水。与模式菌株相似性为 99.708%。培养基 0471,15℃。

MCCC 1C00444 ←极地中心 BSw20470。分离源:北冰洋冰区海水。与模式菌株相似性为 99.854%。培养基 0471,15℃。

MCCC 1C00446 ←极地中心 BSw20495。分离源:北冰洋冰区海水。与模式菌株相似性为 99.635%。培养基 0471,15℃。

MCCC 1C00457 ←极地中心 BSi20620。分离源:北冰洋海冰。产蛋白酶、明胶酶、脂酶、淀粉酶。与模式菌株相似性为 99.562%。培养基 0471,15℃。

MCCC 1C00468 ←极地中心 BSi20615。分离源:北冰洋海冰。产脂酶、明胶酶、淀粉酶。与模式菌株相似性为 99.489%。培养基 0471,15℃。

MCCC 1C00474 ←极地中心 BSi20621。分离源:北冰洋海冰。产蛋白酶、明胶酶、淀粉酶、脂酶。与模式菌株相似性为 99.635%。培养基 0471,15℃。

MCCC 1C00544 ←极地中心 BSw20040。分离源:北冰洋无冰区上层海水。与模式菌株相似性为 99.635%。培养基 0471,15℃。

MCCC 1C00545 ←极地中心 BSw20015。分离源:北冰洋无冰区上层海水。与模式菌株相似性为 99.854%。培养基 0471,15℃。

MCCC 1C00546 ←极地中心 BSw20054。分离源:北冰洋无冰区上层海水。与模式菌株相似性为 99.854%。培养基 0471,15℃。

MCCC 1C00548 ←极地中心 BSw20181。分离源:北冰洋无冰区上层海水。与模式菌株相似性为 99.562%。培养基 0471,15℃。

MCCC 1C00552 ←极地中心 BSw20179。分离源:北冰洋无冰区上层海水。与模式菌株相似性为 99.781%。培养基 0471,15℃。

MCCC 1C00553 ←极地中心 BSw20186。分离源:北冰洋无冰区上层海水。与模式菌株相似性为 99.927%。培养基 0471,15℃。

MCCC 1C00562 ←极地中心 BSw20080。分离源:北冰洋无冰区上层海水。与模式菌株相似性为 99.927%。培养基 0471,15℃。

MCCC 1C00613 ←极地中心 BSw20198。分离源:北冰洋无冰区深层海水。与模式菌株相似性为 99.854%。培养基 0471,15℃。

MCCC 1C00616 ←极地中心 BSw20017。分离源:北冰洋无冰区上层海水。与模式菌株相似性为 99.927%。培养基 0471,15℃。

MCCC 1C00618 ←极地中心 BSw20104。分离源:北冰洋无冰区深层海水。与模式菌株相似性为 99.854%。培养基 0471,15℃。

MCCC 1C00619 ←极地中心 BSw20096。分离源:北冰洋无冰区上层海水。与模式菌株相似性为 99.781%。培养基 0471,15℃。

MCCC 1C00620 ←极地中心 BSw20194。分离源:北冰洋无冰区上层海水。与模式菌株相似性为 99.781%。培养基 0471,15℃。

MCCC 1C00623 ←极地中心 BSw20058。分离源:北冰洋无冰区上层海水。与模式菌株相似性为 99.927%。培养基 0471,15℃。

MCCC 1C00624 ←极地中心 BSw20192。分离源:北冰洋无冰区上层海水。与模式菌株相似性为 99.781%。培养基 0471,15℃。

MCCC 1C00625 ←极地中心 BSw20101。分离源:北冰洋无冰区上层海水。与模式菌株相似性为 99.781%。培养基 0471,15℃。

MCCC 1C00636 ←极地中心 BSw20185。分离源:北冰洋无冰区上层海水。与模式菌株相似性为 99.562%。培养基 0471,15℃。

MCCC 1C00638 ←极地中心 BSw20088。分离源:北冰洋无冰区深层海水。与模式菌株相似性为 99.927%。培养基 0471,15℃。

MCCC 1C00641 ←极地中心 BSw20091。分离源:北冰洋无冰区深层海水。与模式菌株相似性为 99.854%。

培养基 0471,15℃。

MCCC 1C00645 ←极地中心 BSw20183。分离源:北冰洋无冰区上层海水。与模式菌株相似性为 99.854%。培养基 0471,15℃。

MCCC 1C00649 ←极地中心 BSs20039。分离源:北冰洋表层沉积物。与模式菌株相似性为 99.854%。培养基 0471,15℃。

MCCC 1C00698 ←极地中心 BSw20092。分离源:北冰洋无冰区上层海水。与模式菌株相似性为 99.708%。培养基 0471,15℃。

MCCC 1C00773 ←极地中心 BSw20044。分离源:北冰洋无冰区深层海水。与模式菌株相似性为 99.635%。培养基 0471,15℃。

MCCC 1C00884 ←极地中心 BSw20052。分离源:北极无冰区表层海水。与模式菌株相似性为 99.854%。培养基 0471,15℃。

MCCC 1C00886 ←极地中心 BR050。分离源:白令海无冰区表层海水。与模式菌株相似性为 99.854%。培养基 0471,15℃。

MCCC 1C00891 ←极地中心 BR077。分离源:白令海无冰区表层海水。与模式菌株相似性为 99.562%。培养基 0471,15℃。

MCCC 1C00934 ←极地中心 BCw157。分离源:北冰洋无冰区表层海水。与模式菌株相似性为 99.562%。培养基 0471,15℃。

MCCC 1C00936 ←极地中心 BCw122。分离源:北冰洋无冰区表层海水。与模式菌株相似性为 99.927%。培养基 0471,15℃。

MCCC 1C00953 ←极地中心 BCw037。分离源:北冰洋无冰区表层海水。与模式菌株相似性为 99.927%。培养基 0471,15℃。

MCCC 1C00956 ←极地中心 BCw029。分离源:北冰洋无冰区表层海水。与模式菌株相似性为 99.781%。培养基 0471,15℃。

MCCC 1C00976 ←极地中心 BCBw007。分离源:北冰洋无冰区表层海水。与模式菌株相似性为 99.562%。培养基 0471,15℃。

MCCC 1C00980 ←极地中心 BCw060。分离源:北冰洋无冰区表层海水。与模式菌株相似性为 99.927%。培养基 0471,15℃。

MCCC 1C00994 ←极地中心 BCw012。分离源:北冰洋无冰区表层海水。与模式菌株相似性为 99.635%。培养基 0471,15℃。

MCCC 1C00999 ←极地中心 BCw118。分离源:北冰洋无冰区表层海水。与模式菌株相似性为 99.854%。培养基 0471,15℃。

MCCC 1F01122 ←厦门大学 DHY3。分离源:中国东海近海表层水样。具有杀死塔玛亚历山大藻的活性。与模式菌株相似性为 100%(688/688)。培养基 0471,25℃。

MCCC 1G00158 ←青岛科大 HH209 下-1。分离源:中国黄海下层海水。与模式菌株相似性为 99.781%。培养基 0471,25~28℃。

MCCC 1G00173 ←青岛科大 SB291 下-2。分离源:江苏北部下层海水。与模式菌株相似性为 99.708%。培养基 0471,25~28℃。

Pseudoalteromonas mariniglutinosa Romanenko *et al.* 2003 海黏假交替单胞菌

模式菌株 *Pseudoalteromonas mariniglutinosa* KMM 3635(T)AJ507251

MCCC 1B00320 ←海洋一所 NJSN24。分离源:江苏南通表层沉积物。与模式菌株相似性为 99.2%。培养基 0471,28℃。

MCCC 1G00096 ←青岛科大 QD254 上-2。分离源:青岛上层海水。与模式菌株的 16S 序列相似性为 97.051%。培养基 0471,25~28℃。

MCCC 1G00169 ←青岛科大 SB281 下-1。分离源:江苏北部下层海水。与模式菌株相似性为 97.389%。培养基 0471,25~28℃。

Pseudoalteromonas nigrifaciens (Baumann *et al.* 1984)Gauthier *et al.* 1995 产黑假交替单胞菌

模式菌株 *Pseudoalteromonas nigrifaciens* NCIMB 8614(T)X82146

MCCC 1C00426　←极地中心 BSw20390。分离源:北冰洋冰区海水。与模式菌株相似性为 99.651%。培养基 0471,15℃。

MCCC 1C00438　←极地中心 BSw20441。分离源:北冰洋冰区海水。与模式菌株相似性为 99.79%。培养基 0471,15℃。

MCCC 1C00441　←极地中心 BSw20447。分离源:北冰洋冰区海水。与模式菌株相似性为 99.86%。培养基 0471,15℃。

MCCC 1C00571　←极地中心 BSs20074。分离源:北冰洋表层沉积物。与模式菌株相似性为 99.709%。培养基 0471,15℃。

MCCC 1C00654　←极地中心 BSs20005。分离源:北冰洋表层沉积物。与模式菌株相似性为 99.651%。培养基 0471,15℃。

MCCC 1C00804　←极地中心 KS5-2。分离源:北极表层沉积物。与模式菌株相似性为 99.790%。培养基 0471,15℃。

MCCC 1C00819　←极地中心 K2B-1。分离源:北极无冰区表层海水。与模式菌株相似性为 99.930%。培养基 0471,15℃。

MCCC 1C00849　←极地中心 SE014。分离源:白令海表层沉积物。与模式菌株相似性为 99.860%。培养基 0471,15℃。

MCCC 1C01020　←极地中心 5-1-11-1。分离源:南极南大洋普里兹湾底层海水。与模式菌株相似性为 99.711%。培养基 0471,5℃。

MCCC 1C01031　←极地中心 4-5-5-3。分离源:南极南大洋普里兹湾深层海水。与模式菌株相似性为 99.144%。培养基 0471,5℃。

MCCC 1C01032　←极地中心 4-1-6-1。分离源:南极南大洋普里兹湾底层海水。与模式菌株相似性为 99.572%。培养基 0471,5℃。

MCCC 1C01046　←极地中心 1-4-11-1。分离源:南极南大洋普里兹湾底层海水。与模式菌株相似性为 100%。培养基 0471,5℃。

MCCC 1C01048　←极地中心 8-6-1-2。分离源:南极南大洋普里兹湾上层海水。与模式菌株相似性为 99.78%。培养基 0471,5℃。

MCCC 1C01049　←极地中心 6-5-8-2。分离源:南极南大洋普里兹湾深层海水。与模式菌株相似性为 100%。培养基 0471,5℃。

MCCC 1C01050　←极地中心 4-2-5-1。分离源:南极南大洋普里兹湾深层海水。与模式菌株相似性为 100%。培养基 0471,5℃。

MCCC 1C01051　←极地中心 2-3-1-1。分离源:南极南大洋普里兹湾上层海水。与模式菌株相似性为 100%。培养基 0471,5℃。

MCCC 1C01052　←极地中心 2-1-8-1。分离源:南极南大洋普里兹湾深层海水。与模式菌株相似性为 100%。培养基 0471,5℃。

MCCC 1C01054　←极地中心 A12-2。分离源:南极长城湾上层海水。与模式菌株相似性为 100%。培养基 0471,5℃。

MCCC 1C01055　←极地中心 7-1-10-1。分离源:南极南大洋普里兹湾底层海水。与模式菌株相似性为 100%。培养基 0471,5℃。

Pseudoalteromonas paragorgicola Ivanova *et al.* 2002 栖珊瑚假交替单胞菌

模式菌株 *Pseudoalteromonas paragorgicola* KMM 3548(T)AY040229

MCCC 1B00230　←海洋一所 YACS31。分离源:青岛上层海水。与模式菌株相似性为 100%。培养基 0471,20~25℃。

MCCC 1B00250　←海洋一所 JZHS7。分离源:青岛胶州上层海水。与模式菌株相似性为 100%。培养基 0471,28℃。

MCCC 1B00288　←海洋一所 YAAJ18。分离源:青岛即墨仿刺参溃烂体表。与模式菌株相似性为 100%。培养基 0471,28℃。

MCCC 1B00520　←海洋一所 DJHH19。分离源:威海荣成上层海水。与模式菌株相似性为 100%。培养基

0471,20～25℃。

MCCC 1B00526　←海洋一所 DJHH30。分离源:盐城上层海水。与模式菌株相似性为100%。培养基0471,
　　　　　　　　20～25℃。

MCCC 1B00561　←海洋一所 DJHH27。分离源:威海荣成底层海水。与模式菌株相似性为100%。培养基
　　　　　　　　0471,20～25℃。

MCCC 1C00118　←极地中心 BSi20311。分离源:北冰洋海冰。产脂酶、卵磷脂酶、蛋白酶、明胶酶。与模式
　　　　　　　　菌株相似性为99.794%。培养基0471,20℃。

MCCC 1C00285　←极地中心 BSi20426。分离源:北冰洋海冰。产蛋白酶、琼脂酶、酯酶。与模式菌株相似性
　　　　　　　　为99.78%。培养基0471,15℃。

Pseudoalteromonas piscicida (ex Bein 1954) Gauthier _et al._ 1995 **杀鱼假交替单胞菌**

模式菌株 _Pseudoalteromonas piscicida_ ATCC 15057(T)X82215

MCCC 1B00859　←海洋一所 YCWB1-3。分离源:青岛即墨70%盐度盐田表层海水。与模式菌株相似性为
　　　　　　　　100%。培养基0471,20～25℃。

Pseudoalteromonas prydzensis Bowman 1998 **普里兹湾假交替单胞菌**

模式菌株 _Pseudoalteromonas prydzensis_ MB8-11(T)U85855

MCCC 1A03054　←海洋三所 Mn-I2-3。分离源:印度洋深海热液区沉积物。抗五价砷。与模式菌株相似性
　　　　　　　　为99.575%。培养基0745,18～28℃。

MCCC 1A03806　←海洋三所 19-4 TVG1 b。分离源:西南太平洋劳盆地热液区火山玻璃。与模式菌株相似
　　　　　　　　性为99.655%。培养基0471,4～20℃。

MCCC 1A03818　←海洋三所 XFP1。分离源:西南太平洋沉积物表层。与模式菌株相似性为98.965%。培
　　　　　　　　养基0471,20～30℃。

MCCC 1A03820　←海洋三所 XFP3。分离源:西南太平洋沉积物表层。与模式菌株相似性为99.379%。培
　　　　　　　　养基0471,20～30℃。

MCCC 1C00151　←极地中心 BSi20173。分离源:北冰洋海冰。产蛋白酶、几丁质酶。与模式菌株相似性为
　　　　　　　　98.688%。培养基0471,20℃。

MCCC 1C00535　←极地中心 BSw20053。分离源:北冰洋无冰区上层海水。与模式菌株相似性为98.413%。
　　　　　　　　培养基0471,15℃。

MCCC 1C00536　←极地中心 BSw20051。分离源:北冰洋无冰区上层海水。与模式菌株相似性为98.482%。
　　　　　　　　培养基0471,15℃。

MCCC 1C00540　←极地中心 BSw20063。分离源:北冰洋无冰区上层海水。与模式菌株相似性为98.62%。
　　　　　　　　培养基0471,15℃。

MCCC 1C00547　←极地中心 BSw20075。分离源:北冰洋无冰区上层海水。与模式菌株相似性为98.413%。
　　　　　　　　培养基0471,15℃。

MCCC 1C00549　←极地中心 BSw20047。分离源:北冰洋无冰区上层海水。与模式菌株相似性为98.551%。
　　　　　　　　培养基0471,15℃。

MCCC 1C00556　←极地中心 BSw20002。分离源:北冰洋无冰区上层海水。与模式菌株相似性为98.62%。
　　　　　　　　培养基0471,15℃。

MCCC 1C00565　←极地中心 BSw20037。分离源:北冰洋无冰区上层海水。与模式菌株相似性为98.62%。
　　　　　　　　培养基0471,15℃。

MCCC 1C00578　←极地中心 BSs20068。分离源:北冰洋表层沉积物。与模式菌株相似性为99.586%。培养
　　　　　　　　基0471,15℃。

MCCC 1C00595　←极地中心 BSs20045。分离源:北冰洋表层沉积物。与模式菌株相似性为99.379%。培养
　　　　　　　　基0471,15℃。

MCCC 1C00600　←极地中心 BSs20043。分离源:北冰洋表层沉积物。与模式菌株相似性为99.241%。培养
　　　　　　　　基0471,15℃。

MCCC 1C00611　←极地中心 BSw20083。分离源:北冰洋无冰区上层海水。与模式菌株相似性为98.689%。

培养基 0471,15℃。

MCCC 1C00612　←极地中心 BSw20033。分离源:北冰洋无冰区上层海水。与模式菌株相似性为 98.55%。
培养基 0471,15℃。

MCCC 1C00639　←极地中心 BSw20005。分离源:北冰洋无冰区上层海水。与模式菌株相似性为 98.62%。
培养基 0471,15℃。

MCCC 1C00642　←极地中心 BSw20048。分离源:北冰洋无冰区上层海水。与模式菌株相似性为 98.482%。
培养基 0471,15℃。

MCCC 1C00652　←极地中心 BSs20128。分离源:北冰洋深层沉积物。与模式菌株相似性为 98.827%。培养
基 0471,15℃。

MCCC 1C00683　←极地中心 BSs20060。分离源:北冰洋表层沉积物。与模式菌株相似性为 99.586%。培养
基 0471,15℃。

MCCC 1C00686　←极地中心 BSw20061。分离源:北冰洋无冰区上层海水。与模式菌株相似性为 98.343%。
培养基 0471,15℃。

MCCC 1C00785　←极地中心 BSs20067。分离源:北冰洋表层沉积物。与模式菌株相似性为 99.586%。培养
基 0471,15℃。

MCCC 1C00916　←极地中心 BCw026。分离源:北冰洋无冰区表层海水。与模式菌株相似性为 99.379%。
培养基 0471,15℃。

MCCC 1C00952　←极地中心 BCw043。分离源:北冰洋无冰区表层海水。与模式菌株相似性为 99.517%。
培养基 0471,15℃。

MCCC 1F01144　←厦门大学 SCSWA16。分离源:南海中层海水。与模式菌株相似性为 97.03%(1405/
1448)。培养基 0471,25℃。

MCCC 1F01145　←厦门大学 SCSWA21。分离源:南海中层海水。产蛋白酶、脂酶。与模式菌株相似性为
97.169%(1407/1448)。培养基 0471,25℃。

MCCC 1G00020　←青岛科大 HH154-NF102。分离源:中国黄海海底沉积物。与模式菌株的 16S 序列相似
性为 98.89%。培养基 0471,28℃。

MCCC 1G00021　←青岛科大 HH154-NF106。分离源:中国黄海海底沉积物。与模式菌株的 16S 序列相似
性为 99.029%。培养基 0471,28℃。

MCCC 1G00038　←青岛科大 HH203-NF102。分离源:中国黄海海底沉积物。与模式菌株的 16S 序列相似
性为 99.168%。培养基 0471,28℃。

MCCC 1G00048　←青岛科大 DH293-NF102。分离源:中国东海海底沉积物。与模式菌株的 16S 序列相似性
为 98.89%。培养基 0471,28℃。

MCCC 1G00130　←青岛科大 SB281 上-1。分离源:江苏北部上层海水。与模式菌株相似性为 97.532%。培
养基 0471,25～28℃。

Pseudoalteromonas ruthenica Ivanova *et al*. 2002 俄罗斯假交替单胞菌

模式菌株 *Pseudoalteromonas ruthenica* KMM 300(T)AF316891

MCCC 1B00862　←海洋一所 YCWB32。分离源:青岛即墨 7%盐度盐田表层海水。与模式菌株相似性为
99.283%。培养基 0471,20～25℃。

Pseudoalteromonas spongiae Lau *et al*. 2005 海绵假交替单胞菌

模式菌株 *Pseudoalteromonas spongiae* UST010723-006(T)AY769918

MCCC 1B01111　←海洋一所 HDC11。分离源:宁德霞浦河豚养殖场河豚肠道内容物。与模式菌株相似性为
99.282%。培养基 0471,20～25℃。

Pseudoalteromonas tetraodonis Simidu et al. 1990 河豚毒素假交替单胞菌

模式菌株 *Pseudoalteromonas tetraodonis* IAM 14160(T)AF214730

MCCC 1A03843　←海洋三所 19III-S5-TVG3-2a。分离源:印度洋黄褐色沉积物。与模式菌株相似性为

99.522%。培养基 0471,20℃。

MCCC 1B00227 ←海洋一所 YACS28。分离源:青岛上层海水。与模式菌株相似性为 100%。培养基 0471, 20～25℃。

MCCC 1B00244 ←海洋一所 JZHS1。分离源:青岛胶州上层海水。与模式菌株相似性为 100%。培养基 0471,28℃。

MCCC 1B00245 ←海洋一所 JZHS2。分离源:青岛胶州上层海水。与模式菌株相似性为 100%。培养基 0471,28℃。

MCCC 1B00246 ←海洋一所 JZHS3。分离源:青岛胶州上层海水。与模式菌株相似性为 100%。培养基 0471,28℃。

MCCC 1B00248 ←海洋一所 JZHS5。分离源:青岛胶州上层海水。与模式菌株相似性为 100%。培养基 0471,28℃。

MCCC 1B00252 ←海洋一所 JZHS9。分离源:青岛胶州上层海水。与模式菌株相似性为 100%。培养基 0471,28℃。

MCCC 1B00253 ←海洋一所 JZHS10。分离源:青岛胶州上层海水。与模式菌株相似性为 100%。培养基 0471,28℃。

MCCC 1B00257 ←海洋一所 JZHS14。分离源:青岛胶州上层海水。与模式菌株相似性为 100%。培养基 0471,28℃。

MCCC 1B00265 ←海洋一所 JZHS23。分离源:青岛胶州上层海水。与模式菌株相似性为 100%。培养基 0471,28℃。

MCCC 1B00323 ←海洋一所 NJSN39。分离源:江苏南通表层沉积物。与模式菌株相似性为 100%。培养基 0471,28℃。

MCCC 1B00353 ←海洋一所 NJSX17。分离源:江苏南通底层海水。与模式菌株相似性为 100%。培养基 0471,28℃。

MCCC 1B00465 ←海洋一所 HZBC31。分离源:山东日照上层海水。与模式菌株相似性为 99.703%。培养基 0471,20～25℃。

MCCC 1B00527 ←海洋一所 DJHH31。分离源:盐城上层海水。与模式菌株相似性为 100%。培养基 0471, 20～25℃。

MCCC 1B00548 ←海洋一所 DJHH71。分离源:烟台海阳次表层海水。与模式菌株相似性为 100%。培养基 0471,20～25℃。

MCCC 1B00551 ←海洋一所 DJHH75。分离源:烟台海阳底层海水。与模式菌株相似性为 99.889%。培养基 0471,20～25℃。

MCCC 1B00552 ←海洋一所 DJHH76。分离源:烟台海阳底层海水。与模式菌株相似性为 99.888%。培养基 0471,20～25℃。

MCCC 1B00560 ←海洋一所 DJHH24。分离源:威海荣成次表层海水。与模式菌株相似性为 100%。培养基 0471,20～25℃。

MCCC 1C00153 ←极地中心 BSi20305。分离源:北冰洋海冰。与模式菌株相似性为 99.862%。培养基 0471,20℃。

MCCC 1C00163 ←极地中心 BSi20335。分离源:北冰洋海冰。产蛋白酶。与模式菌株相似性为 99.656%。培养基 0471,20℃。

MCCC 1C00164 ←极地中心 BSi20350。分离源:北冰洋海冰。产蛋白酶、几丁质酶。与模式菌株相似性为 100%。培养基 0471,20℃。

MCCC 1C00166 ←极地中心 BSi20453。分离源:北冰洋海冰。与模式菌株相似性为 100%。培养基 0471,20℃。

MCCC 1C00168 ←极地中心 BSi20523。分离源:北冰洋海冰。与模式菌株相似性为 99.862%。培养基 0471,20℃。

MCCC 1C00178 ←极地中心 BR003。分离源:白令海表层海水。产几丁质酶。与模式菌株相似性为

99.862%。培养基 0471,20℃。

MCCC 1C00179　←极地中心 BCw009。分离源:北冰洋无冰区海水。产几丁质酶。与模式菌株相似性为 99.793%。培养基 0471,20℃。

MCCC 1C00184　←极地中心 BSi20139。分离源:北冰洋海冰。产蛋白酶、几丁质酶。与模式菌株相似性为 99.725%。培养基 0471,20℃。

MCCC 1C00192　←极地中心 BSi20578。分离源:北冰洋海冰。与模式菌株相似性为 99.931%。培养基 0471,20℃。

MCCC 1C00193　←极地中心 BSi20595。分离源:北冰洋海冰。与模式菌株相似性为 99.931%。培养基 0471,20℃。

MCCC 1C00197　←极地中心 BSi20312。分离源:北冰洋海冰区海水。产 β-半乳糖苷酶。与模式菌株相似性为 99.587%。培养基 0471,20℃。

MCCC 1C00198　←极地中心 BSi20303。分离源:北冰洋海冰区海水。产 β-半乳糖苷酶。与模式菌株相似性为 99.785%。培养基 0471,20℃。

MCCC 1C00204　←极地中心 BSi20339。分离源:北冰洋海冰。产蛋白酶。与模式菌株相似性为 99.59%。培养基 0471,15℃。

MCCC 1C00225　←极地中心 BSi20455。分离源:北冰洋海冰。产蛋白酶。与模式菌株相似性为 99.454%。培养基 0471,15℃。

MCCC 1C00252　←极地中心 BSi20588。分离源:北冰洋海冰。产 β-半乳糖苷酶、蛋白酶。与模式菌株相似性为 99.649%。培养基 0471,15℃。

MCCC 1C00303　←极地中心 BSi20341。分离源:北冰洋海冰。产蛋白酶、酯酶。与模式菌株相似性为 99.658%。培养基 0471,15℃。

MCCC 1C00304　←极地中心 BSi20366。分离源:北冰洋海冰。产蛋白酶、酯酶。与模式菌株相似性为 99.454%。培养基 0471,15℃。

MCCC 1C00305　←极地中心 BSi20370。分离源:北冰洋海冰。产蛋白酶。与模式菌株相似性为 99.59%。培养基 0471,15℃。

MCCC 1C00307　←极地中心 BSi20352。分离源:北冰洋海冰。产蛋白酶、酯酶。与模式菌株相似性为 99.932%。培养基 0471,15℃。

MCCC 1C00308　←极地中心 BSi20419。分离源:北冰洋海冰。产蛋白酶、酯酶。与模式菌株相似性为 99.863%。培养基 0471,15℃。

MCCC 1C00309　←极地中心 BSi20478。分离源:北冰洋海冰。产酯酶。与模式菌株相似性为 99.932%。培养基 0471,15℃。

MCCC 1C00310　←极地中心 BSi20489。分离源:北冰洋海冰。产蛋白酶、酯酶。与模式菌株相似性为 99.863%。培养基 0471,15℃。

MCCC 1C00315　←极地中心 BSi20637。分离源:北冰洋海冰。产蛋白酶、酯酶。与模式菌株相似性为 99.658%。培养基 0471,15℃。

MCCC 1C00319　←极地中心 BSi20501。分离源:北冰洋海冰。产蛋白酶、酯酶。与模式菌株相似性为 99.658%。培养基 0471,15℃。

MCCC 1C00320　←极地中心 BSi20500。分离源:北冰洋海冰。产蛋白酶、酯酶。与模式菌株相似性为 99.726%。培养基 0471,15℃。

MCCC 1C00321　←极地中心 BSi20492。分离源:北冰洋海冰。产蛋白酶、酯酶。与模式菌株相似性为 99.522%。培养基 0471,15℃。

MCCC 1C00325　←极地中心 BSi20462。分离源:北冰洋海冰。产蛋白酶、酯酶。与模式菌株相似性为 99.522%。培养基 0471,15℃。

MCCC 1C00328　←极地中心 BSi20427。分离源:北冰洋海冰。产蛋白酶、酯酶。与模式菌株相似性为 99.59%。培养基 0471,15℃。

MCCC 1C00329　←极地中心 BSi20410。分离源:北冰洋海冰。产蛋白酶、酯酶。与模式菌株相似性为 99.522%。培养基 0471,15℃。

MCCC 1C00330 ←极地中心 BSi20407。分离源:北冰洋海冰。产蛋白酶、酯酶。与模式菌株相似性为 99.932%。培养基 0471,15℃。

MCCC 1C00332 ←极地中心 BSi20401。分离源:北冰洋海冰。产蛋白酶、酯酶。与模式菌株相似性为 99.658%。培养基 0471,15℃。

MCCC 1C00333 ←极地中心 BSi20393。分离源:北冰洋海冰。产蛋白酶、明胶酶、脂酶。与模式菌株相似性 为 99.658%。培养基 0471,15℃。

MCCC 1C00336 ←极地中心 BSi20365。分离源:北冰洋海冰。产蛋白酶、酯酶。与模式菌株相似性为 99.59%。培养基 0471,15℃。

MCCC 1C00337 ←极地中心 BSi20357。分离源:北冰洋海冰。产蛋白酶、酯酶。与模式菌株相似性为 99.454%。培养基 0471,15℃。

MCCC 1C00357 ←极地中心 BSi20423。分离源:北冰洋海冰。产蛋白酶、酯酶。与模式菌株相似性为 99.522%。培养基 0471,15℃。

MCCC 1C00360 ←极地中心 BSi20395。分离源:北冰洋海冰。产蛋白酶、酯酶。与模式菌株相似性为 99.658%。培养基 0471,15℃。

MCCC 1C00363 ←极地中心 BSi20451。分离源:北冰洋海冰。产蛋白酶、酯酶。与模式菌株相似性为 99.727%。培养基 0471,15℃。

MCCC 1C00364 ←极地中心 BSi20463。分离源:北冰洋海冰。产蛋白酶、酯酶。与模式菌株相似性为 99.863%。培养基 0471,15℃。

MCCC 1C00366 ←极地中心 BSi20465。分离源:北冰洋海冰。产蛋白酶、酯酶。与模式菌株相似性为 99.522%。培养基 0471,15℃。

MCCC 1C00367 ←极地中心 BSi20472。分离源:北冰洋海冰。产蛋白酶、酯酶。与模式菌株相似性为 99.932%。培养基 0471,15℃。

MCCC 1C00368 ←极地中心 BSi20507。分离源:北冰洋海冰。产蛋白酶、酯酶。与模式菌株相似性为 99.727%。培养基 0471,15℃。

MCCC 1C00375 ←极地中心 BSi20606。分离源:北冰洋海冰。产蛋白酶、酯酶。与模式菌株相似性为 99.59%。培养基 0471,15℃。

MCCC 1C00379 ←极地中心 BSi20634。分离源:北冰洋海冰。产蛋白酶、酯酶。与模式菌株相似性为 99.59%。培养基 0471,15℃。

MCCC 1C00386 ←极地中心 BSi20436。分离源:北冰洋海冰。产蛋白酶、酯酶。与模式菌株相似性为 99.59%。培养基 0471,15℃。

MCCC 1C00404 ←极地中心 BSi20617。分离源:北冰洋海冰。产蛋白酶、酯酶。与模式菌株相似性为 99.658%。培养基 0471,15℃。

MCCC 1C00405 ←极地中心 BSi20619。分离源:北冰洋海冰。产蛋白酶、酯酶。与模式菌株相似性为 99.454%。培养基 0471,15℃。

MCCC 1C00406 ←极地中心 BSi20626。分离源:北冰洋海冰。产蛋白酶、酯酶。与模式菌株相似性为 99.727%。培养基 0471,15℃。

MCCC 1C00411 ←极地中心 BSi20502。分离源:北冰洋海冰。与模式菌株相似性为 99.795%。培养基 0471,15℃。

MCCC 1C00424 ←极地中心 BSw20334。分离源:北冰洋冰区海水。与模式菌株相似性为 99.863%。培养基 0471,15℃。

MCCC 1C00434 ←极地中心 BSw20396。分离源:北冰洋冰区海水。与模式菌株相似性为 99.795%。培养基 0471,15℃。

MCCC 1C00435 ←极地中心 BSw20433。分离源:北冰洋冰区海水。与模式菌株相似性为 99.522%。培养基 0471,15℃。

MCCC 1C00456 ←极地中心 BSi20518。分离源:北冰洋海冰。产蛋白酶、明胶酶、脂酶、淀粉酶。与模式菌株相似性为 99.385%。培养基 0471,15℃。

MCCC 1C00458 ←极地中心 BSi20622。分离源:北冰洋海冰。产蛋白酶、明胶酶、脂酶。与模式菌株相似性为 99.658%。培养基 0471,15℃。

MCCC 1C00459 ←极地中心 BSi20628。分离源:北冰洋海冰。产蛋白酶、明胶酶、脂酶。与模式菌株相似性为 99.453%。培养基 0471,15℃。

MCCC 1C00472 ←极地中心 BSi20488。分离源:北冰洋海冰。产蛋白酶、明胶酶、淀粉酶、脂酶。与模式菌株相似性为 99.59%。培养基 0471,15℃。

MCCC 1C00477 ←极地中心 BSi20555。分离源:北冰洋海冰。产蛋白酶、明胶酶、淀粉酶、脂酶。与模式菌株相似性为 99.795%。培养基 0471,15℃。

MCCC 1C00478 ←极地中心 BSi20556。分离源:北冰洋海冰。产蛋白酶、明胶酶、脂酶。与模式菌株相似性为 99.59%。培养基 0471,15℃。

MCCC 1C00486 ←极地中心 BSi20440。分离源:北冰洋海冰。产蛋白酶、明胶酶、淀粉酶、脂酶。与模式菌株相似性为 99.454%。培养基 0471,15℃。

MCCC 1C00493 ←极地中心 BSi20680。分离源:北冰洋海冰。与模式菌株相似性为 99.59%。培养基 0471,15℃。

MCCC 1C00495 ←极地中心 BSi20475。分离源:北冰洋海冰。产蛋白酶、明胶酶、淀粉酶、脂酶。与模式菌株相似性为 99.249%。培养基 0471,15℃。

MCCC 1C00498 ←极地中心 BSi20602。分离源:北冰洋海冰。产蛋白酶、明胶酶、淀粉酶、脂酶。与模式菌株相似性为 98.839%。培养基 0471,15℃。

MCCC 1C00500 ←极地中心 BSi20654。分离源:北冰洋海冰。与模式菌株相似性为 98.36%。培养基 0471,15℃。

MCCC 1C00504 ←极地中心 BSi20396。分离源:北冰洋海冰。产蛋白酶、明胶酶、脂酶。与模式菌株相似性为 99.727%。培养基 0471,15℃。

MCCC 1C00505 ←极地中心 BSi20411。分离源:北冰洋海冰。产蛋白酶、明胶酶、脂酶。与模式菌株相似性为 99.59%。培养基 0471,15℃。

MCCC 1C00511 ←极地中心 BSi20603。分离源:北冰洋海冰。产蛋白酶、明胶酶、淀粉酶、脂酶。与模式菌株相似性为 99.658%。培养基 0471,15℃。

MCCC 1C00512 ←极地中心 BSi20624。分离源:北冰洋海冰。产蛋白酶、明胶酶、脂酶。与模式菌株相似性为 99.59%。培养基 0471,15℃。

MCCC 1C00513 ←极地中心 BSi20631。分离源:北冰洋海冰。产蛋白酶、明胶酶、淀粉酶、脂酶。与模式菌株相似性为 99.658%。培养基 0471,15℃。

MCCC 1C00528 ←极地中心 BSw20050。分离源:北冰洋无冰区上层海水。与模式菌株相似性为 99.658%。培养基 0471,15℃。

MCCC 1C00537 ←极地中心 BSw20028。分离源:北冰洋无冰区上层海水。与模式菌株相似性为 99.932%。培养基 0471,15℃。

MCCC 1C00597 ←极地中心 BSs20064-1。分离源:北冰洋表层沉积物。与模式菌株相似性为 100%。培养基 0471,15℃。

MCCC 1C00622 ←极地中心 BSw20106。分离源:北冰洋无冰区深层海水。与模式菌株相似性为 100%。培养基 0471,15℃。

MCCC 1C00633 ←极地中心 BSw20093。分离源:北冰洋无冰区上层海水。与模式菌株相似性为 99.727%。培养基 0471,15℃。

MCCC 1C00662 ←极地中心 BSs20030。分离源:北冰洋表层沉积物。与模式菌株相似性为 100%。培养基 0471,15℃。

MCCC 1C00674 ←极地中心 BSs20007。分离源:北冰洋表层沉积物。与模式菌株相似性为 99.932%。培养基 0471,15℃。

MCCC 1C00679 ←极地中心 BSs20004。分离源:北冰洋表层沉积物。与模式菌株相似性为 99.522%。培养基 0471,15℃。

MCCC 1C00701 ←极地中心 BSi20549。分离源:北冰洋海冰。产淀粉酶、明胶酶、脂酶。与模式菌株相似性为 99.863%。培养基 0471,15℃。

MCCC 1C00744 ←极地中心 ZS4-11。分离源:南极表层沉积物。与模式菌株相似性为 99.727%。培养基 0471,15℃。

MCCC 1C00857 ←极地中心 BSw10014。分离源:南极无冰区表层海水。与模式菌株相似性为 99.795%。培养基 0471,15℃。

MCCC 1C00858 ←极地中心 BSw20211。分离源:北极无冰区表层海水。与模式菌株相似性为 99.932%。培养基 0471,15℃。

MCCC 1C00929 ←极地中心 BCw095。分离源:北冰洋无冰区表层海水。与模式菌株相似性为 99.863%。培养基 0471,15℃。

MCCC 1C00937 ←极地中心 BCw103。分离源:北冰洋无冰区表层海水。与模式菌株相似性为 99.863%。培养基 0471,15℃。

MCCC 1C00949 ←极地中心 BCw074。分离源:北冰洋无冰区表层海水。与模式菌株相似性为 99.863%。培养基 0471,15℃。

MCCC 1C00967 ←极地中心 BCw039。分离源:北冰洋无冰区表层海水。与模式菌株相似性为 99.863%。培养基 0471,15℃。

MCCC 1C00982 ←极地中心 BCw153。分离源:北冰洋无冰区表层海水。与模式菌株相似性为 99.863%。培养基 0471,15℃。

MCCC 1C00989 ←极地中心 BCw041。分离源:北冰洋无冰区表层海水。与模式菌株相似性为 99.862%。培养基 0471,15℃。

MCCC 1C00990 ←极地中心 BCw123。分离源:北冰洋无冰区表层海水。与模式菌株相似性为 99.727%。培养基 0471,15℃。

Pseudoalteromonas translucida Ivanova *et al.* 2002 半透明假交替单胞菌

模式菌株 *Pseudoalteromonas translucida* KMM 520(T)AY040230

MCCC 1B00251 ←海洋一所 JZHS8。分离源:青岛胶州上层海水。与模式菌株相似性为 99.63%。培养基 0471,28℃。

MCCC 1C00230 ←极地中心 BSi20495。分离源:北冰洋海冰。产琼脂酶。与模式菌株相似性为 99.451%。培养基 0471,15℃。

MCCC 1C00231 ←极地中心 BSi20519。分离源:北冰洋海冰。产蛋白酶、淀粉酶。与模式菌株相似性为 99.522%。培养基 0471,15℃。

MCCC 1C00241 ←极地中心 BSi20538。分离源:北冰洋海冰。产蛋白酶、明胶酶、脂酶。与模式菌株相似性为 99.323%。培养基 0471,15℃。

Pseudoalteromonas undina (Chan *et al.* 1978)Gauthier *et al.* 1995 水蛹假交替单胞菌

模式菌株 *Pseudoalteromonas undina* NCIMB 2128(T)X82140

MCCC 1A03802 ←海洋三所 19-4 TVMC7 4~6cm。分离源:西南太平洋劳盆地热液区黄褐色沉积物及铅灰色硫化物。与模式菌株相似性为 99.646%。培养基 0471,4~20℃。

MCCC 1A03819 ←海洋三所 XFP2。分离源:西南太平洋劳盆地沉积物表层。与模式菌株相似性为 99.788%。培养基 0471,20~30℃。

MCCC 1A03864 ←海洋三所 P20。分离源:西南太平洋深海沉积物。与模式菌株相似性为 99.717%。培养基 0471,20℃。

MCCC 1A03885 ←海洋三所 P36。分离源:西南太平洋深海沉积物。与模式菌株相似性为 99.717%。培养基 0471,20~30℃。

MCCC 1C00152 ←极地中心 BSi20301。分离源:北冰洋海冰。产蛋白酶。与模式菌株相似性为 99.504%。培养基 0471,20℃。

MCCC 1C00158 ←极地中心 BSi20321。分离源:北冰洋海冰。产蛋白酶。与模式菌株相似性为 99.717%。培养基 0471,20℃。

MCCC 1C00159 ←极地中心 BSi20327。分离源:北冰洋海冰。产蛋白酶、淀粉酶。与模式菌株相似性为 99.788%。培养基 0471,20℃。

MCCC 1C00160 ←极地中心 BSi20330。分离源:北冰洋海冰。产蛋白酶。与模式菌株相似性为 99.646%。培养基 0471,20℃。

MCCC 1C00161　←极地中心 BSi20333。分离源:北冰洋海冰。产蛋白酶。与模式菌株相似性为 99.575%。
　　　　　　　　培养基 0471,20℃。

MCCC 1C00162　←极地中心 BSi20334。分离源:北冰洋海冰。产蛋白酶。与模式菌株相似性为 99.717%。
　　　　　　　　培养基 0471,20℃。

MCCC 1C00186　←极地中心 BSi20302。分离源:北冰洋海冰。与模式菌株相似性为 99.717%。培养基
　　　　　　　　0471,20℃。

MCCC 1C00190　←极地中心 BSi20326。分离源:北冰洋海冰。与模式菌株相似性为 99.504%。培养基
　　　　　　　　0471,20℃。

MCCC 1C00224　←极地中心 BSi20447。分离源:北冰洋海冰。产蛋白酶。与模式菌株相似性为 99.363%。
　　　　　　　　培养基 0471,15℃。

MCCC 1C00226　←极地中心 BSi20459。分离源:北冰洋海冰。产蛋白酶、淀粉酶。与模式菌株相似性为
　　　　　　　　99.717%。培养基 0471,15℃。

MCCC 1C00291　←极地中心 BSi20548。分离源:北冰洋海冰。产蛋白酶、β-半乳糖苷酶。与模式菌株相似性
　　　　　　　　为 99.433%。培养基 0471,15℃。

MCCC 1C00301　←极地中心 BSi20340。分离源:北冰洋海冰。产蛋白酶、酯酶。与模式菌株相似性为
　　　　　　　　99.788%。培养基 0471,15℃。

MCCC 1C00306　←极地中心 BSi20381。分离源:北冰洋海冰。产蛋白酶、酯酶。与模式菌株相似性为
　　　　　　　　99.717%。培养基 0471,15℃。

MCCC 1C00314　←极地中心 BSi20666。分离源:北冰洋海冰。产明胶酶。与模式菌株相似性为 99.858%。
　　　　　　　　培养基 0471,15℃。

MCCC 1C00316　←极地中心 BSi20635。分离源:北冰洋海冰。产蛋白酶、酯酶。与模式菌株相似性为
　　　　　　　　99.646%。培养基 0471,15℃。

MCCC 1C00317　←极地中心 BSi20625。分离源:北冰洋海冰。产蛋白酶、酯酶。与模式菌株相似性为
　　　　　　　　99.363%。培养基 0471,15℃。

MCCC 1C00322　←极地中心 BSi20483。分离源:北冰洋海冰。产蛋白酶、酯酶。与模式菌株相似性为
　　　　　　　　99.929%。培养基 0471,15℃。

MCCC 1C00323　←极地中心 BSi20474。分离源:北冰洋海冰。产蛋白酶、酯酶。与模式菌株相似性为
　　　　　　　　99.717%。培养基 0471,15℃。

MCCC 1C00326　←极地中心 BSi20441。分离源:北冰洋海冰。产蛋白酶、酯酶。与模式菌株相似性为
　　　　　　　　99.858%。培养基 0471,15℃。

MCCC 1C00327　←极地中心 BSi20439。分离源:北冰洋海冰。产蛋白酶、酯酶。与模式菌株相似性为
　　　　　　　　99.363%。培养基 0471,15℃。

MCCC 1C00331　←极地中心 BSi20404。分离源:北冰洋海冰。产蛋白酶、酯酶。与模式菌株相似性为
　　　　　　　　99.504%。培养基 0471,15℃。

MCCC 1C00334　←极地中心 BSi20386。分离源:北冰洋海冰。产蛋白酶、酯酶。与模式菌株相似性为
　　　　　　　　99.504%。培养基 0471,15℃。

MCCC 1C00335　←极地中心 BSi20380。分离源:北冰洋海冰。产蛋白酶、酯酶。与模式菌株相似性为
　　　　　　　　99.363%。培养基 0471,15℃。

MCCC 1C00338　←极地中心 BSi20676。分离源:北冰洋海冰。产明胶酶。与模式菌株相似性为 99.646%。
　　　　　　　　培养基 0471,15℃。

MCCC 1C00359　←极地中心 BSi20351。分离源:北冰洋海冰。产蛋白酶、酯酶。与模式菌株相似性为
　　　　　　　　99.858%。培养基 0471,15℃。

MCCC 1C00365　←极地中心 BSi20464。分离源:北冰洋海冰。产蛋白酶、酯酶。与模式菌株相似性为
　　　　　　　　99.646%。培养基 0471,15℃。

MCCC 1C00370　←极地中心 BSi20568。分离源:北冰洋海冰。与模式菌株相似性为 99.717%。培养基
　　　　　　　　0471,15℃。

MCCC 1C00377　←极地中心 BSi20618。分离源:北冰洋海冰。产蛋白酶、酯酶。与模式菌株相似性为
　　　　　　　　99.575%。培养基 0471,15℃。

MCCC 1C00390 ←极地中心 BSi20514。分离源:北冰洋海冰。产蛋白酶、酯酶、淀粉酶。与模式菌株相似性为 99.858%。培养基 0471,15℃。

MCCC 1C00398 ←极地中心 BSi20437。分离源:北冰洋海冰。产蛋白酶、酯酶。与模式菌株相似性为 99.575%。培养基 0471,15℃。

MCCC 1C00400 ←极地中心 BSi20479。分离源:北冰洋海冰。产蛋白酶、酯酶。与模式菌株相似性为 99.929%。培养基 0471,15℃。

MCCC 1C00461 ←极地中心 BSi20400。分离源:北冰洋海冰。产蛋白酶、明胶酶、脂酶。与模式菌株相似性为 99.433%。培养基 0471,15℃。

MCCC 1C00463 ←极地中心 BSi20468。分离源:北冰洋海冰。产蛋白酶、明胶酶、脂酶。与模式菌株相似性为 99.646%。培养基 0471,15℃。

MCCC 1C00479 ←极地中心 BSi20344。分离源:北冰洋海冰。产蛋白酶、明胶酶、淀粉酶、脂酶。与模式菌株相似性为 99.646%。培养基 0471,15℃。

MCCC 1C00487 ←极地中心 BSi20498。分离源:北冰洋海冰。产蛋白酶、明胶酶、脂酶。与模式菌株相似性为 99.646%。培养基 0471,15℃。

MCCC 1C00491 ←极地中心 BSi20627。分离源:北冰洋海冰。产蛋白酶、明胶酶、淀粉酶、脂酶。与模式菌株相似性为 99.22%。培养基 0471,15℃。

MCCC 1C00606 ←极地中心 BSs20066-2。分离源:北冰洋表层沉积物。与模式菌株相似性为 99.646%。培养基 0471,15℃。

MCCC 1C00685 ←极地中心 BSw20009。分离源:北冰洋无冰区上层海水。与模式菌株相似性为 99.717%。培养基 0471,15℃。

MCCC 1C00931 ←极地中心 BCw040。分离源:北冰洋无冰区表层海水。与模式菌株相似性为 99.787%。培养基 0471,15℃。

MCCC 1C00948 ←极地中心 BCw096。分离源:北冰洋无冰区表层海水。与模式菌株相似性为 99.788%。培养基 0471,15℃。

MCCC 1C00951 ←极地中心 BCw057。分离源:北冰洋无冰区表层海水。与模式菌株相似性为 99.646%。培养基 0471,15℃。

MCCC 1C00987 ←极地中心 BCw097。分离源:北冰洋无冰区表层海水。与模式菌株相似性为 99.717%。培养基 0471,15℃。

Pseudoalteromonas sp. Gauthier *et al*. 1995 emend. Ivanova *et al*. 2002 假交替单胞菌

MCCC 1A00502 ←海洋三所 1002。分离源:东太平洋深海沉积物。与模式菌株 *P. issachenkonii* KMM 3549 (T)AF316144 相似性为 99.786%。培养基 0471,4～20℃。

MCCC 1A00503 ←海洋三所 8050。分离源:西太平洋深海沉积物。与模式菌株 *P. byunsanensis* FR1199(T) DQ011289 相似性为 96.479%。培养基 0471,4～20℃。

MCCC 1A00504 ←海洋三所 8054。分离源:西太平洋深海沉积物。与模式菌株 *P. prydzensis* MB8-11(T) U85855 相似性为 96.718%。培养基 0471,4～20℃。

MCCC 1A00511 ←海洋三所 1011。分离源:东太平洋深海沉积物。与模式菌株 *P. byunsanensis* FR1199(T) DQ011289 相似性为 96.146%。培养基 0471,4～20℃。

MCCC 1A00522 ←海洋三所 1022。分离源:东太平洋深海沉积物。与模式菌株 *P. mariniglutinosa* KMM 3635(T)AJ507251 相似性为 95.795%。培养基 0471,4～20℃。

MCCC 1A00527 ←海洋三所 1027。分离源:东太平洋深海沉积物。与模式菌株 *P. issachenkonii* KMM 3549 (T)AF316144 相似性为 94.357%。培养基 0471,4～20℃。

MCCC 1A00529 ←海洋三所 8045。分离源:西太平洋深海沉积物。与模式菌株 *P. tunicata* D2(T) DQ005908 相似性为 99.069%。培养基 0471,4～20℃。

MCCC 1A00531 ←海洋三所 8060。分离源:西太平洋深海沉积物。与模式菌株 *P. tetraodonis* IAM 14160 (T)AF214730 相似性为 98.83%。培养基 0471,4～20℃。

MCCC 1A00532 ←海洋三所 2005。分离源:东太平洋深海沉积物。与模式菌株 *P. byunsanensis* FR1199(T) DQ011289 相似性为 96.646%。培养基 0471,4～20℃。

MCCC 1A00545　←海洋三所 8048。分离源：西太平洋深海沉积物。与模式菌株 *P. prydzensis* MB8-11（T）U85855 相似性为 96.999%。培养基 0471,4～20℃。

MCCC 1A00546　←海洋三所 2019。分离源：东太平洋深海沉积物。与模式菌株 *P. antarctica* CECT 4664（T）X98336 相似性为 97.071%。培养基 0471,4～20℃。

MCCC 1A00548　←海洋三所 8043。分离源：西太平洋灰白色有孔虫软泥。与模式菌株 *P. issachenkonii* KMM 3549（T）AF316144 相似性为 96.146%。培养基 0471,4～20℃。

MCCC 1A00550　←海洋三所 8056。分离源：西太平洋灰白色有孔虫软泥。与模式菌株 *P. nigrifaciens* NCI-MB 8614（T）X82146 相似性为 97.314%。培养基 0471,4～20℃。

MCCC 1A00555　←海洋三所 8049。分离源：西太平洋灰白色有孔虫软泥。与模式菌株 *P. byunsanensis* FR1199（T）DQ011289 相似性为 96.346%。培养基 0471,4～20℃。

MCCC 1A00558　←海洋三所 8051。分离源：西太平洋灰白色有孔虫软泥。与模式菌株 *P. byunsanensis* FR1199（T）DQ011289 相似性为 96.699%。培养基 0471,4～20℃。

MCCC 1A00561　←海洋三所 3010。分离源：东太平洋深海沉积物。与模式菌株 *P. marina* Mano4（T）AY563031 相似性为 98.156%。培养基 0471,4～20℃。

MCCC 1A00571　←海洋三所 3020。分离源：东太平洋深海沉积物。与模式菌株 *P. nigrifaciens* NCIMB 8614（T）X82146 相似性为 98.028%。培养基 0471,4～20℃。

MCCC 1A00574　←海洋三所 3023。分离源：东太平洋深海沉积物。与模式菌株 *P. nigrifaciens* NCIMB 8614（T）X82146 相似性为 98.449%。培养基 0471,4～20℃。

MCCC 1A00576　←海洋三所 3025。分离源：东太平洋深海沉积物。与模式菌株 *P. nigrifaciens* NCIMB 8614（T）X82146 相似性为 97.535%。培养基 0471,4～20℃。

MCCC 1A00583　←海洋三所 3032。分离源：东太平洋深海沉积物。与模式菌株 *P. spongiae* UST010723-006（T）AY769918 相似性为 100%。培养基 0471,4～20℃。

MCCC 1A00593　←海洋三所 3042。分离源：东太平洋深海沉积物。与模式菌株 *P. issachenkonii* KMM 3549（T）AF316144 相似性为 99.142%。培养基 0471,4～20℃。

MCCC 1A00599　←海洋三所 3048。分离源：东太平洋深海沉积物。与模式菌株 *P. piscicida* ATCC 15057（T）X82215 相似性为 99.688%。培养基 0471,4～20℃。

MCCC 1A00611　←海洋三所 7008。分离源：西太平洋深海沉积物。与模式菌株 *P. marina* Mano4（T）AY563031 相似性为 97.915%。培养基 0471,4～20℃。

MCCC 1A00620　←海洋三所 7017。分离源：西太平洋深海沉积物。与模式菌株 *P. issachenkonii* KMM 3549（T）AF316144 相似性为 99.643%。培养基 0471,4～20℃。

MCCC 1A00627　←海洋三所 7024。分离源：西太平洋深海沉积物。与模式菌株 *P. marina* Mano4（T）AY563031 相似性为 96.741%。培养基 0471,4～20℃。

MCCC 1A00628　←海洋三所 7026。分离源：西太平洋深海沉积物。与模式菌株 *P. carrageenovora* ATCC 12662（T）X82136 相似性为 96.014%。培养基 0471,4～20℃。

MCCC 1A00632　←海洋三所 7030。分离源：西太平洋深海沉积物。与模式菌株 *P. marina* Mano4（T）AY563031 相似性为 97.257%。培养基 0471,4～20℃。

MCCC 1A00633　←海洋三所 7032。分离源：西太平洋深海沉积物。与模式菌株 *P. marina* Mano4（T）AY563031 相似性为 97.122%。培养基 0471,4～20℃。

MCCC 1A00634　←海洋三所 7034。分离源：西太平洋深海沉积物。与模式菌株 *P. tetraodonis* IAM 14160（T）AF214730 相似性为 96.592%。培养基 0471,4～20℃。

MCCC 1A00635　←海洋三所 7037。分离源：西太平洋深海沉积物。与模式菌株 *P. marina* Mano4（T）AY563031 相似性为 96.521%。培养基 0471,4～20℃。

MCCC 1A00636　←海洋三所 7038。分离源：西太平洋深海沉积物。与模式菌株 *P. tetraodonis* IAM 14160（T）AF214730 相似性为 97.093%。培养基 0471,4～20℃。

MCCC 1A00678　←海洋三所 7330。分离源：西太平洋棕褐色软泥。与模式菌株 *P. issachenkonii* KMM 3549（T）AF316144 相似性为 99.791%。培养基 0471,4～20℃。

MCCC 1A00679　←海洋三所 7331。分离源：西太平洋深海沉积物。与模式菌株 *P. nigrifaciens* NCIMB 8614（T）X82146 相似性为 95.248%。培养基 0471,4～20℃。

MCCC 1A00698 　←海洋三所 8036。分离源：西太平洋深海沉积物。与模式菌株 *P. tetraodonis* IAM 14160 (T)AF214730 相似性为 99.382%。培养基 0471,4～20℃。

MCCC 1A00699 　←海洋三所 8038。分离源：西太平洋深海沉积物。与模式菌株 *P. elyakovii* KMM 162(T) AF082562 相似性为 99.864%。培养基 0471,4～20℃。

MCCC 1A00701 　←海洋三所 8040。分离源：西太平洋深海沉积物。与模式菌株 *P. denitrificans* ATCC 43337(T)X82138 相似性为 97.218%。培养基 0471,4～20℃。

MCCC 1A00703 　←海洋三所 8046。分离源：西太平洋深海沉积物。与模式菌株 *P. nigrifaciens* NCIMB 8614(T)X82146 相似性为 99.86%。培养基 0471,4～20℃。

MCCC 1A00705 　←海洋三所 8057。分离源：西太平洋深海沉积物。与模式菌株 *P. paragorgicola* KMM 3548(T)AY040229 相似性为 99.252%。培养基 0471,4～20℃。

MCCC 1A00712 　←海洋三所 3018。分离源：东太平洋棕褐色硅质软泥。与模式菌株 *P. nigrifaciens* NCIMB 8614(T)X82146 相似性为 94.538%。培养基 0471,4～20℃。

MCCC 1A00725 　←海洋三所 3007。分离源：东太平洋棕褐色硅质软泥。与模式菌株 *P. marina* Mano4(T) AY563031 相似性为 96.637%。培养基 0471,4～20℃。

MCCC 1A00736 　←海洋三所 7346。分离源：西太平洋深海沉积物。与模式菌株 *P. marina* Mano4(T) AY563031 相似性为 94.761%。培养基 0471,4～20℃。

MCCC 1A00737 　←海洋三所 7347。分离源：西太平洋深海沉积物。与模式菌株 *P. carrageenovora* ATCC 12662(T)X82136 相似性为 95.069%。培养基 0471,4～20℃。

MCCC 1A00744 　←海洋三所 7344。分离源：西太平洋深海沉积物。与模式菌株 *P. undina* NCIMB 2128(T) X82140 相似性为 99.715%。培养基 0471,4～20℃。

MCCC 1A00751 　←海洋三所 7342。分离源：西太平洋深海沉积物。与模式菌株 *P. tetraodonis* IAM 14160 (T)AF214730 相似性为 99.52%。培养基 0471,4～20℃。

MCCC 1A00755 　←海洋三所 4070。分离源：东太平洋棕褐色硅质软泥。与模式菌株 *P. marina* Mano4(T) AY563031 相似性为 99.78%。培养基 0471,4～20℃。

MCCC 1A00760 　←海洋三所 4061。分离源：东太平洋棕褐色硅质软泥。与模式菌株 *P. atlantica* IAM 12927 (T)X82134 相似性为 99.646%。培养基 0471,4～20℃。

MCCC 1A00777 　←海洋三所 AC144。分离源：东太平洋深海沉积物。培养基 0471,4～20℃。

MCCC 1A00780 　←海洋三所 AC205。分离源：东太平洋深海沉积物。培养基 0471,4～20℃。

MCCC 1A00823 　←海洋三所 B-1057。分离源：西太平洋暖池区沉积物深层。与模式菌株 *P. atlantica* IAM 12927(T)X82134 相似性为 96.628%。培养基 0471,4℃。

MCCC 1A00824 　←海洋三所 B-1058。分离源：西太平洋暖池区沉积物深层。与模式菌株 *P. byunsanensis* FR1199(T)DQ011289 相似性为 97.295%。培养基 0471,4℃。

MCCC 1A00941 　←海洋三所 B-1054。分离源：东太平洋沉积物深层。与模式菌株 *P. byunsanensis* FR1199 (T)DQ011289 相似性为 97.286%。培养基 0471,4℃。

MCCC 1A00950 　←海洋三所 AL5。分离源：青岛近海表层沉积物。与模式菌株 *P. mariniglutinosa* KMM 3635(T)AJ507251 相似性为 98.728%。培养基 0472,25℃。

MCCC 1A01091 　←海洋三所 SA7。分离源：印度洋深海底层水样。分离自石油降解菌群。与模式菌株 *P. atlantica* IAM 12927(T)X82134 相似性为 100%。培养基 0471,25℃。

MCCC 1A01136 　←海洋三所 MARC2C0A。分离源：大西洋深海沉积物。分离自多环芳烃降解菌群。与模式菌株 *P. mariniglutinosa* KMM 3635(T)AJ507251 相似性为 98.545%。培养基 0471,28℃。

MCCC 1A01154 　←海洋三所 MARC2CO15。分离源：大西洋深海沉积物。分离自多环芳烃降解菌群。与模式菌株 *P. mariniglutinosa* KMM 3635(T)AJ507251 相似性为 98.545%。培养基 0822,26℃。

MCCC 1A01249 　←海洋三所 RD92-29。分离源：印度洋深海底层水样。分离自石油降解菌群。与模式菌株 *P. mariniglutinosa* KMM 3635(T)AJ507251 相似性为 97.312%。培养基 0471,25℃。

MCCC 1A01261 　←海洋三所 CIC1013S-17。分离源：印度洋深海底层水样。分离自多环芳烃降解菌群。与模式菌株 *P. prydzensis* MB8-11(T)U85855 相似性为 97.971%。培养基 0471,25℃。

MCCC 1A01308　←海洋三所 3-3。分离源:印度洋深海沉积物。抗二价铜(3mmol/L)或二价铅(3mmol/L)或二价锰(100mmol/L)。与模式菌株 *P. tetraodonis* IAM 14160(T)AF214730 相似性为 100%。培养基 0745,18~28℃。

MCCC 1A01309　←海洋三所 D3-1。分离源:印度洋深海沉积物。抗重金属(二价铜、二价铅、二价锰)。与模式菌株 *P. tetraodonis* IAM 14160(T)AF214730 相似性为 99.718%。培养基 0333,18~28℃。

MCCC 1A01376　←海洋三所 II-D-5。分离源:厦门滩涂泥样。与模式菌株 *P. mariniglutinosa* KMM 3635(T)AJ507251 相似性为 98.93%。培养基 0472,28℃。

MCCC 1A01736　←海洋三所 71(27zx)。分离源:西太平洋深海沉积物。与模式菌株 *P. byunsanensis* FR1199(T)DQ011289 相似性为 97.5%。培养基 0471,20~25℃。

MCCC 1A01738　←海洋三所 197(53zx)。分离源:西太平洋深海沉积物。与模式菌株 *P. byunsanensis* FR1199(T)DQ011289 相似性为 97.292%。培养基 0471,20~25℃。

MCCC 1A01739　←海洋三所 198(47zx)。分离源:西太平洋深海沉积物。与模式菌株 *P. byunsanensis* FR1199(T)DQ011289 相似性为 97.431%。培养基 0471,20~25℃。

MCCC 1A01941　←海洋三所 Wp24-wp。分离源:西太平洋暖池区海底沉积物。降解 Tween 20、Tween 80,产明胶酶。与模式菌株 *P. byunsanensis* FR1199(T)DQ011289 相似性为 97.434%。培养基 0471,15~20℃。

MCCC 1A01942　←海洋三所 Mp7-wp。分离源:中太平洋海底沉积物。与模式菌株 *P. prydzensis* MB8-11(T)U85855 相似性为 97.238%。培养基 0471,15~20℃。

MCCC 1A02522　←海洋三所 DY93。分离源:印度洋热液区深海沉积物。与模式菌株 *P. nigrifaciens* NCIMB 8614(T)X82146 相似性为 99.23%。培养基 0002,37℃。

MCCC 1A02557　←海洋三所 DY81a。分离源:大洋深海热液区深海沉积物。与模式菌株 *P. tetraodonis* IAM 14160(T)AF214730 相似性为 99.378%。培养基 0823,37℃。

MCCC 1A02565　←海洋三所 DY102。分离源:印度洋热液区深海沉积物。与模式菌株 *P. tetraodonis* IAM 14160(T)AF214730 相似性为 99.652%。培养基 0823,37℃。

MCCC 1A02757　←海洋三所 IB12。分离源:黄海上层海水。分离自石油降解菌群。与模式菌株 *P. luteoviolacea* NCIMB 1893(T)X82144 相似性为 98.359%。培养基 0472,25℃。

MCCC 1A03026　←海洋三所 CK-I1-2。分离源:印度洋深海沉积物玄武岩表层。与模式菌株 *P. tetraodonis* IAM 14160(T)AF214730 相似性为 100%。培养基 0745,18~28℃。

MCCC 1A03031　←海洋三所 AS-I1-3。分离源:印度洋深海沉积物玄武岩表层。抗五价砷。与模式菌株 *P. tetraodonis* IAM 14160(T)AF214730 相似性为 100%。培养基 0745,18~28℃。

MCCC 1A03048　←海洋三所 AS-I2-5。分离源:印度洋深海沉积物。抗五价砷。与模式菌株 *P. tetraodonis* IAM 14160(T)AF214730 相似性为 100%。培养基 0745,18~28℃。

MCCC 1A03053　←海洋三所 MN-I2-2。分离源:印度洋深海热液区沉积物。抗五价砷、二价锰。与模式菌株 *P. agarivorans* KMM 255(T)AJ417594 相似性为 99.717%。培养基 0745,18~28℃。

MCCC 1A03070　←海洋三所 AS-I3-2。分离源:印度洋深海沉积物。抗五价砷。与模式菌株 *P. tetraodonis* IAM 14160(T)AF214730 相似性为 100%。培养基 0745,18~28℃。

MCCC 1A03078　←海洋三所 AS-I3-15。分离源:印度洋深海沉积物。抗五价砷。与模式菌株 *P. agarivorans* KMM 255(T)AJ417594 相似性为 99.858%。培养基 0745,18~28℃。

MCCC 1A03088　←海洋三所 MN-M1-3。分离源:大西洋深海热液区沉积物。抗五价砷。与模式菌株 *P. paragorgicola* KMM 3548(T)AY040229 相似性为 100%。培养基 0745,18~28℃。

MCCC 1A03103　←海洋三所 CK-I7-10。分离源:印度洋洋中脊热液区沉积物。与模式菌株 *P. paragorgicola* KMM 3548(T)AY040229 相似性为 100%。培养基 0745,18~28℃。

MCCC 1A03107　←海洋三所 MN-I7-1。分离源:印度洋深海热液区沉积物。抗五价砷。与模式菌株 *P. tetraodonis* IAM 14160(T)AF214730 相似性为 99.858%。培养基 0745,18~28℃。

MCCC 1A03110　←海洋三所 MN-I7-10。分离源:印度洋深海热液区沉积物。抗五价砷。与模式菌株 *P. tetraodonis* IAM 14160(T)AF214730 相似性为 99.292%。培养基 0745,18~28℃。

MCCC 1A03114　←海洋三所 A004。分离源:东海上层海水。可能降解木聚糖。与模式菌株 *P. agarivorans*

KMM 255(T)AJ417594 相似性为 99.871%。培养基 0471,25℃。

MCCC 1A03120 ←海洋三所 A015。分离源:厦门滩涂泥样。可能降解木聚糖。与模式菌株 *P. mariniglutinosa* KMM 3635(T)AJ507251 相似性为 99.485%(806/810)。培养基 0471,25℃。

MCCC 1A03125 ←海洋三所 A024。分离源:厦门滩涂泥样。可能降解纤维素。与模式菌株 *P. tetraodonis* IAM 14160(T)AF214730 相似性为 98.325%。培养基 0471,25℃。

MCCC 1A03178 ←海洋三所 tf-8。分离源:大西洋深海沉积物。与模式菌株 *P. paragorgicola* KMM 3548 (T)AY040229 相似性为 99.874%。培养基 0002,28℃。

MCCC 1A03235 ←海洋三所 SWAe-1。分离源:厦门近海养殖赤点石斑鱼肠道内容物。与模式菌株 *P. mariniglutinosa* KMM 3635(T)AJ507251 相似性为 98.645%。培养基 0033,28℃。

MCCC 1A03423 ←海洋三所 M01-12C。分离源:南沙上层海水。与模式菌株 *P. tetraodonis* IAM 14160(T) AF214730 相似性为 100%(763/763)。培养基 1001,25℃。

MCCC 1A03433 ←海洋三所 M01-6G。分离源:南沙上层海水。与模式菌株 *P. luteoviolacea* NCIMB 1893 (T)X82144 相似性为 98.387%。培养基 1001,25℃。

MCCC 1A03524 ←海洋三所 T14A。分离源:西南太平洋深海沉积物。分离自石油降解菌群。与模式菌株 *P. tetraodonis* IAM 14160(T)AF214730 相似性为 100%(804/804)。培养基 0821,25℃。

MCCC 1A03816 ←海洋三所 XFP62。分离源:日本近海表层沉积物。与模式菌株 *P. arctica* A 37-1-2(T) DQ787199 相似性为 99.132%。培养基 0471,20~30℃。

MCCC 1A03822 ←海洋三所 XFP6。分离源:西南太平洋黄褐色沉积物。与模式菌株 *P. atlantica* IAM 12927(T)X82134 相似性为 99.507%。培养基 0471,20~30℃。

MCCC 1A03826 ←海洋三所 XFP5。分离源:西南太平洋劳盆地沉积物表层。与模式菌株 *P. atlantica* IAM 12927(T)X82134 相似性为 99.437%。培养基 0471,20~30℃。

MCCC 1A03839 ←海洋三所 7K♯600 MBARI-MS a。分离源:印度洋黄白色沉积物。与模式菌株 *P. arctica* A 37-1-2(T)DQ787199 相似性为 99.4%。培养基 0471,20℃。

MCCC 1A03842 ←海洋三所 19III-S2-TVG1①a。分离源:印度洋黄白色沉积物。与模式菌株 *P. atlantica* IAM 12927(T)X82134 相似性为 99.436%。培养基 0471,20℃。

MCCC 1A03846 ←海洋三所 19III-S24-LBOX4 b。分离源:印度洋黄褐色沉积物。与模式菌株 *P. atlantica* IAM 12927(T)X82134 相似性为 99.156%。培养基 0471,20℃。

MCCC 1A03848 ←海洋三所 19III-S9-TVG5 b。分离源:印度洋黄色沉积物。与模式菌株 *P. atlantica* IAM 12927(T)X82134 相似性为 99.507%。培养基 0471,20℃。

MCCC 1A03849 ←海洋三所 19III-S9-TVG5 a。分离源:印度洋黄色沉积物。与模式菌株 *P. atlantica* IAM 12927(T)X82134 相似性为 99.507%。培养基 0471,20℃。

MCCC 1A03869 ←海洋三所 P15。分离源:西南太平洋劳盆地沉积物表层。与模式菌株 *P. atlantica* IAM 12927(T)X82134 相似性为 99.507%。培养基 0471,20℃。

MCCC 1A03882 ←海洋三所 P33。分离源:西南太平洋劳盆地沉积物表层。与模式菌株 *P. undina* NCIMB 2128(T)X82140 相似性为 99.432%。培养基 0471,20~30℃。

MCCC 1A03883 ←海洋三所 P34。分离源:西南太平洋劳盆地沉积物表层。与模式菌株 *P. atlantica* IAM 12927(T)X82134 相似性为 99.435%。培养基 0471,20~30℃。

MCCC 1A03888 ←海洋三所 P51。分离源:西南太平洋劳盆地沉积物表层。与模式菌株 *P. atlantica* IAM 12927(T)X82134 相似性为 99.507%。培养基 0471,20~30℃。

MCCC 1A04002 ←海洋三所 NH1B。分离源:南沙泻湖珊瑚沙。与模式菌株 *P. tetraodonis* IAM 14160(T) AF214730 相似性为 99.857%。培养基 0821,25℃。

MCCC 1A04058 ←海洋三所 NH12A。分离源:南沙浅黄色泥质。与模式菌株 *P. tetraodonis* IAM 14160(T) AF214730 相似性为 99.606%。培养基 0821,25℃。

MCCC 1A04095 ←海洋三所 NH23D。分离源:南沙黄褐色沙质。与模式菌株 *P. tetraodonis* IAM 14160(T) AF214730 相似性为 100%(733/733)。培养基 0821,25℃。

MCCC 1A04158 ←海洋三所 NH44A。分离源:南沙灰色沙质。与模式菌株 *P. tetraodonis* IAM 14160(T) AF214730 相似性为 100%(745/745)。培养基 0821,25℃。

MCCC 1A04219 ←海洋三所 TVG2-L10。分离源:太平洋深海热液区沉积物。分离自多环芳烃降解菌群。与模式菌株 *P. mariniglutinosa* KMM 3635(T)AJ507251 相似性为 97.305%。培养基 0471,28℃。

MCCC 1A04235 ←海洋三所 pMC2(05)-1。分离源:太平洋热液区深海沉积物。分离自多环芳烃降解菌群。与模式菌株 *P. tetraodonis* IAM 14160(T)AF214730 相似性为 100%。培养基 0471,25℃。

MCCC 1A04290 ←海洋三所 T5G。分离源:西南太平洋土灰色沉积物上覆水。分离自石油降解菌群。与模式菌株 *P. atlantica* IAM 12927(T)X82134 相似性为 100%。培养基 0821,28℃。

MCCC 1A04374 ←海洋三所 T15A。分离源:西南太平洋土灰色沉积物。分离自石油降解菌群。与模式菌株 *P. atlantica* IAM 12927(T)X82134 相似性为 100%。培养基 0821,28℃。

MCCC 1A04378 ←海洋三所 T15E-1。分离源:西南太平洋土灰色沉积物。分离自石油降解菌群。与模式菌株 *P. byunsanensis* FR1199(T)DQ011289 相似性为 98.452%。培养基 0821,28℃。

MCCC 1A04431 ←海洋三所 T19A。分离源:西南太平洋土灰色沉积物上覆水。分离自石油降解菌群。与模式菌株 *P. mariniglutinosa* KMM 3635(T)AJ507251 相似性为 98.999%。培养基 0821,28℃。

MCCC 1A04439 ←海洋三所 T20AK。分离源:西南太平洋土灰色沉积物。分离自石油降解菌群。与模式菌株 *P. atlantica* IAM 12927(T)X82134 相似性为 100%。培养基 0821,28℃。

MCCC 1A04583 ←海洋三所 T38C。分离源:西南太平洋深海沉积物。分离自石油、多环芳烃降解菌群。与模式菌株 *P. atlantica* IAM 12927(T)X82134 相似性为 99.865%。培养基 0821,28℃。

MCCC 1A04591 ←海洋三所 T39AC。分离源:西南太平洋深海沉积物。分离自石油、多环芳烃降解菌群。与模式菌株 *P. tetraodonis* IAM 14160(T)AF214730 相似性为 99.863%。培养基 0821,28℃。

MCCC 1A04611 ←海洋三所 T42AC。分离源:西南太平洋热液区沉积物。分离自石油、多环芳烃降解菌群。与模式菌株 *P. tetraodonis* IAM 14160(T)AF214730 相似性为 100%。培养基 0821,28℃。

MCCC 1A05020 ←海洋三所 L51-10-29。分离源:南海深层海水。与模式菌株 *P. paragorgicola* KMM 3548(T)AY040229 相似性为 100%。培养基 0471,25℃。

MCCC 1A05120 ←海洋三所 L53-10-34。分离源:南海深层海水。与模式菌株 *P. paragorgicola* KMM 3548(T)AY040229 相似性为 100%。培养基 0471,25℃。

MCCC 1A05165 ←海洋三所 L54-11-31。分离源:南海深层海水。与模式菌株 *P. paragorgicola* KMM 3548(T)AY040229 相似性为 100%。培养基 0471,25℃。

MCCC 1A05347 ←海洋三所 C72AB。分离源:西南太平洋深层海水。分离自石油、多环芳烃降解菌群。与模式菌株 *P. mariniglutinosa* KMM 3635(T)AJ507251 相似性为 98.378%。培养基 0821,25℃。

MCCC 1A05360 ←海洋三所 C76B2。分离源:西南太平洋深层海水。分离自石油、多环芳烃降解菌群。与模式菌株 *P. mariniglutinosa* KMM 3635(T)AJ507251 相似性为 98.378%。培养基 0821,25℃。

MCCC 1A05366 ←海洋三所 C78B1。分离源:西南太平洋深层海水。分离自石油、多环芳烃降解菌群。与模式菌株 *P. mariniglutinosa* KMM 3635(T)AJ507251 相似性为 98.4%。培养基 0821,25℃。

MCCC 1A05780 ←海洋三所 NH6B。分离源:南沙南沙沉积物。与模式菌株 *P. mariniglutinosa* KMM 3635(T)AJ507251 相似性为 98.307%。培养基 0821,25℃。

MCCC 1A05918 ←海洋三所 T44C。分离源:西南太平洋土黄色沉积物。分离自石油、多环芳烃富集菌群。与模式菌株 *P. tetraodonis* IAM 14160(T)AF214730 相似性为 100%。培养基 0821,25℃。

MCCC 1A06026 ←海洋三所 T5E。分离源:西南太平洋土灰色沉积物上覆水。分离自石油降解菌群。与模式菌株 *P. tetraodonis* IAM 14160(T)AF214730 相似性为 100%(796/796)。培养基 0821,25℃。

MCCC 1B00208 ←海洋一所 YACS7。分离源:青岛上层海水。与模式菌株 *P. prydzensis* MB8-11(T) U85855 相似性为 99.074%。培养基 0471,20～25℃。

MCCC 1B00249 ←海洋一所 JZHS6。分离源:青岛胶州上层海水。与模式菌株 *P. tetraodonis* IAM 14160 (T)AF214730 相似性为 97.963%。培养基 0471,28℃。

MCCC 1B00264 ←海洋一所 JZHS22。分离源:青岛胶州上层海水。与模式菌株 *P. mariniglutinosa* KMM 3635(T)AJ507251 相似性为 98.519%。培养基 0471,28℃。

MCCC 1B00268 ←海洋一所 JZHS26。分离源:青岛胶州上层海水。与模式菌株 *P. tetraodonis* IAM 14160 (T)AF214730 相似性为 98.148%。培养基 0471,28℃。

MCCC 1B00286 ←海洋一所 YAAJ16。分离源:青岛即墨仿刺参溃烂体表。与模式菌株 *P. tetraodonis* IAM 14160(T)AF214730 相似性为 98.148%。培养基 0471,28℃。

MCCC 1B00309 ←海洋一所 SDBC10。分离源:威海荣成上层海水。与模式菌株 *P. mariniglutinosa* KMM 3635(T)AJ507251 相似性为 99.063%。培养基 0471,28℃。

MCCC 1B00315 ←海洋一所 SDDC27。分离源:威海荣成表层沉积物。与模式菌株 *P. mariniglutinosa* KMM 3635(T)AJ507251 相似性为 96.081%。培养基 0471,28℃。

MCCC 1B00324 ←海洋一所 NJSN41。分离源:江苏南通表层沉积物。与模式菌株 *P. carrageenovora* ATCC 12662(T)X82136 相似性为 96.093%。培养基 0471,28℃。

MCCC 1B00325 ←海洋一所 NJSN44。分离源:江苏南通表层沉积物。与模式菌株 *P. issachenkonii* KMM 3549(T)AF316144 相似性为 97.554%。培养基 0471,28℃。

MCCC 1B00424 ←海洋一所 QJJN 27。分离源:青岛胶南表层海水。与模式菌株 *P. tetraodonis* IAM 14160 (T)AF214730 相似性为 99.891%。培养基 0471,20～25℃。

MCCC 1B00466 ←海洋一所 HZBC34。分离源:山东日照上层海水。与模式菌株 *P. tetraodonis* IAM 14160 (T)AF214730 相似性为 99.906%。培养基 0471,20～25℃。

MCCC 1B00555 ←海洋一所 DJHH84。分离源:烟台海阳底层海水。与模式菌株 *P. tetraodonis* IAM 14160 (T)AF214730 相似性为 98.658%。培养基 0471,20～25℃。

MCCC 1B00556 ←海洋一所 DJHH85。分离源:烟台海阳底层海水。与模式菌株 *P. tetraodonis* IAM 14160 (T)AF214730 相似性为 98.653%。培养基 0471,20～25℃。

MCCC 1B00612 ←海洋一所 DJQD2。分离源:青岛胶南表层海水。与模式菌株 *P. tetraodonis* IAM 14160 (T)AF214730 相似性为 100%。培养基 0471,20～25℃。

MCCC 1B00617 ←海洋一所 DJQD19。分离源:青岛胶南表层海水。与模式菌株 *P. paragorgicola* KMM 3548(T)AY040229 相似性为 100%。培养基 0471,20～25℃。

MCCC 1B00628 ←海洋一所 DJQM29。分离源:青岛沙子口表层海水。与模式菌株 *P. paragorgicola* KMM 3548(T)AY040229 相似性为 100%。培养基 0471,20～25℃。

MCCC 1B00634 ←海洋一所 DJQF21。分离源:青岛沙子口表层海水。与模式菌株 *P. tetraodonis* IAM 14160(T)AF214730 相似性为 98.773%。培养基 0471,20～25℃。

MCCC 1B00657 ←海洋一所 DJJH7。分离源:山东日照上层海水。与模式菌株 *P. tetraodonis* IAM 14160 (T)AF214730 相似性为 99.82%。培养基 0471,20～25℃。

MCCC 1B00668 ←海洋一所 DJQD9。分离源:青岛胶南底层海水。与模式菌株 *P. tetraodonis* IAM 14160 (T)AF214730 相似性为 98.656%。培养基 0471,20～25℃。

MCCC 1B00681 ←海洋一所 DJLY29。分离源:江苏盐城射阳表层海水。与模式菌株 *P. paragorgicola* KMM 3548(T)AY040229 相似性为 100%。培养基 0471,20～25℃。

MCCC 1B00744 ←海洋一所 CJHH13。分离源:烟台海阳次底层海水。与模式菌株 *P. tetraodonis* IAM 14160(T)AF214730 相似性为 99.666%。培养基 0471,20～25℃。

MCCC 1B00820 ←海洋一所 QJJH4。分离源:山东日照表层海水。与模式菌株 *P. tetraodonis* IAM 14160 (T)AF214730 相似性为 99.635%。培养基 0471,20～25℃。

MCCC 1B00858 ←海洋一所 YCWB2。分离源:青岛即墨70%盐度盐田表层海水。与模式菌株 *P. piscicida* ATCC 15057(T)X82215 相似性为 98.184%。培养基 0471,20～25℃。

MCCC 1B00949 ←海洋一所 HDC2。分离源:宁德霞浦河豚养殖场河豚肠道内容物。与模式菌株 *P. mariniglutinosa* KMM 3635(T)AJ507251 相似性为 97.849%。培养基 0471,

20～25℃。

MCCC 1B00972 ←海洋一所 HDC58。分离源:福建宁德河豚养殖场河豚肠道内容物。与模式菌株 *P. tetraodonis* IAM 14160(T)AF214730 相似性为 99.161%。培养基 0471,20～25℃。

MCCC 1B00974 ←海洋一所 HDP5。分离源:福建宁德河豚养殖场河豚肠道内容物。鱼类共生菌。与模式菌株 *P. byunsanensis* FR1199(T)DQ011289 相似性为 98.208%。培养基 0471,20～25℃。

MCCC 1C00234 ←极地中心 BSi20526。分离源:北冰洋海冰。产蛋白酶、淀粉酶、β-半乳糖苷酶。与模式菌株 *P. tetraodonis* IAM 14160(T)AF214730 相似性为 96.26%。培养基 0471,15℃。

MCCC 1C01005 ←极地中心 P11-24-2。分离源:北冰洋深层沉积物。产脂酶。与模式菌株 *P. atlantica* IAM 12927(T)X82134 相似性为 99.648%。培养基 0471,5℃。

MCCC 1C01019 ←极地中心 2-2-1-1。分离源:南极南大洋普里兹湾上层海水。与模式菌株 *P. nigrifaciens* NCIMB 8614(T)X82146 相似性为 99.926%。培养基 0471,5℃。

MCCC 1C01025 ←极地中心 4-9-11-2。分离源:南极南大洋普里兹湾上层海水。与模式菌株 *P. prydzensis* MB8-11(T)U85855 相似性为 98.078%。培养基 0471,5℃。

MCCC 1C01026 ←极地中心 2-6-3-1。分离源:南极南大洋普里兹湾深层海水。与模式菌株 *P. marina* Mano4(T)AY563031 相似性为 99.703%。培养基 0471,5℃。

MCCC 1C01027 ←极地中心 4-5-7-1。分离源:南极南大洋普里兹湾深层海水。与模式菌株 *P. mariniglutinosa* KMM 3635(T)AJ507251 相似性为 98.553%。培养基 0471,5℃。

MCCC 1C01035 ←极地中心 P7。分离源:北冰洋表层沉积物。产脂酶。与模式菌株 *P. undina* NCIMB 2128 (T)X82140 相似性为 99.858%。培养基 0471,5℃。

MCCC 1C01036 ←极地中心 P4。分离源:北冰洋表层沉积物。产脂酶。好氧,革兰氏阴性,可运动杆菌,适冷,产脂酶,石油降解菌。Api20NE 结果:ESC,GEL,阳性。与模式菌株 *P. tetraodonis* IAM 14160(T)AF214730 相似性为 99.863%。培养基 0471,5℃。

MCCC 1C01042 ←极地中心 L-10。分离源:南极企鹅岛潮间带海沙。产脂酶。与模式菌株 *P. elyakovii* KMM 162(T)AF082562 相似性为 99.926%。培养基 0471,5℃。

MCCC 1C01045 ←极地中心 A51-6。分离源:南极长城湾上层海水。与模式菌株 *P. paragorgicola* KMM 3548(T)AY040229 相似性为 100%。培养基 0471,5℃。

MCCC 1C01047 ←极地中心 A52-4。分离源:南极长城湾上层海水。与模式菌株 *P. paragorgicola* KMM 3548(T)AY040229 相似性为 100%。培养基 0471,5℃。

MCCC 1C01067 ←极地中心 WN-1。分离源:南极长城湾上层海水。与模式菌株 *P. arctica* A 37-1-2(T) DQ787199 相似性为 99.434%。培养基 0471,5℃。

MCCC 1C01071 ←极地中心 N-1。分离源:南极长城湾南岸潮间带海沙。与模式菌株 *P. paragorgicola* KMM 3548(T)AY040229 相似性为 99.926%。培养基 0471,5℃。

MCCC 1C01073 ←极地中心 XS-4。分离源:南极长城站西海岸潮间带海沙。与模式菌株 *P. paragorgicola* KMM 3548(T)AY040229 相似性为 100%。培养基 0471,5℃。

MCCC 1C01075 ←极地中心 SY1。分离源:南极长城站潮间带海沙。与模式菌株 *P. arctica* A 37-1-2(T) DQ787199 相似性为 100%。培养基 0471,5℃。

MCCC 1C01078 ←极地中心 P3。分离源:北冰洋表层沉积物。与模式菌株 *P. tetraodonis* IAM 14160(T) AF214730 相似性为 99.863%。培养基 0471,5℃。

MCCC 1C01082 ←极地中心 P1。分离源:北冰洋表层沉积物。与模式菌株 *P. tetraodonis* IAM 14160(T) AF214730 相似性为 100%。培养基 0471,5℃。

MCCC 1C01084 ←极地中心 7。分离源:南极长城站油库底泥。产脂酶。与模式菌株 *P. paragorgicola* KMM 3548(T)AY040229 相似性为 99.926%。培养基 0471,5℃。

MCCC 1C01085 ←极地中心 4。分离源:南极长城站油库底泥。产脂酶。与模式菌株 *P. arctica* A 37-1-2 (T)DQ787199 相似性为 99.336%。培养基 0471,5℃。

MCCC 1C01101 ←极地中心 XH8。分离源:南极长城站潮间带海沙。与模式菌株 *P. arctica* A 37-1-2(T) DQ787199 相似性为 100%。培养基 0471,5℃。

MCCC 1C01105 ←极地中心 P23。分离源:北冰洋深层沉积物。与模式菌株 *P. atlantica* IAM 12927(T) X82134 相似性为 99.578%。培养基 0471,5℃。

MCCC 1C01108 ←极地中心 cong-2。分离源:南极长城站潮间带海沙。与模式菌株 *P. prydzensis* MB8-11 (T)U85855 相似性为 98.675%.。培养基 0471,5℃。

MCCC 1C01141 ←极地中心 C-5。分离源:南极长城站潮间带海沙。与模式菌株 *P. paragorgicola* KMM 3548(T)AY040229 相似性为 99.925%。培养基 0471,5℃。

MCCC 1C01143 ←极地中心 cong-8。分离源:南极长城站潮间带海沙。与模式菌株 *P. aliena* KMM 3562 (T)AY387858 相似性为 100%。培养基 0471,5℃。

MCCC 1C01144 ←极地中心 Mn13。分离源:北冰洋深层沉积物。抗二价锰。与模式菌株 *P. arctica* A 37-1-2(T)DQ787199 相似性为 99.408%。培养基 0471,5℃。

MCCC 1C01145 ←极地中心 N-3。分离源:南极长城湾南岸潮间带海沙。与模式菌株 *P. paragorgicola* KMM 3548(T)AY040229 相似性为 100%。培养基 0471,5℃。

MCCC 1C01146 ←极地中心 WN-2。分离源:南极长城湾上层海水。与模式菌株 *P. paragorgicola* KMM 3548(T)AY040229 相似性为 100%。培养基 0471,5℃。

MCCC 1C01147 ←极地中心 Q-5。分离源:南极企鹅岛潮间带海沙。与模式菌株 *P. paragorgicola* KMM 3548(T)AY040229 相似性为 100%。培养基 0471,5℃。

MCCC 1C01148 ←极地中心 Q-1。分离源:南极企鹅岛潮间带海沙。与模式菌株 *P. paragorgicola* KMM 3548(T)AY040229 相似性为 100%。培养基 0471,5℃。

MCCC 1C01149 ←极地中心 S11-2-1。分离源:北冰洋表层沉积物。与模式菌株 *P. paragorgicola* KMM 3548(T)AY040229 相似性为 100%。培养基 0471,5℃。

MCCC 1C01150 ←极地中心 P11-A-8。分离源:北冰洋表层沉积物。与模式菌株 *P. paragorgicola* KMM 3548(T)AY040229 相似性为 100%。培养基 0471,5℃。

MCCC 1E00625 ←中国海大 SXBYC5n。分离源:威海荣成近海鲅鱼肠道。与模式菌株 *P. tetraodonis* IAM 14160(T)AF214730 相似性为 99.524%。培养基 0471,16℃。

MCCC 1E00626 ←中国海大 SX2C5。分离源:威海荣成近海鱼肠道。与模式菌株 *P. tetraodonis* IAM 14160 (T)AF214730 相似性为 99.781%。培养基 0471,16℃。

MCCC 1E00627 ←中国海大 SX2C3。分离源:威海荣成近海鱼肠道。与模式菌株 *P. tetraodonis* IAM 14160 (T)AF214730 相似性为 99.623%。培养基 0471,16℃。

MCCC 1E00629 ←中国海大 SX2C1n。分离源:威海荣成近海鱼肠道。与模式菌株 *P. tetraodonis* IAM 14160(T)AF214730 相似性为 99.311%。培养基 0471,16℃。

MCCC 1E00630 ←中国海大 SXAKS2。分离源:威海荣成近海鲅鳒鱼鳃。与模式菌株 *P. elyakovii* KMM 162(T)AF082562 相似性为 99.716%。培养基 0471,16℃。

MCCC 1E00631 ←中国海大 SX1S4。分离源:威海荣成近海鱼鳃。与 *P. issachenkonii* KMM 3549(T) AF316144 相似性为 99.781%。培养基 0471,16℃。

MCCC 1F01005 ←厦门大学 SP48。分离源:中国东海近海海水表层。具杀藻活性。与模式菌株 *P. atlantica* IAM 12927(T)X82134 相似性为 99.930%(1420/1421)。培养基 0471,25℃。

MCCC 1F01108 ←厦门大学 SP31。分离源:中国东海近海表层海水。具有杀死塔玛亚历山大藻的活性。与 模式菌株 *P. agarivorans* KMM 255(T)AJ417594 相似性为 99.699%(994/997),故暂不 定种。培养基 0471,25℃。

MCCC 1F01109 ←厦门大学 SP44。分离源:中国东海近海表层海水。具有杀死塔玛亚历山大藻的活性。与 模式菌株 *P. tetraodonis* IAM 14160(T)AF214730 相似性为 99%(1456/1464)。培养基 0471,25℃。

MCCC 1F01112 ←厦门大学 DHQ17。分离源:中国东海近海表层海水。具有杀死塔玛亚历山大藻的活性。 与模式菌株 *P. tetraodonis* IAM 14160(T)AF214730 相似性为 97.799%(1111/1136)。 培养基 0471,25℃。

MCCC 1F01114 ←厦门大学 DHQ28。分离源:中国东海近海表层水样。具有杀死塔玛亚历山大藻的活性。 与模式菌株 *P. undina* NCIMB 2128(T)X82140 相似性为 99.617%(781/784)。培养基 0471,25℃。

MCCC 1F01116 ←厦门大学 DHQ4。分离源:中国东海近海表层水样。具有杀死塔玛亚历山大藻的活性。

与模式菌株 *P. issachenkonii* KMM 3549(T)AF316144 相似性为 99.726%(727/729)。培养基 0471,25℃。

MCCC 1F01117 ←厦门大学 DHQ5。分离源:中国东海近海表层水样。具有杀死塔玛亚历山大藻的活性。与模式菌株 *P. tetraodonis* IAM 14160(T)AF214730 相似性为 99.744%(1167/1170)。培养基 0471,25℃。

MCCC 1F01119 ←厦门大学 HH2。分离源:中国东海近海表层水样。具有杀死塔玛亚历山大藻的活性。与模式菌株 *P. tetraodonis* IAM 14160(T)AF214730 相似性为 100%(760/760)。培养基 0471,25℃。

MCCC 1F01123 ←厦门大学 HH5。分离源:中国东海近海表层水样。具有杀死塔玛亚历山大藻的活性。与模式菌株 *P. issachenkonii* KMM 3549(T)AF316144 相似性为 99.592%(732/735)。培养基 0471,25℃。

MCCC 1G00008 ←青岛科大 HH126-NF103。分离源:中国黄海海底沉积物。与模式菌株 *P. mariniglutinosa* KMM 3635(T)AJ507251 相似性为 96.316%。培养基 0471,28℃。

MCCC 1G00138 ←青岛科大 HH190 上-1。分离源:中国黄海上层海水。与模式菌株 *P. undina* NCIMB 2128(T)X82140 相似性为 96.525%。培养基 0471,25~28℃。

MCCC 1G00145 ←青岛科大 HH216-1。分离源:中国黄海海底沉积物。与模式菌株 *P. mariniglutinosa* KMM 3635(T)AJ507251 相似性为 97.055%。培养基 0471,25~28℃。

MCCC 1G00176 ←青岛科大 DH253 下-2。分离源:中国东海下层海水。与模式菌株 *P. byunsanensis* FR1199 (T)DQ011289 相似性为 96.897%。培养基 0471,25~28℃。

MCCC 1G00177 ←青岛科大 HH225 下-1。分离源:中国黄海下层海水。培养基 0471,25~28℃。

MCCC 1G00178 ←青岛科大 HH177 下-1。分离源:中国黄海下层海水。与模式菌株 *P. mariniglutinosa* KMM 3635(T)AJ507251 相似性为 96.774%。培养基 0471,25~28℃。

MCCC 1G00179 ←青岛科大 SB282 上(B)-3。分离源:江苏北部上层海水。与模式菌株 *P. mariniglutinosa* KMM 3635(T)AJ507251 相似性为 96.838%。培养基 0471,25~28℃。

MCCC 1G00182 ←青岛科大 qdht02。分离源:青岛表层海水。与模式菌株 *P. prydzensis* MB8-11(T) U85855 相似性为 96.511%。培养基 0471,25~28℃。

MCCC 1G00199 ←青岛科大 DYHS4-2。分离源:山东东营近岸海域污染区表层海水。与模式菌株 *P. prydzensis* MB8-11(T)U85855 相似性为 96.94%。培养基 0471,25~28℃。

Pseudochrobactrum sp. Kämpfer *et al*. 2006 假苍白杆菌

MCCC 1A02647 ←海洋三所 GCSI-5。与模式菌株 *P. saccharolyticum* CCUG 33852(T)AM180484 相似性为 98.677%。培养基 0471,25℃。

Pseudoclavibacter helvolus Manaia *et al*. 2004 苍黄假棍状杆菌

模式菌株 *Pseudoclavibacter helvolus* DSM 20419(T)X77440

MCCC 1A03531 ←海洋三所 SHMj。分离源:南沙珊瑚礁石。与模式菌株相似性为 99.862%(764/765)。培养基 0821,25℃。

MCCC 1A04001 ←海洋三所 SHY9k。分离源:南沙珊瑚礁石。分离自石油降解菌群。与模式菌株相似性为 99.864%(773/775)。培养基 0821,25℃。

MCCC 1B00693 ←海洋一所 DJWH28。分离源:江苏盐城滨海表层海水。与模式菌株相似性为 99.881%。培养基 0471,20~25℃。

MCCC 1B00709 ←海洋一所 DJSD20。分离源:青岛沙子口表层海水。与模式菌株相似性为 99.861%。培养基 0471,20~25℃。

Pseudomonas aeruginosa (Schroeter 1872)Migula 1900 铜绿假单胞菌

模式菌株 *Pseudomonas aeruginosa* LMG 1242(T)Z76651

MCCC 1A00099 ←海洋三所 Lphe-8。分离源:厦门近海表层海水。以硝酸根作为电子受体分离。与模式菌株相似性为 99.932%。培养基 0472,26℃。

MCCC 1A00241 　←海洋三所 CN2。分离源:厦门近海表层海水。分离自柴油富集菌群。与模式菌株相似性为 99.875%。培养基 0033,28℃。

MCCC 1A00269 　←海洋三所 CN2+。分离源:厦门近海表层海水。产表面活性物质。与模式菌株相似性为 99.874%。培养基 0472,28℃。

MCCC 1A00364 　←海洋三所 2he-4。分离源:厦门花圃表层土。产鼠李糖脂表面活性剂。与模式菌株相似性为 99.194%。培养基 0472,28℃。

MCCC 1A01061 　←海洋三所 RC99-A1。分离源:印度洋深海底层水样。分离自石油降解菌群。与模式菌株相似性为 99.506%。培养基 0471,25℃。

MCCC 1A01151 　←海洋三所 7。分离源:印度洋深海热液口沉积物。分离自环己酮降解菌群。与模式菌株相似性为 100%。培养基 0472,25℃。

MCCC 1A01321 　←海洋三所 S26-1-3。分离源:印度洋表层海水。苯系物降解菌。与模式菌株相似性为 100%。培养基 0471,25℃。

MCCC 1A01377 　←海洋三所 I-D-3。分离源:厦门滩涂泥样。与模式菌株相似性为 99.846%。培养基 0472,28℃。

MCCC 1A01500 　←海洋三所 B-4-2。分离源:印度洋表层海水。石油烃降解菌。与模式菌株相似性为 99.866%。培养基 0333,26℃。

MCCC 1A02213 　←海洋三所 S56-3-2。分离源:印度洋表层海水。降解二苯并噻吩。与模式菌株相似性为 99.609%。培养基 0472,28℃。

MCCC 1A04311 　←海洋三所 T7B。分离源:西南太平洋土灰色沉积物。分离自石油降解菌群。与模式菌株相似性为 99.859%。培养基 0821,28℃。

MCCC 1A05429 　←海洋三所 Er19。分离源:南海海水。分离自石油降解菌群。与模式菌株相似性为 98.9% (757/764)。培养基 0471,28℃。

Pseudomonas alcaligenes Monias 1928 产碱假单胞菌

模式菌株 *Pseudomonas alcaligenes* LMG 1224(T)D84006

MCCC 1F01018 　←厦门大学 B13。分离源:福建省漳州近海红树林表层沉积物。与模式菌株相似性为 99.256%(1467/1478)。培养基 0471,25℃。

Pseudomonas alcaliphila Yumoto *et al.* 2001 嗜碱假单胞菌

模式菌株 *Pseudomonas alcaliphila* AL15-21(T)AB030583

MCCC 1A02219 　←海洋三所 S54-1。分离源:印度洋表层海水。降解二苯并噻吩。与模式菌株相似性为 99.488%。培养基 0472,28℃。

MCCC 1G00072 　←青岛科大 SB281-2。分离源:江苏北部海底沉积物。与模式菌株的 16S 序列相似性为 99.02%。培养基 0471,25～28℃。

MCCC 1G00090 　←青岛科大 HH188-2。分离源:中国黄海海底沉积物。与模式菌株的 16S 序列相似性为 99.716%。培养基 0471,25～28℃。

MCCC 1G00091 　←青岛科大 HH225-3。分离源:中国黄海海底沉积物。与模式菌株的 16S 序列相似性为 99.166%。培养基 0471,25～28℃。

MCCC 1G00092 　←青岛科大 SB291-2。分离源:江苏北部海底沉积物。与模式菌株的 16S 序列相似性为 99.646%。培养基 0471,25～28℃。

MCCC 1G00093 　←青岛科大 SB265-2。分离源:江苏北部海底沉积物。与模式菌株的 16S 序列相似性为 99.369%。培养基 0471,25～28℃。

MCCC 1G00095 　←青岛科大 SB265 下-3。分离源:江苏北部下层海水。与模式菌株的 16S 序列相似性为 99.166%。培养基 0471,25～28℃。

MCCC 1G00144 　←青岛科大 HH198-2-3。分离源:中国黄海海底沉积物。与模式菌株相似性为 99.097%。培养基 0471,25～28℃。

MCCC 1G00161 　←青岛科大 HH225 下-2-1。分离源:中国黄海下层海水。与模式菌株相似性为 98.955%。培养基 0471,25～28℃。

MCCC 1G00162　←青岛科大 HH225 下-2-2。分离源:中国黄海下层海水。与模式菌株相似性为 99.444%。
培养基 0471,25～28℃。

Pseudomonas antarctica Reddy *et al.* 2004 南极假单胞菌
模式菌株 *Pseudomonas antarctica* CMS 35(T)AJ537601

MCCC 1C00993　←极地中心 PR3-14。分离源:北极植物根际。与模式菌株相似性为 99.664%。培养基
0266,15℃。

Pseudomonas azotoformans Iizuka and Komagata 1963 产氮假单胞菌
模式菌株 *Pseudomonas azotoformans* IAM1603(T)D84009

MCCC 1A01782　←海洋三所 E2003-01(12-15)zhy。分离源:东太平洋多金属结核区深海沉积物。与模式菌
株相似性为 99.597%。培养基 0471,55℃。

MCCC 1A01803　←海洋三所 02003-0112-1517′(zhy)。分离源:东太平洋多金属结核区深海沉积物。与模式
菌株相似性为 99.598%。培养基 0471,28℃。

MCCC 1A01811　←海洋三所 28(zhy)。分离源:东太平洋多金属结核区深海沉积物。与模式菌株相似性为
99.665%。培养基 0471,28℃。

MCCC 1A01818　←海洋三所 Z27(zhy)。分离源:东太平洋多金属结核区深海沉积物。与模式菌株相似性为
99.598%。培养基 0471,28℃。

MCCC 1A01823　←海洋三所 H3(zhy)。分离源:东太平洋多金属结核区深海沉积物。与模式菌株相似性为
99.531%。培养基 0471,28℃。

MCCC 1A01840　←海洋三所 Z59(zhy)。分离源:东太平洋多金属结核区深海沉积物。与模式菌株相似性为
99.598%。培养基 0471,28℃。

MCCC 1A01841　←海洋三所 283(49zx)。分离源:西太平洋暖池区深海沉积物。与模式菌株相似性为
99.532%。培养基 0471,20～25℃。

MCCC 1A01876　←海洋三所 ES-3。分离源:东太平洋深海沉积物。与模式菌株相似性为 99.665%。培养基
0471,20℃。

MCCC 1A01888　←海洋三所 EP29。分离源:东太平洋深海沉积物。与模式菌株相似性为 99.531%。培养
基 0471,20℃。

MCCC 1A01889　←海洋三所 EP30。分离源:东太平洋深海沉积物。与模式菌株相似性为 99.665%。培养
基 0471,20℃。

MCCC 1A01896　←海洋三所 EP37。分离源:东太平洋深海沉积物。与模式菌株相似性为 99.732%。培养
基 0471,20℃。

MCCC 1A03887　←海洋三所 P50。分离源:西南太平洋劳盆地沉积物表层。与模式菌株相似性为
99.531%。培养基 0471,20～30℃。

MCCC 1C00582　←极地中心 BSs20155。分离源:北冰洋深层沉积物。与模式菌株相似性为 99.598%。培养
基 0471,15℃。

MCCC 1C00668　←极地中心 BSs20166。分离源:北冰洋深层沉积物。与模式菌株相似性为 99.665%。培养
基 0471,15℃。

MCCC 1C01095　←极地中心 Q8。分离源:南极企鹅岛潮间带海沙。与模式菌株相似性为 99.709%。培养
基 0471,5℃。

Pseudomonas balearica Bennasar *et al.* 1996 巴利阿里假单胞菌
模式菌株 *Pseudomonas balearica* SP1402(T)U26418

MCCC 1A00141　←海洋三所 M-2。分离源:厦门表层污水。柴油降解菌。与模式菌株相似性为 99.514%。
培养基 0033,28℃。

MCCC 1A00188　←海洋三所 L-1。分离源:中国渤海湾有石油污染历史的表层海水。多环芳烃蒽降解菌。
与模式菌株相似性为 99.624%。培养基 0033,28℃。

MCCC 1A00204　←海洋三所 C-4。分离源:中国渤海湾有石油污染历史的表层海水。多环芳烃蒽降解菌。

与模式菌株相似性为 99.624%。培养基 0472,28℃。

MCCC 1A00208 ←海洋三所 L-3。分离源:中国渤海湾有石油污染历史的表层海水。柴油降解菌。与模式菌株相似性为 99.624%。培养基 0033,28℃。

MCCC 1A01473 ←海洋三所 6-D-3。分离源:厦门近岸表层海水。与模式菌株相似性为 99.563%。培养基 0472,26℃。

MCCC 1A02835 ←海洋三所 IO8。分离源:黄海上层海水。分离自石油降解菌群。与模式菌株相似性为 99.497%(827/831)。培养基 0472,25℃。

MCCC 1A02840 ←海洋三所 IP2。分离源:黄海上层海水。分离自石油降解菌群。与模式菌株相似性为 99.497%。培养基 0472,25℃。

MCCC 1A02865 ←海洋三所 F44-3。分离源:近海沉积物。分离自石油降解菌群。与模式菌株相似性为 99.671%。培养基 0472,28℃。

MCCC 1A02887 ←海洋三所 IT9。分离源:黄海上层海水。分离自石油降解菌群。与模式菌株相似性为 99.497%(827/831)。培养基 0472,25℃。

MCCC 1A02892 ←海洋三所 IZ11。分离源:黄海上层海水。分离自石油降解菌群。与模式菌株相似性为 99.497%(827/831)。培养基 0472,25℃。

MCCC 1A02911 ←海洋三所 JE6。分离源:黄海表层海水。分离自石油降解菌群。与模式菌株相似性为 99.497%(827/831)。培养基 0472,25℃。

MCCC 1A02947 ←海洋三所 JL3。分离源:东海上层海水。分离自石油降解菌群。与模式菌株相似性为 99.497%(827/831)。培养基 0472,25℃。

MCCC 1A02948 ←海洋三所 JL5。分离源:东海上层海水。分离自石油降解菌群。与模式菌株相似性为 99.487%(827/831)。培养基 0472,25℃。

Pseudomonas beteli (Ragunathan 1928) Savulescu 1947 **蒌叶假单胞菌**
模式菌株 *Pseudomonas beteli* ATCC 19861(T) AB021406

MCCC 1B00538 ←海洋一所 DJHH43。分离源:烟台海阳表层海水。与模式菌株相似性为 99.765%。培养基 0471,20~25℃。

MCCC 1B00540 ←海洋一所 DJHH51。分离源:烟台海阳表层海水。与模式菌株相似性为 99.882%。培养基 0471,20~25℃。

MCCC 1B00543 ←海洋一所 DJHH55。分离源:烟台海阳表层海水。与模式菌株相似性为 99.466%。培养基 0471,20~25℃。

Pseudomonas borbori Vanparys *et al*. 2006 **淤泥假单胞菌**
模式菌株 *Pseudomonas borbori* R-20821(T) AM114527

MCCC 1A03115 ←海洋三所 A006。分离源:黄海上层海水。可能降解木聚糖。与模式菌株 *P. borbori* R-20821(T) AM114527 相似性为 99.098%(804/811)。培养基 0471,25℃。

Pseudomonas brenneri Baïda *et al*. 2002 **布氏假单胞菌**
模式菌株 *Pseudomonas brenneri* CFML 97-391(T) AF268968

MCCC 1A01783 ←海洋三所 N15zhy。分离源:东太平洋多金属结核区深海沉积物。与模式菌株相似性为 99.659%。培养基 0471,15~25℃。

MCCC 1A01906 ←海洋三所 NJ-55。分离源:南极土壤。与模式菌株相似性为 99.728%。培养基 0033,20~25℃。

MCCC 1C00933 ←极地中心 BCw159。分离源:北冰洋无冰区表层海水。与模式菌株相似性为 100%。培养基 0471,15℃。

Pseudomonas flavescens Hildebrand *et al*. 1994 **变黄假单胞菌**
模式菌株 *Pseudomonas flavescens* B62 U01916

MCCC 1B00287 ←海洋一所 YAAJ17。分离源:青岛即墨仿刺参溃烂体表。与模式菌株相似性为

99.815%。培养基0471,28℃。

MCCC 1B00604 　←海洋一所 DJWH6。分离源:江苏盐城滨海表层海水。与模式菌株相似性为98.081%。培养基0471,20～25℃。

Pseudomonas fragi (Eichholz 1902)Gruber 1905 莓实假单胞菌
模式菌株 *Pseudomonas fragi* ATCC 4973(T)AF094733

MCCC 1A00152 　←海洋三所 DYCB-2。分离源:南海表层海未知名海鱼。与模式菌株相似性为99.222%。培养基0033,28℃。

MCCC 1A02241 　←海洋三所 CH6。分离源:厦门黄翅鱼鱼鳃。与模式菌株相似性为99.496%。培养基0033,25℃。

MCCC 1A02246 　←海洋三所 ST1。分离源:厦门黄翅鱼鱼胃。与模式菌株相似性为99.497%。培养基0033,25℃。

Pseudomonas frederiksbergensis Andersen *et al.* 2000 弗雷德里克斯堡假单胞菌
模式菌株 *Pseudomonas frederiksbergensis* JAJ28(T)AJ249382

MCCC 1A06061 　←海洋三所 N-2Q-5-X。分离源:北极圈内某近人类活动区土样。与模式菌株相似性为99.882%。培养基0472,28℃。

MCCC 1C00574 　←极地中心 BSs20146。分离源:北冰洋深层沉积物。与模式菌株相似性为98.651%。培养基0471,15℃。

MCCC 1C00677 　←极地中心 BSs20153。分离源:北冰洋深层沉积物。与模式菌株相似性为98.584%。培养基0471,15℃。

MCCC 1C00681 　←极地中心 BSs20145。分离源:北冰洋深层沉积物。与模式菌株相似性为98.786%。培养基0471,15℃。

MCCC 1C00806 　←极地中心 PR4-3。分离源:北极植物根际。与模式菌株相似性为99.865%。培养基0266,15℃。

MCCC 1C00821 　←极地中心 PR6-3。分离源:北极植物根际。与模式菌株相似性为99.730%。培养基0266,15℃。

MCCC 1C00895 　←极地中心 PR3-5。分离源:北极植物根际。与模式菌株相似性为99.865%。培养基0266,15℃。

Pseudomonas grimontii Baïda *et al.* 2002 格氏假单胞菌
模式菌株 *Pseudomonas grimontii* CFML 97-514(T)AF268029

MCCC 1A01737 　←海洋三所 130(2zx)。分离源:西太平洋深海沉积物。与模式菌株相似性为99.864%。培养基0471,20～25℃。

MCCC 1A01925 　←海洋三所 NJ-61。分离源:南极土壤。与模式菌株相似性为99.592%。培养基0033,20～25℃。

MCCC 1A03811 　←海洋三所 19-4 TVG5-5 c。分离源:西南太平洋沉积物表层。与模式菌株相似性为99.728%。培养基0471,4～20℃。

Pseudomonas guineae Bozal *et al.* 2007 吉氏假单胞菌
模式菌株 *Pseudomonas guineae* M8(T)AM491810

MCCC 1C00667 　←极地中心 BSs20139。分离源:北冰洋深层沉积物。与模式菌株相似性为99.932%。培养基0471,15℃。

MCCC 1C00829 　←极地中心 K3B-3。分离源:北极无冰区表层海水。与模式菌株相似性为99.865%。培养基0471,15℃。

MCCC 1C00874 　←极地中心 K3B-4。分离源:北极无冰区表层海水。与模式菌株相似性为99.932%。培养基0471,15℃。

MCCC 1C00975 　←极地中心 K3B-7。分离源:北极无冰区表层海水。与模式菌株相似性为99.932%。培养基 0471,15℃。

Pseudomonas indoloxydans Manickam 2008 氧化吲哚假单胞菌

模式菌株 *Pseudomonas indoloxydans* IPL-1(T)DQ916277

MCCC 1A00851 ←海洋三所 B-2051。分离源:东太平洋水体底层。与模式菌株相似性为 95.816%。培养基 0471,4℃。

MCCC 1A02221 ←海洋三所 DBT-2。分离源:南海沉积物。降解二苯并噻吩。与模式菌株相似性为 99.72%。培养基 0471,28℃。

MCCC 1A02756 ←海洋三所 IB9。分离源:黄海上层海水。分离自石油降解菌群。与模式菌株相似性为 98.615%。培养基 0472,25℃。

MCCC 1A02776 ←海洋三所 IF5。分离源:黄海上层海水。分离自石油降解菌群。与模式菌株相似性为 98.615%。培养基 0472,25℃。

MCCC 1A02821 ←海洋三所 F34-1。分离源:北海沉积物。分离自石油降解菌群。与模式菌株相似性为 98.507%。培养基 0472,28℃。

MCCC 1A02823 ←海洋三所 F34-10。分离源:近海沉积物。分离自石油降解菌群。与模式菌株相似性为 98.79%。培养基 0472,28℃。

MCCC 1A02961 ←海洋三所 JN1。分离源:青岛表层海水。分离自石油降解菌群。与模式菌株相似性为 98.367%。培养基 0472,25℃。

MCCC 1A03027 ←海洋三所 CK-I1-6。分离源:印度洋深海沉积物玄武岩表层。与模式菌株相似性为 100%。培养基 0745,18~28℃。

MCCC 1A03131 ←海洋三所 45-5。分离源:印度洋表层海水。分离自石油降解菌群。与模式菌株相似性为 98.261%。培养基 0471,25℃。

MCCC 1A04326 ←海洋三所 T9AD。分离源:西南太平洋土灰色沉积物。分离自石油降解菌群。与模式菌株相似性为 98.226%(754/767)。培养基 0821,28℃。

MCCC 1A04566 ←海洋三所 T37AG。分离源:西南太平洋褐黑色沉积物上覆水。分离自石油、多环芳烃降解菌群。与模式菌株相似性为 98.222%。培养基 0821,28℃。

MCCC 1G00143 ←青岛科大 HH198-2-2。分离源:中国黄海海底沉积物。与模式菌株相似性为 99.164%。培养基 0471,25~28℃。

MCCC 1G00159 ←青岛科大 HH209 下-2-2。分离源:中国黄海下层海水。与模式菌株相似性为 98.955%。培养基 0471,25~28℃。

Pseudomonas jessenii Verhille *et al.* 1999 杰氏假单胞菌

模式菌株 *Pseudomonas jessenii* CIP 105274(T)AF068259

MCCC 1C00380 ←极地中心 BSi20664。分离源:北冰洋海冰。与模式菌株相似性为 99.26%。培养基 0471,15℃。

MCCC 1C00850 ←极地中心 S1007。分离源:白令海表层沉积物。与模式菌株相似性为 99.125%。培养基 0471,15℃。

Pseudomonas kilonensis Sikorski *et al.* 2001 基尔假单胞菌

模式菌株 *Pseudomonas kilonensis* 520-20(T)AJ292426

MCCC 1A06062 ←海洋三所 N-2Q-5-4。分离源:北极圈内某近人类活动区土样。与模式菌株相似性为 99.498%。培养基 0472,28℃。

Pseudomonas koreensis Kwon *et al.* 2003 韩国假单胞菌

模式菌株 *Pseudomonas koreensis* Ps 9-14(T)AF468452

MCCC 1A01813 ←海洋三所 H9(zhy)。分离源:东太平洋多金属结核区深海沉积物。与模式菌株相似性为 99.725%。培养基 0471,28℃。

MCCC 1A01819 ←海洋三所 9(zhy)。分离源:东太平洋多金属结核区深海沉积物。与模式菌株相似性为

99.794%。培养基 0471,28℃。

MCCC 1A01820 ←海洋三所 33(zhy)。分离源:东太平洋多金属结核区深海硅质黏土沉积物。与模式菌株
相似性为 99.725%。培养基 0471,28℃。

MCCC 1B00586 ←海洋一所 DJWH8。分离源:江苏盐城滨海表层海水。与模式菌株相似性为 100%。培养
基 0471,20～25℃。

MCCC 1B00805 ←海洋一所 HTYW5。分离源:山东宁德霞浦暗纹东方鲀胃部。与模式菌株相似性为
100%。培养基 0471,20～25℃。

MCCC 1B00815 ←海洋一所 HTYC23。分离源:山东宁德霞浦暗纹东方鲀胃部。与模式菌株相似性为
99.875%。培养基 0471,20～25℃。

Pseudomonas lini Delorme *et al.* 2002 亚麻假单胞菌

模式菌株 *Pseudomonas lini* CFBP 5737(T)AY035996

MCCC 1C00906 ←极地中心 PR1-20。分离源:北极植物根际。与模式菌株相似性为 99.533%。培养基
0266,15℃。

Pseudomonas luteola Kodama *et al.* 1985 浅黄假单胞菌

模式菌株 *Pseudomonas luteola* IAM 13000(T)D84002

MCCC 1A03030 ←海洋三所 CK-I1-12。分离源:印度洋深海沉积物玄武岩表层。与模式菌株相似性为
99.291%。培养基 0745,18～28℃。

Pseudomonas mandelii Verhille *et al.* 1999 孟氏假单胞菌

模式菌株 *Pseudomonas mandelii* CIP 105273(T)AF058286

MCCC 1C00818 ←极地中心 PR4-12。分离源:北极植物根际。与模式菌株相似性为 99.532%。培养基
0266,15℃。

MCCC 1C00878 ←极地中心 PR1-24。分离源:北极植物根际。与模式菌株相似性为 99.465%。培养基
0266,15℃。

MCCC 1C00882 ←极地中心 PR6-10。分离源:北极植物根际。与模式菌株相似性为 99.198%。培养基
0266,15℃。

MCCC 1C00896 ←极地中心 PR4-5。分离源:北极植物根际。与模式菌株相似性为 99.465%。培养基
0266,15℃。

MCCC 1C00912 ←极地中心 PR4-4。分离源:北极植物根际。与模式菌株相似性为 99.532%。培养基
0266,15℃。

MCCC 1C00922 ←极地中心 PR6-12。分离源:北极植物根际。与模式菌株相似性为 99.666%。培养基
0266,15℃。

MCCC 1C00946 ←极地中心 PR3-10。分离源:北极植物根际。与模式菌株相似性为 99.666%。培养基
0266,15℃。

MCCC 1C00978 ←极地中心 PR1-3。分离源:北极植物根际。与模式菌株相似性为 99.733%。培养基
0266,15℃。

MCCC 1C01063 ←极地中心 N4。分离源:南极长城站潮间带海沙。产脂酶。与模式菌株 *P. mandelii* CIP
105273(T)AF058286 相似性为 99.703%。培养基 0471,5℃。

Pseudomonas meridiana Reddy *et al.* 2004 子午线假单胞菌

模式菌株 *Pseudomonas meridiana* CMS 38(T)AJ537602

MCCC 1B00585 ←海洋一所 DJWH7。分离源:江苏盐城滨海表层海水。与模式菌株相似性为 99.87%。培
养基 0471,20～25℃。

Pseudomonas migulae Verhille *et al.* 1999 米氏假单胞菌

模式菌株 *Pseudomonas migulae* CIP 105470(T)AF074383

MCCC 1A00307　←海洋三所 LCY17。分离源：南极土壤。多环芳烃降解菌。与模式菌株相似性为 100%。培养基 0033,18℃。

MCCC 1A00310　←海洋三所 LCY15。分离源：南极土壤。多环芳烃降解菌。与模式菌株相似性为 99.638%。培养基 0033,18℃。

MCCC 1C01015　←极地中心 H。分离源：南极长城站潮间带海沙。产脂酶。与模式菌株相似性为 99.641%。培养基 0471,5℃。

MCCC 1C01057　←极地中心 AC6。分离源：南极长城站潮间带海沙。产脂酶。与模式菌株相似性为 99.633%。培养基 0471,5℃。

MCCC 1C01059　←极地中心 AC18。分离源：南极长城站潮间带海沙。产脂酶。与模式菌株相似性为 99.556%。培养基 0471,5℃。

Pseudomonas monteilii Elomari et al. 1997 蒙氏假单胞菌
模式菌株 *Pseudomonas monteilii* CIP 104883(T)AF064458

MCCC 1A00302　←海洋三所 CR4。分离源：南极土壤。多环芳烃降解菌。与模式菌株相似性为 99.62%。培养基 0033,18℃。

MCCC 1A01787　←海洋三所 Z55(K15)zhy。分离源：东太平洋多金属结核区深海沉积物。与模式菌株相似性为 99.598%。培养基 0471,15～25℃。

MCCC 1A01788　←海洋三所 Z24(N6)zhy。分离源：东太平洋多金属结核区深海沉积物。与模式菌株相似性为 99.531%。培养基 0471,15～25℃。

MCCC 1A01809　←海洋三所 4(zhy)。分离源：东太平洋多金属结核区深海沉积物。与模式菌株相似性为 99.799%。培养基 0471,28℃。

MCCC 1A01812　←海洋三所 C1-2(zhy)。分离源：东太平洋多金属结核区深海沉积物。与模式菌株相似性为 99.665%。培养基 0471,28℃。

MCCC 1A01825　←海洋三所 Z57(zhy)。分离源：东太平洋多金属结核区深海沉积物。与模式菌株相似性为 99.598%。培养基 0471,28℃。

MCCC 1A01831　←海洋三所 37(zhy)。分离源：东太平洋多金属结核区深海硅质黏土沉积物。与模式菌株相似性为 99.598%。培养基 0471,28℃。

MCCC 1A01845　←海洋三所 2(zhy)。分离源：东太平洋多金属结核区深海沉积物。与模式菌株相似性为 99.665%。培养基 0471,28℃。

MCCC 1A01862　←海洋三所 EP12。分离源：东太平洋深海沉积物。与模式菌株相似性为 99.53%。培养基 0471,20℃。

MCCC 1A05412　←海洋三所 C9B2。分离源：西南太平洋上层海水。分离自石油降解菌群。与模式菌株相似性为 99.743%(811/813)。培养基 0821,25℃。

MCCC 1A05909　←海洋三所 T30AC。分离源：西南太平洋热液区硫化物。分离自石油降解菌群。与模式菌株相似性为 99.741%(803/805)。培养基 0821,25℃。

Pseudomonas nitroreducens Iizuka and Komagata 1964 emend. Lang et al. 2007 硝基还原假单胞菌
模式菌株 *Pseudomonas nitroreducens* DSM 14399(T)AM088474

MCCC 1A00301　←海洋三所 CY13。分离源：南极油污染土壤。多环芳烃降解菌。与模式菌株相似性为 99.643%。培养基 0033,18℃。

MCCC 1A00321　←海洋三所 CY24。分离源：南极土壤。多环芳烃降解菌。与模式菌株相似性为 99.778%。培养基 0033,18℃。

Pseudomonas oleovorans Lee and Chandler 1941 食油假单胞菌
模式菌株 *Pseudomonas psychrotolerans* C36(T)AJ575816

MCCC 1A03362　←海洋三所 87H12-1。分离源：大西洋深海沉积物表层。与模式菌株相似性为 99%。培养基 0471,37℃。

MCCC 1A03363　←海洋三所 87P43-1。分离源：大西洋深海沉积物表层。与模式菌株相似性为 99%。培养基 0471,37℃。

Pseudomonas pachastrellae Romanenko *et al.* 2005 **海绵假单胞菌**

模式菌株 *Pseudomonas pachastrellae* KMM 330(T)AB125366

MCCC 1A01122 ←海洋三所 MB4A。分离源:大西洋深海底层海水。分离自石油降解菌群。与模式菌株相似性为 99.864%。培养基 0471,25℃。

MCCC 1A01331 ←海洋三所 S29-3-B。分离源:印度洋表层海水。苯系物降解菌。与模式菌株相似性为 99.439%。培养基 0471,25℃。

MCCC 1A01390 ←海洋三所 S73-2-8。分离源:印度洋表层海水。苯系物降解菌。与模式菌株相似性为 99.626%。培养基 0471,25℃。

MCCC 1A01431 ←海洋三所 S30(6)。分离源:印度洋表层海水。分离自石油降解菌群。与模式菌株相似性为 100%。培养基 0745,26℃。

MCCC 1A01446 ←海洋三所 S32-1。分离源:印度洋表层海水。十六烷降解菌,产表面活性物质。与模式菌株相似性为 99.58%。培养基 0745,26℃。

MCCC 1A01472 ←海洋三所 B-10-5。分离源:印度洋表层海水。分离自石油降解菌群。与模式菌株相似性为 99.154%。培养基 0333,26℃。

MCCC 1A02013 ←海洋三所 2CR53-6。分离源:印度洋深海底层水样。分离自石油降解菌群。与模式菌株相似性为 99.864%。培养基 0471,25℃。

MCCC 1A02014 ←海洋三所 NIC1013S-4。分离源:印度洋深海底层水样。分离自石油降解菌群。与模式菌株相似性为 99.864%。培养基 0471,25℃。

MCCC 1A02015 ←海洋三所 CIC4N-2。分离源:印度洋深海底层水样。分离自多环芳烃降解菌群。与模式菌株相似性为 99.254%。培养基 0471,25℃。

MCCC 1A02479 ←海洋三所 37-PW11-OH9。分离源:南沙近海海水表层。分离自石油降解菌群。与模式菌株相似性为 99.079%。培养基 0472,25℃。

MCCC 1A02480 ←海洋三所 8-PW8-OH3。分离源:南沙近海海水表层。分离自石油降解菌群。与模式菌株相似性为 98.884%。培养基 0472,25℃。

MCCC 1A02481 ←海洋三所 8-PW8-OH4。分离源:南沙近海海水表层。分离自石油降解菌群。与模式菌株相似性为 99.217%。培养基 0472,25℃。

MCCC 1A02482 ←海洋三所 Q5-PW1-OH10。分离源:南沙近海海水表层。分离自石油降解菌群。与模式菌株相似性为 99.206%。培养基 0472,25℃。

MCCC 1A02483 ←海洋三所 Q5-PW1-OH6。分离源:南沙近海海水表层。分离自石油降解菌群。与模式菌株相似性为 99.107%。培养基 0472,25℃。

MCCC 1A02484 ←海洋三所 37-PW11-OH15。分离源:南沙近海海水表层。分离自石油降解菌群。与模式菌株相似性为 99.179%。培养基 0472,25℃。

MCCC 1A02485 ←海洋三所 37-PW11-OH8。分离源:南沙近海海水表层。分离自石油降解菌群。与模式菌株相似性为 99.2%。培养基 0472,25℃。

MCCC 1A02486 ←海洋三所 mj02-PW8-OH3。分离源:南沙近海岛礁附近上层海水。分离自石油降解菌群。与模式菌株相似性为 99.135%。培养基 0472,25℃。

MCCC 1A02487 ←海洋三所 mj02-PW8-OH8。分离源:南沙近海岛礁附近上层海水。分离自石油降解菌群。与模式菌株相似性为 99.231%。培养基 0472,25℃。

MCCC 1A02488 ←海洋三所 Q5-PW1-OH3。分离源:南沙近海海水表层。分离自石油降解菌群。与模式菌株相似性为 99.208%。培养基 0472,25℃。

MCCC 1A02489 ←海洋三所 Q5-PW1-OH4。分离源:南沙近海海水表层。分离自石油降解菌群。与模式菌株相似性为 99.22%。培养基 0472,25℃。

MCCC 1A02490 ←海洋三所 mj02-PW8-OH9。分离源:南沙近海岛礁附近上层海水。分离自石油降解菌群。与模式菌株相似性为 99.115%。培养基 0472,25℃。

MCCC 1A02789 ←海洋三所 Ii7。分离源:黄海上层海水。分离自石油降解菌群。与模式菌株相似性为 99.119%(823/831)。培养基 0472,25℃。

MCCC 1A02846 ←海洋三所 IQ4。分离源:黄海上层海水。分离自石油降解菌群。与模式菌株相似性为 99.497%(827/831)。培养基 0472,25℃。

MCCC 1A02859 ←海洋三所 IU4。分离源:黄海上层海水。分离自石油降解菌群。与模式菌株相似性为 99.371%。培养基 0472,25℃。

MCCC 1A02868 ←海洋三所 IV4。分离源:黄海上层海水。分离自石油降解菌群。与模式菌株相似性为 99.119%。培养基 0472,25℃。

MCCC 1A02886 ←海洋三所 IY8。分离源:黄海表层海水。分离自石油降解菌群。与模式菌株相似性为 99.623%。培养基 0472,25℃。

MCCC 1A02913 ←海洋三所 JE11。分离源:黄海表层海水。分离自石油降解菌群。与模式菌株相似性为 99.623%。培养基 0472,25℃。

MCCC 1A02933 ←海洋三所 JI6。分离源:东海上层海水。分离自石油降解菌群。与模式菌株相似性为 99.623%。培养基 0472,25℃。

MCCC 1A02936 ←海洋三所 JK3。分离源:东海上层海水。分离自石油降解菌群。与模式菌株相似性为 99.497%。培养基 0472,25℃。

MCCC 1A03434 ←海洋三所 M01-6D。分离源:南沙上层海水。与模式菌株相似性为 99.064%。培养基 1001,25℃。

MCCC 1A03944 ←海洋三所 411-2。分离源:印度洋表层海水。分离自石油降解菌群。与模式菌株相似性 为 98.605%。培养基 0821,25℃。

MCCC 1A04093 ←海洋三所 NH23C。分离源:南沙黄褐色沙质。与模式菌株相似性为 99.142%。培养基 0821,25℃。

MCCC 1A04246 ←海洋三所 LMC2-11。分离源:太平洋深海热液区沉积物。芳烃降解菌。与模式菌株相似 性为 99.276%。培养基 0471,28℃。

MCCC 1A04302 ←海洋三所 T6G。分离源:西南太平洋土灰色沉积物。分离自石油降解菌群。与模式菌株 相似性为 99.142%(728/735)。培养基 0821,28℃。

MCCC 1A04303 ←海洋三所 T6B5。分离源:西南太平洋土灰色沉积物。分离自石油降解菌群。与模式菌 株相似性为 99.472%。培养基 0821,28℃。

MCCC 1A04320 ←海洋三所 T8AD。分离源:西南太平洋土灰色沉积物上覆水。分离自石油降解菌群。与 模式菌株相似性为 99.72%。培养基 0821,28℃。

MCCC 1A04327 ←海洋三所 T9K。分离源:西南太平洋土灰色沉积物。分离自石油降解菌群。与模式菌株 相似性为 99.142%(728/735)。培养基 0821,28℃。

MCCC 1A04355 ←海洋三所 T13AK。分离源:西南太平洋土灰色沉积物。分离自石油降解菌群。与模式菌 株相似性为 99.437%。培养基 0821,28℃。

MCCC 1A04382 ←海洋三所 T16AG。分离源:西南太平洋土灰色沉积物。分离自石油降解菌群。与模式菌 株相似性为 99.738%。培养基 0821,28℃。

MCCC 1A04400 ←海洋三所 T17N。分离源:西南太平洋土灰色沉积物。分离自石油降解菌群。与模式菌 株相似性为 99.057%。培养基 0821,28℃。

MCCC 1A04409 ←海洋三所 T18AL。分离源:西南太平洋土黄色沉积物上覆水。分离自石油降解菌群。与 模式菌株相似性为 99.084%。培养基 0821,28℃。

MCCC 1A04434 ←海洋三所 T19G。分离源:西南太平洋土灰色沉积物上覆水。分离自石油降解菌群。与 模式菌株相似性为 99.142%。培养基 0821,28℃。

MCCC 1A04443 ←海洋三所 T20AE。分离源:西南太平洋土灰色沉积物。分离自石油降解菌群。与模式菌 株相似性为 99.734%(785/787)。培养基 0821,28℃。

MCCC 1A04501 ←海洋三所 T29AB1。分离源:西南太平洋热液区沉积物。分离自石油降解菌群。与模式 菌株相似性为 99.057%。培养基 0821,28℃。

MCCC 1A04542 ←海洋三所 T33D。分离源:西南太平洋褐黑色沉积物上覆水。分离自石油降解菌群。与 模式菌株相似性为 99.142%。培养基 0821,28℃。

MCCC 1A04648 ←海洋三所 T45E。分离源:西南太平洋土黄色沉积物上覆水。分离自石油、多环芳烃降解 菌群。与模式菌株相似性为 99.041%。培养基 0821,28℃。

MCCC 1A04783 　←海洋三所 C53AE。分离源:西南太平洋深层海水。分离自石油降解菌群。与模式菌株相似性为 99.719%。培养基 0821,25℃。

MCCC 1A04898 　←海洋三所 C83AB。分离源:西南太平洋深层海水。分离自石油、多环芳烃降解菌群。与模式菌株相似性为 99.468%。培养基 0821,25℃。

MCCC 1A04907 　←海洋三所 C86AT。分离源:西南太平洋深层海水。分离自石油、多环芳烃降解菌群。与模式菌株相似性为 99.734%(785/787)。培养基 0821,25℃。

MCCC 1A05270 　←海洋三所 C51AH。分离源:西南太平洋上层海水。分离自石油降解菌群。与模式菌株相似性为 99.684%。培养基 0821,25℃。

MCCC 1A05314 　←海洋三所 C63B28。分离源:西南太平洋深层海水。分离自石油降解菌群。与模式菌株相似性为 99.72%。培养基 0821,25℃。

MCCC 1A05382 　←海洋三所 C81AM。分离源:西南太平洋深层海水。分离自石油、多环芳烃降解菌群。与模式菌株相似性为 99.069%(780/788)。培养基 0821,25℃。

MCCC 1A05410 　←海洋三所 C8AI。分离源:西南太平洋下层海水。分离自石油降解菌群。与模式菌株相似性为 99.057%(770/778)。培养基 0821,25℃。

MCCC 1A05628 　←海洋三所 19-m-5。分离源:南海深海沉积物。分离自混合烷烃富集菌群。与模式菌株相似性为 99.231%。培养基 0471,28℃。

MCCC 1A05632 　←海洋三所 29-B3-3。分离源:南海深海沉积物。分离自混合烷烃富集菌群。与模式菌株相似性为 99.2%。培养基 0471,28℃。

MCCC 1A05694 　←海洋三所 NH55N。分离源:南沙泻湖珊瑚沙。革兰氏阴性。与模式菌株相似性为 99.22%(798/806)。培养基 0821,25℃。

MCCC 1B00312 　←海洋一所 SDDC4。分离源:威海荣成表层沉积物。与模式菌株相似性为 99.466%。培养基 0471,28℃。

MCCC 1B00455 　←海洋一所 HZBC7。分离源:山东日照上层海水。与模式菌株相似性为 99.714%。培养基 0471,20～25℃。

MCCC 1B00458 　←海洋一所 HZBC14。分离源:山东日照上层海水。与模式菌株相似性为 99.606%。培养基 0471,20～25℃。

MCCC 1B00459 　←海洋一所 HZBC18。分离源:山东日照上层海水。与模式菌株相似性为 99.509%。培养基 0471,20～25℃。

MCCC 1B00461 　←海洋一所 HZBC23。分离源:山东日照上层海水。与模式菌株相似性为 99.019%。培养基 0471,20～25℃。

MCCC 1B00464 　←海洋一所 HZBC30。分离源:山东日照上层海水。与模式菌株相似性为 99.703%。培养基 0471,20～25℃。

MCCC 1B00483 　←海洋一所 HZBC73。分离源:山东日照上层海水。与模式菌株相似性为 99.677%。培养基 0471,20～25℃。

MCCC 1B00594 　←海洋一所 CJJK26。分离源:江苏南通启东表层海水。与模式菌株相似性为 98.819%。培养基 0471,20～25℃。

MCCC 1B00599 　←海洋一所 DJCJ55。分离源:江苏南通如东表层海水。与模式菌株相似性为 98.894%。培养基 0471,20～25℃。

Pseudomonas parafulva Uchino *et al.* 2002 副黄假单胞菌
模式菌株 *Pseudomonas parafulva* AJ 2129(T)AB060132

MCCC 1B00261 　←海洋一所 JZHS18。分离源:青岛胶州上层海水。与模式菌株相似性为 100%。培养基 0471,28℃。

MCCC 1B00907 　←海洋一所 DY35-1。分离源:山东东营上层海水。与模式菌株相似性为 100%。培养基 0471,20～25℃。

Pseudomonas peli Vanparys *et al.* 2006 烂泥假单胞菌
模式菌株 *Pseudomonas peli* R-20805(T)AM114534

MCCC 1A06066　←海洋三所 D-1-1-4。分离源:北极圈内某淡水湖边地表下 5cm 沉积物。分离自原油富集菌群。与模式菌株相似性为 99.637%。培养基 0472,28℃。

Pseudomonas pertucinogena Kawai and Yabuuchi 1975 产穿孔素假单胞菌

MCCC 1A00287　←JCM 11590。=ATCC 190 =CCUG 7832 =CIP 106696 =IFO(now NBRC)14163 =JCM 11590 =LMG 1874。模式菌株。培养基 0033,28℃。

Pseudomonas plecoglossicida Nishimori *et al*. 2000 杀香鱼假单胞菌

模式菌株 *Pseudomonas plecoglossicida* FPC951(T)AB009457

MCCC 1A00303　←海洋三所 CY22。分离源:南极土壤。多环芳烃降解菌。与模式菌株相似性为 100%。培养基 0033,18℃。

MCCC 1A00332　←海洋三所 LUN2。分离源:厦门近海表层海水。二甲苯降解菌。与模式菌株相似性为 99.011%。培养基 0472,28℃。

MCCC 1A00946　←海洋三所 J2。分离源:厦门污水处理厂离心间活性污泥。甲苯降解菌,能耐受 70%甲苯。与模式菌株相似性为 99.788%。培养基 0033,28℃。

MCCC 1A01785　←海洋三所 Z64-2(K13)zhy。分离源:东太平洋多金属结核区深海沉积物。与模式菌株相似性为 99.533%。培养基 0471,15~25℃。

MCCC 1A01827　←海洋三所 Z62(zhy)。分离源:东太平洋深海沉积物。与模式菌株相似性为 99.733%。培养基 0471,28℃。

MCCC 1A01834　←海洋三所 K9(zhy)。分离源:东太平洋深海沉积物。与模式菌株相似性为 99.533%。培养基 0471,28℃。

MCCC 1A01836　←海洋三所 Z13(zhy)。分离源:东太平洋多金属结核区深海沉积物。与模式菌株相似性为 99.533%。培养基 0471,28℃。

MCCC 1E00652　←中国海大 C46。分离源:海南近海表层海水。与模式菌株相似性为 99.71%;菌落白色至乳白色,菌落表面光滑,边缘整齐。培养基 0471,16℃。

Pseudomonas pseudoalcaligenes Stanier 1966 类产碱假单胞菌

模式菌株 *Pseudomonas pseudoalcaligenes* subsp. *pseudoalcaligenes* DSM 50188(T)Z76675

MCCC 1A01065　←海洋三所 SC3-1。分离源:印度洋深海底层水样。分离自石油降解菌群。与模式菌株相似性为 99.111%。培养基 0471,25℃。

MCCC 1A01378　←海洋三所 2-D-2。分离源:厦门近岸表层海水。培养基 0472,28℃。

MCCC 1A02016　←海洋三所 PR51-16。分离源:印度洋深海底层水样。分离自多环芳烃降解菌群。与模式菌株相似性为 99.111%。培养基 0471,25℃。

MCCC 1A02032　←海洋三所 2CR51-8。分离源:印度洋深海底层水样。分离自石油降解菌群。与模式菌株相似性为 99.111%。培养基 0471,25℃。

Pseudomonas psychrophila Yumoto *et al*. 2002 嗜冷假单胞菌

模式菌株 *Pseudomonas psychrophila* E-3(T)AB041885

MCCC 1A01918　←海洋三所 NJ-22。分离源:南极土壤。与模式菌株相似性为 99.599%。培养基 0033,20~25℃。

MCCC 1A01919　←海洋三所 NJ-24。分离源:南极土壤。与模式菌株相似性为 99.599%。培养基 0033,20~25℃。

Pseudomonas putida(Trevisan 1889)Migula 1895 恶臭假单胞菌

模式菌株 *Pseudomonas putida* DSM 291(T)Z76667

MCCC 1A01082　← Tohoku University。原始号 PpG7。= ATCC 17485。模式菌株。降解萘。培养基 0033,28℃。

MCCC 1A01085　← Cornell University DR. E. L. Mdsen。原始号 Pcg1。参考菌株。降解萘。培养基

0033,28℃。

MCCC 1A01090　　←Cornell University。原始号 NCIB 9816-4。＝NCIB 9816-4。参考菌株。降解萘。培养基
　　　　　　　　　　0033,28℃。

Pseudomonas rhodesiae Coroler *et al.* 1997 **罗氏假单胞菌**

模式菌株 *Pseudomonas rhodesiae* CIP 104664(T) AF064459

MCCC 1A02230　　←海洋三所 ST11。分离源:厦门黄翅鱼鱼胃。与模式菌株相似性为 100%。培养基
　　　　　　　　　　0033,25℃。

Pseudomonas sabulinigri Kim *et al.* 2009 **黑沙假单胞菌**

模式菌株 *Pseudomonas sabulinigri* J64(T) EU143352

MCCC 1A01721　　←海洋三所 133(46-zx)。分离源:西太平洋深海沉积物。与模式菌株相似性为 98.286%。
　　　　　　　　　　培养基 0471,20~25℃。

MCCC 1A03813　　←海洋三所 TVG 9-3。分离源:西南太平洋劳盆地热液区硫黄色沉积物。与模式菌株相似
　　　　　　　　　　性为 98.361%。培养基 0471,4~20℃。

MCCC 1A04097　　←海洋三所 NH23Q-2。分离源:南沙黄褐色沙质。与模式菌株相似性为 98%。培养基
　　　　　　　　　　0821,25℃。

MCCC 1A04118　　←海洋三所 NH33B。分离源:南沙深灰色细泥。与模式菌株相似性为 97.792%。培养基
　　　　　　　　　　0821,25℃。

MCCC 1A04164　　←海洋三所 NH44J。分离源:南沙灰色沙质。与模式菌株相似性为 99.87%。培养基
　　　　　　　　　　0821,25℃。

MCCC 1A04170　　←海洋三所 NH45Z。分离源:南沙黄褐色沙质。与模式菌株相似性为 98.314%。培养基
　　　　　　　　　　0821,25℃。

MCCC 1A05674　　←海洋三所 NH3G。分离源:南沙黄褐色沙质沉积物。与模式菌株相似性为 98.296%。培
　　　　　　　　　　养基 0821,25℃。

MCCC 1C00675　　←极地中心 BSs20168。分离源:北冰洋深层沉积物。与模式菌株相似性为 97.505%。培养
　　　　　　　　　　基 0471,15℃。

Pseudomonas stutzeri (Lehmann and Neumann 1896) Sijderius 1946 **施氏假单胞菌**

模式菌株 *Pseudomonas stutzeri* CCUG 11256(T) U26262

MCCC 1A00064　　←海洋三所 A2-B。分离源:太平洋深海沉积物。以硝酸根作为电子受体分离。与模式菌株
　　　　　　　　　　相似性为 99.608%。培养基 0033,28℃。

MCCC 1A00069　　←海洋三所 A7-A。分离源:太平洋深海沉积物。以硝酸根作为电子受体分离。与模式菌
　　　　　　　　　　株相似性为 100%。培养基 0033,28℃。

MCCC 1A00070　　←海洋三所 A7-B。分离源:太平洋深海沉积物。以硝酸根作为电子受体分离。与模式菌株
　　　　　　　　　　相似性为 99.752%。培养基 0033,28℃。

MCCC 1A00071　　←海洋三所 A7-C。分离源:太平洋深海沉积物。以硝酸根作为电子受体分离。培养基
　　　　　　　　　　0033,28℃。

MCCC 1A00075　　←海洋三所 E1-3。分离源:太平洋深海沉积物。以硝酸根作为电子受体分离。与模式菌株
　　　　　　　　　　相似性为 100%。培养基 0472,28℃。

MCCC 1A00076　　←海洋三所 E1-4。分离源:太平洋深海沉积物。以硝酸根作为电子受体分离。与模式菌株
　　　　　　　　　　相似性为 99.931%。培养基 0472,28℃。

MCCC 1A00077　　←海洋三所 E2-3。分离源:太平洋深海沉积物。以硝酸根作为电子受体分离。与模式菌株
　　　　　　　　　　相似性为 99.723%。培养基 0472,28℃。

MCCC 1A00078　　←海洋三所 E2-4。分离源:太平洋深海沉积物。以硝酸根作为电子受体分离。与模式菌株
　　　　　　　　　　相似性为 99.792%。培养基 0472,28℃。

MCCC 1A00079　　←海洋三所 E4-1。分离源:太平洋深海沉积物。以硝酸根作为电子受体分离。与模式菌株
　　　　　　　　　　相似性为 99.931%。培养基 0472,28℃。

MCCC 1A00080　←海洋三所 E4-3。分离源:太平洋深海沉积物。以硝酸根作为电子受体分离。与模式菌株相似性为 100%。培养基 0472,28℃。

MCCC 1A00084　←海洋三所 A7-1。分离源:太平洋深海沉积物。以硝酸根作为电子受体分离。与模式菌株相似性为 99.931%。培养基 0472,28℃。

MCCC 1A00093　←海洋三所 A12-2。分离源:福建泉州近海表层海水。以硝酸根作为电子受体分离。与模式菌株相似性为 99.931%。培养基 0472,28℃。

MCCC 1A00094　←海洋三所 A13-5。分离源:福建泉州近海沉积物。以硝酸根作为电子受体分离。与模式菌株相似性为 99.739%。培养基 0472,28℃。

MCCC 1A00096　←海洋三所 A14b-1。分离源:厦门近海沉积物。以硝酸根作为电子受体分离。与模式菌株相似性为 99.584%。培养基 0472,28℃。

MCCC 1A00100　←海洋三所 NH31-1。分离源:南海深海沉积物。以硝酸根作为电子受体分离。与模式菌株相似性为 99.861%。培养基 0472,28℃。

MCCC 1A00101　←海洋三所 NH31-2。分离源:南海深海沉积物。以硝酸根作为电子受体分离。与模式菌株相似性为 99.445%。培养基 0472,28℃。

MCCC 1A00362　←海洋三所 SD43。分离源:太平洋深海沉积物。产脂肪酸类表面活性剂。与模式菌株相似性为 100%。培养基 0033,28℃。

MCCC 1A00804　←海洋三所 B-1014。分离源:西太平洋暖池区沉积物深层。与模式菌株相似性为 98.86%。培养基 0471,4℃。

MCCC 1A00863　←海洋三所 B-3032。分离源:东太平洋水体底层。与模式菌株相似性为 99.672%。培养基 0471,4℃。

MCCC 1A00864　←海洋三所 B-3037。分离源:东太平洋水体底层。与模式菌株相似性为 99.425%,菌落颜色:黄色。培养基 0471,4℃。

MCCC 1A01002　←海洋三所 FD41。分离源:太平洋深海沉积物。产糖脂类表面活性剂。与模式菌株相似性为 99.93%。培养基 0033,28℃。

MCCC 1A01095　←海洋三所 MCT2。分离源:大西洋深海底层海水。分离自石油降解菌群。与模式菌株相似性为 99.389%。培养基 0471,25℃。

MCCC 1A01416　←海洋三所 L30。分离源:南海深海沉积物。分离自石油降解菌群。与模式菌株相似性为 99.866%。培养基 0745,26℃。

MCCC 1A02993　←海洋三所 H8A。分离源:大西洋洋中脊深海沉积物 。与模式菌株相似性为 99.874%。培养基 0821,25℃。

MCCC 1A03049　←海洋三所 AS-I2-6-1。分离源:印度洋深海沉积物。抗五价砷。与模式菌株相似性为 99.01%。培养基 0745,18~28℃。

MCCC 1A03081　←海洋三所 MN-I3-9。分离源:印度洋深海沉积物。抗五价砷。与模式菌株相似性为 99.291%。培养基 0745,18~28℃。

MCCC 1A03357　←海洋三所 6N30-1。分离源:印度洋深海沉积物表层。反硝化菌。与模式菌株相似性为 99%。培养基 0471,37℃。

MCCC 1A03953　←海洋三所 510-2。分离源:印度洋表层海水。分离自石油降解菌群。与模式菌株相似性为 99.326%。培养基 0471,25℃。

MCCC 1A04060　←海洋三所 NH12B。分离源:南沙黄褐色沙质。与模式菌株相似性为 99.429%。培养基 0821,25℃。

MCCC 1A04123　←海洋三所 NH35B。分离源:南沙黄褐色沙质。与模式菌株相似性为 99.441%。培养基 0821,25℃。

MCCC 1A04143　←海洋三所 NH38P。分离源:南沙褐色沙质。与模式菌株相似性为 99.438%。培养基 0821,25℃。

MCCC 1A04236　←海洋三所 pMC2(05)-2。分离源:太平洋热液区深海沉积物。芳烃降解菌。与模式菌株相似性为 100%。培养基 0471,25℃。

MCCC 1A04268　←海洋三所 T2H。分离源:西南太平洋土黄色沉积物。分离自石油降解菌群。与模式菌株相似性为 99.867%。培养基 0821,28℃。

MCCC 1A04339 　←海洋三所 T10E2。分离源:西南太平洋土灰色沉积物。分离自石油降解菌群。与模式菌株相似性为 99.298％。培养基 0821,28℃。

MCCC 1A04647 　←海洋三所 T45AD。分离源:西南太平洋土黄色沉积物上覆水。分离自石油、多环芳烃降解菌群。与模式菌株相似性为 100％(777/777)。培养基 0821,28℃。

MCCC 1A04769 　←海洋三所 C50AE。分离源:西南太平洋下层海水。分离自石油降解菌群。与模式菌株相似性为 99.332％。培养基 0821,25℃。

MCCC 1A04789 　←海洋三所 C54B6。分离源:西南太平洋深层海水。分离自石油降解菌群。与模式菌株相似性为 99.327％。培养基 0821,25℃。

MCCC 1A05370 　←海洋三所 C79B6。分离源:西南太平洋深层海水。分离自石油、多环芳烃降解菌群。与模式菌株相似性为 99.358％(808/813)。培养基 0821,25℃。

MCCC 1A05392 　←海洋三所 C83AC。分离源:西南太平洋深层海水。分离自石油、多环芳烃降解菌群。与模式菌株相似性为 99.86％(747/748)。培养基 0821,25℃。

MCCC 1A05495 　←海洋三所 B14-11。分离源:南海海水。分离自石油降解菌群。与模式菌株相似性为 99.863％(764/765)。培养基 0471,28℃。

MCCC 1A05668 　←海洋三所 NH38Q。分离源:南沙表层沉积物。与模式菌株相似性为 99.516％。培养基 0821,25℃

MCCC 1A05731 　←海洋三所 NH60E1。分离源:南沙美济礁周围混合海水。分离自石油降解菌群。与模式菌株相似性为 99.332％。培养基 0821,25℃。

MCCC 1A05736 　←海洋三所 NH61C。分离源:南沙土黄色泥质。分离自石油降解菌群。与模式菌株相似性为 99.606％。培养基 0821,25℃。

MCCC 1A05767 　←海洋三所 NH67A1。分离源:南沙黄色泥质。分离自石油降解菌群。与模式菌株相似性为 99.737％。培养基 0821,25℃。

MCCC 1A05848 　←海洋三所 BMJ01-B1-12。分离源:南沙土黄色泥质。分离自石油降解菌群。与模式菌株相似性为 99.332％。培养基 0821,25℃。

MCCC 1B00547 　←海洋一所 DJHH69。分离源:烟台海阳次表层海水。与模式菌株相似性为 99.883％。培养基 0471,20~25℃。

Pseudomonas syringae van Hall 1902 丁香假单胞菌

模式菌株 *Pseudomonas syringae* ATCC 19310(T)AJ308316

MCCC 1A00835 　←海洋三所 B-1171。分离源:东太平洋水体表层。与模式菌株相似性为 93.101％。培养基 0471,4℃。

MCCC 1A06067 　←海洋三所 N-2Q-5-7。分离源:北极圈内某近人类活动区土样。与模式菌株相似性为 99.13％。培养基 0472,28℃。

Pseudomonas umsongensis Kwon *et al*.2003 阴城假单胞菌

模式菌株 *Pseudomonas umsongensis* Ps 3-10(T)AF468450

MCCC 1A06068 　←海洋三所 D-1-1-5。分离源:北极圈内某淡水湖边地表下 5cm 沉积物。分离自原油富集菌群。与模式菌株相似性为 99.124％。培养基 0472,28℃。

MCCC 1A06069 　←海洋三所 N-1-3-3。分离源:北极圈内某机场附近土样。与模式菌株相似性为 100％。培养基 0472,28℃。

Pseudomonas xanthomarina Romanenko *et al*.2005 黄色海假单胞菌

模式菌株 *Pseudomonas xanthomarina* KMM 1447(T)AB176954

MCCC 1A00046 　←海洋三所 YY-18。分离源:厦门养鱼池底泥。以硝酸根作为电子受体分离。与模式菌株相似性为 98.562％。培养基 0033,28℃。

MCCC 1A00097 　←海洋三所 SC3。分离源:厦门油污池油污水。多环芳烃蒽降解菌。与模式菌株相似性为 99.238％。培养基 0472,26℃。

MCCC 1A00098 　←海洋三所 SC11。分离源:厦门油污池油污水。多环芳烃蒽降解菌。与模式菌株相似性为

98.891％。培养基 0472,26℃。

MCCC 1A00290　←海洋三所 LE9。分离源:厦门码头附近表层海水。乙苯、对二甲苯降解菌。与模式菌株相似性为 99.147％。培养基 0472,28℃。

MCCC 1A01081　←海洋三所 SM17.10。分离源:印度洋深海沉积物。分离自石油降解菌群。与模式菌株相似性为 99.032％。培养基 0471,25℃。

MCCC 1A01105　←海洋三所 MC20J。分离源:印度洋深海沉积物。分离自多环芳烃降解菌群。与模式菌株相似性为 99.034％。培养基 0471,25℃。

MCCC 1A02000　←海洋三所 Wp17-wp。分离源:西太平洋暖池区海底沉积物。与模式菌株相似性为 99.038％。培养基 0471,15～20℃。

MCCC 1A02089　←海洋三所 PMC1-15。分离源:大西洋深海底层海水。分离自多环芳烃降解菌群。与模式菌株相似性为 99.032％。培养基 0471,25℃。

MCCC 1A03006　←海洋三所 M4。分离源:大西洋洋中脊深海沉积物。与模式菌株相似性为 99.121％。培养基 0472,25℃。

MCCC 1A03183　←海洋三所 tf-15。分离源:大西洋深海沉积物上覆水。与模式菌株相似性为 99.117％。培养基 0002,28℃。

MCCC 1A04008　←海洋三所 NH12C。分离源:南沙黄褐色沙质沉积物。与模式菌株相似性为 99.213％。培养基 0821,25℃。

MCCC 1A04189　←海洋三所 NH53A。分离源:南沙灰色细泥。与模式菌株相似性为 98.845％。培养基 0821,25℃。

MCCC 1A04206　←海洋三所 NH56B。分离源:南沙浅黄色泥质。与模式菌株相似性为 99.351％(809/814)。培养基 0821,25℃。

MCCC 1A04221　←海洋三所 OMC2(1015)-1。分离源:太平洋深海热液区沉积物。芳烃降解菌。与模式菌株相似性为 99.219％。培养基 0471,25℃。

MCCC 1A04304　←海洋三所 T6AK。分离源:西南太平洋土灰色沉积物。分离自石油降解菌群。与模式菌株相似性为 99.332％(776/782)。培养基 0821,28℃。

MCCC 1A04305　←海洋三所 T6E。分离源:西南太平洋土灰色沉积物。分离自石油降解菌群。与模式菌株相似性为 99.207％。培养基 0821,28℃。

MCCC 1A04520　←海洋三所 T30AM。分离源:西南太平洋热液区硫化物。分离自石油降解菌群。与模式菌株相似性为 99.203％。培养基 0821,28℃。

MCCC 1A04567　←海洋三所 T37F。分离源:西南太平洋褐黑色沉积物上覆水。分离自石油、多环芳烃降解菌群。与模式菌株相似性为 99.022％。培养基 0821,28℃。

MCCC 1A04755　←海洋三所 C45AT。分离源:西南太平洋上层海水。分离自石油降解菌群。与模式菌株相似性为 99.481％(609/612)。培养基 0821,25℃。

MCCC 1A04779　←海洋三所 C52B16。分离源:西南太平洋下层海水。分离自石油降解菌群。与模式菌株相似性为 99.332％。培养基 0821,25℃。

MCCC 1A04810　←海洋三所 C61B10。分离源:西南太平洋深层海水。分离自石油降解菌群。与模式菌株相似性为 99.332％。培养基 0821,25℃。

MCCC 1A04876　←海洋三所 C78B6。分离源:西南太平洋深层海水。分离自石油、多环芳烃降解菌群。与模式菌株相似性为 99.203％。培养基 0821,25℃。

MCCC 1A04900　←海洋三所 C84AD。分离源:西南太平洋深层海水。分离自石油、多环芳烃降解菌群。与模式菌株相似性为 99.336％。培养基 0821,25℃。

MCCC 1A04934　←海洋三所 C15AV。分离源:西南太平洋深层海水。分离自石油降解菌群。与模式菌株相似性为 99.439％。培养基 0821,25℃。

MCCC 1A05238　←海洋三所 C52B24。分离源:西南太平洋下层海水。分离自石油降解菌群。与模式菌株相似性为 99.343％。培养基 0821,25℃。

MCCC 1A05330　←海洋三所 C68B6。分离源:西南太平洋深层海水。分离自石油降解菌群。与模式菌株相似性为 99.332％。培养基 0821,25℃。

MCCC 1A05352　←海洋三所 C74AD-YT。分离源:西南太平洋深层海水。分离自石油、多环芳烃降解菌群。

与模式菌株相似性为 99.216%(791/797)。培养基 0821,25℃。

MCCC 1A05369　←海洋三所 C79AP。分离源:西南太平洋深层海水。革兰氏阴性。分离自石油、多环芳烃降解菌群。与模式菌株相似性为 99.358%。培养基 0821,25℃。

MCCC 1B00378　←海洋一所 HZBN6。分离源:山东日照表层沉积物。与模式菌株相似性为 99.394%。培养基 0471,20～25℃。

MCCC 1C00220　←极地中心 BSi20417。分离源:北冰洋海冰。产淀粉酶。与模式菌株相似性为 99.112%。培养基 0471,20℃。

MCCC 1C00349　←极地中心 BSi20378。分离源:北冰洋海冰。与模式菌株相似性为 99.18%。培养基 0471,15℃。

MCCC 1C00350　←极地中心 BSi20416。分离源:北冰洋海冰。与模式菌株相似性为 99.044%。培养基 0471,15℃。

MCCC 1C00351　←极地中心 BSi20442。分离源:北冰洋海冰。与模式菌株相似性为 99.112%。培养基 0471,15℃。

MCCC 1C00352　←极地中心 BSi20368。分离源:北冰洋海冰。与模式菌株相似性为 99.18%。培养基 0471,15℃。

MCCC 1C00353　←极地中心 BSi20449。分离源:北冰洋海冰。与模式菌株相似性为 99.18%。培养基 0471,15℃。

MCCC 1C00387　←极地中心 BSi20450。分离源:北冰洋海冰。产淀粉酶。与模式菌株相似性为 99.112%。培养基 0471,15℃。

MCCC 1C00391　←极地中心 BSi20562。分离源:北冰洋海冰。与模式菌株相似性为 99.044%。培养基 0471,15℃。

MCCC 1C00415　←极地中心 BSi20614。分离源:北冰洋海冰。产淀粉酶。与模式菌株相似性为 99.18%。培养基 0471,15℃。

MCCC 1C00462　←极地中心 BSi20452。分离源:北冰洋海冰。产淀粉酶。与模式菌株相似性为 99.044%。培养基 0471,15℃。

MCCC 1C00467　←极地中心 BSi20369。分离源:北冰洋海冰。产淀粉酶。与模式菌株相似性为 98.975%。培养基 0471,15℃。

MCCC 1C00471　←极地中心 BSi20432。分离源:北冰洋海冰。产淀粉酶。与模式菌株相似性为 99.112%。培养基 0471,15℃。

MCCC 1C00475　←极地中心 BSi20467。分离源:北冰洋海冰。产淀粉酶。与模式菌株相似性为 99.111%。培养基 0471,15℃。

MCCC 1C00480　←极地中心 BSi20360。分离源:北冰洋海冰。产淀粉酶。与模式菌株相似性为 99.112%。培养基 0471,15℃。

MCCC 1C00484　←极地中心 BSi20387。分离源:北冰洋海冰。产淀粉酶。与模式菌株相似性为 99.044%。培养基 0471,15℃。

MCCC 1C00490　←极地中心 BSi20397。分离源:北冰洋海冰。产淀粉酶。与模式菌株相似性为 98.839%。培养基 0471,15℃。

MCCC 1C00499　←极地中心 BSi20391。分离源:北冰洋海冰。产淀粉酶。与模式菌株相似性为 98.907%。培养基 0471,15℃。

MCCC 1C00501　←极地中心 BSi20359。分离源:北冰洋海冰。产淀粉酶、明胶酶、脂酶。与模式菌株相似性为 99.112%。培养基 0471,15℃。

MCCC 1C00502　←极地中心 BSi20355。分离源:北冰洋海冰。产淀粉酶。与模式菌株相似性为 98.634%。培养基 0471,15℃。

MCCC 1C00503　←极地中心 BSi20377。分离源:北冰洋海冰。产淀粉酶。与模式菌株相似性为 98.975%。培养基 0471,15℃。

MCCC 1C00696　←极地中心 BSi20390。分离源:北冰洋海冰。产淀粉酶。与模式菌株相似性为 99.18%。培养基 0471,15℃。

MCCC 1C00799　←极地中心 BSi20363。分离源:北冰洋海冰。与模式菌株相似性为 99.18%。培养基 0471,

15℃。

MCCC 1C00810 ←极地中心 K4B-2。分离源:北极无冰区表层海水。与模式菌株相似性为 98.971%。培养基 0471,15℃。

MCCC 1C00823 ←极地中心 K1B-2。分离源:北极无冰区表层海水。与模式菌株相似性为 99.249%。培养基 0471,15℃。

MCCC 1C00831 ←极地中心 NF1-39-1。分离源:南极表层沉积物。与模式菌株相似性为 99.180%。培养基 0471,15℃。

MCCC 1C00903 ←极地中心 K2d-4。分离源:北极无冰区表层海水。与模式菌株相似性为 98.566%。培养基 0471,15℃。

MCCC 1C00927 ←极地中心 K2d-2。分离源:北极无冰区表层海水。与模式菌株相似性为 98.566%。培养基 0471,15℃。

Pseudomonas xiamenensis Lai and Shao 2008 厦门假单胞菌

MCCC 1A00089 ←海洋三所 C10-2。=JCM 13530 =CGMCC 1.6446。分离源:厦门污水处理厂排污口活性污泥。模式菌株,以硝酸根作为电子受体分离。培养基 0472,28℃。

Pseudomonas sp. Migula 1894 假单胞菌

MCCC 1A00148 ←海洋三所 DYCB-1。分离源:南海表层海未知名海鱼。与模式菌株 *P. psychrophila* E-3 (T)AB041885 相似性为 99.917%。培养基 0033,28℃。

MCCC 1A00192 ←海洋三所 HC11f-A。分离源:厦门黄翅鱼肠道内容物。与模式菌株 *P. parafulva* AJ 2129(T)AB060132 相似性为 98.564%。培养基 0033,28℃。

MCCC 1A00196 ←海洋三所 HC11f-B。分离源:厦门海水养殖场捕捞的黄翅鱼肠道内容物。与模式菌株 *P. parafulva* AJ 2129(T)AB060132 相似性为 98.564%。培养基 0033,28℃。

MCCC 1A00304 ←海洋三所 PZT4。分离源:南极土壤。多环芳烃降解菌。与模式菌株 *P. veronii* CIP 104663(T)AF064460 相似性为 99.818%。培养基 0033,18℃。

MCCC 1A00305 ←海洋三所 LZT5。分离源:南极土壤。多环芳烃降解菌。与模式菌株 *P. trivialis* DSM 14937(T)AJ492831 相似性为 99.497%。培养基 0033,18℃。

MCCC 1A00306 ←海洋三所 CR6。分离源:南极油污染土壤。多环芳烃降解菌。与模式菌株 *P. lurida* DSM 15835(T)AJ581999 相似性为 99.076%。培养基 0033,18℃。

MCCC 1A00308 ←海洋三所 LCY12。分离源:南极土壤。多环芳烃降解菌。与模式菌株 *P. trivialis* DSM 14937(T)AJ492831 相似性为 100%。培养基 0033,18℃。

MCCC 1A00309 ←海洋三所 CY14。分离源:南极土壤。多环芳烃降解菌。与模式菌株 *P. panacis* CG20106 (T)AY787208 相似性为 99.789%。培养基 0033,18℃。

MCCC 1A00311 ←海洋三所 CY23。分离源:南极土壤。多环芳烃降解菌。与模式菌株 *P. trivialis* DSM 14937(T)AJ492831 相似性为 99.556%。培养基 0033,18℃。

MCCC 1A00312 ←海洋三所 LZT1。分离源:南极土壤。多环芳烃降解菌。与模式菌株 *P. trivialis* DSM 14937(T)AJ492831 相似性为 99.636%。培养基 0033,18℃。

MCCC 1A00313 ←海洋三所 CR8。分离源:南极土壤。多环芳烃降解菌。与模式菌株 *P. veronii* CIP 104663(T)AF064460 相似性为 99.588%。培养基 0033,18℃。

MCCC 1A00315 ←海洋三所 LCY16。分离源:南极土壤。多环芳烃降解菌。与模式菌株 *P. libanensis* CIP 105460(T)AF057645 相似性为 98.73%。培养基 0033,18℃。

MCCC 1A00316 ←海洋三所 LCY11。分离源:南极土壤。多环芳烃降解菌。与模式菌株 *P. libanensis* CIP 105460(T)AF057645 相似性为 100%。培养基 0033,18℃。

MCCC 1A00317 ←海洋三所 LCY18。分离源:南极土壤。多环芳烃降解菌。与模式菌株 *P. gessardii* CIP 105469(T)AF074384 相似性为 99.456%。培养基 0033,18℃。

MCCC 1A00318 ←海洋三所 PZT1。分离源:南极土壤。多环芳烃降解菌。与模式菌株 *P. mandelii* CIP 105273(T)AF058286 相似性为 99.145%。培养基 0033,18℃。

MCCC 1A00319 ←海洋三所 PCY21。分离源:南极土壤。多环芳烃降解菌。与模式菌株 *P. amygdali* LMG

2123(T)Z76654 相似性为 97.543%。培养基 0033,18℃。

MCCC 1A00322 ←海洋三所 PCY22。分离源：南极土壤。多环芳烃降解菌。与模式菌株 *P. panacis* CG20106(T)AY787208 相似性为 99.797%。培养基 0033,18℃。

MCCC 1A00353 ←海洋三所 DI-3。分离源：印度洋表层海水剑鱼。与模式菌株 *P. ficuserectae* JCM 2400 (T)AB021378 相似性为 95.49%。培养基 0033,28℃。

MCCC 1A00501 ←海洋三所 1001。分离源：东太平洋深海沉积物。与模式菌株 *P. xanthomarina* KMM 1447(T)AB176954 相似性为 96.669%。培养基 0471,4～20℃。

MCCC 1A00507 ←海洋三所 8055。分离源：西太平洋深海沉积物。与模式菌株 *P. xanthomarina* KMM 1447(T)AB176954 相似性为 99.036%。培养基 0471,4～20℃。

MCCC 1A00509 ←海洋三所 3060。分离源：东太平洋深海沉积物。与模式菌株 *P. koreensis* Ps 9-14(T) AF468452 相似性为 99.514%。培养基 0471,4～20℃。

MCCC 1A00514 ←海洋三所 1014。分离源：东太平洋深海沉积物。与模式菌株 *P. xanthomarina* KMM 1447(T)AB176954 相似性为 96.332%。培养基 0471,4～20℃。

MCCC 1A00524 ←海洋三所 8058。分离源：西太平洋深海沉积物。与模式菌株 *P. xanthomarina* KMM 1447(T)AB176954 相似性为 98.75%。培养基 0471,4～20℃。

MCCC 1A00528 ←海洋三所 2001。分离源：东太平洋深海沉积物。与模式菌株 *P. xanthomarina* KMM 1447(T)AB176954 相似性为 97.521%。培养基 0471,4～20℃。

MCCC 1A00539 ←海洋三所 8077。分离源：西太平洋深海沉积物。与模式菌株 *P. migulae* CIP 105470(T) AF074383 相似性为 98.716%。培养基 0471,4～20℃。

MCCC 1A00542 ←海洋三所 8067。分离源：西太平洋深海沉积物。与模式菌株 *P. panipatensis* Esp-1(T) EF424401 相似性为 95.143%。培养基 0471,4～20℃。

MCCC 1A00547 ←海洋三所 8042。分离源：西太平洋深海沉积物。与模式菌株 *P. nitroreducens* DSM 14399 (T)AM088474 相似性为 98.986%。培养基 0471,4～20℃。

MCCC 1A00553 ←海洋三所 8072。分离源：西太平洋深海沉积物。与模式菌株 *P. plecoglossicida* FPC951 (T)AB009457 相似性为 99.799%。培养基 0471,4～20℃。

MCCC 1A00562 ←海洋三所 3011。分离源：东太平洋深海沉积物。与模式菌株 *P. grimontii* CFML 97-514 (T)AF268029 相似性为 98.624%。培养基 0471,4～20℃。

MCCC 1A00604 ←海洋三所 3053。分离源：东太平洋深海沉积物。与模式菌株 *P. aeruginosa* LMG 1242 (T)Z76651 相似性为 99.384%。培养基 0471,4～20℃。

MCCC 1A00612 ←海洋三所 7009。分离源：西太平洋深海沉积物。与模式菌株 *P. azotifigens* 6H33b(T) AB189452 相似性为 99.309%。培养基 0471,4～20℃。

MCCC 1A00625 ←海洋三所 7022。分离源：西太平洋深海沉积物。培养基 0471,4～20℃。

MCCC 1A00630 ←海洋三所 7028。分离源：西太平洋深海沉积物。与模式菌株 *P. simiae* OLi(T)AJ936933 相似性为 98.332%。培养基 0471,4～20℃。

MCCC 1A00631 ←海洋三所 7029。分离源：西太平洋深海沉积物。与模式菌株 *P. jessenii* CIP 105274(T) AF068259 相似性为 98.64%。培养基 0471,4～20℃。

MCCC 1A00637 ←海洋三所 7039。分离源：西太平洋深海沉积物。与模式菌株 *P. jessenii* CIP 105274(T) AF068259 相似性为 98.776%。培养基 0471,4～20℃。

MCCC 1A00638 ←海洋三所 7040。分离源：西太平洋深海沉积物。与模式菌株 *P. lurida* DSM 15835(T) AJ581999 相似性为 99.059%。培养基 0471,4～20℃。

MCCC 1A00639 ←海洋三所 7043。分离源：西太平洋深海沉积物。与模式菌株 *P. parafulva* AJ 2129(T) AB060132 相似性为 99.525%。培养基 0471,4～20℃。

MCCC 1A00641 ←海洋三所 7049。分离源：西太平洋深海沉积物。与模式菌株 *P. parafulva* AJ 2129(T) AB060132 相似性为 99.389%。培养基 0471,4～20℃。

MCCC 1A00643 ←海洋三所 7052。分离源：西太平洋深海沉积物。与模式菌株 *P. rhizosphaerae* IH5(T) AY152673 相似性为 97.848%。培养基 0471,4～20℃。

MCCC 1A00644 ←海洋三所 7056。分离源：西太平洋深海沉积物。与模式菌株 *P. rhizosphaerae* IH5(T) AY152673 相似性为 99.126%。培养基 0471,4～20℃。

MCCC 1A00645 ←海洋三所 7058。分离源：西太平洋深海沉积物。与模式菌株 *P. koreensis* Ps 9-14（T）AF468452 相似性为 97.592%。培养基 0471,4～20℃。

MCCC 1A00646 ←海洋三所 7064。分离源：西太平洋深海沉积物。与模式菌株 *P. koreensis* Ps 9-14（T）AF468452 相似性为 97.429%。培养基 0471,4～20℃。

MCCC 1A00647 ←海洋三所 7065。分离源：西太平洋深海沉积物。与模式菌株 *P. simiae* OLi（T）AJ936933 相似性为 97.517%。培养基 0471,4～20℃。

MCCC 1A00648 ←海洋三所 7068。分离源：西太平洋深海沉积物。与模式菌株 *P. koreensis* Ps 9-14（T）AF468452 相似性为 97.914%。培养基 0471,4～20℃。

MCCC 1A00649 ←海洋三所 7070。分离源：西太平洋深海沉积物。与模式菌株 *P. aeruginosa* LMG 1242（T）Z76651 相似性为 96.914%。培养基 0471,4～20℃。

MCCC 1A00650 ←海洋三所 7189。分离源：西太平洋深海沉积物。与模式菌株 *P. xanthomarina* KMM 1447（T）AB176954 相似性为 99.034%。培养基 0471,4～20℃。

MCCC 1A00654 ←海洋三所 7197。分离源：西太平洋深海沉积物。与模式菌株 *P. xanthomarina* KMM 1447（T）AB176954 相似性为 97.585%。培养基 0471,4～20℃。

MCCC 1A00663 ←海洋三所 7206。分离源：西太平洋深海沉积物。与模式菌株 *P. ficuserectae* JCM 2400（T）AB021378 相似性为 95.625%。培养基 0471,4～20℃。

MCCC 1A00680 ←海洋三所 7332。分离源：西太平洋深海沉积物。与模式菌株 *P. simiae* OLi（T）AJ936933 相似性为 98.942%。培养基 0471,4～20℃。

MCCC 1A00689 ←海洋三所 7323。分离源：西太平洋深海沉积物。与模式菌株 *P. mandelii* CIP 105273（T）AF058286 相似性为 99.258%。培养基 0471,4～20℃。

MCCC 1A00691 ←海洋三所 7325。分离源：西太平洋深海沉积物。与模式菌株 *P. xanthomarina* KMM 1447（T）AB176954 相似性为 98.622%。培养基 0471,4～20℃。

MCCC 1A00710 ←海洋三所 3017。分离源：东太平洋深海沉积物。培养基 0471,4～20℃。

MCCC 1A00717 ←海洋三所 7348。分离源：西太平洋深海沉积物。与模式菌株 *P. frederiksbergensis* JAJ28（T）AJ249382 相似性为 98.912%。培养基 0471,4～20℃。

MCCC 1A00721 ←海洋三所 4041。分离源：东太平洋棕褐色硅质软泥。与模式菌株 *P. frederiksbergensis* JAJ28（T）AJ249382 相似性为 98.502%。培养基 0471,4～20℃。

MCCC 1A00733 ←海洋三所 7339。分离源：西太平洋深海沉积物。与模式菌株 *P. koreensis* Ps 9-14（T）AF468452 相似性为 99.308%。培养基 0471,4～20℃。

MCCC 1A00754 ←海洋三所 4068。分离源：东太平洋深海沉积物。与模式菌株 *P. gessardii* CIP 105469（T）AF074384 相似性为 98.095%。培养基 0471,4～20℃。

MCCC 1A00763 ←海洋三所 8096。分离源：西太平洋深海沉积物。与模式菌株 *P. gessardii* CIP 105469（T）AF074384 相似性为 98.984%。培养基 0471,4～20℃。

MCCC 1A00779 ←海洋三所 AC167。分离源：东太平洋棕褐色硅质软泥。培养基 0471,4～20℃。

MCCC 1A00783 ←海洋三所 DY-A。分离源：东太平洋棕褐色硅质软泥。培养基 0471,4～20℃。

MCCC 1A01722 ←海洋三所 168(57-jlj)。分离源：西太平洋深海沉积物。与模式菌株 *P. xanthomarina* KMM 1447（T）AB176954 相似性为 99.044%。培养基 0471,20～25℃。

MCCC 1A01745 ←海洋三所 127（39zx）。分离源：西太平洋暖池区深海沉积物。与模式菌株 *P. azotoformans* IAM1603（T）D84009 相似性为 99.465%。培养基 0471,20～25℃。

MCCC 1A01746 ←海洋三所 155(25zx)。分离源：西太平洋暖池区深海沉积物。与模式菌株 *P. poae* DSM 14936（T）AJ492829 相似性为 99.594%。培养基 0471,20～25℃。

MCCC 1A01764 ←海洋三所 298(9jlj)。分离源：西太平洋暖池区海底沉积物。可能降解甲醇。与模式菌株 *P. xanthomarina* KMM 1447（T）AB176954 相似性为 99.18%。培养基 0033,15～20℃。

MCCC 1A01765 ←海洋三所 DY02-3-4-242。分离源：西太平洋暖池区深海沉积物。可能降解甲醇。与模式菌株 *P. azotoformans* IAM1603（T）D84009 相似性为 99.465%。培养基 0033,15～20℃。

MCCC 1A01786 ←海洋三所 Z60（K5）zhy。分离源：东太平洋多金属结核区深海沉积物。与模式菌株 *P. plecoglossicida* FPC951（T）AB009457 相似性为 99.199%。培养基 0471,15～25℃。

MCCC 1A01789 ←海洋三所 7zhy。分离源:东太平洋多金属结核区深海沉积物。与模式菌株 *P. japonica* IAM 15071(T)AB126621 相似性为 98.795%。培养基 0471,15~25℃。

MCCC 1A01804 ←海洋三所 C9-4(zhy)。分离源:东太平洋多金属结核区深海沉积物。与模式菌株 *P. poae* DSM 14936(T)AJ492829 相似性为 99.6%。培养基 0471,28℃。

MCCC 1A01815 ←海洋三所 K3(zhy)。分离源:东太平洋多金属结核区深海沉积物。与模式菌株 *P. azotoformans* IAM1603(T)D84009 相似性为 99.398%。培养基 0471,28℃。

MCCC 1A01821 ←海洋三所 40(zhy)。分离源:东太平洋多金属结核区深海沉积物。与模式菌株 *P. japonica* IAM 15071(T)AB126621 相似性为 98.798%。培养基 0471,28℃。

MCCC 1A01824 ←海洋三所 N10-6(zhy)。分离源:东太平洋多金属结核区深海沉积物。与模式菌株 *P. libanensis* CIP 105460(T)AF057645 相似性为 99.665%。培养基 0471,28℃。

MCCC 1A01828 ←海洋三所 Z49(zhy)。分离源:东太平洋多金属结核区深海沉积物。与模式菌株 *P. azotoformans* IAM1603(T)D84009 相似性为 95.222%。培养基 0471,28℃。

MCCC 1A01830 ←海洋三所 32(zhy)。分离源:东太平洋多金属结核区深海硅质黏土沉积物。与模式菌株 *P. japonica* IAM 15071(T)AB126621 相似性为 98.865%。培养基 0471,28℃。

MCCC 1A01833 ←海洋三所 H10(zhy)。分离源:东太平洋多金属结核区深海沉积物。与模式菌株 *P. parafulva* AJ 2129(T)AB060132 相似性为 99.798%。培养基 0471,28℃。

MCCC 1A01844 ←海洋三所 1(zhy)。分离源:东太平洋深海沉积物。与模式菌株 *P. libanensis* CIP 105460 (T)AF057645 相似性为 99.465%。培养基 0471,28℃。

MCCC 1A01846 ←海洋三所 3(zhy)。分离源:东太平洋多金属结核区深海沉积物。与模式菌株 *P. parafulva* AJ 2129(T)AB060132 相似性为 99.865%。培养基 0471,28℃。

MCCC 1A01857 ←海洋三所 EP07。分离源:东太平洋深海沉积物。与模式菌株 *P. libanensis* CIP 105460 (T)AF057645 相似性为 99.463%。培养基 0471,20℃。

MCCC 1A01901 ←海洋三所 NJ-3。分离源:南极土壤。与模式菌株 *P. trivialis* DSM 14937(T)AJ492831 相似性为 99.533%。培养基 0033,20~25℃。

MCCC 1A01909 ←海洋三所 NJ-70。分离源:南极土壤。与模式菌株 *P. psychrophila* E-3(T)AB041885 相似性为 99.132%。培养基 0033,20~25℃。

MCCC 1A01937 ←海洋三所 NJ-59。分离源:南极土壤。与模式菌株 *P. psychrophila* E-3(T)AB041885 相似性为 99.465%。培养基 0033,20~25℃。

MCCC 1A01939 ←海洋三所 NJ-62。分离源:南极土壤。与模式菌株 *P. psychrophila* E-3(T)AB041885 相似性为 99.465%。培养基 0033,20~25℃。

MCCC 1A01967 ←海洋三所 179(An1)。分离源:南极 Aderley 岛附近沉积物。与模式菌株 *P. thivervalensis* CFBP 11261(T)AF100323 相似性为 99.161%。培养基 0033,15~20℃。

MCCC 1A01968 ←海洋三所 180(An7)。分离源:南极 Aderley 岛附近沉积物。与模式菌株 *P. migulae* CIP 105470(T)AF074383 相似性为 99.052%。培养基 0033,15~20℃。

MCCC 1A01969 ←海洋三所 181(An15)。分离源:南极 Aderley 岛附近沉积物。与模式菌株 *P. frederiksbergensis* JAJ28(T)AJ249382 相似性为 99.393%。培养基 0033,15~20℃。

MCCC 1A01970 ←海洋三所 182(An19)。分离源:南极 Aderley 岛附近沉积物。与模式菌株 *P. thivervalensis* CFBP 11261(T)AF100323 相似性为 99.091%。培养基 0033, 15~20℃。

MCCC 1A01971 ←海洋三所 183(An20)。分离源:南极 Aderley 岛附近沉积物。与模式菌株 *P. migulae* CIP 105470(T)AF074383 相似性为 99.396%。培养基 0033,15~20℃。

MCCC 1A01972 ←海洋三所 184(An22)。分离源:南极 Aderley 岛附近沉积物。与模式菌株 *P. frederiksbergensis* JAJ28(T)AJ249382 相似性为 99.125%。培养基 0033,15~20℃。

MCCC 1A02355 ←海洋三所 GCS1-14。与模式菌株 *P. indoloxydans* IPL-1(T)DQ916277 相似性为 98.34%。培养基 0471,25℃。

MCCC 1A02576 ←海洋三所 TQ1。分离源:福建省厦门滨海温泉沉积物。与模式菌株 *P. azotoformans*

IAM1603(T)D84009 相似性为 99.865%。培养基 0823,55℃。

MCCC 1A03464 ←海洋三所 YB126。分离源:厦门上层温泉水。与模式菌株 *P. brenneri* CFML 97-391(T) AF268968 相似性为 99.241%。培养基 0471,80℃。

MCCC 1A03474 ←海洋三所 YBD-1。分离源:厦门日月谷温泉表层温泉水。与模式菌株 *P. brenneri* CFML 97-391(T)AF268968 相似性为 99.143%。培养基 0471,70℃。

MCCC 1A03489 ←海洋三所 YB130。分离源:厦门上层温泉水。与模式菌株 *P. salomonii* CFBP 2022(T) AY091528 相似性为 98.763%。培养基 0471,75℃。

MCCC 1A03490 ←海洋三所 YBE-4。分离源:厦门日月谷温泉表层温泉水。与模式菌株 *P. brenneri* CFML 97 391(T)AF268968 相似性为 99.241%。培养基 0471,75℃。

MCCC 1A03521 ←海洋三所 MJ01-12-5。分离源:南沙上层海水。与模式菌株 *P. pachastrellae* KMM 330 (T)AB125366 相似性为 97.721%。培养基 0821,25℃。

MCCC 1A03840 ←海洋三所 19-4 TVG 10-2 a。分离源:西南太平洋海底热液区富含硫化物。与模式菌株 *P. azotoformans* IAM1603(T)D84009 相似性为 99.331%。培养基 0471,20℃。

MCCC 1A04124 ←海洋三所 NH35J。分离源:南沙黄褐色沙质。与模式菌株 *P. xiamenensis* C10-2(T) DQ088664 相似性为 97.324%(723/746)。培养基 0821,25℃。

MCCC 1A04169 ←海洋三所 NH45B。分离源:南沙黄褐色沙质。与模式菌株 *P. xiamenensis* C10-2(T) DQ088664 相似性为 74.097%。培养基 0821,25℃。

MCCC 1A04215 ←海洋三所 LVTG2-11。分离源:太平洋深海热液区沉积物。芳烃降解菌。与模式菌株 *P. pachastrellae* KMM 330(T)AB125366 相似性为 97.001%。培养基 0471,28℃。

MCCC 1A05550 ←海洋三所 me-1。分离源:印度洋西南洋中脊深海底层水样。生物脱氮。与模式菌株 *P. stutzeri* CCUG 11256(T)U26262 相似性为 99.931%。培养基 0471,42℃。

MCCC 1A05552 ←海洋三所 me-3。分离源:印度洋西南洋中脊深海底层水样。生物脱氮。与模式菌株 *P. stutzeri* CCUG 11256(T)U26262 相似性为 99.863%。培养基 0471,42℃。

MCCC 1A05850 ←海洋三所 BMJ01-B1-18。分离源:南沙土黄色泥质。分离自石油降解菌群。与模式菌株 *P. parafulva* AJ 2129(T)AB060132 相似性为 98.797%。培养基 0821,25℃。

MCCC 1A06063 ←海洋三所 N-1-3-1。分离源:北极圈内某机场附近土样。与模式菌株 *P. lini* CFBP 5737 (T)AY035996 相似性为 97.993%。培养基 0472,28℃。

MCCC 1A06064 ←海洋三所 D-2Q-5-1。分离源:北极圈内某近人类活动区土样。分离自原油富集菌群。与模式菌株 *P. mandelii* CIP 105273(T)AF058286 相似性为 100%。培养基 0472,28℃。

MCCC 1A06065 ←海洋三所 D-2Q-5-13。分离源:北极圈内某近人类活动区土样。分离自原油富集菌群。与模式菌株 *P. mandelii* CIP 105273(T)AF058286 相似性为 99.646%。培养基 0472,28℃。

MCCC 1A06125 ←海洋三所 BD7-GC-10-2-1。分离源:西南太平洋硫黄色沉积物。培养基 0471,20℃。

MCCC 1A06127 ←海洋三所 BD7-2-GC-10-5-1。分离源:西南太平洋硫黄色沉积物。培养基 0471,20℃。

MCCC 1B00379 ←海洋一所 HZBN7。分离源:山东日照表层沉积物。与模式菌株 *P. xanthomarina* KMM 1447(T)AB176954 相似性为 99.295%。培养基 0471,20~25℃。

MCCC 1B00412 ←海洋一所 QJJN 14。分离源:青岛胶南近海表层海水。与模式菌株 *P. pachastrellae* KMM 330(T)AB125366 相似性为 96.706%。培养基 0471,20~25℃。

MCCC 1B00550 ←海洋一所 DJHH74。分离源:烟台海阳底层海水。与模式菌株 *P. pachastrellae* KMM 330(T)AB125366 相似性为 96.405%。培养基 0471,20~25℃。

MCCC 1B00601 ←海洋一所 DJWH2。分离源:江苏盐城滨海表层海水。与模式菌株 *P. libanensis* CIP 105460(T)AF057645 相似性为 98.444%。培养基 0471,20~25℃。

MCCC 1B00602 ←海洋一所 DJWH3。分离源:江苏盐城滨海表层海水。与模式菌株 *P. marincola* KMM 3042(T)AB301071 相似性为 98.619%。培养基 0471,20~25℃。

MCCC 1B00605 ←海洋一所 DJWH11。分离源:江苏盐城滨海表层海水。与模式菌株 *P. veronii* CIP 104663(T)AF064460 相似性为 99.316%。培养基 0471,20~25℃。

MCCC 1B00607 ←海洋一所 DJWH13。分离源:江苏盐城滨海底层海水。与模式菌株 *P. frederiksbergensis* JAJ28(T)AJ249382 相似性为 99.331%。培养基 0471,20~25℃。

MCCC 1B00692　←海洋一所 DJCJ69。分离源:江苏南通如东表层海水。与模式菌株 *P. aeruginosa* LMG 1242(T)Z76651 相似性为 97.471%。培养基 0471,20～25℃。

MCCC 1B00733　←海洋一所 CJJH16。分离源:山东日照表层海水。与模式菌株 *P. xiamenensis* C10-2(T) DQ088664 相似性为 95.455%。培养基 0471,20～25℃。

MCCC 1B00892　←海洋一所 LA6。分离源:青岛亚历山大藻培养液。藻类共生菌。与模式菌株 *P. xanthomarina* KMM 1447(T)AB176954 相似性为 99.046%。培养基 0471,20～25℃。

MCCC 1B00893　←海洋一所 LA8-2。分离源:青岛亚历山大藻培养液。藻类共生菌。与模式菌株 *P. xanthomarina* KMM 1447(T)AB176954 相似性为 95.943%。培养基 0471,20～25℃。

MCCC 1C00519　←极地中心 BSs20169。分离源:北冰洋海底沉积物。与模式菌株 *P. pachastrellae* KMM 330(T)AB125366 相似性为 96.479%。培养基 0471,15℃。

MCCC 1C00617　←极地中心 BSw20008。分离源:北冰洋无冰区上层海水。与模式菌株 *P. pachastrellae* KMM 330(T)AB125366 相似性为 96.344%。培养基 0471,15℃。

MCCC 1C00700　←极地中心 BSs20085。分离源:北冰洋表层沉积物。与模式菌株 *P. chlororaphis* sub-sp. *aurantiaca* NCIB 10068(T)DQ682655 相似性为 95.869%。培养基 0471,15℃。

MCCC 1C00826　←极地中心 K2B-6。分离源:北极无冰区表层海水。与模式菌株 *P. pachastrellae* KMM 330(T)AB125366 相似性为 96.479%。培养基 0471,15℃。

MCCC 1C00973　←极地中心 NF1-10。分离源:南极海洋沉积物。与模式菌株 *P. sabulinigri* J64(T) EU143352 相似性为 96.935%。培养基 0471,15℃。

MCCC 1C01034　←极地中心 P16。分离源:北冰洋表层沉积物。产脂酶。与模式菌株 *P. alcaliphila* AL15-21(T)AB030583 相似性为 99.526%。培养基 0471,5℃。

MCCC 1C01040　←极地中心 B。分离源:南极长城站潮间带海沙。产脂酶。与模式菌株 *P. graminis* DSM 11363(T)Y11150 相似性为 99.562%。培养基 0471,5℃。

MCCC 1C01069　←极地中心 Q-6。分离源:南极企鹅岛潮间带海沙。与模式菌株 *P. mandelii* CIP 105273 (T)AF058286 相似性为 99.571%。培养基 0471,5℃。

MCCC 1C01070　←极地中心 3。分离源:南极长城站油库底泥。产脂酶。与模式菌株 *P. brenneri* CFML 97-391(T)AF268968 相似性为 99.493%。培养基 0471,5℃。

MCCC 1C01076　←极地中心 SY2。分离源:南极长城站潮间带海沙。与模式菌株 *P. veronii* CIP 104663(T) AF064460 相似性为 99.708%。培养基 0471,5℃。

MCCC 1C01087　←极地中心 SY3。分离源:南极长城站潮间带海沙。与模式菌株 *P. syringae* sub-sp. *syringae* ATCC 19310(T)AJ308316 相似性为 99.153%。培养基 0471,5℃。

MCCC 1C01088　←极地中心 AC7。分离源:南极长城站潮间带海沙。与模式菌株 *P. mandelii* CIP 105273 (T)AF058286 相似性为 99.709%。培养基 0471,5℃。

MCCC 1C01089　←极地中心 AC10。分离源:南极长城站潮间带海沙。与模式菌株 *P. migulae* CIP 105470 (T)AF074383 相似性为 99.638%。培养基 0471,5℃。

MCCC 1C01090　←极地中心 AC11。分离源:南极长城站潮间带海沙。与模式菌株 *P. migulae* CIP 105470 (T)AF074383 相似性为 99.643%。培养基 0471,5℃。

MCCC 1C01097　←极地中心 W6。分离源:南极长城站西海岸潮间带海沙。与模式菌株 *P. migulae* CIP 105470(T)AF074383 相似性为 99.64%。培养基 0471,5℃。

MCCC 1C01102　←极地中心 C。分离源:南极长城站潮间带海沙。与模式菌株 *P. brenneri* CFML 97-391 (T)AF268968 相似性为 99.214%。培养基 0471,5℃。

MCCC 1C01106　←极地中心 L-6。分离源:南极企鹅岛潮间带海沙。产脂酶。与模式菌株 *P. cannabina* CFBP 2341(T)AJ492827 相似性为 99.001%。培养基 0471,5℃。

MCCC 1C01109　←极地中心 L-8。分离源:南极企鹅岛潮间带海沙。产脂酶。与模式菌株 *P. cannabina* CFBP 2341(T)AJ492827 相似性为 98.847%。培养基 0471,5℃。

MCCC 1C01110　←极地中心 9。分离源:南极长城站油库底泥。产脂酶。与模式菌株 *P. frederiksbergensis* JAJ28(T)AJ249382 相似性为 98.642%。培养基 0471,5℃。

MCCC 1C01112 ←极地中心 XH1。分离源：南极长城站潮间带海沙。与模式菌株 *P. gessardii* CIP 105469 (T)AF074384 相似性为 99.852%。培养基 0471,5℃。

MCCC 1C01113 ←极地中心 AC4。分离源：南极长城站潮间带海沙。与模式菌株 *P. mandelii* CIP 105273 (T)AF058286 相似性为 99.431%。培养基 0471,5℃。

MCCC 1C01125 ←极地中心 AW6。分离源：南极长城站西海岸潮间带海沙。与模式菌株 *P. migulae* CIP 105470(T)AF074383 相似性为 99.637%。培养基 0471,5℃。

MCCC 1C01130 ←极地中心 Q4X。分离源：南极企鹅岛潮间带海沙。与模式菌株 *P. xanthomarina* KMM 1447(T)AB176954 相似性为 99.396%。好氧,适冷。Api20NE 结果:NO$_3$ 阳性。培养基 0471,5℃。

MCCC 1C01142 ←极地中心 cong-4。分离源：南极长城站潮间带海沙。与模式菌株 *P. mandelii* CIP 105273 (T)AF058286 相似性为 99.564%。培养基 0471,5℃。

MCCC 1E00632 ←中国海大 2qH-2。分离源：威海荣成近海鱼肠道。与模式菌株 *P. plecoglossicida* FPC951 (T)AB009457 相似性为 99.786%。培养基 0471,16℃。

MCCC 1E00633 ←中国海大 NLW-1。分离源：威海荣成近海鱼肠道。与模式菌株 *P. parafulva* AJ 2129 (T)AB060132 相似性为 99.928%。培养基 0471,16℃。

MCCC 1E00635 ←中国海大 15-3。分离源：威海荣成近海鱼肠道。与模式菌株 *P. parafulva* AJ 2129(T) AB060132 相似性为 99.715%。培养基 0471,16℃。

MCCC 1E00636 ←中国海大 2qH-3。分离源：威海荣成近海鱼肠道。与模式菌株 *P. plecoglossicida* FPC951 (T)AB009457 相似性为 99.787%。培养基 0471,16℃。

MCCC 1E00637 ←中国海大 471-1。分离源：威海荣成近海鱼肠道。与模式菌株 *P. parafulva* AJ 2129(T) AB060132 相似性为 99.929%。培养基 0471,16℃。

MCCC 1E00638 ←中国海大 未 A-1。分离源：威海荣成近海鱼肠道。与模式菌株 *P. plecoglossicida* FPC951 (T)AB009457 相似性为 99.785%。培养基 0471,16℃。

MCCC 1F01070 ←厦门大学 Y11。分离源：福建漳州近海红树林泥。与模式菌株 *P. plecoglossicida* FPC951 (T)AB009457 相似性为 98.064%(1469/1498)。培养基 0471,25℃。

MCCC 1F01132 ←厦门大学 O1。分离源：深圳塔玛亚历山大藻培养液。与模式菌株 *P. stutzeri* strain phen8 (T)AF284764 相似性为 99%(768/769)。培养基 0471,25℃。

MCCC 1F01140 ←厦门大学 SCSWA09。分离源：南海近海上层海水。与模式菌株 *P. plecoglossicida* FPC951(T)AB009457 相似性为 98.198%(1471/1498)。培养基 0471,25℃。

MCCC 1F01141 ←厦门大学 SCSWA12。分离源：南海近海深层海水。与模式菌株 *P. azotoformans* IAM1603(T)D84009 相似性为 99.531%(1484/1491)。培养基 0471,25℃。

Pseudonocardia carboxydivorans Park *et al*. 2008 食一氧化碳假诺卡氏菌
模式菌株 *Pseudonocardia carboxydivorans* Y8(T)EF114314

MCCC 1A02644 ←海洋三所 GCS1-19。与模式菌株相似性为 100%。培养基 0471,25℃。

Pseudorhodobacter ferrugineus (Rüger and Höfle 1992) Uchino *et al*. 2003 铁锈色假红杆菌
模式菌株 *Pseudorhodobacter ferrugineus* IAM 12616(T)D88522

MCCC 1C00731 ←极地中心 ZS5-10。分离源：南极海冰。与模式菌株相似性为 98.18%。培养基 0471,15℃。

MCCC 1C00736 ←极地中心 ZS3-33。分离源：南极表层沉积物。与模式菌株相似性为 97.408%。培养基 0471,15℃。

MCCC 1C00743 ←极地中心 ZS4-17。分离源：南极表层沉积物。与模式菌株相似性为 97.336%。培养基 0471,15℃。

MCCC 1C00759 ←极地中心 ZS3-13。分离源：南极表层沉积物。与模式菌株相似性为 97.336%。培养基 0471,15℃。

MCCC 1C00763 ←极地中心 ZS3-31。分离源：南极表层沉积物。与模式菌株相似性为 97.408%。培养基 0471,15℃。

MCCC 1C00795 　←极地中心 ZS2-22。分离源：南极表层沉积物。与模式菌株相似性为 97.984%。培养基 0471,15℃。

MCCC 1C00970 　←极地中心 ZS5-17。分离源：南极海冰。与模式菌株相似性为 98.180%。培养基 0471,15℃。

Pseudoruegeria sp. Yoon *et al.* 2007 假鲁杰氏菌

MCCC 1A01112 　←海洋三所 MA6B。分离源：印度洋深海沉积物。分离自多环芳烃降解菌群。与模式菌株 *P. aquimaris* SW-255(T)DQ675021 相似性为 96.569%。培养基 0471,25℃。

MCCC 1A02019 　←海洋三所 TG4-18。分离源：印度洋深海沉积物。分离自石油降解菌群。与模式菌株 *P. aquimaris* SW-255(T)DQ675021 相似性为 96.569%。培养基 0471,25℃。

MCCC 1A05002 　←海洋三所 L51-1-25。分离源：南海表层海水。与模式菌株 *P. aquimaris* SW-255(T) DQ675021 相似性为 96.374%(856/891)。培养基 0471,25℃。

MCCC 1A05008 　←海洋三所 L51-1-42。分离源：南海表层海水。与模式菌株 *P. aquimaris* SW-255(T) DQ675021 相似性为 96.374%(856/891)。培养基 0471,25℃。

MCCC 1A05044 　←海洋三所 L52-1-4。分离源：南海表层海水。与模式菌株 *P. aquimaris* SW-255(T) DQ675021 相似性为 96.374%(856/891)。培养基 0471,25℃。

MCCC 1A05833 　←海洋三所 4GM02-1A。分离源：南沙深层海水。与模式菌株 *P. aquimaris* SW-255(T) DQ675021 相似性为 97.158%(751/774)。培养基 0471,25℃。

MCCC 1F01084 　←厦门大学 Af2-6。分离源：塔玛亚历山大藻培养液。与模式菌株 *P. aquimaris* SW-255 (T)DQ675021 相似性为 95.964%(1284/1338)。培养基 0471,25℃。

MCCC 1F01185 　←厦门大学 Aa2-1。分离源：深圳塔玛亚历山大藻培养液。与模式菌株 *P. aquimaris* SW-255(T)DQ675021 相似性为 96.027(1281/1334)。培养基 0471,25℃。

MCCC 1F01194 　←厦门大学 FR3-2。分离源：深圳塔玛亚历山大藻培养液。与模式菌株 *P. aquimaris* SW-255(T)DQ6750219 相似性为 96.0271%(1281/1334)。培养基 0471,25℃。

Pseudovibrio denitrificans Shieh *et al.* 2004 脱氮假弧菌

MCCC 1A00164 　←台湾大学海洋研究所 DN34(T)。=BCRC 17323(T)=JCM 12308(T)。分离源：中国台湾南湾区近岸浅层海水。模式菌株。培养基 0471,30℃。

Pseudovibrio japonicus Hosoya and Yokota 2007 日本假弧菌

模式菌株 *Pseudovibrio japonicus* WSF2(T)AB246748

MCCC 1A05760 　←海洋三所 NH65A。分离源：南沙浅黄色泥质。分离自石油降解菌群。与模式菌株相似性为 99.046%(766/768)。培养基 0821,25℃。

Psychrobacter alimentarius Yoon *et al.* 2005 消化嗜冷杆菌

模式菌株 *Psychrobacter alimentarius* JG-100(T)AY513645

MCCC 1A00928 　←海洋三所 B-4022。分离源：东太平洋沉积物表层。与模式菌株相似性为 99.566%。培养基 0471,4℃。

MCCC 1A03051 　←海洋三所 AS-I2-10。分离源：印度洋深海沉积物。抗五价砷。与模式菌株相似性为 99.858%。培养基 0745,18~28℃。

MCCC 1A03801 　←海洋三所 19-4 TVMC6 17-19cm。分离源：西南太平洋劳盆地热液区黏土状沉积物。与模式菌株 *P. alimentarius* JG-100(T)AY513645 相似性为 99.865%。培养基 0471,4~20℃。

MCCC 1C00864 　←极地中心 BSw10170N。分离源：南极南大洋无冰区表层海水。与模式菌株相似性为 99.730%。培养基 0471,15℃。

Psychrobacter aquimaris Yoon *et al.* 2005 海水嗜冷杆菌

模式菌株 *Psychrobacter aquimaris* SW-210(T)AY722804

MCCC 1A01729   ←海洋三所 74(63zx)。分离源:西太平洋暖池区深海沉积物。与模式菌株相似性为99.258%。培养基0471,20~25℃。

MCCC 1B00238   ←海洋一所 YACS39。分离源:青岛上层海水。与模式菌株相似性为99.63%。培养基0471,20~25℃。

Psychrobacter arenosus Romanenko *et al*. 2004 栖海沙嗜冷杆菌

模式菌株 *Psychrobacter arenosus* R7(T)AJ609273

MCCC 1B00803   ←海洋一所 HTYW3。分离源:山东宁德霞浦暗纹东方鲀胃部。与模式菌株相似性为98.69%。培养基0471,20~25℃。

Psychrobacter celer Yoon *et al*. 2005 速生嗜冷杆菌

模式菌株 *Psychrobacter celer* SW-238(T)AY842259

MCCC 1A00145   ←海洋三所 XYB-C4。分离源:南海海底比目鱼肠道内容物。与模式菌株相似性为99.336%。培养基0033,28℃。

MCCC 1A00444   ←海洋三所 3Pb1。分离源:南海海底沉积物。抗二价铅。与模式菌株相似性为99.085%。培养基0472,28℃。

MCCC 1A01413   ←海洋三所 L17。分离源:南海深海沉积物。分离自石油降解菌群。与模式菌株相似性为99.464%。培养基0745,26℃。

MCCC 1A02236   ←海洋三所 CH19。分离源:厦门黄翅鱼鱼鳃。与模式菌株相似性为100%。培养基0033,25℃。

MCCC 1A03528   ←海洋三所 SHMa。分离源:南沙珊瑚礁石。与模式菌株相似性为99.199%(782/788)。培养基0821,25℃。

MCCC 1A03538   ←海洋三所 SHW1k。分离源:南沙珊瑚礁石。分离自十六烷富集菌群。与模式菌株相似性为100%(786/786)。培养基0821,25℃。

MCCC 1A03547   ←海洋三所 SHW1q。分离源:南沙珊瑚礁石。分离自十六烷富集菌群。与模式菌株相似性为99.199%(782/788)。培养基0821,25℃。

MCCC 1A04191   ←海洋三所 NH1A。分离源:南沙珊瑚沙颗粒。与模式菌株相似性为99.87%(782/783)。培养基0821,25℃

MCCC 1B00470   ←海洋一所 HZBC48。分离源:山东日照上层海水。与模式菌株相似性为100%。培养基0471,20~25℃。

MCCC 1B00488   ←海洋一所 HZDC1。分离源:山东日照深层海水。与模式菌株相似性为100%。培养基0471,20~25℃。

MCCC 1B00525   ←海洋一所 DJHH28。分离源:盐城上层海水。与模式菌株相似性为99.33%。培养基0471,20~25℃。

MCCC 1B00629   ←海洋一所 DJQA24。分离源:青岛沙子口表层海水。与模式菌株相似性为99.333%。培养基0471,20~25℃。

MCCC 1B00796   ←海洋一所 CJNY35。分离源:江苏盐城射阳表层沉积物。与模式菌株相似性为100%。培养基0471,20~25℃。

MCCC 1B00966   ←海洋一所 HDC37。分离源:福建宁德河豚养殖场河豚肠道内容物。与模式菌株相似性为99.642%。培养基0471,20~25℃。

MCCC 1F01159   ←厦门大学 SCSWC28。分离源:南海上层海水。与模式菌株相似性为99.46%(1473/1481)。培养基0471,25℃。

Psychrobacter cibarius Jung *et al*. 2005 养料嗜冷杆菌

模式菌株 *Psychrobacter cibarius* JG-219(T)AY639871

MCCC 1A01911   ←海洋三所 NJ-76。分离源:南极土壤。与模式菌株相似性为100%。培养基0033,10~20℃。

MCCC 1A01922   ←海洋三所 NJ-34。分离源:南极土壤。与模式菌株相似性为99.527%。培养基0033,

10～20℃。

MCCC 1A01931 ←海洋三所 Nj-38。分离源:南极土壤。与模式菌株相似性为 99.527%。培养基 0033,20～25℃。

MCCC 1B00282 ←海洋一所 YAAJ11。分离源:青岛即墨仿刺参溃烂体表。与模式菌株相似性为 100%。培养基 0471,28℃。

MCCC 1B01203 ←海洋一所 HTGH20。分离源:福建宁德暗纹东方鲀肝脏。与模式菌株 *P. cibarius* JG-219 (T)AY639871 相似性为 100%。培养基 0471,25℃。

MCCC 1C01010 ←极地中心 P11-7-2。分离源:北冰洋表层沉积物。产脂酶。与模式菌株相似性为 99.865%。培养基 0471,5℃。

Psychrobacter cryohalolentis Bakermans *et al.* 2006 盐晶嗜冷杆菌

模式菌株 *Psychrobacter cryohalolentis* K5(T)CP000323

MCCC 1A01740 ←海洋三所 207(117zx)。分离源:南极土壤。与模式菌株相似性为 99.535%。培养基 0033,20～25℃。

Psychrobacter faecalis Kämpfer *et al.* 2002 粪嗜冷杆菌

模式菌株 *Psychrobacter faecalis* Iso-46(T)AJ421528

MCCC 1A01856 ←海洋三所 EP06。分离源:东太平洋深海沉积物。与模式菌株相似性为 99.866%。培养基 0471,20℃。

MCCC 1A06087 ←海洋三所 S0808-4-7-1-1。分离源:西南太平洋深海沉积物。培养基 0471,20℃。

MCCC 1A06090 ←海洋三所 S0808-5-2-3。分离源:西南太平洋深海红褐色硫化物及金属软泥。培养基 0471,20℃。

MCCC 1A06098 ←海洋三所 S0808-7-3-1-1。分离源:西南太平洋深海黄褐色沉积物。培养基 0471,20℃。

MCCC 1C01044 ←极地中心 S11-10-3-1。分离源:北冰洋深层沉积物。产脂酶。与模式菌株相似性为 99.854%。培养基 0471,5℃。

MCCC 1C01139 ←极地中心 P11-8-2。分离源:北冰洋表层沉积物。与模式菌株相似性为 99.853%。培养基 0471,5℃。

Psychrobacter fozii Bozal *et al.* 2003 福氏嗜冷杆菌

模式菌株 *Psychrobacter fozii* NF23(T)AJ430827

MCCC 1A00153 ←海洋三所 DYCB-3。分离源:南海表层海未知名海鱼。与模式菌株相似性为 99.917%。培养基 0033,28℃。

MCCC 1B01200 ←海洋一所 HTGH14。分离源:福建宁德暗纹东方鲀肝脏。与模式菌株相似性为 99.522%。培养基 0471,25℃。

Psychrobacter glacincola Bowman *et al.* 1997 冰栖嗜冷杆菌

MCCC 1A01713 ←原始号:DSM 12194。=ACAM 483 = ATCC 700754 = CCUG 34874 = CIP 105313 = DSM 12194。分离源:南极冰芯(−350m)。模式菌株。培养基 0471,0～15℃。

Psychrobacter marincola Romanenko *et al.* 2002 居海嗜冷杆菌

模式菌株 *Psychrobacter marincola* KMM 277(T)AJ309941

MCCC 1A01714 ←DSM 14160。=DSM 14160 = KMM 277。模式菌株。培养基 0471,25℃。

MCCC 1A04309 ←海洋三所 T7A。分离源:西南太平洋土灰色沉积物。分离自石油降解菌群。与模式菌株 *P. marincola* KMM 277(T)AJ309941 相似性为 99.862%。培养基 0821,28℃。

MCCC 1A05596 ←海洋三所 AA-25。分离源:太平洋土灰色沉积物。培养基 0471,30℃。

MCCC 1B00515 ←海洋一所 DJHH12。分离源:威海荣成底层海水。与模式菌株相似性为 100%。培养基 0471,20～25℃。

Psychrobacter maritimus Romanenko *et al.* 2004 近海生嗜冷杆菌

模式菌株 *Psychrobacter maritimus* Pi2-20(T)AJ609272

MCCC 1A01743 ←海洋三所 269(136zx)。分离源:南极土壤。与模式菌株相似性为 99.864%。培养基 0033,20~25℃。

MCCC 1A01744 ←海洋三所 52(146-zx)。分离源:南极海边苔藓下土壤。与模式菌株相似性为 99.593%。培养基 0033,20~25℃。

MCCC 1B00567 ←海洋一所 DJLY31。分离源:江苏盐城射阳表层海水。与模式菌株相似性为 99.735%。培养基 0471,20~25℃。

MCCC 1B00810 ←海洋一所 IITYW15。分离源:山东宁德霞浦暗纹东方鲀胃部。与模式菌株相似性为 99.74%。培养基 0471,20~25℃。

MCCC 1B01201 ←海洋一所 HTGH16。分离源:福建宁德暗纹东方鲀肝脏。与模式菌株相似性为 99.881%。培养基 0471,25℃。

MCCC 1B01202 ←海洋一所 HTGH2。分离源:福建宁德暗纹东方鲀肝脏。与模式菌株相似性为 99.405%。培养基 0471,25℃。

MCCC 1B01205 ←海洋一所 HTGH25。分离源:福建宁德暗纹东方鲀肝脏。与模式菌株相似性为 99.625%。培养基 0471,25℃。

MCCC 1B01206 ←海洋一所 HTGH3。分离源:福建宁德暗纹东方鲀肝脏。与模式菌株相似性为 100%。培养基 0471,25℃。

MCCC 1B01209 ←海洋一所 HTGZ1。分离源:福建宁德暗纹东方鲀肝脏。与模式菌株相似性为 99.962%。培养基 0471,25℃。

MCCC 1B01210 ←海洋一所 HTGZ13。分离源:福建宁德暗纹东方鲀肝脏。与模式菌株相似性为 99.881%。培养基 0471,25℃。

Psychrobacter nivimaris Heuchert *et al.* 2004 海雪嗜冷杆菌

模式菌株 *Psychrobacter nivimaris* 88/2-7(T)AJ313425

MCCC 1A03863 ←海洋三所 P24a。分离源:日本近海沉积物。与模式菌株相似性为 99.866%。培养基 0471,20℃。

MCCC 1A03868 ←海洋三所 P16。分离源:日本海深海沉积物。与模式菌株相似性为 99.733%。培养基 0471,20℃。

MCCC 1A05614 ←海洋三所 X-54#-B48。分离源:厦门鱼排附着生物。与模式菌株相似性为 99.789%。培养基 0471,28℃。

MCCC 1B00221 ←海洋一所 YACS22。分离源:青岛上层海水。与模式菌株相似性为 100%。培养基 0471,20~25℃。

MCCC 1B00243 ←海洋一所 YACS44。分离源:青岛上层海水。与模式菌株相似性为 100%。培养基 0471,20~25℃。

MCCC 1B00284 ←海洋一所 YAAJ13。分离源:青岛即墨仿刺参溃烂体表。与模式菌株相似性为 100%。培养基 0471,28℃。

MCCC 1B00554 ←海洋一所 DJHH80。分离源:烟台海阳底层海水。与模式菌株相似性为 100%。培养基 0471,20~25℃。

MCCC 1B00557 ←海洋一所 DJHH88。分离源:烟台海阳底层海水。与模式菌株相似性为 99.739%。培养基 0471,20~25℃。

MCCC 1B00613 ←海洋一所 DJQD6。分离源:青岛胶南表层海水。与模式菌株相似性为 100%。培养基 0471,20~25℃。

MCCC 1B00704 ←海洋一所 CJJK47。分离源:江苏南通启东表层海水。与模式菌株相似性为 100%。培养基 0471,20~25℃。

MCCC 1B00717 ←海洋一所 DJJH22。分离源:山东日照底层海水。与模式菌株相似性为 100%。培养基 0471,20~25℃。

MCCC 1B00770 ←海洋一所 QJGY11。分离源:江苏连云港近海次表层海水。与模式菌株相似性为 100%。

　　培养基 0471,20~25℃。

MCCC 1C00569　←极地中心 BSs20156。分离源:北冰洋深层沉积物。与模式菌株相似性为 99.8%。培养基 0471,15℃。

Psychrobacter okhotskensis Yumoto *et al*. 2003 鄂霍次克海嗜冷杆菌

模式菌株 *Psychrobacter okhotskensis* MD17(T) AB094794

MCCC 1A01741　←海洋三所 218(120zx)。分离源:南极土壤。与模式菌株相似性为 99.73%。培养基 0033,20~25℃。

MCCC 1C00699　←极地中心 BSs20154。分离源:北冰洋深层沉积物。与模式菌株相似性为 99.932%。培养基 0471,15℃。

MCCC 1C00735　←极地中心 ZS2-14。分离源:南极表层沉积物。与模式菌株相似性为 99.933%。培养基 0471,15℃。

Psychrobacter pacificensis Maruyama *et al*. 2000 太平洋嗜冷杆菌

与模式菌株 *Psychrobacter pacificensis* IFO 16279(T) AB016057

MCCC 1A00338　←海洋三所 SPg-9。分离源:印度洋表层海水梭鱼肠道内容物。与模式菌株相似性为 100%。培养基 0033,28℃。

MCCC 1A00866　←海洋三所 B-3042。分离源:东太平洋水体底层。与模式菌株相似性为 98.113%。培养基 0471,4℃。

MCCC 1A00884　←海洋三所 B-3151。分离源:东太平洋沉积物表层。与模式菌株相似性为 98.639%。培养基 0471,4℃。

MCCC 1A01723　←海洋三所 235(87-zx)。分离源:西太平洋深海沉积物。与模式菌株相似性为 98.292%。培养基 0471,20~25℃。

MCCC 1A01742　←海洋三所 223(118zx)。分离源:南极土壤。与模式菌株相似性为 98.928%。培养基 0033,20~25℃。

MCCC 1A01749　←海洋三所 234(81zx)。分离源:西太平洋暖池区深海沉积物。与模式菌株相似性为 98.793%。培养基 0471,20~25℃。

MCCC 1A01757　←海洋三所 WP02-4-72A。分离源:西太平洋暖池区深海沉积物。可能降解甲醇。培养基 0033,15~20℃。

MCCC 1A01758　←海洋三所 WP02-1-40。分离源:西太平洋暖池区深海沉积物。可能降解甲醇。与模式菌株相似性为 98.861%。培养基 0033,15~20℃。

MCCC 1A01766　←海洋三所 WP02-1-40(A)。分离源:西太平洋暖池区海底沉积物。与模式菌株相似性为 99.128%。培养基 0033,15~20℃。

MCCC 1A01943　←海洋三所 Wp8-wp。分离源:西太平洋海底沉积物。降解 Tween 20,产明胶酶。与模式菌株相似性为 98.906%。培养基 0471,15~20℃。

MCCC 1A03412　←海洋三所 Sh3。分离源:南沙珊瑚礁石。与模式菌株相似性为 98.769%(752/755)。培养基 0821,25℃。

MCCC 1A04610　←海洋三所 T42C。分离源:西南太平洋热液区沉积物。分离自石油、多环芳烃降解菌群。与模式菌株相似性为 98.84%。培养基 0821,28℃。

MCCC 1A05717　←海洋三所 NH58A。分离源:南沙浅黄色泥质。分离自石油降解菌群。与模式菌株相似性为 100%(795/795)。培养基 0821,25℃。

MCCC 1A05803　←海洋三所 SHW1S。分离源:南沙珊瑚礁石。分离自十六烷富集菌群。与模式菌株相似性为 98.239%。培养基 0821,25℃。

MCCC 1A06105　←海洋三所 DY3-2-GC-23-7。分离源:西南太平洋深海热液区黄褐色沉积物。培养基 0471,20℃。

MCCC 1B00313　←海洋一所 SDDC17。分离源:威海荣成表层沉积物。与模式菌株相似性为 99.656%。培养基 0471,28℃。

MCCC 1B00401　←海洋一所 HZBN51。分离源:山东日照表层沉积物。与模式菌株相似性为 99.855%。培养基 0471,20～25℃。

MCCC 1F01161 ←厦门大学 SCSWD07。分离源:南海中层海水。产脂酶。与模式菌株相似性为 99.463 (1483/1491)。培养基 0471,25℃。

MCCC 1F01164 ←厦门大学 SCSWD17。分离源:南海表层海水。产脂酶。与模式菌株相似性为 98.522% (1462/1489)。培养基 0471,25℃。

MCCC 1F01165 ←厦门大学 SCSWD19。分离源:南海表层海水。产脂酶。与模式菌株相似性为 99.230% (1418/1429)。培养基 0471,25℃。

Psychrobacter submarinus Romanenko *et al.* 2002 海底嗜冷杆菌

模式菌株 *Psychrobacter submarinus* KMM 225(T)AJ309940

MCCC 1A01715 ←DSM 14161。=DSM 14161 =KMM 225。分离源:太平洋西北部上层海水。模式菌株。培养基 0471,4～25℃。

MCCC 1A00881 ←海洋三所 B-3101。分离源:东太平洋沉积物表层。与模式菌株相似性为 99.206%。培养基 0471,4℃。

MCCC 1A01305 ←海洋三所 A1-5。分离源:印度洋深海沉积物玄武岩表层。抗二价铜。与模式菌株相似性为 100%。培养基 0745,18～28℃。

MCCC 1A01947 ←海洋三所 Wp37-wp。分离源:西太平洋暖池区海底沉积物。与模式菌株相似性为 98.95%。培养基 0471,15～20℃。

MCCC 1A01948 ←海洋三所 Mp9-wp。分离源:中太平洋海底沉积物表层。与模式菌株相似性为 99.134%。培养基 0471,15～20℃。

MCCC 1A01949 ←海洋三所 Es3-wp。分离源:东太平洋深海沉积物。与模式菌株相似性为 99.154%。培养基 0471,15～20℃。

MCCC 1A01950 ←海洋三所 Es5-wp。分离源:东太平洋海底沉积物。与模式菌株相似性为 99.015%。培养基 0471,15～20℃。

MCCC 1A05718 ←海洋三所 NH58C。分离源:南沙浅黄色泥质。分离自石油降解菌群。与模式菌株相似性为 100%。培养基 0821,25℃。

MCCC 1B00443 ←海洋一所 QJJN 41-2。分离源:青岛胶南近海次表层海水。与模式菌株相似性为 100%。培养基 0471,20～25℃。

MCCC 1B00448 ←海洋一所 QJJN 63。分离源:青岛胶南近海次表层海水。与模式菌株相似性为 100%。培养基 0471,20～25℃。

MCCC 1B00546 ←海洋一所 DJHH64。分离源:烟台海阳次表层海水。与模式菌株相似性为 99.899%。培养基 0471,20～25℃。

MCCC 1B00661 ←海洋一所 DJJH15。分离源:山东日照上层海水。与模式菌株相似性为 100%。培养基 0471,20～25℃。

MCCC 1B00695 ←海洋一所 DJWH35。分离源:威海乳山底层海水。与模式菌株相似性为 99.506%。培养基 0471,20～25℃。

MCCC 1B00749 ←海洋一所 QJHH1。分离源:烟台海阳表层海水。与模式菌株相似性为 100%。培养基 0471,20～25℃。

MCCC 1B00767 ←海洋一所 QJHH30。分离源:烟台海阳底层海水。与模式菌株相似性为 100%。培养基 0471,20～25℃。

MCCC 1B00799 ←海洋一所 CJNY51。分离源:江苏盐城射阳表层沉积物。与模式菌株相似性为 98.862%。培养基 0471,20～25℃。

Psychrobacter **sp.** Juni and Heym 1986 嗜冷杆菌

MCCC 1A00363 ←海洋三所 SN34。分离源:南海沉积物。产糖脂类表面活性剂。与模式菌株 *P. nivimaris* 88/2-7(T)AJ313425 相似性为 99.371%。培养基 0472,28℃。

MCCC 1A00512 ←海洋三所 3063。分离源:东太平洋棕褐色硅质软泥,富多金属结核。与模式菌株 *P. fozii* NF23(T)AJ430827 相似性为 99.389%。培养基 0471,4～20℃。

MCCC 1A00530 ←海洋三所 8069。分离源:西太平洋深海沉积物。与模式菌株 *P. fozii* NF23(T)AJ430827 相似性为 99.659%。培养基 0471,4～20℃。

MCCC 1A00535 ←海洋三所 8073。分离源:西太平洋深海沉积物。与模式菌株 *P. arcticus* 273-4(T) AY444822 相似性为 99.247%。培养基 0471,4～20℃。

MCCC 1A00537 ←海洋三所 8065。分离源:西太平洋深海沉积物。与模式菌株 *P. okhotskensis* MD17(T) AB094794 相似性为 99.116%。培养基 0471,4～20℃。

MCCC 1A00540 ←海洋三所 8078。分离源:西太平洋深海沉积物。与模式菌株 *P. cryohalolentis* K5(T) CP000323 相似性为 99.732%。培养基 0471,4～20℃。

MCCC 1A00560 ←海洋三所 7333。分离源:西太平洋灰白色有孔虫软泥。与模式菌株 *P. cryohalolentis* K5 (T)CP000323 相似性为 99.665%。培养基 0471,4～20℃。

MCCC 1A00584 ←海洋三所 3033。分离源:东太平洋深海沉积物。与模式菌株 *P. cryohalolentis* K5(T) CP000323 相似性为 98.254%。培养基 0471,4～20℃。

MCCC 1A00590 ←海洋三所 3039。分离源:东太平洋深海沉积物。与模式菌株 *P. nivimaris* 88/2-7(T) AJ313425 相似性为 97.924%。培养基 0471,4～20℃。

MCCC 1A00652 ←海洋三所 7195。分离源:西太平洋深海沉积物。与模式菌株 *P. pulmonis* CECT 5989(T) AJ437696 相似性为 98.519%。培养基 0471,4～20℃。

MCCC 1A00656 ←海洋三所 7199。分离源:西太平洋深海沉积物。与模式菌株 *P. fozii* NF23(T)AJ430827 相似性为 96.92%。培养基 0471,4～20℃。

MCCC 1A00657 ←海洋三所 7200。分离源:西太平洋深海沉积物。与模式菌株 *P. fozii* NF23(T)AJ430827 相似性为 99.658%。培养基 0471,4～20℃。

MCCC 1A00659 ←海洋三所 7202。分离源:西太平洋深海沉积物。与模式菌株 *P. cibarius* JG-219(T) AY639871 相似性为 99.183%。培养基 0471,4～20℃。

MCCC 1A00662 ←海洋三所 7205。分离源:西太平洋深海沉积物。与模式菌株 *P. cibarius* JG-219(T) AY639871 相似性为 99.456%。培养基 0471,4～20℃。

MCCC 1A00664 ←海洋三所 7207。分离源:西太平洋深海沉积物。与模式菌株 *P. cryohalolentis* K5(T) CP000323 相似性为 99.664%。培养基 0471,4～20℃。

MCCC 1A00669 ←海洋三所 3055。分离源:东太平洋深海沉积物。与模式菌株 *P. okhotskensis* MD17(T) AB094794 相似性为 97.888%。培养基 0471,4～20℃。

MCCC 1A00677 ←海洋三所 7329。分离源:西太平洋棕褐色软泥。与模式菌株 *P. fozii* NF23(T)AJ430827 相似性为 99.592%。培养基 0471,4～20℃。

MCCC 1A00682 ←海洋三所 7316。分离源:西太平洋深海沉积物。与模式菌株 *P. pulmonis* CECT 5989(T) AJ437696 相似性为 99.778%。培养基 0471,4～20℃。

MCCC 1A00683 ←海洋三所 7317。分离源:西太平洋深海沉积物。与模式菌株 *P. pulmonis* CECT 5989(T) AJ437696 相似性为 99.778%。培养基 0471,4～20℃。

MCCC 1A00685 ←海洋三所 7319。分离源:西太平洋深海沉积物。与模式菌株 *P. aquaticus* CMS 56(T) AJ584833 相似性为 93.973%。培养基 0471,4～20℃。

MCCC 1A00687 ←海洋三所 7321。分离源:西太平洋深海沉积物。与模式菌株 *P. pulmonis* CECT 5989(T) AJ437696 相似性为 99.04%。培养基 0471,4～20℃。

MCCC 1A00688 ←海洋三所 7322。分离源:西太平洋深海沉积物。与模式菌株 *P. faecalis* Iso-46(T) AJ421528 相似性为 96.755%。培养基 0471,4～20℃。

MCCC 1A00690 ←海洋三所 7324。分离源:西太平洋深海沉积物。与模式菌株 *P. pulmonis* CECT 5989(T) AJ437696 相似性为 95.465%。培养基 0471,4～20℃。

MCCC 1A00707 ←海洋三所 8087。分离源:西太平洋深海沉积物。与模式菌株 *P. pulmonis* CECT 5989(T) AJ437696 相似性为 99.852%。培养基 0471,4～20℃。

MCCC 1A00709 ←海洋三所 7340。分离源:西太平洋灰白色有孔虫软泥。与模式菌株 *P. pulmonis* CECT 5989(T)AJ437696 相似性为 99.631%。培养基 0471,4～20℃。

MCCC 1A00714 ←海洋三所 4008。分离源:东太平洋深海沉积物。与模式菌株 *P. cibarius* JG-219(T) AY639871 相似性为 99.118%。培养基 0471,4～20℃。

MCCC 1A00722 ←海洋三所 4001。分离源:东太平洋棕褐色硅质软泥。与模式菌株 *P. cryohalolentis* K5 (T)CP000323 相似性为 98.993%。培养基 0471,4～20℃。

MCCC 1A00728 ←海洋三所 8093。分离源:西太平洋深海沉积物。与模式菌株 *P. cryohalolentis* K5(T) CP000323 相似性为 99.595%。培养基 0471,4～20℃。

MCCC 1A00731 ←海洋三所 8091。分离源:西太平洋深海沉积物。与模式菌株 *P. pulmonis* CECT 5989(T) AJ437696 相似性为 98.074%。培养基 0471,4～20℃。

MCCC 1A00735 ←海洋三所 7345。分离源:西太平洋深海沉积物。与模式菌株 *P. okhotskensis* MD17(T) AB094794 相似性为 98.847%。培养基 0471,4～20℃。

MCCC 1A00761 ←海洋三所 4062。分离源:东太平洋棕褐色硅质软泥。与模式菌株 *P. cryohalolentis* K5 (T)CP000323 相似性为 99.396%。培养基 0471,4～20℃。

MCCC 1A00797 ←海洋三所 4024。分离源:东太平洋棕褐色硅质软泥。与模式菌株 *P. cryohalolentis* K5 (T)CP000323 相似性为 96.68%。培养基 0471,4～20℃。

MCCC 1A01767 ←海洋三所 WP02-1-40(B)。分离源:西太平洋暖池区海底沉积物。与模式菌株 *P. submarinus* KMM 225(T)AJ309940 相似性为 98.318%。培养基 0033,15～20℃。

MCCC 1A01842 ←海洋三所 233(64zx)。分离源:西太平洋暖池区深海沉积物。与模式菌株 *P. submarinus* KMM 225(T)AJ309940 相似性为 98.248%。培养基 0471,20～25℃。

MCCC 1A01852 ←海洋三所 NJ-65。分离源:南极土壤。与模式菌株 *P. arcticus* 273-4(T)AY444822 相似性 为 99.189%。培养基 0033,20～25℃。

MCCC 1A01855 ←海洋三所 EP05。分离源:东太平洋深海沉积物。与模式菌株 *P. submarinus* KMM 225 (T)AJ309940 相似性为 98.458%。培养基 0471,20℃。

MCCC 1A01881 ←海洋三所 NJ-69。分离源:南极土壤。与模式菌株 *P. namhaensis* SW-242(T)AY722805 相似性为 98.648%。培养基 0033,10～20℃。

MCCC 1A01912 ←海洋三所 NJ-77。分离源:南极土壤。与模式菌株 *P. arcticus* 273-4(T)AY444822 相似性 为 99.123%。培养基 0033,10～20℃。

MCCC 1A01923 ←海洋三所 NJ-48。分离源:南极土壤。与模式菌株 *P. arcticus* 273-4(T)AY444822 相似性 为 99.257%。培养基 0033,10～20℃。

MCCC 1A01929 ←海洋三所 NJ-36。分离源:南极土壤。与模式菌株 *P. maritimus* Pi2-20(T)AJ609272 相似 性为 99.051%。培养基 0033,20～25℃。

MCCC 1A01934 ←海洋三所 NJ-48。分离源:南极土壤。与模式菌株 *P. cibarius* JG-219(T)AY639871 相似 性为 99.459%。培养基 0033,10～20℃。

MCCC 1A01946 ←海洋三所 Mp2-wp。分离源:中太平洋海底沉积物。产半乳糖苷酶、明胶酶。与模式菌株 *P. submarinus* KMM 225(T)AJ309940 相似性为 99.44%。培养基 0471,15～20℃。

MCCC 1A03804 ← 海洋三所 JCK 7K♯401 MY-2 a。分离源:日本近海表层沉积物。与模式菌株 *P. pacificensis* IFO 16279(T)AB016057 相似性为 98.252%。培养基 0471,4～20℃。

MCCC 1A04310 ←海洋三所 T7AE。分离源:西南太平洋土灰色沉积物。分离自石油降解菌群。与模式菌 株 *P. submarinus* KMM 225(T)AJ309940 相似性为 98.672%。培养基 0821,28℃。

MCCC 1A04590 ←海洋三所 T39AB。分离源:西南太平洋深海沉积物。分离自石油、多环芳烃降解菌群。 与模式菌株 *P. submarinus* KMM 225(T)AJ309940 相似性为 98.491%(757/767)。培养 基 0821,28℃。

MCCC 1A05026 ←海洋三所 L51-10-6A。分离源:南海深层海水。与模式菌株 *P. pulmonis* CECT 5989(T) AJ437696 相似性为 99.767%。培养基 0471,25℃。

MCCC 1A05593 ←海洋三所 AA-7。分离源:太平洋土灰色沉积物。与模式菌株 *P. submarinus* KMM 225 (T)AJ309940 相似性为 98.739%。培养基 0471,30℃。

MCCC 1A05594 ←海洋三所 AA-33。分离源:太平洋土灰色沉积物。与模式菌株 *P. submarinus* KMM 225 (T)AJ309940 相似性为 98.529%。培养基 0471,30℃。

MCCC 1A05595 ←海洋三所 AA-20。分离源:太平洋土灰色沉积物。与模式菌株 *P. submarinus* KMM 225 (T)AJ309940 相似性为 98.529%。培养基 0471,30℃。

MCCC 1A06106 ←海洋三所 S0807-6-8。分离源:西南太平洋黑褐色块状物。培养基 0471,20℃。

MCCC 1A06108 ←海洋三所 S0808-5-1-1-1。分离源:西南太平洋黑褐色沉积物。培养基 0471,20℃。

MCCC 1A06109 ←海洋三所 DY3-2GC-5。分离源:西南太平洋黄褐色沉积物。培养基 0471,20℃。

MCCC 1A06111 ←海洋三所 S0808-4-6-1-1。分离源:西南太平洋黑褐色沉积物。培养基 0471,20℃。

MCCC 1A06112 ←海洋三所 S0807-6-3-2-1。分离源:西南太平洋黑褐色块状物。培养基 0471,20℃。

MCCC 1A06113 ←海洋三所 S0807-6-4-2-2。分离源:西南太平洋深海热液区黑褐色块状物。培养基 0471,20℃。

MCCC 1A06114 ←海洋三所 DY3-2GC-23-2-1-1。分离源:西南太平洋黄褐色沉积物。培养基 0471,20℃。

MCCC 1A06115 ←海洋三所 S0807-6-4-2-2。分离源:西南太平洋深海热液区黑褐色块状物。培养基 0471,20℃。

MCCC 1A06117 ←海洋三所 S0808-3-2-2。分离源:西南太平洋深海热液区黑褐色沉积物。培养基 0471,20℃。

MCCC 1A06118 ←海洋三所 S0808-4-1-1。分离源:西南太平洋黑褐色沉积物。培养基 0471,20℃。

MCCC 1B00231 ←海洋一所 YACS32。分离源:青岛上层海水。与模式菌株 *P. vallis* CMS 39(T)AJ584832 相似性为 99.815%。培养基 0471,20~25℃。

MCCC 1B00233 ←海洋一所 YACS34。分离源:青岛上层海水。与模式菌株 *P. pacificensis* IFO 16279(T)AB016057 相似性为 99.259%。培养基 0471,20~25℃。

MCCC 1B00452 ←海洋一所 HZBC4。分离源:日照上层海水。与模式菌株 *P. submarinus* KMM 225(T)AJ309940 相似性为 99.246%。培养基 0471,20~25℃。

MCCC 1B00539 ←海洋一所 DJHH47。分离源:烟台海阳表层海水。与模式菌株 *P. nivimaris* 88/2-7(T)AJ313425 相似性为 99.312%。培养基 0471,20~25℃。

MCCC 1B00660 ←海洋一所 DJJH13。分离源:山东日照上层海水。与模式菌株 *P. marincola* KMM 277(T)AJ309941 相似性为 99.315%。培养基 0471,20~25℃。

MCCC 1B00808 ←海洋一所 HTYW13。分离源:山东宁德霞浦暗纹东方鲀胃部。与模式菌株 *P. pulmonis* CECT 5989(T)AJ437696 相似性为 99.65%。培养基 0471,20~25℃。

MCCC 1B00811 ←海洋一所 HTYW16。分离源:山东宁德霞浦暗纹东方鲀胃部。与模式菌株 *P. vallis* CMS 39(T)AJ584832 相似性为 99.766%。培养基 0471,20~25℃。

MCCC 1B00818 ←海洋一所 HTYC27。分离源:山东宁德霞浦暗纹东方鲀胃部。与模式菌株 *P. vallis* CMS 39(T)AJ584832 相似性为 99.87%。培养基 0471,20~25℃。

MCCC 1B00826 ←海洋一所 QJJH50。分离源:青岛日照表层海水。与模式菌株 *P. submarinus* KMM 225(T)AJ309940 相似性为 99.184%。培养基 0471,20~25℃。

MCCC 1B01197 ←海洋一所 HTGH1。分离源:福建宁德暗纹东方鲀肝脏。与模式菌株 *P. pulmonis* CECT 5989(T)AJ437696 相似性为 99.523%。培养基 0471,25℃。

MCCC 1B01198 ←海洋一所 HTGH10。分离源:福建宁德暗纹东方鲀肝脏。与模式菌株 *P. cibarius* JG-219(T)AY639871 相似性为 99.405%。培养基 0471,25℃。

MCCC 1B01199 ←海洋一所 HTGH13。分离源:福建宁德暗纹东方鲀肝脏。与模式菌株 *P. vallis* CMS 39(T)AJ584832 相似性为 99.287%。培养基 0471,25℃。

MCCC 1B01204 ←海洋一所 HTGH24。分离源:福建宁德暗纹东方鲀肝脏。与模式菌株 *P. pulmonis* CECT 5989(T)AJ437696 相似性为 99.287%。培养基 0471,25℃。

MCCC 1B01207 ←海洋一所 HTGH7。分离源:福建宁德暗纹东方鲀肝脏。与模式菌株 *P. pulmonis* CECT 5989(T)AJ437696 相似性为 99.762%。培养基 0471,25℃。

MCCC 1C01043 ←极地中心 7-7-5-2。分离源:南大洋普里兹湾深层海水。与模式菌株 *P. cryohalolentis* K5(T)CP000323 相似性为 100%。培养基 0471,5℃。

MCCC 1C01099 ←极地中心 XH6。分离源:南极长城站潮间带海沙。与模式菌株 *P. faecalis* Iso-46(T)AJ421528 相似性为 99.709%。培养基 0471,5℃。

MCCC 1C01115 ←极地中心 B-3。分离源:南极长城站潮间带海沙。产脂酶。与模式菌株 *P. maritimus* Pi2-20(T)AJ609272 相似性为 99.856%。培养基 0471,5℃。

MCCC 1C01132 ←极地中心 cong-5。分离源:南极长城站潮间带海沙。与模式菌株 *P. maritimus* Pi2-20(T)AJ609272 相似性为 99.927%。培养基 0471,5℃。

MCCC 1C01136　←极地中心 S16-5-1。分离源:北冰洋表层沉积物。与模式菌株 *P. faecalis* Iso-46(T)
　　　　　　　　AJ421528 相似性为 99.852%。培养基 0471,5℃。

MCCC 1C01138　←极地中心 S11-6-3。分离源:北冰洋表层沉积物。与模式菌株 *P. faecalis* Iso-46(T)
　　　　　　　　AJ421528 相似性为 99.853%。培养基 0471,5℃。

MCCC 1C01140　←极地中心 13。分离源:南极长城站油库底泥。与模式菌株 *P. faecalis* Iso-46(T)
　　　　　　　　AJ421528 相似性为 99.779%。培养基 0471,5℃。

MCCC 1F01162　←厦门大学 SCSWD09。分离源:南海中层海水。产淀粉酶。与模式菌株 *P. submarinus*
　　　　　　　　KMM 225(T)AJ309940 相似性为 99%(1426/1428)。培养基 0471,25℃。

Psychroflexus sp. Bowman *et al.* 1999 冷弯曲菌

MCCC 1B00987　←海洋一所 YXWBB23。分离源:青岛即墨 70%盐度盐田表层海水。与模式菌株
　　　　　　　　P. sediminis YIM-C238(T)EU135715 相似性为 99.399%。培养基 0471,20~25℃。

Pusillimonas noertemannii Stolz *et al.* 2005 罗氏极小单胞菌

模式菌株 *Pusillimonas noertemannii* BN9(T)AY695828

MCCC 1A01239　←海洋三所 CR57-2。分离源:印度洋深海底层水样。分离自石油降解菌群。与模式菌株相
　　　　　　　　似性为 99.769%。培养基 0471,25℃。

Pusillimonas sp. Stolz *et al.* 2005 极小单胞菌

MCCC 1A01358　←海洋三所 10-C-6。分离源:厦门近岸表层海水。与模式菌株 *P. noertemannii* BN9(T)
　　　　　　　　AY695828 相似性为 97.143%。培养基 0472,28℃。

MCCC 1A05046　←海洋三所 L52-1-41。分离源:南海表层海水。与模式菌株 *P. noertemannii* BN9(T)
　　　　　　　　AY695828 相似性为 97.106%。培养基 0471,25℃。

MCCC 1A05105　←海洋三所 L53-1-51。分离源:南海表层海水。与模式菌株 *P. noertemannii* BN9(T)
　　　　　　　　AY695828 相似性为 97.062%。培养基 0471,25℃。

Rahnella sp. Izard *et al.* 1981 拉恩氏菌

MCCC 1A00314　←海洋三所 LCY13。分离源:南极土壤。多环芳烃降解菌。与模式菌株 *R. aquatilis* DSM
　　　　　　　　4594(T)AJ233426 相似性为 98.195%。培养基 0033,18℃。

MCCC 1C01083　←极地中心 D。分离源:南极长城站潮间带海沙。产脂酶。与模式菌株 *R. aquatilis* DSM
　　　　　　　　4594(T)AJ233426 相似性为 97.006%。培养基 0471,5℃。

MCCC 1C01131　←极地中心 A。分离源:南极长城站潮间带海沙。与模式菌株 *R. aquatilis* DSM 4594(T)
　　　　　　　　AJ233426 相似性为 97.953%。培养基 0471,5℃。

Raoultella ornithinolytica (Sakazaki *et al.* 1989)Drancourt *et al.* 2001 解鸟氨酸拉乌尔菌

模式菌株 *Raoultella ornithinolytica* JCM 6096(T)AJ251467

MCCC 1A00169　←海洋三所 HYCe-1。分离源:厦门野生鲻鱼肠道内容物。与模式菌株相似性为 100%。培
　　　　　　　　养基 0033,28℃。

Raoultella planticola (Bagley *et al.* 1982)Drancourt *et al.* 2001 居植物柔武氏菌

模式菌株 *Raoultella planticola* DSM 3069(T)X93215

MCCC 1A00172　←海洋三所 HYCf-1。分离源:厦门野生鲻鱼肠道内容物。与模式菌株相似性为 99.627%。
　　　　　　　　培养基 0033,28℃。

Raoultella terrigena (Izard *et al.* 1981)Drancourt *et al.* 2001 土壤柔武氏菌

模式菌株 *Raoultella terrigena* ATCC 33257(T)

MCCC 1B01194　←海洋一所 HTGA2。分离源:福建宁德暗纹东方鲀肝脏。与模式菌株相似性为 99.642%。
　　　　　　　　培养基 0471,25℃。

Rheinheimera aquimaris Yoon *et al.* 2007 水莱茵海默氏菌

模式菌株 *Rheinheimera aquimaris* SW-353(T)EF076757

MCCC 1A04130 ←海洋三所 NH36G2。分离源:南沙灰色沙质。与模式菌株相似性为 99.438%。培养基 0821,25℃。

MCCC 1A04197 ←海洋三所 NH55K。分离源:南沙泻湖珊瑚沙。与模式菌株相似性为 100%(813/813)。培养基 0821,25℃。

MCCC 1F01045 ←厦门大学 M12。分离源:福建省漳州近海红树林表层沉积物。与模式菌株相似性为 99.932%(1477/1478)。培养基 0471,25℃。

Rheinheimera perlucida Brettar *et al.* 2006 透明莱茵海默氏菌

模式菌株 *Rheinheimera perlucida* BA131(T)AM183347

MCCC 1B00881 ←海洋一所 YCSD39。分离源:青岛即墨盐田旁排水沟。与模式菌株相似性为 98.689%。培养基 0471,20～25℃。

Rheinheimera sp. Brettar *et al.* 2002 emend. Merchant *et al.* 2007 莱茵海默氏菌

MCCC 1A00557 ←海洋三所 3006。分离源:东太平洋深海沉积物。与模式菌株 R. *baltica* OSBAC1(T)AJ441080 相似性为 100%。培养基 0471,4～20℃。

Rhizobium huautlense Wang *et al.* 1998 华特拉根瘤菌

模式菌株 *Rhizobium huautlense* S02(T)AF025852

MCCC 1A05829 ←海洋三所 2GM01-1u。分离源:南沙下层海水。与模式菌株相似性为 99.046%(763/771)。培养基 0471,25℃。

Rhodobacter azotoformans Hiraishi *et al.* 1997 固氮红细菌

模式菌株 *Rhodobacter azotoformans* KA25(T)D70846

MCCC 1I00013 ←华侨大学 19。分离源:青岛栈桥排污口沉积物。与模式菌株相似性为 99.639%。培养基 1004,25～35℃。

MCCC 1I00014 ←华侨大学 21。分离源:青岛栈桥排污口沉积物。与模式菌株相似性为 99.639%。培养基 1004,25～35℃。

MCCC 1I00015 ←华侨大学 R7K3Z5。分离源:青岛栈桥排污口沉积物。与模式菌株相似性为 99.639%。培养基 1004,25～35℃。

MCCC 1I00016 ←华侨大学 23。分离源:青岛栈桥排污口沉积物。与模式菌株相似性为 99.639%。培养基 1004,25～35℃。

MCCC 1I00017 ←华侨大学 A23-1。分离源:青岛栈桥排污口沉积物。与模式菌株相似性为 99.639%。培养基 1004,25～35℃。

MCCC 1I00018 ←华侨大学 A23-3。分离源:青岛栈桥排污口沉积物。与模式菌株相似性为 99.567%。培养基 1004,25～35℃。

MCCC 1I00019 ←华侨大学 23G。分离源:青岛栈桥排污口沉积物。与模式菌株相似性为 99.567%。培养基 1004,25～35℃。

MCCC 1I00020 ←华侨大学 24。分离源:青岛栈桥排污口沉积物。与模式菌株相似性为 99.639%。培养基 1004,25～35℃。

MCCC 1I00021 ←华侨大学 25。分离源:青岛栈桥排污口沉积物。与模式菌株相似性为 99.639%。培养基 1004,25～35℃。

MCCC 1I00026 ←华侨大学 9-1LV38R。分离源:青岛栈桥排污口沉积物。与模式菌株相似性为 99.639%。培养基 1004,25～35℃。

MCCC 1I00028 ←华侨大学 41273HV。分离源:青岛栈桥排污口沉积物。与模式菌株相似性为 99.423%。培养基 1004,25～35℃。

Rhodobacter sphaeroides（van Niel 1944）Imhoff *et al.* 1984 **类球红细菌**

模式菌株 *Rhodobacter sphaeroides* ATCC 17023(T)X53854

MCCC 1I00031 ←华侨大学 TS96。分离源：青岛栈桥排污口沉积物。与模式菌株相似性为 99.791%。培养基 1004,25～35℃。

MCCC 1I00039 ←华侨大学 A。分离源：青岛栈桥排污口沉积物。与模式菌株相似性为 99.207%。培养基 1004,25～35℃。

***Rhodobacter* sp.** Imhoff *et al.* 1984 emend. Srinivas *et al.* 2007 **红细菌**

MCCC 1I00011 ←华侨大学 R77。分离源：青岛栈桥排污口沉积物。与模式菌株 *R. azotoformans* KA25 (T)D70846 相似性为 99.639%。培养基 1004,25～35℃。

MCCC 1I00012 ←华侨大学 R7。分离源：青岛栈桥排污口沉积物。与模式菌株 *R. azotoformans* KA25(T) D70846 相似性为 99.566%。培养基 1004,25～35℃。

MCCC 1I00027 ←华侨大学 40K2013-4。分离源：青岛栈桥排污口沉积物。与模式菌株 *R. azotoformans* KA25(T)D70846 相似性为 99.639%。培养基 1004,25～35℃。

MCCC 1I00045 ←华侨大学 127。分离源：福建泉州洛阳桥红树林根部污泥。与模式菌株 *R. azotoformans* KA25(T)D70846 相似性为 97.892%。培养基 1004,25～35℃。

MCCC 1I00047 ←华侨大学 171。分离源：福建泉州红树林周围区泥水混合样。与模式菌株 *R. capsulatus* ATCC 11166(T)D16428 相似性为 96.949%。培养基 1004,25～35℃。

MCCC 1I00053 ←华侨大学 H。分离源：福建泉州红树林积水区表层海水。与模式菌株 *R. azotoformans* KA25(T)D70846 的相似性为 97.608%。培养基 1004,25～35℃。

MCCC 1I00054 ←华侨大学 m。分离源：福建泉州红树林周围养殖区海水。与模式菌株 *R. azotoformans* KA25(T)D70846 相似性为 98.592%。培养基 1004,25～35℃。

MCCC 1I00057 ←华侨大学 35。分离源：福建泉州红树林积水区表层海水。与模式菌株 *R. azotoformans* KA25(T)D70846 的相似性为 97.842%。培养基 1004,25～35℃。

MCCC 1I00059 ←华侨大学 48。分离源：福建泉州红树林积水区表层海水。与模式菌株 *R. azotoformans* KA25(T)D70846 的相似性为 98.082%。培养基 1004,25～35℃。

MCCC 1I00060 ←华侨大学 76。分离源：福建泉州红树林排污口表层沉积物。与模式菌株 *R. azotoformans* KA25(T)D70846 相似性为 97.887%。培养基 1004,25～35℃。

MCCC 1I00061 ←华侨大学 77。分离源：福建泉州红树林排污口表层沉积物。与模式菌株 *R. azotoformans* KA25(T)D70846 相似性为 96.2%。培养基 1004,25～35℃。

MCCC 1I00062 ←华侨大学 78。分离源：福建泉州红树林排污口表层沉积物。与模式菌株 *R. azotoformans* KA25(T)D70846 相似性为 98.118%。培养基 1004,25～35℃。

MCCC 1I00063 ←华侨大学 79。分离源：福建泉州红树林排污口表层沉积物。与模式菌株 *R. azotoformans* KA25(T)D70846 相似性为 96.905%。培养基 1004,25～35℃。

MCCC 1I00064 ←华侨大学 80。分离源：福建泉州红树林排污口表层沉积物。与模式菌株 *R. azotoformans* KA25(T)D70846 相似性为 98.329%。培养基 1004,25～35℃。

MCCC 1I00065 ←华侨大学 83。分离源：福建泉州红树林排污口表层沉积物。与模式菌株 *R. azotoformans* KA25(T)D70846 相似性为 98.325%。培养基 1004,25～35℃。

MCCC 1I00066 ←华侨大学 84。分离源：福建泉州红树林排污口表层沉积物。与模式菌株 *R. azotoformans* KA25(T)D70846 相似性为 98.077%。培养基 1004,25～35℃。

MCCC 1I00067 ←华侨大学 85。分离源：福建泉州红树林排污口表层沉积物。与模式菌株 *R. azotoformans* KA25(T)D70846 相似性为 99.282%。培养基 1004,25～35℃。

MCCC 1I00068 ←华侨大学 86。分离源：福建泉州红树林排污口表层沉积物。与模式菌株 *R. azotoformans* KA25(T)D70846 相似性为 98.345%。培养基 1004,25～35℃。

MCCC 1I00069 ←华侨大学 87。分离源：福建泉州红树林排污口表层沉积物。与模式菌株 *R. azotoformans* KA25(T)D70846 相似性为 97.867%。培养基 1004,25～35℃。

MCCC 1I00070 ←华侨大学 95。分离源：福建泉州红树林排污口表层沉积物。与模式菌株 *R. azotoformans* KA25(T)D70846 相似性为 97.183%。培养基 1004,25～35℃。

MCCC 1I00071 ←华侨大学 96。分离源：福建泉州红树林根。与模式菌株 *R. azotoformans* KA25（T）D70846 相似性为 99.279%。培养基 1004,25～35℃。

MCCC 1I00072 ←华侨大学 98。分离源：福建泉州红树林根。与模式菌株 *R. azotoformans* KA25（T）D70846 的相似性为 95.508%。培养基 1004,25～35℃。

MCCC 1I00073 ←华侨大学 99。分离源：福建泉州红树林根。与模式菌株 *R. azotoformans* KA25（T）D70846 相似性为 96.706%。培养基 1004,25～35℃。

MCCC 1I00074 ←华侨大学 100。分离源：福建泉州红树林根。与模式菌株 *R. azotoformans* KA25（T）D70846 相似性为 98.353%。培养基 1004,25～35℃。

MCCC 1I00075 ←华侨大学 102。分离源：福建泉州红树林周围养殖区沉积物。与模式菌株 *R. capsulatus* ATCC 11166（T）D16428 相似性为 98.454%。培养基 1004,25～35℃。

MCCC 1I00076 ← 华侨大学 104。分离源：福建泉州红树林周围养殖区沉积物。与模式菌株 *R. azotoformans* KA25（T）D70846 相似性为 98.752%。培养基 1004,25～35℃。

MCCC 1I00077 ← 华侨大学 105。分离源：福建泉州红树林周围养殖区沉积物。与模式菌株 *R. azotoformans* KA25（T）D70847 相似性为 96.009%。培养基 1004,25～35℃。

MCCC 1I00079 ←华侨大学 112。分离源：福建泉州红树林退潮后静水区。与模式菌株 *R. azotoformans* KA25（T）D70846 相似性为 97.867%。培养基 1004,25～35℃。

MCCC 1I00080 ←华侨大学 118。分离源：福建泉州红树林退潮后静水区。与模式菌株 *R. azotoformans* KA25（T）D70846 相似性为 97.418%。培养基 1004,25～35℃。

MCCC 1I00081 ←华侨大学 119。分离源：福建泉州红树林退潮后静水区。与模式菌株 *R. azotoformans* KA25（T）D70846 相似性为 98.585%。培养基 1004,25～35℃。

MCCC 1I00082 ←华侨大学 126。分离源：福建泉州红树林根。与模式菌株 *R. azotoformans* KA25（T）D70846 相似性为 98.126%。培养基 1004,25～35℃。

MCCC 1I00083 ←华侨大学 130。分离源：福建泉州红树林根。与模式菌株 *R. megalophilus* JA194（T）AM421024 相似性为 100%。培养基 1004,25～35℃。

MCCC 1I00084 ← 华侨大学 131。分离源：福建泉州红树林周围养殖区沉积物。与模式菌株 *R. azotoformans* KA25（T）D70846 相似性为 96.473%。培养基 1004,25～35℃。

MCCC 1I00085 ←华侨大学 132。分离源：福建泉州红树林退潮后静水区。与模式菌株 *R. capsulatus* ATCC 11166（T）D16428 相似性为 99.378%。培养基 1004,25～35℃。

MCCC 1I00086 ←华侨大学 133。分离源：福建泉州红树林退潮后静水区。与模式菌株 *R. capsulatus* ATCC 11166（T）D16428 相似性为 99.189%。培养基 1004,25～35℃。

MCCC 1I00087 ←华侨大学 136。分离源：福建泉州红树林积水区表层海水。与模式菌株 *R. azotoformans* KA25（T）D70846 相似性为 98.578%。培养基 1004,25～35℃。

MCCC 1I00088 ←华侨大学 137。分离源：福建泉州红树林积水区表层海水。与模式菌株 *R. azotoformans* KA25（T）D70846 相似性为 98.585%。培养基 1004,25～35℃。

MCCC 1I00089 ←华侨大学 143。分离源：福建泉州红树林积水区表层海水。与模式菌株 *R. azotoformans* KA25（T）D70846 相似性为 98.118%。培养基 1004,25～35℃。

MCCC 1I00092 ←华侨大学 148。分离源：福建泉州红树林根。与模式菌株 *R. azotoformans* KA25（T）D70846 相似性为 96.445%。培养基 1004,25～35℃。

MCCC 1I00093 ←华侨大学 149。分离源：福建泉州红树林根。与模式菌株 *R. capsulatus* ATCC 11166（T）D16428 相似性为 99.345%。培养基 1004,25～35℃。

MCCC 1I00094 ←华侨大学 150。分离源：福建泉州红树林根。与模式菌株 *R. megalophilus* JA194（T）AM421024 相似性为 98.457%。培养基 1004,25～35℃。

MCCC 1I00095 ←华侨大学 153。分离源：福建泉州红树林根。与模式菌株 *R. capsulatus* ATCC 11166（T）D16428 相似性为 97.104%。培养基 1004,25～35℃。

MCCC 1I00096 ←华侨大学 158。分离源：福建泉州红树林根。与模式菌株 *R. azotoformans* KA25（T）D70846 相似性为 97.418%。培养基 1004,25～35℃。

MCCC 1I00097 ←华侨大学 165。分离源：福建泉州洛阳桥红树林根部污泥。与模式菌株 *R. azotoformans* KA25（T）D70846 相似性为 97.862%。培养基 1004,25～35℃。

MCCC 1I00098　←华侨大学 167。分离源:福建泉州红树林根。与模式菌株 *R. capsulatus* ATCC 11166(T) D16428 相似性为 99.029%。培养基 1004,25~35℃。

MCCC 1I00099　←华侨大学 170。分离源:福建泉州红树林周围区泥水混合样。与模式菌株 *R. capsulatus* ATCC 11166(T)D16428 相似性为 99.218%。培养基 1004,25~35℃。

MCCC 1I00101　←华侨大学 180。分离源:福建泉州红树林周围区水样。与模式菌株 *R. sphaeroides* ATCC 17023(T)X53854 相似性为 99.818%。培养基 1004,25~35℃。

MCCC 1I00102　←华侨大学 i。分离源:福建泉州红树林周围区泥水混合样。与模式菌株 *R. azotoformans* KA25(T)D70846 相似性为 98.100%。培养基 1004,25~35℃。

MCCC 1I00105　←华侨大学 13。分离源:福建泉州红树林退潮后静水区。与模式菌株 *R. azotoformans* KA25(T)D70846 相似性为 98.585%。培养基 1004,25~35℃。

MCCC 1I00113　←华侨大学 188。分离源:福建泉州红树林退潮后静水区。与模式菌株 *R. azotoformans* KA25(T)D70846 相似性为 98.585%。培养基 1004,25~35℃。

MCCC 1I00114　←华侨大学 10。分离源:福建泉州红树林积水区表层海水。与模式菌株 *R. azotoformans* KA25(T)D70846 相似性为 98.818%。培养基 1004,25~35℃。

MCCC 1I00116　←华侨大学 s6。分离源:福建泉州红树林周围养殖区沉积物。与模式菌株 *R. azotoformans* KA25(T)D70846 相似性为 98.353%。培养基 1004,25~35℃。

Rhodococcus baikonurensis Li *et al.* 2004 拜科罗尔红球菌
模式菌株 *Rhodococcus baikonurensis* GTC 1041(T)AB071951

MCCC 1A01975　←海洋三所 262(An28)。分离源:南极 Aderley 岛附近沉积物。与模式菌株相似性为 99.555%。培养基 0033,15~20℃。

Rhodococcus cercidiphylli Li 2009 连香树红球菌
模式菌株 *Rhodococcus cercidiphylli* YIM 65003(T)EU325542

MCCC 1C01012　←极地中心 P11-20-1。分离源:北冰洋深层沉积物。产脂酶。与模式菌株相似性为 99.171%。培养基 0471,5℃。

Rhodococcus corynebacterioides (Serrano *et al.* 1972)Yassin and Schaal 2005 类棒菌状红球菌
模式菌株 *Rhodococcus corynebacterioides* DSM 20151(T)AF430066

MCCC 1A00197　←海洋三所 TW53。分离源:太平洋深海沉积物。产表面活性物质。与模式菌株相似性为 99.75%。培养基 0472,28℃。

MCCC 1A03321　←海洋三所 23H12-1。分离源:印度洋深海沉积物表层。与模式菌株相似性为 99%。培养基 0012,28℃。

MCCC 1C00099　←极地中心 P27-27。分离源:北冰洋表层沉积物。海洋低温放线菌。与模式菌株相似性为 99.177%。培养基 0473,20℃。

Rhodococcus equi (Magnusson 1923)Goodfellow and Alderson 1977 马红球菌
模式菌株 *Rhodococcus equi* DSM 20307(T)X80614

MCCC 1A02132　←海洋三所 N3ZF-3。分离源:南海深海沉积物。十六烷降解菌,产表面活性物质。与模式菌株相似性为 99.565%。培养基 0745,26℃。

MCCC 1A02825　←海洋三所 F34-7。分离源:近海沉积物。分离自石油降解菌群。与模式菌株相似性为 100%。培养基 0472,28℃。

Rhodococcus erythropolis Goodfellow and Alderson 1979 红城红球菌
模式菌株 *Rhodococcus erythropolis* DSM 43066(T)X79289

MCCC 1A00276　←海洋三所 3C-9。分离源:厦门表层沉积物。产表面活性物质。培养基 0472,28℃。

MCCC 1A00803　←海洋三所 B-1007。分离源:西太平洋暖池区沉积物深层。与模式菌株相似性为 99.927%。培养基 0471,4℃。

MCCC 1A01974　←海洋三所 260（An6）。分离源：南极 Aderley 岛附近沉积物。与模式菌株相似性为 99.661％。培养基 0033,15～20℃。

Rhodococcus fascians（Tilford 1936）Goodfellow 1984 束红球菌

模式菌株 *Rhodococcus fascians* DSM 20669(T)X79186

MCCC 1A00897　←海洋三所 B-1016。分离源：西太平洋暖池区沉积物深层。与模式菌株相似性为 97.776％。培养基 0471,4℃。

MCCC 1A01009　←海洋三所 Fw72。分离源：太平洋深海沉积物。产糖脂类表面活性剂。与模式菌株相似性为 99.719％。培养基 0033,28℃。

MCCC 1A01858　←海洋三所 EP08。分离源：东太平洋深海沉积物。与模式菌株相似性为 99.648％。培养基 0471,20℃。

MCCC 1A02222　←海洋三所 DBT-3。分离源：南海沉积物。降解二苯并噻吩。与模式菌株相似性为 99.92％。培养基 0472,28℃。

MCCC 1A02995　←海洋三所 J1。分离源：大西洋洋中脊沉积物上覆水。与模式菌株相似性为 100％。培养基 0821,25℃。

MCCC 1A04684　←海洋三所 C3AB。分离源：西南太平洋下层海水。分离自石油降解菌群。与模式菌株相似性为 99.107％。培养基 0821,25℃。

MCCC 1B00707　←海洋一所 DJSD15。分离源：青岛沙子口表层海水。与模式菌株相似性为 100％。培养基 0471,20～25℃。

Rhodococcus globerulus Goodfellow *et al*. 1985 球状红球菌

模式菌株 *Rhodococcus globerulus* DSM 4954(T)X80619

MCCC 1A06070　←海洋三所 D-2Q-5-6。分离源：北极圈内某近人类活动区土样。分离自原油富集菌群。与模式菌株相似性为 98.95％。培养基 0472,28℃。

MCCC 1A06071　←海洋三所 D-S-1-2。分离源：北极圈内某化石沟土样。分离自原油富集菌群。与模式菌株相似性为 99.755％。培养基 0472,28℃。

Rhodococcus pyridinivorans Yoon *et al*. 2000 食吡啶红球菌

模式菌株 *Rhodococcus pyridinivorans* PDB9(T)AF173005

MCCC 1A00331　←海洋三所 LE2。分离源：厦门近海表层海水。甲苯、乙苯和二甲苯降解菌。与模式菌株相似性为 99.285％。培养基 0472,28℃。

MCCC 1A01347　←海洋三所 S67-4-H。分离源：印度洋表层海水。苯系物降解菌。与模式菌株相似性为 100％。培养基 0471,25℃。

MCCC 1A03188　←海洋三所 LJ2。分离源：厦门近海表层海水。甲苯降解菌。与模式菌株相似性为 99.863％。培养基 0472,28℃。

Rhodococcus qingshengii Xu *et al*. 2007 樊庆生红球菌

模式菌株 *Rhodococcus qingshengii* djl-6(T)DQ090961

MCCC 1A05957　←海洋三所 0713P5-1。分离源：印度洋深海沉积物表层。与模式菌株相似性为 99％。培养基 1003,28℃。

Rhodococcus rubber（Kruse 1896）Goodfellow and Alderson 1977 赤红球菌

模式菌株 *Rhodococcus ruber* DSM 43338(T)X80625

MCCC 1A01175　←海洋三所 38。分离源：印度洋深海热液口沉积物。分离自环己酮降解菌群。与模式菌株相似性为 100％。培养基 0472,25℃。

MCCC 1A03353　←海洋三所 314。分离源：福建省漳州云霄县近海红树林土壤。与模式菌株相似性为 99％。培养基 0471,28℃。

MCCC 1A03365　←海洋三所 311。分离源：福建省漳州云霄县近海红树林土壤。与模式菌株相似性为

100%。培养基 0471,28℃。

MCCC 1A04029 ←海洋三所 NH7V。分离源:南沙灰白色泥质沉积物。与模式菌株相似性为 100%。培养基 0821,25℃。

MCCC 1F01030 ←厦门大学 F12。分离源:福建漳州近海红树林泥。与模式菌株相似性为 99.863%(1480/1481)。培养基 0471,25℃。

Rhodococcus yunnanensis Zhang *et al.* 2005 云南红球菌

模式菌株 *Rhodococcus yunnanensis* YIM 70056(T)AY602219

MCCC 1C00753 ←极地中心 ZS2-21。分离源:南极表层沉积物。与模式菌株 *R. yunnanensis* YIM 70056(T)AY602219 相似性为 99.177%。培养基 0471,15℃。

MCCC 1C00790 ←极地中心 ZS1-20。分离源:南极表层沉积物。与模式菌株相似性为 99.177%。培养基 0471,15℃。

MCCC 1C00890 ←极地中心 ZS1-27。分离源:南极表层沉积物。与模式菌株相似性为 98.421%。培养基 0471,15℃。

MCCC 1C00920 ←极地中心 ZS1-5。分离源:南极海洋沉积物。与模式菌株相似性为 99.177%。培养基 0471,15℃。

Rhodococcus **sp.** Zopf 1891 红球菌

MCCC 1A00003 ←海洋三所 HYC-3。分离源:厦门野生鲻鱼肠道内容物。与模式菌株 *R. qingshengii* djl-6(T)DQ090961 相似性为 100%。培养基 0033,28℃。

MCCC 1A00655 ←海洋三所 7198。分离源:西太平洋深海沉积物。与模式菌株 *R. qingshengii* djl-6(T)DQ090961 相似性为 99.592%。培养基 0471,4~20℃。

MCCC 1A00673 ←海洋三所 3069。分离源:东太平洋深海沉积物。与模式菌株 *R. qingshengii* djl-6(T)DQ090961 相似性为 99.727%。培养基 0471,4~20℃。

MCCC 1A00681 ←海洋三所 7315。分离源:西太平洋深海沉积物。与模式菌株 *R. fascians* DSM 20669(T)X79186 相似性为 98.867%。培养基 0471,4~20℃。

MCCC 1A00720 ←海洋三所 4029。分离源:东太平洋棕褐色硅质软泥。与模式菌株 *R. qingshengii* djl-6(T)DQ090961 相似性为 99.796%。培养基 0471,4~20℃。

MCCC 1A00766 ←海洋三所 4066。分离源:东太平洋棕褐色硅质软泥。与模式菌株 *R. qingshengii* djl-6(T)DQ090961 相似性为 99.114%。培养基 0471,4~20℃。

MCCC 1A00798 ←海洋三所 4028。分离源:东太平洋棕褐色硅质软泥。与模式菌株 *R. qingshengii* djl-6(T)DQ090961 相似性为 98.614%。培养基 0471,4~20℃。

MCCC 1A00910 ←海洋三所 B-1089。分离源:东太平洋深层海水。与模式菌株 *R. fascians* DSM 20669(T)X79186 相似性为 98.904%。培养基 0471,4℃。

MCCC 1A00911 ←海洋三所 B-1009。分离源:西太平洋暖池区深海沉积物。与模式菌株 *R. fascians* DSM 20669(T)X79186 相似性为 98.904%。培养基 0471,4℃。

MCCC 1A00934 ←海洋三所 B-4141。分离源:东太平洋深海沉积物。与模式菌株 *R. qingshengii* djl-6(T)DQ090961 相似性为 99.572%。培养基 0471,4℃。

MCCC 1A00937 ←海洋三所 B-4191。分离源:东太平洋沉积物深层。与模式菌株 *R. qingshengii* djl-6(T)DQ090961 相似性为 99.64%。培养基 0471,4℃。

MCCC 1A01335 ←海洋三所 S31-3-11。分离源:印度洋表层海水。苯系物降解菌。与模式菌株 *R. qingshengii* djl-6(T)DQ090961 相似性为 100%。培养基 0471,25℃。

MCCC 1A01399 ←海洋三所 87。分离源:印度洋深海热液口沉积物。分离自环己酮降解菌群。与模式菌株 *R. yunnanensis* YIM70056(T)AY602219 相似性为 99.055%。培养基 0471,25℃。

MCCC 1A02800 ←海洋三所 F1Mire-5。分离源:北海沉积物。分离自石油降解菌群。与模式菌株 *R. equi* DSM20307(T)X80614 相似性为 97.491%。培养基 0472,28℃。

MCCC 1A02904 ←海洋三所 JC13。分离源:黄海上层海水。分离自石油降解菌群。与模式菌株 *R. qingshengii* djl-6(T)DQ090961 相似性为 100%。培养基 0472,25℃。

MCCC 1A04963　←海洋三所 C20B4。分离源：印度洋表层海水。分离自石油降解菌群。与模式菌株
　　　　　　　　R. yunnanensis YIM70056(T)AY602219 相似性为 100%。培养基 0821,25℃。

MCCC 1A04975　←海洋三所 C35B2。分离源：西南太平洋表层海水。分离自石油降解菌群。与模式菌株
　　　　　　　　R. qingshengii djl-6(T)DQ090961 相似性为 100%。培养基 0821,25℃。

MCCC 1A06072　←海洋三所 D-HS-5-2。分离源：北极圈内某化石沟饮水湖沉积物土样。分离自原油富集菌
　　　　　　　　群。与模式菌株 *R. qingshengii* djl-6(T)DQ090961 相似性为 100%。培养基 0472,28℃。

MCCC 1B00542　←海洋一所 DJHH53。分离源：烟台海阳表层海水。与模式菌株 *R. fascians* DSM 20669
　　　　　　　　X79186 相似性为 99.258%。培养基 0471,20～25℃。

Rhodoplanes **sp.** Hiraishi and Ueda 1994 **红游动菌**

MCCC 1I00004　←华侨大学 303。分离源：青岛栈桥排污口沉积物。与模式菌株 *R. serenus* TUT3530(T)
　　　　　　　　AB087717 相似性为 98.829%。培养基 1004,25～35℃。

MCCC 1I00005　←华侨大学 1130-1。分离源：青岛栈桥排污口沉积物。与模式菌株 *R. serenus* TUT3530
　　　　　　　　(T)AB087717 相似性为 99.103%。培养基 1004,25～35℃。

MCCC 1I00006　←华侨大学 11G30-1。分离源：青岛栈桥排污口沉积物。与模式菌株 *R. serenus* TUT3530
　　　　　　　　(T)AB087717 相似性为 98.694%。培养基 1004,25～35℃。

MCCC 1I00032　←华侨大学 L。分离源：青岛栈桥排污口沉积物。与模式菌株 *R. serenus* TUT3530(T)
　　　　　　　　AB087717 相似性为 98.901%。培养基 1004,25～35℃。

MCCC 1I00042　←华侨大学 120。分离源：福建泉州红树林退潮后静水区。与模式菌株 *R. serenus*
　　　　　　　　TUT3530(T)AB087717 相似性为 97.768%。培养基 1004,25～35℃。

MCCC 1I00050　←华侨大学 39。分离源：福建泉州红树林退潮后静水区。与模式菌株 *R. serenus* TUT3530
　　　　　　　　(T)AB087717 相似性为 97.045%。培养基 1004,25～35℃。

MCCC 1I00051　←华侨大学 41。分离源：福建泉州红树林退潮后静水区。与模式菌株 *R. serenus* TUT3530
　　　　　　　　(T)AB087717 相似性为 97.045%。培养基 1004,25～35℃。

MCCC 1I00052　←华侨大学 45。分离源：福建泉州红树林退潮后静水区。与模式菌株 *R. serenus* TUT3530
　　　　　　　　(T)AB087717 相似性 97.738%。培养基 1004,25～35℃。

MCCC 1I00058　←华侨大学 44。分离源：福建泉州红树林积水区表层海水。与模式菌株 *R. elegans* AS130
　　　　　　　　(T)D25311 的相似性为 95.994%。培养基 1004,25～35℃。

MCCC 1I00090　←华侨大学 146。分离源：福建泉州红树林积水区表层海水。与模式菌株 *R. serenus*
　　　　　　　　TUT3530(T)AB087717 相似性为 97.968%。培养基 1004,25～35℃。

MCCC 1I00091　←华侨大学 147。分离源：福建泉州红树林积水区表层海水。与模式菌株 *R. serenus*
　　　　　　　　TUT3530(T)AB087717 相似性为 96.909%。培养基 1004,25～35℃。

Rhodopseudomonas **sp.** Czurda and Maresch 1937 **红假单胞菌**

MCCC 1I00007　←华侨大学 98144。分离源：青岛栈桥排污口沉积物。与模式菌株 *R. faecalis* gc(T)
　　　　　　　　AF123085 相似性为 98.81%。培养基 1004,25～35℃。

MCCC 1I00043　←华侨大学 121。分离源：福建泉州红树林退潮后静水区。与模式菌株 *R. faecalis* gc(T)
　　　　　　　　AF123085 相似性为 97.801%。培养基 1004,25～35℃。

MCCC 1I00044　←华侨大学 122。分离源：福建泉州红树林退潮后静水区。与模式菌株 *R. faecalis* gc(T)
　　　　　　　　AF123085 相似性为 97.527%。培养基 1004,25～35℃。

MCCC 1I00046　←华侨大学 168。分离源：福建泉州洛阳桥红树林根部污泥。与模式菌株 *R. faecalis* gc(T)
　　　　　　　　AF123085 相似性为 96.542%。培养基 1004,25～35℃。

MCCC 1I00048　←华侨大学 4。分离源：福建泉州红树林退潮后静水区。与模式菌株 *R. faecalis* gc(T)
　　　　　　　　AF123085 相似性为 96.644%。培养基 1004,25～35℃。

MCCC 1I00049　←华侨大学 26。分离源：福建泉州红树林退潮后静水区。与模式菌株 *R. faecalis* gc(T)
　　　　　　　　AF123085 相似性为 97.403%。培养基 1004,25～35℃。

MCCC 1I00055　←华侨大学 RP。分离源：福建泉州红树林周围养殖区海水。与模式菌株 *R. faecalis* gc(T)
　　　　　　　　AF123085 相似性为 96.285%。培养基 1004,25～35℃。

MCCC 1I00056　←华侨大学 18。分离源:福建泉州红树林积水区表层海水。与模式菌株 *R. faecalis* gc(T) AF123085 的相似性为 96.634%。培养基 1004,25~35℃。

MCCC 1I00100　←华侨大学 178。分离源:福建泉州洛阳桥红树林泥水混合样。与模式菌株 *R. faecalis* gc (T)AF123085 相似性为 99.548%;红色,细杆状,长 1~1.5μm,宽 0.2μm,能利用乙酸钠、苹果酸钠、丙酮酸钠、葡萄糖和谷氨酸,触酶阳性。培养基 1004,25~35℃。

MCCC 1I00117　←华侨大学 CVHV。分离源:福建泉州红树林排污口表层沉积物。与模式菌株 *R. faecalis* gc(T)AF123085 相似性为 99.409%。培养基 1004,25~35℃。

Rhodothermus marinus Alfredsson *et al*.1995 海洋红嗜热盐菌

模式菌株 *Rhodothermus marinus* DSM 4252(T)AF217494

MCCC 1A02536　←海洋三所 DY90。分离源:印度洋热液区深海沉积物。与模式菌株相似性为 99.513%。培养基 0823,37℃。

MCCC 1A02550　←海洋三所 WH1179。分离源:福建省厦门滨海温泉沉积物。与模式菌株相似性为 99.271%。培养基 0823,55℃。

MCCC 1A02581　←海洋三所 Q7。分离源:福建省厦门滨海温泉沉积物。与模式菌株相似性为 99.529%。培养基 0823,55℃。

MCCC 1A02599　←海洋三所 WH1181。分离源:福建省厦门滨海温泉沉积物。与模式菌株相似性为 99.521%。培养基 0823,55℃。

MCCC 1A03453　←海洋三所 MC-6。分离源:大西洋热液区沉积物。与模式菌株相似性为 99.524%。培养基 0471,75℃。

MCCC 1A03460　←海洋三所 IR-1。分离源:印度洋西南洋中脊深海底层水样。与模式菌株相似性为 99.32%。培养基 0471,75℃。

MCCC 1A03466　←海洋三所 YBD-3。分离源:厦门上层温泉水。与模式菌株相似性为 99.171%。培养基 0471,80℃。

MCCC 1A03468　←海洋三所 MC-17。分离源:大西洋热液区沉积物。与模式菌株相似性为 97.077%。培养基 0471,70℃。

MCCC 1A03469　←海洋三所 YB188。分离源:厦门上层温泉水。与模式菌株相似性为 99.38%。培养基 0471,70℃。

MCCC 1A03470　←海洋三所 MC-2。分离源:大西洋热液区沉积物。与模式菌株相似性为 99.388%。培养基 0471,70℃。

MCCC 1A03471　←海洋三所 YB64。分离源:福建省厦门日月谷温泉表层温泉水。与模式菌株相似性为 99.184%。培养基 0471,80℃。

MCCC 1A03473　←海洋三所 IT-14。分离源:印度洋热液区深海沉积物。与模式菌株相似性为 99.388%。培养基 0471,70℃。

MCCC 1A03476　←海洋三所 YB43。分离源:厦门上层温泉水。与模式菌株相似性为 99.524%。培养基 0471,75℃。

MCCC 1A05577　←海洋三所 mm-13。分离源:厦门温泉水样。与模式菌株相似性为 99.388%。培养基 0471,70℃。

MCCC 1A05578　←海洋三所 mm-16。分离源:厦门温泉水样。与模式菌株相似性为 99.32%。培养基 0471,70℃。

MCCC 1A05579　←海洋三所 mm-18。分离源:厦门温泉水样。与模式菌株相似性为 99.048%。培养基 0471,70℃。

Rhodothermus **sp.** 红嗜热盐菌

MCCC 1A03462　←海洋三所 YB6090。分离源:厦门上层温泉水。与模式菌株 *Rhodothermus marinus* DSM4252(T)AF217494 相似性为 93.108%。培养基 0471,60℃。

Rhodovulum sulfidophilum Hiraishi and Ueda 1994 嗜硫小红卵菌

模式菌株 *Rhodovulum sulfidophilum* DSM1374(T)D16423

MCCC 1I00030　←华侨大学 SY59。分离源:青岛近海深层海水。与模式菌株相似性为 98.786%。培养基 1004,25～35℃。

Roseinatronobacter **sp.** Sorokin *et al.* 2000 粉红碱杆菌

MCCC 1A01225　←海洋三所 CIC4N-9。分离源:印度洋深海底层水样。分离自多环芳烃降解菌群。与模式菌株 *R. thiooxidans* ALG 1(T) AF249749 相似性为 95.824%。培养基 0471,25℃。

MCCC 1C00741　←极地中心 ZS2-31。分离源:南极表层沉积物。与模式菌株 *R. thiooxidans* ALG 1(T) AF249749 相似性为 96.218%。培养基 0471,15℃。

MCCC 1C00765　←极地中心 ZS2-28。分离源:南极表层沉积物。与模式菌株 *R. thiooxidans* ALG 1(T) AF249749 相似性为 96.218%。培养基 0471,15℃。

Roseivirga spongicola Lau *et al.* 2006 居海绵粉色杆状菌

模式菌株 *Roseivirga spongicola*　UST030701-084(T)DQ080996

MCCC 1F01008　←厦门大学 B3。分离源:福建省漳州近海红树林表层沉积物。与模式菌株相似性为 98.052%(1359/1386)。培养基 0471,25℃。

MCCC 1F01026　←厦门大学 F8。分离源:福建省漳州近海红树林表层沉积物。与模式菌株相似性为 98.268%(1362/1386)。培养基 0471,25℃。

Roseovarius mucosus Biebl *et al.* 2005 黏着玫瑰变色菌

模式菌株 *Roseovarius mucosus* DFL-24(T)AJ534215

MCCC 1A02619　←DSM 17069。原始号 DFL-24。=DFL-24 =DSM 17069 =NCIMB 14077。分离源:德国 *Alexandrium ostenfeldii* 培养物。培养基 0471,25℃。

MCCC 1A04260　←海洋三所 T2AF。分离源:西南太平洋土黄色沉积物。分离自石油降解菌群。与模式菌株相似性为 99.735%。培养基 0821,28℃。

MCCC 1A04278　←海洋三所 T4C。分离源:西南太平洋土黄色沉积物。分离自石油降解菌群。与模式菌株相似性为 100%(753/753)。培养基 0821,28℃。

MCCC 1A04415　←海洋三所 T18AO。分离源:西南太平洋土黄色沉积物上覆水。分离自石油降解菌群。与模式菌株相似性为 98.246%(761/773)。培养基 0821,28℃。

MCCC 1A04617　←海洋三所 T43AI。分离源:西南太平洋土黄色沉积物。分离自石油、多环芳烃降解菌群。与模式菌株相似性为 99.862%(758/759)。培养基 0821,28℃。

Roseovarius nubinhibens González *et al.* 2003 抑云玫瑰变色菌

模式菌株 *Roseovarius nubinhibens* ISM(T)AF098495

MCCC 1A03283　←DSM 15170。原始号 ISM。=ATCC BAA-591 =DSM 15170。分离源:表层海水。培养基 0471,25℃。

MCCC 1A01255　←海洋三所 CIC1013S-7。分离源:印度洋深海底层水样。分离自多环芳烃降解菌群。与模式菌株相似性为 99.857%。培养基 0471,25℃。

MCCC 1A05091　←海洋三所 L53-1-26。分离源:南海表层海水。与模式菌株相似性为 100%。培养基 0471,25℃。

MCCC 1A05096　←海洋三所 L53-1-36。分离源:南海表层海水。与模式菌株相似性为 100%。培养基 0471,25℃。

Roseovarius pacificus Wang *et al.* 2009 太平洋玫瑰变色菌

模式菌株 *Roseovarius pacificus* 81-2(T)DQ120726

MCCC 1A00293　←海洋三所 81-2。=LMG 24575 =CGMCC 1.7083。分离源:西太平洋暖池区深海沉积物。模式菌株,多环芳烃降解菌。培养基 0333,28℃。

MCCC 1A01020　←海洋三所 pht-4。分离源:太平洋深海沉积物。分离自多环芳烃芘富集菌群。与模式菌株相似性为 100%。培养基 0471,25℃。

MCCC 1A01101　←海洋三所 PD22G。分离源:印度洋深海底层水样。分离自多环芳烃降解菌群。与模式菌株相似性为 100%。培养基 0471,25℃。

MCCC 1A01106　←海洋三所 PD23G。分离源:印度洋深海底层水样。分离自多环芳烃降解菌群。与模式菌株相似性为 100%。培养基 0471,25℃。

MCCC 1A01209　←海洋三所 MARC4COA10。分离源:大西洋深海沉积物。分离自多环芳烃降解菌群。与模式菌株相似性为 100%。培养基 0471,28℃。

MCCC 1A03204　←海洋三所 PC14。分离源:印度洋深海水样。分离自多环芳烃降解菌群。与模式菌株相似性为 100%。培养基 0471,28℃。

MCCC 1A04462　←海洋三所 T24AD。分离源:西南太平洋热液区沉积物。分离自石油降解菌群。与模式菌株相似性为 100%(764/764)。培养基 0821,28℃。

Roseovarius tolerans Labrenz *et al*. 1999 抗逆玫瑰变色菌

MCCC 1A02618　← DSM 11457。原始号 EL-172。分离源:德国 Ekho 湖盐田。模式菌株。培养基 0471,25℃。

Roseovarius sp. Labrenz *et al*. 1999 玫瑰变色菌

MCCC 1A01227　←海洋三所 2PR52-14。分离源:印度洋深海底层水样。分离自多环芳烃降解菌群。与模式菌株 *R. aestuarii* SMK-122(T)EU156066 相似性为 97.216%。培养基 0471,25℃。

MCCC 1A02018　←海洋三所 2PR56-15。分离源:印度洋深海底层水样。分离自多环芳烃降解菌群。与模式菌株 *R. pacificus* 81-2(T)DQ120726 相似性为 100%。培养基 0471,25℃。

MCCC 1A02051　←海洋三所 2PR58-6。分离源:印度洋深海底层水样。分离自多环芳烃降解菌群。与模式菌株 *R. pacificus* 81-2(T)DQ120726 相似性为 100%。培养基 0471,25℃。

MCCC 1A02052　←海洋三所 2PR511-11。分离源:印度洋深海底层水样。分离自多环芳烃降解菌群。与模式菌株 *R. pacificus* 81-2(T)DQ120726 相似性为 100%。培养基 0471,25℃。

MCCC 1A02090　←海洋三所 PTG4-4。分离源:印度洋深海沉积物。分离自多环芳烃降解菌群。与模式菌株 *R. pacificus* 81-2(T)DQ120726 相似性为 100%。培养基 0471,25℃。

MCCC 1A03543　←海洋三所 NH52J。分离源:南沙表层沉积物与模式菌株 *R. mucosus* DFL-24(T)AJ534215 相似性为 95.777%(742/779)。培养基 0821,25℃。

MCCC 1A04177　←海洋三所 NH52E。分离源:南沙黑褐色沙质。与模式菌株 *R. mucosus* DFL-24(T)AJ534215 相似性为 95.756%。培养基 0821,25℃。

MCCC 1A05342　←海洋三所 1GM01-1M1。分离源:南沙下层海水。潜在的寡营养菌。与模式菌株 *R. aestuarii* SMK-122(T)EU156066 相似性为 96.043%。培养基 0471,25℃。

MCCC 1A05757　←海洋三所 NH64G1。分离源:南沙上层海水。分离自石油降解菌群。与模式菌株 *R. aestuarii* SMK-122(T)EU156066 相似性为 97.7%(757/775)。培养基 0821,25℃。

MCCC 1A05821　←海洋三所 1GM01-1F1。分离源:南沙下层海水。与模式菌株 *R. aestuarii* SMK-122(T)EU156066 相似性为 97.696%(761/778)。培养基 0471,25℃。

MCCC 1B00396　←海洋一所 QJJN 3。分离源:青岛胶南表层海水。与模式菌株 *R. crassostreae* CV919-312(T)AF114484 相似性为 97.209%。培养基 0471,20～25℃。

MCCC 1B00509　←海洋一所 DJHH4。分离源:威海荣成近表层海水。与模式菌株 *R. mucosus* DFL-24(T)AJ534215 相似性为 95.689%。培养基 0471,20～25℃。

MCCC 1B00870　←海洋一所 YCSD13。分离源:青岛即墨盐田旁排水沟。与模式菌株 *R. aestuarii* SMK-122(T)EU156066 相似性为 97.917%。培养基 0471,20～25℃。

MCCC 1B00904　←海洋一所 QDHT24。分离源:青岛浮山湾浒苔漂浮区。藻类共生菌。与模式菌株 *R. crassostreae* CV919-312(T)AF114484 相似性为 96.936%。培养基 0471,20～25℃。

MCCC 1B00938　←海洋一所 YCSA63。分离源:青岛即墨饱和盐度盐田盐渍土。与模式菌株 *R. tolerans* EL-172(T)Y11551 相似性为 96.806%。培养基 0471,20～25℃。

MCCC 1B00946　←海洋一所 YCSA81。分离源:青岛即墨饱和盐度盐田盐渍土。与模式菌株 *R. mucosus* DFL-24(T)AJ534215 相似性为 94.847%。培养基 0471,20～25℃。

MCCC 1B01108　←海洋一所 YCSD5。分离源:青岛即墨盐田旁排水沟。与模式菌株 *R. aestuarii* SMK-122 (T)EU156066 相似性为 97.794%。培养基 0471,20～25℃。

MCCC 1B01118　←海洋一所 YCSD61。分离源:青岛即墨盐田旁排水沟。与模式菌株 *R. aestuarii* SMK-122 (T)EU156066 相似性为 96.777%。培养基 0471,20～25℃。

MCCC 1B01119　←海洋一所 YCSD61-1。分离源:青岛即墨盐田旁排水沟。与模式菌株 *R. aestuarii* SMK-122(T)EU156066 相似性为 96.596%。培养基 0471,20～25℃。

MCCC 1C00732　←极地中心 ZS6-23。分离源:南极无冰区表层海水。与模式菌株 *R. aestuarii* SMK-122(T) EU156066 相似性为 94.251%。培养基 0471,15℃。

MCCC 1C00780　←极地中心 NF3-8。分离源:南极无冰区表层海水。与模式菌株 *R. aestuarii* SMK-122(T) EU156066 相似性为 94.247%。培养基 0471,15℃。

MCCC 1C00797　←极地中心 ZS6-18。分离源:南极无冰区表层海水。与模式菌株 *R. aestuarii* SMK-122(T) EU156066 相似性为 94.251%。培养基 0471,15℃。

MCCC 1C00870　←极地中心 ZS4020。分离源:南极表层沉积物。与模式菌株 *R. aestuarii* SMK-122(T) EU156066 相似性为 94.026%。培养基 0471,15℃。

MCCC 1C00899　←极地中心 ZS2-18。分离源:南极表层沉积物。与模式菌株 *R. aestuarii* SMK-122(T) EU156066 相似性为 96.097%。培养基 0471,15℃。

MCCC 1C00900　←极地中心 ZS6-25。分离源:南极无冰区表层海水。与模式菌株 *R. aestuarii* SMK-122(T) EU156066 相似性为 94.251%。培养基 0471,15℃。

MCCC 1C00945　←极地中心 ZS6-17。分离源:南极无冰区表层海水。与模式菌株 *R. aestuarii* SMK-122(T) EU156066 相似性为 94.251%。培养基 0471,15℃。

Rothia amarae Fan *et al*. 2002 污水沟罗斯氏菌
模式菌株 *Rothia amarae* JCM 11375(T)AY043359

MCCC 1A00110　←海洋三所 HYC-18。分离源:厦门野生鲻鱼肠道内容物。与模式菌株相似性为 99.501%。 培养基 0033,28℃。

Rothia nasimurium Collins *et al*. 2000 鼠鼻罗斯氏菌
模式菌株 *Rothia nasimurium* CCUG 35957(T)AJ131121

MCCC 1A00012　←海洋三所 HYC-22。分离源:厦门野生鲻鱼肠道内容物。与模式菌株相似性为 98.466%。 培养基 0033,28℃。

MCCC 1A00336　←海洋三所 SI-16。分离源:印度洋表层海水鲨鱼肠道内容物。与模式菌株相似性为 98.246%。培养基 0033,28℃。

MCCC 1A01241　←海洋三所 SR97-3。分离源:印度洋深海底层水样。分离自石油降解菌群。与模式菌株相 似性为 98.628%。培养基 0471,25℃。

Ruegeria atlantica (Rüger and Höfle 1992)Uchino *et al*. 1999 emend. Yi *et al*. 2007 emend. Muramatsu *et al*. 2007 emend. Vandecandelaere *et al*. 2008 大西洋鲁杰氏菌

MCCC 1A03271　←DSM 5823。=DSM 5823＝ATCC 700000＝CIP 105975＝NBRC 15792。模式菌株。培 养基 0471,25℃。

Ruegeria mobilis Muramatsu *et al*. 2007 emend. Vandecandelaere *et al*. 2008 运动鲁杰氏菌
模式菌株 *Ruegeria mobilis* NBRC 101030(T)AB255401

MCCC 1A00326　←海洋三所 MB8C。分离源:大西洋深海底层海水。分离自石油降解菌群。与模式菌株相 似性为 99.856%。培养基 0471,25℃。

MCCC 1A00367　←海洋三所 RC99-10。分离源:印度洋深海底层水样。分离自石油降解菌群。与模式菌株 相似性为 99.927%。培养基 0471,25℃。

MCCC 1A00371　←海洋三所 RC99-7。分离源:印度洋深海底层水样。分离自石油降解菌群。与模式菌株相 似性为 99.927%。培养基 0471,25℃。

MCCC 1A00952 ←海洋三所 R6-9。分离源:印度洋深海底层水样。分离自石油降解菌群。与模式菌株相似性为 99.927%。培养基 0471,25℃。

MCCC 1B00473 ←海洋一所 HZBC57。分离源:山东日照上层海水。与模式菌株相似性为 100%。培养基 0471,20~25℃。

MCCC 1F01186 ←厦门大学 ADR1-2。分离源:深圳塔玛亚历山大藻培养液。与模式菌株相似性为 100% (1339/1339)。培养基 0471,25℃。

MCCC 1G00189 ←青岛科大 qdht11。分离源:青岛表层海水。与模式菌株相似性为 99.329%。培养基 0471,25~28℃。

Ruegeria pelagia Lee *et al*. 2007 海鲁杰氏菌

模式菌株 *Ruegeria pelagia* HTCC2662(T)DQ916141

MCCC 1A00949 ←海洋三所 AL4。分离源:青岛近海海藻。与模式菌株相似性为 100%。培养基 0472,25℃。

MCCC 1A02099 ←海洋三所 AL9。分离源:青岛近海海藻。与模式菌株相似性为 99.87%。培养基 0472,25℃。

MCCC 1A02210 ←海洋三所 L1N。分离源:厦门轮渡码头有油污染历史的近海表层海水。分离自石油降解菌群。与模式菌株相似性为 100%。培养基 0821,25℃。

MCCC 1A02762 ←海洋三所 F15B-4。分离源:近海沉积物。分离自石油降解菌群。与模式菌株相似性为 100%。培养基 0472,28℃。

MCCC 1A02793 ←海洋三所 F1Mire-3。分离源:北海沉积物。分离自石油降解菌群。与模式菌株相似性为 99.767%。培养基 0472,28℃。

MCCC 1A02815 ←海洋三所 F28-5。分离源:北海沉积物。分离自石油降解菌群。与模式菌株相似性为 100%。培养基 0472,28℃。

MCCC 1A02942 ←海洋三所 F48-8。分离源:近海沉积物。分离自石油降解菌群。与模式菌株相似性为 100%。培养基 0472,28℃。

MCCC 1A03417 ←海洋三所 M02-12K。分离源:南沙表层海水。与模式菌株相似性为 99.858%(737/738)。培养基 1001,25℃。

MCCC 1A03422 ←海洋三所 M03-12H。分离源:南沙表层海水。与模式菌株相似性为 99.715%。培养基 1001,25℃。

MCCC 1A06073 ←海洋三所 N-HS-5-3。分离源:北极圈内某化石沟饮水湖沉积物土样。与模式菌株相似性为 99.527%。培养基 0472,28℃。

MCCC 1B00468 ←海洋一所 HZBC43。分离源:山东日照上层海水。与模式菌株相似性为 100%。培养基 0471,20~25℃。

MCCC 1B00471 ←海洋一所 HZBC52。分离源:山东日照上层海水。与模式菌株相似性为 100%。培养基 0471,20~25℃。

MCCC 1B00492 ←海洋一所 HZDC7。分离源:山东日照深层海水。与模式菌株相似性为 99.853%。培养基 0471,20~25℃。

MCCC 1B00495 ←海洋一所 HZDC13。分离源:山东日照深层海水。与模式菌株相似性为 100%。培养基 0471,20~25℃。

MCCC 1B00503 ←海洋一所 HZDC27。分离源:山东日照深层海水。与模式菌株相似性为 100%。培养基 0471,20~25℃。

MCCC 1B00504 ←海洋一所 HZDC29。分离源:山东日照深层海水。与模式菌株相似性为 100%。培养基 0471,20~25℃。

MCCC 1B00888 ←海洋一所 LA1。分离源:青岛亚历山大藻培养液。藻类共生菌。与模式菌株相似性为 100%。培养基 0471,20~25℃。

MCCC 1G00200 ←青岛科大 DYHS4-3。分离源:山东东营近岸海域污染区表层海水。与模式菌株相似性为 99.776%。培养基 0471,25~28℃。

Ruegeria scottomollicae Vandecandelaere *et al*. 2008 斯氏鲁杰氏菌

模式菌株 *Ruegeria scottomollicae* LMG24367(T) AM905330

| MCCC 1B00306 | ←海洋一所 SDBC6。分离源：威海荣成上层海水。与模式菌株相似性为 100%。培养基 0471,28℃。 |

Ruegeria sp. Uchino *et al*. 1999 emend. Martens *et al*. 2006 emend. Yi *et al*. 2007 鲁杰氏菌

MCCC 1A01287　←海洋三所 83。分离源：印度洋深海热液口沉积物。分离自环己酮降解菌群。与模式菌株 *R. pomeroyi* DSS-3(T) AF098491 相似性为 98.137%。培养基 0471,25℃。

MCCC 1A02255　←海洋三所 S1-6。分离源：加勒比海表层海水。与模式菌株 *R. atlantica* IAM 14463(T) D88526 相似性为 96.302%。培养基 0745,28℃。

MCCC 1A03546　←海洋三所 NH64H1。分离源：南沙上层海水分离自石油降解菌群。与模式菌株 *R. lacuscaerulensis* ITI-1157 (T) U77644 相似性为 96.703%(736/768)。培养基 0821,25℃

MCCC 1B00305　←海洋一所 SDBC1。分离源：威海荣成上层海水。与模式菌株 *R. pelagia* HTCC2662(T) DQ916141 相似性为 99.656%。培养基 0471,28℃。

MCCC 1B00335　←海洋一所 NJSS27。分离源：江苏南通上层海水。与模式菌株 *R. mobilis* NBRC 101030 (T) AB255401 相似性为 99.343%。培养基 0471,28℃。

MCCC 1B00398　←海洋一所 QJJN 11。分离源：青岛胶南表层海水。与模式菌株 *R. pelagia* HTCC2662(T) DQ916141 相似性为 99.874%。培养基 0471,20～25℃。

MCCC 1B00417　←海洋一所 QJJN 20。分离源：青岛胶南近海表层海水。与模式菌株 *R. pelagia* HTCC2662(T) DQ916141 相似性为 99.86%。培养基 0471,20～25℃。

MCCC 1B00894　←海洋一所 LA9。分离源：青岛亚历山大藻培养液。藻类共生菌。与模式菌株 *R. pelagia* HTCC2662(T) DQ916141 相似性为 98.892%。培养基 0471,20～25℃。

MCCC 1B00895　←海洋一所 LA11。分离源：青岛亚历山大藻培养液。藻类共生菌。与模式菌株 *R. pelagia* HTCC2662(T) DQ916141 相似性为 99.262%。培养基 0471,20～25℃。

MCCC 1B00897　←海洋一所 HT9。分离源：青岛浮山湾浒苔漂浮区。藻类共生菌。与模式菌株 *R. pelagia* HTCC2662(T) DQ916141 相似性为 99.261%。培养基 0471,20～25℃。

MCCC 1B00997　←海洋一所 YCSA50。分离源：青岛即墨饱和盐度盐田盐渍土。与模式菌株 *R. atlantica* IAM 14463(T) D88526 相似性为 96.25%。培养基 0471,20～25℃。

MCCC 1F01134　←厦门大学 Y16。分离源：深圳塔玛亚历山大藻培养液。与模式菌株 *R. pelagia* NBRC102038(T) EU977138 相似性为 100%(782/782)。培养基 0471,25℃。

MCCC 1F01150　←厦门大学 SCSWB08。分离源：南海表层海水。与模式菌株 *R. mobilis* NBRC 101030(T) AB255401 相似性为 1383/1387(99.712%)。培养基 0471,25℃。

MCCC 1F01151　←厦门大学 SCSWB09。分离源：南海表层海水。与模式菌株 *R. mobilis* NBRC 101030(T) AB255401 相似性为 99.712%(1383/1387)。培养基 0471,25℃。

MCCC 1F01160　←厦门大学 SCSWD01。分离源：南海中层海水。与模式菌株 *R. mobilis* NBRC 101030(T) AB255401 相似性为 99.207%(1376/1387)。培养基 0471,25℃。

Ruminococcus sp. Sijpesteijn 1948 瘤胃球菌

MCCC 1C00801　←极地中心 ZS2-15。分离源：南极表层沉积物。与模式菌株 *R. bromii* ATCC 27255(T) L76600 相似性为 95.395%。培养基 0471,15℃。

Saccharomonospora xinjiangensis Jin *et al*. 1998 新疆糖单胞菌

模式菌株 *Saccharomonospora xinjiangensis* DSM 44391(T) AJ306300

MCCC 1A01538　←海洋三所 9-303。分离源：福建省漳州云霄县近海红树林土壤。与模式菌株相似性为 99%。培养基 0012,28℃。

Saccharopolyspora sp. Lacey and Goodfellow 1975 糖多胞菌

MCCC 1B00529　←海洋一所 DJHH34。分离源：盐城次表层海水。与模式菌株 *S. spinosa* DSM 44228(T)

AF002818 相似性为 97.719％。培养基 0471,20～25℃。

Saccharospirillum **sp.** Labrenz *et al.* 2003 糖螺菌

MCCC 1B00940 ←海洋一所 YCSA66。分离源:青岛即墨饱和盐度盐田盐渍土。与模式菌株 *S. impatiens* EL-105(T)AJ315983 相似性为 98.212％。培养基 0471,20～25℃。

Sagittula stellata Gonzalez *et al.* 1997 星箭头菌

模式菌株 *Sagittula stellata* ATCC 700073(T)U58356

MCCC 1F01019 ←厦门大学 F1。分离源:福建省漳州近海红树林表层沉积物。与模式菌株相似性为 99.05％(1355/1368)。培养基 0471,25℃。

MCCC 1F01169 ←厦门大学 SCSWE04。分离源:南海深层海水。产脂酶。与模式菌株相似性为 98.977％ (1357/1368)。培养基 0471,25℃。

MCCC 1F01171 ←厦门大学 SCSWE15。分离源:南海中层海水。与模式菌株相似性为 98.977％(1357/1368)。培养基 0471,25℃。

Sagittula **sp.** Gonzalez *et al.* 1997 箭头菌

MCCC 1A05037 ←海洋三所 L52-1-29A。分离源:南海表层海水。与模式菌株 *S. stellata* ATCC 700073(T) U58356 相似性为 97.998％。培养基 0471,25℃。

MCCC 1A05085 ←海洋三所 L53-1-15A。分离源:南海表层海水。与模式菌株 *S. stellata* ATCC 700073(T) U58356 相似性为 98.985％。培养基 0471,25℃。

MCCC 1A05104 ←海洋三所 L53-1-50。分离源:南海表层海水。与模式菌株 *S. stellata* ATCC 700073(T) U58356 相似性为 98.264％。培养基 0471,25℃。

MCCC 1A05106 ←海洋三所 L53-1-6A。分离源:南海表层海水。与模式菌株 *S. stellata* ATCC 700073(T) U58356 相似性为 98.985％。培养基 0471,25℃。

MCCC 1A05121 ←海洋三所 L53-10-35。分离源:南海深层海水。与模式菌株 *S. stellata* ATCC 700073(T) U58356 相似性为 98.985％。培养基 0471,25℃。

MCCC 1A05128 ←海洋三所 L53-10-44。分离源:南海深层海水。与模式菌株 *S. stellata* ATCC 700073(T) U58356 相似性为 98.985％。培养基 0471,25℃。

MCCC 1A05143 ←海洋三所 L54-1-27。分离源:南海表层海水。与模式菌株 *S. stellata* ATCC 700073(T) U58356 相似性为 98.985％。培养基 0471,25℃。

Salegentibacter agarivorans Nedashkovskaya *et al.* 2006 食琼脂需盐杆菌

模式菌株 *Salegentibacter agarivorans* KMM 7019(T)DQ191176

MCCC 1C00848 ←极地中心 SE002。分离源:白令海表层沉积物。与模式菌株相似性为 99.160％。培养基 0471,15℃。

Salegentibacter mishustinae Nedashkovskaya *et al.* 2005 米氏需盐杆菌

模式菌株 *Salegentibacter mishustinae* KMM 6049(T)AY576653

MCCC 1A04129 ←海洋三所 NH35G。分离源:南沙黄褐色沙质。与模式菌株相似性为 100％。培养基 0821,25℃。

MCCC 1A04145 ←海洋三所 NH38D。分离源:南沙褐色沙质。与模式菌株相似性为 100％(785/785)。培养基 0821,25℃。

MCCC 1A04348 ←海洋三所 T11AD。分离源:西南太平洋土灰色沉积物。分离自石油降解菌群。与模式菌株相似性为 99.472％。培养基 0821,28℃。

Salegentibacter salarius Yoon *et al.* 2007 盐需盐杆菌

模式菌株 *Salegentibacter salarius* ISL-6(T)EF486353

MCCC 1A04052 ←海洋三所 NH9B。分离源:南沙深褐色沙质。与模式菌株相似性为 99.868％。培养基

0821,25℃。

Salegentibacter **sp.** McCammon and Bowman 2000 emend. Ying *et al.* 2007 **需盐杆菌**

MCCC 1A04645 ←海洋三所 T44F2。分离源:西南太平洋土黄色沉积物。分离自石油、多环芳烃降解菌群。与模式菌株 *S. agarivorans* KMM 7019（T）DQ191176 相似性为 99.321%。培养基 0821,28℃。

MCCC 1B00754 ←海洋一所 QJHH7。分离源:烟台海阳表层海水。与模式菌株 *S. agarivorans* KMM 7019（T）DQ191176 相似性为 96.774%。培养基 0471,20～25℃。

Salinibacterium amurskyense Han *et al.* 2003 **阿穆斯基湾盐水杆菌**

模式菌株 *Salinibacterium amurskyense* KMM3673（T）AF539697

MCCC 1A00886 ←海洋三所 B-1213。分离源:西太平洋暖池区沉积物表层。与模式菌株相似性为 99.357%。培养基 0471,4℃。

MCCC 1A05424 ←海洋三所 Er10。分离源:南海海水。分离自石油降解菌群。与模式菌株相似性为 99.859%。培养基 0471,28℃。

MCCC 1A05534 ←海洋三所 G11-2。分离源:南海海水。分离自石油降解菌群。与模式菌株相似性为 99.864%。培养基 0821,28℃。

MCCC 1A05991 ←海洋三所 401P7-1。分离源:日本海沉积物表层。与模式菌株相似性为 99%。培养基 1003,28℃。

MCCC 1C00775 ←极地中心 ZS4-2。分离源:南极表层沉积物。与模式菌株相似性为 99.092%。培养基 0471,15℃。

MCCC 1C00781 ←极地中心 NF2-5。分离源:南极表层沉积物。与模式菌株相似性为 99.022%。培养基 0471,15℃。

MCCC 1C00792 ←极地中心 ZS3-20。分离源:南极表层沉积物。与模式菌株相似性为 99.022%。培养基 0471,15℃。

MCCC 1C00840 ←极地中心 ZS4-3。分离源:南极表层沉积物。与模式菌株相似性为 98.672%。培养基 0471,15℃。

MCCC 1C01060 ←极地中心 AW15。分离源:南极长城站西海岸湖间带海沙。产脂酶。与模式菌株相似性为 99.637%。培养基 0471,5℃。

MCCC 1C01061 ←极地中心 C11。分离源:南极长城站潮间带海沙。产脂酶。与模式菌株相似性为 99.85%。培养基 0471,5℃。

MCCC 1C01093 ←极地中心 AW16。分离源:南极长城站西海岸湖间带海沙。与模式菌株相似性为 99.499%。培养基 0471,5℃。

MCCC 1C01094 ←极地中心 C14。分离源:南极长城站潮间带海沙。与模式菌株相似性为 99.78%。培养基 0471,5℃。

MCCC 1C01096 ←极地中心 W3。分离源:南极长城站西海岸湖间带海沙。与模式菌株相似性为 98.705%。培养基 0471,5℃。

MCCC 1C01098 ←极地中心 W5。分离源:南极长城站西海岸湖间带海沙。与模式菌株相似性为 99.7%。培养基 0471,5℃。

MCCC 1C01104 ←极地中心 Q10。分离源:南极企鹅岛潮间带海沙。与模式菌株相似性为 99.704%。培养基 0471,5℃。

MCCC 1C01114 ←极地中心 Q6。分离源:南极企鹅岛潮间带海沙。与模式菌株相似性为 99.56%。培养基 0471,5℃。

MCCC 1C01117 ←极地中心 C13X。分离源:南极长城站潮间带海沙。与模式菌株相似性为 99.558%。培养基 0471,5℃。

MCCC 1C01123 ←极地中心 AQ14X。分离源:南极长城站潮间带海沙。与模式菌株相似性为 99.778%。培养基 0471,5℃。

MCCC 1C01126 ←极地中心 AW6X。分离源:南极长城站西海岸湖间带海沙。与模式菌株相似性为

99.56%。培养基 0471,5℃。

MCCC 1C01128 ←极地中心 C6。分离源:南极长城站潮间带海沙。与模式菌株相似性为 99.636%。培养基 0471,5℃。

MCCC 1C01129 ←极地中心 C9。分离源:南极长城站潮间带海沙。与模式菌株相似性为 99.709%。培养基 0471,5℃。

Salinibacterium xinjiangense Zhang *et al.* 2008 新疆盐水杆菌

模式菌株 *Salinibacterium xinjiangense* 0543(T)DQ515964

MCCC 1A02263 ←海洋三所 S2-2。分离源:加勒比海表层海水。与模式菌相似性为 98.323%。培养基 0745,28℃。

MCCC 1A02365 ←海洋三所 S4-9。分离源:大西洋表层海水。与模式菌株相似性为 98.226%。培养基 0745,28℃。

MCCC 1A02421 ←海洋三所 S14-15。分离源:大西洋表层海水。与模式菌株相似性为 97.21%。培养基 0745,28℃。

MCCC 1A05149 ←海洋三所 L54-1-48A。分离源:南海表层海水。与模式菌株相似性为 98.22%。培养基 0471,25℃。

Salinibacterium sp. Han *et al.* 2003 盐水杆菌

MCCC 1C01074 ←极地中心 C8。分离源:南极长城站潮间带海沙。与模式菌株 *S. amurskyense* KMM 3673 (T)AF539697 相似性为 99.632%。培养基 0471,5℃。

MCCC 1C01127 ←极地中心 C1。分离源:南极长城站潮间带海沙。与模式菌株 *S. amurskyense* KMM 3673 (T)AF539697 相似性为 99.635%。培养基 0471,5℃。

Salinicoccus roseus Ventosa *et al.* 1990 玫瑰色盐水球菌

模式菌株 *Salinicoccus roseus* DSM 5351(T)X94559

MCCC 1B00489 ←海洋一所 HZDC4。分离源:山东日照深层海水。与模式菌株相似性为 99.884%。培养基 0471,20～25℃。

MCCC 1B00701 ←海洋一所 DJQD27。分离源:青岛胶南表层海水。与模式菌株相似性为 99.878%。培养基 0471,20～25℃。

MCCC 1B00785 ←海洋一所 CJNY13。分离源:江苏盐城射阳表层沉积物。与模式菌株相似性为 99.875%。培养基 0471,20～25℃。

Salinicola socius Anan'ina *et al.* 2008 关联栖盐田菌

模式菌株 *Salinicola socius* SMB35(T)DQ979342

MCCC 1A00219 ←海洋三所 YN3。分离源:厦门油污泥样。产表面活性物质。与模式菌株相似性为 99.122%。培养基 0033,28℃。

MCCC 1A00247 ←海洋三所 AS13-1。分离源:印度洋深海热液口沉积物。抗五价砷。与模式菌株相似性为 99.145%。培养基 0745,18～28℃。

MCCC 1A00299 ←海洋三所 TW31。分离源:太平洋深海沉积物。产脂肪酸类表面活性剂。与模式菌株相似性为 99.329%。培养基 0033,28℃。

MCCC 1A02350 ←海洋三所 S8-6。分离源:大西洋表层海水。与模式菌株相似性为 99.542%。培养基 0745,28℃。

MCCC 1A02448 ←海洋三所 S19-13。分离源:大西洋表层海水。与模式菌株相似性为 98.854%。培养基 0745,28℃。

MCCC 1A02452 ←海洋三所 S20-4。分离源:大西洋表层海水。与模式菌株相似性为 98.859%。培养基 0745,28℃。

Salinimicrobium sp. Lim *et al.* 2008 emend. Chen *et al.* 2008 盐水微菌

MCCC 1A04469 ←海洋三所 T24AE。分离源:西南太平洋热液区沉积物。分离自石油降解菌群。与模式菌

株 *S. terrae* YIM C338(T)EU135614 相似性为 98.543%。培养基 0821,28℃。

Salinisphaera shabanensis Antunes *et al*. 2003 深层盐水球形菌

模式菌株 *Salinisphaera shabanensis* E1L3A(T)AJ421425

MCCC 1A02283　←海洋三所 S8-3。分离源:大西洋表层海水。与模式菌株相似性为 98.346%。培养基 0745,28℃。

MCCC 1A02312　←海洋三所 S10-18-1。分离源:大西洋表层海水。与模式菌株相似性为 98.323%。培养基 0745,28℃。

MCCC 1A02364　←海洋三所 S4-8。分离源:大西洋表层海水。与模式菌株相似性为 98.331%。培养基 0745,28℃。

MCCC 1A02418　←海洋三所 S10-13。分离源:大西洋表层海水。与模式菌株相似性为 97.407%。培养基 0745,28℃。

MCCC 1A02451　←海洋三所 S19-3-2。分离源:大西洋表层海水。与模式菌株相似性为 97.411%。培养基 0745,28℃。

MCCC 1A04291　←海洋三所 T5B8。分离源:西南太平洋土灰色沉积物上覆水。分离自石油降解菌群。与模式菌株相似性为 98.381%(763/776)。培养基 0821,28℃。

MCCC 1A04561　←海洋三所 T35B1。分离源:西南太平洋土黄色沉积物。分离自石油降解菌群。与模式菌株相似性为 99.595%。培养基 0821,28℃。

MCCC 1A05257　←海洋三所 C49B2。分离源:西南太平洋下层海水。分离自石油降解菌群。与模式菌株相似性为 99.595%(772/776)。培养基 0821,25℃。

MCCC 1A05315　←海洋三所 C63B7。分离源:西南太平洋深层海水。分离自石油降解菌群。与模式菌株相似性为 99.598%(777/781)。培养基 0821,25℃。

MCCC 1A05348　←海洋三所 C72B8。分离源:西南太平洋深层海水。分离自石油、多环芳烃降解菌群。与模式菌株相似性为 99.067%(777/785)。培养基 0821,25℃。

MCCC 1A05396　←海洋三所 C84B14。分离源:西南太平洋深层海水。分离自石油、多环芳烃降解菌群。与模式菌株相似性为 98.668%(775/786)。培养基 0821,25℃。

MCCC 1B01124　←海洋一所 YCWA17。分离源:青岛即墨饱和盐度盐田表层海水。与模式菌株相似性为 98.563%。培养基 0471,20~25℃。

Salinisphaera sp. Antunes *et al*. 2003 盐水球形菌

MCCC 1A01497　←海洋三所 B-7-3。分离源:印度洋表层海水。分离自石油降解菌群。与模式菌株 *S. shabanensis* E1L3A(T)AJ421425 相似性为 97.397%。培养基 0333,26℃。

MCCC 1A02311　←海洋三所 S10-14。分离源:大西洋表层海水。与模式菌株 *S. shabanensis* E1L3A(T)AJ421425 相似性为 96.96%。培养基 0745,28℃。

MCCC 1A02351　←海洋三所 S10-15。分离源:大西洋表层海水。与模式菌株 *S. shabanensis* E1L3A(T)AJ421425 相似性为 96.651%。培养基 0745,28℃。

MCCC 1A03214　←海洋三所 PC39。分离源:印度洋深海水样。分离自多环芳烃降解菌群。与模式菌株 *S. shabanensis* E1L3A(T)AJ421425 相似性为 92.922%。可能为新属,暂定此属。培养基 0471,28℃。

MCCC 1A04529　←海洋三所 T31B1。分离源:西南太平洋热液区沉积物。分离自石油降解菌群。与模式菌株 *S. shabanensis* E1L3A(T)AJ421425 相似性为 97.423%(792/813)。培养基 0821,28℃。

MCCC 1A04673　←海洋三所 C14AF。分离源:西南太平洋表层海水。分离自石油降解菌群。与模式菌株 *S. shabanensis* E1L3A(T)AJ421425 相似性为 95.007%(742/780)。培养基 0821,25℃。

MCCC 1A04722　←海洋三所 C35AA。分离源:西南太平洋表层海水。分离自石油降解菌群。与模式菌株 *S. shabanensis* E1L3A(T)AJ421425 相似性为 94.951%(715/752)。培养基 0821,25℃。

MCCC 1A04733　←海洋三所 C38B6。分离源:西南太平洋表层海水。分离自石油降解菌群。与模式菌株 *S. shabanensis* E1L3A(T)AJ421425 相似性为 94.972%。培养基 0821,25℃。

MCCC 1A04807 ←海洋三所 C18B1。分离源:西南太平洋表层海水。分离自石油降解菌群。与模式菌株 *S. shabanensis* E1L3A(T)AJ421425 相似性为 95.257%(761/799)。培养基 0821,25℃。

MCCC 1A04953 ←海洋三所 C19B3。分离源:西南太平洋表层海水。分离自石油降解菌群。与模式菌株 *S. shabanensis* E1L3A(T)AJ421425 相似性为 94.606%。培养基 0821,25℃。

MCCC 1A04984 ←海洋三所 C25AK。分离源:西南太平洋表层海水。分离自石油降解菌群。与模式菌株 *S. shabanensis* E1L3A(T)AJ421425 相似性为 94.951%(715/752)。培养基 0821,25℃。

MCCC 1A04989 ←海洋三所 C26B2。分离源:西南太平洋表层海水。分离自石油降解菌群。与模式菌株 *S. shabanensis* E1L3A(T)AJ421425 相似性为 94.951%(715/752)。培养基 0821,25℃。

MCCC 1A04991 ←海洋三所 C27AD。分离源:西南太平洋表层海水。分离自石油降解菌群。与模式菌株 *S. shabanensis* E1L3A(T)AJ421425 相似性为 94.972%。培养基 0821,25℃。

MCCC 1A05228 ←海洋三所 C41B8。分离源:西南太平洋表层海水。分离自石油降解菌群。与模式菌株 *S. shabanensis* E1L3A(T)AJ421425 相似性为 96.41%(594/614)。培养基 0821,25℃。

MCCC 1A05234 ←海洋三所 C42B5。分离源:西南太平洋表层海水。分离自石油降解菌群。与模式菌株 *S. shabanensis* E1L3A(T)AJ421425 相似性为 95.194%(718/755)。培养基 0821,25℃。

MCCC 1A05235 ←海洋三所 C43AD。分离源:西南太平洋表层海水。分离自石油降解菌群。与模式菌株 *S. shabanensis* E1L3A(T)AJ421425 相似性为 95.194%(718/755)。培养基 0821,25℃。

Salinispora arenicola Maldonado *et al.* 2005 栖沙盐水孢菌

模式菌株 *Salinispora arenicola* CNH-643(T)AY040619

MCCC 1A04063 ←海洋三所 NH13C。分离源:南沙黄色泥质。与模式菌株相似性为 99.865%(755/756)。培养基 0821,25℃。

Salinivibrio costicola (Smith 1938 emend. Garcia *et al.* 1987)Mellado *et al.* 1996 emend. Huang *et al.* 2000 肋生盐弧菌

模式菌株 *Salinivibrio costicola* subsp. *alcaliphilus* DSM16359(T)AJ640132

MCCC 1B00532 ←海洋一所 DJHH39。分离源:盐城次表层海水。与模式菌株相似性为 100%。培养基 0471,20~25℃。

Salinivibrio proteolyticus Amoozegar *et al.* 2008 解朊盐弧菌

模式菌株 *Salinivibrio proteolyticus* AF-2004(T)DQ092443

MCCC 1B01138 ←海洋一所 YCSC15。分离源:青岛即墨 7%盐度盐田盐渍土。与模式菌株相似性为 98.414%。培养基 0471,20~25℃。

Salinivibrio sp. Mellado *et al.* 1996 盐弧菌

MCCC 1B00838 ←海洋一所 YCWA12。分离源:青岛即墨饱和盐度盐田表层海水。与模式菌株 *S. proteolyticus* AF-2004(T)DQ092443 相似性为 98.927%。培养基 0471,20~25℃。

MCCC 1B00846 ←海洋一所 YCWA32。分离源:青岛即墨饱和盐度盐田表层海水。与模式菌株 *S. costicola* subsp. *alcaliphilus* DSM16359(T)AJ640132 相似性为 99.165%。培养基 0471,20~25℃。

MCCC 1B01144 ←海洋一所 YCSC27。分离源:青岛即墨 7%盐度盐田盐渍土。与模式菌株 *S. proteolyticus* AF-2004(T)DQ092443 相似性为 97.982%。培养基 0471,20~25℃。

Salipiger mucosus Martínez-Cánovas *et al.* 2004 黏液盐懒惰菌

MCCC 1A03284 ←DSM 16094。原始号 A3。=CECT 5855 =DSM 16094 =LMG 22090。模式菌株。培养基 0471,25℃。

Sanguibacter inulinus Pascual *et al.* 1996 菊粉血杆菌

模式菌株 *Sanguibacter inulinus* ST50(T)X79451

MCCC 1A03536 ←海洋三所 SHMl。分离源:南沙珊瑚礁石。与模式菌株相似性为 99.722%(772/774)。培养基 0821,25℃。

MCCC 1A04090 ←海洋三所 NH21R1。分离源:南沙灰色细泥。与模式菌株相似性为 99.732%。培养基 0821,25℃。

MCCC 1A05807 ←海洋三所 SHW9K。分离源:南沙珊瑚礁石。分离自十六烷富集菌群。与模式菌株相似性为 99.733%。培养基 0821,25℃。

MCCC 1A05817 ←海洋三所 SHY9J。分离源:南沙珊瑚礁石。分离自石油降解菌群。与模式菌株相似性为 99.73%(772/774)。培养基 0821,25℃。

MCCC 1B00694 ←海洋一所 DJWH29。分离源:江苏盐城滨海表层海水。与模式菌株相似性为 99.729%。培养基 0471,20~25℃。

Sediminicola luteus Khan *et al.* 2006 藤黄栖沉积物杆菌
模式菌株 *Sediminicola luteus* CNI-3(T)AB206957

MCCC 1C00270 ←极地中心 BSs20192。分离源:北冰洋表层沉积物。与模式菌株相似性为 98.889%。培养基 0471,15℃。

Serinicoccus marinus Yi *et al.* 2004 丝氨酸球菌
模式菌株 *Serinicoccus marinus* JC1078(T)AY382898

MCCC 1A02624 ←DSM 15273。原始号 JC1078。=IMSNU 14026 =KCTC 9980 =DSM 15273。分离源:韩国东海海洋。模式菌株。培养基 1003,28℃。

MCCC 1A05965 ←海洋三所 0714S6-1。分离源:印度洋深海沉积物表层。与模式菌株相似性为 98%。培养基 1003,28℃。

MCCC 1A05966 ←海洋三所 0714S6-2。分离源:印度洋深海沉积物表层。与模式菌株相似性为 98%。培养基 1003,28℃。

Serratia marcescens Bizio 1823 褪色沙雷氏菌
模式菌株 *Serratia marcescens* subsp. *marcescens* DSM 30121(T)AJ233431

MCCC 1A01877 ←海洋三所 ES-1。分离源:东太平洋深海沉积物。与模式菌株相似性为 99.731%。培养基 0471,20℃。

MCCC 1A02649 ←海洋三所 GCS1-9。与模式菌株相似性为 99.889%。培养基 0033,25℃。

MCCC 1A03496 ←海洋三所 MT-9。分离源:大西洋热液区沉积物。与模式菌株相似性为 99.468%。培养基 0471,70℃。

Serratia nematodiphila Zhang 2009 嗜线虫沙雷氏菌
模式菌株 *Serratia nematodiphila* DZ0503SBS1(T)EU036987

MCCC 1A01883 ←海洋三所 EP26。分离源:东太平洋深海沉积物。与模式菌株相似性为 99.6%。培养基 0471,20℃。

Serratia **sp.** Bizio 1823 沙雷氏菌

MCCC 1A00320 ←海洋三所 CY12。分离源:南极土壤。多环芳烃降解菌。与模式菌株 *S. ficaria* DSM 4569(T)AJ233428 相似性为 96.154%。培养基 0033,18℃。

MCCC 1A00891 ←海洋三所 B-1135。分离源:东太平洋沉积物深层。与模式菌株 *S. proteamaculans* DSM 4543(T)AJ233434 相似性为 98.721%。培养基 0471,4℃。

MCCC 1A00895 ←海洋三所 B-2002。分离源:西太平洋暖池区沉积物深层。与模式菌株 *S. proteamaculans* DSM 4543(T)AJ233434 相似性为 99.146%。培养基 0471,20℃。

MCCC 1A00921 ←海洋三所 B-1123。分离源:东太平洋沉积物深层。与模式菌株 *S. proteamaculans* DSM 4543(T)AJ233434 相似性为 99.008%。培养基 0471,4℃。

MCCC 1A01868 ←海洋三所 EP18。分离源:东太平洋深海沉积物。与模式菌株 *S. grimesii* DSM 30063(T)

AJ233430 相似性为 98.25%。培养基 0471,20℃。

MCCC 1A01880 ←海洋三所 NJ-67。分离源:南极土壤。与模式菌株 *S. grimesii* DSM 30063(T)AJ233430 相似性为 98.248%。培养基 0033,20~25℃。

MCCC 1A02889 ←海洋三所 F46-1。分离源:近海沉积物。分离自石油降解菌群。与模式菌株 *S. grimesii* DSM 30063(T)AJ233430 相似性为 94.077%。培养基 0472,28℃。

MCCC 1A02896 ←海洋三所 F46-2。分离源:近海沉积物。分离自石油降解菌群。与模式菌株 *S. grimesii* DSM 30063(T)AJ233430 相似性为 94.413%。培养基 0472,28℃。

MCCC 1B01193 ←海洋一所 HTGA1。分离源:福建宁德暗纹东方鲀肝脏。与模式菌株 *S. marcescens* subsp *sakuensis* KRED(T)AB061685 相似性为 98.925%。培养基 0471,25℃。

Shewanella abyssi Miyazaki *et al*. 2006 深渊希瓦氏菌
模式菌株 *Shewanella abyssi* c941(T)AB201475

MCCC 1C00607 ←极地中心 BSs20149。分离源:北冰洋深层沉积物。与模式菌株相似性为 98.855%。培养基 0471,15℃。

Shewanella algae Simidu *et al*. 1990 emend. Nozue *et al*. 1992 海藻希瓦氏菌
模式菌株 *Shewanella algae* ATCC 51192(T)AF005249

MCCC 1A00184 ←海洋三所 BMf-3。分离源:厦门海水养殖场捕捞的比目鱼肠道内容物。与模式菌株相似性为 98.56%。培养基 0033,28℃。

MCCC 1A02601 ←海洋三所 E06114。分离源:广东省阳江鲍鱼体表。水产经济动物致病菌。与模式菌株相似性为 99.438%。培养基 0471,30℃。

MCCC 1A05869 ←海洋三所 BMJOUTWF-16。分离源:南沙美济礁周围混合海水。分离自石油降解菌群。与模式菌株相似性为 98.95%(789/796)。培养基 0821,25℃。

MCCC 1E00640 ←中国海大 C6。分离源:海南近海表层海水。与模式菌株相似性 99.29%。培养基 0471,16℃。

MCCC 1E00642 ←中国海大 C13-M。分离源:海南近海表层海水。与模式菌株相似性 99.29%。培养基 0471,16℃。

MCCC 1E00643 ←中国海大 C16-M。分离源:海南近海表层海水。与模式菌株相似性 99.29%。培养基 0471,16℃。

MCCC 1E00646 ←中国海大 C21。分离源:青岛近海表层海水。与模式菌株相似性 99.29%。菌落黄色至黄褐色,菌落表面光滑,边缘整齐。培养基 0471,16℃。

MCCC 1G00184 ←青岛科大 qdht04。分离源:青岛表层海水。与模式菌株相似性为 98.456%。培养基 0471,25~28℃。

Shewanella aquimarina Yoon *et al*. 2004 海水希瓦氏菌
模式菌株 *Shewanella aquimarina* SW-120(T)AY485225

MCCC 1A00106 ←海洋三所 Y-1。分离源:厦门近海表层海水。分离自石油降解菌群。与模式菌株相似性为 99.876%。培养基 0472,28℃。

Shewanella baltica Ziemke *et al*. 1998 波罗的海希瓦氏菌
模式菌株 *Shewanella baltica* NCTC 10735(T)AJ000214

MCCC 1A00137 ←海洋三所 XYB-C6。分离源:南海海底比目鱼肠道内容物。与模式菌株相似性为 98.467%。培养基 0033,28℃。

MCCC 1A00138 ←海洋三所 XYB-W4。分离源:南海海底比目鱼肠道内容物。与模式菌株相似性为 98.587%。培养基 0033,28℃。

MCCC 1A00147 ←海洋三所 XYB-C5。分离源:南海海底比目鱼肠道内容物。与模式菌株相似性为 98.659%。培养基 0033,28℃。

Shewanella basaltis Chang *et al*. 2008 **玄武岩希瓦氏菌**

模式菌株 *Shewanella basaltis* J83(T)EU143361

MCCC 1A00286 ←海洋三所 HYC-5。分离源:厦门野生鲻鱼肠道内容物。与模式菌株相似性为 99.788%。
培养基 0033,28℃。

Shewanella colwelliana(Weiner *et al*. 1988)Coyne *et al*. 1990 **考氏希瓦氏菌**

模式菌株 *Shewanella colwelliana* ATCC 39565(T)AY653177

MCCC 1B00299 ←海洋一所 YACN12。分离源:青岛近海沉积物。与模式菌株相似性为 100%。培养基
0471,20~25℃。

Shewanella decolorationis Xu *et al*. 2005 **脱色希瓦氏菌**

模式菌株 *Shewanella decolorationis* CCTCC M 203093(T)AJ609571

MCCC 1A00349 ←海洋三所 SI-19。分离源:印度洋表层海水鲨鱼肠道内容物。与模式菌株相似性为
98.686%。培养基 0033,28℃。

MCCC 1A02125 ←海洋三所 CH1。分离源:厦门黄翅鱼鱼鳃。与模式菌株相似性为 98.361%。培养基
0033,25℃。

MCCC 1A02127 ←海洋三所 CH10。分离源:厦门黄翅鱼鱼鳃。与模式菌株相似性为 98.864%。培养基
0033,25℃。

Shewanella denitrificans Brettar *et al*. 2002 **反硝化希瓦氏菌**

模式菌株 *Shewanella denitrificans* OS217(T)AJ311964

MCCC 1C00177 ←极地中心 BSw20697。分离源:北冰洋冰区海水。与模式菌株相似性为 98.679%。培养
基 0471,20℃。

Shewanella frigidimarina Bowman *et al*. 1997 **冷海希瓦氏菌**

模式菌株 *Shewanella frigidimarina* ACAM 591(T)U85903

MCCC 1C00155 ←极地中心 BSi20314。分离源:北冰洋海冰。产脂酶、卵磷脂酶。与模式菌株相似性为
99.383%。培养基 0471,20℃。

MCCC 1C00237 ←极地中心 BSi20531。分离源:北冰洋海冰。产蛋白酶。与模式菌株相似性为 99.292%。
培养基 0471,15℃。

MCCC 1C00239 ←极地中心 BSi20534。分离源:北冰洋海冰。产蛋白酶、淀粉酶。与模式菌株相似性为
99.000%。培养基 0471,15℃。

MCCC 1C00272 ←极地中心 BSs20194。分离源:北冰洋表层沉积物。与模式菌株相似性为 99.067%。培养
基 0471,15℃。

MCCC 1C00290 ←极地中心 BSi20542。分离源:北冰洋海冰。产酯酶、β-半乳糖苷酶。与模式菌株相似性为
99.186%。培养基 0471,15℃。

MCCC 1C00403 ←极地中心 BSi20616。分离源:北冰洋海冰。产酯酶。与模式菌株相似性为 99.199%。培
养基 0471,15℃。

MCCC 1C00488 ←极地中心 BSi20530。分离源:北冰洋海冰。产蛋白酶、明胶酶、淀粉酶、脂酶。与模式菌
株相似性为 99.048%。培养基 0471,15℃。

MCCC 1C00509 ←极地中心 BSi20560。分离源:北冰洋海冰。产蛋白酶、明胶酶、淀粉酶、脂酶。与模式菌
株相似性为 99.333%。培养基 0471,15℃。

MCCC 1C00526 ←极地中心 BSw20022。分离源:北冰洋无冰区上层海水。与模式菌株相似性为 99.333%。
培养基 0471,15℃。

MCCC 1C00527 ←极地中心 BSw20049。分离源:北冰洋无冰区上层海水。与模式菌株相似性为 99.267%。
培养基 0471,15℃。

MCCC 1C00530 ←极地中心 BSw20055。分离源:北冰洋无冰区上层海水。与模式菌株相似性为 99.267%。
培养基 0471,15℃。

MCCC 1C00534 ←极地中心 BSw20056。分离源:北冰洋无冰区上层海水。与模式菌株相似性为99.333%。培养基 0471,15℃。

MCCC 1C00541 ←极地中心 BSw20034。分离源:北冰洋无冰区上层海水。与模式菌株相似性为99.267%。培养基 0471,15℃。

MCCC 1C00551 ←极地中心 BSw20032。分离源:北冰洋无冰区上层海水。与模式菌株相似性为99.267%。培养基 0471,15℃。

MCCC 1C00570 ←极地中心 BSs20115。分离源:北冰洋深层沉积物。与模式菌株相似性为99.333%。培养基 0471,15℃。

MCCC 1C00585 ←极地中心 BSs20042。分离源:北冰洋表层沉积物。与模式菌株相似性为99.267%。培养基 0471,15℃。

MCCC 1C00591 ←极地中心 BSs20073。分离源:北冰洋表层沉积物。与模式菌株相似性为99.267%。培养基 0471,15℃。

MCCC 1C00592 ←极地中心 BSs20114。分离源:北冰洋深层沉积物。与模式菌株相似性为99.267%。培养基 0471,15℃。

MCCC 1C00629 ←极地中心 BSw20020。分离源:北冰洋无冰区上层海水。与模式菌株相似性为99.266%。培养基 0471,15℃。

MCCC 1C00646 ←极地中心 BSs20044。分离源:北冰洋表层沉积物。与模式菌株相似性为99.267%。培养基 0471,15℃。

MCCC 1C00658 ←极地中心 BSs20058。分离源:北冰洋表层沉积物。与模式菌株相似性为99.2%。培养基 0471,15℃。

MCCC 1C00669 ←极地中心 BSs20125。分离源:北冰洋表层沉积物。与模式菌株相似性为99.2%。培养基 0471,15℃。

MCCC 1C00703 ←极地中心 BSw20036。分离源:北冰洋无冰区上层海水。与模式菌株相似性为99.133%。培养基 0471,15℃。

MCCC 1C00704 ←极地中心 BSw20035。分离源:北冰洋无冰区上层海水。与模式菌株相似性为99.199%。培养基 0471,15℃。

MCCC 1C00767 ←极地中心 NF1-38。分离源:南极表层沉积物。与模式菌株相似性为99.333%。培养基 0471,15℃。

MCCC 1C00769 ←极地中心 NF1-17。分离源:南极表层沉积物。与模式菌株相似性为99.333%。培养基 0471,15℃。

MCCC 1C00772 ←极地中心 ZS1-14。分离源:南极表层沉积物。与模式菌株相似性为99.333%。培养基 0471,15℃。

MCCC 1C00774 ←极地中心 BSw20021。分离源:北冰洋无冰区表层海水。与模式菌株相似性为99.333%。培养基 0471,15℃。

MCCC 1C00877 ←极地中心 NF1-3。分离源:南极表层沉积物。与模式菌株相似性为99.333%。培养基 0471,15℃。

MCCC 1C00947 ←极地中心 NF1-16。分离源:南极海洋沉积物。与模式菌株相似性为99.267%。培养基 0471,15℃。

MCCC 1C00979 ←极地中心 BCw076。分离源:北冰洋无冰区表层海水。与模式菌株相似性为99.267%。培养基 0471,15℃。

Shewanella gelidimarina Bowman *et al*. 1997 冰海希瓦氏菌
模式菌株 *Shewanella gelidimarina* ACAM 456(T)U85907

MCCC 1C00576 ←极地中心 BSs20022。分离源:北冰洋表层沉积物。与模式菌株相似性为99.602%。培养基 0471,15℃。

MCCC 1C00577 ←极地中心 BSs20024。分离源:北冰洋表层沉积物。与模式菌株相似性为99.668%。培养基 0471,15℃。

MCCC 1C00587 ←极地中心 BSs20027。分离源:北冰洋表层沉积物。与模式菌株相似性为98.805%。培养基 0471,15℃。

MCCC 1C00647 　←极地中心 BSs20032。分离源:北冰洋表层沉积物。与模式菌株相似性为 98.606%。培养
　　　　　　　　基 0471,15℃。

MCCC 1C00650 　←极地中心 BSs20029。分离源:北冰洋表层沉积物。与模式菌株相似性为 98.805%。培养
　　　　　　　　基 0471,15℃。

MCCC 1C00657 　←极地中心 BSs20028。分离源:北冰洋表层沉积物。与模式菌株相似性为 98.605%。培养
　　　　　　　　基 0471,15℃。

MCCC 1C00665 　←极地中心 BSs20063。分离源:北冰洋表层沉积物。与模式菌株相似性为 98.606%。培养
　　　　　　　　基 0471,15℃。

MCCC 1C00673 　←极地中心 BSs20025。分离源:北冰洋表层沉积物。与模式菌株相似性为 99.469%。培养
　　　　　　　　基 0471,15℃。

MCCC 1C00708 　←极地中心 NF1-35。分离源:南极表层沉积物。与模式菌株相似性为 99.668%。培养基
　　　　　　　　0471,15℃。

MCCC 1C00742 　←极地中心 ZS5-18。分离源:南极海冰。与模式菌株相似性为 99.535%。培养基
　　　　　　　　0471,15℃。

MCCC 1C00778 　←极地中心 NF1-13。分离源:南极表层沉积物。与模式菌株相似性为 99.668%。培养基
　　　　　　　　0471,15℃。

Shewanella hafniensis Satomi *et al*. 2006 哈夫尼希瓦氏菌

模式菌株 *Shewanella hafniensis* P010(T)AB205566

MCCC 1A00048 　←海洋三所 HC11-1。分离源:厦门海水养殖场捕捞的黄翅鱼肠道内容物。与模式菌株相
　　　　　　　　似性为 99.154%。培养基 0033,28℃。

Shewanella haliotis Kim *et al*. 2007 鲍希瓦氏菌

模式菌株 *Shewanella haliotis* DW01(T)EF178282

MCCC 1A00123 　←海洋三所 YY-7。分离源:厦门养鱼池底泥。以硝酸根作为电子受体分离。与模式菌株
　　　　　　　　相似性为 99.504%。培养基 0033,28℃。

MCCC 1A00186 　←海洋三所 YYf-1。分离源:厦门养鱼池底泥。以硝酸根作为电子受体分离。与模式菌株
　　　　　　　　相似性为 98.952%。培养基 0033,28℃。

MCCC 1A00216 　←海洋三所 YN1。分离源:厦门油污泥样。产表面活性物质。与模式菌株相似性为
　　　　　　　　99.89%。培养基 0033,28℃。

MCCC 1A00227 　←海洋三所 SCB-A。分离源:厦门近海养殖赤点石斑鱼肠道内容物。与模式菌株相似性为
　　　　　　　　99.327%。培养基 0033,28℃。

MCCC 1A01296 　←海洋三所 S29-1。分离源:印度洋表层海水。分离自石油降解菌群。与模式菌株相似性
　　　　　　　　为 99.09%。培养基 0745,26℃。

MCCC 1E00648 　←中国海大 C22-M。分离源:海南近海表层海水。与模式菌株相似性 99.33%。菌落黄色
　　　　　　　　至黄褐色,菌落表面光滑,边缘整齐。培养基 0471,16℃。

MCCC 1E00649 　←中国海大 C27。分离源:海南近海表层海水。与模式菌株相似性 99.33%。菌落黄色至
　　　　　　　　黄褐色,菌落表面光滑,边缘整齐。培养基 0471,16℃。

MCCC 1E00650 　←中国海大 C31。分离源:海南近海表层海水。与模式菌株相似性 99.33%。培养基
　　　　　　　　0471,16℃。

MCCC 1G00190 　←青岛科大 qdht14。分离源:青岛表层海水。与模式菌株相似性为 99.224%。培养基
　　　　　　　　0471,25～28℃。

Shewanella livingstonensis Bozal *et al*. 2002 利文斯顿岛希瓦氏菌

模式菌株 *Shewanella livingstonensis* LMG 19866(T)AJ300834

相似性为 100%。培养基 0471,10℃。

MCCC 1C00236 　←极地中心 BSi20529。分离源:北冰洋海冰。产蛋白酶。与模式菌株相似性为 99.788%。

培养基 0471,15℃。

MCCC 1C00245 ←极地中心 BSi20544。分离源:北冰洋海冰。产蛋白酶。与模式菌株相似性为 99.258%。培养基 0471,15℃。

MCCC 1C00255 ←极地中心 BSi20600。分离源:北冰洋海冰。与模式菌株相似性为 99.592%。培养基 0471,15℃。

MCCC 1C00292 ←极地中心 BSi20550。分离源:北冰洋海冰。产蛋白酶、β-半乳糖苷酶。与模式菌株相似性为 99.73%。培养基 0471,15℃。

MCCC 1C00342 ←极地中心 BSi20574。分离源:北冰洋海冰。与模式菌株相似性为 99.326%。培养基 0471,15℃。

MCCC 1C00343 ←极地中心 BSi20575。分离源:北冰洋海冰。与模式菌株相似性为 99.798%。培养基 0471,15℃。

MCCC 1C00344 ←极地中心 BSi20491。分离源:北冰洋海冰。产酯酶。与模式菌株相似性为 99.798%。培养基 0471,15℃。

MCCC 1C00345 ←极地中心 BSi20515。分离源:北冰洋海冰。产蛋白酶、酯酶。与模式菌株相似性为 99.326%。培养基 0471,15℃。

MCCC 1C00346 ←极地中心 BSi20566。分离源:北冰洋海冰。与模式菌株相似性为 99.663%。培养基 0471,15℃。

MCCC 1C00347 ←极地中心 BSi20604。分离源:北冰洋海冰。与模式菌株相似性为 99.326%。培养基 0471,15℃。

MCCC 1C00348 ←极地中心 BSi20558。分离源:北冰洋海冰。产蛋白酶、酯酶。与模式菌株相似性为 99.73%。培养基 0471,15℃。

MCCC 1C00374 ←极地中心 BSi20601。分离源:北冰洋海冰。产酯酶。与模式菌株相似性为 99.595%。培养基 0471,15℃。

MCCC 1C00396 ←极地中心 BSi20496。分离源:北冰洋海冰。产酯酶。与模式菌株相似性为 99.258%。培养基 0471,15℃。

MCCC 1C00402 ←极地中心 BSi20490。分离源:北冰洋海冰。产酯酶。与模式菌株相似性为 99.663%。培养基 0471,15℃。

MCCC 1C00450 ←极地中心 BSw20461。分离源:北冰洋冰区海水。与模式菌株相似性为 99.326%。培养基 0471,15℃。

MCCC 1C00496 ←极地中心 BSi20505。分离源:北冰洋海冰区海水。产蛋白酶、明胶酶、脂酶。与模式菌株相似性为 99.73%。培养基 0471,15℃。

MCCC 1C00507 ←极地中心 BSi20516。分离源:北冰洋海冰。产明胶酶、脂酶。与模式菌株相似性为 99.327%。培养基 0471,15℃。

MCCC 1C00518 ←极地中心 BSs20016。分离源:北冰洋表层沉积物。与模式菌株相似性为 99.125%。培养基 0471,15℃。

MCCC 1C00520 ←极地中心 BSs20047。分离源:北冰洋表层沉积物。与模式菌株相似性为 99.731%。培养基 0471,15℃。

MCCC 1C00521 ←极地中心 BSs20054。分离源:北冰洋表层沉积物。与模式菌株相似性为 99.865%。培养基 0471,15℃。

MCCC 1C00522 ←极地中心 BSs20059。分离源:北冰洋表层沉积物。与模式菌株相似性为 99.664%。培养基 0471,15℃。

MCCC 1C00561 ←极地中心 BSw20019。分离源:北冰洋无冰区上层海水。与模式菌株相似性为 99.192%。培养基 0471,15℃。

MCCC 1C00572 ←极地中心 BSs20051。分离源:北冰洋表层沉积物。与模式菌株相似性为 99.798%。培养基 0471,15℃。

MCCC 1C00579 ←极地中心 BSs20071。分离源:北冰洋表层沉积物。与模式菌株相似性为 99.865%。培养基 0471,15℃。

MCCC 1C00584 ←极地中心 BSs20062。分离源:北冰洋表层沉积物。与模式菌株相似性为 99.731%。培养基 0471,15℃。

MCCC 1C00588　←极地中心 BSs20158。分离源:北冰洋深层沉积物。与模式菌株相似性为 99.798%。培养基 0471,15℃。

MCCC 1C00594　←极地中心 BSs20152。分离源:北冰洋深层沉积物。与模式菌株相似性为 99.933%。培养基 0471,15℃。

MCCC 1C00603　←极地中心 BSs20048。分离源:北冰洋表层沉积物。与模式菌株相似性为 99.865%。培养基 0471,15℃。

MCCC 1C00609　←极地中心 BSs20041。分离源:北冰洋表层沉积物。与模式菌株相似性为 99.327%。培养基 0471,15℃。

MCCC 1C00610　←极地中心 BSs20019。分离源:北冰洋表层沉积物。与模式菌株相似性为 99.865%。培养基 0471,15℃。

MCCC 1C00651　←极地中心 BSs20036。分离源:北冰洋表层沉积物。与模式菌株相似性为 99.865%。培养基 0471,15℃。

MCCC 1C00653　←极地中心 BSs20015。分离源:北冰洋表层沉积物。与模式菌株相似性为 99.798%。培养基 0471,15℃。

MCCC 1C00655　←极地中心 BSs20056。分离源:北冰洋表层沉积物。与模式菌株相似性为 99.865%。培养基 0471,15℃。

MCCC 1C00661　←极地中心 BSs20038。分离源:北冰洋表层沉积物。与模式菌株相似性为 99.731%。培养基 0471,15℃。

MCCC 1C00663　←极地中心 BSs20057。分离源:北冰洋表层沉积物。与模式菌株相似性为 99.865%。培养基 0471,15℃。

MCCC 1C00666　←极地中心 BSs20006。分离源:北冰洋表层沉积物。与模式菌株相似性为 99.731%。培养基 0471,15℃。

MCCC 1C00676　←极地中心 BSs20159。分离源:北冰洋深层沉积物。与模式菌株相似性为 99.865%。培养基 0471,15℃。

MCCC 1C00682　←极地中心 BSs20140。分离源:北冰洋深层沉积物。与模式菌株相似性为 99.731%。培养基 0471,15℃。

MCCC 1C00711　←极地中心 NF1-31。分离源:南极表层沉积物。与模式菌株相似性为 98.789%。培养基 0471,15℃。

MCCC 1C00728　←极地中心 NF4-25。分离源:南极海冰。与模式菌株相似性为 99.26%。培养基 0471,15℃。

MCCC 1C00734　←极地中心 ZS4-23。分离源:南极表层沉积物。与模式菌株相似性为 99.327%。培养基 0471,15℃。

MCCC 1C00921　←极地中心 BSs20053。分离源:北极海洋沉积物。与模式菌株相似性为 98.856%。培养基 0471,15℃。

MCCC 1C01002　←极地中心 S11-11-2。分离源:北冰洋深层沉积物。抗二价锰。与模式菌株相似性为 99.191%。培养基 0471,5℃。

MCCC 1C01003　←极地中心 P22。分离源:北冰洋深层沉积物。产脂酶。与模式菌株相似性为 98.786%。培养基 0471,5℃。

MCCC 1C01008　←极地中心 P11-24-3。分离源:北冰洋深层沉积物。产脂酶。与模式菌株相似性为 99.646%。培养基 0471,5℃。

MCCC 1C01017　←极地中心 5-1-11-4。分离源:南大洋普里兹湾底层海水。与模式菌株相似性为 99.783%。培养基 0471,5℃。

Shewanella loihica Gao et al. 2006 光伏希瓦氏菌
模式菌株 *Shewanella loihica* PV-4(T)DQ286387

MCCC 1A00060　←海洋三所 HC11e-1。分离源:厦门海水养殖黄翅鱼肠道内容物。与模式菌株相似性为 99.267%。培养基 0033,26℃。

MCCC 1A00072 　←海洋三所 A11-A。分离源:福建泉州近海表层海水。以硝酸根作为电子受体分离。与模式菌株相似性为 99.796%。培养基 0033,28℃。

MCCC 1A00073 　←海洋三所 A11-B。分离源:福建泉州近海表层海水。以硝酸根作为电子受体分离。与模式菌株相似性为 99.728%。培养基 0033,28℃。

MCCC 1A00090 　←海洋三所 A11-1。分离源:福建泉州近海表层海水。以硝酸根作为电子受体分离。与模式菌株相似性为 99.319%。培养基 0472,28℃。

MCCC 1A03234 　←海洋三所 SWAe-5。分离源:厦门近海养殖赤点石斑鱼肠道内容物。与模式菌株相似性为 99.664%。培养基 0033,28℃。

MCCC 1B00959 　←海洋一所 HDC24。分离源:福建宁德养殖河豚肠道内容物。与模式菌株相似性为 100%。培养基 0471,20~25℃。

Shewanella marinintestina Satomi *et al.* 2003 海动物肠希瓦氏菌

MCCC 1A01703 　←JCM 11558。原始号 IK-1。=JCM 11558 =CIP 107954 =LMG 21403。分离源:日本近海土壤。模式菌株。培养基 0471,20~25℃。

Shewanella marisflavi Yoon *et al.* 2004 黄海希瓦氏菌

模式菌株 *Shewanella marisflavi* SW-117(T)AY485224

MCCC 1B00294 　←海洋一所 YACN6。分离源:青岛近海沉积物。与模式菌株相似性为 99.815%。培养基 0471,20~25℃。

MCCC 1B00303 　←海洋一所 YACN16。分离源:青岛近海沉积物。与模式菌株相似性为 99.815%。培养基 0471,20~25℃。

Shewanella oneidensis Venkateswaran *et al.* 1999 奥奈达湖希瓦氏菌

MCCC 1A01706 　←ATCC 700550。分离源:美国纽约欧奈达湖沉积物。模式菌株。培养基 0033,25℃。

Shewanella piezotolerans Xiao *et al.* 2007 耐压希瓦氏菌

MCCC 1A01966 　←海洋三所 Wp3-wp。=CGMCC 1.6160=JCM 13877。分离源:西太平洋海底沉积物。模式菌株。培养基 0471,15~20℃。

Shewanella pneumatophori Hirota *et al.* 2005 肺鲐希瓦氏菌

模式菌株 *Shewanella pneumatophori* SCRC-2738(T)AB204519

MCCC 1A04136 　←海洋三所 NH36I。分离源:南沙灰色沙质。与模式菌株相似性为 99.106%(807/814)。培养基 0821,25℃。

Shewanella profunda Toffin *et al.* 2004 深海希瓦氏菌

MCCC 1A01702 　←JCM 12080。=JCM 12080 =CIP 108671 =DSM 15900。分离源:日本近海表层沉积物。模式菌株。培养基 0471,20~25℃。

Shewanella psychrophila Xiao *et al.* 2007 嗜冷希瓦氏菌

模式菌株 *Shewanella psychrophila* WP2(T)AJ551089

MCCC 1A01964 　←海洋三所 Wp2-wp。分离源:西太平洋海底沉积物。与模式菌株相似性为 100%。培养基 0471,15~20℃。

MCCC 1A04126 　←海洋三所 NH35C。分离源:南沙黄褐色沙质。与模式菌株相似性为 99.437%(741/745)。培养基 0821,25℃。

Shewanella sairae Satomi *et al.* 2003 竹刀鱼希瓦氏菌

MCCC 1A01705 　←JCM 11563。=JCM 11563 =CIP 107955 =LMG 21408。分离源:日本近海刀鱼肠。模式菌株。培养基 0471,20~25℃。

Shewanella schlegeliana Satomi *et al*. 2003 真鲷希瓦氏菌

MCCC 1A01704 ←JCM 11561。=JCM 11561＝IP 107953＝LMG 21406。分离源:日本近海表层沉积物。模式菌株。培养基 0471,20～25℃。

Shewanella vesiculosa Bozal *et al*. 2009 水泡希瓦氏菌

模式菌株 *Shewanella vesiculosa* M7(T)AM980877

MCCC 1A00002 ←海洋三所 HYC-2。分离源:厦门野生鲻鱼肠道内容物。与模式菌株相似性为 100%。培养基 0033,28℃。

MCCC 1C00861 ←极地中心 BSw10008。分离源:南极无冰区表层海水。与模式菌株相似性为 99.798%。培养基 0471,15℃。

MCCC 1C00862 ←极地中心 BSw20248。分离源:北极无冰区表层海水。与模式菌株相似性为 99.798%。培养基 0471,15℃。

MCCC 1C00863 ←极地中心 BSw20661。分离源:北极无冰区表层海水。与模式菌株相似性为 99.326%。培养基 0471,15℃。

Shewanella violacea Nogi *et al*. 1999 紫色希瓦氏菌

MCCC 1A01701 ←JCM 10179。=JCM 10179＝CIP 106290＝LMG 19151。分离源:日本海海底沉积物。模式菌株。培养基 0471,4～10℃。

Shewanella woodyi Makemson *et al*. 1997 武氏希瓦氏菌

模式菌株 *Shewanella woodyi* MS32(T)AF003549

MCCC 1A04138 ←海洋三所 NH38C。分离源:南沙褐色沙质。与模式菌株相似性为 99.156%(739/745)。培养基 0821,25℃。

Shewanella sp. MacDonell and Colwell 1986 希瓦氏菌

MCCC 1A00062 ←海洋三所 M3f。分离源:厦门海水养殖场捕捞的鳗鱼肠道内容物。与模式菌株 *S. putrefaciens* LMG 26268(T)X81623 相似性为 99.129%。培养基 0033,28℃。

MCCC 1A00133 ←海洋三所 BM-5。分离源:厦门海水养殖场捕捞的比目鱼肠道内容物。与模式菌株 *S. hafniensis* P010(T)AB205566 相似性为 98.139%。培养基 0033,28℃。

MCCC 1A00134 ←海洋三所 BM-6。分离源:厦门海水养殖场捕捞的比目鱼肠道内容物。与模式菌株 *S. hafniensis* P010(T)AB205566 相似性为 98.263%。培养基 0033,28℃。

MCCC 1A00154 ←海洋三所 DYCB-6。分离源:南海表层海未知名海鱼。与模式菌株 *S. putrefaciens* LMG 26268(T)X81623 相似性为 98.685%。培养基 0033,28℃。

MCCC 1A00174 ←海洋三所 HYCf-3。分离源:厦门野生鲻鱼肠道内容物。与模式菌株 *S. hafniensis* P010(T)AB205566 相似性为 98.385%。培养基 0033,28℃。

MCCC 1A00176 ←海洋三所 HYge-1。分离源:厦门野生鲻鱼肠道内容物。与模式菌株 *S. hafniensis* P010(T)AB205566 相似性为 98.695%。培养基 0033,28℃。

MCCC 1A00181 ←海洋三所 HC11f-2。分离源:厦门海水养殖场捕捞的黄翅鱼肠道内容物。与模式菌株 *S. hafniensis* P010(T)AB205566 相似性为 98.266%。培养基 0033,28℃。

MCCC 1A00214 ←海洋三所 A13-1。分离源:福建泉州近海沉积物。以硝酸根作为电子受体分离。与模式菌株 *S. haliotis* DW01(T)EF178282 相似性为 98.028%。培养基 0033,28℃。

MCCC 1A00226 ←海洋三所 SWB-C。分离源:厦门近海养殖赤点石斑鱼肠道内容物。与模式菌株 *S. haliotis* DW01(T)EF178282 相似性为 97.5%。培养基 0033,28℃。

MCCC 1A00285 ←海洋三所 SWA-f。分离源:厦门近海养殖赤点石斑鱼肠道内容物。与模式菌株 *S. fidelis* KMM 3582(T)AF420312 相似性为 96.455%。培养基 0033,28℃。

MCCC 1A00289 ←海洋三所 HYC-6。分离源:厦门野生鲻鱼肠道内容物。与模式菌株 *S. denitrificans* OS217(T)AJ311964 相似性为 97.232%。培养基 0033,28℃。

MCCC 1A00602 ←海洋三所 3051。分离源:东太平洋深海沉积物。与模式菌株 *S. vesiculosa* M7(T)

AM980877 相似性为 98.771%。培养基 0471,4～20℃。

MCCC 1A00614 ←海洋三所 7011。分离源:西太平洋深海沉积物。与模式菌株 *S. kaireitica* c931(T) AB094598 相似性为 99.326%。培养基 0471,4～20℃。

MCCC 1A00640 ←海洋三所 7044。分离源:西太平洋深海沉积物。与模式菌株 *S. abyssi* c941(T)AB201475 相似性为 99.662%。培养基 0471,4～20℃。

MCCC 1A00642 ←海洋三所 7051。分离源:西太平洋深海沉积物。与模式菌株 *S. algae* ATCC 51192(T) AF005249 相似性为 97.701%。培养基 0471,4～20℃。

MCCC 1A00694 ←海洋三所 8005。分离源:西太平洋深海沉积物。与模式菌株 *S. vesiculosa* M7(T) AM980877 相似性为 99.932%。培养基 0471,4～20℃。

MCCC 1A00695 ←海洋三所 8012。分离源:西太平洋深海沉积物。与模式菌株 *S. vesiculosa* M7(T) AM980877 相似性为 97.826%。培养基 0471,4～20℃。

MCCC 1A00697 ←海洋三所 8027。分离源:西太平洋深海沉积物。与模式菌株 *S. vesiculosa* M7(T) AM980877 相似性为 98.834%。培养基 0471,4～20℃。

MCCC 1A01328 ←海洋三所 S29-1-8。分离源:印度洋表层海水。苯系物降解菌。与模式菌株 *S. haliotis* DW01(T)EF178282 相似性为 97.987%。培养基 0471,25℃。

MCCC 1A01427 ←海洋三所 S27(2)。分离源:印度洋表层海水。分离自石油降解菌群。与模式菌株 *S. haliotis* DW01(T)EF178282 相似性为 96.934%。培养基 0745,26℃。

MCCC 1A01875 ←海洋三所 ES03。分离源:东太平洋深海沉积物。与模式菌株 *S. kaireitica* c931(T) AB094598 相似性为 99.396%。培养基 0471,15℃。

MCCC 1A03224 ←海洋三所 SCAf-1。分离源:厦门近海养殖赤点石斑鱼肠道内容物。与模式菌株 *S. algae* ATCC 51192(T)AF005249 相似性为 97.909%。培养基 0033,28℃。

MCCC 1A03225 ←海洋三所 SWBe-1。分离源:厦门近海养殖赤点石斑鱼肠道内容物。与模式菌株 *S. haliotis* DW01(T)EF178282 相似性为 97.426%。培养基 0033,28℃。

MCCC 1A03242 ←海洋三所 SCA-e。分离源:厦门近海养殖赤点石斑鱼肠道内容物。与模式菌株 *S. haliotis* DW01(T)EF178282 相似性为 98.632%。培养基 0033,28℃。

MCCC 1B00290 ←海洋一所 YACN2。分离源:青岛近海沉积物。与模式菌株 *S. marisflavi* SW-117(T) AY485224 相似性为 99.815%。培养基 0471,20～25℃。

MCCC 1B00968 ←海洋一所 HDC46。分离源:福建宁德河豚养殖场河豚肠道内容物。与模式菌株 *S. algae* ATCC 51192(T)AF005249 相似性为 98.568%。培养基 0471,20～25℃。

MCCC 1B00969 ←海洋一所 HDC48。分离源:福建宁德河豚养殖场河豚肠道内容物。与模式菌株 *S. haliotis* DW01(T)EF178282 相似性为 97.378%。培养基 0471,20～25℃。

MCCC 1C01068 ←极地中心 Q-2。分离源:南极企鹅岛潮间带海沙。与模式菌株 *S. livingstonensis* LMG 19866(T)AJ300834 相似性为 99.928%。培养基 0471,5℃。

MCCC 1C01072 ←极地中心 N-2。分离源:南极长城湾南岸潮间带海沙。产脂酶。与模式菌株 *S. livingstonensis* LMG 19866(T)AJ300834 相似性为 99.856%。培养基 0471,5℃。

MCCC 1C01081 ←极地中心 P20。分离源:北冰洋深层沉积物。产脂酶。与模式菌株 *S. livingstonensis* LMG 19866(T)AJ300834 相似性为 98.786%。培养基 0471,5℃。

MCCC 1C01135 ←极地中心 S16-5-4。分离源:北冰洋表层沉积物。与模式菌株 *S. livingstonensis* LMG 19866(T)AJ300834 相似性为 99.416%。培养基 0471,5℃。

Shigella sonnei (Levine 1920) Weldin 1927 宋内氏志贺氏菌

模式菌株 *Shigella sonnei* GTC 781(T)AB273732

MCCC 1A02223 ←海洋三所 DBT-4。分离源:南海沉积物。降解二苯并噻吩。与模式菌株相似性为 100%。 培养基 0472,28℃。

MCCC 1C01086 ←极地中心 5。分离源:南极长城站油库底泥。与模式菌株相似性为 99.779%。培养基 0471,5℃。

Shinella zoogloeoides An *et al.* 2006 类动胶志贺氏菌

模式菌株 *Shinella zoogloeoides* ATCC 19623(T)X74915

MCCC 1A02646　←海洋三所 GCS2-31。与模式菌株相似性为 100%。培养基 0471,25℃。

***Shigella* sp.** Castellani and Chalmers 1919 志贺氏菌

MCCC 1A00901　←海洋三所 B-1012。分离源:西太平洋暖池区沉积物深层。与模式菌株 *S. sonnei* GTC 781
(T)AB273732 相似性为 96.937%。培养基 0471,4℃。

***Simiduia agarivorans* Shieh *et al*.** 2008 食藻多贺氏菌

MCCC 1A02634　←台湾大学海洋研究所 SA1。=BCRC 17597T =JCM 13881T。分离源:中国台湾基隆浅
海岸地区上层海水。模式菌株培养基 0223,30～35℃。

***Singularimonas* sp.** Friedrich and Lipski 2008 非凡单胞菌

MCCC 1A04678　←海洋三所 C16B3。分离源:西南太平洋深层海水。分离自石油降解菌群。与模式菌株
Singularimonas variicoloris MN28(T)AJ555478 相似性为 97.841%(759/776)。培养基
0821,25℃。

***Sinomonas* sp.** Zhou *et al*. 2009 中华单胞菌

MCCC 1A03985　←海洋三所 322-12。分离源:印度洋表层海水。分离自石油降解菌群。与模式菌株
S. flava CW108(T)EU370704 相似性为 98.157%。培养基 0471,25℃。

***Skermanella* sp.** Sly and Stackebrandt 1999 emend. Weon *et al*. 2007 斯克尔曼氏菌

MCCC 1A02332　←海洋三所 S15-14。分离源:大西洋表层海水。与模式菌株 *S. aerolata* 5416T-32(T)
DQ672568 相似性为 91.59%。可能为新属,暂定此属。培养基 0745,28℃。

***Sneathiella chinensis* Jordan *et al*.** 2007 中国斯尼斯氏菌

MCCC 1H00001　←山东大学威海分校 D7026。=LMG 23452T =CBMAI 737T。分离源:青岛养殖海区表
层沉积物。模式菌株。培养基 0471,28℃。

***Sphingobacterium anhuiense* Wei *et al*.** 2008 安徽鞘氨醇杆菌

模式菌株 *Sphingobacterium anhuiense* CW186(T)EU364817
MCCC 1A01837　←海洋三所 Z18(zhy)。分离源:东太平洋多金属结核区深海沉积物。与模式菌株相似性为
97.754%。培养基 0471,28℃。

***Sphingobacterium* sp.** Yabuuchi *et al*. 1983 鞘氨醇杆菌

MCCC 1A01790　←海洋三所 Z15(9′)zhy。分离源:东太平洋多金属结核区深海沉积物。与模式菌株
S. kitahiroshimense 10C(T)AB361248 相似性为 96.313%。培养基 0471,15～25℃。
MCCC 1A01791　←海洋三所 Z51(8)zhy。分离源:东太平洋多金属结核区深海沉积物。与模式菌株
S. kitahiroshimense 10C(T)AB361248 相似性为 98.917%。培养基 0471,15～25℃。

***Sphingobium olei* Young *et al*.** 2007 油污染土鞘氨醇菌

模式菌株 *Sphingobium olei* IMMIB HF-1(T)AM489507
MCCC 1A02844　←海洋三所 IQ1。分离源:黄海上层海水。分离自石油降解菌群。与模式菌株相似性为
99.094%。培养基 0472,25℃。
MCCC 1A02854　←海洋三所 IT2。分离源:黄海上层海水。分离自石油降解菌群。与模式菌株相似性为
99.224%(802/808)。培养基 0472,25℃。
MCCC 1A04317　←海洋三所 T8B3。分离源:西南太平洋土灰色沉积物上覆水。分离自石油降解菌群。与
模式菌株相似性为 99.041%(757/764)。培养基 0821,28℃。
MCCC 1A04564　←海洋三所 T37B5。分离源:西南太平洋褐黑色沉积物上覆水。分离自石油、多环芳烃降
解菌群。与模式菌株相似性为 98.904%。培养基 0821,28℃。
MCCC 1A04846　←海洋三所 C71B2。分离源:西南太平洋深层海水。分离自石油、多环芳烃降解菌群。与

模式菌株相似性为 99.134％。培养基 0821,25℃。

MCCC 1A04866　←海洋三所 C77AB。分离源:西南太平洋深层海水。分离自石油、多环芳烃降解菌群。与模式菌株相似性为 99.134％。培养基 0821,25℃。

MCCC 1A05217　←海洋三所 C40B7。分离源:印度洋表层海水。分离自石油降解菌群。与模式菌株相似性为 99.603％。培养基 0821,25℃。

MCCC 1A05740　←海洋三所 NH61U。分离源:南沙深海沉积物。分离自石油降解菌群。与模式菌株相似性为 99.242％(6/792)。培养基 0821,25℃

MCCC 1A05759　←海洋三所 NH64N。分离源:南沙上层海水。分离自石油降解菌群。与模式菌株相似性为 99.174％。培养基 0821,25℃。

MCCC 1A05889　←海洋三所 GM03-8F。分离源:南沙上层海水。与模式菌株相似性为 99.051％(770/775)。培养基 0821,25℃。

Sphingobium xenophagum(Stolz *et al.* 2000)Pal *et al.* 2006 食异源物鞘氨醇菌

MCCC 1A03266　←DSM 6383。原始号 BN6。＝CIP 107206＝DSM 6383。模式菌株。培养基 0471,25℃。

Sphingobium yanoikuyae(Yabuuchi *et al.* 1990)Takeuchi *et al.* 2001 矢野鞘氨醇菌

MCCC 1A03255　←DSM 7462。＝DSM7462＝GIFU 9882＝JCM 7371。模式菌株。培养基 0471,25℃。

Sphingobium sp. Takeuchi *et al.* 2001 鞘氨醇菌

MCCC 1A00245　←海洋三所 Mn13-5。分离源:印度洋深海铁锈色沉积物。抗五价砷。与模式菌株 *S. xenophagum* BN6(T)X94098 相似性为 99.717％。培养基 0033,18～28℃。

MCCC 1A01006　←海洋三所 R4-2。分离源:印度洋深海底层水样。分离自石油降解菌群。与模式菌株 *S. olei* IMMIB HF-1(T)AM489507 相似性为 98.181％。培养基 0471,25℃。

MCCC 1A01079　←海洋三所 K19。分离源:印度洋深海底层水样。分离自多环芳烃降解菌群。与模式菌株 *S. olei* IMMIB HF-1(T)AM489507 相似性为 98.387％。培养基 0471,25℃。

MCCC 1A02091　←海洋三所 PC123-13。分离源:印度洋深海底层水样。分离自多环芳烃降解菌群。与模式菌株 *S. olei* IMMIB HF-1(T)AM489507 相似性为 98.387％。培养基 0471,25℃。

MCCC 1A02655　←海洋三所 LMC2-9。分离源:太平洋深海热液区沉积物。芳烃降解菌。与模式菌株 *S. olei* IMMIB HF-1(T)AM489507 相似性为 98.199％。培养基 0471,28℃。

Sphingomonas yabuuchiae Li *et al.* 2004 薮内鞘氨醇单胞菌

模式菌株 *Sphingomonas yabuuchiae* GTC868(T)AB071955

MCCC 1A03368　←海洋三所 IP42-1。分离源:印度洋深海沉积物表层。耐受贫营养。与模式菌株相似性为 99％。培养基 0471,37℃。

Sphingomonas sp. Yabuuchi *et al.* 1990 emend. Takeuchi *et al.* 1993 emend. Yabuuchi *et al.* 1999 emend. Takeuchi *et al.* 2001 emend. Yabuuchi *et al.* 2002 emend. Busse *et al.* 2003 鞘氨醇单胞菌

MCCC 1A01421　←海洋三所 S23(1)。分离源:印度洋表层海水。石油烃降解菌。与模式菌株 *S. yanoikuyae* GIFU 9882(T)D16145 相似性为 95.9％。培养基 0745,26℃。

MCCC 1A02286　←海洋三所 S8-7。分离源:大西洋表层海水。与模式菌株 *S. yanoikuyae* GIFU 9882(T) D16145 相似性为 96.177％。培养基 0745,28℃。

MCCC 1A02290　←海洋三所 S9-1。分离源:大西洋表层海水。与模式菌株 *S. yanoikuyae* GIFU 9882(T) D16145 相似性为 96.177％。培养基 0745,28℃。

MCCC 1A02304　←海洋三所 S10-3。分离源:大西洋表层海水。与模式菌株 *S. yanoikuyae* GIFU 9882(T) D16145 相似性为 94.648％。培养基 0745,28℃。

MCCC 1A02371　←海洋三所 S4-19。分离源:大西洋表层海水。与模式菌株 *S. yanoikuyae* GIFU 9882(T) D16145 相似性为 96.292％。培养基 0745,28℃。

MCCC 1A02409 ←海洋三所 S13-2。分离源：大西洋表层海水。与模式菌株 *S. yanoikuyae* GIFU 9882（T）D16145 相似性为 95.394%。培养基 0745,28℃。

MCCC 1A02447 ←海洋三所 S19-1。分离源：大西洋表层海水。与模式菌株 *S. yanoikuyae* GIFU 9882（T）D16145 相似性为 95.821%。培养基 0745,28℃。

MCCC 1A02454 ←海洋三所 S20-14。分离源：大西洋表层海水。与模式菌株 *S. yanoikuyae* GIFU 9882（T）D16145 相似性为 95.815%。培养基 0745,28℃。

MCCC 1A02772 ← 海洋三所 IE5。分离源：黄海上层海水。分离自石油降解菌群。与模式菌株 *S. yanoikuyae* GIFU 9882（T）D16145 相似性为 96.354%。培养基 0472,25℃。

MCCC 1A02824 ← 海洋三所 IM21。分离源：黄海上层海水。分离自石油降解菌群。与模式菌株 *S. yanoikuyae* GIFU 9882（T）D16145 相似性为 96.354%（776/808）。培养基 0472,25℃。

MCCC 1A02923 ← 海洋三所 JG6。分离源：黄海上层海水。分离自石油降解菌群。与模式菌株 *S. yanoikuyae* GIFU 9882（T）D16145 相似性为 95.703%（773/805）。培养基 0821,25℃。

MCCC 1A03979 ← 海洋三所 319-3。分离源：印度洋表层海水。分离自石油降解菌群。与模式菌株 *S. yanoikuyae* GIFU 9882(T)D16145 相似性为 94.825%。培养基 0471,25℃。

MCCC 1A03982 ← 海洋三所 320-8。分离源：印度洋表层海水。分离自石油降解菌群。与模式菌株 *S. yanoikuyae* GIFU 9882(T)D16145 相似性为 94.958%。培养基 0471,25℃。

MCCC 1A03996 ← 海洋三所 331-2。分离源：印度洋表层海水。分离自石油降解菌群。与模式菌株 *S. yanoikuyae* GIFU 9882(T)D16145 相似性为 95.343%。培养基 0471,25℃。

MCCC 1A04331 ←海洋三所 T10B2。分离源：西南太平洋土灰色沉积物。分离自石油降解菌群。与模式菌株 *S. yanoikuyae* GIFU 9882(T)D16145 相似性为 95.34%。培养基 0821,28℃。

MCCC 1A04512 ←海洋三所 T30AF。分离源：西南太平洋热液区硫化物。分离自石油降解菌群。与模式菌株 *S. yanoikuyae* GIFU 9882(T)D16145 相似性为 95.199%。培养基 0821,28℃。

MCCC 1A04531 ←海洋三所 T31B2。分离源：西南太平洋热液区沉积物。分离自石油降解菌群。与模式菌株 *S. yanoikuyae* GIFU 9882(T)D16145 相似性为 95.34%。培养基 0821,28℃。

MCCC 1A04696 ←海洋三所 C24B7。分离源：印度洋表层海水。分离自石油降解菌群。与模式菌株 *S. yanoikuyae* GIFU 9882(T)D16145 相似性为 95.278%。培养基 0821,25℃。

MCCC 1A04704 ←海洋三所 C25AA。分离源：西南太平洋表层海水。分离自石油降解菌群。与模式菌株 *S. yanoikuyae* GIFU 9882(T)D16145 相似性为 95.393%。培养基 0821,25℃。

MCCC 1A04720 ←海洋三所 C34AA。分离源：印度洋表层海水。分离自石油降解菌群。与模式菌株 *S. yanoikuyae* GIFU 9882(T)D16145 相似性为 95.387%。培养基 0821,25℃。

MCCC 1A04735 ←海洋三所 C39AD。分离源：西南太平洋表层海水。分离自石油降解菌群。与模式菌株 *S. yanoikuyae* GIFU 9882(T)D16145 相似性为 95.297%。培养基 0821,25℃。

MCCC 1A04745 ←海洋三所 C41B1。分离源：西南太平洋表层海水。分离自石油降解菌群。与模式菌株 *S. yanoikuyae* GIFU 9882(T)D16145 相似性为 95.467%。培养基 0821,25℃。

MCCC 1A04748 ←海洋三所 C42AD。分离源：西南太平洋表层海水。分离自石油降解菌群。与模式菌株 *S. yanoikuyae* GIFU 9882(T)D16145 相似性为 95.467%。培养基 0821,25℃。

MCCC 1A04773 ←海洋三所 C7AB。分离源：西南太平洋表层海水。分离自石油降解菌群。与模式菌株 *S. yanoikuyae* GIFU 9882(T)D16145 相似性为 95.43%。培养基 0821,25℃。

MCCC 1A04884 ←海洋三所 C7AG。分离源：西南太平洋表层海水。分离自石油降解菌群。与模式菌株 *S. yanoikuyae* GIFU 9882(T)D16145 相似性为 718/752(95.397%)。培养基 0821,25℃。

MCCC 1A04927 ←海洋三所 C14B3。分离源：西南太平洋表层海水。分离自石油降解菌群。与模式菌株 *S. yanoikuyae* GIFU 9882(T)D16145 相似性为 95.067%。培养基 0821,25℃。

MCCC 1A04929 ←海洋三所 C23AH。分离源：西南太平洋表层海水。分离自石油降解菌群。与模式菌株 *S. yanoikuyae* GIFU 9882(T)D16145 相似性为 95.296%。培养基 0821,25℃。

MCCC 1A04948 ←海洋三所 C32AE。分离源：印度洋表层海水。分离自石油降解菌群。与模式菌株 *S. yanoikuyae* GIFU 9882(T)D16145 相似性为 95.296%。培养基 0821,25℃。

MCCC 1A05178 ←海洋三所 C41AA。分离源：西南太平洋表层海水。分离自石油降解菌群。与模式菌株 *S. yanoikuyae* GIFU 9882(T)D16145 相似性为 95.296％。培养基 0821,25℃。

MCCC 1A05903 ←海洋三所 T24B1。分离源：西南太平洋劳盆地热液区沉积物。分离自石油降解菌群。与模式菌株 *S. yanoikuyae* GIFU 9882(T)D16145 相似性为 95.374％。培养基 0821,25℃。

MCCC 1A05906 ←海洋三所 T25B7。分离源：西南太平洋劳盆地热液区沉积物。分离自石油降解菌群。与模式菌株 *S. yanoikuyae* GIFU 9882(T)D16145 相似性为 95.251％。培养基 0821,25℃。

MCCC 1F01001 ←厦门大学 H。分离源：福建省厦门近海表层海水。与模式菌株 *S. capsulata* GIFU11526 (T)D16147 的相似性为 99.218％(1395/1406)。培养基 0033,30℃。

MCCC 1F01002 ←厦门大学 B2-7。分离源：福建省厦门近岸表层海水。与模式菌株 *S. yunnanensis* YIM 003(T)AY894691 的相似性为 95.403％(1349/1414)。暂定该属。培养基 0033,30℃。

Sphingopyxis alaskensis (Vancanneyt *et al.* 2001) Godoy *et al.* 2003 阿拉斯加鞘氨醇盒菌

MCCC 1A02617 ←DSM 13593。原始号 RB2256。=DSM 13593 =LMG 18877。分离源：美国阿拉斯加州表层海水。模式菌株。培养基 0471,25℃。

Sphingopyxis baekryungensis Yoon *et al.* 2005 查朴图鞘氨醇盒菌

MCCC 1A03267 ←DSM 16222。原始号 SW-150。=DSM 16222 =KCTC 12231。分离源：黄海表层海水。模式菌株。培养基 0471,25℃。

Sphingopyxis chilensis Godoy *et al.* 2003 智利含鞘氨醇盒菌

MCCC 1A03265 ←DSM 14889。原始号 S37。=DSM 14889 =LMG 20986。分离源：智利河流表层下的水样。模式菌株。培养基 0471,25℃。

Sphingopyxis flavimaris Yoon and Oh 2005 黄海鞘氨醇盒菌

模式菌株 *Sphingopyxis flavimaris* SW-151(T)AY554010

MCCC 1A02613 ←DSM 16223。原始号 SW-151。=DSM 16223 =KCTC 12232。分离源：黄海表层海水。模式菌株。培养基 0471,25℃。

MCCC 1A03008 ←海洋三所 N1。分离源：大西洋洋中脊深海热液区红色沉积物。与模式菌株相似性为 99.87％(806/808)。培养基 0471,25℃。

MCCC 1C00713 ←极地中心 NF4-4。分离源：南极海冰。与模式菌株相似性为 99.511％。培养基 0471,15℃。

MCCC 1C00813 ←极地中心 ZS1-22。分离源：南极表层沉积物。与模式菌株相似性为 99.651％。培养基 0471,15℃。

MCCC 1C00814 ←极地中心 NF1-6。分离源：南极表层沉积物。与模式菌株相似性为 99.860％。培养基 0471,15℃。

MCCC 1C00843 ←极地中心 SA001。分离源：白令海表层沉积物。与模式菌株相似性为 99.370％。培养基 0471,15℃。

MCCC 1C00847 ←极地中心 SE001。分离源：白令海表层沉积物。与模式菌株相似性为 99.580％。培养基 0471,15℃。

MCCC 1C00853 ←极地中心 S3002。分离源：白令海表层沉积物。与模式菌株相似性为 99.650％。培养基 0471,15℃。

MCCC 1C00855 ←极地中心 ZS4007。分离源：南极表层沉积物。与模式菌株相似性为 99.720％。培养基 0471,15℃。

MCCC 1C00868 ←极地中心 ZS4-9。分离源：南极表层沉积物。与模式菌株相似性为 99.441％。培养基 0471,15℃。

MCCC 1C00883 ←极地中心 ZS1-9。分离源：南极表层沉积物。与模式菌株相似性为 99.511％。培养基 0471,15℃。

MCCC 1C01016 ←极地中心 P11-6-1。分离源：北冰洋表层沉积物。产脂酶。与模式菌株相似性为

99.65%。培养基0471,5℃。

MCCC 1C01023	←极地中心 S11-6-4。分离源:北冰洋表层沉积物。与模式菌株相似性为99.58%。培养基0471,5℃。
MCCC 1C01041	←极地中心 S11-1-1。分离源:北冰洋表层沉积物。产脂酶。与模式菌株相似性为99.44%。培养基0471,5℃。

Sphingopyxis granuli Kim 2009 细粒鞘氨醇盒菌

模式菌株 *Sphingopyxis granuli* Kw07(T)AY563034

MCCC 1A02070	←海洋三所 2CR56-2。分离源:印度洋深海底层水样。分离自石油降解菌群。与模式菌株相似性为97.933%。培养基0471,25℃。
MCCC 1A02071	←海洋三所 PR511-4。分离源:印度洋深海底层水样。分离自多环芳烃降解菌群。与模式菌株相似性为97.933%。培养基0471,25℃。
MCCC 1A02072	←海洋三所 RC95-33。分离源:印度洋深海底层水样。分离自石油降解菌群。与模式菌株相似性为97.933%。培养基0471,25℃。
MCCC 1A02073	←海洋三所 RC123-5。分离源:印度洋深海底层水样。分离自石油降解菌群。与模式菌株相似性为97.933%。培养基0471,25℃。
MCCC 1A02102	←海洋三所 S23-2。分离源:印度洋表层海水。石油烃降解菌。与模式菌株相似性为99.167%。培养基0745,26℃。
MCCC 1A02253	←海洋三所 S1-4。分离源:加勒比海表层海水。与模式菌株相似性为99.242%。培养基0745,28℃。
MCCC 1A02909	←海洋三所 JE1。分离源:黄海表层海水。分离自石油降解菌群。与模式菌株相似性为98.577%(797/808)。培养基0472,25℃。
MCCC 1A03203	←海洋三所 PC20。分离源:印度洋深海水样。分离自多环芳烃降解菌群。与模式菌株相似性为98.896%。培养基0471,28℃。
MCCC 1A04316	←海洋三所 T8B5。分离源:西南太平洋土灰色沉积物上覆水。分离自石油降解菌群。与模式菌株相似性为99.315%(759/764)。培养基0821,28℃。
MCCC 1A04423	←海洋三所 T19B14。分离源:西南太平洋土灰色沉积物上覆水。分离自石油降解菌群。与模式菌株相似性为99.305%(748/753)。培养基0821,28℃。
MCCC 1A04801	←海洋三所 C16B12。分离源:西南太平洋深层海水。分离自石油降解菌群。与模式菌株相似性为99.332%(777/783)。培养基0821,25℃。

Sphingopyxis macrogoltabida Takeuchi *et al.* 2001 解聚乙二醇鞘氨醇盒菌

MCCC 1A02611	←DSM 8826。原始号 203。=ATCC 51380 =CIP 104196 =DSM 8826 =HAMBI 1841 = IFO(now NBRC)15033 =JCM 10192 =LMG 17324。模式菌株。培养基0471,25℃。

Sphingopyxis taejonensis (Lee *et al.* 2001)Pal *et al.* 2006 大田鞘氨醇盒菌

MCCC 1A03292	←DSM 15583。原始号 JSS54。=JSS 54 =DSM 15583 =KCCM 41068 =KCTC 2884。分离源:韩国近海天然矿物质水。模式菌株。培养基0471,25℃。

Sphingopyxis witflariensis Kämpfer *et al.* 2002 威特弗拉里亚鞘氨醇盒菌

MCCC 1A03288	←DSM 14551。原始号 W-50。=CIP 107174=DSM 14551。分离源:德国一废水处理设备里的废水。模式菌株。培养基0471,25℃。

Sphingopyxis **sp.** Takeuchi *et al.* 2001 鞘氨醇盒菌

MCCC 1A01264	←海洋三所 CR54-3。分离源:印度洋深海底层水样。分离自石油降解菌群。与模式菌株 *S. alaskensis* RB2256(T)AF378795 相似性为99.142%。培养基0471,25℃。
MCCC 1A01385	←海洋三所 S72-3-E。分离源:印度洋表层海水。苯系物降解菌。与模式菌株 *S. granuli* Kw07(T)AY563034 相似性为96.648%。培养基0471,25℃。

MCCC 1A01444　←海洋三所 S32-4。分离源：印度洋表层海水。分离自石油降解菌群。与模式菌株 *S. granuli* Kw07(T)AY563034 相似性为 98.445%。培养基 0745,26℃。

MCCC 1A02432　←海洋三所 S16-14。分离源：大西洋表层海水。与模式菌株 *S. macrogoltabidus* IFO 15033 (T)D13723 相似性为 98.597%。培养基 0745,28℃。

MCCC 1A02975　←海洋三所 D17。分离源：大西洋洋中脊深海沉积物。与模式菌株 *S. chilensis* S37(T) AF367204 相似性为 98.316%(793/808)。培养基 0471,25℃。

MCCC 1A05246　←海洋三所 C55AE。分离源：西南太平洋深层海水。分离自石油降解菌群。与模式菌株 *S. baekryungensis* SW-150 (T) AY608604 相似性为 97.73% (768/784)。培养基 0821,25℃。

MCCC 1A05260　←海洋三所 C49B6。分离源：西南太平洋下层海水。分离自石油降解菌群。与模式菌株 *S. baekryungensis* SW-150 (T) AY608604 相似性为 98.008% (740/754)。培养基 0821,25℃。

MCCC 1C00866　←极地中心 SC022。分离源：白令海表层沉积物。与模式菌株 *S. baekryungensis* SW-150 (T)AY608604 相似性为 94.763%。培养基 0471,15℃。

Spongiibacter marinus Graeber *et al*. 2008 海海绵杆菌
模式菌株 *Spongiibacter marinus* HAL40b(T)AM117932

MCCC 1F01166　←厦门大学 SCSWD20。分离源：南海上层海水。与模式菌株相似性为 99.656%(1447/1452)。培养基 0471,25℃。

Spongiibacter sp. 海绵杆菌

MCCC 1C00881　←极地中心 ZS6-22。分离源：南极无冰区表层海水。与模式菌株 *S. marinus* HAL40b(T) AM117932 相似性为 93.664%。培养基 0471,15℃。

Sporosarcina antarctica Yu *et al*. 2008 南极生芽胞八叠球菌
模式菌株 *Sporosarcina antarctica* N-05(T)EF154512

MCCC 1A03113　←海洋三所 A003。分离源：东海上层海水。可能降解木聚糖。与模式菌株相似性为 99.356%(807/812)。培养基 0471,25℃。

MCCC 1A04182　←海洋三所 NH53S。分离源：南沙灰色细泥。与模式菌株相似性为 98.952%。培养基 0821,25℃。

MCCC 1A05655　←海洋三所 NH31C。分离源：南沙黄褐色沙质。与模式菌株相似性为 99.209%(787/793)。培养基 0821,25℃。

MCCC 1C00825　←极地中心 KS7-3。分离源：北极表层沉积物。与模式菌株相似性为 99.931%。培养基 0471,15℃。

Sporosarcina aquimarina Yoon *et al*. 2001 海水芽胞八叠球菌
模式菌株 *Sporosarcina aquimarina* SW28(T)AF202056

MCCC 1A04379　←海洋三所 T15B4。分离源：西南太平洋土灰色沉积物。分离自石油降解菌群。与模式菌株相似性为 99.735%。培养基 0821,28℃。

MCCC 1A04547　←海洋三所 T34AC。分离源：西南太平洋土黄色沉积物上覆水。分离自石油降解菌群。与模式菌株相似性为 99.739%。培养基 0821,28℃。

MCCC 1A04906　←海洋三所 C86AR。分离源：西南太平洋深层海水。分离自石油、多环芳烃降解菌群。与模式菌株相似性为 99.739%。培养基 0821,25℃。

MCCC 1A05863　←海洋三所 BMJIN-WW-1。分离源：南沙美济礁内部混合水样。分离自石油降解菌群。与模式菌株相似性为 99.606%(795/797)。培养基 0821,25℃。

Sporosarcina macmurdoensis Reddy *et al*. 2003 麦克默多芽胞八叠球菌
模式菌株 *Sporosarcina macmurdoensis* CMS 21w(T)AJ514408

MCCC 1A06074 ←海洋三所 D-1-3-5。分离源:北极圈内某机场附近土样。分离自原油富集菌群。与模式菌株相似性为 99.049%。培养基 0472,28℃。

MCCC 1C00275 ←极地中心 S11-2。分离源:北冰洋表层沉积物。与模式菌株相似性为 99.19%。培养基 0471,15℃。

Sporosarcina saromensis An *et al.* 2007 佐吕间湖生芽胞八叠球菌

模式菌株 *Sporosarcina saromensis* HG645(T)AB243859

MCCC 1A01403 ←海洋三所 N13。分离源:南海深海沉积物。分离自石油降解菌群。与模式菌株相似性为 99.73%。培养基 0745,26℃。

Sporosarcina sp. Kluyver and van Niel 1936 emend. Yoon *et al.* 2001 芽胞八叠球菌

MCCC 1A06075 ←海洋三所 D-1-3-3。分离源:北极圈内某机场附近土样。分离自原油富集菌群。与模式菌株 *S. globispora* DSM4(T)X68415 相似性为 99.398%。培养基 0472,28℃。

MCCC 1B00404 ←海洋一所 HZBN54。分离源:山东日照表层沉积物。与模式菌株 *S. antarctica* N-05(T) EF154512 相似性为 98.871%。培养基 0471,20~25℃。

MCCC 1B00425 ←海洋一所 HZBN108。分离源:山东日照表层沉积物。与模式菌株 *S. antarctica* N-05(T) EF154512 相似性为 99.007%。培养基 0471,20~25℃。

MCCC 1F01184 ←厦门大学 SCSS19。分离源:南海表层沉积物。与模式菌株 *S. koreensis* F73(T)DQ073393 相似性为 98.961%(1476/1493)。培养基 0471,25℃。

Staphylococcus arlettae Schleifer *et al.* 1985 阿氏葡萄球菌

模式菌株 *Staphylococcus arlettae* ATCC 43957(T)AB009933

MCCC 1A00168 ←海洋三所 B-3。分离源:中国渤海湾有石油污染历史的表层海水。石油、柴油等烷烃类物质降解菌。与模式菌株相似性为 99.725%。培养基 0033,28℃。

Staphylococcus aureus Rosenbach 1884 金黄色葡萄球菌

模式菌株 *Staphylococcus aureus* subsp. *anaerobius* ATCC(T)35844 D83355

MCCC 1A01033 ←海洋三所 FD42。分离源:太平洋深海沉积物。产脂肪酸类表面活性剂。与模式菌株相似性为 98.705%。培养基 0033,28℃。

MCCC 1A02584 ←海洋三所 ACT37-3。分离源:印度洋热液区深海腔肠动物。腔肠动物共生菌。与模式菌株相似性为 99.795%。培养基 0823,37℃。

MCCC 1A02585 ←海洋三所 ACT37-6。分离源:印度洋热液区深海腔肠动物。腔肠动物共生菌。与模式菌株相似性为 99.863%。培养基 0823,37℃。

MCCC 1A02586 ←海洋三所 ACT37-7。分离源:印度洋热液区深海腔肠动物。腔肠动物共生菌。与模式菌株相似性为 99.863%。培养基 0823,37℃。

Staphylococcus cohnii Schleifer and Kloos 1975 科氏葡萄球菌

模式菌株 *Staphylococcus cohnii* subsp. *cohnii* ATCC 29974(T)D83361

MCCC 1A00465 ←海洋三所 Pb14。分离源:东太平洋硅质黏土沉积物。抗二价铅。与模式菌株相似性为 100%。培养基 0472,28℃。

MCCC 1A00816 ←海洋三所 B-4183。分离源:东太平洋沉积物深层。与模式菌株相似性为 99.431%。培养基 0471,4℃。

MCCC 1A00943 ←海洋三所 B-3161。分离源:西太平洋沉积物深层。培养基 0471,4℃。

MCCC 1A02385 ←海洋三所 S6-5。分离源:大西洋表层海水。与模式菌株相似性为 100%。培养基 0745,28℃。

MCCC 1A05993 ←海洋三所 401C7-3。分离源:日本海沉积物表层。与模式菌株相似性为 99%。培养基 1003,28℃。

MCCC 1B00510 ←海洋一所 DJHH3。分离源:威海荣成上层海水。与模式菌株相似性为 100%。培养基

0471,20～25℃。

MCCC 1B00579 ←海洋一所 DJCJ42。分离源:江苏南通如东底层海水。与模式菌株相似性为 100％。培养基 0471,20～25℃。

MCCC 1B00630 ←海洋一所 DJQA27。分离源:青岛沙子口表层海水。与模式菌株 *Staphylococcus cohnii* subsp. *urealyticum* ATCC 49330（T）AB009936 相似性为 99.838％。培养基 0471,20～25℃。

MCCC 1B00685 ←海洋一所 DJLY49。分离源:江苏盐城射阳表层海水。与模式菌株相似性为 100％。培养基 0471,20～25℃。

MCCC 1B00690 ←海洋一所 DJCJ27。分离源:江苏南通启东底层海水。与模式菌株 *S. cohnii* subsp. *urealyticum* ATCC 49330（T）AB009936 相似性为 99.838％。培养基 0471,20～25℃。

MCCC 1B00711 ←海洋一所 DJQE10。分离源:青岛沙子口表层海水。与模式菌株相似性为 100％。培养基 0471,20～25℃。

MCCC 1B01046 ←海洋一所 QJHW22。分离源:江苏盐城近海表层海水。与模式菌株相似性为 100％。培养基 0471,28℃。

MCCC 1B01147 ←海洋一所 CTDB4。分离源:大西洋表层水样。潜在新种。与模式菌株相似性为 99.720％。培养基 0471,25℃。

MCCC 1B01148 ←海洋一所 CTDB5。分离源:大西洋表层水样。与模式菌株相似性为 99.93％。培养基 0471,25℃。

MCCC 1B01151 ←海洋一所 CTDE2。分离源:大西洋表层水样。与模式菌株 *S. cohnii* subsp. *urealyticum* ATCC 49330（T）AB009936 相似性为 100％。培养基 0471,25℃。

Staphylococcus epidermidis（Winslow and Winslow 1908）Evans 1916 **表皮葡萄球菌**

模式菌株 *Staphylococcus epidermidis* ATCC 14990（T）L37605

MCCC 1A03497 ←海洋三所 MM-17。分离源:大西洋洋中脊深海底层海水。与模式菌株相似性为 99.455％。培养基 0471,65℃。

MCCC 1A05994 ←海洋三所 0712P2-4。分离源:日本海沉积物表层。与模式菌株相似性为 99％。培养基 1003,28℃。

MCCC 1B00523 ←海洋一所 DJHH25。分离源:威海荣成次表层海水。与模式菌株相似性为 99.685％。培养基 0471,20～25℃。

MCCC 1B00595 ←海洋一所 CJJK42。分离源:江苏南通启东底层海水。与模式菌株相似性为 99.868％。培养基 0471,20～25℃。

MCCC 1B00798 ←海洋一所 CJNY48。分离源:江苏盐城射阳表层沉积物。与模式菌株相似性为 99.613％。培养基 0471,20～25℃。

Staphylococcus equorum Schleifer *et al.* 1985 **马胃葡萄球菌**

模式菌株 *Staphylococcus equorum* subsp. *equorum* ATCC 43958（T）AB009939

MCCC 1B00508 ←海洋一所 DJHH 1。分离源:威海荣成近岸上层海水。与模式菌株相似性为 100％。培养基 0471,20～25℃。

MCCC 1B00589 ←海洋一所 CJJK2。分离源:江苏南通启东表层海水。与模式菌株相似性为 100％。培养基 0471,20～25℃。

MCCC 1B00682 ←海洋一所 DJLY30。分离源:盐城市射阳表层海水。与模式菌株相似性为 100％。培养基 0471,20～25℃。

MCCC 1B01208 ←海洋一所 HTGH8。分离源:福建宁德暗纹东方鲀肝脏。与模式菌株相似性为 100％。培养基 0471,25℃。

Staphylococcus haemolyticus Schleifer and Kloos 1975 **溶血葡萄球菌**

模式菌株 *Staphylococcus haemolyticus* ATCC 29970（T）L37600

MCCC 1A00339 ←海洋三所 SPg-10。分离源:印度洋表层海水梭鱼肠道内容物。与模式菌株相似性为

99.869%。培养基0033,28℃。

MCCC 1A02899 ←海洋三所 JB11。分离源:黄海上层海水。分离自石油降解菌群。与模式菌株相似性为100%。培养基0472,25℃。

MCCC 1A04139 ←海洋三所 NH16H。分离源:南沙表层沉积物。与模式菌株相似性为100%(793/793)。培养基0821,25℃。

MCCC 1E00653 ←中国海大 C48。分离源:海南近海表层海水。与模式菌株相似性为99.569%。培养基0471,16℃。

Staphylococcus hominis Kloos and Schleifer 1975 人葡萄球菌
模式菌株 *Staphylococcus hominis* subsp. *novobiosepticus* GTC 1228(T)AB233326

MCCC 1A00461 ←海洋三所 Pb41。分离源:东太平洋硅质黏土沉积物。抗二价铅。与模式菌株相似性为99.745%。培养基0472,28℃。

MCCC 1A02564 ←海洋三所 DY91。分离源:印度洋热液区深海沉积物。与模式菌株相似性为98.925%。培养基0823,37℃。

MCCC 1B00722 ←海洋一所 CJBH7。分离源:威海荣成表层海水。与模式菌株相似性为100%。培养基0471,20~25℃。

MCCC 1B00747 ←海洋一所 CJHH21。分离源:烟台海阳底层海水。与模式菌株相似性为99.769%。培养基0471,20~25℃。

Staphylococcus pasteuri Chesneau *et al.* 1993 巴氏葡萄球菌
模式菌株 *Staphylococcus pasteuri* ATCC 51129(T)AF041361

MCCC 1A04548 ←海洋三所 T34B4。分离源:西南太平洋土黄色沉积物上覆水。分离自石油降解菌群。与模式菌株相似性为100%。培养基0821,28℃。

MCCC 1B00467 ←海洋一所 HZBC39。分离源:山东日照上层海水。与模式菌株相似性为100%。培养基0471,20~25℃。

MCCC 1B00511 ←海洋一所 DJHH6。分离源:威海荣成近表层海水。与模式菌株相似性为100%。培养基0471,20~25℃。

Staphylococcus pettenkoferi Trülzsch *et al.* 2007 皮氏葡萄球菌
模式菌株 *Staphylococcus pettenkoferi* B3117 AF322002

MCCC 1B00743 ←海洋一所 CJHH12。分离源:烟台海阳次底层海水。与模式菌株相似性为99.869%。培养基0471,20~25℃。

Staphylococcus saprophyticus (Fairbrother 1940)Shaw *et al.* 1951 腐生葡萄球菌
模式菌株 *Staphylococcus saprophyticus* subsp. *bovis* GTC 843(T)AB233327

MCCC 1A00885 ←海洋三所 B-1112。分离源:东太平洋沉积物表层。培养基0471,4℃。

MCCC 1A01977 ←海洋三所 272(An31)。分离源:南极 Aderley 岛附近沉积物。与模式菌株相似性为99.794%。培养基0033,15~20℃。

MCCC 1A01978 ←海洋三所 273(An33)。分离源:南极 Aderley 岛附近沉积物。与模式菌株相似性为99.862%。培养基0033,15~20℃。

MCCC 1A01979 ←海洋三所 274(An35)。分离源:南极 Aderley 岛附近沉积物。与模式菌株相似性为99.794%。培养基0033,15~20℃。

MCCC 1B00618 ←海洋一所 CJJK5。分离源:江苏南通启东表层海水。与模式菌株相似性为100%。培养基0471,20~25℃。

MCCC 1B00725 ←海洋一所 CJJH1。分离源:山东日照表层海水。与模式菌株相似性为99.742%。培养基0471,20~25℃。

MCCC 1B00734 ←海洋一所 CJJH21。分离源:山东日照表层海水。与模式菌株相似性为99.878%。培养基0471,20~25℃。

MCCC 1B00768 ←海洋一所 QJGY1。分离源:江苏连云港近海表层海水。与模式菌株相似性为 100%。培养基 0471,20～25℃。

MCCC 1E00634 ←中国海大 2qH-9。分离源:威海荣成近海鱼肠道。与模式菌株相似性为 100%。培养基 0471,16℃。

Staphylococcus sciuri Kloos *et al.* 1976 松鼠葡萄球菌

模式菌株 *Staphylococcus sciuri* subsp. *sciuri* DSM 20345(T)AJ421446

MCCC 1A00351 ←海洋三所 SPg-5。分离源:印度洋表层海水梭鱼肠道内容物。分离自多环芳烃降解菌群。与模式菌株相似性为 100%。培养基 0033,28℃。

MCCC 1B00536 ←海洋一所 NJDN2。分离源:盐城底层海水。与模式菌株相似性为 99.758%。培养基 0471,20～25℃。

MCCC 1B00697 ←海洋一所 DJWH46-1。分离源:威海乳山底层海水。与模式菌株相似性为 100%。培养基 0471,20～25℃。

Staphylococcus warneri Kloos and Schleifer 1975 沃氏葡萄球菌

模式菌株 *Staphylococcus warneri* ATCC 27836(T)L37603

MCCC 1A00406 ←海洋三所 EMn-5。分离源:东太平洋硅质黏土沉积物。抗二价锰。与模式菌株相似性为 100%。培养基 0472,28℃。

MCCC 1A00407 ←海洋三所 EMn-4。分离源:东太平洋硅质黏土沉积物。抗二价锰。与模式菌株相似性为 100%。培养基 0472,28℃。

MCCC 1A00423 ←海洋三所 1Co-3。分离源:南海深海沉积物。抗二价钴。与模式菌株相似性为 99.864%。培养基 0472,28℃。

MCCC 1A00424 ←海洋三所 1Co-1。分离源:南海深海沉积物。抗二价钴。与模式菌株相似性为 100%。培养基 0472,28℃。

MCCC 1A01230 ←海洋三所 RC125-19B。分离源:印度洋深海底层水样。分离自石油降解菌群。与模式菌株相似性为 100%。培养基 0471,25℃。

MCCC 1A01936 ←海洋三所 NJ-58。分离源:南极土壤。与模式菌株相似性为 99.932%。培养基 0033,20～25℃。

MCCC 1A03007 ←海洋三所 M2。分离源:大西洋洋中脊深海沉积物。与模式菌株相似性为 100%。培养基 0821,25℃。

MCCC 1A04549 ←海洋三所 T34B3。分离源:西南太平洋土黄色沉积物上覆水。分离自石油降解菌群。与模式菌株相似性为 100%。培养基 0821,28℃。

MCCC 1A04703 ←海洋三所 C24B12。分离源:印度洋表层海水。分离自石油降解菌群。与模式菌株相似性为 100%。培养基 0821,25℃。

MCCC 1A05391 ←海洋三所 C82AM。分离源:西南太平洋深层海水。分离自石油、多环芳烃降解菌群。与模式菌株相似性为 100%。培养基 0821,25℃。

MCCC 1A06021 ←海洋三所 T4B13。分离源:西南太平洋土黄色沉积物。分离自石油降解菌群。与模式菌株相似性为 99.87%。培养基 0821,25℃。

MCCC 1B00490 ←海洋一所 HZDC5。分离源:山东日照深层海水。与模式菌株相似性为 100%。培养基 0471,20～25℃。

MCCC 1B00713 ←海洋一所 DJQE23。分离源:青岛沙子口表层海水。与模式菌株相似性为 100%。培养基 0471,20～25℃。

MCCC 1B00718 ←海洋一所 DJJH25。分离源:日照底层海水。与模式菌株相似性为 100%。培养基 0471,20～25℃。

MCCC 1B00739 ←海洋一所 CJHH7。分离源:烟台海阳次表层海水。与模式菌株相似性为 99.725%。培养基 0471,20～25℃。

MCCC 1F01086 ←厦门大学 PG1S01。分离源:广东省饶平棕囊藻培养液。与模式菌株相似性为 99.728%(1465/1469)。培养基 0471,25℃。

***Staphylococcus* sp.** Rosenbach 1884 **葡萄球菌**

MCCC 1A00427 ←海洋三所 Co39。分离源:东太平洋硅质黏土沉积物。抗二价钴。与模式菌株 *S. saprophyticus* subsp. *bovis* GTC 843（T）AB233327 相似性为 99.791%。培养基 0472,28℃。

MCCC 1A00443 ←海洋三所 3Pb2。分离源:南海硅质黏土。抗二价铅。与模式菌株 *S. epidermidis* ATCC 14990(T)L37605 相似性为 100%。培养基 0472,28℃。

MCCC 1A00457 ←海洋三所 Pb22。分离源:东太平洋硅质黏土沉积物。抗二价铅。与模式菌株 *S. saprophyticus* subsp. *bovis* GTC 843(T)AB233327 相似性为 99.736%。培养基 0472,28℃。

MCCC 1A02141 ←海洋三所 44-4。分离源:印度洋表层海水。分离自石油降解菌群。与模式菌株 *S. epidermidis* ATCC 14990(T)L37605 相似性为 100%(829/829)。培养基 0821,25℃。

MCCC 1A02548 ←海洋三所 DY39。分离源:大西洋热液区沉积物。与模式菌株 *S. epidermidis* ATCC 14990(T)L37605 相似性为 99.794%。培养基 0823,37℃。

MCCC 1A02566 ←海洋三所 DY103。分离源:深海热液区深海沉积物。耐酸。与模式菌株 *S. epidermidis* ATCC 14990(T)L37605 相似性为 100%。培养基 0823,37℃。

MCCC 1A02594 ←海洋三所 WR2。分离源:福建省厦门滨海温泉沉积物。微氧生长。与模式菌株 *S. saccharolyticus* ATCC 14953(T)L37602 相似性为 99.864%。培养基 0823,37℃。

MCCC 1A03118 ←海洋三所 A013。分离源:厦门滩涂泥样。可能降解木聚糖。与模式菌株 *S. saprophyticus* subsp. *bovis* GTC 843(T)AB233327 相似性为 99.342%。培养基 0471,25℃。

MCCC 1A03403 ←海洋三所 FF2-4A。分离源:西南太平洋珊瑚岛礁附近鱼肠道内容物。与模式菌株 *S. saprophyticus* subsp. *saprophyticus* ATCC 15305（T）AP008934 相似性为 99.86%(751/752)。培养基 0821,25℃。

MCCC 1A04313 ←海洋三所 T7AA。分离源:西南太平洋土灰色沉积物。分离自石油降解菌群。与模式菌株 *S. epidermidis* ATCC 14990(T)L37605 相似性为 100%。培养基 0821,28℃。

MCCC 1A04976 ←海洋三所 C24B13。分离源:印度洋表层海水。分离自石油降解菌群。与模式菌株 *S. epidermidis* ATCC 14990(T)L37605 相似性为 100%。培养基 0821,25℃。

MCCC 1A05254 ←海洋三所 C49AF。分离源:西南太平洋下层海水。分离自石油降解菌群。与模式菌株 *S. epidermidis* ATCC 14990(T)L37605 相似性为 100%。培养基 0821,25℃。

MCCC 1A05311 ←海洋三所 C63B11。分离源:西南太平洋深层海水。分离自石油降解菌群。与模式菌株 *S. epidermidis* ATCC 14990(T)L37605 相似性为 100%(783/783)。培养基 0821,25℃。

MCCC 1A05698 ←海洋三所 NH56I。分离源:南沙浅黄色泥质。与模式菌株 *S. epidermidis* ATCC 14990 (T)L37605 相似性为 100%。培养基 0821,25℃。

MCCC 1B00512 ←海洋一所 DJHH7。分离源:威海荣成近表层海水。与模式菌株 *S. warneri* ATCC 27836 (T)L37603 相似性为 98.827%。培养基 0471,20~25℃。

Stappia indica Lai *et al*. 2009 **印度斯塔普氏菌**

MCCC 1A01226 ←海洋三所 PR56-8。=CCTCC AB 208228 =LMG 24625。分离源:印度洋深海底层水样。分离自多环芳烃降解菌群。模式菌株。培养基 0471,25℃。

Stappia stellulata Uchino *et al*. 1999 emend. Biebl *et al*. 2007 **星形斯塔普氏菌**

模式菌株 *Stappia stellulata* IAM 12621(T)D88525

MCCC 1A03256 ←DSM 5886。= ATCC 15215 = CIP 105977 = DSM 5886 = IAM 12621 = JCM 20692 = NBRC 15764。模式菌株。培养基 0471,25℃。

MCCC 1A00870 ←海洋三所 B-3046。分离源:东太平洋水体底层。与模式菌株相似性为 97.69%。培养基 0471,4℃。

MCCC 1A01245 ←海洋三所 RC99-4。分离源:印度洋深海底层水样。分离自石油降解菌群。与模式菌株相似性为 98.487%。培养基 0471,25℃。

MCCC 1A01363 ←海洋三所 1-C-4。分离源:厦门近岸表层海水。与模式菌株相似性为 99.22%。培养基 0472,28℃。

MCCC 1A02768 ← 海洋三所 ID10。分离源:黄海上层海水。分离自石油降解菌群。与模式菌株相似性为98.558%(781/795)。培养基0472,25℃。

MCCC 1A02773 ← 海洋三所 IE6。分离源:黄海上层海水。分离自石油降解菌群。与模式菌株相似性为98.525%(765/779)。培养基0472,25℃。

MCCC 1A02774 ← 海洋三所 IE7。分离源:黄海上层海水。分离自石油降解菌群。与模式菌株相似性为98.556%(781/795)。培养基0472,25℃。

MCCC 1A02786 ← 海洋三所 IH2。分离源:黄海上层海水。分离自石油降解菌群。与模式菌株相似性为98.689%(782/795)。培养基0472,25℃。

MCCC 1A02820 ← 海洋三所 IM13。分离源:黄海上层海水。分离自石油降解菌群。与模式菌株相似性为98.661%。培养基0472,25℃。

MCCC 1A02872 ← 海洋三所 IV15。分离源:黄海上层海水。分离自石油降解菌群。与模式菌株相似性为98.689%(787/803)。培养基0472,25℃。

MCCC 1A02949 ← 海洋三所 JL7。分离源:东海上层海水。分离自石油降解菌群。与模式菌株相似性为98.688%(765/779)。培养基0472,25℃。

MCCC 1A03094 ← 海洋三所 AS-M6-12。分离源:大西洋热液区土黄色沉积物。抗五价砷。与模式菌株相似性为99.857%。培养基0745,18~28℃。

MCCC 1A04959 ← 海洋三所 C1B4。分离源:西南太平洋上层海水。分离自石油降解菌群。与模式菌株相似性为98.527%(771/782)。培养基0821,25℃。

MCCC 1A05267 ← 海洋三所 C50B10。分离源:西南太平洋下层海水。分离自石油降解菌群。与模式菌株相似性为99.205%。培养基0821,25℃。

MCCC 1A05284 ← 海洋三所 C56B4。分离源:西南太平洋深层海水。分离自石油降解菌群。与模式菌株相似性为98.682%。培养基0821,25℃。

MCCC 1F01052 ← 厦门大学 P6。分离源:福建漳州近海红树林泥。与模式菌株相似性为98.502%(1381/1402)。培养基0471,25℃。

Stappia sp. Uchino *et al.* 1999 emend. Biebl *et al.* 2007 斯塔普氏菌

MCCC 1A01387 ← 海洋三所 S73-2-4。分离源:印度洋表层海水。苯系物降解菌。与模式菌株 *S. stellulata* IAM 12621(T)D88525 相似性为98.315%。培养基0471,25℃。

MCCC 1A01453 ← 海洋三所 9-C-5。分离源:厦门滩涂水样。与模式菌株 *S. stellulata* IAM 12621(T)D88525 相似性为97.804%。培养基0472,26℃。

MCCC 1A02318 ← 海洋三所 S11-5。分离源:大西洋表层海水。与模式菌株 *S. stellulata* IAM 12621(T)D88525 相似性为98.318%。培养基0745,28℃。

MCCC 1A02327 ← 海洋三所 S15-7。分离源:大西洋表层海水。与模式菌株 *S. stellulata* IAM 12621(T)D88525 相似性为98.165%。培养基0745,28℃。

MCCC 1A05023 ← 海洋三所 L51-10-4。分离源:南海深层海水。与模式菌株 *S. stellulata* IAM 12621(T)D88525 相似性为98.293%。培养基0471,25℃。

MCCC 1A05066 ← 海洋三所 L52-11-26。分离源:南海深层海水。与模式菌株 *S. stellulata* IAM 12621(T)D88525 相似性为98.293%。培养基0471,25℃。

MCCC 1A05118 ← 海洋三所 L53-10-29。分离源:南海深层海水。与模式菌株 *S. stellulata* IAM 12621(T)D88525 相似性为98.417%。培养基0471,25℃。

Stenotrophomonas maltophilia (Hugh 1981)Palleroni and Bradbury 1993 嗜麦芽寡养单胞菌

模式菌株 *Stenotrophomonas maltophilia* ATCC 13637(T)AB008509

MCCC 1A01851 ← 海洋三所 EP01。分离源:东太平洋深海沉积物。与模式菌株相似性为99.864%。培养基0471,20℃。

MCCC 1A05439 ← 海洋三所 Er36。分离源:南海海水。分离自石油降解菌群。与模式菌株相似性为99.316%(760/765)。培养基0471,28℃。

Stenotrophomonas rhizophila Wolf *et al.* 2002 嗜根寡养单胞菌

模式菌株 *Stenotrophomonas rhizophila* e-p10(T)AJ293463

MCCC 1A01980　←海洋三所 281(An27)。分离源：南极 Aderley 岛附近沉积物。与模式菌株相似性为 98.693%。培养基 0033,15~20℃。

MCCC 1A01981　←海洋三所 282(An30)。分离源：南极 Aderley 岛附近沉积物。与模式菌株相似性为 99.867%。培养基 0033,15~20℃。

MCCC 1B00609　←海洋一所 DJWH23。分离源：江苏盐城滨海底层海水。与模式菌株相似性为 99.576%。培养基 0471,20~25℃。

Stenotrophomonas sp. Palleroni and Bradbury 1993 寡养单胞菌

MCCC 1A00676　←海洋三所 7328。分离源：西太平洋棕褐色软泥。与模式菌株 *S. maltophilia* ATCC 13637 (T)AB008509 相似度为 99.31%。培养基 0471,4~20℃。

MCCC 1F01191　←厦门大学 FDR1-1。分离源：深圳塔玛亚历山大藻培养液。与模式菌株 *S. maltophilia* ATCC 13637(T)AB008509 相似性为 99.591%(1461/1467)，与另一模式菌株 *P. beteli* ATCC 13637(T)AB008509 的相似性为 99.591%(1461/1467)。培养基 0471,25℃。

MCCC 1F01192　←厦门大学 FDR3-5。分离源：深圳塔玛亚历山大藻培养液。与模式菌株 *S. maltophilia* ATCC 13637 AB008509 相似性为 99.591%(1461/1467)，与另一模式菌株 *P. beteli* ATCC 13637(T)AB008509 的相似性为 99.591%(1461/1467)，故暂未定属。培养基 0471,25℃。

Streptococcus parauberis Williams and Collins 1990 副乳房链球菌

模式菌株 *Streptococcus parauberis* DSM 6631(T)AY584477

MCCC 1A01039　←海洋三所 ZSWA-1。分离源：厦门近海养殖赤点石斑鱼肠道内容物。与模式菌株相似性为 100%。培养基 0033,28℃。

Streptomyces albogriseolus Benedict *et al.* 1954 白浅灰链霉菌

模式菌株 *Streptomyces albogriseolus* NRRL B-1305(T)AJ494865

MCCC 1A01577　←海洋三所 1-6。分离源：福建省漳州云霄县近海红树林土壤。与模式菌株相似性为 99%。培养基 0012,28℃。

MCCC 1A01642　←海洋三所 1-36。分离源：福建省漳州云霄县近海红树林土壤。与模式菌株相似性为 99%。培养基 0012,28℃。

MCCC 1A01657　←海洋三所 1-405。分离源：福建省漳州云霄县近海红树林土壤。与模式菌株相似性为 99%。培养基 0012,28℃。

MCCC 1A02702　←海洋三所 Z8。分离源：福建省漳州云霄县近海红树林土壤。与模式菌株相似性为 99%。培养基 0012,28℃。

MCCC 1A02724　←海洋三所 12-12。分离源：福建省漳州云霄县近海红树林土壤。与模式菌株相似性为 99%。培养基 0012,28℃。

Streptomyces alboniger Porter *et al.* 1952 白黑链霉菌

模式菌株 *Streptomyces alboniger* NBRC 12738(T)AB184111

MCCC 1A01625　←海洋三所 Z6。分离源：福建省漳州云霄县近海红树林土壤。与模式菌株相似性为 99%。培养基 0012,28℃。

Streptomyces albovinaceus (Kudrina 1957)Pridham *et al.* 1958 白酒红链霉菌

模式菌株 *Streptomyces albovinaceus* NBRC 12739(T)AB249958

MCCC 1A01509　←海洋三所 42H31-1。分离源：大西洋深海沉积物表层。与模式菌株相似性为 99%。培养基 0012,28℃。

MCCC 1A01610　←海洋三所 9-302。分离源：福建省漳州云霄县近海红树林土壤。与模式菌株相似性为

99%。培养基0012,28℃。

Streptomyces almquistii (Duche 1934) Pridham *et al*. 1958 阿木氏链霉菌

模式菌株 *Streptomyces almquistii* NRRL B-1685(T)AY999782

MCCC 1A01536 ←海洋三所97。分离源:福建省漳州云霄县近海红树林土壤。与模式菌株相似性为99%。培养基0012,28℃。

MCCC 1A01598 ←海洋三所z62。分离源:福建省漳州云霄县近海红树林土壤。与模式菌株相似性为99%。培养基0012,28℃。

MCCC 1A01605 ←海洋三所5-407。分离源:福建省漳州云霄县近海红树林土壤。与模式菌株相似性为99%。培养基0012,28℃。

MCCC 1A01667 ←海洋三所3-97。分离源:福建省漳州云霄县近海红树林土壤。与模式菌株相似性为99%。培养基0012,28℃。

MCCC 1A03381 ←海洋三所xb99kz。分离源:福建省漳州云霄县近海红树林土壤。与模式菌株相似性为99%。培养基0012,28℃。

Streptomyces althioticus Yamaguchi *et al*. 1957 异硫链霉菌

模式菌株 *Streptomyces althioticus* NRRL B-3981(T)AY999791

MCCC 1A03551 ←海洋三所F:8A458+1。分离源:福建漳州东山潮间带泥。抗部分细菌。与模式菌株相似性为99.861%。培养基1002,28℃。

Streptomyces anulatus (Beijerinck 1912) Waksman 1953 emend. Lanoot *et al*. 2005 环圈链霉菌

模式菌株 *Streptomyces anulatus* NRRL B-2000(T)DQ026637

MCCC 1A01502 ←海洋三所49。分离源:福建省漳州云霄县近海红树林土壤。与模式菌株相似性为99%。培养基0012,28℃。

MCCC 1A01557 ←海洋三所84H31-1。分离源:大西洋深海沉积物表层。与模式菌株相似性为99%。培养基0012,28℃。

MCCC 1A01615 ←海洋三所128。分离源:福建省漳州云霄县近海红树林土壤。与模式菌株相似性为99%。培养基0012,28℃。

MCCC 1A01639 ←海洋三所z88。分离源:福建省漳州云霄县近海红树林土壤。与模式菌株相似性为99%。培养基0012,28℃。

MCCC 1A02710 ←海洋三所1-26。分离源:福建省漳州云霄县近海红树林土壤。与模式菌株相似性为99%。培养基0012,28℃。

MCCC 1A03613 ←海洋三所F:174A152。分离源:福建漳州龙海红树林枯叶。抗部分细菌。培养基1002,28℃。

MCCC 1A03614 ←海洋三所F:192A234。分离源:福建泉州万安潮间带沉积物。抗部分细菌。培养基0471,28℃。

Streptomyces atrovirens (ex Preobrazhenskaya *et al*. 1971) Preobrazhenskaya and Terekhova 1986 暗黑微绿链霉菌

模式菌株 *Streptomyces atrovirens* NRRL B-16357(T)AB184639

MCCC 1A01528 ←海洋三所73。分离源:福建省漳州云霄县近海红树林土壤。与模式菌株相似性为99%。培养基0012,28℃。

MCCC 1A02704 ←海洋三所37。分离源:福建省漳州云霄县近海红树林土壤。与模式菌株相似性为99%。培养基0012,28℃。

MCCC 1A02705 ←海洋三所Z74。分离源:福建省漳州云霄县近海红树林土壤。与模式菌株相似性为99%。培养基0012,28℃。

Streptomyces bacillaris (Krassilnikov 1958) Pridham 1970 杆菌状链霉菌

模式菌株 *Streptomyces bacillaris* NBRC 13487(T)AB184439

MCCC 1A01601 ←海洋三所 z4。分离源:福建省漳州云霄县近海红树林土壤。与模式菌株相似性为 99%。培养基 0012,28℃。

MCCC 1A03737 ←海洋三所 F₂207A306。分离源:福建泉州万安潮间带沉积物。抗部分细菌。与模式菌株相似性为 99.581%。培养基 1002,28℃。

Streptomyces badius (Kudrina 1957) Pridham *et al.* 1958 粟褐链霉菌
模式菌株 *Streptomyces badius* NRRL B-2567(T) AY999783

MCCC 1A01582 ←海洋三所 3。分离源:福建省漳州云霄县近海红树林土壤。与模式菌株相似性为 99%。培养基 0012,28℃。

MCCC 1A01792 ←海洋三所 34zhy。分离源:东太平洋多金属结核区深海沉积物。与模式菌株相似性为 99.852%。培养基 0473,15~25℃。

Streptomyces bungoensis Eguchi *et al.* 1993 丰后链霉菌
模式菌株 *Streptomyces bungoensis* NRRL B-24305(T) AY999905

MCCC 1A01532 ←海洋三所 z105。分离源:福建省漳州云霄县近海红树林土壤。与模式菌株相似性为 99%。培养基 0012,28℃。

MCCC 1A01558 ←海洋三所 365。分离源:福建省漳州云霄县近海红树林土壤。与模式菌株相似性为 99%。培养基 0012,28℃。

MCCC 1A01584 ←海洋三所 3-412。分离源:福建省漳州云霄县近海红树林土壤。与模式菌株相似性为 99%。培养基 0012,28℃。

MCCC 1A01600 ←海洋三所 13-425。分离源:福建省漳州云霄县近海红树林土壤。与模式菌株相似性为 99%。培养基 0012,28℃。

MCCC 1A01622 ←海洋三所 S8-301。分离源:福建省漳州云霄县近海红树林土壤。与模式菌株相似性为 99%。培养基 0012,28℃。

MCCC 1A01631 ←海洋三所 5-410。分离源:福建省漳州云霄县近海红树林土壤。与模式菌株相似性为 99%。培养基 0012,28℃。

MCCC 1A01656 ←海洋三所 156。分离源:福建省漳州云霄县近海红树林土壤。与模式菌株相似性为 99%。培养基 0012,28℃。

Streptomyces caelestis De Boer *et al.* 1955 天青链霉菌
模式菌株 *Streptomyces caelestis* NBRC 12749(T) AB184838

MCCC 1A01653 ←海洋三所 S6-204。分离源:福建省漳州云霄县近海红树林土壤。与模式菌株相似性为 99%。培养基 0012,28℃。

Streptomyces californicus (Waksman and Curtis 1916) Waksman and Henrici 1948 加利福尼亚链霉菌
模式菌株 *Streptomyces californicus* NBRC 12750(T) AB184116

MCCC 1A01634 ←海洋三所 28。分离源:福建省漳州云霄县近海红树林土壤。与模式菌株相似性为 99%。培养基 0012,28℃。

Streptomyces canaries Vavra and Dietz 1965 雀黄链霉菌
模式菌株 *Streptomyces canarius* NBRC 13431(T) AB184396

MCCC 1A01681 ←海洋三所 Z10。分离源:福建省漳州云霄县近海红树林土壤。与模式菌株相似性为 99%。培养基 0012,28℃。

MCCC 1A01690 ←海洋三所 11-406。分离源:福建省漳州云霄县近海红树林土壤。与模式菌株相似性为 99%。培养基 0012,28℃。

MCCC 1A02712 ←海洋三所 13-9。分离源:福建省漳州云霄县近海红树林土壤。与模式菌株相似性为 99%。培养基 0012,28℃。

Streptomyces canus Heinemann *et al.* 1953 暗灰链霉菌

模式菌株 *Streptomyces canus* NRRL B-1989(T)AY999775

MCCC 1A01644 ←海洋三所 1-407。分离源:福建省漳州云霄县近海红树林土壤。与模式菌株相似性为99%。培养基0012,28℃。

MCCC 1A02707 ←海洋三所 H1-2。分离源:福建省漳州云霄县近海红树林土壤。与模式菌株相似性为99%。培养基0012,28℃。

Streptomyces carpaticus Maksimova and Terekhova 1986 鲤链霉菌

模式菌株 *Streptomyces carpaticus* NBRC 15390(T)AB184641

MCCC 1A01529 ←海洋三所 z84。分离源:福建省漳州云霄县近海红树林土壤。与模式菌株相似性为99%。培养基0012,28℃。

MCCC 1A01564 ←海洋三所 263。分离源:福建省漳州云霄县近海红树林土壤。与模式菌株相似性为99%。培养基0012,28℃。

MCCC 1A01576 ←海洋三所 Z92。分离源:福建省漳州云霄县近海红树林土壤。与模式菌株相似性为99%。培养基0012,28℃。

MCCC 1A01673 ←海洋三所 Z51。分离源:福建省漳州云霄县近海红树林土壤。与模式菌株相似性为99%。培养基0012,28℃。

MCCC 1A03340 ←海洋三所 94P31-1。分离源:东太平洋深海沉积物表层。与模式菌株相似性为99%。培养基0012,28℃。

MCCC 1A03342 ←海洋三所 102H11-6。分离源:东太平洋深海沉积物表层。与模式菌株相似性为99%。培养基0012,28℃。

MCCC 1A05618 ←海洋三所 F:40A452。分离源:福建漳州东山潮间带底泥。与模式菌株相似性为99.58%。培养基1002,28℃。

Streptomyces castelarensis (Cercos 1954)Kumar and Goodfellow 2008 卡斯泰拉链霉菌

模式菌株 *Streptomyces castelarensis* NBRC 15875(T)AB184709

MCCC 1A01665 ←海洋三所 7-401。分离源:福建省漳州云霄县近海红树林土壤。与模式菌株相似性为99%。培养基0012,28℃。

Streptomyces cavourensis Skarbek and Brady 1978 卡伍尔链霉菌

模式菌株 *Streptomyces cavourensis* subsp. *cavourensis* NBRC 13026(T)AB184264

MCCC 1A02706 ←海洋三所 13-12。分离源:福建省漳州云霄县近海红树林土壤。与模式菌株相似性为99%。培养基0012,28℃。

MCCC 1A05615 ←海洋三所 F:66♯-A10。分离源:厦门胡里山潮间带底泥。培养基1002,28℃。

MCCC 1A05616 ←海洋三所 F:103A305。分离源:福建泉州万安潮间带沉积物。抗部分细菌。与模式菌株相似性为100%。培养基1002,28℃。

Streptomyces celluloflavus Nishimura *et al.* 1953 纤维黄链霉菌

模式菌株 *Streptomyces celluloflavus* NBRC 13780(T)AB184476

MCCC 1A01515 ←海洋三所 319。分离源:福建省漳州云霄县近海红树林土壤。与模式菌株相似性为99%。培养基0012,28℃。

MCCC 1A01589 ←海洋三所 ZXY15。分离源:福建省漳州云霄县近海红树林土壤。与模式菌株相似性为99%。培养基0012,28℃。

Streptomyces cellulosae (Krainsky 1914)Waksman and Henrici 1948 纤维素链霉菌

模式菌株 *Streptomyces cellulosae* NBRC 13027(T)AB184265

MCCC 1A02730 ←海洋三所 zxy37。分离源:福建省漳州云霄县近海红树林土壤。与模式菌株相似性为99%。培养基0012,28℃。

Streptomyces chrestomyceticus Canevazzi and Scotti 1959 冠霉素链霉菌

模式菌株 *Streptomyces chrestomyceticus* NBRC 13444(T)AB184407

MCCC 1A03743 ←海洋三所 F-84A334。分离源：福建泉州万安潮间带沉积物。抗部分细菌。与模式菌株相似性为 97.085%。培养基 0011,28℃。

Streptomyces chromofuscus(Preobrazhenskaya *et al*.1957)Pridham *et al*.1958 褐色链霉菌

模式菌株 *Streptomyces chromofuscus* NBRC 12851(T)AB184194

MCCC 1A02719 ←海洋三所 7-405。分离源：福建省漳州云霄县近海红树林土壤。与模式菌株相似性为 99%。培养基 0012,28℃。

Streptomyces cinereorectus Terekhova and Preobrazhenskaya 1986 emend. Lanoot *et al*.2004 烬灰直丝链霉菌

模式菌株 *Streptomyces cinereorectus* NBRC 15395(T)AB184646

MCCC 1A03748 ←海洋三所 F:47A90。分离源：福建漳州龙海红树林中潮区。抗部分细菌。与模式菌株相似性为 99.305%。培养基 1002,28℃。

Streptomyces cinereoruber Corbaz *et al*.1957 烬灰红链霉菌

模式菌株 *Streptomyces cinereoruber* subsp. *cinereoruber* JCM 4205(T)AY999771

MCCC 1A01604 ←海洋三所 z11。分离源：福建省漳州云霄县近海红树林土壤。与模式菌株相似性为 99%。培养基 0012,28℃。

Streptomyces cirratus Koshiyama *et al*.1963 卷曲链霉菌

模式菌株 *Streptomyces cirratus* NRRL B-3250 AY999794

MCCC 1A01620 ←海洋三所 Z42。分离源：福建省漳州云霄县近海红树林土壤。与模式菌株相似性为 99%。培养基 0012,28℃。

Streptomyces coelicoflavus Terekhova 1986 天蓝黄链霉菌

模式菌株 *Streptomyces coelicoflavus* NBRC 15399(T)AB184650

MCCC 1A01593 ←海洋三所 3-414。分离源：福建省漳州云霄县近海红树林土壤。与模式菌株相似性为 99%。培养基 0012,28℃。

Streptomyces corchorusii Ahmad and Bhuiyan 1958 emend. Lanoot *et al*.2005 黄麻链霉菌

模式菌株 *Streptomyces corchorusii* NBRC 13032(T)AB184267

MCCC 1A01572 ←海洋三所 ZXY23。分离源：福建省漳州云霄县近海红树林土壤。与模式菌株相似性为 99%。培养基 0012,28℃。

MCCC 1A01632 ←海洋三所 Z72。分离源：福建省漳州云霄县近海红树林土壤。与模式菌株相似性为 99%。培养基 0012,28℃。

MCCC 1A01648 ←海洋三所 s7-201。分离源：福建省漳州云霄县近海红树林土壤。与模式菌株相似性为 99%。培养基 0012,28℃。

Streptomyces cuspidosporus Higashide *et al*.1966 尖孢链霉菌

模式菌株 *Streptomyces cuspidosporus* NBRC 12378(T)AB184090

MCCC 1A01554 ←海洋三所 343。分离源：福建省漳州云霄县近海红树林土壤。与模式菌株相似性为 99%。培养基 0012,28℃。

MCCC 1A02717 ←海洋三所 1-417。分离源：福建省漳州云霄县近海红树林土壤。与模式菌株相似性为 99%。培养基 0012,28℃。

Streptomyces diastaticus(Krainsky 1914)Waksman and Henrici 1948 淀粉酶链霉菌

模式菌株 *Streptomyces diastaticus* subsp. *ardesiacus* NRRL B-1773(T)DQ026631

MCCC 1A02740 ←海洋三所 2H31-7。分离源:印度洋深海沉积物表层。与模式菌株相似性为 99%。培养基 0012,28℃。

MCCC 1A03302 ←海洋三所 IH53-5。分离源:印度洋深海沉积物表层。与模式菌株相似性为 99%。培养基 0012,28℃。

MCCC 1A03303 ←海洋三所 IH53-4。分离源:印度洋深海沉积物表层。与模式菌株相似性为 99%。培养基 0012,28℃。

MCCC 1A03731 ←海洋三所 F:167A310。分离源:福建泉州万安潮间带沉积物。抗部分细菌。与模式菌株 *Streptomyces diastaticus* subsp. *ardesiacus* NBRC 15402(T)AB184653 相似性为 99.443%。培养基 0011,28℃。

Streptomyces djakartensis Huber *et al*. 1962 雅加达链霉菌
模式菌株 *Streptomyces djakartensis* NBRC 15409(T)AB184657

MCCC 1A01603 ←海洋三所 ZXY24。分离源:福建省漳州云霄县近海红树林土壤。与模式菌株相似性为 99%。培养基 0012,28℃。

MCCC 1A01619 ←海洋三所 Z41。分离源:福建省漳州云霄县近海红树林土壤。与模式菌株相似性为 99%。培养基 0012,28℃。

Streptomyces erythrogriseus Falcao de Morais and Dalia Maia 1959 暗红灰链霉菌
模式菌株 *Streptomyces erythrogriseus* NBRC 14601(T)AB184605

MCCC 1A01640 ←海洋三所 12-22。分离源:福建省漳州云霄县近海红树林土壤。与模式菌株相似性为 99%。培养基 0012,28℃。

MCCC 1A01645 ←海洋三所 5-403。分离源:福建省漳州云霄县近海红树林土壤。与模式菌株相似性为 99%。培养基 0012,28℃。

Streptomyces filipinensis Ammann *et al*. 1955 菲律宾链霉菌
模式菌株 *Streptomyces filipinensis* NRRL 2437(T)AY999913

MCCC 1A01539 ←海洋三所 7-403。分离源:福建省漳州云霄县近海红树林土壤。与模式菌株相似性为 99%。培养基 0012,28℃。

MCCC 1A01623 ←海洋三所 1-22。分离源:福建省漳州云霄县近海红树林土壤。与模式菌株相似性为 99%。培养基 0012,28℃。

MCCC 1A01636 ←海洋三所 Z93。分离源:福建省漳州云霄县近海红树林土壤。与模式菌株 *Streptomyces filipinensis* NBRC 12860(T)AB184198 相似性为 99%。培养基 0012,28℃。

Streptomyces flaveolus(Waksman 1923)Waksman and Henrici 1948 浅黄链霉菌
模式菌株 *Streptomyces flaveolus* NBRC 3715(T)AB184786

MCCC 1A01527 ←海洋三所 69。分离源:福建省漳州云霄县近海红树林土壤。与模式菌株相似性为 99%。培养基 0012,28℃。

Streptomyces flavofungini(ex Uri and Bekesi)Szabó and Preobrazhenskaya 1986 黄抗霉素链霉菌

MCCC 1A03596 ←海洋三所 F:119A313。分离源:福建泉州万安潮间带沉积物。抗部分细菌。培养基 0471,28℃。

MCCC 1A03602 ←海洋三所 F:10A449。分离源:福建漳州东山潮间带泥。抗部分细菌。培养基 1002,28℃。

MCCC 1A03603 ←海洋三所 F:109A329。分离源:福建泉州万安潮间带沉积物。抗部分细菌。培养基 1002,28℃。

MCCC 1A03604 ←海洋三所 F:113A318。分离源:福建泉州万安潮间带沉积物。抗部分细菌。培养基 0471,28℃。

MCCC 1A03605　←海洋三所 F:162A161。分离源:福建漳州龙海红树林枯叶。抗部分细菌。培养基
　　　　　　　　1002,28℃。

MCCC 1A03606　←海洋三所 F:147A400。分离源:福建石狮潮间带表层沉积物。抗部分细菌。培养基
　　　　　　　　1002,28℃。

MCCC 1A03607　←海洋三所 F:168A323。分离源:福建泉州万安潮间带沉积物。抗部分细菌。培养基
　　　　　　　　1002,28℃。

MCCC 1A03608　←海洋三所 F:193A545。分离源:厦门同安潮间带泥。抗部分细菌。培养基 1002,28℃。

MCCC 1A03609　←海洋三所 F:24A451。分离源:福建漳州东山潮间带底泥。抗部分细菌。培养基 0011,28℃。

MCCC 1A03610　←海洋三所 F:155A429。分离源:福建漳州东山潮间带泥。抗部分细菌。培养基 1002,28℃。

MCCC 1A03611　←海洋三所 F:173A143。分离源:福建漳州龙海红树林根。抗部分细菌。培养基 0011,28℃。

Streptomyces flocculus (Duche 1934) Waksman and Henrici 1948 柔毛链霉菌

模式菌株 *Streptomyces flocculus* NBRC 13041(T)AB184272

MCCC 1A01655　←海洋三所 S6-215。分离源:福建省漳州云霄县近海红树林土壤。与模式菌株相似性为
　　　　　　　　98%。培养基 0012,28℃。

Streptomyces fradiae (Waksman and Curtis 1916) Waksman and Henrici 1948 emend. Lanoot *et al.* 2004 弗氏链霉菌

模式菌株 *Streptomyces fradiae* NBRC 3439(T)AB184776

MCCC 1A01561　←海洋三所 412。分离源:福建省漳州云霄县近海红树林土壤。与模式菌株相似性为 99%。
　　　　　　　　培养基 0012,28℃。

MCCC 1A01590　←海洋三所 12-13-2。分离源:福建省漳州云霄县近海红树林土壤。与模式菌株相似性为
　　　　　　　　99%。培养基 0012,28℃。

MCCC 1A01591　←海洋三所 1-28。分离源:福建省漳州云霄县近海红树林土壤。与模式菌株相似性为
　　　　　　　　99%。培养基 0012,28℃。

MCCC 1A01638　←海洋三所 12-13-1。分离源:福建省漳州云霄县近海红树林土壤。与模式菌株相似性为
　　　　　　　　99%。培养基 0012,28℃。

MCCC 1A01658　←海洋三所 Z85。分离源:福建省漳州云霄县近海红树林土壤。与模式菌株相似性为 99%。
　　　　　　　　培养基 0012,28℃。

MCCC 1A01687　←海洋三所 S5-201。分离源:福建省漳州云霄县近海红树林土壤。与模式菌株相似性为
　　　　　　　　99%。培养基 0012,28℃。

MCCC 1A03374　←海洋三所 xb154。分离源:福建省漳州云霄县近海红树林土壤。与模式菌株相似性为
　　　　　　　　99%。培养基 0012,28℃。

MCCC 1A03377　←海洋三所 xb118。分离源:福建省漳州云霄县近海红树林土壤。与模式菌株相似性为
　　　　　　　　99%。培养基 0012,28℃。

MCCC 1A03736　←海洋三所 F:199A539。分离源:厦门同安潮间带底泥。抗部分细菌。与模式菌株相似性
　　　　　　　　为 99.516%。培养基 1002,28℃。

Streptomyces fragilis Anderson *et al.* 1956 脆弱链霉菌

模式菌株 *Streptomyces fragilis* NRRL 2424(T)AY999917

MCCC 1A01518　←海洋三所 86。分离源:福建省漳州云霄县近海红树林土壤。与模式菌株相似性为 99%。
　　　　　　　　培养基 0012,28℃。

Streptomyces gancidicus Suzuki 1957 灭癌素链霉菌

模式菌株 *Streptomyces gancidicus* NBRC 15412(T)AB184660

MCCC 1A01523　←海洋三所 52。分离源:福建省漳州云霄县近海红树林土壤。与模式菌株相似性为 99%。
　　　　　　　　培养基 0012,28℃。

Streptomyces ghanaensis Wallhäusser *et al*. 1966 加纳链霉菌

模式菌株 *Streptomyces ghanaensis* KCTC 9882(T)AY999851

MCCC 1A01587 ←海洋三所 11-404。分离源:福建省漳州云霄县近海红树林土壤。与模式菌株相似性为 99%。培养基 0012,28℃。

MCCC 1A01668 ←海洋三所 Z118。分离源:福建省漳州云霄县近海红树林土壤。与模式菌株相似性为 99%。培养基 0012,28℃。

MCCC 1A01679 ←海洋三所 Z102。分离源:福建省漳州云霄县近海红树林土壤。与模式菌株相似性为 99%。培养基 0012,28℃。

MCCC 1A01692 ←海洋三所 H7-2。分离源:福建省漳州云霄县近海红树林土壤。与模式菌株相似性为 99%。培养基 0012,28℃。

MCCC 1A03558 ←海洋三所 F:116A324。分离源:福建泉州万安潮间带沉积物。抗部分细菌。与模式菌株 *Streptomyces ghanaensis* NBRC 15414(T)AB184662 相似性为 99.171%。培养基 0471,28℃。

MCCC 1A05617 ←海洋三所 F:94A350。分离源:福建泉州万安潮间带沉积物。与模式菌株 *Streptomyces ghanaensis* NBRC 15414(T)AB184662 相似性为 99.240%。培养基 1002,28℃。

Streptomyces glauciniger Huang *et al*. 2004 浅绿灰链霉菌

模式菌株 *Streptomyces glauciniger* FXJ14(T)AY314782

MCCC 1A01533 ←海洋三所 H7-1。分离源:福建省漳州云霄县近海红树林土壤。培养基 0012,28℃。

MCCC 1A01575 ←海洋三所 1-30。分离源:福建省漳州云霄县近海红树林土壤。与模式菌株相似性为 99%。培养基 0012,28℃。

MCCC 1A01697 ←海洋三所 234。分离源:福建省漳州云霄县近海红树林土壤。与模式菌株相似性为 99%。培养基 0012,28℃。

MCCC 1A02723 ←海洋三所 7-415。分离源:福建省漳州云霄县近海红树林土壤。与模式菌株相似性为 99%。培养基 0012,28℃。

Streptomyces globisporus (Krassilnikov 1941)Waksman 1953 球孢链霉菌

模式菌株 *Streptomyces globisporus* subsp. *caucasicus* NBRC 100770(T)AB249937

MCCC 1A01793 ←海洋三所 21zhy。分离源:东太平洋多金属结核区深海沉积物。与模式菌株相似性为 99.702%。培养基 0473,15~25℃。

Streptomyces glomeratus (ex Gauze and Sveshnikova)Gause and Preobrazhenskaya 1986 球团链霉菌

模式菌株 *Streptomyces glomeratus* NBRC 15898(T)AB249917

MCCC 1A01547 ←海洋三所 249。分离源:福建省漳州云霄县近海红树林土壤。与模式菌株相似性为 98%。培养基 0012,28℃。

MCCC 1A02726 ←海洋三所 z87。分离源:福建省漳州云霄县近海红树林土壤。与模式菌株相似性为 98%。培养基 0012,28℃。

Streptomyces gougerotii (Duche 1934)Waksman and Henrici 1948 古热罗氏链霉菌

模式菌株 *Streptomyces gougerotii* NBRC 13043(T)AB249982

MCCC 1A02743 ←海洋三所 2H31-4。分离源:印度洋深海沉积物表层。与模式菌株相似性为 99%。培养基 0012,28℃。

MCCC 1A03343 ←海洋三所 83P50-1。分离源:大西洋深海沉积物表层。与模式菌株相似性为 99%。培养基 0012,28℃。

Streptomyces griseoaurantiacus (Krassilnikov and Yuan 1965)Pridham 1970 灰橙链霉菌

模式菌株 *Streptomyces griseoaurantiacus* AS 4.1837 AY999881

MCCC 1A03379 ←海洋三所 xb1。分离源:福建省漳州云霄县近海红树林土壤。与模式菌株相似性为 99%。培养基 0012,28℃。

Streptomyces griseoflavus (Krainsky 1914) Waksman and Henrici 1948 灰黄链霉菌

模式菌株 *Streptomyces griseoflavus* LMG 19344(T)AJ781322

MCCC 1A01599 ←海洋三所 12-10。分离源:福建省漳州云霄县近海红树林土壤。与模式菌株相似性为99%。培养基 0012,28℃。

MCCC 1A01606 ←海洋三所 H1-1。分离源:福建省漳州云霄县近海红树林土壤。与模式菌株相似性为99%。培养基 0012,28℃。

MCCC 1A01614 ←海洋三所 22。分离源:福建省漳州云霄县近海红树林土壤。与模式菌株 *Streptomyces griseoflavus* JCM 4479(T)AY999772 相似性为99%。培养基 0012,28℃。

MCCC 1A03556 ←海洋三所 F:118A320+2。分离源:福建泉州万安潮间带沉积物。抗部分细菌。培养基 1002,28℃。

MCCC 1A03732 ←海洋三所 F:108A302+1。分离源:福建泉州万安潮间带沉积物。抗部分细菌。与模式菌株相似性为99.443%。培养基 0011,28℃。

Streptomyces griseoincarnatus Pridham *et al.* 1958 灰肉色链霉菌

模式菌株 *Streptomyces griseoincarnatus* LMG 19316(T)AJ781321

MCCC 1A02720 ←海洋三所 10H31-1。分离源:印度洋深海沉积物表层。与模式菌株相似性为100%。培养基 0012,28℃。

Streptomyces griseorubens (Preobrazhenskaya *et al.* 1957) Pridham *et al.* 1958 灰略红链霉菌

模式菌株 *Streptomyces griseorubens* NBRC 12780(T)AB184139

MCCC 1A01669 ←海洋三所 Z17。分离源:福建省漳州云霄县近海红树林土壤。与模式菌株相似性为99%。培养基 0012,28℃。

MCCC 1A01688 ←海洋三所 13-43。分离源:福建省漳州云霄县近海红树林土壤。与模式菌株相似性为99%。培养基 0012,28℃。

MCCC 1A03373 ←海洋三所 kx-3。分离源:福建省漳州云霄县近海红树林土壤。与模式菌株 *S. griseorubens* AS 4.1839(T)AY999870 相似性为99%。培养基 0012,28℃。

Streptomyces griseorubiginosus Pridham *et al.* 1958 灰绣赤链霉菌

模式菌株 *Streptomyces griseorubiginosus* LMG 19941(T)AJ781339

MCCC 1A01555 ←海洋三所 13-1。分离源:福建省漳州云霄县近海红树林土壤。与模式菌株相似性为98%。培养基 0012,28℃。

Streptomyces griseus (Krainsky 1914) Waksman and Henrici 1948 emend. Liu *et al.* 2005 灰色链霉菌

模式菌株 *Streptomyces griseus* KCTC 9080(T)M76388

MCCC 1A01503 ←海洋三所 24。分离源:福建省漳州云霄县近海红树林土壤。与模式菌株相似性为99%。培养基 0012,28℃。

MCCC 1A01592 ←海洋三所 113。分离源:福建省漳州云霄县近海红树林土壤。与模式菌株相似性为100%。培养基 0012,28℃。

MCCC 1A01595 ←海洋三所 11-403。分离源:福建省漳州云霄县近海红树林土壤。培养基 0012,28℃。

Streptomyces hainanensis Jiang *et al.* 2007 海南链霉菌

模式菌株 *Streptomyces hainanensis* YIM 47672(T)AM398645

MCCC 1A01535 ←海洋三所 9-9。分离源:福建省漳州云霄县近海红树林土壤。与模式菌株相似性为99%。培养基 0012,28℃。

Streptomyces hawaiiensis Cron *et al.* 1956 夏威夷链霉菌

模式菌株 *Streptomyces hawaiiensis* NBRC 12784(T)AB184143

MCCC 1A01504 ←海洋三所 8。分离源:福建省漳州云霄县近海红树林土壤。与模式菌株相似性为99%。

培养基 0012,28℃。

Streptomyces hebeiensis Xu *et al.* 2004 河北链霉菌
模式菌株 *Streptomyces hebeiensis* NBRC 101006(T)AB249956

MCCC 1A01530　←海洋三所 80。分离源:福建省漳州云霄县近海红树林土壤。与模式菌株相似性为 99%。培养基 0012,28℃。

Streptomyces hygroscopicus(Jensen 1931)Waksman and Henrici 1948 吸水链霉菌
模式菌株 *Streptomyces hygroscopicus* subsp. *angustmyceticus* NBRC 3934(T)AB184817

MCCC 1A01507　←海洋三所 18。分离源:福建省漳州云霄县近海红树林土壤。与模式菌株相似性为 99%。培养基 0012,28℃。

MCCC 1A01524　←海洋三所 54。分离源:福建省漳州云霄县近海红树林土壤。与模式菌株相似性为 99%。培养基 0012,28℃。

MCCC 1A01566　←海洋三所 33。分离源:福建省漳州云霄县近海红树林土壤。与模式菌株相似性为 99%。培养基 0012,28℃。

MCCC 1A01568　←海洋三所 130。分离源:福建省漳州云霄县近海红树林土壤。与模式菌株 *S. hygroscopicus* sub-sp. *ossamyceticus* AS 4.1866(T) AY999876 相似性为 99%。培养基 0012,28℃。

MCCC 1A01678　←海洋三所 Z78。分离源:福建省漳州云霄县近海红树林土壤。与模式菌株相似性为 99%。培养基 0012,28℃。

MCCC 1A02728　←海洋三所 zxy21。分离源:福建省漳州云霄县近海红树林土壤。与模式菌株 *S. hygroscopicus* subsp. *ossamyceticus* AS 4.1866(T) AY999876 相似性为 99%。培养基 0012,28℃。

Streptomyces intermedius(Krüger 1904)Waksman 1953 中间型链霉菌
模式菌株 *Streptomyces intermedius* NBRC 13049(T)AB184277

MCCC 1A02735　←海洋三所 66P31-1。分离源:大西洋深海沉积物表层。与模式菌株相似性为 97%。培养基 0012,28℃。

MCCC 1A02746　←海洋三所 IP31-4。分离源:印度洋深海沉积物表层。与模式菌株相似性为 97%。培养基 0012,28℃。

MCCC 1A03554　← 海洋三所 F:17A-512。分离源:福建福清潮间带沉积物。抗部分细菌。培养基 1002,28℃。

MCCC 1A03561　←海洋三所 F:150A-398。分离源:福建石狮潮间带表层沉积物。抗部分细菌。与模式菌株相似性为 99.862%。培养基 0011,28℃。

MCCC 1A03620　←海洋三所 F:39A561。分离源:福建泉州大坠岛的蟹。抗部分细菌。与模式菌株相似性为 99.792%。培养基 1002,28℃。

MCCC 1A03621　←海洋三所 F:112A320。分离源:福建泉州万安潮间带沉积物。抗部分细菌。与模式菌株相似性为 99.860%。培养基 1002,28℃。

Streptomyces koyangensis Lee *et al.* 2005 高阳链霉菌
模式菌株 *Streptomyces koyangensis* VK-A60(T)AY079156

MCCC 1A03586　←海洋三所 F:136A468。分离源:福建晋江安海潮间带沉积物。抗部分细菌。与模式菌株相似性为 99.584%。培养基 1002,28℃。

MCCC 1A03587　←海洋三所 F:32A-538。分离源:厦门同安潮间带底泥。抗部分细菌。与模式菌株相似性为 99.721%。培养基 0011,28℃。

MCCC 1A03588　←海洋三所 F:164A311。分离源:福建泉州万安潮间带沉积物。抗部分细菌。与模式菌株相似性为 99.583%。培养基 0011,28℃。

MCCC 1A03625　← 海洋三所 F:16A-511。分离源:福建福清潮间带沉积物。抗部分细菌。培养基 0011,28℃。

Streptomyces kunmingensis（Ruan *et al.* 1985）Goodfellow *et al.* 1986 **昆明链霉菌**

模式菌株 *Streptomyces kunmingensis* NBRC 14463（T）AB184597

MCCC 1A01513　←海洋三所 123。分离源：福建省漳州云霄县近海红树林土壤。与模式菌株相似性为 99%。培养基 0012,28℃。

MCCC 1A01686　←海洋三所 S6-201。分离源：福建省漳州云霄县近海红树林土壤。与模式菌株相似性为 99%。培养基 0012,28℃。

Streptomyces lanatus Frommer 1959 **羊毛链霉菌**

模式菌株 *Streptomyces lanatus* NBRC 12787（T）AB184845

MCCC 1A02709　←海洋三所 3-41。分离源：福建省漳州云霄县近海红树林土壤。与模式菌株相似性为 98%。培养基 0012,28℃。

Streptomyces levis Sveshnikova 1986 **光滑链霉菌**

模式菌株 *Streptomyces levis* NBRC 15423（T）AB184670

MCCC 1A01616　←海洋三所 ZXY9(3)。分离源：福建省漳州云霄县近海红树林土壤。与模式菌株相似性为 99%。培养基 0012,28℃。

Streptomyces lomondensis Johnson and Dietz 1969 **洛蒙德链霉菌**

模式菌株 *Streptomyces lomondensis* NBRC 15426 AB184673

MCCC 1A01546　←海洋三所 244。分离源：福建省漳州云霄县近海红树林土壤。与模式菌株相似性为 99%。培养基 0012,28℃。

MCCC 1A01552　←海洋三所 325。分离源：福建省漳州云霄县近海红树林土壤。与模式菌株相似性为 99%。培养基 0012,28℃。

Streptomyces longispororuber Waksman 1953 **长孢红色链霉菌**

模式菌株 *Streptomyces longispororuber* NBRC 13488（T）AB184440

MCCC 1A01629　←海洋三所 z68。分离源：福建省漳州云霄县近海红树林土壤。与模式菌株相似性为 99%。培养基 0012,28℃。

MCCC 1A01660　←海洋三所 1-4。分离源：福建省漳州云霄县近海红树林土壤。与模式菌株相似性为 99%。培养基 0012,28℃。

Streptomyces longwoodensis Prosser and Palleroni 1981 **郎伍德链霉菌**

模式菌株 *Streptomyces longwoodensis* LMG 20096（T）AJ781356

MCCC 1A01560　←海洋三所 405。分离源：福建省漳州云霄县近海红树林土壤。与模式菌株相似性为 99%。培养基 0012,28℃。

MCCC 1A01680　←海洋三所 Z61。分离源：福建省漳州云霄县近海红树林土壤。与模式菌株相似性为 99%。培养基 0012,28℃。

MCCC 1A02708　←海洋三所 s7-303。分离源：福建省漳州云霄县近海红树林土壤。与模式菌株相似性为 99%。培养基 0012,28℃。

Streptomyces lucensis Arcamone *et al.* 1957 **鲁萨链霉菌**

模式菌株 *Streptomyces lucensis* NBRC 13056（T）AB184280

MCCC 1A01508　←海洋三所 357。分离源：福建省漳州云霄县近海红树林土壤。与模式菌株相似性为 98%。培养基 0012,28℃。

MCCC 1A01617　←海洋三所 Z37。分离源：福建省漳州云霄县近海红树林土壤。与模式菌株相似性为 98%。培养基 0012,28℃。

Streptomyces luteogriseus Schmitz *et al.* 1964 **藤黄灰链霉菌**

模式菌株 *Streptomyces luteogriseus* NBRC 13402（T）AB184379

MCCC 1A01661 ←海洋三所 361。分离源:福建省漳州云霄县近海红树林土壤。与模式菌株相似性为 99%。培养基 0012,28℃。

Streptomyces malachitospinus Preobrazhenskaya and Terekhova 1986 孔雀石刺链霉菌
模式菌株 *Streptomyces malachitospinus* NBRC 101004(T)AB249954
MCCC 1A03562 ←海洋三所 F:52A-8。分离源:厦门湖里山炮台腐叶土。抗部分细菌。与模式菌相似性为 99.723%。培养基 0011,28℃。

Streptomyces malaysiensis Al-Tai *et al.* 1999 马来西亚链霉菌
模式菌株 *Streptomyces malaysiensis* NBRC 16446(T)AB249918
MCCC 1A01646 ←海洋三所 5-404。分离源:福建省漳州云霄县近海红树林土壤。与模式菌株相似性为 99%。培养基 0012,28℃。

Streptomyces marokkonensis Bouizgarne 2009 摩洛哥链霉菌
模式菌株 *Streptomyces marokkonensis* Ap1(T)AJ965470
MCCC 1A03568 ←海洋三所 F:63A-7。分离源:厦门大学白城底泥。抗部分细菌。与模式菌株相似性为 99.304%。培养基 0011,28℃。

Streptomyces mauvecolor Okami and Umezawa 1961 苯胺紫链霉菌
模式菌株 *Streptomyces mauvecolor* LMG 20100(T)AJ781358
MCCC 1A01556 ←海洋三所 354。分离源:福建省漳州云霄县近海红树林土壤。与模式菌株相似性为 99%。培养基 0012,28℃。

Streptomyces mediolani Arcamone *et al.* 1969 米兰链霉菌
模式菌株 *Streptomyces mediolani* LMG 20093(T)AJ781354
MCCC 1A02722 ←海洋三所 10N31-4。分离源:印度洋深海沉积物表层。与模式菌株相似性为 99%。培养基 0012,28℃。
MCCC 1A02745 ←海洋三所 IP51-3。分离源:印度洋深海沉积物表层。与模式菌株相似性为 99%。培养基 0012,28℃。

Streptomyces mexicanus Petrosyan *et al.* 2003 墨西哥链霉菌
模式菌株 *Streptomyces mexicanus* CH-M-1035(T)AF441168
MCCC 1A01663 ←海洋三所 13-430。分离源:福建省漳州云霄县近海红树林土壤。与模式菌株相似性为 99%。培养基 0012,28℃。
MCCC 1A01677 ←海洋三所 S6-202。分离源:福建省漳州云霄县近海红树林土壤。与模式菌株 *Streptomyces mexicanus* NBRC 100915(T)AB249966 相似性为 99%。培养基 0012,28℃。

Streptomyces misionensis Cercos *et al.* 1962 米修链霉菌
模式菌株 *Streptomyces misionensis* NBRC 13063(T)AB184285
MCCC 1A01571 ←海洋三所 S5-204。分离源:福建省漳州云霄县近海红树林土壤。与模式菌株相似性为 99%。培养基 0012,28℃。
MCCC 1A01588 ←海洋三所 11-402。分离源:福建省漳州云霄县近海红树林土壤。与模式菌株相似性为 99%。培养基 0012,28℃。
MCCC 1A01626 ←海洋三所 z110。分离源:福建省漳州云霄县近海红树林土壤。与模式菌株相似性为 99%。培养基 0012,28℃。
MCCC 1A01654 ←海洋三所 s6-211。分离源:福建省漳州云霄县近海红树林土壤。与模式菌株相似性为 99%。培养基 0012,28℃。
MCCC 1A01683 ←海洋三所 s8-203。分离源:福建省漳州云霄县近海红树林土壤。与模式菌株相似性为

99%。培养基0012,28℃。

Streptomyces naganishii Yamaguchi and Saburi 1955 长西氏链霉菌

模式菌株 *Streptomyces naganishii* NBRC 12892(T)AB184224

MCCC 1A01696 ←海洋三所 403(白)。分离源:福建省漳州云霄县近海红树林土壤。与模式菌株相似性为
99%。培养基0012,28℃。

Streptomyces neyagawaensis Yamamoto et al. 1960 寝屋川链霉菌

模式菌株 *Streptomyces neyagawaensis* NBRC 3784(T)AB184799

MCCC 1A01583 ←海洋三所 z112。分离源:福建省漳州云霄县近海红树林土壤。与模式菌株相似性为
99%。培养基0012,28℃。

MCCC 1A01608 ←海洋三所 107。分离源:福建省漳州云霄县近海红树林土壤。与模式菌株
S. neyagawaensis ATCC 27449(T)D63869 相似性为100%。培养基0012,28℃。

Streptomyces nodosus Trejo 1961 结节链霉菌

模式菌株 *Streptomyces nodosus* ATCC 14899(T)AF114036

MCCC 1A01684 ←海洋三所 S7-202。分离源:福建省漳州云霄县近海红树林土壤。与模式菌株相似性为
99%。培养基0012,28℃。

Streptomyces olivaceoviridis Pridham et al. 1958 橄榄灰绿链霉菌

模式菌株 *Streptomyces olivaceoviridis* NBRC 13066(T)AB184288

MCCC 1A01531 ←海洋三所 z106。分离源:福建省漳州云霄县近海红树林土壤。与模式菌株相似性为
99%。培养基0012,28℃。

MCCC 1A01618 ←海洋三所 394。分离源:福建省漳州云霄县近海红树林土壤。与模式菌株相似性为99%。
培养基0012,28℃。

Streptomyces olivaceus(Waksman 1923)Waksman and Henrici 1948 橄榄链霉菌

模式菌株 *Streptomyces olivaceus* NBRC 12805(T)AB249920

MCCC 1A01691 ←海洋三所 IH10-1。分离源:印度洋深海沉积物表层。与模式菌株相似性为99%。培养基
0012,28℃。

MCCC 1A01694 ←海洋三所 IH11-1。分离源:印度洋深海沉积物表层。与模式菌株相似性为99%。培养基
0012,28℃。

MCCC 1A02733 ←海洋三所 IH23-2。分离源:印度洋深海沉积物表层。与模式菌株相似性为99%。培养基
0012,28℃。

MCCC 1A02738 ←海洋三所 IH23-1。分离源:印度洋深海沉积物表层。与模式菌株相似性为99%。培养基
0012,28℃。

MCCC 1A02744 ←海洋三所 I20-4a。分离源:印度洋深海沉积物表层。与模式菌株相似性为99%。培养基
0012,28℃。

MCCC 1A03306 ←海洋三所 IP13-4a。分离源:印度洋深海沉积物表层。与模式菌株相似性为99%。培养基
0012,28℃。

MCCC 1A03307 ←海洋三所 IP13-3。分离源:印度洋深海沉积物表层。与模式菌株相似性为99%。培养基
0012,28℃。

MCCC 1A03310 ←海洋三所 IH31-1a。分离源:印度洋深海沉积物表层。与模式菌株相似性为99%。培养
基0012,28℃。

MCCC 1A03311 ←海洋三所 I20-3。分离源:印度洋深海沉积物表层。与模式菌株相似性为99%。培养基
0012,28℃。

Streptomyces olivochromogenes Falcao de Morais and Dalia Maia 1959 橄榄产色链霉菌

模式菌株 *Streptomyces olivochromogenes* NBRC 13067(T)AB184289

MCCC 1A01682 ←海洋三所 z20。分离源:福建省漳州云霄县近海红树林土壤。与模式菌株相似性为99%。培养基 0012,28℃。

Streptomyces padanus Baldacci *et al*. 1968
模式菌株 *Streptomyces murinus* NRRL B-2286(T)DQ026667

MCCC 1A01641 ←海洋三所 1-32。分离源:福建省漳州云霄县近海红树林土壤。与模式菌株相似性为99%。培养基 0012,28℃。

Streptomyces parvulus Waksman and Gregory 1954 微小链霉菌
模式菌株 *Streptomyces parvulus* NBRC 13193(T)AB184326

MCCC 1A01612 ←海洋三所 Z28。分离源:福建省漳州云霄县近海红树林土壤。与模式菌株相似性为99%。培养基 0012,28℃。

Streptomyces parvus (Krainsky 1914)Waksman and Henrici 1948 小链霉菌
模式菌株 *Streptomyces parvus* NBRC 3388(T)AB184756

MCCC 1A03615 ←海洋三所 F:100A371。分离源:福建泉州万安潮间带沉积物。抗部分细菌。培养基 0471,28℃。

MCCC 1A03616 ←海洋三所 F:3A522。分离源:福建清潮间带沉积物。抗部分细菌。培养基 1002,28℃。

MCCC 1A03617 ←海洋三所 F:81A370。分离源:福建泉州万安潮间带沉积物。抗部分细菌。培养基 0471,28℃。

MCCC 1A03618 ←海洋三所 F:86A325。分离源:福建泉州万安潮间带沉积物。抗部分细菌。培养基 1002,28℃。

MCCC 1A03619 ←海洋三所 F:189A225。分离源:海南三亚大东海潮间带泥。抗部分细菌。培养基 0471,28℃。

MCCC 1A03633 ←海洋三所 F:61A39。分离源:厦门大学游泳池浒苔。抗部分细菌。与模式菌株相似性为99.931%。培养基 1002,28℃。

Streptomyces prunicolor Pridham *et al*. 1958 李色链霉菌
模式菌株 *Streptomyces prunicolor* NRRL B-12281(T)DQ026659

MCCC 1A01569 ←海洋三所 58。分离源:福建省漳州云霄县近海红树林土壤。与模式菌株相似性为99%。培养基 0012,28℃。

Streptomyces psammoticus Virgilio and Hengeller 1960 沙链霉菌
模式菌株 *Streptomyces psammoticus* NBRC 13971(T)AB184554

MCCC 1A01553 ←海洋三所 340。分离源:福建省漳州云霄县近海红树林土壤。与模式菌株相似性为99%。培养基 0012,28℃。

MCCC 1A01675 ←海洋三所 Z73。分离源:福建省漳州云霄县近海红树林土壤。与模式菌株相似性为99%。培养基 0012,28℃。

MCCC 1A01693 ←海洋三所 Z9。分离源:福建省漳州云霄县近海红树林土壤。与模式菌株相似性为99%。培养基 0012,28℃。

MCCC 1A02714 ←海洋三所 5-2。分离源:福建省漳州云霄县近海红树林土壤。与模式菌株相似性为99%。培养基 0012,28℃。

MCCC 1A02716 ←海洋三所 S-408。分离源:福建省漳州云霄县近海红树林土壤。与模式菌株相似性为99%。培养基 0012,28℃。

Streptomyces pulveraceus Shibeta *et al*. 1961 粉末链霉菌
模式菌株 *Streptomyces pulveraceus* LMG 20322(T)AJ781377

MCCC 1A03375 ←海洋三所 313。分离源:福建省漳州云霄县近海红树林土壤。与模式菌株相似性为99%。培养基 0012,28℃。

Streptomyces puniceus Patelski 1951 **榴红链霉菌**

模式菌株 *Streptomyces puniceus* NBRC 12811(T)AB184163

MCCC 1A03382 ←海洋三所 kx-7。分离源:福建省漳州云霄县近海红树林土壤。与模式菌株相似性为 99%。培养基 0012,28℃。

Streptomyces radiopugnans Mao *et al.* 2007 **抗射线链霉菌**

模式菌株 *Streptomyces radiopugnans* R97(T)DQ912930

MCCC 1A02721 ←海洋三所 5-19。分离源:福建省漳州云霄县近海红树林土壤。与模式菌株相似性为 99%。培养基 0012,28℃。

MCCC 1A03574 ←海洋三所 F:13A492。分离源:福建晋江安海潮间带沉积物。抗部分细菌。与模式菌株相似性为 99.299%。培养基 1002,28℃。

MCCC 1A05619 ←海洋三所 F:144A409。分离源:海南三亚潮间带底泥。与模式菌株相似性为 98.234%。培养基 1002,28℃。

Streptomyces ramulosus Ettlinger *et al.* 1958 **小枝链霉菌**

模式菌株 *Streptomyces ramulosus* NRRL B-2714(T)DQ026662

MCCC 1A01537 ←海洋三所 101。分离源:福建省漳州云霄县近海红树林土壤。与模式菌株相似性为 99%。培养基 0012,28℃。

MCCC 1A03371 ←海洋三所 261。分离源:福建省漳州云霄县近海红树林土壤。与模式菌株相似性为 99%。培养基 0012,28℃。

Streptomyces rubiginosohelvolus(Kudrina 1957)Pridham *et al.* 1958 **锈赤蜡黄链霉菌**

模式菌株 *Streptomyces rubiginosohelvolus* NBRC 12912(T)AB184240

MCCC 1A01594 ←海洋三所 94P32-11。分离源:东太平洋深海沉积物表层。与模式菌株相似性为 99%。培养基 0012,28℃。

MCCC 1A03635 ←海洋三所 F:80A23。分离源:厦门堤外底质。抗部分细菌。与模式菌株相似性为 99.723%。培养基 1002,28℃。

Streptomyces rubrogriseus(ex Kurylowicz *et al.*)Terekhova 1986 **红灰链霉菌**

模式菌株 *Streptomyces rubrogriseus* LMG 20318(T)AJ781373

MCCC 1A01545 ←海洋三所 3-401。分离源:福建省漳州云霄县近海红树林土壤。与模式菌株相似性为 99%。培养基 0012,28℃。

MCCC 1A01551 ←海洋三所 13-25。分离源:福建省漳州云霄县近海红树林土壤。与模式菌株相似性为 99%。培养基 0012,28℃。

MCCC 1A01562 ←海洋三所 1-21。分离源:福建省漳州云霄县近海红树林土壤。与模式菌株相似性为 99%。培养基 0012,28℃。

MCCC 1A01628 ←海洋三所 s8-201。分离源:福建省漳州云霄县近海红树林土壤。与模式菌株相似性为 99%。培养基 0012,28℃。

Streptomyces rutgersensis(Waksman and Curtis 1916)Waksman and Henrici 1948 **鲁地链霉菌**

MCCC 1A03559 ←海洋三所 F:20A-514。分离源:福建福清潮间带沉积物。抗部分细菌。培养基 0471,28℃。

Streptomyces sampsonii(Millard and Burr 1926)Waksman 1953 **桑氏链霉菌**

模式菌株 *Streptomyces sampsonii* ATCC 25495(T)D63871

MCCC 1A01510 ←海洋三所 87H52-5。分离源:大西洋深海沉积物表层。与模式菌株相似性为 99%。培养基 0012,28℃。

MCCC 1A01511　←海洋三所 72N30-1。分离源:大西洋深海沉积物表层。与模式菌株相似性为 99%。培养基 0012,28℃。

MCCC 1A01512　←海洋三所 42H52-5。分离源:大西洋深海沉积物表层。与模式菌株相似性为 99%。培养基 0012,28℃。

MCCC 1A01578　←海洋三所 zxy18。分离源:福建省漳州云霄县近海红树林土壤。与模式菌株相似性为 99%。培养基 0012,28℃。

MCCC 1A01580　←海洋三所 42H53-1。分离源:大西洋深海沉积物表层。与模式菌株相似性为 99%。培养基 0012,28℃。

MCCC 1A01585　←海洋三所 11-401。分离源:福建省漳州云霄县近海红树林土壤。与模式菌株相似性为 99%。培养基 0012,28℃。

MCCC 1A01586　←海洋三所 3-304。分离源:福建省漳州云霄县近海红树林土壤。与模式菌株相似性为 99%。培养基 0012,28℃。

MCCC 1A01597　←海洋三所 94P32-5。分离源:东太平洋深海沉积物表层。与模式菌株相似性为 99%。培养基 0012,28℃。

MCCC 1A01611　←海洋三所 z26。分离源:福建省漳州云霄县近海红树林土壤。与模式菌株相似性为 99%。培养基 0012,28℃。

MCCC 1A01621　←海洋三所 I20-5。分离源:印度洋深海沉积物表层。与模式菌株相似性为 99%。培养基 0012,28℃。

MCCC 1A01633　←海洋三所 I52-2。分离源:印度洋深海沉积物表层。与模式菌株相似性为 99%。培养基 0012,28℃。

MCCC 1A01635　←海洋三所 I50-3。分离源:印度洋深海沉积物表层。与模式菌株相似性为 99%。培养基 0012,28℃。

MCCC 1A01650　←海洋三所 3-302。分离源:福建省漳州云霄县近海红树林土壤。与模式菌株相似性为 99%。培养基 0012,28℃。

MCCC 1A01651　←海洋三所 I52-3。分离源:印度洋深海沉积物表层。与模式菌株相似性为 99%。培养基 0012,28℃。

MCCC 1A01784　←海洋三所 32zhy。分离源:东太平洋多金属结核区深海硅质黏土沉积物。与模式菌株相似性为 99.664%。培养基 0473,25~30℃。

MCCC 1A01796　←海洋三所 45zhy。分离源:东太平洋多金属结核区深海沉积物。与模式菌株相似性为 99.798%。培养基 0473,25~30℃。

MCCC 1A01797　←海洋三所 41zhy。分离源:东太平洋多金属结核区深海沉积物。与模式菌株相似性为 99.731%。培养基 0473,25~30℃。

MCCC 1A01800　←海洋三所 23zhy。分离源:东太平洋多金属结核区深海沉积物。与模式菌株相似性为 99.597%。培养基 0473,25~30℃。

MCCC 1A02741　←海洋三所 2H33-1。分离源:印度洋深海沉积物表层。与模式菌株相似性为 99%。培养基 0012,28℃。

MCCC 1A03305　←海洋三所 IP31-1。分离源:印度洋深海沉积物表层。与模式菌株相似性为 99%。培养基 0012,28℃。

MCCC 1A03312　←海洋三所 I20-2。分离源:印度洋深海沉积物表层。与模式菌株相似性为 99%。培养基 0012,28℃。

MCCC 1A03313　←海洋三所 87H52-1。分离源:大西洋深海沉积物表层。与模式菌株相似性为 99%。培养基 0012,28℃。

MCCC 1A03314　←海洋三所 42H52-10。分离源:大西洋深海沉积物表层。与模式菌株相似性为 99%。培养基 0012,28℃。

MCCC 1A03346　←海洋三所 42P53-1。分离源:大西洋深海沉积物表层。与模式菌株相似性为 99%。培养基 0012,28℃。

MCCC 1A03369　←海洋三所 xb92。分离源:福建省漳州云霄县近海红树林土壤。与模式菌株相似性为

99%。培养基 0012,28℃。

Streptomyces sanglieri Manfio *et al*. 2003 桑格利娜氏链霉菌
模式菌株 *Streptomyces sanglieri* NBRC 100784(T)AB249945

MCCC 1A01544 ←海洋三所 182。分离源：福建省漳州云霄县近海红树林土壤。与模式菌株相似性为 99%。培养基 0012,28℃。

MCCC 1A01647 ←海洋三所 z103。分离源：福建省漳州云霄县近海红树林土壤。与模式菌株相似性为 99%。培养基 0012,28℃。

Streptomyces seoulensis Chun *et al*. 1997 汉城链霉菌
模式菌株 *Streptomyces seoulensis* NBRC 16668(T)AB249970

MCCC 1A02715 ←海洋三所 7-402。分离源：福建省漳州云霄县近海红树林土壤。与模式菌株相似性为 98%。培养基 0012,28℃。

Streptomyces sioyaensis Nishimura *et al*. 1961 盐屋链霉菌
模式菌株 *Streptomyces sioyaensis* NRRL B-5408(T)DQ026654

MCCC 1A03376 ←海洋三所 210。分离源：福建省漳州云霄县近海红树林土壤。与模式菌株相似性为 99%。培养基 0012,28℃。

Streptomyces somaliensis (Brumpt 1906)Waksman and Henrici 1948 索马里链霉菌
模式菌株 *Streptomyces somaliensis* NBRC 12916(T)AB184243

MCCC 1A03600 ←海洋三所 F:30A505。分离源：福建福清潮间带沉积物。抗部分细菌。与模式菌株相似性为 99.793%。培养基 1002,28℃。

MCCC 1A03601 ←海洋三所 F:4A521。分离源：福建福清潮间带沉积物。抗部分细菌。与模式菌株相似性为 99.587%。培养基 0471,28℃。

Streptomyces sparsogenes Owen *et al*. 1963 emend. Goodfellow *et al*. 2008 稀疏链霉菌
模式菌株 *Streptomyces sparsogenes* NBRC 13086(T)AB184301

MCCC 1A01505 ←海洋三所 269。分离源：福建省漳州云霄县近海红树林土壤。抗革兰氏阳性细菌。与模式菌株相似性为 99%。培养基 0012,28℃。

MCCC 1A01522 ←海洋三所 z96。分离源：福建省漳州云霄县近海红树林土壤。与模式菌株相似性为 99%。培养基 0012,28℃。

MCCC 1A02727 ←海洋三所 z107。分离源：福建省漳州云霄县近海红树林土壤。与模式菌株相似性为 99%。培养基 0012,28℃。

Streptomyces specialis Kämpfer *et al*. 2008 特别链霉菌

MCCC 1A02625 ←DSM 41924。原始号 GW41-1564。=DSM 41924 =CCM 7499。分离源：土壤。模式菌株。培养基 0012,28℃。

Streptomyces spectabilis Mason *et al*. 1961 壮观链霉菌
模式菌株 *Streptomyces spectabilis* NBRC 13424(T)AB184393

MCCC 1A02718 ←海洋三所 12。分离源：福建省漳州云霄县近海红树林土壤。与模式菌株相似性为 99%。培养基 0012,28℃。

Streptomyces speibonae Meyers *et al*. 2003 好望角链霉菌
模式菌株 *Streptomyces speibonae* PK-Blue(T)AF452714

MCCC 1A03565 ←海洋三所 F:91A-369。分离源：福建泉州万安潮间带沉积物。抗部分细菌。与模式菌株相似性为 99.175%。培养基 0471,28℃。

Streptomyces spinoverrucosus Diab and Al-Gounaim 1982 刺疣链霉菌

模式菌株 *Streptomyces spinoverrucosus* LMG 20321(T)AJ781376

MCCC 1A01519 ←海洋三所 1-25。分离源：福建省漳州云霄县近海红树林土壤。与模式菌株相似性为 99%。培养基 0012,28℃。

MCCC 1A01666 ←海洋三所 55。分离源：福建省漳州云霄县近海红树林土壤。与模式菌株相似性为 99%。培养基 0012,28℃。

MCCC 1A02749 ←海洋三所 2H31-1。分离源：印度洋深海沉积物表层。与模式菌株相似性为 99%。培养基 0012,28℃。

MCCC 1A03345 ←海洋三所 102H11-4。分离源：东太平洋深海沉积物表层。与模式菌株相似性为 99%。培养基 0012,28℃。

Streptomyces spiralis (Falcao de Morais 1970)Goodfellow *et al.*1986 螺旋链霉菌

模式菌株 *Streptomyces spiralis* NBRC 14215(T)AB184575

MCCC 1A03370 ←海洋三所 216。分离源：福建省漳州云霄县近海红树林土壤。与模式菌株相似性为 99%。培养基 0012,28℃。

Streptomyces subrutilus Arai *et al.*1964 亚红链霉菌

模式菌株 *Streptomyces subrutilus* NBRC 13388(T)AB184372

MCCC 1A06076 ←海洋三所 N-S-1-3。分离源：北极圈内某化石沟土样。与模式菌株相似性为 100%。培养基 0472,28℃。

Streptomyces tendae Ettlinger *et al.*1958 唐德链霉菌

模式菌株 *Streptomyces tendae* ATCC 19812(T)D63873

MCCC 1A01534 ←海洋三所 h5-11。分离源：福建省漳州云霄县近海红树林土壤。与模式菌株相似性为 99%。培养基 0012,28℃。

MCCC 1A01559 ←海洋三所 404。分离源：福建省漳州云霄县近海红树林土壤。与模式菌株相似性为 99%。培养基 0012,28℃。

MCCC 1A01637 ←海洋三所 5-422。分离源：福建省漳州云霄县近海红树林土壤。与模式菌株相似性为 99%。培养基 0012,28℃。

MCCC 1A01652 ←海洋三所 S6-7。分离源：福建省漳州云霄县近海红树林土壤。与模式菌株 *Streptomyces almquistii* NRRL B-1685(T) AY999782 相似性为 99%。培养基 0012,28℃。

MCCC 1A01695 ←海洋三所 406。分离源：福建省漳州云霄县近海红树林土壤。与模式菌株相似性为 99%。培养基 0012,28℃。

Streptomyces thermocarboxydus Kim *et al.*1998 嗜热一氧化碳链霉菌

模式菌株 *Streptomyces thermocarboxydus* NBRC 16323(T) AB249926

MCCC 1A01649 ←海洋三所 11-408。分离源：福建省漳州云霄县近海红树林土壤。与模式菌株相似性为 99%。培养基 0012,28℃。

MCCC 1A03750 ←海洋三所 F:85A356。分离源：福建泉州万安潮间带沉积物。抗部分细菌。与模式菌株相似性为 99.789%。培养基 1002,28℃。

Streptomyces thermolineatus Goodfellow *et al.*1988 热线链霉菌

模式菌株 *Streptomyces thermolineatus* NBRC 14750(T) AB184618

MCCC 1A01674 ←海洋三所 12-7。分离源：福建省漳州云霄县近海红树林土壤。与模式菌株相似性为 99%。培养基 0012,28℃。

Streptomyces thermoviolaceus Henssen 1957 热紫链霉菌

模式菌株 *Streptomyces thermoviolaceus* subsp. *thermoviolaceus* DSM 40443(T)Z68096

MCCC 1A01521 ◄海洋三所 s6-208。分离源：福建省漳州云霄县近海红树林土壤。与模式菌株相似性为
99%。培养基 0012,28℃。

MCCC 1A01685 ←海洋三所 s6-212。分离源：福建省漳州云霄县近海红树林土壤。与模式菌株相似性为
99%。培养基 0012,28℃。

Streptomyces tuirus Albert and Malaquias de Querioz 1963 紫蓝链霉菌

模式菌株 *Streptomyces tuirus* NBRC 15617(T)AB184690

MCCC 1A01525 ←海洋三所 1-415。分离源：福建省漳州云霄县近海红树林土壤。与模式菌株相似性为
99%。培养基 0012,28℃。

Streptomyces variabilis (Preobrazhenskaya *et al.* 1957)Pridham *et al.* 1958 变异链霉菌

MCCC 1A03622 ←海洋三所 F-9A446。分离源：福建漳州东山潮间带泥。抗部分细菌。培养基 1002,28℃。

MCCC 1A03623 ←海洋三所 F:27A576。分离源：厦门集美生物样。抗部分细菌。培养基 0471,28℃。

MCCC 1A03624 ←海洋三所 F:48A-54。分离源：厦门员当湖潮口底泥。抗部分细菌。培养基 0011,28℃。

Streptomyces violaceolatus (Krassilnikov *et al.* 1965)Pridham 1970 紫阔链霉菌

模式菌株 *Streptomyces violaceolatus* DSM 40438(T)AF503497

MCCC 1A03555 ←海洋三所 F:76A-20。分离源：厦门屿仔尾潮间带泥。抗部分细菌。与模式菌相似性为
99.721%。培养基 1002,28℃。

MCCC 1A03585 ←海洋三所 F:79A-18(2)。分离源：厦门屿仔尾潮间带底泥。抗部分细菌。与模式菌株相
似性为 99.722%。培养基 0011,28℃。

Streptomyces violaceorubidus Terekhova 1986 深红紫链霉菌

模式菌株 *Streptomyces violaceorubidus* LMG 20319(T)AJ781374

MCCC 1A01630 ←海洋三所 5-423。分离源：福建省漳州云霄县近海红树林土壤。与模式菌株相似性为
99%。培养基 0012,28℃。

Streptomyces viridochromogenes (Krainsky 1914)Waksman and Henrici 1948 产绿色链霉菌

模式菌株 *Streptomyces viridochromogenes* NBRC 13347(T)AB184873

MCCC 1A01609 ←海洋三所 Z22。分离源：福建省漳州云霄县近海红树林土壤。与模式菌株相似性为 99%。
培养基 0012,28℃。

MCCC 1A01659 ←海洋三所 ZXY6。分离源：福建省漳州云霄县近海红树林土壤。与模式菌株
S. viridochromogenes NBRC 3113(T)AB184728 相似性为 99%。培养基 0012,28℃。

MCCC 1A03380 ←海洋三所 z52。分离源：福建省漳州云霄县近海红树林土壤。与模式菌株
S. viridochromogenes NBRC 3113(T) AB184728 相似性为 99%。培养基 0012,28℃。

Streptomyces viridodiastaticus (Baldacci *et al.* 1955)Pridham *et al.* 1958 绿淀粉酶链霉菌

模式菌株 *Streptomyces viridodiastaticus* NBRC 13106(T)AB184317

MCCC 1A01795 ←海洋三所 35zhy。分离源：东太平洋多金属结核区深海沉积物。与模式菌株相似性为
99.925%。培养基 0473,25～30℃。

MCCC 1A02703 ←海洋三所 13-423。分离源：福建省漳州云霄县近海红树林土壤。与模式菌株 *Streptomyces viridodiastaticus* IFO 13106(T) AY999852 相似性为 99%。培养基 0012,28℃。

Streptomyces xiamenensis Xu *et al.* 2009 厦门链霉菌

模式菌株 *Streptomyces xiamenensis* MCCC 1A01550(T)EF012099

MCCC 1A01579 ←海洋三所 1-27。分离源：福建省漳州云霄县近海红树林土壤。与模式菌株相似性为
1478/1491(99%)。培养基 0012,28℃。

MCCC 1A01602 ←海洋三所 Z49。分离源：福建省漳州云霄县近海红树林土壤。与模式菌株相似性为

1478/1491(99%)。培养基 0012,28℃。

MCCC 1A01607 ←海洋三所 12-20。分离源:福建省漳州云霄县近海红树林土壤。与模式菌株相似性为 1478/1491(99%)。培养基 0012,28℃。

MCCC 1A01672 ←海洋三所 1-414。分离源:福建省漳州云霄县近海红树林土壤。与模式菌株相似性为 1478/1491(99%)。培养基 0012,28℃。

MCCC 1A02732 ←海洋三所 53P41-5。分离源:大西洋深海沉积物表层。与模式菌株相似性为 1478/1491(99%)。培养基 0012,28℃。

MCCC 1A02734 ←海洋三所 66H11-1。分离源:大西洋深海沉积物表层。与模式菌株相似性为 1478/1491(99%)。培养基 0012,28℃。

MCCC 1A02736 ←海洋三所 15P51-1。分离源:印度洋深海沉积物表层。与模式菌株相似性为 1478/1491(99%)。培养基 0012,28℃。

MCCC 1A02747 ←海洋三所 102P41-1。分离源:东太平洋深海沉积物表层。与模式菌株相似性为 1478/1491(99%)。培养基 0012,28℃。

Streptomyces xinghaiensis Jiao 2009 星海湾链霉菌

模式菌株 *Streptomyces xinghaiensis* S187(T)EF577247

MCCC 1A00295 ←海洋三所 HYC-30。分离源:厦门野生鲻鱼肠道内容物。与模式菌株相似性为 99.745%。培养基 0033,28℃。

MCCC 1A01543 ←海洋三所 3-409。分离源:福建省漳州云霄县近海红树林土壤。与模式菌株相似性为 99%。培养基 0012,28℃。

Streptomyces yokosukanensis Nakamura 1961 横须贺链霉菌

模式菌株 *Streptomyces yokosukanensis* NBRC 13108(T) AB184319

MCCC 1A01581 ←海洋三所 12-23。分离源:福建省漳州云霄县近海红树林土壤。与模式菌株相似性为 99%。培养基 0012,28℃。

Streptomyces **sp.** Waksman and Henrici 1943 链霉菌

MCCC 1A01501 ←海洋三所 35P32-1。分离源:大西洋深海沉积物表层。与模式菌株 S. *xiamenensis* MCCC 1A01550(T)EF012099 相似性为 99%(1478/1491)。培养基 0012,28℃。

MCCC 1A01514 ←海洋三所 282。分离源:福建省漳州云霄县近海红树林土壤。与模式菌株 S. *xiamenensis* MCCC 1A01550(T)EF012099 相似性为 99%(1478/1491)。培养基 0012,28℃。

MCCC 1A01516 ←海洋三所 83H41-1。分离源:大西洋深海沉积物表层。与模式菌株 S. *xiamenensis* MCCC 1A01550(T)EF012099 相似性为 99%(1478/1491)。培养基 0012,28℃。

MCCC 1A01517 ←海洋三所 94H22-1。分离源:东太平洋深海沉积物表层。与模式菌株 S. *xiamenensis* MCCC 1A01550(T)EF012099 相似性为 99%(1478/1491)。培养基 0012,28℃。

MCCC 1A01520 ←海洋三所 42P31-1。分离源:大西洋深海沉积物表层。与模式菌株 S. *xiamenensis* MCCC 1A01550(T)EF012099 相似性为 99%(1478/1491)。培养基 0012,28℃。

MCCC 1A01550 ←海洋三所 318。分离源:福建省漳州云霄县近海红树林土壤。与模式菌株 S. *xiamenensis* MCCC 1A01550(T)EF012099 相似性为 99%(1478/1491)。培养基 0012,28℃。

MCCC 1A01570 ←海洋三所 87P31-2。分离源:大西洋深海沉积物表层。与模式菌株 S. *xiamenensis* MCCC 1A01550(T)EF012099 相似性为 99%(1478/1491)。培养基 0012,28℃。

MCCC 1A01573 ←海洋三所 zxy19(2)。分离源:福建省漳州云霄县近海红树林土壤。与模式菌株 S. *xiamenensis* MCCC 1A01550(T)EF012099 相似性为 99%(1478/1491)。培养基 0012,28℃。

MCCC 1A01596 ←海洋三所 84H32-2。分离源:大西洋深海沉积物表层。与模式菌株 S. *xiamenensis* MCCC 1A01550(T)EF012099 相似性为 99%(1478/1491)。培养基 0012,28℃。

MCCC 1A01613 ←海洋三所 72P31-1。分离源:大西洋深海沉积物表层。与模式菌株 S. *xiamenensis* MCCC 1A01550(T)EF012099 相似性为 99%(1478/1491)。培养基 0012,28℃。

MCCC 1A01624 ←海洋三所 13-30。分离源:福建省漳州云霄县近海红树林土壤。与模式菌株 S. *xiamenensis*

MCCC 1A01550(T)EF012099 相似性为 99%(1478/1491)。培养基 0012,28℃。

MCCC 1A01627　←海洋二所 102I32 1。分离源:东太平洋深海沉积物表层。与模式菌株 *S. xiamenensis* MCCC 1A01550(T)EF012099 相似性为 99%(1478/1491)。培养基 0012,28℃。

MCCC 1A01643　←海洋三所 281。分离源:福建省漳州云霄县近海红树林土壤。与模式菌株 *S. xiamenensis* MCCC 1A01550(T)EF012099 相似性为 99%(1478/1491)。培养基 0012,28℃。

MCCC 1A01689　←海洋三所 13-32。分离源:福建省漳州云霄县近海红树林土壤。与模式菌株 *S. xiamenensis* MCCC 1A01550(T)EF012099 相似性为 99%(1478/1491)。培养基 0012,28℃。

MCCC 1A01794　←海洋三所 18′zhy。分离源:东太平洋多金属结核区深海沉积物。与模式菌株 *S. hydrogenans* NBRC 13475(T)AB184868 相似性为 99.569%。培养基 0473,25~30℃。

MCCC 1A01798　←海洋三所 37zhy。分离源:东太平洋多金属结核区深海沉积物。与模式菌株 *S. intermedius* NBRC 13049(T)AB184277 相似性为 99.454%。培养基 0473,25~30℃。

MCCC 1A01799　←海洋三所 18zhy。分离源:东太平洋多金属结核区深海沉积物。与模式菌株 *S. hydrogenans* NBRC 13475(T)AB184868 相似性为 99.569%。培养基 0473,25~30℃。

MCCC 1A02711　←海洋三所 11-409。分离源:福建省漳州云霄县近海红树林土壤。与模式菌株 *S. chromofuscus* NBRC 12851(T) AB184194 相似性为 98%。培养基 0012,28℃。

MCCC 1A02713　←海洋三所 12-21。分离源:福建省漳州云霄县近海红树林土壤。与模式菌株 *S. xiamenensis* MCCC 1A01550(T)EF012099 相似性为 99%(1478/1491)。培养基 0012,28℃。

MCCC 1A02737　←海洋三所 2H31-2。分离源:印度洋深海沉积物表层。与模式菌株 *S. xiamenensis* MCCC 1A01550(T)EF012099 相似性为 99%(1478/1491)。培养基 0012,28℃。

MCCC 1A02739　←海洋三所 6P31-2。分离源:印度洋深海沉积物表层。与模式菌株 *S. xiamenensis* MCCC 1A01550(T)EF012099 相似性为 99%(1478/1491)。培养基 0012,28℃。

MCCC 1A02742　←海洋三所 72N10-1。分离源:大西洋深海沉积物表层。与模式菌株 *S. xiamenensis* MCCC 1A01550(T)EF012099 相似性为 99%(1478/1491)。培养基 0012,28℃。

MCCC 1A02748　←海洋三所 2H33-2。分离源:印度洋深海沉积物表层。与模式菌株 *S. xiamenensis* MCCC 1A01550(T)EF012099 相似性为 99%(1478/1491)。培养基 0012,28℃。

MCCC 1A02750　←海洋三所 6H32-4。分离源:印度洋深海沉积物表层。与模式菌株 *S. xiamenensis* MCCC 1A01550(T)EF012099 相似性为 99%(1478/1491)。培养基 0012,28℃。

MCCC 1A03301　←海洋三所 2H31-8。分离源:印度洋深海沉积物表层。与模式菌株 *S. xiamenensis* MCCC 1A01550(T)EF012099 相似性为 99%(1478/1491)。培养基 0012,28℃。

MCCC 1A03304　←海洋三所 6P32-3A。分离源:印度洋深海沉积物表层。与模式菌株 *S. xiamenensis* MCCC 1A01550(T)EF012099 相似性为 99%(1478/1491)。培养基 0012,28℃。

MCCC 1A03308　←海洋三所 IH32-1。分离源:印度洋深海沉积物表层。与模式菌株 *S. globosus* LMG 19896 (T) AJ781330 相似性为 97%。培养基 0012,28℃。

MCCC 1A03309　←海洋三所 15N30-1。分离源:印度洋深海沉积物表层。与模式菌株 *S. xiamenensis* MCCC 1A01550(T)EF012099 相似性为 99%(1478/1491)。培养基 0012,28℃。

MCCC 1A03322　←海洋三所 35N10-1。分离源:大西洋深海沉积物表层。与模式菌株 *S. achromogenes* subsp. *achromogenes* NBRC 12735(T)AB184109 相似性为 99%。培养基 0012,28℃。

MCCC 1A03338　←海洋三所 2H51-1。分离源:印度洋深海沉积物表层。与模式菌株 *S. globosus* LMG 19896 (T) AJ781330 相似性为 97%。培养基 0012,28℃。

MCCC 1A03339　←海洋三所 100p21-2。分离源:东太平洋深海沉积物表层。与模式菌株 *S. xiamenensis* MCCC 1A01550(T)EF012099 相似性为 99%(1478/1491)。培养基 0012,28℃。

MCCC 1A03341　←海洋三所 84H32-1。分离源:大西洋深海沉积物表层。与模式菌株 *S. xiamenensis* MCCC 1A01550(T)EF012099 相似性为 99%(1478/1491)。培养基 0012,28℃。

MCCC 1A03344　←海洋三所 94P42-2。分离源:东太平洋深海沉积物表层。与模式菌株 *S. carpaticus* NBRC 15390(T) AB184641 相似性为 97.668%。培养基 0012,28℃。

MCCC 1A03347　←海洋三所 102P22-1。分离源:东太平洋深海沉积物表层。与模式菌株 *S. xiamenensis* MCCC 1A01550(T)EF012099 相似性为 99%(1478/1491)。培养基 0012,28℃。

MCCC 1A03348　←海洋三所 87N23-1。分离源:大西洋深海沉积物表层。与模式菌株 *S. xiamenensis* MCCC

1A01550(T)EF012099 相似性为 99%(1478/1491)。培养基 0012,28℃。

MCCC 1A03349 ←海洋三所 72H31-1。分离源:大西洋深海沉积物表层。与模式菌株 *S. xiamenensis* MCCC 1A01550(T)EF012099 相似性为 99%(1478/1491)。培养基 0012,28℃。

MCCC 1A03552 ←海洋三所 F:228A503。分离源:福建福清潮间带沉积物。抗部分细菌。与模式菌株 *S. griseorubens* NBRC 12780(T)AB184139 相似性为 99.93%。培养基 1002,28℃。

MCCC 1A03553 ←海洋三所 F:14A-493。分离源:福建晋江安海潮间带沉积物。抗部分细菌。与模式菌株 *S. sampsonii* ATCC 25495(T)D63871 相似性为 99.725%。培养基 1002,28℃。

MCCC 1A03560 ← 海洋三所 F:51A-15。分离源:厦门巡司顶花园土。抗部分细菌。与模式菌株 *S. rubiginosohelvolus* NBRC 12912(T)AB184240 相似性为 99.861%。培养基 1002,28℃。

MCCC 1A03563 ←海洋三所 F:6A-455+1。分离源:福建漳州东山潮间带泥。抗部分细菌。与模式菌株 *S. almquistii* NRRL B-1685(T)AY999782 相似性为 99.374%。培养基 1002,28℃。

MCCC 1A03566 ←海洋三所 F:31A-533。分离源:福建福清潮间带沉积物。抗部分细菌。与模式菌株 *S. sampsonii* ATCC 25495(T)D63871 相似性为 99.584%。培养基 1002,28℃。

MCCC 1A03567 ←海洋三所 F:77A-46。分离源:厦门潮间带泥。抗部分细菌。与模式菌株 *S. resistomycificus* ISP 5133(T)AJ399472 相似性为 99.158%。培养基 1002,28℃。

MCCC 1A03569 ←海洋三所 F:50A53。分离源:厦门底泥。抗部分细菌。培养基 1002,28℃。

MCCC 1A03570 ←海洋三所 F-2A519。分离源:福建福清潮间带沉积物。抗部分细菌。培养基 1002,28℃。

MCCC 1A03571 ←海洋三所 F:54A2。分离源:厦门胡里山潮间带泥。抗部分细菌。与模式菌株 *S. pactum* NBRC 13433(T)AB184398 相似性为 99.303%。培养基 1002,28℃。

MCCC 1A03572 ←海洋三所 F:37A528。分离源:福建福清潮间带沉积物。抗部分细菌。与模式菌株 *S. coeruleorubidus* NBRC 12844(T)AB184849 相似性为 99.585%。培养基 1002,28℃。

MCCC 1A03573 ← 海洋三所 F:25A573。分离源:厦门集美生物样。抗部分细菌。与模式菌株 *S. longispororuber* NBRC 13488(T)AB184440 相似性为 99.650%。培养基 1002,28℃。

MCCC 1A03575 ←海洋三所 F:179A191。分离源:福建漳州龙海红树林滨螺。抗部分细菌。与模式菌株 *S. rubiginosohelvolus* NBRC 12912(T)AB184240 相似性为 99.722%。培养基 0471,28℃。

MCCC 1A03576 ← 海洋三所 F:135A463。分离源:中国黄海表层沉积物。抗部分细菌。与模式菌株 *S. rubiginosohelvolus* NBRC 12912(T)AB184240 相似性为 99.720%。培养基 1002,28℃。

MCCC 1A03577 ←海洋三所 F:78A27。分离源:厦门表层沉积物。抗部分细菌。培养基 1002,28℃。

MCCC 1A03578 ←海洋三所 F:166A312+1。分离源:福建泉州万安潮间带沉积物。抗部分细菌。培养基 0471,28℃。

MCCC 1A03580 ←海洋三所 F:195A107。分离源:厦门浮宫红树林中潮区。抗部分细菌。与模式菌株 *S. viridodiastaticus* NBRC 13106(T)AB184317 相似性为 99.931%。培养基 0471,28℃。

MCCC 1A03581 ←海洋三所 F:105A300。分离源:福建泉州万安潮间带沉积物。抗部分细菌。与模式菌株 *S. sampsonii* ATCC 25495(T)D63871 相似性为 99.376%。培养基 1002,28℃。

MCCC 1A03582 ←海洋三所 F:107A301。分离源:福建泉州万安潮间带沉积物。抗部分细菌。与模式菌株 *S. intermedius* NBRC 13049(T)AB184277 相似性为 99.295%。培养基 1002,28℃。

MCCC 1A03583 ← 海洋三所 F-187A201。分离源:中国东海海水表层。抗部分细菌。与模式菌株 *S. hydrogenans* NBRC 13475(T)AB184868 相似性为 99.651%。培养基 0471,28℃。

MCCC 1A03584 ←海洋三所 F-11A498。分离源:福建福清潮间带沉积物。抗部分细菌。与模式菌株 *S. sampsonii* ATCC 25495(T)D63871 相似性为 99.375%。培养基 0471,28℃。

MCCC 1A03593 ←海洋三所 F:95A378。分离源:福建泉州万安潮间带沉积物。抗部分细菌。培养基 1002,28℃。

MCCC 1A03594 ←海洋三所 F:169A165。分离源:福建漳州龙海红树林枯叶。抗部分细菌。培养基 1002,28℃。

MCCC 1A03595 ←海洋三所 F:182A51。分离源:厦门员当湖苔纳潮口泥。抗部分细菌。与模式菌株 *S. xinghaiensis* S187(T)EF577247 相似性为 99.931%。培养基 1002,28℃。

MCCC 1A03597 ←海洋三所 F:36A562。分离源:福建泉州大坠岛的蟹。抗部分细菌。与模式菌株

S. *xiamenensis* MCCC 1A01550(T)EF012099 相似性为 99.026%。培养基 1002,28℃。

MCCC 1A03598　←海洋三所 F:18A507。分离源:福建福清潮间带沉积物。抗部分细菌。与模式菌株 S. *xiamenensis* MCCC 1A01550(T)EF012099 相似性为 98.881%。培养基 1002,28℃。

MCCC 1A03599　←海洋三所 F:190A240。分离源:福建泉州万安潮间带沉积物。抗部分细菌。与模式菌株 S. *somaliensis* NBRC 12916(T)AB184243 相似性为 99.930%。培养基 1002,28℃。

MCCC 1A03612　←海洋三所 F:71A4。分离源:厦门大学游泳池泥。抗部分细菌。与模式菌株 S. *somaliensis* NBRC 12916(T)AB184243 相似性为 99.93%。培养基 1002,28℃。

MCCC 1A03626　←海洋三所 F-153A430。分离源:福建漳州东山潮间带泥。抗部分细菌。培养基 1002,28℃。

MCCC 1A03627　←海洋三所 F-29A494。分离源:福建晋江安海潮间带沉积物。抗部分细菌。培养基 1002,28℃。

MCCC 1A03628　←海洋三所 F-141A418＋2。分离源:海南日月湾潮间带泥。抗部分细菌。培养基 1002,28℃。

MCCC 1A03629　←海洋三所 F:93A347。分离源:福建泉州万安潮间带沉积物。抗部分细菌。与模式菌株 S. *sampsonii* ATCC 25495(T)D63871 相似性为 99.235%。培养基 1002,28℃。

MCCC 1A03630　←海洋三所 F:96A346。分离源:福建泉州万安潮间带沉积物。抗部分细菌。与模式菌株 S. *sampsonii* ATCC 25495(T)D63871 相似性为 99.792%。培养基 1002,28℃。

MCCC 1A03631　←海洋三所 F:151A332。分离源:福建泉州万安潮间带沉积物。抗部分细菌。与模式菌株 S. *sampsonii* ATCC 25495(T)D63871 相似性为 99.793%。培养基 1002,28℃。

MCCC 1A03632　←海洋三所 180A236。分离源:福建泉州万安潮间带沉积物。抗部分细菌。与模式菌株 S. *sampsonii* ATCC 25495(T)D63871 相似性为 99.790%。培养基 1002,28℃。

MCCC 1A03634　←海洋三所 F:68A12。分离源:厦门屿仔尾潮间带泥。抗部分细菌。与模式菌株 S. *sindenensis* IFO 12915(T)AY999860 相似性为 99.156%。培养基 1002,28℃。

MCCC 1A03636　←海洋三所 F:60A124。分离源:厦门附着蓝藻。抗部分细菌。与模式菌株 S. *mediolani* LMG 20093(T)AJ781354 相似性为 99.576。培养基 1002,28℃。

MCCC 1A03637　←海洋三所 F:186A-189。分离源:福建漳州滨螺。抗部分细菌。与模式菌株 S. *rubiginosohelvolus* NBRC 12912(T)AB184240 相似性为 99.654%。培养基 0471,28℃。

MCCC 1A03639　←海洋三所 F:188A177。分离源:福建漳州龙海红树林小蟹内脏。抗部分细菌。与模式菌株 S. *resistomycificus* ISP 5133(T)AJ399472 相似性为 99.439%。培养基 0011,28℃。

MCCC 1A03640　←海洋三所 F:2-A544。分离源:厦门同安潮间带底泥。抗部分细菌。与模式菌株 S. *xiamenensis* MCCC 1A01550(T)EF012099 相似性为 99.228%。培养基 1002,28℃。

MCCC 1A03641　←海洋三所 F:181A49。分离源:厦门底泥。抗部分细菌。与模式菌株 S. *griseorubens* NBRC 12780(T)AB184139 相似性为 99.233%。培养基 0011,28℃。

MCCC 1A03642　←海洋三所 F:194A535。分离源:福建福清潮间带沉积物。抗部分细菌。与模式菌株 S. *carpaticus* NBRC 15390(T)AB184641 相似性为 99.647%。培养基 1002,28℃。

MCCC 1A03643　←海洋三所 F:143A406。分离源:海南三亚潮间带底泥。抗部分细菌。与模式菌株 S. *carpaticus* NBRC 15390(T)AB184641 相似性为 99.15%。培养基 0471,28℃。

MCCC 1A03646　←海洋三所 F:213A395。分离源:福建石狮潮间带表层沉积物。抗部分细菌。与模式菌株 S. *erythrogriseus* NBRC 14601(T)AB184605 相似性为 99.58%。培养基 1002,28℃。

MCCC 1A03648　←海洋三所 F:160A427＋1。分离源:福建漳州东山潮间带底泥。抗部分细菌。与模式菌株 S. *griseorubens* NBRC 12780(T)AB184139 相似性为 99.441%。培养基 0471,28℃。

MCCC 1A03652　←海洋三所 F:224A481。分离源:福建晋江安海潮间带沉积物。抗部分细菌。与模式菌株 S. *radiopugnans* R97(T)DQ912930 相似性为 98.376%。培养基 1002,28℃。

MCCC 1A03656　←海洋三所 F:221A464。分离源:中国黄海表层沉积物。抗部分细菌。与模式菌株 S. *tendae* NBRC 12822(T)AB184172 相似性为 99.930%。培养基 0471,28℃。

MCCC 1A03663　←海洋三所 F:69A13。分离源:厦门屿仔尾潮间带底泥。抗部分细菌。与模式菌株 S. *tendae* NBRC 12822(T)AB184172 相似性为 98.603%。培养基 1002,28℃。

MCCC 1A03667　←海洋三所 F:28A496。分离源:福建晋江安海表层沉积物。抗部分细菌。与模式菌株

S. griseorubens NBRC 12780(T)AB184139 相似性为 99.512%。培养基 1002,28℃。

MCCC 1A03668 ←海洋三所 F:176A160。分离源:福建漳州龙海红树林枯叶。抗部分细菌。与模式菌株 S. resistomycificus ISP 5133(T)AJ399472 相似性为 99.579%。培养基 1002,28℃。

MCCC 1A03677 ←海洋三所 F:154A431。分离源:福建漳州东山表层沉积物。抗部分细菌。与模式菌株 S. praecox NBRC 13073(T)AB184293 相似性为 99.652%。培养基 1002,28℃。

MCCC 1A03682 ←海洋三所 F:178A247(1)。分离源:福建泉州万安潮间带沉积物。抗部分细菌。与模式菌株 S. praecox NBRC 13073(T)AB184293 相似性为 99.721%。培养基 0471,28℃。

MCCC 1A03689 ←海洋三所 HT:11-2。分离源:厦门海兔。抗部分细菌。与模式菌株 S. rubiginosohelvolus NBRC 12912(T)AB184240 相似性为 99.445%。培养基 1002,28℃。

MCCC 1A03690 ←海洋三所 HT:22。分离源:厦门海兔。抗部分细菌。与模式菌株 S. resistomycificus ISP 5133(T)AJ399472 相似性为 99.720%。培养基 1002,28℃。

MCCC 1A03697 ←海洋三所 HT:29-2。分离源:厦门海兔。抗部分细菌。与模式菌株 S. fradiae NBRC 3439(T)AB184776 相似性为 99.861%。培养基 1002,28℃。

MCCC 1A03705 ←海洋三所 F:44A84。分离源:福建漳州龙海红树林中潮区。抗部分细菌。与模式菌株 S. xiamenensis MCCC 1A01550(T)EF012099 相似性为 99.236%。培养基 1002,28℃。

MCCC 1A03729 ← 海洋三所 F:75A1。分离源:厦门胡里山潮间带泥。抗部分细菌。与模式菌株 S. diastaticus subsp. ardesiacus NBRC 15402(T)AB184653 相似性为 99.512%。培养基 0011,28℃。

MCCC 1A03730 ←海洋三所 F:223A473。分离源:福建晋江安海潮间带沉积物。抗部分细菌。与模式菌株 S. diastaticus subsp. ardesiacus NBRC 15402(T)AB184653 相似性为 99.518%。培养基 0011,28℃。

MCCC 1A03733 ←海洋三所 F:82A355。分离源:福建泉州万安潮间带沉积物。抗部分细菌。与模式菌株 S. fradiae NBRC 3439(T)AB184776 相似性为 99.859%。培养基 0011,28℃。

MCCC 1A03734 ←海洋三所 F:152A432+2。分离源:福建漳州东山潮间带底泥。抗部分细菌。与模式菌株 S. xinghaiensis S187(T)EF577247 相似性为 99.585%。培养基 0011,28℃。

MCCC 1A03735 ←海洋三所 F:156A391。分离源:福建泉州万安潮间带沉积物。抗部分细菌。与模式菌株 S. flocculus NBRC 13041(T)AB184272 相似性为 97.982%。培养基 0471,28℃。

MCCC 1A03738 ←海洋三所 F:125A469。分离源:福建晋江安海潮间带沉积物。抗部分细菌。与模式菌株 S. geysiriensis NBRC 15413(T)AB184661 相似性为 99.441%。培养基 0011,28℃。

MCCC 1A03739 ←海洋三所 F:142A404。分离源:福建泉州万安潮间带沉积物。抗部分细菌。与模式菌株 S. specialis GW 41-1564(T)AM934703 相似性为 96.569%。培养基 0471,28℃。

MCCC 1A03740 ←海洋三所 F:226A490。分离源:福建晋江安海潮间带沉积物。抗部分细菌。与模式菌株 S. somaliensis NBRC 12916(T)AB184243 相似性为 99.298%。培养基 1002,28℃。

MCCC 1A03741 ←海洋三所 F:232A546。分离源:厦门同安潮间带底泥。抗部分细菌。与模式菌株 S. griseus subsp. griseus NBRC 15744（T）AB184699 相似性为 99.792%。培养基 1002,28℃。

MCCC 1A03742 ←海洋三所 F:233A554。分离源:厦门同安潮间带底泥。抗部分细菌。与模式菌株 S. fradiae NBRC 3439(T)AB184776 相似性为 99.512%。培养基 1002,28℃。

MCCC 1A03744 ←海洋三所 F:90A375。分离源:福建泉州万安潮间带沉积物。抗部分细菌。与模式菌株 S. capillispiralis NBRC 14222(T)AB184577 相似性为 99.022%。培养基 1002,28℃。

MCCC 1A03745 ←海洋三所 F:19A517。分离源:福建福清潮间带沉积物。抗部分细菌。与模式菌株 S. xiamenensis MCCC 1A01550(T)EF012099 相似性为 99.032%。培养基 1002,28℃。

MCCC 1A03746 ←海洋三所 F:38A548。分离源:厦门同安潮间带底泥。抗部分细菌。与模式菌株 S. intermedius NBRC 13049(T)AB184277 相似性为 99.58%。培养基 1002,28℃。

MCCC 1A03749 ←海洋三所 F:98A333。分离源:福建泉州万安潮间带沉积物。抗部分细菌。与模式菌株 S. resistomycificus ISP 5133(T)AJ399472 相似性为 98.948%。培养基 0011,28℃。

MCCC 1A05927 ←海洋三所 0707K8-2。分离源:印度洋深海沉积物表层。与模式菌株 S. xiamenensis MCCC 1A01550(T)EF012099 相似性为 99%(1478/1491)。培养基 1003,28℃。

MCCC 1A05960 ←海洋三所 0714K1-9。分离源:印度洋深海沉积物表层。与模式菌株 *S. xiamenensis* MC-CC 1A01550(T)EF012099 相似性为 99%(1478/1491)。培养基 1003,28℃。

MCCC 1A05963 ←海洋三所 0714K10-2。分离源:印度洋深海沉积物表层。与模式菌株 *S. xiamenensis* MC-CC 1A01550(T)EF012099 相似性为 99%(1478/1491)。培养基 1003,28℃。

MCCC 1A05969 ←海洋三所 0714S2-1。分离源:印度洋深海沉积物表层。与模式菌株 *S. xiamenensis* MCCC 1A01550(T) EF012099 相似性为 99%(1478/1491)。培养基 1003,28℃。

MCCC 1B01153 ←海洋一所 CTDF1。分离源:大西洋表层水样。与模式菌株 *S. sclerotialus* DSM 43032(T) AJ621608 相似性为 97.831%。培养基 0471,25℃。

Subsaxibacter broadyi Bowman and Nichols 2005 布氏石下菌
模式菌株 *Subsaxibacter broadyi* P7(T)AY693999

MCCC 1C00764 ←极地中心 ZS2-2。分离源:南极表层沉积物。与模式菌株相似性为 97.877%。培养基 0471,15℃。

MCCC 1C00913 ←极地中心 ZS4-19。分离源:南极海洋沉积物。与模式菌株相似性为 96.554%。培养基 0471,15℃。

Sulfitobacter delicatus Ivanova *et al*. 2004 柔软亚硫酸盐杆菌
模式菌株 *Sulfitobacter delicatus* KMM 3584(T)AY180103

MCCC 1A04135 ←海洋三所 NH36E。分离源:南沙灰色沙质。与模式菌株相似性为 98.977%。培养基 0821,25℃。

MCCC 1B00643 ←海洋一所 DJNY36。分离源:江苏南通如东表层沉积物。与模式菌株相似性为 99.033%。培养基 0471,20~25℃。

MCCC 1B00647 ←海洋一所 DJNY41。分离源:江苏南通如东表层沉积物。与模式菌株相似性为 99.208%。培养基 0471,20~25℃。

Sulfitobacter donghicola Yoon *et al*. 2007 东海亚硫酸盐杆菌
模式菌株 *Sulfitobacter donghicola* DSW-25(T)EF202614

MCCC 1A05017 ←海洋三所 L51-10-18。分离源:南海深层海水。与模式菌株相似性为 98.542%(847/859)。培养基 0471,25℃。

MCCC 1C00902 ←极地中心 KS8-4。分离源:北极表层沉积物。与模式菌株相似性为 97.370%。培养基 0471,15℃。

Sulfitobacter dubius Ivanova *et al*. 2004 可疑亚硫酸盐杆菌
模式菌株 *Sulfitobacter dubius* KMM 3554(T)AY180102

MCCC 1A03085 ←海洋三所 CK-M1-16。分离源:大西洋深海热液区沉积物。与模式菌株相似性为 99.716%。培养基 0745,18~28℃。

MCCC 1A04362 ←海洋三所 T14F。分离源:西南太平洋土灰色沉积物上覆水。分离自石油降解菌群。与模式菌株相似性为 99.11%。培养基 0821,28℃。

MCCC 1A05170 ←海洋三所 L54-11-7。分离源:南海深层海水。与模式菌株相似性为 99.772%(911/913)。培养基 0471,25℃。

MCCC 1B00649 ←海洋一所 DJNY56。分离源:江苏南通如东表层沉积物。与模式菌株相似性为 99.746%。培养基 0471,20~25℃。

Sulfitobacter guttiformis (Labrenz *et al*. 2000)Yoon *et al*. 2007 点滴状亚硫酸盐杆菌
模式菌株 *Sulfitobacter guttiformis* Ekho Lake-38(T)Y16427

MCCC 1C00707 ←极地中心 NF1-5。分离源:南极表层沉积物。与模式菌株相似性为 98.077%。培养基 0471,15℃。

MCCC 1C00710 ←极地中心 NF4-3。分离源:南极海冰。与模式菌株相似性为 98.077%。培养基

0471,15℃。

MCCC 1C00712 ←极地中心 NF4-36。分离源：南极海冰。与模式菌株相似性为 98.077%。培养基 0471,15℃。

MCCC 1C00783 ←极地中心 NF1-26。分离源：南极海洋沉积物。与模式菌株相似性为 99.408%。培养基 0471,15℃。

MCCC 1C00786 ←极地中心 NF4-11。分离源：南极海冰。与模式菌株相似性为 98.077%。培养基 0471,15℃。

MCCC 1C00871 ←极地中心 ZS2020。分离源：南极表层沉积物。与模式菌株相似性为 99.334%。培养基 0471,15℃。

MCCC 1C00875 ←极地中心 ZS5-6。分离源：南极海冰。与模式菌株相似性为 98.077%。培养基 0266,15℃。

MCCC 1C00905 ←极地中心 NF4-9。分离源：南极海冰。与模式菌株相似性为 98.077%。培养基 0471,15℃。

MCCC 1C00923 ←极地中心 NF4-35。分离源：南极海冰。与模式菌株相似性为 98.077%。培养基 0471,15℃。

Sulfitobacter litoralis Park *et al.* 2007 海滨亚硫酸盐杆菌

模式菌株 *Sulfitobacter litoralis* Iso 3(T)DQ097527

MCCC 1B00640 ←海洋一所 DJNY27。分离源：江苏南通如东表层沉积物。与模式菌株相似性为 99.578%。培养基 0471,20~25℃。

MCCC 1C00563 ←极地中心 BSw20046。分离源：北冰洋无冰区深层海水。与模式菌株相似性为 99.642%。培养基 0471,15℃。

MCCC 1C00627 ←极地中心 BSw20064。分离源：北冰洋无冰区深层海水。与模式菌株相似性为 99.714%。培养基 0471,15℃。

MCCC 1C00803 ←极地中心 KS9-4。分离源：北极表层沉积物。与模式菌株相似性为 99.642%。培养基 0471,15℃。

MCCC 1C00827 ←极地中心 KS9-1。分离源：北极表层沉积物。与模式菌株相似性为 99.642%。培养基 0471,15℃。

MCCC 1C00841 ←极地中心 ZS6-33。分离源：南极无冰区表层海水。与模式菌株相似性为 99.642%。培养基 0471,15℃。

MCCC 1C00842 ←极地中心 SC004。分离源：白令海表层沉积物。与模式菌株相似性为 99.427%。培养基 0471,15℃。

MCCC 1C00844 ←极地中心 SA002。分离源：白令海表层沉积物。与模式菌株相似性为 99.570%。培养基 0471,15℃。

MCCC 1C00845 ←极地中心 SA011。分离源：白令海表层沉积物。与模式菌株相似性为 99.714%。培养基 0471,15℃。

MCCC 1C00851 ←极地中心 S1008。分离源：白令海表层沉积物。与模式菌株相似性为 99.284%。培养基 0471,15℃。

MCCC 1C00865 ←极地中心 SC021。分离源：白令海表层沉积物。与模式菌株相似性为 99.348%。培养基 0471,15℃。

MCCC 1C00888 ←极地中心 KS9-3。分离源：北极表层沉积物。与模式菌株相似性为 99.642%。培养基 0471,15℃。

Sulfitobacter marinus Yoon *et al.* 2007 海洋亚硫酸盐杆菌

模式菌株 *Sulfitobacter marinus* SW-265(T)DQ683726

MCCC 1C00733 ←极地中心 ZS5-32。分离源：南极海冰。与模式菌株相似性为 99.077%。培养基 0471,15℃。

MCCC 1C00737 ←极地中心 ZS5-21。分离源：南极海冰。与模式菌株相似性为 99.077%。培养基

0471,15℃。

MCCC 1C00762 ←极地中心 ZS5-11。分离源：南极海冰。与模式菌株相似性为 99.148%。培养基 0471,15℃。

MCCC 1C00846 ←极地中心 SA027。分离源：白令海表层沉积物。与模式菌株相似性为 99.430%。培养基 0471,15℃。

MCCC 1C00869 ←极地中心 ZS354。分离源：南极表层沉积物。与模式菌株相似性为 99.495%。培养基 0471,15℃。

Sulfitobacter pontiacus Sorokin 1996 庞蒂亚克亚硫酸盐杆菌

模式菌株 *Sulfitobacter pontiacus* DSM 10014(T) Y13155

MCCC 1A02497 ←海洋三所 37-PW11-OH7。分离源：南沙近海海水表层。分离自石油降解菌群。与模式菌株相似性为 99.66%。培养基 0472,25℃。

MCCC 1A03437 ←海洋三所 M03-8A。分离源：南沙上层海水。与模式菌株相似性为 99.857%。培养基 1001,25℃。

MCCC 1A03445 ←海洋三所 M02-1A。分离源：南沙深层海水。与模式菌株相似性为 99.861%。培养基 1001,25℃。

MCCC 1A03827 ←海洋三所 XFP38。分离源：西南太平洋劳盆地沉积物表层。与模式菌株相似性为 99.713%。培养基 0471,20～30℃。

MCCC 1A03828 ←海洋三所 XFP64。分离源：西南太平洋劳盆地沉积物表层。与模式菌株相似性为 99.57%。培养基 0471,20～30℃。

MCCC 1A03829 ←海洋三所 XFP76。分离源：西南太平洋劳盆地沉积物表层。与模式菌株相似性为 99.785%。培养基 0471,20～30℃。

MCCC 1A03830 ←海洋三所 XFP77。分离源：西南太平洋劳盆地沉积物表层。与模式菌株相似性为 99.785%。培养基 0471,20～30℃。

MCCC 1A03831 ←海洋三所 XFP83。分离源：西南太平洋劳盆地沉积物表层。与模式菌株相似性为 99.713%。培养基 0471,20～30℃。

MCCC 1A03891 ←海洋三所 P66。分离源：西南太平洋劳盆地沉积物表层。与模式菌株相似性为 99.785%。培养基 0471,20～30℃。

MCCC 1A04087 ←海洋三所 NH21I1。分离源：南沙灰色细泥。与模式菌株相似性为 99.863%(767/769)。培养基 0821,25℃。

MCCC 1A04275 ←海洋三所 T3AC。分离源：西南太平洋土灰色沉积物。分离自石油降解菌群。与模式菌株相似性为 99.864%。培养基 0821,28℃。

MCCC 1A04314 ←海洋三所 C75AJ。分离源：西南太平洋深层海水。分离自石油、多环芳烃富集菌群。与模式菌株相似性为 99.864%(766/768)。培养基 0821,25℃

MCCC 1A04350 ←海洋三所 T13AI1。分离源：西南太平洋土灰色沉积物。分离自石油降解菌群。与模式菌株相似性为 99.858%。培养基 0821,28℃。

MCCC 1A04385 ←海洋三所 T16AC。分离源：西南太平洋土灰色沉积物。分离自石油降解菌群。与模式菌株相似性为 99.854%。培养基 0821,28℃。

MCCC 1A04425 ←海洋三所 T19I-1。分离源：西南太平洋土灰色沉积物上覆水。分离自石油降解菌群。与模式菌株相似性为 99.703%。培养基 0821,28℃。

MCCC 1A04575 ←海洋三所 T38AD。分离源：西南太平洋深海沉积物。分离自石油、多环芳烃降解菌群。与模式菌株相似性为 99.862%。培养基 0821,28℃。

MCCC 1A04593 ←海洋三所 T39AF。分离源：西南太平洋深海沉积物。分离自石油、多环芳烃降解菌群。与模式菌株相似性为 99.858%。培养基 0821,28℃。

MCCC 1A04829 ←海洋三所 C67B9。分离源：西南太平洋深层海水。分离自石油降解菌群。与模式菌株相似性为 99.861%(753/755)。培养基 0821,25℃。

MCCC 1A04843 ←海洋三所 C70B14。分离源：西南太平洋深层海水。分离自石油降解菌群。与模式菌株相似性为 99.861%(753/755)。培养基 0821,25℃。

MCCC 1A04888 ←海洋三所 C80AG。分离源:西南太平洋深层海水。分离自石油、多环芳烃降解菌群。与模式菌株相似性为 99.867%。培养基 0821,25℃。

MCCC 1A04891 ←海洋三所 C81AC。分离源:西南太平洋深层海水。分离自石油、多环芳烃降解菌群。与模式菌株相似性为 99.862%。培养基 0821,25℃。

MCCC 1A04895 ←海洋三所 C82AC。分离源:西南太平洋深层海水。分离自石油、多环芳烃降解菌群。与模式菌株相似性为 99.867%。培养基 0821,25℃。

MCCC 1A04899 ←海洋三所 C84AB。分离源:西南太平洋深层海水。分离自石油、多环芳烃降解菌群。与模式菌株相似性为 99.864%。培养基 0821,25℃。

MCCC 1A05013 ←海洋三所 L51-1 51。分离源:南海表层海水。与模式菌株相似性为 99.761%。培养基 0471,25℃。

MCCC 1A05081 ←海洋三所 L53-1-12A。分离源:南海表层海水。与模式菌株相似性为 99.881%。培养基 0471,25℃。

MCCC 1A05256 ←海洋三所 C49AN。分离源:西南太平洋下层海水。分离自石油降解菌群。与模式菌株相似性为 99.866%。培养基 0821,25℃。

MCCC 1A05276 ←海洋三所 C53AK。分离源:西南太平洋深层海水。分离自石油降解菌群。与模式菌株相似性为 99.854%。培养基 0821,25℃。

MCCC 1A05286 ←海洋三所 C57AD。分离源:西南太平洋深层海水。分离自石油降解菌群。与模式菌株相似性为 99.854%。培养基 0821,25℃。

MCCC 1A05354 ←海洋三所 C74B6。分离源:西南太平洋深层海水。分离自石油、多环芳烃降解菌群。与模式菌株相似性为 99.864%(767/769)。培养基 0821,25℃。

MCCC 1A05407 ←海洋三所 C86B4。分离源:西南太平洋深层海水。分离自石油、多环芳烃降解菌群。与模式菌株相似性为 99.862%(757/758)。培养基 0821,25℃。

MCCC 1A05428 ←海洋三所 T42F。分离源:西南太平洋热液区深海沉积物。分离自石油、多环芳烃富集菌群。与模式菌株相似性为 99.762%。培养基 0821,25℃

MCCC 1A05666 ←海洋三所 NH38E_2。分离源:南沙褐色沙质。与模式菌株相似性为 99.863%(763/765)。培养基 0821,25℃。

MCCC 1B00514 ←海洋一所 DJHH10。分离源:威海荣成底层海水。与模式菌株相似性为 99.866%。培养基 0471,20~25℃。

MCCC 1B00614 ←海洋一所 DJQD14。分离源:青岛胶南底层海水。与模式菌株相似性为 99.862%。培养基 0471,20~25℃。

MCCC 1B00646 ←海洋一所 DJNY40。分离源:江苏南通如东表层沉积物。与模式菌株相似性为 99%。培养基 0471,20~25℃。

MCCC 1C00419 ←极地中心 BSi20661。分离源:北冰洋海冰。与模式菌株相似性为 99.785%。培养基 0471,15℃。

MCCC 1C00464 ←极地中心 BSi20563。分离源:北冰洋海冰。与模式菌株相似性为 99.785%。培养基 0471,15℃。

MCCC 1F01075 ←厦门大学 SCSWC11。分离源:南海上层海水。与模式菌株相似性为 99.713%(1392/1396)。培养基 0471,25℃。

MCCC 1F01139 ←厦门大学 SCSWA07。分离源:南海近海上层海水。与模式菌株相似性为 99.713%(1392/1396)。培养基 0471,25℃。

MCCC 1G00006 ←青岛科大 HH099-NF101。分离源:中国黄海海底沉积物。与模式菌株相似性为 99.048%。培养基 0471,28℃。

MCCC 1G00022 ←青岛科大 HH155-NF102。分离源:中国黄海海底沉积物。与模式菌株相似性为 99.489%。培养基 0471,28℃。

MCCC 1G00028 ←青岛科大 HH169-NF104。分离源:中国黄海海底沉积物。与模式菌株相似性为 99.634%。培养基 0471,28℃。

MCCC 1G00043 ←青岛科大 QD214-NF102。分离源:青岛近海岸海底沉积物。与模式菌株相似性为 99.416%。培养基 0471,28℃。

MCCC 1G00082 ←青岛科大 HH234-2。分离源:中国黄海海底沉积物。与模式菌株相似性为99.775%。培养基0471,25～28℃。

MCCC 1G00114 ←青岛科大QD254 下-3。分离源:青岛下层海水。与模式菌株相似性为99.188%。培养基0471,25～28℃。

MCCC 1G00116 ←青岛科大HH155 上-2。分离源:中国黄海上层海水。与模式菌株相似性为99.114%。培养基0471,25～28℃。

MCCC 1G00117 ←青岛科大SB297 上-2。分离源:江苏北部上层海水。与模式菌株相似性为99.044%。培养基0471,25～28℃。

MCCC 1G00132 ←青岛科大HH220 上-2。分离源:中国黄海上层海水。与模式菌株相似性为99.626%。培养基0471,25～28℃。

MCCC 1G00133 ←青岛科大SB282 下(B)-3。分离源:江苏北部下层海水。与模式菌株相似性为98.676%。培养基0471,25～28℃。

MCCC 1G00134 ←青岛科大SB265 下-2。分离源:江苏北部下层海水。与模式菌株相似性为99.851%。培养基0471,25～28℃。

MCCC 1G00155 ←青岛科大HH190 上-2。分离源:中国黄海上层海水。与模式菌株相似性为99.413%。培养基0471,25～28℃。

Sulfitobacter sp. Sorokin 1996 emend. Yoon *et al*. 2007 亚硫酸盐杆菌

MCCC 1A05707 ←海洋三所 NH57G。分离源:南沙潟湖珊瑚沙颗粒。分离自石油降解菌群。与模式菌株 *S. pontiacus* DSM 10014(T) Y13155 相似性为98%(754/766)。培养基0821,25℃。

MCCC 1A05709 ←海洋三所 NH57I1。分离源:南沙潟湖珊瑚沙颗粒。分离自石油降解菌群。与模式菌株 *S. pontiacus* DSM 10014(T) Y13155 相似性为98.501%(762/769)。培养基0821,25℃。

MCCC 1C00706 ←极地中心 NF1-40。分离源:南极表层沉积物。与模式菌株 *S. donghicola* DSW-25(T) EF202614 相似性为96.873%。培养基0471,15℃。

MCCC 1C00718 ←极地中心 NF1-32。分离源:南极表层沉积物。与模式菌株 *S. donghicola* DSW-25(T) EF202614 相似性为96.873%。培养基0471,15℃。

MCCC 1C00964 ←极地中心 ZS3-8。分离源:南极海洋沉积物。与模式菌株 *S. marinus* SW-265(T) DQ683726 相似性为95.875%。培养基0471,15℃。

MCCC 1C01011 ←极地中心 S11-17-1。分离源:北冰洋深层沉积物。抗二价锰。与模式菌株 *S. litoralis* Iso3(T)DQ097527 相似性为99.785%。培养基0471,5℃。

MCCC 1G00018 ←青岛科大 HH153-NF103。分离源:中国黄海海底沉积物。与模式菌株 *S. donghicola* DSW-25(T)EF202614 的 16S 序列相似性为96.188%。培养基0471,28℃。

MCCC 1G00019 ←青岛科大 HH154-NF101。分离源:中国黄海海底沉积物。与模式菌株 *S. donghicola* DSW-25(T)EF202614 的 16S 序列相似性为96.63%。培养基0471,28℃。

MCCC 1G00024 ←青岛科大 HH155-NF104。分离源:中国黄海海底沉积物。与模式菌株 *S. donghicola* DSW-25(T)EF202614 的 16S 序列相似性为96.544%。培养基0471,28℃。

MCCC 1G00026 ←青岛科大 HH166-NF102。分离源:中国黄海海底沉积物。与模式菌株 *S. donghicola* DSW-25(T)EF202614 的 16S 序列相似性为96.491%。培养基0471,28℃。

MCCC 1G00029 ←青岛科大 HH171-NF101。分离源:中国黄海海底沉积物。与模式菌株 *S. guttiformis* Ekho Lake-38(T)Y16427 的 16S 序列相似性为96.439%。培养基0471,28℃。

MCCC 1G00035 ←青岛科大 HH191-NF102。分离源:中国黄海海底沉积物。与模式菌株 *S. donghicola* DSW-25(T)EF202614 的 16S 序列相似性为96.795%。培养基0471,28℃。

MCCC 1G00041 ←青岛科大 HH232-NF102。分离源:中国黄海海底沉积物。与模式菌株 *S. donghicola* DSW-25(T)EF202614 的 16S 序列相似性为96.491%。培养基0471,28℃。

MCCC 1G00045 ←青岛科大 QD214-NF105。分离源:青岛近海岸海底沉积物。与模式菌株 *S. guttiformis* Ekho Lake-38(T)Y16427 的 16S 序列相似性为96.593%。培养基0471,28℃。

MCCC 1G00047 ←青岛科大 DH271-NF104。分离源:中国东海海底沉积物。与模式菌株 *S. donghicola* DSW-25(T)EF202614 的 16S 序列相似性为96.791%。培养基0471,28℃。

Tateyamaria omphalii Kurahashi and Yokota 2008 **海螺立山菌**
模式菌株 *Tateyamaria omphalii* MKT107(T)AB193438
MCCC 1C00925 ←极地中心 KS9-11。分离源:北极海洋沉积物。与模式菌株相似性为97.473%。培养基 0471,15℃。

Tenacibaculum litoreum Choi *et al.* 2006 **岸黏着杆菌**
模式菌株 *Tenacibaculum litoreum* CL-TF13(T)AY962294
MCCC 1B00654 ←海洋一所 DJNY74。分离源:江苏南通海安表层沉积物。与模式菌株相似性为99.883%。培养基 0471,20~25℃。

Tenacibaculum lutimaris Yoon *et al.* 2005 **海泥黏着杆菌**
模式菌株 *Tenacibaculum lutimaris* TF-26(T)AY661691
MCCC 1A02204 ←海洋三所 L1D。分离源:厦门近海有油污染历史的表层海水。石油烃降解菌。与模式菌株相似性为99.059%。培养基 0821,25℃。
MCCC 1A02237 ←海洋三所 CH20。分离源:厦门黄翅鱼鱼鳃。与模式菌株相似性为99.872%。培养基 0033,25℃。
MCCC 1B00460 ←海洋一所 HZBC22。分离源:山东日照上层海水。与模式菌株相似性为99.362%。培养基 0471,20~25℃。

Tenacibaculum mesophilum Suzuki *et al.* 2001 **嗜中温黏着杆菌**
模式菌株 *Tenacibaculum mesophilum* MBIC1140(T)AB032501
MCCC 1B00957 ←海洋一所 HDC21。分离源:福建宁德河豚养殖场河豚肠道内容物。与模式菌株相似性为99.879%。培养基 0471,20~25℃。

***Tenacibaculum* sp.** Suzuki *et al.* 2001 **黏着杆菌**
MCCC 1A02097 ←海洋三所 AL7。分离源:青岛近海海藻。与模式菌株 *T. litoreum* CL-TF13(T)AY962294 相似性为100%。培养基 0472,25℃。
MCCC 1B01087 ←海洋一所 QJNY81。分离源:山东日照海底泥沙。与模式菌株 *T. lutimaris* TF-26(T) AY661691 相似性为99.272%。培养基 0471,28℃。
MCCC 1B01088 ←海洋一所 QJNY83。分离源:山东日照海底泥沙。与模式菌株 *T. aestuarii* SMK-4(T) DQ314760 相似性为99.152%。培养基 0471,28℃。

Terrabacter tumescens (Jensen 1934)Collins *et al.* 1989 **肿大地杆菌**
模式菌株 *Terrabacter tumescens* DSM 20308(T)X83812
MCCC 1A06077 ←海洋三所 N-S-1-5。分离源:北极圈内某化石沟土样。与模式菌株相似性为98.345%。培养基 0472,28℃。

***Terrabacter* sp.** Collins *et al.* 1989 **土地芽孢杆菌**
MCCC 1A04284 ←海洋三所 T37B17。分离源:西南太平洋褐黑色沉积物上覆水。分离自石油、多环芳烃降解菌群。与模式菌株 *T. terrae* PPLB(T)AY944176 相似性为100%。培养基 0821,28℃。
MCCC 1A04573 ←海洋三所 T37AF1。分离源:西南太平洋褐黑色沉积物上覆水。分离自石油、多环芳烃降解菌群。与模式菌株 *T. terrae* PPLB(T)AY944176 相似性为100%。培养基 0821,28℃。

***Terribacillus* sp.** An *et al.* 2007 emend. Krishnamurthi and Chakrabarti 2008 **土壤芽胞杆菌**
MCCC 1B00260 ←海洋一所 JZHS17。分离源:青岛胶州上层海水。与模式菌株 *T. saccharophilus* 002-048 (T)AB243845 相似性为99.262%。培养基 0471,28℃。

***Tessaracoccus* sp.** Maszenan *et al.* 1999 **四合球菌**
MCCC 1A00346 ←海洋三所 SI-3。分离源:印度洋表层海水鲨鱼肠道内容物。与模式菌株 *T. flavescens*

SST-39(T) AM393882 相似性为 95.443％。培养基 0033,28℃。

Tetrasphaera remsis Osman *et al*. 2007 瑞末斯四联球状菌

模式菌株 *Tetrasphaera remsis* 3-M5-R-4(T)DQ447774

MCCC 1A03987 ←海洋三所 322-9。分离源：印度洋表层海水。分离自石油降解菌群。与模式菌株相似性为 98.69％。培养基 0471,25℃。

Thalassobacillus devorans García *et al*. 2005 食有机物深海芽胞杆菌

模式菌株 *Thalassobacillus devorans* G-19.1(T)AJ717299

MCCC 1A04022 ←海洋三所 NH7A1。分离源：南沙灰白色泥质沉积物。与模式菌株相似性为 99.344％ (731/736)。培养基 0821,25℃。

MCCC 1B01104 ←海洋一所 QNSW50。分离源：江苏盐城海底泥沙。与模式菌株相似性为 99.761％。培养基 0471,28℃。

Thalassobaculum litoreum Zhang *et al*. 2008 海岸深海杆状菌

模式菌株 *Thalassobaculum litoreum* CL-GR58(T)EF203900

MCCC 1A01232 ←海洋三所 CIC4N-24。分离源：印度洋深海底层水样。分离自多环芳烃降解菌群。与模式菌株相似性为 99.015％。培养基 0471,25℃。

MCCC 1A05163 ←海洋三所 L54-11-24。分离源：南海深层海水。与模式菌株相似性为 99.883％。培养基 0471,25℃。

Thalassobaculum **sp.** Zhang *et al*. 2008 深海杆状菌

MCCC 1A03209 ←海洋三所 PC13。分离源：印度洋深海水样。分离自多环芳烃降解菌群。与模式菌株 *T. litoreum* CL-GR58(T)EF203900 相似性为 92.262％。可能为新属,暂定此属。培养基 0471,28℃。

MCCC 1A03213 ←海洋三所 PC5。分离源：印度洋深海水样。分离自多环芳烃降解菌群。与模式菌株 *T. litoreum* CL-GR58(T)EF203900 相似性为 91.961％。可能为新属,暂定此属。培养基 0471,28℃。

Thalassobius **sp.** Arahal *et al*. 2005 深海菌

MCCC 1A02268 ←海洋三所 S2-7。分离源：加勒比海表层海水。与模式菌株 *T. aestuarii* JC2049(T) AY442178 相似性为 98.171％。培养基 0745,28℃。

MCCC 1C00730 ←极地中心 ZS4-10。分离源：南极表层沉积物。与模式菌株 *T. gelatinovorus* IAM 12617 (T)D88523 相似性为 93.858％。培养基 0471,15℃。

MCCC 1C00867 ←极地中心 SC027。分离源：白令海表层沉积物。与模式菌株 *T. gelatinovorus* IAM 12617 (T)D88523 相似性为 95.671％。培养基 0471,15℃。

MCCC 1C00986 ←极地中心 KS6-2。分离源：北极海洋沉积物。与模式菌株 *T. gelatinovorus* IAM 12617 (T)D88523 相似性为 95.743％。培养基 0471,15℃。

Thalassococcus halodurans Lee *et al*. 2007 耐盐深海球菌

模式菌株 *Thalassococcus halodurans* UST050418-052(T)DQ397336

MCCC 1A01259 ←海洋三所 CIC4N-10。分离源：印度洋深海底层水样。分离自多环芳烃降解菌群。与模式菌株相似性为 99.927％。培养基 0471,25℃。

MCCC 1A05837 ←海洋三所 5GM03-1c。分离源：南沙深层海水。与模式菌株相似性为 100％(770/770)。培养基 0471,25℃。

Thalassococcus **sp.** Lee *et al*. 2007 深海球菌

MCCC 1A02199 ←海洋三所 H1I。分离源：厦门近海表层海水。分离自石油降解菌群。与模式菌株

T. halodurans UST050418-052(T)DQ397336 相似性为 96.556%。培养基 0821,25℃。

Thalassolituus sp. Yakimov *et al.* 2004 深海弯曲菌

MCCC 1A04432 ←海洋三所 T19B。分离源:西南太平洋土灰色沉积物上覆水。分离自石油降解菌群。与模式菌株 *T. oleivorans* MIL-1(T)AJ431699 相似性为 95.851%(703/734)。培养基 0821,28℃。

MCCC 1A05820 ←海洋三所 T15N。分离源:西南太平洋土灰色沉积物。分离自石油降解菌群。与模式菌株 *T. oleivorans* MIL-1(T)AJ431699 相似性为 96.34%。培养基 0821,25℃。

MCCC 1A05896 ←海洋三所 T16K。分离源:西南太平洋土灰色沉积物。分离自石油降解菌群。与模式菌株 *T. oleivorans* MIL-1(T)AJ431699 相似性为 96.34%。培养基 0821,25℃。

MCCC 1A05901 ←海洋三所 T20G。分离源:西南太平洋土灰色沉积物。分离自石油降解菌群。与模式菌株 *T. oleivorans* MIL-1(T)AJ431699 相似性为 96.34%。培养基 0821,25℃。

MCCC 1B00457 ←海洋一所 HZBC12。分离源:山东日照上层海水。与模式菌株 *T. oleivorans* MIL-1 AJ431699 相似性为 94.778%。培养基 0471,20～25℃。

Thalassomonas agarivorans Jean *et al.* 2006 食琼脂深海单胞菌

MCCC 1A00161 ←台湾大学海洋研究所 TMA1(T)。=BCRC 17492(T)=JCM 13379(T)。分离源:中国台湾安平港表层海水。模式菌株。培养基 0471,25℃。

Thalassospira lucentensis López-López *et al.* 2002 卢森坦海旋菌

模式菌株 *Thalassospira lucentensis* DSM 14000(T)AM294944

MCCC 1A00383 ←DSM 14000。原始号 QMT2。=CECT 5390＝DSM 14000。分离源:西班牙近岸浅层海水。模式菌株。培养基 0471,25℃。

MCCC 1A01166 ←海洋三所 35。分离源:印度洋深海热液口沉积物。分离自环己酮降解菌群。与模式菌株相似性为 99.69%。培养基 0472,25℃。

MCCC 1A01167 ←海洋三所 78。分离源:印度洋深海热液口沉积物。分离自环己酮降解菌群。与模式菌株相似性为 99.69%。培养基 0472,25℃。

MCCC 1A01324 ←海洋三所 S27-1-6。分离源:印度洋表层海水。苯系物降解菌。与模式菌株相似性为 99.329%。培养基 0471,25℃。

MCCC 1A03523 ←海洋三所 T10B5。分离源:西南太平洋深海沉积物。分离自石油降解菌群。与模式菌株相似性为 99.326%(774/780)。培养基 0821,25℃

MCCC 1A03809 ←海洋三所 19III-S5-TVG3①b。分离源:西南印度洋洋中脊热液区。与模式菌株相似性为 99.656%。培养基 0471,4～20℃。

MCCC 1A03810 ←海洋三所 19-4 TVG 10b。分离源:西南太平洋劳盆地热液区硫化物。与模式菌株相似性为 99.656%。培养基 0471,4～20℃。

MCCC 1A03858 ←海洋三所 P44。分离源:西南太平洋深海沉积物。与模式菌株相似性为 98.894%。培养基 0471,20℃。

MCCC 1A03892 ←海洋三所 P67。分离源:西南太平洋劳盆地沉积物表层。与模式菌株相似性为 99.587%。培养基 0471,20～30℃。

MCCC 1A03967 ←海洋三所 405-4。分离源:印度洋表层海水。分离自石油降解菌群。与模式菌株相似性为 99.32%。培养基 0471,25℃。

MCCC 1A04238 ←海洋三所 LTVG9-10。分离源:太平洋深海热液区沉积物。分离自多环芳烃降解菌群。与模式菌株相似性为 99.896%。培养基 0471,28℃。

MCCC 1A04563 ←海洋三所 T37A。分离源:西南太平洋褐黑色沉积物上覆水。分离自石油、多环芳烃降解菌群。与模式菌株相似性为 99.86%。培养基 0821,28℃。

MCCC 1A05268 ←海洋三所 C51AC。分离源:西南太平洋上层海水。分离自石油降解菌群。与模式菌株相似性为 99.606%。培养基 0821,25℃。

MCCC 1A05301 ←海洋三所 C60AI。分离源:西南太平洋深层海水。分离自石油降解菌群。与模式菌株相似性为 649/652(99.515%)。培养基 0821,25℃。

MCCC 1A05309 ←海洋三所 C63AG。分离源:西南太平洋深层海水。分离自石油降解菌群。与模式菌株相似性为 99.728%(401/402)。培养基 0821,25℃。

MCCC 1A05379 ←海洋三所 C81AG。分离源:西南太平洋深层海水。分离自石油、多环芳烃降解菌群。与模式菌株相似性为 99.449%(756/762)。培养基 0821,25℃。

MCCC 1A05400 ←海洋三所 C86AH。分离源:西南太平洋深层海水。分离自石油、多环芳烃降解菌群。与模式菌株相似性为 99.449%。培养基 0821,25℃。

MCCC 1A05420 ←海洋三所 Er6。分离源:南海海水。分离自石油降解菌群。与模式菌株相似性为 99.715%(734/736)。培养基 0471,28℃。

MCCC 1A05912 ←海洋三所 T3AB。分离源:西南太平洋土灰色沉积物。分离自石油降解菌群。与模式菌株相似性为 99.327%(774/780)。培养基 0821,25℃。

MCCC 1B01160 ←海洋一所 TVGB18。分离源:大西洋深海泥样。与模式菌株相似性为 99.708%。培养基 0471,25℃。

MCCC 1B01161 ←海洋一所 TVGB2。分离源:大西洋深海泥样。与模式菌株相似性为 99.419%。培养基 0471,25℃。

MCCC 1B01165 ←海洋一所 TVGB3。分离源:大西洋深海泥样。与模式菌株相似性为 99.709%。培养基 0471,25℃。

MCCC 1B01169 ←海洋一所 TVGB7。分离源:大西洋深海泥样。与模式菌株相似性为 99.708%。培养基 0471,25℃。

MCCC 1G00011 ←青岛科大 HH143-NF102。分离源:中国黄海海底沉积物。与模式菌株相似性为 99.361%。培养基 0471,28℃。

Thalassospira profundimaris Liu *et al*. 2007 深海海旋菌
模式菌株 *Thalassospira profundimaris* WP0211(T)AY186195

MCCC 1A00207 ←海洋三所 WP0211。=DSM 17430。分离源:太平洋深海沉积物。模式菌株。培养基 0033,28℃。

MCCC 1A02039 ←海洋三所 PR57-5。分离源:印度洋深海底层水样。分离自多环芳烃降解菌群。与模式菌株相似性为 99.79%。培养基 0471,25℃。

MCCC 1A02040 ←海洋三所 PR57-2。分离源:印度洋深海底层水样。分离自多环芳烃降解菌群。与模式菌株相似性为 99.79%。培养基 0471,25℃。

MCCC 1A02041 ←海洋三所 2CR55-15。分离源:印度洋深海底层水样。分离自石油降解菌群。与模式菌株相似性为 99.79%。培养基 0471,25℃。

MCCC 1A02042 ←海洋三所 2CR54-5。分离源:印度洋深海底层水样。分离自石油降解菌群。与模式菌株相似性为 99.79%。培养基 0471,25℃。

MCCC 1A02043 ←海洋三所 RC911-19。分离源:印度洋深海底层水样。分离自石油降解菌群。与模式菌株相似性为 99.79%。培养基 0471,25℃。

MCCC 1A02059 ←海洋三所 NIC1013S-2。分离源:印度洋西南洋中脊深海底层水样。分离自石油降解菌群。与模式菌株相似性为 99.434%。培养基 0471,25℃。

MCCC 1A02060 ←海洋三所 RC911-4。分离源:印度洋深海底层水样。分离自石油降解菌群。与模式菌株相似性为 99.434%。培养基 0471,25℃。

MCCC 1A02093 ←海洋三所 PC99-15。分离源:印度洋深海底层水样。分离自多环芳烃降解菌群。与模式菌株相似性为 99.79%。培养基 0471,25℃。

MCCC 1A02095 ←海洋三所 MC2-7。分离源:大西洋深海底层海水。分离自石油降解菌群。与模式菌株相似性为 99.439%。培养基 0471,25℃。

MCCC 1A02096 ←海洋三所 PC92-18。分离源:印度洋深海底层水样。分离自多环芳烃降解菌群。与模式菌株相似性为 99.79%。培养基 0471,25℃。

MCCC 1F01035 ←厦门大学 M2。分离源:福建省漳州近海红树林表层沉积物。与模式菌株相似性为 99.519%(1449/1456)。培养基 0471,25℃。

Thalassospira tepidiphila Kodama *et al.* 2008 嗜中温海旋菌

模式菌株 *Thalassospira tepidiphila* 1-1B(T)AB265822

MCCC 1A03514 ←JCM 14578。原始号 1-1B。＝DSM 18888 ＝JCM 14578。分离源：日本石油污染的海水。模式菌株。培养基 0821,25℃。

MCCC 1G00186 ←青岛科大 qdht08。分离源：青岛表层海水。与模式菌株相似性为 99.563％。培养基 0471,25～28℃。

MCCC 1G00192 ←青岛科大 qdht16。分离源：青岛表层海水。与模式菌株相似性为 99.416％。培养基 0471,25～28℃。

Thalassospira xiamenensis Liu *et al.* 2007 厦门海旋菌

模式菌株 *Thalassospira xiamenensis* M-5(T)AY189753

MCCC 1A00209 ←海洋三所 M-5。＝DSM 17429。分离源：厦门储油码头污油处理池。模式菌株。培养基 0472,28℃。

MCCC 1A01013 ←海洋三所 W3-1。分离源：太平洋深海沉积物。分离自多环芳烃芘富集菌群。与模式菌株相似性为 99.497％。培养基 0471,25℃。

MCCC 1A01017 ←海洋三所 DBT-2。分离源：太平洋深海沉积物。分离自多环芳烃芘富集菌群。与模式菌株相似性为 99.498％。培养基 0471,25℃。

MCCC 1A01041 ←海洋三所 PTG4-18。分离源：印度洋深海沉积物。分离自多环芳烃降解菌群。与模式菌株相似性为 99.51％。培养基 0471,25℃。

MCCC 1A01051 ←海洋三所 MARC2PI。分离源：大西洋深海沉积物。多环芳烃降解菌。与模式菌株相似性为 99.756％。培养基 0471,28℃。

MCCC 1A01072 ←海洋三所 MARC2COD。分离源：大西洋深海沉积物。多环芳烃降解菌。与模式菌株相似性为 99.752％。培养基 0471,28℃。

MCCC 1A01140 ←海洋三所 MARMC3G。分离源：大西洋深海沉积物。多环芳烃降解菌。与模式菌株相似性为 99.752％。培养基 0471,26℃。

MCCC 1A01300 ←海洋三所 S27-11。分离源：印度洋表层海水。分离自石油降解菌群。与模式菌株相似性为 99.706％。培养基 0745,26℃。

MCCC 1A01330 ←海洋三所 S29-3-A。分离源：印度洋表层海水。苯系物降解菌。与模式菌株相似性为 99.665％。培养基 0471,25℃。

MCCC 1A01448 ←海洋三所 S31-7。分离源：印度洋表层海水。分离自石油降解菌群。与模式菌株相似性为 99.722％。培养基 0745,26℃。

MCCC 1A02094 ←海洋三所 MC2-9。分离源：大西洋深海底层海水。分离自石油降解菌群。与模式菌株相似性为 99.509％。培养基 0471,25℃。

MCCC 1A02148 ←海洋三所 45-1。分离源：印度洋表层海水。分离自石油降解菌群。与模式菌株相似性为 99.741％。培养基 0471,25℃。

MCCC 1A02753 ←海洋三所 IB2。分离源：黄海上层海水。分离自石油降解菌群。与模式菌株相似性为 99.74％。培养基 0472,25℃。

MCCC 1A02758 ←海洋三所 IB13。分离源：黄海上层海水。分离自石油降解菌群。与模式菌株相似性为 99.61％。培养基 0472,25℃。

MCCC 1A02767 ←海洋三所 ID7。分离源：黄海上层海水。分离自石油降解菌群。与模式菌株相似性为 99.61％。培养基 0472,25℃。

MCCC 1A02785 ←海洋三所 IH1。分离源：黄海上层海水。分离自石油降解菌群。与模式菌株相似性为 99.61％。培养基 0472,25℃。

MCCC 1A02795 ←海洋三所 IJ1。分离源：黄海上层海水。分离自石油降解菌群。与模式菌株相似性为 99.61％。培养基 0472,25℃。

MCCC 1A02838 ←海洋三所 IO13。分离源：黄海上层海水。分离自石油降解菌群。与模式菌株相似性为 99.61％。培养基 0472,25℃。

MCCC 1A02843 ←海洋三所 IP8。分离源：黄海上层海水。分离自石油降解菌群。与模式菌株相似性为

99.61%。培养基 0472,25℃。

MCCC 1A02866　←海洋三所 IU14。分离源:黄海上层海水。分离自石油降解菌群。与模式菌株相似性为 99.61%。培养基 0472,25℃。

MCCC 1A02873　←海洋三所 IV17。分离源:黄海上层海水。分离自石油降解菌群。与模式菌株相似性为 99.61%。培养基 0472,25℃。

MCCC 1A02878　←海洋三所 IX2。分离源:黄海上层海水。分离自石油降解菌群。与模式菌株相似性为 99.74%。培养基 0472,25℃。

MCCC 1A02921　←海洋三所 JG3。分离源:黄海上层海水。分离自石油降解菌群。与模式菌株相似性为 99.74%。培养基 0472,25℃。

MCCC 1A02929　←海洋三所 JH8。分离源:东海表层海水。分离自石油降解菌群。与模式菌株相似性为 99.61%。培养基 0472,25℃。

MCCC 1A02935　←海洋三所 JK1。分离源:东海上层海水。分离自石油降解菌群。与模式菌株相似性为 99.61%。培养基 0472,25℃。

MCCC 1A03005　←海洋三所 L6。分离源:大西洋洋中脊深海沉积物 。与模式菌株相似性为 99.74%(803/805)。培养基 0471,25℃。

MCCC 1A03042　←海洋三所 ck-I2-13。分离源:印度洋深海沉积物。与模式菌株相似性为 99.716%。培养基 0745,18~28℃。

MCCC 1A03052　←海洋三所 AS-I2-11。分离源:印度洋深海沉积物。抗五价砷。与模式菌株相似性为 99.716%。培养基 0745,18~28℃。

MCCC 1A03093　←海洋三所 AS-M6-11。分离源:大西洋热液区土黄色沉积物。抗五价砷。与模式菌株相似性为 99.716%。培养基 0745,18~28℃。

MCCC 1A03134　←海洋三所 46-3。分离源:印度洋表层海水。分离自石油降解菌群。与模式菌株的相似性为 99.744%(803/806)。培养基 0821,25℃。

MCCC 1A03138　←海洋三所 46-8(1)。分离源:印度洋表层海水。分离自石油降解菌群。与模式菌株的相似性为 98.957%(947/957)。培养基 0821,25℃。

MCCC 1A03167　←海洋三所 IT10。分离源:黄海上层海水。分离自石油降解菌群。与模式菌株的相似性为 99.616%(802/806)。培养基 0472,25℃。

MCCC 1A03173　←海洋三所 tf-21。分离源:大西洋洋中脊深海沉积物。与模式菌株相似性为 99.478%。培养基 0002,28℃。

MCCC 1A03177　←海洋三所 tf-2。分离源:大西洋洋中脊深海沉积物。与模式菌株的相似性为 99.723%(754/757)。培养基 0002,28℃。

MCCC 1A03356　←海洋三所 6N22-1。分离源:印度洋深海沉积物表层。与模式菌株相似性为 99%。培养基 0471,37℃。

MCCC 1A03513　←海洋三所 M01-12-1。分离源:南沙上层海水。与模式菌株相似性为 99.306%(751/758)。培养基 1001,25℃。

MCCC 1A03901　←海洋三所 316-1。分离源:印度洋表层海水。分离自石油降解菌群。与模式菌株相似性为 99.439%。培养基 0471,25℃。

MCCC 1A03908　←海洋三所 318-2。分离源:印度洋表层海水。分离自石油降解菌群。与模式菌株相似性为 99.16%。培养基 0471,25℃。

MCCC 1A03948　←海洋三所 429-1。分离源:印度洋表层海水。分离自石油降解菌群。与模式菌株相似性为 99.021%。培养基 0471,25℃。

MCCC 1A03962　←海洋三所 324-7。分离源:印度洋表层海水。分离自石油降解菌群。与模式菌株相似性为 99.284%。培养基 0471,25℃。

MCCC 1A04259　←海洋三所 T2AC。分离源:西南太平洋土黄色沉积物。分离自石油降解菌群。与模式菌株相似性为 99.718%(754/757)。培养基 0821,28℃。

MCCC 1A04332　←海洋三所 T10AJ。分离源:西南太平洋土灰色沉积物。分离自石油降解菌群。与模式菌株相似性为 99.292%(745/752)。培养基 0821,28℃。

MCCC 1A04359　←海洋三所 T14AB。分离源:西南太平洋土灰色沉积物上覆水。分离自石油降解菌群。与模式菌株相似性为 99.705％(754/757)。培养基 0821,28℃。

MCCC 1A04360 ←海洋三所 T14AE。分离源:西南太平洋土灰色沉积物上覆水。分离自石油降解菌群。与模式菌株相似性为 99.26％(750/757)。培养基 0821,28℃。

MCCC 1A04371 ←海洋三所 T15AC。分离源:西南太平洋土灰色沉积物。分离自石油降解菌群。与模式菌株相似性为 99.26％(750/757)。培养基 0821,28℃。

MCCC 1A04388 ←海洋三所 T16B1。分离源:西南太平洋土灰色沉积物。分离自石油降解菌群。与模式菌株相似性为 99.292％(745/752)。培养基 0821,28℃。

MCCC 1A04468 ←海洋三所 T24AH。分离源:西南太平洋热液区沉积物。分离自石油降解菌群。与模式菌株相似性为 99.719％(754/757)。培养基 0821,28℃。

MCCC 1A04508 ←海洋三所 T29AN。分离源:西南太平洋热液区沉积物。分离自石油降解菌群。与模式菌株相似性为 99.729％(754/757)。培养基 0821,28℃。

MCCC 1A04618 ←海洋三所 T43AJ。分离源:西南太平洋土黄色沉积物。分离自石油、多环芳烃降解菌群。与模式菌株相似性为 99.719％(754/757)。培养基 0821,28℃。

MCCC 1A04668 ←海洋三所 C11AK。分离源:西南太平洋深层海水。分离自石油降解菌群。与模式菌株相似性为 99.151％(745/752)。培养基 0821,25℃。

MCCC 1A04752 ←海洋三所 C44B1。分离源:西南太平洋上层海水。分离自石油降解菌群。与模式菌株相似性为 99.717％(754/757)。培养基 0821,25℃。

MCCC 1A04780 ←海洋三所 C52AL。分离源:西南太平洋下层海水。分离自石油降解菌群。与模式菌株相似性为 99.008％(745/752)。培养基 0821,25℃。

MCCC 1A04786 ←海洋三所 C54AC。分离源:西南太平洋深层海水。分离自石油降解菌群。与模式菌株相似性为 99.015％(750/757)。培养基 0821,25℃。

MCCC 1A04825 ←海洋三所 C66AI。分离源:西南太平洋深层海水。分离自石油降解菌群。与模式菌株相似性为 99.578％(754/757)。培养基 0821,25℃。

MCCC 1A04834 ←海洋三所 C68B2。分离源:西南太平洋深层海水。分离自石油降解菌群。与模式菌株相似性为 99.015％(750/757)。培养基 0821,25℃。

MCCC 1A04842 ←海洋三所 C70B6。分离源:西南太平洋深层海水。分离自石油降解菌群。与模式菌株相似性为 99.575％(754/757)。培养基 0821,25℃。

MCCC 1A04857 ←海洋三所 C74AJ-YT。分离源:西南太平洋深层海水。分离自石油、多环芳烃降解菌群。与模式菌株相似性为 99.578％(754/757)。培养基 0821,25℃。

MCCC 1A04868 ←海洋三所 C77B19。分离源:西南太平洋深层海水。分离自石油、多环芳烃降解菌群。与模式菌株相似性为 99.008％(745/752)。培养基 0821,25℃。

MCCC 1A04933 ←海洋三所 C15AC。分离源:西南太平洋深层海水。分离自石油降解菌群。与模式菌株相似性为 99.762％。培养基 0821,25℃

MCCC 1A05173 ←海洋三所 C2AD。分离源:西南太平洋下层海水。分离自石油降解菌群。与模式菌株相似性为 99.719％(754/757)。培养基 0821,25℃。

MCCC 1A05290 ←海洋三所 C58B7。分离源:西南太平洋深层海水。分离自石油降解菌群。与模式菌株相似性为 99.297％(745/752)。培养基 0821,25℃。

MCCC 1A05313 ←海洋三所 C63B26。分离源:西南太平洋深层海水。分离自石油降解菌群。与模式菌株相似性为 99.719％(754/757)。培养基 0821,25℃。

MCCC 1A05326 ←海洋三所 C66AJ。分离源:西南太平洋深层海水。分离自石油降解菌群。与模式菌株相似性为 99.307％(750/757)。培养基 0821,25℃。

MCCC 1A05333 ←海洋三所 C69AC。分离源:西南太平洋下层海水。分离自石油降解菌群。与模式菌株相似性为 99.721％(749/752)。培养基 0821,25℃。

MCCC 1A05349 ←海洋三所 C73AC。分离源:西南太平洋深层海水。分离自石油、多环芳烃降解菌群。与模式菌株相似性为 99.716％。培养基 0821,25℃。

MCCC 1A05417 ←海洋三所 Er3。分离源:南海海水。分离自石油降解菌群。与模式菌株相似性为 99.574％(735/739)。培养基 0471,28℃。

MCCC 1A05436 ←海洋三所 Er31。分离源:南海海水。分离自石油降解菌群。与模式菌株相似性为

99.29%(733/739)。培养基0471,28℃。

MCCC 1A05449 ←海洋三所 Er59。分离源:南海海水。分离自石油降解菌群。与模式菌株相似性为99.004%(730/737)。培养基0471,28℃。

MCCC 1A05831 ←海洋三所 3GM02-1E。分离源:南沙深层海水。与模式菌株相似性为99.321%(766/772)。培养基0471,25℃。

MCCC 1A05879 ←海洋三所 BX-B1-28。分离源:南沙泻湖珊瑚沙颗粒。分离自石油降解菌群。与模式菌株相似性为99.456%(767/771)。培养基0821,25℃。

MCCC 1A06023 ←海洋三所 T5AG-1。分离源:西南太平洋土灰色沉积物上覆水。分离自石油降解菌群。与模式菌株相似性为99.731%(777/780)。培养基0821,25℃。

Thalassospira sp. López-López *et al*. 2002 emend. Liu *et al*. 2007 海旋菌

MCCC 1A00350 ←海洋三所 R8-17。分离源:印度洋深海底层水样。分离自石油降解菌群。与模式菌株 *T. profundimaris* WP0211(T)AY186195 相似性为99.79%。培养基0471,25℃。

MCCC 1A00370 ←海洋三所 R8-8。分离源:印度洋深海底层水样。分离自石油降解菌群。与模式菌株 *T. profundimaris* WP0211(T)AY186195 相似性为99.439%。培养基0471,25℃。

MCCC 1A00385 ←海洋三所 R4-5。分离源:印度洋深海底层水样。分离自石油降解菌群。与模式菌株 *T. profundimaris* WP0211(T)AY186195 相似性为99.438%。培养基0471,25℃。

MCCC 1A00833 ←海洋三所 B-1090。分离源:东太平洋上覆水。与模式菌株 *T. tepidiphila* 1-1B(T)AB265822 相似性为99.646%。培养基0471,4℃。

MCCC 1A00888 ←海洋三所 B-1121。分离源:西太平洋沉积物表层。与模式菌株 *T. profundimaris* WP0211(T)AY186195 相似性为97.944%。培养基0471,4℃。

MCCC 1A01057 ←海洋三所 MARC4CW。分离源:大西洋深海沉积物。多环芳烃降解菌。与模式菌株 *T. tepidiphila* 1-1B(T)AB265822 相似性为99.71%。培养基0471,28℃。

MCCC 1A01103 ←海洋三所 PB8B。分离源:印度洋深海底层水样。分离自多环芳烃降解菌群。与模式菌株 *T. profundimaris* WP0211(T)AY186195 相似性为99.79%。培养基0471,25℃。

MCCC 1A01109 ←海洋三所 PB9B。分离源:印度洋深海底层水样。分离自多环芳烃降解菌群。与模式菌株 *T. profundimaris* WP0211(T)AY186195 相似性为99.434%。培养基0471,25℃。

MCCC 1A01148 ←海洋三所 MARC2CO7。分离源:大西洋深海沉积物。多环芳烃降解菌。与模式菌株 *T. tepidiphila* 1-1B(T)AB265822 相似性为99.873%。培养基0471,26℃。

MCCC 1A01172 ←海洋三所 MARC2PPNC。分离源:大西洋深海沉积物。多环芳烃降解菌。与模式菌株 *T. tepidiphila* 1-1B(T)AB265822 相似性为99.152%。培养基0471,28℃。

MCCC 1A01263 ←海洋三所 PR511-14。分离源:印度洋深海底层水样。分离自多环芳烃降解菌群。与模式菌株 *T. profundimaris* WP0211(T)AY186195 相似性为99.368%。培养基0471,25℃。

MCCC 1A01275 ←海洋三所 MC2-14。分离源:大西洋深海底层海水。分离自石油降解菌群。与模式菌株 *T. profundimaris* WP0211(T)AY186195 相似性为99.79%。培养基0471,25℃。

MCCC 1A01288 ←海洋三所 S31-2-1。分离源:印度洋表层海水。石油烃降解菌,产表面活性物质。与模式菌株 *T. lucentensis* DSM 14000(T)AM294944 相似性为98.233%。培养基0745,26℃。

MCCC 1A01318 ←海洋三所 S25-3-2。分离源:印度洋表层海水。苯系物降解菌。与模式菌株 *T. lucentensis* DSM 14000(T)AM294944 相似性为97.765%。培养基0471,25℃。

MCCC 1A01393 ←海洋三所 S73-4-F。分离源:印度洋表层海水。苯系物降解菌。与模式菌株 *T. tepidiphila* 1-1B(T)AB265822 相似性为99.444%。培养基0471,25℃。

MCCC 1A01423 ←海洋三所 S25(4)。分离源:印度洋表层海水。分离自石油降解菌群。与模式菌株 *T. lucentensis* DSM 14000(T)AM294944 相似性为98.394%。培养基0745,26℃。

MCCC 1A01428 ←海洋三所 S27(5)。分离源:印度洋表层海水。分离自石油降解菌群。与模式菌株 *T. lucentensis* DSM 14000(T)AM294944 相似性为99.059%。培养基0745,26℃。

MCCC 1A01449 ←海洋三所 S31-6。分离源:印度洋表层海水。分离自石油降解菌群。与模式菌株 *T. lucentensis* DSM 14000(T)AM294944 相似性为97.021%。培养基0745,26℃。

MCCC 1A01450 ←海洋三所 S31-4。分离源:印度洋表层海水。分离自石油降解菌群。与模式菌株

T. *lucentensis* DSM 14000(T)AM294944 相似性为 97.021%。培养基 0745,26℃。

MCCC 1A01460 ←海洋三所 C-5-1。分离源:印度洋表层海水。分离自石油降解菌群。与模式菌株 T. *tepidiphila* 1-1B(T)AB265822 相似性为 98.293%。培养基 0333,26℃。

MCCC 1A02030 ←海洋三所 PR54-5。分离源:印度洋深海底层水样。分离自多环芳烃降解菌群。与模式菌株 T. *profundimaris* WP0211(T)AY186195 相似性为 99.368%。培养基 0471,25℃。

MCCC 1A02031 ←海洋三所 2CR55-14。分离源:印度洋深海底层水样。分离自石油降解菌群。与模式菌株 T. *profundimaris* WP0211(T)AY186195 相似性为 99.368%。培养基 0471,25℃。

MCCC 1A02123 ←海洋三所 S25-2。分离源:印度洋表层海水。分离自石油降解菌群。与模式菌株 T. *lucentensis* DSM 14000(T)AM294944 相似性为 98.225%。培养基 0745,26℃。

MCCC 1A02130 ←海洋三所 43-2。分离源:印度洋表层海水。分离自石油降解菌群。与模式菌株 T. *lucentensis* DSM 14000(T)AM294944 相似性为 98.312%。培养基 0821,25℃。

MCCC 1A02134 ←海洋三所 44-2。分离源:印度洋表层海水。分离自石油降解菌群。与模式菌株 T. *lucentensis* DSM 14000(T)AM294944 相似性为 98.312%。培养基 0471,25℃。

MCCC 1A02160 ←海洋三所 S30-5。分离源:印度洋表层海水。分离自石油降解菌群。与模式菌株 T. *lucentensis* DSM 14000(T)AM294944 相似性为 98.258%。培养基 0745,26℃。

MCCC 1A02284 ←海洋三所 S8-4。分离源:大西洋表层海水。与模式菌株 T. *tepidiphila* 1-1B(T)AB265822 相似性为 99.24%。培养基 0745,28℃。

MCCC 1A02387 ←海洋三所 S6-9。分离源:大西洋表层海水。与模式菌株 T. *lucentensis* DSM 14000(T)AM294944 相似性为 96.398%。培养基 0745,28℃。

MCCC 1A02411 ←海洋三所 S13-3。分离源:大西洋表层海水。与模式菌株 T. *tepidiphila* 1-1B(T)AB265822 相似性为 98.536%。培养基 0745,28℃。

MCCC 1A02440 ←海洋三所 S18-10。分离源:大西洋表层海水。与模式菌株 T. *lucentensis* DSM 14000(T)AM294944 相似性为 98.454%。培养基 0745,28℃。

MCCC 1A02450 ←海洋三所 S19-2。分离源:大西洋表层海水。与模式菌株 T. *tepidiphila* 1-1B(T)AB265822 相似性为 99.234%。培养基 0745,28℃。

MCCC 1A02491 ←海洋三所 302-PW12-OH6B。分离源:南沙近海岛礁附近上层海水。分离自石油降解菌群。与模式菌株 T. *tepidiphila* 1-1B(T)AB265822 相似性为 99.015%。培养基 0472,25℃。

MCCC 1A02498 ←海洋三所 302-PW12-OH13。分离源:南沙近海岛礁附近上层海水。分离自石油降解菌群。与模式菌株 T. *tepidiphila* 1-1B(T)AB265822 相似性为 100%。培养基 0472,25℃。

MCCC 1A02499 ←海洋三所 302-PW12-OH16。分离源:南沙近海岛礁附近上层海水。分离自石油降解菌群。与模式菌株 T. *tepidiphila* 1-1B(T)AB265822 相似性为 99.015%。培养基 0472,25℃。

MCCC 1A02500 ←海洋三所 Q5-PW1-OH13B。分离源:南沙近海海水表层。分离自石油降解菌群。与模式菌株 T. *tepidiphila* 1-1B(T)AB265822 相似性为 99.859%。培养基 0472,25℃。

MCCC 1A02803 ←海洋三所 IK1。分离源:黄海上层海水。分离自石油降解菌群。与模式菌株 T. *tepidiphila* 1-1B(T)AB265822 相似性为 100%。培养基 0472,25℃。

MCCC 1A02898 ←海洋三所 JB7。分离源:黄海上层海水。分离自石油降解菌群。与模式菌株 T. *tepidiphila* 1-1B(T)AB265822 相似性为 100%。培养基 0472,25℃。

MCCC 1A03139 ←海洋三所 47-1。分离源:印度洋表层海水。分离自石油降解菌群。与模式菌株 T. *lucentensis* DSM 14000(T)AM294944 相似性为 98.309%(793/807)。培养基 0471,25℃。

MCCC 1A03143 ←海洋三所 49-1。分离源:印度洋表层海水。分离自石油降解菌群。与模式菌株 T. *tepidiphila* 1-1B(T)AB265822 相似性为 98.204%。培养基 0821,25℃。

MCCC 1A03147 ←海洋三所 50-1。分离源:印度洋表层海水。分离自石油降解菌群。与模式菌株 T. *tepidiphila* 1-1B(T)AB265822 相似性为 99.085%。培养基 0471,25℃。

MCCC 1A03149 ←海洋三所 50-3。分离源:印度洋表层海水。分离自石油降解菌群。与模式菌株 T. *tepidiphila* 1-1B(T)AB265822 相似性为 98.179%。培养基 0471,25℃。

MCCC 1A03157 ←海洋三所 52-1。分离源:印度洋表层海水。分离自石油降解菌群。与模式菌株 T. *tepidiphila* 1-1B(T)AB265822 相似性为 98.701%。培养基 0821,25℃。

MCCC 1A03164　←海洋三所 80-1。分离源：印度洋表层海水。分离自石油降解菌群。与模式菌株 *T. tepidiphila* 1-1B(T)AB265822 相似性为 99.094%。培养基 0821,25℃。

MCCC 1A03185　←海洋三所 tf-14。分离源：大西洋深海海水。与模式菌株 *T. tepidiphila* 1-1B(T) AB265822 相似性为 99.739%。培养基 0002,28℃。

MCCC 1A03757　←海洋三所 mj01-PW1-OH20。分离源：南沙近海岛礁附近下层海水。分离自石油降解菌群。与模式菌株 *T. profundimaris* WP0211(T) AY186195 相似性为 99.429%(1424/1432)。培养基 0472,25℃。

MCCC 1A03945　←海洋三所 411-8。分离源：印度洋表层海水。分离自石油降解菌群。培养基 0471,25℃。

MCCC 1A03995　←海洋三所 330-4。分离源：印度洋表层海水。分离自石油降解菌群。与模式菌株 *T. tepidiphila* 1-1B(T)AB265822 相似性为 99.199%。培养基 0471,25℃。

MCCC 1A04122　←海洋三所 C29AM。分离源：印度洋表层海水。分离自石油降解菌群。与模式菌株 *T. lucentensis* DSM 14000(T)AM294944 相似性为 98.537%。培养基 0821,25℃

MCCC 1A04230　←海洋三所 pTVG2-4。分离源：太平洋热液区深海沉积物。分离自多环芳烃降解菌群。与模式菌株 *T. lucentensis* DSM 14000 (T) AM294944 相似性为 98.954%。培养基 0471,25℃。

MCCC 1A04231　←海洋三所 pTVG9-1。分离源：太平洋热液区深海沉积物。分离自多环芳烃降解菌群。与模式菌株 *T. lucentensis* DSM 14000 (T) AM294944 相似性为 98.954%。培养基 0471,25℃。

MCCC 1A04249　←海洋三所 OTVG2-1。分离源：太平洋深海热液区沉积物。分离自多环芳烃降解菌群。与模式菌株 *T. lucentensis* DSM 14000 (T) AM294944 相似性为 98.954%。培养基 0471,25℃。

MCCC 1A04274　←海洋三所 T3B4。分离源：西南太平洋土灰色沉积物。分离自石油降解菌群。与模式菌株 *T. tepidiphila* 1-1B(T)AB265822 相似性为 99.448%。培养基 0821,28℃。

MCCC 1A04277　←海洋三所 T4AG。分离源：西南太平洋土黄色沉积物。分离自石油降解菌群。与模式菌株 *T. lucentensis* DSM 14000 (T) AM294944 相似性为 99.203%(748/754)。培养基 0821,28℃。

MCCC 1A04295　←海洋三所 T5AI。分离源：西南太平洋土灰色沉积物上覆水。分离自石油降解菌群。与模式菌株 *T. tepidiphila* 1-1B(T)AB265822 相似性为 99.705%。培养基 0821,28℃。

MCCC 1A04296　←海洋三所 T5C。分离源：西南太平洋土灰色沉积物上覆水。分离自石油降解菌群。与模式菌株 *T. lucentensis* DSM 14000(T)AM294944 相似性为 98.198%。培养基 0821,28℃。

MCCC 1A04300　←海洋三所 T6AC。分离源：西南太平洋土灰色沉积物。分离自石油降解菌群。与模式菌株 *T. lucentensis* DSM 14000(T)AM294944 相似性为 99.157%。培养基 0821,28℃。

MCCC 1A04333　←海洋三所 T10AD。分离源：西南太平洋土灰色沉积物。分离自石油降解菌群。与模式菌株 *T. tepidiphila* 1-1B(T)AB265822 相似性为 99.438%。培养基 0821,28℃。

MCCC 1A04389　←海洋三所 T16B12。分离源：西南太平洋土灰色沉积物。分离自石油降解菌群。与模式菌株 *T. tepidiphila* 1-1B(T)AB265822 相似性为 99.434%。培养基 0821,28℃。

MCCC 1A04418　←海洋三所 T18D。分离源：西南太平洋土黄色沉积物上覆水。分离自石油降解菌群。与模式菌株 *T. tepidiphila* 1-1B(T)AB265822 相似性为 98.949%。培养基 0821,28℃。

MCCC 1A04426　←海洋三所 T19E。分离源：西南太平洋土灰色沉积物上覆水。分离自石油降解菌群。与模式菌株 *T. lucentensis* DSM 14000(T)AM294944 相似性为 98.198%。培养基 0821,28℃。

MCCC 1A04445　←海洋三所 T20AF。分离源：西南太平洋土灰色沉积物。分离自石油降解菌群。与模式菌株 *T. lucentensis* DSM 14000(T)AM294944 相似性为 99.157%。培养基 0821,28℃。

MCCC 1A04507　←海洋三所 T29AU。分离源：西南太平洋热液区沉积物。分离自石油降解菌群。与模式菌株 *T. lucentensis* DSM 14000(T)AM294944 相似性为 98.745%。培养基 0821,28℃。

MCCC 1A04516　←海洋三所 T30AI。分离源：西南太平洋热液区硫化物。分离自石油降解菌群。与模式菌株 *T. lucentensis* DSM 14000(T)AM294944 相似性为 98.865%。培养基 0821,28℃。

MCCC 1A04539　←海洋三所 C41AE。分离源：西南太平洋表层海水。分离自石油降解菌群。与模式菌株 *T. lucentensis* DSM 14000(T)AM294944 相似性为 98%。培养基 0821,25℃。

MCCC 1A04660 ←海洋三所 T5O。分离源:西南太平洋劳盆地深海沉积物。分离自石油降解菌群。与模式菌株 *T. lucentensis* DSM 14000(T)AM294944 相似性为 99.112%。培养基 0821,28℃。

MCCC 1A04663 ←海洋三所 C10B4。分离源:西南太平洋上层海水。分离自石油降解菌群。与模式菌株 *T. lucentensis* DSM 14000(T)AM294944 相似性为 99.163%。培养基 0821,25℃。

MCCC 1A04682 ←海洋三所 C18B6。分离源:西南太平洋表层海水。分离自石油降解菌群。与模式菌株 *T. tepidiphila* 1-1B(T)AB265822 相似性为 99.275%。培养基 0821,25℃。

MCCC 1A04731 ←海洋三所 C37AQ。分离源:印度洋表层海水。分离自石油降解菌群。与模式菌株 *T. tepidiphila* 1-1B(T)AB265822 相似性为 99.261%。培养基 0821,25℃。

MCCC 1A04738 ←海洋三所 C39B3。分离源:西南太平洋表层海水。分离自石油降解菌群。与模式菌株 *T. tepidiphila* 1-1B(T)AB265822 相似性为 99.336%。培养基 0821,25℃。

MCCC 1A04739 ←海洋三所 C3AD。分离源:西南太平洋下层海水。分离自石油降解菌群。与模式菌株 *T. lucentensis* DSM 14000(T)AM294944 相似性为 99.196%。培养基 0821,25℃。

MCCC 1A04749 ←海洋三所 C42AE1。分离源:西南太平洋表层海水。分离自石油降解菌群。与模式菌株 *T. tepidiphila* 1-1B(T)AB265822 相似性为 99.336%。培养基 0821,25℃。

MCCC 1A04756 ←海洋三所 C4AC。分离源:西南太平洋深层海水。分离自石油降解菌群。与模式菌株 *T. lucentensis* DSM 14000(T)AM294944 相似性为 99.196%。培养基 0821,25℃。

MCCC 1A04761 ←海洋三所 C46AQ。分离源:西南太平洋上层海水。分离自石油降解菌群。与模式菌株 *T. tepidiphila* 1-1B(T)AB265822 相似性为 99.434%。培养基 0821,25℃。

MCCC 1A04764 ←海洋三所 C6AC。分离源:西南太平洋下层海水。分离自石油降解菌群。与模式菌株 *T. lucentensis* DSM 14000(T)AM294944 相似性为 99.196%。培养基 0821,25℃。

MCCC 1A04770 ←海洋三所 C50B21。分离源:西南太平洋下层海水。分离自石油降解菌群。与模式菌株 *T. lucentensis* DSM 14000(T)AM294944 相似性为 99.008%。培养基 0821,25℃。

MCCC 1A04774 ←海洋三所 C16AD。分离源:西南太平洋深层海水。分离自石油降解菌群。与模式菌株 *T. lucentensis* DSM 14000(T)AM294944 相似性为 99.06%。培养基 0821,25℃。

MCCC 1A04811 ←海洋三所 C62B5。分离源:西南太平洋下层海水。分离自石油降解菌群。与模式菌株 *T. tepidiphila* 1-1B(T)AB265822 相似性为 99.853%。培养基 0821,25℃。

MCCC 1A04814 ←海洋三所 C63AD。分离源:西南太平洋深层海水。分离自石油降解菌群。与模式菌株 *T. tepidiphila* 1-1B(T)AB265822 相似性为 99.719%。培养基 0821,25℃。

MCCC 1A04828 ←海洋三所 C67B2。分离源:西南太平洋深层海水。分离自石油降解菌群。与模式菌株 *T. tepidiphila* 1-1B(T)AB265822 相似性为 99.855%。培养基 0821,25℃。

MCCC 1A04845 ←海洋三所 C71AJ。分离源:西南太平洋深层海水。分离自石油、多环芳烃降解菌群。与模式菌株 *T. lucentensis* DSM 14000(T)AM294944 相似性为 99.022%(745/751)。培养基 0821,25℃。

MCCC 1A04850 ←海洋三所 C72AD。分离源:西南太平洋深层海水。分离自石油、多环芳烃降解菌群。与模式菌株 *T. tepidiphila* 1-1B(T)AB265822 相似性为 99.719%。培养基 0821,25℃。

MCCC 1A04856 ←海洋三所 C74AN。分离源:西南太平洋深层海水。分离自石油、多环芳烃降解菌群。与模式菌株 *T. lucentensis* DSM 14000(T)AM294944 相似性为 99.015%。培养基 0821,25℃。

MCCC 1A04860 ←海洋三所 C75B1。分离源:西南太平洋深层海水。分离自石油、多环芳烃降解菌群。与模式菌株 *T. tepidiphila* 1-1B(T)AB265822 相似性为 99.718%。培养基 0821,25℃。

MCCC 1A04878 ←海洋三所 C79AO。分离源:西南太平洋深层海水。分离自石油、多环芳烃降解菌群。与模式菌株 *T. lucentensis* DSM 14000(T)AM294944 相似性为 99.011%。培养基 0821,25℃。

MCCC 1A04883 ←海洋三所 C7AC。分离源:西南太平洋表层海水。分离自石油降解菌群。与模式菌株 *T. tepidiphila* 1-1B(T)AB265822 相似性为 99.162%。培养基 0821,25℃。

MCCC 1A04896 ←海洋三所 C82B1。分离源:西南太平洋深层海水。分离自石油、多环芳烃降解菌群。与模式菌株 *T. lucentensis* DSM 14000(T)AM294944 相似性为 99.011%。培养基 0821,25℃。

MCCC 1A04913 ←海洋三所 C10B3。分离源:西南太平洋上层海水。分离自石油降解菌群。与模式菌株

T. *tepidiphila* 1-1B(T)AB265822 相似性为 99.719%。培养基 0821,25℃。

MCCC 1A04954 ←海洋三所 C19B5。分离源:西南太平洋表层海水。分离自石油降解菌群。与模式菌株 T. *tepidiphila* 1-1B(T)AB265822 相似性为 99.112%。培养基 0821,25℃。

MCCC 1A04966 ←海洋三所 C22AC。分离源:西南太平洋表层海水。分离自石油降解菌群。与模式菌株 T. *tepidiphila* 1-1B(T)AB265822 相似性为 99.022%。培养基 0821,25℃。

MCCC 1A04972 ←海洋三所 C23AB。分离源:西南太平洋表层海水。分离自石油降解菌群。与模式菌株 T. *tepidiphila* 1-1B(T)AB265822 相似性为 99.022%。培养基 0821,25℃。

MCCC 1A04982 ←海洋三所 C25AD。分离源:西南太平洋表层海水。分离自石油降解菌群。与模式菌株 T. *lucentensis* DSM 14000(T)AM294944 相似性为 98.776%。培养基 0821,25℃。

MCCC 1A05068 ←海洋三所 L52-11-35。分离源:南海深层海水。与模式菌株 T. *tepidiphila* 1-1B(T) AB265822 相似性为 99.874%(829/830)。培养基 0471,25℃。

MCCC 1A05076 ←海洋三所 L52-11-5。分离源:南海深层海水。与模式菌株 T. *tepidiphila* 1-1B(T) AB265822 相似性为 100%。培养基 0471,25℃。

MCCC 1A05144 ←海洋三所 L54-1-39。分离源:南海表层海水。与模式菌株 T. *tepidiphila* 1-1B(T) AB265822 相似性为 100%。培养基 0471,25℃。

MCCC 1A05152 ←海洋三所 L54-1-56。分离源:南海表层海水。与模式菌株 T. *tepidiphila* 1-1B(T) AB265822 相似性为 100%。培养基 0471,25℃。

MCCC 1A05156 ←海洋三所 L54-1-9。分离源:南海表层海水。与模式菌株 T. *tepidiphila* 1-1B(T) AB265822 相似性为 100%。培养基 0471,25℃。

MCCC 1A05188 ←海洋三所 C34AF。分离源:印度洋表层海水。分离自石油降解菌群。与模式菌株 T. *lucentensis* DSM 14000(T)AM294944 相似性为 98.1%。培养基 0821,25℃。

MCCC 1A05232 ←海洋三所 C50B1。分离源:西南太平洋下层海水。分离自石油降解菌群。与模式菌株 T. *lucentensis* DSM 14000(T)AM294944 相似性为 99.196%。培养基 0821,25℃。

MCCC 1A05241 ←海洋三所 C45AO。分离源:西南太平洋上层海水。分离自石油降解菌群。与模式菌株 T. *lucentensis* DSM 14000(T)AM294944 相似性为 99.196%。培养基 0821,25℃。

MCCC 1A05263 ←海洋三所 C61B18。分离源:西南太平洋深层海水。分离自石油降解菌群。与模式菌株 T. *lucentensis* DSM 14000(T)AM294944 相似性为 99.196%(775/781)。培养基 0821,25℃。

MCCC 1A05288 ←海洋三所 C61B4。分离源:西南太平洋深层海水。分离自石油降解菌群。与模式菌株 T. *tepidiphila* 1-1B(T)AB265822 相似性为 99.866%。培养基 0821,25℃。

MCCC 1A05291 ←海洋三所 C58B8。分离源:西南太平洋深层海水。分离自石油降解菌群。与模式菌株 T. *tepidiphila* 1-1B(T)AB265822 相似性为 100%。培养基 0821,25℃。

MCCC 1A05320 ←海洋三所 C64B2。分离源:西南太平洋深层海水。分离自石油降解菌群。与模式菌株 T. *tepidiphila* 1-1B(T)AB265822 相似性为 100%。培养基 0821,25℃。

MCCC 1A05323 ←海洋三所 C65AB。分离源:西南太平洋深层海水。分离自石油降解菌群。与模式菌株 T. *tepidiphila* 1-1B(T)AB265822 相似性为 99.858%。培养基 0821,25℃。

MCCC 1A05339 ←海洋三所 C68AN。分离源:西南太平洋深层海水。分离自石油降解菌群。与模式菌株 T. *tepidiphila* 1-1B(T)AB265822 相似性为 99.866%。培养基 0821,25℃。

MCCC 1A05355 ←海洋三所 C74B8。分离源:西南太平洋深层海水。分离自石油、多环芳烃降解菌群。与模式菌株 T. *tepidiphila* 1-1B(T)AB265822 相似性为 99.862%。培养基 0821,25℃。

MCCC 1A05430 ←海洋三所 Er22。分离源:南海海水。分离自石油降解菌群。与模式菌株 T. *tepidiphila* 1-1B(T)AB265822 相似性为 98.762%(718/727)。培养基 0471,28℃。

MCCC 1A05483 ←海洋三所 B1-1。分离源:南海海水。分离自石油降解菌群。与模式菌株 T. *tepidiphila* 1-1B(T)AB265822 相似性为 100%。培养基 0471,28℃。

MCCC 1A05623 ←海洋三所 19-B1-36。分离源:南海深海沉积物。分离自混合烷烃富集菌群。与模式菌株 T. *tepidiphila* 1-1B(T)AB265822 相似性为 99.525%。培养基 0471,28℃。

MCCC 1A05631 ←海洋三所 29-B3-2。分离源:南海深海沉积物。分离自混合烷烃富集菌群。与模式菌株 T. *tepidiphila* 1-1B(T)AB265822 相似性为 99.545%。培养基 0471,28℃。

MCCC 1A05751 ←海洋三所 NH63E。分离源:南沙浅黄色泥质。分离自石油降解菌群。与模式菌株 *T. tepidiphila* 1-1B(T)AB265822 相似性为 100%。培养基 0821,25℃。

MCCC 1A05797 ←海洋三所 T15B。分离源:西南太平洋土灰色沉积物。分离自石油降解菌群。与模式菌株 *T. lucentensis* DSM 14000(T)AM294944 相似性为 774/780(99.195%)。培养基 0821,25℃。

MCCC 1A05844 ←海洋三所 B302-B1-2。分离源:南沙浅黄色泥质。分离自石油降解菌群。与模式菌株 *T. tepidiphila* 1-1B(T)AB265822 相似性为 99.446%。培养基 0821,25℃。

MCCC 1B00277 ←海洋一所 JZHS37。分离源:青岛胶州上层海水。与模式菌株 *T. tepidiphila* 1-1B(T)AB265822 相似性为 99.63%。培养基 0471,28℃。

MCCC 1B01155 ←海洋一所 TVGB1。分离源:大西洋深海泥样。与模式菌株 *T. lucentensis* DSM 14000(T)AM294944 相似性为 97.49%。培养基 0471,25℃。

MCCC 1B01157 ←海洋一所 TVGB12。分离源:大西洋深海泥样。与模式菌株 *T. xiamenensis* M-5(T)AY189753 相似性为 99.416%。培养基 0471,25℃。

MCCC 1F01011 ←厦门大学 B6。分离源:福建省漳州近海红树林表层沉积物。与模式菌株 *T. profundimaris* WP0211(T)AY186195 相似性为 99.245%(1445/1456)。培养基 0471,25℃。

MCCC 1F01022 ←厦门大学 F4。分离源:福建省漳州近海红树林表层沉积物。与模式菌株 *T. profundimaris* WP0211(T)AY186195 相似性为 99.382%(1447/1456)。培养基 0471,25℃。

Thermaerobacter subterraneus Spanevello *et al.* 2002 地下热好氧杆菌
模式菌株 *Thermaerobacter subterraneus* C21(T)AF343566

MCCC 1A03459 ←海洋三所 IR-3。分离源:印度洋西南洋中脊深海底层水样。与模式菌株相似性为 99.549%。培养基 0471,70℃。

MCCC 1A03498 ←海洋三所 MT-14。分离源:大西洋深海热液区深层海水。与模式菌株相似性为 100%。培养基 0471,75℃。

Thermaerobacter sp. Takai *et al.* 1999 emend. Spanevello *et al.* 2002 热好氧杆菌

MCCC 1A03458 ←海洋三所 IR-12。分离源:印度洋西南洋中脊深海底层水样。与模式菌株 *T. nagasakiensis* JCM 11223(T)AB061441 相似性为 99.735%。培养基 0471,65℃。

Thermus scotoductus Kristjansson *et al.* 1994 水管致黑栖热菌
模式菌株 *Thermus scotoductus* SE-1(T)AF032127

MCCC 1A03492 ←海洋三所 LH1。分离源:厦门上层温泉水。与模式菌株相似性为 98.014%。培养基 0471,70℃。

Thermus thermophilus (ex Oshima and Imahori 1974) Manaia *et al.* 1995 嗜热栖热菌
模式菌株 *Thermus thermophilus* HB8(T)M26923

MCCC 1A02523 ←海洋三所 DY100。分离源:大西洋 MAR-TVG1 站点深海沉积物。与模式菌株相似性为 99.723%。培养基 0002,37℃。

MCCC 1A02556 ←海洋三所 DY99。分离源:热液区深海沉积物。与模式菌株相似性为 99.584%。培养基 0823,37℃。

MCCC 1A02567 ←海洋三所 DY108。分离源:印度洋热液区深海环节动物。与模式菌株相似性为 99.723%。培养基 0823,55℃。

MCCC 1A02600 ←海洋三所 WH1170。分离源:福建省厦门滨海温泉沉积物。与模式菌株相似性为 100%。培养基 0823,55℃。

MCCC 1A03457 ←海洋三所 MC-13。分离源:大西洋热液区沉积物。与模式菌株相似性为 99.932%。培养基 0471,70℃。

MCCC 1A03477 ←海洋三所 YB60G。分离源:厦门深海底层水样。与模式菌株相似性为 100%。培养基 0471,60℃。

MCCC 1A03499 　←海洋三所 IT-1。分离源:印度洋热液区深海沉积物。与模式菌株相似性为99.865%。培养基0471,75℃。

Thioclava pacifica Sorokin *et al.* 2005 太平洋硫膨大杆菌
模式菌株 *Thioclava pacifica* TL 2(T)AY656719

MCCC 1A02765 　←海洋三所 IC9。分离源:黄海底表海水。分离自石油降解菌群。与模式菌株相似性为98.575%(796/807)。培养基0472,25℃。

MCCC 1A02808 　←海洋三所 F1Mire-8。分离源:北海沉积物。分离自石油降解菌群。与模式菌株相似性为99.27%。培养基0472,28℃。

MCCC 1A02813 　←海洋三所 F28-4。分离源:北海沉积物。分离自石油降解菌群。与模式菌株相似性为99.282%。培养基0472,28℃。

MCCC 1A02837 　←海洋三所 F36-6。分离源:近海沉积物。分离自石油降解菌群。与模式菌株相似性为98.413%。培养基0472,28℃。

MCCC 1A02850 　←海洋三所 F36-7。分离源:近海沉积物。分离自石油降解菌群。与模式菌株相似性为98.483%。培养基0472,28℃。

MCCC 1A02857 　←海洋三所 F42-5。分离源:近海沉积物。分离自石油降解菌群。与模式菌株相似性为98.568%。培养基0472,28℃。

MCCC 1A02959 　←海洋三所 JM3。分离源:青岛湾表层海水。分离自石油降解菌群。与模式菌株相似性为98.575%(796/807)。培养基0472,25℃。

MCCC 1A03502 　←海洋三所 11.10-0-13。硫酸盐还原。与模式菌株相似性为99.24%。培养基0471,25℃。

MCCC 1A03505 　←海洋三所 SRB-64。分离源:青岛近海海水。硫酸盐还原。与模式菌株相似性为99.39%。培养基0471,25℃。

MCCC 1A03506 　←海洋三所 11.6-2-6。分离源:青岛近海海水。硫酸盐还原。与模式菌株相似性为99.237%。培养基0471,25℃。

Thiorhodococcus sp. Guyoneaud *et al.* 1998 硫红球菌

MCCC 1I00040 　←华侨大学 36。分离源:波罗的海近海深层海水。代谢硫。与模式菌株 *T. kakinadensis* JA130(T)AM282561 相似性为96.346%。培养基1004,25~30℃。

MCCC 1I00041 　←华侨大学 N4。分离源:波罗的海近海深层海水。降解转化硫化物。与模式菌株 *T. kakinadensis* JA130(T)AM282561 相似性为95.502%。培养基1004,25~30℃。

Tistrella mobilis Shi *et al.* 2003 运动替斯崔纳菌
模式菌株 *Tistrella mobilis* TISTR 1108(T)AB071665

MCCC 1A01045 　←海洋三所 MC15F。分离源:印度洋深海沉积物。分离自石油降解菌群。与模式菌株相似性为99.86%。培养基0471,25℃。

MCCC 1A01092 　←海洋三所 MARMC3J。分离源:大西洋深海沉积物。分离自多环芳烃降解菌群。与模式菌株相似性为99.749%。培养基0471,25℃。

MCCC 1A01198 　←海洋三所 MARMC2B。分离源:大西洋深海沉积物。分离自多环芳烃降解菌群。与模式菌株相似性为99.877%。培养基0471,28℃。

MCCC 1A01199 　←海洋三所 MARC2PPNR。分离源:大西洋深海沉积物。分离自多环芳烃降解菌群。与模式菌株相似性为99.636%。培养基0471,28℃。

MCCC 1A01270 　←海洋三所 42-4。分离源:印度洋表层海水。分离自石油降解菌群。与模式菌株相似性为100%(865/865)。培养基0821,25℃。

MCCC 1A01340 　←海洋三所 S66-1-6。分离源:印度洋表层海水。苯系物降解菌。与模式菌株相似性为98.51%。培养基0471,25℃。

MCCC 1A01369 　←海洋三所 7-D-3。分离源:厦门近岸表层海水。与模式菌株相似性为99.214%。培养基0472,28℃。

MCCC 1A01392 　←海洋三所 S73-2-1。分离源:印度洋表层海水。苯系物降解菌。与模式菌株相似性为

98.138%。培养基 0471,25℃。

MCCC 1A01462　←海洋三所 C-8-2。分离源:印度洋表层海水。分离自石油降解菌群。与模式菌株相似性为
99.579%。培养基 0333,26℃。

MCCC 1A02017　←海洋三所 2PR56-11。分离源:印度洋深海底层水样。分离自多环芳烃降解菌群。与模式
菌株相似性为 99.859%。培养基 0471,25℃。

MCCC 1A02139　←海洋三所 44-3。分离源:印度洋表层海水。分离自石油降解菌群。与模式菌株相似性为
99.38%。培养基 0821,25℃。

MCCC 1A02310　←海洋三所 S10-9。分离源:大西洋表层海水。与模式菌株相似性为 100%。培养基
0745,28℃。

MCCC 1A02330　←海洋三所 S15-11。分离源:大西洋表层海水。与模式菌株相似性为 100%。培养基
0745,28℃。

MCCC 1A02338　←海洋三所 S17-5。分离源:大西洋表层海水。与模式菌株相似性为 100%。培养基
0745,28℃。

MCCC 1A02353　←海洋三所 S11-8。分离源:大西洋表层海水。与模式菌株相似性为 99.696%。培养基
0745,28℃。

MCCC 1A02427　←海洋三所 S14-4。分离源:大西洋表层海水。与模式菌株相似性为 99.706%。培养基
0745,28℃。

MCCC 1A02435　←海洋三所 S16-3。分离源:大西洋表层海水。与模式菌株相似性为 100%。培养基
0745,28℃。

MCCC 1A02807　←海洋三所 IK8。分离源:黄海上层海水。分离自石油降解菌群。与模式菌株相似性为
100%。培养基 0472,25℃。

MCCC 1A02845　←海洋三所 IQ2。分离源:黄海上层海水。分离自石油降解菌群。与模式菌株相似性为
100%(807/807)。培养基 0472,25℃。

MCCC 1A02897　←海洋三所 JB2。分离源:黄海上层海水。分离自石油降解菌群。与模式菌株相似性为
100%(807/807)。培养基 0472,25℃。

MCCC 1A02962　←海洋三所 JN2。分离源:青岛表层海水。分离自石油降解菌群。与模式菌株相似性为
100%。培养基 0472,25℃。

MCCC 1A03154　←海洋三所 51-3。分离源:印度洋表层海水。分离自石油降解菌群。与模式菌株的相似性
为 99.872%(806/807)。培养基 0821,25℃。

MCCC 1A03758　←海洋三所 DSD-PW4-OH16。分离源:南沙近海海水底层。分离自石油降解菌群。与模式
菌株相似性为 99.859%。培养基 0472,25℃。

MCCC 1A03759　←海洋三所 DSD-PW4-OH19。分离源:南沙近海海水底层。分离自石油降解菌群。与模式
菌株相似性为 99.86%(1439/1441)。培养基 0472,25℃。

MCCC 1A03760　←海洋三所 DSD-PW4-OH20。分离源:南沙近海海水底层。分离自石油降解菌群。与模式
菌株相似性为 99.858%(1439/1441)。培养基 0472,25℃。

MCCC 1A03761　←海洋三所 DSD-PW4-OH23。分离源:南沙近海海水底层。分离自石油降解菌群。与模式
菌株相似性为 99.859%(1438/1440)。培养基 0472,25℃。

MCCC 1A03762　←海洋三所 DSD-PW4-OH18。分离源:南沙近海海水底层。分离自石油降解菌群。与模式
菌株相似性为 99.775%。培养基 0472,25℃。

MCCC 1A05786　←海洋三所 NH64F。分离源:南沙上层海水。分离自石油降解菌群。与模式菌株相似性为
100%。培养基 0821,25℃。

Tsukamurella strandjordii Kattar *et al*. 2002 肺冢村氏菌
模式菌株 *Tsukamurella strandjordii* ATCC BAA-173(T) AF283283

MCCC 1A05216　←海洋三所 C40B4。分离源:印度洋表层海水。分离自石油降解菌群。与模式菌株相似性
为 100%(762/762)。培养基 0821,25℃。

Vibrio adaptatus Muir 1990 适应弧菌

MCCC 1H00084　←山东大学威海分校←BCCM/LMG。原始号 ATCC 19263T。=ATCC 19263T。分离源:

美国。模式菌株。培养基 0471,28℃。

Vibrio aestuarianus Tison and Seidler 1983 emend. Garnier *et al.* 2008 河口弧菌

MCCC 1H00002　←山东大学威海分校←Heriot-Watt University←BCCM/LMG。原始号 OY-0-002。＝LMG 7909T＝ATCC 35048T。分离源:牡蛎。模式菌株。培养基 0471,25℃。

MCCC 1H00059　←山东大学威海分校 D5057。分离源:青岛养殖海域海水。培养基 0471,28℃。

Vibrio alginolyticus(Miyamoto *et al.* 1961)Sakazaki 1968 解藻酸弧菌

模式菌株 *Vibrio alginolyticus* ATCC 17749(T)X56576

MCCC 1H00028　←山东大学威海分校←Heriot-Watt University←ATCC 17749T。原始号 ATCC 17749T。 ＝LMG 4409T＝LMG 4408T＝ATCC 17749T。分离源:腐败的竹笑鱼。模式菌株。培养基 0471,37℃。

MCCC 1A02604　←海洋三所 E0666。分离源:广东省汕头汕尾鱼体内腹水。水产经济动物重要致病菌。培养基 0471,30℃。

MCCC 1A02605　←海洋三所 A0456。分离源:广东省汕头湛江凡纳滨虾肠道。水产经济动物重要致病菌。培养基 0471,30℃。

MCCC 1A03220　←海洋三所 SWBe-3。分离源:厦门养殖赤点石斑鱼肠道内容物。与模式菌株相似性为 99.668%。培养基 0033,28℃。

MCCC 1B00482　←海洋一所 HZBC71。分离源:山东日照上层海水。与模式菌株相似性为 99.809%。培养基 0471,20～25℃。

MCCC 1H00082　←山东大学威海分校←Heriot-Watt University←ATCC 33840。原始号 122。分离源:美国佛罗里达州人类患者的疱疹。可作为弧菌分类的参考菌株。培养基 0471,30℃。

Vibrio algosus ZoBell and Upham 1944 藻弧菌

MCCC 1H00064　←山东大学威海分校←Heriot-Watt University←ATCC 14390。原始号 518。分离源:美国海水。弧菌参考菌株。培养基 0471,26℃。

Vibrio brasiliensis Thompson *et al.* 2003 巴西弧菌

模式菌株 *Vibrio brasiliensis* LMG 20546(T)AJ316172

MCCC 1H00098　←山东大学威海分校←LMG 20546T。原始号 INCO 317。＝LMG 20546T＝CAIM 495T。 分离源:巴西双壳贝幼虫(*Nodipecten nodosus*)。模式菌株。培养基 0471,28℃。

MCCC 1B00953　←海洋一所 HDC9。分离源:福建宁德河豚养殖场河豚肠道内容物。与模式菌株相似性为 100%。培养基 0471,20～25℃。

MCCC 1B01121　←海洋一所 HDC49。分离源:宁德霞浦河豚养殖场河豚肠道内容物。与模式菌株相似性为 100%。培养基 0471,20～25℃。

MCCC 1H00099　←山东大学威海分校←LMG 20010。原始号 INCO 320。分离源:巴西双壳贝幼虫(*Nodipecten nodosus*)。培养基 0471,28℃。

Vibrio calviensis Denner *et al.* 2002 卡尔维湾弧菌

模式菌株 *Vibrio calviensis* RE35F/12(T)AF118021

MCCC 1A04127　←海洋三所 NH35E。分离源:南沙黄褐色沙质。与模式菌株相似性为 98.691%(786/796)。培养基 0821,25℃。

MCCC 1B00715　←海洋一所 DJQM21。分离源:青岛沙子口表层海水。与模式菌株相似性为 98.701%。培养基 0471,20～25℃。

Vibrio campbellii(Baumann *et al.* 1971)Baumann *et al.* 1981 坎氏弧菌

模式菌株 *Vibrio campbellii* ATCC 25920(T)X74692

MCCC 1H00050　←山东大学威海分校←Heriot-Watt University←ATCC 25920T。分离源:海水。模式菌株。

培养基 0471,26℃。

MCCC 1A02607 ←海洋三所 E0608。分离源:广东省汕头蟹肝脏。水产经济动物致病菌。培养基 0471,30℃。

MCCC 1E00647 ←中国海大 C22-B。分离源:海南近海表层海水。与模式菌株相似性为 99.435%。培养基 0471,16℃。

MCCC 1E00655 ←中国海大 C521。分离源:海南近海表层海水。与模式菌相似性 99%。培养基 0471, 16℃。

MCCC 1G00079 ←青岛科大 SB282-1。分离源:江苏北部海底沉积物。与模式菌株相似性为 99.015%。培养基 0471,25~28℃。

MCCC 1G00086 ←青岛科大 HH223-2。分离源:中国黄海海底沉积物。与模式菌株相似性为 98.744%。培养基 0471,25~28℃。

MCCC 1G00148 ←青岛科大 QD234-2。分离源:青岛海底沉积物。与模式菌株相似性为 98.886%。培养基 0471,25~28℃。

MCCC 1G00197 ←青岛科大 DYHS2-2。分离源:山东东营表层海水。与模式菌株相似性为 99.004%。培养基 0471,25~28℃。

Vibrio chagasii Thompson *et al.* 2003 沙氏弧菌

模式菌株 *Vibrio chagasii* R-3712(T)AJ316199

MCCC 1H00093 ←山东大学威海分校←LMG 21353T。原始号 R-3712。=LMG 21353T =CAIM 431T。分离源:比利时大菱鲆。模式菌株。培养基 0471,25℃。

MCCC 1B00383 ←海洋一所 HZBN11。分离源:山东日照表层沉积物。与模式菌株相似性为 100%。培养基 0471,20~25℃。

MCCC 1B00386 ←海洋一所 HZBN15。分离源:山东日照表层沉积物。与模式菌株相似性为 100%。培养基 0471,20~25℃。

MCCC 1F01167 ←厦门大学 SCSWE01。分离源:南海深层海水。产几丁质酶。与模式菌株相似性为 99.581%(1425/1431)。培养基 0471,25℃。

MCCC 1H00088 ←山东大学威海分校←BCCM/LMG。原始号 VIB192。=LMG 13219 =CAIM 581。分离源:希腊轮虫。弧菌参考菌株。培养基 0471,25℃。

MCCC 1H00089 ←山东大学威海分校←BCCM/LMG。原始号 VIB193。=LMG 13220 =CAIM 582。分离源:希腊水。弧菌参考菌株。培养基 0471,25℃。

MCCC 1H00090 ←山东大学威海分校←BCCM/LMG。原始号 VIB195。=LMG 13222 =CAIM 585。分离源:西班牙卤虫。弧菌参考菌株。培养基 0471,25℃。

MCCC 1H00091 ←山东大学威海分校←BCCM/LMG。原始号 VIB212。=LMG 13239 =CAIM 586。分离源:希腊狼鲈幼体。弧菌参考菌株。培养基 0471,25℃。

MCCC 1H00092 ←山东大学威海分校←BCCM/LMG。原始号 VIB224。=LMG 13251 =CAIM 587。分离源:希腊狼鲈幼体。弧菌参考菌株。培养基 0471,25℃。

MCCC 1H00094 ←山东大学威海分校←BCCM/LMG。原始号 R-3722。=LMG 21354 =CAIM 435。分离源:挪威大菱鲆幼体的消化道。培养基 0471,25℃。

Vibrio cholerae(Non-1)Pacini 1854 非 1 型霍乱弧菌

MCCC 1A02608 ←中科院南海所←环凯生物公司。原始号 E06153。人类及水产经济动物重要致病菌。培养基 0471,30℃。

Vibrio cincinnatiensisi Brayton *et al.* 1986 辛辛那提弧菌

MCCC 1H00030 ←山东大学威海分校←Heriot-Watt University←ATCC 35912T。原始号 LMG 7891T。=LMG 7891T =ATCC 35912T。分离源:美国俄亥俄州。模式菌株。培养基 0471,28℃。

Vibrio crassostreae Faury *et al.* 2004 大牡蛎弧菌

模式菌株 *Vibrio crassostreae* LGP 7 AJ582808

MCCC 1B00575　←海洋一所 DJCJ16。分离源:江苏南通启东表层海水。与模式菌株相似性为 100%。培养基 0471,20~25℃。

MCCC 1B00658　←海洋一所 DJJH9。分离源:山东日照上层海水。与模式菌株相似性为 100%。培养基 0471,20~25℃。

Vibrio diabolicus Raguénès *et al*. 1997 魔鬼弧菌

模式菌株 *Vibrio diabolicus* HE800(T)X99762

MCCC 1A03504　←海洋三所 11.10-11-22。分离源:青岛底表水。硫酸盐还原。与模式菌株相似性为 97.013%。培养基 0471,25℃。

MCCC 1E00651　←中国海大 C35。分离源:海南近海表层海水。与模式菌株相似性 99%;菌落白色至半透明,菌落扁平,边缘不整齐,有泳动现象。培养基 0471,16℃。

MCCC 1G00198　←青岛科大 DYHS4-1。分离源:山东东营近岸海域污染区表层海水。培养基 0471,25~28℃。

Vibrio diazotrophicus Guerinot *et al*. 1982 双氮养弧菌

模式菌株 *Vibrio diazotrophicus* ATCC 33466(T)X56577

MCCC 1H00024　←山东大学威海分校←Heriot-Watt University←ATCC 33466T。原始号 NS1。＝LMG 7893T＝ATCC 33466T。分离源:加拿大海胆消化道。模式菌株,能固氮。培养基 0471,26℃。

MCCC 1F01044　←厦门大学 M11。分离源:福建省漳州近海红树林表层沉积物。与模式菌株相似性为 99.449%(1445/1453)。培养基 0471,25℃。

Vibrio fischeri (Beijerinck 1889) Lehmann and Neumann 1896 费氏弧菌

MCCC 1H00018　←山东大学威海分校←Heriot-Watt University←LMG 4414T。原始号 LMG 4414T。＝LMG 4414T＝ATCC 7744T。模式菌株。培养基 0471,26℃。

MCCC 1H00019　←山东大学威海分校 DH19。分离源:中国东海中部海域。发光细菌。培养基 0471,26℃。

MCCC 1H00020　←山东大学威海分校 DH20。分离源:中国东海中部海域。发光细菌。培养基 0471,26℃。

MCCC 1H00021　←山东大学威海分校 DH21。分离源:中国东海中部海域。发光细菌。培养基 0471,26℃。

MCCC 1H00022　←山东大学威海分校 DH58。分离源:中国东海中部海域。发光细菌。培养基 0471,26℃。

MCCC 1H00023　←山东大学威海分校 DH60。分离源:中国东海中部海域。发光细菌。培养基 0471,26℃。

MCCC 1H00049　←山东大学威海分校←Heriot-Watt University←ATCC 25918。原始号 61。分离源:海水。培养基 0471,26℃。

Vibrio fluvialis Lee *et al*. 1981 河流弧菌

模式菌株 *Vibrio fluvialis* NCTC 11327(T)X76335

MCCC 1H00045　←山东大学威海分校←Heriot-Watt University←LMG 7894T。原始号 VL 5125。＝LMG 7894T＝ATCC 33809T。分离源:孟加拉国港口城达卡。模式菌株。培养基 0471,30℃。

MCCC 1A02603　←中科院南海所←CGMCC 1.1609。水产经济动物致病菌。培养基 0471,30℃。

MCCC 1A02761　←海洋三所 IC3。分离源:黄海底表海水。分离自石油降解菌群。与模式菌株相似性为 99.749%。培养基 0472,25℃。

MCCC 1H00083　←山东大学威海分校←Heriot-Watt University←ATCC 33812。原始号 616。分离源:英国赫尔港河流。可作为弧菌分类的参考菌株。培养基 0471,30℃。

Vibrio fortis Thompson *et al*. 2003 强壮弧菌

MCCC 1H00104　←山东大学威海分校 14j223。分离源:青岛海参养殖池海参的消化道。培养基 0471,28℃。

MCCC 1H00105　←山东大学威海分校 D6013。分离源:青岛薛家岛养殖海域海水。培养基 0471,28℃。

Vibrio furnissii Brenner *et al*. 1984 弗氏弧菌

MCCC 1H00051　←山东大学威海分校←Heriot-Watt University←LMG 7910T。原始号 LMG 7910T。＝

ATCC 35016T =LMG 7910T。分离源：人的粪便。模式菌株。培养基 0471,37℃。

Vibrio furnissii（biotype Ⅱ）Brenner *et al.* 1984 弗氏弧菌（2 型）

MCCC 1A02642 　←中科院南海所←CGMCC←美国加州大学 Davis 分校。原始号 619。=CGMCC 1.1612 = ATCC 33813。培养基 0223,30℃。

Vibrio gallicus Sawabe *et al.* 2004 高卢弧菌

MCCC 1H00087 　←山东大学威海分校←LMG 21329。原始号 HT1-3。=LMG 21329 =CIP 107864。分离源：法国鲍鱼的消化道。弧菌参考菌株。培养基 0471,28℃。

MCCC 1H00100 　←山东大学威海分校←BCCM/LMG。原始号 HT2-1。=LMG 21330T =LMG 21878T = CIP 107863T。分离源：法国布列塔尼鲍鱼的消化道。模式菌株。培养基 0471,28℃。

Vibrio gazogenes（Harwood *et al.* 1980）Baumann *et al.* 1981 产气弧菌

MCCC 1H00014 　←山东大学威海分校←Heriot-Watt University←LMG 19540T。=LMG 19540T =ATCC 29988T。分离源：美国麻萨诸塞州 Woods Hole 的海泥。模式菌株。培养基 0471,20℃。

Vibrio harveyi（Johnson and Shunk 1936）Baumann *et al.* 1981 哈氏弧菌（原：鲨鱼弧菌）

模式菌株 *Vibrio harveyi* ATCC 14126（T）X74706

MCCC 1H00031 　←山东大学威海分校←Heriot-Watt University←ATCC 14126T。原始号 ATCC 14126T。 =ATCC 14126T =LMG 4044T =Verdonck VIB295。分离源：美国马萨诸塞州伍兹霍。模式菌株。培养基 0471,28℃。

MCCC 1A00232 　←海洋三所 4B-A。分离源：厦门潮间带浅水贝类。与模式菌株相似性为 99.462%。培养基 0472,25℃。

MCCC 1A03218 　←海洋三所 SXB-C。分离源：厦门近海养殖赤点石斑鱼肠道内容物。与模式菌株相似性为 99.286%。培养基 0033,28℃。

MCCC 1A03227 　←海洋三所 SCB-4。分离源：厦门近海养殖赤点石斑鱼肠道内容物。与模式菌株相似性为 99.088%。培养基 0033,28℃。

MCCC 1H00032 　←山东大学威海分校←Heriot-Watt University←LMG 11659。分离源：美国夏威夷。海洋病原微生物。培养基 0471,28℃。

MCCC 1H00033 　←山东大学威海分校←Heriot-Watt University←BCCM/LMG。原始号 LMG 7890T。 = ATCC 35084T =LMG 7890T。分离源：美国巴尔的摩。原 *Vibrio carchariae* 的模式菌株。培养基 0471,28℃。

MCCC 1H00034 　←山东大学威海分校←Heriot-Watt University←LMG 11225。分离源：意大利海水。发光细菌。培养基 0471,28℃。

MCCC 1H00035 　←山东大学威海分校←英国 Heriot-Watt University。原始号 VIB571。分离源：西班牙海鲈鱼。发光细菌。培养基 0471,28℃。

MCCC 1H00036 　←山东大学威海分校 DH36。分离源：中国东海中部海域。发光细菌。培养基 0471,35℃。

MCCC 1H00037 　←山东大学威海分校 DH98。分离源：中国东海中部海域。发光能力强,生长温度范围广。培养基 0471,28℃。

MCCC 1H00038 　←山东大学威海分校 DH108。分离源：中国东海中部海域。发光能力强,生长温度范围广。培养基 0471,28℃。

MCCC 1H00039 　←山东大学威海分校 DH147。分离源：中国东海中部海域。发光细菌。培养基 0471,28~35℃。

MCCC 1H00040 　←山东大学威海分校 DH158。分离源：中国东海中部海域。发光能力强,生长温度范围广。培养基 0471,15~35℃。

MCCC 1H00041 　←山东大学威海分校 DH38。分离源：中国东海中部海域。发光能力强,生长温度范围广。培养基 0471,20~35℃。

MCCC 1H00042 　←山东大学威海分校 D39。分离源：青岛胶州湾中部海区。发光细菌。培养基 0471,15~35℃。

MCCC 1H00043 　←山东大学威海分校 DH32。分离源：中国东海中部海域。发光细菌。培养基 0471,20~30℃。

MCCC 1H00044　←山东大学威海分校 DH163。分离源:中国东海中部海域。发光细菌。培养基 0471,25～28℃。

Vibrio ichthyoenteri Ishimura *et al.* 1996 鱼肠道弧菌

模式菌株 *Vibrio ichthyoenteri* LMG 19664(T)AJ437192

MCCC 1A00057　←海洋三所 HC21-1。分离源:厦门海水养殖黄翅鱼肠道内容物。与模式菌株相似性为99.767%。培养基 0033,28℃。

MCCC 1A00059　←海洋三所 HC21-6。分离源:厦门海水养殖黄翅鱼肠道内容物。与模式菌株相似性为100%。培养基 0033,28℃。

MCCC 1B00564　←海洋一所 DJLY1。分离源:江苏盐城射阳表层海水。与模式菌株相似性为99.696%。培养基 0471,20～25℃。

MCCC 1B00577　←海洋一所 DJCJ30-1。分离源:江苏南通启东底层海水。与模式菌株相似性为99.242%。培养基 0471,20～25℃。

MCCC 1B00627　←海洋一所 DJQM5。分离源:青岛沙子口表层海水。与模式菌株相似性为99.211%。培养基 0471,20～25℃。

MCCC 1B00641　←海洋一所 DJNY28。分离源:江苏南通如东表层沉积物。与模式菌株相似性为100%。培养基 0471,20～25℃。

MCCC 1B00689　←海洋一所 DJCJ2。分离源:江苏南通启东表层海水。与模式菌株相似性为99.104%。培养基 0471,20～25℃。

MCCC 1B00960　←海洋一所 HDC27。分离源:福建宁德河豚养殖场河豚肠道内容物。与模式菌株相似性为99.157%。培养基 0471,20～25℃。

MCCC 1B01039　←海洋一所 QJHW05。分离源:江苏盐城近海表层海水。与模式菌株相似性为99.25%。培养基 0471,28℃。

Vibrio lentus Macián *et al.* 2001 慢弧菌

模式菌株 *Vibrio lentus* 4OM4(T)AJ278881

MCCC 1C00185　←极地中心 BSi20140。分离源:北冰洋海冰。产蛋白酶、几丁质酶。与模式菌株相似性为99.525%。培养基 0471,20℃。

Vibrio mediterranei Pujalte and Garay 1986 地中海弧菌

模式菌株 *Vibrio mediterranei* CIP 103203(T)X74710

MCCC 1H00052　←山东大学威海分校←Heriot-Watt University←LMG 11258T。原始号 LMG 11258T。=ATCC 43341T = LMG 11258T。分离源:西班牙海洋沉积物。模式菌株。培养基 0471,26℃。

MCCC 1A03405　←海洋三所 FF1-7C。分离源:珊瑚岛礁附近鱼肠道内容物。与模式菌株相似性为99.72%。培养基 0821,25℃。

MCCC 1B00896　←海洋一所 HT5。分离源:青岛浮山湾浒苔漂浮区。藻类共生菌。与模式菌株相似性为99.881%。培养基 0471,20～25℃。

Vibrio metschnikovii Gamaleia 1888 梅氏弧菌

MCCC 1H00048　←山东大学威海分校←Heriot-Watt University←ATCC 7708T。原始号 R. Hugh 503。模式菌株。培养基 0471,37℃。

Vibrio mimicus Davis *et al.* 1982 拟态弧菌

MCCC 1H00078　←山东大学威海分校←LMG 7896T。原始号 CDC1721-77。= ATCC 33653T = LMG 7896T=CDC 1721-77。分离源:美国北卡罗来纳州被感染的人的耳朵。模式菌株。培养基 0100,37℃。

MCCC 1A02602　←中科院南海所←CGMCC 1.1969。人类致病菌。培养基 0471,30℃。

Vibrio mytili Pujalte *et al*. 1993 贻贝弧菌

模式菌株 *Vibrio mytili* CECT 632(T)X99761

MCCC 1B00781 ←海洋一所 CJNY8。分离源：江苏盐城射阳表层沉积物。与模式菌株相似性为 99.528%。培养基 0471,20～25℃。

MCCC 1G00005 ←青岛科大 HH083-NF105。分离源：中国黄海海底沉积物。与模式菌株相似性为 99.091%。培养基 0471,28℃。

MCCC 1G00051 ←青岛科大 HH150-NF101。分离源：中国黄海表层沉积物。与模式菌株相似性为 98.668%。培养基 0471,25～28℃。

Vibrio natriegens (Payne *et al*. 1961) Baumann *et al*. 1981 需钠弧菌（漂浮弧菌）

MCCC 1H00025 ←山东大学威海分校←Heriot-Watt University←ATCC 14048T。原始号 ATCC 14048T。=LMG 10935T =ATCC 14048T。分离源：美国乔治亚州萨佩罗岛盐沼泽地的泥。模式菌株。培养基 0471,26℃。

MCCC 1A02643 ←中科院南海所←CGMCC←美国加州大学 Davis 分校。原始号 107。=CGMCC 1.1594 =ATCC 33788。柠檬酸丰富。培养基 0223,30℃。

MCCC 1H00081 ←山东大学威海分校←Heriot-Watt University←ATCC 33788。原始号 107。分离源：美国夏威夷欧胡岛水样/海水。可作为弧菌分类的参考菌株。培养基 0471,30℃。

Vibrio neptunius Thompson *et al*. 2003 海神弧菌

MCCC 1H00096 ←山东大学威海分校←LMG 20536T。原始号 INCO17。=LMG 20536T=CAIM 532T。分离源：巴西双壳贝幼虫（*Nodipecten nodosus*）。模式菌株。培养基 0471,28℃。

MCCC 1H00097 ←山东大学威海分校←LMG 20613。原始号 RFT 5。分离源：比利时轮虫养殖装置。培养基 0471,28℃。

Vibrio nereis (Harwood *et al*. 1980) Baumann *et al*. 1981 沙蛹弧菌（沙蚕弧菌）

模式菌株 *Vibrio nereis* ATCC 25917(T)X74716

MCCC 1H00026 ←山东大学威海分校←Heriot-Watt University←ATCC 25917T。原始号 ATCC 25917T。=LMG 3895T =ATCC 25917T。分离源：海水。模式菌株。培养基 0471,26℃。

MCCC 1B00496 ←海洋一所 HZDC15。分离源：山东日照深层海水。与模式菌株相似性为 99.53%。培养基 0471,20～25℃。

Vibrio ordalii Schiewe *et al*. 1982 奥氏弧菌

模式菌株 *Vibrio ordalii* ATCC 33509(T)X74718

MCCC 1A00004 ←海洋三所 HYC-4。分离源：厦门野生鲻鱼肠道内容物。与模式菌株相似性为 98.753%。培养基 0033,28℃。

MCCC 1A00213 ←海洋三所 MF42。分离源：厦门近海养殖场鳗鱼肠道内容物。与模式菌株相似性为 98.278%。培养基 0033,28℃。

MCCC 1A00261 ←海洋三所 MF3。分离源：厦门近海养殖场鳗鱼肠道内容物。与模式菌株相似性为 98.724%。培养基 0033,28℃。

Vibrio parahaemolyticus (Fujino *et al*. 1951) Sakazaki *et al*. 1963 副溶血弧菌

MCCC 1A02609 ←中科院南海所←ATCC 17802。原始号 E06154。人类及水产经济动物重要致病菌。培养基 0471,30℃。

MCCC 1H00015 ←山东大学威海分校←Heriot-Watt University←ATCC 33844。分离源：日本病人血液。海洋病原微生物。培养基 0471,30℃。

MCCC 1H00029 ←山东大学威海分校←Heriot-Watt University←ATCC 17803。分离源：日本食品。海洋病原微生物。培养基 0471,30℃。

MCCC 1H00053 ←山东大学威海分校←Heriot-Watt University←LMG 16872。分离源：泰国对虾。培养基

MCCC 1H00054　←山东大学威海分校←Heriot-Watt University←LMG 16841。分离源:泰国对虾。培养基 0471,25℃。

MCCC 1H00055　←山东大学威海分校←Heriot-Watt University←LMG 16842。分离源:泰国对虾。培养基 0471,25℃。

MCCC 1H00056　←山东大学威海分校←Heriot-Watt University←LMG 16843。分离源:泰国对虾。培养基 0471,25℃。

MCCC 1H00057　←山东大学威海分校 D6071。分离源:青岛近岸表层海水。培养基 0471,26℃。

MCCC 1H00058　←山东大学威海分校 D5050。分离源:青岛海水养殖区海水。与 *V. parahaemolyticus* CT11 的 16S 序列(EU660363)相似性为 99.5%(1504/1511)。培养基 0471,25℃。

Vibrio pectenicida Lambert *et al.* 1998 杀扇贝弧菌
模式菌株 *Vibrio pectenicida* A365 Y13830

MCCC 1B00574　←海洋一所 DJCJ17。分离源:江苏南通启东表层海水。与模式菌株相似性为 98.81%。培养基 0471,20～25℃。

Vibrio pomeroyi Thompson *et al.* 2003 波氏弧菌
模式菌株 *Vibrio pomeroyi* LMG 20537(T)AJ491290

MCCC 1H00101　←山东大学威海分校←LMG 20537T。原始号 INCO 62。=LMG 20537T =CAIM 578T。分离源:巴西贝类养殖海域健康的双壳贝幼虫。模式菌株。培养基 0471,28℃。

MCCC 1B00201　←海洋一所 BWDY-65。分离源:山东东营上层海水。与模式菌株相似性为 99.813%。培养基 0471,28℃。

MCCC 1B00583　←海洋一所 DJCJ70。分离源:江苏南通如东底层海水。与模式菌株相似性为 100%。培养基 0471,20～25℃。

MCCC 1H00102　←山东大学威海分校←BCCM/LMG。原始号 VIB 556。=LMG 21352 =CAIM 580。分离源:西班牙养殖海域大菱鲆幼鱼的内脏。培养基 0471,28℃。

MCCC 1H00103　←山东大学威海分校←BCCM/LMG。原始号 VIB 575。=LMG 21351 =CAIM 579。分离源:西班牙养殖海域大菱鲆幼鱼的内脏。培养基 0471,28℃。

Vibrio ponticus Macián *et al.* 2005 黑海弧菌
模式菌株 *Vibrio ponticus* CECT 5869(T)AJ630103

MCCC 1A00231　←海洋三所 SCB-3。分离源:厦门近海养殖赤点石斑鱼肠道内容物。与模式菌株相似性为 98.82%。培养基 0033,28℃。

MCCC 1B00967　←海洋一所 HDC38。分离源:福建宁德河豚养殖场河豚肠道内容物。与模式菌株相似性为 100%。培养基 0471,20～25℃。

MCCC 1H00061　←山东大学威海分校←Heriot-Watt University←ATCC 14391。原始号 530。分离源:美国海水。参考菌株。培养基 0471,26℃。

Vibrio proteolyticus(Merkel *et al.* 1964)Baumann *et al.* 1982 解蛋白弧菌
模式菌株 *Vibrio proteolyticus* ATCC 15338(T)X74723

MCCC 1H00046　←山东大学威海分校←Heriot-Watt University←LMG 3772T。=ATCC 15338T =LMG 3772T。分离源:蛀木水虱肠道。模式菌株。培养基 0471,26℃。

MCCC 1A02641　←中科院南海所←CGMCC←美国加州大学 Davis 分校。原始号 B145。=CGMCC 1.1826。培养基 0232,26℃。

MCCC 1B01109　←海洋一所 YCSD12。分离源:青岛即墨盐田旁排水沟。与模式菌株相似性为 99.403%。培养基 0471,20～25℃。

Vibrio rotiferianus Gomez-Gil *et al.* 2003 轮虫弧菌
模式菌株 *Vibrio rotiferianus* LMG 21460(T)AJ316187

MCCC 1A03503　←海洋三所 11.10-6-16。分离源:青岛。硫酸盐还原。与模式菌株相似性为 98.985%。培养基 0471,25℃。

MCCC 1B00485　←海洋一所 HZBC75。分离源:山东日照上层海水。与模式菌株相似性为 100%。培养基 0471,20～25℃。

MCCC 1B00596　←海洋一所 DJQA13。分离源:青岛沙子口表层海水。与模式菌株相似性为 99.524%。培养基 0471,20～25℃。

Vibrio rumoiensis Yumoto *et al.* 1999 留萌弧菌
模式菌株 *Vibrio rumoiensis* S-1(T) AB013297

MCCC 1A00146　←海洋三所 XYB-C2。分离源:南海海底比目鱼肠道内容物。与模式菌株相似性为 98.126%。培养基 0033,28℃。

MCCC 1F01105　←厦门大学 DH51。分离源:中国东海近海表层海水。具有杀死塔玛亚历山大藻的活性。与模式菌株相似性为 99%(1479/1483)。培养基 0471,25℃。

Vibrio sinaloensis Gomez-Gil *et al.* 2008 锡那罗州弧菌
模式菌株 *Vibrio sinaloensis* CAIM 797(T)DQ451211

MCCC 1B00951　←海洋一所 HDC4。分离源:福建宁德河豚养殖场河豚肠道内容物。与模式菌株相似性为 99.641%。培养基 0471,20～25℃。

MCCC 1B00970　←海洋一所 HDC52。分离源:福建宁德河豚养殖场河豚肠道内容物。与模式菌株相似性为 99.402%。培养基 0471,20～25℃。

Vibrio splendidus (Beijerinck 1900)Baumann *et al.* 1981 灿烂弧菌
模式菌株 *Vibrio splendidus* ATCC 33125(T)X74724

MCCC 1A04069　←海洋三所 NH15K。分离源:南沙表层沉积物。与模式菌株相似性为 99.856%。培养基 0821,25℃。

MCCC 1B00293　←海洋一所 YACN5。分离源:青岛近海沉积物。与模式菌株相似性为 100%。培养基 0471,20～25℃。

MCCC 1B00300　←海洋一所 YACN13。分离源:青岛近海沉积物。与模式菌株相似性为 100%。培养基 0471,20～25℃。

MCCC 1B00517　←海洋一所 DJHH15。分离源:威海荣成上层海水。与模式菌株相似性为 100%。培养基 0471,20～25℃。

MCCC 1B00671　←海洋一所 DJWH31。分离源:威海乳山表层海水。水产动物病害病原微生物研究。与模式菌株相似性为 99.883%。培养基 0471,20～25℃。

MCCC 1B00672　←海洋一所 DJWH34。分离源:威海乳山次表层海水。与模式菌株相似性为 99.881%。培养基 0471,20～25℃。

MCCC 1B00677　←海洋一所 DJLY9。分离源:江苏盐城射阳表层海水。与模式菌株相似性为 99.739%。培养基 0471,20～25℃。

MCCC 1A04096　←海洋三所 NH23Q-1。分离源:南沙黄褐色沙质。与模式菌株相似性为 99.856%。培养基 0821,25℃。

Vibrio tasmaniensis Thompson *et al.* 2003 塔斯马尼亚弧菌
模式菌株 *Vibrio tasmaniensis* LMG 21574(T)AJ514912

MCCC 1A04059　←海洋三所 NH12E。分离源:南沙黄褐色沙质。与模式菌株相似性为 99.711%。培养基 0471,25℃。

MCCC 1B00276　←海洋一所 JZHS35。分离源:青岛胶州上层海水。与模式菌株相似性为 99.814%。培养基 0471,28℃。

MCCC 1B00674　←海洋一所 DJWH44。分离源:威海乳山底层海水。与模式菌株相似性为 100%。培养基 0471,20～25℃。

MCCC 1H00062　←山东大学威海分校 D4058。分离源:青岛近海工业区附近海洋沉积物。与模式菌株相似
　　　　　　　　性为 99.67%(1488/1493)。培养基 0471,28℃。
MCCC 1H00063　←山东大学威海分校 D1233。分离源:青岛开放海区海水。与模式菌株相似性为 99.53%
　　　　　　　　(1486/1493)。培养基 0471,28℃。

Vibrio tubiashii Hada *et al.* 1984 塔氏弧菌
模式菌株 *Vibrio tubiashii* ATCC 19109(T)X74725
MCCC 1H00060　←山东大学威海分校←Heriot-Watt University←ATCC 19109T。原始号 Milford 74。分离
　　　　　　　　源:美国双壳贝类。模式菌株。培养基 0471,26℃。
MCCC 1A01495　←海洋三所 7B。分离源:厦门潮间带浅水贝类。与模式菌株相似性为 99.193%。培养基
　　　　　　　　0472,25℃。
MCCC 1A02875　←海洋三所 IV29。分离源:黄海上层海水。分离自石油降解菌群。与模式菌株相似性为
　　　　　　　　99.243%。培养基 0472,25℃。
MCCC 1H00065　←山东大学威海分校←Heriot-Watt University←ATCC 19106。原始号 Milford 27。分离
　　　　　　　　源:牡蛎。双壳贝类幼虫的致病菌。培养基 0471,26℃。

Vibrio vulnificus (Reichelt *et al.* 1979) Farmer 1980 创伤弧菌
模式菌株 *Vibrio vulnificus* ATCC 27562(T)X76333
MCCC 1H00066　←山东大学威海分校←Heriot-Watt University←ATCC←P Baumann←R. E. Weaver。原始
　　　　　　　　号 324。=ATCC 27562 =CDC B9629。分离源:美国佛罗里达州病人的血液。模式菌
　　　　　　　　株;用于食品等方面的微生物检测,作为对照菌株。培养基 0471,30℃。
MCCC 1A02606　←中科院南海所←CGMCC 1.1758。=CGMCC 1.1758 =ATCC 27562。人类及水产经济
　　　　　　　　动物重要致病菌。培养基 0471,30℃。
MCCC 1B00281　←海洋一所 JZHS42。分离源:青岛胶州上层海水。与模式菌株相似性为 100%。培养基
　　　　　　　　0471,28℃。
MCCC 1H00047　←山东大学威海分校←Heriot-Watt University←CDC。原始号 CDC 7184。=CDC 7184 =
　　　　　　　　CECT 5168。分离源:人的血液。参考菌株。培养基 0471,30℃。

Vibrio xuii Thompson *et al.* 2003 徐氏弧菌
模式菌株 *Vibrio xuii* LMG 21346(T)AJ316181
MCCC 1H00086　←山东大学威海分校←LMG 21346T。原始号 R-15052。=LMG 21346T =CAIM 467T。
　　　　　　　　分离源:烟台对虾养殖池海水。模式菌株。培养基 0471,28℃。
MCCC 1B00792　←海洋一所 CJNY28。分离源:江苏盐城射阳表层沉积物。与模式菌株相似性为 100%。培
　　　　　　　　养基 0471,20～25℃。
MCCC 1H00095　←山东大学威海分校←BCCM/LMG。原始号 STD3-1204。=LMG 21347 =CAIM 568。分
　　　　　　　　离源:厄瓜多尔白虾。培养基 0471,28℃。

Vibrio sp. Pacini 1954 弧菌
MCCC 1A00047　←海洋三所 YYf-3。分离源:厦门养鱼池底泥。以硝酸根作为电子受体分离。与模式菌株
　　　　　　　　V. rotiferianus LMG 21460(T)AJ316187 相似性为 98.956%。培养基 0033,28℃。
MCCC 1A00120　←海洋三所 XYB-C3。分离源:南海海底比目鱼肠道内容物。与模式菌株 *V. diabolicus*
　　　　　　　　HE800(T)X99762 相似性为 98.881%。培养基 0033,28℃。
MCCC 1A00135　←海洋三所 XYAB-W1。分离源:南海海底比目鱼肠道内容物。与模式菌株 *V. rotiferianus*
　　　　　　　　LMG 21460(T)AJ316187 相似性为 98.904%。培养基 0033,28℃。
MCCC 1A00144　←海洋三所 XYAW-5。分离源:南海海底比目鱼肠道内容物。与模式菌株 *V. rotiferianus*
　　　　　　　　LMG 21460(T)AJ316187 相似性为 100%。培养基 0033,28℃。
MCCC 1A00183　←海洋三所 BMf-2。分离源:厦门海水养殖比目鱼肠道内容物。与模式菌株 *V. rotiferianus*
　　　　　　　　LMG 21460(T)AJ316187 相似性为 100%。培养基 0033,28℃。

MCCC 1A00221　←海洋三所 SWB-A。分离源:厦门近海养殖赤点石斑鱼肠道内容物。与模式菌株 *V. campbellii* ATCC 25920(T)X74692 相似性为 99.045%。培养基 0033,28℃。

MCCC 1A00222　←海洋三所 SXB-A。分离源:厦门近海养殖赤点石斑鱼肠道内容物。与模式菌株 *V. campbellii* ATCC 25920(T)X74692 相似性为 99.359%。培养基 0033,28℃。

MCCC 1A00224　←海洋三所 SWB-B。分离源:厦门近海养殖赤点石斑鱼肠道内容物。与模式菌株 *V. xuii* LMG 21346(T)AJ316181 相似性为 99.718%。培养基 0033,28℃。

MCCC 1A00225　←海洋三所 SWB-7。分离源:厦门近海养殖赤点石斑鱼肠道内容物。与模式菌株 *V. rotiferianus* LMG 21460(T)AJ316187 相似性为 99.456%。培养基 0033,28℃。

MCCC 1A00228　←海洋三所 SXB-D。分离源:厦门近海养殖赤点石斑鱼肠道内容物。与模式菌株 *V. diabolicus* HE800(T)X99762 相似性为 99.069%。培养基 0033,28℃。

MCCC 1A00948　←海洋三所 AL1。分离源:青岛近海海藻。与模式菌株 *V. rotiferianus* LMG 21460(T)AJ316187 相似性为 99.749%。培养基 0471,25℃。

MCCC 1A01298　←海洋三所 s28-1。分离源:印度洋表层海水。分离自石油降解菌群。与模式菌株 *V. fluvialis* NCTC 11327(T)X76335 相似性为 100%。培养基 0745,26℃。

MCCC 1A01489　←海洋三所 120。分离源:印度洋深海热液口沉积物。分离自环己酮降解菌群。与模式菌株 *V. proteolyticus* ATCC 15338(T)X74723 相似性为 99.375%。培养基 0471,25℃。

MCCC 1A02184　←海洋三所 11B。分离源:厦门潮间带浅水贝类。与模式菌株 *V. rotiferianus* LMG 21460(T)AJ316187 相似性为 99.875%。培养基 0472,25℃。

MCCC 1A02187　←海洋三所 16B。分离源:厦门潮间带浅水贝类。与模式菌株 *V. rotiferianus* LMG 21460(T)AJ316187 相似性为 99.875%。培养基 0472,25℃。

MCCC 1A02188　←海洋三所 17B。分离源:厦门潮间带浅水贝类。与模式菌株 *V. rotiferianus* LMG 21460(T)AJ316187 相似性为 98.869%。培养基 0472,25℃。

MCCC 1A02189　←海洋三所 CH11。分离源:厦门黄翅鱼鱼鳃。与模式菌株 *V. rotiferianus* LMG 21460(T)AJ316187 相似性为 100%。培养基 0033,25℃。

MCCC 1A02231　←海洋三所 CH12。分离源:厦门黄翅鱼鱼鳃。与模式菌株 *V. rotiferianus* LMG 21460(T)AJ316187 相似性为 98.869%。培养基 0033,25℃。

MCCC 1A02244　←海洋三所 IN4。分离源:厦门黄翅鱼肠道内容物。与模式菌株 *V. proteolyticus* ATCC 15338(T)X74723 相似性为 99.244%。培养基 0033,25℃。

MCCC 1A02247　←海洋三所 IN11。分离源:厦门黄翅鱼肠道内容物。与模式菌株 *V. rotiferianus* LMG 21460(T)AJ316187 相似性为 100%。培养基 0033,25℃。

MCCC 1A02503　←海洋三所 G21。分离源:厦门市白鹭洲红树林泥样。产内切纤维素酶。培养基 0471,37℃。

MCCC 1A02751　←海洋三所 IA1。分离源:黄海表层海水。分离自石油降解菌群。与模式菌株 *V. rotiferianus* LMG 21460(T)AJ316187 相似性为 99.749%。培养基 0472,28℃。

MCCC 1A02760　←海洋三所 IC1。分离源:黄海底表海水。分离自石油降解菌群。与模式菌株 *V. rotiferianus* LMG 21460(T)AJ316187 相似性为 99.372%。培养基 0472,28℃。

MCCC 1A02784　←海洋三所 IG13。分离源:黄海表层海水。分离自石油降解菌群。与模式菌株 *V. rotiferianus* LMG 21460(T)AJ316187 相似性为 99.749%。培养基 0472,25℃。

MCCC 1A02871　←海洋三所 IV13。分离源:黄海上层海水。分离自石油降解菌群。与模式菌株 *V. rotiferianus* LMG 21460(T)AJ316187 相似性为 99.372%。培养基 0472,25℃。

MCCC 1A02907　←海洋三所 JD6。分离源:黄海上层海水。分离自石油降解菌群。与模式菌株 *V. hepatarius* LMG 20362(T)AJ345063 相似性为 98.866%。培养基 0472,25℃。

MCCC 1A03217　←海洋三所 SXA-e。分离源:厦门近海养殖赤点石斑鱼肠道内容物。与模式菌株 *V. rotiferianus* LMG 21460(T)AJ316187 相似性为 100%。培养基 0033,28℃。

MCCC 1A03221　←海洋三所 SCAf-5。分离源:厦门近海养殖赤点石斑鱼肠道内容物。与模式菌株 *V. rotiferianus* LMG 21460(T)AJ316187 相似性为 100%。培养基 0033,28℃。

MCCC 1A03226　←海洋三所 SXAf-1。分离源:厦门近海养殖赤点石斑鱼肠道内容物。与模式菌株 *V. rotiferianus* LMG 21460(T)AJ316187 相似性为 99.638%。培养基 0033,28℃。

MCCC 1A03228 ←海洋三所 SWB-6。分离源:厦门近海养殖赤点石斑鱼肠道内容物。与模式菌株 *V. campbellii* ATCC 25920(T)X74692 相似性为 99.287%。培养基 0033,28℃。

MCCC 1A03229 ←海洋三所 SCAe-2。分离源:厦门近海养殖赤点石斑鱼肠道内容物。与模式菌株 *V. rotiferianus* LMG 21460(T)AJ316187 相似性为 99.264%。培养基 0033,28℃。

MCCC 1A03230 ←海洋三所 SWAf-1。分离源:厦门近海养殖赤点石斑鱼肠道内容物。与模式菌株 *V. rotiferianus* LMG 21460(T)AJ316187 相似性为 99.663%。培养基 0033,28℃。

MCCC 1A03232 ←海洋三所 SCBe-4。分离源:厦门近海养殖赤点石斑鱼肠道内容物。与模式菌株 *V. rotiferianus* LMG 21460(T)AJ316187 相似性为 99.51%。培养基 0033,28℃。

MCCC 1A03233 ←海洋三所 SXBf-1。分离源:厦门近海养殖赤点石斑鱼肠道内容物。与模式菌株 *V. rotiferianus* LMG 21460(T)AJ316187 相似性为 99.887%。培养基 0033,28℃。

MCCC 1A03236 ←海洋三所 SXAe-3。分离源:厦门近海养殖赤点石斑鱼肠道内容物。与模式菌株 *V. rotiferianus* LMG 21460(T)AJ316187 相似性为 99.446%。培养基 0033,28℃。

MCCC 1A03237 ←海洋三所 SXBe-2。分离源:厦门近海养殖赤点石斑鱼肠道内容物。与模式菌株 *V. rotiferianus* LMG 21460(T)AJ316187 相似性为 99.198%。培养基 0033,28℃。

MCCC 1A03238 ←海洋三所 SXBf-3。分离源:厦门近海养殖赤点石斑鱼肠道内容物。与模式菌株 *V. rotiferianus* LMG 21460(T)AJ316187 相似性为 99.767%。培养基 0033,28℃。

MCCC 1A03239 ←海洋三所 SCBe-3。分离源:厦门近海养殖赤点石斑鱼肠道内容物。与模式菌株 *V. rotiferianus* LMG 21460(T)AJ316187 相似性为 99.634%。培养基 0033,28℃。

MCCC 1A03240 ←海洋三所 SXA-C。分离源:厦门近海养殖赤点石斑鱼肠道内容物。与模式菌株 *V. rotiferianus* LMG 21460(T)AJ316187 相似性为 99.863%。培养基 0033,28℃。

MCCC 1A03241 ←海洋三所 SCA-f。分离源:厦门近海养殖赤点石斑鱼肠道内容物。与模式菌株 *V. rotiferianus* LMG 21460(T)AJ316187 相似性为 99.726%。培养基 0033,28℃。

MCCC 1A03246 ←海洋三所 SCA-6。分离源:厦门近海养殖赤点石斑鱼肠道内容物。与模式菌株 *V. xuii* LMG 21346(T)AJ316181 相似性为 99.04%。培养基 0033,28℃。

MCCC 1A03247 ←海洋三所 SCB-I。分离源:厦门近海养殖赤点石斑鱼肠道内容物。与模式菌株 *V. rotiferianus* LMG 21460(T)AJ316187 相似性为 99.314%。培养基 0033,28℃。

MCCC 1A03248 ←海洋三所 SCB-f。分离源:厦门近海养殖赤点石斑鱼肠道内容物。与模式菌株 *V. rotiferianus* LMG 21460(T)AJ316187 相似性为 98.765%。培养基 0033,28℃。

MCCC 1A03249 ←海洋三所 SXB-CA。分离源:厦门近海养殖赤点石斑鱼肠道内容物。与模式菌株 *V. rotiferianus* LMG 21460(T)AJ316187 相似性为 100%。培养基 0033,28℃。

MCCC 1A03250 ←海洋三所 SXA-B。分离源:厦门近海养殖赤点石斑鱼肠道内容物。与模式菌株 *V. rotiferianus* LMG 21460(T)AJ316187 相似性为 99.863%。培养基 0033,28℃。

MCCC 1A03508 ←海洋三所 11.10-12-25。分离源:青岛。硫酸盐还原。与模式菌株 *V. rotiferianus* LMG 21460(T)AJ316187 相似性为 98.929%。培养基 0471,25℃。

MCCC 1A03509 ←海洋三所 11.10-6-17。分离源:青岛。硫酸盐还原。与模式菌株 *V. rotiferianus* LMG 21460(T)AJ316187 相似性为 98.69%。培养基 0471,25℃。

MCCC 1A03751 ←海洋三所 mj02-PW6-OH4。分离源:南沙近海岛礁附近上层海水。分离自石油降解菌群。与模式菌株 *V. rotiferianus* LMG 21460(T)AJ316187 相似性为 99.314%。培养基 0472,25℃。

MCCC 1A04011 ←海洋三所 NH6HJ。分离源:南沙深灰黑色细泥。与模式菌株 *V. rotiferianus* LMG 21460(T)AJ316187 相似性为 99.733%。培养基 0821,25℃。

MCCC 1B00278 ←海洋一所 JZHS38。分离源:青岛胶州上层海水。与模式菌株 *V. proteolyticus* ATCC 15338(X74723)相似性为 99.072%。培养基 0471,28℃。

MCCC 1B00279 ←海洋一所 JZHS39。分离源:青岛胶州上层海水。与模式菌株 *V. ichthyoenteri* LMG 19664(T)AJ437192 相似性为 99.062%。培养基 0471,28℃。

MCCC 1B00280 ←海洋一所 JZHS41。分离源:青岛胶州上层海水。与模式菌株 *V. proteolyticus* ATCC 15338(T)X74723 相似性为 98.701%。培养基 0471,28℃。

MCCC 1B00289 ←海洋一所 YACN1。分离源:青岛近海沉积物。与模式菌株 *V. pomeroyi* LMG 20537(T)

AJ491290 相似性为 98.502%。培养基 0471,20～25℃。

MCCC 1B00292 ←海洋一所 YACN4。分离源:青岛近海沉积物。与模式菌株 *V. rotiferianus* LMG 21460 (T)AJ316187 相似性为 99.259%。培养基 0471,20～25℃。

MCCC 1B00304 ←海洋一所 YACN17。分离源:青岛近海沉积物。与模式菌株 *V. pomeroyi* LMG 20537(T) AJ491290 相似性为 98.502%。培养基 0471,20～25℃。

MCCC 1B00321 ←海洋一所 NJSN29。分离源:江苏南通表层沉积物。与模式菌株 *V. rotiferianus* LMG 21460(T)AJ316187 相似性为 99.208%。培养基 0471,28℃。

MCCC 1B00373 ←海洋一所 NJSX66。分离源:江苏南通底层海水。与模式菌株 *V. rotiferianus* LMG 21460 (T)AJ316187 相似性为 99.353%。培养基 0471,28℃。

MCCC 1B00384 ←海洋一所 HZBN12。分离源:山东日照表层沉积物。与模式菌株 *V. chagasii* R-3712(T) AJ316199 相似性为 99.826%。培养基 0471,20～25℃。

MCCC 1B00565 ←海洋一所 DJLY21-1。分离源:江苏盐城射阳表层海水。与模式菌株 *V. calviensis* RE35F/ 12(T)AF118021 相似性为 98.093%。培养基 0471,20～25℃。

MCCC 1B00571 ←海洋一所 DJLY65-1。分离源:江苏盐城射阳表层海水。与模式菌株 *V. ichthyoenteri* LMG 19664(T)AJ437192 相似性为 99.124%。培养基 0471,20～25℃。

MCCC 1B00573 ←海洋一所 DJCJ15。分离源:江苏南通启东表层海水。与模式菌株 *V. rotiferianus* LMG 21460(T)AJ316187 相似性为 98.999%。培养基 0471,20～25℃。

MCCC 1B00676 ←海洋一所 DJLY7。分离源:江苏盐城射阳表层海水。与模式菌株 *V. neptunius* LMG 20536(T) AJ316171 相似性为 98.66%。培养基 0471,20～25℃。

MCCC 1B00688 ←海洋一所 DJCJ1。分离源:江苏南通启东表层海水。与模式菌株 *V. mytili* CECT 632(T) X99761 相似性为 99.175%。培养基 0471,20～25℃。

MCCC 1B00822 ←海洋一所 QJJH14。分离源:山东日照表层海水。与模式菌株 *V. rotiferianus* LMG 21460 (T)AJ316187 相似性为 99.875%。培养基 0471,20～25℃。

MCCC 1B00860 ←海洋一所 YCWB2-1。分离源:青岛即墨 70%盐度盐田表层海水。与模式菌株 *V. xuii* LMG 21346(T)AJ316181 相似性为 96.535%。培养基 0471,20～25℃。

MCCC 1B00861 ←海洋一所 YCWB26。分离源:青岛即墨 70%盐度盐田表层海水。与模式菌株 *V. mytili* CECT 632(T)X99761 相似性为 99.282%。培养基 0471,20～25℃。

MCCC 1B00885 ←海洋一所 YCSD77。分离源:青岛即墨盐田旁排水沟。与模式菌株 *V. mytili* CECT 632 (T)X99761 相似性为 99.282%。培养基 0471,20～25℃。

MCCC 1B00900 ←海洋一所 HTTC9。分离源:青岛浮山湾浒苔漂浮区。藻类共生菌。与模式菌株 *V. rotiferianus* LMG 21460(T)AJ316187 相似性为 98.927%。培养基 0471,20～25℃。

MCCC 1B00950 ←海洋一所 HDC3。分离源:福建宁德河豚养殖场河豚肠道内容物。与模式菌株 *V. proteolyticus* ATCC 15338(T)X74723 相似性为 99.403%。培养基 0471,20～25℃。

MCCC 1B00952 ←海洋一所 HDC8。分离源:福建宁德河豚养殖场河豚肠道内容物。与模式菌株 *V. rotiferianus* LMG 21460(T)AJ316187 相似性为 99.881%。培养基 0471,20～25℃。

MCCC 1B00971 ←海洋一所 HDC55。分离源:福建宁德河豚养殖场河豚肠道内容物。与模式菌株 *V. rotiferianus* LMG 21460(T)AJ316187 相似性为 98.449%。培养基 0471,20～25℃。

MCCC 1B00975 ←海洋一所 HDP7。分离源:福建宁德河豚养殖场河豚肠道内容物。鱼类共生菌。与模式 菌株 *V. tubiashii* ATCC 19109(T)X74725 相似性为 99.162%。培养基 0471,20～25℃。

MCCC 1B00976 ←海洋一所 HDP8。分离源:福建宁德河豚养殖场河豚肠道内容物。鱼类共生菌。与模式菌 株 *V. rotiferianus* LMG 21460(T)AJ316187 相似性为 99.881%。培养基 0471,20～25℃。

MCCC 1B00977 ←海洋一所 HDP9。分离源:福建宁德河豚养殖场河豚肠道内容物。鱼类共生菌。与模式菌 株 *V. rotiferianus* LMG 21460(T)AJ316187 相似性为 99.762%。培养基 0471,20～25℃。

MCCC 1B00978 ←海洋一所 HDP13。分离源:福建宁德河豚养殖场河豚肠道内容物。鱼类共生菌。与模式菌 株 *V. rotiferianus* LMG 21460(T)AJ316187 相似性为 99.881%。培养基 0471,20～25℃。

MCCC 1B01084 ←海洋一所 QJNY78。分离源:山东日照海底泥沙。与模式菌株 *V. rotiferianus* LMG 21460(T)AJ316187 相似性为 99.045%。培养基 0471,28℃。

MCCC 1B01085 ←海洋一所 QJNY79。分离源:山东日照海底泥沙。与模式菌株 *V. rotiferianus* LMG

21460(T)AJ316187 相似性为 99.046%。培养基 0471,28℃。

MCCC 1B01090 ←海洋一所 QJNY86。分离源：山东日照海底泥沙。与模式菌株 *V. rotiferianus* LMG 21460(T)AJ316187 相似性为 98.927%。培养基 0471,28℃。

MCCC 1B01092 ←海洋一所 QJNY88。分离源：山东日照海底泥沙。与模式菌株 *V. rotiferianus* LMG 21460(T)AJ316187 相似性为 99.046%。培养基 0471,28℃。

MCCC 1B01093 ←海洋一所 QJNY89。分离源：山东日照海底泥沙。与模式菌株 *V. rotiferianus* LMG 21460(T)AJ316187 相似性为 98.925%。培养基 0471,28℃。

MCCC 1B01094 ←海洋一所 QJNY90。分离源：山东日照海底泥沙。与模式菌株 *V. rotiferianus* LMG 21460(T)AJ316187 相似性为 96.643%。培养基 0471,28℃。

MCCC 1B01095 ←海洋一所 QJNY91。分离源：山东日照海底泥沙。与模式菌株 *V. rotiferianus* LMG 21460(T)AJ316187 相似性为 99.046%。培养基 0471,28℃。

MCCC 1B01096 ←海洋一所 QJNY92。分离源：山东日照海底泥沙。与模式菌株 *V. rotiferianus* LMG 21460(T)AJ316187 相似性为 99.046%。培养基 0471,28℃。

MCCC 1B01099 ←海洋一所 QJNY95。分离源：山东日照海底泥沙。与模式菌株 *V. rotiferianus* LMG 21460(T)AJ316187 相似性为 98.808%。培养基 0471,28℃。

MCCC 1B01100 ←海洋一所 QJNY96。分离源：山东日照海底泥沙。与模式菌株 *V. rotiferianus* LMG 21460(T)AJ316187 相似性为 99.046%。培养基 0471,28℃。

MCCC 1B01101 ←海洋一所 QJNY97。分离源：山东日照海底泥沙。与模式菌株 *V. rotiferianus* LMG 21460(T)AJ316187 相似性为 99.046%。培养基 0471,28℃。

MCCC 1B01133 ←海洋一所 YCSC4。分离源：青岛即墨 7%盐度盐田盐渍土。与模式菌株 *V. mytili* CECT 632(T)X99761 相似性为 98.77%。培养基 0471,20～25℃。

MCCC 1E00628 ←中国海大 SXTYC1。分离源：威海荣成近海鳀鱼肠道。与模式菌株 *V. pacinii* LMG 19999(T)AJ316194 相似性为 97.899%。培养基 0471,16℃。

MCCC 1F01016 ←厦门大学 B11。分离源：福建省漳州近海红树林表层沉积物。与模式菌株 *V. hepatarius* LMG 20362(T)AJ345063 相似性为 98.636%(1446/1466)。培养基 0471,25℃。

MCCC 1F01032 ←厦门大学 F14。分离源：福建省漳州近海红树林表层沉积物。与模式菌株 *V. hepatarius* LMG 20362(T)AJ345063 相似性为 98.704%(1447/1466)。培养基 0471,25℃。

MCCC 1F01042 ←厦门大学 M9。分离源：福建省漳州近海红树林表层沉积物。与模式菌株 *V. hepatarius* LMG 20362(T)AJ345063 相似性为 98.295%(1441/1466)。培养基 0471,25℃。

MCCC 1F01056 ←厦门大学 P10。分离源：福建漳州近海红树林泥。与模式菌株 *V. xuii* LMG 21346(T) AJ316181 相似性为 99.018%(1411/1425)。培养基 0471,25℃。

MCCC 1F01059 ←厦门大学 P13。分离源：福建省漳州近海红树林表层沉积物。与模式菌株 *V. diabolicus* HE800(T)X99762 相似性为 98.872%(1402/1418)。培养基 0471,25℃。

MCCC 1F01104 ←厦门大学 DH47。分离源：中国东海近海表层海水。具有杀死塔玛亚历山大藻的活性。与模式菌株 *V. aestuarianus* ATCC 35048(T)X74689 相似性为 98.926%(645/652)。培养基 0471,25℃。

MCCC 1F01115 ←厦门大学 DHQ25。分离源：中国东海近海表层水样。具有杀死塔玛亚历山大藻的活性。与模式菌株 *V. pomeroyi* LMG 20537 AJ491290 相似性为 99.315%(725/730)。培养基 0471,25℃。

MCCC 1F01120 ←厦门大学 DHY36。分离源：中国东海近海表层水样。具有杀死塔玛亚历山大藻的活性。与模式菌株 *V. splendidus* ATCC 33125(T)X74724 相似性为 99.791%(1435/1438)。培养基 0471,25℃。

MCCC 1F01124 ←厦门大学 DHQ13。分离源：中国东海近海表层水样。具有杀死塔玛亚历山大藻的活性。与模式菌株 *V. tasmaniensis* LMG 21574(T)AJ514912 相似性 99.605%(736/739)。培养基 0471,25℃。

MCCC 1F01199 ←厦门大学 DHY24。分离源：中国东海近海表层水样。具有杀死塔玛亚历山大藻的活性。与模式菌株 *V. crassostreae* LGP 7(T)AJ582808 相似性为 99.835%(1210/1212)。培养基 0471,25℃。

Virgibacillus dokdonensis Yoon *et al.* 2005 独岛枝芽胞杆菌
模式菌株 *Virgibacillus dokdonensis* DSW-10(T) AY822043

MCCC 1A00493 ←海洋三所 Cu42。分离源:东太平洋硅质黏土沉积物。抗二价铜。与模式菌株相似性为 99.933%。培养基 0472,28℃。

MCCC 1B01137 ←海洋一所 YCSC11-1。分离源:青岛即墨 7%盐度盐田盐渍土。与模式菌株相似性为 100%。培养基 0471,20~25℃。

Virgibacillus halodenitrificans (Denariaz *et al.* 1989) Yoon *et al.* 2004 盐反硝化枝芽胞杆菌
模式菌株 *Virgibacillus halodenitrificans* DSM 10037(T) AY543169

MCCC 1A01402 ←海洋三所 N8。分离源:南海深海沉积物。分离自石油降解菌群。与模式菌株相似性为 100%。培养基 0745,28℃。

MCCC 1A02136 ←海洋三所 N3ZF-10。分离源:南海深海沉积物。十六烷降解菌。与模式菌株相似性为 100%。培养基 0745,26℃。

MCCC 1A04009 ←海洋三所 NH3D1-1。分离源:南沙黄褐色沙质沉积物。与模式菌株相似性为 100%(796/796)。培养基 0821,25℃。

MCCC 1B00742 ←海洋一所 CJHH10。分离源:烟台海阳次底层海水。与模式菌株相似性为 100%。培养基 0471,20~25℃。

Virgibacillus necropolis Heyrman *et al.* 2003 古墓枝芽胞杆菌
模式菌株 *Virgibacillus necropolis* LMG 19488(T) AJ315056

MCCC 1A06055 ←海洋三所 D-1-1-1。分离源:北极圈内某淡水湖边沉积物。分离自原油富集菌群。与模式菌株相似性为 98.7%。培养基 0472,28℃。

Virgibacillus sp. Heyndrickx *et al.* 1998 emend. Heyrman *et al.* 2003 枝芽胞杆菌

MCCC 1A03709 ←海洋三所 X-101B346(B)。分离源:福建晋江安海潮间带沉积物。抗部分细菌。与模式菌株 *V. dokdonensis* DSW-10(T) AY822043 相似性为 99.372%。培养基 0471,28℃。

Vitellibacter vladivostokensis Nedashkovskaya *et al.* 2003 海参崴蛋黄色杆菌
模式菌株 *Vitellibacter vladivostokensis* KMM 3516(T) AB071382

MCCC 1A00356 ←海洋三所 R4-4。分离源:印度洋深海底层水样。分离自石油降解菌群。与模式菌株相似性为 99.612%。培养基 0471,25℃。

MCCC 1A01303 ←海洋三所 CK3-5。分离源:印度洋深海沉积物。与模式菌株相似性为 100%。培养基 0333,18~28℃。

MCCC 1A01337 ←海洋三所 S67-2-4。分离源:印度洋表层海水。苯系物降解菌。与模式菌株相似性为 99.628%。培养基 0471,25℃。

MCCC 1A01487 ←海洋三所 S24-5。分离源:印度洋表层海水。分离自石油降解菌群。与模式菌株相似性为 99.452%。培养基 0745,26℃。

MCCC 1A02291 ←海洋三所 S9-2。分离源:大西洋表层海水。与模式菌株相似性为 99.393%。培养基 0745,28℃。

MCCC 1A02324 ←海洋三所 S15-5。分离源:大西洋表层海水。与模式菌株相似性为 99.698%。培养基 0471,28℃。

MCCC 1A02916 ←海洋三所 F48-2。分离源:近海沉积物。分离自石油降解菌群。与模式菌株相似性为 98.859%。培养基 0472,28℃。

MCCC 1A02944 ←海洋三所 F48-9。分离源:近海沉积物。分离自石油降解菌群。与模式菌株相似性为 99.316%。培养基 0472,28℃。

MCCC 1A04915 ←海洋三所 C11AD。分离源:西南太平洋深层海水。分离自石油降解菌群。与模式菌株相似性为 100%(760/760)。培养基 0821,25℃。

MCCC 1A04921 ←海洋三所 C13AE。分离源:西南太平洋上层海水。分离自石油降解菌群。与模式菌株相似性为 100％。培养基 0821,25℃。

MCCC 1A05266　←海洋三所 C50AO。分离源：西南太平洋下层海水。分离自石油降解菌群。与模式菌株相似性为 100％(741/741)。培养基 0821,25℃。

MCCC 1A05754　←海洋三所 NH63B。分离源：南沙深海沉积物。分离自石油降解菌群。与模式菌株相似性为 99.756％。培养基 0821,25℃。

Wautersiella falsenii Kämpfer *et al*. 2006 法氏沃氏菌

模式菌株 *Wautersiella falsenii* NF 993(T)AM084341

MCCC 1A00028　←海洋三所 BM-10。分离源：厦门海水养殖场捕捞的比目鱼肠道内容物。与模式菌株相似性为 99.869％。培养基 0033,28℃。

Weissella cibaria Björkroth *et al*. 2002 食物魏斯氏菌

模式菌株 *Weissella cibaria* LMG 17699(T)AJ295989

MCCC 1A03409　←海洋三所 FF2-10。分离源：西南太平洋珊瑚岛礁附近鱼肠道内容物。与模式菌株相似性为 100％。培养基 0821,25℃。

Weissella paramesenteroides(Garvie 1967)Collins *et al*. 1994 类肠膜魏斯氏菌

模式菌株 *Weissella paramesenteroides* NRIC 1542(T)AB023238

MCCC 1A03406　←海洋三所 FF2-2。分离源：西南太平洋珊瑚岛礁附近鱼肠道内容物。与模式菌株的相似性为 99.586％(749/750)。培养基 0821,25℃。

Williamsia muralis Kämpfer *et al*. 1999 墙壁威廉姆斯氏菌

模式菌株 *Williamsia muralis* MA140/96(T)Y17384

MCCC 1A05959　←海洋三所 0713C5-1。分离源：印度洋深海沉积物表层。与模式菌株相似性为 98％。培养基 1003,28℃。

Winogradskyella eximia Nedashkovskaya *et al*. 2005 极佳维诺格拉斯基氏菌

模式菌株 *Winogradskyella eximia* KMM 3944(T)AY521225

MCCC 1G00149　←青岛科大 QD254-4。分离源：青岛海底沉积物。与模式菌株相似性为 97.823％。培养基 0471,25～28℃。

Winogradskyella thalassocola Nedashkovskaya *et al*. 2005 栖海维诺格拉斯基氏菌

模式菌株 *Winogradskyella thalassocola* KMM 3907(T)AY521223

MCCC 1C00719　←极地中心 NF1-39。分离源：南极表层沉积物。与模式菌株相似性为 97.968％。培养基 0471,15℃。

MCCC 1C00777　←极地中心 NF1-23。分离源：南极表层沉积物。与模式菌株相似性为 97.968％。培养基 0471,15℃。

MCCC 1C00782　←极地中心 NF1-9。分离源：南极表层沉积物。与模式菌株相似性为 97.968％。培养基 0471,15℃。

Winogradskyella **sp.** Nedashkovskaya *et al*. 2005 维诺格拉斯基氏菌

MCCC 1B00402　←海洋一所 QJJN 12。分离源：青岛胶南表层海水。与模式菌株 *W. thalassocola* KMM 3907(T)AY521223 相似性为 95.691％。培养基 0471,20～25℃。

MCCC 1B00706　←海洋一所 CJJK59。分离源：江苏南通启东表层海水。与模式菌株 *W. thalassocola* KMM 3907(T)AY521223 相似性为 95.892％。培养基 0471,20～25℃。

MCCC 1B00823　←海洋一所 QJJH15。分离源：青岛日照表层海水。与模式菌株 *W. thalassocola* KMM 3907(T)AY521223 相似性为 95.766％。培养基 0471,20～25℃。

Yangia pacifica Dai *et al.* 2006 太平洋杨氏菌
模式菌株 *Yangia pacifica* DX5-10(T)AJ877265

MCCC 1A02863 ←海洋三所 F44-2。分离源：近海沉积物。分离自石油降解菌群。与模式菌株相似性为 99.45%。培养基 0472,28℃。

MCCC 1A02915 ←海洋三所 JE13。分离源：黄海表层海水。分离自石油降解菌群。与模式菌株相似性为 99.35%。培养基 0472,25℃。

MCCC 1A02919 ←海洋三所 F48-3。分离源：近海沉积物。分离自石油降解菌群。与模式菌株相似性为 99.552%。培养基 0472,28℃。

MCCC 1A05041 ←海洋三所 L52 1-32。分离源：南海表层海水。与模式菌株相似性为 99.333%。培养基 0471,25℃。

MCCC 1A05202 ←海洋三所 C37AO。分离源：印度洋表层海水。分离自石油降解菌群。与模式菌株相似性为 99.273%。培养基 0821,25℃。

MCCC 1A05641 ←海洋三所 29-m-14。分离源：南海深海沉积物。分离自混合烷烃富集菌群。与模式菌株相似性为 99.461%。培养基 0471,28℃。

MCCC 1A05753 ←海洋三所 NH63K。分离源：南沙浅黄色泥质。分离自石油降解菌群。与模式菌株相似性为 99.32%。培养基 0821,25℃。

MCCC 1F01023 ←厦门大学 F5。分离源：福建省漳州近海红树林表层沉积物。与模式菌株相似性为 99.185%(1339/1350)。培养基 0471,25℃。

MCCC 1G00009 ←青岛科大 HH137-NF101。分离源：中国黄海海底沉积物。与模式菌株相似性为 98.963%。培养基 0471,28℃。

Yangia sp. Dai *et al.* 2006 杨氏菌
MCCC 1B00985 ←海洋一所 YXWBB19。分离源：青岛即墨7%盐度盐田表层海水。与模式菌株 *Y. pacifica* DX5-10(T)AJ877265 相似性为 95.567%。培养基 0471,20~25℃。

Yersinia sp. van Loghem 1944 耶尔森氏菌
MCCC 1A04987 ←海洋三所 C25B1。分离源：西南太平洋表层海水。分离自石油降解菌群。与模式菌株 *Y. frederiksenii* ATCC 33641(T)X75273 相似性为 93.369%。培养基 0821,25℃。

Yonghaparkia alkaliphila Yoon *et al.* 2006 嗜碱朴龙河菌
模式菌株 *Yonghaparkia alkaliphila* KSL-113(T)DQ256087

MCCC 1A02980 ←海洋三所 E2。分离源：大西洋洋中脊深海沉积物。与模式菌株相似性为 99.742%(808/810)。培养基 0472,25℃。

Zhouia sp. Liu *et al.* 2006
MCCC 1A01365 ←海洋三所 5-C-2。分离源：厦门近岸表层海水。与模式菌株 *Z. amylolytica* HN-171(T) DQ423479 相似性为 91.9%。培养基 0472,28℃。

Zobellella denitrificans Lin and Shieh 2006 脱氮卓贝尔氏菌
模式菌株 *Zobellella denitrificans* ZD1(T)DQ195675

MCCC 1A00166 ←台湾大学海洋研究所 ZD1(T)。=BCRC 17493(T) =JCM 13380(T)。分离源：中国台湾红树林生态系统沉积物。模式菌株。培养基 0471,30~35℃。

MCCC 1A00095 ←海洋三所 F13-1。分离源：福建泉州近海沉积物。以硝酸根作为电子受体分离。与模式菌株相似性为 99.314%。培养基 0472,28℃。

Zobellella taiwanensis Lin and Shieh 2006 台湾卓贝尔氏菌
模式菌株 *Zobellella taiwanensis* ZT1(T)DQ195676

MCCC 1A00165 ←台湾大学海洋研究所 ZT1(T)。=BCRC 17494(T) =JCM 13381(T)。分离源：中国台湾

红树林生态系统沉积物。模式菌株。培养基0471,30~35℃。

MCCC 1A03435 ←海洋三所 M01-6F。分离源:南沙上层海水。与模式菌株相似性为100%。培养基 0471,25℃。

Zunongwangia profunda Qin *et al.* 2007 深海王祖农菌

模式菌株 *Zunongwangia profunda* SM-A87(T)DQ855467

MCCC 1A01171 ←海洋三所 37。分离源:印度洋深海热液口沉积物。分离自环己酮降解菌群。与模式菌株 相似性为100%。培养基0472,25℃。

MCCC 1A01173 ←海洋三所 73。分离源:印度洋深海热液口沉积物。分离自环己酮降解菌群。与模式菌株 相似性为100%。培养基0471,25℃。

MCCC 1A01368 ←海洋三所 6-D-2。分离源:厦门近岸表层海水。与模式菌株相似性为99.362%。培养基 0472,28℃。

MCCC 1A01486 ←海洋三所 10-D-2。分离源:厦门近岸表层海水。与模式菌株相似性为99.709%。培养基 0472,26℃。

MCCC 1A02657 ←海洋三所 MC2-V。分离源:太平洋深海热液区沉积物。分离自多环芳烃降解菌群。与模 式菌株相似性为99.889%。培养基0471,28℃。

MCCC 1A02912 ←海洋三所 JE8。分离源:黄海表层海水。分离自石油降解菌群。与模式菌株相似性为 99.873%(821/822)。培养基0472,25℃。

MCCC 1A03067 ←海洋三所 CK-I3-18。分离源:印度洋深海沉积物。与模式菌株相似性为99.858%。培养 基0745,18~28℃。

MCCC 1A04216 ←海洋三所 OMC2(510)-1。分离源:太平洋深海热液区沉积物。分离自多环芳烃降解菌 群。与模式菌株相似性为99.87%。培养基0471,25℃。

MCCC 1A04562 ←海洋三所 T35B8。分离源:西南太平洋土黄色沉积物。分离自石油降解菌群。与模式菌 株相似性为99.864%(769/770)。培养基0821,28℃。

MCCC 1A04816 ←海洋三所 C63B21。分离源:西南太平洋深层海水。分离自石油降解菌群。与模式菌株相 似性为99.325%(770/775)。培养基0821,25℃。

MCCC 1A04833 ←海洋三所 C68B17。分离源:西南太平洋深层海水。分离自石油降解菌群。与模式菌株相 似性为99.865%(774/775)。培养基0821,25℃。

MCCC 1A04882 ←海洋三所 C79AM。分离源:西南太平洋深层海水。分离自石油、多环芳烃降解菌群。与 模式菌株相似性为99.87%(805/806)。培养基0821,25℃。

MCCC 1A04977 ←海洋三所 C24B14。分离源:印度洋表层海水。分离自石油降解菌群。与模式菌株相似性 为99.325%(770/775)。培养基0821,25℃。

MCCC 1A05224 ←海洋三所 C41B16。分离源:西南太平洋表层海水。分离自石油降解菌群。与模式菌株相 似性为99.352%(803/808)。培养基0821,25℃。

MCCC 1A05249 ←海洋三所 C47AM。分离源:西南太平洋上层海水。分离自石油降解菌群。与模式菌株相 似性为100%。培养基0821,25℃。

MCCC 1A05298 ←海洋三所 C5AI1。分离源:西南太平洋上层海水。分离自石油降解菌群。与模式菌株相 似性为99.446%(752/756)。培养基0821,25℃。

MCCC 1A05639 ←海洋三所 29-m-9B。分离源:南海深海沉积物。分离自混合烷烃富集菌群。与模式菌株 相似性为100%。培养基0471,28℃。

MCCC 1A05728 ←海洋三所 NH60A1。分离源:南沙美济礁周围混合海水。分离自石油降解菌群。与模式 菌株相似性为99.865%。培养基0821,25℃。

酵　母

Aureobasidium pullulans（de Bary）G. Arnaud 1918 出芽短梗霉

MCCC 2E00003　←中国海大 4#2。分离源：南海表层沉积物。蛋白含量高。培养基 0513，28℃。

MCCC 2E00021　←中国海大 Tjy13b。分离源：天津近海虾虎鱼皮。培养基 0513，28℃。

MCCC 2E00051　←中国海大 HN4-6。分离源：青岛近海表层海水。产蛋白酶。培养基 0513，28℃。

MCCC 2E00052　←中国海大 HN4-4。分离源：青岛近海盐场上层海水。培养基 0513，28℃。

MCCC 2E00055　←中国海大 N13C。分离源：南极长城站近岸表层海水。产蛋白酶。培养基 0513，28℃。

MCCC 2E00056　←中国海大 N13d。分离源：南极长城站近岸表层海水。产淀粉酶、脂酶、蛋白酶。培养基 0513，28℃。

MCCC 2E00057　←中国海大 HN3-11。分离源：青岛近海盐场上层海水。产蛋白酶。培养基 0513，28℃。

MCCC 2E00058　←中国海大 HN3-2。分离源：青岛近海表层海水。产蛋白酶。培养基 0513，28℃。

MCCC 2E00059　←中国海大 HN2-3。分离源：青岛近海盐场上层海水。产蛋白酶。培养基 0513，28℃。

MCCC 2E00060　←中国海大 G7b。分离源：南海近海表层海水。产蛋白酶，蛋白含量高。培养基 0513，28℃。

MCCC 2E00061　←中国海大 G10a。分离源：青岛近海表层海水。产蛋白酶。培养基 0513，28℃。

MCCC 2E00065　←中国海大 N4a。分离源：南海表层沉积物。培养基 0513，28℃。

MCCC 2E00098　←中国海大 JHsc。分离源：青岛近海表层海水。产嗜杀因子。培养基 0513，28℃。

MCCC 2E00146　←中国海大 HN4.7。分离源：青岛近海浅层海泥。产脂酶。培养基 0513，28℃。

MCCC 2E00147　←中国海大 HN4.8。分离源：青岛近海浅层海泥。产脂酶。培养基 0513，28℃。

MCCC 2E00148　←中国海大 HN5.3。分离源：青岛近海浅层海泥。培养基 0513，28℃。

MCCC 2E00149　←中国海大 HN6.2。分离源：青岛近海浅层海泥。产淀粉酶。培养基 0513，28℃。

MCCC 2E00154　←中国海大 W13a。分离源：南海表层沉积物。产淀粉酶。培养基 0513，28℃。

MCCC 2E00157　←中国海大 HN2.4。分离源：青岛近海浅层海泥。培养基 0513，28℃。

MCCC 2E00229　←中国海大 HK58-1（2）。分离源：海南海口秋茄叶。培养基 0513，28℃。

MCCC 2E00231　←中国海大 HK58-3（1）。分离源：海南海口秋茄叶。培养基 0513，28℃。

MCCC 2E00382　←中国海大 TJY 22-4。分离源：天津近海梭鱼皮。培养基 0513，28℃。

MCCC 2E00823　←中国海大 NJ116-1。分离源：南极浅海沉积物。培养基 0513，28℃。

MCCC 2E00897　←中国海大 ST1-2Y4。分离源：广东汕头近岸红树林湿地许树根。培养基 0513，28℃。

MCCC 2E00901　←中国海大 ST2-2Y2。分离源：广东汕头近岸红树林湿地桐花树果。培养基 0513，28℃。

MCCC 2E00963　←中国海大 S08-1.1。分离源：广东湛江近岸红树林湿地桐花树叶。培养基 0513，28℃。

MCCC 3A00073　←海洋三所 M1336。分离源：东太平洋水体底层。培养基 0014，10℃。

MCCC 3J00045　←中山大学 ZJ2-C。分离源：广东湛江海洋滩涂地红树林泥。培养基 0014，25℃。

MCCC 3J00048　←中山大学 ZJ6-5D。分离源：广东湛江海洋滩涂地秋茄花。培养基 0014，25℃。

***Aureobasidium* sp.** Viala and Bayer，1891 短梗霉

MCCC 3A00045　←海洋三所 M2041。分离源：东太平洋深层海水。培养基 0014，10℃。

Candida aaseri Dietrichson ex Uden and H. R. Buckley 1970 阿塞假丝酵母

MCCC 2E00659　←中国海大 1.2。分离源：中国黄海表层海水。培养基 0513，28℃。

MCCC 2E00660　←中国海大 1.5。分离源：中国黄海表层海水。培养基 0513，28℃。

MCCC 2E00661　←中国海大 1.7。分离源：中国黄海表层海水。培养基 0513，28℃。

MCCC 2E00669　←中国海大 1.1。分离源：中国黄海表层海水。培养基 0513，28℃。

MCCC 2E00672　←中国海大 1.4。分离源：中国黄海表层海水。培养基 0513，28℃。
MCCC 2E00674　←中国海大 1.3。分离源：中国黄海表层海水。培养基 0513，28℃。
MCCC 2E00704　←中国海大 HNF-1b。分离源：海南海口近海红树林湿地老鼠簕。培养基 0513，28℃。
MCCC 2E00827　←中国海大 1.8。分离源：中国黄海表层海水。培养基 0513，28℃。
MCCC 2E00956　←中国海大 S04-1.1。分离源：广东湛江近岸红树林湿地红海榄根下泥。培养基 0513，28℃。

Candida albicans （C. P. Robin）Berkhout 1923 白假丝酵母
MCCC 2E00194　←中国海大 HK17-3。分离源：海南海口近海红树林外潮间带淤泥。培养基 0513，28℃。
MCCC 2E00321　←中国海大 HK11-2。分离源：海南海口近海角果木根际泥。培养基 0513，28℃。
MCCC 2E00793　←中国海大 DY-8.5。分离源：太平洋大洋深海沉积物。培养基 0513，28℃。
MCCC 2E00795　←中国海大 DY-3.5。分离源：太平洋大洋深海海底泥。培养基 0513，28℃。
MCCC 2E00856　←中国海大 D02-1A。分离源：广东湛江红树林湿地老鼠簕根。培养基 0513，28℃。

Candida atlantica （Siepmann）S. A. Mey. and Simione 1984 大西洋假丝酵母
MCCC 2E00569　←中国海大 TJY17e。分离源：天津近海鳓头皮。培养基 0513，28℃。
MCCC 2E00580　←中国海大 TJY6a。分离源：天津近海黄鳓鳃。培养基 0513，28℃。

Candida boidinii C. Ramírez 1953 博伊丁假丝酵母
MCCC 2E00251　←中国海大 WC91-1。分离源：海南近海玉蕊根泥。培养基 0513，28℃。
MCCC 2E00473　←中国海大 XM02g。分离源：厦门海边红树林沉积物。培养基 0513，28℃。
MCCC 2E01043　←中国海大 5.2-3。分离源：厦门近海藤。培养基 0513，28℃。

Candida butyric Nakase 1971 乳酪假丝酵母
MCCC 2E00788　←中国海大 HND-2。分离源：海南近岸红树林湿地木榄茎。培养基 0513，28℃。
MCCC 2E00831　←中国海大 D02-2.4。分离源：广东湛江红树林湿地木榄树皮。培养基 0513，28℃。
MCCC 2E00836　←中国海大 D04-2.4。分离源：广东湛江红树林湿地红海榄果。培养基 0513，28℃。
MCCC 2E00837　←中国海大 D04-2.5。分离源：广东湛江红树林湿地桐花树花。培养基 0513，28℃。
MCCC 2E00845　←中国海大 D03-16。分离源：广东湛江红树林湿地阔苞菊花。培养基 0513，28℃。
MCCC 2E00847　←中国海大 D03-1.5。分离源：广东湛江红树林湿地木榄树皮。培养基 0513，28℃。
MCCC 2E00895　←中国海大 ST3-7R1。分离源：广东汕头近岸红树林湿地老鼠簕根。培养基 0513，28℃。
MCCC 2E00905　←中国海大 ST2-4R2。分离源：广东汕头近岸红树林湿地桐花树根。培养基 0513，28℃。
MCCC 2E00912　←中国海大 ST6-4J1。分离源：广东汕头近岸红树林湿地无根藤茎。培养基 0513，28℃。

Candida carpophila Vaughan-Martini *et al*.（2005）果生假丝酵母
MCCC 2E00176　←中国海大 Ny4e。分离源：厦门近海表层海水生物样。产植酸酶。培养基 0513，28℃。
MCCC 2E00177　←中国海大 N12c。分离源：厦门近海表层海水。产植酸酶。培养基 0513，28℃。

Candida catenulate Vaughan-Martini *et al*.（2005）链状假丝酵母
MCCC 2E00181　←中国海大 HK34-1。分离源：海南海口近海白骨壤气生根下泥。培养基 0513，28℃。
MCCC 2E00195　←中国海大 WC82-3。分离源：海南近海海滨猫果木茎叶。培养基 0513，28℃。
MCCC 2E00208　←中国海大 HK68E。分离源：海南近海红色海藻红树皮。培养基 0513，28℃。
MCCC 2E00210　←中国海大 HK66c。分离源：三江潮间带中部泥。培养基 0513，28℃。
MCCC 2E00227　←中国海大 HK65c。分离源：海南海口近海秋茄根底泥。培养基 0513，28℃。
MCCC 2E00240　←中国海大 HK10a。分离源：海南海口近海红树林中水草。培养基 0513，28℃。
MCCC 2E00261　←中国海大 HK67-2。分离源：海南近海红树林泥。培养基 0513，28℃。
MCCC 2E00265　←中国海大 WC55-1。分离源：海南近海木榄茎、叶。培养基 0513，28℃。
MCCC 2E00267　←中国海大 WC55-3。分离源：海南近海木榄茎、叶。培养基 0513，28℃。
MCCC 2E00268　←中国海大 HK55b。分离源：海南海口卤蕨叶。培养基 0513，28℃。

MCCC 2E00269 ←中国海大 HK68C。分离源：海南近海红色海藻红树皮。培养基 0513，28℃。

MCCC 2E00274 ←中国海大 NA-2。分离源：海南近海囊藻。培养基 0513，28℃。

MCCC 2E00278 ←中国海大 转 171。分离源：东海近海表层海水。培养基 0513，28℃。

MCCC 2E00298 ←中国海大 HK31a。分离源：海南海口近海老鼠簕根泥。培养基 0513，28℃。

MCCC 2E00302 ←中国海大 HK66E。分离源：海南近海潮间带中部泥。培养基 0513，28℃。

MCCC 2E00315 ←中国海大 Zhuan143 2。分离源：东海表层海水。培养基 0513，28℃。

MCCC 2E00422 ←中国海大 QD09.2。分离源：青岛近海未知藻。培养基 0513，28℃。

MCCC 2E00435 ←中国海大 QD016.1。分离源：青岛近海未知藻。培养基 0513，28℃。

MCCC 2E00450 ←中国海大 QD0。分离源：青岛近海未知藻。培养基 0513，28℃。

MCCC 2E00920 ←中国海大 3.1-3。分离源：福建泉州近岸红树林湿地海漆茎。培养基 0513，28℃。

MCCC 2E00926 ←中国海大 3.5-2。分离源：福建泉州近岸红树林湿地海漆花。培养基 0513，28℃。

MCCC 2E00934 ←中国海大 5.3-4。分离源：福建泉州近岸红树林湿地白骨壤果实。培养基 0513，28℃。

MCCC 2E00939 ←中国海大 11-2。分离源：福建泉州近岸红树林湿地海漆茎。培养基 0513，28℃。

MCCC 2E00945 ←中国海大 3.4-1。分离源：福建泉州近岸红树林湿地海漆根泥。培养基 0513，28℃。

Candida diddensiae （Phaff *et al.*） Fell and S. A. Mey 1967 迪丹斯假丝酵母

MCCC 2A00014 ←海洋三所 Y-4-2-1。分离源：东太平洋沉积物深层。培养基 0007，10℃。

Candida fukuyamaensis Nakase，M. Suzuki，M. Takash. and HamaM. 1994

MCCC 2E00228 ←中国海大 HK58-1（1）。分离源：海南海口秋茄叶。培养基 0513，28℃。

MCCC 2E00232 ←中国海大 HK58-3（2）。分离源：海南海口秋茄叶。培养基 0513，28℃。

Candida glabrata （H. W. Anderson） S. A. Mey. and Yarrow 1978 光滑假丝酵母

MCCC 2E00430 ←中国海大 QD03.1。分离源：青岛近海未知藻。培养基 0513，28℃。

MCCC 2E00438 ←中国海大 QD3.3。分离源：青岛近海未知藻。培养基 0513，28℃。

MCCC 2E01021 ←中国海大 5w-1。分离源：厦门近海螣胃。培养基 0513，28℃。

MCCC 2E01025 ←中国海大 9S-1。分离源：厦门近海。培养基 0513，28℃。

MCCC 2E01079 ←中国海大 5W-3。分离源：厦门近海螣胃。培养基 0513，28℃。

MCCC 2E01092 ←中国海大 14S-0。分离源：厦门近海刺鲳鱼鳃。培养基 0513，28℃。

MCCC 2E01095 ←中国海大 14S-3。分离源：厦门近海刺鲳鱼鳃。培养基 0513，28℃。

Candida glaebosa （H. W. Anderson） S. A. Mey. and Yarrow 1978 团假丝酵母

MCCC 2E00570 ←中国海大 TJY12a。分离源：天津近海斑鰶鳃。培养基 0513，28℃。

Candida haemulonii （Uden and Kolip.） S. A. Mey. and Yarrow 1978 黑马朗假丝酵母

MCCC 2E00588 ←中国海大 TJY2a。分离源：天津近海鲋皮。培养基 0513，28℃。

MCCC 2E00590 ←中国海大 TJY2d。分离源：天津近海鲋皮。培养基 0513，28℃。

Candida hollandica Knutsen，V. Robert and M. T. SM. 2007 荷兰假丝酵母

MCCC 2E00691 ←中国海大 HN14-3。分离源：海南海口近海红树林湿地老皮海燕。培养基 0513，28℃。

Candida humilis （E. E. Nel and van der Walt） S. A. Mey. and Yarrow 1978 小假丝酵母

MCCC 2E01066 ←中国海大 1S-1。分离源：厦门近海竹荚鱼鱼鳃。培养基 0513，28℃。

MCCC 2E01068 ←中国海大 2P-1。分离源：厦门近海鲋鱼鱼皮。培养基 0513，28℃。

MCCC 2E01069 ←中国海大 2P-2。分离源：厦门近海鲫鱼鱼皮。培养基 0513，28℃。

MCCC 2E01074 ←中国海大 4P-1。分离源：厦门近海赤魟鱼皮。培养基 0518，28℃。

MCCC 2E01082 ←中国海大 8P-2。分离源：厦门近海未知鱼鱼皮。培养基 0513，28℃。

Candida inconspicua （Lodder and Kreger） S. A. Mey. and Yarrow 1978 **平常假丝酵母**

MCCC 2E00136 ←中国海大 L11-1。分离源：烟台长岛近海海藻。培养基 0513，28℃。

Candida intermedia （Cif. and Ashford） Langeron and Guerra 1938 **间型假丝酵母**

MCCC 2E00032 ←中国海大 HN7.3。分离源：青岛晒盐场盐渍土。培养基 0513，28℃。

MCCC 2E00122 ←中国海大 YA02a。分离源：青岛近海海藻。培养基 0513，28℃。

MCCC 2E00162 ←中国海大 YA01a。分离源：烟台海藻。培养基 0513，28℃。

MCCC 2E00310 ←中国海大 Zhuan 202 1。分离源：东海表层海水。培养基 0513，28℃。

MCCC 2E00867 ←中国海大 N04-2.3。分离源：广东湛江红树林湿地红海榄叶。培养基 0513，28℃。

MCCC 2E00869 ←中国海大 N04-4.3。分离源：广东湛江红树林湿地水样。培养基 0513，28℃。

MCCC 2E00898 ←中国海大 ST1-6Y1。分离源：广东汕头近岸红树林湿地红海榄树皮。培养基 0513，28℃。

MCCC 2E00908 ←中国海大 ST5-6Y1。分离源：广东汕头近岸红树林湿地海漆叶。培养基 0513，28℃。

MCCC 2E00952 ←中国海大 N04-2.1。分离源：广东湛江近岸红树林湿地角果木果。培养基 0513，28℃。

MCCC 2E00954 ←中国海大 N05-1.1。分离源：广东湛江近岸红树林湿地阔苞菊花。培养基 0513，28℃。

MCCC 2E00967 ←中国海大 N05-1.2。分离源：广东湛江近岸红树林湿地阔苞菊茎。培养基 0513，28℃。

MCCC 2E00971 ←中国海大 S07-1.1。分离源：广东湛江近岸红树林湿地木榄叶。培养基 0513，28℃。

MCCC 2E00983 ←中国海大 d03-23。分离源：广东湛江红树林湿地木榄叶。培养基 0513，28℃。

MCCC 2E00994 ←中国海大 N01-1.1。分离源：广东湛江红树林湿地木榄枝。培养基 0513，28℃。

MCCC 2E00999 ←中国海大 N04-4.2。分离源：广东湛江红树林湿地角果木根。培养基 0513，28℃。

Candida maltosa Komag.， Nakase and Katsuya 1964 **麦芽糖假丝酵母**

MCCC 2E00463 ←中国海大 XM03D。分离源：厦门潮间带红树林沉积物。培养基 0513，28℃。

Candida membranifaciens （Lodder and Kreger） Wick. and K. A. Burton 1954 **膜醭假丝酵母**

MCCC 2E00233 ←中国海大 W-14-3。分离源：东海近海表层海水。培养基 0513，28℃。

Candida metapsilosis Tavanti A *et al*. 2005

MCCC 2E00247 ←中国海大 转 112。分离源：东海表层海水。培养基 0513，28℃。

MCCC 2E00290 ←中国海大 WC65-2。分离源：海南近海大叶海桑根泥。培养基 0513，28℃。

Candida milleri Yarrow 1978 **梅林假丝酵母**

MCCC 2E01049 ←中国海大 7P-1。分离源：厦门近海羊鱼外皮。培养基 0513，28℃。

MCCC 2E01051 ←中国海大 8W-1。分离源：厦门近海未知鱼类胃部。培养基 0513，28℃。

MCCC 2E01055 ←中国海大 10P-2。分离源：厦门近海宽体舌鳎外皮。培养基 0513，28℃。

MCCC 2E01064 ←中国海大 15S-1。分离源：厦门近海篮子鱼鳃。培养基 0513，28℃。

MCCC 2E01065 ←中国海大 15S-X。分离源：厦门近海篮子鱼鳃。培养基 0513，28℃。

Candida oleophila Montrocher 1967 **嗜油假丝酵母**

MCCC 2E00383 ←中国海大 TJY 23。分离源：天津近海梭鱼肠。培养基 0513，28℃。

MCCC 2E00385 ←中国海大 TJY 23-2。分离源：天津近海梭鱼肠。培养基 0513，28℃。

MCCC 2E00391 ←中国海大 TJY 25-1。分离源：天津近海狼鱼肠。培养基 0513，28℃。

Candida orthopsilosis Tavanti A *et al*. 2005

MCCC 2A00043 ←海洋三所 Dy-07136 （M-T8-1）。分离源：大西洋深海沉积物。培养基 0014，28℃。

MCCC 2A00044 ←海洋三所 Dy-07163 （IR-T7-C1）。分离源：印度洋深海沉积物。培养基 0013，28℃。

MCCC 2A00045 ←海洋三所 Dy-07005 （MAR MC1）。分离源：大西洋深海沉积物表层。培养基 0014，28℃。

MCCC 2E00964 ←中国海大 W01-4.1。分离源：广东湛江近岸红树林湿地木榄果。培养基 0513，28℃。

Candida palmioleophila Nakase and Itoh 1988

MCCC 2E01020 ←中国海大 4P-2。分离源：厦门近海膌胃。培养基 0513，28℃。

Candida parapsilosis (Ashford) Langeron and Talice 1932 近平滑假丝酵母

MCCC 2A00015 ←海洋三所 DY-Y-12A。分离源：东太平洋水体表层。培养基 0007，10℃。

MCCC 2A00089 ←海洋三所 C30B1。分离源：印度洋表层海水。分离自石油降解菌群。与 *Candida parapsilosis* DQ981397.1 相似性为 99％（838/843），在 M2 培养基上白色、突起、干燥、不透明。培养基 0821，25℃。

MCCC 2E00087 ←中国海大 3eA2。分离源：斯里兰卡海参肠道内容物。产脂酶。培养基 0513，28℃。

MCCC 2E00106 ←中国海大 DMb。分离源：厦门近海底层海泥。培养基 0513，28℃。

MCCC 2E00135 ←中国海大 3fA。分离源：斯里兰卡海参肠道内容物。产脂酶。培养基 0513，28℃。

MCCC 2E00144 ←中国海大 DMC。分离源：福建泉州表层沉积物。产脂酶。培养基 0513，28℃。

MCCC 2E00180 ←中国海大 HK31d。分离源：海南海口近海老鼠筋根泥。培养基 0513，28℃。

MCCC 2E00184 ←中国海大 LBD。分离源：中国东海表层海水。培养基 0513，28℃。

MCCC 2E00201 ←中国海大 WC55-4。分离源：海南近海木榄茎、叶。培养基 0513，28℃。

MCCC 2E00209 ←中国海大 WC58-1。分离源：海南近海杯萼海桑茎、叶。培养基 0513，28℃。

MCCC 2E00234 ←中国海大 WC42-1。分离源：海南近海尖叶卤蕨茎。培养基 0513，28℃。

MCCC 2E00253 ←中国海大转 112 3。分离源：东海表层海水。培养基 0513，28℃。

MCCC 2E00270 ←中国海大 HK66A。分离源：海南近海潮间带中部泥。培养基 0513，28℃。

MCCC 2E00271 ←中国海大 HK31C。分离源：海南海口近海老鼠筋根泥。培养基 0513，28℃。

MCCC 2E00272 ←中国海大 HK66F。分离源：海南近海潮间带中部泥。培养基 0513，28℃。

MCCC 2E00287 ←中国海大 WC58-3。分离源：海南近海杯萼海桑茎、叶。培养基 0513，28℃。

MCCC 2E00303 ←中国海大 HK66D。分离源：海南近海潮间带中部泥。培养基 0513，28℃。

MCCC 2E00345 ←中国海大 0404Y。分离源：中国黄海表层海水。培养基 0513，28℃。

MCCC 2E00346 ←中国海大 04031Y。分离源：中国黄海表层海水。培养基 0513，28℃。

MCCC 2E00366 ←中国海大 C506。分离源：中国黄海表层海水。培养基 0513，28℃。

MCCC 2E00375 ←中国海大 WY2-2。分离源：青岛近海表层海水。培养基 0513，28℃。

MCCC 2E00409 ←中国海大 SYMZC-2。分离源：威海荣成近海未知藻。培养基 0513，28℃。

MCCC 2E00552 ←中国海大 SY1W-1。分离源：威海荣成近海未知鱼胃。培养基 0513，28℃。

MCCC 2E00662 ←中国海大 3.4。分离源：中国黄海表层海水。培养基 0513，28℃。

MCCC 2E00663 ←中国海大 8.1。分离源：中国黄海表层海水。培养基 0513，28℃。

MCCC 2E00664 ←中国海大 26.3。分离源：中国黄海表层海水。培养基 0513，28℃。

MCCC 2E00665 ←中国海大 37.1。分离源：中国黄海表层海水。培养基 0513，28℃。

MCCC 2E00666 ←中国海大 37.2。分离源：中国黄海表层海水。培养基 0513，28℃。

MCCC 2E00667 ←中国海大 37.4。分离源：中国黄海表层海水。培养基 0513，28℃。

MCCC 2E00668 ←中国海大 8.6。分离源：中国黄海表层海水。培养基 0513，28℃。

MCCC 2E00670 ←中国海大 26.2。分离源：中国黄海表层海水。培养基 0513，28℃。

MCCC 2E00671 ←中国海大 8.5。分离源：中国黄海表层海水。培养基 0513，28℃。

MCCC 2E00673 ←中国海大 8.2。分离源：中国黄海表层海水。培养基 0513，28℃。

MCCC 2E00678 ←中国海大 8.3。分离源：中国黄海表层海水。培养基 0513，28℃。

MCCC 2E00679 ←中国海大 26.1。分离源：中国黄海表层海水。培养基 0513，28℃。

MCCC 2E00680 ←中国海大 26.4。分离源：中国黄海水样。培养基 0513，28℃。

MCCC 2E00828 ←中国海大 8.4。分离源：中国黄海表层海水。培养基 0513，28℃。

MCCC 2E00881 ←中国海大 W10-3.1。分离源：广东湛江红树林湿地木榄果。培养基 0513，28℃。

MCCC 2E00948 ←中国海大 N01-1.2。分离源：广东湛江近岸红树林湿地木榄枝。培养基 0513，28℃。

MCCC 2E00980 ←中国海大 s01-2.6。分离源：广东湛江红树林湿地白骨壤叶。培养基 0513，28℃。

MCCC 2E00993 ←中国海大 D06-43。分离源：广东湛江红树林湿地桐花树果。培养基 0513，28℃。

MCCC 2E01000 ←中国海大 s01-3.1。分离源：广东湛江红树林湿地白骨壤树皮。培养基 0513，28℃。

MCCC 2E01001　←中国海大 S03-3.1。分离源：广东湛江红树林湿地芦苇叶。培养基 0513，28℃。

MCCC 2E01044　←中国海大 5C-1。分离源：厦门近海滕肠道。培养基 0513，28℃。

MCCC 2E01046　←中国海大 5C-X。分离源：厦门近海滕肠道。培养基 0513，28℃。

MCCC 2E01073　←中国海大 4C-1。分离源：厦门近海赤魟鱼肠。培养基 0513，28℃。

Candida phangngensis Limtong *et al*. 2007

MCCC 2E00461　←中国海大 XM06B。分离源：厦门潮间带红树林沉积物。培养基 0513，28℃。

Candida quercitrusa S. A. Meyer and Phaff 1983 橘假丝酵母

MCCC 2E00033　←中国海大 JHSb。分离源：青岛晒盐场盐渍土。培养基 0513，28℃。

Candida rugosa （H. W. Anderson） Diddens and Lodder 1942 皱落假丝酵母

MCCC 2E00200　←中国海大 8。分离源：中国东海表层海水。产脂酶。培养基 0513，28℃。

MCCC 2E00221　←中国海大转 8。分离源：东海近海表层海水。产脂酶。培养基 0513，28℃。

Candida sake （Saito and Oda） van Uden and H. R. Buckley 1983 清酒假丝酵母

MCCC 2E00402　←中国海大 SYZW。分离源：威海荣成近海未知鱼胃。培养基 0513，28℃。

MCCC 2E01061　←中国海大 14S-4。分离源：厦门近海刺鲳鳃。培养基 0513，28℃。

Candida silvae Vidal-Leir and Uden 1963 马肠假丝酵母

MCCC 2E00890　←中国海大 ST1-1J1。分离源：广东汕头近岸红树林湿地许树茎。培养基 0513，28℃。

MCCC 2E00903　←中国海大 ST3-1R1。分离源：广东汕头近岸红树林湿地老鼠簕茎。培养基 0513，28℃。

MCCC 2E00904　←中国海大 ST6-1R2。分离源：广东汕头近岸红树林湿地无根藤茎。培养基 0513，28℃。

Candida tenuis Diddens and Lodder 1942 纤细假丝酵母

MCCC 2E00514　←中国海大 TJY32-1。分离源：天津近海半滑舌鳎肠。培养基 0513，28℃。

MCCC 2E00516　←中国海大 TJY33。分离源：天津近海水样海水。培养基 0513，28℃。

MCCC 2E00517　←中国海大 TJY34。分离源：天津近海海藻。培养基 0513，28℃。

MCCC 2E00615　←中国海大 SYCYC-1。分离源：威海荣成近海鲷鱼肠。培养基 0513，28℃。

MCCC 2E00774　←中国海大 HN1-1。分离源：海南近岸红树林湿地某植物叶子。培养基 0513，28℃。

MCCC 2E00781　←中国海大 HN10-4-1。分离源：海南近岸红树林湿地红海榄茎。培养基 0513，28℃。

Candida thaimueangensis Limtong *et al*. 2006

MCCC 2E00874　←中国海大 S05-1.2。分离源：广东湛江红树林湿地红海榄枝。培养基 0513，28℃。

MCCC 2E00958　←中国海大 S04-2.2。分离源：广东湛江近岸红树林湿地红海榄根。培养基 0513，28℃。

MCCC 2E00962　←中国海大 S06-1.2。分离源：广东湛江近岸红树林湿地桐花树叶。培养基 0513，28℃。

Candida tropicalis （Castell.） Basgal 1931 热带假丝酵母

MCCC 2A00034　←海洋三所 DY-Y-2A。分离源：东太平洋海水表层。培养基 0007，10℃。

MCCC 2E00006　←中国海大 N17。分离源：南极底层海水。蛋白含量高。培养基 0513，28℃。

MCCC 2E00022　←中国海大 XM08D。分离源：厦门潮间带红树林沉积物。培养基 0513，28℃。

MCCC 2E00024　←中国海大 XM08B。分离源：厦门潮间带红树林沉积物。培养基 0513，28℃。

MCCC 2E00155　←中国海大 36-28B。分离源：青岛近海浅层海泥。产菊糖酶。培养基 0513，28℃。

MCCC 2E00171　←中国海大 Ma6。分离源：印度洋表层海水。产植酸酶。培养基 0513，28℃。

MCCC 2E00172　←中国海大 Mb2。分离源：厦门南海表层海水。产植酸酶。培养基 0513，28℃。

MCCC 2E00173　←中国海大 Yf12c。分离源：印度洋海参。产植酸酶。培养基 0513，28℃。

MCCC 2E00183　←中国海大 w-14-2。分离源：中国东海表层海水。培养基 0513，28℃。

MCCC 2E00198　←中国海大 WC57。分离源：海南近海榄李根泥。培养基 0513，28℃。

MCCC 2E00202 ←中国海大 HK14B。分离源：海南海口近海红树林内淤泥。培养基 0513，28℃。

MCCC 2E00203 ←中国海大转 191 2-3。分离源：中国东海表层海水。培养基 0513，28℃。

MCCC 2E00204 ←中国海大转 111。分离源：中国东海表层海水。培养基 0513，28℃。

MCCC 2E00205 ←中国海大转 202 2。分离源：中国东海表层海水。培养基 0513，28℃。

MCCC 2E00207 ←中国海大 WC82-2。分离源：海南近海海滨猫果木茎叶。培养基 0513，28℃。

MCCC 2E00211 ←中国海大 HK14c。分离源：海南海口近海红树林内淤泥。培养基 0513，28℃。

MCCC 2E00212 ←中国海大转 191。分离源：东海近海表层海水。培养基 0513，28℃。

MCCC 2E00216 ←中国海大 HK32-3。分离源：海南海口近海老鼠簕外围藻泥。培养基 0513，28℃。

MCCC 2E00217 ←中国海大 HK67-1。分离源：海南近海红树林泥。培养基 0513，28℃。

MCCC 2E00218 ←中国海大 WC43-2。分离源：海南文昌清澜红树林保护区尖叶卤蕨根。培养基 0513，28℃。

MCCC 2E00220 ←中国海大 202。分离源：东海近海表层海水。培养基 0513，28℃。

MCCC 2E00237 ←中国海大转 143。分离源：东海近海表层海水。培养基 0513，28℃。

MCCC 2E00238 ←中国海大 HK31b。分离源：海南海口近海老鼠簕根泥。培养基 0513，28℃。

MCCC 2E00239 ←中国海大 HK65E。分离源：海南海口近海秋茄根底泥。培养基 0513，28℃。

MCCC 2E00244 ←中国海大 WC65-1。分离源：海南近海大叶海桑根泥。培养基 0513，28℃。

MCCC 2E00250 ←中国海大转 132。分离源：东海近海表层海水。培养基 0513，28℃。

MCCC 2E00259 ←中国海大 HK67-3。分离源：海南近海红树林泥。培养基 0513，28℃。

MCCC 2E00260 ←中国海大 HK67-6。分离源：海南近海红树林泥。培养基 0513，28℃。

MCCC 2E00263 ←中国海大 HK32-2。分离源：海南海口近海老鼠簕外围藻泥。培养基 0513，28℃。

MCCC 2E00266 ←中国海大 16。分离源：东海表层海水。培养基 0513，28℃。

MCCC 2E00276 ←中国海大转 143 1。分离源：东海近海表层海水。培养基 0513，28℃。

MCCC 2E00285 ←中国海大 HK14D。分离源：海南海口近海红树林内淤泥。培养基 0513，28℃。

MCCC 2E00286 ←中国海大 HK14A。分离源：海南海口近海红树林内淤泥。培养基 0513，28℃。

MCCC 2E00288 ←中国海大 LBB。分离源：东海近海表层海水。培养基 0513，28℃。

MCCC 2E00291 ←中国海大 WC55-2。分离源：海南近海木榄茎、叶。培养基 0513，28℃。

MCCC 2E00293 ←中国海大 HK10b。分离源：海南海口近海红树林中水草。培养基 0513，28℃。

MCCC 2E00294 ←中国海大 HK65B。分离源：海南海口近海秋茄根底泥。培养基 0513，28℃。

MCCC 2E00300 ←中国海大 HK68D。分离源：海南近海红色海藻红树皮。培养基 0513，28℃。

MCCC 2E00301 ←中国海大 Zhuan 4。分离源：东海表层海水。培养基 0513，28℃。

MCCC 2E00305 ←中国海大 Zhuan 7。分离源：东海表层海水。培养基 0513，28℃。

MCCC 2E00316 ←中国海大 HK17-1。分离源：海南海口近海红树林外潮间带淤泥。培养基 0513，28℃。

MCCC 2E00318 ←中国海大 15-1。分离源：东海表层海水。培养基 0513，28℃。

MCCC 2E00320 ←中国海大 Zhuan18。分离源：东海表层海水。培养基 0513，28℃。

MCCC 2E00322 ←中国海大 Zhuan7 1。分离源：东海表层海水。培养基 0513，28℃。

MCCC 2E00324 ←中国海大 171-2。分离源：东海表层海水。培养基 0513，28℃。

MCCC 2E00325 ←中国海大 ⑦xiao。分离源：东海表层海水。培养基 0513，28℃。

MCCC 2E00328 ←中国海大 HK55c。分离源：海南海口卤蕨叶。培养基 0513，28℃。

MCCC 2E00365 ←中国海大 C501。分离源：中国黄海表层海水。培养基 0513，28℃。

MCCC 2E00424 ←中国海大 QD0Q。分离源：青岛未知藻。培养基 0513，28℃。

MCCC 2E00425 ←中国海大 QD013.2。分离源：青岛近海未知藻。培养基 0513，28℃。

MCCC 2E00428 ←中国海大 QD07。分离源：青岛近海未知藻。培养基 0513，28℃。

MCCC 2E00429 ←中国海大 QD02.2。分离源：青岛近海未知藻。培养基 0513，28℃。

MCCC 2E00432 ←中国海大 QD04.2。分离源：青岛近海未知藻。培养基 0513，28℃。

MCCC 2E00434 ←中国海大 QD06.2。分离源：青岛近海未知藻。培养基 0513，28℃。

MCCC 2E00437 ←中国海大 QD08.1。分离源：青岛近海未知藻。培养基 0513，28℃。

MCCC 2E00442 ←中国海大 QD08.2。分离源：青岛近海未知藻。培养基 0513，28℃。

MCCC 2E00443 ←中国海大 QD015.2。分离源：青岛近海未知藻。培养基 0513，28℃。

MCCC 2E00446 ←中国海大 QD0X。分离源：青岛近海未知藻。培养基 0513，28℃。

MCCC 2E00447　←中国海大 QD016.3。分离源：青岛近海未知藻。培养基 0513，28℃。

MCCC 2E00453　←中国海大 XM015A。分离源：厦门潮间带红树林沉积物。培养基 0513，28℃。

MCCC 2E00457　←中国海大 XM010A。分离源：厦门潮间带红树林沉积物。培养基 0513，28℃。

MCCC 2E00459　←中国海大 XM05C。分离源：厦门潮间带红树林沉积物。培养基 0513，28℃。

MCCC 2E00466　←中国海大 XM11a。分离源：厦门海边红树林沉积物。培养基 0513，28℃。

MCCC 2E00467　←中国海大 XM15e。分离源：厦门海边红树林沉积物。培养基 0513，28℃。

MCCC 2E00469　←中国海大 XM02d。分离源：厦门海边红树林沉积物。培养基 0513，28℃。

MCCC 2E00474　←中国海大 XM08a。分离源：厦门海边红树林沉积物。培养基 0513，28℃。

MCCC 2E00475　←中国海大 XM12b。分离源：厦门海边红树林沉积物。培养基 0513，28℃。

MCCC 2E00481　←中国海大 XM16a。分离源：厦门海边红树林沉积物。培养基 0513，28℃。

MCCC 2E00483　←中国海大 XM03b。分离源：厦门海边红树林沉积物。培养基 0513，28℃。

MCCC 2E00484　←中国海大 XM09c。分离源：厦门海边红树林沉积物。培养基 0513，28℃。

MCCC 2E00485　←中国海大 XM02h。分离源：厦门海边红树林沉积物。培养基 0513，28℃。

MCCC 2E00486　←中国海大 XM02e。分离源：厦门海边红树林沉积物。培养基 0513，28℃。

MCCC 2E00487　←中国海大 XM01a。分离源：厦门海边红树林沉积物。培养基 0513，28℃。

MCCC 2E00493　←中国海大 tjy6d。分离源：天津近海黄鲫鱼鳃。培养基 0513，28℃。

MCCC 2E00609　←中国海大 SYHZ2-1。分离源：威海荣成近海海藻。培养基 0513，28℃。

MCCC 2E00682　←中国海大 HNO-1。分离源：海南海口近海红树林湿地某秋茄果。培养基 0513，28℃。

MCCC 2E00685　←中国海大 HN3-2。分离源：海南海口近海红树林湿地木榄根际土。培养基 0513，28℃。

MCCC 2E00693　←中国海大 HN21-1。分离源：海南海口近海红树林湿地卵叶海桑茎。培养基 0513，28℃。

MCCC 2E00694　←中国海大 HN21-2。分离源：海南海口近海红树林湿地卵叶海桑根。培养基 0513，28℃。

MCCC 2E00697　←中国海大 HN24-2。分离源：海南海口近海红树林湿地木榄根。培养基 0513，28℃。

MCCC 2E00700　←中国海大 HNA-2。分离源：海南海口近海红树林湿地某植物果实。培养基 0513，28℃。

MCCC 2E00701　←中国海大 HNB-1。分离源：海南海口近海红树林湿地红树某植物叶子。培养基 0513，28℃。

MCCC 2E00702　←中国海大 HNC-1。分离源：海南海口近海红树林湿地红树某植物茎。培养基 0513，28℃。

MCCC 2E00703　←中国海大 HNF-1a。分离源：海南海口近海红树林湿地老鼠簕。培养基 0513，28℃。

MCCC 2E00705　←中国海大 HNJ-1。分离源：海南海口近海红树林湿地海莲根。培养基 0513，28℃。

MCCC 2E00706　←中国海大 HNK-4。分离源：海南海口近海红树林湿地某植物叶子。培养基 0513，28℃。

MCCC 2E00767　←中国海大 HN14-1a。分离源：海南近岸红树林湿地老皮海燕。培养基 0513，28℃。

MCCC 2E00769　←中国海大 HNM-1a。分离源：海南近岸红树林湿地某植物叶子。培养基 0513，28℃。

MCCC 2E00773　←中国海大 HN14-1b。分离源：海南近岸红树林湿地某植物果实。培养基 0513，28℃。

MCCC 2E00776　←中国海大 HND-1。分离源：海南近岸红树林湿地红海榄茎。培养基 0513，28℃。

MCCC 2E00780　←中国海大 HN3-2。分离源：海南近岸红树林湿地红海榄根。培养基 0513，28℃。

MCCC 2E00783　←中国海大 HNK-1。分离源：海南近岸红树林湿地秋茄叶。培养基 0513，28℃。

MCCC 2E00789　←中国海大 HN15-1。分离源：海南近岸红树林湿地秋茄叶。培养基 0513，28℃。

MCCC 2E00835　←中国海大 D04-2.3。分离源：广东湛江红树林湿地红海榄果。培养基 0513，28℃。

MCCC 2E00839　←中国海大 D04-2.7。分离源：广东湛江红树林湿地红海榄根。培养基 0513，28℃。

MCCC 2E00841　←中国海大 D04-2.10。分离源：广东湛江红树林湿地木榄果。培养基 0513，28℃。

MCCC 2E00843　←中国海大 D06-4.4。分离源：广东湛江红树林湿地桐花树树皮。培养基 0513，28℃。

MCCC 2E00846　←中国海大 D03-1.2。分离源：广东湛江红树林湿地木榄树皮。培养基 0513，28℃。

MCCC 2E00850　←中国海大 D03-3.1。分离源：广东湛江红树林湿地红海榄根。培养基 0513，28℃。

MCCC 2E00852　←中国海大 D03-3.3。分离源：广东湛江红树林湿地红海榄叶。培养基 0513，28℃。

MCCC 2E00858　←中国海大 D04-12。分离源：广东湛江红树林湿地杨叶肖槿根。培养基 0513，28℃。

MCCC 2E00860　←中国海大 D05-2.1。分离源：广东湛江红树林湿地秋茄叶。培养基 0513，28℃。

MCCC 2E00866　←中国海大 N02-1.2。分离源：广东湛江红树林湿地秋茄果。培养基 0513，28℃。

MCCC 2E00868　←中国海大 N04-4.1。分离源：广东湛江红树林湿地水样。培养基 0513，28℃。

MCCC 2E00870　←中国海大 N04-4.4。分离源：广东湛江红树林湿地角果木根。培养基 0513，28℃。

MCCC 2E00875　←中国海大 W06-3.1。分离源：广东湛江红树林湿地木榄果。培养基 0513，28℃。

MCCC 2E00876 ←中国海大 W06-3.2。分离源：广东湛江红树林湿地无根藤叶。培养基 0513，28℃。
MCCC 2E00877 ←中国海大 W06-3.3。分离源：广东湛江南三岛码头无根藤枝。培养基 0513，28℃。
MCCC 2E00879 ←中国海大 W06-4.4。分离源：广东湛江红树林湿地水样。培养基 0513，28℃。
MCCC 2E00889 ←中国海大 ST2-4R2。分离源：广东汕头近岸红树林湿地桐花树根。培养基 0513，28℃。
MCCC 2E00915 ←中国海大 ST3-4P2。分离源：广东汕头近岸红树林湿地阔苞菊树皮。培养基 0513，28℃。
MCCC 2E00916 ←中国海大 1.1。分离源：福建泉州近岸红树林湿地桐花树根泥。培养基 0513，28℃。
MCCC 2E00917 ←中国海大 1.2-1。分离源：福建泉州近岸红树林湿地桐花树果。培养基 0513，28℃。
MCCC 2E00918 ←中国海大 3.3。分离源：福建泉州近岸红树林湿地海漆叶。培养基 0513，28℃。
MCCC 2E00932 ←中国海大 5.3-2。分离源：福建泉州近岸红树林湿地白骨壤果实。培养基 0513，28℃。
MCCC 2E00933 ←中国海大 5.3-3。分离源：福建泉州近岸红树林湿地白骨壤果实。培养基 0513，28℃。
MCCC 2E00937 ←中国海大 6-2。分离源：福建泉州近岸红树林湿地桐花树根泥。培养基 0513，28℃。
MCCC 2E00949 ←中国海大 N02-2.1。分离源：广东湛江近岸红树林湿地木榄树皮。培养基 0513，28℃。
MCCC 2E00965 ←中国海大 W10-1.1。分离源：广东湛江近岸红树林湿地未知水草叶。培养基 0513，28℃。
MCCC 2E00972 ←中国海大 S07-1.5。分离源：广东湛江近岸红树林湿地木榄叶。培养基 0513，28℃。
MCCC 2E00975 ←中国海大 S07-1.2。分离源：广东湛江近岸红树林湿地木榄叶。培养基 0513，28℃。
MCCC 2E00982 ←中国海大 s01-2.1。分离源：广东湛江红树林湿地白骨壤叶。培养基 0513，28℃。
MCCC 2E00986 ←中国海大 D04-13。分离源：广东湛江红树林湿地杨叶肖槿果。培养基 0513，28℃。
MCCC 2E00987 ←中国海大 D04-1.5。分离源：广东湛江红树林湿地杨叶肖槿叶。培养基 0513，28℃。
MCCC 2E00988 ←中国海大 D04-17。分离源：广东湛江红树林湿地杨叶肖槿茎。培养基 0513，28℃。
MCCC 2E00989 ←中国海大 D04-18。分离源：广东湛江红树林湿地杨叶肖槿树皮。培养基 0513，28℃。
MCCC 2E00995 ←中国海大 n02-1.1。分离源：广东湛江红树林湿地木榄根。培养基 0513，28℃。
MCCC 2E01003 ←中国海大 S07-1.7。分离源：广东湛江红树林湿地木榄树皮。培养基 0513，28℃。
MCCC 2E01022 ←中国海大 7C-1。分离源：厦门近海羊鱼肠。培养基 0513，28℃。
MCCC 2E01024 ←中国海大 8s-1。分离源：厦门近海海域。培养基 0513，28℃。
MCCC 2E01036 ←中国海大 1.2-2。分离源：厦门近海竹荚鱼。培养基 0513，28℃。
MCCC 2E01040 ←中国海大 3.4-6。分离源：厦门近海梅花鲨。培养基 0513，28℃。
MCCC 2E01093 ←中国海大 14S-1。分离源：厦门近海刺鲳鱼鳃。培养基 0513，28℃。
MCCC 2E01096 ←中国海大 D02-1.3。分离源：广东湛江红树林湿地老鼠簕根。培养基 0513，28℃。
MCCC 2E01097 ←中国海大 D02-2.1。分离源：广东湛江红树林湿地老鼠簕根系泥。培养基 0513，28℃。

Candida viswanathii Viswanathan, H. S. Randhawa ex R. S. Sandhu and H. S. Randhawa 1962
维斯假丝酵母
MCCC 2A00001 ←海洋三所 SW-3。分离源：厦门轮渡码头近海表层海水。石油烃降解菌。培养基 0472，28℃。

Candida zeylanoides (Castell.) Langeron and Guerra 1938 **涎沫假丝酵母**
MCCC 2E00014 ←中国海大 TJY13a。分离源：天津虾虎鱼皮。培养基 0513，28℃。
MCCC 2E00339 ←中国海大 LN-11。分离源：中国黄海鲅鳒肠道。培养基 0513，28℃。
MCCC 2E00392 ←中国海大 TJY 25-2。分离源：天津近海狼鱼肠。培养基 0513，28℃。
MCCC 2E00513 ←中国海大 TJY32。分离源：天津近海半滑舌鳎肠。培养基 0513，28℃。
MCCC 2E00515 ←中国海大 TJY32-2。分离源：天津近海半滑舌鳎肠。培养基 0513，28℃。
MCCC 2E00526 ←中国海大 TJY38-1。分离源：天津近海水样海水。培养基 0513，28℃。
MCCC 2E00565 ←中国海大 TJY5c。分离源：天津近海黄鲦肠。培养基 0513，28℃。
MCCC 2E00566 ←中国海大 TJY7b。分离源：天津近海鲕肠。培养基 0513，28℃。
MCCC 2E00601 ←中国海大 SY6X-2。分离源：威海荣成近海未知鱼消化道。培养基 0513，28℃。
MCCC 2E00608 ←中国海大 SYCYW-3。分离源：威海荣成近海鲳鱼胃。培养基 0513，28℃。
MCCC 2E00611 ←中国海大 TJY17a。分离源：天津近海鲦头皮。培养基 0513，28℃。
MCCC 2E00621 ←中国海大 TJY7a。分离源：天津近海鲕鳃。培养基 0513，28℃。

MCCC 2E00709　←中国海大 SY5C-2。分离源：威海荣成近海鲫鱼肠。培养基 0513，28℃。

MCCC 2E01023　←中国海大 7W-2。分离源：厦门近海羊鱼胃。培养基 0513，28℃。

MCCC 2E01050　←中国海大 7P-2。分离源：厦门近海羊鱼外皮。培养基 0513，28℃。

MCCC 2E01052　←中国海大 8W-2。分离源：厦门不知名鱼类胃部。培养基 0513，28℃。

MCCC 2E01087　←中国海大 10C-1。分离源：厦门近海宽体舌鳎鱼肠。培养基 0513，28℃。

Candida sp. Berkhout 1923 假丝酵母

MCCC 2A00003　←海洋三所 M-3。分离源：厦门表层污水。柴油降解菌。培养基 0033，28℃。

MCCC 2E00529　←中国海大 SYBYS-6。分离源：威海荣成近海鲅鱼鳃。培养基 0513，28℃。

MCCC 2E00546　←中国海大 SYBYC-2。分离源：威海荣成近海鲅鱼肠。培养基 0513，28℃。

MCCC 2E00547　←中国海大 SYBYC-4。分离源：威海荣成近海鲅鱼肠。培养基 0513，28℃。

MCCC 2E00560　←中国海大 TJY9c。分离源：天津近海鲬皮。培养基 0513，28℃。

MCCC 2E00572　←中国海大 TJY9a。分离源：天津近海鲬皮。培养基 0513，28℃。

MCCC 2E00726　←中国海大 SYBYW-2。分离源：威海荣成近海鲅鱼胃。培养基 0513，28℃。

MCCC 2E01026　←中国海大 14s-1。分离源：厦门近海刺鲳鳃。培养基 0513，28℃。

Clavispora lusitaniae Rodr. Mir. 1979 葡萄牙棒孢酵母

MCCC 2E00684　←中国海大 HN2-2。分离源：海南海口近海红树林湿地木榄茎。培养基 0513，28℃。

MCCC 2E00687　←中国海大 HN9-3。分离源：海南海口近海红树林湿地红树某植物长叶片茎。培养基 0513，28℃。

MCCC 2E00692　←中国海大 HN19-1。分离源：海南海口近海红树林湿地某植物根际土。培养基 0513，28℃。

MCCC 2E00770　←中国海大 HN2-1。分离源：海南近岸红树林湿地木榄茎。培养基 0513，28℃。

MCCC 2E00771　←中国海大 HND-4。分离源：海南近岸红树林湿地木榄根系泥。培养基 0513，28℃。

MCCC 2E00787　←中国海大 HN25-1。分离源：海南近岸红树林湿地秋茄叶。培养基 0513，28℃。

MCCC 2E00955　←中国海大 S01-3.2。分离源：广东湛江近岸红树林湿地白骨壤树皮。培养基 0513，28℃。

Cryptococcus albidus （Saito）C. E. Skinner 1950 浅白隐球酵母

MCCC 2E00273　←中国海大 HK65D。分离源：海南海口近海秋茄根底泥。培养基 0513，28℃。

MCCC 2E00521　←中国海大 TJY36-1。分离源：天津近海盐池水。培养基 0513，28℃。

Cryptococcus aureus Takashima M *et al*. 2003 金色隐球酵母

MCCC 2E00002　←中国海大 G7a。分离源：南海表层沉积物。蛋白含量高。培养基 0513，28℃。

MCCC 2E00158　←中国海大 HN4.9。分离源：青岛近海浅层海泥。培养基 0513，28℃。

Cryptococcus diffluens （Zach）Phaff and Fell 1970 流散隐球酵母

MCCC 2A00032　←海洋三所 Y-1-4。分离源：西太平洋暖池区沉积物深层。培养基 0007，10℃。

Cryptococcus laurentii （Kuff.）C. E. Skinner 1950 罗伦隐球酵母

MCCC 2E00523　←中国海大 TJY36-3。分离源：天津近海盐池水。培养基 0513，28℃。

Cryptococcus liquefaciens （Saito and M. Ota）Á. Fonseca，Scorzetti and Fell 2000 液化隐球酵母

MCCC 2A00033　←海洋三所 Y-1-1。分离源：西太平洋暖池区沉积物深层。培养基 0007，10℃。

Debaryomyces hansenii （Zopf）Lodder and Kreger 1952 汉逊德巴利酵母

MCCC 2A00012　←海洋三所 DY-Y-8。分离源：东太平洋鲨鱼表皮。培养基 0007，10℃。

MCCC 2A00013　←海洋三所 DY-Y-7。分离源：东太平洋鲨鱼表皮。培养基 0007，10℃。

MCCC 2A00088 ←海洋三所 C25B2。分离源：西南太平洋表层海水。分离自石油降解菌群。与 Debaryomyces hansenii AB305097.1 相似性为 99% （805/810），在 M2 培养基上白色、突起、干燥、不透明。培养基 0821，25℃

MCCC 2E00034 ←中国海大 L1-4。分离源：蓬莱近海表层海水。培养基 0513，28℃。

MCCC 2E00035 ←中国海大 L2-3。分离源：蓬莱近海表层海水。培养基 0513，28℃。

MCCC 2E00041 ←中国海大 SY-5。分离源：蓬莱近海海藻。培养基 0513，28℃。

MCCC 2E00071 ←中国海大 W7。分离源：南海表层沉积物。培养基 0513，28℃。

MCCC 2E00078 ←中国海大 YA07a。分离源：青岛近海蜈蚣藻。培养基 0513，28℃。

MCCC 2E00083 ←中国海大 YF10b。分离源：青岛近海小黄鱼肠道内容物。培养基 0513，28℃。

MCCC 2E00091 ←中国海大 WHCX-1。分离源：烟台黄侧线鱼肠道。产嗜杀因子。培养基 0513，28℃。

MCCC 2E00093 ←中国海大 hcx-1。分离源：烟台长岛黄侧线鱼肠道。产嗜杀因子。培养基 0513，28℃。

MCCC 2E00096 ←中国海大 JHSa。分离源：青岛近表层海水。产嗜杀因子。培养基 0513，28℃。

MCCC 2E00099 ←中国海大 SWJ-10b。分离源：青岛近表层海水。产嗜杀因子。培养基 0513，28℃。

MCCC 2E00111 ←中国海大 Sy-8。分离源：烟台长岛梭鱼。培养基 0513，28℃。

MCCC 2E00117 ←中国海大 YF10c。分离源：青岛近海黄花鱼肠道内容物。培养基 0513，28℃。

MCCC 2E00123 ←中国海大 Man2.4。分离源：斯里兰卡海参肠道内容物。培养基 0513，28℃。

MCCC 2E00124 ←中国海大 YP-4。分离源：烟台近海牙鲆肠道内容物。培养基 0513，28℃。

MCCC 2E00130 ←中国海大 Man3.1。分离源：斯里兰卡海参肠道内容物。培养基 0513，28℃。

MCCC 2E00156 ←中国海大 G7a1。分离源：南海表层沉积物。产脂酶。培养基 0513，28℃。

MCCC 2E00169 ←中国海大 Man3.3。分离源：斯里兰卡海参肠道内容物。培养基 0513，28℃。

MCCC 2E00178 ←中国海大 HK34-2。分离源：海南海口近海白骨壤气生根下泥。培养基 0513，28℃。

MCCC 2E00182 ←中国海大 WC58-2。分离源：海南近海杯萼海桑茎叶。培养基 0513，28℃。

MCCC 2E00189 ←中国海大 狮 2 肠。分离源：青岛胶州湾狮子鱼。培养基 0513，28℃。

MCCC 2E00190 ←中国海大 HK32-4。分离源：海南海口近海老鼠簕外围藻泥。培养基 0513，28℃。

MCCC 2E00197 ←中国海大转 132 1。分离源：中国东海表层海水。培养基 0513，28℃。

MCCC 2E00199 ←中国海大高 2 中。分离源：青岛胶州湾高眼鲽鱼。培养基 0513，28℃。

MCCC 2E00214 ←中国海大 HK29-1。分离源：海南海口老鼠簕茎、叶、果、花。培养基 0513，28℃。

MCCC 2E00222 ←中国海大 绒杜父。分离源：东海近海表层海水。培养基 0513，28℃。

MCCC 2E00235 ←中国海大 高 2。分离源：胶州湾近海高眼鲽鱼。培养基 0513，28℃。

MCCC 2E00241 ←中国海大 LBE。分离源：东海近海表层海水。培养基 0513，28℃。

MCCC 2E00248 ←中国海大 HK67-4。分离源：海南近海红树林泥。培养基 0513，28℃。

MCCC 2E00249 ←中国海大 WC56-1。分离源：海南近海榄李茎、叶。培养基 0513，28℃。

MCCC 2E00255 ←中国海大 wwl-2。分离源：胶州湾近海高眼鲽鱼。培养基 0513，28℃。

MCCC 2E00257 ←中国海大 NA-1。分离源：海南近海囊藻。培养基 0513，28℃。

MCCC 2E00258 ←中国海大 HK32-1。分离源：海南海口近海老鼠簕外围藻泥。培养基 0513，28℃。

MCCC 2E00262 ←中国海大 WC82-1。分离源：海南近海海滨角果木茎、叶。培养基 0513，28℃。

MCCC 2E00264 ←中国海大 HK67-5。分离源：海南近海红树林泥。培养基 0513，28℃。

MCCC 2E00275 ←中国海大 高 1 后 2。分离源：胶州湾近海高眼鲽鱼。培养基 0513，28℃。

MCCC 2E00280 ←中国海大 高眼 1 中肠 1。分离源：胶州湾近海高眼鲽鱼。培养基 0513，28℃。

MCCC 2E00281 ←中国海大 狮子胃 2。分离源：胶州湾近海狮子头鱼。培养基 0513，28℃。

MCCC 2E00282 ←中国海大 高 1 后 1。分离源：胶州湾近海高眼鲽鱼。培养基 0513，28℃。

MCCC 2E00284 ←中国海大 WC53-1。分离源：海南近海角果木全株。培养基 0513，28℃。

MCCC 2E00297 ←中国海大 高眼鲽中肠。分离源：胶州湾近海高眼鲽鱼。培养基 0513，28℃。

MCCC 2E00299 ←中国海大 w-14-1。分离源：东海表层海水。培养基 0513，28℃。

MCCC 2E00312 ←中国海大 yanchang。分离源：东海表层海水。培养基 0513，28℃。

MCCC 2E00313 ←中国海大 shiziyu。分离源：胶州湾近海狮子鱼。培养基 0513，28℃。

MCCC 2E00314 ←中国海大 131。分离源：东海表层海水。培养基 0513，28℃。

MCCC 2E00317 ←中国海大 Shi2wei。分离源：胶州湾近海狮子鱼。培养基 0513，28℃。

MCCC 2E00323　←中国海大（3）。分离源：中国东海表层海水。培养基 0513，28℃。

MCCC 2E00330　←中国海大 LN-2。分离源：中国黄海许氏平鲉肠道。培养基 0513，28℃。

MCCC 2E00331　←中国海大 LN-3。分离源：中国黄海星康吉鳗肠道。培养基 0513，28℃。

MCCC 2E00333　←中国海大 LN-5。分离源：中国黄海星康吉鳗肠道。培养基 0513，28℃。

MCCC 2E00355　←中国海大 5021。分离源：中国黄海表层海水。培养基 0513，28℃。

MCCC 2E00370　←中国海大 TJY21。分离源：天津近海银鲳鱼鳃。培养基 0513，28℃。

MCCC 2E00374　←中国海大 WY13。分离源：青岛近海小珊瑚藻。培养基 0513，28℃。

MCCC 2E00376　←中国海大 TJY 21-1。分离源：天津近海银鲳鱼鳃。培养基 0513，28℃。

MCCC 2E00379　←中国海大 TJY 22-1。分离源：天津近海梭鱼皮。培养基 0513，28℃。

MCCC 2E00381　←中国海大 TJY 22-3。分离源：天津近海梭鱼皮。培养基 0513，28℃。

MCCC 2E00387　←中国海大 TJY 24。分离源：天津近海梭鱼鳃。培养基 0513，28℃。

MCCC 2E00388　←中国海大 TJY 24-1。分离源：天津近海梭鱼鳃。培养基 0513，28℃。

MCCC 2E00389　←中国海大 TJY 24-2。分离源：天津近海梭鱼鳃。培养基 0513，28℃。

MCCC 2E00393　←中国海大 TJY 26。分离源：天津近海狼鱼皮。培养基 0513，28℃。

MCCC 2E00394　←中国海大 TJY 26-1。分离源：天津近海狼鱼皮。培养基 0513，28℃。

MCCC 2E00398　←中国海大 SYHHC-1。分离源：威海荣成近海黄花鱼肠。培养基 0513，28℃。

MCCC 2E00399　←中国海大 SYSDS-1。分离源：威海荣成近海石鲽鱼鳃。培养基 0513，28℃。

MCCC 2E00403　←中国海大 SYHHW-1。分离源：威海荣成近海黄花鱼胃。培养基 0513，28℃。

MCCC 2E00405　←中国海大 SYHHW-2。分离源：威海荣成近海黄花鱼胃。培养基 0513，28℃。

MCCC 2E00431　←中国海大 QD010.1。分离源：青岛近海未知藻。培养基 0513，28℃。

MCCC 2E00448　←中国海大 QD09.1。分离源：青岛近海未知藻。培养基 0513，28℃。

MCCC 2E00449　←中国海大 QD04.1。分离源：青岛近海未知藻。培养基 0513，28℃。

MCCC 2E00491　←中国海大 SYGYW-1。分离源：威海荣成近海表层海水。培养基 0513，28℃。

MCCC 2E00504　←中国海大 TJY29-1。分离源：天津近海小黄鱼皮。培养基 0513，28℃。

MCCC 2E00505　←中国海大 TJY29-2。分离源：天津近海小黄鱼皮。培养基 0513，28℃。

MCCC 2E00508　←中国海大 TJY31。分离源：天津近海半滑舌鳎皮。培养基 0513，28℃。

MCCC 2E00509　←中国海大 TJY31-1。分离源：天津近海半滑舌鳎皮。培养基 0513，28℃。

MCCC 2E00510　←中国海大 TJY31-2。分离源：天津近海半滑舌鳎皮。培养基 0513，28℃。

MCCC 2E00511　←中国海大 TJY31-3。分离源：天津近海半滑舌鳎皮。培养基 0513，28℃。

MCCC 2E00518　←中国海大 TJY35。分离源：天津近海藻。培养基 0513，28℃。

MCCC 2E00522　←中国海大 TJY36-2。分离源：天津近海盐池水。培养基 0513，28℃。

MCCC 2E00524　←中国海大 TJY37。分离源：天津近海盐池泥。培养基 0513，28℃。

MCCC 2E00525　←中国海大 TJY38。分离源：天津天津市大港区海水。培养基 0513，28℃。

MCCC 2E00567　←中国海大 TJY18c。分离源：天津近海鲅头鳃。培养基 0513，28℃。

MCCC 2E00574　←中国海大 TJY17d。分离源：天津近海鲅头皮。培养基 0513，28℃。

MCCC 2E00581　←中国海大 TJY8d。分离源：天津近海鳙鳃。培养基 0513，28℃。

MCCC 2E00583　←中国海大 TJY6c。分离源：天津近海黄鲦鳃。培养基 0513，28℃。

MCCC 2E00587　←中国海大 TJY5d。分离源：天津近海黄鲦肠。培养基 0513，28℃。

MCCC 2E00589　←中国海大 TJY1a。分离源：天津近海鲍肠。培养基 0513，28℃。

MCCC 2E00595　←中国海大 TJY5a。分离源：天津近海黄鲦肠。培养基 0513，28℃。

MCCC 2E00600　←中国海大 TJY12b。分离源：天津近海斑鲦鳃。培养基 0513，28℃。

MCCC 2E00607　←中国海大 TJY14c。分离源：天津近海矛尾复虾虎鱼肠道。培养基 0513，28℃。

MCCC 2E00614　←中国海大 TJY10b。分离源：天津近海斑鲦皮。培养基 0513，28℃。

MCCC 2E00620　←中国海大 TJY16a。分离源：天津近海鲅头皮。培养基 0513，28℃。

MCCC 2E00624　←中国海大 TJY4b。分离源：天津近海黄鲦皮。培养基 0513，28℃。

MCCC 2E00658　←中国海大 SY3W-1。分离源：威海荣成近海带鱼消化道。培养基 0513，28℃。

MCCC 2E00710　←中国海大 SYSDW-1。分离源：威海荣成近海石鲽胃。培养基 0513，28℃。

MCCC 2E00712　←中国海大 SY7X-1。分离源：威海荣成黄海黄尖鱼消化道。培养基 0513，28℃。

MCCC 2E00715 ←中国海大 SY2C-2。分离源：威海荣成近海纹鱼肠。培养基 0513，28℃。

MCCC 2E00728 ←中国海大 SYAKS。分离源：威海荣成近海鲛鳒。培养基 0513，28℃。

MCCC 2E00735 ←中国海大 SY5C-1。分离源：威海荣成近海鲫鱼肠。培养基 0513，28℃。

MCCC 2E00794 ←中国海大 DY-10。分离源：太平洋深海海底泥。培养基 0513，28℃。

MCCC 2E00800 ←中国海大 NJ-36-2。分离源：南极浅海沉积物。培养基 0513，28℃。

MCCC 2E00802 ←中国海大 NJ9262-1。分离源：南极浅海沉积物。培养基 0513，28℃。

MCCC 2E00808 ←中国海大 DBSC。分离源：南极浅海沉积物。培养基 0513，28℃。

MCCC 2E00813 ←中国海大 ZqH-5。分离源：南极浅海沉积物。培养基 0513，28℃。

MCCC 2E00819 ←中国海大 NJ38-2。分离源：南极浅海沉积物。培养基 0513，28℃。

MCCC 2E00820 ←中国海大 NLM-2。分离源：南极近岸表层海水。培养基 0513，28℃。

MCCC 2E00821 ←中国海大 未 A-2。分离源：南极浅海沉积物。培养基 0513，28℃。

MCCC 2E00822 ←中国海大 NJ-383。分离源：南极近岸表层海水。培养基 0513，28℃。

MCCC 2E00824 ←中国海大 NJ36-3。分离源：南极近岸表层海水。培养基 0513，28℃。

MCCC 2E00832 ←中国海大 D03-2.1。分离源：广东湛江红树林湿地木榄叶。培养基 0513，28℃。

MCCC 2E00855 ←中国海大 D03-3.6。分离源：广东湛江近岸红树林湿地红海榄叶。培养基 0513，28℃。

MCCC 2E00914 ←中国海大 ST1-8YGJ1。分离源：广东汕头近岸红树林湿地许树叶。培养基 0513，28℃。

MCCC 2E00940 ←中国海大 12-1。分离源：福建泉州近岸红树林湿地海漆茎。培养基 0513，28℃。

MCCC 2E00941 ←中国海大 12-2。分离源：福建泉州近岸红树林湿地海漆茎。培养基 0513，28℃。

MCCC 2E00947 ←中国海大 N00-2.1。分离源：广东湛江近岸红树林湿地秋茄根。培养基 0513，28℃。

MCCC 2E00950 ←中国海大 N02-2.2。分离源：广东湛江近岸红树林湿地木榄树皮。培养基 0513，28℃。

MCCC 2E00970 ←中国海大 S08-1.2。分离源：广东湛江近岸红树林湿地桐花树叶。培养基 0513，28℃。

MCCC 2E00976 ←中国海大 S01-1.1。分离源：广东湛江红树林湿地白骨壤根下泥。培养基 0513，28℃。

MCCC 2E00985 ←中国海大 D04-1.1。分离源：广东湛江红树林湿地木榄枝。培养基 0513，28℃。

Debaryomyces pseudopolymorphus (C. Ramirez and Boidin) C. W. Price and Phaff 1979 拟多形德巴利酵母

MCCC 2E00186 ←中国海大 WC43-3。分离源：海南近海尖叶卤蕨根。培养基 0513，28℃。

Dipodascus australiensis Arx and J. S. F. Barker 1978 澳大利亚白色双足囊菌

MCCC 2E00360 ←中国海大 A401。分离源：中国黄海表层海水。培养基 0513，28℃。

Filobasidium uniguttulatum Kwon-Chung 1977 指甲绒黑粉类酵母

MCCC 2E00104 ←中国海大 YA07b。分离源：烟台蓬莱近蜈蚣藻。培养基 0513，28℃。

MCCC 2E00582 ←中国海大 TJY11a。分离源：天津近海斑鰶肠。培养基 0513，28℃。

Galactomyces geotrichum (E. E. Butler and L. J. Petersen) Redhead and Malloch 1977 半乳糖霉菌

MCCC 2E00072 ←中国海大 YA04a。分离源：威海荣成近海海藻。培养基 0513，28℃。

MCCC 2E00081 ←中国海大 YF01b。分离源：青岛近海颌针鱼肠道内容物。培养基 0513，28℃。

MCCC 2E00107 ←中国海大 YF01C。分离源：青岛颌针鱼。培养基 0513，28℃。

MCCC 2E00125 ←中国海大 YF01f。分离源：青岛近海颌针鱼肠道内容物。培养基 0513，28℃。

MCCC 2E00129 ←中国海大 YF07d。分离源：烟台近海养殖环境海鞘。培养基 0513，28℃。

MCCC 2E00686 ←中国海大 HN4-1。分离源：海南海口近海红树林湿地卵叶海桑叶。培养基 0513，28℃。

MCCC 2E00690 ←中国海大 HN12-5。分离源：海南海口近海红树林湿地某植物茎。培养基 0513，28℃。

MCCC 2E00777 ←中国海大 HN10-2。分离源：海南近岸红树林湿地老鼠簕叶。培养基 0513，28℃。

MCCC 2E00779 ←中国海大 HN12-2a。分离源：海南近岸红树林湿地木榄茎。培养基 0513，28℃。

***Galactomyces* sp.** Redhead and Malloch 1977

MCCC 2E00030 ←中国海大 3S-28c。分离源：厦门表层沉积物。培养基 0513，28℃。

Geotrichum candidum Link 1809 白地霉

MCCC 2E00074　←中国海大 L1-1。分离源：烟台海藻。培养基 0513，28℃。

Geotrichum sp. Link ex Sacc. 1809 地霉

MCCC 2E00471　←中国海大 XM05d。分离源：厦门海边红树林沉积物。培养基 0513，28℃。
MCCC 2E00540　←中国海大 SY5W-4。分离源：威海荣成近海未知鱼胃。培养基 0513，28℃。
MCCC 2E00544　←中国海大 SYHZ5-2。分离源：威海荣成近海未知藻。培养基 0513，28℃。
MCCC 2E00696　←中国海大 HN21-4。分离源：海南海口近海红树林湿地黄槿叶。培养基 0513，28℃。
MCCC 2E00698　←中国海大 HN24-3。分离源：海南海口近海红树林湿地木榄根。培养基 0513，28℃。
MCCC 2E00708　←中国海大 HNT-1。分离源：海南海口近海红树林湿地海水。培养基 0513，28℃。
MCCC 2E00736　←中国海大 SYHZS-2。分离源：威海荣成近海颌针鱼鳃。培养基 0513，28℃。
MCCC 2E00775　←中国海大 HN12-2b。分离源：海南近岸红树林湿地木榄叶。培养基 0513，28℃。
MCCC 2E00782　←中国海大 HNc-2。分离源：海南近岸红树林湿地红海榄根。培养基 0513，28℃。
MCCC 2E00790　←中国海大 HN12-1。分离源：海南近岸红树林湿地水样。培养基 0513，28℃。
MCCC 2E00922　←中国海大 3.4-3。分离源：福建泉州近岸红树林湿地海漆根泥。培养基 0513，28℃。
MCCC 2E00931　←中国海大 5.3-1。分离源：福建泉州近岸红树林湿地白骨壤果实。培养基 0513，28℃。

Guehomyces pullulans (Lindner) Fell and Scorzetti 2004 普兰久浩酵母

MCCC 2E00818　←中国海大 NJ17-3。分离源：南极浅海沉积物。培养基 0513，28℃。
MCCC 2E00825　←中国海大 NJ17-1。分离源：南极近岸表层海水。培养基 0513，28℃。

Hanseniaspora clermontiae Cadez，Poot，Raspor and M. T. Sm. 2003

MCCC 2E00562　←中国海大 TJY15c。分离源：天津近海矛尾复虾虎鱼鳃。培养基 0513，28℃。
MCCC 2E00489　←中国海大 SY3S-2。分离源：威海荣成近海表层海水。培养基 0513，28℃。
MCCC 2E00492　←中国海大 SYGYW-2。分离源：威海荣成近海表层海水。培养基 0513，28℃。
MCCC 2E00722　←中国海大 SYMMTV-1。分离源：威海荣成近海马面鲀胃。培养基 0513，28℃。
MCCC 2E00727　←中国海大 SYSDS-2。分离源：威海荣成近海石鲽鳃。培养基 0513，28℃。
MCCC 2E00730　←中国海大 SY2C-1。分离源：威海荣成近海纹鱼胃。培养基 0513，28℃。
MCCC 2E00732　←中国海大 SYSDC。分离源：威海荣成近海石鲽肠。培养基 0513，28℃。
MCCC 2E00734　←中国海大 SY4C-2。分离源：威海荣成近海黑头鱼肠。培养基 0513，28℃。

Hanseniaspora uvarum (Niehaus) Shehata，Mrak and Phaff ex M. T. Sm. 1984 葡萄有孢汉逊酵母

MCCC 2E00007　←中国海大 Ya03a。分离源：烟台海藻。蛋白含量高。培养基 0513，28℃。
MCCC 2E00084　←中国海大 by-3。分离源：烟台近海鲅鱼肠道内容物。培养基 0513，28℃。
MCCC 2E00170　←中国海大 WZ1。分离源：烟台近海生物样。产植酸酶。培养基 0513，28℃。
MCCC 2E00377　←中国海大 TJY 21-2。分离源：天津近海银鲳鱼鳃。培养基 0513，28℃。
MCCC 2E00397　←中国海大 SYAKW。分离源：威海荣成近海鲅鳙鱼鳃。培养基 0513，28℃。
MCCC 2E00401　←中国海大 SYH23-1。分离源：威海荣成近海未知藻。培养基 0513，28℃。
MCCC 2E00495　←中国海大 SY3S-1。分离源：威海荣成近海未知鱼鳃。培养基 0513，28℃。
MCCC 2E00501　←中国海大 SYIC-2。分离源：威海荣成近海未知鱼肠。培养基 0513，28℃。
MCCC 2E00536　←中国海大 SY3W-4-B。分离源：威海荣成近海未知鱼胃。培养基 0513，28℃。
MCCC 2E00537　←中国海大 SY3W-5。分离源：威海荣成近海未知鱼胃。培养基 0513，28℃。
MCCC 2E00559　←中国海大 SYHZ5-1。分离源：威海荣成近海未知藻。培养基 0513，28℃。
MCCC 2E00596　←中国海大 SYHZ1-1。分离源：威海荣成近海矛尾腹鳃。培养基 0513，28℃。
MCCC 2E00599　←中国海大 SYHZ2-2。分离源：威海荣成近海海藻。培养基 0513，28℃。
MCCC 2E00714　←中国海大 SY4W-2。分离源：威海荣成近海黑头鱼胃。培养基 0513，28℃。
MCCC 2E00716　←中国海大 SY4C-1。分离源：威海荣成近海黑头鱼肠。培养基 0513，28℃。
MCCC 2E00718　←中国海大 SY2S-2。分离源：威海荣成近海纹鱼鳃。培养基 0513，28℃。

Issatchenkia occidentalis Kurtzman，M. J. Smiley and C. J. Johnson 1980 **西方伊萨酵母**

MCCC 2E00336 ←中国海大 LN-8。分离源：中国黄海高眼鰈肠道。培养基 0513，28℃。

IMCCC 2E00930 ←中国海大 5.2-2。分离源：福建泉州近岸红树林湿地白骨壤茎。培养基 0513，28℃。

Issatchenkia orientalis Kudryavtsev 1960 **东方伊萨酵母**

MCCC 2E00042 ←中国海大 YA03b。分离源：烟台蓬莱马尾藻。培养基 0513，28℃。

MCCC 2E00075 ←中国海大 L2-6。分离源：烟台海藻。培养基 0513，28℃。

MCCC 2E00079 ←中国海大 YA03c。分离源：烟台蓬莱马尾藻。培养基 0513，28℃。

MCCC 2E00121 ←中国海大 YF04c。分离源：青岛近海大泷六线鱼肠道内容物。产植酸酶。培养基 0513，28℃。

MCCC 2E00188 ←中国海大 转 192。分离源：中国东海表层海水。培养基 0513，28℃。

MCCC 2E00191 ←中国海大 转 1.2。分离源：中国东海表层海水。培养基 0513，28℃。

MCCC 2E00427 ←中国海大 QD0A.2。分离源：青岛近海未知藻。培养基 0513，28℃。

MCCC 2E00436 ←中国海大 QD02.1。分离源：青岛近海未知藻。培养基 0513，28℃。

MCCC 2E00440 ←中国海大 QD015.1。分离源：青岛近海未知藻。培养基 0513，28℃。

MCCC 2E00454 ←中国海大 XM016B。分离源：厦门厦门近海沉积物。培养基 0513，28℃。

MCCC 2E00458 ←中国海大 XM09B。分离源：厦门潮间带红树林沉积物。培养基 0513，28℃。

MCCC 2E00478 ←中国海大 XM11b。分离源：厦门海边红树林沉积物。培养基 0513，28℃。

MCCC 2E00490 ←中国海大 SY3S-3。分离源：威海荣成近海表层海水。培养基 0513，28℃。

MCCC 2E00594 ←中国海大 SYHZ1-3。分离源：威海荣成近海海藻。培养基 0513，28℃。

MCCC 2E00602 ←中国海大 SYHZ1-4。分离源：威海荣成近海矛尾复虾虎鱼肠道。培养基 0513，28℃。

MCCC 2E00613 ←中国海大 SYHZ1-3。分离源：威海荣成近海矛尾复虾虎鱼肠道。培养基 0513，28℃。

MCCC 2E00859 ←中国海大 D04-16。分离源：广东湛江红树林湿地木榄枝。培养基 0513，28℃。

MCCC 2E00873 ←中国海大 S05-1.1C。分离源：广东湛江红树林湿地木榄果。培养基 0513，28℃。

MCCC 2E00921 ←中国海大 3.4-2。分离源：福建泉州近岸红树林湿地海漆根泥。培养基 0513，28℃。

MCCC 2E00924 ←中国海大 3.4-7。分离源：福建泉州近岸红树林湿地海漆根泥。培养基 0513，28℃。

MCCC 2E00936 ←中国海大 6-1。分离源：福建泉州近岸红树林湿地桐花树根泥。培养基 0513，28℃。

Issatchenkia siamensis Sumpradit *et al.* 2006 **暹罗伊萨酵母**

MCCC 2E00935 ←中国海大 5.3-5。分离源：福建泉州近岸红树林湿地白骨壤果实。培养基 0513，28℃。

MCCC 2E00944 ←中国海大 5.1-2。分离源：福建泉州近岸红树林湿地白骨壤叶。培养基 0513，28℃。

***Issatchenkia* sp.** Kudryavtsev 1960 **伊萨酵母**

MCCC 2E00036 ←中国海大 L2-4。分离源：蓬莱近海海藻。培养基 0513，28℃。

MCCC 2E00037 ←中国海大 L3-3。分离源：蓬莱近海海藻。培养基 0513，28℃。

MCCC 2E00044 ←中国海大 YF04a。分离源：青岛近海大泷六线鱼肠道内容物。培养基 0513，28℃。

MCCC 2E00477 ←中国海大 XM03c。分离源：厦门海边红树林沉积物。培养基 0513，28℃。

MCCC 2E00488 ←中国海大 XM03e。分离源：厦门海边红树林沉积物。培养基 0513，28℃。

Kazachstania barnettii （Vaughan-Mart.） Kurtzman 2003

MCCC 2E01041 ←中国海大 3P-1。分离源：厦门近海梅花鲨外皮。培养基 0513，28℃。

MCCC 2E01048 ←中国海大 7C-2。分离源：厦门近海羊鱼肠道。培养基 0513，28℃。

Kazachstania exigua （Reess ex E. C. Hansen） Kurtzman 2003

MCCC 2E00938 ←中国海大 6-3。分离源：福建泉州近岸红树林湿地桐花树根泥。培养基 0513，28℃。

MCCC 2E00978 ←中国海大 w01-1.1。分离源：广东湛江红树林湿地木榄果。培养基 0513，28℃。

MCCC 2E00981 ←中国海大 s07-1.3。分离源：广东湛江红树林湿地木榄叶。培养基 0513，28℃。

MCCC 2E00990 ←中国海大 D04-19。分离源：广东湛江红树林湿地木榄枝。培养基 0513，28℃。

MCCC 2E00996　←中国海大 n02-1.2。分离源：广东湛江红树林湿地木榄根。培养基 0513，28℃。
MCCC 2E01004　←中国海大 s08-1.3。分离源：广东湛江红树林湿地桐花树叶。培养基 0513，28℃。
MCCC 2E01005　←中国海大 S01-2.2。分离源：广东湛江红树林湿地白骨壤叶。培养基 0513，28℃。
MCCC 2E01032　←中国海大 1s-3。分离源：厦门近海竹荚鱼鳃。培养基 0513，28℃。
MCCC 2E01033　←中国海大 5C-3。分离源：厦门近海螣肠。培养基 0513，28℃。
MCCC 2E01067　←中国海大 1W-1。分离源：厦门近海竹荚鱼鱼胃。培养基 0513，28℃。
MCCC 2E01070　←中国海大 3C-1。分离源：厦门近海梅花鲨鱼肠。培养基 0513，28℃。
MCCC 2E01078　←中国海大 5P-1。分离源：厦门近海螣鱼皮。培养基 0513，28℃。
MCCC 2E01080　←中国海大 6M-1。分离源：厦门近海刺鲀盲肠。培养基 0513，28℃。
MCCC 2E01091　←中国海大 13W-3。分离源：厦门近海长条蛇鲻鱼胃。培养基 0513，28℃。
MCCC 2E01094　←中国海大 14S-2。分离源：厦门近海刺鲳鱼鳃。培养基 0513，28℃。

Kluyveromyces aestuarii （Fell）Van der Walt 1965 海泥克鲁维酵母

MCCC 2E00455　←中国海大 XM03F。分离源：厦门潮间带红树林沉积物。培养基 0513，28℃。
MCCC 2E00470　←中国海大 XM09d。分离源：厦门海边红树林沉积物。培养基 0513，28℃。
MCCC 2E00476　←中国海大 XM02b。分离源：厦门海边红树林沉积物。培养基 0513，28℃。
MCCC 2E00479　←中国海大 XM03g。分离源：厦门海边红树林沉积物。培养基 0513，28℃。
MCCC 2E00480　←中国海大 XM02c。分离源：厦门海边红树林沉积物。培养基 0513，28℃。
MCCC 2E00688　←中国海大 HN12-1。分离源：海南海口近海红树林湿地某植物茎。培养基 0513，28℃。
MCCC 2E00695　←中国海大 HN21-3。分离源：海南海口近海红树林湿地卵叶海桑根系土。培养基 0513，28℃。
MCCC 2E00785　←中国海大 HN3-1。分离源：海南近岸红树林湿地秋茄叶。培养基 0513，28℃。
MCCC 2E00786　←中国海大 HNs-2。分离源：海南近岸红树林湿地秋茄叶。培养基 0513，28℃。
MCCC 2E00979　←中国海大 s01-2.7。分离源：广东湛江红树林湿地白骨壤叶。培养基 0513，28℃。
MCCC 2E00992　←中国海大 D06-42。分离源：广东湛江红树林湿地桐花树果。培养基 0513，28℃。
MCCC 2J00005　←中山大学 ZH9-（6）。分离源：广东珠海海洋滩涂地桐花树果。培养基 0014，25℃。
MCCC 2J00010　←中山大学 GX8-5A。分离源：广西合浦县海洋滩涂地海桑根部泥。培养基 0014，25℃。

Kluyveromyces lactis （Boidin，Abadie，J. L. Jacob and Pignal）Van der Walt 1971 乳酸克鲁维酵母

MCCC 2E01035　←中国海大 5S-1。分离源：厦门近海螣腮。培养基 0513，28℃。

Kluyveromyces nonfermentans Nagah，Hamam，Nakase and Horikoshi 1999 非发酵克鲁维酵母

MCCC 2E00137　←中国海大 SY-19。分离源：西北太平洋海底表层沉积物。培养基 0513，28℃。
MCCC 2E00138　←中国海大 SY-28。分离源：西北太平洋海底表层沉积物。培养基 0513，28℃。
MCCC 2E00139　←中国海大 SY-29。分离源：西北太平洋海底表层沉积物。培养基 0513，28℃。
MCCC 2E00140　←中国海大 SY-33。分离源：西北太平洋海底表层沉积物。培养基 0513，28℃。
MCCC 2E00141　←中国海大 SY-56。分离源：西北太平洋海底表层沉积物。产淀粉酶。培养基 0513，28℃。
MCCC 2E00766　←中国海大 HNM-1c。分离源：海南近岸红树林湿地某植物叶子。培养基 0513，28℃。

Kluyveromyces siamensis Am-In S *et al.* 2008 暹罗克鲁维酵母

MCCC 2E00826　←中国海大 D02-1.2。分离源：广东湛江红树林湿地老鼠簕根。培养基 0513，28℃。
MCCC 2E00838　←中国海大 D04-2.6。分离源：广东湛江红树林湿地木榄果。培养基 0513，28℃。
MCCC 2E00844　←中国海大 D06-4R1。分离源：广东湛江红树林湿地桐花树树皮。培养基 0513，28℃。
MCCC 2E00848　←中国海大 D03-1.1。分离源：广东湛江红树林湿地木榄树皮。培养基 0513，28℃。
MCCC 2E00849　←中国海大 D03-2.2。分离源：广东湛江红树林湿地红海榄叶。培养基 0513，28℃。
MCCC 2E00857　←中国海大 D04-1.4。分离源：广东湛江红树林湿地木榄枝。培养基 0513，28℃。
MCCC 2E00861　←中国海大 D06-3.1。分离源：广东湛江红树林湿地桐花树花。培养基 0513，28℃。

MCCC 2E00864　←中国海大 D06-4.1H。分离源：广东湛江红树林湿地桐花树果。培养基 0513，28℃。

MCCC 2E00871　←中国海大 N06-4.2H。分离源：广东湛江红树林湿地水样。培养基 0513，28℃。

Kluyveromyces sp. Van der Walt 1956 克鲁维酵母

MCCC 2E00768　←中国海大 HN10-4-2。分离源：南海近岸红树林湿地。培养基 0513，28℃。

MCCC 2E00772　←中国海大 HNC-3。分离源：海南近岸红树林湿地茎。培养基 0513，28℃。

MCCC 2J00001　←中山大学 ZJ15-G。分离源：广东湛江海洋滩涂地海堤藤。培养基 0014，25℃。

Kodamaea ohmeri (Etchells and T. A. Bell) Y. Yamada，Tom. Suzuki，M. Matsuda and Mikata 1995 奥默柯达菌

MCCC 2E00120　←中国海大 Bg-3。分离源：烟台近海白姑鱼肠道。产植酸酶。培养基 0513，28℃。

MCCC 2E00185　←中国海大 转 3-2。分离源：中国东海表层海水。培养基 0513，28℃。

MCCC 2E00187　←中国海大 转 3-1。分离源：中国东海表层海水。培养基 0513，28℃。

MCCC 2E00193　←中国海大 15-2。分离源：中国东海表层海水。培养基 0513，28℃。

MCCC 2E00196　←中国海大 132-2。分离源：中国东海表层海水。培养基 0513，28℃。

MCCC 2E00206　←中国海大 转 151-1。分离源：中国东海表层海水。培养基 0513，28℃。

MCCC 2E00213　←中国海大 转 14。分离源：东海近海表层海水。培养基 0513，28℃。

MCCC 2E00226　←中国海大 转 3。分离源：东海近海表层海水。培养基 0513，28℃。

MCCC 2E00245　←中国海大 转 31。分离源：东海近海表层海水。培养基 0513，28℃。

MCCC 2E00246　←中国海大 wwl-1。分离源：胶州湾近海狮子鱼。培养基 0513，28℃。

MCCC 2E00279　←中国海大 转 91-1。分离源：东海近海表层海水。培养基 0513，28℃。

MCCC 2E00292　←中国海大 转 1912-1。分离源：东海近海表层海水。培养基 0513，28℃。

MCCC 2E00295　←中国海大 狮子头鱼 2 胃。分离源：胶州湾近海狮子头鱼。培养基 0513，28℃。

MCCC 2E00296　←中国海大 转 202。分离源：东海近海表层海水。培养基 0513，28℃。

MCCC 2E00304　←中国海大 14。分离源：东海表层海水。培养基 0513，28℃。

MCCC 2E00306　←中国海大 Shi2wei2。分离源：胶州湾近海狮子鱼。培养基 0513，28℃。

MCCC 2E00307　←中国海大 3-1。分离源：东海表层海水。培养基 0513，28℃。

MCCC 2E00309　←中国海大 shiziyu2wei2。分离源：胶州湾近海狮子鱼。培养基 0513，28℃。

MCCC 2E00326　←中国海大 Zhuan③。分离源：东海表层海水。培养基 0513，28℃。

MCCC 2E00327　←中国海大 132-3。分离源：东海表层海水。培养基 0513，28℃。

MCCC 2E00423　←中国海大 QD01.2。分离源：青岛近海未知藻。培养基 0513，28℃。

MCCC 2E00439　←中国海大 QD0A.1。分离源：青岛近海未知藻。培养基 0513，28℃。

MCCC 2E00689　←中国海大 HN12-3。分离源：海南海口近海红树林湿地黄花鱼样。培养基 0513，28℃。

MCCC 2E00699　←中国海大 HNA-1。分离源：海南海口近海红树林湿地红树某植物果实。培养基 0513，28℃。

MCCC 2E00840　←中国海大 D04-2.8。分离源：广东湛江红树林湿地木榄果。培养基 0513，28℃。

MCCC 2E00842　←中国海大 D06-3.5。分离源：广东湛江红树林湿地桐花树花。培养基 0513，28℃。

MCCC 2E00853　←中国海大 D03-3.4。分离源：广东湛江红树林湿地红海榄叶。培养基 0513，28℃。

MCCC 2E00862　←中国海大 D06-3.A。分离源：广东湛江红树林湿地桐花树树枝。培养基 0513，28℃。

MCCC 2E00863　←中国海大 D06-3B。分离源：广东湛江红树林湿地桐花树树皮。培养基 0513，28℃。

MCCC 2E00880　←中国海大 W10-1.2。分离源：广东湛江红树林湿地木榄果。培养基 0513，28℃。

MCCC 2E00884　←中国海大 N05-2.3。分离源：广东湛江红树林湿地阔苞菊根。培养基 0513，28℃。

MCCC 2E00886　←中国海大 ST5-1Y2。分离源：广东汕头近岸红树林湿地海漆叶。培养基 0513，28℃。

MCCC 2E00888　←中国海大 ST3-1y2。分离源：广东汕头近岸红树林湿地老鼠筋叶。培养基 0513，28℃。

MCCC 2E00919　←中国海大 3.1-2。分离源：福建泉州近岸红树林湿地海漆根。培养基 0513，28℃。

MCCC 2E00927　←中国海大 4.2-1。分离源：福建泉州近岸红树林湿地老鼠筋根。培养基 0513，28℃。

MCCC 2E00943　←中国海大 3.5-3。分离源：福建泉州近岸红树林湿地海漆花。培养基 0513，28℃。

MCCC 2E00991　←中国海大 Do6-34。分离源：广东湛江红树林湿地桐花树果。培养基 0513，28℃。

Leucosporidium scottii Fell *et al.* 1970 **白冬孢酵母**

MCCC 2A00026 ←海洋三所 Y-1004。分离源：西太平洋暖池区沉积物深层。培养基 0007，10℃。

MCCC 2A00027 ←海洋三所 Y-1005。分离源：西太平洋暖池区沉积物深层。培养基 0471，10℃。

Lodderomyces elongisporus （Recca and Mrak） Van der Walt 1966 **长孢路德酵母**

MCCC 2E00372 ←中国海大 WY6。分离源：青岛近海海虹。培养基 0513，28℃。

Metschnikowia bicuspidate （Metschn） T. Kamienski 1899 **二尖梅奇酵母**

MCCC 2E00088 ←中国海大 WCY。分离源：青岛近海养殖蟹。培养基 0513，28℃。

MCCC 2E00361 ←中国海大 B101。分离源：中国黄海表层海水。培养基 0513，28℃。

MCCC 2E00369 ←中国海大 C801a。分离源：中国黄海表层海水。培养基 0513，28℃。

MCCC 2E00539 ←中国海大 SY5W-2。分离源：威海荣成近海未知鱼胃。培养基 0513，28℃。

MCCC 2E00545 ←中国海大 SYHZ5-3。分离源：威海荣成近海未知藻。培养基 0513，28℃。

MCCC 2E00717 ←中国海大 SY8C。分离源：威海荣成近海海鳗鱼肠。培养基 0513，28℃。

Metschnikowia koreensis S. G. Hong，J. Chun，H. W. Oh and Bae 2001 **朝鲜梅奇酵母**

MCCC 2E00892 ←中国海大 ST6-1y2。分离源：广东汕头近岸红树林湿地无根藤叶。培养基 0513，28℃。

MCCC 2E00910 ←中国海大 ST5-6y2。分离源：广东汕头近岸红树林湿地海漆叶。培养基 0513，28℃。

Metschnikowia reukaufii Pitt and M. W. Mill 1968 **鲁考弗梅奇酵母**

MCCC 2E00929 ←中国海大 5.1-1。分离源：福建泉州近岸红树林湿地白骨壤叶。培养基 0513，28℃。

Metschnikowia zobellii （Uden and Cast-Branco） van Uden 1962 **佐贝尔梅奇酵母**

MCCC 2E00001 ←中国海大 W6b。分离源：南海表层沉积物。蛋白含量高。培养基 0513，28℃。

Mrakia sp. Y. Yamada and Komag 1987 **木拉克酵母**

MCCC 2E00797 ←中国海大 Zhenx-1。分离源：南极浅海沉积物。培养基 0513，28℃。

MCCC 2E00811 ←中国海大 Zhenx-4。分离源：南极浅海沉积物。培养基 0513，28℃。

Pichia anomala （E. C. Hansen） Kurtzman 1984 **异常毕赤酵母**

MCCC 2E00089 ←中国海大 YF07b。分离源：烟台近海养殖环境海鞘。产嗜杀因子。培养基 0513，28℃。

MCCC 2E00538 ←中国海大 SY5W-1。分离源：威海荣成近海未知鱼胃。培养基 0513，28℃。

MCCC 2E00556 ←中国海大 SY5S-3。分离源：威海荣成近海未知鱼鳃。培养基 0513，28℃。

MCCC 2E00573 ←中国海大 TJY9d。分离源：天津近海鲕皮。培养基 0513，28℃。

MCCC 2E00622 ←中国海大 SYCYS-1。分离源：威海荣成近海鲳鱼鳃。培养基 0513，28℃。

MCCC 2E00657 ←中国海大 SYBYS-2。分离源：威海荣成近海鲅鱼鳃。培养基 0513，28℃。

MCCC 2E00778 ←中国海大 HN1-2。分离源：海南近岸红树林湿地老鼠海燕。培养基 0513，28℃。

MCCC 2E00865 ←中国海大 N02-1.1。分离源：广东湛江红树林湿地木榄根。培养基 0513，28℃。

MCCC 2E00883 ←中国海大 N05-2.2。分离源：广东湛江红树林湿地阔苞菊根。培养基 0513，28℃。

MCCC 2E00900 ←中国海大 ST1-6Y2。分离源：广东汕头近岸红树林湿地许树根系泥。培养基 0513，28℃。

MCCC 2E00902 ←中国海大 ST2-1Y1。分离源：广东汕头近岸红树林湿地桐花树花。培养基 0513，28℃。

MCCC 2E00907 ←中国海大 ST1-2Y6。分离源：广东汕头近岸红树林湿地红海榄叶。培养基 0513，28℃。

MCCC 2E00959 ←中国海大 S04-2.3。分离源：广东湛江近岸红树林湿地红海榄根。培养基 0513，28℃。

MCCC 2E00973 ←中国海大 S07-1.4。分离源：广东湛江近岸红树林湿地木榄叶。培养基 0513，28℃。

MCCC 2E00974 ←中国海大 S01-2.5。分离源：广东湛江近岸红树林湿地白骨壤叶。培养基 0513，28℃。

Pichia burtonii Boidin，Pignal，Lehodey，Vey and Abadie 1964 **伯顿毕赤酵母**

MCCC 2E00163 ←中国海大 YF11A。分离源：青岛近海红娘鱼肠道内容物。培养基 0513，28℃。

Pichia caribbica Vaughan-Mart *et al.* 2005 甘蔗毕赤酵母

MCCC 2E00928 ←中国海大 4.2-2。分离源：福建泉州近岸红树林湿地老鼠簕根。培养基 0513，28℃。

Pichia fermentans Lodder 1932 发酵毕赤酵母

MCCC 2E00013 ←中国海大 YF01g。分离源：青岛近海海藻。培养基 0513，28℃。

MCCC 2E00046 ←中国海大 YF12d。分离源：青岛近海黄鱼肠道内容物。培养基 0513，28℃。

MCCC 2E00126 ←中国海大 YF12b。分离源：青岛近海黄鱼肠道内容物。培养基 0513，28℃。

MCCC 2E01027 ←中国海大 3P-2。分离源：厦门近海梅花鲨皮。培养基 0513，28℃。

MCCC 2E01039 ←中国海大 3.2-3。分离源：厦门近海梅花鲨。培养基 0513，28℃。

Pichia guilliermondii Wickerh. 1966 季也蒙毕赤酵母

MCCC 2A00004 ←海洋三所 510-6jm。分离源：印度洋表层海水。生产表面活性剂，烷烃降解菌。与 *P. P. guilliermondii* 最高相似性为 98％。培养基 0472，28℃。

MCCC 2A00005 ←海洋三所 8WB2。分离源：南海表层海水。与 *P. guilliermondii* AM160625.1 相似性为 99％（895/900）。培养基 0821，25℃。

MCCC 2A00011 ←海洋三所 Y-5-1。分离源：东太平洋沉积物深层。培养基 0007，10℃。

MCCC 2A00084 ←海洋三所 C5AC。分离源：西南太平洋上层海水。分离自石油降解菌群。与 *P. guilliermondii* AM160625.1 相似性为 99％（897/898），在 M2 培养基上白色、有光泽、不透明。培养基 0821，25℃。

MCCC 2A00085 ←海洋三所 C12AA。分离源：西南太平洋深层海水。分离自石油降解菌群。与 *P. guilliermondii* AM160625.1 相似性为 99％（937/938），在 M2 培养基上白色、有光泽、不透明。培养基 0821，25℃。

MCCC 2A00086 ←海洋三所 C15B1。分离源：西南太平洋深层海水。分离自石油降解菌群。与 *P. guilliermondii* AM160625.1 相似性为 99％（933/935），在 M2 培养基上白色、有光泽、不透明。培养基 0821，25℃。

MCCC 2A00087 ←海洋三所 C21B。分离源：印度洋表层海水。分离自石油降解菌群。与 *P. guilliermondii* AM160625.1 相似性为 100％（828/828），在 M2 培养基上白色、有光泽、不透明。培养基 0821，25℃。

MCCC 2A00090 ←海洋三所 C35B1。分离源：西南太平洋表层海水。分离自石油降解菌群。与 *P. guilliermondii* AM160625.1 相似性为 99％（834/836），在 M2 培养基上白色、有光泽、不透明。培养基 0821，25℃。

MCCC 2A00091 ←海洋三所 C72B1。分离源：西南太平洋深层海水。分离自石油、多环芳烃降解菌群。与 *P. guilliermondii* AM160625.1 相似性为 99％（943/944），在 M2 培养基上白色、有光泽、不透明。培养基 0821，25℃。

MCCC 2A00092 ←海洋三所 NH59A。分离源：南沙表层海水。分离自石油降解菌群。与 *P. guilliermondii* AM160625.1 相似性为 99％（834/836），在 M2 培养基上白色、不透明、小。培养基 0821，25℃。

MCCC 2A00093 ←海洋三所 NH59B。分离源：南沙表层海水。分离自石油降解菌群。与 *P. guilliermondii* AM160625.1 相似性为 99％（782/784），在 M2 培养基上白色、有光泽、不透明。培养基 0821，25℃。

MCCC 2A00097 ←海洋三所 T33AN。分离源：西南太平洋褐黑色沉积物上覆水。分离自石油降解菌群。与 *P. guilliermondii* AM160625.1 相似性为 99％（949/950），在 M2 培养基上白色、有光泽、不透明。培养基 0821，25℃。

MCCC 2A00099 ←海洋三所 T33B3。分离源：西南太平洋褐黑色沉积物上覆水。分离自石油降解菌群。与 *P. guilliermondii* AM160625.1 相似性为 99％（774/775），在 M2 培养基上白色、不透明、凸起不明显。培养基 0821，25℃。

MCCC 2A00100 ←海洋三所 22-WB-C。分离源：南海表层海水。与 *P. guilliermondii* AM160625.1 相似性为 100％（835/835），在 M2 培养基上白色、不透明、小。培养基 0821，25℃。

MCCC 2E00049　←中国海大 25-23a。分离源：青岛近海浅层海泥。培养基 0513，28℃。

MCCC 2E00076　←中国海大 L3-1。分离源：烟台海藻。培养基 0513，28℃。

MCCC 2E00077　←中国海大 L3-3。分离源：烟台海藻。培养基 0513，28℃。

MCCC 2E00082　←中国海大 w1-2。分离源：烟台海藻。培养基 0513，28℃。

MCCC 2E00090　←中国海大 hn-3。分离源：烟台表层海泥。产嗜杀因子。培养基 0513，28℃。

MCCC 2E00092　←中国海大 hn-2。分离源：烟台长岛表层海泥。产嗜杀因子。培养基 0513，28℃。

MCCC 2E00094　←中国海大 hn-4。分离源：烟台长岛表层海泥。产嗜杀因子。培养基 0513，28℃。

MCCC 2E00095　←中国海大 JHSd。分离源：青岛表层海水。产嗜杀因子。培养基 0513，28℃。

MCCC 2E00097　←中国海大 L2-8。分离源：烟台长岛海藻。产嗜杀因子。培养基 0513，28℃。

MCCC 2E00102　←中国海大 QMD。分离源：福建泉州表层海泥。培养基 0513，28℃。

MCCC 2E00110　←中国海大 L4-1。分离源：烟台长岛海藻。培养基 0513，28℃。

MCCC 2E00113　←中国海大 ZQS-c。分离源：青岛近海表层海水。培养基 0513，28℃。

MCCC 2E00116　←中国海大 SW3-10b。分离源：青岛近海表层海水。培养基 0513，28℃。

MCCC 2E00119　←中国海大 L2-8。分离源：烟台海藻。培养基 0513，28℃。

MCCC 2E00134　←中国海大 1-uv 小。分离源：烟台长岛近海海藻。产菊糖酶。培养基 0513，28℃。

MCCC 2E00150　←中国海大 jzs—λ。分离源：青岛近海表层海水。产脂酶。培养基 0513，28℃。

MCCC 2E00159　←中国海大 L11-2。分离源：烟台海藻。产脂肪酶。培养基 0513，28℃。

MCCC 2E00179　←中国海大 HK58-4。分离源：海南海口近海秋茄叶。培养基 0513，28℃。

MCCC 2E00224　←中国海大 HK53。分离源：海南海口近海海漆叶。培养基 0513，28℃。

MCCC 2E00225　←中国海大 HK51b。分离源：海南海口无瓣海桑叶。培养基 0513，28℃。

MCCC 2E00230　←中国海大 NA-3。分离源：海南近海表层海水囊藻。培养基 0513，28℃。

MCCC 2E00243　←中国海大 HK58-2。分离源：海南海口秋茄叶。培养基 0513，28℃。

MCCC 2E00254　←中国海大 3-2。分离源：东海表层海水。培养基 0513，28℃。

MCCC 2E00256　←中国海大 Gao1zhong2。分离源：胶州湾近海高眼鲽鱼。培养基 0513，28℃。

MCCC 2E00277　←中国海大高中 2。分离源：胶州湾近海高眼鲽鱼。培养基 0513，28℃。

MCCC 2E00283　←中国海大 WC43-1。分离源：海南近海尖叶卤蕨根。培养基 0513，28℃。

MCCC 2E00289　←中国海大 HK55a。分离源：海南海口卤蕨叶。培养基 0513，28℃。

MCCC 2E00319　←中国海大 Gaozhong。分离源：胶州湾近海高眼鲽鱼。培养基 0513，28℃。

MCCC 2E00337　←中国海大 LN-9。分离源：中国黄海高眼鲽肠道。培养基 0513，28℃。

MCCC 2E00342　←中国海大 LN-14。分离源：中国黄海斑尾复虾虎鱼肠道。培养基 0513，28℃。

MCCC 2E00371　←中国海大 S0201。分离源：中国黄海表层海水。培养基 0513，28℃。

MCCC 2E00373　←中国海大 WY10。分离源：青岛近海未知藻。培养基 0513，28℃。

MCCC 2E00380　←中国海大 TJY 22-2。分离源：天津近海梭鱼皮。培养基 0513，28℃。

MCCC 2E00384　←中国海大 TJY 23-1。分离源：天津近海梭鱼肠。培养基 0513，28℃。

MCCC 2E00386　←中国海大 TJY 23-3。分离源：天津近海梭鱼肠。培养基 0513，28℃。

MCCC 2E00404　←中国海大 SYDYX-1。分离源：威海荣成近海带鱼消化道。培养基 0513，28℃。

MCCC 2E00499　←中国海大 SYHHS-4。分离源：威海荣成近海黄花鱼鳃。培养基 0513，28℃。

MCCC 2E00503　←中国海大 TJY28。分离源：天津近海小黄鱼肠。培养基 0513，28℃。

MCCC 2E00519　←中国海大 TJY35-1。分离源：天津近海藻。培养基 0513，28℃。

MCCC 2E00531　←中国海大 SYBYS-4。分离源：威海荣成近海鲅鱼鳃。培养基 0513，28℃。

MCCC 2E00543　←中国海大 SYMMTC-3。分离源：威海荣成近海马面鲀肠。培养基 0513，28℃。

MCCC 2E00554　←中国海大 SYCYW-2。分离源：威海荣成近海鲳鱼胃。培养基 0513，28℃。

MCCC 2E00557　←中国海大 SYBYC-3。分离源：威海荣成近海鲅鱼肠。培养基 0513，28℃。

MCCC 2E00586　←中国海大 TJY14a。分离源：天津近海矛尾复虾虎鱼皮。培养基 0513，28℃。

MCCC 2E00733　←中国海大 SYHZS-1。分离源：威海荣成近海颌针鱼鳃。培养基 0513，28℃。

MCCC 2E00878　←中国海大 W06-3.4。分离源：广东湛江红树林湿地木榄果。培养基 0513，28℃。

MCCC 2E00942　←中国海大 12-3。分离源：福建泉州近岸红树林湿地海漆茎。培养基 0513，28℃。

MCCC 2E01028　←中国海大 3P-B。分离源：厦门近海梅花鲨皮。培养基 0513，28℃。

MCCC 2E01029 ←中国海大 5W-2。分离源：厦门近海鰧胃。培养基 0513，28℃。
MCCC 2E01030 ←中国海大 7W-1。分离源：厦门近海羊鱼胃。培养基 0513，28℃。
MCCC 2E01031 ←中国海大 15c-1。分离源：厦门近海篮子鱼肠。培养基 0513，28℃。
MCCC 2E01038 ←中国海大 3.2-2。分离源：厦门近海梅花鲨。培养基 0513，28℃。
MCCC 2E01062 ←中国海大 14W-1。分离源：厦门近海刺鲳胃。培养基 0513，28℃。
MCCC 2E01063 ←中国海大 14W-2。分离源：厦门近海刺鲳胃。培养基 0513，28℃。
MCCC 2E01090 ←中国海大 12W-2。分离源：厦门近海绿皮马面鱼鱼胃。培养基 0513，28℃。

Pichia kluyveri Bedford 1942 克鲁弗毕赤酵母

MCCC 2E00494 ←中国海大 SYHZW-2。分离源：威海荣成近海颌针鱼胃。培养基 0513，28℃。
MCCC 2E00533 ←中国海大 SY3W-2。分离源：威海荣成近海未知鱼胃。培养基 0513，28℃。
MCCC 2E00534 ←中国海大 SY3W-3。分离源：威海荣成近海未知鱼胃。培养基 0513，28℃。
MCCC 2E00541 ←中国海大 SYBYS-6。分离源：威海荣成近海鲅鱼鳃。培养基 0513，28℃。
MCCC 2E00542 ←中国海大 SYMMTC-2。分离源：威海荣成近海马面鲀肠。培养基 0513，28℃。
MCCC 2E00618 ←中国海大 SYHZ2-3。分离源：威海荣成近海海藻。培养基 0513，28℃。
MCCC 2E00719 ←中国海大 SYHZW-1。分离源：威海荣成近海颌针鱼胃。培养基 0513，28℃。

Pichia mexicana M. Miranda，Holzschu，Phaff and Starmer 1982 墨西哥毕赤酵母

MCCC 2E00407 ←中国海大 SY3C。分离源：威海荣成近海未知鱼肠。培养基 0513，28℃。
MCCC 2E00506 ←中国海大 TJY30。分离源：天津近海小黄鱼鳃。培养基 0513，28℃。
MCCC 2E00507 ←中国海大 TJY30-1。分离源：天津近海小黄鱼鳃。培养基 0513，28℃。
MCCC 2E00520 ←中国海大 TJY36。分离源：天津近海盐池水。培养基 0513，28℃。
MCCC 2E00553 ←中国海大 SMMTC-4。分离源：威海荣成近海马面鲀肠。培养基 0513，28℃。
MCCC 2E00729 ←中国海大 SY4S。分离源：威海荣成近海黑头鱼鳃。培养基 0513，28℃。
MCCC 2E00946 ←中国海大 N00-1.1。分离源：广东湛江近岸红树林湿地秋茄叶。培养基 0513，28℃。
MCCC 2E00953 ←中国海大 N04-2.6。分离源：广东湛江近岸红树林湿地角果木果。培养基 0513，28℃。
MCCC 2E00966 ←中国海大 N04-2.3。分离源：广东湛江近岸红树林湿地红海榄叶。培养基 0513，28℃。
MCCC 2E00968 ←中国海大 S01-2.4。分离源：广东湛江近岸红树林湿地白骨壤叶。培养基 0513，28℃。
MCCC 2E00969 ←中国海大 N00-4.1。分离源：广东湛江近岸红树林湿地秋茄根下泥。培养基 0513，28℃。
MCCC 2E00998 ←中国海大 n04-2.7。分离源：广东湛江红树林湿地红海榄根。培养基 0513，28℃。

Pichia norvegensis Leask and Yarrow 1976 挪威毕赤酵母

MCCC 2E00192 ←中国海大 转 191 2-2。分离源：中国东海表层海水。培养基 0513，28℃。
MCCC 2J00008 ←中山大学 ZH2 泥。分离源：广东珠海海洋滩涂地银叶树。培养基 0014，25℃。

Pichia ohmeri (Etchells and T. A. Bell) Kreger-van Rij 1964 奥默毕赤酵母

MCCC 2E00127 ←中国海大 Qy-3。分离源：烟台长岛近海鲭鱼肠道内容物。培养基 0513，28℃。
MCCC 2E00128 ←中国海大 YF04d。分离源：青岛近海大泷六线鱼肠道内容物。培养基 0007，28℃。

Pichia onychis Yarrow 1965 指甲毕赤酵母

MCCC 2E00359 ←中国海大 A201。分离源：中国黄海海泥。培养基 0513，28℃。
MCCC 2E00395 ←中国海大 SYSDW3。分离源：威海荣成近海石鲽鱼胃。培养基 0513，28℃。
MCCC 2E00598 ←中国海大 SY6X-1。分离源：威海荣成近海未知鱼消化道。培养基 0513，28℃。
MCCC 2E00603 ←中国海大 SYHZ2-4。分离源：威海荣成近海海藻。培养基 0513，28℃。
MCCC 2E00713 ←中国海大 SYHZC-1。分离源：威海荣成近海颌针鱼肠。培养基 0513，28℃。
MCCC 2E00721 ←中国海大 SYHHC-2。分离源：威海荣成近海黄花鱼肠。培养基 0513，28℃。

Pichia spartinae Ahearn，Yarrow and Meyers 1970 **斯巴达克毕赤酵母**

MCCC 2E00451　←中国海大 XM15D。分离源：厦门潮间带红树林沉积物。培养基 0513，28℃。

MCCC 2E00925　←中国海大 3.5-1。分离源：福建泉州近岸红树林湿地海漆花。培养基 0513，28℃。

MCCC 2E01042　←中国海大 4.1-1。分离源：厦门近海赤魟。培养基 0513，28℃。

MCCC 2E01056　←中国海大 11-1。分离源：厦门近海黄皮马面鱼。培养基 0513，28℃。

Pichia stipitis Pignal 1967 **树干毕赤酵母**

MCCC 2E00502　←中国海大 TJY27。分离源：天津近海狼鱼鳃。培养基 0513，28℃。

Pichia **sp.** E. C. Hansen 1904 **毕赤酵母**

MCCC 2E00951　←中国海大 N02-2.3。分离源：广东湛江近岸红树林湿地木榄树皮。培养基 0513，28℃。

Pseudozyma prolifica Bandoni 1985

MCCC 2E00352　←中国海大 4021。分离源：中国黄海表层海水。培养基 0513，28℃。

Pseudozyma **sp.** Bandoni emend. Boekhout 1985

MCCC 2E00353　←中国海大 4023。分离源：中国黄海表层海水。培养基 0513，28℃。

MCCC 2E00354　←中国海大 4024。分离源：中国黄海表层海水。培养基 0513，28℃。

MCCC 2E00364　←中国海大 C204b。分离源：中国黄海表层海水。培养基 0513，28℃。

Rhodosporidium diobovatum S. Y. Newell and I. L. Hunter 1970 **双倒卵形红冬孢酵母**

MCCC 2A00023　←海洋三所 DY03Y-2。分离源：东太平洋水体底层。培养基 0007，10℃。

Rhodosporidium paludigenum Fell and Tallman 1980 **沼生红冬孢酵母**

MCCC 2E00891　←中国海大 ST2-2YB。分离源：广东汕头近岸红树林湿地桐花树叶。培养基 0513，28℃。

MCCC 2E00913　←中国海大 ST2-7G。分离源：广东汕头近岸红树林湿地桐花树果。培养基 0513，28℃。

Rhodosporidium sphaerocarpum S. Y. Newell and Fell 1970 **球红冬孢酵母**

MCCC 2A00022　←海洋三所 BY-B-2A。分离源：东太平洋海水表层。培养基 0007，10℃。

MCCC 2E00356　←中国海大 7031。分离源：中国黄海表层海水。培养基 0513，28℃。

MCCC 2E00997　←中国海大 n04-2.1。分离源：广东湛江红树林湿地角果木果。培养基 0513，28℃。

Rhodosporidium toruloides Banno 1967 **红冬孢酵母**

MCCC 2A00024　←海洋三所 DY03Y-3。分离源：东太平洋水体底层。培养基 0007，10℃。

MCCC 2A00096　←海洋三所 T33B8。分离源：西南太平洋褐黑色沉积物上覆水。分离自石油降解菌群。与
　　　　　　　　R. toruloides AB073268.1 相似性为 99%（529/531），菌落颜色：橘红色；形状：规则；
　　　　　　　　表面状况：光滑；边缘：整齐；隆起情况：微凸；产生光泽：有。培养基 0821，25℃。

Rhodotorula glutinis（Fresen.）F. C. Harrison 1928 **黏红酵母**

MCCC 2A00006　←海洋三所 12-WB-B。分离源：南海表层海水。与 *R. glutinis* AM160642.1 相似性为 97%
　　　　　　　　（820/842）。培养基 0821，25℃。

MCCC 2A00007　←海洋三所 19-WB-B。分离源：南海表层海水。与 *R. glutinis* AM160643.1 相似性为 99%
　　　　　　　　（840/841）。培养基 0821，25℃。

MCCC 2A00008　←海洋三所 22-WB-B。分离源：表层海水。与 *R. glutinis* AM160643.1 相似性为 99%
　　　　　　　　（839/840）。培养基 0821，25℃。

MCCC 2A00079　←海洋三所 27-WB-A。分离源：南海表层海水。与 *R. glutinis* AM160643.1 相似性为 99%
　　　　　　　　（820/821），在 M2 培养基上粉红色、突起、干燥、不透明。培养基 0821，25℃。

MCCC 2A00080　←海洋三所 29-WB-A。分离源：南海表层海水。与 *R. glutinis* AM160643.1 相似性为 99%

（799/800），在 M2 培养基上粉红色、突起、干燥、不透明。培养基 0821，25℃。

MCCC 2A00081　←海洋三所 34-WB-A。分离源：南海表层海水与 *R. glutinis* AM160643.1 相似性为 99%（839/840），在 M2 培养基上粉红色、突起、干燥、不透明。培养基 0821，25℃。

MCCC 2A00082　←海洋三所 35-W12-A。分离源：南海表层海水。与 *R. glutinis* AM160643.1 相似性为 99%（893/900），在 M2 培养基上粉红色、突起、干燥、不透明。培养基 0821，25℃。

MCCC 2E00215　←中国海大 HK29-3。分离源：海南海口老鼠簕茎、叶、果、花。培养基 0513，28℃。

MCCC 2E01034　←中国海大 3P-A。分离源：厦门近海梅花鲨皮。培养基 0513，28℃。

MCCC 2J00007　←中山大学 ZH7-（7）。分离源：广东珠海海洋滩涂地老鼠簕。培养基 0014，25℃。

Rhodotorula lamellibrachiae T. Nagahama *et al*. 2001 瓣鳃红酵母

MCCC 2E00142　←中国海大 SY-89。分离源：日本骏河湾深海。产淀粉酶。培养基 0513，28℃。

Rhodotorula lignicola 木生红酵母

MCCC 2E00527　←中国海大 TJY39。分离源：天津近海海泥。培养基 0513，28℃。

Rhodotorula minuta （Saito） F. C. Harrison 1928 小红酵母

MCCC 2A00031　←海洋三所 Y-1-3。分离源：西太平洋暖池区沉积物深层。培养基 0007，10℃。

MCCC 2E00804　←中国海大 DBSC-5。分离源：南极浅海沉积物。培养基 0513，28℃。

Rhodotorula mucilaginosa （A. Jorg.） F. C. Harrison 1928 胶红酵母

MCCC 2A00009　←海洋三所 Co84。分离源：东太平洋硅质黏土沉积物。抗二价钴。培养基 0472，28℃。

MCCC 2A00016　←海洋三所 Y-1-5。分离源：西太平洋暖池区沉积物深层。培养基 0007，10℃。

MCCC 2A00017　←海洋三所 ODS-15。分离源：西太平洋暖池区沉积物表层。培养基 0007，10℃。

MCCC 2A00018　←海洋三所 DY03Y-1。分离源：东太平洋水体底层。培养基 0007，10℃。

MCCC 2A00019　←海洋三所 DY03Y-12-1。分离源：东太平洋水体底层。培养基 0007，10℃。

MCCC 2A00020　←海洋三所 Y-1-11。分离源：西太平洋暖池区沉积物深层。培养基 0471，10℃。

MCCC 2A00021　←海洋三所 Y-1041。分离源：东太平洋沉积物深层。培养基 0007，10℃。

MCCC 2E00131　←中国海大 HN4.1。分离源：青岛晒盐场盐渍土。培养基 0513，28℃。

MCCC 2E00168　←中国海大 L10-2。分离源：烟台长岛近海海藻。培养基 0513，28℃。

MCCC 2E00242　←中国海大 WC53-2。分离源：海南近海角果木全株。产类胡萝卜素。培养基 0513，28℃。

MCCC 2E00311　←中国海大 gaoyan1wei2。分离源：胶州湾近海高眼鲽鱼。培养基 0513，28℃。

MCCC 2E00347　←中国海大 7043。分离源：中国黄海表层海水。培养基 0513，28℃。

MCCC 2E00348　←中国海大 7042。分离源：中国黄海表层海水。培养基 0513，28℃。

MCCC 2E00349　←中国海大 7041。分离源：中国黄海表层海水。培养基 0513，28℃。

MCCC 2E00535　←中国海大 SY3W-4-A。分离源：威海荣成近海未知鱼胃。培养基 0513，28℃。

MCCC 2E00549　←中国海大 SY1W-2。分离源：威海荣成近海未知鱼胃。培养基 0513，28℃。

MCCC 2E00592　←中国海大 TJY11b。分离源：天津近海斑鰶肠。培养基 0513，28℃。

MCCC 2E00593　←中国海大 TJY15a。分离源：天津近海矛尾复虾虎鱼鳃。培养基 0513，28℃。

MCCC 2E00597　←中国海大 TJY14b。分离源：天津近海矛尾腹复虾虎鱼肠道。培养基 0513，28℃。

MCCC 2E00605　←中国海大 TJY15b。分离源：天津近海斑鰶肠。培养基 0513，28℃。

MCCC 2E00623　←中国海大 TJY12c。分离源：天津近海斑鰶鳃。培养基 0513，28℃。

MCCC 2E00812　←中国海大 NJ82-4。分离源：南极浅海沉积物。培养基 0513，28℃。

MCCC 2E00887　←中国海大 ST1-4y1。分离源：广东汕头近岸红树林湿地许树叶。培养基 0513，28℃。

MCCC 2E00906　←中国海大 ST2-4y1。分离源：广东汕头近岸红树林湿地红海榄叶。培养基 0513，28℃。

MCCC 2E01037　←中国海大 3.2-1。分离源：厦门近海梅花鲨。培养基 0513，28℃。

MCCC 2E01089　←中国海大 12W-1。分离源：厦门近海绿皮马面鱼鱼胃。培养基 0513，28℃。

MCCC 2E00357　←中国海大 7032。分离源：中国黄海表层海水。培养基 0513，28℃。

Rhodotorula slooffiae E. K. Novák and Vörös-Felkai 1962 斯鲁菲亚红酵母

MCCC 2A00028 ←海洋三所 Y-1002。分离源：西太平洋暖池区沉积物深层。培养基 0007，10℃。
MCCC 2A00029 ←海洋三所 Y-1006。分离源：西太平洋暖池区沉积物深层。培养基 0007，10℃。
MCCC 2A00030 ←海洋三所 WP02-1-2-B。分离源：西太平洋暖池区沉积物深层。培养 0007，10℃。
MCCC 2E00796 ←中国海大 DY-11。分离源：南极浅海沉积物。培养基 0513，28℃。
MCCC 2E00799 ←中国海大 DBSC-9。分离源：南极浅海沉积物。培养基 0513，28℃。
MCCC 2E00801 ←中国海大 DBSC-8。分离源：南极浅海沉积物。培养基 0513，28℃。

Rhodotorula sp. F. C. Harrison，1927 红酵母

MCCC 2A00083 ←海洋三所 35-W12-C。分离源：南海表层海水。与 *R.* sp. AB026010.2 相似性为 98%（916/927），在 M2 培养基上粉红色、突起、干燥、不透明。培养基 0821，25℃。
MCCC 2A00094 ←海洋三所 NH59C。分离源：南沙表层海水。分离自石油降解菌群。与 *R.* sp. AB026010.2 相似性为 98%（915/930），在 M2 培养基上粉红色、突起、干燥、不透明。培养基 0821，25℃。
MCCC 2A00098 ←海洋三所 T33B2。分离源：西南太平洋褐黑色沉积物上覆水。分离自石油降解菌群。与 *R.* sp. AB026010.2 相似性为 98%（940/952），在 M2 培养基上橘红色、凸起、有光泽、不透明。培养基 0821，25℃。

Saccharomyces barnettii Vaughan-Mart. 1995

MCCC 2E01072 ←中国海大 3W-1。分离源：厦门近海梅花鲨鱼胃。培养基 0513，28℃。
MCCC 2E01081 ←中国海大 7C-1。分离源：厦门近海羊鱼鱼肠。培养基 0513，28℃。
MCCC 2E01083 ←中国海大 8S-2。分离源：厦门近海未知鱼鱼鳃。培养基 0513，28℃。

Saccharomyces cerevisiae Meyen ex E. C. Hansen 1883 酿酒酵母

MCCC 2E00396 ←中国海大 SYM23-2。分离源：威海荣成近海未知藻。培养基 0513，28℃。
MCCC 2E00400 ←中国海大 SYBYW-3。分离源：威海荣成近海鲅鱼胃。培养基 0513，28℃。
MCCC 2E00498 ←中国海大 SYHHS-3。分离源：威海荣成近海黄花鱼鳃。培养基 0513，28℃。
MCCC 2E00550 ←中国海大 SY5S-1。分离源：威海荣成近海未知鱼鳃。培养基 0513，28℃。
MCCC 2E00558 ←中国海大 SY5S-2。分离源：威海荣成近海未知鱼鳃。培养基 0513，28℃。
MCCC 2E00561 ←中国海大 TJY20a。分离源：天津近海银鲳皮。培养基 0513，28℃。
MCCC 2E00564 ←中国海大 TJY3a。分离源：天津近海鲌鳃。培养基 0513，28℃。
MCCC 2E00656 ←中国海大 TJY29。分离源：天津近海小黄鱼皮。培养基 0513，28℃。
MCCC 2E00723 ←中国海大 SYGYC。分离源：威海荣成近海鮟鱼胃。培养基 0513，28℃。
MCCC 2E00724 ←中国海大 SY7X-2。分离源：威海荣成近海黄尖鱼消化道。培养基 0513，28℃。
MCCC 2E01006 ←中国海大 1s-1。分离源：厦门近海竹荚鱼鳃。培养基 0513，28℃。
MCCC 2E01007 ←中国海大 4w-2。分离源：厦门近海赤虹胃。培养基 0513，28℃。
MCCC 2E01008 ←中国海大 5P-1。分离源：厦门近海鰧皮。培养基 0513，28℃。
MCCC 2E01009 ←中国海大 8c-m。分离源：厦门近海海域。培养基 0513，28℃。
MCCC 2E01010 ←中国海大 9c-1。分离源：厦门近海。培养基 0513，28℃。
MCCC 2E01011 ←中国海大 13w-2。分离源：厦门近海长条蛇鲻胃。培养基 0513，28℃。

Saccharomyces exiguous Reess ex E. C. Hansen 1888 少孢酵母

MCCC 2E00977 ←中国海大 s08-1.4。分离源：广东湛江红树林湿地桐花树叶。培养基 0513，28℃。
MCCC 2E01047 ←中国海大 5P-3。分离源：厦门近海鰧外皮。培养基 0513，28℃。
MCCC 2E01053 ←中国海大 9P-1。分离源：厦门近海东海鱼外皮。培养基 0513，28℃。
MCCC 2E01054 ←中国海大 10P-1。分离源：厦门近海宽体舌鳎外皮。培养基 0513，28℃。
MCCC 2E01057 ←中国海大 11P-2。分离源：厦门近海黄皮马面鱼外皮。培养基 0513，28℃。
MCCC 2E01058 ←中国海大 13C-1。分离源：厦门近海长条蛇鲻肠道。培养基 0513，28℃。
MCCC 2E01059 ←中国海大 13P-1。分离源：厦门近海长条蛇鲻外皮。培养基 0513，28℃。

MCCC 2E01060　←中国海大 13S-1。分离源：厦门近海长条蛇鲻鱼鳃。培养基 0513，28℃。
MCCC 2E01071　←中国海大 3S-1。分离源：厦门近海梅花鲨鱼腮。培养基 0513，28℃。
MCCC 2E01085　←中国海大 9C-1。分离源：厦门近海鱼肠。培养基 0513，28℃。
MCCC 2E01088　←中国海大 12S-1。分离源：厦门近海绿皮马面鱼鱼鳃。培养基 0513，28℃。

Saccharomyces servazzii Capr 1967 瑟氏酵母
MCCC 2E00350　←中国海大 WY-14。分离源：青岛近海鼠尾藻。培养基 0513，28℃。

Saccharomyces sp. Meyen 1838 酵母
MCCC 2E00452　←中国海大 XM04B。分离源：厦门潮间带红树林沉积物。培养基 0513，28℃。
MCCC 2E00468　←中国海大 XM05b。分离源：厦门近岸红树林湿地沉积物。培养基 0513，28℃。
MCCC 2E00472　←中国海大 XM02a。分离源：厦门近岸红树林湿地沉积物。培养基 0513，28℃。
MCCC 2E00830　←中国海大 D02-2.3。分离源：广东湛江红树林湿地老鼠筋根系泥。培养基 0513，28℃。

Saturnispora mendoncae Kurtzman 2006
MCCC 2E00829　←中国海大 D02-2.2。分离源：广东湛江红树林湿地红海榄叶。培养基 0513，28℃。
MCCC 2E00851　←中国海大 D03-3.2。分离源：广东湛江红树林湿地红海榄叶。培养基 0513，28℃。
MCCC 2E00854　←中国海大 D03-3.5。分离源：广东湛江红树林湿地红海榄叶。培养基 0513，28℃。
MCCC 2E00882　←中国海大 N05-2.1。分离源：广东湛江阔苞菊根。培养基 0513，28℃。

Sporidiobolus salmonicolor Fell and Tallman 1981 鲑色锁掷酵母
MCCC 2E00805　←中国海大 WB-1。分离源：南极浅海沉积物。培养基 0513，28℃。
MCCC 2E00806　←中国海大 NJ122-1。分离源：南极近岸表层海水。培养基 0513，28℃。
MCCC 2E00810　←中国海大 Mochou-4。分离源：南极近岸表层海水。培养基 0513，28℃。
MCCC 2E00816　←中国海大 未 A-4。分离源：南极浅海沉积物。培养基 0513，28℃。
MCCC 2E00817　←中国海大 NJ121-1。分离源：南极近岸表层海水。培养基 0513，28℃。

Sporidiobolus sp. Nyland 1950 锁掷酵母
MCCC 2A00025　←海洋三所 DY03Y-15-2。分离源：东太平洋水体底层。培养基 0007，10℃。

Sporobolomyces lactosus E. Sláviková and Grab-Lon 1992 乳糖掷孢酵母
MCCC 2A00010　←海洋三所 Pb25。分离源：东太平洋硅质黏土沉积物。抗二价铅。培养基 0472，28℃。

Sympodiomycopsis sp. J. Sugiyama *et al.* 1991
MCCC 2J00003　←中山大学 LEAF。分离源：广东湛江海洋滩涂地红树林叶。培养基 0014，25℃。

Trichosporon asahii Akagi ex Sugita，A. Nishikawa and Shinoda 1994 阿萨丝孢酵母
MCCC 2E00893　←中国海大 ST1-1Y3。分离源：广东汕头近岸红树林湿地许树树皮。培养基 0513，28℃。
MCCC 2E00894　←中国海大 ST3-1Y1。分离源：广东汕头近岸红树林湿地老鼠筋树皮。培养基 0513，28℃。
MCCC 2E00896　←中国海大 ST3-2G1。分离源：广东汕头近岸红树林湿地老鼠筋果。培养基 0513，28℃。
MCCC 2E00911　←中国海大 ST2-1Y3。分离源：广东汕头近岸红树林湿地桐花果果。培养基 0513，28℃。
MCCC 2E00923　←中国海大 3.4-4。分离源：福建泉州近岸红树林湿地海漆根泥。培养基 0513，28℃。
MCCC 2E00960　←中国海大 S05-1.1。分离源：广东湛江近岸红树林湿地红海榄枝。培养基 0513，28℃。
MCCC 2E00961　←中国海大 S05-1.2。分离源：广东湛江近岸红树林湿地红海榄根下泥。培养基 0513，28℃。

Trichosporon japonicum Sugita and Nakase 1998 日本丝孢酵母
MCCC 2E00899　←中国海大 ST3-1Y3。分离源：广东汕头近岸红树林湿地阔苞菊叶。培养基 0513，28℃。
MCCC 2E00909　←中国海大 ST3-4Y3。分离源：广东汕头近岸红树林湿地老鼠筋叶。培养基 0513，28℃。

Trichosporon montevideense （L. A. Queiroz）E. Guého and M. T. Sm 1992

MCCC 2E01045　←中国海大 5C-2。分离源：厦门近海䲁肠道。培养基 0513，28℃。

MCCC 2E01077　←中国海大 5C-1。分离源：厦门近海䲁鱼肠。培养基 0513，28℃。

Williopsis californica （Lodder）Krassiln 1954　加利福尼亚拟威尔酵母

MCCC 2J00009　←中山大学 ZH8-(2)。分离源：广东珠海海洋滩涂地秋茄。培养基 0014，25℃。

Williopsis saturnus （Klöcker）Zender 1925　土星拟威尔酵母

MCCC 2E00027　←中国海大 XM07B。分离源：厦门潮间带红树林沉积物。培养基 0471，16℃。

MCCC 2E00219　←中国海大 WC91-2。分离源：海南近海玉蕊根泥。培养基 0513，28℃。

MCCC 2E00482　←中国海大 XM02f。分离源：厦门海边红树林沉积物。培养基 0513，28℃。

Yarrowia lipolytica Van der Walt and Arx 1981　解脂耶罗威亚酵母

MCCC 2E00004　←中国海大 N3c。分离源：南极深层海水。蛋白含量高。培养基 0513，28℃。

MCCC 2E00005　←中国海大 N11b。分离源：南极底层海水。蛋白含量高。培养基 0513，28℃。

MCCC 2E00008　←中国海大 by-2。分离源：烟台近海鲅鱼肠道内容物。培养基 0513，28℃。

MCCC 2E00009　←中国海大 L6-2。分离源：烟台海藻。培养基 0513，28℃。

MCCC 2E00010　←中国海大 W1-4。分离源：烟台海藻。培养基 0513，28℃。

MCCC 2E00011　←中国海大 QMC。分离源：福建泉州近海表层海水。培养基 0513，28℃。

MCCC 2E00012　←中国海大 YF03d。分离源：青岛近海金娘鱼肠道内容物。培养基 0513，28℃。

MCCC 2E00015　←中国海大 yc-2。分离源：烟台近海银鲳鱼肠道内容物。培养基 0513，28℃。

MCCC 2E00016　←中国海大 hcx-2。分离源：烟台黄侧线肠道内容物。培养基 0513，28℃。

MCCC 2E00017　←中国海大 hcx-3。分离源：烟台黄侧线肠道内容物。培养基 0513，28℃。

MCCC 2E00018　←中国海大 YF01e。分离源：青岛近海颌针鱼肠道内容物。培养基 0513，28℃。

MCCC 2E00019　←中国海大 L2-2。分离源：烟台海藻。培养基 0513，28℃。

MCCC 2E00020　←中国海大 36-28a。分离源：青岛近海浅层海泥。培养基 0513，28℃。

MCCC 2E00023　←中国海大 QMe。分离源：厦门近海表层海水。培养基 0513，28℃。

MCCC 2E00025　←中国海大 Zsw-10b。分离源：青岛近海表层海水。培养基 0513，28℃。

MCCC 2E00026　←中国海大 Sy-4。分离源：烟台近海梭鱼肠道内容物。培养基 0513，28℃。

MCCC 2E00028　←中国海大 Hn-1。分离源：青岛近海浅层海泥。培养基 0513，28℃。

MCCC 2E00029　←中国海大 2S-23b。分离源：厦门深海海泥。培养基 0513，28℃。

MCCC 2E00031　←中国海大 DMA。分离源：厦门深海海泥。培养基 0513，28℃。

MCCC 2E00038　←中国海大 L4-2。分离源：蓬莱近海海藻。培养基 0513，28℃。

MCCC 2E00039　←中国海大 SWJ-10。分离源：青岛近海海泥。培养基 0513，28℃。

MCCC 2E00040　←中国海大 SWZ-10c。分离源：青岛近海海泥。培养基 0513，28℃。

MCCC 2E00043　←中国海大 YF01h。分离源：青岛近海鳒肠道内容物。培养基 0513，28℃。

MCCC 2E00045　←中国海大 YF06a。分离源：烟台近海养殖环境海鞘肠道内容物。培养基 0513，28℃。

MCCC 2E00047　←中国海大 QMb。分离源：福建泉州近海表层海水。培养基 0513，28℃。

MCCC 2E00048　←中国海大 1-uv 大。分离源：烟台长岛近海海藻。产菊糖酶。培养基 0513，28℃。

MCCC 2E00050　←中国海大 3eA1。分离源：斯里兰卡海参肠道内容物。产脂酶。培养基 0513，28℃。

MCCC 2E00053　←中国海大 GHSC。分离源：青岛近海表层海水。培养基 0513，28℃。

MCCC 2E00054　←中国海大 Mb5。分离源：青岛近海表层海水。产蛋白酶。培养基 0513，28℃。

MCCC 2E00062　←中国海大 L2-5。分离源：青岛近海表层海水。培养基 0513，28℃。

MCCC 2E00063　←中国海大 L3-2。分离源：烟台近海海藻。培养基 0513，28℃。

MCCC 2E00064　←中国海大 L4-3。分离源：烟台海藻。培养基 0513，28℃。

MCCC 2E00066　←中国海大 QMa。分离源：福建泉州近海深层海水。培养基 0513，28℃。

MCCC 2E00067　←中国海大 SW3-2S。分离源：青岛近海海带。培养基 0513，28℃。

MCCC 2E00068　←中国海大 SWJ-1b。分离源：烟台近海养殖鲭鱼肠道内容物。培养基 0513，28℃。

MCCC 2E00069 ←中国海大 SWZ-10b。分离源：威海荣成近海鲅鱼肠道内容。培养基 0513，28℃。

MCCC 2E00070 ←中国海大 SWZ-1a。分离源：威海荣成近海上层海水。培养基 0513，28℃。

MCCC 2E00073 ←中国海大 ZQS-a。分离源：烟台近海金娘鱼肠道内容物。培养基 0513，28℃。

MCCC 2E00080 ←中国海大 ZQS-d。分离源：青岛近海藻类。培养基 0513，28℃。

MCCC 2E00085 ←中国海大 Ts-a。分离源：烟台近海藻类。培养基 0513，28℃。

MCCC 2E00086 ←中国海大 Sy-7。分离源：烟台近海梭鱼肠道内容物。培养基 0513，28℃。

MCCC 2E00100 ←中国海大 W1-7。分离源：烟台海藻。培养基 0513，28℃。

MCCC 2E00101 ←中国海大 hhy-4。分离源：烟台长岛黄花鱼肠道。培养基 0513，28℃。

MCCC 2E00105 ←中国海大 yp-2。分离源：烟台长岛牙鲆鱼。培养基 0513，28℃。

MCCC 2E00108 ←中国海大 by-1。分离源：烟台近海鲅鱼。培养基 0513，28℃。

MCCC 2E00109 ←中国海大 qy-2。分离源：烟台长岛鲭鱼。培养基 0513，28℃。

MCCC 2E00112 ←中国海大 L7-3。分离源：烟台长岛。培养基 0513，28℃。

MCCC 2E00115 ←中国海大 SWJ-1a。分离源：青岛近海表层海水。培养基 0513，28℃。

MCCC 2E00132 ←中国海大 Sy-1。分离源：烟台长岛近海梭鱼肠道内容物。培养基 0513，28℃。

MCCC 2E00145 ←中国海大 H 鲭鱼。分离源：烟台近海鲭鱼肠道内容物。产淀粉酶。培养基 0513，28℃。

MCCC 2E00152 ←中国海大 N9a。分离源：南极深层海水。产脂酶。培养基 0513，28℃。

MCCC 2E00153 ←中国海大 W1a。分离源：烟台海藻。产淀粉酶。培养基 0513，28℃。

MCCC 2E00160 ←中国海大 N4a。分离源：南极深层海水。产脂酶。培养基 0513，28℃。

MCCC 2E00164 ←中国海大 YP-3。分离源：烟台近海牙鲆肠道内容物。培养基 0513，28℃。

MCCC 2E00166 ←中国海大 SWZ-17。分离源：威海荣成近海鲅鱼肠道内容。培养基 0513，28℃。

MCCC 2E00174 ←中国海大 W2B。分离源：青岛近海海参。产植酸酶。培养基 0513，28℃。

MCCC 2E00175 ←中国海大 Yf08。分离源：烟台长岛六线鱼。产植酸酶。培养基 0513，28℃。

MCCC 2E00223 ←中国海大 转 112 1。分离源：东海近海表层海水。培养基 0513，28℃。

MCCC 2E00236 ←中国海大 高眼鲽 1 后副 2。分离源：胶州湾近海高眼鲽鱼。培养基 0513，28℃。

MCCC 2E00252 ←中国海大 转 172 1-2。分离源：东海表层海水。培养基 0513，28℃。

MCCC 2E00308 ←中国海大 Zhuan132 2。分离源：东海表层海水。培养基 0513，28℃。

MCCC 2E00329 ←中国海大 LN-1。分离源：中国黄海许氏平鲉肠道。培养基 0513，28℃。

MCCC 2E00332 ←中国海大 LN-4。分离源：中国黄海星康吉鳗肠道。培养基 0513，28℃。

MCCC 2E00334 ←中国海大 LN-6。分离源：中国黄海星康吉鳗肠道。培养基 0513，28℃。

MCCC 2E00335 ←中国海大 LN-7。分离源：中国黄海高眼鲽肠道。培养基 0513，28℃。

MCCC 2E00338 ←中国海大 LN-10。分离源：中国黄海鲅鱇肠道。培养基 0513，28℃。

MCCC 2E00340 ←中国海大 LN-12。分离源：中国黄海大头鳕肠道。培养基 0513，28℃。

MCCC 2E00341 ←中国海大 LN-13。分离源：中国黄海斑尾复虾虎鱼肠道。培养基 0513，28℃。

MCCC 2E00343 ←中国海大 LN-15。分离源：中国黄海大泷六线鱼肠道。培养基 0513，28℃。

MCCC 2E00344 ←中国海大 LN-16。分离源：中国黄海绒杜父鱼肠道。培养基 0513，28℃。

MCCC 2E00351 ←中国海大 WY4-2。分离源：青岛近海表层海水。培养基 0513，28℃。

MCCC 2E00358 ←中国海大 A103。分离源：中国黄海表层海水。培养基 0513，28℃。

MCCC 2E00362 ←中国海大 B104。分离源：中国黄海表层海水。培养基 0513，28℃。

MCCC 2E00363 ←中国海大 B104-1。分离源：中国黄海表层海水。培养基 0513，28℃。

MCCC 2E00367 ←中国海大 C705。分离源：中国黄海表层海水。培养基 0513，28℃。

MCCC 2E00368 ←中国海大 C801。分离源：中国黄海表层海水。培养基 0513，28℃。

MCCC 2E00378 ←中国海大 TJY 22。分离源：天津近海梭鱼皮。培养基 0513，28℃。

MCCC 2E00390 ←中国海大 TJY 25。分离源：天津近海狼鱼肠。培养基 0513，28℃。

MCCC 2E00408 ←中国海大 SYDYX-2。分离源：威海荣成近海带鱼消化道。培养基 0513，28℃。

MCCC 2E00411 ←中国海大 SYBYW-1。分离源：威海荣成近海鲅鱼胃。培养基 0513，28℃。

MCCC 2E00412 ←中国海大 SYDYX-2。分离源：威海荣成近海带鱼消化道。培养基 0513，28℃。

MCCC 2E00496 ←中国海大 SYHHS-1。分离源：威海荣成近海黄花鱼鳃。培养基 0513，28℃。

MCCC 2E00497 ←中国海大 SYHHS-2。分离源：威海荣成近海黄花鱼鳃。培养基 0513，28℃。

MCCC 2E00500 ←中国海大 SYIC-1。分离源：威海荣成近海未知鱼肠。培养基 0513，28℃。

MCCC 2E00512 ←中国海大 TJY31-4。分离源：天津近海半滑舌鳎皮。培养基 0513，28℃。

MCCC 2E00528 ←中国海大 SYBYS-1。分离源：威海荣成近海鲅鱼鳃。培养基 0513，28℃。

MCCC 2E00530 ←中国海大 SYBYS-3。分离源：威海荣成近海鲅鱼鳃。培养基 0513，28℃。

MCCC 2E00548 ←中国海大 SYBYC-5。分离源：威海荣成近海鲅鱼肠。培养基 0513，28℃。

MCCC 2E00551 ←中国海大 SY8X-1。分离源：威海荣成近海未知鱼消化道。培养基 0513，28℃。

MCCC 2E00555 ←中国海大 SYBYC-1。分离源：威海荣成近海鲅鱼肠。培养基 0513，28℃。

MCCC 2E00563 ←中国海大 TJY8a。分离源：天津近海鲻鱼鳃。培养基 0513，28℃。

MCCC 2E00568 ←中国海大 TJY8b。分离源：天津近海鲻鱼鳃。培养基 0513，28℃。

MCCC 2E00571 ←中国海大 TJY18b。分离源：天津近海鲹头鳃。培养基 0513，28℃。

MCCC 2E00575 ←中国海大 TJY9b。分离源：天津近海鲻鱼皮。培养基 0513，28℃。

MCCC 2E00576 ←中国海大 TJY5b。分离源：天津近海黄鲦肠。培养基 0513，28℃。

MCCC 2E00577 ←中国海大 TJY7c。分离源：天津近海鲻肠。培养基 0513，28℃。

MCCC 2E00578 ←中国海大 TJY8c。分离源：天津近海鲻鳃。培养基 0513，28℃。

MCCC 2E00579 ←中国海大 TJY18d。分离源：天津近海鲹头鳃。培养基 0513，28℃。

MCCC 2E00585 ←中国海大 TJY18a。分离源：天津近海鲹头鳃。培养基 0513，28℃。

MCCC 2E00591 ←中国海大 TJY17b。分离源：天津近海鲹头皮。培养基 0513，28℃。

MCCC 2E00604 ←中国海大 SYCYW-4。分离源：威海荣成近海鲳鱼胃。培养基 0513，28℃。

MCCC 2E00606 ←中国海大 SYGYW-3。分离源：威海荣成近海胱鱼胃。培养基 0513，28℃。

MCCC 2E00612 ←中国海大 SYCYW-1。分离源：威海荣成近海鲳鱼胃。培养基 0513，28℃。

MCCC 2E00616 ←中国海大 TJY10a。分离源：天津近海斑鲦皮。培养基 0513，28℃。

MCCC 2E00617 ←中国海大 SY8X-2。分离源：威海荣成近海未知鱼消化道。培养基 0513，28℃。

MCCC 2E00619 ←中国海大 TJY2c。分离源：天津近海鲄皮。培养基 0513，28℃。

MCCC 2E00711 ←中国海大 SYHZ4-2。分离源：威海荣成近海海藻。培养基 0513，28℃。

MCCC 2E00720 ←中国海大 SY4W-1。分离源：威海荣成近海黑头鱼胃。培养基 0512，28℃。

MCCC 2E00725 ←中国海大 SYHZ4-1。分离源：威海荣成近海海藻。培养基 0513，28℃。

MCCC 2E00731 ←中国海大 SY2S-1。分离源：威海荣成近海纹鱼鳃。培养基 0513，28℃。

MCCC 2E00737 ←中国海大 SY1S。分离源：威海荣成近海鲻鱼。培养基 0513，28℃。

MCCC 2E00784 ←中国海大 HNN-2。分离源：海南近岸红树林湿地秋茄叶。培养基 0513，28℃。

MCCC 2E00798 ←中国海大 MC-2。分离源：南极浅海沉积物。培养基 0513，28℃。

MCCC 2E00803 ←中国海大 NJ45-2。分离源：南极浅海沉积物。培养基 0513，28℃。

MCCC 2E00807 ←中国海大 P471-2。分离源：南极近岸表层海水。培养基 0513，28℃。

MCCC 2E00809 ←中国海大 MC6。分离源：南极浅海沉积物。培养基 0513，28℃。

MCCC 2E00814 ←中国海大 NJ52-3。分离源：南极浅海沉积物。培养基 0513，28℃。

MCCC 2E00815 ←中国海大 MC-8。分离源：南极近岸表层沉积物。培养基 0513，28℃。

MCCC 2E00834 ←中国海大 D04-2.2。分离源：广东湛江红树林湿地木榄果。培养基 0513，28℃。

MCCC 2E00872 ←中国海大 S05-1.1。分离源：广东湛江红树林湿地红海榄枝。培养基 0513，28℃。

MCCC 2E00957 ←中国海大 S04-2.1。分离源：广东湛江近岸红树林湿地红海榄根。培养基 0513，28℃。

MCCC 2E00984 ←中国海大 d04-42。分离源：广东湛江红树林湿地红海榄果。培养基 0513，28℃。

MCCC 2E01002 ←中国海大 s06-1.1。分离源：广东湛江红树林湿地桐花树叶。培养基 0513，28℃。

MCCC 2E01012 ←中国海大 3m-1。分离源：厦门近海梅花鲨盲肠。培养基 0513，28℃。

MCCC 2E01013 ←中国海大 3w-1。分离源：厦门近海梅花鲨胃。培养基 0513，28℃。

MCCC 2E01014 ←中国海大 8c-1。分离源：厦门近海海域。培养基 0513，28℃。

MCCC 2E01015 ←中国海大 8p-1。分离源：厦门近海海域。培养基 0513，28℃。

MCCC 2E01016 ←中国海大 8s-3。分离源：厦门近海海域。培养基 0513，28℃。

MCCC 2E01017 ←中国海大 9w-1。分离源：厦门近海。培养基 0513，28℃。

MCCC 2E01018 ←中国海大 11P-1。分离源：厦门近海黄皮马面鱼皮。培养基 0513，28℃。

MCCC 2E01019 ←中国海大 12P-1。分离源：厦门近海绿皮马面鱼皮。培养基 0513，28℃。

MCCC 2E01075 ←中国海大 4W-1。分离源：厦门近海赤魟鱼胃。培养基 0513，28℃。

MCCC 2E01076 ←中国海大 4W-3。分离源：厦门近海赤魟鱼胃。培养基 0513，28℃。

MCCC 2E01084 ←中国海大 8W-1。分离源：厦门近海未知鱼鱼胃。培养基 0513，28℃。

MCCC 2E01086 ←中国海大 9P-2。分离源：厦门近海鱼皮。培养基 0513，28℃。

MCCC 2J00002 ←中山大学 ZJ20 叶 B。分离源：广东湛江海洋滩涂地秋茄枝。培养基 0014，25℃。

MCCC 2J00004 ←中山大学 GX4-1A。分离源：广西合浦县海洋滩涂地木榄枝。培养基 0014，25℃。

MCCC 3J00018 ←中山大学 GX5-3E。分离源：广西合浦县海洋滩涂地红海榄叶。培养基 0014，25℃。

Zygoascus steatolyticus Smith 2005 接合囊酵母

MCCC 2E00707 ←中国海大 HNM-1。分离源：海南海口近海红树林湿地红树某植物叶子。培养基 0513，28℃。

MCCC 2E00791 ←中国海大 HNM-1b。分离源：海南近岸红树林湿地木榄果。培养基 0513，28℃。

Zygowilliopsis californica Kudryavtsev 1960 加利福尼亚接合拟威尔酵母

MCCC 2E00406 ←中国海大 SYHZC-3。分离源：威海荣成近海颌针鱼肠。培养基 0513，28℃。

MCCC 2E00410 ←中国海大 SYMMTS。分离源：威海荣成近海马面鲀鱼鳃。培养基 0513，28℃。

丝 状 真 菌

Acremonium alternatum Link 1809

MCCC 3A00015　←海洋三所 M1039。分离源：西太平洋暖池区沉积物深层。培养基 0014，10℃。

Acremonium strictum W. Gams 1971 **紧密支顶孢**

MCCC 3A00018　←海洋三所 M1070。分离源：西太平洋暖池区沉积物深层。培养基 0014，10℃。

MCCC 3A00089　←海洋三所 M1071。分离源：西太平洋暖池区沉积物深层。培养基 0014，10℃。

MCCC 3A00178　←海洋三所 F21。分离源：西南太平洋深海沉积物深层。培养基 0090，25℃。

Alternaria compacta （Cooke）McClellen 1944 **致密链格孢霉**

MCCC 3J00047　←中山大学 ZJ9-6B。分离源：广东湛江海洋滩涂地桐花树果子。培养基 0014，25℃。

Alternaria sp. Nees ex Wallroth 1816 **链格孢霉**

MCCC 3A00076　←海洋三所 M1347。分离源：东太平洋水体底层。培养基 0014，10℃。

MCCC 3A00106　←海洋三所 M1251。分离源：东太平洋沉积物深层。培养基 0014，10℃。

MCCC 3A00107　←海洋三所 M1059。分离源：西太平洋暖池区沉积物深层。培养基 0014，10℃。

MCCC 3B00002　←海洋一所 Z11-1。分离源：烟台海星。培养基 0475，28℃。

MCCC 3J00002　←中山大学 ZJ11-7C。分离源：广东湛江海边滩涂地海桑果蒂。培养基 0014，25℃。

MCCC 3J00019　←中山大学 ZJ13-7A。分离源：广东湛江海洋滩涂地海堤藤植物果蒂。培养基 0014，25℃。

MCCC 3J00024　←中山大学 ZH7-C2。分离源：广东珠海海洋滩涂地老鼠簕叶。培养基 0014，25℃。

MCCC 3J00041　←中山大学 ZJ13-5A。分离源：广东湛江海洋滩涂地海堤藤植物花。培养基 0014，25℃。

MCCC 3J00092　←中山大学 HN17-1B。分离源：海口阿吉木根。培养基 0014，25℃。

Arthrinium sp. Kunze 1817 **节菱孢**

MCCC 3A00054　←海洋三所 M1195。分离源：东太平洋沉积物深层。培养基 0014，10℃。

Articulospora sp. Ingold （1942）**节枝孢霉**

MCCC 3A00033　←海洋三所 M1116。分离源：东太平洋沉积物深层。培养基 0014，10℃。

Aspergillus candidus Link 1809 **亮白曲霉**

MCCC 3B00005　←海洋一所 ZH9-12。分离源：江苏盐城滨海海藻。培养基 0475，18～20℃。

MCCC 3B00040　←海洋一所 GT4105。分离源：威海盐生植物根。培养基 0475，20℃。

Aspergillus carbonarius （Bainier）Thom 1916 **炭黑曲霉**

MCCC 3B00010　←海洋一所 NH24-19。分离源：青岛南区海沙。培养基 0475，23～27℃。

Aspergillus fischerianus Samson and W. Gams 1986 **费希尔曲霉**

MCCC 3J00081　←中山大学 HN13-5A。分离源：海口红茄苳泥。培养基 0014，25℃。

Aspergillus flavus Link 1809 **黄曲霉**

MCCC 3J00071　←中山大学 ZJ4-A。分离源：广东湛江海洋滩涂地红树林泥。培养基 0014，25℃。

Aspergillus fumigatus Fresen. 1863 烟曲霉

MCCC 3A00161　←海洋三所 I10-1。分离源：印度洋热液区深海沉积物。培养基 0012，28℃。

Aspergillus nidulans（Eidam）G. Winter 1884 构巢曲霉

MCCC 3A00036　←海洋三所 M1127。分离源：东太平洋沉积物深层。培养基 0014，10℃。

MCCC 3A00037　←海洋三所 M1217。分离源：东太平洋沉积物深层。培养基 0014，10℃。

MCCC 3A00049　←海洋三所 M2141。分离源：西太平洋暖池区沉积物深层。培养基 0014，10℃。

MCCC 3A00050　←海洋三所 M2182。分离源：西太平洋暖池区沉积物深层。培养基 0014，10℃。

MCCC 3A00051　←海洋三所 M2096。分离源：西太平洋暖池区沉积物深层。培养基 0014，10℃。

MCCC 3A00052　←海洋三所 M2032。分离源：东太平洋水体表层。培养基 0014，10℃。

MCCC 3A00085　←海洋三所 M2073。分离源：西太平洋暖池区沉积物深层。培养基 0014，10℃。

MCCC 3A00104　←海洋三所 M1184。分离源：东太平洋沉积物深层。培养基 0014，10℃。

MCCC 3A00116　←海洋三所 M2100。分离源：西太平洋沉积物深层。培养基 0014，10℃。

Aspergillus niger Tiegh 1867 黑曲霉

MCCC 3J00006　←中山大学 GX9-2B。分离源：广西合浦县海洋滩涂地榄李叶。培养基 0014，25℃。

Aspergillus restrictus G. Smith 1931 局限曲霉

MCCC 3A00093　←海洋三所 M1256。分离源：东太平洋沉积物深层。培养基 0014，10℃。

Aspergillus sp. Micheli ex Link，1809 曲霉

MCCC 3A00091　←海洋三所 M1151。分离源：东太平洋沉积物深层。培养基 0014，10℃。

MCCC 3B00001　←海洋一所 LVB1。分离源：青岛南区海葵。培养基 0475，25℃。

MCCC 3B00004　←海洋一所 NJTL16。分离源：南极海藻。培养基 0475，4℃。

MCCC 3B00017　←海洋一所 QY-11。分离源：烟台海底沉积物。培养基 0475，20～22℃。

MCCC 3B00023　←海洋一所 02AB1a。分离源：白令海海底沉积物。培养基 0475，15～17℃。

MCCC 3B00034　←海洋一所 ZN771。分离源：广东广州河流入海口海水。培养基 0475，25℃。

MCCC 3B00037　←海洋一所 TZ3606。分离源：烟台海藻。培养基 0475，20～25℃。

MCCC 3B00048　←海洋一所 MD413。分离源：中国渤海海鞘。培养基 0475，18～25℃。

MCCC 3B00051　←海洋一所 TP0307。分离源：青岛南区海沙。培养基 0475，20～25℃。

Aspergillus sydowii（Bainier and Sartory）Thom and Church 1926 聚多曲霉

MCCC 3A00072　←海洋三所 M1332。分离源：东太平洋水体底层。培养基 0014，10℃。

MCCC 3A00165　←海洋三所 IP52-3。分离源：印度洋热液区深海沉积物。培养基 0012，28℃。

Aspergillus terreus Thom 1918 土曲霉

MCCC 3J00007　←中山大学 GX7-4A。分离源：广西合浦县海洋滩涂地秋茄泥。培养基 0014，25℃。

Aspergillus versicolor（Vuill.）Tirab 1908 杂色曲霉

MCCC 3A00029　←海洋三所 M1080。分离源：西太平洋暖池区沉积物深层。培养基 0014，10℃。

MCCC 3A00030　←海洋三所 M1075。分离源：西太平洋暖池区沉积物深层。培养基 0014，10℃。

MCCC 3A00031　←海洋三所 M2106。分离源：西太平洋暖池区沉积物深层。培养基 0014，10℃。

MCCC 3A00032　←海洋三所 M2099。分离源：西太平洋暖池区沉积物深层。培养基 0014，10℃。

MCCC 3A00080　←海洋三所 M1186。分离源：东太平洋沉积物深层。培养基 0014，10℃。

MCCC 3A00102　←海洋三所 M1185。分离源：东太平洋沉积物深层。培养基 0014，10℃。

MCCC 3A00118　←海洋三所 M2014。分离源：东太平洋海水层次 20m。培养基 0014，10℃。

MCCC 3A00119　←海洋三所 M2006。分离源：东太平洋海水深层。培养基 0014，10℃。

MCCC 3A00163　←海洋三所 IP12-2。分离源：印度洋热液区深海沉积物。培养基 0012，28℃。

MCCC 3A00177　←海洋三所 F20。分离源：印度洋深海沉积物。培养基 0090，25℃。

***Beauveria* sp.** Vuill 1912 白僵菌

MCCC 3A00024　←海洋三所 M1081。分离源：西太平洋暖池区沉积物深层。培养基 0014，10℃。
MCCC 3A00025　←海洋三所 M2191。分离源：西太平洋暖池区沉积物深层。培养基 0014，10℃。
MCCC 3A00026　←海洋三所 M2194。分离源：西太平洋暖池区沉积物深层。培养基 0014，10℃。

***Botryosphaeria australis* Slippers 2004 澳大利亚葡萄座腔菌**

MCCC 3J00003　←中山大学 ZJ12-1A。分离源：广东湛江海边滩涂地海桑枝。培养基 0014，25℃。

***Botryosphaeria* sp.** Cesati and De Notaris 1863 葡萄座腔菌

MCCC 3J00054　←中山大学 ZJ9-4L。分离源：广东湛江海洋滩涂地桐花树树皮。培养基 0014，25℃。

***Camarosporium leucadendri* Marincowitz 银叶树壳格孢**

MCCC 3J00015　←中山大学 ZH6-B1。分离源：广东珠海海洋滩涂地无瓣海桑皮。培养基 0014，25℃。

***Cephalosporium* sp.** Corda 1839 头孢霉

MCCC 3A00055　←海洋三所 M1202。分离源：东太平洋沉积物深层。培养基 0014，10℃。
MCCC 3A00067　←海洋三所 M2015。分离源：东太平洋水体底层。培养基 0014，10℃。
MCCC 3A00081　←海洋三所 M2016。分离源：东太平洋水体底层。培养基 0014，10℃。
MCCC 3A00082　←海洋三所 M1218。分离源：东太平洋沉积物深层。培养基 0014，10℃。
MCCC 3A00109　←海洋三所 M1167。分离源：东太平洋沉积物深层。培养基 0014，10℃。

***Chalaropsis* sp.** Peyronel 1916 拟鞘孢

MCCC 3A00034　←海洋三所 M1124。分离源：东太平洋沉积物深层。培养基 0014，10℃。

***Cladosporium cladosporioides* (Fresen) G. A. de Vries 1952 枝状枝孢**

MCCC 3A00002　←海洋三所 PSf-1。分离源：太平洋深海沉积物。抗二价锰（1.2mol/L）、二价铅、三价砷。培养基 0017，18～28℃。
MCCC 3A00012　←海洋三所 M1031。分离源：西太平洋暖池区沉积物深层。培养基 0014，10℃。
MCCC 3A00013　←海洋三所 M1040。分离源：西太平洋暖池区沉积物深层。培养基 0014，10℃。
MCCC 3A00027　←海洋三所 M1095。分离源：西太平洋暖池区沉积物深层。培养基 0014，10℃。
MCCC 3A00068　←海洋三所 M1302。分离源：东太平洋水体底层。培养基 0014，10℃。
MCCC 3A00069　←海洋三所 M1113。分离源：东太平洋沉积物深层。培养基 0014，10℃。
MCCC 3A00139　←海洋三所 M1259。分离源：东太平洋沉积物深层。培养基 0014，10℃。
MCCC 3A00145　←海洋三所 M1050。分离源：西太平洋暖池区沉积物深层。培养基 0014，10℃。
MCCC 3A00162　←海洋三所 IH13-2。分离源：印度洋热液区深海沉积物。培养基 0012，28℃。
MCCC 3A00182　←海洋三所 F28b。分离源：西南太平洋深海沉积物表层。培养基 0090，25℃。
MCCC 3J00039　←中山大学 ZJ8-4B。分离源：广东湛江海洋滩涂地海桑树皮。培养基 0014，25℃。

***Cladosporium colocasiae* Sawada 1916 芋枝孢**

MCCC 3J00067　←中山大学 ZJ9-6A。分离源：广东湛江海洋滩涂地桐花树果。培养基 0014，25℃。

***Cladosporium sphaerospermum* Penz. 1882 球孢枝孢**

MCCC 3A00020　←海洋三所 M1079。分离源：西太平洋暖池区沉积物深层。培养基 0014，10℃。
MCCC 3A00021　←海洋三所 M2184。分离源：西太平洋暖池区沉积物深层。培养基 0014，10℃。
MCCC 3A00022　←海洋三所 M1034。分离源：西太平洋暖池区沉积物深层。培养基 0014，10℃。
MCCC 3A00023　←海洋三所 M2077。分离源：西太平洋暖池区沉积物深层。培养基 0014，10℃。
MCCC 3A00038　←海洋三所 M1139。分离源：东太平洋水体底层。培养基 0014，10℃。

MCCC 3A00056　←海洋三所 M1215。分离源：东太平洋沉积物深层。培养基 0014，10℃。
MCCC 3A00057　←海洋三所 M1017。分离源：西太平洋暖池区沉积物深层。培养基 0014，10℃。
MCCC 3A00058　←海洋三所 M1244。分离源：东太平洋沉积物深层。培养基 0014，10℃。
MCCC 3A00059　←海洋三所 M1227。分离源：东太平洋沉积物深层。培养基 0014，10℃。
MCCC 3A00063　←海洋三所 M1254。分离源：东太平洋沉积物深层。培养基 0014，10℃。
MCCC 3A00064　←海洋三所 M1252。分离源：东太平洋沉积物深层。培养基 0014，10℃。
MCCC 3A00087　←海洋三所 M2105。分离源：西太平洋暖池区深海沉积物。培养基 0014，10℃。
MCCC 3A00088　←海洋三所 M1248。分离源：西太平洋沉积物深层。培养基 0014，10℃。
MCCC 3A00103　←海洋三所 M1088。分离源：西太平洋暖池区沉积物深层。培养基 0014，10℃。
MCCC 3A00124　←海洋三所 M1089。分离源：西太平洋暖池区沉积物深层。培养基 0014，10℃。
MCCC 3A00127　←海洋三所 M1246。分离源：东太平洋沉积物深层。培养基 0014，10℃。
MCCC 3A00130　←海洋三所 M2080。分离源：西太平洋暖池区沉积物深层。培养基 0014，10℃。

Cladosporium **sp.** Link 1816 枝孢

MCCC 3A00016　←海洋三所 M1043。分离源：西太平洋暖池区沉积物深层。培养基 0014，10℃。
MCCC 3J00021　←中山大学 GX2-5C。分离源：广西合浦县海洋滩涂地海漆泥。培养基 0014，25℃。

Cochliobolus **sp.** Drechsler 1934 旋孢腔菌

MCCC 3J00005　←中山大学 ZJ6-5A。分离源：广东湛江海洋滩涂地秋茄花。培养基 0014，25℃。

Colletotrichum gloeosporioides （Penz.） Sacc. 1882 盘长孢状刺盘孢

MCCC 3J00001　←中山大学 ZJ13-2L。分离源：广东湛江海洋滩涂地海堤藤植物叶。培养基 0014，25℃。
MCCC 3J00096　←中山大学 HNY33-2B。分离源：海口刺桐皮。培养基 0014，25℃。

Colletotrichum truncatum （Schwein） Andrus and W. D. Moore 1935 平头刺盘孢菌

MCCC 3J00084　←中山大学 HN33-2A。分离源：海口刺桐皮。培养基 0014，25℃。

Corynespora cassiicola （Berk. and M. A. Curtis） C. T. Wei 1950 山扁豆生棒孢

MCCC 3J00091　←中山大学 HNY35-4B。分离源：海口秋茄枝。培养基 0014，25℃。

Cytospora **sp.** Ehrenb. Ex Fries，1823 壳囊孢

MCCC 3J00074　←中山大学 ZJ12-6A。分离源：广东湛江海洋滩涂地海桑果。培养基 0014，25℃。

Daldinia eschscholzii （Ehrenb） Rehm 1904 光轮层炭壳菌

MCCC 3J00088　←中山大学 HNY27-4C。分离源：海口草海桐枝。培养基 0014，25℃。

Diaporthe **sp.** Nitschke 1870 间座壳

MCCC 3J00022　←中山大学 ZJ10-3L。分离源：广东湛江海洋滩涂地海桑根皮。培养基 0014，25℃。
MCCC 3J00036　←中山大学 GX2-4A。分离源：广西合浦县海洋滩涂地海漆叶。培养基 0014，25℃。
MCCC 3J00061　←中山大学 GX5-3F。分离源：广西合浦县海洋滩涂地红海榄叶。培养基 0014，25℃。

Dothideales **sp.** Lindau，1897

MCCC 3A00172　←海洋三所 F6。分离源：印度洋深海沉积物。培养基 0090，25℃。

Dothiorella aegiceri J. Wang *et al*. 2004 （unpubl）

MCCC 3J00072　←中山大学 GX3-1A。分离源：广西合浦县海洋滩涂地桐花树枝。培养基 0014，25℃。

Exophiala spinifera （H. S. Nielsen and Conant） McGinnis 1977 棘状外瓶霉

MCCC 3A00086　←海洋三所 M2097。分离源：西太平洋暖池区沉积物深层。培养基 0014，10℃。

Exophiala sp. J. W. Carmich 1966 外瓶霉

MCCC 3A00046　←海洋三所 M1350。分离源：东太平洋水体底层。培养基 0014，10℃。

MCCC 3A00047　←海洋三所 M2033。分离源：东太平洋深层海水。培养基 0014，10℃。

MCCC 3A00048　←海洋三所 M2044。分离源：东太平洋水体底层。培养基 0014，10℃。

MCCC 3A00120　←海洋三所 M2059。分离源：东太平洋水体底层。培养基 0014，10℃。

MCCC 3A00131　←海洋三所 M2035。分离源：东太平洋水体底层。培养基 0014，10℃。

MCCC 3A00135　←海洋三所 M1175。分离源：东太平洋水体底层。培养基 0014，10℃。

Fusarium aquaeductuum （Rabenh and Radlk.） Lagerh and Rabenh. 1891 水生镰孢菌

MCCC 3J00078　←中山大学 HN3-2B。分离源：海口木榄皮。培养基 0014，25℃。

Fusarium avenaceum （Fr.） Sacc 1886 燕麦镰孢

MCCC 3J00086　←中山大学 HNY26-2C。分离源：海口长梗肖槿皮。培养基 0014，25℃。

Fusarium concolor Reinking 1934 同色镰孢霉

MCCC 3B00026　←海洋一所 gfu10。分离源：浙江舟山珊瑚藻。培养基 0475，20～23℃。

Fusarium lateritium Nees 1817 砖红镰孢

MCCC 3J00017　←中山大学 GX8-2A。分离源：广西合浦县海洋滩涂地海桑根。培养基 0014，25℃。

Fusarium sp. Link ex Fr. 1809 镰孢

MCCC 3A00074　←海洋三所 M1337。分离源：东太平洋水体底层。培养基 0014，10℃。

MCCC 3B00030　←海洋一所 HM104。分离源：青岛近岸海底沉积物。培养基 0475，20～23℃。

MCCC 3B00032　←海洋一所 QS04201。分离源：青岛南区海藻。培养基 0475，25℃。

MCCC 3B00036　←海洋一所 QS04-103。分离源：青岛南区海鞘。培养基 0475，20～25℃。

MCCC 3B00041　←海洋一所 GT106。分离源：威海盐生植物根。培养基 0475，20℃。

MCCC 3J00011　←中山大学 ZH4-E2。分离源：广东珠海海洋滩涂地桐花树泥。培养基 0014，25℃。

MCCC 3J00064　← 中山大学 GX1-5B。分离源：广西合浦县海洋滩涂地水黄皮根部泥。培养基 0014，25℃。

MCCC 3J00066　←中山大学 ZH1-D1。分离源：广东珠海海洋滩涂地秋茄枝。培养基 0014，25℃。

MCCC 3J00083　←中山大学 HN26-2A。分离源：海口长梗肖槿皮。培养基 0014，25℃。

MCCC 3J00090　←中山大学 HNY31-2C。分离源：海口水黄皮皮。培养基 0014，25℃。

Gliocladium sp. Corda，1840 黏帚霉

MCCC 3B00009　←海洋一所 BM3-15。分离源：青岛胶南海葵。培养基 0475，20～25℃。

Guignardia sp. Viala and Ravaz 1892 球座菌

MCCC 3J00040　←中山大学 ZJ8-7A。分离源：广东湛江海洋滩涂地海桑果蒂。培养基 0014，25℃。

Hyalodendron sp. Diddens 1934 明枝霉

MCCC 3A00066　←海洋三所 M1281。分离源：东太平洋沉积物深层。培养基 0014，10℃。

MCCC 3A00110　←海洋三所 M1111。分离源：东太平洋深层海水。培养基 0014，10℃。

Hypocrea lixii Pat. 1891 肉座菌（加词待译）

MCCC 3J00044　←中山大学 ZJ16-D。分离源：广东湛江海洋滩涂地红树林泥。培养基 0014，25℃。

Hypocreales sp. Lindau，1897 葡萄穗霉

MCCC 3J00043　←中山大学 ZH1-E1。分离源：广东珠海海洋滩涂地秋茄泥。培养基 0014，25℃。

Lophiostoma cynaroidis Marincowitz E *et al*. 2008 囊盘状扁孔腔菌

MCCC 3J00076 ←中山大学 ZH6-C1。分离源：广东珠海海洋滩涂地无瓣海桑叶。培养基 0014，25℃。

***Massarina* sp.** Saccardo，1883 透孢黑团壳

MCCC 3J00050 ←中山大学 GX5-2C。分离源：广西合浦县海洋滩涂地红海榄树皮。培养基 0014，25℃。

Microsphaeropsis arundinis （S. Ahmad）B. Sutton 1980

MCCC 3J00035 ←中山大学 ZH2-E1。分离源：广东珠海海洋滩涂地银叶树泥。培养基 0014，25℃。

MCCC 3J00038 ←中山大学 ZJ2-F。分离源：广东湛江海洋滩涂地红树林泥。培养基 0014，25℃。

Monascus purpureus Went 1895 紫红曲霉

MCCC 3B00014 ←海洋一所 B41-06。分离源：浙江舟山海底沉积物。培养基 0475，20～25℃。

***Monilia* sp.** Bonord. 1851 丛梗孢

MCCC 3B00039 ←海洋一所 TZ3705。分离源：烟台海底沉积物。培养基 0475，20℃。

***Mycosphaerella* sp.** Johanson，1884 球腔菌

MCCC 3J00037 ←中山大学 GX5-3C。分离源：广西合浦县海洋滩涂地红海榄叶。培养基 0014，25℃。

Nectria mauritiicola （Henn）Seifert and Samuels 1985

MCCC 3A00017 ←海洋三所 M1052。分离源：西太平洋暖池区深海沉积物。培养基 0014，10℃。

***Nectria* sp.** （Fr.）Fr. 1849 丛赤壳

MCCC 3J00030 ←中山大学 ZH4-B1。分离源：广东珠海海洋滩涂地桐花树皮。培养基 0014，25℃。

***Neofusicoccum* sp.** Crous，Slippers and A. J. L. Phillips 2006

MCCC 3J00027 ←中山大学 ZH4-E1。分离源：广东珠海海洋滩涂地桐花树泥。培养基 0014，25℃。

Nigrospora oryzae （Berk and Broome）Petch 1924 稻黑孢

MCCC 3J00051 ←中山大学 1403。分离源：中国香港海洋滩涂地红树树叶。培养基 0014，25℃。

MCCC 3J00057 ←中山大学 ZJ8-6L。分离源：广东湛江海洋滩涂地海桑果。培养基 0014，25℃。

Paecilomyces cladosporioides Fresen 1850 枝状拟青霉

MCCC 3A00014 ←海洋三所 M1155。分离源：东太平洋沉积物深层。培养基 0014，10℃。

Paecilomyces lilacinus （Thom）Samson 1974 淡紫拟青霉

MCCC 3A00065 ←海洋三所 M1271。分离源：东太平洋沉积物深层。培养基 0014，10℃。

Paecilomyces variotii Bainier 1907 宛氏拟青霉

MCCC 3J00077 ←中山大学 GX10-1E。分离源：广西合浦县海洋滩涂地红海榄树皮。培养基 0014，25℃。

***Paecilomyces* sp.** Bainier 1907 拟青霉

MCCC 3A00098 ←海洋三所 M1100。分离源：西太平洋暖池区沉积物深层。培养基 0014，10℃。

MCCC 3B00044 ←海洋一所 GD2206。分离源：威海盐生植物根。培养基 0475，20℃。

MCCC 3B00047 ←海洋一所 MD201。分离源：中国渤海海鞘。培养基 0475，20℃。

MCCC 3J00029 ←中山大学 GX2-5A。分离源：广西合浦县海洋滩涂地海漆泥。培养基 0014，25℃。

***Paraphaeosphaeria* sp.** O. E. Erikss 1967

MCCC 3J00028 ←中山大学 ZH6-B2。分离源：广东珠海海洋滩涂地无瓣海桑皮。培养基 0014，25℃。

Penicillium adametzioides S. Abe ex G. Sm 1963 类阿达青霉

MCCC 3A00185　←海洋三所 L6。分离源：西南太平洋深海沉积物深层。培养基 0090，25℃。

Penicillium biourgeianum K. M. Zalessky 1927

MCCC 3A00078　←海洋三所 M1361。分离源：东太平洋沉积物深层。培养基 0014，10℃。

Penicillium brevicompactum Dierckx 1901 短密青霉

MCCC 3A00035　←海洋三所 M1126。分离源：东太平洋沉积物深层。培养基 0014，10℃。

MCCC 3A00079　←海洋三所 M2003。分离源：东太平洋水体底层。培养基 0014，10℃。

MCCC 3A00123　←海洋三所 M2004。分离源：东太平洋水体底层。培养基 0014，10℃。

Penicillium camemberti Thom 1906 沙门柏干酪青霉

MCCC 3A0017　←海洋三所 F1。分离源：印度洋深海沉积物表层。培养基 0090，25℃。

Penicillium chrysogenum Thom 1910 产黄青霉

MCCC 3A00001　←海洋三所 PSf-2。分离源：太平洋深海沉积物。抗二价铅（16mmol/L）。培养基 0017，18～30℃。

MCCC 3A00003　←海洋三所 M1004。分离源：西太平洋暖池区沉积物深层。培养基 0014，10℃。

MCCC 3A00004　←海洋三所 M1135。分离源：东太平洋沉积物深层。培养基 0014，10℃。

MCCC 3A00005　←海洋三所 M1203。分离源：东太平洋沉积物深层。培养基 0014，10℃。

MCCC 3A00007　←海洋三所 M1014。分离源：西太平洋暖池区沉积物深层。培养基 0014，10℃。

MCCC 3A00008　←海洋三所 M1119。分离源：东太平洋沉积物深层。培养基 0014，10℃。

MCCC 3A00009　←海洋三所 M1103。分离源：西太平洋暖池区沉积物深层。培养基 0014，10℃。

MCCC 3A00010　←海洋三所 M1117。分离源：东太平洋沉积物深层。培养基 0014，10℃。

MCCC 3A00011　←海洋三所 M2013。分离源：东太平洋水体底层。培养基 0014，10℃。

MCCC 3A00039　←海洋三所 M1147。分离源：东太平洋沉积物深层。培养基 0014，10℃。

MCCC 3A00040　←海洋三所 M2161。分离源：西太平洋暖池区沉积物深层。培养基 0014，10℃。

MCCC 3A00041　←海洋三所 M1091。分离源：西太平洋暖池区沉积物深层。培养基 0014，10℃。

MCCC 3A00042　←海洋三所 M2011。分离源：东太平洋水体底层。培养基 0014，10℃。

MCCC 3A00094　←海洋三所 M1156。分离源：东太平洋沉积物深层。培养基 0014，10℃。

MCCC 3A00097　←海洋三所 M1092。分离源：西太平洋暖池区沉积物深层。培养基 0014，10℃。

MCCC 3A00100　←海洋三所 M1093。分离源：西太平洋暖池区沉积物深层。培养基 0014，10℃。

MCCC 3A00101　←海洋三所 M1161。分离源：东太平洋沉积物表层。培养基 0014，10℃。

MCCC 3A00105　←海洋三所 M1138。分离源：东太平洋沉积物深层。培养基 0014，10℃。

MCCC 3A00111　←海洋三所 M1199。分离源：东太平洋沉积物深层。培养基 0014，10℃。

MCCC 3A00113　←海洋三所 M1166。分离源：东太平洋沉积物深层。培养基 0014，10℃。

MCCC 3A00121　←海洋三所 M1025。分离源：西太平洋暖池区沉积物深层。培养基 0014，10℃。

MCCC 3A00125　←海洋三所 M1085。分离源：西太平洋暖池区沉积物深层。培养基 0014，10℃。

MCCC 3A00128　←海洋三所 M1118。分离源：东太平洋沉积物深层。培养基 0014，10℃。

MCCC 3A00133　←海洋三所 M1245。分离源：东太平洋沉积物深层。培养基 0014，10℃。

MCCC 3A00134　←海洋三所 M1051。分离源：西太平洋暖池区沉积物深层。培养基 0014，10℃。

MCCC 3A00137　←海洋三所 M2115。分离源：西太平洋暖池区沉积物深层。培养基 0014，10℃。

MCCC 3A00141　←海洋三所 M1072。分离源：西太平洋暖池区沉积物深层。培养基 0014，10℃。

MCCC 3A00142　←海洋三所 M1112。分离源：东太平洋海水深层。培养基 0014，10℃。

MCCC 3A00144　←海洋三所 M1150。分离源：东太平洋沉积物深层。培养基 0014，10℃。

Penicillium citreonigrum Dierckx 1901 黄暗青霉

MCCC 3A00006　←海洋三所 M1009。分离源：西太平洋暖池区沉积物深层。培养基 0014，10℃。

MCCC 3A00167 ←海洋三所 35。分离源：西南太平洋深海沉积表层。培养基 0090，25℃。
MCCC 3A00169 ←海洋三所 38。分离源：西南太平洋深海沉积物表层。培养基 0090，25℃。
MCCC 3A00184 ←海洋三所 L5。分离源：西南太平洋深海沉积物深层。培养基 0090，25℃。

Penicillium citrinum Thom 1910 橘青霉

MCCC 3A00019 ←海洋三所 M1076。分离源：西太平洋暖池区沉积物深层。培养基 0014，10℃。
MCCC 3A00028 ←海洋三所 M1096。分离源：西太平洋暖池区沉积物深层。培养基 0014，10℃。
MCCC 3A00164 ←海洋三所 IP13-2。分离源：印度洋热液区深海沉积物。培养基 0012，28℃。

Penicillium commune Thom 1910 普通青霉

MCCC 3A00061 ←海洋三所 M1241。分离源：东太平洋沉积物表层。培养基 0014，10℃。
MCCC 3A00062 ←海洋三所 M1157。分离源：东太平洋沉积物深层。培养基 0014，10℃。
MCCC 3A00077 ←海洋三所 M1352。分离源：东太平洋水体底层。培养基 0014，10℃。
MCCC 3A00117 ←海洋三所 M2020。分离源：东太平洋沉积物表层。培养基 0014，10℃。
MCCC 3A00122 ←海洋三所 M2040。分离源：东太平洋水体底层。培养基 0014，10℃。
MCCC 3A00143 ←海洋三所 M1301。分离源：东太平洋沉积物表层。培养基 0014，10℃。

Penicillium decumbens Thom 1910 斜卧青霉

MCCC 3A00071 ←海洋三所 M1321。分离源：东太平洋沉积物表层。培养基 0014，10℃。

Penicillium glabrum （Wehmer）Westling 1911 平滑青霉

MCCC 3A00166 ←海洋三所 28。分离源：西南太平洋劳盆地沉积物表层。培养基 0090，25℃。

Penicillium griseofulvum Dierckx 1901 灰黄青霉

MCCC 3A00176 ←海洋三所 F18。分离源：西南太平洋深海沉积物深层。培养基 0090，25℃。
MCCC 3A00179 ←海洋三所 F22。分离源：西南太平洋深海沉积物深层。培养基 0090，25℃。
MCCC 3A00181 ←海洋三所 F26。分离源：西南太平洋深海沉积物表层。培养基 0090，25℃。

Penicillium janthinellum Biourge 1923 微紫青霉

MCCC 3B00007 ←海洋一所 QJ-9。分离源：南海海绵。培养基 0475，18~23℃。
MCCC 3B00031 ←海洋一所 MY04-503。分离源：威海海底沉积物。培养基 0475，25℃。

Penicillium lividum Westling 1911 铅色青霉

MCCC 3B00008 ←海洋一所 ZS20-9。分离源：威海海藻。培养基 0475，17~25℃。

Penicillium mali Novobr. 1972 苹果青霉

MCCC 3A00075 ←海洋三所 M1340。分离源：东太平洋水体表层。培养基 0014，10℃。
MCCC 3A00140 ←海洋三所 M1349。分离源：东太平洋水体底层。培养基 0014，10℃。

Penicillium pimiteouiense Nees ex Wallroth 1816

MCCC 3J00093 ←中山大学 HNY8-5A。分离源：海口红海榄泥。培养基 0014，25℃。

Penicillium polonicum S. W. Peterson 1999 波兰青霉

MCCC 3A00043 ←海洋三所 M1169。分离源：东太平洋沉积物深层。培养基 0014，10℃。

Penicillium polonicum K. M. Zalessky 1927 波兰青霉

MCCC 3A00044 ←海洋三所 M1121。分离源：东太平洋沉积物深层。培养基 0014，10℃。

Penicillium spinulosum Thom 1910 小刺青霉

MCCC 3A00053　←海洋三所 M1187。分离源：东太平洋沉积物深层。培养基 0014，10℃。

Penicillium stoloniferum Thom 1910 匐枝青霉

MCCC 3B00006　←海洋一所 HZ2-10。分离源：烟台海鞘。培养基 0475，18～20℃。

Penicillium verruculosum Thom 1910 疣孢青霉

MCCC 3A00183　←海洋三所 F32f。分离源：西南太平洋深海沉积物深层。培养基 0090，25℃。

MCCC 3J00062　←中山大学 ZJ16-C。分离源：广东湛江海洋滩涂地红树林泥。培养基 0014，25℃。

MCCC 3J00087　←中山大学 HNY27-1A。分离源：海口长梗肖槿皮。培养基 0014，25℃。

Penicillium sp. Link ex Fr. 1809 青霉

MCCC 3A00070　←海洋三所 M1311。分离源：东太平洋沉积物表层。培养基 0014，10℃。

MCCC 3A00083　←海洋三所 M2038。分离源：东太平洋水体底层。培养基 0014，10℃。

MCCC 3A00084　←海洋三所 M2047。分离源：东太平洋水体底层。培养基 0014，10℃。

MCCC 3A00095　←海洋三所 M1197。分离源：东太平洋沉积物深层。培养基 0014，10℃。

MCCC 3A00096　←海洋三所 M1098。分离源：西太平洋暖池区沉积物深层。培养基 0014，10℃。

MCCC 3A00112　←海洋三所 M1069。分离源：西太平洋暖池区沉积物深层。培养基 0014，10℃。

MCCC 3A00114　←海洋三所 M1140。分离源：东太平洋沉积物深层。培养基 0014，10℃。

MCCC 3A00115　←海洋三所 M1101。分离源：西太平洋暖池区沉积物深层。培养基 0014，10℃。

MCCC 3A00126　←海洋三所 M1212。分离源：东太平洋沉积物表层。培养基 0014，10℃。

MCCC 3A00129　←海洋三所 M2145。分离源：西太平洋暖池区深海沉积物。培养基 0014，10℃。

MCCC 3A00132　←海洋三所 M2028。分离源：东太平洋海水深层。培养基 0014，10℃。

MCCC 3A00136　←海洋三所 M1153。分离源：东太平洋沉积物深层。培养基 0014，10℃。

MCCC 3A00138　←海洋三所 M2142。分离源：西太平洋暖池区沉积物深层。培养基 0014，10℃。

MCCC 3A00168　←海洋三所 36。分离源：西南太平洋深海沉积物。培养基 0090，25℃。

MCCC 3A00173　←海洋三所 F11。分离源：西南太平洋深海沉积物深层。培养基 0090，25℃。

MCCC 3A00180　←海洋三所 F23。分离源：西南太平洋深海沉积物深层。培养基 0090，25℃。

MCCC 3A00186　←海洋三所 L9。分离源：西南太平洋深海沉积物深层。培养基 0090，25℃。

MCCC 3B00003　←海洋一所 O2AZ-Z2。分离源：南海海绵。产 3-苄基-哌嗪-2,5-二酮（e-Ⅲ）、苯丙氨酸（e-Ⅳ）。培养基 0475，25℃。

MCCC 3B00011　←海洋一所 YH11-2。分离源：北极沉积物。培养基 0475，10～16℃。

MCCC 3B00013　←海洋一所 T16。分离源：南极苔藓。培养基 0475，10～17℃。

MCCC 3B00016　←海洋一所 2A4-Z15。分离源：威海乳山海底沉积物。培养基 0475，18～25℃。

MCCC 3B00018　←海洋一所 ML-2。分离源：青岛海藻。培养基 0475，17～23℃。

MCCC 3B00019　←海洋一所 XS051-05。分离源：南海沉积物。培养基 0475，20℃。

MCCC 3B00020　←海洋一所 ZHS051-04。分离源：浙江舟山珊瑚。培养基 0475，20℃。

MCCC 3B00021　←海洋一所 ZHS051-03。分离源：浙江舟山海底沉积物。培养基 0475，20℃。

MCCC 3B00022　←海洋一所 NS051-06。分离源：南海珊瑚。培养基 0475，20℃。

MCCC 3B00024　←海洋一所 NHS35-04。分离源：中国海南红树林根部。培养基 0475，20℃。

MCCC 3B00028　←海洋一所 QS04-404。分离源：青岛南区海葵。培养基 0475，22～25℃。

MCCC 3B00029　←海洋一所 HS504。分离源：山东日照东港区海沙。培养基 0475，20℃。

MCCC 3B00033　←海洋一所 ZN105。分离源：广东广州河流入海口海水。培养基 0475，25℃。

MCCC 3B00035　←海洋一所 ZN505。分离源：广东广州河流入海口海水。培养基 0475，22～25℃。

MCCC 3B00038　←海洋一所 TZ407。分离源：烟台海底沉积物。培养基 0475，18～25℃。

MCCC 3B00043　←海洋一所 GT308。分离源：威海盐生植物根。培养基 0475，20℃。

MCCC 3B00046　←海洋一所 MD309。分离源：威海盐生植物根。培养基 0475，20℃。

MCCC 3B00049　←海洋一所 LZ207。分离源：江苏连云港海底沉积物。培养基 0475，23℃。

MCCC 3B00050　←海洋一所 LZ612。分离源：江苏连云港海底沉积物。培养基 0475，20℃。
MCCC 3J00014　←中山大学 ZH7-E1。分离源：广东珠海海洋滩涂地老鼠簕泥。培养基 0014，25℃。
MCCC 3J00065　←中山大学 GX2-5D。分离源：广西合浦县海洋滩涂地海漆泥。培养基 0014，25℃。
MCCC 3J00095　←中山大学 HNY28-5E。分离源：海口海巴戟天泥。培养基 0014，25℃。

Pestalosphaeria hansenii Shoemaker and J. A. Simpson 1981 汉逊氏莲雾果腐病菌
MCCC 3A00060　←海洋三所 M1220。分离源：东太平洋沉积物深层。培养基 0014，10℃。

Pestalotiopsis microspora （Speg）Bat and Peres 1966 小孢拟盘多毛孢
MCCC 3J00016　←中山大学 ZJ10-9L。分离源：广东湛江海洋滩涂地海桑须根。培养基 0014，25℃。
MCCC 3J00075　←中山大学 ZJ5-1L。分离源：广东湛江海洋滩涂地秋茄枝。培养基 0014，25℃。

Pestalotiopsis oxyanthi （Thüm）Steyaert 1949
MCCC 3J00026　←中山大学 ZH4-C1。分离源：广东珠海海洋滩涂地桐花树树叶。培养基 0014，25℃。

***Pestalotiopsis* sp.** Steyaert 1949 拟盘多毛孢
MCCC 3J00004　←中山大学 ZJ18-1B。分离源：广东湛江海洋滩涂地秋茄枝。培养基 0014，25℃。
MCCC 3J00023　←中山大学 ZJ1-2A。分离源：广东湛江海洋滩涂地海桑叶。培养基 0014，25℃。
MCCC 3J00053　←中山大学 ZJ8-4E。分离源：广东湛江海洋滩涂地海桑树皮。培养基 0014，25℃。
MCCC 3J00073　←中山大学 ZJ6-1L。分离源：广东湛江海洋滩涂地秋茄枝。培养基 0014，25℃。

***Phialophora* sp.** Medlar 1915 瓶霉
MCCC 3A00108　←海洋三所 M1165。分离源：东太平洋沉积物深层。培养基 0014，10℃。

***Phoma* sp.** Saccardo 1880 茎点霉
MCCC 3A00099　←海洋三所 M2122。分离源：西太平洋暖池区沉积物深层。培养基 0014，10℃。
MCCC 3J00009　←中山大学 ZH8-E3。分离源：广东珠海海洋滩涂地秋茄泥。培养基 0014，25℃。
MCCC 3J00068　←中山大学 ZH5-E1。分离源：广东珠海海洋滩涂地血桐泥。培养基 0014，25℃。

***Phomopsis* sp.** （Sacc）Sacc 1905 拟茎点霉
MCCC 3J00008　←中山大学 ZH5-C1。分离源：广西合浦县海洋滩涂地血桐叶。培养基 0014，25℃。
MCCC 3J00010　←中山大学 GX5-2D。分离源：广西合浦县海洋滩涂地红海榄树皮。培养基 0014，25℃。
MCCC 3J00046　←中山大学 ZJ14-2B。分离源：广东湛江海洋滩涂地白骨壤叶。培养基 0014，25℃。
MCCC 3J00049　←中山大学 GX9-1C。分离源：广西合浦县海洋滩涂地榄李枝。培养基 0014，25℃。
MCCC 3J00052　←中山大学 GX2-1A。分离源：广西合浦县海洋滩涂地海漆枝。培养基 0014，25℃。
MCCC 3J00056　←中山大学 GX4-1B。分离源：广西合浦县海洋滩涂地木榄枝。培养基 0014，25℃。
MCCC 3J00060　←中山大学 GX4-2A。分离源：广西合浦县海洋滩涂地木榄根。培养基 0014，25℃。

Pilidiella eucalyptorum Crous and M. J. Wingf 2004
MCCC 3J00094　←中山大学 HNY27-4B。分离源：海口草海桐枝。培养基 0014，25℃。

***Preussia* sp.** Fuckel 1867 光黑壳
MCCC 3J00012　←中山大学 GX10-1A。分离源：广西合浦县海洋滩涂地红海榄树皮。培养基 0014，25℃。

***Pseudozyma* sp.** Bandoni emend Boekhout 1985
MCCC 3A00090　←海洋三所 M2175。分离源：西太暖池区沉积物深层。培养基 0014，10℃。
MCCC 3A00092　←海洋三所 M1231。分离源：东太平洋水体底层。培养基 0014，10℃。

Pycnidiophora dispersa Clum 1956
MCCC 3J00080　←中山大学 HN6-5B。分离源：海口美国大红树泥。培养基 0014，25℃。

Rhizopus nigricans Ehrenb 1821 **黑根霉**
MCCC 3B00027　←海洋一所 02AB8a。分离源：白令海海底沉积物。产生抑虫次生代谢产物。培养基 0475，
　　　　　　　　15～18℃。

Rhytidhysteron **sp.** Speg 1881
MCCC 3J00032　←中山大学 GX5-2B。分离源：广西合浦县海洋滩涂地红海榄树皮。培养基 0014，25℃。

Sarcopodium araliae Ts. Watan 1993
MCCC 3J00020　←中山大学 ZH8-E2。分离源：广东珠海海洋滩涂地秋茄泥。培养基 0014，25℃。

Schizophyllum **sp.** Fr. 1815 **裂褶菌**
MCCC 3J00013　←中山大学 ZH9-E1。分离源：广东珠海海洋滩涂地泥。培养基 0014，25℃。

Sporotrichum **sp.** Link 1809 **侧孢霉**
MCCC 3B00042　←海洋一所 GT4104。分离源：威海盐生植物根。培养基 0475，20℃。

Talaromyces flavus (Klöcker) Stolk and Samson 1972 **黄篮状菌**
MCCC 3J00070　←中山大学 ZJ4-B。分离源：广东湛江海洋滩涂地红树林泥。培养基 0014，25℃。

Talaromyces rotundus (Raper and Fennell) C. R. Benj. 1955 **圆形篮状菌**
MCCC 3A00175　←海洋三所 F16。分离源：印度洋深海沉积物。培养基 0090，25℃。

Talaromyces stipitatus (Thom) C. R. Benj. 1955 **柄篮状菌**
MCCC 3J00079　←中山大学 HN4-5B。分离源：海口白骨壤泥。培养基 0014，25℃。

Tilletiopsis **sp.** Derx 1948 **铁艾酵母**
MCCC 3J00034　←中山大学 GX3-1C。分离源：广西合浦县海洋滩涂地桐花树枝。培养基 0014，25℃。

Trichoderma aureoviride Rifai 1969 **黄绿木霉**
MCCC 3J00042　←中山大学 ZJ17-1A。分离源：广东湛江海洋滩涂地桐花树枝。培养基 0014，25℃。
MCCC 3J00058　←中山大学 GX1-2A。分离源：广西合浦县海洋滩涂地水黄皮树皮。培养基 0014，25℃。

Trichoderma tomentosum Bissett 1991 **茸毛木霉**
MCCC 3J00055　←中山大学 ZH3-E1。分离源：广东珠海海洋滩涂地无瓣海桑泥。培养基 0014，25℃。

Trichoderma viride Pers. ex Fr. 1794 **绿色木霉**
MCCC 3B00012　←海洋一所 YM-1。分离源：山东日照东港区盐生植物。培养基 0475，23～26℃。

Trichoderma **sp.** Pers. ex Fr. 1794 **木霉**
MCCC 3B00015　←海洋一所 YZ48-08。分离源：江苏连云港海底沉积物。培养基 0475，18～25℃。
MCCC 3B00045　←海洋一所 GD507。分离源：威海盐生植物根。培养基 0475，20℃。

Trichothecium **sp.** Link ex Fr. 1809 **单端孢**
MCCC 3B00025　←海洋一所 NHS37-04。分离源：中国海南红树林根部。培养基 0475，20℃。

***Tritirachium* sp.** Limber 1940

MCCC 3A00170 ←海洋三所 39。分离源：西南太平洋深海沉积物表层。培养基 0090，25℃。

MCCC 3A00174 ←海洋三所 F13。分离源：西南太平洋深海沉积物深层。培养基 0090，25℃。

Xylaria psidii J. D. Rogers and Hemmes 1992

MCCC 3J00031 ←中山大学 2508。分离源：中国香港海洋滩涂地红树种子。培养基 0014，25℃。

***Xylaria* sp.** Hill ex Schrank 1789 炭角菌

MCCC 3J00063 ←中山大学 ZJ12-6B。分离源：广东湛江海洋滩涂地海桑果。培养基 0014，25℃。

MCCC 3J00069 ←中山大学 ZJ19-B。分离源：广东湛江海洋滩涂地红树林泥。培养基 0014，25℃。

MCCC 3J00082 ←中山大学 HN18-2B。分离源：海口桐花树皮。培养基 0014，25℃。

菌种共享使用申请流程

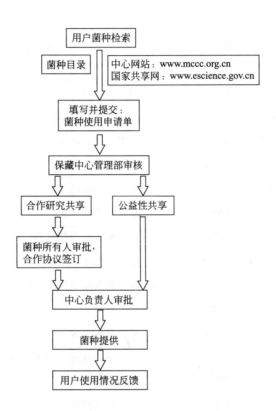

致　谢

该书的出版得到了科技部自然科技资源平台项目"海洋微生物菌种资源整理整合与共享试点"（No.2005DKA21209）项目的支持。感谢中国农业微生物菌种保藏中心等其他8个资源中心在项目实施过程中给予的支持。再次感谢参与海洋微生物平台项目的所有成员。由于人员较多，不一一列出，仅列出课题组及其提供的主要资源特征：

单位	课题组	菌种资源
1. 国家海洋局第三海洋研究所	邵宗泽	近海、大洋与极地污染物降解菌、海洋共附生细菌
2. 国家海洋局第三海洋研究所	徐洵	深海嗜热（耐热）菌
3. 国家海洋局第三海洋研究所	叶德赞	海洋丝状真菌
4. 国家海洋局第三海洋研究所	徐俊	海洋放线菌
5. 国家海洋局第三海洋研究所	陈新华	深海生物浸矿细菌
6. 国家海洋局第三海洋研究所	曾润颖	太平洋沉积物细菌
7. 国家海洋局第三海洋研究所	肖湘、王风平	太平洋深海细菌
8. 国家海洋局第三海洋研究所	汤熙祥	深海沉积物细菌、丝状真菌
9. 国家海洋局第一海洋研究所	孙修勤、曲凌云	近海细菌、丝状真菌
10. 国家海洋局第一海洋研究所	林学政	南极、北冰洋细菌
11. 中国极地研究中心	陈波	南、北两极及南大洋细菌
12. 中国海洋大学	池振明	海洋酵母
13. 厦门大学	焦念志	海洋浮游细菌
14. 厦门大学	郑天凌	海洋特殊环境、特殊功能细菌
15. 青岛科技大学	刘杰	海洋氮循环细菌
16. 中山大学	陆勇军	南海丝状真菌
17. 山东大学威海分校	杜宗军	海洋弧菌
18. 华侨大学	杨素萍	海洋光合细菌